प्रत्यक्ष

महासमर-7

प्रत्यक्ष

महासमर-7

नरेन्द्र कोहली

वाणी प्रकाशन

प्रकाशन के उत्कृष्टतम 62 वर्ष

पेपरबैक पहला संस्करण : 2015
पेपरबैक दूसरा संस्करण : 2021
पेपरबैक तीसरा संस्करण : 2025

vaniprakashan.com

अटल जी के लिए
सादर, स्नेह
जिन्होंने अनायास ही इस खण्ड का
नामकरण कर डाला था

वाणी प्रकाशन

4695, 21-ए, दरियागंज, नयी दिल्ली-110 002
फ़ोन : + 91 11 23273167, 23275710

शाखाएँ

अशोक राजपथ, पटना-800 004, बिहार
कॉफ़ी हाउस कैम्पस, महात्मा गांधी मार्ग, प्रयागराज-211 001, उत्तर प्रदेश
महात्मा गांधी अन्तरराष्ट्रीय हिन्दी विश्वविद्यालय, वर्धा-442 001, महाराष्ट्र

sales@vaniprakashan.in
vaniprakashan@gmail.com

Pratyaksh : Mahasamar-7
by Narendra Kohli
ISBN : 978-93-5072-897-0
Novel/A Story of Mahabharat

मुद्रक : ब्लूएज प्रिंटेक प्रा.लि., फेस-1, फरीदाबाद
वाणी प्रकाशन का लोगो मक़बूल फ़िदा हुसैन की कूची से

आने वाली पीढ़ी के नाम...
हमारे समय के कालजयी लेखक

नरेन्द्र कोहली हिन्दी के ही नहीं अपितु तमाम भारतीय भाषाओं के उन विरले लेखकों में से एक हैं जिन्हें 'सम्पूर्ण साहित्यकार' की संज्ञा दी जा सकती है। साहित्य की लगभग सभी गद्य विधाओं—उपन्यास, कहानी, व्यंग्य, नाटक, निबन्ध, आत्मकथा तथा आलोचना इत्यादि में विपुल सृजन करने वाले नरेन्द्र कोहली अकेले ऐसे रचनाकार हैं जिनके प्रशंसकों तथा पाठकों की संख्या का सही-सही अन्दाज तथा अनुमान लगाना कठिन है।

'अभ्युदय', 'महासमर', 'सैरन्ध्री', 'हिडिम्बा', 'कुन्ती' तथा 'न भूतो न भविष्यति' जैसे आधुनिक क्लासिक या कहें कि कालजयी कृति की रचना करने वाले इस विलक्षण रचनाकार की संवेदना-परिधि में सम्पूर्ण भारतीय समाज, तमाम विविधताओं तथा जटिलताओं के साथ गम्भीर साँस लेता प्रतीत होता है। भारतीय संस्कृति के प्रत्येक पक्ष को सही परिप्रेक्ष्य में उजागर करने वाले इस साहित्यकार ने रामायण तथा महाभारत कथा को युग सापेक्ष तथा शाश्वत मानवीय अस्मिता के साथ विश्लेषित किया है। उनकी दृष्टि सम्पन्नता तथा बौद्धिक प्रखरता के आलोक में जीवन और जगत् के सभी रहस्य पाठकों के सामने एक नये संसार की तरह से प्रस्तुत हुए हैं।

कालजयी रचनाकार की सबसे बड़ी विशेषता यही होती है कि वह अपने साहित्य में एक समानान्तर संसार की रचना करते हुए जातीय स्मृतियों का एक अनमोल खजाना आनेवाली पीढ़ियों तथा अपने समकालीन समाज के लिए गढ़ता है।

यह भी कह दें कि दुनिया की महान् से महान् कृति भी समाज को सन्तुष्ट नहीं कर सकती परन्तु श्री कोहली का लेखन सभी वाद-विवादों

से परे अपने पाठक वर्ग में उतना ही पूजनीय है जितने महाकवि तुलसीदास का रामचरितमानस तथा महर्षि वेद व्यास का महाभारत।

प्राचीन के लौह तत्त्वों को भी अपनी जादुई कलम के स्पर्श से कंचन में परिवर्तित करनेवाले इस महान् रचनाकार का साहित्य आपको भूत, वर्तमान तथा भविष्य के सभी रहस्य समझने तथा परखने की दृष्टि प्रदान करता है। नरेन्द्र कोहली के साहित्य को नयी साज-सज्जा के साथ पाठकों को सौंपते हुए वाणी प्रकाशन प्रतिष्ठान स्वयं को गौरवान्वित अनुभव करता है।

–अरुण माहेश्वरी

प्रकाशक

प्रत्यक्ष

महासमर-7

1

अर्जुन के कक्ष में प्रवेश करते ही द्रौपदी उत्साहपूर्वक उसकी ओर बढ़ी, "ओह फाल्गुन!"

अर्जुन के मन की सहस्रों आशंकाएँ इस एक सम्बोधन से मिट गयीं।...नहीं, पांचाली उससे रुष्ट नहीं थी। यदि रुष्ट होती तो वह उसे किसी और नाम से पुकार सकती थी, किन्तु 'फाल्गुन' कह कर कभी सम्बोधित नहीं करती। वह अत्यधिक औपचारिक होकर उसके प्रति असाधारण सम्मान प्रदर्शित करती। उस पर इस प्रकार की अनौपचारिक सहज और प्रिय मुस्कान न लुटाती। इसमें तो उसके हृदय का नैसर्गिक और मादक उल्लास झलक रहा था।

"कैसी हो प्रिये?"

"मैं! बहुत प्रसन्न हूँ। सच पूछो तो प्रसन्नता के मारे एकदम बौराई हुई हूँ।"

"क्यों? क्यों??" अर्जुन सहज भाव से हँसा।

"एक तो अभी तक जैसे मुझे विश्वास ही नहीं हो रहा था कि हमारा वनवास ही नहीं अज्ञातवास भी समाप्त हो गया है।...और दूसरे मेरे लिए यह कल्पना करना भी कठिन हो रहा है कि हमारा पुत्र इतना बड़ा हो गया है कि उसका विवाह हो सकता है। अभी तक तो मैं सास रूप में माता कुन्ती को ही देखती हूँ। अपनी तो उस रूप में कल्पना भी नहीं कर पाती।"

"क्यों? किसी समय की वधू ही तो अवसर आने पर सास बनती है।"

"हाँ! किन्तु मेरे मन में सास की छवि एक वृद्धा के रूप में है और मेरा मन अभी स्वयं को वृद्धा मानने को प्रस्तुत नहीं है।" द्रोपदी झेंपी-सी मुस्करा रही थी।

"मेरा विचार है कि जब हमारा विवाह हुआ था तो माता भी कोई ऐसी वृद्धा नहीं थी।" अर्जुन ने कहा।

"किन्तु मैं तो उस समय एक किशोरी मात्र ही थी।" द्रौपदी बोली, "मैंने सर्व प्रथम उन्हें एक प्रौढ़ा के रूप में देखा और आज तक मेरा मन उन्हें प्रौढ़ा

ही मानता है। मेरी अवस्था उनकी तब की अवस्था से अधिक भी हो जाए, तो मैं स्वयं को उस प्रकार प्रौढ़ा नहीं मान पाऊँगी।"

"सत्य है।" अर्जुन ने कहा, "हम पहली बार जिसको जिस रूप में देखते हैं, उसे उस रूप में ही स्वीकार कर लेते हैं, और फिर उसमें परिवर्तन करना कठिन होता है। मैंने तुम्हें एक किशोरी के रूप में देखा था, तो तुम मेरे लिए किशोरी ही रहोगी। मुझे तुम्हारे इस आनन में सदा वही चेहरा झाँकता दिखायी देगा।"

"तो मैं तुम्हारे लिए कभी प्रौढ़ा नहीं हूँगी? कभी वृद्धा नहीं हूँगी?" द्रौपदी ने पूछा।

"लगता तो यही है।" अर्जुन ने उत्तर दिया, "मेरा मन तुम्हारे जिस रूप पर रीझा था, वह कैसे विस्मृत हो सकता है। वैसे जब हमारा विवाह हुआ था, न हमारी अवस्था इतनी कम थी, न माता की। अभिमन्यु अभी केवल सोलह वर्षों का है। तुम्हारी अवस्था भी उतनी नहीं है। तुम अपनी युवावस्था में सास बनने जा रही हो। इतनी युवा सास पाना उत्तरा के लिए भी सौभाग्य का विषय है।"

"लगता है आज अपने कक्ष से ही चाटुकारिता की योजना बना कर चले थे।" द्रौपदी ने उसे ललित दृष्टि से देखा।

"नहीं अपने कक्ष से तो मन में एक पाप ले कर चला था। तुम अनुमति दो तो तुमसे कह कर अपने मन का बोझ हल्का कर लूँ।"

"पाप?" द्रौपदी चकित थी, "तुम्हारे मन में पाप, फाल्गुन?"

"हाँ! मेरे मन में पाप था।" अर्जुन ने कहा, "मैं सोच रहा था कि हमारे पुत्रों में सबसे पहले अभिमन्यु का विवाह हो रहा है। वह न तो अपने भाइयों में सबसे बड़ा है न ही तुम उसकी जननी हो। क्या तुम्हें यह बात माता कुन्ती के समान कोंचती नहीं होगी कि बड़े होते हुए भी किसी द्रौपदेय का विवाह नहीं हो रहा...।"

द्रौपदी ने अर्जुन की बात सुनी और चुप रह गयी। वह 'तुम्हारा पुत्र' न कह कर 'द्रौपदेय' तथा सुभद्रा का पुत्र न कह कर, 'सौभद्र' कह रहा था। वह उसे देखती रही और मन ही मन विचार करती रही।

"क्या सोच रही हो?" अर्जुन ने पूछा।

"सोच रही हूँ कि यदि तुम्हारे मन में यह था तो सचमुच ही पाप ही था; और यदि इस विचार के साथ लगा पापबोध भी था तो यह पाप नहीं था।" द्रौपदी मुस्कराई, "अब सोचती हूँ कि माता कुन्ती के ही समान मेरे मन में परिवेदन का विचार क्यों नहीं आया? माता ने हमारे विवाह के समय जो कुछ

सोचा था, वह उनका स्वार्थ नहीं, धर्म ही था। तो मैंने क्यों नहीं सोचा?" द्रौपदी रुकी, "मैंने कदाचित इसलिए नहीं सोचा, क्योंकि विराट् ने उत्तरा का विवाह तुमसे करने का प्रस्ताव रखा था। तुमने उसे अपनी पुत्रवधू माना तो मेरे वक्ष से पहाड़-सी चिन्ता हट गयी। अब अपनी इस अवस्था में मैं एक नयी सपत्नी को नहीं झेल सकती; और उत्तरा जैसी बच्ची को अपनी सपत्नी के रूप में देखने की कल्पना भी असह्य है मुझे। फिर तुमने अपनी पुत्रवधू के विषय में सोचा तो निश्चय ही तुम्हारे मन में अपने औरस पुत्रों में बड़े का ही ध्यान आयेगा। श्रुतकर्मा छोटा है, अभिमन्यु बड़ा है। तुमने ठीक ही सोचा फाल्गुन। मैं आपत्ति करती तो यह कर सकती थी कि तुमने उलूपी के पुत्र इरावान अथवा चित्रांगदा के पुत्र बभ्रुवाहन के विवाह के विषय में क्यों नहीं सोचा।"

"सोचा था।" अर्जुन ने कहा, "किन्तु वे लोग अपने मातामहों के उत्तराधिकारी हैं। सम्भवतः वे विराट को स्वीकार्य नहीं होते। वे हमारे निकट भी नहीं हैं—न मेरे निकट, न तुम्हारे, न सुभद्रा के। उनके लिए उत्तरा का हाथ माँगना क्या उचित होता?"

"जब तुमने इतना ही सोचा है फाल्गुन! तो यह भी सोच सकते थे कि अभिमन्यु के अविवाहित रहते, श्रुतकर्मा का विवाह कर मैं कैसे प्रसन्न रह सकती थी। परिवेदन के पक्ष में मैं भी नहीं हूँ।" द्रोपदी ने कहा।

"यह बात तो सोच ही सकती थीं कि प्रतिविंध्य के अविवाहित रहते अभिमन्यु का विवाह हो रहा है।" अर्जुन ने उस पर एक गम्भीर दृष्टि डाली।

"ईर्ष्या मेरे स्वभाव में नहीं है, ऐसा नहीं कहूँगी, किन्तु उदारता भी है मुझमें।" द्रौपदी ने कहा, "सुभद्रा से जब ईर्ष्या की थी तो की थी। जब उसे अपनी बहन मान लिया तो उसके गर्भ से जन्मे अपने ही पुत्र से क्या ईर्ष्या। वह मेरे प्रिय फाल्गुन का औरस पुत्र है। सपत्नी के माध्यम से ही सही। सखा कृष्ण का भगिनेय है अभिमन्यु।...और प्रिय! अपने पुत्रों को इस प्रकार बाँट कर देखती तो उन्हें सुभद्रा के पास छोड़ कर तुम लोगों के साथ वन कैसे चली जाती। सुभद्रा की उदारता का कोई प्रतिदान नहीं है मेरे पास। उसने अपने अभिमन्यु के साथ मेरे भी पाँचों पुत्रों को समान प्रेम से पाला है तेरह वर्ष। अपने मातुल और मातामह के पास नहीं रहे वे। अपनी माता के पास रहे। मैंने तो फिर पाँचों पुत्रों को जन्म दिया है। सुभद्रा का तो एक ही पुत्र था छोटा-सा। सन्तान पालन का ऐसा कौन-सा अनुभव था उसको कि मेर पाँच पुत्रों को भी इतनी ममता दे सकती। पर कृष्ण की सहोदरा है वह। उसके मन में भी अथाह प्रेम है। कृपण नहीं है वह। तो उसके प्रति अथवा उसके पुत्र के प्रति मैं। अपने मन में ईर्ष्या भाव कैसे ला सकती हूँ। कृतघ्न नहीं हूँ मैं।...वैसे भी..." वह मौन हो गयी।

"वैसे भी क्या?" अर्जुन ने पूछा।

"जन्म उसे चाहे सुभद्रा ने दिया है, किन्तु सन्तान तो वह मेरी ही है। मेरी सम्पत्ति है। उसे मैं सुभद्रा को ही क्यों दे डालूँ।...तुम जो चाहे कहो और समझो फाल्गुन! किन्तु विवाह तो मेरे ही पुत्र का हो रहा है।" द्रौपदी वस्तुतः प्रसन्न दिखायी दे रही थी।

"यह भी नहीं पूछोगी कि मत्स्यराज के प्रस्ताव पर मैंने क्यों अभिमन्यु के ही विषय में सोचा?"

"बताना चाहते हो तो बताओ।" द्रौपदी बोली, "मैंने तो अपने आप ही कल्पना कर ली थी।"

"कल्पना तो तुमने अच्छी ही की, किन्तु मेरे मन में वही नहीं था।" अर्जुन ने कहा, "जब मत्स्यराज ने उत्तरा के विवाह का प्रस्ताव रखा तो यह तो मेर मन में स्पष्ट ही था कि मुझे उससे विवाह नहीं करना है। वस्तुतः मुझे और विवाह नहीं करना था। इस दृष्टि से मुझे तत्काल प्रस्ताव को अस्वीकार कर देना चाहिए था; किन्तु मत्स्यराज जैसे राजा के प्रस्ताव का तिरस्कार मुझे प्रिय नहीं था। वैसे भी हम चाहते थे कि उनके वंश से हमारा घनिष्ट सम्बन्ध हो। सम्बन्ध का ऐसा अवसर हम चूकना नहीं चाहते थे। और तुम जानती हो कि मुझे अपनी वह शिष्या आत्मजा के समान प्रिय हो गयी थी। मैं उसे स्वयं से दूर भी नहीं करना चाहता था और उस के लिए अच्छे से अच्छे वर की कामना भी करता था। उसकी अवस्था, उसका रंग-रूप तथा उसकी देहयष्टि इत्यादि को देखते हुए मुझे पाण्डवों के पुत्रों में से अभिमन्यु ही उसके लिए सर्वाधिक उपयुक्त वर लगा था। अपने औरस पुत्र की बात मेरे मन में नहीं थी। फिर वह सुभद्रा का सबसे बड़ा पुत्र है, इसलिए हम परिवेदन जैसे पाप से भी बच जाते हैं।

"जब इतना सोचा है तो यह भी सोचा होगा कि अभिमन्यु और उत्तरा की अवस्था अभी ब्रह्मचर्य की है। अभी उनकी विवाह की अवस्था नहीं आयी है। तो आर्य मर्यादा का उल्लंघन तो हम कर ही रहे हैं।" द्रौपदी ने कहा।

"यह आपात्काल है देवि। इसलिए इसे आपद्धर्म ही मानो।" अर्जुन ने कहा, "युद्ध सिर पर है। अभी इन बच्चों की अवस्था युद्ध की भी नहीं है; किन्तु ये युद्ध करेंगे। तो ऐसे में यदि वे अपनी अवस्था से पहले अपने गृहस्थ आश्रम में प्रवेश कर रहे हैं तो कोई बहुत आपत्तिजनक बात नहीं है।"

अर्जुन को विदा कर द्रौपदी ने तत्काल ही अपनी दासी को भीम के पास दौड़ा दिया, "जा, जा कर मध्यम पाण्डव से कह कि मैंने उन्हें स्मरण किया है। मैं तत्काल मिलना चाहती हूँ। यदि वे न आये तो मैं उनके कक्ष की ओर आ रही हूँ। फिर न कहें कि वे किसी मंत्रणा में व्यस्त हैं।"

दासी ने रानी की विकलता देखी तो मुस्कराना चाह कर भी नहीं मुस्कराई। उपप्लव्य में आजकल परिस्थितियाँ ही ऐसी थीं। एक ओर विवाह की धूम थी और दूसरी ओर युद्ध का वातावरण। पता नहीं युद्ध पहले होगा अथवा विवाह।

भीम ने आने में देर नहीं की।

"क्या बात है प्रिये!" उसे द्रौपदी का आनन उल्लसित दिखायी नहीं पड़ रहा था।

"मेरे मन में एक बात आयी है।" द्रोपदी बोली, "अभिमन्यु के विवाह के अवसर पर सम्बन्धियों और कुटुम्बियों को तो निमन्त्रित किया जायेगा न?"

"हाँ प्रिये! क्यों नहीं। बिना अतिथियों के भी कभी विवाह हुआ है क्या?"

"क्या इस बार भी राजसूय यज्ञ के अवसर के ही समान तुम लोग हस्तिनापुर से अपने शत्रुओं को आमन्त्रित करोगे और उनकी प्रसन्नता के लिए मेरे पिता और भाइयों की अवमानना करोगे?"

भीम गम्भीर ही नहीं, कुछ चिन्तित भी दिखायी दिया, "तुम्हारी यह आशंका महत्त्वपूर्ण है।"

"क्या इस बार भी ऐसा ही होगा?" द्रौपदी ने कुछ आग्रहपूर्वक पूछा।

"कुछ नहीं कह सकता कि धर्मराज के मन में क्या है, किन्तु मेरा विचार है कि हम दुर्योधन से अपना भ्रातृत्व बहुत निभा चुके। वह हमारा भाई कभी नहीं रहा, न ही बन सकता है। मुझे तो पितामह पर भी संदेह है कि वे कभी दुर्योधन का साथ छोड़ेंगे। जो हमारे नहीं हैं उन्हें प्रसन्न करने के लिए हम अपनों की अवज्ञा बहुत कर चुके।" उसने द्रौपदी की ओर देखा, "मैं धर्मराज से आग्रह करूँगा कि वे जहाँ चाहें निमन्त्रण भेजें, किन्तु अपने शत्रुओं को आमन्त्रित न करें और अपने मित्रों की अवहेलना भी न करें।"

"सत्य कह रहे हो मध्यम पाण्डव?"

"युद्ध की स्थितियाँ बन रही हैं। हम पांचालों की सहायता के बिना तो युद्ध कर ही नहीं सकते।" भीम ने कहा, "अपने स्नेह अथवा सम्बन्धों के कारण न सही, अपने स्वार्थ के कारण ही सही, हमें पांचालों को पूर्ण सम्मान देकर आग्रहपूर्वक निमन्त्रित करना होगा। यह तो धर्मराज की विचित्र लीला है कि जो हमारा मस्तक काट लेना चाहता है, उसे तो वे आदरपूर्वक बुलाएँगे और जो हमारे लिए अपने प्राण देने को तत्पर बैठे हैं, उनकी ओर देखेंगे भी नहीं।"

"सत्य कह रहे हो मध्यम?" द्रौपदी ने दूसरी बार पूछा।

"सत्य कह रहा हूँ पांचाली।" भीम ने दृढ़ता से कहा, "इस विवाह में हस्तिनापुरवालों के लिए कोई स्थान नहीं है। वस्तुतः विवाह के निमन्त्रण के

छद्‌म में हम युद्ध-निमन्त्रण भेज रहे हैं। हम वर-यात्रा की नहीं, सेना की प्रतीक्षा कर रहे हैं। हस्तिनापुर से सैनिक सहायता हम किस आधार पर माँगेंगे, किसके विरुद्ध माँगेंगे? सैनिक सहायता तो हमें कांपिल्य से ही मिलेगी। पितामह और आचार्य हमारी ओर से दुर्योधन के विरुद्ध युद्ध नहीं करेंगे। उनके विरुद्ध तो महाराज द्रुपद, धृष्टद्युम्न और महारथी शिखण्डी ही हमारी सहायता करेंगे। महाराज द्रुपद आयेंगे तो समझ लो कि उनके विरोध के कारण हस्तिनापुर से कोई भी इस विवाह में सम्मिलित नहीं होगा।" भीम के चेहरे पर द्रौपदी को प्रसन्न कर लेने के पश्चात् प्रकट होनेवाले सुख की मुस्कान थी, "स्थिति स्पष्ट हुई?"

"हाँ! स्पष्ट हुई।"

भीम ने भी द्रौपदी के चेहरे पर ऐसे आनन्द के चिह्न कम ही देखे थे।

भीम चला गया।

द्रौपदी अपने पलंग पर लेट गयी। आज उसका मन लौट लौट-कर पुरानी बातों को स्मरण कर रहा था। उसे वे पीड़ादायक दिन स्मरण आ रह थे, जब द्रोण ने कांपिल्य पर आक्रमण कर, उन लोगों को अपमानित किया था। ये पाण्डव ही उसके पिता को बाँध ले गये थे। द्रोण ने उनके आधे राज्य का अपहरण किया था। कांपिल्य का राजवंश दुखी, पीड़ित और अपमानित था। प्रतिशोध की ज्योति भड़क रही थी और तब उन लोगों ने संकल्प किया था। प्रतिशोध का संकल्प। द्रौपदी ने यज्ञ की अग्नि में से पुनः जन्म लिया था। धृष्टद्युम्न अपने शस्त्रों सहित यज्ञ की अग्नि में से पुनः प्रकट हुआ था। आज वह क्षण आ गया था, जब वे अपने प्रतिशोध के विषय में सोच सकते थे। पाण्डव आज उसके थे। उनको उसके पिता और भाइयों की आवश्यकता थी। आज पाण्डवों का अपना कोई नहीं था, थे तो बस कांपिल्य का राजवंश, कृष्णा के पिता और भाई।

द्रौपदी के नेत्रों में जैसे रक्त की पिपासी जागी। उसके अधरों पर एक हिंस्र मुस्कान थी।

2

प्रातः जब सांब और लक्ष्मणा उन्हें प्रणाम करने आये तो कृष्ण की दृष्टि से यह छिपा नहीं रह सका कि लक्ष्मणा के चेहरे पर सदा के समान वह सहज उल्लास नहीं था।

वे लोग लौटने लगे तो कृष्ण ने सांब को रोक लिया, "क्या बात है पुत्र! लक्ष्मणा प्रसन्न नहीं दीखती? तुम लोगों में परस्पर कोई कहा-सुनी हुई है क्या?"

"वह...पिताजी!..." सांब कुछ अटपटाया और फिर सँभलकर बोला, "इन दिनों उसका स्वास्थ्य ठीक नहीं है।"

"यही तो पूछ रहा हूँ कि क्या हुआ? क्या कष्ट है उसको?"

सांब चुपचाप खड़ा उनकी ओर देखता रहा, जैसे सत्य बोल न सकता हो और झूठ बोलना न चाहता हो।

"बैठो!" कृष्ण बोले, "इसका अर्थ है कि कोई साधारण-सी बात नहीं है। कुछ ऐसा है कि उस विषय में मुझे बताते हुए भी तुम्हें संकोच हो रहा है।" वे क्षण भर रुके, "हमारे परिवार में दुराव की परम्परा नहीं है पुत्र! बात चाहे कितनी भी अप्रिय क्यों न हो।"

"नहीं! ऐसी तो कोई बात नहीं है पिताजी!" सांब बोला, "वह प्रसन्न नहीं है। नहीं।...यह बात नहीं है। वस्तुतः वह चिंतित और आशंकित है।"

"क्या चिन्ता है?" कृष्ण ने उसकी आँखों में देखा, "कैसी आशंका है?"

इस बार भी सांब तत्काल कुछ नहीं बोला। उसके द्वन्द्व ने उसे रोके रखा और कृष्ण धैर्यपूर्वक उसकी ओर देखते रहे।

"पाण्डवों का वनवास और अज्ञातवास पूर्ण हो गया है।" अन्ततः वह बोला, "और उसे चिन्ता है कि वे लोग अपना राज्य वापस माँगेंगे।..."

"तो इसमें चिन्ता की क्या बात है?" कृष्ण बोले, "इसके कारण लक्ष्मणा अपनी किसी सम्पत्ति से वंचित नहीं होगी। पाण्डव अपना अधिकार ही तो माँगेंगे। उन्हें अपना राज्य माँगना होता तो वे लोग वनवास और अज्ञातवास जैसी कठोर प्रतिज्ञाएँ क्यों पूर्ण करते।"

"वह तो ठीक है।" सांब ने उत्तर दिया, "किन्तु उसकी मान्यता है कि उसके पिता, पाण्डवों से अपने राज्य की रक्षा करना चाहेंगे।..."

"दुर्योधन के राज्य को पाण्डवों से किसी प्रकार का कोई भय नहीं है।" कृष्ण बोले, "वह अपने राज्य की रक्षा करेगा अथवा पाण्डवों का राज्य पचा जाना चाहेगा?"

"वह इस ढंग से नहीं सोचती।" सांब ने कहा, "वह अपने पिता के ही समान यह मानती है कि जो राज्य एक बार उसके पिता को मिल गया, वह उनका हो गया; चाहे वह किसी भी प्रकार मिला हो। अब उसकी रक्षा करना उनका धर्म है। इसलिए यदि पाण्डव उसके पिता से इन्द्रप्रस्थ का राज्य माँगेंगे, तो अनिवार्यतः युद्ध होगा।"

"पाण्डवों द्वारा अपना राज्य माँगे जाने पर युद्ध नहीं होगा।" कृष्ण बोले, "युद्ध होगा, दुर्योधन द्वारा द्यूत के अवसर पर की गयी प्रतिज्ञा पूरी न करने पर।"

"एक ही बात है।"

कृष्ण ने आश्चर्य से देखा, "एक ही बात है? यह एक ही बात है।"

"एक ही बात तो है कि युद्ध होगा।" सांब बोला, "चाहे पाण्डव राज्य माँगें अथवा चाहे कुरुराज उसे न लौटाएँ। परिणाम तो एक ही होगा। वैसे उस के पिता यह मानते हैं कि युद्ध में जीते गये राज्य की रक्षा की जाती है और वह धर्मसंगत है, तो द्यूत में जीते गये राज्य की भी रक्षा होनी चाहिए और उसकी रक्षा के लिए किया गया युद्ध तो धर्मसंगत है।"

कृष्ण कुछ क्षणों के लिए अपने पुत्र की ओर देखते रहे। वह जो कुछ भी कह रहा था, वह सब उनके लिए सर्वथा अनपेक्षित था, चाहे वह उसे अपनी ओर से कह रहा हो चाहे लक्ष्मणा अथवा दुर्योधन के विचारों के रूप में।

"किसी दूसरे के राज्य को छीनना अधर्म है, चाहे वह युद्ध के माध्यम से ही क्यों न छीना गया हो। द्यूत के माध्यम से तो किसी के राज्य को छीनने की कल्पना भी अधर्म है।" कृष्ण बोले, "दस्यु का धन अपना नहीं होता, अतः उसकी रक्षा के लिए किया गया रक्तपात क्षात्र-धर्म नहीं होता।" वे रुक गये। जैसे स्वयं को समेटते रहे और फिर बोले, "धर्म-अधर्म की चर्चा फिर कभी करेंगे। अभी तो बताओ कि लक्ष्मणा अस्वस्थ क्यों है? क्या वह युद्ध से भयभीत है?"

"नहीं! वह युद्ध से भयभीत क्यों होगी। यदि युद्ध हुआ तो उसके पिता का पहला युद्ध तो नहीं होगा।" सांब बोला, "उसकी आशंका यह है कि ऐसी स्थिति में यादवों की सेना पाण्डवों के पक्ष में उसके पिता के विरुद्ध लड़ेगी।"

"तो इसमें अनुचित क्या है?" कृष्ण बोले, "यादवों ने सदा धर्म के पक्ष में युद्ध किया है।"

"वह चाहती है कि यादव अधर्म के विरुद्ध चाहे युद्ध करते रहें; किन्तु उसके पिता के विरुद्ध न लड़ें। वे भी तो हमारे वैसे ही सम्बन्धी हैं, जैसे पाण्डव हैं।" सांब बोला, "वरन् मुझे तो यह लगता है कि हम समान रूप से दोनों पक्षों के सम्बन्धी हैं, इसलिए हमें प्रयत्नपूर्वक इस युद्ध को रोकने का प्रयत्न करना चाहिए।"

"हम युद्धप्रिय रक्तपिपासु हिंस्र जीव नहीं हैं। इसलिए हमने सदा ही युद्ध को रोकने का प्रयत्न किया है; किन्तु शांति के नाम पर अधर्म-स्थापना के पक्षधर नहीं हैं हम।" कृष्ण रुक गये। उन्होंने एक शोधक दृष्टि सांब पर डाली, "यह सब मुझसे कहने के लिए लक्ष्मणा ने तुमसे कहा है?"

"नहीं! उसने कहा तो नहीं है; किन्तु वह ऐसा चाहती अवश्य है।"

"तो तुम उसको बता दो कि अब वह स्वस्थ हो सकती है। तुमने वह सब मुझ से कह दिया है।" कृष्ण मुस्करा रहे थे, "यदि यह एक पुत्री को अपने पिता की सुरक्षा के लिए चिन्ता मात्र है, तो अत्यन्त शुभ है; किन्तु यदि इस प्रकार दुर्योधन यादवों को प्रभावित करने का प्रयत्न कर रहा है, तो तुम्हें उससे सावधान रहना चाहिए पुत्र।"

"क्यों, क्या अपने सम्बन्धियों से सहायता लेना पाप है, अधर्म है?" सांब कुछ उत्तेजित स्वर में बोला, "क्या मुझे अपनी पत्नी की प्रसन्नता का ध्यान नहीं रखना चाहिए?"

"आपकी पत्नी हो, अथवा भाई हो अथवा आपका पिता–किसी के लिए भी धर्म के मार्ग को अवरुद्ध करना पाप है।" कृष्ण का स्वर इस बार कहीं बहुत दूर से आता लग रहा था, "अपने संबंधियों का समर्थन करने और धर्म का विरोध करने के स्थान पर अपने संबंधियों को धर्म के मार्ग पर चलाने का प्रयत्न अधिक श्रेयस्कर है। युद्ध को रोकना चाहते हो, तो दुर्योधन को अधर्म से रोको। युद्ध रुक जायेगा। दुर्योधन की रक्षा करनी है तो उसे धर्म की रक्षा करने को कहो। उसकी रक्षा धर्म कर लेगा।"

सांब ने जैसे यह सब कुछ नहीं सुना। उसने अपने मन में रुकी बात भी कह डाली, "पिताजी! वह चाहती है कि आप उसके पिता की रक्षा का वचन दें।"

कृष्ण की मुस्कान अत्यन्त मोहक थी, "मैंने आज तक केवल धर्म की रक्षा का वचन दिया है। वह अब भी दे रहा हूँ। इससे अधिक कुछ नहीं कह सकता।"

"इसी बात से तो भयभीत है वह।" सांब ने एक प्रकार का प्रच्छन्न प्रतिवाद किया, "वह यह मानती है कि आप धर्म की आड़ ले कर उसके पिता का विरोध करेंगे।"

"मेरा किसी से कोई विरोध नहीं है; किंतु अधर्म से मेरी मैत्री भी नहीं है।" कृष्ण ने कहा, "इसलिए मुझसे भयभीत होने का कोई कारण नहीं है। भयभीत ही होना है तो अधर्म से हो। धर्म से मैत्री कर लो तो मुझसे स्वतः मैत्री हो जायेगी।"

"उसके पिता मानते हैं कि अपने राज्य की रक्षा करना उनका धर्म है।"

"तो धर्म से उनका परिचय नहीं है। व्यक्ति की स्वार्थ बुद्धि से धर्म परिवर्तित नहीं हो जाता। धर्म तो एक ही रहेगा और वह सबकी रक्षा करेगा।" कृष्ण बोले, "दुर्योधन को पहले धर्म से अपना परिचय करना चाहिए।"

"सबका अपना-अपना धर्म होता है पिताजी!" सांब कुछ आक्रामक हो कर बोला, "आवश्यक तो नहीं कि जिसे आप धर्म समझते हैं, उसी को सब

लोग धर्म मानें। मेरे लिए अपनी पत्नी को सुखी रखना भी तो धर्म है। वह अपने पिता की सुरक्षा के लिए चिंतित है, तो कुछ अनुचित तो नहीं है। मैं उसे सुखी देखना चाहता हूँ तो मुझे उसे उसके पिता की रक्षा की ओर से आश्वस्त करना होगा।"

"मुझे खेद है सांब कि तुम मेरे पुत्र होते हुए भी अपनी पत्नी की अपेक्षाओं और अपने धर्म में अन्तर नहीं कर पा रहे हो।" कृष्ण बोले, "धर्म व्यापक मानवता के हित में होता है। प्रकृति के नियमों के अनुकूल होता है। ईश्वर की इच्छा के अनुसार चलने में होता है। पत्नी को उसके अधर्म में सहयोग देना तुम्हारा धर्म नहीं है। पत्नी को प्रसन्न रखने के लिए उसके पिता के पापों में सहयोगी और सहभागी होना तुम्हारा धर्म नहीं है।" कृष्ण रुके, "और सबका अपना-अपना धर्म नहीं होता। धर्म परस्पर विरोधी नहीं हो सकता।"

"आप मनुष्य के व्यापक हित की बात कर रहे हैं," सांब ने जैसे साहसपूर्वक अपनी थूक गटकी, "पाण्डवों के पक्ष से लड़ कर अपने प्राण देने में यादवों का क्या हित है? हमने सदा ही उन्हें दिया है। जहाँ तक आपका वश चला, आपने उनके लिए अपना घर खाली कर दिया। वे तो उसे भी सँभाल नहीं सके। अब हस्तिनापुर जैसे राज्य से शत्रुता मोल ले कर उन पाण्डवों की ओर से युद्ध कर अपने प्राण दे देंगे तो किसका हिता होगा? आप समझते हैं कि इस कार्य में यादव आपका साथ देंगे?"

कृष्ण मुक्त कण्ठ से हँसे, "तुम क्या समझते हो पुत्र! कि धर्म का आचरण करने वाला, उस आचरण से पहले यह सोचता है कि कौन उसका साथ देगा और कौन नहीं देगा? यदि ऐसा सोचते हो तो तुम्हें संसार का ज्ञान नहीं है। धर्म का आह्वान ईश्वरीय आह्वान है। यह अलंघ्य है। उसके लिए संगी-साथियों की प्रतीक्षा नहीं की जा सकती और न अपने सगे-संबंधियों से उसकी अनुमति ली जाती है। तुम यदि मुझसे यह कहना चाहते हो, अथवा तुम्हारी पत्नी तुमसे यह वचन चाहती है कि यदि दुर्योधन से युद्ध हुआ तो तुम उसके विरुद्ध नहीं लड़ोगे, तो मैं तुम्हारा मन्तव्य समझ गया हूँ। कृष्ण धर्म का आचरण न यादवों के भरोसे करता है, न अपने पुत्रों के भरोसे।"

"आप सदा सब पर अपनी ही इच्छा को आरोपित करना क्यों चाहते हैं? माँ का भी सदा से ही यही विरोध रहा है।" लगा कि सांब रो देगा।

"शान्त मन से सोचो सांब! मैं पिता हो कर अपनी इच्छा को तुम पर आरोपित नहीं कर रहा हूँ और तुम पुत्र हो कर मुझे आदेश दे रहे हो।" कृष्ण सहज भाव से बोले, "जाम्बवती का विरोध भी इसी कारण है। मैंने सदा उसे स्वेच्छा से जीवन जीने की स्वतन्त्रता दी है, किन्तु वह मुझे ऐसी स्वतन्त्रता नहीं

देना चाहती। स्मरण रहे, जो दूसरों को स्वतन्त्रता दे नहीं सकता, वह स्वतन्त्रता की अपेक्षा भी नहीं कर सकता।"

"आप पर कौन अपनी इच्छा आरोपित कर सकता है।" सांब के स्वर में खीझ थी, "और यदि मैं कह भी रहा हूँ तो क्या मैं यादवों को युद्ध में कटवाने के लिए कह रहा हूँ।"

कृष्ण हँसे, "जो लोग धर्म के लिए युद्ध नहीं करेंगे, वे मरेंगे नहीं? उनका शरीर अमर रहेगा?" कृष्ण के स्वर में जैसे कोई दिव्य तत्त्व आ समाया, "ये सारे शरीर अपने समय पर नष्ट होंगे सांब! समय आने पर वे घर में, वन में, कहीं भी काल के गाल में समा जायेंगे; और समय न आया तो वे युद्ध के मध्य में रहकर भी सुरक्षित लौट आयेंगे। अच्छा है कि मनुष्य का जीवन धर्म-स्थापना के हित काम आये। अधर्म की रक्षा के लिए शरीर को बचाए रखने का क्या लाभ?"

"मेरी समझ में आपकी ये बातें नहीं आतीं।" सांब बोला, "मैं तो केवल यह सूचना आप तक पहुँचाना चाहता था कि सामान्य यादवों की धर्म के नाम पर पाण्डवों की ओर से युद्ध करने में कोई रुचि नहीं है।"

"अच्छा है कि तुमने अपनी बुद्धि से यादवों को मूल्यांकन कर मुझे सूचित कर दिया।" कृष्ण अब भी उसी प्रकार सहज और उल्लसित दिखायी पड़ रहे थे।

सांब के रुक जाने के पश्चात् लक्ष्मणा सीधी चलती गयी थी।

वह जैसे किसी आवेश में चल रही थी। अपनी और अपने परिवेश की उसे कोई चेतना नहीं थी। उसकी कल्पना अनेक चित्र बना और बिगाड़ रही थी। वह बहुत जीवन्त रूप में देख रही थी कि इस समय पिता और पुत्र में क्या बातें हो रही थीं। श्रीकृष्ण ने सांब को रोक लिया था, उसे नहीं। अवश्य अपने पुत्र से लक्ष्मणा की उपस्थिति में चर्चा करना नहीं चाहते थे। ऐसी कौन-सी चर्चा थी जो वे अपनी पुत्रवधू के सामने नहीं करना चाहते थे। निश्चित रूप से वह उसके मायके के सम्बन्ध में ही रही होगी। वह पहले दिन से ही जानती थी कि उसके पिता उसके श्वसुर को प्रिय नहीं थे। वह यह भी जानती थी कि उस के पति अपने पिता के विरुद्ध नहीं जा सकते।...श्रीकृष्ण पाण्डवों से वैसे ही बहुत प्रेम करते हैं। सदा ही उनकी सहायता के लिए भाग दौड़ करते रहते हैं। अर्जुन पर तो जैसे वे अपने प्राण ही न्यौछावार कर देने को सदा तत्पर रहते हैं।...उसके पति सांब ने भी अर्जुन से धनुर्विद्या प्राप्त की है। वह भी अपने गुरु से प्रेभ करता है।...ऐसे में वह पाण्डवों के विरुद्ध कैसे जा सकता है। ऊपर से बूआ सुभद्रा स्वयं द्वारका में उपस्थित हैं। वे जितनी कठोर महिला

हैं, उनसे कोई कैसे आशा कर सकता है कि वे किसी को क्षमा कर देंगी वे तो पहले ही दिन से अपने पुत्रों को युद्धाभ्यास में लगाए हुए हैं। उन्हें बड़े हो कर कौरवों का नाश जो करना है।...

जाने इस समय उसके श्वसुर उसके पति को क्या कह रहे होंगे। कैसा आदेश दे रहे होंगे। वह यह कैसे देखेगी कि उसका यह सारा श्वसुरकुल शस्त्रास्त्र-सज्जित होकर उसके पितृकलु के लोगों की हत्या करने जाये। पाण्डव और किसी को क्षमा भी कर दें किन्तु वे उसके पिता को कभी क्षमा नहीं करेंगे। वह भीम तो जाने कब से उसके पिता के रक्त का पिपासु है।...

एक दासी ने कक्ष में त्वरित प्रवेश किया। वह लक्ष्मणा की ओर देख जैसे हक्की-बक्की खड़ी रह गयी।

"आप तो रो रही हैं।"

लक्ष्मणा चौंकी। वह स्वयं भी नहीं जानती थी कि वह रो रही थी। उसने अश्रु पोंछ लिए।

"तू क्या सूचना लाई है?"

"ज्येष्ठ वासुदेव आपसे भेंट करने आ रहे हैं।" दासी बोली।

"ताऊ जी।" लक्ष्मणा के मुख से अनायास ही निकला।

क्षण भर में लक्ष्मणा के मन के सहस्रों विचार कौंध गये। वह सँभलकर बैठ गयी, "जा सादर लिवा ला।"

लक्ष्मणा को लगा कि बलराम एकदम ठीक समय पर आये हैं। इस समय उनसे अधिक उपयुक्त व्यक्ति और कोई हो नहीं सकता था। सारी द्वारका में यदि किसी को उसके पिता से वास्तविक प्रेम है, तो वे बलराम ही हैं। वह स्वयं सोचती भी तो कदाचित उसके मन में उनका नाम न आता। यह तो प्रभु की ही कृपा है कि उन्होंने स्वतः ही ताऊ जी को इस ओर आने के लिए प्रेरित कर दिया।

बलराम के द्वार पर प्रकट होते ही लक्ष्मणा ने लपककर आतुरपूर्वक उनके चरण स्पर्श किये।

"दीर्घायु प्राप्त करो। सुखी रहो। सदा सुखी रहो।" बलराम बोले, "कैसी हो पुत्री?"

"आपकी कृपा है ताऊ जी।" लक्ष्मणा ने स्वयं को सँभालकर कहा। उसकी इच्छा हो रही थी कि वह ताऊ जी के कंधे पर सिर रख कर खूब रोए। वह स्वयं को सँभाल न पाती तो कदाचित उनके चरणों पर लोट कर रोती चली जाती।

"तो मेरा वह दुष्ट भतीजा जो संयोग से तुम्हारा पति है, कहाँ है? मुझे आते देख कर छुप गया है क्या?" बलराम अत्यन्त आह्लादित मुद्रा में थे।

"हम लोग पिता जी को प्रणाम करने गये थे। मैं तो प्रणाम कर चली आयी, किन्तु पिता जी ने उन्हें रोक लिया।"

"उसे अकेले को रोक लिया। अरे तो क्या कृष्ण उसे तुम्हारे सामने नहीं पीट सकता था कि तुम्हें भेज दिया।"

लक्ष्मणा समझ रही थी कि यह बलराम की विनोदी मुद्रा थी; और इस समय वे ऐसी अनेक बातें कह सकते थे, जो वे सुविचारित ढंग से कभी नहीं कहेंगे। पर इसी मुद्रा में वे उनकी बात पूरी सहानुभूति से सुन भी सकते थे।

"ताऊ जी! वहाँ आर्यपुत्र को नहीं, आपके प्रिय शिष्य को पीटने की तैयारी हो रही है।" लक्ष्मणा अपने अश्रु रोक नहीं पायी।

बलराम का आह्लाद टिका नहीं रहा। लक्ष्मणा के अश्रु उन्हें स्तब्ध कर गये थे।

"क्या बात है पुत्री! तुम इतनी दुखी क्यों हो?" बलराम बोले, "ऐसा क्या अघटनीय घट गया कि मेरी पुत्री की आँखों में अश्रु ढुलक रहे हैं।"

"पाण्डवों का अज्ञातवास पूर्ण हो गया है ताऊ जी।" वह बोली, "वे उपप्लव्य में प्रकट हो गये हैं।"

"तो अच्छा ही हुआ। बेचारे बड़े कष्ट में थे।"

"वह तो ठीक है।" लक्ष्मणा बोली, "किन्तु अब वे लोग मेरे पिता से इन्द्रप्रस्थ का राज्य माँगेंगे। पिता अपने राज्य की रक्षा करना चाहेंगे तो पाण्डव उन पर शस्त्र उठाएँगे।...और उनके सबसे बड़े सहायक होंगे यादव। मैं यह कैसे देखूँगी कि मेरा श्वसुरकुल, मेरे पितृकुल का वध करने के लिए शस्त्र उठाए। मैं अपने पति की आरती उतारकर उन्हें युद्ध में भेजूँगी कि वे जाकर मेरे पिता तथा मेरे भाइयों का वध कर के आयें।...और यदि वे युद्ध में उनका वध नहीं करेंगे तो क्या वे अपने प्राण गँवाएँ। मैं दोनों ओर से मारी गयी ताऊ जी।" लक्ष्मणा के अश्रु इस बार कुछ अधिक ही समारोहपूर्वक बह निकले।

बलराम को लगा कि वे लक्ष्मणा के अश्रु नहीं देख पायेंगे। ऐसे में वे असन्तुलित हो कर कुछ भी अटपटा काम कर सकते हैं।

"पहले तुम अपने अश्रु पोंछो लक्ष्मणा! स्वयं को सँभालो, पुत्रि!" बलराम बोले, "तुम जो कुछ कल्पना कर बैठी हो, अभी उसमें से कुछ भी घटित नहीं हुआ है। पाण्डव उपप्लव्य में बैठे हैं। वहाँ अभिमन्यु का विवाह हो रहा है। वे लोग विवाह की व्यवस्था में व्यस्त होंगे। न राज्य की बात है, न युद्ध की। न कोई युद्ध करने गया है, न कोई जा रहा है। तुम व्यर्थ ही व्याकुल हो रही हो। दुर्योधन तुम्हारा ही पिता नहीं है। वह मेरा परमप्रिय शिष्य है। तुम क्यों समझती हो कि वह असहाय है, अनाथ है, अक्षम है।"

"आप बहुत भोले हैं ताऊ जी! आप नहीं जानते कि वहाँ विवाह की आड़ में सैनिक तैयारियाँ हो रही हैं। मैंने देखा है, सुभद्रा बूआ सदा ही अपने पुत्रों को युद्ध की शिक्षा देती रही हैं। युद्ध तो होगा ही ताऊ जी। पर आप मुझे वचन दीजिए कि, आप अपने शिष्य का वध करने नहीं जायेंगे।" और सहसा ही लक्ष्मणा पर जैसे उन्माद छा गया, "केवल पाण्डव ही तो आपके सम्बन्धी नहीं हैं। मेरे पितृकुल से भी तो आपका सम्बन्ध है। सुभद्रा बूआ अर्जुन की पत्नी हैं तो मैं भी तो आपकी पुत्रवधू हूँ। बताइए, हूँ कि नहीं? आप एक सम्बन्ध को स्वीकार करेंगे और दूसरे को अनदेखा कर जायें, यह तो उचित नहीं है। आप मध्यस्थ हैं, तो फिर आप एक पक्ष की सहायता कैसे कर सकते हैं?"

"लक्ष्मणा! धैर्य धारण करो पुत्री! अभी ऐसा कुछ नहीं हुआ, जिस कारण तुम इतनी व्याकुल हो रही हो।" बलराम बोले, "मैं तुम्हें वचन देता हूँ।..."

"आप वचन तो देते हैं, पर उससे क्या होता है। होता तो वही है, जो पिता जी चाहते हैं।" लक्ष्मणा झपटकर बोली, "आपने तो पहले भी, हमारे विवाह से पूर्व, पिता जी को वचन दिया था। पिजा जी ने कहा था कि आप पाण्डवों की तुलना में हमें अपना शत्रु मानते हैं। और आपने कहा था कि आपने तो कभी ऐसा नहीं माना।"

लक्ष्मणा के शब्दों में कुछ ऐसा ही बल था कि बलराम की आँखों के सम्मुख वह सारा ही दृश्य सजीव हो उठा...

"मुझे सब स्मरण है।" बलराम ने लक्ष्मणा की ओर देखा।

लक्ष्मण ने कुछ कहा नहीं। वह मौन खड़ी बलराम की ओर देखती रही और बलराम ने देखा कि उसकी आँखों में फिर से अश्रु तैर रहे थे।

बलराम ने स्वयं को इतना विवश कभी नहीं पाया था। वे लक्ष्मणा के अश्रु नहीं देख सकते थे। पर उन अश्रुओं को रोकने के लिए वे क्या कर सकते थे।

"तुम व्यर्थ ही आशंकित हो पुत्री!" अन्ततः वे बोले, "मेरा विश्वास करो, तुम्हारा अथवा तुम्हारे पितृकुल का कोई अनिष्ट नहीं होगा; और यादवों के हाथों तो ऐसा अनिष्ट होने की कोई सम्भावना ही नहीं है।"

"आप कहते हैं तो मैं मान लेती हूँ; किन्तु मेरा मन बार-बार कहता है कि कुछ बहुत भयंकर होने वाला है।" लक्ष्मणा बोली, "पाण्डव प्रकट हो गये हैं। कुछ ही दिनों में उनका कोई न कोई दूत यहाँ आ पहुँचेगा और सारे यादव रणसज्जित हो कर उनकी सहायता के लिए पहुँच जायेंगे।"

बलराम खड़े उसे देखते रहे। वे गम्भीर ही नहीं, विचारमग्न भी थे। अन्ततः बोले, "मुझ पर विश्वास कर सकती हो तो इसे निश्चित जानो कि तुम्हारी आशंकाएँ सत्य प्रमाणित नहीं होंगी।"

सम्मोहित से बलराम चले गये। लक्ष्मणा देख सकती थी कि उनके मन में ऊहापोह चल रहा था। वे किसी योजना पर विचार कर रहे थे। निश्चित रूप से वे अपने वचन को क्रियान्वित करने की बात पर विचार कर रहे थे।...किन्तु लक्ष्मणा को अब भी सन्तोष नहीं हो पा रहा था। वह विश्वास नहीं कर पा रही थी कि पाण्डवों अथवा श्रीकृष्ण का दुर्योधन-विरोध समाप्त करने के लिए इतना पर्याप्त था। पर्याप्त था या नहीं, पर उसकी इच्छा थी कि वह अपनी सास जांबवती के सम्मुख भी अपनी चिन्ता प्रकट कर दे। अपने पति का विरोध करने में पत्नी जितनी समर्थ होती है, उतना कोई और हो ही कैसे सकता है...

3

पिछले दो दिनों में रानी सुदेष्णा ने अपने मन को बहुत टटोला था : क्या था उनके मन में? वे देवी पांचाली से भयभीत थीं? पश्चात्ताप था, उनके मन में? सत्ता के मद में डूबे अपने उस घृणित रूप के सामने आ जाने से पीड़ित थीं? ...रह-रह कर उनको लगता था कि वे और कुछ नहीं चाहतीं, बस देवी द्रौपदी उन्हें हृदय से क्षमा कर दें। उनके प्रति अपने मन में कोई रोष न रखें। कौन नहीं जानता था, द्रौपदी के तेज को। उनका क्रोध किसी को क्षमा नहीं करता था। कीचक की दुर्गति से बड़ा प्रमाण और क्या हो सकता है।...द्रौपदी का अपमान कर वह दो दिन भी नहीं जी सका।

पता नहीं पांचाली को कितना स्मरण था, किन्तु वे स्वयं ही नहीं भूल पाती थीं कि उन्होंने पांचाली के साथ समय-समय पर कैसा व्यवहार किया था। उसे अपनी सैरन्ध्री समझकर आदेश तो दिये ही थे, अनेक बार उसका अपमान नहीं तो उपेक्षा और अवमानना तो की ही थी; और अन्त में उसे एक प्रकार से बलात् ही अपने भाई कीचक के पास माधवी के बहाने इसलिए भेज दिया था कि कीचक अपनी इच्छा पूरी कर सके। सैरन्ध्री सचमुच सैरन्ध्री होती तो कदाचित उन बातों को भूला जाती, प्रासादों में दासियों के साथ ऐसा व्यवहार कोई अभूतपूर्व तो नहीं था।...किन्तु द्रौपदी यह सब कैसे भूल सकती थीं। पर क्या उसे वे उन परिस्थितियों में सुदेष्णा का स्वाभाविक व्यवहार अथवा अज्ञान समझ कर विस्मृत कर देंगी? सुदेष्णा ने जो कुछ किया था, सैरन्ध्री के साथ किया था, देवी द्रौपदी के साथ तो नहीं...

...अब द्रौपदी पाण्डवों की पटरानी और सुदेष्णा की समधन ही नहीं, उत्तरा की सास भी थी। सुदेष्णा ने अपनी प्यारी पुत्री द्रौपदी को सौंप दी थी।

अपने दुःस्वप्नों के क्षणों में वह देखती थी कि द्रौपदी, सुदेष्णा के व्यवहार का प्रतिशोध उसकी पुत्री से ले रही है। द्रौपदी को न कोई रोक सकता था, न परामर्श अथवा उपदेश दे सकता था। पाँचों पाण्डव ही उसकी रक्षा को तत्पर नहीं थे, उसके अपने पिता और भाई भी यहाँ उपस्थित थे। विराट और उसकी सेना तो पाँच पाण्डवों का ही प्रतिकार नहीं कर सकती थी, पांचालों के आ जाने से तो स्थिति ही बदल गयी थी। पांचाल ही क्यों, यादव भी तो थे। यादवों के महानायक, कृष्ण...। पाण्डवों से उनका जो सम्बन्ध था, वह तो था ही, वे द्रौपदी के सखा भी थे।...इस समय द्रौपदी जिससे अप्रसन्न हो जाये, उसकी रक्षा कौन कर सकता था?...

दासी ने प्रवेश कर प्रणाम किया, "महारानी, महाराज पधार रहे हैं।"

सुदेष्णा ने अपनी उधेड़बुन से बाहर निकली। अच्छा है कि महाराज इधर आ रहे हैं। उनसे भी विचार-विमर्श हो जायेगा। सम्भव है कि मन कुछ हल्का हो।

मत्स्यराज आये तो सुदेष्णा ने खड़े हो कर प्रणाम किया।

"कैसी हो महारानी! लगता है अभी विश्राम नहीं हुआ।"

"महाराज सत्य ही कह रहे हैं। वस्तुतः विश्राम हो तो कहाँ से? मन का ऊहापोह ही समाप्त नहीं होता।" सुदेष्णा ने कहा, "कभी मेरा मन मुझे बताता है कि पाण्डवों पर हमने बहुत कृपा की है; और कभी वह कहता है कि हमने उनके साथ बहुत कठोर व्यवहार किया है।"

"जो किया सो किया।" विराट हँसे, "अब वे न अज्ञातवास कर रहे हैं, न हमारे वेतन भोगी कर्मचारी हैं। अब वे हमारे समधी हैं।"

"यह ही तो चिन्ता है मुझे। यदि वे प्रतिशोध लेने पर उतर आये, तो उनसे हमारी रक्षा कौन कर सकता है?" सुदेष्णा बोली, "अब उत्तरा उनके घर में है, उनकी पूत्रवधू है, द्रौपदी उसकी सास है। यदि मेरे व्यवहार का बदला उसने मेरी पुत्री से लेना चाहा तो?"

विराट ने रानी के चेहरे को ध्यान से देखा : वह सचमुच बहुत चिंतित लग रही थी। कदाचित रात को सो भी न पायी हो। उन्हें लगा कि उन्हें रानी से सहानुभूति तो है, किन्तु रानी की यह स्थिति उनके लिए कुछ मनोरंजक भी है। यही रानी अपने भाई के बल के अहंकार में अपने पति तक को हत्या की धमकी दे रही थी, सैरन्ध्री के साथ तो उसने जो किया होगा, वह तो किया ही होगा। उससे पाप अब अपना चक्र पूरा कर उसके पास लौट आये हैं, जैसे किसी और पर छोड़ी गयी कृत्या, पलटकर छोड़ने वाले पर आ गयी हो।...पर विराट यह नहीं भूल सकते कि वह उनकी पत्नी है। जीवन में जब कभी वे

उससे त्रस्त हुए और उनके मन में उसका विरोध जागा, उनके मन में आया कि वे उसके विषय में सबको सब कुछ बता दें। वे बताएँ कि ऊपर से कोमल, मधुर और शिष्ट दिखनेवाली यह महिला भीतर से कितनी क्रूर है, कितनी स्वार्थी और अहंकारी है।...पर प्रत्येक बार उनका मन ठिठक रह गया। वह उनकी पत्नी ही होती, तो और बात थी। वह उनके बच्चों की माँ भी थी। वे अपने बच्चों के सामने उनकी माँ का कौन-सा रूप रखना चाहते हैं? संसार के सामने उनके बच्चे सिर उठा कर कैसे कह सकेंगे कि उनकी माँ एक आदर्श स्त्री थी। समाज क्या कहेगा उनको कि उनकी माँ कैसी स्त्री थी। प्रत्येक बार वे मौन रह गये।...इस स्त्री का अहंकार टूटा, जब कीचक का वध हुआ। कीचक के जीवित रहते इसे लगता था कि न तो धरती पर राजा है और न आकाश पर ईश्वर।...कीचक की मृत्यु से यह असहाय हो गयी...और इस समय भी यह कैसी डरी-सहमी सी बैठी है, जैसे अपनी ही छाया से आतंकित हो।...

"नहीं! वे लोग वैसे नहीं हैं।" विराट बोले, "मुझे तो लगता है कि पाण्डवों और द्रौपदी को अपने अज्ञातवास के दिनों के सम्बन्ध में जैसे कुछ भी स्मरण नहीं है। एक बार भी ऐसा अवसर नहीं आया कि उन्होंने विनोद में भी कभी उन दिनों की किसी घटना की चर्चा की हो। मैंने माधवी और अपने अहंकार के मद में धर्मराज को पाँसा दे मारा था। उनके मस्तक पर चोट आयी थी, रक्त बहा था, पांचाली ने स्वयं अपने आँचल से उस रक्त को पोंछा था।...पर उस रक्त की भी चर्चा कभी नहीं हुई। इतना उदार हृदय पाण्डवों का ही हो सकता है। द्रौपदी उनकी पटरानी है। वह उत्तरा को कभी पीड़ित नहीं करेगी। और फिर अभिमन्यु की जननी तो देवी सुभद्रा हैं। उनके साथ तो रानी! तुमने कभी कोई दुर्व्यवहार नहीं किया है। समय आने पर क्या वे अपनी पुत्रवधू की रक्षा नहीं करेंगी? क्या अभिमन्यु अपनी पत्नी को अकारण पीड़ित होने देगा? धनंजय भी तो उत्तरा से कितना प्रेम करते थे। उन्होंने सदा ही उसे अपनी पुत्री के रूप में देखा; अन्यथा मेरे प्रस्ताव पर वे विवाह करते अथवा न करते, वे उसे अपनी पुत्रवधू के रूप में न मांगते।"

सुदेष्णा कुछ क्षणों तक राजा के कथन पर विचार करती रही और फिर बोली, "ठीक है, वे भले लोग होंगे; किन्तु वे सामने रहते हैं तो मेरे मन में आशंकाएँ जागती ही रहती हैं।"

"अपने मन को संयत करो रानी! जो तुम्हें पीड़ित कर रहे हैं, वे उनके नहीं तुम्हारे अपने विचार हैं।" राजा ने कहा और चुप हो गये।

वे जानते थे कि जो कुछ वे कहने जा रहे थे, वह सत्य था, किन्तु सुदेष्णा को सत्य कभी प्रिय नहीं था। उसे मधुर सुनना और कटु बोलना पसन्द था। वह

चाहे किसी की प्रशंसा करे या न करे, उसे अपनी प्रशंसा चाहिए थी। वह दूसरों की आलोचना तो कर सकती थी; किन्तु अपनी आलोचना सुन नहीं सकती थी। वह दूसरों के लिए नियम बनाती थी, किन्तु अपने लिए किसी नियम को मानने को प्रस्तुत नहीं थी। इस समय भी वह अपना ही मन द्रौपदी पर आरोपित कर रही थी। सोच उसका मन रहा था और वह मान रही थी कि वे द्रौपदी के विचार हैं। वे यह सब कह देते तो वह उनका मुँह नोच लेती। पर वे जानते हैं कि वह द्रौपदी के स्थान पर होती तो सुदेष्णा से अवश्य ही प्रतिशोध लेती।

"पीड़ित तो मुझे अपने विचार ही कर रहे हैं।" सुदेष्णा ने कहा, "किन्तु मैं जानती हूँ कि नारी का मन कैसे सोचता है। जो सोच रही हूँ, वही द्रौपदी का मन भी सोच रहा होगा। नारी के मन को आप नहीं समझ सकते, केवल मैं ही समझ सकती हूँ।"

विराट की इच्छा हुई कि वे जोर से हँस पड़ें। यह अच्छा विभाजन है कि पुरुष नारी के मन को नहीं समकझ सकता। तो क्या नारी भी पुरुष के मन को नहीं समझ सकती? किन्तु यदि सुदेष्णा से पूछा जायेगा, तो वह कहेगी कि वह पुरुष के मन को राई रत्ती जानती है।...विराट स्त्री-मन और पुरुष-मन को नहीं जानते किन्तु वे मनुष्य के मन को जानते हैं। सोचता तो मनुष्य का अपना ही मन है, अपने लिए भी और दूसरों के लिए भी, मानता चाहे वह यह है कि दूसरा व्यक्ति ऐसा सोचेगा। स्वयं से मुक्त हो कर कोई किसी और के समान कैसे सोच सकता है।...कीचक की बहन कैसे सोच सकती है कि कोई अपने प्रति किये गये अपराधों के लिए किसी को क्षमा कर सकता है।

"सुदेष्णे!" विराट बोले, "मैंने पाण्डवों को देखा और परखा है। वे लोग वैसे नहीं हैं, जैसे साधारण मनुष्य होते हैं। साधारण से मेरा तात्पर्य है, शरीर और मन में रहनेवाले मनुष्य! पाण्डव वे लोग हैं, जो आत्मा में रहते हैं। वे संसार में नहीं, धर्म में बसते हैं।"

"रहते होंगे।" सुदेष्णा स्वयं समझ नहीं सकी कि वह पाण्डवों की वह प्रशंसा क्यों सहन नहीं कर पायी, "आत्मा में रहें अथवा धर्म में रहें, मेरी तो यह इच्छा है कि अब वे अपने राज्य में रहें। हमने रहने को उपप्लव्य नगर दे दिया तो इसका अर्थ यह तो नहीं है कि अब वे अपने राज्य में जायेंगे ही नहीं। स्थान हमने दिया। आतिथ्य हमने किया। उनके अतिथियों को ठहराया। विवाह में भी हमारा ही धन खर्च हुआ। उनको यौतुक भी दिया और उन पर व्यय भी किया। उनके पास था ही क्या।..."

"उपप्लव्य तुम्हारा है। धन-धान्य भी तुम्हारा है। गौशालाएँ और अश्वशालाएँ भी तुम्हारी हैं।" विराट हँस पड़े, "बस तुम इतना ही भूल रही हो कि..."

"कि पाण्डवों ने हमारी रक्षा की थी।" सुदेष्णा ने उनकी बात पूरी नहीं होने दी, "वे न होते तो आज यह राज्य हमारा नहीं होता। पता नहीं हम जीवित भी होते अथवा नहीं, इत्यादि इत्यादि...।" उसका स्वर पर्याप्त ऊँचा हो चुका था, "उन सबका शुल्क चुका नहीं चुके हम? अथवा आजीवन उन बातों को स्मरण करते रहेंगे और उस का शुल्क चुकाते रहेंगे?"

"वैसे तो कृतज्ञता महान् धर्म है और हमें पाण्डवों का कृतज्ञ रहना चाहिए", विराट बोले, "किन्तु यह सब नहीं कह रहा मैं।"

"तो क्या कह रहे हैं आप?"

"तुम भूल रही हो कि अभी दुर्योधन और सुशर्मा दोनों ही जीवित हैं और विराटनगर पर आक्रमण केवल इसलिए नहीं कर रहे, क्योंकि पाण्डव यहाँ निवास कर रहे हैं।"

"तो पाण्डव यहाँ आजीवन निवास करेंगे?" सुदेष्णा का स्वर अवश्य कुछ नीचा हो गया था, किन्तु उसका भाव तनिक भी नहीं बदला था, "अपने राज्य में कभी नहीं जायेंगे?"

"जायेंगे। वे अपने ही राज्य में जायेंगे। तुम्हारा राज्य उनको नहीं चाहिए।" विराट बोले, "विवाह हो चुका है। विवाह-सम्बन्धी सारे अनुष्ठान और आयोजन पूरे हो चुके, अब उनके राज्य की ही बात होनी है।"

"बात होनी का क्या अर्थ?"

"तुमने देखा है कि अभिमन्यु के विवाह में सम्मिलित होने के लिए हस्तिनापुर से कोई नहीं आया है।" विराट ने कहा, "भीष्म और विदुर भी नहीं।"

"तो?"

"यदि वे लोग सहज भाव से विवाह में सम्मिलित होते तो यह माना जाता कि पाण्डवों से उनका कोई विरोध नहीं है। पाण्डव वनवास और अज्ञातवास पूर्ण कर चुके हैं तो दुर्योधन उनको उनका राज्य दे देगा।" विराट बोले, "किन्तु वे नहीं आये, इसका अर्थ है कि वे पाण्डवों को अपना शत्रु मानते हैं। और शत्रुओं को कोई उनका राज्य नहीं लौटाता। सम्भावना यही है कि दुर्योधन उनका राज्य नहीं लौटाएगा। इसलिए उस दशा में क्या करना है, उस पर विचार करने के लिए सभा होगी।..."

"दुर्योधन राज्य नहीं लौटाएगा तो क्या करेंगे पाण्डव?" सुदेष्णा बोली, "युद्ध ही करना होगा। यहाँ बैठे रहने से तो कुछ नहीं होगा।"

"यहाँ बैठे नहीं रहना चाहते वे।" विराट ने उत्तर दिया, "वे सारी परिस्थितियों पर विचार करना चाहते हैं। युद्ध के बिना राज्य मिल गया तो, और नहीं मिला तो—दोनों ही स्थितियों में क्या करना होगा।"

"क्या करना होगा! वन तो नहीं लौट जायेंगे वे।" सुदेष्णा तड़पकर बोली, "मैं नहीं चाहती कि वे लोग सदा के लिए यहीं रहे। उन्हें अपने रहने योग्य स्थान का प्रबन्ध तो कर लेना चाहिए।"

"किसी परिजन के पास रहना होगा तो उनके पास और भी कितने ठिकाने हैं।" विराट का स्वर कुछ ऊँचा हो गया, "कांपिल्य भी जा सकते हैं और द्वारका भी। वे उनके पास नहीं रहे तो तुम्हारे पास भी नहीं रहेंगे।" उन्होंने स्वयं को संयत किया, "तुम चिन्ता मत करो। आज भी सभा में कोई न कोई निर्णय हो ही जायेगा।"

4

वसुदेव ने अपने आसपास एक दृष्टि डाली : बलराम और सात्यकि जाकर द्रुपद के साथ बैठ गये थे। विचित्र बात थी, सात्यकि न कृष्ण के साथ बैठा था और न अर्जुन के साथ। वह जाकर बलराम के साथ बैठ गया था।...वसुदेव मन-ही-मन हँसे। वे दोनों निकट हों तो उनके टकराने की सम्भावना अधिक होती है। फिर भी वे एक साथ बैठे हैं तो कोई प्रयोजन होगा ही।...कृष्ण और युधिष्ठिर मत्स्यराज विराट के साथ बैठे थे।...वसुदेव को एक प्रकार के आह्लाद का अनुभव हुआ। कम-से-कम इस सभा में किसी ने कृष्ण और बलराम को यह कह कर नहीं टोका कि वे लोग किरीटधारी राजा नहीं हैं, इसलिए वे राज समाज में अथवा राजाओं के साथ नहीं बैठ सकते। वे दोनों तो इस सभा में सब से महत्वपूर्ण राजाओं के साथ ही बैठे हुए हैं।...अन्य पाण्डव, द्रुपदपुत्र, विराटपुत्र, प्रद्युम्न, सांब, अभिमन्यु तथा द्रौपदी के पाँचों पुत्र प्रायः साथ-साथ ही बैठ हुए थे।...

वसुदेव पहली बार पाण्डवों के किसी समारोह में आये थे, पर कुन्ती यहाँ फिर भी नहीं थी। जिससे उनका सबसे निकट का सबन्ध है, वह हस्तिनापुर में बैठी थी। उस के पहले पौत्र का विवाह था, वह फिर भी नहीं आयी थी। वह अपना धर्मयुद्ध कर रही थी। उसके लिए विवाह उतना आवश्यक नहीं था, जितना यह आग्रह कि युधिष्ठिर दुर्योधन से लड़कर अपना राज्य प्राप्त करे।...

...देवकी भी नहीं आयी थी। उसके मन में विवाह इत्यादि उत्सवों के लिए अब वैसा उत्साह नहीं रह गया था। बहुत सारे विवाह देखे थे उसने। अब उसका मन समारोहों में नहीं एकान्त में ही अधिक रमता था। यात्रा में उसको कष्ट होता था।...अच्छा ही था कि शरीर की अक्षमता के साथ मन भी कामनाहीन होता जा रहा था, अन्यथा क्रूर कामनाएँ अक्षम शरीर के साथ

खिलवाड़ कर, उसे कष्ट ही देतीं।...पर वसुदेव क्या करने आ गये हैं यहाँ? क्या उनके बिना यह विवाह नहीं होता? अथवा उनका मन अब भी समारोह प्रिय है?...अरे दोहित्र का विवाह है।...उनके मन ने कहा...नाना का उपस्थित होना आवश्यक है। एक ही तो पुत्री है उनकी; और उस का एक मात्र पुत्र है अभिमन्यु। उसके विवाह में भी वे न आते?

वे हँसे। उनका अपना मन उनके साथ ही छल कर रहा था। नाना की उपस्थिति महत्त्वपूर्ण होती है, पर नाना के बिना विवाह नहीं होता, ऐसी बात तो नहीं है।...दो दो मामा आये हैं, तो नाना की क्या आवश्यकता? स्वयं उपस्थित होते हुए भी वसुदेव ने क्या किया? जो कुछ किया कृष्ण और बलराम ने ही तो किया।...तो वे क्यों आ गये? केवल सुभद्रा के आग्रह के कारण?

उनका मन तो तब से यह प्रश्न भी कर रहा है कि सुभद्रा को क्या आवश्यकता पड़ी थी कि अभिमन्यु का विवाह कर दिया अभी से? अभी तो अभिमन्यु केवल सोलह वर्षों का था। आर्य मर्यादा के अनुसार यह उसके ब्रह्मचर्य का काल था। अभी तो उस के बड़े भाई अविवाहित थे।...ठीक है कि उस पर परिवेश का नियम लागू नहीं होता।...पर सुभद्रा को जल्दी ही क्या थी?

अर्जुन कहता है कि विराट ने जब उत्तरा के विवाह का प्रस्ताव रखा तो उस के मन में बड़ा स्पष्ट था कि उत्तरा अभी बहुत छोटी थी। अर्जुन की अवस्था उसका पिता होने योग्य थी। विवाह का प्रस्ताव अस्वीकार किया जाता तो शायद विराट का अपमान होता।...और पाण्डव न विराट का अपमान करना चाहते थे, न विराट की मैत्री खोना चाहते थे। विवाह प्रस्ताव के माध्यम से विराट ने उसके सम्मुख मैत्री और दृढ़ सम्बन्धों का एक अवसर प्रस्तुत किया था। विवाहेतर किसी सम्बन्ध से कदाचित यह अवसर नहीं आता। पाण्डव विराट के परिवार के साथ विवाह सम्बन्ध तो चाहते ही थे।...पाण्डवों के पुत्रों में अभिमन्यु ही कदाचित उत्तरा की अवस्था के अनुकूल वर था। तो अर्जुन ने अभिमन्यु के साथ उसका विवाह स्वीकार कर दिया...

पर वसुदेव इस विवाह में क्यों आ गये?...और वसुदेव को लगता है कि बात केवल विवाह तक सीमित होती तो कदाचित वे न ही आते। वे जानते थे कि अभिमन्यु का विवाह एक बहाना है। विवाह के व्याज से सारे मित्र और सम्बन्धी होंगे और पाण्डवों की समस्या का समाधान खोजेंगे। तब हस्तिनापुर से युद्ध का प्रसंग उठेगा। सैनिक सहायता की बात आयेगी।...पर दुर्योधन तथा युधिष्ठिर को ले कर यादव अब एकमत नहीं थे। यादव तो यादव...स्वयं कृष्ण और बलराम एकमत नहीं थे। इन दिनों द्वारका में जिस प्रकार के विरोध और मतभेद उभर रहे थे, उसको देखते हुए, वे कृष्ण, बलराम तथा अन्य यादवों को

उपप्लव्यनगर भेजकर, स्वयं द्वारका में बैठे नहीं रह सकत थे। उन्हें बार-बार लगा था कि पाण्डवों और धार्तराष्ट्रों के झगड़े में उनका अपना घर बँटा जा रहा था। पाण्डवों तथा धार्तराष्ट्रों के सम्बन्ध की चिन्ता वे न भी करें तो कृष्ण और बलराम के सम्बन्धों की चिन्ता तो उन्हें करनी ही होगी।...उन्हें बार-बार लगा था कि सांब ने कृष्ण के घर में क्लेश के बीज ही नहीं बोए, बलराम को कृष्ण के घर में घुसकर उसका विरोध करने का एक आधार भी दे दिया है। वे समझ नहीं पा रहे थे कि पिता होकर भी वे इतने असहाय क्यों हो रहे थे। कृष्ण और बलराम के मध्य की खाई चौड़ी होती जा रही थी और वे कुछ नहीं कर पा रहे थे...जो यादव बाहर से इतने शक्तिशाली, संगठित और एकजुट दिखायी दे रहे थे, भीतर से कितने खोखले थे वे लोग।...

कृष्ण उठ खड़े हुए थे। सभा में शांति हो गयी।

"उपप्लव्य में एकत्रित, सम्राट् युधिष्ठिर के सुहृदो।" कृष्ण ने उच्च स्वर में कहा, "आप जानते हैं कि हम अभिमन्यु के विवाह के अवसर पर यहाँ पाण्डवों का सुख बाँटने आये हैं। सुख बाँटने का अधिकार है तो उनका दुख बाँटना भी हमारा कर्तव्य है। आप यह भी जानते ही हैं कि धृतराष्ट्र ने पाण्डवों से उनका पैतृक राज्य छीनने के लिए उनके शैशव से ही कितने उपाय किये हैं। जब वे पाण्डवों की हत्या नहीं कर सके तो धर्मराज युधिष्ठिर को उनके धर्म के बन्धन में बाँध कर धृतराष्ट्र ने पिता के रूप में आज्ञा दी कि वे द्यूत खेलें। हम जानते हैं कि धर्मराज न द्यूतविद्या के ज्ञानी हैं, न वे द्यूत खेलने के पक्ष में थे; किन्तु वे पिता की आज्ञा का उल्लंघन नहीं कर सकते थे। द्यूत में हारने वाले के लिए बारह वर्षों के वनवास और एक वर्ष के अज्ञातवास की शर्त रखी गयी थी। पाण्डवों ने यह शर्त भी पूरी की। अब उन्हें उनका राज्य मिल जाना चाहिए। धर्मराज अधर्म से मिला हुआ इन्द्र का राज्य भी नहीं चाहते। अब तो वे हस्तिनापुर का अपना पैतृक राज्य भी नहीं माँग रहे। वे तो अपने बाहुबल द्वारा अर्जित अपनी सम्पत्ति की माँग कर रहे हैं। हम सबको मिलकर वह मार्ग खोजना है, जिससे धर्म और न्याय पर चलते हुए, उनके सम्बन्धों को क्षति न पहुँचाते हुए, युधिष्ठिर और दुर्योधन दोनों का ही हित हो।" और सहसा ही उनके स्वर में जैसे कोई अलौकिक तेज झलका, "दुर्योधन ने यह राज्य पाण्डवों को किसी युद्ध में पराजित कर नहीं जीता है। उसने अधर्मपूर्वक कपट द्यूत में उनके राज्य का अपहरण किया है। हम सबका धर्म है कि हम दुर्योधन के बढ़े हुए लोभ को रोकें। इस बार दुर्योधन ने धर्मराज का राज्य नहीं लौटाया तो पाण्डव उन सबका वध कर देंगे। अब पाण्डव और उत्पीड़न नहीं सहेंगे। दुर्योधन ने युद्ध छेड़ा तो पाण्डव दृढ़ प्रतिरोध करेंगे और उन सबका वध कर

देंगे।" वे फिर से सहज हो गये। उनका स्वर पहले के ही समान कोमल और मधुर हो गया, "अभी हम नहीं जानते कि दुर्योधन के मन में क्या है। इसलिए आवश्यक है कि उसका मत जानने के लिए यहाँ से कोई पवित्रात्मा, धर्मप्राण, कुलीन और सावधान व्यक्ति हस्तिनापुर जाये। कुरुवृद्धों से बात करे। उन्हें समझाए और कोई ऐसा मार्ग निकाले, जिससे दोनों पक्षों का हित हो। उनके धर्म, न्याय और यश की रक्षा हो।"

श्रीकृष्ण मौन हो गये। उन्होंने हाथ जोड़कर सबको प्रणाम किया और अपने स्थान पर बैठ गये।

वसुदेव सन्तुष्ट थे। कृष्ण ने ऐसा कुछ नहीं कहा था, जो एक पक्षीय अथवा उग्र हो। वह ऐसे समाधान पर विचार करने के लिए कह रहा था, जिससे दोनों पक्षों का हित हो। अन्यथा वह यह भी तो कह सकता था कि हमें चाहिए कि अब दुर्योधन और उसके भाइयों का वध कर हस्तिनापुर का साम्राज्य युधिष्ठिर को सौप दें और उसे फिर से सम्राट् की उपाधि से विभूषित करें।...पर उसने ऐसा कुछ नहीं कहा था। बलराम तथा उसके सहयोगियों को उससे असन्तोष नहीं होना चाहिए। लक्ष्मणा की सारी आशंकाएँ निमूर्ल हो जानी चाहिए...न पाण्डव युद्ध चाहते हैं, न कृष्ण को ही निरीह हत्याएँ प्रिय हैं।

तभी बलराम उठकर खड़े हो गये।...वसुदेव चौंके।...अब इसके बोलने की क्या आवश्यकता है? जहाँ बोलने की आवश्कता होती है, वहाँ तो मुँह खोलता नहीं; और जहाँ कोई आवश्यकता नहीं, वहाँ उठकर खड़ा हो गया है। यह कृष्ण के समर्थन में उठ नहीं सकता और विरोध का कोई अवकाश नहीं था। कृष्ण ने ऐसा कुछ कहा ही नहीं था...

"कृष्ण ने बहुत सुविचारित वक्तव्य दिया है। यह भी अच्छी बात है कि युधिष्ठिर पूरा न माँग कर आधे राज्य की ही आकांक्षा कर रहे हैं। युधिष्ठिर और दुर्योधन, दोनों का ही हित इसी में है। वे दोनों ही हमारे सम्बन्धी हैं। इसलिए हम दोनों के हित की आकांक्षा करते हैं। मध्यस्थ होने के नाते हमें ऐसा ही करना चाहिए।" बलराम बोले, "मैं चाहता हूँ कि यहाँ से कोई बहुत बुद्धिमान, प्रतिभाशाली और तटस्थ व्यक्ति हस्तिनापुर जाये। वह भीष्म, धृतराष्ट्र, द्रोणाचार्य इत्यादि से चर्चा करे और कोई शांतिपूर्ण समाधान निकाले। दुर्योधन और उसके सहयोगियों को उत्तेजित करनेवाली कोई बात न करे। युद्ध की तो चर्चा ही नहीं करनी चाहिए। युद्ध से किसी का भला नहीं होता।" उनका स्वर कुछ बदला, "कृष्ण ने बहुत ठीक कहा है कि हम दुर्योधन के शुभचिंतक हैं, अतः हमें उसके बढ़े हुए लोभ को रोकना चाहिए; पर उसने यह नहीं कहा कि धर्म के नाम पर पाण्डवों की असंगत माँग का समर्थन भी नहीं करना चाहिए।

सारा दोष दुर्योधन का ही नहीं है। युधिष्ठिर को द्यूत का व्यसन नहीं होता तो ऐसी स्थिति ही क्यों आती। खेलने ही बैठे थे तो अपने जैसे ही किसी अज्ञ व्यसनी को चुनते। वे तो शकुनि जैसे दक्ष द्यूतक का आह्वान कर उससे खेलने लगे। ऐसे में तो कोई भी हारेगा ही। उसमें सुबलपुत्र का क्या दोष है। उनसे यह भी नहीं हुआ कि दो एक दाँव खेल कर उठ जाते। वे तो रोष और आवेश में खेलते ही चले गये। अब यदि राज्य और सारी सम्पत्ति दुर्योधन के पास है, तो वह उस का त्याग क्यों करेगा। कोई भी व्यक्ति हाथ आयी सम्पत्ति को छोड़ना नहीं चाहता। वह उसके लिए स्वाभाविक ही है। पाण्डव वीर योद्धा हैं, किन्तु कोई ऐसे शक्तिशाली भी नहीं हैं कि उनके भय से दुर्योधन अपना राज्य त्याग दे। यदि पाण्डवों के पास अपने सहायक हैं तो दुर्योधन के पास भी सहायकों और योद्धाओं का अकाल नहीं है। उसने भी बलवान होकर ही पाण्डवों के राज्य पर आधिपत्य जमाया है। दुर्योधन को पाण्डवों से भयभीत होने का कोई कारण नहीं है। इसलिए युद्ध की तो बात ही नहीं करनी चाहिए। युद्ध से किसी का भी भला नहीं होता। युद्ध में दोनों ही पक्ष अनीति, अधर्म और अन्याय का सहारा लेते हैं। अन्याय से किसी का भी हित नहीं होगा। संसार की किसी समस्या का समाधान नहीं होता। हमें शांति का व्यवहार करना चाहिए। समझा-बुझाकर समझौता कराना चाहिए और मिल-जुलकर रहना चाहिए..."

वसुदेव चकित थे : उनके इस पुत्र ने आज अपने स्वभाव की सारी उग्रता का त्याग कर केवल शांति की बात कही थी। क्यों? क्या इसलिए क्योंकि कृष्ण ने दुर्योधन के विरुद्ध युद्ध का संकेत किया था। पर क्या बलराम ने दुर्योधन को कभी मिल-जुल कर रहने का परामर्श दिया था? उससे कभी कहा था कि उसका यह अत्यधिक लोभ इस भरतखंड के सारे राजाओं के लिए संकट का कारण बन जायेगा?...वह दुर्योधन के शक्तिशाली समर्थकों और सहायकों की चर्चा कर रहा था। क्या कहना चाहता था वह? क्या वह पाण्डवों और कृष्ण को धमकी दे रहा था कि युद्ध की स्थिति में वह दुर्योधन का पक्ष ले सकता है?

वसुदेव ने कृष्ण की ओर देखा : क्या वह बलराम का विरोध करेगा? बलराग ने अपनी बात उसके समर्थन से आरम्भ की थी किन्तु उसकी समाप्ति तो कृष्ण के विरोध पर ही हुई थी। क्या कृष्ण युधिष्ठिर के पक्ष में कुछ कहेगा? क्या वह कहेगा कि वह युधिष्ठिर का व्यसन नहीं, उसका धर्म था? वह अपनी इच्छा से नहीं, धृतराष्ट्र की आज्ञा से खेल रहा था, इसलिए वह अपनी इच्छा से द्यूत छोड़कर उठ नहीं सकता था। और तब जो हुआ, सो हुआ, अब तो पाण्डव धर्मानुकूल समय पूरा कर आये हैं। क्या अब बलराम अपने शिष्य से कहेगा कि वह भी धर्मानुकूल आचरण करे और पाण्डवों का राज्य उन्हें लौटा दे?

कृष्ण केवल देख रहे थे, कुछ बोल नहीं रहे थे। उनके द्वारा बलराम का विरोध करने का कोई लक्षण दिखायी नहीं पड़ रहा था। वे तो बलराम को ऐसे देख रहे थे, जैसे वे पहले से ही जानते हों कि बलराम यह सब ही कहेंगे...

तभी युयुधान सात्यकि एक प्रकार से उछलकर खड़ा हो गया, "बलराम जी! जिस का जैसा मन होता है, वह वैसी ही बात करता है। अच्छा है कि आज आपने अपने मन की बात कह दी। प्रभु की बड़ी विचित्र लीला है कि एक ही वृक्ष में दो शाखाएँ होती हैं। एक फलों के भार से धरती तक झुक आती है और दूसरी पर एक फूल तक नहीं फलता। आपने जो कुछ कहा है, उसके लिए मैं आपको दोष नहीं देता। दोष तो मैं इन वीर राजाओं को देता हूँ, जो बैठे आपकी ऐसी बातें सुन रहे हैं। कोई भरी सभा में धर्मराज युधिष्ठिर को दोषी ठहराए और हम बैठे चुपचाप सुनते रहें, इससे बड़ा पाप और क्या हो सकता है।..."

वसुदेव का मन खटक गया। कृष्ण और बलराम नहीं टकराए तो सात्यकि ने वह कमी पूरी कर दी। यदि बलराम को क्रोध आ गया तो जो रण धार्तराष्ट्रों और पाण्डवों में सम्भावित है, वह यहीं हो लेगा। उन्होंने देखा...बलराम की भृकुटी वक्र हो रही थी। उन्हें सात्यकि की बात अच्छी नहीं लग रही थी, किन्तु वे स्वयं को सँभाले हुए थे। एक बार उन्होंने अपनी दृष्टि उठाई और कृष्ण की ओर देखा। वे उतनी ही तन्मयता से सात्यकि की बात सुन रहे थे, जैसी तन्मयता से उन्होंने बलराम की बात सुनी थी।...

"आप धर्मराज को द्यूत का अपराधी ठहरा रहे हैं। वे द्यूत क्रीड़ा से परिचित भी नहीं थे ओर धृतराष्ट्र ने उन्हें अपने घर बुलाकर सुबलपुत्र शकुनि के साथ खेलने के लिए बैठा दिया।" सात्यकि कह रहा था, "उस बलात् खेलाए गये द्यूत में छलपूर्वक जीते गये राज्य को आप धर्मपूर्वक जय करने की बात कह रहे हैं। धर्मराज इन्द्रप्रस्थ में अपनी इच्छा से द्यूत खेलते और तब शकुनि उनसे जीत जाता तो हम आपकी बात मान लेते।" सात्यकि बोला, "इस पर भी पाण्डवों ने अपनी प्रतिज्ञानुसार वनवास और अज्ञातवास पूरा कर लिया है। अब धर्मानुसार उनका राज्य लौटाने के स्थान पर कौरव कह रहे हैं कि अवधि पूर्ण होने से पहले ही उन्होंने पाण्डवों को पहचान लिया था। भीष्म, द्रोण और विदुर उनको समझा रहे हैं और वे उनकी बात नहीं मान रहे, उलटे युद्ध की तैयारी कर रहे हैं। ऐसे कौरवों का पक्ष ले कर आप धर्मराज को दोषी ठहरा रहे हैं।"

सात्यकि का क्रोध जैसे बढ़ता ही जा रहा था। साथ ही साथ उसका संकोच भी कम होता जा रहा था। अब वह बलराम से आँखें नहीं चुरा रहा था। वह उन पर आग्नेय दृष्टि डाल रहा था।...वसुदेव कुछ चकित थे। सात्यकि

के इस व्यवहार से बलराम रुष्ट होने के स्थान पर कुछ संकुचित होते से लग रहे थे। ऐसा लग रहा था कि उनका अपराधबोध कुछ जाग उठा था; किन्तु वे उसे दबाए हुए थे।

और सहसा सात्यकि का स्वर और भी ऊँचा हो गया, "आप हमें बता रहे हैं कि पाण्डव ऐसे बलशाली नहीं हैं कि दुर्योधन उनसे भयभीत हो जाये। आप मुझे बताएँ कि जिधर वीरवर अर्जुन होंगे, चक्रधारी भगवान कृष्ण होंगे, मैं हूँगा, भीम, नकुल, सहदेव होंगे, महाराज विराट, महाराज द्रुपद, धृष्टद्युम्न, पाँचों द्रौपदीपुत्र, सुभद्रापुत्र अभिमन्यु, गद, प्रद्युम्न और सांब होंगे, उनसे कौन युद्ध करेगा, और युद्धक्षेत्र से जीवित लौट जायेगा। मैं सौगन्धपूर्वक कहता हूँ, दुर्योधन और उसके भाइयों को और उनकी सहायता को आने वालों को काट कर उनके सिर धर्मराज के चरणों पर चढ़ा दूँगा।" उसने रुककर बलराम पर दृष्टि डाली, "शांति हमें भी प्रिय है। हम भी कोई रक्तपिपासु हिंस्र जीव नहीं हैं; किन्तु हमारे लिए धर्म, अपने मोह को छिपाने के लिए ओट नहीं है। हम न्याय और सम्बन्धों में से न्याय का वरण करेंगे। क्षत्रिय हैं, इसलिए युद्ध की धमकियों से भयभीत नहीं होंगे।" उसने जैसे अपनी नीति की घोषणा की, "अब पांडुनन्दन युधिष्ठिर को उनका राज्य मिल जाना चाहिए, अन्यथा हम शकुनि सहित, धृतराष्ट्रपुत्र दुर्योधन तथा कर्ण को मार कर धर्मराज युधिष्ठिर का राज्याभिषेक करेंगे। आततायी शत्रुओं का वध करने में कोई पाप नहीं है, वरन् उनसे याचना करना ही अधर्म और अपयश का कारण है।"

वसुदेव ने देखा, बलराम सब कुछ सुनकर भी सात्यकि की ओर देख नहीं रहे थे। वे प्रयत्न कर रहे थे कि उन पर इस भाषण का कोई प्रभाव दिखायी न पड़े।...तब वसुदेव की दृष्टि कृष्ण पर पड़ी : कृष्ण उस समय सात्यकि को न देख कर अपने पुत्रों की ओर देख रहे थे। उन आँखों की अपेक्षा को वसुदेव स्पष्ट पढ़ रहे थे। वे एक पिता की आँखें थीं, जो अपने पुत्रों को इस अपेक्षा से देख रही थीं कि क्या वे संकट और विरोध की इस घड़ी में अपने पिता की सहायता के लिए आयेंगे? क्या वे अपने पिता के प्रति अपने दायित्व का निर्वाह करेंगे?...और प्रद्युम्न भी बलराम के ही समान इधर-उधर देख रहा था। उसने अपने पिता अथवा सात्यकि से आँखें नहीं मिलाई। उनके समर्थन में खड़े होने की कोई तत्परता नहीं दिखायी। सांब और गद भी मौन बैठे रहे, जैसे वे मात्र द्रष्टा हों। यहाँ उनका कोई सक्रिय योगदान हो ही नहीं। उन्होंने कृष्ण को सर्वथा अकेला छोड़ दिया था।...कृष्ण की आँखों में निराशा थी, अवसाद नहीं। निश्चित् रूप से उसके पुत्रों और भाइयों ने उसे बहुत निराश किया था।...वसुदेव

अपनी आँखों से इस पराए नगर में अपने भाइयों और पुत्रों द्वारा कृष्ण का यह परित्याग देख रहे थे।...

सहसा बलराम ने सात्यकि की ओर देखा, उसने कृष्ण के पुत्रों पर टिकी हुई निराश दृष्टि को पहचाना और उनके चेहरे पर विजय की मुस्कान उभरी। उन्होंने सात्यकि पर उपहासपूर्ण दृष्टि डाली, जैसे उन्होंने अखाड़े में सात्यकि को आकाश दिखा दिया हो। बलराम का चेहरा अपनी विजय से उद्दीप्त हो रहा था।...और सात्यकि की हताशा उसके चेहरे को हिंस्र बनाती जा रही थी।...

वसुदेव की दृष्टि कृष्ण की ओर मुड़ गयी। कृष्ण की इस भंगिमा को वे भली प्रकार पहचानते थे। बहुत बार देखा था उन्होंने कृष्ण की इस भंगिमा को। वह अपने पुत्रों को समझाएगा नहीं। अनुनय-विनय नहीं करेगा। केवल स्वीकार कर लेगा, जैसे वह तो मात्र परीक्षण कर रहा था उनका। देखना चाहता था कि वे लोग धर्मयुद्ध में उसके साथ हैं या नहीं। कर्म तो उसे स्वयं की करना है।...

वसुदेव का मन जैसे काँप उठा : कृष्ण को त्याग दिया तो यादवों के पास शेष रह ही क्या गया? वे नहीं जानते कि कृष्ण को त्यागने के पश्चात उनके पास केवल अधर्म बचेगा।...और यदि कृष्ण ने उन्हें त्याग दिया तो? जिसे कृष्ण ही त्याग दे उस की रक्षा कौन करेगा?...एक पाण्डव थे कि जिन्होंने अपने असमर्थ बड़े भाई का कठिन से कठिन परीक्षा में साथ नहीं छोड़ा, क्योंकि वह धर्म के मार्ग पर चल रहा था और एक वसुदेव का यह अपना परिवार था, जो कृष्ण का परित्याग केवल इसलिए कर रहा था, क्योंकि कृष्ण धर्म पर चल रहा था।...और कृष्ण बैठा इस प्रकार मुस्करा रहा है, जैसे उसकी ही किसी योजना के अधीन उसके अपने परिजनों ने अपनी वास्तविकता प्रकट कर दी हो।...

तभी पंचालराज द्रुपद उठकर खड़े हुए।

"मान्य राजसमाज!" वे बोले, "मैं बलराम जी से सहमत हूँ कि मधुर स्वभाव और शांतिप्रियता, मनुष्य का गुण है; किन्तु दुर्योधन मधुर व्यवहार से राज्य नहीं देगा। अपने पुत्र-मोह के कारण धृतराष्ट्र उसका ही अनुसरण करेगा। भीष्म और द्रोण दीनतावश और शकुनि तथा कर्ण अपनी मूर्खतावश उसका साथ देंगे।" सहसा कुछ रुककर उन्होंने बलराम की ओर देखा, "बलराम जी को यह कहना मुझे उचित नहीं लगता कि दुर्योधन से मेल-जोल कर हम अपनी बात मनवाएँ। दुर्योधन पाप पूर्ण विचार रखने वाला अधर्मी है। उसके प्रति मधुर व्यवहार का अर्थ है, गधे के प्रति कोमल व्यवहार और गाय के प्रति कठोर होना। जो पापी और मूर्ख होते हैं, वे सज्जनता का सम्मान नहीं करते। वे उसे कायरता और शक्तिहीनता मानते हैं। वे केवल बल की भाषा समझते हैं। इसलिए हमें अपने

मित्र राजाओं के पास संदेश भेज देना चाहिए कि वे हमारे लिए सैन्य-संग्रह का उद्योग करें। दुर्योधन भी या तो अब तक ऐसा संदेश भेज चुका होगा अथवा भेजने वाला होगा। सज्जन राजा पहले मिलने वाले युद्ध-निमन्त्रण को स्वीकार कर लेगा और पहले बुलाने वाले पक्ष की सहायता करेगा। इसलिए हमें शीघ्रता करनी चाहिए। शल्य, धृष्टकेतु, जयत्सेन, केकय राजकुमारों को संदेश भेजो। अमितौजा, उग्र, कृतवर्मा, अंधक, दीर्घप्रज्ञ, रोचमान के पास दूत भेजो। सुबाहु, रुक्मी, देवक, एकलव्य, सुशर्मा और पंचनद के राजाओं को बुलाओ।"

द्रुपद अपने स्थान पर बैठ गये।

वसुदेव ने बलराम की ओर देखा : क्या वह द्रुपद का विरोध करेगा?

पर बलराम सर्वथा उदासीन होकर बैठ गये थे, जैसे उन्होंने तो अपना संकल्प कर लिया था, और अब जो कुछ भी कहा और सुना जायेगा, उसका उन पर कोई प्रभाव होने वाला नहीं था।

और तभी कृष्ण फिर से उठ खड़े हुए, "जो अवसर के विपरीत व्यवहार करता है, वह मूर्ख माना जाता है। हमारा पाण्डवों और कौरवों से एक-सा सम्बन्ध है। दोनों ही हमारे अनुकूल व्यवहार करते हैं। हम सब यहाँ विवाह के लिए आये थे। अब विवाह हो गया है, अतः हम सब अपने-अपने घर लौट जायेंगे। महाराज द्रुपद और मत्स्यराज विराट! आप लोग ही पाण्डवों की कार्यसिद्धि के लिए अनुकूल संदेश भेजिए। आप जो भी संदेश भेजेंगे, वह हम सबका निश्चित मत होगा। यदि दुर्योधन न्याय के अनुसार शांति स्वीकार करेगा, तो कौरवों और पाण्डवों में परस्पर बन्धुजनोचित सौहार्द स्थापित होगा। ओर एक व्यापक संहार टल जायेगा।..."

बलराम ने एक विजयी मुस्कान सात्यकि की ओर उछाल दी। सात्यकि तड़पकर रह गया। कृष्ण ने भी पाली बदल ली। वे भी दूत भेजने की बात कर रहे हैं। अपने पुत्रों तक को आदेश नहीं दे रहे। जैसे कह रहे हैं कि उनकी इच्छा के विरुद्ध कृष्ण के पुत्र भी उनका साथ नहीं देंगे।...

"यदि दुर्योधन हमारा प्रस्ताव स्वीकार न करे, तो आप दूसरे राजाओं को युद्ध निमन्त्रण भेज कर, सबके अन्त में हमको आमन्त्रित कीजिएगा।" कृष्ण ने अपनी बात पूरी की, "फिर गांडीवधारी अर्जुन के कुपित होने पर, मंदबुद्धि मूढ़ दुर्योधन अपने मंत्रियों और बन्धुजनों के साथ सर्वथा नष्ट हो जायेगा।" कृष्ण रुक गये, "पर पाण्डव युद्ध की तैयारी तभी करें, जब दुर्योधन किसी भी प्रकार संधि की बात न माने।"

सात्यकि को लगा कि कृष्ण ने अपने बड़े भाई की इच्छा के सम्मुख पूर्ण आत्मसमर्पण कर दिया है। बलराम अपनी विजय पर प्रसन्न हैं और अपनी

प्रसन्नता को छिपाने का वे कोई कारण नहीं देखते। उनके हाव-भाव स्पष्ट रूप से कह रहे थे कि उन्होंने आज इस सभा में एक निर्णायक युद्ध में पाण्डवों, सात्यकि और कृष्ण को पराजित कर दिया है।...

कृष्ण मौन हो गये। बलराम ने कुछ नहीं कहा। वसुदेव का मन हो रहा था कि वे अपने दोनों पुत्रों के साथ कहीं एकान्त में बैठें और उन्हें समझाएँ। पर क्या समझाएँ? बलराम का समर्थन करने का अर्थ था, दुर्योधन की रक्षा और पाण्डवों को सदा के लिए उनके राज्य से वंचित कर देना। यह न्याय नहीं था।...और यदि उन्होंने कृष्ण का समर्थन किया, तो बलराम की पुरानी शिकायत फिर से उभर आयेगी कि वे सदा कृष्ण का पक्ष ले कर उस का विरोध करते हैं।...

अर्जुन ने मौन भाव से कृष्ण की ओर देखा।...कृष्ण तो कहते थे कि वे स्वयं ही दुर्योधन का वध कर पाण्डवों का राज्य उन्हें दिला देंगे। आज ऐसा क्या हो गया कि वे द्वारका लौटने की बात कह रहे हैं और कह रहे हैं कि जैसे अन्य राजाओं को सहायता के लिए बुलाया जाये, वैसे ही उनसे भी सहायता माँगने जाया जाये। कहाँ? द्वारका में, यहाँ नहीं? क्या वे नहीं जानते कि पाण्डवों को उनकी पूरी सहायता की आवश्यकता है। उनके ही सहारे तो पाण्डवों ने यह अभियान छेड़ा है। कृष्ण क्या सोच रहे हैं, यह तो वे ही जानें। कदाचित उसी में पाण्डवों का हित होगा।

5

सभा से उठकर पाण्डव बिना किसी विचार-विमर्श के ही जैसे स्वतःचालित ढंग से धर्मराज के कक्ष की ओर चल पड़े। प्रायः वे सब ही आत्मलीन थे, जैसे किसी न किसी ऊहापोह में हों; और अभी या तो कुछ कहना न चाहते हों अथवा कहने की स्थित में न हों।

कक्ष में प्रवेश कर उन्होंने देखा कि द्रौपदी तथा सुभद्रा कदाचित उनकी प्रतीक्षा में पहले ही वहाँ आयी बैठी थीं।

द्रौपदी ने उन्हें देखा तो सहज ही समझ गयी कि सब कुछ सामान्य तथा उनकी इच्छा के अनुकूल नहीं हुआ है।...किन्तु सभा में तो सब अपने सम्बन्धी, मित्र तथा उनके अनुकूल लोग ही थे। वहाँ ऐसा क्या घटित हो गया कि सारे के सारे पाण्डव इस प्रकार मस्तक झुकाए और चेहरे लटकाए लौटे हैं।

"क्या हुआ सभा में?" द्रौपदी ने उत्सुकता के प्रबल आवेग में पूछा।

किसी ने भी तत्काल कोई उत्तर नहीं दिया। सब जैसे आत्मलीन से पहले

अपने लिए बैठने की कोई व्यवस्था कर लेना चाहते थे।...कुछ देर प्रश्नों से बचना चाहते थे, अथवा मन को स्थिर करने के लिए थोड़ा समय चाहते थे।

द्रौपदी समझ रही थी कि इस आत्मलीनता का अर्थ क्या था। किसी न किसी कारण से वे लोग उल्लसित तो नहीं ही थे; सम्भवतः थोड़े से निराश भी थे। किसी द्वन्द्व के कारण भी ऐसी स्थिति हो सकती थी—कोई बाह्य द्वन्द्व अथवा आन्तरिक कलह।

"आप कुछ बोले क्यों नहीं?" सुभद्रा ने प्रत्यक्ष रूप से अर्जुन से पूछा।

अर्जुन ने उस पर एक झिलमिल-सी दृष्टि डाली, जिसमें कुछ भी स्पष्ट नहीं था यह भी नहीं कि वह उत्तर देगा भी अथवा नहीं। सुभद्रा और द्रौपदी दोनों ही उत्सुकता से उसकी ओर देखती रहीं।

अर्जुन ने बिना उनकी ओर देखे हुए, आसन पर बैठते हुए कहा, "विचार-विमर्श हुआ सभा में और क्या होना था। निश्चय किया गया है कि महाराज द्रुपद एक दूत हस्तिनापुर भेजेंगे ताकि वह दुर्योधन को समझा सके कि वह धर्मराज का राज्य उन्हें लौटा दे।"

"ऐसे निश्चय का क्या लाभ जिसका कोई अर्थ न हो।" सुभद्रा बोली, "समझाने से ही समझनेवाला होता तो दुर्योधन बहुत पहले ही समझ गया होता। क्या सभा में बैठे लोग यह मानते हैं कि उसे आज तक किसी ने कुछ समझाया ही नहीं है?"

"मुझे तो यह बताओ कि सभा में हुआ क्या?" द्रौपदी का स्वर उत्तेजित और चेहरा तमतमाया हुआ था, "सभा इस निश्चय पर पहुँची तो कैसे पहुँची? वहाँ यह निश्चय क्यों नहीं हुआ कि उपप्लव्य से पाण्डवों की सेना सीधे हस्तिनापुर पर आक्रमण करेगी? क्या सभा में हमारा एक भी सच्चा हितैषी नहीं था?"

कुछ क्षण सब ही मौन रहे, फिर अर्जुन बोला, "नहीं, ऐसी बात नहीं है। सभा में तो सब हमारे हितैषी ही थे।"

"तो उन्होंने हमारा हित साधा क्यों नहीं?" द्रौपदी ने अपने प्रखर स्वर में पूछा।

"सभा में प्रथम वक्ता श्रीकृष्ण थे। उन्होंने बड़े स्पष्ट शब्दों में निर्द्वन्द्व भाव से कहा कि कौरव अधर्मी हैं। उन्होंने अधर्मपूर्वक पाण्डवों से उनका राज्य छीना है। यदि उन्होंने पाण्डवों का राज्य स्वेच्छा से नहीं लौटाया तो वे सबके सब मारे जायेंगे।..."

"हाँ। पहली बार तो यही कहा था।" भीम ने आतुरतापूर्वक अर्जुन की बात बीच में ही काट दी। उसे जैसे अपने मन की घुमड़न को उँडेलने का सूत्र मिल गया था।

"और दूसरी बार?" द्रौपदी ने उसकी ओर देखा।

"श्रीकृष्ण के पश्चात् इनके गुरु जी उठ खड़े हुए थे।" नकुल के स्वर की कटुता ने भीम को आगे बोलने से जैसे रोक दिया, "उन्होंने भी उतने ही स्पष्ट शब्दों में और उतने ही निर्द्वन्द्व भाव से न केवल यह कहा कि वे कौरवों और पाण्डवों के संदर्भ में मध्यस्थ की स्थिति रखते हैं, बड़े प्रबल शब्दों में यह भी कहा कि वे युद्ध के पक्ष में नहीं हैं। आज वे शांति और अहिंसा के परम समर्थक बने हुए थे। उन्होंने क्षत्रियों की उस सभा को बताया कि समस्याओं का समाधान शस्त्रों से नहीं होता। समस्याओं का समाधान शांतिपूर्वक परस्पर विचार-विमर्श से होना चाहिए।..."

"वासुदेव बलराम युद्ध का पक्ष छोड़ कर शांति का प्रचार कर रहे थे।" सुभद्रा के स्वर में अनायास ही परिहास का तत्त्व आ मिला था।

"इतना ही नहीं, दुर्योधन की रक्षा करते हुए उन्होंने धर्मराज पर यह आरोप भी लगा दिया कि वे द्यूतव्यसनी हैं और द्यूतक्रीड़ा में अपना राज्य हारने के लिए स्वयं दोषी हैं। उसमें दुर्योधन का कोई दोष नहीं है।..."

"इसका क्या अर्थ?" सुभद्रा के मुख से निकला और द्रौपदी जैसे चकित सी उन लोगों की ओर देखती रह गयी।

"इसका अर्थ है कि उन्होंने अपना पक्ष स्पष्ट कर दिया है। पाण्डवों को उनसे किसी प्रकार की कोई अपेक्षा नहीं रखनी चाहिए।" सहदेव बोला, "इतना ही नहीं, वे मध्यस्थ हैं, अतः यदि उन्हें लगा कि दुर्योधन दुर्बल पड़ रहा है, अथवा उसके साथ अधर्म हो रहा है तो वे उसकी रक्षा के लिए खड़े भी हो सकते हैं।"

"यह कैसा अधर्म है।" सुभद्रा बोली, "किसी ने उनका विरोध नहीं किया? सभा में तो भैया कृष्ण और स्वयं पिताजी भी थे।"

"थे तो सब ही।" भीम ने कुछ उद्दंड भाव से उत्तर दिया, "मातुल सदा के समान मौन बैठे रहे। कृष्ण ने अपनी पाली ही बदल ली। तत्काल उसे स्मरण हो आया कि कौरवों और पाण्डवों से उसके एक ही समान सम्बन्ध हैं और यादव इन दोनों के लिए मध्यस्थ हैं। इतना ही नहीं, उसने तो सभा को ही एक प्रकार से निरर्थक घोषित कर दिया।..."

अर्जुन ने मध्य में ही कुछ कहना चाहा; किन्तु भीम ने अपने हाथ के संकेत से उसे रोक दिया, "अपने मित्र के बचाव के लिए इतने उतावले होने की आवश्यकता नहीं। मैं सब कुछ सच-सच ही बता रहा हूँ।"

अर्जुन कुछ नहीं बोला।

"कृष्ण ने कहा कि हम सब लोग उपप्लव्य में अभिमन्यु के विवाह के

संदर्भ में एकत्रित हुए थे। वह हो गया है। अतः सब लोग अपने-अपने घर को जायें। इसका अर्थ है कि अब पाण्डवों के राज्य अथवा युद्ध की चर्चा का कोई अर्थ नहीं है। उसके लिए फिर कभी देखेंगे।...अर्थात् यदि वासुदेव बलराम हमें दुर्योधन से लड़ने नहीं देंगे तो कृष्ण तो उसकी चर्चा भी करने नहीं देगा।"

सुभद्रा आश्चर्य से भीम की ओर देखती रही, "वहाँ किसी ने इन बातों का विरोध नहीं किया?"

"ऐसा नहीं है सुभद्रा!" अर्जुन ने उत्तर दिया, "मध्यम अपने गुरु जी की रक्षा करने के लिए तथ्यों को थोड़ा-सा मरोड़ रहे हैं। अपने गुरु को तो कुछ कह नहीं सके इसलिए अपना आक्रोश कृष्ण के प्रति व्यक्त कर रहे हैं।"

"मैं किसी की रक्षा नहीं कर रहा हूँ।" भीम तड़पकर बोला, "मेरे मन में अपने गुरु के लिए सम्मान अवश्य है किन्तु उसका यह अर्थ नहीं है कि यदि वे दुर्योधन के रक्षक बन जायेंगे तो मैं उनका अनुसरण करता रहूँगा।"

"तो फिर बताते क्यों नहीं हो कि सात्यकि ने वहाँ वासुदेव बलराम का प्रबल विरोध ही नहीं किया, एक प्रकार से उन्हें चुनौती भी दी और पाण्डवों के पक्ष में स्पष्ट युद्ध की घोषणा भी की।" अर्जुन ने कहा।

"सात्यकि ने जो कहा सो कहा, मेरा प्रश्न तो यह है कि कृष्ण ने उसके पश्चात् क्या किया। उसने अपनी पाली क्यों बदल ली? उसका स्वर इतना बदला हुआ क्यों था? न उसके स्वर में वह आक्रामकता शेष थी, न वह एकपक्षता। सारा कुछ समेट कर उठकर चल दिये ताकि न वह स्वयं विरोध करे, न किसी और को करने दे। महाराज द्रुपद से कह दिया कि वे अपना दूत हस्तिनापुर भेज दें। वह हस्तिनापुर में जो कुछ कह जायेगा वह सबकी ओर से कहा हुआ मान लिया जायेगा। जैसे उनके दूत के समझाने से दुर्योधन सब कुछ समझ जायेगा और इन्द्रप्रस्थ का राज्य लाकर हमारी झोली में डाल देगा।"

"जो कुछ सात्यकि ने कहा, वह कृष्ण को कहना चाहिए था। चर्चा को और आगे बढ़ाना चाहिए था। हमारा पक्षधर होकर हमारा पक्ष प्रस्तुत करना चाहिए था। सब कुछ समेटकर भाग नहीं जाना चाहिए था।" भीम ने कुछ उद्दण्डतापूर्वक कहा।

"तो तुम सात्यकि से प्रसन्न हो और कृष्ण से नहीं।" युधिष्ठिर धीरे से मुस्कराए।

"ऐसी बात भी नहीं है।" भीम की उत्तेजना कुछ कम हो गयी लगती थी, "मैं कृष्ण के पहले वक्तव्य से सहमत हूँ; परन्तु मेरी समझ में यह नहीं आ रहा कि बलराम जी और सात्यकि के वक्तव्यों के पश्चात् वह इतना बदल क्यों गया। जो कृष्ण कल तक कह रहा था कि पाण्डवों को कुछ करने की ही

आवश्यकता नहीं है, यादव ही दुर्योधन से उनका राज्य छीन कर उन्हें लौटा देंगे। वही कृष्ण मध्यस्थ हो गया है।"

"तुम्हारी पीड़ा हम समझते हैं।" युधिष्ठिर बोले, "पर सोचने की बात तो यह है भीम! कि गोविंद के पहले और दूसरे वक्तव्य के मध्य उनके मन और परिवेश में ऐसा क्या हो गया कि उन्हें वह कहना पड़ा, जिसे तुम पाली बदलना बता रहे हो?"

"तो फिर आप भी मानते हैं न कि कृष्ण ने वक्तव्य बदल लिया? वासुदेव बलराम के एक हल्के से विरोध से ही कृष्ण अपना धर्म भूल कर उनकी ही भाषा बोलने लगा?"

"थोड़ा धैर्य धारण करो भाई।" युधिष्ठिर बोले, "मैंने कहा है कि यह विचार का विषय है। तुम ही बताओ कि उन दोनों वक्तव्यों के मध्य के समय में क्या हुआ?"

"कह तो रहा हूँ कि पहली बार उसने अपने मन की बात कही और दूसरी बार वह या तो बड़े भाई से डर गया अथवा भाई का प्रेम प्रधान हो गया और धर्म गौण।" भीम अब भी अपनी ही बात पर टिका हुआ था।

"अपनी हठ छोड़ो और यह मान कर चलो कि गोबिंद ने जो कुछ कहा और किया वह धर्म के पक्ष में ही किया; क्योंकि कृष्ण अधर्म का पक्ष ले ही नहीं सकते।" युधिष्ठिर बोले, "अब प्रश्न तो इस अन्वेषण का है कि वह धर्म कैसे है। मैं समझता हूँ कि सभा में आने के समय तक गोबिंद यह मानकर चल रहे थे कि यादवों में परस्पर कितना ही मतभेद और वैर-विरोध क्यों न हो, उनमें कितने भी पक्ष तथा विपक्ष क्यों न हों, वे कितने भी दलों और वर्गों में विभाजित क्यों न हों, उनमें पाण्डवों की सहायता के विषय में कोई मतभेद विभाजन नहीं होगा। उन्होंने कदाचित यह कल्पना भी नहीं की होगी कि सभा में कोई यह कहने का साहस भी करेगा कि कौरवों और पाण्डवों के विवाद में पाण्डवों का भी दोष है। किन्तु वासुदेव बलराम के वक्तव्य से यह स्पष्ट था कि वे यादवों की सभा में अथवा अन्यत्र कहीं भी दुर्योधन का विरोध नहीं होने देंगे। विरोध चाहे कृष्ण की ओर से ही क्यों न हो रहा हो। यदि विरोध होगा तो वे दुर्योधन का पक्ष लेंगे और आवश्यक हुआ तो उसकी रक्षा के लिए मुझे अपराधी भी घोषित करेंगे।..." युधिष्ठिर ने रुककर उन सब लोगों की ओर देखा, "इस वक्तव्य से कृष्ण ने बलराम का पक्ष समझ लिया और मौन रह गये। वे कदाचित इस अवसर पर इस विवाद को हवा नहीं देना चाहते थे। किन्तु सात्यकि मौन नहीं रहा और सात्यकि के वक्तव्य को सुनकर कृष्ण को लगा होगा कि पाण्डवों के पक्ष-विपक्ष को ले कर, धर्म-अधर्म को लेकर;

अथवा पाण्डवों को दी जाने वाली सैनिक सहायता को ले कर यदि यादवों को उन्मुक्त विचार-विमर्श करने का अवसर दिया गया तो पाण्डवों की बात तो पीछे रह जायेगी, उनके अपने मतभेद अधिक मुखर होंगे। उन लोगों का अपना वैर-विरोध अधिक सक्रिय होगा। उनका अपना दल-विभाजन अधिक दृढ़ होगा। ऐसी स्थिति में संभव है कि दुर्योधन से हमारे युद्ध का अवसर ही न आये, उससे पहले ही यादवों में गृहयुद्ध आरम्भ हो जाये। तुम कहते हो कि कृष्ण ने सारा विचार-विमर्श समेट लिया। वे न समेटते तो बहुत संभव था कि जैसे सात्यकि ने बलराम का विरोध किया था, वैसे ही बलराम के पक्ष से कोई सात्यकि का विरोध करता। वह विरोध और कटु हो सकता था। उसमें वचनों के स्थान पर शस्त्र भी प्रकट हो सकते थे। वैसा कुछ हो जाता तो क्या उससे पाण्डवों को कोई सहायता मिल पाती?

कोई कुछ नहीं बोला।

"मेरा विचार है कि कृष्ण नहीं चाहते कि कौरवों और पाण्डवों के युद्ध से पहले, पाण्डवों का धर्मराज्य स्थापित होने से पहले—यादव लोग एक सामरिक शक्ति के रूप में समाप्त हो जायें।" युधिष्ठिर पुनः बोले, "न ही वे यह चाहते हैं कि यादवों के किसी भी अंग को संपूर्णतः या अंशतः दुर्योधन की ओर से लड़ने का कोई बहाना मिल जाये।"

"उन्हें यादवों का इतना मोह क्यों है?" भीम कुछ खीझकर बोला।

"वह यादवों का मोह नहीं है।" युधिष्ठिर ने उत्तर दिया, "मेरा मन कहता है कि उन्हें लगता है कि ऐसी कोई भी स्थिति पाण्डवों के धर्मराज्य की स्थापना में बाधा हो सकती है। संभवतः वे यादवों की अंतःकलह अथवा विनाश को पांडवों के धर्मराज्य की स्थापना तक टालना चाहते हैं। उसके पूर्व यादवों की अंतःकलह पाण्डवों को भ अपनी लपेट में ले सकती है और उससे पाण्डवों तथा उनके कुछ मित्रों का नाश करने का संभावित कारण भी हो सकती है। ऐसा होने से दुर्योधन का पक्ष सबल और सुरक्षित होगा। वे ऐसा कुछ भी नहीं होने देना चाहते।"

"आप सत्य ही कह रहे हैं महाराज! संभवतः ऐसा ही हो।" द्रौपदी धीरे से बोली, "किन्तु यदि यादवों की अंतःकलह टालने के लिए सदा ही शांति का पक्ष लेना पड़ा तो पाण्डवों को उनका राज्य कभी भी नहीं मिल पायेगा।"

"नहीं। ऐसा तो नहीं है।" युधिष्ठिर बोले, "किन्तु इस समय उनके सम्मुख एक ही मार्ग दिखायी पड़ता है कि वे बलराम, कृतवर्मा तथा अक्रूर जैसे लोगों को इतना उत्तेजित कभी न होने दें कि धर्मराज्य की स्थापना से पूर्व किसी भी प्रकार यादवों में परस्पर युद्ध की स्थिति आ जाये।"

"यदि ऐसा ही है तो कृष्ण हमें यह सब कुछ बताता क्यों नहीं है। वह क्यों चाहता है कि हम सदा पहेलियाँ बूझते रहें?" भीम का रोष समाप्त ही नहीं हो रहा था।

"कहते तो तुम ठीक ही हो।" युधिष्ठिर बोले, "किन्तु प्रेम, मैत्री और सौहार्द में व्यक्ति सदा स्पष्टीकरण ही तो देता नहीं चलता। कभी विश्वास का सहारा भी लेना पड़ता है। क्या कृष्ण कभी यह मानकर नहीं चल सकते कि पाण्डव उन पर विश्वास करते हैं और उनकी ओर संशय की दृष्टि से ही नहीं देख रहे हैं? मित्र के मन की व्यथा को हम स्वयं भी तो समझ सकते हैं। क्या आवश्यक है कि वे हमें यादवों के दुर्गुण बताकर अपनी बाध्यताएँ बताते रहें।"

लगा भीम के पास धर्मराज के तर्क का कोई उत्तर नहीं है। वह कुछ देर मौन रहा और फिर सायास मुस्कराकर बोला, "आज तो कृष्ण को बचाने के लिए महाराज अर्जुन से भी आगे निकल गये हैं।"

6

कृष्ण एक विचित्र मनःस्थिति में थे। उन्हें लग रहा था कि उनके हाथ-पैर बाँधकर उन्हें एक ओर डाल दिया गया था। बलराम का दृष्टिकोण स्पष्ट था। इसीलिए उन्होंने दुर्योधन को ऐसा वचन दे दिया था। कृष्ण अपने बड़े भाई का विरोध नहीं कर सकते थे। उन्हें मर्यादा का पालन करना होगा। वे ही सदा मर्यादा का पालन नहीं करेंगे तो अपने पुत्रों से कैसे अपेक्षा करेंगे कि वे अपने पिता का विरोध न करने की मर्यादा का पालन करें?... आज तक कृष्ण पाण्डवों को सहायता देने का आश्वासन देते आये थे और अब, जब सचमुच सहायता का क्षण आया था, तो वे कुछ नहीं कर सकते थे।...उन पर दोनों पक्षों का समान अधिकार था। यदि समान आधार पर वे पाण्डवों की कोई सहायता करना चाहें, तो भी उन्हें कौरवों के विरुद्ध शस्त्र नहीं उठाना था। वे ही नहीं, उनके सारे वंश में से कोई दुर्योधन के विरुद्ध शस्त्र बद्ध नहीं हो सकता था।...

सहसा कृष्ण चौंके : वे भी क्यों भीष्म और युधिष्ठिर के समान धर्म के बन्धन में बँधकर निष्क्रिय हो रहे हैं। उनक धर्म तो बाँधता नहीं मुक्त करता है। तो फिर वे इतने असहाय क्यों हैं?...वचन तो बलराम ने दिया है। कृष्ण की कोई बाध्यता नहीं है कि वे बलराम के दिये हुए सारे वचनों की रक्षा करें।...वे जानते हैं कि बलराम के मन में दुर्योधन के प्रति जो कोमल भाव है, उस के चलते बलराम ऐसे अनेक वचन दे सकते हैं।...कृष्ण बलराम के वचन की रक्षा न करें और वे पाण्डवों की ओर से युद्ध-सज्जित हो जायें, तो बलराम क्या करेंगे?...क्या वे कृष्ण से रुष्ट मात्र होंगे? उन्हें छोड़कर चले जायेंगे? अथवा...

नहीं! शायद बलराम यह नहीं करेंगे। यदि कृष्ण पाण्डवों के पक्ष में रण-सज्जित हुए, तो बहुत संभव है कि बलराम अपने रोष में दुर्योधन के पक्ष से लड़ने के लिए पहुँच जायें। यदि ऐसा कुछ हुआ तो वह इस युद्ध की सबसे बड़ी दुर्घटना होगी। यादवों में भयंकर विभाजन हो जायेगा। कृतवर्मा, अक्रूर तथा उसके सहयोगी अपनी सेनाओं के साथ बलराम के पक्ष में आ खड़े होंगे कहीं ऐसा न हो कि कृष्ण पाण्डवों की सहायता कर पाने के स्थान पर, उनके लिए कोई और बड़ा संकट खड़ा कर दें।...

पर यदि कृष्ण अपने पुत्रों को साथ ले कर पाण्डवों की ओर से युद्ध करें तो...कृष्ण को लगा कि वे मन ही मन स्वयं पर हँस पड़े हैं...कौन लड़ेगा उनके पक्ष से? सांब? सांब को क्या लक्ष्मणा पाण्डवों की ओर से लड़ने देगी? अथवा क्या लक्ष्मणा की इच्छा से विरुद्ध, सांब धर्म का पक्ष ले कर लड़ना चाहेगा? यदि लड़ने की स्वतन्त्रता दी गयी तो कहीं वह दुर्योधन के पक्ष में ही तो जा कर खड़ा नहीं हो जायेगा? सांब की पीढ़ी अपने आपको विद्रोही मानती है। उसे उन सब बातों में कोई श्रद्धा नहीं है, जिनका कृष्ण सम्मान करते है। जिन ऋषियों के कृष्ण चरण धोते हैं, सांब उन्हें पाखंडी मानकर उनका उपहास करता है।...क्या प्रद्युम्न कृष्ण का साथ देगा? क्या उसे किसी और का युद्ध लड़ने में रुचि होगी? और चारुदेष्ण...

सहसा कृष्ण को लगा कि उन्हें पता ही नहीं चला कि वे कब इतने अकेले हो गये हैं। यादवों में परिवर्तन तो आ ही रहा था, किन्तु वे उनके लिए इतने पराए हो जायेंगे, ऐसी आशंका उनके मन में जन्मी ही नहीं थी।...पर ऐसा कैसे हो गया? उन्होंने अपने पुत्रों को उचित शिक्षा नहीं दी अथवा संस्कार नहीं दिये? वे अन्य लोगों को प्रभावित कर सकते हैं तो ऐसा कैसे हुआ कि उनकी छत्रछाया में पलने वाले उनके अपने पुत्र उन सिद्धान्तों और संस्कारों को ग्रहण नहीं कर सके, जिन्हें कृष्ण ने सारी सृष्टि के लिए उपयोगी माना है?...कृष्ण हँस पड़े...संस्कार क्या देने से ही हो जाता है? शिक्षा क्या देने वाले की इच्छानुसार अपना प्रभाव दिखाती है? धरती में बीज ग्रहण करने की उर्वरा शक्ति न हो तो कृष्ण कितने ही उपयोगी बीज बोएं, कोई अंकुर नहीं फूटेगा।...शिष्य होकर सात्यकि कृष्ण के लिए अपने प्राण दे सकता है, किन्तु कृष्ण के अपने पुत्र उनके लिए अपना रक्त बहाएँगे, इसमें संदेह है। कृष्ण तो संस्कार दे ही सकते हैं, मार्ग दिखा सकते हैं, किन्तु किसी में उसे ग्रहण करने की क्षमता न हो तो वे क्या कर सकते हैं। पिता और गुरु का अहंकार व्यर्थ है।...वैसे तो अपने पुत्र और शिष्य के प्रति कृतज्ञता का भाव रखना चाहिए, जो उसकी परम्परा को आगे चलाता है। उस गुरु और पिता की पीड़ा कौन

जान सकता है, जिसे अपनी परम्परा के निर्वहन के लिए कोई योग्य पुत्र अथवा शिष्य न मिला हो।...

वे कुछ क्षणों तक स्तब्ध बैठे रहे और सहसा उनके मन में एक विस्फोट हुआ।...क्या हो गया है उनके आत्मबल को? क्यों वे एक वृद्ध और असहाय पिता के समान दूसरों के सहारे अपना युद्ध लड़ने की सोच रहे हैं? पहले तो कभी कृष्ण ने ऐसे नहीं सोचा था। जरासंध से लड़ने के लिए तो वे किसी से सहायता माँगने नहीं गये थे। कृष्ण का यह शरीर मात्र तो नहीं है कि उनकी शक्ति इस प्रकार परिमित हो जाये। उनमें यह कैसा व्यक्ति-भाव जागा है? उन्हें यह सीमा-बोध क्यों हुआ? क्या पुत्र ही उनके अपने हैं? और सारी सृष्टि परायी है? देह सम्बन्ध ही सम्बन्ध हैं क्या? वे अपना अनन्त बोध क्यों त्याग बैठे हैं? उनकी बुद्धि को भी माया घेर रही है।..वे हँस पड़े...यह चेतना भी विचित्र क्रीड़ा करती है।...वे तो ऊर्जा का वह स्रोत हैं, जो सेनाओं का निर्माण करता है।...और सत्य तो न कभी अकेला होता है न दुर्बल। प्रकृति सत्य की रक्षा करती है। धर्म इस प्रकार पराजित ओर हताश नहीं हो सकता।...वे बलराम को युद्ध से दूर रखने के लिए, उनके दुर्योधन को दिये गये वचनों की रक्षा करेंगे। उनके भाई न आयें, उनके पुत्र न आयें, अन्य यादव महारथी न आयें, कृष्ण अकेले ही पर्याप्त हैं। यादवों में विभाजन हो अथवा वे दुर्योधन की ओर से युद्ध सज्जित हो कर, पाण्डवों का पक्ष दुर्बल करें, इससे तो अच्छा है कि वे लोग द्वारका में अपने प्रासादों में रह कर जीवन के सुखों का भोग करें...

कृष्ण अपने भीतर डूबते चले गये। वे जैसे क्रमशः निर्बंध होते जा रहे थे। शरीर का बन्धन बहुत पीछे छूट गया था। वे तो महासागरों पर तैर रहे थे। महाकाशों पर उड़ रहे थे। वहाँ सूर्य नहीं था, अंधकार भी नहीं था। सब कुछ जैसे स्वप्रकाशित था। मार्ग में कोई भौतिक बन्धन नहीं था, कोई उनकी गति अवरुद्ध नहीं कर रहा था। वे जैसे कोई अनिवार्य वेग थे, जो सृष्टि के केन्द्र में स्थित थे और सारी सृष्टि को गति प्रदान कर रहे थे...

अशान्त सात्यकि अपने कक्ष में अकेला बैठा था।

क्या हो रहा है यह सब? यादवों को क्या न्याय-अन्याय का कोई बोध नहीं रहा? उन्हें धर्म का स्वरूप विस्मृत हो गया है क्या? वसुदेव कुछ बोले ही नहीं, न पक्ष में, न विपक्ष में। कृष्ण का स्वर बहुत कोमल हो गया था, जैसे पाण्डवों और धार्तराष्ट्रों को, युधिष्ठिर और दुर्योधन को समान धरातल पर रखा जा सकता हो। जैसे उनमें से एक वादी और दूसरा प्रतिवादी हो; जैसे एक पीड़ित और दूसरा पीड़क न हो। कृष्ण ने कहा कि यादवों का पाण्डवों और धार्तराष्ट्रों से समान सम्बन्ध है। सम्बन्ध तो है...पुराने सम्बन्ध भूल जायें, तो अब कृष्ण

की भगिनी का सम्बन्ध अर्जुन से हुआ है, तो उनके पुत्र का सम्बन्ध दुर्योधन की पुत्री से हुआ है...किन्तु अर्जुन से उनका सम्बन्ध, उनके अर्जुन के प्रति अबाध प्रेम का परिणाम है; सांब और लक्ष्मणा का सम्बन्ध कृष्ण की बाध्यता है। वह सांब की उच्छृंखलता थी।...तो फिर ये दोनों सम्बन्ध समान कैसे हो गये?...कृष्ण भी बलराम के दबाव में आ गये हैं क्या? प्रद्युम्न, गद, और सांब तो कुछ बोले ही नहीं।...

बलराम के मन को तो वह बहुत दिनों से भाँप रहा था। सुभद्रा के विवाह के अवसर पर बलराम कृष्ण से सहमत नहीं थे।...इसलिए बाध्य होकर कृष्ण ने अर्जुन को प्रेरित किया था कि वह सुभद्रा का हरण कर ले। कृष्ण ने बलराम को अर्जुन के विरुद्ध शस्त्र नहीं उठाने दिया, तो बलराम ने भी कृष्ण के शस्त्रों से दुर्योधन को पूर्णतः सुरक्षित रखा। सांब के बंदी हो जाने पर भी बलराम ने कृष्ण को दुर्योधन के विरुद्ध शस्त्र उठाने का अवसर नहीं दिया।...और आज ...आज तो बलराम ने दुर्योधन के अपराध को क्षीण करने के लिए, युधिष्ठिर को द्यूतव्यसनी सिद्ध कर दिया। द्यूत कांड का सारा दोष युधिष्ठिर पर ही डाल दिया।...जो बलराम अपने क्रोध के लिए ही प्रख्यात थे...वे ही बलराम कह रहे थे,...युद्ध में दोनों ओर से अनीति और अन्याय का व्यवहार होता है; और अन्याय से इस जगत में किसी प्रयोजन की सिद्धि नहीं हो सकती। इसलिए कौरवों से युद्ध की बात सोची ही न जाये।...कौरवों और पाण्डवों में युद्ध हो, इसकी आकांक्षा ही मत करो।...संधि! समझौता!! शांति!!!"

बलराम आज कैसी बातें कर रहे हैं। दुर्योधन उन्हें इतना प्रिय हो गया है कि उसके चारित्र्य को सर्वथा विस्मृत कर, उसके अन्याय और अत्याचारों की उपेक्षा कर...वे केवल शांति की चर्चा कर रहे हैं। दुर्योधन के विरुद्ध उठा प्रत्येक हाथ बाँध देता चाहते हैं।...सदा अपने कंधे पर शस्त्र ले कर चलने वाले, शब्द से भी पूर्व शस्त्र का प्रयोग करने वाले बलराम, युद्ध के विरोधी इसलिए हो गये हैं, क्योंकि युद्ध में अनीति होती है; किन्तु दुर्योधन की सारी अनीति की ओर से, चुपके से आँखें मूँद लेना चाहते हैं। जहाँ युद्ध के बिना ही इतनी अनीति है, वहाँ युद्ध में और क्या अनीति हो जायेगी?...

सात्यकि का आक्रोश बढ़ता जा रहा था। वह जानता था कि कृष्ण न अधर्म पर चल सकते थे, न उसका पक्ष ले सकते थे।...किन्तु कृष्ण पर उसका विश्वास कितना भी दृढ़ क्यों न हो, जो घटनाएं उसकी आँखों के सम्मुख घटी थीं, उनकी उपेक्षा तो वह नहीं कर सकता था।...आज जब वह अपेक्षा कर रहा था कि विराट की सभा में वे वह सब कहेंगे, जो कुछ उन्होंने द्यूत में हारने के पश्चात् पाण्डवों को वन में जाकर कहा था, तो उन्होंने एक शांतिदूत का प्रस्ताव

रख दिया। उन्होंने एक बार भी नहीं कहा कि कोई उनका साथ दे या न दे, कोई युद्ध करे या न करे, वे स्वयं आततायी दुर्योधन का वध कर, पाण्डवों का राज्य उन्हें दिला देंगे। कौन रोक रहा था कृष्ण को? उन्होंने पाण्डवों की सभा में, इस सारे राज-समाज के सम्मुख अपने सुदर्शनचक्र से शिशुपाल का वध कर दिया था। क्यों वे दुर्योधन के साथ भी वैसा व्यवहार नहीं करते?

...सहसा सात्यकि का ध्यान दूसरी ओर चला गया...क्या पिछले कुछ दिनों से वह देख नहीं रहा कि कृष्ण अपनी प्रखरता को भी हल्के आवरण से आच्छन्न करने का प्रयत्न कर रहे हैं, और अपनी मुखरता को भी। वे जैसे सावधान होकर बोल रहे हैं। सावधान होकर चल रहे हैं। वे धृतराष्ट्र और दुर्योधन की नीतियों के सर्वथा विरुद्ध होते हुए भी, जैसे अपनी वाणी और व्यवहार में कहीं यह प्रकट नहीं होने देना चाहते कि वे पाण्डवों और धार्तराष्ट्रों के संदर्भ में तटस्थ और निष्पक्ष नहीं हैं।...वे दुर्योधन को उस के पिछले कृत्यों और अत्याचारों का दण्ड देने की चर्चा भी नहीं करते। बस यह कह रहे हैं कि पाण्डवों ने द्यूत में दिये गये अपने वचन के अनुसार वनवास और अज्ञातवास पूरा कर लिया है, अतः उनका राज्य उन्हें लौटा दिया जाये। सम्पूर्ण राज्य भी नहीं। यदि पाण्डवों को उनका आधा राज्य भी दे दिया जाये, तब भी पाण्डव संतुष्ट हो जायेंगे और दुर्योधन से युद्ध नहीं करेंगे। इसका अर्थ यह है कि दुर्योधन यदि पाण्डवों को उनका आधा राज्य भी लौटा देता है, तो उसे क्षमा कर दिया जायेगा...भीम को विष देना, वारणावत में पाण्डवों को जलाना, धोखे से पाण्डवों को हस्तिनापुर के सम्पूर्ण राज्य के स्थान पर, मृत्युरूपी खाण्डवप्रस्थ का भयंकर वन देना, द्यूत में उनके साथ अधर्म करना, द्रौपदी को अपमानित करने के लिए निर्वस्त्र करने का अपराध...दुर्योधन के सारे अपराध क्षमा कर दिये जायेंगे? युधिष्ठिर तो दुर्योधन को क्षमा करने के लिए आतुर बैठे हैं; किन्तु क्या कृष्ण भी उसे क्षमा कर देंगे?

कौन बाँध रहा है कृष्ण को? उनके तेज को? उनके धर्म को? कृष्ण अनावश्यक हिंसा नहीं करते। वे निरीह हत्याएँ नहीं करते।...वे नृशंस नहीं हैं। किन्तु वे युधिष्ठिर की अनृशंसता के समर्थक भी नहीं हैं। उन्होंने जरासंध, कंस और शिशुपाल को क्षमा नहीं किया। उनको दण्डित करने के लिए उन्हें कभी विचार और पुनर्विचार नहीं करना पड़ा।...फिर दुर्योधन के संदर्भ में ही वे ऐसे क्यों हो रहे हैं—केवल बलराम के शिष्य-मोह के कारण? या दुर्योधन को वे अपना समधी होने का लाभ दे रहे हैं?

सभा से उठकर वह कृष्ण से भेंट करने के लिए उनके कक्ष में भी गया था...उसने सोच रखा था कि मुक्त मन से कृष्ण से कह देगा कि उन्हें यहाँ

वर्तमान राज-समाज के सम्मुख सार्वजनिक रूप से यह घोषणा कर देनी चाहिए कि वे पाण्डवों का राज्य, उन्हें दिलाने के लिए दृढ़प्रतिज्ञ हैं। दुर्योधन अपनी प्रतिज्ञानुसार यदि पाण्डवों का राज्य उन्हें नहीं लौटाएगा, तो वे शस्त्रबल से राज्य छीन लेंगे, उसके लिए दुर्योधन, उसके भाइयों, मित्रों तथा सम्बन्धियों को दण्डित भी करेंगे।...किन्तु वहाँ तो दृश्य ही कुछ और था...

वहाँ कृष्ण के निकट न पाण्डव थे, न युद्ध का कोई समारोह था। न शस्त्रों सम्बन्धी कोई चर्चा थी, न व्यूहों पर विचार विनिमय।...कृष्ण बहुत शीघ्रता में थे और किसी लम्बी यात्रा की तैयारी कर रहे थे।...

"कहाँ जा रहे हैं?" सात्यकि के मुख से अनायास ही निकल गया।

"द्वारका!"

"क्यों?" सात्यकि ने पूछा, "चारों ओर आसन्न युद्ध के मेघ मँडरा रहे हैं और आप पाण्डवों को अकेला छोड़कर द्वारका लौटे जा रहे हैं?"

कृष्ण ने शान्त मन से दारुक को यात्रा सम्बन्धी कुछ निर्देश दिये और अधरों पर एक मनोहर मुस्कान लिए हुए, सात्यकि की ओर मुड़े, "तुम क्या अपेक्षा ले कर आये थे कि मैं यहाँ कवच धारण कर सुदर्शनचक्र लिए युद्ध के लिए सन्नद्ध खड़ा मिलूँगा।"

सात्यकि ने चकित दृष्टि से कृष्ण की ओर देखा था। वे उसका अपहास नहीं कर रहे थे। वे विनोद की मुद्रा में भी नहीं थे। उनका निर्द्वन्द्व, ग्रंथिहीन मन निरभ्र आकाश के समान स्वच्छ था। वे कदाचित् सात्यकि की अपेक्षाओं से पूर्णतः अवगत थे।...

"आप युद्ध वेश में खड़े होंगे, ऐसा तो मैंने नहीं सोचा था; किन्तु यह अपेक्षा तो एकदम नहीं की थी कि आप द्वारका लौट जाने की तैयारी में होंगे।" सात्यकि ने कहा था, "कल्पना की थी कि आप पाण्डवों के लिए और अधिक सहायता जुटाने के लिए प्रयत्नशील होंगे। जो राज-समाज आपके निकट होगा, आप उन्हें निर्देश दे रहे होंगे कि वे लोग अपनी सेनाएँ ले कर, किस रूप में कब पंडितों से मिलेंगे। अपने प्रभाव क्षेत्र के सारे राजाओं को आप संदेश भिजवा रहे होंगे। जो मध्यस्थ हैं, उन्हें अपने पक्ष में लाने का प्रयत्न कर रहे होंगे...।"

"अपने पक्ष में?" कृष्ण मुस्करा रहे थे।

"अपने पक्ष में, अर्थात् पाण्डवों के पक्ष में।" सात्यकि ने कहा था, "क्योंकि हमारा और पाण्डवों का पक्ष एक है।"

इस बार कृष्ण न हँसे, न मुस्कराए। सहज गंभीर स्वर में बोले, "पाण्डवों का और हमारा पक्ष अभी से एक कैसे हो गया? अभी तो युद्ध का निश्चय नहीं हुआ। पाण्डवों ने हमसे सहायता नहीं माँगी। हमने उन्हें और धार्तराष्ट्रों को

सहायता माँगने का समान अवसर नहीं दिया। हमने पाण्डवों के पक्ष से युद्ध करने का निश्चय नहीं किया। तो हमारा और पाण्डवों का पक्ष एक कैसे हो गया?"

सात्यकि जैसे स्तब्ध सा खड़ा रह गया : वह यह सब क्या सुन रहा था, वह भी श्रीकृष्ण के मुख से? इस प्रकार की स्थिति की उसने कल्पना भी नहीं की थी। क्या कृष्ण और अर्जुन पृथक् हो सकते हैं? उनके पक्ष भिन्न हो सकते हैं? नहीं!...तो फिर इस प्रकार का नाटक करने की क्या आवश्यकता थी? किसको दिखाने के लिए कृष्ण कर रहे हैं यह लीला? वे सारे यादवों के साथ सुधर्मा सभा में बैठेंगे। वहाँ पाण्डवों का कोई प्रतिनिधि महाराज उग्रसेन के सम्मुख उपस्थित होकर धर्मराज युधिष्ठिर की ओर से भावी युद्ध के लिए, सैनिक सहायता की याचना करेगा। उग्रसेन सारे यादव कुल प्रतिनिधियों से उनका मत पूछेंगे और फिर वे निर्णय करेंगे कि यादव सेनाएँ पाण्डवों के पक्ष से लड़ेंगी।...ठीक है कि राजा तो उग्रसेन ही हैं। यादवों की ओर से इस प्रकार का निर्णय करने का अधिकार भी सुधर्मा सभा को ही है।...किन्तु कौन नहीं जानता कि कृष्ण की बात कोई नहीं टालेगा। अर्जुन ने जब सुभद्रा का हरण किया था, तो सारे यादव महारथी उसके विरुद्ध हो गये थे, बलराम भी। तब कृष्ण ने ही तो उन सबको रोक दिया था। कृष्ण के तर्कों का उत्तर किसके पास है? किस की मनीषा कृष्ण के विरुद्ध खड़ी हो सकती है? किसका विवेक कृष्ण से श्रेष्ठतर है।?...किसी का नहीं! तो फिर सात्यकि यह कैसे मान रहा है कि वह कृष्ण से श्रेष्ठ है। वह ठीक सोच रहा है और कृष्ण ठीक नहीं सोच रहे। वह कृष्ण का विश्वास कर, उनका अनुसरण करने के स्थान पर कृष्ण की नीति में दोष क्यों देख रहा है? इस समय कृष्ण अकेले हैं, उनका साथ देना चाहिए, उनका समर्थन कर उनका बल बढ़ाना चाहिए।...

7

द्वारका के मार्ग में ही अर्जुन को कुछ-कुछ आभास हो गया था कि श्रीकृष्ण इस समय द्वारका में नहीं हैं। द्वारका के नगरद्वार पर ही इस सूचना की पुष्टि भी हो गयी।

अब?

उसे वापस उपप्लव्य लौट जाना चाहिए अथवा द्वारका में रुककर कृष्ण की प्रतीक्षा करनी चाहिए?

पर तब अर्जुन को लगा कि उससे भी बड़ा प्रश्न उसके मन में यह था कि कृष्ण कहाँ चले गये? वे उप्लव्य से द्वारका के लिए चले थे। मार्ग में कहीं

रुकने की कोई योजना नहीं थी और कहीं अन्यत्र चले जाने का कोई अर्थ नहीं था। वे जानते थे कि दुर्योधन का पांडवों से युद्ध होगा। दुर्योधन ने संसार भर में अपने दूत दौड़ा दिये हैं। वह अपने मित्रों से ही नहीं अपने शत्रुओं से भी सहायता माँग रहा है। जिनसे मित्रता नहीं है, उनसे भी मित्रता कर रहा है। ऐसे में कृष्ण कोई स्पष्ट निर्णय किये बिना उपप्लव्य से चुपचाप चले आये थे और अब द्वारका न पहुँचकर कहीं विलुप्त हो गये थे।...जाने वे कब द्वारका लौटें। उनकी प्रतीक्षा में कितने समय तक ठहरना पड़े। उस समय का उपयोग कहीं और भी तो किया जा सकता है।...

सहसा उसके मन में एक नया ही अर्जुन जागा।...क्या सोच रहा है वह कि पाण्डव कष्ट में हैं और कृष्ण उनका कष्ट भूल कर...नहीं, उनके कष्ट की उपेक्षा कर, कहीं और व्यस्त हो गये हैं?...वह सोच रहा है कि कृष्ण स्वयं ही अपनी सेना ले कर उपप्लव्य नहीं पहुंचे और अर्जुन को द्वारका आना पड़ा है याचक बन कर।...वह समझ रहा है कि कृष्ण को उनकी चिन्ता नहीं है अथवा वे अपना महत्त्व जता रहे हैं? अपना भाव बढ़ा रहे हैं?

अर्जुन को लगा कि यह प्रश्न ही अपने आप में उसके लिए धिक्कार था। यदि कृष्ण को पाण्डवों की चिन्ता नहीं है, तो संसार में और कोई ऐसा नहीं है, जिसे उनकी चिन्ता हो। यदि कृष्ण धर्म की ओर से असावधान हो सकते हैं, तो और कौन है ऐसा, जो इतना सजग होकर अनवनत रूप से धर्म की रक्षा में लगा हुआ है। किसे चिन्ता है, संसार में एक धर्मराज्य की स्थापना की, ताकि प्रजा कुशासन के चंगुल से स्वतन्त्र हो जाये और अत्याचारों से मुक्त हो?...आज तक कृष्ण ने पाण्डवों की पुकार की कब प्रतीक्षा की? कब चाहा उन्होंने कि पाण्डव याचक बनकर उनके सम्मुख खड़े हों, तब ही वे उनकी सहायता करेंगे? कब जताया कृष्ण ने कि वे सदा पाण्डवों की सहायता करते रहे हैं अथवा पाण्डव सदा उनकी सहायता पर निर्भर रहे हैं?...कृष्ण के विषय में ऐसा कुछ सोचना भी पाप है।...कृष्ण जहाँ कहीं भी होंगे, पाण्डवों की चिन्ता कर रहे होंगे। धर्म की रक्षा के लिए प्रयत्नशील होंगे।...

अब और कुछ सोचने की आवश्यकता नहीं थी। चाहे जितना भी समय लगे, उसे कृष्ण की प्रतीक्षा करनी चाहिए। अन्यत्र भेजने के लिए पांडवों के पास और भी दूत हैं। और काम करने के लिए उपप्लव्य में उसके भाई बैठे हैं और निरन्तर कुछ न कुछ कर ही रहे हैं।...

कृष्ण द्वारका में नहीं हैं, तो अर्जुन को कहाँ ठहरना चाहिए? मातुल के पास? सात्यकि के भवन में? उद्धव के निवास पर? वासुदेव बलराम के भवन में?...या कृष्ण के ही अतिथिभवन में?...

अर्जुन को लग रहा था कि उसका कहीं भी जाना अनुचित नहीं था; किन्तु कृष्ण से अधिक प्रिय उसे और कोई नहीं था। कृष्ण से अधिक निकट और कोई नहीं था। कोई नहीं था, जो उसे कृष्ण से अधिक अपना मानता हो। कृष्ण नहीं थे द्वारका में। तो क्या? उनका प्रासाद तो था। उनका परिवार तो था। ऐसा तो नहीं है कि कृष्ण के उपस्थित न होने पर, उनके घर में अर्जुन के लिए स्थान ही न हो। वह उनके पास आया है, तो उनके ही द्वार पर जाना चाहिए। उनके द्वार पर यदि यह उत्तर मिला कि वे घर पर नहीं हैं और उससे वहाँ ठहरने का आग्रह न किया गया तो बात और है। तब वह सोचेगा कि उसे कहीं और जाना है।

किन्तु ऐसी स्थिति में भी पहले मातुल को प्रणाम करने के लिए तो जाना ही चाहिए। मातुल से आशीर्वाद लेना भी आवश्यक है।

उसने अपना रथ वसुदेव के प्रासाद की ओर मोड़ दिया।

प्रासाद में पहुँचने तक कुछ अंधकार हो चला था। मार्गों में उतनी भीड़भाड़ भी नहीं थी। कदाचित यह ऋतु का प्रभाव था। शीत ऋतु चल रही थी। मथुरा और इन्द्रप्रस्थ में इससे कहीं अधिक ठण्डे प्रदेश थे; किन्तु द्वारका में आकर यादव भी ऋतु को ठण्डा मानने लगे थे क्या? कारण जो भी हो, किन्तु अर्जुन ने द्वारका के पथों पर सदा ही इस से कहीं अधिक भीड़ देखी थी।

द्वारपाल ने उसे पहचान कर प्रणाम किया और एक दासी को बुलाकर कहा, "आर्य को तत्काल स्वामी के पास ले जाओ।"

दासी नयी थी। अर्जुन को पहचानती नहीं थी। बोली, "स्वामी इस समय किसी से नहीं मिलते। वे भोजन कर अपने शयन कक्ष में जा चुके हैं। संभवतः सो गये हों अथवा अध्ययन कर रहे हों। अथवा..."

द्वारपाल मुँहबाए उसकी बात सुनता रहा कि यह मूर्खा बिना कुछ सोचे समझे, बिना आगन्तुक का महत्त्व जाने, बकती चली जा रही है। जब वह चुप नहीं हुई तो झल्ला कर बोला, "जब मैं तुझे कह रहा हूँ, तो ले क्यों नहीं जाती। अपना संविधान बघार रही है।"

"अ...ह...! बड़े तुम आये बोलने वाले। जैसे मेरे स्वामी तुम ही हो। मैं तुम्हारी आज्ञा के अधीन नहीं हूँ कि तुमने कहा और मैं स्वामी के विश्राम की चिन्ता किये बिना आगन्तुकों को उनके विश्राम कक्ष में पहुँचती रहूँ।"

"फिर लगी बकवाद करने। जानती भी है कि कौन हैं ये।"

"महाराज उग्रसेन हैं अथवा उनके जमाता श्वफल्कपुत्र आर्य अक्रूर हैं।" दासी ने जैसे द्वारपाल को चिढ़ाया।

"रहने दो द्वारपाल! यह नहीं ले जाना चाहती। मैं स्वयं ही चला जाऊँगा।" अर्जुन ने कहा।

"हाँ! स्वयं ही चले जाओगे।" दासी बोली, "जैसे मैं जाने ही तो दूँगी।"

"अरे मूर्ख। ये महाराज वसुदेव के जमाता कौन्तेय अर्जुन हैं। देवी सुभद्रा के पति।"

"तो पहले बताना चाहिए था न!" दासी की ऐंठ अब भी कुछ कम नहीं हुई थी, "बताओगे कुछ नहीं और आदेश देते जाओगे तो मुझे क्या स्वप्न आयेगा कि ये कौन हैं।"

दासी चल पड़ी।

"क्षमा करें आर्य। आजकल द्वारका में कुछ अधिक ही उद्दंडता की बयार चल रही है।"

अर्जुन ने झुककर वसुदेव के चरण स्पर्श किये तो उन्होंने उसे वक्ष से लगा लिया, "अभी आ ही रहे हो अथवा द्वारका में आये कुछ समय हो गया?"

"बस सीधा चला ही आ रहा हूँ मातुल! मार्ग में ही पता चला कि कृष्ण द्वारका में नहीं हैं, इसलिए उस ओर भी नहीं गया। बस आपको प्रणाम करने चला आया।"

"अच्छा किया पुत्र!" वसुदेव बोले, "कृष्ण द्वारका में नहीं है; किन्तु दुर्योधन उसकी प्रतीक्षा में यहाँ डेरा डाले हुए है। लक्ष्मणा के कारण इस घर और परिवार में उसका अबाध प्रवेश है।"

अर्जुन ने वसुदेव को जैसे पहली बार ध्यान से देखा : उनका शरीर अब भी स्वस्थ लगता था। लम्बा ऊँचा बलिष्ठ शरीर था। अपने समय में अच्छे योद्धा रहे होंगे मातुल। अर्जुन को अपनी माँ की आकृति ध्यान हो आयी। माँ भी स्वस्थ और बलिष्ठ शरीर की स्वामिनी हैं। उनका चेहरा अपने भाई से पर्याप्त साम्य रखता है। कदाचित तभी लोगों को कई बार कृष्ण और अर्जुन की आकृति में भी साम्य दिखायी पड़ने लगता था। कृष्ण ने अपनी आकृति अपने पिता से पायी थी और अर्जुन ने अपनी माँ रो।

सहसा अर्जुन ने मातुल के चेहरे में कृष्ण को देखा। अपनी युवावस्था में मातुल भी बहुत कुछ कृष्ण जैसे ही लगते होंगे, चाहे उनके चेहरे पर कृष्ण की सी रहस्यात्मक मोहिनी न रही हो।

मातुल ने सुना कि अर्जुन आया है, तो वे भी उससे मिलने आयीं।

अर्जुन ने चरण छुए तो आशीर्वाद देकर बोलीं, "आ ही रहे थे तो सुभद्रा को भी लेते ही आते।"

अर्जुन हँसा, "ले तो आता मातुला! किन्तु द्वारका से गये अभी दिन ही कितने हुए हैं। कितने लम्बे समय तक रहकर गयी है वह। अभी आपका मन नहीं भरा।"

"कभी बेटी की संगति से भी माँ का मन भर सकता है?" देवकी हँसकर बोलीं।

"मातुला! इस समय तो वह अपनी पुत्रवधू में कुछ ऐसी मग्न है कि उसके संसार में और किसी का कोई अस्तित्व ही नहीं है।"

"उचित ही तो है पुत्र! पुत्रवधू में मग्न नहीं होगी तो पुत्रवधू उस पर मुग्ध कैसे होगी। पहले माँ सेवा करती है, तभी तो बाद में सन्तान उसकी सेवा करती है। सुभद्रा अभी अपनी पुत्रवधू को प्रेम नहीं देगी तो अपनी आवश्यकता के समय उस का प्रेम कैसे पायेगी।"

"वह तो अपनी पुत्रवधू में मग्न है और तुम लोग किसमें व्यस्त हो पार्थ?" वसुदेव ने पूछा, "सैन्य-संग्रह में?"

"हाँ मातुल! अभी तो हमारा ध्यान उसी ओर लगा है।"

सहसा वसुदेव की मुद्रा बदली, "तुम्हें आश्चर्य नहीं हुआ अर्जुन! कि उपप्लव्य में विराट की सभा में मैंने तुम्हारे पक्ष में सांत्वना के रूप में भी एक शब्द नहीं कहा?"

"नहीं! आश्चर्य की तो ऐसी कोई बात नहीं थी मातुल! यादवों में एक प्रकार का गणतन्त्र ही तो है। सबको अधिकार है, अपना स्वतन्त्र मत रखने का।" अर्जुन बोला, "आप यदि सुधर्मा सभा में यादवों को एक मत से निश्चय करने की सुविधा देना चाहते हैं तो उपप्लव्य में आपसी मतभेदों को सार्वजनिक करने की कोई आवश्यकता नहीं थी।"

"एकमत और सुधर्मा सभा।" वसुदेव कुछ विचित्र प्रकार से बोले, जैसे या तो इन दोनों शब्दों का उपहास करना चाहते हों अथवा उसके अतीत गौरव को स्मरण कर कष्ट का अनुभव कर रहे हों।

"तो क्या सुधर्मा सभा में यादव अपनी समस्याओं पर विचार नहीं करते।"

"पता नहीं क्या करते हैं।" वुसदेव उदासीन भाव से बोले, "मुझे तो लगता है कि अब यादवों को महाराज उग्रसेन को अपना राजा मानने में भी रुचि नहीं है। वे भी यादव ही हैं, जो सुधर्मा सभा की मर्यादा भंग कर उसे भी कौरवों की द्यूतसभा बना देना चाहते हैं।"

"छोड़िए भी।" देवकी ने उन्हें इस चर्चा से विरत करना चाहा, "आपको क्या लेना है, इन विवादों से।"

"सत्य है कि मुझे कुछ नहीं लेना, राजनीति और सत्ता के इस बँटवारे से।" वसुदेव का स्वर पर्याप्त हताश था, "किन्तु मैं यादवों की सुख-समृद्धि से तो उदासीन नहीं हूँ। संसार में धर्म की पराजय तो नहीं देखना चाहता मैं। यादवों की जिस स्वतन्त्रता और स्वाभिमान के लिए, मैंने अक्रूर के समान कंस से समझौता नहीं किया। एक के पश्चात् एक अपने नवजात शिशुओं को उस राक्षस के हाथों मृत्यु को प्राप्त होते देखा, उस स्वतन्त्रता और स्वाभिमान को अब मैं सत्ता लोलुप, स्वार्थी लोगों की झोली में तो नहीं डाल सकता।" वसुदेव रुके और दुगने आवेश के साथ बोले, "जब शत्रुओं के पग तले इनका कंठ दबा हुआ था, अपना बलिदान देनेवाला नेता चाहिए था, तब तो कृष्ण प्यारा था इन सबको। अब इन्हें कृष्ण की कोई नीति रुचिकर नहीं है। क्यों? क्योंकि कृष्ण उन्हें सत्ता का अबाध भोग नहीं करने देता। उनके पापों के मार्ग में आड़े आता है कृष्ण।"

अर्जुन ने मातुल को कभी इस प्रकार आवेश में बोलते नहीं सुना था। कोई विशेष बात ही होगी अन्यथा यह उनका स्वभाव नहीं था।

"कोई विशेष बात मातुल?" अर्जुन को लगा कि प्रश्न पूछने के लिए वह उचित शब्द भी ढूँढ़ नहीं पा रहा है।

"विशेष बात क्या होती है पुत्र! सदा के समान मनुष्य के लोभ, स्वार्थ और मूर्खता की गाथा है, जो इस समय यादवों पर घटित हो रही है।" वसुदेव बोले, "जब तक कंस और जरासंध जीवित थे, सबको लग रहा था कि सब कुछ उनका ही है। और किसी का कुछ भी नहीं है। तब किसी ने उनसे नहीं पूछा कि मथुरा का राज्य और यादवों की सम्पत्ति उनकी ही क्यों है; किन्तु अब वे नहीं हैं, तो प्रत्येक यादव सोच रहा है कि द्वारका का राज्य उसी को क्यों नहीं मिल जाता। सत्ता उसके हाथ में क्यों नहीं आ जाती। स्यमंतक मणि उसकी मुट्ठी में बंद हो कर क्यों नहीं रहती। सबको बहुत जल्दी है अधिकार पाने की, धनी होने की, अपने ही समाज को और अपने ही परिजनों को लूटने की। पहले तो एक जरासंध था; जो यादवों के धन को मथुरा से बाहर ले जाता था और यादव कंगाल होते जाते थे। अब तो अनेक जरासंध हो गये हैं। कितने ही यादव हैं, जो यादवों के धन को उचित-अनुचित साधनों से हथियाकर विभिन्न देशों और राज्यों में अपनी तथा अपने विदेशी मित्रों की कोठियों में संचित कर रहे हैं, ताकि न महाराज उग्रसेन का उस पर कोई अधिकार रहे, न सुधर्मा सभा का।"

अर्जुन के लिए इसमें से बहुत कुछ नया नहीं था। न तो उसने कभी यादवों की राजनीति में रुचि ली थी, न कभी कृष्ण ने ही उससे ऐसी कोई चर्चा की थी।

"पर महाराज उग्रसेन से किसी का क्या विरोध हो सकता है?" उसने कुछ चकित भाव से पूछा।

"विरोध! विरोध क्या होना है पुत्र!" वसुदेव हँसे, "कुछ लोगों को राज्य पाने की बहुत जल्दी है। उन्हें लगता है कि महाराज बहुत वृद्ध हो गये हैं, उन्हें चाहिए कि वे सिंहासन त्याग दें।"

अर्जुन ने मातुल की ओर देखा भर। कहा कुछ भी नहीं।

"महाराज सिंहासन त्याग भी दें तो उत्तराधिकार किसको मिले? कौन निर्णय करे कि महाराज का उत्तराधिकारी कौन है?"

"महाराज उग्रसेन। और कौन?"

"पर यदि महाराज का निर्णय उनके पक्ष में नहीं हुआ तो?" वसुदेव बोले, "इसलिए वे यह अधिकार महाराज को नहीं देना चाहते।"

"तो यादव मिलकर निर्णय कर लें। सुधर्मा सभा यह निर्णय करे।"

"साधारण जन कृष्ण के पक्ष में है। इसीलिए राज्यलोलुप नेता सभा को भी यह अधिकार नहीं देना चाहते।" वसुदेव बोले, "कोई चाहता है कि उत्तराधिकारी पुत्र हो, कोई चाहता है कि जामाता हो। कोई इसे अपने कुल के लिए आरक्षित रखना चाहता है तो कोई अपने वंश के लिए। वे सिद्धांत तो कदाचित द्वारका में किसी को स्मरण भी नहीं हैं, जिनके लिए यादवों ने कंस, जरासंध और उनके मित्रों से युद्ध किया था।"

"वे कौन लोग हैं मातुल?" अर्जुन के मुख से अनायास ही निकल गया।

"सब अपने ही लोग हैं।" वसुदेव बोले," शतधन्वा भी तो यादव ही था, जिसने सत्राजित का वध किया था। अक्रूर को भी उग्रसेन के सिंहासन पर लौटते ही लगने लगा था कि उन्हें अब राजसिंहासन से हट जाना चाहिए और राजा का पद अपने जामाता को दे देना चाहिए, अर्थात् स्वयं अक्रूर को। सत्राजित का धन देख कर भी उसके मुख में पानी आ गया था। लोभ से लार टपकने लगी थी उसकी। अपनी अवस्था को भूल कर सत्यभामा से विवाह करने का स्वप्न देखने लगा था ताकि सत्राजित के जामाता के रूप में स्यमंतक मणि उसे मिल जाये। वह नहीं हुआ तो शतधन्वा की सहायता से सत्राजित का वध करवा कर स्वयं स्यमंतक मणि ले कर बैठ गया। कृष्ण ने उससे स्यमंतक मणि नहीं छीनी क्योंकि कृष्ण को किसी भी पदार्थ का मोह नहीं है। कृष्ण ने उसका वध नहीं किया ताकि यादवों में मतभेद उत्पन्न न हो, पर वह तो आज तक महाराज उग्रसेन से रुष्ट है कि उन्होंने उसे राज्य क्यों नहीं दिया। वह आज भी

भयभीत है कि जैसे सत्राजित ने सत्यभामा कृष्ण से ब्याह दी वैसे ही महाराज अपना सिंहासन कृष्ण को दे न दें। वह समझता है कि कृष्ण महाराज का पक्ष इसलिए लेता है, क्योंकि उसे सिंहासन का लोभ है। कृष्ण को सिंहासन अथवा राज्य का मोह होता तो यादवों का राजा बनने से उसे कौन रोक सकता था। जिस कृष्ण ने उसे स्यमंतक मणि अपने पास रखने दी, उसी कृष्ण को वह लोभी समझता है और उससे वैर पालता है।...स्यमंतक मणि को ले कर जब बलराम तक कृष्ण पर संदेह कर सकता है और उसके शत्रुओं के हाथों में खेल सकता है तो मैं किसी और को कुछ कहने का अधिकारी कहाँ हूँ।..."

"बस भी कीजिए अब!" सहसा देवकी बोलीं, "व्यर्थ ही क्यों अपने स्वास्थ्य के शत्रु हो रहे हैं आप।"

"मैं यहाँ किसी से कुछ कहता हूँ। वह तो अपने भागिनेय को देख कर मन कुछ उमड़ आया।" वसुदेव बोले, "उपप्लव्य में सब कुछ अपनी आँखों देखा-सुना और कुछ नहीं कहा। इसे अपने घर आया देख कर रोक नहीं पाया।"

"वह भागिनेय ही नहीं जामाता भी है।" देवकी ने वातावरण को कुछ हल्का करने का प्रयत्न किया, "उससे कुछ तो गोपनीयता रखनी ही चाहिए।"

वसुदेव ने भी मुस्कराने का प्रयत्न किया, "अच्छा पार्थ! अब तुम विश्राम करो। यात्रा से आये हो।" वे रुके और पुनः बोले, "तुम विश्राम करो; किन्तु स्मरण रहे कि तुम यहाँ विश्राम करने नहीं आये हो। किसी कार्यवश आये हो और वह बहुत महत्त्वपूर्ण है। कृष्ण द्वारका में नहीं है; किन्तु दुर्योधन है। तुम कृष्ण से कुछ नहीं चाहते। माँगने में भी संकोच कर सकते हो; किन्तु वह नहीं करेगा। कृष्ण कहाँ है और क्यों है, यह रुक्मिणी ही जानती है। कब आएगा, यह भी वही जानती है। तुम विश्राम से पहले रुक्मिणी से अवश्य मिल लेना और जैसा वह कहे, वैसा ही करना। ठीक है?"

"ठीक है मातुल!" अर्जुन बोला।

"अच्छा पुत्र! मैं इन्हें विश्राम के लिए ले जा रही हूँ। तुम अन्यथा न मानना।" देवकी स्नेह सिंचित वाणी में बोलीं, "आज मैं इन्हें असाधारण रूप से उत्तेजित पा रही हूँ। इनके लिए विश्राम आवश्यक है।"

"आप उचित ही कह रही हैं मातुला!" अर्जुन ने खड़े हो कर उन्हें प्रणाम किया।

"जा तो मैं रहा ही हूँ; किन्तु जाते-जाते एक बात और कहता ही जाऊँ पुत्र! वुसदेव रुक गये, "मुझे लगता है कि शासक चाहे बदल जाये, किन्तु

शासन की रीति बड़ी कठिनाई से बदलती है। जिनका विरोध कर, जिनसे युद्ध कर, सत्ता छीनी जाती है, नये शासक उनसे उनकी शैली, उनकी रीति, उनका सोच-विचार, उनकी भाषा और उनकी अभिव्यक्ति—सब कुछ ग्रहण कर लेते हैं। अपनी रीति उनको शासकों की रीति ही नहीं लगती। वे स्वयं को पुराने शासकों के साँचे में ढाल लेते हैं।"

"इसका क्या अर्थ है मातुल?" अर्जुन ने कुछ चकित भाव से पूछा।

"इसका अर्थ है कि जरासंध और कंस से जिन कारणों से यादव घृणा करते थे, अब उन ही बातों को वे आतुरतापूर्वक ग्रहण करना चाहते हैं।" वसुदेव बोले, "जब कंस वह करता था तो हम कहते थे कि वह यादवों की जनतांत्रिक व्यवस्था को भंग कर रहा है; किन्तु अब यादव स्वयं ही उस पद्धति को अपनाना चाहते हैं। सब राजा बनना चाहते हैं। अब उन्हें घृणा नहीं है, राजसी तन्त्र से, राजाओं के अधर्म से, राजाओं की स्वच्छन्दता से वे मुग्ध हुए जा रहे हैं, उन सब पर।" वे रुके, "कृष्ण ठीक ही कहता था कि द्वारका के सुरक्षित हो जाने के पश्चात् नारायणी सेना भंग कर दी जानी चाहिए थी; ताकि उस संहारक यन्त्र का दुरुपयोग न हो सके; किन्तु अब यादवों की रुचि उसे भंग करने में नहीं, उस पर आधिपत्य स्थापित करने में है। अब वे नया निर्माण न कर पुराने निर्माण का भोग करना चाहते हैं। निर्माण करने में जिन लोगों ने अपना रक्त दिया है, उनके आदर्शों में उनकी रुचि नहीं है, वे तो उस ऐश्वर्य को भोगना चाहते हैं, जो उस रक्तदान से प्राप्त हुआ है।...तुम्हें यह देखना है पार्थ! कि इतनी कठिनाई से प्राप्त की गयी यादवों की यह सत्ता अयोग्य और क्रूर हाथों में न जाये। वह अपने मार्ग से भटक न जाये। तुम्हें कृष्ण की सहायता करनी है।"

"अब आप चलिए भी।" देवकी ने कहा, "पार्थ इस समय सहायता लेने आया है, सहायता करने का समय आयेगा तो वह आप की ही आज्ञा का पालन करेगा।"

"कृष्ण की सहायता से मेरा तात्पर्य भी यही है।" वसुदेव बोले, "धर्म का स्थिर रहना। लोभ मत करना। कृष्ण का साथ मत छोड़ना। उसका विश्वास करना। उस पर संदेह मत करना।"

वसुदेव चले गये और अर्जुन खड़ा सोचता रह गया कि आज तक तो मातुल कभी इस प्रकार नहीं बोले। अब द्वारका में ऐसा क्या हो रहा है कि जिसने उन्हें इतना व्याकुल कर दिया है।

8

श्रीकृष्ण के भवन तक पहुँचने तक सन्ध्या छिप गयी थी; रात्रि का आगमन पूर्णतः हो चुका था। चारों ओर अन्धकार अवश्य था; किन्तु द्वारका की वीथियों में प्रकाश का अभाव नहीं था। श्रीकृष्ण के द्वार पर उसे कोई कठिनाई नहीं हुई। द्वारपाल के निकट ही खड़ी दासी उसे तत्काल भीतर लिवा ले गयी।

दासी अर्जुन को उस कक्ष में ले गयी, जहाँ सामान्यतः श्रीकृष्ण अपने मित्रों से भेंट किया करते थे। अर्जुन देख कर चकित रह गया कि वहाँ सात्यकि, उद्धव, रुक्मिणी तथा सत्यभामा उसके स्वागत के लिए उपस्थित थे। इसका क्या अर्थ? क्या उनको उसके आने की सूचना थी। अथवा संयोग से ही ये सब लोग यहाँ उपस्थित थे? पर नहीं! द्वार पर जिस प्रकार उसका स्वागत हुआ था, उसका अर्थ था कि उन लोगों को उस के आने की सूचना हो चुकी थी।

"आओ पार्थ!" रुक्मिणी ने उसका स्वागत किया, "हमें भय था कि जैसे ही तुम्हें सूचना मिलेगी कि श्यामसुंदर द्वारका में नहीं हैं, तुम तत्काल लौट जाओगे। तुम्हारे पास युद्ध की तैयारी का व्याज तो है ही; और हमारे पास उसका कोई प्रतिकार भी नहीं था।"

"और जब कि सब लोग यह जानते हैं कि देवी सुभद्रा भी उपप्लव्य में ही है, द्वारका में नहीं।" सत्यभामा ने अपनी टिप्पणी की।

"क्या यह सत्य है पार्थ?" उद्धव ने चकित होकर पूछा, "यदि तुम्हें सूचना मिल जाये कि कृष्ण द्वारका में नहीं हैं, तो द्वारका में किसी और से मिलने में तुम्हें कोई रुचि ही नहीं रह जायेगी?"

"ऐसा होता तो मैं अब तक द्वारका छोड़ चुका होता।" अर्जुन ने उत्तर दिया, "किन्तु ऐसा नहीं है। मैं यहाँ तुम लोगों से भेंट करने आया हूँ।"

"तो फिर सत्या ऐसा क्यों कह रही है?" उद्धव का स्वर गम्भीर था।

"सलहज है न! इसलिए उसका अधिकार बनता है, यह सब कहने का।" रुक्मिणी ने कहा।

"सलहज तो आप भी हैं, आप नहीं कहतीं?" सात्यकि ने पूछा।

"मैं पार्थ की बड़ी भाभी हूँ। मेरा सम्बन्ध ममता का है, हास-परिहास का नहीं।" रुक्मिणी ने उत्तर दिया।

"और मैं स्वभाव से भी अत्यन्त गम्भीर महिला हूँ।" सत्यभामा ने नाटक की शैली में जोड़ा।

यद्यपि अर्जुन का हास-परिहास से कोई विरोध नहीं था; किन्तु इस समय उस की रुचि अन्य बातों में अधिक थी। वह जानने को उत्सुक था कि कृष्ण उपप्लव्य से कहाँ चले गये और क्यों?

"कृष्ण कहाँ हैं?" अर्जुन ने गम्भीरता से पूछा।

"द्वारका में नहीं हैं।" सत्यभामा ने भी उतनी ही गम्भीरता से उत्तर दिया; किन्तु यह समझना किसी के लिए भी कठिन नहीं था कि वह गम्भीरता कृत्रिम ही नहीं नाटकीय भी थी और उसका एकमात्र प्रयोजन अर्जुन को विनोदी मुद्रा में लाना ही था।

"सत्या भाभी! मैं इस समय परिहास की मनःस्थिति में नहीं हूँ।" अर्जुन ने धीरे से कहा।

"पार्थ! मैंने भी तो पूरी गम्भीरता से ही बताया है कि श्यामसुंदर द्वारका में नहीं हैं। वैसे तो हमारी भी यह उत्कट इच्छा है कि कोई बता सके तो बताए कि वे कहाँ चले गये हैं; किन्तु यहाँ ऐसा कोई समर्थ जीव नहीं।" सत्यभामा ने कहा, "और इधर ये उद्धव महाराज हैं न, ये अपने शैशव से ही भयंकर प्रकार के खोजी रहे हैं। श्यामसुन्दर जब मथुरा आये थे तो ये खोजना चाहते थे कि गोपियों को बहकाया जा सकता है अथवा नहीं। इसी अभियान को ले कर ये वृन्दावन पहुँचे।" इन्होंने अपनी खोज के पश्चात् यह पाया कि श्यामसुंदर के प्रेमियों को किसी भी तर्क से नहीं बहकाया जा सकता क्योंकि वे सब प्रेम के आराधक होते हैं। श्यामसुंदर के प्रेमी न तो भजन पूजन करते हैं, न आँखें बंद कर समाधि लगाते हैं, वे तो बस श्यामसुंदर से प्रेम करते हैं और प्रेम करते ही चले जाते हैं।...."

सत्यभामा कदाचित कुछ और भी कहती, किन्तु उस से पूर्व ही सात्यकि ने पूछ लिया, "और आज ये क्या खोजने आये हैं?"

"आज ये अनुसंधान का एक अभूतपूर्व क्षेत्र ले कर आये हैं।" सत्यभामा ने उत्तर दिया, "इनकी जिज्ञासा है कि श्यामसुंदर को कब यह ज्ञात हुआ कि वे नंद और यशोदा के नहीं, वसुदेव और देवकी के पुत्र हैं और उन्हें इसका विश्वास कैसे हो गया?"

"भाभी! उद्धव आपसे बड़े हैं। आपको उनका इस प्रकार उपहास नहीं करना चाहिए।" अर्जुन से कहे बिना नहीं रहा गया।

"अरे इस सत्या ने आज तक किसी का सम्मान किया है कि मेरा करेगी।" उद्धव के स्वर में तनिक भी विरोध नहीं था, "वह अपने शैशव से मुझे भकुआ ही मानती आयी है, और वही मानती रहेगी।"

"नहीं उद्धव महाराज।" सत्यभामा ने हँसकर कहा, "अब यदि मैंने आपको 'भैया' अथवा 'आर्य उद्धव' कह कर सम्बोधित करना आरंभ किया तो आपको विश्वास ही नहीं होगा कि मैं आपको बुला रही हूँ। आप अपने आस-पास देखने लगेंगे कि मैं किसे पुकार रही हूँ।"

"मैं संबोधन की बात नहीं कर रहा।" उद्धव ने कहा।

"मैं जानती हूँ कि आप संबोधन की नहीं, भावना की बात कर रहे हैं। मैं भी भावना के ही विषय में कह रही हूँ। मैं आपका बहुत सम्मान करती हूँ। आपकी दार्शनिक मुद्रा देखते ही मेरे मन में सम्मान के सहस्त्रों उत्स फूटने लगते हैं..."

"सत्या!" रुक्मिणी ने उसे टोक दिया, "उद्धव का प्रश्न तो गम्भीर है। तुम बताओ, श्यामसुंदर को कब ज्ञात हुआ कि वे यशोदा मैया के नहीं माता देवकी के पुत्र हैं? मैं तो स्वयं चकित हूँ कि मेरे मन में आज तक यह प्रश्न क्यों नहीं उपजा।"

अर्जुन ने स्पष्ट देखा कि रुक्मिणी की गम्भीरता का प्रभाव सब पर पड़ा। प्रायः सबका ही ध्यान सत्यभामा के परिहास से हटकर उद्धव की गम्भीर जिज्ञासा में जा अटका था।

"मुझे भी लगने लगा है कि उद्धव की जिज्ञासा अत्यंत महत्वपूर्ण और मौलिक है।" अर्जुन अनायास ही उस संवाद में सम्मिलित हो गया, "यह सत्य है कि कृष्ण का जन्म कारागार में हुआ। यह भी सत्य है कि मातुल किसी प्रकार अपने नवजात पुत्र को छिपा कर नंदगोप को सौंप आये। मैंने सुना है कि यह कार्य कुछ इतनी गोपनीयता से हुआ था कि स्वयं यशोदा को भी यह पता नहीं चला कि कब उसकी नवजात पुत्री को वहाँ से उठाकर उसके स्थान पर शिशु कृष्ण को लेटा दिया गया।"

"मैंने तो सुना है कि यशोदा को पता ही नहीं था कि उसने एक कन्या को जन्म दिया है।" सात्यकि ने कहा।

"संभव है कि उसने निद्रा में प्रसव किया हो और सोई की सोई रह गयी हो।" सत्यभामा बोली।

"तुम जानती हो भाभी! यह संभव नहीं है। निद्रा में प्रसव हो जाये तो प्रसव वेदना का क्या अर्थ है।" अर्जुन बोला, "एक प्रकार से यह संभव हो भी सकता हैः किन्तु उसके लिए हमें मानना पड़ेगा कि प्रसव काल में, अथवा उसके तत्काल पश्चात् ही यशोदा अचेत हो गयीं और वे जान भी नहीं पायीं कि उन्होंने पुत्र को जन्म दिया है अथवा पुत्री को।"

"प्रसव के समय उनके पास कोई दासी तथा परिवार की वृद्धाएँ भी तो होंगी। वे तो अचेत नहीं हो गयी थीं। उन्हें तो ज्ञात होना चाहिए था कि यशोदा ने एक कन्या को जन्म दिया है।" रुक्मिणी ने बलपूर्वक कहा, "ऐसी स्थिति में उनके माध्यम से सारे गोकुल में यह समाचार प्रसारित हो गया होता कि श्यामसुंदर यशोदा के पुत्र नहीं हैं।"

"तो हम मान लेते हैं कि यशोदा को यह ज्ञात था कि उन्होंने एक कन्या को जन्म दिया था..." सात्यकि ने कहना चाहा।

"यदि यशोदा को ज्ञात था तो प्रसव के समय उपस्थित दो-एक महिलाओं को भी ज्ञात ही होगा कि जन्म लेने वाली कन्या थी। ऐसे में गोकुल में यह रहस्य, रहस्य नहीं रह सकता था कि कृष्ण, यशोदा के पुत्र नहीं हैं।" उद्धव ने कहा।

"तो?"

"तो इस पूरे दृश्य की हमें अपने ढंग से कल्पना करनी पड़ेगी।" उद्धव ने कहा।

"कैसी कल्पना?" अर्जुन ने पूछा।

"मैं कल्पना करता हूँ कि नंद के घर में नंद तथा यशोदा के अतिरिक्त और कोई तीसरा प्राणी नहीं था। कोई कर्मकर अथवा दासी भी नहीं।"

"इसका क्या अर्थ?" सत्यभामा ने कहा, "गोपों का मुखिया और इतना संपन्न गोप। फिर भी उनके घर में कोई दास-दासी और कर्मकर नहीं?"

"इसका प्रमाण है कि घर और गोशाला का सारा कार्य नंद और यशोदा स्वयं ही करते थे। गौवों को चराने के लिए बालपन से बलराम और कृष्ण को जाना पड़ता था। यदि कुछ चरवाहे रहे भी होंगे तो वे उस समय अपने घर अथवा नंद की गोशाला में रहे होंगे।"

"वासुदेव बलराम को भी गौवें चराने जाना पड़ता था?" सत्यभामा ने कहा।

"क्षमा करें देवि!" उद्धव ने उसे चिढ़ाया, "बलराम वृन्दावन में नंद के पुत्र के रूप में नहीं, वसुदेव-पत्नी रोहिणी के पुत्र के रूप में रह रहे थे।"

"तो उससे क्या हुआ?" क्या वे गौवें चराने नहीं जा सकते थे अथवा वे जाते नहीं रहे?" सत्यभामा उग्र स्वर में बोली।

"उससे यह हुआ कि वे अपना गोधन ले जाते थे, नंद का नहीं। तुम्हारे भय से भी नहीं।"

"तो उससे क्या हुआ।" सत्यभामा चिढ़कर बोली, "जाते तो वे श्यामसुंदर के साथ ही थे न।"

"जाते तो श्यामसुंदर के साथ ही थे।" उद्धव बोले, "किन्तु इस समय प्रश्न नंद के घर में किसी कर्मकर के होने अथवा न होने का है, कृष्ण और बलराम के साथ जाने का नहीं। ठीक है?"

"ठीक है।" सब सहमत थे।

सत्यभामा को उद्धव के सम्मुख इस प्रकार अवाक् रह जाना बहुत खल रहा था; किन्तु इस समय कोई विकल्प नहीं था।

"नंद को यह ज्ञात नहीं था कि यशोदा का प्रसव इतना निकट है।" उद्धव ने बात आगे बढ़ाई।

"क्यों?" सत्यभामा ने पुनः उसे टोक दिया। उसे यह अवसर अपने बहुत अनुकूल लग रहा था, "वे इतने अज्ञानी नहीं हो सकते।"

"मैं समझता हूँ कि यह यशोदा का पहला ही प्रसव था। उनकी और किसी सन्तान की कोई चर्चा मैंने अब तक नहीं सुनी है। अतः नंद और यशोदा दोनों ही अनुभवहीन और संकोची रहे होंगे। वैसे भी नंद यशोदा कोई राजन्य संस्कृति के लोग तो थे नहीं कि पहले से वैद्यों और दासियों से चर्चा करते रहते। वे साधारण जन थे और प्रसव को भी जीवन की अन्य सामान्य प्रक्रियाओं के समान ही एक सामान्य प्रक्रिया मानते थे। वैसे भी कई बार किन्हीं ज्ञात अथवा अज्ञात कारणों से प्रसव अपेक्षित समय से पहले हो जाता था। अतः हम मान लें कि उस रात्रि के लिए दायी इत्यादि का कोई प्रबंध नहीं किया गया होगा। घर में कोई कुल-वृद्धा भी नहीं बुलवाई गयी होगी।"

"मान लिया। अब आगे चलो।" सत्यभामा ने कहा।

उद्धव ने थोड़ी देर तक मौन रहकर कहना आरम्भ किया।

भाद्र मास के कृष्ण पक्ष की अष्टमी का दिन था। प्रातः से ही आकाश पर मेघ कुछ इस प्रकार मँडरा रहे थे, जैसे आज सूर्य को उदित ही नहीं होने देंगे। नन्द समझ रहे थे कि वर्षा होने के लक्षण थे। वर्षा होगी और जोर की होगी। भाद्र मास की वर्षा थी। झड़ी लग जाये तो चाहे तीन दिन तक न रुके। चरवाहों को प्रातः ही कह दिया था कि समय रो घर लौट आयें। वर्षा होने लगे तो गौवों के साथ बाहर न रहें।

मध्याह्न तक कुछ बूँदाबाँदी भी हो गयी थी। सन्ध्या समय ते नियमित वर्षा आरम्भ हो गयी। नन्द प्रसन्न थे कि गौवें समय से गोशाला में लौट आयी थीं; नहीं तो ध्यान उधर ही लगा रहता। इधर यशोदा भी अब उतनी भाग दौड़ नहीं कर सकती थीं। अपनी इस अवस्था में उन्हें भाग दौड़ करनी भी नहीं चाहिए थी। उनका अपनी इस अवस्था में वर्षा गें भीगना भी अच्छा नहीं था। ठीक है, समय से सारा काम हो गया। वे लोग निश्चिंत भाव से सो सकते थे। वर्षा होती है तो होती रहे।

आधी रात को अकस्मात् ही यशोदा को लगा कि प्रसव वेदना आरम्भ हो गयी है। उन्होंने इस वेदना के विषय में कुलवृद्धाओं से भी सुना था और अपनी सखियों से भी; किन्तु उन्होंने यह कल्पना भी नहीं की थी कि वह इतनी भयावह होगी। यह तो मृत्यु के गर्भ से जन्म के उदित होने जैसा था...

यशोदा के कराहने के शब्द से नन्द की नींद टूटी।

"क्या बात है?"

"मैं मर जाऊँगी।" यशोदा ने अपने दाँत भींचे।

नन्द ने उनके चेहरे को देखा : अत्यन्त धैर्यवान यशोदा पीड़ा के आरम्भ में ही ऐसी निढाल हो जायेगी, यह उनकी कल्पना में भी नहीं था।

"किसी को बुलाऊँ?" नन्द ने पूछा।

"कोई आ कर मेरे स्थान पर प्रसव कर देगा, अथवा प्रसव मैं करूँगी और पीड़ा कोई और झेलेगा?"

"जब यह सब जानती हो तो यह क्यों कहती हो कि मर जाओगी। तुम मर जाओगी तो प्रसव कोई और करेगा क्या?" नन्द ने अपने परिहास से उनका कष्ट कुछ कम करने का प्रयत्न किया।

यशोदा ने हँसने का प्रयन्त किया; किन्तु हँस नहीं सकीं। पीड़ा की ऐसी लहर उठी कि उन्होंने अपने ही दाँतों से अपने अधर काट लिए। उनके अधरों पर रक्त देख कर नन्द घबरा गये।

"मैं सोचता हूँ, किसी को बुला ही लूँ।" वे धीरे से बोले।

"सोचते ही रहोगे या कुछ करोगे भी?" यशोदा ने बड़ी कठिनाई से कहा।

नन्द को उनके स्वर में अपने लिए भर्त्सना की ध्वनि सुनाई पड़ी। यशोदा सचमुच बहुत कष्ट में थीं और वे बहुत दक्ष प्रबन्धक नहीं थे। कोई और होता तो पहले से ही सब कुछ सोच-समझ कर रखता। कह-सुन रखा होता तो वे अब तक झपटकर वैद्य अथवा दायी को ले आये होते पर वे क्या जानते थे कि यह आज ही होना है। सोने के समय तक तो कोई लक्षण ही नहीं था। यह भी उनकी कल्पना में नहीं था कि स्वस्थ और हृष्ट-पुष्ट यशोदा को प्रसव में इस प्रकार का कोई कष्ट होगा; और उन्हें वैद्यों तथा दायियों की आवश्यकता पड़ेगी। साधारण स्त्रियाँ भी कुछ पीड़ा सह कर, कुछ हाथ-पैर पटककर, थोड़ा-सा चीत्कार कर, सन्तान को जन्म दे ही लेती हैं।...

पर इस समय यशोदा कुछ अधिक ही कष्ट में दिखायी दे रही थीं। नन्द को वैद्य और दायी, दोनों को ही बुला लेना चाहिए। वे जो भी सहायता कर सकें, करें।...पर यशोदा को अकेली कैसे छोड़ जायें? पीछे कोई तो हो, जो आवश्यकता होने पर उन्हें एक घूँट पानी तक पिला सके। ऐसा न हो कि अकेली यशोदा वेदना में पर्यंक से मारकर अपना सिर ही फोड़ लें। यह उनके लिए भी घातक होगा और जन्म लेने वाली सन्तान के लिए भी।

तो नन्द, वृद्धा लक्ष्मी को ही उसकी कुटिया से बुला लें। वह दायी नहीं है। शायद कुछ विशेष कर भी न सके, पर यशोदा के पास बैठ तो सकती

ही है। उनकी पीड़ा न भी हर सके, उनके हाथ-पैर सहला कर, उन्हें थोड़ी सान्त्वना तो दे सकती है। आवश्यकता पड़ने पर उनकी छोटी-मोटी सहायता कर सकती है।...

यशोदा को लग रहा था उनकी ऊर्जा कम होती जा रही है और उनका कष्ट बढ़ता जा रहा है। वे यह सहन नहीं कर पायेंगी।...उनका हृदय जैसे डूबने लगा था...शरीर स्वेद से नहाने लगा था...लगता था वे ठंडी पड़ती जा रही थीं।...

"यशोदा! मैं लक्ष्मी को बुलाने जा रहा हूँ।..."

यशोदा ने नन्द की ओर एक बार अवश और दीन दृष्टि से देखा और असाधारण रूप से क्षीण स्वर में कहा, "मत जाओ।...तुम्हारे लौटने तक मैं कदाचित मर ही जाऊँगी। अंतिम समय में मुझे इस प्रकार अकेली मत छोड़ो।..."

बाहर आकाश पर चपला जोर से चमकी और मेघों का भयंकर गर्जन हुआ।

नन्द ने सब कुछ देखा और सुना, किन्तु उसका अनुभव तनिक भी नहीं किया। उनकी ज्ञानेन्द्रियाँ जैसे निस्पन्द हो गयी थीं...यशोदा का स्वर डूब रहा था। कहीं सत्य ही तो कोई अनिष्ट नहीं होनेवाला। प्रसव में स्त्रियों के प्राण भी चले जाते हैं।...नहीं चाहिए उन्हें ऐसी सन्तान। उन्हें अपनी यशोदा का जीवन चाहिए...

वे द्वार की ओर झपटे किन्तु सहसा उनके पग रुक गये। यशोदा अभी जीवित है। जब तक वे लौटेंगे तब तक वह उनको छोड़कर जा चुकी हुई तो?...वे ठीक ही तो कह रही हैं, अंतिम समय में उन्हें उनके पास होना चाहिए। और कुछ नहीं भी कर सकेंगे तो उनका हाथ थामे बैठे रहेंगे। उनके शरीर की पीड़ा का हरण नहीं कर सकेंगे तो भी उसकी आत्मा पर बोझ तो नहीं रहेगा।

पर क्या वे अपनी पत्नी को क्रमशः मृत्यु के मुख में जाते हुए चुपचाप देखते रहें, और कुछ न करें? उनका हाथ थामने भर से नन्द के प्रयत्नों की इतिश्री हो जायेगी?...यशोदा तो प्रायः अचेत हो चुकी थीं। उन्हें तो यह भी पता नहीं चलेगा कि कोई उनके पास है भी या नहीं।...

उन्होंने कक्ष के कपाट खोले। बरांडे में पानी की भयंकर बौछार थी, जैसे इन्द्र का ऐरावत अपने विशाल सूँड में सारा सागर भर कर राक्षसी क्रोध से उसे उनके द्वार पर ही बरसा रहा हो। नहीं, वह जल बरसा नहीं रहा था। वह तो जैसे जल पटक रहा था। शरीर पर वर्षा की बूँद नहीं पड़ती थी, कशा का आघात होता था। जल की बूँदें किसी का अंग-भंग भी कर सकती हैं, यह नन्द को आज ही समझ में आया था...पर वे वर्षा से डर कर ही नहीं बैठे रह

सकते थे।...वे वरांडे को पार कर ड्यौढ़ी में आये। बाहरी कपाट खोले घर में तो वे खड़े स्तब्ध रह गये...आकाश से ऐरावत ही पानी नहीं बरसा रहा था। यमुना भी जैसे उनके द्वार पर ही आ गयी थी। भवन के सामने का सारा क्षेत्र पानी में डूब चुका था। गोशाला में भी पानी भर गया था। जाने गौंवों की क्या स्थिति थी...उनका भवन पर्याप्त ऊँचाई पर था। उन्हें स्मरण नहीं आता कि आज तक यमुना ने अपनी मर्यादा कभी इस प्रकार भंग की हो। प्लावन की स्थिति में भी वह अपनी वेग की मर्यादा का अतिक्रमण नहीं करती थी। तो आज ऐसा क्या हो गया...

हाथ का दीपक बुझने-बुझने को हो रहा था। नन्द ने अपना पग आगे बढ़ाया। पानी गहरा था। पहले ही डग में पानी उनके घुटनों तक आ गया था।...जाने अगले डग में वह कहाँ तक पहुँचे।

और तब नन्द की दृष्टि पानी में तैरते एक सर्प पर पड़ी। उनके पैर लौटकर अपने भवन की देहरी पर आ गये।...उन्होंने मुड़कर देखा...वह सर्प अब दिखायी नहीं पड़ रहा था। पता नहीं वह पानी के प्रवाह के साथ कहीं बह गया था, अथवा उनको भयभीत कर अपनी बिल में लौट गया था...बिल में तो क्या लौटा होगा। उसकी बिल में भी तो पानी भर गया होगा। तभी तो वह वहाँ से निकलकर किसी आश्रय की खोज में उनके द्वार तक आया होगा।...तभी उन्हें फिर एक सर्प दिखायी दिया। पता नहीं, यह वही था अथवा कोई और। कैसी स्फूर्ति से उनको दंश मारने के लिए आगे बढ़ रहा था...अथवा नहीं...कदाचित वह अपने प्राण बचाने के लिए हाथ-पैर मार रहा था...।

नन्द का हृदय काँप गया। जाने कालिय नाग की कितनी सन्तानें इस समय मृत्यु की संदेशवाहक बनकर चारों ओर फैल गयी थीं। अभी यमुना का जल उनके द्वार के बाहर ही था। सम्भव है थोड़ी देर में, यह उनके आँगन में प्रवेश कर जाये। बाढ़ के पानी के लिए कुछ भी सम्भव था। वर्षा तो अभी हो ही रही थी।...

नन्द लौट कर अपने कक्ष में यशोदा के पास आ गये।...वे बाहर नहीं जा सकते थे।..और न ही अपनी पत्नी को किसी वैद्य की सहायता के अभाव में मरते हुए देख सकते थे।...वे चलकर नहीं जा सकते थे, तो तैरकर तो जा सकते थे।...हाँ। वे तैरकर जा सकते थे; पर वैद्य अथवा दायी को तैराकर ला तो नहीं सकते थे। उनकी नौका यमुना तट पर थी। घर में होती तो वे वैद्य को मथुरा से नाव में ला सकते थे।...वैद्य इस प्रलय जैसे प्लावल और वर्षा में उनके साथ नाव में आ जाता? मथुरा के वैद्य की पत्नी नन्द को ही जल में डुबो देती।...

सहसा यशोदा के शरीर में कम्पन हुआ। वे मानों अपनी अचेतावस्था में ऐंठीं और कराही। नन्द ने देखा...प्रसव हो रहा था। उनकी सन्तान जन्म ले रही थी।...

वे आगे बढ़ आये। ऐसे में वे यशोदा की क्या सहायता कर सकते थे?

उन्होंने बरबस ही सन्तान को अपने हाथ में उठा लिया। यशोदा कदाचित पूर्णतः अचेत हो चुकी थीं। उन्हें पता भी नहीं लगा था कि उन्होंने एक सन्तान को जन्म दिया है।...

नन्द ने नवजात शिशु की ओर देखा। वह एक अत्यन्त दुर्बल-सी कन्या थी। वह जीवित थी; किन्तु शरीर में किसी प्रकार की कोई गतिविधि नहीं थी।..क्या वह जीवित रह पायेगी? और यशोदा? उन्होंने यशोदा की नाड़ी देखी। नहीं! नाड़ी तो चल रही थी। हृदय के स्पन्दन का भी प्रमाण था। वे अभी जीवित थीं। माँ और पुत्री—दोनों ही जीवित थीं। पर क्या दोनों जीवित रह पायेंगी? उन्हें तो दोनों में से एक के भी जीवित रहने के लक्षण नहीं लग रहे थे।...

तो क्या करें वे? अपनी पुत्री को अपने हाथों में लिए खड़े रहें और पत्नी और पुत्री को मृत्यु से संघर्ष करते हुए देखते रहें?...

तभी बाहर किसी ने जोर से कपाट थपथपाये। साँकल बजाया और बजाता ही चला गया। साँकल इस प्रकार बजाया गया था कि मेघों के गर्जन और वर्षा के फूत्कार के होते हुए भी वे स्पष्ट सुन रहे थे कि कोई साँकल बजा रहा था।...इस वर्षा और बाढ़ में आधी रात को यह कौन आ गया?

नन्द स्वयं बाहर जा नहीं पाये थे और किसी के बाहर से आने की वे कल्पना भी नहीं कर पा रहे थे और यहाँ कोई उनके द्वार पर आ, उनके कपाट थपथपा रहा था, साँकल बजा रहा था। कहीं ये सारी ध्वनियाँ यमुना के जल से ही तो उत्पन्न नहीं हो रहीं। स्वयं यमुना ही तो उनका कपाट नहीं थपथपा रही?

उन्होंने कन्या को यशोदा के निकट लेटा दिया। कन्या ने न तो एक बार अपनी आँखें खोली थीं और न ही एक बार वह रोई ही थी।

वे द्वार की ओर बढ़ रहे थे और किसी आतुर हाथ द्वारा कपाटों का थपथपाया जाना और साँकल का निर्ममतापूर्वक बजाया जाना निरन्तर सुन रहे थे। लगता था कि साँकल की मार से कपाट ही टूट जायेंगे।

"रुक जाओ।" उन्होंने साँकल खोलते हुए कहा।

"नन्द, द्वार खोलो।" किसी अत्यन्त व्याकुल कंठ ने अधैर्य से कहा।

नन्द स्वर तो नहीं पहचान पाये किन्तु उस स्वर की पीड़ा ने उन्हें अपना परिचय दे दिया था। उनका अपना मन निरन्तर पूछ रहा था कि अपनी ऐसी

विकट स्थिति में भी जब वे घर से बाहर नहीं निकल पाये हैं तो यह कौन और कैसा दुखियारा है जो उनके द्वार तक आ पहुँचा है?

कपाट खुले तो देखा : उनके सम्मुख वसुदेव खड़े थे।

लम्बे ऊँचे बलिष्ठ वसुदेव। अस्तव्यस्त केश और श्मश्रु, जल से भीगे हुए। उनके सिर पर एक मंजूषा थी। वे अत्यन्त निढाल दिख रहे थे। इतने कि नन्द स्वयं को एकदम भूल कर उनको सहारा देने को उनकी ओर बढ़े।

"मैं ठीक हूँ।" वसुदेव बोले, "बहुत थक गया हूँ।"

जल में थपेड़ों के समान नन्द के मन में प्रश्नों के भी थपेड़े थे। वे कल्पना ही नहीं कर सकते थे कि इस समय कोई यमुना को तैर कर और वर्षा को झेल कर उनके घर तक पहुँच जायेगा।...और फिर वह भी कौन? स्वयं वसुदेव। वृष्णिवंश के स्वामी वसुदेव। उनसे मित्रों के समान स्नेह रखनेवाले वसुदेव। कंस के कारागार में बन्दी वसुदेव।...

"आप? आप कारागार से कब छूटे?"

"भीतर चलो।" वसुदेव बोले, "इस समय घर में कौन-कौन है?"

"मैं हूँ। यशोदा है। पता नहीं यशोदा है भी या नहीं। एक छोटी बच्ची ...।" नन्द, वसुदेव को सहारा दिये हुए, जितनी जल्दी हो सकता था, भीतर लिए जा रहे थे।

"अच्छा है कि कोई नहीं है।" वसुदेव बोले, "सुनो नन्द! समय बहुत कम है। देवकी ने अपनी आठवीं सन्तान को जन्म दिया है।" वे लोग वराँडे में आ गये थे, "वह सन्तान, जिसकी हम प्रतीक्षा कर रहे थे।" वसुदेव ने अपने सिर से मंजुषा उतारी।

मंजुषा का ढक्कन खुला और नन्द की दृष्टि जैसे चिपककर रह गयी। मंजुषा में लेटा शिशु आकर्षक और मनोहर ही नहीं, इतना सजीव था कि दृष्टि उस पर से हटती ही नहीं थी। वह किसी नवजात शिशु के समान आँखें मूँदे शान्त नहीं पड़ा था। वह तो अपने चंचल नेत्रों से उनकी ओर देख कर अत्यन्त नटखट ढंग से मुस्करा रहा था, जैसे कह रहा हो, 'देखो, कैसा छकाया।' ऐसा लग ही नहीं रहा था कि एक नवजात शिशु इस जलप्लावन में वर्षा और झंझावात को झेलकर, यमुना को पार कर मथुरा से यहाँ तक की यात्रा कर आया था।

नन्द को लगा कि उनके मन की सारी उद्विग्नता जाती रही है।

"पर आप यहाँ कैसे आये?" नन्द अपनी जिज्ञासा रोक नहीं पाये।

"वह सब बताने का समय नहीं है। मुझे तत्काल वापस लौटना है।" वसुदेव बोले, "ध्यान से सुनो। इस शिशु की रक्षा करनी होगी। इसे जीवित रहना ही है; क्योंकि इसके जीवित रहने पर ही मेरा, तुम्हारा और अनेक लोगों

का जीवन निर्भर करता है। इसे मेरा नहीं अपना पुत्र मानकर इसका पालन करना, ताकि कंस को यह ज्ञात न हो सके कि यह देवकी का पुत्र है। उसे ज्ञात हुआ कि यह देवकीपुत्र है, तो न यह बचेगा, न मैं, और न तुम। इसे बलराम और रोहिणी से भी दूर ही रखना। यह तुम्हारा और यशोदा का पुत्र है।...स्वयं इसे भी मालूम न हो कि यह तुम्हारा पुत्र नहीं है।" सहसा वे रुके, "यशोदा कहाँ है?"

नन्द ने हाथ बढ़ाकर शिशु को अपनी भुजाओं में उठा लिया। उनके सारे शरीर में जैसे विद्युत की लहर दौड़ गयी। ऐसी आनन्ददायक सिहरन का अनुभव उन्होंने कभी नहीं किया था।

"आइये।" वे वसुदेव को अपने कक्ष में ले आये।

वसुदेव ने देखा : यशोदा अचेत पड़ी थी और उसके साथ ही एक नवजात शिशु लेटा था। सम्भवतः अभी-अभी ही प्रसव हुआ था। शिशु को अभी नहलाया भी नहीं गया था।

वसुदेव ने पलटकर नन्द की ओर देखा।

"हाँ! अभी प्रसव हुआ है। इस जलप्लापन में किसी वैद्य को कहाँ से लाता। यशोदा अचेत हो गयी है और यह बच्ची तो कदाचित जीवित ही नहीं है। है भी तो इसके अधिक देर तक जीवित रहने के लक्षण नहीं हैं।"

"यह तो बहुत ही सुन्दर संयोग है कि यशोदा ने भी अभी ही सन्तान को जन्म दिया है।" वसुदेव बोले, "तुम प्रातः लोगों को बता सकते हो कि यशोदा ने जुड़वाँ बच्चों को जन्म दिया है। किसी को किसी प्रकार का कोई संदेह नहीं होगा।"

"कन्या तो कदाचित जीवित ही नहीं है।" नन्द बोले।

वसुदेव ने आगे बढ़कर कन्या को देखा। उसका स्पर्श किया। उसका श्वास देखा। उसकी नाड़ी देखी।

"सम्भव है कि अभी जीवित हो। पर हाँ! बहुत देर तक जीवित नहीं रहेगी।" वसुदेव बोले, "और यशोदा को तो स्वस्थ होना ही होगा, नहीं तो कृष्ण को कौन पालेगा।"

"कृष्ण कौन?" नन्द ने पूछा।

वसुदेव ने अपने बालक की ओर संकेत किया, "काला भी है और आकर्षक भी। इसी से इसका नाम कृष्ण रख दिया है।"

नन्द ने बालक को यशोदा के पास लेटा दिया। कन्या को उठाकर वसुदेव की ओर बढ़ाया, "इसे आप ले जाइए, वृष्णि श्रेष्ठ!"

"क्यों?" वसुदेव चकित थे।

"आप कंस के कारागार में लौटेंगे। कंस को समाचार मिलेगा कि देवकी भाभी ने आठवीं सन्तान को जन्म दिया है। वह नवजात शिशु के विषय में पूछेगा। आप पिछली बार के समान यह तो नहीं कहेंगे कि गर्भपात हो गया है। गर्भवात का भी तो प्रमाण देना होगा। यह कन्या आपके पास होनी चाहिए। उसे दिखा दीजिएगा कि महादेवी ने इस कन्या को जन्म दिया है।" नन्द बोले।

"वह इसे मार डालेगा।" वसुदेव बोले।

"उसे आपका नवजात शिशु नहीं मिला तो वह आपको और भाभी को मार डालेगा। इतने पर ही सन्तुष्ट होकर शान्त नहीं बैठ जायेगा वह। वह आपके पुत्र की खोज करेगा। खोजेगा तो पा भी लेगा।" नन्द बोले, "और वह कन्या यहाँ रह भी गयी तो कदाचित ही जीवित रह पाये। यह तो अभी से मृतप्राय लग रही है। ले जाइए आर्य! इसके जीवित रहने की बहुत सम्भावना नहीं है। इसका शरीर यदि आपको, कृष्ण को और मुझे बचा लेता है, तो इसने अपने जन्म का उद्देश्य पूर्ण किया।"

"पर यह यशोदा की सन्तान है। उसे पूछे बिना तुम इसे मुझे कैसे दे रहे हो?"

"यशोदा तो स्वयं भी बचेगी अथवा नहीं, पता नहीं। बच गयी तो इस दुर्बल मृतप्राय कन्या का पालन कर पायेगी या नहीं, मालूम नहीं। यह यहाँ मर जायेगी और इसके मोह में हम सब मारे जायेंगे। आप इसे ले जाइए। प्रभु इसे जीवित रखना चाहेगा तो वहाँ रख लेगा।" नन्द ने कन्या वसुदेव की मंजुषा में लेटा दी, "और यदि इसके बलिदान से ही मथुरा की रक्षा होनी है, तो वही हो।"

"मैं चलता हूँ।" सहसा वसुदेव बोले, "इससे पहले कि वर्षा रुक जाये और कंस के प्रहरी कारागार में लौट आयें। मुझे वापस पहुँच जाना चाहिए।"

"पर आप इस जलप्लावन में लौटेंगे कैसे?" नन्द ने कहा, "थोड़ी देर रुक जाइए। वर्षा का बल कुछ कम हो तो चले जाइएगा।"

"नहीं। यह जल ही मेरा कवच है। यही मुझे यहाँ ले आया है और यही ले जायेगा।"

"पर आप कारागार से निकल कैसे आये?" नन्द के मुख से अनायास ही निकल गया, "प्रहरियों ने आपको आने कैसे दिया?"

वसुदवे बहुत जल्दी में थे, फिर भी नन्द के प्रश्न का उत्तर देने के लिए वे रुक गये, "मथुरा में भी भयंकर वर्षा हो रही है। यमुना में अभूतपूर्व बाढ़ आयी है। साधारण पथों और वीथियों में ही नहीं, प्रासादों और अट्टालिकाओं में भी यमुना का जल घुस गया है। जल के साथ सर्प और भयंकर जीव-जन्तु

स्थान-स्थान पर तैरते दिखायी दे रहे हैं। इस समय यमुना कंस से भी अधिक भयंकर हो गयी है। कारागार के प्रहरी अपने परिवारजनों की सुरक्षा के लिए चिंतित हो कर भाग गये हैं। पता नहीं वे जान-बूझ कर कारागार के द्वार खुले छोड़ गये अथवा घबराहट में उन्हें ताले लगाने का ध्यान नहीं रहा।..."

वसुदेव बाहर निकल आये। उन्होंने सँभाल कर मंजूषा को सिर पर रख लिया।

"अरे इसे सिर पर क्यों उठाते हैं। यह मेरी कन्या है। आपके सिर पर पैर धरे यह उचित नहीं है।" नन्द बोले।

"कन्या भी तो देवी होती है, पुत्री वह किसी की भी हो।" वसुदेव ने कहा, "वैसे भी कृष्ण को मैं ऐसे ही लाया था। इसे भी ऐसे ही ले जाऊँगा।"

"मार्ग में इस पर वर्षा की बौछार पड़ेगी।" नन्द बोले।

"सिर पर नहीं उठाऊँगा तो इसे यमुना का जल बहाकर ले जायेगा।" वसुदेव बोले, "यह वर्षा से अधिक हानिकारक है। मंजूषा का ढक्कन जिनता बचा सकेगा, इसे बचाएगा।"

वसुदेव बाहर निकल आये।

नन्द देख रहे थे कि वसुदेव को वर्षा की कोई चिन्ता नहीं थी। वे तो ऐसे चल रहे थे, जैसे वर्षा हो ही न रही हो। वे क्षिप्र गति से चलते हुए बाहरी द्वार तक आये। उन्होंने इतनी भी प्रतीक्षा नहीं की कि नन्द आकर बाहर का कपाट खोलें। उन्होंने स्वयं कपाट खोले और निर्द्वन्द्व भाव से बढ़ी हुई यमुना के जल में उतर गये। उनका एक हाथ अपने सिर पर रखी मंजूषा को सँभाले हुए था, और दूसरे से वे जल को हटाने का प्रयत्न कर रहे थे। नन्द समझ नहीं पा रहे थे कि वसुदेव पानी में चल रहे थे अथवा तैर रहे थे।

वे अपने इस मित्र को निहारते रहे। कितना कष्ट सहा है इस वसुदेव और उनकी पत्नी देवकी ने। वर्षों हो गये कंस के अत्याचार सहते हुए...और आज कैसा दुस्साहस किया है वसुदेव ने। न कंस से डरे और न प्रकृति से...

सहसा उन्होंने देखा कि वसुदेव अकस्मात् ही जैसे जल के भीतर चले गये, अथवा जल की कोई लहर ऊँची उठ गयी। वसुदेव के शरीर का कोई अंग दिखायी नहीं दे रहा था; किन्तु मंजूषा अब भी जल से ऊपर दिखायी दे रही थी। उसे उन्होंने जल से ऊपर ही रखा था।

वसुदेव जैसा योद्धा भी संसार में कभी-कभी ही उत्पन्न होता है—नन्द ने सोचा।

वे भीतर चले आये। यशोदा की स्थिति कुछ विशेष सुधरी नहीं थी। यदि यशोदा की इस स्थिति में उसे यह बताया जायेगा कि उसने एक मृत अथवा

मृतप्राय कन्या को जन्म दिया था तो उसे क्या प्रसन्नता होगी? अब यदि उसकी चेतना लौटेगी तो वह कृष्ण को देखेगी। कृष्ण की एक मुस्कान उसका सारा श्रम हर लेगी।

यदि यशोदा को दोनों नवजात शिशु दिये जाते और उसे यह ज्ञात हो जाता कि कृष्ण उसका अपना पुत्र नहीं है, तो क्या वह अपनी पुत्री के रहते हुए, मन से कृष्ण का पालन-पोषण कर पाती? उसके भाग्य में कृष्ण को जन्म देना तो नहीं लिखा था; किन्तु उसका पालन-पोषण लिखा था। कृष्ण का पालन-पोषण।...तो वह उसी को पाले।

उद्धव मौन हो गये।

"कथा तो तुम अद्‌भुद कहते हो उद्धव महाराज!" रुक्मिणी ने कहा, "किन्तु यह भी तो सम्भव है कि ये बातें उन दोनों में पहले से ही निश्चित हों, इसलिए तात श्यामसुन्दर को ले कर वहाँ पहुँचे हों।"

"पहले ही निश्चित हुई होंगी। वहाँ बलराम जो पहले से रह थे।" सात्यकि बोला।

"मैं तो समझती थी कि तुम कोरे दार्शनिक ही हो उद्धव! किन्तु तुम तो अद्‌भुद कथाकार भी हो। तुम घटनाओं को कैसे सजीव और तर्कसंगत बना देते हो।" रुक्मिणी पुनः बोलीं। उनके स्वर में पूर्ण मुग्धता का भाव था।

"तो हम यह मान लें कि यशोदा को पता ही नहीं था कि कृष्ण उनके पुत्र नहीं हैं।" अर्जुन ने कहा, "केवल नन्द ही इस रहस्य को जानते थे।"

"ठीक।" उद्धव ने कहा, "इसीलिए यह रहस्य अन्त तक रहस्य ही बना रहा और गोकुल और वृन्दावन में कोई भी नहीं जान पाया कि कृष्ण किसके पुत्र हैं। दूसरी ओर वसुदेव काका ही जानते थे कि कृष्ण, नन्द के घर में पल रहे हैं।..."

"क्यों, क्या उन्होंने माता को भी नहीं बताया होगा कि वे पुत्र को कहाँ छोड़ कर आये हैं?" रुक्मिणी ने पूछा, "अथवा माता ने पूछा नहीं होगा कि श्यामसुन्दर कहाँ हैं?"

"तो मान लीजिए कि उन दोनों को ही ज्ञात था और किसी को नहीं।" उद्धव ने जैसे संशोधन स्वीकार किया, तो फिर कृष्ण को किसने बताया और कब बताया कि वे नन्द-यशोदा के पुत्र नहीं हैं।"

"सीधी-सी और बड़ी छोटी-सी बात है, जिसका उद्धव महाराज बतंगड़ बना रहे हैं।" सत्यभामा बोली, "श्यामसुन्दर तथा बलराम भैया को मथुरा लाने के लिए अक्रूर को कंस ने जब वृन्दावन भेजा था तो उन्हें बता ही दिया होगा

कि वे कौन हैं और अक्रूर ने ही श्यामसुन्द को बताया होगा कि वे वस्तुतः किसके पुत्र हैं।"

"द्वारका में सब लोग यही जानते हैं, सत्या भी यही जानती हैं।" उद्धव ने कहा, "किन्तु प्रश्न यह है कि कंस को यह कैसे ज्ञात हुआ? और जब अक्रूर ने कृष्ण को यह बताया तो उन्होंने उसका विश्वास कैसे कर लिया? इस सत्या को अक्रूर बताए कि वह आर्य सत्राजित की पुत्री नहीं है तो यह मान लेगी क्या?"

"कोई विश्वसनीय कारण होगा तो अवश्य मान लूँगी।" सत्यभामा बोली।

"कारण तो है न! एक धीर-गम्भीर विद्वान् पुरुष की ऐसी पुत्री..."

जोरों का एक सम्मिलित ठहाका गूँजा।

"इस बार उद्धव चमत्कार कर गये।" सात्यकि ने कहा, "सत्या भाभी! अब झगड़ा मत करना।"

सत्यभामा सचमुच हतप्रभ रह गयी। उसे उद्धव की ओर से ऐसे किसी प्रकार के तर्क की आशा नहीं थी।

"कोई भी यह कह सकता है कि जब कंस ने नन्द-यशोदा की पुत्री को धरती पर पटका तो उसने योगमाया का रूप धारण कर लिया था और कंस से कहा था कि तुझे मारनेवाला जन्म ले चुका है और गोकुल में पल रहा है।" उद्धव पुनः कथा की ओर लौटे, "यही प्रचलित कथा है, किन्तु मेरा तर्कशील मन इसको मानने को तैयार नहीं है।"

"क्यों? क्या ऐसा नहीं हो सकता?" रुक्मिणी ने पूछा।

"होने को तो कुछ भी हो सकता है, ईश्वर और प्रकृति के लिए कुछ भी असम्भव नहीं है।" उद्धव ने कहा, "किन्तु कृष्ण के स्थान के सम्बन्ध में स्वयं दैवी शक्तियों द्वारा इस प्रकार की घोषणा का कोई अर्थ नहीं है। फिर भी यदि हम मान लें कि प्रकृति अपने प्रकट नियमों के विरुद्ध आचरण नहीं करती तो हमें यह भी मान लेना चाहिए कि एक छोटी बच्ची को धरती पर पटकने पर वह देवी रूप में प्रकट नहीं होती। फिर जिस कृष्ण की रक्षा के लिए वसुदेव काका ने इतना कष्ट सहा था, उसे पुनः संकट में डालने के लिए इस दैवी घटना, अर्थात् योगमाया की इस सूचना का क्या अर्थ?"

"ठीक है उद्धव!" अर्जुन ने कहा, "यदि हम माल लें कि कंस को कृष्ण-जन्म तथा उनके पालन-पोषण के विषय में कुछ भी ज्ञात नहीं था, तो फिर कंस उनकी हत्या के लिए उन सारे हत्यारों को गोकुल कैसे भेजता रहा?"

"मैं कोई त्रिकालदर्शी सिद्ध पुरुष नहीं हूँ कि तुम्हारे इन प्रश्नों का उत्तर दूँ, किन्तु मेरा तर्क कहता है कि कंस ने वसुदेव काका के इन वक्तव्यों का कभी

विश्वास नहीं किया के देवकी काकी का सातवाँ गर्भ नष्ट हो गया था; और उनकी आठवीं सन्तान एक कन्या ही थी।" उद्धव ने कहा, "कंस को किसी न किसी अनियमितता की सूचना अवश्य मिली होगी। सम्भव है कि उसके पास संदेह का कोई कारण हो..."

"उसे काका पर संदेह होता तो वह उनका वध करवा देता।" सात्यकि बोला, "उसे ऐसा करने से कौन रोक सकता था।"

"कोई चतुर प्रशासक अपने बन्दी से भेद उगलवाए बिना उसका वध नहीं करता।" उद्धव ने कहा, "वह उनका वध करवा देता तो उनका रहस्य उनके साथ ही चला जाता। इसलिए वह अपने अनुमानों पर ही चल रहा था। कंस के स्थान पर बैठ कर, उसके चिन्तन में उतरकर देखो। वह मानता होगा कि काकी देवकी का आठवाँ पुत्र जीवित है। वह उस व्यक्ति के पास होगा, जिसे काका ने सौंपा होगा। काका ने उसे अपने किसी परम विश्वसनीय व्यक्ति को ही सौंपा होगा। वह वहीं होगा, जहाँ वसुदेव काका के परम हितैषी लोग होंगे। और वह तो कंस भी जानता था कि नन्दगोप काका वसुदेव का परम निष्ठावान मित्र अथवा सहयोगी ही नहीं है, उनके निकट रह कर रोहिणी काकी बलराम का पालन-पोषण कर रही थीं। फिर गोकुल से नित्य ही कृष्ण के किसी न किसी चमत्कारी कृत्य की सूचना आ ही रही थी।"

"तो फिर उसने कृष्ण का वध क्यों नहीं करवा दिया?" अर्जुन ने पूछा।

"यह लो।" उद्धव ने हँसकर कहा, "वध करवाने में कोई कसर छोड़ी थी क्या। नित्यप्रति तो वह भाड़े के हत्यारे भेज रहा था। जब कृष्ण उनके वस के नहीं थे तो कंस क्या करता।"

"नहीं! मेरा तात्पर्य है कि वह सेना ले जाकर गोकुल अथवा वृन्दावन को घेर कर अपने सैन्य बल से कृष्ण और बलराम का वध कर सकता था।" अर्जुन ने कहा।

"कर तो वह यह भी सकता था; किन्तु हमें यह नहीं भूलना चाहिए कि उस के पास कोई प्रमाण नहीं था कि कृष्ण देवकी काकी के ही आठवें पुत्र हैं।" उद्धव ने कहा, "वह जो कुछ भी कर रहा था, वह मात्र संदेह के आधार पर कर रहा था। ऐसे में किसी बालक अथवा किशोर का वन में किसी पशु अथवा मनुष्य के हाथों आकस्मिक रूप से मारा जाना और बात है और राजा द्वारा एक पूरे क्षेत्र अथवा समुदाय के किसी प्रिय नेता का वध दूसरी बात है। वह अपने बहुत से शत्रु बना चुका था। सम्भवतः यादवों और उन गोपों में अपने लिए अरौर शत्रु बनाना नहीं चाहता था।" उद्धव ने रुककर उनकी ओर देखा, "यह मेरा अनुमान ही है। मेरे पास इन बातों का कोई प्रमाण नहीं है।"

"पर उद्धव! तुम्हारा वह प्रश्न तो बीच में ही रह गया कि श्यामसुन्दर को यह कब ज्ञात हुआ कि वे वसुदेव-देवकी के पुत्र हैं।" रुक्मिणी ने स्मरण दिलाया।

"हाँ! जहाँ बहकाकर दूसरी दिशाओं में ले जानेवाले इतने लोग बैठे हों, वहाँ ऐसा ही होता है।" उद्धव ने हँसकर कहा, "मैंने इस विषय में बहुत सोचा है और मैं तो इसी निष्कर्ष पर पहुँचा हूँ कि कृष्ण के सत्य तो केवल दो ही व्यक्ति जानते थे—वसुदेव काका और नन्दगोप। कंस को संदेह भर था। पर यदि कृष्ण देवकीपुत्र नहीं भी थे, तो भी वह उनकी क्षमता और लोकप्रियता से भयभीत था। वह किसी प्रकार उनका वध करवाना चाहता था; किन्तु उसका दायित्व अपने सिर नहीं लेना चाहता था। यह तो वह समझ ही गया होगा कि कृष्ण देवकीपुत्र हों या न हों, वे उसके मित्र नहीं हो सकते। उनके रूप में उभरते हुए अपने एक समर्थ प्रतिद्वन्द्वी को वह पहचान रहा था। वह नहीं चाहता था कि वह कुछ भी ऐसा करे जिससे कृष्ण लोकनायक बन जाये और कंस के सारे शत्रु उनके नेतृत्व में संगठित हो जायें। इसलिए वह उनकी हत्या किसी और के सिर थोपना चाहता था।"

"मुझे आश्चर्य होता है कि तुम ये सारी बातें इतने निश्चित रूप से कैसे कह सकते हो उद्धव! जैसे तुमने यह सब अपनी आँखों से देखा हो।" रुक्मिणी के नेत्रों में प्रशंसा का भाव था।

"आपने मुझे थोड़ी देर पहले कथाकार कहा ही है भाभी!" उद्धव ने सहज भाव से कहा, "कथा ही तो बुन रहा हूँ। सारी सम्भावनाओं पर विचार कर मानव मनोविज्ञान के आधार पर कुछ तर्कसंगत निष्कर्ष ही तो निकाल रहा हूँ। वैसे मैं अनुभव करता हूँ कि जहाँ योग साधना में समाधि का सत्य यह है कि ध्यान लग जाने पर सत्य पर पड़े आवरण हटने लगते हैं और सत्य उजागर होने लगता है, वैसे ही सृजन का सत्य यह है कि जब हम घटनाओं तथा पात्रों पर अपना ध्यान केंद्रित करते हैं तो उन घटनाओं और पात्रों पर यथार्थ के आवरण हटने लगते हैं।"

"पर हम इतना सारा परिश्रम क्यों कर रहे हैं?" सत्यभामा ने कहा, "हम माँ अथवा पिताजी से पूछ ही क्यों नहीं लेते कि वस्तुतः क्या हुआ था। वे कंस के मन को तो नहीं जानते; किन्तु अपने विषय में तो जानते हैं कि उन्होंने श्यामसुन्दर को कब और कैसे कहाँ पहुँचाया था और..."

"तुम क्या समझती हो सत्या देवी!" उद्धव के सम्बोधन में स्पष्ट उपहास था, "कि मैंने कभी काका और काकी से इस विषय में चर्चा ही नहीं की? मैंने उनसे यह सब जानना नहीं चाहा? बहुत प्रयत्न किया है मैंने। पर वे लोग जैसे

इन घटनाओं को स्मरण ही नहीं करना चाहते। बहुत पीड़ादायक है, यह सब उनके लिए। विवाह के पश्चात् अपने ही भाई के हाथों इस प्रकार अपमानित और पीड़ित होकर कारागार में डाल दिया जाना और सारे मित्रों और कुटुंबियों में से किसी का भी सहायता को न आना। फिर सैनिकों, प्रहरियों तथा प्रशासनिक अधिकारियों की दृष्टि के सम्मुख गर्भ धारण करना। सन्तान को जन्म देना और फिर उसकी मृत्यु को देखना, सुनना, उसका अनुभव करना; और निरीह होकर उसे स्वीकार कर लेना। तुम समझती हो कि वे उन घटनाओं की स्मृति से फिर कभी गुजरना चाहेंगे। उस पीड़ा को पुनः झेलना चाहेंगे?"

"यदि वे उन घटनाओं की चर्चा नहीं करना चाहते तो उसके कुछ और कारण भी हो सकते हैं।" सात्यकि ने कहा, "मुझे लगता है कि उन घटनाओं के पीछे अनेक प्रमुख यादवों के सम्बन्धों और चरित्रों के रहस्य छिपे हुए हैं। कौन कब किसका मित्र था और कौन शत्रु। कौन किसकी सहायता कर रहा था और कौन किससे शत्रुता का निर्वाह कर रहा था; कौन लोभ में बिक गया था और कौन किसके भय से पीला पड़ा गया था। यदि उन दिनों को स्मरण कर, घटनाओं का विश्लेषण कर, उनके सत्य तक पहुँचने का प्रयत्न किया जायेगा तो बहुत सारे ऐसे सत्य सामने आयेंगे जो आज यादवों के हित में नहीं हैं। कदाचित इसलिए भी वसुदेव काका अपना मुख नहीं खोलना चाहते।"

"चलो, हमने स्वीकार किया कि हम माँ और पिताजी से इस विषय में कुछ नहीं जान सकते," रुक्मिणी ने कहा, "तो फिर उद्धव ही बताएँ कि क्या हुआ होगा।"

"ऐसी स्थिति में कंस दो बातों से उद्विग्न रहा होगा। एक तो वह देवकीपुत्र को खोज नहीं पा रहा था और दूसरे कृष्ण नामक सबल गोप का दमन नहीं कर पा रहा था।" उद्धव ने कहा, "ऐसे में उसने सोचा होगा कि क्रीड़ा के बहाने कृष्ण का वध तो करवा ही दिया जाये। यदि वह देवकीपुत्र है, तो कंस का संकट ही टल जायेगा; और यदि वह देवकीपुत्र नहीं भी है, तो एक बलवान प्रतिद्वन्द्वी से उसे मुक्ति मिल जायेगी। और यदि कृष्ण और देवकीपुत्र दो भिन्न व्यक्ति हैं तो यह सम्भावना भी समाप्त हो जायेगी कि भविष्य में वे दोनों मिलकर कंस का विरोध करेंगे।"

"अर्थात कृष्ण का वध तो उसे करवाना ही था, वह देवकीपुत्र हो या न हो।" अर्जुन ने कहा।

"हाँ! और उसके लिए उसने उस यज्ञ का आयोजन किया जो प्रजा के लिए उत्सव और मनोरंजन का पर्याय था और कंस उसके माध्यम से मुष्टिक

और चाणूर के हाथों कृष्ण तथा बलराम दोनों का ही वध करवा देना चाहता था। उसके कारण यदि प्रजा का आक्रोश उमड़ता तो मुष्टिक और चाणूर के विरुद्ध उमड़ता। यदि वे कुवलयापीड़ हाथी के पैरों तले कुचले जाते तो भी यही माना जाता कि एक मदान्ध हाथी ने उन्हें कुचल दिया। उसे एक दुर्घटना मान कर प्रजा शान्त हो जाती।..."

"इससे तो स्पष्ट है कि कंस कृष्ण का वध करना भी चाहता था और उस वध से भयभीत भी था।" सात्यकि ने कहा।

"हाँ। मैं भी यही कहना चाहता हूँ। उसने यह निश्चय किया और अक्रूर को उन लोगों को नन्दवन से लिवा लाने के लिए भेजा।" उद्धव ने कहा, "अब मेरे मन में प्रश्न यह है कि उसने उसके लिए अक्रूर को ही क्यों चुना?"

"मुझे तो अक्रूर का चरित्र आरम्भ से ही कुछ संदेहास्पद लगता है।" सत्यभामा ने वितृष्णा से कहा।

"संदेहास्पद का क्या अर्थ?" अर्जुन ने अनायास ही पूछ लिया।

"सत्या के लिए तो यह है ही खलपात्र।" उद्धव ने कहा, "पहले उसने अपनी अवस्था को पूर्णतः विस्मृत कर सत्या से विवाह की इच्छा प्रकट की, क्योंकि उसे धन और रूपसी दोनों ही एक स्थान पर दिखायी दे रहे थे; और फिर उससे निराश हो कर शतधन्वा को उत्तेजित कर आर्य सत्राजित का वध करवा डाला। शतधन्वा ने वध किया तो दंड भी पाया, किन्तु अक्रूर को तो उसके पुरस्कारस्वरूप स्यमंतक मणि मिल ही गयी, जो उसने आज तक न सत्या को सौंपी है, न कृष्ण को, न महाराज उग्रसेन को।"

"यह तो तुम सत्यभामा की दृष्टि से कह रहे हो, पर वह उस समय कंस की दृष्टि में क्या था?" रुक्मिणी ने पूछा।

"यह तो कंस ही बता सकता है भाभी! मैं तो अपना अनुमान ही भिड़ा सकता हूँ।" उद्धव ने कहा।

"अनुमान भिड़ाने को ही तो कह रही हैं दीदी, कथाकार महाराज!" सत्यभामा ने कहा।

"कंस की दृष्टि में भी अक्रूर ऐसा व्यक्ति रहा होगा, जिसे लोभ और त्रास के माध्यम से क्रय भी किया जा सकता था और भयभीत कर अपने आदेश का पालन भी करवाया जा सकता था। मुझे ऐसा लगता है कि महाराज उग्रसेन के जामाता और वसुदेव काका के मित्र होते हुए भी जब अक्रूर ने कंस की सभा नहीं छोड़ी तो कंस यह समझ गया होगा कि अक्रूर से समझौता हो सकता है, बस उसका मूल्य चुकाने की बात है।" उद्धव ने कहा, "दूसरी बात यह हो सकती है कि अक्रूर किसी समय काका के मित्र रहे थे। वे काका के साढ़ू

भी थे। अतः कंस ने सोचा होगा कि काका का यह रहस्य अक्रूर को ज्ञात ही होगा। ऐसे में यदि अक्रूर उसके आदेश का पालन न करने का दुस्साहस करते हैं, तो कृष्ण निश्चित रूप से देवकीपुत्र ही हैं। और यदि वे आदेश का पालन कर देते हैं तो उनकी निष्ठा की परीक्षा भी हो जायेगी और कृष्ण जैसा एक सबल प्रतिद्वन्दी भी मारा जायेगा।"

"और अक्रूर ने क्या सोचा?" रुक्मिणी ने कहा, "मैंने सुना है कि अक्रूर ने श्यामसुन्दर के प्रति बहुत भक्ति भाव दिखाया था।"

"मेरे मन में अक्रूर की छवि एक ऐसे व्यक्ति की है, जो समय से कुछ पूर्व यह समझ लेता है कि कौन-सा व्यक्ति कुछ महत्त्वपूर्ण होने वाला है, अथवा किसके महत्त्वपूर्ण होने की सम्भावना है। कौन उदीयमान सूर्य है।" उद्धव ने उत्तर दिया, "ऐसे में अक्रूर के मन में यह विचार आने की सम्भावना है कि जिस भविष्यवाणी की निरन्तर चर्चा हो रही है, उसमें यदि तनिक-सा भी सत्य है, तो कृष्ण से मैत्री कर लेने में ही लाभ है। उसने एक प्रकार की कूटनीति खेली। कंस को कहा कि वह उसकी आज्ञा का पालन कर रहा है और कृष्ण और बलराम को कहा कि वह उनका भक्त है। वह कंस के आदेश से बाध्य होकर आया है; किन्तु उन लोगों को सावधान कर रहा है कि उनके प्राणों को संकट है। कंस उनके वध का प्रयत्न करेगा। इस प्रकार उसने कंस और कृष्ण दोनों की ही ओर से अपनी सुरक्षा का प्रबन्ध कर लिया था।"

"मूल प्रश्न अब भी अपने स्थान पर अडिग है।" सात्यकि ने कहा, "कि श्रीकृष्ण को कब ज्ञात हुआ कि वे वसुदेव और देवकी के पुत्र हैं।"

"द्वारका में तो लोग यही मानते हैं कि नारद ने कंस को यह बता दिया और कंस ने अक्रूर को बताया। अक्रूर ने जाकर श्यामसुन्दर को बताया होगा।" सत्यभामा ने कहा, "और जो लोग श्यामसुन्दर में दैवी तत्त्व स्वीकार करते हैं, वे तो यह मानते हैं कि उन्हें सब कुछ स्वतः ही ज्ञात था, किसी के बताने की क्या आवश्यकता थी।"

उद्धव हँसे, "किंवदंतियों में यही तो लाभ है कि जहाँ कुछ समझ में न आये, वहाँ महर्षि नारद का नाम डाल दिया जाये। भई! नारद को क्या आवश्यकता थी कि वे आकर कंस को यह बताते। मेरी समझ में तो यह भी नहीं आता कि यदि कंस, कृष्ण तथा बलराम भैया का वध करना ही चाहता था तो उसे अक्रूर को यह सब बताने की भी क्या आवश्यकता थी कि वह उनका वध करना चाहता है। उसने अक्रूर को केवल इतना ही आदेश दिया होता कि वह कृष्ण और बलराम को मथुरा ले आये।"

"तो फिर श्यामुसन्दर को कैसे ज्ञात हुआ होगा कि उनके माता-पिता कौन हैं?" सत्यभामा ने आतुरता से कहा।

"जहाँ तक मैं समझता हूँ, इस रहस्य का ज्ञान दो ही व्यक्तियों को था--काका को और नन्दराज को।" उद्धव ने कहा, "काका ने तो कृष्ण को बताया नहीं होगा। बताने का कोई अवसर ही नहीं आया। तो ऐसे में केवल नन्दराज ही कृष्ण को यह रहस्य बता सकते थे। अब प्रश्न है कि उन्होंने कब बताया होगा।"

"हाँ! कब बताया होगा?" रुक्मिणी ने पूछा।

"मेरी कल्पना में तो एक ही बात आती है और मेरा तर्क उससे सहमत है कि जब नंदराज ने अक्रूर के आने का समाचार सुना होगा तो वे सारी बात भाँप गये होंगे, और यदि न भी भाँप सके हों तो उनके मन में यह आशंका तो जागी ही होगी कि कंस का यह निमन्त्रण साधारण नहीं है और कृष्ण-बलराम के मथुरा जाने में उनके प्राणों को संकट है। ऐसे में उन्होंने यह निर्णय किया होगा कि कृष्ण-बलराम को यह रहस्य बता ही दिया जाये, ताकि वे लोग असावधान न रहें।" उद्धव ने कहा, "उनके स्थान पर कोई भी व्यक्ति होता तो यही करता। वे यह भी समझ ही गये होंगे कि अब कृष्ण-बलराम से उनकी विदाई का समय आ गया है। एक बार कृष्ण मथुरा चले गये तो कंस और उनका संघर्ष होगा ही और परिणाम जो भी हो, कृष्ण वापस नन्दगाँव नहीं लौटेंगे। इसलिए एक ओर उन्होंने कृष्ण-बलराम को सावधान किया होगा और दूसरी ओर गोपों को यथासम्भव अधिक से अधिक संख्या में मथुरा जाने के लिए प्रोत्साहित किया होगा, ताकि यदि आवश्यकता हो तो कृष्ण की रक्षा के लिए संघर्ष किया जा सके।"

"मैं उद्धव से सहमत हूँ।" अर्जुन ने कहा, "किन्तु इस सारी चर्चा से मेरे मन में एक और प्रश्न उठता है।"

"मेरे मन में भी।" सत्यभामा ने कहा।

"तुम्हारे मन में कभी कोई उत्तर भी उठा है कि बस प्रश्न ही उठते हैं।" उद्धव ने जैसे उसे चिढ़ाया।

"लो! पार्थ के मन में प्रश्न उठा तो कोई बात नहीं और मेरे मन में उठा तो आपत्ति का कारण हो गया।" सत्यभामा ने विरोध जताया।

"पहले पार्थ का प्रश्न सुन लें सत्यभामा?" रुक्मिणी ने पूछा।

"पहले पार्थ का ही सुन लो। घर के जामाता हैं, फिर अतिथि हैं।" सत्यभामा ने कहा, किन्तु सब ही समझ रहे थे कि उसका स्वर गम्भीर नहीं था।

"मेरे मन में यह आता है कि यदि मातुला रोहिणी पहले से ही गोकुल में निवास कर रही थीं तो यह कंस को भी ज्ञात होगा।" अर्जुन ने कहा, "ऐसे में कृष्ण तथा बलराम के गुप्त तथा अज्ञात रहने का कोई प्रश्न ही नहीं है।"

"और यदि रोहिणी माता, पिताजी से पृथक रह रही थीं, तो समाज ने यह कैसे स्वीकार कर लिया कि उनका पुत्र पिताजी की ही सन्तान है?" सत्यभामा ने कहा।

"इतना ही नहीं।" रुक्मिणी ने भी अपनी आपत्ति जोड़ दी, "एक स्त्री का गर्भ दूसरी स्त्री के उदर में स्थापित करना तो ईश्वर के ही वश का है। इस आकर्षण और संकर्षणवाली बात को भी मैं समझ नहीं पा रही हूँ।"

"बोलो कथाकार महाराज!" सत्यभामा ने जैसे उद्धव को चुनौती दी।

इस बार उद्धव न तो परिहास की मुद्रा में आये और न ही उन्होंने सत्यभामा के प्रति आक्रामक मुद्रा अपनाई। वे जैसे अपने भीतर ही डूब गये।

"कृष्ण के जन्म और कृत्यों में अनेक बातें ऐसी हैं, जिन पर विचार करते हुए मुझे लगता है कि वह सारा प्रसंग जैसे अलौकिक ही है। उसकी व्याख्या मानव बुद्धि और तर्क से नहीं की जा सकती। उसे चमत्कार के रूप में ही स्वीकार कर लेना चाहिए। चमत्कार से मेरा तात्पर्य है, भगवान की इच्छा के रूप में।" उद्धव ने कहा, "कृष्ण जन्म के समय जिस प्रकार प्रकृति ने अपना अद्भुद रूप दिखाया, उसकी क्या व्याख्या है, इतना जल बरसा जैसे प्रलय काल ही आ गया हो। जल ने इन सब लोगों के स्थानों और घरों को घेर लिया जो काका और काकी को बन्दी बनाए रखने के दायित्व का निर्वाह कर रहे थे। उन्हें अपने घरों और परिवारों के डूबने का समाचार भी मिल गया। वे अपने परिवारों के लिए इतने घबराए और चिंतित हुए होंगे कि उनके मन से कंस का भय निकल गया होगा; अथवा वे प्रभु से इतने भयभीत हो गये होंगे कि काका और काकी पर दया दिखाकर वे ईश्वर से अपने परिवारों के बचान की प्रार्थना कर रहे होंगे। यह भी सम्भव है कि उन्हें लगा हो कि इस जलप्लावन में सब कुछ बह जायेगा। जब सब कुछ समाप्त ही हो जाना है तो काका और काकी को कारागार में बन्द रखने की क्रूरता करने का कोई अर्थ नहीं है। उन्होंने द्वार खोल दिये हो सकते हैं। द्वारपालों, सैनिकों और रक्षकों के भाग जाने के पश्चात् कारागार के द्वार सबके लिए ही खुले होंगे। उसी जलप्लावल के कारण काका नन्दगाँव तक जा सके। और ध्यातत्य यह है कि वह प्लावन ही काका की रक्षा करता रहा। उसी प्लावन के कारण नन्द के घर में एकान्त था। उसी प्लावन ने किसी को उन तक और उनको और किसी तक पहुँचने नहीं दिया। इन सब तथ्यों पर विचार करने से क्या यह नहीं लगता कि ईश्वर की इच्छा

थी कि कृष्ण जन्म लें, सुरक्षित रहें और बड़े होकर कंस का वध करें। ईश्वर की इस इच्छा का पालन, सृष्टि के मात्र एक तत्त्व, जल ने ही कर दिया। बस एक बार अतिवृष्टि हुई और ईश्वर की सारी योजना पूरी हो गयी। तो फिर इस सारे प्रसंग को अलौकिक क्यों न माना जाये?"

"तो फिर मानते क्यों नहीं हो, व्यर्थ ही बहस मे अपनी बुद्धि की टाँग क्यों अड़ाते हो?" सत्यभामा ने कहा।

"क्योंकि भगवान ने मुझे श्रद्धा के साथ बुद्धि और तर्क का भी वरदान दिया है, तुम्हारे समान उससे वंचित नहीं रखा।" उद्धव ने गम्भीर मुद्रा बनाए हुए कहा।

"ठीक है। समझ लूँगी।" सत्यभामा ने मुँह बनाया।

"तो मेरी सहज बुद्धि कहती है कि संसार में जो कुछ भी घटित हो रहा है, वह ईश्वर की इच्छा से ही घटित हो रहा है, क्योंकि वह उसके बनाए हुए कार्य-कारण के नियमों के अन्तर्गत हो रहा है। तो फिर भगवान को अपने, अपनी प्रकृति के नियमों को तोड़ने की आवश्यकता नहीं होनी चाहिए।" उद्धव बोले, "ऐसी स्थिति में हम यह मानेंगे कि रोहिणी काकी, नन्दराय के घर पर नहीं, उनके निकट, नन्दराय के संरक्षण में ही सही, किन्तु वे गोकुल में निवास कर रहीं थीं, और गोपों की सहायता से अपने गोधन का पालन कर रही थीं।"

"चलो ऐसा ही मान लेते हैं।" सात्यकि ने जैसे बात को आगे बढ़ाए जाने का संकेत किया।

"बात को हम उसके आरभ से ही शुरू करें।" उद्धव कुछ क्षण रुके।

"इसका क्या अर्थ? आरम्भ से ही शुरू करें। आरम्भ और शुरू में क्या भेद है?" सत्यभामा के स्वर में जिज्ञासा कम, विरोध ही अधिक था, हल्की-सी चिड़चिड़ाहट भी।

"मैं जानता था कि तुम नहीं समझोगी।" उद्धव ने कहा; किन्तु रुककर सत्यभामा को कुछ कहने का अवसर नहीं दिया, "मुझे लगता है कि मथुरा में जब सब कुछ सामान्य और धर्मसंगत था, जब अन्याय नहीं था और उग्रसेन न्यायपूर्वक शासन कर रहे थे, तब भी कंस अपने पिता से प्रसन्न नहीं था। वह जानता था कि वह उग्रसेन का औरस पुत्र नहीं है। वह उनका क्षेत्रज पुत्र था और वे उस का पालन कर केवल अपने धर्म का निर्वाह कर रहे थे। बहुत सम्भव है कि उनके पश्चात् मथुरा का राज्य उसे न मिले। यादवों में तो वैसे भी अपना राजा निर्वाचित किया जाता था। फिर यहाँ तो राजा ही उसके पक्ष में नहीं था। अन्य लोगों से उसे किसी प्रकार का विरोध नहीं था। इसलिए वह उनसे स्नेह भी करता था। काका और काकी के विवाह के समय तक कदाचित वह देवकी काकी से अपनी बहनों में अधिक स्नेह करता था।"

"तो फिर उसमें इतना परिवर्तन कैसे आ गया?" सात्यकि ने पूछा।

"अपनी महत्वाकांक्षाओं और अपने श्वसुर के प्रोत्साहन से उसने सत्ता हथिया लेनी चाही। महाराज से विरोध पा कर वह उग्र हो उठा और उसने उनको बन्दीगृह में डाल दिया। वह उसने कर तो दिया, किन्तु उसके पश्चात् वह डर गया। डर गया था, इसलिए अधिक आक्रामक भी हो उठा। वह अपने शासन को क्रूर करता चला गया और मन ही मन अधिक भयभीत होता गया। वह जानना चाहता था कि यादव प्रमुख ने उग्रसेन का पक्ष ले कर कंस का कठोर विरोध क्यों नहीं किया था। उससे जहाँ एक ओर उसे यह लग रहा था कि लोग भय, लोभ अथवा स्नेह के कारण उसके पक्ष में हैं; वहीं उसे यह भी लग रहा था कि जो लोग उग्रसेन के नहीं हो सके, वे उसके कैसे हो सकते हैं। यादवों का अविरोध और निषक्रियता देख कर जहाँ उसे एक प्रकार की आश्वस्ति होती थी, वहीं दूसरी ओर उसे किसी मौन-मूक षड्यन्त्र की गन्ध भी आती थी। एक ओर वह उन्हें स्नेह से जीत लेना चाहता था और दूसरी ओर वह उनके हाथ-पैर बाँध कर उन्हें कोड़ों से पीटना चाहता था।"

"वह पहले यादवों से इतना घुलने-मिलने वाला व्यक्ति कभी नही रहा था। अब उसकी सामाजिकता भी पहले से बहुत बढ़ गयी थी। सारे उत्सवों में सम्मिलित होकर वह यादवों का मन जीतने का प्रयत्न करता था। किन्तु एकान्त होते ही उसके मन में आशंकाएँ जन्म लेने लगती थीं। वह यादवों को जानता था। वे उसके इस कृत्य को क्षमा करने वाले नहीं थे। तो उसका भविष्य क्या था? उस की पत्नियाँ अपने पिता को इतना असमर्थ मानती थीं कि उन्हें कंस का बाल बाँका होता भी नहीं लगता था।...किन्तु कंस यादवों के विद्रोही तथा आत्मस्वाभिमानी स्वभाव को जानता था। वह समझता था कि ऊपर की यह शांति वस्तुतः किसी बड़े झंझावात का लक्षण भी हो सकती है। उसकी व्याकुलता देख कर उसकी पत्नियों ने उसे किसी ज्योतिषी से चर्चा करने का परामर्श दिया।..."

"ज्योतिषी? भविष्यवक्ता?" अर्जुन ने आश्चर्य से कहा, "यह रोग तो मगध का है।"

"वहीं से आये थे ज्योतिषी। जरासंध ने ही भेज थे।" उद्धव ने कहा।

"ज्योतिषी तो ठीक हैं, पर बलराम भैया कब गोकुल में आये?" रुक्मिणी ने पूछा।

"रोहिणी काकी कोई उपयुक्त अवसर पा कर मथुरा में काका और काकी के पास आयी होंगी...अथवा यह भी सम्भव है कि रोहिणी काकी वहाँ गयी ही न हों और किसी प्रकार बलराम भैया को उनके पास पहुँचा दिया गया हो और

यह प्रचारित कर दिया गया हो कि देवकी काकी का गर्भ गिर गया है। वस्तुतः उस समय तक कंस बहुत सावधान नहीं था। वह यह मानता था कि काका अपना वचन भंग नहीं करेंगे। काका ने तब तक अपने वचनानुसार अपने छह पुत्र, कंस को सौंप ही दिये थे। इसलिए काका के लिए अपने अज्ञात सहयोगियों की सहायता से अपने गवजात पुत्र को रोहिणी काकी के पास भिजवा देना और गर्भपात की सूचना प्रचारित कर देना भी कठिन नहीं था। कंस तो देवकी काकी के सातवें पुत्र के विलुप्त हो जाने तथा आठवों पुत्र के स्थान पर पुत्री के मिलने से अधिक सावधान हुआ होगा। नहीं तो वह कल्पना भी नहीं कर सका होगा कि उसके उस क्रूर आतंक के होते हुए कोई वसुदेव काका की सहायता भी कर सकता है।"

"पर प्रश्न तो यह है कि मातुला रोहिणी ने तो पुत्र को जन्म तभी दिया होगा जब संकर्षित गर्भ उनके उदर में आया होगा।" अर्जुन ने कहा।

"यदि इसे ईश्वरीय चमत्कार माना जाये तो योगमाया ने सचमुच संकर्षण किया।" उद्धव ने उत्तर दिया, "अन्यथा यदि रोहिणी काकी ने सचमुच बलराम को जन्म दिया तो उसके लिए किसी ऐसे समर्थ और दक्ष शल्यशास्त्रज्ञ अथवा शल्यचिकित्सक की आवश्यकता होगी जो शल्यचिकित्सा की सहायता से एक स्त्री के गर्भ भ्रूण को निकालकर दूसरी स्त्री के गर्भ में स्थापित कर सके।"

"और यदि ऐसा शल्य चिकित्सक न हो तो?" रुक्मिणी ने पूछा।

"तो फिर बलराम को जन्म देवकी काकी ने दिया और वे किसी प्रकार गोकुल में राहिणी काकी के पास पहुँचाए गये।" "उद्धव ने कहा।

"वे भी यशोदापुत्र थे क्या?" सत्यभामा ने पूछा।

"नहीं! बलराम तो प्रकट तभी हुए, जब कृष्ण खेलने और ऊधम करने योग्य हो गये थे। अन्यथा उससे पूर्व तो गोकुल में कहीं संकर्षण अथवा बलराम की चर्चा ही नहीं थी। और उसके पश्चात् वे दोनों इस प्रकार इकट्ठे दिखायी पड़ते हैं कि जैसे वे वस्तुतः सगे भाई हों। कृष्ण उन्हें भैया कहते हैं, और किसी गोप को तो नहीं कहते। कदाचित रोहिणीपुत्र प्रचारित होने के कारण बलराम कभी गोप नहीं कहाए। कृष्ण को जानबूझकर यशोदापुत्र के रूप में प्रस्तुत किया गया, ताकि कंस को किसी भी प्रकार उनके देवकीपुत्र होने का संदेह न हो।"

"और यशोदापुत्री योगमाया के विषय में क्या कहेंगे कथाकार महोदय?" सत्यभामा ने कहा।

"तुमने तो मेरे देवर का नाम ही कथाकार महोदय रख दिया।" रुक्मिणी ने कहा।

"वे आपके ही तो देवर नहीं हैं दीदी!" सत्यभामा बोली, "पर फिर भी आप को आपत्ति है तो मैं तार्किक महोदय भी कह सकती हूँ।"

"छोड़िए भाभी! यह सत्या जैसी है, वैसी ही रहेगी।" उद्धव ने कहा, "लोकमानस जिस वाक्य को योगमाया द्वारा कहा हुआ मानता है, मेरा तर्क उसे लोकध्वनि मानता है। जो बात चारों ओर फैल जाती है लोक-मन उस पर विश्वास करने लगता है, उसे ही आकाशवाणी, अथवा नारदजी द्वारा कही हुई बात, अथवा योगमाया द्वारा उच्चरित वाक्य कहा जाता है। वैसे कृष्ण-जन्म की रात्रि को हुए प्रकृति के उत्पात से, कारागार में हुई अनियमितताओं से, तथा आठवें देवकीपुत्र को न पा कर कंस का मन वैसे ही आशंकित था। अब यशोदापुत्री को शिला पर पटकने के पश्चात् कंस का अपना मन भी इस क्रूरता से दहल गया होगा। भयभीत तो वह पहले से ही था..."

"कंस भयभीत था?" सात्यकि ने मानों प्रश्न के रूप में आपत्ति की।

"ऊपर से बहुत वीर दिखनेवाला आक्रामक मन भीतर से बहुत भयभीत ही होता है।" उद्धव मुस्कराए, "इतनी हत्याएँ करनेवाला और अबोध निर्दोष लोगों का रक्त बहानेवाला कंस स्वयं अपनी मृत्यु से असाधारण रूप से भयभीत था। वस्तुतः इस प्रकार निरीह नवजात शिशुओं की क्रूर हत्याएँ कर वह अपने भय से ही तो लड़ रहा था।..."

सहसा सात्यकि उठ खड़ा हुआ, "मेरा विचार है कि शेष कथा तथा शेष प्रश्नों को किसी और दिन के लिए छोड़ दिया जाये। आज पर्याप्त रात्रि हो चुकी है। केशव तो अभी आये नहीं हैं। अब आयेंगे भी तो उन्हें विश्राम की आवश्यकता होगी। पार्थ भी थोड़ी निद्रा ले ही लें तो अच्छा है।"

"ठीक है।" रुक्मिणी ने अर्जुन की ओर देखा, "आशा है श्यामसुन्दर आज रात्रि को अथवा, कहिए कल सूर्योदय से पूर्व अवश्य आ जायेंगे। उपयुक्त अवसर पर मैं आप के पास दासी भेजूँगी। आपको बिना कोई प्रश्न पूछे, मेरी भेजी हुई दासी के साथ श्यामसुन्दर से मिलने के लिए उनके शयन कक्ष में जाना है।"

अर्जुन ने स्वीकृति में सिर हिला दिया।

"पुनः कह रही हूँ, कि बिना शंका, प्रश्न और बिना संकोच के।" रुक्मिण ी ने कहा, "कई बार सज्जन लोग अपनी सज्जनता में अपना अधिकार खो देते हैं और दुर्जन अधिकार न होने पर भी अपना आधिपत्य जमा लेते हैं।"

अर्जुन इस कथन का महत्व तो समझ गया किन्तु उसका संदर्भ उसकी समझ में नहीं आया; पर उस विषय में कुछ पूछना उसे अनावश्यक ही लगा। कोई कारण होगा, तभी तो मातुल ने रुक्मिणी भाभी से अवश्य मिलने का आदेश दिया था और भाभी ने भी विदा करते हुए स्पष्ट निर्देश दे दिया था।

9

उद्धव अपने निवास पर आ तो गये, पलंग पर लेट भी गये, किन्तु उन्हें नींद नहीं आयी। सात्यकि ने कथा रुकवा दी थी और सारी बातें कल तक के लिए स्थगित कर दी थीं, किन्तु उद्धव के अपने मन में तो जैसे वह सारा परिवेश सजीव का सजीव ही बना रह गया। वे स्वयं उस परिवेश में जीने के सुख को त्यागना नहीं चाहते थे, तो उसे झटक कर अपने मन से परे कैसे फेंके देते।...वे सोचते रहे।...रेखाएँ गहरी होती रहीं। रंग भरते गये....और उनके मन के अस्पष्ट और धुँधले से लगने वाले वे चित्र स्पष्ट होते चले गये....कंस का अधिक से अधिक क्रूर होते जाना....यह वही समय रहा होगा, जब महाराज उग्रसेन के भाई देवक ने अपनी पुत्री देवकी का विवाह वसुदेव से करने का निश्चय किया होगा। कंस का इससे कोई विरोध नहीं था। उसने इस विवाह का पूर्ण समर्थन किया होगा। देवकी उसकी प्रिय भगिनी थी और वसुदेव उसके कभी के मित्र थे ही। वे उग्रसेन के समय से ही एक समर्थ मंत्री थे। संभावना थी कि इस संबंध से वसुदेव और भी निकट आ जायेंगे। उनसे उसका संबंध और भी प्रगाढ़ हो जायेगा।...

सहसा उद्धव को लगा कि उनके मन के चित्र, जो अभी-अभी स्पष्ट हुए थे, अब पूर्णतः सजीव हो उठे थे। उन्होंने जैसे वसुदेव की काया में प्रवेश ही कर लिया था...

वसुदेव की आँखें फटी की फटी रह गयीं।....

देवकी की विदा का समय था। कंस उसे रथ में आरूढ़ होने में सहायता कर रहा था कि अकस्मात् ही उसने न केवल देवकी को छोड़कर अपनी भुजायें उससे सर्वथा मुक्त कर लीं, वरन् पीछे हटकर उसने अपना खड्ग कोश से बाहर निकाल लिया।...खड्ग किसके लिए? देवकी पर तो कोई संकट नहीं था।... अरे...लगा, जैसे वह देवकी का वध ही कर डालेगा।...जो कंस इस विवाह में उत्साहपूर्वक सम्मिलित ही नहीं हुआ था, एक प्रकार से सारे विवाह का नियंत्रण और संचालन कर रहा था, वही कंस सहसा इस प्रकार राक्षस हो गया था।

देवकी की समझ में कुछ नहीं आया। वह स्तंभित सी खड़ी थी। न वह कुछ सोच पा रही थी, न बोल पा रही थी और न ही उसका शरीर हिल ही पा रहा था।..सारा शरीर सहसा जड़-सा हो गया था।

वसुदेव को और कोई समाधान नहीं सूझा तो वे देवकी की रक्षा के लिए उसके सम्मुख आ खड़े हुए।

"क्या बात है मित्र?" उन्होंने प्रयत्नपूर्वक पूछा।

लगा कि कंस अपनी एक भुजा से वसुदेव को परे धकेल, दूसरी से देवकी पर प्रहार करने वाला है, पर उसने ऐसा कुछ किया नहीं। कुछ कहा भी नहीं। वह भी जैसे किसी कारणवश स्तब्ध रह गया था। उसकी मुद्रा देख कर अगले ही क्षण वसुदेव ने अपना, सम्बोधन बदल दिया, "क्या बात है महाराज?"

कंस ने वसुदेव के प्रश्नों का कोई उत्तर नहीं दिया। उसने अपने निकट खड़े मगध से आये अपने तांत्रिक भविष्यवक्ता की ओर देखा।

भविष्यवक्ता ने स्वीकृति में अपना सिर हिलाया, "हाँ महाराज! इसी स्त्री का..." और फिर कुछ सोच कर उसने अपने शब्द परिवर्तित कर दिये, "महाराज! आपकी इसी भगिनी का आठवाँ पुत्र आपका वध करेगा।" बोल कर जैसे वह अपनी ही वाणी से डर गया, "उससे आपके प्राणों को संकट है महाराज।"

कंस का चेहरा भय से स्याह पड़ गया। उसके मुख से कोई शब्द नहीं फूटा।

वह अपने भय से लड़ रहा था। उसके नेत्रों में भय की छाया थी। वह देवकी की ओर इस प्रकार देख रहा था, जैसे वह साक्षात् मृत्यु के दर्शन कर रहा हो...उसने स्वयं को सँभाला। अब वहाँ भय नहीं, भय की प्रतिक्रिया थी। उसने आक्रामक रूप धारण कर लिया था, वध तो वह तब करेगा, जब उसका जन्म होगा। मैं देवकी का ही बध कर देता हूँ। न रहेगा बाँस और न बजेगी बाँसुरी।

वसुदेव का मस्तिष्क बहुत वेग से दौड़ रहा था। एक ओर वे देख रहे थे कि विवाह में सम्मिलित ये सैकड़ों स्त्री-पुरुष अपनी खुली आँखों से देख रहे थे कि कंस अपनी निरपराध भगिनी की सार्वजनिक रूप से हत्या करने जा रहा था, किन्तु किसी के मन में उसके प्रतिकार और निराकरण का कोई विचार अंकुरित होता दिखायी नहीं दे रहा था। कहीं कोई सक्रियता नहीं थी। जड़ता का साम्राज्य था। सबकी आँखों में एक प्रकार के भय और असहायता का भाव था। यह मथुरा में ही सम्भव था कि कोई व्यक्ति एक निरपराध स्त्री का सार्वजनिक रूप से वध कर दे और सैकड़ों नहीं सहस्रों लोग उस के विरोधी होते हुए भी खड़े देखते रहें, योद्धाओं के खड्ग उनकी कटि से ही बँधे रहें, वे कोश से बाहर ही न निकलें, वीरों की भुजाओं की मछलियाँ तड़पकर रह जायें, पर उनकी भुजायें उठ न पायें। मथुरा में न्याय की ही नहीं, साहस की भी मृत्यु हो चुकी थी ।...कदाचित जन सामान्य के साहस की मृत्यु पर ही राक्षसों के अन्याय का जन्म होता है।....

तो वसुदेव ही अपनी नवविवाहिता की रक्षा के लिए क्यों कुछ नहीं करते? उनका हाथ अपने खड्ग की मूँठ पर गया भी, किन्तु कुछ सोचकर वे थम

गये।...यह ठीक है कि वे स्वयं अच्छे योद्धा थे, उनमें साहस का इतना अभाव भी नहीं था कि अपनी नवविवाहिता को इस प्रकार अपनी आँखों के सम्मुख मर जाने देते। उनके चारों ओर शूर वंश के वीर खड़े थे। यदि वसुदेव साहस करेंगे तो सम्भवतः वे लोग भी उनकी सहायता को आ जायें।...पर वसुदेव भूल नहीं सकते कि ये वे ही लोग थे, जिनके सम्मुख कंस ने महाराज उग्रसेन को बंदी बनाकर कारागार में डाल दिया था। कोई नहीं आया था अपने राजा की सहायता को। न मंत्री, न सेनापति, न उनके भाई और न उनके पुत्र तथा जामाता।...और आज तो कंस की स्थिति भी एकदम बदल गयी है। कंस राजा है। उसकी अपनी सेना तो है ही, मागधों की अनेक वाहिनियाँ भी उसकी सहायता के लिए मथुरा के स्कंधावार में सन्नद्ध खड़ी हैं। उसकी अंगरक्षक वाहिनी, निकट ही उपस्थित है। यहाँ वसुदेव को कुछ सफलता मिल भी गयी तो कंस की एक पुकार पर चेदि से मगध तक के राजा और उनकी सेनाएँ मथुरा पर चढ़ दौड़ेंगी।...यदि वसुदेव ने आज कंस के विरुद्ध अपना खड्ग उठाया, तो न वे जीवित बचेंगे, न देवकी; और इतना ही क्यों रोहिणी, मंदिरा, मुद्रा और उनकी अन्य पत्नियाँ भी नहीं बचेंगी। कंस उनके किसी पुत्र को भी जीवित नहीं छोड़ेगा...और वसुदेव के भाई? किसी के भी जीवित रहने की आशा नहीं रहेगी।..

'पर वसुदेव मात्र एक योद्धा ही नहीं हैं।' वसुदेव के एक मन ने कहा, 'वे मंत्री भी हैं। कंस के मन में जाने उनका कितना महत्व था, किन्तु उग्रसेन के वे प्रिय मंत्री थे। वे अपनी बुद्धि से भी तो काम ले सकते हैं और राजा को मंत्रणा दे सकते हैं...'

"महाराज! जो अपराध अभी हुआ नहीं है, उसके लिए, एक आशंकित व्यक्ति के अनुमान मात्र से, आप उस निरपराध स्त्री की हत्या करना चाहते हैं, जो आपकी भगिनी है।" वसुदेव बोले, "पहले अपराध होता है, फिर राजा उसके लिए दंड की घोषणा करते हैं।"

कंस ने घूरकर वसुदेव को देखा : वह कंस का विरोध कर रहे थे। राजा का विरोध? राजद्रोह?...कंस का मन हुआ कि पहले वसुदेव का ही शीश उतार लें। कंस को राजद्रोही मंत्रियों की आवश्यकता नहीं है।...पर उसका मन अपने ही शब्दों पर अटक गया।...हाँ! वसुदेव उसका मंत्री भी तो है...वह अपनी पत्नी के प्राणों की भिक्षा नहीं माँग रहा, वह उसको मंत्रणा दे रहा है।

"मैं एक अपराधी को उसके अपराध के लिए दण्डित नहीं कर रहा था।" कंस बोला, "मैं तो अपने प्राणों पर, अपने राज्य पर होने वाले आक्रमण का निराकरण कर रहा हूँ। तुमने युद्धशास्त्र में कहीं यह लिखा पढ़ लिया है कि

राजा सूचना मिल जाने पर भी आक्रमण की प्रतीक्षा करे? अपने शत्रु को वह उसके स्कंधावार में ही समाप्त कर सकता हो तो भी न करे। अपराध के लिए दण्ड देना न्यायाधिकरण का काम है और अपनी तथा राज्य की रक्षा करना राजा का काम है। मैं राजा का ही काम कर रहा हूँ। हटो मेरे सामने से।" कंस का हाथ वसुदेव को हटाने के लिए आगे बढ़ आया।

"धैर्य धारण करें महाराज!" वसुदेव ने भयभीत न दिखने का प्रयत्न किया, "आक्रमण की तैयारी की सूचना पर आप शत्रु का स्कंधावार ध्वस्त कर दें, कोई आप का विरोध नहीं करेगा; किन्तु किसी तांत्रिक की यह भविष्यवाणी सुनकर कि दमघोष का पोता आप पर आक्रमण करेगा, आप दमदोष का वध कर दें, यह तो राजधर्म न हुआ।"

वसुदेव ने दमदोष का नाम जानबूझकर लिया था। कंस पर उसका अपेक्षित प्रभाव भी हुआ। वह दमदोष का वध कर देगा, ऐसा कहने से पहले उसे एक सहस्र बार सोचना पड़ता।

"क्या आप विश्वासपूर्वक बता सकते हैं कि आपके मित्र राजाओं में से किसी का भी पुत्र अथवा पौत्र आपका शत्रु नहीं होगा?" वसुदेव ने पुनः कहा, "राजनीति में क्या कभी कोई ऐसी सम्भावना होती है कि मित्र राजाओं के पुत्र भी मित्र ही रहें? नहीं न!"

"नहीं।" कंस बोला।

"तो आप किस-किस मित्र राजा का वध कर चुके?"

"पर देवकी का आठवाँ पुत्र मेरा वध करेगा, यह निश्चित सूचना है।"

वसुदेव समझ नहीं पाये कि कंस का भय प्रबलतर था अथवा उसका क्रोध।

"तो आप उसके आठवें पुत्र के जन्म लेते ही उसका वध कर दीजिएगा।" वसुदेव बोले, "आपको संकट देवकी के आठवें पुत्र से है, देवकी से तो नहीं।"

"हाँ! हाँ!! वसुदेव ठीक कह रहे हैं।" देवक साहस कर आगे बढ़े, "पुत्र! तुम्हें आत्मरक्षा का पूर्ण अधिकार है, किन्तु तुमको अपनी बहन से तो कोई संकट नहीं हैं न।"

देवकी काँप कर रह गयी : वसुदेव किस सुविधा से अपने आठवें पुत्र के वध की बात कह रहे हैं, और उसके पिता भी एक प्रकार से उन्हीं का समर्थन कर रहे हैं। ये पुरुष लोग....

"हाँ! वसुदेव ठीक कह रहे हैं।" भीड़ में से दो एक मंद स्वर आये, पर दिखायी नहीं दिया कि वे कौन लोग थे। कदाचित वे लोग अपनी बात कहना भी चाहते थे और स्वयं को प्रकट करना भी नहीं चाहते थे।

कंस ने बिना कोई उत्तर दिये ही, अपने हाथ के प्रयोग से अपने पितृव्य देवक को एक ओर हटा दिया। उसने देवकी की ओर देखा, किन्तु सम्बोधित वह वसुदेव से ही हुआ, "मेरा अपना मन अपनी इस भगिनी के वध के विचार से प्रसन्न नहीं है। मैंने इसे इसके शैशव से खेलाया है; किन्तु क्या जानता था कि इसी का पुत्र मेरा वध करेगा।"

"यह भी कहाँ जानती है कि आपका वध इसके पुत्र के हाथों होगा।" वसुदेव ने मुस्कराने का प्रयत्न किया, "यह तो केवल आपका यह मगध तांत्रिक ही जानता है। यह भी कितना प्रामाणिक है, मुझे मालूम नहीं। क्या इसके गणित अथवा लक्षणों की पहचान में त्रुटि नहीं हो सकती?"

"मैं अब इस संशय में नहीं पड़ना चाहता कि यह कितना जानता है।" कंस बोला, "मैं अपने प्राणों की रक्षा में कोई ढील नहीं छोड़ना चाहता। फिर संख्या के अनुमान में कहीं कोई विवाद अथवा भ्रम भी हो सकता है। यदि तुम बचन दो वसुदेव, कि तुम देवकी की प्रत्येक सन्तान को उसके जन्म लेते ही मुझे सौंप दोगे तो मैं तुम्हारी नवविवाहिता को यह मान कर जीवित छोड़ सकता हूँ कि इसके मन में तो मेरे प्रति कोई शत्रु-भाव नहीं है। देवकी को मैं जानता हूँ।"

वसुदेव देख रहे थे कि कंस अपने मुख से सौहार्द की चर्चा कर रहा था किन्तु उसकी भुजायें खड्ग तौल रही थीं। जाने किस समय उसका हाथ उठ जाये और देवकी के प्राणों पर संकट आ जाये।

"कंस! मेरे मित्र!" वसुदेव ने अपनी वाणी में स्नेह उँड़ेलने का प्रयत्न किया, "मेरा भी तो तुमसे मैत्री और स्नेह का ही सम्बन्ध रहा है। आशा है तुम मेरे इस विवाह को सुख का अवसर ही रहने दोगे। मेरी नवविवाहिता पत्नी का वध कर इसे एक त्रासद घटना में परिवर्तित नहीं करोगे।"

"मुझे न तुम्हारी मैत्री पर संदेह है, न तुम्हारे स्नेह पर। मैं तुम्हारे इस नये विवाह का सुख भी तुमसे छीनना नहीं चाहता।" कंस बोला, "किन्तु अपनी सन्तान किसे प्रिय नहीं होती। सन्तान के जन्म के पश्चात् मन बदल जाये और तुम षड्यन्त्र रचने लगो, तो?"

"नहीं! ऐसा नहीं होगा।"

वचन देते हो तुम कि देवकी की प्रत्येक सन्तान को उसके जन्मते ही मुझे सौंप दोगे।"

"सौंप दूँगा।" वसुदेव ने कहा।

"उस पर मेरा अधिकार होगा। मैं उनका वध कर सकूँगा। उसके लिए तुम मेरे प्रति अपने मन में कोई विरोध नहीं पालोगे, कोई शत्रु-भाव नहीं पनपने दोगे, इसी प्रकार मेरे मित्र और शुभचिन्तक बने रहोगे।"

"हाँ! सौंप दूँगा। उन पर आपका पूर्ण अधिकार होगा महाराज!"

"सोच समझ कर वचन देना।" कंस ने अत्यन्त क्रूर दृष्टि उन पर डाली, "किसी संकट से बच निकलने के लिए कोई वचन देना एक बात है और उसका वस्तुतः पालन करना दूसरी। मैं अपने प्राणों के लिए कोई संकट मोल लेना नहीं चाहता, इसलिए मैंने देवकी के वध की बात सोची थी, पर उसके प्रति अभी भी मेरे मन में स्नेह है। उसने आज तक कभी मुझे कोई कष्ट नहीं दिया, वह कंस के समान कभी मुझसे लड़ी भी नहीं।...और तुम्हें मैं अपना परम मित्र और सर्वाधिक विश्वसनीय मन्त्री मानता हूँ।"

"मैं जानता हूँ महाराज!" वसुदेव बोले।

"मैं यह जानता हूँ कि जब मैं तुम्हारी सन्तान का वध करूँगा तो तुम मेरे मित्र नहीं रह पाओगे।" कंस का स्वर कुछ बदला, "पर मैं देवकी की सन्तान को जीवित नहीं छोड़ूँगा। इस पर तुम मुझे अपना शत्रु समझना चाहो तो मुझे कोई आपत्ति नहीं है। सब को अपनी सन्तान प्यारी होती है। तुम मुझ से शत्रु जैसा व्यवहार कर सकते हो, किन्तु यदि तुम उस बात को मेरी ओर से मात्र आत्मरक्षा का ही प्रयत्न मानो, अपने प्रति शत्रुता का कृत्य नहीं; और मेरा विश्वास कर सको तो हम अब भी अच्छे मित्र बने रह सकते हैं।...वरन् एक मित्र के रूप में तुम्हें यह सोचना चाहिए कि मेरे शत्रु तुम्हारे भी शत्रु हैं। तुम्हें उनसे मेरी रक्षा करनी चाहिए।"

कंस वसुदेव की ओर देख रहा था।...

वसुदेव ने थूक गटकी...यह राक्षस उनकी सन्तान का वध कर भी उन्हें अपनी मैत्री का विश्वास दिला रहा था...किन्तु वे इस समय उसके विरुद्ध कुछ नहीं कह सकते थे, कुछ नहीं कर सकते थे। उसकी बात माने बिना वे देवकी को यहाँ से जीवित अपने घर नहीं ले जा सकते थे।...

"मैं समझता हूँ।" वसुदेव ने धीरे से कहा, "परिस्थितियों की कठोरता के मध्य भी हम अपनी कोमल भावनाओं और अपने मधुर सम्बन्धों को जितना सुरक्षित रख सकें उतना ही अच्छा है।"

"इन परिस्थितियों में और किसी के भी वचन का विश्वास नहीं करता, किन्तु वसुदेव! मैं तुम्हारे वचन का विश्वास कर सकता हूँ।" कंस बोला, "यदि तुम अपने मुख से यह कहते हो कि तुम देवकी की प्रत्येक सन्तान को जन्म लेते ही मुझे सौंप दोगे, तो मैं तुम्हारा विश्वास करूंगा।..."

लगता था कि कंस अपने भय को नियन्त्रित कर चुका था। उसकी समझ में आ गया था कि तत्काल कोई उसका वध करने नहीं जा रहा था।...आज देवकी का विवाह हुआ था। अभी उस की किसी सन्तान ने जन्म नहीं लिया था। उस

की आठवीं सन्तान से कंस के प्राणों को संकट था। उसके जन्म लेने में अभी बहुत समय था। और आठवीं सन्तान भी जन्म लेते ही तो खड्ग नहीं उठा लेती। उस बच्चे को भी खड्ग उठाने और चलाने की सामर्थ्य प्राप्त करने में कुछ समय लगेगा।...

"बोलो वचन देते हो?" कंस ने पूछा।

"हाँ! वचन देता हूँ।" वसुदेव बोले।

"ठीक है, तो अपनी पत्नी को ले जाओ।" कंस पीछे हट गया। उसने देवकी को रथारूढ़ होने में कोई सहायता नहीं की। उसका संकेत पाकर उसके अंगरक्षक आगे बढ़ आये थे। उन्होंने वसुदेव के रथ के लिए मार्ग बना दिया था। कंस अब उस विवाह में सहभागी नहीं, मात्र एक दर्शक था। वह देवकी का भाई नहीं, मथुरा का राजा था।...

देवकी को रथ में बैठाकर वसुदेव भी रथारूढ़ हुए। उनकी दृष्टि चारों ओर देख रही थी। अधिकांश लोग वहाँ से परे हट गये थे। अनेक लोग तो दिखाई भी नहीं दे रहे थे। कदाचित अब वे स्वयं को न तो इस सारे समारोह का अंग बनाना चाहते थे और न ही वे वसुदेव से अपना कोई सम्बन्ध स्वीकार करना चाहते थे।

वसुदेव को लगा, उनका एक मन भीतर ही भीतर कहीं हँस रहा था। जिस कंस के आतंक से यहाँ उपस्थित लोग वसुदेव से अपने सारे सम्बन्धों को विलुप्त कर देना चाहते थे, वही कंस वसुदेव से अपना सम्बन्ध पूर्णतः विच्छिन्न करना नहीं चाहता था। वह उस सम्बन्ध को किसी भी रूप में बचाए रखना चाहता था...

वसुदेव नहीं जानते थे कि अब विदाई के लिए कोई और शगुन होना शेष था अथवा नहीं। वे नहीं जानते थे कि उन्हें देवक के परिवार में से किस-किससे विदाई लेनी थी। वे नहीं जानते थे कि अभी देवकी की किन सखियों, बहनों और परिवारजनों को लिपटकर उसके प्रति स्नेह जताना था और किस-किसको उस पर आशीर्वाद की वर्षा करनी थी।...कदाचित किसी का भी ध्यान इन बातों की ओर नहीं था। देवक भी यही चाहते रहे होंगे कि अब, जब कंस एक ओर हट गया है, वसुदेव अपना रथ यहाँ से शीघ्रातिशीघ्र जितनी दूर ले जा सकते हों, ले जायें।...

वसुदेव ने अपने सारथि को चलने का संकेत किया।

रथ के चलते ही वसुदेव के मन में पहला विचार आया कि वर्तमान परिस्थितियों में उनका अपने भवन पर जाना ही क्यों आवश्यक है? वे इसी समय इसी रथ में देवकी को ले कर कहीं और क्यों नहीं चले जाते?...अपनी

गोचारण भूमि में, अपने गोकुल में, अपने सैन्य स्कंधावार में, अपने किसी सम्बन्धी के घर, कहीं भी मथुरा से दूर, कंस के राज्य की सीमाओं से बाहर, उसकी राजसत्ता से परे...

उन्होंने सिर उठा कर देखा : उनके साथ, उनके आगे और उनके पीछे चलने वालों में उनके अपने भाई-बन्धु कम, कंस की अंगरक्षक वाहिनी के सैनिक ही अधिक थे।...वे प्रायः उनको घेरकर चल रहे थे, जैसे वे उनके युद्धबन्दी हों... नहीं! इस समय वे कहीं नहीं भाग सकते थे। वे उतने स्वतन्त्र नहीं थे, जितने कि वे स्वयं को समझ रहे थे...पर इतनी जल्दी भी क्या थी? यदि कंस प्रतीक्षा कर सकता था, तो वे भी प्रतीक्षा कर सकते थे। कोई आज ही तो देवकी की सन्तान का जन्म होने वाला नहीं था। उन्हें भी धैर्य रखना चाहिए। परिस्थितियों का ध्यान रखना चाहिए। योजना बनानी चाहिए। अपने मित्रों और शत्रुओं की पहचान करनी चाहिए।...आज की एक घटना के साथ ही सारे सम्बन्धों की पहचान बदल गयी है। उन्हें नये सिरे से अपने सम्बन्धों को परिभाषित करना होगा...पर उसके लिए अभी बहुत समय था। इतनी जल्दी भी क्या थी, आज तो उनका विवाह ही हुआ था...

अपने भवन के अपने विशेष कक्ष में पहुँचकर वसुदेव ने देवकी की ओर देखा।

कंस के व्यवहार से देवकी एकदम स्तंभित-सी हो गयी थीं। एक तो जीवन की कठोरता से सर्वथा अनभिज्ञ किशोरी, फिर भीरु; और फिर उनका अपना ही भाई उनके पाणिग्रहण के अवसर पर खड्ग खींचकर उनकी हत्या के लिए तत्पर हो जाये...तो वे अपनी सुरक्षा के लिए जीवन में किसकी ओर देखेंगी?

"देवकी! साहस करो प्रिये! अब कोई भय नहीं है।" वसुदेव ने उनके कंधे पर अपना हाथ रखकर सांत्वना देने का प्रयत्न किया।

देवकी ने वसुदेव की ओर देखा तो उनकी दृष्टि में न शृंगार था न प्यार। वहाँ तेज था, प्रखरता थी और वक्रता।

"कोई भय नहीं है?"

"अब इस समय क्या भय है? पहले पुत्र के जन्म होने तक कोई संकट नहीं है।" वसुदेव बोले।

"यह क्या कम संकट है कि मैं किसी वधिक की प्रसन्नता के लिए, एक नहीं, आठ-आठ सन्तानों को जन्म दूँगी?"

"उसे यह वचन ही तो दिया है, सन्तान तो नहीं दे दी।" वसुदेव ने मुस्कराने का प्रयत्न किया।

"हाँ! दिया तो वचन ही है; किन्तु आपके लिए प्रसिद्ध है कि आपके वचन और कर्म में कहीं कोई अन्तर नहीं है। आपकी वचन-निष्ठा की यह ख्याति न होती तो क्या कंस आपके कहने मात्र से आपको और मुझे इस प्रकार जीवित, सुरक्षित और मुक्त छोड़ देता?"

"मेरा विश्वास नहीं है तुम्हें?" वसुदेव ने स्वयं को बहुत संयत रखने का प्रयत्न किया, "जिस सन्तान की चर्चा है, वह देवकी की ही नहीं, वसुदेव की भी सन्तान होगी।"

ठीक कह रहे हैं वसुदेव, वह उनकी सन्तान भी होगी। पर देवकी इस समय वसुदेव की सन्तान की नहीं, अपनी सन्तान की चिन्ता कर रही थीं। सन्तान की चिन्ता भविष्य की चिन्ता थी।...पर देवकी को कंस के उस व्यवहार ने तात्कालिक रूप से जैसे एकदम जड़ बना दिया था। वे तो कंस को आज तक केवल एक स्नेहिल भाई के रूप में ही जानती थीं। जब कभी किसी ने उसकी कठोरता और क्रूरता की चर्चा की तो वे यही मानती थीं कि राज-काज में ऐसे बहुत से अवसर आते हैं, जब क्षत्रियों को कुछ क्रूर लगने वाले कर्म भी करने पड़ते हैं, वही करता होगा कंस भी। पर आज उन्होंने जो कुछ देखा था, वह भिन्न ही नहीं, सर्वथा डरा देनेवाला था।

"क्या सोच रही हो?" वसुदेव ने पूछा।

"सोच रही हूँ कि पुरुष कितने कठोर होते हैं।" देवकी ने उनकी ओर देखा, "एक भाई होकर भी मात्र अपनी एक आशंका के कारण, अपनी बहन का वध करने के लिए तत्पर हो जाता है और दूसरा पिता हो कर भी अपने प्राण बचाने के लिए अपनी सन्तानों को मृत्यु को सौंप देने का वचन देता है। वह उस माँ के विषय में भी कुछ सोचता, जो उन सन्तानों को अपने गर्भ में रखकर उनका पोषण करेगी और प्रसव वेदना सह कर उनको जन्म देगी।"

वसुदेव कुछ क्षणों तक देवकी को चुपचाप देखते रहे। फिर धीरे से बोले, "मैं अब तक सोच रहा था कि मेरा और तुम्हारा एक पक्ष है और कंस हमारा शत्रु है। पर अब पता चला है कि तुम मुझसे भिन्न ही नहीं हो, मुझे अपने विरोधी के रूप में भी देख रही हो। मुझे और कंस को एक पक्ष बना रही हो तुम, क्योंकि हम दोनों पुरुष हैं। तुम्हें नहीं लगता कि पक्ष स्त्री और पुरुष का नहीं होता, पक्ष तो धर्म और अधर्म का होता है, और अपने कर्मों के लिए, अपने धर्म और अधर्म के लिए, हम व्यक्तिगत रूप से उत्तरदायी होते हैं, किसी वर्ग अथवा दल के आधार पर नहीं। मैंने तुमसे अभी कहा है कि वह मेरी भी सन्तान होगी। पिता के वक्ष में भी एक हृदय होता है देवकी, जो अपनी सन्तान के लिए तड़पता है।"

"तो फिर आपने अपनी सन्तानें उस दुष्ट को सौंपने का वचन क्यों दिया?"

"इसलिए कि मैं तुम्हारी रक्षा करना चाहता था। मेरे मन में स्त्री और पुरुष का द्वन्द्व नहीं था। मेरे मन में तो सामान्य रूप से एक निरीह और असहाय स्त्री तथा व्यक्तिगत रूप से अपनी पत्नी की रक्षा का प्रश्न था।" वसुदेव बोले।

"मेरी रक्षा के लिए, अथवा राजा को प्रसन्न कर अपनी रक्षा और उन्नति के लिए?" देवकी तमककर बोलीं, "आप वीर हैं, योद्धा हैं। क्यों नहीं आपने उसे चुनौती दी? अपनी पत्नी की रक्षा के लिए शस्त्र का सहारा क्यों नहीं लिया?"

"जब कंस ने उग्रसेन को बन्दी कर सिंहासन पर आधिपत्य जमाता तो तुम्हारे पिता ने अपने भाई की रक्षा के लिए शस्त्र नहीं उठता था।" वसुदेव बोले, "आज जब कंस तुम्हारी हत्या के लिए व्यग्र हो रहा था, तुम्हारे पिता ने क्यों शस्त्र नहीं उठाया?"

देवकी कुछ नहीं बोलीं।

"केवल कंस से लड़ना होता, तो कदाचित मैं अपने बल पर ही लड़ लेता। किन्तु कंस के पास राज्य का सारा तन्त्र है, सेना है, सत्ता है, कोष है...और सबसे महत्त्वपूर्ण यह है कि जरासंध और उसके सारे मित्र तथा माण्डलिक राजा कंस की पीठ पर हैं। उन सबसे अकेले भिड़ जाने का प्रयत्न मात्र आत्महत्या है।" वसुदेव रुके, "तुम कह सकती हो कि अपनी सन्तान को मरवाने से तो अच्छा था कि मैं स्वयं ही अपने प्राण दे देता।"

उन्होंने अपनी पत्नी की ओर देखा; किन्तु देवकी कुछ नहीं बोलीं।

"मैं वह भी कर सकता था। मुझे यह विश्वास होता कि मेरी मृत्यु से तुम और मेरी सन्तानें सुरक्षित हो जायेंगी तो मैं अपने प्राण दे देता।" वसुदेव बोले, "किन्तु मैं जानता हूँ कि ऐसा नहीं होगा। मेरी मृत्यु के पश्चात् भी वह तुम्हें जीवित नहीं रहने देगा। ऐसे में तुम्हारी कोई सन्तान जन्म ही नहीं ले सकेंगी, जिनकी मृत्यु की कल्पना से तुम इस प्रकार भयभीत हो।"

"तो हमारे जीवित रहने का ही क्या लाभ, जब हमारी सन्तान जीवित नहीं रह सकेगी?" देवकी का आक्रोश कम नहीं हो रहा था।

"अब हम जीवित हैं, तो सन्तान का जन्म भी होगा और उनका जन्म होगा तो हम उनकी रक्षा का प्रयत्न भी कर सकेंगे।" वसुदेव के नयनों में भविष्य के प्रति पूर्ण आश्वासन था।

नेत्रों के उस आश्वासन और वाणी के विश्वास ने देवकी को मोह लिया।

"आप अपनी सन्तान की रक्षा का प्रयन्त करेंगे? उसे कंस को नहीं सौंप देंगे?"

"अपनी क्षमता भर तो उनकी रक्षा करूँगा ही।" वसुदेव बोले।

"अपने वचन के पालन की हठ नहीं करेंगे?"

"वचन मैंने स्वेच्छा से नहीं दिया है। यह वचन का अपहरण है। वह तो तुम्हारी रक्षा का तात्कालिक उपाय था। उसे वचन नहीं कहते।" वसुदेव बोले, "इस वचन का आधार न स्वेच्छा है, न धर्म। उसका पालन अधर्म है।"

"तो हम क्या करेंगे?"

"देवकी! जब कोई योद्धा प्रत्यक्ष युद्ध में असमर्थ हो जाता है, तो वह परोक्ष युद्ध करता है। हमें परोक्ष युद्ध करना होगा।" वसुदेव बोले, "हमें कंस का विश्वास बनाए रखना होगा; और गुप्त रूप से मथुरा से निकल जाने का प्रयत्न करना होगा।"

"क्या यह सम्भव है?"

"प्रयन्त के पश्चात् ही पता लग पायेगा। वैसे कोई ऐसा असंभव भी नहीं है।" वसुदेव जैसे सशब्द चिन्तन कर रहे थे, "यदि हम मथुरा से निकलकर सुरक्षित किसी मित्र राजा के पास पहुँच सकें, तो कोई संकट नहीं है। किन्तु मेरी चिन्ता इस समय तो यह है, कि यदि हम यहाँ से सुरक्षित न निकल सके, तो हमारी क्या स्थिति होगी।...यदि कंस को हमारे जाने की योजना का पता चल गया, अथवा हम मथुरा से भागते हुए, कंस द्वारा पकड़े गये तो वह हमें कारागार में भी डाल सकता है। और हमारा वध भी कर सकता है।"

"पर उसे हमारी योजना का पता कैसे चलेगा?"

वसुदेव ने कोई उत्तर नहीं दिया। वे चुपचाप कुछ सोचते रहे और फिर टहलते हुए गवाक्ष के निकट चले गये। उन्होंने गवाक्ष से कुछ दूर रहकर, स्वयं को छिपाये हुए नीचे पथ की ओर देखा।

"इधर आओ देवकी!" उन्होंने बहुत मन्द स्वर में कहा और अपने हाथ से उन्हें निकट आने का त्वरित संकेत किया।

"क्या है?" देवकी ने मानो मन ही गन प्रश्न किया और उठकर उनके पास पहुँच गयी।

इस महत्त्वपूर्ण चर्चा के मध्य, वसुदेव का इस प्रकार गवाक्ष से कुछ दिखाने का प्रयत्न करना उन्हें एकदम अच्छा नहीं लग रहा था। क्या दिखाएँगे? आकाश? आकाश पर मेघ और सूर्य? किसी वृक्ष पर बैठे पक्षी युगल? चन्द्रमा और तारे? बहुत देखे हैं चाँद और तारे, देवकी ने। इस समय उनकी मनःस्थिति तनिक भी एक सद्यःविवाहिता नारी की नहीं थी। वे न पति के प्रेमपूर्ण वचनों का रस ले

सकती थीं और न ही प्रकृति का सौन्दर्य निहारना चाहती थीं।...उनकी पीड़ा अपने प्राणों की भी नहीं थी। वे तो यह सोच रही थीं कि यदि वे आठ पुत्रों को भी जन्म देंगी, तो भी निःसन्तान ही रहेंगी। उन आठ को तो कंस मार ही डालेगा और वसुदेव में इतना सामर्थ्य और साहस उन्हें दिखायी नहीं पड़ रहा था कि वे कंस से देवकी की सन्तानों की रक्षा कर सकें। देवकी को भले ही बचा लें...

"यहाँ आओ देवकी!" वसुदेव ने पुनः कहा और साथ ही अपने हाथ से निकट आने का संकेत किया।

उस स्वर और संकेत में कुछ ऐसी आतुर गम्भीरता थी कि देवकी उसकी उपेक्षा नहीं कर पाईं। निकट चली गयीं।

वसुदेव ने उन्हें अपने हाथ से घेर कर, वातायन से कुछ पहले ही रोक लिया।

"वह देखो।" वसुदेव बोले, "सामने एक व्यक्ति खड़ा है। वह विक्षिप्त बना इधर उधर डोल रहा है। दूसरी ओर एक भिक्षुक बैठा है।...ये दो व्यक्ति निश्चित रूप से कंस के गुप्तचर हैं। वे यहाँ हम पर दृष्टि रखने के लिये नियुक्त किये गये हैं। सम्भवतः उसने कुछ और प्रबन्ध भी किये होंगे। मैं जानता था कि वह ऐसा करेगा।...तुम क्या समझती हो कि हमें चुपचाप मथुरा से सुरक्षित निकल जाने देगा?"

देवकी चुपचाप उनकी ओर देखती रहीं। जब वसुदेव ने और कुछ नहीं कहा तो वे बोलीं, "तो हम कुछ नहीं कर सकते?"

वसुदेव मुस्कराए, "मैं सैनिक हूँ और सैनिक तब तक अपना शस्त्र नहीं छोड़ता, जब तक उसका हाथ न कट जाये।"

देवकी उनकी ओर देखती रहीं। बोलीं कुछ नहीं।

"अभिप्राय यह है देवकी! कि वर्तमान परिस्थितियों में मैं कंस से प्रत्यक्ष युद्ध नहीं कर सकता।" वे बोले, "इसलिए उसे विश्वास दिलाता रहूँगा कि मैंने उसके सम्मुख पूर्ण आत्मसमर्पण कर दिया है; किन्तु मेरा युद्ध चलता रहेगा।"

"कैसे? अपनी सन्तानें उसे सौंप कर?" देवकी के स्वर में असहायता भी थी और व्यथा भी, "आप उसे वचन दे चुके हैं।"

"मैंने कहा न कि उसे वचन दिया नहीं है। उसने मेरे वचन का अपहरण किया है।" वसुदेव बोले, "वचन वह होता है, जो स्वेच्छा से दिया जाये। वक्ष पर खड्ग रखकर लिया गया वचन वचन का अपहरण मात्र है।"

देवकी कुछ आश्वस्त तो दिखीं, किन्तु पूर्ण सन्तुष्ट नहीं थीं। वसुदेव भी अपने विचारों में डूबे रहे...

उग्रसेन ने बहुत प्रयत्न किया था कि वे कंस और अपने अन्य पुत्रों में कोई भेद न आने दें, किन्तु कंस कभी इस बात को भुला नहीं पाया कि वह उग्रसेन का औरस पुत्र नहीं, क्षेत्रज पुत्र है। उसे सदा ही उग्रसेन के व्यवहार में भेदभाव दिखायी देता था, और यह भय तो सताता ही था कि पुत्रों में सबसे बड़ा होने पर भी उग्रसेन राज्य उसे नहीं देंगे। यही कारण था कि वह आरम्भ से ही घर के भीतर अपने मित्र और सहायक न खोज कर उन्हें बाहर ढूँढ़ता रहा। इसी खोज में वह जरासंध तक जा पहुँचा था। जरासंध को उसकी महत्वाकांक्षा भा गयी थी। वैसे भी वह मथुरा का युवराज तो माना ही जाता था। जरासंध ने इस सम्भावना और अपेक्षा के साथ कि कंस मथुरा का राजा बनेगा, अपनी दो-दो पुत्रियाँ अस्ति और प्राप्ति उससे ब्याह दी थीं।

वसुदेव को कंस का यह व्यवहार और उसके ये यादवेतर संबंध कभी भी रुचिकर नहीं रहे थे। उन्हें लगता था कि वह अति महत्वाकांक्षी और अत्यधिक आत्मकेंद्रित होता जा रहा था। अपनी महत्वाकांक्षा की आँधी में वह यादवों की रीति-नीति को भूलता जा रहा था, और अधिक से अधिक मागध होता जा रहा था। यादवों को यह सब प्रिय नहीं था, इसे वह जानता था, पर वह स्वयं न बदल कर यादवों को बदल देना चाहता था। स्वयं को मथुरा और यादवों पर आरोपित ही नहीं, स्थापित करने के लिए वह मगध पर अधिक से अधिक निर्भर होता जा रहा था।

वसुदेव को लगता था कि कंस राजा बनने की बहुत शीघ्रता में था...और कदाचित उससे भी अधिक आतुर जरासंध था।...एक प्रातः माथुरों ने देखा कि रातों-रात मागध सेना ने मथुरा को घेर ही नहीं लिया था, वह नगर में प्रवेश भी कर गयी थी और उसके प्रतिकार का कहीं कोई प्रयत्न भी दिखायी नहीं दे रहा था। राजा इन कार्यों के लिए युवराज पर निर्भर थे और युवराज के लिए मागध सेना शत्रुओं की सेना नहीं थीं वह तो कंस की ही आज्ञा के अधीन थी। वह कंस की ही सेना थी।...परिणाम वही हुआ, जो ऐसी स्थिति में हो सकता था...कंस ने न यादवों की सभा की चिन्ता की और न राजा की। उसने आदेश पर आदेश देकर मथुरा का सारा विधान ही बदल दिया। यादवों ने राजा की ओर देखा। राजा ने अपनी सत्ता का उपयोग करना चाहा तो कंस ने उग्रसेन को कारागार में डाल दिया।....

वसुदेव ही नहीं, सारे माथुर चकित रह गये थे, पर विरोध का स्वर कहीं से नहीं उठा। उग्रसेन के अपने आठ पुत्रों ने कंस का विरोध नहीं किया। देवक मौन बैठे रहे। उग्रसेन की पुत्री कंस के पति अक्रूर प्रसन्न होकर कंस से जा मिले।...उन सब को लग रहा था कि उग्रसेन को स्वयं ही राज्य युवराज को

सौंप देना चाहिए था, या नहीं तो स्वयं चुपचाप सिंहासन पर बैठकर देखना चाहिए था कि कंस मथुरा पर कैसे शासन करता है।...पर बाद में कुछ और बातें भी प्रकट हुईं!...कंस को उपहार में मगध से अकूत धन मिला था। कंस ने वह धन अपने भाइयों और भगिनीपतियों में एक प्रकार से लुटा दिया था। तो फिर उन लोगों को कंस का विरोध करने की क्या आवश्यकता थी। उग्रसेन उनको कभी इतना धन नहीं देते।....और फिर राज्य अन्ततः तो कंस को ही मिलना था। उनको तो कोई राजा बना नहीं रहा था।...

आँखें तो उनकी तब खुलीं, जब कंस ने राजगुरु, राजसभा, मंत्रियों और सेनापतियों की तनिक भी चिंता किये बिना, राजकोष का सारा धन मनमाने ढंग से व्यय करना आरंभ किया। सभा में यह प्रश्न विचारार्थ उठा तो उन लोगों ने कंस का एक नया ही रूप देखा। उसने पूछा, धन किसका है? राज्य का ही तो। राज्य किसका है? राजा का ही तो। राजा कौन है? कंस ही तो। तो जब उसे मंत्रणा की आवश्यकता का अनुभव होगा, वह उन लोगों से पूछ लेगा, अन्यथा उन्हें राजा का मार्ग काटने का प्रयत्न नहीं करना चाहिए। वे अपनी वृत्ति लें और प्रसन्न रहें। उन्हें कोई व्यक्तिगत कष्ट हो तो वे राजा से कहें। राजा उनका कष्ट दूर कर देंगे, पर राजा को अपना विरोध तनिक भी सह्य नहीं है। राजा के विरोध का अर्थ था, राजद्रोह; और राजद्रोह का दंड था, मृत्यु।....कुछ लोग आपस में ही फुसफुसाते रह गये कि यादवों का राजा तो सारे यादव वंशों का मुखिया होता था। वह सार्वभौम सत्ता सम्पन्न स्वतन्त्र राजा तो नहीं होता, जैसा अन्य राज्यों में था। पर यह फुसफुसाहट ही रही। राजा से कोई स्पष्ट रूप से कुछ कह नहीं सका।... सेनापति ने कुछ चतुराई दिखायी और कहा, "महाराज! राज्य, प्रजा और धन सबके स्वामी राजा ही हैं। पर अपने उस राजा की सुरक्षा के लिए भी प्रबंध करना पड़ता है। उसके लिए सेना और सेनापति हैं। इसलिए आवश्यक है कि मथुरा में सैनिकों की भावी पीढ़ी तैयार होती रहे। अच्छे से अच्छे अश्वों और रथों की भी व्यवस्था होनी चाहिए, ताकि सेना की परिवहन शक्ति बनी रहे। दुर्गों और नगर प्राचीर का निर्माण और संस्कार भी अनिवार्य है..." सेनापति कदाचित् और भी कुछ कहता, किन्तु कंस ने उसे डाँट दिया, "क्या उसे राजा की सुरक्षा की चिंता राजा से भी अधिक है? कोई आवश्यकता नहीं थी, दुर्ग और प्राचीर की। यह किसमें साहस है कि वह कंस के राजा होते हुए, मथुरा पर आक्रमण करे? यदि किसी ने ऐसा दुस्साहस किया तो मागध सेना किसलिए है? कोई आक्रांता मथुरा से जीवित बचकर नहीं जा सकता।..."

सेनापति ने समझ लिया कि अब कंस को न सेना की आवश्यकता थी और न सेनापति की। उसकी सेना का प्रशिक्षण मगध में हो रहा था। उसकी रक्षा-नीति, सन्धि-विग्रह का विचार मगध में हो रहा था। उसके मित्रों और शत्रुओं का चयन जरासंध कर रहा था।...यहाँ तो कंस था, उसकी प्रजा थी और था, कंस का खड्ग।...और तब से वसुदेव देख रहे थे कि उस खड्ग का भय सबको था। सब उस खड्ग से अपनी रक्षा करना चाहते थे, पर न तो कोई उस खड्ग के सम्मुख अपनी ढाल अड़ाने का साहस कर रहा था, न अपना खड्ग उससे टकरान को। संगठित होना तो बहुत दूर की बात थी।...

किसी ने द्वार खटखटाया।

देवकी ने वसुदेव की ओर देखा और वसुदेव ने उच्च स्वर में पूछा, "कौन है?"

"मैं हूँ, कंसा।" स्वर आया, "द्वार खोलिए। मेरी बहन आपकी पत्नी है, बंदिनी नहीं कि आप हमें उससे मिलने ही नहीं देंगे।"

कंसा खिलखिलाकर हँस रही थी, ताकि वसुदेव समझ लें कि वह यह सब विनोद में कह रही है।

वसुदेव ने उठकर द्वार खोल दिया।

कंसा हँसती-खिलखिलाती भीतर आयी और सीधी देवकी के पास जाकर रुकी, "अरे, तुम तो अभी यहीं बैठी हो। लगता है, न मुँह हाथ धोया, न कुछ खाया पीया, न कपड़े बदले। मैंने समझा था कि अभी तक सामान बाँधकर किसी लम्बी यात्रा पर जाने का प्रबन्ध कर चुकी होगी।"

"क्यों? ऐसी क्या बात है?" देवकी ने अपने अवसाद से बाहर निकलने का प्रयत्न किया।

"अरे यहाँ रहोगी तो तुम्हारी सपत्नियाँ किसी न किसी व्याज से प्रतिदिन तुम्हें पीड़ित करने का कोई न कोई प्रसंग ढूँढ़ ही लेंगी।" वह बोली, "कदाचित पति से मिलने के आह्लाद में तुम भूल गयी हो कि तुम वसुदेव की पहली पत्नी नहीं हो। उसकी और भी पत्नियाँ हैं। यहाँ रहोगी तो अपनी सपत्नियों के साथ अपने पति को प्रतिक्षण बाँटती रहोगी।...अच्छा लो, कुछ खा लो। तुम्हारे लिए मिष्टान्न लाई हूँ। हमारे भगिनीपति तो अब तक अपने मधुर वचनों से तुम्हारा पेट भरने का प्रयत्न करते रहे होंगे। उनके पास वे हैं भी प्रभूत मात्रा में। अब तक तुम्हें विश्वास दिला दिया होगा कि तुमसे प्रेम करने वाले संसार में वे अकेले ही हैं। माता-पिता, भाई-बहनों का प्रेम तो कोई प्रेम होता नहीं।"

देवकी भावशून्य दृष्टि से कंसा को देखती रहीं : यह कैसी स्त्री है। इतनी बड़ी दुर्घटना हो जाने पर भी यह इस प्रकार चुहल कर रही है, जैसे कुछ असाधारण हुआ ही न हो।

देवकी से कंसा के लाए मिष्टान्न में से कुछ भी खाया नहीं गया।

"क्या हो गया है तुझे?" अन्ततः कंसा बोली।

"तुम्हें नहीं मालूम?" देवकी ने कुछ शुष्क स्वर में पूछा।

"शैशव में ऐसा कितनी बार हुआ है कि कंस भैया ने मेरी चोटी पकड़कर मुझे घसीट लिया अथवा दो चाँटे लगा दिये और तुझे सदा स्नेह ही दिया।" कंसा बोली, "उन्होंने सदा तुम्हारा ही पक्ष लिया। मुझे डाँटते और पीटते ही रहते थे, और अब भी कौन से बदल गये हैं। आज यदि तुम पर खड्ग उठा लिया तो इसमें इतना दुखी होने की कौन-सी बात है। खड्ग ही तो उठाया है, तेरा मस्तक तो नहीं काट लिया।"

"मस्तक काटा तो नहीं, पर अपनी इच्छा तो प्रकट कर ही दी है।" देवकी ने उसकी ओर देखा, "मेरे पुत्रों के लिए निश्चित मृत्यु की घोषणा कर दी है।"

"मृत्यु! जैसे तेरे पुत्रों ने जन्म ले ही लिया हो और जैसे कंस ने कभी अपनी इच्छाओं, प्रयत्नों और आदेशों को परिवर्तित ही न किया हो।" कंसा हँसी, "अरी पगली! वह तो कंस है। क्रुद्ध होता है तो मृत्यु से कम की बात ही नहीं करता और प्रसन्न होता है तो उसे स्मरण ही नहीं रहता वह कभी रुष्ट भी था।"

"हाँ! ठीक है।" देवकी ने उसे टालना चाहा।

"तो फिर ऐसे मुँह बनाए क्यों बैठी हो?" कंसा देवकी को हँसाने के प्रयत्न में जोर से हँसी।

पर प्रयत्न करके भी देवकी हँस नहीं पायी। भाई-बहन का यह कोई ऐसा झगड़ा नहीं था, जिसे विरोधविहीन सामयिक झगड़ा मान लिया जाये। ऐसा ही होता तो कंस ने अपने पिता उग्रसेन को कब से कारागार से मुक्त कर दिया होता और उनसे क्षमा माँग ली होती। भाई-बहनों का क्रीड़ा में झगड़ा और बात है और अपने प्राणों के भय से विरोध पालना कुछ और। कंस की क्रूरता से यह अपेक्षा नहीं की जा सकती थी कि वह इस बात को भूल जायेगा।...

"कहीं तुझे ऐसा तो नहीं लग रहा कि तेरे पहले पुत्र का जन्म आज ही हो जाना है।" कंसा ने उसे गुदगुदाया, "उसमें कुछ तो समय लगता है बहना! चाहो भी तो समय से पहले कुछ नहीं होता।"

"जानती हूँ।"

"तो, जा! मथुरा से बाहर चली जा। कुछ दिन भ्रमण कर आ। तेरा मन बहल जायेगा और तू इस दुखद घटना को भूल जायेगी।"

देवकी ने वसुदेव की ओर देखा।

"तुम चाहो तो कंसा बहन के साथ चलो जाओ। मैं तो मथुरा छोड़कर जा नहीं सकता। मेरा परिवार है। तुम्हारे अतिरिक्त भी तो पत्नियाँ हैं। फिर मैं महाराज का मन्त्री हूँ। महाराज की सभा मथुरा में ही होगी। मैं मथुरा छोड़कर कैसे जा सकता हँ।" वसुदेव बोले।

"मैं तो पहले ही जानती थी कि जिस पुरुष की पहले भी पत्नियाँ हों, उससे विवाह करने पर कन्या को कोई विशेष सुख नहीं मिलता। पर काका ने मेरी बात सुनी ही नहीं। व्याह दिया हमारी परम सुन्दरी देवकी को वृष्णिश्रेष्ठ से। उन्हें तो ये ऐसे भाए हैं कि उनकी और पुत्रियाँ भी होतीं तो इन्हीं से व्याह देते। और कोई वर खोजने की आवश्यकता ही क्या है।"

"तुम तो यह प्रयत्न करो कंस! कि अक्रूर का और कोई विवाह न हो।" वसुदेव ने कुछ हल्के होने का प्रयत्न किया, "वह तुम्हारे ही पल्लू से बँधा रहे।"

कंसा हँसती हुई उठ खड़ी हुई, "जा रही हूँ। पर आती रहूँगी। यह मत सोचना वृष्णिश्रेष्ठ! कि विवाह के पश्चात् हम अपनी बहन को भुला देंगे। प्रतिदिन हम में से कोई न कोई भाई-बहन यहाँ निश्चित रूप से आयेगा ही।"

"अवश्य आइए। आपका ही घर है।" वसुदेव मुस्कराए, "आप जैसी सुन्दरी साली प्रतिदिन आने की धमकी दे तो किसे बुरा लगेगा।"

कंसा मुष्टिका दिखाकर पूर्ण नाटकीयता से बोली, "दुष्ट!"

कंसा चली गयी तो वसुदेव ने देवकी की ओर देखा, "क्या था यह? कैसे इतना प्रेम उमड़ पड़ा?"

"मैं क्या जानूँ।" देवकी का स्वर अब भी पूर्णतः अवसाद में डूबा हुआ था, "मैं तो केवल यह जानती हूँ कि आपकी और भी पत्नियाँ हैं, और भी दायित्व हैं। आप मुझे मथुरा से बाहर कहीं नहीं ले जा सकते। आपने विवाह तो किया है, किन्तु आप के पास अवकाश नहीं है कि आप मुझे इस मथुरा से बाहर कहीं ले जा सकें, यहाँ मेरे और मेरे पुत्रों के लिए मृत्यु की छाया मँडरा रही है।"

"पगली हो तुम!" वसुदेव ने देवकी को प्रेमपूर्ण दृष्टि से देखा, "मान कर रही हो, बिना यह सोचे कि कंसा केवल यह देखने आयी थी कि हम कहीं मथुरा छोड़कर जा तो नहीं रहे हैं। मुझे पूर्ण विश्वास है कि वह कंस की ओर से गुप्तचर बनकर आयी थी।..." वसुदेव ने रुककर देवकी की ओर देखा, "एक बात और कहता हूँ। ध्यान से सुनो। वह जो यह कह कर गयी है कि कोई न कोई भाई-बहन तुमसे मिलने अवश्य आयेगा, इसका अर्थ है कि एक दिन में कई बार यह देखा जायेगा कि तुम किस स्थिति में हो, कहीं जा तो नहीं

रही हो? सामान तो नहीं बँध रहा? कोई आया तो नहीं है? यह क्रम चलेगा और समय आने पर देखा जायेगा कि तुमने गर्भ धारण किया है अथवा नहीं। सन्तान का जन्म कब होना है...।"

"यह बात है?" देवकी ने चकित होकर पूछा।

"और क्या समझती हो तुम कि कंस हमें भवन के बाहर बैठाए उन दो गुप्तचरों के भरोसे मुक्त छोड़ देगा। उनको तो हम जब चाहें, भ्रम मे डाल कर निकल सकते हैं।" वसुदेव बोले, वास्तविक गुप्तचरी तो कंसा और उसके भाई-बहन करेंगे, हमारे अपने बनकर, अपना प्रेम प्रदर्शित कर।"

"वह तो अक्रूर की पत्नी है, वह इस प्रकार कंस का काम क्यों करेगी?"

"अक्रूर का भी तो अपना स्वार्थ है। क्या वह कंस से भयभीत नहीं है? क्या उसके मन में कोई लोभ नहीं है? लोभ और त्रास, दोनों ही उससे हमारे विरुद्ध काम कराएँगे।" वसुदेव बोले, "इस समय वह पूर्णतः कंस के हाथों में खेल रहा है। वह कंस की प्रसन्नता अर्जित करने के लिए हमरा और हमारे पुत्रों का वध भी करवा सकता है।"

"मैं उन्हें इतना दुष्ट नहीं समझती।" देवकी के स्वर में अब भी प्रतिरोध था।

"वह दुष्ट कितना है, यह मैं नहीं कह सकता, किन्त वह भीरु भी है और लोभी भी।"

"ओह! मेरे प्रभु! और मैं इसे एक बहन का प्रेम समझ रही थी।"

वसुदेव गम्भीर हो गये, "एक बहुत महत्त्वपूर्ण बात कहता हूँ देवकी! इसका सदा ध्यान रखना। हम उल लोगों से घिरे हुए हैं, जो हमारे अपने हैं, किन्तु उनमें से कोई भी हमारा अपना नहीं है। आत्मीय लोगों में, संबंधियों में, मित्रों और सुहृदों में प्रेम और स्नेह भी होता है, किन्तु तुलना, स्पर्धा और ईर्ष्या भी उन्हीं में होती है। इसलिए हमारा जीवन सरल और सामान्य नहीं होगा। तुम मेरा विश्वास करना इस संकट में हम दो ही हैं, तुम और मैं। अपनी सहोदराओं का भी बिना परीक्षण के भरोसा मत करना। हमें खोलना पड़ेगा कि कौन वस्तुतः हमारा अपना है। इसलिए दूसरों के सम्मुख कहे हुए, मेरे शब्दों के कारण भ्रम में मत पड़ना।...आज कंस के सम्मुख जो कुछ भी कहा है मैंने, वह सब केवल इसलिए कहा कि कंस को यह विश्वास हो जाये कि मैं सचमुच मथुरा छोड़ कर कहीं नहीं जाऊँगा।" वसुदेव रुके, "मैं तुमसे प्रेम करता हूँ, किन्तु अपनी दूसरी पत्नियों का शत्रु नहीं हूँ। फिर भी परखना होगा कि हमारे इस संकट में कौन कहाँ तक हमारा साथ निभा सकती है।...वैसे मुझे लगता है

कि संकट और जोखिम में रोहिणी पर कुछ विश्वास कर सकता हूँ। वह कुछ दुस्साहसी भी है।..."

"जैसा आप उचित समझें।" देवकी बोलीं, "मैं इस विषय में कुछ नहीं जानती।"

10

प्रातः ही सत्यभामा वसुदेव और देवकी को प्रणाम करने आयी।

आशीर्वाद देकर वसुदेव ने कहा, "अभी कृष्ण तो नहीं आया?"

"नहीं! पिताजी।" सत्यभामा ने कहा, "जाने कहाँ भटक रहे हैं।"

वसुदेव हँसे, "यदि कृष्ण भी भटकने लगा तो संसार को धर्म के मार्ग पर कौन ले जायेगा?"

"नहीं! मेरा तात्पर्य वह नहीं था।" सत्यभामा ने कुछ संकुचित होकर कहा, "जाने किस कार्य से कहाँ-कहाँ प्रयत्नरत होंगे।"

"किसी उच्च उद्देश्य को प्राप्त करना हो तो प्रयत्न तो करना ही पड़ता है सत्या! त्याग भी करना पड़ता है।" वसुदेव बोले, "कृण का जन्म बड़े भाग्य से होता है। उसके लिए बहुत तपना पड़ता है।"

"रात्रि को अर्जुन आये थे तो उद्धव और सात्यकि भी कुछ ऐसी ही चर्चा कर रहे थे। वे कह रहे थे कि आपको क्या-क्या नहीं सहन करना पड़ा।" सत्यभामा बोली, "मैं कभी-कभी सोचती हूँ कि आप श्यामसुन्दर को गोकुल में छोड़ कर आये थे तो आपको कैसा लगता रहा होगा?"

वसुदेव हँसे किन्तु कुछ बोले नहीं।

सत्यभामा को स्मरण हो आया कि उद्धव ने यह भी कहा था कि वसुदेव उन दिनों की चर्चा नहीं करते। वह अपने भवन में लौट गयी।

सत्यभामा चली गयी किन्तु उसका कहा हुआ वह वाक्य वसुदेव के मन में घुमड़ता रहा। कैसा लग रहा होगा, जब वे कृष्ण को नन्द के पास छोड़कर आये थे? ...कहने को तो उस रात को व्यतीत हुए बहुत समय हो चुका था, किन्तु वसुदेव के लिए तो जैसे कल की ही बात थी।...उसके मन में एक-एक घटना, एक-एक बात, एक-एक विचार इस प्रकार सजीव था, जैसे वक्ष पर लगा कोई सद्यःप्राप्त घाव।...

वसुदेव समझ नहीं पा रहे थे कि वे स्वयं कितना चल रहे थे, कितना तैर रहे थे, और कितना पानी का बहाव उन्हें धकेलकर अपनी मनोवांछित दिशा में लिए जा रहा था। वे अपनी गति के प्रति सचेत थे; किन्तु इस तथ्य से भी

अनभिज्ञ नहीं थे कि अब थकान उन पर भारी पड़ती जा रही थी और बहुत संभव था कि यमुना की किसी लहर का वेग उन्हें अपने साथ ही बहाकर ले जाये।...क्लांति भी कैसी थी कि इस प्लावन में भी, जहाँ मृत्यु उनके सम्मुख खड़ी थी, उन्हें निद्रा घेर रही थी ओर इच्छा होती थी कि इन सारे संकटों को भूल कर चुपचाप इन लहरों पर ही शांति की नींद सो जायें...उसके मन के किसी और कोने में एक और इच्छा जन्म ले रही थी। यहीं कुछ दूर पर रोहिणी भी रह रही थी। वहाँ बलराम भी था। वह वर्ष भर का हो चुका होगा। लड़खड़ाकर अपने पैरों पर चलने लगा होगा। चलता न भी हो तो खड़ा तो हो ही जाता होगा। सम्भवतः तुतलाकर टूटे-फूटे शब्द भी बोलता होगा। 'माँ' तो कहता ही होगा, सम्भव है 'पिता' का भी टूटा-फूटा उच्चारण करना सीख गया हो। उनके आठ-आठ पुत्रों ने जन्म लिया है। किन्तु वे किसी एक को उठते, बैठते, रेंगते अथवा चलते हुए देखना तो दूर, उन्हें करवट बदलते हुए भी नहीं देख पाये थे।...आज अवसर है, वे चाहें तो रोहिणी के घर चले जायें। अपनी पत्नी और पुत्र को भी देख लें। थोड़ा विश्राम भी कर लें।...एक बार मथुरा लौट गये तो इन में से कुछ भी सम्भव नहीं होगा।...

पर वे मथुरा लौटना ही क्यों चाहते हैं? अब, जब वे कारागार ही नहीं, मथुरा से भी बाहर निकल आये हैं, तो वे पुनः उसी कारागार में लौटना क्यों चाहते हैं? वे यहीं रह जायें और देवकी को किसी प्रकार मुक्त कराने का प्रयत्न करें।...वह सब तो होता ही रहेगा। इस समय वे कितने थके हुए हैं। निद्रा की उन्हें कितनी आवश्यकता है। क्यों न वे रोहिणी के घर में थोड़ी देर विश्राम कर लें?

पर विश्राम कैसे कर लें? कंस से उनका निरन्तर युद्ध चल रहा था। कंस ने उनकी छह सन्तानों का वध किया था। उन छहों को ले जाकर, उन्होंने स्वयं अपने हाथों से कंस को सौंपा था, ताकि कंस देवकी का वध न करें और देवकी अपने आठवें पुत्र को जन्म दे सके।...देवकी का आठवाँ पुत्र...वर्षों से वे ही नहीं, सारी मथुरा, सारे यादव, देवकी के आठवें पुत्र के जन्म की प्रतीक्षा कर रहे थे। कंस के ज्योतिषियों की भविष्यवाणी और कंस का भय, माथुरों के लिए एक प्रकार की आश्वस्ति का काम कर रहा था। कंस देवकी के आठवें पुत्र से जितना अधिक भयभीत होता जाता था, माथुर उसकी प्रतीक्षा उतनी ही तीव्रता से करने लगते थे।

अब उसी आठवीं सन्तान का जन्म हो गया था; और कैसी विचित्र लीला थी ईश्वर की कि वे उसे सुरक्षित रूप से नन्द को सौंप आये थे।...कृष्ण इस समय अवश्य सुरक्षित था; किन्तु वे यह विश्वास कैसे कर सकते थे कि कंस

और उसके ससुर जरासंध के जीवित रहते हुए, कृष्ण सुरक्षित रहेगा। क्या कंस यह विश्वास कर लेगा कि देवकी ने इस कन्या को जन्म दिया है?...उसका वध यह मृतप्राय कन्या करेगी क्या?...

वसदेव का ध्यान उस कन्या की ओर चला गया। वह उनके सिर पर उस मंजूषा में सुरक्षित थी।...पर क्या वह मथुरा तक जीवित पहुँच भी पायेगी?... वसुदेव का मन अपने ही प्रश्न से डर गया।..यदि यह कन्या, कंस के हाथों तक जीवित न पहुँची, तो कंस जाने कैसा उत्पात करे। वह कभी यह नहीं मानेगा कि देवकी ने कन्या को जन्म दिया और कन्या की मृत्यु हो गयी। वह तो यही कहेगा कि वसदुेव ने कोई षड्यन्त्र रचा है और देवकी की आठवीं सन्तान को कहीं छुपा दिया है। इस कन्या को वह किसी और की मृत सन्तान मानेगा। सम्भव है, वह देवकी का वध करने पर उतारू हो जाये। सम्भव है कि वह स्वयं उनका वध कर दे अथवा अपने वधिकों को उनके वध का आदेश दे दे...

और वसुदेव ने जैसे पहली बार अनुभव किया कि इस समय उनका हृदय न तो अपने वध के विचार से उस प्रकार भयभीत हुआ जैसा हुआ करता था और न देवकी की मृत्यु की कल्पना से उनका अस्तित्व काँपा। उन्हें लगा उनका मन किसी प्रबल आधार को पाकर स्थिर हो गया था...देवकी अपने आठवें पुत्र को जन्म दे चुकी थी और कृष्ण कारागार से ही नहीं, उनकी नगरी से भी बाहर नन्द के पास पहुँच गया था। नन्द उसकी सन्तान की रक्षा अपने प्राण देकर भी करेगा। जो कृष्ण को बचाने के लिए अपनी सन्तान, यह जानते हुए भी उन्हें दे सकता है कि कंस उसकी हत्या कर देगा, उसके संरक्षण में वे कृष्ण को असुरक्षित नहीं मान सकते।

किन्तु उनका कारागार में सुरक्षित पहुँचना आवश्यक था। यदि वे यमुना की लहरों के साथ बह गये और कंस को देवकी के आठवें प्रसव की सूचना मिलने तक वापस कारागार में नहीं पहुँचे तो उसे प्रमाण मिल जायेगा कि वे कारागार से बाहर निकल गये थे। इसका अर्थ था कि वे अपने आठवें पुत्र को किसी सुरक्षित स्थान पर पहुँचा आये थे।...वह कृष्ण की खोज करेगा तो उसे नन्द तक पहुँचने में बहुत कठिनाई नहीं होगी।...ऐसे में उनकी आज तक सहन की गयी वह सारी पीड़ा, अपमान की यह सारी यातना...सब व्यर्थ जायेगी। कंस यदि कृष्ण को पाने में समर्थ हो गया, तो फिर यादवों की यह सारी प्रतीक्षा अर्थहीन हो जायेगी। यादवों का यह जनतन्त्र नष्ट हो जायेगा। कंस के राज्य में धर्म और न्याय के लिए कोई स्थान नहीं है। मथुरा में भी जरासंध का राक्षसी राज्य हो जायेगा और कंस का तनिक सा भी विरोध करनेवाला व्यक्ति जीवित नहीं बच पायेगा।...

वसुदेव को लगा कि वे किसी निद्रा से जाग उठे हैं।...उन्होंने अपनी तंद्रा, शिथिलता और क्लांति को झटककर परे कर दिया है। यह मानना उनकी भूल थी कि उनका लक्ष्य पूरा हो गया है। वस्तुतः अब तो वास्तविक युद्ध आरम्भ हुआ है। अब तक तो कंस ने उनके उन पुत्रों का वध किया है, जिनकी मृत्यु होनी ही थी। वही तो अब जन्मा है, जिसके हाथों कंस की मृत्यु होनी है। अब तक उन्होंने कुछ नहीं खोया। वास्तविक वंचना तो कृष्ण से वंचित होने में है...

पर अपनी सन्तान को बचाने के लिए वे नन्द और यशोदा की सन्तान की बलि कैसे दे सकते हैं।?...वसुदेव को लगा कि उनके मन में जैसे धिक्कार का सा भाव उठा। यह कैसा स्वार्थ? यदि नन्द उनका इतना निष्ठावान सहयोगी है, तो उसका यह अर्थ तो नहीं कि वे उसकी सन्तान के साथ ऐसा व्यवहार करें। नन्द उनकी सन्तान की रक्षा करेगा तो उन्हें उसकी सन्तान की रक्षा करनी चाहिए।...

पर क्या वे सचमुच अपनी सन्तान की रक्षा के लिए नन्द की सन्तान की बलि दे रहे हैं? क्या नन्द कृष्ण की रक्षा इसलिए कर रहा है, क्योंकि वह वसुदेव का पुत्र है और वसुदेव उसका जीवन चाहते हैं? यदि ऐसा होता हो वह अपनी सन्तान उनको क्यों सौंप देता? क्या कृष्ण केवल उनकी सन्तान है? और कुछ नहीं है? क्या वह सारे यादवों की एक मात्र आशा नहीं है?...नन्द किसलिए अपनी कन्या की बलि दे रहा है? इसलिए तो कि कृष्ण के प्राणों की रक्षा हो और संसार को कंस से मुक्ति मिले।...पर क्या यह नहीं हो सकता कि कृष्ण की भी रक्षा हो जाये और वह कन्या भी बच जाये?...यदि ऐसा हो सकता तो नन्द ने वेसा ही कुछ किया होता। वह यह भी तो बता सकता था कि यशोदा ने जुड़वाँ बच्चों को जन्म दिया है।...किन्तु कदाचित उसे यह विश्वास हो चुका है कि वह कन्या किसी भी अवस्था में जीवित नहीं बचेगी। वह तो जैसे प्रकृति की लीला में कृष्ण के प्राणों को बचाने का निमित्त बनने आयी थी। कृष्ण यशोदा का पुत्र बनकर पल सके, उसके लिए यह आवश्यक था कि यशोदा के गर्भ में भी सन्तान आये, वही इस कन्या ने किया।...कृष्ण की सुरक्षा के लिए आवश्यक है कि कंस को यह विश्वास हो कि देवकी की आठवीं सन्तान मर चुकी है, उसके लिए यह कन्या अपनी देह छोड़ गयी है।...यह योजना तो स्वयं ईश्वर की बनाई हुई लगती है। वसुदेव को इसमें क्या करना है? वे न तो इसे कार्यान्वित करने के लिए अपनी ओर से कुछ कर सकते हैं, और न ही इस का स्वरूप बदल सकते हैं।...तो फिर वे किस बात के लिए चिंतित हैं? यदि प्रकृति को इस कन्या से कोई और कार्य करवाना होगा तो वह उसके प्राणों भी रक्षा की कर लेगी।....संभव है कि कंस के मन में दया जाग जाये। वह इस कन्या

की हत्या न करे उसका वध तो देवकी के आठवें पुत्र के हाथों होना था, पुत्री के हाथों नहीं।...तो फिर वह इस कन्या का वध क्यों करेगा?...

वसुदेव को लगा कि उनके मन में एक नया उत्साह भर आया है। वे अब केवल वसुदेव नहीं रह गये थे। वे तो ईश्वर की किसी योजना को पूर्ण करने के एक उपकरण मात्र थे। उस उपकरण को जो कार्य करना था, वही वे करके लौट रहे थे। आगे भी जो प्रभु चाहेंगे, वही होगा...

मथुरा में कारागार के द्वार तक पहुँचने तक वसुदेव एक प्रकार के उन्माद का सा अनुभव करते रहे। उन्हें तैरने की थकान का अधिक अनुभव हो रहा था और न ही समय की दीर्घता का कोई आभास।...वे कारागार के द्वार पर पहुँचे तो यमुना की लहरें अभी उसी प्रकर फुफकार रही थीं। सूर्योदय पर्याप्त निकट था किन्तु तट पर कहीं कोई गतिविधि दिखायी नहीं दे रही थी। न कहीं कोई व्यक्ति देवालय की ओर आता-जाता दिखायी दिया और न कहीं से हवन, यज्ञ अथवा मन्त्रोच्चार का स्वर सुनाई दिया। शासन के प्रतिनिधियों का भी कोई अस्तित्व कहीं नहीं था। यमुना के जन का पूर्ण तथा एकछत्र साम्राज्य था। वर्षा का प्रकोप कुछ मन्द हुआ था किन्तु जल तत्त्व ने सर्वत्र अपना प्रभुत्व जमा रखा था।

वसुदेव कारागार के निकट आये। द्वार के कपाट उसी प्रकार भिड़े हुए थे, जैसे वे छोड़ गये थे। अर्गला में ताला लटकता रहा था; किन्तु वह बन्द नहीं था। द्वाररक्षक से जल्दी में भागते हुए वह इस प्रकार खुला रह गया था और वसुदेव भी उसे इसी प्रकार छोड़ गये थे। इसका अर्थ था कि न तो अभी वह द्वाररक्षक ही लौटा था और न ही कोई अन्य सैनिक अथवा अधिकारी यहाँ आया था। कंस तो इस जलप्लावन में अपना प्रासाद छोड़कर यहाँ क्या ही आता।...हाँ! एक अन्तर अवश्य था। जब वे गये थे तो बाढ़ का जल कारागार की पहली सीढ़ी तक ही आया था और अब वह उनकी अंतिम सीढ़ी तक चढ़ आया था। बहुत सम्भव है कि उसकी अनुपस्थिति में वह कारागार में प्रवेश भी कर गया हो और अब उतर रहा हो।...

उन्होंने कारागार में प्रवेश किया। वे अपनी कोठरी तक आये। मार्ग में कहीं कोई नहीं था। उग्रसेन और अन्य बंदियों की कोठरियाँ आगे थीं। पानी यहाँ तक नहीं आया था तो आगे क्या गया होगा।...

उन्हें आते देख कर देवकी उठ खड़ी हुईं। वे फटी-फटी आँखों से उनकी ओर देख रही थीं।

"तुम सोईं नहीं?" वसुदेव ने अपने सिर से मंजूषा उतारते हुए कहा।

"आप कृष्ण को वापस ले आये? क्या गोकुल तक नहीं पहुँच सके?"

"नहीं। नन्द को सौंप आया हूँ कृष्ण।" वसुदेव बोले, "यह तो यशोदा की कन्या है।"

"तो इसे क्यों ले आये आप इस कारागार में?"

"देवकी की आठवीं सन्तान के रूप में कंस के सम्मुख भी तो कोई नवजात शिशु प्रस्तुत करना है।" वसुदेव ने मंजूषा देवकी के सम्मुख रख दी, "कन्या को सँभाल लो और यह मंजूषा द्वारपाल की कोठरी में वापस रख आता हूँ।"

देवकी का मन जैसे जड़ हो गया था, किन्तु उनका शरीर किसी यन्त्र के समान अपना कार्य करता जा रहा था, "पर क्या अपनी सन्तान की रक्षा के लिए किसी दूसरे की सन्तान परोस देंगे उस हत्यारे के सम्मुख?"

वसुदेव के किसी उत्तर से पूर्व देवकी ने मंजूषा का आवरण हटाकर कन्या को अपने हाथों में उठा लिया था। उन्होंने कन्या का निरीक्षण किया और बोलीं, "कन्या का रूप तो अलौकिक हैं, किन्तु यह तो जीवित नहीं लगती। क्या मार्ग में ही प्राणांत हो गया?"

"यह तो कोई वैद्य ही बता सकता था कि जब मैं वहाँ से लेकर चला था तो यह जीवित थी अथवा नहीं।" वसुदेव बोले, "किन्तु नन्द का विचार था कि यह लम्बी आयु ले कर नहीं आयी है, अतः इसे कंस को सौंप देने में कोई हानि नहीं है।"

देवकी का चेहरा कठोर पड़ गया, "आता ही होगा वह दुष्ट।"

तभी कारागार के बाहर कपाटों के खुलने का शब्द हुआ।

"लो आ गया वह।" वसुदेव बोले।

पगध्वनि निकट आती गयी। कई लोगों के निकट आने का शब्द था।

वे लोग उनकी कोठरी के निकट आये तो वसुदेव ने देखा कि कंस उनमें नहीं था। वे तो कंस के सैनिक थे जो कारागार का समाचार उसे देते थे। वे लोग राज्य वैद्य को, देवकी का परीक्षण करने के लिए जाये थे।

वैद्य ने देवकी की गोद में शिशु को देखा तो बोला, "प्रसव तो हो चुका। अब मेरा क्या काम है।"

सैनिकों ने आश्चर्य से एक-दूसरे को देखा और फिर उनका नायक बोला, "हमें सूचना नहीं थी कि प्रसव हो चुका है।"

"प्रमाद तुम्हारे सैनिक करते हैं और कष्ट मुझे दिया जाता है। इस आँधी-पानी में तुम लोग मुझे यहाँ घसीट लाए हो, जब कि मेरा यहाँ कोई काम नहीं है।" वैद्य पर्याप्त रुष्ट प्रतीत हो रहा था, "अब जाओ महाराज को सूचना दो कि देवकी की आठवीं सन्तान ने जन्म ले लिया है।"

"जाओ जाकर द्वारपालों से पूछो कि उन्होंने यह सूचना महाराज तक क्यों

नहीं भेजी।" नायक ने आदेश दिया, "आइए वैद्यराज! आपको आपके निवास तक पहुँचा आयें।"

वैद्य के हाव-भाव से स्पष्ट था कि उसें इस समय इस कष्टकर वेला में आना बहुत अखर रहा था। पर उसने कुछ कहा नहीं। वह चुपचाप उनके साथ लौट गया।

वे चले गये। पहले उनके पगों की ध्वनि होती रही और फिर उनके वार्तालाप का शब्द सुनाई दिया।

"सूचना क्यों नहीं दी गयी?" शायद नायक द्वारपाल से पूछ रहा था।

"कौन-सी सूचना?" यह बौखलाया हुआ स्वर द्वारपाल का लगता था।

"हम किस सूचना की प्रतीक्षा कर रहे हैं मूर्ख?"

"तुझे इतना भी पता नहीं है कि देवकी के प्रसव की सूचना महाराज तक तत्काल पहुँचायी जानी है।" वह किसी और सैनिक की डाँट थी।

द्वारपाल समझ गया होगा कि उससे प्रमाद हो चुका था। रात को तो भागकर अपना घर-परिवार देखने चला ही गया था। अब घर से लौटकर कदाचित वह द्वार पर खड़ा होकर सन्तुष्ट हो गया था। भीतर तो वह आया ही नहीं था।

"तुम लोग कैसे आये हो?" उसने कुछ तमकमर पूछा।

"नाव से।"

"मेरे पास कौन-सी नाव थी कि मैं महाराज तक सूचना भेजता?" द्वारपाल का आक्रोशपूर्ण स्वर सुनाई दिया, "मुझे यहाँ टाँगकर किसी ने एक क्षण को भी सोचा कि मेरे घर में क्या हुआ होगा?"

"शेष लोग कहाँ हैं?" वह नायक का स्वर था।

"गये होंगे अपने-अपने घरों को।"

"क्यों?"

"देखने गये हैं कि उनकी पत्नियों ने जिन सन्तानों का प्रसव किया था वे बालक घर में ही हैं अथवा यमुना में बह गये।" द्वारपाल के मन से कदाचित क्षणिक रूप से कंस का भय निकल चुका था, "जब अपने पुत्रों के प्राणों पर आ बनती है तो किसे चेत रहता है यह देखने का कि देवकी के आठवें पुत्र ने जन्म लिया है अथवा नहीं।"

"बकवास मत करो।" नायक ने उसे डाँटा, "बिना अधिकारी की अनुमति के अपने कर्मस्थल को इस प्रकार छोड़ जाना, सैनिक को शोभा नहीं देता। मैं महाराज को इसकी सूचना दूँगा।"

"अवश्य दो।" द्वारपाल बोला, "मैं महाराज को सूचना दूँगा कि इस प्लावन में हम तो यहाँ अपने धर्म का निर्वाह करते रहे और हमारे अधिकारियों ने

हमारे परिवारों की तनिक भी चिन्ता नहीं की। अपने ही परिवारों को नौकाओं में बैठाकर सुरक्षित स्थानों तक ढोते रहे।"

"मुँह बहुत खुल गया है तुम्हारा।" नायक ने कहा और आगे बढ़ गया।

वे चले गये, किन्तु वसुदेव जानते थे कि उनकी वास्तविक परीक्षा अब होगी।

थोड़ी देर में ही कंस के अंगरक्षकों ने आकर उनकी कोठरी का द्वार खोल दिया और अपने शस्त्र ले कर थोड़ी-थोड़ी दूरी पर सन्नद्ध खड़े हो गये। तब कंस आया। उसने द्वार पर ही रुककर पहले कक्ष का निरीक्षण किया और फिर उसकी दृष्टि देवकी की गोद में निस्पन्द सोए शिशु पर टिक गयी।

"तो आठवी संतान ने भी जन्म ले लिया?" वह प्रसन्न था।

देवकी ने कोई उत्तर नहीं दिया। वसुदेव चुपचाप आगे बढ़े और उन्होंने देवकी से कन्या को ले कर कंस की ओर बढ़ा दिया।

केस के व्यग्र हाथों ने आगे बढ़कर कन्या को थाम लिया। उसने उसे देखा और उसके मुख का स्वाद जैसे कसैला हो गया।

"कन्या?" उसने वसदुवे की ओर देखा।

वसुदेव ने केवल सिर हिला दिया, कुछ कहा नहीं।

"मेरा वध करने के लिए कन्या जन्म ले, यह कैसे सम्भव है?"

"मेरा विचार है कि तुम्हारे ज्योतिषियों ने देवकी के आठवे पुत्र के विषय में कहा था।" वसुदेव बोले, "यह कन्या है और आठवीं सन्तान भी है या नहीं।..."

"मुझे बहकाने का प्रयत्न मत करो।" कंस बोला, "मैं इन झंझटों में पड़ने वाला नही हूँ कि आठवाँ पुत्र अथवा आठवीं सन्तान। मैं तुम्हारी किसी सन्तान को जीवित नहीं छोड़ूँगा।...यद्यपि मैं जानता हूँ कि तुम्हारी यह मृतप्राय कन्या मेरा वध नहीं कर सकती।"

"क्यों? भगवती दुर्गा ने महिषासुर का वध नहीं किया था।"

"तो भगवती दुर्गा ने जन्म लिया है, तुम्हारी पुत्री बनकर?"

"सम्भव है।" देवकी ने कहा।

"यह वध करेगी मेरा?" कंस चिल्लाया।

"हमने कभी ऐसी कोई घोषणा नहीं की।" वसुदेव बोले, "तुम्हारे ही भविष्यवक्ता तुम्हें इस प्रकार की बातें बताते रहते हैं। उनसे ही जाकर पूछो।"

"तुमने शिशु बदल दिया।" कंस की कठोर दृष्टि वसुदेव पर जा टिकी।

वसुदेव मुस्कराए। वे जानते थे कि कंस इसी निष्कर्ष पर पहुँचेगा।

"हाँ! तुमने मेरे लिए कारागार के द्वार उन्मुक्त कर दिये थे। तुमने इस वर्ष से मेरी और मेरे शिशु की रक्षा का प्रबन्ध कर दिया था। तुमने मेरे जाने के लिए एक बड़ी-सी सुरक्षित नौका का प्रबन्ध कर दिया था। अतः मैं उस नाव में बैठकर अपने पुत्र को मगध पहुँचा आया और वहीं के हाट से इस कन्या को क्रय कर लाया।" वसुदेव मुस्करा रहे थे।

"तुम कारागार के बाहर नहीं गये थे?" कंस ने उनकी मुस्कान की उपेक्षा की।

"अनेक कपाटों में बन्द और असंख्य सैनिकों से रक्षित कारागार में से कोई बाहर जा सकता है, तो मैं गया था।" वसुदेव बोले।

"तुम बताओ देवकी!" कंस देवकी की ओर बढ़ गया, "अपने भाई से झूठ मत बोलना।"

"अपनी सन्तानों के हत्यारे को भी यदि कोई अपना भाई मान सकता है, तो मैं तुम्हें अपना भाई मानूँगी और तुमसे झूठ नहीं बोलूँगी।" देवकी ने कहा।

"रात को बहुत वर्षा हुई है। कारागार के रक्षक अपने स्थानों पर नहीं रहे। अवश्य ही तुम्हें बाहर निकलने का अवसर मिल गया होगा।" कंस बोला, "तुम्हारे चेहरों पर वैसी दीनता और आतंक भी नहीं, जैसा कि अपनी सन्तानों को मृत्यु को सौंपने पर हो सकता है।"

"निश्चिंत हम हैं। इसलिए नहीं कि यह हमारी सन्तान नहीं है।" वसुदेव बोले, "निश्चिंत हम इसलिए हैं कि तुम इसकी हत्या नहीं कर सकते।"

"क्यों? यह भगवती दुर्गा का अवतार है अथवा यह योगमाया है।" कंस का चेहरा क्रूर हो गया था।

"इसलिए कि इसके प्राण पहले ही इसका शरीर छोड़ चुके हैं।" वसुदेव ने कहा।

कंस ने चौंककर कन्या की ओर देखा : उसके चेहरे को देखा। उसकी बन्द आँखों को देखा। उसके श्वास को परखा। उसकी नाड़ी का परीक्षण किया...

उसका चेहरा विकृत हो गया। उसे लगा कि उस कन्या का शरीर चाहे उसके हाथ में था किन्तु वह उसके हाथों से निकलकर ऊपर कहीं आकाश में स्थिर होकर उसका मुँह चिढ़ा रही है।...मार मुझे मार। कर मेरी हत्या।...तू क्या करेगा मेरी हत्या। अब तेरी हत्या होगी। तेरी हत्या करनेवाले का जन्म हो चुका है। वह सुरक्षित है। पल रहा है। बड़ा हो रहा है।...

"कहाँ है तुम्हारा पुत्र? गोकुल में रोहिणी के पास?" कंस क्रोध से विक्षिप्त हो रहा था।

"रोहिणी के पास उसका अपना पुत्र है।" वसुदेव बोले, "देवकी पुत्र नहीं।"

क्रोध में कंस ने उस कन्या को भूमि पर पटक दिया।

"इन दोनों के हाथों और पैरों में बेड़ियाँ डाल दो ताकि द्वार खुला भी हो तो ये बाहर न जा सकें।" उसने जाते-जाते आदेश दिया।

वसुदेव की हथेलियाँ उनके कानों में जा लगीं...वे न तो फिर से देवकी का चीत्कार सुन सकते थे और न कंस का अट्टहास...

11

कृष्ण अभी द्वारका नहीं लौटे थे। अर्जुन को समझ नहीं आ रहा था कि कृष्ण कहाँ रुक गये और क्यों रुक गये...

सहसा उसका ध्यान पिछली रात हुई चर्चा की ओर चला गया। वसुदेव भी अपेन संघर्ष के दिनों की चर्चा करना नहीं चाहते और कृष्ण भी अपना युद्ध अकेले ही लड़ते रहते हैं। लोगों के सम्मुख आते हैं, तो कष्ट, यातना अथवा संघर्ष का कोई चिह्न भी उनके आसपास नहीं होता। उनका हँसता-मुस्कराता और विजयी रूप सबके सम्मुख प्रकट होता है।...यह गुण अपने पिता से ही पाया होगा कृष्ण ने...

तभी उद्धव आ गये।

"रात को नींद आयी?" उद्धव ने हँसकर पूछा, "सामान्यतः द्वारका के बाहर के लोगों को श्रीकृष्ण के इस भवन में सागर की लहरों का कोलाहल ही सोने नहीं देता।"

"नहीं, मुझे सागर की लहरों ने तनिक भी कष्ट नहीं दिया।" अर्जुन ने कहा, "किन्तु कथाकार! तुम्हारी कथा रात भर मेरे आस-पास डोलती रही। समझ नहीं पाया कि वे मेरे स्वप्न थे, मेरा चिन्तन था, स्मृतियाँ थीं, तुम्हारी कथा की छायाकृतियाँ थीं...पता नहीं कथा मेरे भीतर थी या मैं कथा के भीतर था।..."

"अच्छा!" उद्धव ने उत्साहपूर्वक कहा, "मैं नहीं जानता था कि मेरा कथा-वाचन इतना प्रभावशाली है।"

अर्जुन के मन में भी चपलता जागी, "कथा-वाचन प्रभावशाली था अथवा मेरे भीतर अपने मातुल और मातुला के प्रति लगाव की मात्रा अधिक थी।..."

"तुम तो में कह रहे हो पार्थ! किन्तु यह तो साहित्य-चिन्तन का एक महत्त्वपूर्ण अंग है।" उद्धव ने गम्भीरता से कहा, "रचनाकार जो कुछ भी सम्प्रेषित करता है, यदि वह पाठक अथवा श्रोता के अनुभव संसार का अंग

नहीं है अथवा अंग बन नहीं पाता, तो वह रचना को ग्रहण नहीं करता। इसलिए रचनाकार और उसका सहृदय यदि दोनों एक ही अनुभव-संसार के अंग नहीं हैं तो कदाचित रचना उतनी प्रभावशाली नहीं हो पाती। कई बार तो यह होता है कि रचनाकार ने जहाँ रचना छोड़ी, श्रोता अपने अनुभव अथवा अपनी संवेदना के कारण उसके आगे अथवा उसके समानान्तर अपनी कथा बुनने लगता है।"

"सम्भव है कि मेरा मन भी रात भर कुछ इसी प्रकार का प्रयत्न करता रहा हो।" अर्जुन ने कहा, "तुम्हारे आने से पहले भी मैं यही सोच रहा था कि मातुल ने मथुरा में रहते हुए भी क्या वहाँ से निकल जाने का प्रयत्न नहीं किया होगा?"

"क्यों नहीं किया होगा? अवश्य किया होगा।" उद्धव ने कहा, "वरन् मैं तो यहाँ तक सोचता हूँ कि जब मथुरा से निकलने के अपने प्रयत्नों में उन्होंने सफलता नहीं पायी होगी, तो उन्होंने प्रयत्नपूर्वक रोहिणी काकी के, मथुरा से बाहर, अपने गोकुल में रहने की व्यवस्था की होगी। यह सारा काम कोई एक दिन में अथवा एक ही प्रयत्न में तो नहीं हो गया होगा।"

"तो कैसे हुआ होगा यह सब?"

"कथा सुनना चाहते हो?" उद्धव ने मुस्कराकर पूछा।

अर्जुन ने कुछ नहीं कहा, पर उसकी मुस्कान अपनी माँग स्पष्ट करती रही।

"सुनो!"

नगरद्वार निकट आ रहा था और वसुदेव जैसे पूर्णतः सजग हो गये थे। अब कुछ भी हो सकता था। उनकी इतने दिनों की बनाई योजना सफल हो सकती थी और क्षण भर में ध्वस्त भी हो सकती थी। ऐसे में उन्हें निराश होकर चुपचाप घर लौट जाना भी पड़ सकता था।

"नगरद्वार के रक्षक तो रथ को रोकने का संकेत कर रहे हैं।" देवकी घबराए हुए स्वर में बोलीं।

"चिन्ता मत करो। हमें सारी स्थितियों के लिए तैयार रहना है।" वसुदेव बोले, "आवश्यक तो नहीं कि हमें पहली ही बार में सफलता मिल जाये। सहस्रों असफलताओं की नींव पर एक सफलता का प्रासाद बनता है।"

"समझती हूँ।" देवकी ने स्वयं को सँभाला, "पर मन फिर भी घबराता है।"

वसुदेव मुस्कराए, "मन का काम ही है घबराना। उसे घबराने दो। तुम स्वयं को सँभाले रहो।"

रथ नगरद्वार के रक्षकों के निकट आकर रुक गया।

"रथ में कौन है?" नायक ने पूछा।

"क्यों तुम मुझे पहचानते नहीं हो?" वसुदेव ने पूछा।

"पहचानता हूँ इसलिए तो पूछ रहा हूँ।" नायक बोला, "आपके साथ कौन-कौन है?"

"रथ खुला है। तुम देख सकते हो कि मेरे साथ केवल मेरी पत्नी है; और अपनी पत्नी के साथ यात्रा करना कोई ऐसा अपराध नहीं है, जिसके लिए नगरद्वार के रक्षक हमें रोककर हमसे पूछ पड़ताल करें।" वसुदेव बोले, "वैसे तुम जानते हो कि तुम महाराज कंस के एक मन्त्री से अशिष्ट व्यवहार कर रहे हो?"

नायक मुस्कराया, "क्या आप यह जानते हैं कि महाराज कंस का ही आपके लिए आदेश है कि आप मथुरा से बाहर नहीं जा सकते और आप उनकी पूर्ण अवज्ञा कर अपनी पत्नी सहित नगर के बाहर जा रहे हैं।"

वसुदेव को इस बात की आशंका तो पहले से ही थी। फिर भी स्वयं को सँभाल कर बोले, "मथुरा से बाहर नहीं जा सकता का क्या अर्थ हुआ? मथुरा का कोई साधारण नागरिक भी अपनी इच्छा से कहीं भी आने-जाने को स्वतन्त्र है तो मेरे विषय में आदेश का क्या अर्थ? मैं कोई चोर-उचक्का अथवा अपराधी नहीं हूँ कि मेरे विषय में इस प्रकार का बन्धन लगाया जाये। यह तो एक प्रकार से मुझे नगरबन्दी करने का प्रयत्न है। मैं बन्दी नहीं हूँ। मैं वृष्णि कुलपति हूँ और महाराज कंस का मन्त्री हूँ।"

वसुदेव के आवेश का नायक पर कोई प्रभाव नहीं हुआ। वह वैसे ही सहज भाव से मुस्कराकर बोला, "तो आप यह जानते ही नहीं हैं कि आप नगरबन्दी हैं?"

"तुम्हारा शासन नहीं है जिसे चाहो, उसे नगरबन्दी कर लो।" वसुदेव ने क्रुद्ध होने का अभिनय किया, "मुझसे ऐसा व्यवहार कर तुम महाराज की चाकरी में नहीं रह सकते।"

वसुदेव ने न तो यह स्वीकार किया कि वे यह जानते हैं, न उस आदेश को मानने के प्रति ही कोई सहमति दिखायी। बोले, "और यदि मैं तुम्हारी इस आज्ञा को मानने से इंकार कर दूँ तो?"

"तो बाध्य होकर हमें बल प्रयोग करना पड़ेगा।" नायक बोला, "आशा है आप हमें उसके लिए बाध्य नहीं करेंगे।"

वसुदेव सारी स्थिति को बहुत अच्छी प्रकार समझ रहे थे, किन्तु वे उसे प्रकट करना नहीं चाहते थे। बोले, "तुम समझते हो कि तुम वसुदेव पर बल प्रयोग कर सकते हो? तुम मेरे खड्ग का वेग देखना चाहते हो?"

इस बार नायक शालीनता से मुस्कराया।

"आपके खड्ग के वेग से भली-प्रकार परिचित हूँ मैं।" नायक बोला, "हम माथुर हैं वृष्णिश्रेष्ठ! हम आप के खड्ग को भी जानते हैं और आप के चरित्र को भी। जहाँ तक हमारा सम्बन्ध है, आप को खड्ग उठाने की भी आवश्यकता नहीं है। हमारा खड्ग आप पर उठ भी नहीं सकता पर...." उस ने मुड़ कर पीछे देखा।

"पर क्या?" वसुदेव का स्वर अवश्य मन्द हो गया था, किन्तु उन का आक्रोश चुका नहीं था।

"पर पीछे वह जो बैठा है, वह हमारा अधिकारीह है। वह मथुरा का निवासी नहीं, मगध है। वह आप पर खड्ग उठा ही नहीं सकता, आप पर प्रहार भी कर सकता है।" नायक बोला, "और उसके आदेश में बँधे हम कुछ भी करने को बाध्य हैं।"

"तुम माथुर होकर भी मागधों के अधीन हो?" वसुदेव ने उसे उकसाना चाहा।

"आप मन्त्री होकर भी यह नहीं जानते क्या?" नायक बोला, "वस्तुतः हम सब ही मागधों के अधीन हैं। महाराज कंस मागधों पर माथुरों से कहीं अधिक विश्वास करते हैं।"

वसुदेव कुछ सोचते रहे और फिर बोले, "वस्तुतः मैं मथुरा के बाहर जाने का प्रयत्न नहीं कर रहा, मैं तो अपने गोकुल में जा रहा हूँ। अपने गोधन की देख-भाल नहीं करूँगा तो गोपाल असावधान हो जायेंगे। मेरी व्यक्तिगत क्षति तो होगी ही, पर मथुरा राज्य के पशुधन की भी तो हानि होगी। मुझे नगरबन्दी बना दिया गया है तो कोई बात नहीं। उसके विषय में मैं महाराज से बात कर लूँगा कि यह महाराज का प्रेम है, अथवा उनका रोष, पर इस समय मुझे अपने गोकुल में जाने दो। मेरे गोपाल मेरी प्रतीक्षा कर रहे होंगे।"

इस बार नायक कुछ विनीत हो गया। बोला, "मैं वह सब समझता हूँ। मैं तो आप पर यहाँ तक विश्वास करने को प्रस्तुत हूँ कि आप सन्ध्या तक नहीं तो कल तक लौट भी आयेंगे। पर आदेश है कि आपको मथुरा के द्वार से बाहर न जाने दिया जाये। आपका गोकुल, मथुरा से बाहर यमुना पार है। बताइए हम अपने राजा की आज्ञा का उल्लंघन कैसे कर सकते हैं?"

"ठीक है। मैं मथुरा से बाहर नहीं जाता।" वे रथ से नीचे उतर आये, "देवकी तुम गोकुल में चली जाओ। गोधन को देख कर, गोपालों से चर्चा कर, उनकी आवश्यताओं को समझकर लौट आओ। तब मैं यहीं से उनकी आवश्यकताओं की पूर्ति करने का प्रयत्न करूँगा।"

"नहीं!" नायक ने अश्वों की वल्गा थाम ली, "देवकी को भी मथुरा से बाहर जाने की अनुमति नहीं है। आप दोनों ही नगर से बाहर नहीं जा सकते।"

वसुदेव समझ गये कि नायक से किसी प्रकार की चतुराई नहीं चलेगी। उस से विवाद करने का कोई लाभ नहीं था। वह अपने अधिकारियों के आदेशानुसार अपना कार्य कर रहा था।

उन्होंने देवकी की ओर देखा : वे मूर्तिवत् उनकी ओर देख रही थीं। वे पहले ही बहुत आशंकित थीं, लगता था कि नायक के इस नम्र विरोध से ही उनकी सारी आशाएँ जैसे ध्वस्त हो गयी थीं।

वसुदेव रथ में आ बैठे और नायक को सुनाते हुए बोले, "देवकी! लगता है कि महाराज को अपने इस मन्त्री से कुछ ऐसा काम है कि मुझे स्वयं से दूर नहीं कर सकते।"

देवकी उनके विनोद पर हँस नहीं पायीं। वे भावहीन मुद्रा बनाए उनकी ओर देखती रहीं।

"तुम्हारा गोकुल सुरक्षित है। चिन्ता मत करो। हमारे गोपाल उनकी अच्छी सेवा कर रहे हैं।" वसुदेव बोले, "हम फिर किसी समय चलेंगे और अपने गोधन को देख आयेंगे।"

उन्होंने रथ को वापस अपने भवन की ओर मोड़ लिया।

नगरद्वार पीछे छूट गया तो देवकी का मन कुछ सजग हुआ, "वह हमारे रथ की छानबीन करता तो समझ नहीं जाता कि हम मथुरा से भाग रहे थे?"

"क्यों? ऐसा क्या था हमारे रथ में, जिससे पता लग जाता कि हम मथुरा छोड़ कर जा रहे थे?" वसुदेव हँस पड़े।

"आपको हँसी सूझ रही है और मेरे प्राण निकले जा रहे हैं।" देवकी उदास हो गयीं, "अभी तो कंस को मेरे गर्भ धारण करने की कोई सूचना नहीं है। उसे ज्ञात हो गया तो फिर हमारा मथुरा से निकलना असम्भव हो जायेगा।..."

वसुदेव ने विस्मय से उसकी ओर देखा, "आज तुम कंस को भैया नहीं कह रहीं और उसके नाम के साथ कोई आदरसूचक विशेषण भी नहीं लगा रहीं।"

"वह तो बचपन का अभ्यास है, जो छूटता ही नहीं था। बड़ी कठिनाई से पीछा छुड़ाया है।" देवकी के स्वर में वितृष्णा प्रकट हुई, "जो मेरी सन्तान के पीछे पड़ा है, अब मैं कब तक उस हत्यारे को भैया कहती रहूँ।"

वसुदेव भी कुछ गम्भीर हो गये थे, "मेरा विचार था कि वह उसका तात्कालिक आवेश था। आरम्भ में तो मुझे पूर्ण विश्वास था कि थोड़ा समय व्यतीत हो जायेगा तो वह अपने इस उन्माद से मुक्त हो जायेगा।...पर अब लगता है कि ऐसा नहीं होगा।..."

"तो" देवकी ने चिंतित स्वर में पूछा।

"अभी ऐसा कुछ नहीं है देवकी कि तुम इतनी चिंतित हो गयी हो।" वसुदेव प्रयत्नपूर्व मुस्कराए, "अभी बहुत समय है हमारे पास सोचने और कुछ करने को। मुझे पूरी आशा है कि हम अपनी पहली सन्तान के जन्म से पूर्व कोई न कोई मार्ग निकाल ही लेंगे।"

वसुदेव का स्वर आशा से परिपूर्ण ही नहीं, उससे आप्लावित भी था; किन्तु देवकी को उससे कोई सन्तोष नहीं हो रहा था। अब तक तो उसके मन में था कि उन पर कोई विपत्ति आने वाली है, किन्तु अब यह स्पष्ट हो गया था कि वे लोग स्वयं को कितना भी स्वतन्त्र समझें किन्तु वे लोग कंस के बन्दी थे। कारागार में न सही, अपने घर में न सही, पर वे नगर में तो बन्दी थे ही। नगर में कोई अपना पशुबल नहीं रखता था। अपने उपयोग के लिए दो पशुओं की बात और थी। सब के पशु अपने-अपने गोकुल में थे, जहाँ उनके गोपाल उनके पशुओं के साथ रहते थे।...वसुदेव ओर देवकी अपने पशुओं को देखने भी नहीं जा सकते थे। अपने गोपालों से भी नहीं मिल सकते थे।...तो वे भ्रमण के लिए कहाँ जा पायेंगे, अपनी ओर अपनी भावी सन्तान की रक्षा के लिए अन्यत्र कौन सा स्थान खोजेंगे...

भवन में लौटकर वसुदेव रथ से उतरे, "आओ देवकी! घर आ गया है।"

"आप इसे घर कह रहे हैं?" देवकी का स्वर कटुता से भरा हुआ था।

"कोई कारागार में भी रहे तो वह उसका घर हो जाता है और यह तो है ही हमारा घर।" वसुदेव ने देवकी को सहारा देकर रथ से उतारा, "तुम बहुत हताश हो प्रिये! वैसे अभी उसका समय नहीं आया है। अभी हमारा कुछ नहीं बिगड़ा है।..."

वसुदेव अभी और कुछ कहते किन्तु देवकी ने वह सब सुनना स्वीकार नहीं किया। बोलीं, "आप उसे बिगड़ा हुआ कब मानेंगे, जब वह दुष्ट सचमुच ही हमारे पुत्र का वध कर उसका शरीर आपको सौंप देगा?..."

"गोकुल नहीं जाने दिया तो हमें ज्ञात हुआ कि हम बन्दी हैं, अन्यथा हम तो स्वयं को स्वतन्त्र समझकर प्रसन्न थे।..." वसुदेव रुक गये..."एक बात मेरे मन में आ रही है देवकी।"

"क्या?" देवकी ने पूछा।

"मैं नगरद्वार पर खड़े उस नायक की बात क्यों मान लूँ कि हम नगरबन्दी हैं। मैं कंस के पास जाऊँगा और उससे पूछूँगा वह यह सब क्या है।" वसुदेव बोले।

"और वह आपको बता देगा कि यह सब क्या है?" देवकी बोलीं, "यदि

अब भी आपको समझ में न आया हो तो वह आपको समझा देगा कि आप उसके मन्त्री नहीं, बन्दी हैं।"

"तुम विश्राम करो, मैं देखता हूँ कि मुझे अब क्या करना चाहिए।"

वसुदेव राजप्रासाद में पहुँचे तो वहाँ उन्हें कुछ भी अपने प्रतिकूल दिखायी नहीं पड़ा।

कंस ने बड़े समारोह से वसुदेव का स्वागत किया, "अरे भाई! आर्य वसुदेव के लिए कोई बढ़िया-सा आसन लाओ। उस आसन पर क्यों बैठा रहे हो, जिस पर प्रत्येक आने-जाने वाला बैठता है।" उसने अपने सेवकों को आदेश दिया, और फिर वह परिचारिका की ओर मुड़ा, "खड़ी-खड़ी क्या कर रही है? मगध से जो माधवी आयी है, वह ला। वसुदेव आये हैं। उनका महत्त्व क्यों नहीं समझती? वे हमारे मन्त्री ही नहीं हैं, हमारे भगिनीपति भी हैं। वृष्णिकुलपति हैं। मगध के साम्राज्य के आधार स्तम्भ हैं।..."

वसुदेव कंस का यह नाटक देखते रहे। वह उनको प्रभावित करने का प्रयत्न कर रहा था। शायद यह चाहता था कि वे यह स्वीकार कर लें कि वह अब भी उन का पहले जैसा मित्र ही था। अपने मन में वह यह भी जानता था कि अब स्थिति वह न है, न हो सकती है। कदाचित इसीलिए वह अधिक आवभगत करता दिखायी पड़ रहा था।...पर उसे अपना पाखंड छुपाना भी नहीं आता था।...

"सुनो परिचारिके।" वसुदेव ने परिचारिका को रोक लिया, "महाराज इस समय भूल गये हैं कि मैं माधवी इत्यादि का सेवन नहीं करता, माधवी चाहे मगध की हो, चाहे देवलोक की।"

"क्यों छोड़ दी?" कंस हँसा।

"छोड़ता वह है, जो कभी पीता रहा हो।" वसुदेव ने कहा, "मैंने कभी आरम्भ ही नहीं की तो छोड़ने का प्रश्न कहाँ उठता है।"

"कभी नहीं पी?"

"महाराज जानते हैं कि मैंने कभी नहीं पी। मुझे माधवी अथवा किसी भी सुरा में कभी रुचि नहीं रही।" वसदेव कुछ खीझकर बोले।

"सार्वजनिक रूप से नहीं पी, यह मैं जानता हूँ, किन्तु एकान्त में,?" कंस कुछ धृष्ट हो चला था।

"मैं यह अन्तर नहीं करता।" वसुदेव बोले।

"मुझे स्मरण आता है कि तुम कभी-कभी मेरे साथ बैठकर पी लेते थे।" कंस बोला।

"यह आपकी मदांधता की स्मृति है।" वसुदेव ने कहा, "आप यह सब छोड़ कर कृपापूर्वक मेरी बात सुनें। मैं आपके पास एक महत्त्वपूर्ण कार्य से आया हूँ।"

"बोलो।" कंस ने सुनने की मुद्रा बनाई।

"महाराज!..." वसुदेव ने अपनी बात आरम्भ की।

किन्तु कंस ने उन्हें आगे कहने नहीं दिया। बोला, "इतने पराए होकर क्यों बोल रहे हो बन्धु! हम मित्र हैं। तुम मेरे मन्त्री और भगिनीपति भी हो...।"

"वह सब ठीक है।" वसुदेव बोले, "किन्तु इस समय मैं मथुरा के अधिपति महाराज कंस के पास आया हूँ।"

"मथुरा का अधिपति कंस तुम्हारे मित्र से कहीं भिन्न है क्या?" कंस का हास्य आत्मीय तो नहीं था; किन्तु अनौपचारिक अवश्य था।

"हाँ महाराज!" वसुदेव बोले, "मथुरा का राजा मेरा मित्र होता तो मुझे आज नगरद्वार पर रोक नहीं लिया जाता। आपने तो मुझे कभी नहीं कहा; किन्तु नगरद्वार के रक्षकों के नायक ने मेरा रथ रोककर मुझे बताया कि मुझे अपने गोकुल में जाने की भी अनुमति नहीं है। महाराज कंस के आदेशानुसार मैं नगदबन्दी हूँ अतः मैं मथुरा की प्राचीर से बाहर नहीं जा सकता।"

"जो व्यक्ति नगर भर में कहीं भी जा सकता है, जो किसी से भी मिल सकता है, वह बन्दी कैसे हो सकता है?" कंस जैसे अपनी सच्चाई के प्रति पूर्णतः आश्वस्त था।

"पर मैं नगर से बाहर क्यों नहीं जा सकता?" वसुदेव भूल गये थे कि कंस क्रुद्ध हो जाये तो किसी का वध करने के लिए उसे एक क्षण भी सोचना नहीं पड़ता।

"सुनना ही चाहते हो तो सुनो।" कंस क्षण भर में ही पर्याप्त कठोर हो गया लगता था, "यदि तुम नगर के बाहर चले गये, अथवा एक बार मेरे मियन्त्रण से मुक्त हो गये तो तुम अपने वचन का कदापि पालन नहीं करोगे।"

"किस वचन का?"

"यह भी भूल गये न!" कंस हँसा, "इसी का तो भय है मुझे।"

"आपको मालूम है कि मैं अपने वचनों का पालन करता हूँ।"

"इसी का विश्वास करके ही तो मैं चल रहा हूँ मित्र!" कंस बोला, "किन्तु अब तुम यह आप-आप छोड़ो और मुझसे मित्रों के समान बात करो, ताकि मैं विश्वास कर सकूँ कि तुम मुझसे रुष्ट नहीं हो।"

"रुष्ट होने का मुझे क्या अधिकार है।"

"फिर वही बात।" कंस बोला, "तुम्हारी ये बातें अपने-आप में प्रमाण हैं कि तुम मुझसे रुष्ट हो।"

"यदि सत्य भी हो तो आपको क्या अन्तर पड़ता है। मेरा रोष आपका क्या बिगाड़ लेगा, जबकि आपका रोष क्षण भर में मेरे प्राण ले लेगा।" वसुदेव बोले।

"ऐसी बात है तो मेरी बात ध्यान से सुनो वसुदेव!" कंस बोला, "तुम ठीक कह रहे हो कि हमारी मैत्री में भी यह भेद बना ही रहेगा कि मैं चाहूँ तो तुमसे समानता का व्यवहार कर सकता हूँ किन्तु तुम मुझसे समानता का व्यवहार करोगे तो यह तुम्हारे हित में नहीं होगा। मैं तुम्हें मित्र कह रहा हूँ तो उसका अर्थ है कि मैं तुमसे रुष्ट नहीं हूँ।...अब रही तुम्हारे वचन की बात। तुमने मुझे वचन दिया है कि तुम देवकी के प्रत्येक पुत्र को...नहीं! उसकी प्रत्येक सन्तान को जन्म लेते ही मेरे पास ले आओगे।...और मुझे यह अधिकार होगा कि मैं उनका वध कर दूँ। तुम इसे मेरी शत्रुता नहीं मानोगे। यह मेरी ओर से आत्मरक्षा का प्रयत्न है। मैं नहीं चाहता कि कोई ऐसा शिशु जीवित रहे जो बड़ा होकर मेरा वध करने का विचार भी मन में ला सके। मैं उसे बड़ा होने ही नहीं दूँगा।..."

"अपना वचन स्मरण है मुझे।" वसुदेव बोले, "उसका मुझे बन्दी करने से क्या सम्बन्ध? क्या तुम्हें मुझ पर विश्वास नहीं है?"

"हाँ! अब तुम मेरे मित्रों के समान बोले।" कंस कुछ सहज हुआ, "मुझे तुम्हारा विश्वास है, इसलिए मैंने तुम्हें और देवकी को जीवित छोड़ दिया; अन्यथा मैं अपने सम्भावित शत्रुओं को जीवन दान नहीं करता। कंस इतना उदार कभी नहीं रहा और न वह होना ही चाहता है..."

"हम दोनों ही तुम्हारे शत्रु नहीं हैं।"

"जानता हूँ।" कंस बोला, "पर मेरे काल के उत्स हो सकते हो। व्यक्ति को उस जलस्रोत को अपनी आँखों के सम्मुख रखना चाहिए, जिसमें उसके डूबकर मरने की सम्भावना है। मैं उस जलस्रोत को नदी अथवा सागर बनने ही नहीं दूँगा, जिससे उसकी गहराई इतनी हो सके कि मैं उसमें सिर तक डूब सकूँ, और मर जाऊँ।"

वसुदेव समझ रहे थे कि कंस के मन में क्या है। वे थोड़ी देर तक चुपचाप उसे देखते रहे और फिर बोले, "अच्छा मुझे बन्दी बनाकर मथुरा में रखो, मैं कोई आपत्ति नहीं करूँगा। मैं मथुरा से बाहर भी नहीं जाऊँगा। किन्तु पशुधन का ध्यान तो करना ही पड़ेगा। कभी-कभार तो जाकर देखना ही होगा कि गोपाल क्या कर रहे हैं। उसके लिए परिवार से कोई तो होना चाहिए, जो जाकर देख सके। मैं नहीं जाता तो देवकी को ही जाने दो।..."

"नहीं।" कंस कुछ इस प्रकार चिल्लाया कि वसुदेव समझ नहीं पाये कि वह क्रुद्ध था अथवा भयभीत, "कभी नहीं। देवकी तो कभी नहीं। किसी मूल्य पर नहीं। क्या इतना पर्याप्त नहीं है कि मैंने उसे जीवित छोड़ दिया है?" उसने रुककर वसुदेव को देखा, जैसे चेतावनी दे रहा हो, "इस प्रकार की चतुराई मुझसे मत करना। तुम चाहते हो कि देवकी अपने गर्भ के साथ सुरक्षित मथुरा से बाहर निकल जाये और किसी सुरक्षित स्थान पर अपनी सन्तान को जन्म दे और तुम्हारा वह पुत्र साधन एकत्रित कर मुझ पर आक्रमण करे। मैं यह सब नहीं होने दूँगा। देवकी मथुरा से बाहर नहीं जा सकती।"

"क्या देवकी मेरा त्याग कर कहीं चलीं जायेगी?"

"संसार में कुछ भी असम्भव नहीं है।" कंस बोला।

"ठीक है। मैं मान लेता हूँ कि देवकी अपने प्राणों के भय से मुझे मथुरा में छोड़ कर जा सकती है।" वसुदेव मुस्कराकर बोले, "पर यदि वह अपने पहले गर्भ की रक्षा के लिए मुझे छोड़ कर चली जायेगी तो उसके आठवें पुत्र का जन्म कैसे सम्भव होगा?"

कंस को जैसे कोई तर्क नहीं सूझा। झपटकर बोला, "मैं यह सब कुछ नहीं सुनना चाहता।"

"और फिर तुम कहते हो कि हम मित्र हैं?"

"हम मित्र हैं, तब तक, जब तक तुम मुझसे चतुराई नहीं करते। तुमने चतुर बनने का प्रयत्न किया तो मैं तत्काल तुम्हारा भयंकर शत्रु हो जाऊँगा।" कंस के नेत्र क्रोध से लाल हो रहे थे, "मैं शत्रुता करने वाले को भी क्षमा कर सकता हूँ किन्तु धूर्तता करनेवाले को नहीं।...मुझसे कभी चतुराई मत करना।"

वसुदेव ने उसके नेत्रों की लालिमा को देखा; किन्तु वे उससे विचलित नहीं हुए। बोले, "तो कहो तो अपने गोकुल की सारी गौवें, अपने गोपालों को दान कर दूँ?"

"क्यों?"

"जब मैं उन तक जा नहीं सकता, उनका कोई लाभ नहीं उठा सकता, तो फिर उनका स्वामी बने रहने का क्या लाभ है?" वसुदेव बोले, "गोपाल भी प्रसन्न हो जायेंगे और मथुरा राज्य को मेरे गोकुल से दूध मिलना बन्द हो जायेगा।"

"धमका रहे हो?" कंस जोर से हँसा, "नहीं! न तो मैं तुम्हारी कोई हानि चाहता हूँ, न अपनी क्षति। वे गौवें तुम्हारी ही रहेंगी। हाँ! यह सोचना पड़ेगा कि तुम्हारे परिवार से कौन अपने गोकुल में जाकर गोपालों को निर्देश इत्यादि देगा।..."

वसुदेव कुछ नहीं बोले। वे चुपचाप कंस को देखते रहे : देखें वह इस समस्या का कैसे समाधान करता है।

"तुम कह रहे थे कि मैं अकेली देवकी को गोकुल में जाने की अनुमति दे दूँ..." कंस ने मौन रहकर वसुदेव की ओर देखा।

"हाँ! कह तो रहा था..."

"तो क्या देवकी गोकुल का काम सँभाल सँभाल सकती है?" कंस ने पूछा।

"अब तक उसने कभी यह काम किया तो नहीं है, किन्तु संकट में ऐसे बहुत सारे प्रयोग करने पड़ ही जाते हैं...।"

"इसका अर्थ यह हुआ कि यदि मैं देवकी को मथुरा से बाहर जाने की अनुमति दे दूँ तो वह अपने काम सँभाल लेगी।" कंस बोला।

"ऐसा ही समझ लो।"

"यदि आपात् स्थिति में यह काम देवकी कर सकती है तो रोहिणी भी कर सकती होगी।" कंस हँसा, "वह तो राजकन्या भी नहीं है।"

"हाँ शायद!" वसुदेव कोई स्पष्ट उत्तर देना नहीं चाहते थे।

"तो फिर ऐसा करो," कंस ने कहा, "तुम गोकुल का काम रोहिणी को सौंप दो। मैं उसे मथुरा से बाहर जाने से नहीं रोकूँगा।..." कंस रुककर मुस्कराया, "तुम हमारे पुराने मित्र हो। तुम्हारा कष्ट देखा भी तो नहीं जाता।"

वसुदेव का मन स्फूर्ति से काम कर रहा था।...यह ठीक है...कंस को रोहिणी और रोहिणी की सन्तानों से कोई भय नहीं था, इसलिए रोहिणी को मथुरा से बाहर जाने की अनुमति दे रहा था। इस प्रकार वह तो सुरक्षित थी ही। उसके मथुरा से निकल जाने से उन लोगों को क्या लाभ होगा?...कोई लाभ हो न हो, वह नन्दगाँव में अपने गोकुल के साथ रहेगी, तो मथुरा से बाहर एक ठिकाना तो होगा।...आज रोहिणी के लिए एक मार्ग बन रहा है, कल देवकी के लिए भी बन जायेगा।

"घर यदि भविष्य में रोहिणी का कोई पुत्र जन्म लेता है, तो यह तो नहीं कहोगे कि वह देवकी का ही पुत्र है?"

"क्यों कहूँगा। मैं मूर्ख हूँ क्या?"

वसुदेव ने कंस की ओर देखा, कहें या न कहें? फिर सोचा कह ही देना चाहिए। कहे बिना तो बात बनेगी नहीं।

"नहीं! ऐसा कहने का दुस्साहस मैं नहीं कर सकता, किन्तु तुम शंकालु तो हो ही।" वसुदेव बोले, "रोहिणी जाकर स्थायी रूप से गोकुल ही तो नहीं रहने लगेगी। वह मथुरा आती-जाती रहेगी। कल को तुम्हें संदेह हो जाये कि वह देवकी का पुत्र ले गयी है और उसे पाल रही है, तो?..." वसुदेव कंस की ओर देखत रहे। कंस कुछ नहीं बोला तो वे स्वयं ही बोले, "इससे तो अच्छा है कि

हम सब मथुरा में ही रहें, ताकि तुम्हारा कोप देवकी के पुत्रों तक ही सीमित रहे, मेरी अन्य पत्नियों की सन्तानें तुम्हारे संदेह से मुक्त रहें।..."

कंस को वसुदेव का यह रूप जैसे अपराध-बोध दे गया। बोला, "मैं किसी पर भी कुपित नहीं हूँ। मुझे समझने का प्रयत्न करो। मैं केवल आत्मरक्षा के लिए यह सब कर रहा हूँ।"

"आत्मरक्षा वह तब होती, जब तुम आघात करने वाले आक्रांता का वध करते।" वसुदेव बोले, "यह कैसी आत्मरक्षा है कि एक भविष्यवक्ता के कहने मात्र से तुम अपनी बहन की सारी सन्तानों को मार डालना चाहते हो और ऐसा करने में सफल हो सको, उसके लिए तुमने देवकी और मुझे एक प्रकार से बन्दी बना लिया है। और यह सब किया है, मित्र बनकर। यदि तुम मुझे अपना शत्रु मान लो और मेरा वध कर डालो तो मैं। तनिक भी प्रतिवाद नहीं करूँगा। पर तुम मित्र भी बने रहना चाहते हो और मुझे बन्दी भी करना चाहते हो। देवकी के पुत्रों के वध का संकल्प भी किये बैठे हो और चाहते हो कि देवकी तुम्हें अपना प्रिय भाई मानती रहे।..."

कंस के नेत्रों में व्यग्रता उभरी और वसुदेव मौन हो गये।

"मैं तुम्हारा शत्रु नहीं हूँ, इसलिए चाहता हँ कि तुम मुझे अपना मित्र ही मानो और देवकी मुझे पहले के ही समान अपना प्रिय भाई माने। मैं तुम दोनों से प्रेम करता हूँ, पर मैं स्वयं से भी प्रेम करता हूँ। अपनी रानियों और अपने पुत्रों से भी प्रेम करता हूँ, इसलिए स्वयं जीवित भी रहना चाहता हूँ।" वह रुक गया, "तुम ही बताओ, मैंने तुम लोगों को मथुरा से बाहर नहीं जाने दिया, किन्तु अन्य कोई दुर्व्यवहार किया? तुम्हारी गोकुलवाली समस्या मैंने समझ ली है, इसलिए स्वयं कह रहा हूँ कि रोहिणी को मथुरा से बाहर जाने तथा मथुरा में लौटकर आने की अनुमति है।"

वसुदेव के मन में आया कि कहें कि तुम बहुत अच्छे व्यक्ति हो पर तभी तक जब तक तुम्हारी इच्छा का अतिक्रमण नहीं होता। तुम्हारी इच्छा के बाहर तो किसी को कोई अधिकार ही नहीं है। यहाँ तक कि तुम्हारे पिता को भी नहीं। तुम्हें राज्य करने की इच्छा हुई तो अपने पिता को भी कारागार में डाल दिया।...यादवों ने बहुत भूल की कि उसे तुम्हारा पारिवारिक क्षेत्र मान कर, अथवा तुम से डरकर अथवा अपने निहित स्वार्थों में पड़ कर उग्रसेन का साथ नहीं दिया और उस अवसर पर मौन रह गये।...अब भी एक भविष्यवक्ता की सच्ची-झूठी भविष्यवाणी से विचलित हो कर तुम देवकी की सारी सन्तानों का

वध कर देना चाहते हो। अपराध अभी हुआ नहीं और तुम उसके लिए दण्डित करना चाहते हो।...यादव अब भी मौन हैं। जब तुमने देवकी का वध करने के लिए खड्ग ताना था, तब भी वे मौन थे। उन्हें कदाचित मौन रहने का अभ्यास हो चुका है। पर मौन से अन्याय का प्रतिकार तो नहीं होता। आज अत्याचार वसुदेव के साथ हो रहा है, तो उसके कान पर जूँ नहीं रेंग रही, पर अत्याचार को रोका न जाये तो वह सन्तुष्ट होकर कहीं रुक तो नहीं जाता। वह निरन्तर अपना प्रसार करता है। वह वसुदेव को नष्ट कर शान्त तो नहीं होगा। कल वह अत्याचार अन्य यादवों को भी अपना ग्रास बनाएगा, तब वे स्मरण करेंगे कि कभी वसुदेव के साथ भी अत्याचार हुआ था, राक्षसी अत्याचार...

"तो यह मेरे मित्र कंस का वचन है कि रोहिणी तथा मेरी अन्य पत्नियों की सन्तानें सुरक्षित हैं?" वसुदेव ने पूछा।

"तुम्हारे मित्र कंस का भी और महाराज कंस का भी।" कंस ने कहा, "मैं देवकी की सन्तानों को जीवित नहीं छोड़ सकता, अन्यथा मेरी मित्रता का जो प्रमाण चाहो, माँग सकते हो।"

वसुदेव घर लौट आये।

"कुछ बात बनी?" देवकी ने पूछा

"कोई विशेष नहीं।" वसुदेव बोले, "वह इतना तो मान गया है कि रोहिणी गोकुल में जाकर गोधन का पालन-पोषण करे, किन्तु हम दोनों को वह किसी भी स्थिति में मथुरा से बाहर जाने की अनुमति नहीं देगा।"

"तो हम उसके बन्दी बने रहेंगे और वह हमारे पुत्रों का वध करता रहेगा?" देवकी के स्वर में जैसे चीत्कार था।

"इतनी जल्दी हताश हो जाना तो कोई अच्छी बात नहीं देवकी!" वसुदेव ने मुस्कराकर स्थिति को सहज बनाने का प्रयत्न किया।

पर देवकी हँस नहीं पायीं। बोलीं, "मैं हताश नहीं हूँ, किन्तु आपके समान निश्चिंत भी नहीं हूँ।"

"मैं तुम्हें निश्चिंत दिखायी देता हूँ.।"

देवकी तत्काल 'हाँ' नहीं कह पायी, पर कुछ प्रयत्न कर बोलीं, "अपनी तुलना मैं तो आपको निश्चिंत ही पाती हूँ।"

"मैं कंस के पास गया था। किसलिए? क्योंकि मैं निश्चिंत हूँ?"

"मैं तो अब कंस का मुख भी नहीं देख सकती। आप जाने उससे कैसे बात करते हैं।" देवकी बोली, "सोचती हूँ कि जिस समय उसने ताऊजी को

कारागार में डाला था, पिताजी को उसी समय उसका विरोध करना चाहिए था। वह केवल पिता और पुत्र का क्षेत्र नहीं था, उससे तो सारे यादवों का भाग्य अनुस्यूत है।"

"ठीक कहती हो।" वसुदेव बोले, "किन्तु बात केवल इतनी ही नहीं है कि यादवों ने एक पुत्र को अपने पिता के साथ निबटने के लिए मुक्त छोड़ दिया है। उसके साथ जरासंध का भय भी था और कितने ही लोग चाहते थे कि महाराज उग्रसेन की पकड़ राज्य पर कुछ ढीली हो।..."

"क्यों?"

"क्योंकि महाराज उग्रसेन उनके स्वार्थों के आड़े आ रहे थे।" वसुदेव बोले, "स्वार्थियों और अपराधियों को न्यायी राजा अपने अनुकूल नहीं लगता।"

"आप कहना चाहते हैं कि महाराज उग्रसेन जैसे न्यायी राजा को भी कुछ लोग नहीं चाहते थे?"

"न्यायी राजा को तो न्यायी प्रजा ही पसन्द कर सकती है।" वसुदेव बोले, "आराजक तत्त्व कभी भी सक्षम और न्यायी राजा की कामना नहीं करते।"

"और जब उसने मुझे मारने के लिए खड्ग निकाल लिया था, तब क्या हुआ था?"

"तब तो मुझे यही लगा कि यादव अब अपनी एकता को ही नहीं खो चुके, वे संकीर्ण, स्वार्थी और भीरु हो चुके हैं। वे सामूहिक हित के लिए नहीं, केवल व्यक्तिगत हित के लिए ही लड़ सकते हैं। सोचते हैं कि कंस दुष्ट है किन्तु दूसरों के लिए। मेरे साथ तो वह कोई दुष्टता नहीं कर रहा न! किसी और के लिए कोई अपने प्राणों पर संकट क्यों झेले।"

"यह तो क्षत्रियत्व नहीं है।" देवकी ने कहा।

"हाँ! इसे क्षत्रियत्व का लोप ही समझो।"

"तो हमारा भविष्य क्या है?"

"मथुरा के यादवों में से क्षत्रियत्व का लोप हुआ है, प्रकृति में से सात्विकता का लोप तो नहीं हो गया।" वसुदेव हँसे, "धैर्य रखो। प्रत्येक सूर्यास्त के पश्चात् सूर्योदय भी होता है।"

उद्धव मौन हो गये।

"सुन्दर! अति सुन्दर!!" अर्जुन ने कहा, "लगता है कि एकदम ऐसा ही हुआ होगा।"

"अच्छा! आगे की कथा फिर सही।" उद्धव ने कहा, "चलो रुक्मिणी भाभी से पूछें कि श्रीकृष्ण का कोई संदेश आया है या नहीं।"

"चलो।"

12

स्वागताधिकारी ने दुर्योधन को टोका, "आप मेरे साथ आयें।"

"कहाँ?" दुर्योधन के स्वर में जिज्ञासा भी थी और आपत्ति भी।

"अतिथि भवन में।" स्वागताधिकारी बोला, "वासुदेव रात को बहुत विलम्ब से सोए हैं। सम्भव है कि वे कुछ विलम्ब से जागें। स्नान-ध्यान में भी कुछ समय लग सकता है। ऐसे में आप कहाँ प्रतीक्षा करते रहेंगे। मैं आपको अतिथि भवन में ठहरा देता हूँ। आप निश्चिंत होकर वहाँ विश्राम करें, अथवा अपना मनोरंजन करें। वासुदेव अपनी सुविधा से आपको बुला लेंगे।...अथवा इच्छा होने पर स्वयं ही आप से मिलने चले आयेंगे।"

दुर्योधन के मन में अहंकार का जैसे विस्फोट ही हो गया।...ये यादव सचमुच ही विक्षिप्त हो गये हैं क्या? अपने आपको क्या समझने लगे हैं? कौरव तो उग्रसेन को भी कोई ऐसा महत्त्वपूर्ण राजा नहीं मानते, तो यह कृष्ण क्या है? अधिक से अधिक यादवों की सभा का एक प्रभावशाली और महत्त्वपूर्ण सदस्य। ...और उसका यह सेवक कौरवों के युवराज को इस प्रकार रोक रहा है, जैसे कृष्ण कोई सम्राट् हो और दुर्योधन उस की राजसभा में आया कोई याचक।...

दुर्योधन ने भूल की कि वह अपने साथ आये योद्धाओं को नगर के बाहर अपने स्कन्धावार में ही छोड़ आया। नहीं तो अभी इस स्वागताधिकारी को किसी वृक्ष के साथ टाँग देता।...वैसे सैनिकों की भी क्या आवश्यकता है, वह चाहे तो स्वयं ही एक झटके में इसका मुंड धरती पर लुढ़का दे...पर नहीं। वह कृष्ण से सहायता माँगने आया है। उसे स्वयं को संयत रखना होगा। कृष्ण के स्वागताधिकारी का वध कर, वह कृष्ण से सहायता कैसे माँग सकता है।...

"तुम मुझे पहचानते तो हो कि मैं कौन हूँ?" दुर्योधन ने जैसे साधारण—सा प्रश्न किया था; किन्तु उसके शब्दों में जो अनावृत धमकी थी, उसे स्वागताधिकारी भी समझ रहा था।

"पहचानता हूँ युवराज!" वह मुस्कराया, "आप राजकुमारी लक्ष्मणा के पिता हैं। आपको अपने समधियों की मर्यादा का पालन करना चाहिए।"

दुर्योधन को झटका लगा : अपने जिस सम्बन्ध को वह अधिक अधिकार पाने के लिए रेखांकित कर रहा था, उसी सम्बन्ध के आधार पर, स्वागताधिकारी ने उसे कुछ और छोटा कर दिया था।

"आप चाहें तो मैं आपको राजकुमारी लक्ष्मणा के भवन में ले चलूँ। कदाचित आप वहाँ अतिथि भवन से अधिक आत्मीयता का अनुभव करें।" स्वागताधिकारी बोला।

"मैं वहीं से आ रहा हूँ मूर्ख!" बहुत प्रयत्न करने पर भी दुर्योधन स्वयं को संयत नहीं कर पाया, "वैसे तुम्हें यही सम्बन्ध क्यों स्मरण रह गया? तुम भूल गये कि मैं वासुदेव बलराम का पट्ट शिष्य भी हूँ।"

स्वागताधिकारी का मुँह कड़वा हो गया : उसे आज तक उसके स्वामी ने भी इस प्रकार नहीं धिक्कारा था। दुर्योधन की अभद्रता उसे आरम्भ से ही खल रही थी। इस समय तो वह जैसे पराकाष्ठा पर पहुँच गयी थी।... किन्तु वह उसके स्वामी का सम्बन्धी था। वह मर्यादाहीन हो रहा था; किन्तु स्वागताधिकारी तो अपनी मर्यादा नहीं छोड़ सकता था। वह वासुदेव श्रीकृष्ण का स्वागताधिकारी था। उसे तो वैसा ही व्यवहार करना होगा जो इस पद के लिए उचित था।...

"मुझे भी कुछ आश्चर्य हुआ कि आप अपने गुरु को प्रणाम करने नहीं गये और पहले अपने समधी के द्वार पर आ गये।"

दुर्योधन की आँखों में कुछ क्रोध झलका : यह स्वागताधिकारी उसके प्रत्येक वाक्य को उसके अवमूल्यन का कारण बना देता है।...

"अपने गुरु के पास मै उनकी सुविधा के अनुसार प्रणाम करने जाऊँगा; किन्तु अपने समधी से तो मैं अपनी सुविधा से मिल सकता हूँ।"

दुर्योधन आगे बढ़ गया।

स्वागताधिकारी उसका मार्ग छेंककर खड़ा हो गया, "अभी वासुदेव निद्रामग्न हैं राजकुमार! आप थोड़ा समय कहीं और व्यतीत कर लें—उद्यान में, अतिथि भवन में, सारगतट पर...किन्तु वासुदेव के कक्ष में न जायें।"

दुर्योधन के मन में आया कि वह स्वागताधिकारी को एक ठोकर मारे और आगे बढ़ जाये...किन्तु उसके इस व्यवहार को एक अहंकारी राजा की उच्छृंखलता माना जाता...उस ने बड़ी कठिनाई से स्वयं को संयत किया, "मैं रुक नहीं सकता स्वागताधिकारी! मुझे वासुदेव से तत्काल मिलना है। एक-एक निमिष से भी बहुत अन्तर पड़ जायेगा। मेरी भयंकर क्षति हो सकती है। इसलिए मुझे रोको मत। अन्यथा मुझे बलप्रयोग करना पड़ेगा...।"

स्वागताधिकारी हँस पड़ा, "आप बलपूर्वक भीतर प्रवेश करना चाहें, बड़ी प्रसन्नता से करें। उस स्थिति में मेरे स्वामी मुझसे रुष्ट नहीं होंगे। उस स्थिति का दायित्व आप पर होगा।"

दुर्योधन सँभल गया। स्वागताधिकारी ठीक कह रहा था। यदि वह कृष्ण के कर्मचारियों से संघर्ष कर, बलपूर्वक उसके कक्ष में प्रवेश करेगा, तो कृष्ण उससे प्रसन्न कैसे होगा? वह उसकी सहायता क्यों करेगा? उसकी सहायता करने को कृष्ण बाध्य तो नहीं है। सम्बन्धी होने मात्र से उसे कृष्ण पर ऐसा

कोई अधिकार तो प्राप्त नहीं हो जाता।...उसके पास तो एक ही मार्ग है कि वह शिष्टता, प्रेम और सम्बन्ध के आवरण में कृष्ण के निकट पहुँचे। कृष्ण उसकी सहायता करे तो करे; किन्तु यदि वह उस की सहायता नहीं करता और पाण्डवों की सहायता करता है, तो दुर्योधन बलराम को इसी आधार पर उत्तेजित कर सकता है कि कृष्ण पाण्डवों का पक्षपाती है। इसलिए बलराम को दुर्योधन का पक्ष लेना चाहिए....

"नहीं! मेरी ऐसी कोई योजना नहीं है।" दुर्योधन कुछ विनम्र स्वर में बोला, "मैं तो बस असाधारण रूप से उत्कण्ठित हूँ। मेरा मन और किसी स्थान पर नहीं रमेगा। मैं कृष्ण के निकट रहना चाहता हूँ। मेरा विश्वास करो, मैं कुछ भी ऐसा नहीं करूँगा, जिससे उनकी निद्रा भंग हो। मैं उसके निकट बैठ शांति से उसके जागने की प्रतीक्षा करूँगा। वह जागेगा तो उससे कुछ क्षणों तक चर्चा कर, चला जाऊँगा, ताकि उसके पश्चात् अपनी रुचि से वह अपनी दिनचर्या चला सके। हमारा तत्काल मिलना कितना आवश्यक है, तुम नहीं समझ रहे। दो महत्त्वपूर्ण व्यक्ति मिलते हैं तो दूरगामी महत्त्व के राजनीतिक निर्णय होते हैं, तुम समझ रहे हो कि मैं यहाँ अपना सत्कार करवाने आया हूँ।"

"मैं जानता हूँ कि आप महत्त्वपूर्ण राजनीतिक निर्णयों के लिए ही व्याकुल हैं युवराज! पर मेरा धर्म है कि मैं अपने स्वामी के विश्राम को बाधित न होने दूँ। अतिथियों को उसी समय उनके सम्मुख प्रस्तुत करूँ, जब वे उनसे मिलना चाहें।" स्वागताधिकारी बोला, "आप वचन देते हैं कि आप उनकी निद्रा में व्याघात नहीं डोलेंगे?"

"मैं वचन देता हूँ।"

"तो आइए।" स्वागताधिकारी आगे-आगे चल पड़ा, "किन्तु स्मरण रखिएगा कि आपका वचन एक क्षत्रिय का वचन है।"

दुर्योधन कुछ नहीं बोला। वह चुपचाप उसके पीछे चलता रहा। वह पक्ष अथवा विपक्ष में कुछ भी कह कर, किसी विवाद में पड़ना नहीं चाहता था। ऐसा न हो कि वह कुछ कहे और किसी भी कारण से स्वागताधिकारी अपना निश्चय बदल दे...

स्वागताधिकारी को आते देख कर द्वार पर खड़ा परिचारक एक ओर हट गया। स्वागताधिकारी ने बहुत धीरे से कपाट खोले। कृष्ण अभी सो रहे थे। उसने संकेत से दुर्योधन को भीतर प्रवेश करने के लिए कहा और एक आसन की ओर इंगित कर दिया। दुर्योधन ने आज्ञाकारी बालक के समान भीतर प्रवेश किया। स्वागताधिकारी ने कपाट पहले के ही समान भिड़ा दिये।

दुर्योधन ने कुछ आश्वस्त होकर मुक्त मन से साँस ली।...अन्ततः वह कृष्ण के कक्ष में पहुँच ही गया था। कृष्ण अचेत सो रहा था। अर्जुन भी कृष्ण की प्रतीक्षा में दो दिनों से द्वारका में ही था, पर वह अभी तक कृष्ण से मिल नहीं पाया था। मिलता भी कैसे, कल रात देर गये कृष्ण द्वारका लौटा था, जब अर्जुन चैन से अपने पलंग पन सो रहा होगा।...कृष्ण के द्व ारका लौटने की सूचना के बाद से ही दुर्योधन व्याकुल था कि कहीं अर्जुन उसके कृष्ण से मिलने से पहले ही उसके सम्मुख न पहुँच जाये। कृष्ण से मिल कर कोई वचन न ले ले।...अब ऐसा कोई भय नहीं था...यदि दुर्योधन इस आसन पर बैठ जाये, तो निद्रा टूटते ही, आँख खुलते ही, कृष्ण उसे देखेगा। दुर्योधन उसी समय उससे सहायता माँगेगा। कृष्ण उसे सहायता देना नहीं चाहेगा। वह निश्चित रूप से पाण्डवों का मित्र है, तो पाण्डवों के विरुद्ध लड़ने वाले पक्ष को वह सैनिक सहायता क्यों देगा। किन्तु यदि वह सहायता नहीं देगा, तो दुर्योधन अपने गुरु बलराम के पास जा सकता है, अपनी पुत्री लक्ष्मणा के पास जा सकता है, वह कृष्ण और सात्यकि के शत्रुओं के पास जा सकता है।...सात्यकि का परम विरोधी कृतवर्मा कृष्ण की पुत्री चारुमती का श्वसुर कृतवर्मा। दुर्योधन कृतवर्मा के पास जा सकता है। कैसा संयोग था कि दुर्योधन भी कृष्ण का समधी था और कृतवर्मा भी। कृतवर्मा अवश्य ही उस की सहायता करेगा।...दुर्योधन, कृष्ण के पक्षपाती उग्रसेन के विरोधी अक्रूर का भी आश्रय ले सकता है। वह कृष्ण पर पक्षपात का, भेदभाव का, आरोप लगा सकता है। वह बलराम को उनके भाई के विरुद्ध भड़का सकता है, सांब को उसके पिता के विरुद्ध प्रेरित कर सकता है...वह कृष्ण के घर और परिवार के भीतर ऐसी कलह भड़काएगा कि कृष्ण कौरव-पाण्डवों का युद्ध भूल जायेगा; अपनी आँखों के सम्मुख अपने वंश के लोगों को एक-दूसरे के विरुद्ध लड़ते हुए देखेगा।

सहसा दुर्योधन का विचार बदला...इतना सब सोचने और करने की क्या आवश्यकता है। कक्ष में वह है और कृष्ण है। कक्ष के कपाट बन्द हैं। कृष्ण अचेत सो रहा है। यदि इस समय दुर्योधन अपने खड्ग का एक वार करे, तो कृष्ण फिर कभी अपने पैरों पर उठ कर खड़ा नहीं हो पायेगा। एक हल्का-सा शब्द भी नहीं होगा। किसी को कुछ ज्ञात नहीं होगा और दुर्योधन कपाट खोल कर निकल जायेगा...कृष्ण नहीं रहेगा तो पाण्डवों को यादवों की ओर से शायद ही कोई सहायता मिले। पाण्डव वैसे ही उसके शोक में रो-रोकर मर जायेंगे।...शायद फिर युद्ध की आवश्यकता ही न रहे। कोई युद्ध करनेवाला ही न रहे...

किन्तु कहीं ऐसा न हो कि उसकी किसी आहट से कृष्ण जाग जाये और सुदर्शन चक्र के एक ही आघात से शिशुपाल के मुंड के समान, दुर्योधन का मुंड भी भूतल पर लुढ़कता दिखायी दे। इस मायावी का कुछ पता नहीं कि सोया है अथवा नाटक ही कर रहा है।...वह न जागे और किसी प्रकार का कोई शब्द हो जाये, कृष्ण के सहयोगी आ जायें...कदाचित वे दुर्योधन को पकड़कर बाँध न भी पायें, किन्तु यदि यह सूचना यादवों को मिल गयी कि कृष्ण का हत्यारा दुर्योधन है, तो बलराम और कृतवर्मा की मैत्री की भावना भी दुर्योधन के प्रतिकूल हो सकती है। पाण्डव कृष्ण को खोएँगे तो दुर्योधन बलराम को खो देगा। उससे तो कहीं अच्छा है कि वह युद्ध में कृष्ण के विरुद्ध बलराम को खड़ा कर दे...

तभी पुनः कक्ष के कपाट खुले।

दुर्योधन ने चकित दृष्टि से देखा कि द्वार पर अर्जुन खड़ा था। स्वागताधिकारी उसे भी निःशब्द प्रवेश करने का इंगित कर रहा था।...तो अर्जुन आ गया कृष्ण की रक्षा करने...

दुर्योधन को लगा कि कृष्ण मुस्करा रहा है। जैसे कह रहा हो, "मूर्ख! तू मुझे सोया हुआ समझ रहा है, अचेत। मैं तो तब भी जाग रहा होता हूँ जब सारा जगत सो रहा होता है।..."

दुर्योधन की समझ में कुछ नहीं आया कि उस सोए हुए कृष्ण ने कैसे जान लिया कि दुर्योधन के मन में क्या है। उसने बिना हिले-डुले बाहर सूचना कैसे भेज दी और वे लोग अर्जुन को यहाँ कैसे ले आये...। अर्जुन तो इतनी प्रातः आकर कृष्ण को कष्ट देनेवालों में से नहीं है।...

अर्जुन ने बिना एक भी शब्द कहे, हाथ जोड़कर दुर्योधन को प्रणाम किया।

'मैत्री दिखा रहा है।' दुर्योधन ने मन ही मन कहा, 'तो दुर्योधन ही कौन-सा धूर्तता में कम है। ऊपरी शिष्टाचार दिखाना उसे ही कौन बहुत भारी पड़ता है।'

दुर्योधन ने हाथों की मुद्रा से पूछा, "यहाँ कैसे?"

और अर्जुन ने अंगुली के संकेत से कहा कि उसे कृष्ण से मिलना है।

दुर्योधन का मुख कड़वा हो गया....कृष्ण के बिना इनका कोई काम नहीं चलता। हर समय दौड़कर कृष्ण के पास चले आते हैं। जब सब कुछ उसी की इच्छा और सामर्थ्य से होना है, तो सिंहासन पर उसे ही क्यों नहीं बैठा देते?...

अर्जुन आगे बढ़ रहा था।...दुर्योधन ने दृष्टि घुमाई। पलंग की दूसरी ओर एक और आसन रखा हुआ था। शायद अर्जुन उस पर बैठना चाहता था...पर नहीं। अर्जुन तो पलंग के पायताने के निकट आकर रुक गया था। जाने वह

क्या देख रहा था।...सदा ही उनींदा-सा खड़ा, शून्य में कुछ अस्पष्ट सा देखता रहता है।...

अर्जुन ने रुककर कृष्ण के मुखमण्डल की ओर देखा...कैसा शान्त और प्रसन्न चेहरा था और प्रगाढ़ निद्रा थी। इस प्रकार निश्चिन्त होकर कितने लोग सो पाते हैं...कृष्ण के मुखमण्डल पर बालक का सा भोलापन भी था और देवसुलभ दिव्यता भी।...

अर्जुन बहुत धीरे से उनके चरणों के पास, पलंग पर ही बैठ गया।...

दुर्योधन सोच रहा था : यह मूर्ख, सोए हुए कृष्ण को जगाकर ही छोड़ेगा। ...जगा देगा तो जगा दे। कृष्ण उसी से रुष्ट होगा और जो कुछ यह माँगने आया है, उसे नहीं देगा।...पर यह क्या माँगने आया है? अभिमन्यु के विवाह के अवसर पर कितने दिनों तक तो कृष्ण उपप्लव्य में उन्हीं के पास था। तो क्यों नहीं माँग लिया उन्होंने, जो कुछ उन्हें माँगना था। दौड़े-दौड़े यहाँ द्वारका में आने की क्या आवश्यकता थी?...पर नहीं। शायद अर्जुन के इस प्रकार बैठने से कृष्ण की निद्रा भंग नहीं होगी। अर्जुन बैठा ही कहाँ था। वह तो पलंग की पाटी का सहारा ले कर लगभग खड़ा ही था। इसी योग्य थे ये पाण्डव। दासों और भृत्यों के समान सदा याचना करने वाले। यह अर्जुन पलंग की पाटी पर ही क्यों बैठा था। वह नीचे भूमि पर ही क्यों नहीं बैठता। इसी योग्य है यह।...अभी कृष्ण पार्श्व बदले तो उसका पाद प्रहार इसके शरीर पर...गिर ही पड़े तो अच्छा है। यह धम्य से नीचे गिरे, इसके कूल्हे की अस्थि टूटे और उसके गिरने के शब्द से कृष्ण की निद्रा भंग हो। क्रुद्ध हो कृष्ण इसे एक लात और जमाए...

पर दुर्योधन का मन जानता था कि यह सब कुछ नहीं होगा। पलंग से गिरकर किसी साधारण बालक की भी अस्थि नहीं टूटती; और यह तो अर्जुन था...बलिष्ठ और तपस्वी शरीर वाला योद्धा...

सहसा कृष्ण के श्वासों की समगति में कुछ परिवर्तन हुआ। उन्होंने करवट बदली। उनकी निद्रा कदाचित पूरी हो गयी थी।...अर्जुन को स्मरण था कि कृष्ण ने कई बार कहा था कि न बहुत सोने वाला योगी होता है और न ही सर्वथा न सोने वाला। न बहुत अधिक खाने वाला योगी होता है और न बहुत कम खाने वाला।...

दुर्योधन अपनी व्यग्रता में अपने आसन पर कुछ आगे खिसका। किन्तु कृष्ण की ओर पीठ थी। वह उठकर बैठ जाये तो दुर्योधन उससे सम्बोधित होगा।

कृष्ण के नेत्र खुले। उसके सम्मुख अर्जुन बैठा था। उनकी पलकों के खुलते ही अर्जुन ने अपने हाथ जोड़कर माथे से लगा लिए, "प्रणाम वासुदेव।"

'ओह तो कृष्ण जाग गया है।' दुर्योधन ने सोचा, 'नहीं जागा है तो वह अर्जुन ही जगा देगा। तो फिर वह ही पीछे क्यों रहे?'

"मैं भी आया हूँ वसुदेव!" दुर्योधन ने कहा; किन्तु वह अपने स्थान से हिला नहीं। वह कृष्ण का समधी था, उसका अतिथि था...अवस्था में उससे बड़ा था। तो वह क्यों उठ कर खड़ा हो। कृष्ण का धर्म है कि वह उठ कर उस का स्वागत करे।

कृष्ण उठ कर खड़े हो गये, "तुम भी पधारे हो दुर्योधन! यह तो बड़ा ही शुभ प्रभात है कि ऐसे-ऐसे महानुभाव मेरे स्थान पर पधारे हैं।...किन्तु आप दोनों ब्रह्ममुहूर्त में ही आ गये हैं, अथवा मैं ही मध्याह्न तक सोया रह गया?..."

दुर्योधन कुछ नहीं बोला। कृष्ण के शब्दों का वेश प्रश्न जैसा अवश्य था; किन्तु वह कोई वास्तविक जिज्ञासा नहीं थी। उसका उत्तर क्या देना।

"मैं भी चकित था।" अर्जुन बोला, "स्वागताधिकारी ने बताया कि वासुदेव अभी निद्रामग्न हैं, तो मुझे कुछ संकोच भी हुआ। किन्तु सोचा, तुम्हारा क्या पता है केशव! रात्रि भर यात्रा में रहे हो, किसी ग्रन्थ का अध्ययन करते रहे हो, किसी ऋषि के आश्रम में ज्ञान-चर्चा करते रहे हो, समाधि में बैठे हो...या जाने कौन-सा प्रसंग हो कि तुम रात भर सोए नहीं, इसलिए आज ब्रह्ममूहुर्त में आँख नहीं खुली। अन्यथा तुम्हारे जैसा कर्मयोगी, इस प्रकार अकर्म से प्रीति नहीं कर सकता...।"

दुर्योधन का मन जैसे धधक उठा : यह अर्जुन कैसी चाटुकारिता कर रहा है। धूर्त कहीं का। समझता है कि अपने इन शब्दों से वह कृष्ण को मोहित कर लेगा...

"अज्ञान के तिमिर में नयन खुल भी जायें, तो वह जागरण नहीं होता धनंजय। जागरण के लिए तो ज्ञान के सूर्य की प्रतीक्षा करनी ही पड़ती है।" कृष्ण मुस्करा रहे थे। उनके चेहरे पर तन्द्रा अथवा आलस्य का कोई लक्षण नहीं था।

दुर्योधन को अच्छा लगा...कृष्ण ने उस चाटुकारिता के उत्तर में एक दार्शनिक-सा लगने वाला वाक्य कह दिया था, जिसमें ध्वनि का सम्मोहन तो था, किन्तु अर्थ कुछ विशेष नहीं था। अर्जुन ने समझा होगा कि उसकी चाटुकारिता से प्रसन्न होकर कृष्ण उसे कुछ दे देगा। इतना भोला तो कृष्ण भी नहीं है...वह भी इसे शब्दों में ही बहला देगा...।

अर्जुन की आँखें विस्मय से फैल गयीं।...क्या कृष्ण उसके आगमन की प्रतीक्षा में नयन मूँदे लेटे थे? वे दुर्योधन की उपस्थिति में जागना नहीं चाहते थे? क्या उन्हें ज्ञात था कि अर्जुन भी आने वाला है? कैसे ज्ञात था उन्हें? वे

अन्तर्यामी हैं?...या यह रुक्मिणी भाभी की सावधानी है? क्या है यह सब? योगशास्त्र की मान्यता है कि योगी एक ही समय में एक से अधिक स्थानों पर उपस्थित हो सकता है। योगी किसी के मन की बात भी जान सकता है क्या?...दुर्योधन की वाणी ने अर्जुन को कुछ और सोचने नहीं दिया। वह कह रहा था, "कृष्ण, मैं क्षमा चाहता हूँ कि मैंने तुम्हारे विश्राम में व्याघात उपस्थित किया; किन्तु तुम जानते हो कि विपत्ति कुछ भी करा लेती है। पाण्डवों के साथ हमारा जो युद्ध होगा..."

"पाण्डवों के साथ युद्ध करना निश्चित कर चुके हो क्या?"

कृष्ण ने उसे बीच में ही टोक दिया।

दुर्योधन कुछ अचकचा गया...कृष्ण इस प्रकार के वक्र प्रश्न क्यों पूछता है? सब जानते हैं कि युद्ध होगा; क्या कृष्ण नहीं जानता? जानता तो वह भी है। उस की अनुमति के बिना तो पाण्डव सेनाएँ एकत्रित नहीं कर रहे...तो फिर वह ऐसा प्रश्न क्यों पूछ रहा है, जिसके उत्तर में दुर्योधन को यह स्वीकार करना पड़े कि युद्ध के लिए वह उत्तरादायी है। क्या पाण्डव युद्ध करना नहीं चाहते?...

"युद्ध तो होगा ही।" दुर्योधन कुछ कठोर स्वर में बोला, "पाण्डवों को हमने अज्ञातवास की अवधि समाप्त होने से पहले ही पहचान लिया था। पर न वे इस सत्य को स्वीकार करना चाहते हैं, न राज्य की अधर्मपूर्ण माँग छोड़ना चाहते हैं। तो फिर युद्ध नहीं होगा क्या?"

अर्जुन के मन में एक भयंकर प्रतिक्रिया हुई। उसकी इच्छा हुई कि दुर्योधन के इस मिथ्या सत्य का प्रबल प्रत्याख्यान करे...किन्तु किसके लिए? कृष्ण जानते हैं कि सत्य क्या है। उन्हें क्या बताना। दुर्योधन भी जानता है कि सत्य क्या है; किन्तु वह उसे स्वीकार नहीं करेगा। तो फिर उसे भी क्या बताना।...और कृष्ण स्वयं भी मिथ्या का प्रतिवाद करने में समर्थ हैं।...

"युद्ध निश्चित ही है तो पाण्डवों को सैन्य-संग्रह करना चाहिए।" कृष्ण अत्यन्त मनमोहक ढंग से मुस्कराए, "अर्जुन! कहीं तुम भी सैनिक सहायता के लिए ही तो नहीं आये?"

दुर्योधन के पैरों तले से जैसे धरती खिसक गयी।...यह कृष्ण तो अर्जुन के कुछ माँगें बिना ही उसे सब कुछ दे डालेगा।...

"मैं सैनिक सहायता के लिए आया हूँ। मैंने लक्ष्मणा और सांब से कह भी दिया था। उन्होंने शायद तुम्हें नहीं बताया है।" दुर्योधन ने व्यग्र वाणी में कहा, "और मैं। अर्जुन से पहले आया हूँ कृष्ण!"

"संभवतः तुम ठीक कह रहे हो दुर्योधन!" कृष्ण बोले, "किन्तु मैंने तो

अर्जुन को ही पहले देखा है; और वैसे भी अर्जुन अवस्था में तुमसे छोटा है, उसे माँगने का अधिकार तुमसे पहले होना चाहिए।"

दुर्योधन को लगा कि उसकी सारी सावधानी व्यर्थ गयी है। कृष्ण ने अर्जुन की सहायता करने का मार्ग निकाल ही लिया हे। अब वह सब कुछ अर्जुन को दे देगा तो दुर्योधन क्या कर लेगा?...और यदि कृष्ण उसकी सहायता नहीं करना चाहेगा तो दुर्योधन क्या कर लेगा?...पर नहीं! दुर्योधन कृष्ण को अपनी मनमानी करने नहीं देगा। कृष्ण के पास जो नारायणी सेना है, वह अकेले कृष्ण की नहीं है। उस पर उसके गुरु बलराम का भी उतना ही अधिकार है। कृष्ण उस सेना को अपनी इच्छा से अपने मित्र पाण्डवों को नहीं दे सकता।...बलराम उसे ऐसा नहीं करने देंगे। और दुर्योधन भी उसे ऐसा करने नहीं देगा।...

"तुम्हारे तर्क से अर्जुन को माँगने का अधिकार पहले हो सकता है; किन्तु इससे मेरा माँगने का अधिकार पूर्णतः समाप्त नहीं होता। मैं बाद में ही माँग लूँगा; किन्तु सहायता मुझे भी देनी होगी। मैं भी तुम्हारा वैसा ही मित्र हूँ, जैसा कि अर्जुन है; और हमारा सम्बन्ध भी एक जैसा ही है।" दुर्योधन इतने अधिकार से बोला कि उसे स्वयं ही अपनी वाणी पर आश्चर्य होने लगा।

"मैंने यह तो नहीं कहा कि मैं। तुम्हारी सहायता नहीं करूँगा।" कृष्ण बोले, "मैं सहायता के दो भाग कर देता हूँ और अर्जुन को उसमें से एक भाग चुन लेने का अधिकार देता हूँ। दूसरा भाग तुम्हारा होगा।"

"किन्तु विभाजन न्यायपूर्ण होना चाहिए।" दुर्योधन बोला।

"तुम उसे अन्यायपूर्ण नहीं कह सकोगे।" कृष्ण बोले।

दुर्योधन मौन रह गया। वह कृष्ण पर विश्वास नहीं कर पा रहा था। क्या यह संभव है कि कृष्ण अपनी इच्छा से अपने सैनिक बल के दो समान भाग करे और एक अर्जुन को देकर दूसरा दुर्याधन को दे दे?...ऐसा कभी नहीं हो सकता। कोई बुद्धिमान व्यक्ति ऐसा नहीं कर सकता और कृष्ण तो इन बातों में कुछ अधिक ही चतुर है।...

"स्वीकार है?" कृष्ण ने दुर्योधन से पूछा।

दुर्योधन शब्दों में अपनी स्वीकृति नहीं दे सका; किन्तु उसने अपना सिर हिला कर संकेत दे दिया।

कृष्ण कुस्कराए, "मेरे पास बलिष्ठ गोपों की एक विशाल सेना है, जिसके सेनापति मेरे बड़े भाई बलराम हैं। वह सेना एक ओर रहेगी। उसमें मैं अथवा बलराम भैया सम्मिलित नहीं हैं। दूसरी ओर मैं रहूँगा। अकेला मैं।...किन्तु मैं युद्ध नहीं करूँगा। शस्त्र ग्रहण नहीं करूँगा। अर्जुन! चुनाव का अधिकार तुम्हारा है। सोच-समझकर निर्णय करो। तुम्हें क्या चाहिए—कृष्ण अथवा सेना? निःशस्त्र

कृष्ण अथवा बलिष्ठगोपों की सशस्त्र नारायणी सेना? जो चाहिए, चुन लो।"

दुर्योधन के प्राण जैसे उछलकर उसके नखों में समा गये : यह कृष्ण ने क्या कर दिया? यह तो कोई सम विभाजन नहीं है। यदि अर्जुन ने नारायणी सेना माँग ली तो दुर्योधन के लिए क्या रह जायेगा?...वह इस निःशस्त्र कृष्ण को ले कर क्या करेगा?...पर उसके अपने ही मन का कोई अंश उसे बोलने से रोक रहा था...उसे देखना चाहिए कि पाण्डवों का कृष्ण-प्रेम क्या निर्णय करता है। यदि इस मूर्ख अर्जुन ने अपने कृष्ण-प्रेम में कृष्ण को चुन लिया और नारायणी सेना छोड़ दी तो दुर्योधन का अपना मनभावन हो जाएगा...और यदि कहीं अर्जुन ने नारायणी सेना माँग ली तो दुर्योधन तब आपत्ति करेगा कि कृष्ण ने सम विभाजन नहीं किया था। इस पक्षपातपूर्ण, न्यायरहित विभाजन को कौन स्वीकार करेगा...

अर्जुन ने दृष्टि उठाकर कृष्ण की ओर देखा : कृष्ण के मुखमण्डल पर कहीं कोई द्वन्द्व नहीं था, कहीं कोई वाध्यता अथवा मजबूरी नहीं थी। वहाँ तो सदा के समान सहज उल्लास था, जैसे कहीं कोई संकट न हो, विभाजन न हो। कृष्ण के उन लीलामय नेत्रों में जैसी पारदर्शिता उस समय थी, वैसी तो अर्जुन ने पहले कभी नहीं देखी थी। वे कुछ भी तो छिपा नहीं रहे थे। वे तो जैसे सत्य का प्रत्यक्ष दर्शन करा रहे थे। मार्ग दिखा रहे थे।...वे कह रहे थे, "अर्जुन! तू स्वयं निणर्य कर, तुझे क्या चाहिए। कृष्ण चाहिए अथवा नहीं? एक ओर कृष्ण है और दूसरी ओर संसार है। तुझे संसार चाहिए अथवा कृष्ण?"

कृष्ण के नेत्र कितने स्पष्ट रूप से बता रहे थे कि संसार का मोह कृष्ण को प्राप्त करने नहीं देगा। संसार चाहिए तो कृष्ण को त्यागना होगा। पर अर्जुन, कृष्ण को त्याग नहीं सकता था। अर्जुन को संसार नहीं कृष्ण की आवश्यकता थी। इससे अधिक स्पष्ट रूप में कृष्ण और कैसे बताते कि वे संसार में नहीं हैं, संसार भले ही उनमें हो।

"क्या चुनते हो अर्जुन!" कृष्ण का स्वर इतना अर्थपूर्ण और संगीतमय था, जैसे किसी अज्ञात इन्द्रधनुषी लोक से अवतीर्ण होकर वेणु के पोरों में से आकार ग्रहण कर रहा हो।

अर्जुन युद्ध को भूल गया था। दुर्योधन का कोई अस्तित्व नहीं था उसके लिए, जिसे पराजित करने की महत्वाकांक्षा में वह कृष्ण का त्याग कर देता। उसका हृदय जैसे चीत्कार कर कह रहा था, मैं तुम्हें त्याग नहीं सकता कृष्ण। मैंने तुम्हें पा लेने के लिए जन्म-जन्मान्तरों में युग-युगों तक तपस्या की है। अब मैं दुर्योधन जैसे एक कीट को पराजित करने के लिए तुम्हें त्याग दूँ। क्या अर्थ रखता है एक युद्ध अथवा एक राज्य, क्या महत्त्व है किसी सांसारिक जय और

पराजय का। तुम्हें पा लिया तो मैंने सब कुछ पा लिया।...जानता हूँ कि तुम देखना चाहते हो कि मेरा मन कहीं डोलता है अथवा नहीं। तुम मेरी एकनिष्ठा को परखना चाहते हो तो परख लो। मुझे और कुछ नहीं चाहिए।...

"मैं तुम्हें ही माँगता हूँ कृष्ण! तुम्हें चुनता हूँ।" अर्जुन बोला।

"मैत्री के मोह में कहीं कोई भूल न कर बैठना अर्जुन! मेरे साथ मेरी सेना नहीं है। मैं शस्त्र भी धारण नहीं कर रहा। और तुम एक बड़े युद्ध के कगार पर खड़े हो।" कृष्ण ने उसे जैसे चेतावनी दी।

दुर्योधन मन ही मन उबल रहा था : कृष्ण ने अर्जुन को चुनाव का अवसर पहले दिया। अर्जुन ने अपनी इच्छा से चुन लिया तो अब यह सब क्या कर रहा है...उसे अर्जुन के चुनाव को स्वीकार कर लेना चाहिए...

"मैं मोह से मुक्त हो रहा हूँ केशव! मोहग्रस्त नहीं हो रहा।" अर्जुन अपने भीतर एक निराकार उल्लसित उजास की अनुभूति कर रहा था।

दुर्योधन की बाछें खिल गयीं। अर्जुन अपने चुनाव पर स्थिर था।

"तो मुझे नारायणी सेना स्वीकार है।" दुर्योधन तत्काल बोला, "तो यही चयन निश्चित रहा। अर्जुन ने कृष्ण को चुना और मैंने कृष्ण की सेना को।"

"हाँ! यही निश्चित रहा।" अर्जुन ने उत्तर दिया।

प्रसन्न मन के साथ दुर्योधन विदा हो गया।

"निःशस्त्र कृष्ण की युद्ध में क्या सार्थकता होगी अर्जुन?" कृष्ण मुस्करा रहे थे।

"जैसे आप जीवन में हमारा सारथ्य कर रहे हैं, युद्ध में भी मेरा सारथ्य करें।" अर्जुन ने कहा।

"ठीक है अर्जुन!" कृष्ण रहस्यपूर्ण ढंग से हँसे, "युद्ध में निःशस्त्र योद्धा तो एक सारथि ही होता है।"

13

सात्यकि स्तब्ध बैठा था : यह श्रीकृष्ण ने क्या किया?...

पहले तो उसकी समझ में यह ही नहीं आ रहा था कि दुर्योधन का साहस कैसे हुआ कि एक मित्र और सम्बन्धी के रूप में श्रीकृष्ण के पास सहायता माँगने के लिए पहुँच गया...पर उस में समझने को क्या था।...जो व्यक्ति राजसत्ता के लिए, धन सम्पत्ति के लिए, अपने भाइयों की हत्या का प्रयत्न कर सकता है, वह अपने स्वार्थ के लिए, थोड़ी देर के लिए निर्लज्ज होकर, किसी के सम्मुख हाथ नहीं पसार सकता?...यह दुर्योधन वैसे इतना अहंकारी दिखायी देता है;

किन्तु इसमें तनिक सा भी स्वाभिमान नहीं है। अपने स्वार्थ के लिए किसी की भी प्रशंसा कर सकता है, चाटुकारिता कर सकता है, नाक रगड़ सकता है, हाथ पसार सकता है। इसमें रंचमात्र भी स्वाभिमान होता, तो यह श्रीकृष्ण के द्वार पर कभी नहीं आता...पर यह तो निर्लज्ज है परले सिरे का...

दुर्योधन तो जो है सो है; किन्तु वासुदेव को क्या हो गया है? वे भी धर्मराज युधिष्ठिर के सामान व्यवहार करने लगे हैं। शत्रु भी द्वार पर माँगने आ गया, तो मित्रों से बढ़कर परम मित्र हो गया? उसकी हत्या नहीं की, उसे बन्दी नहीं बनाया, तो उसे धिक्कार कर द्वारका की सीमा से बाहर तो निकाल देते। दूसरों के राज्य का हरण करने वाला, जीवित लोगों को आग में जलाकर मारने वाला आततायी, मित्र बनकर विष देनेवाला नीच; और द्यूतसभा में नारी को इस प्रकार अपमानित करनेवाला यह पापी श्रीकृष्ण के द्वार पर सहायता माँगने आया और श्रीकृष्ण ने उसे सत्कारपूर्वक अपने परम मित्र अर्जुन के समकक्ष बैठाकर बराबर सहायता देने की बात की। बराबर?...एक ओर सारी नारायणी सेना और दूसरी ओर अकेले श्रीकृष्ण। वे भी निःशस्त्र, जो युद्ध नहीं कर सकते युद्ध में क्या करेंगे? अर्जुन का रथ हाँकेंगे। पार्थसारथि बनेंगे।...

यह सम-विभाजन हुआ क्या? यदि इसी प्रकार का विभाजन करना था, तो एक ओर यदि अपनी सेना रखी थी, तो दूसरी ओर स्वयं सुदर्शन चक्र ले कर खड़े हो जाते, तो भी कोई बात थी।...और यदि स्वयं नहीं लड़ना था, तो पाण्डवों को आरम्भ से इतना उत्साहित ही क्यों किया? क्यों उन्हें सांत्वना देते रहे कि सारे यादव उनकी ओर से युद्ध करेंगे।...आज जब पाण्डव सचमुच युद्ध सज्जित हो रहे हैं, तो कृष्ण को भी अपना समधी प्यारा हो गया?...

'समधी!'...सात्यकि का मन इस शब्द पर अटक गया...कृतवर्मा भी तो श्रीकृष्ण का समधी है। यदि चारुमती भी अपने पिता पर दबाव डालेगी तो क्या श्रीकृष्ण कृतवर्मा के भी वैसे ही सहायक हो जायेंगे?

तो फिर सात्यकि और पाण्डव कहाँ जायेंगे? सात्यकि तो किसी समय कृतवर्मा से स्वयं ही निबट लेगा किन्तु पाण्डव किसका सहारा लेंगे, किससे सहायता माँगेंगे? यह युद्ध तो दुर्योधन जीत ही गया...

और धनंजय ने क्या किया? न कोई प्रतिवाद किया, न कृष्ण से कोई झगड़ा किया। न मैत्री की दुहाई दी, न सम्बन्धों की, न धर्म की और न श्रीकृष्ण के वचनों की। मौन मूक चुन लिया श्रीकृष्ण को। अकेले श्रीकृष्ण को। निःशस्त्र श्रीकृष्ण को।...आज तक तो सात्यकि को धर्मराज का ही चरित्र समझ में नहीं आ रहा था, अब तो अर्जुन और कृष्ण भी उसकी बुद्धि के लिए अगम्य हो गये हैं। एक ओर युद्ध की तैयारी हो रही है। दूर-दूर तक राजाओं को

युद्ध-निमन्त्रण भेजे जा रहे हैं। छोटे-छोटे राजाओं को अपने सैनिकों के साथ आने के लिए आमन्त्रित किया जा रहा है। मनुहार की जा रही है। दूर-दूर के राजाओं से अपने पक्ष से युद्ध करने का अनुरोध किया जा रहा है।...और दूसरी ओर पाण्डवों के सबसे बड़े सहायक वासुदेव श्रीकृष्ण अपनी विश्व प्रसिद्ध चतुरंगिणी सेना, पाण्डवों के शत्रुओं को दे रहे हैं।...

सात्यकि अपने गुरु कौन्तेय अर्जुन को भी क्या कहे?...इन पाण्डवों को ही क्या कहे? इन्हें संसार की सबसे शक्तिशाली सेना से युद्ध करना है। दुर्योधन, कर्ण, द्रोण, भीष्म जैसे शक्तिशाली और दक्ष वीरों से लोहा लेना है; और इन्होंने यादवों की समग्र सैनिक शक्ति को प्राप्त करने का कोई प्रयत्न नहीं किया। उपप्लव्य में न उन्होंने बलराम को घेरा न कृतवर्मा से कुछ कहा। श्रीकृष्ण पर उन्हें इतना विश्वास है कि उस से कुछ माँगा ही नहीं। सब अपना ही समझा।...और अब माँगने के लिए द्वारका आ भी पहुँचे तो माँगा—निःशस्त्र सारथि श्रीकृष्ण।...न सेना माँगी, न महारथी।...श्रीकृष्ण से माँगना ही था तो कुछ तो ढंग से माँगते। न प्रद्युम्न माँगा, न गद, न उद्धव, न सांब...सैनिक और सेना भी नहीं माँगी। उन्हें कुछ नहीं चाहिए, कोई नहीं चाहिए। चाहिए तो बस एक श्रीकृष्ण!...

और सात्यकि जैसे दूसरी बार स्तब्ध रह गया।

पाण्डवों को केवल श्रीकृष्ण चाहिए। श्रीकृष्ण को पाकर भी श्रीकृष्ण से कुछ नहीं चाहिए। श्रीकृष्ण से केवल श्रीकृष्ण चाहिए।...सात्यकि को लगा कि वह युद्ध क्षेत्र से उठकर जैसे आध्यात्म के क्षेत्र में आ गया है।...अर्जुन ने जो कुछ किया, वह युद्ध की तैयारी में जुटा कोई योग्य सेनापति कभी करेगा।...यह तो साधनारत कोई भक्त ही कर सकता है, जो भगवान की खोज में निकला हो। उसे केवल भगवान चाहिए। भक्त की तो एकनिष्ठा ही इसमें है कि उसे ईश्वर ही चाहिए। उसका ऐश्वर्य भी नहीं। ऐश्वर्य तो माया है। ईश्वर तक पहुँचने के मार्ग की बाधा है। जो ऐश्वर्य माँगता है, वह ईश्वर नहीं माँगता। जो भगवान से भी संसार ही माँगता है, उसे संसार मिल जाता है और ईश्वर उससे भी दूर हो जाता है।...मूर्ख दुर्योधन ने वही किया। वह श्रीकृष्ण के पास याचक के भाव से आया भी...और केवल साधारण सैनिक ले कर चला गया। श्रीकृष्ण की आकांक्षा नहीं की उसने। श्रीकृष्ण से श्रीकृष्ण को ही नहीं माँगा। निकट आने के स्थान पर, वह श्रीकृष्ण से और भी दूर चला गया...

श्रीकृष्ण ने एक बार नहीं, अनेक बार पाण्डवों के सम्मुख प्रस्ताव रखा कि वे दुर्योधन से उनका राज्य छीनकर, उन्हें लौटा देंगे...किन्तु पाण्डवों ने कभी राज्य नहीं माँगा। सदा धर्म ही माँगा। आज जब राज्य के लिए ही युद्ध के कगार पर खड़े हैं, तो भी सेना नहीं माँगी, श्रीकृष्ण माँगे।

कहते हैं, ईश्वर भी अपने भक्त की परीक्षा लेता है...एक-एक कर उसकी सुख-समृद्धि, मान-सम्मान, सत्ता-अधिकार, सब कुछ छीन लेते हैं। मनुष्य जब सर्वथा असहाय हो जाता है, अपने सारे साधनों और क्षमताओं की निरर्थकता देख लेता है, तो उसका अहंकार विगलित हो जाता है। अहंकार पिघलकर बह जाये, तो मनुष्य का मन बहुत स्वच्छ होकर आँखें खोलता है। उसका 'मैं' लुप्त हो जाता है, तो उसका 'वह' दिखायी देने लगता है–'जो' ईश्वर है, सर्वशक्तिमान है।...तब वह देखता है कि जो कुछ कर रहा है, ईश्वर ही कर रहा है, और कोई कुछ नहीं कर रहा...

सात्यकि मन की अत्यन्त उत्तेजित अवस्था में उठकर खड़ा हो गया।...उसे लगा कि वह स्थिर खड़ा नहीं रह सकता। उसके मन में इतने सारे झंझावात इतने वेग से चल रहे थे कि उसे अपना शरीर ही नहीं, अपना मन भी उड़ता हुआ अनुभव हो रहा था...

तो क्या, कुछ लोग जो वासुदेव श्रीकृष्ण के व्यक्तित्व के साथ देवत्व जोड़ते हैं, वह सत्य है? क्या वे ऐसे असाधारण पुरुष हैं, जो ईश्वर की विशेष शक्ति ले कर पैदा हुए हैं? वे अवतार हैं? क्या स्वयं ईश्वर इस शरीर को धारण कर प्रकट हुए हैं?...पाण्डव इस बात को जानते हैं क्या?...एक भीम को छोड़कर, जो केशव को अपना छोटा भाई मानकर, उनसे बड़े भाई के समान व्यवहार करता है, शेष सारे पाण्डव श्रीकृष्ण के प्रति पूज्य बुद्धि रखते हैं। धर्मराज युधिष्ठिर यद्यपि श्रीकृष्ण के वैसे मित्र नहीं हैं, जैसे अर्जुन हैं; किन्तु वे श्रीकृष्ण को असाधारण मनुष्य मानकर, उनके साथ वैसा व्यवहार नहीं करते। अवस्था में श्रीकृष्ण उनसे छोटे हैं; किन्तु धर्मराज ने सदा उन्हें पूज्य भाव अर्पित किया है। राजसूय यज्ञ में भी उन्होंने उनकी अग्रपूजा की थी।...अर्जुन तो उनका परम सखा ही है, जो उनके प्रति शिष्य का भाव रखता है। नकुल, सहदेव तो उन्हें बड़े भाई के रूप में भी पूजा के योग्य मान लेते हैं।...द्रौपदी ने भी अपनी पीड़ा की घड़ी में सदा श्रीकृष्ण को ही पुकारा है...

तो क्या पाण्डव जानते हैं कि श्रीकृष्ण साधारण मनुष्य नहीं, स्वयं ईश्वर है? कृष्ण के प्रति पाण्डवों का पूर्ण समर्पण तो इसी बात का संकेत है। उनकी एकनिष्ठा, पूर्ण समर्पण, प्रपत्ति का भाव!...पाण्डवों का सदा से उनके प्रति यही भाव रहा है।...

पर इससे क्या मिला पाण्डवों को? उन बेचारों का तो सारा जीवन, शत्रुओं से पिटते हुए व्यतीत हो गया। उनकी पैतृक सम्पत्ति और सत्ता, स्वर्जित धन और राज्य, सब कुछ तो उनसे बार-बार छिन जाता है। ठीक है, उनकी मृत्यु नहीं हुई; किन्तु सुख तो उन्हें कभी मिला नहीं। जीवित बचे तो अपने उद्यम

से अथवा अपने भाग्य से...कृष्ण के प्रति पूज्य भाव और आत्मसमर्पण ने उन्हें क्या दिया?...सब कुछ तो दुर्योधन को मिला। पाण्डवों को क्या मिला?

और सात्यकि के मन में कोई उच्च स्वर में चिल्लाया, "पाण्डवों को श्रीकृष्ण मिले।...श्रीकृष्ण मिले।...श्रीकृष्ण मिले।"...अब भी तो पाण्डवों को श्रीकृष्ण ही मिले थे : सेना नहीं, सैनिक नहीं, राज्य नहीं, श्रीकृष्ण मिले थे! श्रीकृष्ण!!

तो क्या पाण्डवों का यह सारा जीवन, राज्य और अधिकार के लिए संघर्ष नहीं है, यह उनकी आध्यात्मिक साधना है? वे क्षत्रिय राजाओं के समान अपनी सुख-समृद्धि के लिए प्रयत्न नहीं कर रहे, ईश्वर प्राप्ति के लिए साधना कर रहे हैं? वन-वन मारे फिरते हैं और श्रीकृष्ण को स्मरण करते हैं? पीड़ित और अपमानित होते हैं और श्रीकृष्ण को पुकारने लगते हैं। श्रीकृष्ण उन्हें कुछ नहीं देते और वे फिर भी पूर्ण आत्मनिष्ठा से श्रीकृष्ण के सम्मुख आत्मसमर्पण कर-के सुखी होते हैं।...

सहसा सात्यकि की चिन्तन प्रक्रिया रुक गयी।...क्या सोच रहा है वह? और किधर जा रहा है? पाण्डवों ने तो उसे कुछ नहीं कहा, वह स्वयं ही अपनी भावुकता में श्रीकृष्ण को ईश्वरत्व प्रदान करता जा रहा है।...यदि श्रीकृष्ण सचमुच ही ईश्वर हैं, सर्वशक्तिमान हैं, तो क्या आवश्यकता है, इस सारी तैयारी की? क्या आवश्यकता है युद्ध की? क्या आवश्यकता है, ईश्वर के बनाए मनुष्य के रक्त से, इस धरती को लाल करने की? ईश्वर की इच्छा मात्र से दुर्योधन का मन बदल सकता है, उसका सारा सामर्थ्य नष्ट हो सकता है, उसके जीवन का अन्त हो सकता है...यदि कृष्ण ईश्वर के अवतार हैं, तो क्यों उनके प्रिय लोग इतना कष्ट सहने को बाध्य हैं? स्वयं ईश्वर की सखी को इस प्रकार अपमानित होने की क्या आवश्यकता थी?...

पर द्रौपदी की उस अपमानजनक स्थिति में रक्षा भी तो चामत्कारिक ढंग से हुई थी...जैसे स्वयं श्रीकृष्ण वहाँ प्रकट हो गये हों...

सात्यकि कुछ समझ नहीं पा रहा था...वह किस निष्कर्ष पर पहुँचना चाहता था?...वह श्रीकृष्ण को अलौकिक पुरुष सिद्ध करना चाहता था, या उनकी अलौकिकता का विरोध करना चाहता था? वह उन्हें ईश्वर मानना चाहता था अथवा उन्हें साधारण पुरुष ही प्रमाणित करना चाहता था?...

उसे लगा, उसे श्रीकृष्ण को ईश्वर मानने में कोई आपत्ति नहीं थी।... श्रीकृष्ण उसके मित्र थे, उसके गुरु थे। वे उसके गुरु अर्जुन के मित्र थे, कुछ अर्थों में उनके भी गुरु थे।...यदि श्रीकृष्ण ईश्वर ही थे, तो सात्यकि को लाभ ही लाभ है...वह ईश्वर के इतना निकट जो था...किन्तु यह सारा घटनाचक्र?.. .घटनाएँ तो यह विश्वास करने नहीं देती थीं। पाण्डवों के लिए कुछ नहीं कर

पाये थे श्रीकृष्ण। अपने यादवों को भी ठीक से सँभाल नहीं पा रहे थे श्रीकृष्ण। ...लगता था स्थितियाँ भी उनके हाथ से निकलती जा रही थीं और व्यक्ति भी।...उनके मित्र दुर्बल होते जा रहे थे और शत्रु बलवान। उनके भाई बलराम उनके प्रभाव में नहीं रह गये थे...सुना था, उनके पुत्रों के मन में भी अनेक अवरोध थे। ऐसा व्यक्ति अलौकिक कैसे हो सकता है?...जो ऐसे साधारण लोगों को भी प्रभावित न कर पाये, वह ईश्वरीय तेज कैसे हो सकता है?...

14

बलराम आये और बिना किसी निमन्त्रण अथवा आग्रह की प्रतीक्षा किये, एक आसन पर बैठ गये।

कृष्ण के लिए उनका यह व्यवहार कुछ अप्रत्याशित ही था। वे न तो कभी इतनी शांति से आते थे, और न इस प्रकार शांति से बैठते थे। वे जब भी आते थे, कोलाहल करते हुए आते थे। पुकार-पुकार कर जब तक एक-एक व्यक्ति से मिल नहीं लेते थे, और एक-एक व्यक्ति उनसे बैठने का आग्रह नहीं कर लेता था, तब तक वे बैठते नहीं थे। किन्तु आज...

"दुर्योधन मेरे पास आया था।" बलराम कुछ इस ढंग से बोले, जैसे सूचना न दे रहे हों, कृष्ण से किसी प्रकार का स्पष्टीकरण माँग रहे हों।

कृष्ण ने कुछ नहीं कहा।

"उसने बताया कि पाण्डवों के विरुद्ध होनेवाले सम्भावित युद्ध के लिए उसने तुमसे सैनिक सहायता माँगी थी।" बलराम ने कहा।

कृष्ण इस बार भी कुछ नहीं बोले।

"बोलते क्यों नहीं!" बलराम ने डाँटा।

कृष्ण मुस्कराए, "बल भैया! आप मुझे सूचनाएँ दे रहे हैं। इसमें मेरे बोलने का अवकाश ही कहाँ है।"

"इस बात की पुष्टि तो करो कि उसने मुझे जो कुछ बताया है, वह सत्य है।"

"हाँ। सत्य है। भला वह अपने गुरु को मिथ्या सूचनाएँ क्यों देगा?"

बलराम सावधान न होते, तो तड़पकर कह देते कि दुर्योधन कभी सत्यवादी नहीं रहा है, इसलिए उसकी बात पर बिना परीक्षण और पुष्टि के विश्वास नहीं किया जा सकता।... किन्तु आज वे पर्याप्त सावधान थे। समझ गये कि कृष्ण एक ही वाक्य में उनसे ऐसा बहुत कुछ कहलवा सकता है, जिससे दुर्योधन दुष्ट

और दुश्चरित्र सिद्ध हो जाये। तब कृष्ण बहुत सुविधा से उनसे पूछेगा कि वे ऐसे व्यक्ति की सहायता क्यों करना चाहते हैं?...

"उसने मुझे यह भी बताया है कि तुमने नारायणी सेना उसे दे दी है।"

"उसने आपको सत्य ही बताया है।" कृष्ण बोले, "अर्जुन और दुर्योधन दोनों ही मेरे पास सहायता माँगने आये थे। आपको स्मरण होगा, जब आप सांब को दुर्योधन के कारागार से छुड़ाने हस्तिनापुर गये थे, तो उसे वचन दे आये थे कि हमारे लिए वह भी पाण्डवों के समान प्रिय सम्बन्धी होगा। युद्ध का अवसर आने पर हम दोनों की ही समान रूप से सैनिक सहायता करेंगे।"

"स्मरण है।"

"तो मैंने आज आपके वचन का पालन कर दिया है।" कृष्ण बोले।

बलराम चिन्तनशील हो गये।...हाँ। उन्होंने ऐसा ही वचन दिया था दुर्योधन को। पर उसका क्या अर्थ? कल यदि कौरवों और यादवों में अनबन हो जाये; और कौरव यादवों पर आक्रमण कर दें, तो क्या यादव उनके विरुद्ध शस्त्र नहीं उठाएँगे?...कृष्ण क्या शस्त्रों के बिना ही युद्ध करेगा?...सहसा उनका चिन्तन दूसरी दिशा में मुड़ गया...किन्तु कृष्ण युद्ध ही क्यों करेगा? यादवों के साथ जब युद्ध होगा तो देखा जायेगा। अभी तो कौरव-पाण्डवों का युद्ध है। क्या आवश्यकता है कृष्ण को कौरव-पाण्डवों के घरेलू झगड़े में पड़ने की?

वे कृष्ण से सम्बोधित हुए, "चयन का प्रथम अवसर किसे दिया?"

"अर्जुन को।"

"क्यों?" बलराम बोले, "अवस्था में दुर्योधन बड़ा है। पहला अधिकार उसका था।"

कृष्ण मुस्कराए, "यह मैं क्या जानूँ। मैं तो इतना ही जानता हूँ कि जब कभी मुझे और आपको चयन का अधिकार मिला, आपने सदा मुझसे ही कहा कि तू छोटा है, तू पहले चुन ले। मैंने वैसा ही अधिकार अर्जुन को दिया। वह अवस्था में छोटा जो है...।"

कृष्ण रुके। वे देख रहे थे कि बलराम अपने पक्ष का बचाव नहीं कर पा रहे थे। वे असमंजस में थे और कोई सहायक तर्क खोजने का प्रयत्न कर रहे थे।

"और दूसरी बात यह है कि जब मैं जागा तो मेरी दृष्टि अर्जुन पर पहले पड़ी। मेरे विचार से चयन का पहला अवसर उसी को मिलना चाहिए थे।..."

"किन्तु आया तो पहले दुर्योधन था।"

"हाँ! उसने ऐसा बताया तो था।" कृष्ण बोले, "किन्तु यदि पहले आनेवाला व्यक्ति अपने अहंकार में छिपकर बैठ जाये तो क्या किया जा सकता है? उसे मेरे सम्मुख बैठना चाहिए था और वह मेरे पीछे जाकर बैठ गया।"

"हाँ उसका यह निर्णय तो उचित नहीं था।" बलराम कुछ कोमल पड़े।

"वैसे आप चिन्ता न करें," कृष्ण बोले, "मैं समझता हूँ कि दुर्योधन को अपना इच्छित भाग मिल गया है। यदि उसे पहले चयन का अवसर मिलता, तो भी वह निःशस्त्र कृष्ण के स्थान पर सशस्त्र नारायणी सेना को ही चुनता।"

बलराम को स्मरण हो आया...दुर्योधन प्रसन्न था कि अर्जुन को प्रथम अवसर मिलने पर भी, उसने सेना को नहीं चुना था।...किन्तु दुर्योधन को इस प्रकार प्रसन्न देख कर भी बलराम निश्चिन्त नहीं हो पा रहे थे। कृष्ण पाण्डवों की ओर था, चाहे शस्त्रों के बिना ही था। दुर्योधन यह तो समझ ही नहीं पा रहा था कि कृष्ण के शस्त्र युद्ध नहीं करते थे, युद्ध तो कृष्ण की बुद्धि करती थी; और वह अब भी पाण्डवों के पक्ष में थी।

"तो अर्जुन ने तुम्हें चुन लिया?"

"जी।"

"तुम पाण्डवों की ओर से युद्ध करोगे?" बलराम का स्वर पुनः कुछ कठोर हो गया था।

"कोई निःशस्त्र व्यक्ति युद्ध कैसे कर सकता है, विशेषकर वहाँ, जहाँ अन्य योद्धा दिव्यास्त्रों और देवास्त्रों का प्रयोग कर रहे हों। किन्तु युद्ध में सम्मिलित तो मैं हूँगा ही।" कृष्ण बोले।

"हमने निश्चय किया था कि हम कौरवों और पाण्डवों के द्वन्द्व में सम्मिलित नहीं होंगे, तो तुम उस युद्ध में सम्मिलित होने का निश्चय क्यों कर रहे हो?" बलराम ने जिज्ञासा के आवरण में छिपा अपना विरोध जताया।

"आपने तो निश्चय किया था कि हम दोनों पक्षों को समान रूप से सहायता देंगे। मैंने वही किया है। आपका युद्ध न करने का निश्चय भी मैंने अक्षरशः स्वीकार किया है।...मैं शस्त्र धारण नहीं करूँगा। मेरे साथ मेरी सेना नहीं होगी।"

बलराम को कृष्ण का यह तर्क अच्छा नहीं लगा। बोले, "बहुत स्वेच्छाचारी हो गये हो। यह नहीं सोचते कि तुम्हें युद्ध में इस प्रकार सम्मिलित होते देख कर, अन्य यादव योद्धा भी, मनमाने ढंग से युद्ध में सम्मिलित होंगे।"

कृष्ण मनोरम ढंग से मुस्कराए, "जो यादव योद्ध युद्ध में भाग लेना चाहें, लें। जिस पक्ष से युद्ध करना चाहें, करें। मैं उनका विरोध नहीं करूँगा; किन्तु वे मेरे ही समान, जिस पक्ष से लड़ें, अपनी सेना उसके विरोधी पक्ष को सौंप दें। यदि दुर्योधन की ओर से युद्ध करें तो सेनाएँ पाण्डवों को सौंप दें।"

सारी स्थिति बलराम की समझ में आ रही थी।...यह कृष्ण का ही साहस था कि वे जिस पक्ष से युद्ध में सम्मिलित हो रहे थे, अपनी सेना उसके विरोधी

पक्ष को सौंप रहे थे। अपनी ही सेना के विरुद्ध लड़ रहे थे अथवा अपनी ही सेना को अपने विरुद्ध लड़ने की स्वतन्त्रता दे रहे थे। और कोई योद्धा ऐसा कार्य नहीं करेगा।...कोई नहीं चाहेगा कि वह अपनी ही सेना के विरुद्ध लड़े।...

"किन्तु मैं चाहता हूँ कि तुम किसी भी रूप में इस युद्ध में सम्मिलित मत होओ।" बलराम बोले, "मैंने दुर्योधन को कह दिया है कि मैं युद्ध में कृष्ण के विरुद्ध नहीं लड़ूँगा; इसलिए मैं युद्ध में सम्मिलित नहीं होऊँगा। तुम भी युद्ध में सम्मिलित मत होना।"

कृष्ण ने बलराम की ओर देखा, शायद वे अपना मन्तव्य कुछ और स्पष्ट करें; किन्तु बलराम अपनी बात पूरी कर चुके थे।

"आप कृष्ण के विरुद्ध नहीं लड़ेंगे तो कृष्ण के पक्ष में युद्ध कर सकते हैं।" कृष्ण बोले, "किन्तु शायद आप दुर्योधन के विरुद्ध भी लड़ना नहीं चाहते।"

"हाँ! न मैं तुम्हारे विरुद्ध लड़ना चाहता हूँ, न दुर्योधन के विरुद्ध। इसीलिए मैं युद्ध में सम्मिलित नहीं हो रहा। तुमसे पुनः कह रहा हूँ कि तुम भी युद्ध में सम्मिलित मत होना। तुम्हारे इस युद्ध में सम्मिलित होने से यादव स्वछन्द रूप से दोनों पक्षों में बँट जायेंगे। एक दूसरे के विरुद्ध लड़ेंगे। उससे तो कौरवों तथा पाण्डवों की तुलना में यादवों की ही हानि अधिक होगी।"

कृष्ण के नेत्रों में ज्योति झलकी, चेहरे पर हल्का आवेश था; किन्तु उन का स्वर अब भी पहले के ही समान मधुर था, "भैया, आप जितना प्रयत्न मुझे तटस्थ रखने का कर रहे हैं, उससे आधा भी युद्ध रोकने का करते, तो इस युद्ध की कोई सम्भावना ही न रहती।"

"मैं युद्ध के पक्ष में हूँ?" बलराम के स्वर में रोष झलका।

"आप युद्ध के पक्ष में हैं या नहीं, यह कहना कठिन है; किन्तु दुर्योधन को इस युद्ध से विरत करने का प्रयत्न आपने एक बार भी नहीं किया। यदि आपने उसका विरोध किया होता तो वह यह दुस्साहस कभी नहीं करता। आपके निषेध का उल्लंघन वह कभी नहीं कर सकता।"

"मैं दुर्योधन को कैसे कह सकता हूँ कि सैनिक आक्रमण की स्थिति में वह अपनी रक्षा न करे।"

"आप उससे यह तो कह ही सकते हैं कि वह पाण्डवों का राज्य उनको लौटा दे।" कृष्ण बोले।

"मैं पहले ही कह चुका हूँ कि दुर्योधन ने यह राज्य युधिष्ठिर से द्यूत में जीता है। उसे उसकी इच्छा के विरुद्ध राज्य लौटाने के लिए बाध्य नहीं किया जा सकता।" बलराम बोले, "और तुम चाहते हो कि दुर्योधन मेरी आज्ञा का पालन करे, किन्तु अनुज होकर तुम मेरी आज्ञा का पालन न करो।"

"मैंने कभी आपकी किसी आज्ञा का उल्लंघन किया है?" कृष्ण के स्वर में आश्चर्य था।

"तुमने अर्जुन को जो वचन दिया है, वह लौटा लो।" बलराम बोले, "तुम पाण्डवों की ओर से युद्ध में सम्मिलित मत होओ।"

कृष्ण की मुस्कान क्रीड़ामयी थी, "मैं आपके वचन का पालन कर रहा हूँ और आप मुझे अपना वचन लौटाने के लिए कह रहे हैं।" कृष्ण रुके, "चलिए, वह भी कर लूँगा। किन्तु मैंने दुर्योधन को अपनी सेना दी है। यदि आप वह सेना दुर्योधन से लौटा लें तो मैं अर्जुन को दिया हुआ अपना वचन लौटा लूँगा।"

बलराम कुछ नहीं बोले। उन्हें लगा कि कृष्ण ने एक ऐसी स्थिति पैदा कर दी है, जिसमें न वे उसे कुछ कह सकते हैं, न रोक सकते हैं। शायद वह इसलिए अपनी सेना निःसंकोच और निर्द्वन्द्व भाव से दुर्योधन को दे सका था। वह दुर्योधन को सेना देने के लिए इसलिए आतुर था कि बलराम उसे पाण्डवों की ओर से युद्ध करने से न रोक सकें।...क्या कृष्ण उनसे चतुराई कर रहा था?...पर वे भी तो कृष्ण से चतुराई करने का प्रयत्न कर रहे थे। वे चाहते थे कि पाण्डव इतने दुर्बल हो जायें कि वे दुर्योधन से युद्ध करने का साहस न कर सकें और दुर्योधन की इच्छानुसार समझौता कर लें।...वे जानते थे कि कृतवर्मा ने भी अपनी सेना का एक बड़ा भाग, दुर्योधन को दे दिया था। उन्होंने यह भी सुना था कि कृतवर्मा अवसर मिलते ही दुर्योधन के पक्ष से युद्ध करने के लिए पहुँच जायेगा; क्योंकि उसे सात्यकि से अपना हिसाब चुकता करना था। ...बलराम आज तक यह नहीं समझ सके थे कि कृष्ण के प्रति कृतवर्मा का दृष्टिकोण क्या था। वह उनकी आज्ञाओं का पालन करता था। अनेक अवसरों पर कृष्ण पर अपने प्राण न्योछावर करता हुआ दिखायी पड़ता था; किन्तु सेना तो उसने तब भी कृष्ण के विराधियों को ही दी थी।

...बलराम कुछ भी निश्चित नहीं कर पा रहे थे। वे प्रत्येक अवस्था में दुर्योधन को सुरक्षित देखना चाहते थे। उनको लगता था कि उनकी स्थिति भीष्म के समान हो गयी थी। वे जानते थे कि दुर्योधन ने क्रूरता का काम किया है। अन्याय और अत्याचार किया है; किन्तु उसके लिए वे उसे मृत्युदंड देना नहीं चाहते थे; और पाण्डव उसे मृत्युदंड दिये बिना मानेंगे नहीं। भीम उसे किसी भी स्थिति में जीवित नहीं छोड़ेगा। इसलिए उन्होंने कृष्ण को इस युद्ध से दूर रखना चाहा था।...कृष्ण अत्यन्त निर्मम है। जाने क्यों वह धर्म की बात आने पर अपना-पराया कुछ नहीं सोचता। किसी की ममता उसे नहीं व्यापती।...

पर जब-जब वे उसे अपनी मुट्ठी में बाँधने का प्रयत्न करते हैं, जाने किन अजान दरारों और रिक्तियों से वह उनकी मुट्ठी से फिसलकर, बाहर निकल आता है। उसने उनके प्रत्येक वचन की रक्षा की है, उनकी प्रत्येक आज्ञा का पालन किया है; किन्तु उनकी इच्छा की पूर्ति कभी नहीं हो पायी। उन्होंने आज भी कृष्ण को पूर्णतः बाँध रखा था; किन्तु उन बेधनों में बँधा कृष्ण भी इतना स्वतन्त्र था कि उसकी कर्मक्षमता अवरुद्ध नहीं होती थी। उन्होंने उसे बाधा तो था, किन्तु न वे उसे विपरीत दिशा में मोड़ पाये थे, और न वे उसे अकर्मण्य ही कर पाये थे।...

15

उपप्लव्य में प्रवेश कर, राजप्रासाद तक पहुँचने में अर्जुन को पर्याप्त विलम्ब हो गया था। दिन ढल गया था और कुछ-कुछ अंधकार हो चला था। यदि विश्राम करने के विचार से वह अपने भवन में चला जाता तो कदाचित अधिक विलम्ब हो जाता। उसने सीधे धर्मराज के पास जाने का निश्चय किया।

धर्मराज अकेले नहीं थे। वहाँ सारा परिवार एकत्रित था। जिस उत्साह से उन्होंने अर्जुन का स्वागत किया था, उससे तो यही आभास होता था कि वे लोग उसी की प्रतीक्षा में वहाँ बैठे थे।

"आओ धनंजय! हम तुम्हारी ही प्रतीक्षा कर रहे थे।" युधिष्ठिर बोले, "कहना चाहिए, विकट प्रतीक्षा।"

"तो आपको मेरा संदेश मिल गया था?"

"यह संदेश तो मिल गया था कि तुम, द्वारका से चल रहे हो; किन्तु सैनिक संधि अथवा सहायता के विषय में हमें तुम्हारा कोई संदेश नहीं मिला है। हम सब लोग यह जानने को उत्सुक थे कि द्वारका में तुम्हारा कैसा स्वागत हुआ और कितनी तथा कैसी सहायता मिली। वासुदेव बलराम हम पर कुछ कृपालु हुए अथवा नहीं।" युधिष्ठिर बोले।

"मेरा विचार है कि धनंजय को थोड़ा जलपान करवा ही देना चाहिए, वे लम्बी यात्रा से लौटे हैं। उन्हें भूख भी लगी होगी और सम्भवतः विश्राम की भी आवश्यकता हो।" देविका ने अर्जुन को युधिष्ठिर के प्रश्न का उत्तर देने का अवसर नहीं किया।

"यह है गृहस्वामिनी का धर्म। इनके भवन में एकत्रित हुए हैं तो ये बात नहीं करने देंगी, पहले जलपान करवाएँगी।" भीम ने कुछ वक्र स्वर में कहा, "तुम सचमुच की अन्यपूर्णा हो भाभी! पर इस समय हम सब ही

सूचनाओं के भूखे हैं। हमें भी तो स्वयं को तृप्त कर लेने दो। उसके पश्चात् तुम अर्जुन का सत्कार करती रहना।"

देविका ने द्रौपदी की ओर देखा।

"अभी रुक जाओ देविका!" द्रौपदी धीरे से बोली, "सबसे प्रबल भूख मध्यम की ही होती है। उन्हें अपनी भूख मिटा लेने दो।"

"जलपान की आवश्यकता नहीं है भाभी!" अर्जुन ने मधुर ढंग से मुस्कराकर कहा, "मैं आपके यहाँ से भोजन कर के ही जाऊँगा।"

"हाँ भाई!" भीम ने कहा।

अर्जुन मुस्कराया, "धैर्य से सुनने की बात है, मध्यम! उत्तेजना में तो न कहा जायेगा, न सुना जायेगा।"

भीम सचेत हो गया। कदाचित वह अपनी उत्तेजना में कुछ अधिक ही व्यग्र हो गया था, "चलो! धैर्य से ही सुनाओ। तुम्हारा तो स्वभाव ही है, दीर्घसूत्रता। तुम्हारा एक नाम धैर्य-परीक्षक भी होना चाहिए था।..."

"मैं जब द्वारका पहुँचा तो ज्ञात हुआ कि दुर्योधन भी वहाँ आया हुआ है।..."

"हस्तिनापुर से हमारे सूत्रों ने भी सूचना भिजवाई थी कि दुर्योधन द्वारका गया है।" भीम ने उसकी बात काट दी।

"हाँ! किन्तु मुझे यह सूचना द्वारका पहुँचकर ही मिली।" अर्जुन बोला, "उस समय श्रीकृष्ण द्वारका में नहीं थे। दुर्योधन ने अपनी सेना नगर के बाहर ही ठहरा दी थी और स्वयं सांब और लक्ष्मणा के भवन में रुका हुआ था।"

"पर श्रीकृष्ण को तो द्वारका में होना चाहिए था।" सहदेव जैसे अपने आप से बोला, "वे यहाँ से तो द्वारका ही गये थे।"

"हाँ। होना तो उन्हें द्वारका में ही चाहिए था, किन्तु वे वहाँ नहीं थे। मार्ग में कहाँ रुक गये थे अथवा किस ओर चले गये थे, कह नहीं सकता।" अर्जुन ने कहा, "वह उनकी नीति भी हो सकती है कि वे मेरे द्वारका पहुँचने से पहले वहाँ नहीं होना चाहते थे..."

"क्यों? तुम्हारे बिना उसे द्वारिका सूनी लगती है, क्या इतनी रानियों के होते हुए भी।" भीम अपनी उत्तेजना को किसी न किसी रूप में अभिव्यक्त करता चल रहा था।

अर्जुन हँस पड़ा, "नहीं! इसलिए नहीं! वरन् इसलिए कि वे हमारे प्रमाद को समझ रहे थे। हमें यह ध्यान ही नहीं था कि हमें कृष्ण से भी सैनिक सहायता माँगने की औपचारिकता पूरी करनी है। हमने कभी यह भी नहीं सोचा था कि दुर्योधन इतना निर्लज्ज है कि वह उन लोगों से सहायता माँगेगा,

जो हमारे अपने हैं। हम कल्पना भी नहीं कर सकते कि वह उनके द्वार पर भी जायेगा। हमने यह भी नहीं सोचा कि यदि दुर्योधन हमसे पहले कृष्ण के पास सहायता माँगने पहुँच गया तो वे उसे क्या उत्तर देंगे।..."

"क्या उत्तर देंगे का क्या अर्थ। सीधे-सीधे कहेंगे की तुम पापी हो। मुझे तुम से कोई सहानुभूति नहीं है।" द्रौपदी बोली, "कल्पना करो कि हम केशव से सहायता न माँगते और दुर्योधन उनके द्वार पर पहुँच जाता तो क्या केशव उसके पक्ष से युद्ध करने पहुँच जाते? क्या श्रीकृष्ण का अपना धर्म उन्हें अधर्म का पक्ष लेने से नहीं रोकता?"

"वह तो श्रीकृष्ण ही जानें।" अर्जुन ने कहा, "हुआ यह कि दुर्योधन मुझसे पहले द्वारका पहुँचा हुआ था। उसे श्रीकृष्ण के द्वारका पहुँचने का समाचार मिला और वह किसी प्रकार श्रीकृष्ण के शयनकक्ष में ही धँस गया। मैं इन सारी गतिविधियों से अनभिज्ञ था किन्तु न तो मातुल ही इस ओर से असावधान थे और न ही रुक्मिणी भाभी। अगली रात किसी समय कृष्ण द्वारका पहुँचे। भाभी ने प्रातः ही दासी भेज दी। मैं जब कृष्ण के शयनकक्ष में पहुँचा तो नहीं जानता था कि वे अभी सोए हुए हैं। भाभी यह व्यवस्था नहीं करती, तो कदाचित मेरे लिए विश्राम करते हुए श्रीकृष्ण के कक्ष में जाना संभव नहीं होता।"

"ठीक है। तुम कक्ष में गये। फिर?" भीम ने कहा।

अर्जुन ने भीम की ओर देखा। वह जैसे जिज्ञासा की अग्नि में जल रहा था। सारी घटना को पूर्ण विस्तार से सुनने का धैर्य उसमें नहीं था।

"दुर्योधन ने मुझसे पहले सहायता माँगी; किन्तु कृष्ण ने मुझे पहले चुनने को कहा।..."

"चुनने को? क्या चुनने को?" सुभद्रा ने पहली बार मुख खोला।

"उन्होंने सहायता के दो वर्ग बनाए।" अर्जुन ने बताया, "पहले वर्ग में सम्पूर्ण नारायणी सेना थी और दूसरे में वे स्वयं—अकेले और निःशस्त्र। उन्होंने कहा कि वे युद्ध नहीं करेंगे। शस्त्र नहीं उठाएँगे।"

"इस विभाजन का क्या अर्थ? जैसे कृष्ण के सैन्यबल पर दुर्योधन का बराबर का अधिकार हो।" भीम ने क्रुद्ध स्वर में कहा, "दुर्योधन के मित्र तो हमारे शत्रु हैं ही, अब हमारे मित्र भी हमारे शत्रु हो रहे हैं।"

अर्जुन ने शान्त भाव से युधिष्ठिर की ओर देखा। उन्होंने उसे आगे कहने का संकेत किया।

"मैंने अपना मत उन दोनों में से कृष्ण के पक्ष में दिया। मैंने कृष्ण को चुन लिया। कृष्ण ने मुझे चेतावनी दी कि मैं सोच लूँ, वे अकेले होंगे, उनके साथ

सेना नहीं होगी। उनके भाई और पुत्र नहीं होंगे। वे शस्त्र भी नहीं उठाएँगे।" अर्जुन ने रुक कर उन सबको देखा, "मैंने तब भी कृष्ण को ही चुना।..."

भीम का मुख आश्चर्य से खुल गया। उसे देख कर लगता था कि वह कोई अनहोनी बात सुन रहा था। ऐसी दुखद कल्पना तो उसने कदाचित अपने किसी भयंकरतम स्वप्न में भी नहीं की थी।

"तुमने कृष्ण को ही चुन लिया?" अन्ततः उसने कहा।

"हाँ। मैंने कृष्ण को चुन लिया।" अर्जुन का स्वर पूर्णतः आश्वस्त था।

"क्यों? तुमने निःशस्त्र कृष्ण को ही क्यों चुना? तुमने नारायणी सेना को क्यों नहीं चुना?" भीम का स्वर अत्यन्त उत्तेजित था, "नारायणी सेना युद्ध की अनुभवी एक अत्यन्त दक्ष और शस्त्रनिपुण सेना है। उसके सैनिकों ने अपना महत्त्व अनेक बार प्रमाणित किया है। तुमने उन्हें छोड़कर अकेले निहत्थे कृष्ण को चुना, ताकि तुम उसके साथ बैठकर कुछ मधुर वार्तालाप कर सको। उसका वेणुवादन सुन सको। तुम कौरवों से युद्ध करने जा रहे हो, किसी मनोरम यात्रा पर नहीं जा रहे हो।..."

भीम का चेहरा क्रोध से तमतमा आया था। उसे देख कर किसी को भी लग सकता था कि वह किसी प्रकार शान्त न हुआ और यही स्थिति बनी रही तो क्रोध के मारे या तो उसके मुख से झाग गिरने लगेगा या फिर वह अर्जुन पर अपने हाथों से अथवा किसी शस्त्र से प्रहार कर बैठेगा।...

अर्जुन ने युधिष्ठिर की ओर देखा। युधिष्ठिर के चेहरे पर उद्विग्नता का कोई चिह्न नहीं था। वे भीम के इस क्रोध से तनिक भी प्रभावित नहीं लग रहे थे।

"तुमने कृष्ण को क्यों चुना अर्जुन?" उनका स्वर पूर्णतः शान्त था।

"क्योंकि मैं कृष्ण को त्याग नहीं सकता। मैं कृष्ण से युद्ध नहीं कर सकता। मैं कृष्ण के विरोधी पक्ष में जीवित नहीं रह सकता। कृष्ण को त्यागने का अर्थ है अपने प्राणों को त्यागना, धर्म को त्यागना। मैं धर्म को त्याग नहीं राकता। कल यदि आप कहें कि मैं आप और राज्य में से किसी एक को चुन लूँ, तो क्यों मैं राज्य को चुनूँगा? आपको छोड़ दूँगा?" अर्जुन ने रुककर भीम को देखा, "कृष्ण को त्याग कर संसार में प्राप्त करने को रह ही क्या जाता है? कृष्ण के बिना संसार की समस्त भौतिक उपलब्धियाँ मेरे लिए कोई अर्थ नहीं रखतीं।"

सुभद्रा ने अर्जुन को बहुत जाना था, पर उसका यह रूप आज से पहले कभी नहीं जाना था। कहाँ वह सोच रही थी कि पाण्डव उसके भाइयों को उनके व्यवहार के लिए कोसेंगे और कहाँ अर्जुन कह रहे हैं कि वे कृष्ण को

त्याग नहीं सकते। चाहे कृष्ण उन्हें त्याग दें, तो भी नहीं...इस युद्ध के निमित्त सुभद्रा को बहुत कुछ नया समझ में आ रहा था। आज समझ में आ रहा था कि श्रीकृष्ण ने अर्जुन को क्यों प्रोत्साहित किया, सुभद्रा का अपहरण करने को। आज समझ में आ रहा था कि श्रीकृष्ण क्या कर रहे हैं, कैसी परीक्षा ले रहे हैं, पाण्डवों से प्रेम की और उनके धर्म की।...

"तो फिर कृष्ण से कहा होता कि वह तुम्हें सैनिक भी दे। शस्त्र भी दे। युद्ध में विजय प्राप्त करने में हमारा सहायक हो।" भीम ने उत्तेजित स्वर में कहा।

अर्जुन मौन बैठा रहा, जैसे उसे कुछ कहना आवश्यक न लग रहा हो, किसी प्रकार के स्पष्टीकरण की कोई आवश्यकता न हो...और जैसे भीम की बात की कोई सार्थकता न हो।

"क्यों नहीं कहा?" भीम का स्वर और भी ऊँचा हो गया।

"कृष्ण दे सकते तो स्वयं दे देते। जब उन्होंने अपना और अपने सैन्यबल का विभाजन कर दिया और मुझ उममें से एक चुन लेने को कहा, तो उसका अर्थ था कि वे दोनों वर्ग मुझे नहीं दे सकते थे। अथवा उन दोनों को एक साथ प्राप्त करना हमारे हित में नहीं था।" अर्जुन बोला, "कृष्ण से कुछ माँगने की क्या आवश्यकता है। क्या वे नहीं जानते कि हमें क्या चाहिए और उन्हें हमें क्या देना है।"

"मूर्खतापूर्ण भावुक बातें मत करो। ऐसा ही होता तो तुम्हें द्वारका भेजने की क्या आवश्यकता थी।" भीम ने कहा तो, किन्तु उसके स्वर में अब क्रोध की वैसी गूँज नहीं थी।

"अर्जुन ने जो कहा है, उस पर शान्त मन से विचार करो मध्यम!" युधिष्ठिर मधुर ढंग से बोले, "कृष्ण का विरोध करने के स्थान पर, उन्हें समझने का प्रयत्न करो। जब यहाँ उपप्लव्य में बलराम के विरोध में कृष्ण ने कुछ नहीं कहा और बिना किसी सहायता अथवा संधि की चर्चा के उठकर चल दिये, तो मेरा माथा तभी ठनक गया था। वे सीधे द्वारका पहुँचे तब, भी उसका अर्थ था कि वे इन परिस्थितियों का कोई समाधान खोज रहे थे। अर्जुन की इन सूचनाओं के पश्चात् मेरे मन में कुछ बातें स्पष्ट हो रही हैं। अब मेरी समझ में आ रहा है कि कृष्ण बहुत पहले ही क्यों नारायणी सेना को भंग कर देना चाहते थे। हम मानते हैं कि नारायणी सेना कृष्ण की सेना है; किन्तु लगता है कि उस पर कुछ और लोगों का अधिकार था..."

"इसका क्या अर्थ?" सहसा द्रौपदी ने पूछा।

"उदाहरण के लिए हम मान लें कि नारायणी सेना के सेनापति के रूप में

बलराम का भी उस सेना पर उतना ही अधिकार था, जितना कृष्ण का। और हम यह जानते हैं कि बलराम नहीं चाहते कि हम दुर्योधन से युद्ध करें। ऐसे में यदि हम नारायणी सेना के भरोसे लड़ने जाते हैं, तो क्या वह सेना हमारे लिए पूर्णतः विश्वसनीय होती?" युधिष्ठिर ने उन सबकी ओर देखा।

"जिस सेना का सेनापति ही हमारे पक्ष में न हो, हम उसके भरोसे कैसे लड़ सकते हैं।" सहदेव ने कहा।

"प्रश्न यह भी है कि कृष्ण अपनी सेना को भंग क्यों करना चाहते थे? क्या उसके सैनिक विश्वसनीय नहीं रहे? क्या वह सेना, धर्म के पक्ष में लड़ने वाली सात्विक शक्ति न हो कर, अपने स्वार्थों के लिए लड़ने वाली रक्तपिपासु युद्धतन्त्र मात्र बन गयी है? क्या उसके सैनिक युद्ध से थक गये हैं और युद्ध क्षेत्र से भाग जाने का मन बना रहे हैं? क्या उसके सैनिकों ने विजय के पश्चात् अपने सेनापति से विजय का मूल्य माँगने की नीति घोषित कर दी है?" युधिष्ठिर बोले।

कोई कुछ नहीं बोला। सबकी चिन्ता बोल रही थी।

"इन सारे कोणों से हमें सोचना चाहिए। हम कृष्ण से स्पष्टीकरण नहीं माँगेंगे। हम कृष्ण पर भरोसा करेंगे। इस विभाजन के पश्चात् हम कृष्ण को अपना विरोधी नहीं मानेंगे, उन्हें सदा के समान अपना हितैषी ही मानेंगे।" युधिष्ठिर बोले, "वे निःशस्त्र भी बहुत शक्तिशाली है। वे अर्जुन का सारथ्य कर सकते हैं। हमारी सेना को विजय का मार्ग दिखा सकते हैं।"

"एक बात मेरे मन में भी आती है।" सहदेव ने कहा, "कहीं ऐसा तो नहीं कि कृष्ण अपनी सेना के साथ हमारे पक्ष से युद्ध करते तो बलराम, अक्रूर तथा कृतवर्मा जैसे लोग अपनी सेनाओं के साथ दुर्योधन के पक्ष में जा खड़े होते?"

"ऐसी सम्भावना भी हो सकती है।" नकुल ने कहा।

भीम ने उन सबको देखा। कोई भी कृष्ण अथवा अर्जुन का विरोध करता दिखायी नहीं दे रहा था। पर उसका मन अब भी नहीं मान रहा था कि उन लोगों को इन परिस्थितियों को चुपचाप स्वीकार कर लेना चाहिए था। उसे लग रहा था कि वे लोग कृष्ण पर कुछ अधिक ही भरोसा कर रहे हैं।

"क्या दुर्योधन भी कृष्ण की सहायता पाकर प्रसन्न मन से लौट आया? क्या वह द्वारका में और किसी के पास नहीं गया?" उसने अर्जुन से पूछा।

"नहीं! मेरी सूचना के अनुसार वह कृष्ण की सेना ले कर बलराम के पास गया था।"

"तो उन्होंने क्या कहा?"

"उन्होंने कहा कि जो कुछ वे दुर्योधन को दे सकते थे, वह कृष्ण ने उसे पहले ही दे दिया है। उनके पास देने के लिए और कुछ नहीं है।" अर्जुन ने बताया, "उन्होंने कहा कि कृष्ण ने स्वयं को अर्जुन को दे दिया है किन्तु कृष्ण शस्त्र धारण नहीं कर रहा। इसलिए वे न तो कृष्ण के सहयोगी होकर दुर्योधन के विरुद्ध लड़ेंगे और न वे दुर्योधन की सहायता के लिए कृष्ण के विरुद्ध लड़ेंगे। वे कृष्ण का विरोध किसी भी स्थिति में नहीं कर सकते और विशेषकर जब वह युद्ध में निःशस्त्र होगा। अतः अब युद्ध में उनकी कोई रुचि नहीं है। वे मध्यस्थ हैं, किसी भी पक्ष की पराजय नहीं चाहते। अतः इस युद्धकाल में वे तीर्थाटन के लिए चले जायेंगे।"

एक संक्षिप्त सन्नाटे के पश्चात् द्रौपदी बोली, "मुझे तो लगता है कि गोविन्द ने यह सब कुछ बहुत सोच समझ कर किया है; और अपने इस निर्णय से उन्होंने दुर्योधन के एक बहुत प्रबल सहायक, ज्येष्ठ वासुदेव को, युद्ध से पहले ही निरस्त कर दिया है।"

भीम ने कुछ कहा तो नहीं, किन्तु उसे लगने लगा था कि नारायणी सेना दुर्योधन को देकर कृष्ण ने कदाचित उनकी सहायता ही की थी। यदि कृष्ण नारायणी सेना उन्हें दे देते और युद्ध में उनकी विजय होती तो युद्ध के पश्चात् सेनानायक विजय में अपना भाग माँगते। ऐसे समय में जब अन्य सारी सबल सेनाएँ दुर्बल हो चुकी होंगी, नारायणी सेना के सेनानायकों को नियंत्रित करना पाण्डवों के लिए भी कठिन हो सकता था। धर्मराज कह रहे हैं कि कृष्ण नारायणी सेना को भंग करना चाहता था; किन्तु अब भीम को लगने लगा था कि कृष्ण नारायणी सेना को भंग नहीं, नष्ट करना चाहते हैं। तभी तो उन्होंने वह सेना दुर्योधन को थमा दी। वे जानते हैं कि दुर्योधन पराजित होगा और उसके पक्ष से लड़नेवाली सारी सेनाएँ नष्ट होंगी। इस सेना की रक्षा करनी होती तो किसी भी प्रकार से वह सेना पाण्डवों को देते। नारायणी सेना पाण्डवों की रक्षा करती तो पाण्डव भी नारायणी सेना की रक्षा करते।

"दुर्योधन और किसी के पास नहीं गया?" भीम ने पूछा।

"दुर्योधन द्वारका में प्रायः सबके ही पास गया; किन्तु सिवाय कृतवर्मा के उसे और किसी ने कुछ नहीं दिया। कृतवर्मा ने उसे अपनी एक वाहिनी दे दी है।"

"और तुम किसी के पास नहीं गये?"

"नहीं! कृष्ण से माँगने के पश्चात् और किसी से माँगने की स्थिति नहीं रहती।" अर्जुन ने कहा, "वैसे सात्यकि ने मुझसे कहा है कि कोई आये या न आये, वह अवश्य ही अपनी सेना के साथ हमारे पक्ष में युद्ध करने के लिए आयेगा।"

16

महाराज शल्य अपने प्रासाद में एकान्त में अत्यन्त व्याकुल भाव से एक सिरे से दूसरे सिरे तक टहल रहे थे।

आज उनकी सभा में पाण्डवों का दूत आया था, जो उन्हें दुर्योधन के विरुद्ध होने वाले आसन्न युद्ध में पाण्डवों की ओर से लड़ने का निमन्त्रण दे गया था। शल्य ने चाहे इस सम्बन्ध को स्मरण रखने का कभी प्रयत्न नहीं किया; किन्तु वे यह भूल नहीं पाये कि माद्री उनकी छोटी बहन थी। उन्होंने शुल्क ले कर भीष्म को उसका दान किया था। शुल्क ले कर दान करने के पश्चात् उनका उसके प्रति कोई दायित्व नहीं था; किन्तु उसके साथ अपने सम्बन्ध को तो नहीं भुलाया जा सकता था। माद्री पांडु के साथ वनों में और पर्वतों पर भटकती रही थी। शल्य को उनका क्या करना था। पाण्डु अपनी इच्छा से अपनी राजधानी छोड़कर साधना के लिए गया था। फिर समाचार आया था कि पाण्डु का देहान्त हो गया था और माद्री ने स्वेच्छा से चितारोहण किया था। कुन्ती अपने पुत्रों के साथ हस्तिनापुर लौट आयी थी। शल्य ने मान लिया था कि हस्तिनापुर से उनका सम्बन्ध समाप्त हो गया था। जब माद्री ही नहीं रह गयी, तो उन्हें किसी और से क्या लेना-देना था। उन्होंने कभी यह जानने का प्रयत्न ही नहीं किया कि माद्री के पुत्रों का क्या हुआ। यह खोजना तो भीष्म का काम था, उनका नहीं।...और फिर उनके चरों ने यह समाचार भी दिया था कि वारणावत के अग्निदाह में कुन्ती अपने पाँचों पुत्रों के साथ जल मरी थी। कुन्ती के पुत्र...अर्थात् माद्री के पुत्र भी। कुन्ती ने अपने और माद्री के पुत्रों में कभी कोई भेद नहीं किया था। कुन्ती अपने पुत्रों के साथ जल भरी थी तो अब माद्री के पुत्र भी जीवित नहीं थे।...

द्रौपदी के स्वयंवर में प्रतिज्ञा पूरी कर पांचाली को जीतने वाले वनवासी ब्राह्मणों से उसे छीनने के लिए, जब शल्य युद्ध कर रहे थे तो वे क्या जानते थे कि वे कुन्ती के पुत्रों से ही लड़ रहे थे। उनके लिए तो वे लोग वारणावत में जलकर मर चुके थे। भीम के हाथों उनकी बड़ी अपमानजनक पराजय हुई थी।...उन्हें पहले ज्ञात होता तो कदाचित वे भीम से युद्ध करने के स्थान पर उसे अपना पुत्र स्वीकार कर अर्जुन और भीम की वीरता के यश के भागी होने का प्रयत्न करते। भीम उनसे शक्तिशाली सिद्ध हुआ था, किन्तु शल्य को इससे कोई प्रसन्नता नहीं हुई थी। न ही वे इस तथ्य से कभी समझौता कर पाये। रुक्मरथ को भी पिता का अपमान अच्छा नहीं लगा था। वह अपने पिता से अप्रसन्न था कि क्यों वे बिना सोचे-समझे किसी से भिड़ जाते हैं।

न अपनी अवस्था देखते हैं, न भिड़ने की आवश्यकता। जरासंध से भिड़े होते तो हारकर भी कुछ प्रशंसा पाते। भिड़ गये तरुण भीम से। जहाँ न जीतने पर यश मिल सकता था, न हारने पर सहानुभूति। प्रत्येक अखाड़े में पिटनेवाला मल्ल, मल्ल नहीं विदूषक माना जाता है। उसके मन में भीम के प्रति भी रोष था कि उसने उन्हें अपना परिचय क्यों नहीं दिया।...परिचय दिया होता तो कदाचित उससे भिड़ने का अवकाश ही नहीं रहता।...वस्तुतः रुक्मानन्द और रुक्मरथ को पाण्डव कभी प्रिय नहीं रहे। पाण्डवों से उनका कभी कोई सीधा झगड़ा नहीं हुआ; किन्तु वे दोनों भाई सदा ही पाण्डवों की अपेक्षा दुर्योधन और सुशर्मा के प्रति अधिक सदय रहे थे। वस्तुतः पांडवों का पक्ष लेने का कभी कोई लाभ ही दिखायी नहीं दिया। वे न तो पाण्डवों को असाधारण वीर मानते थे और न उनकी वीरता से प्रसन्न थे। शल्य को भी कभी पाण्डवों से आत्मीयता और स्नेह का अनुभव नहीं हुआ था। सदा वनों और पर्वतों पर रहने वाले, ऋषि-मुनियों और सन्यासियों के चरण धोने वाले, यज्ञ और तपस्या करने वाले, दान और धर्म की चर्चा करने वाले, राजन्य संस्कृति से दूर अव्यावहारिक वीरों से किसी भी महत्वाकांक्षी राजा को क्या लेना देना था?

युधिष्ठिर के राजसूय यज्ञ के पहले पाण्डव दिग्विजय के लिए निकले थे और नकुल मद्र देश आया था। तब पहली बार शल्य का मन पाण्डवों की ओर कुछ आकृष्ट हुआ था। नकुल के चेहरे में ऐसी बात थी जो शल्य को माद्री का स्मरण करा गयी थी। उसके व्यवहार में शल्य के प्रति आक्रामकता भी नहीं थी। फिर यह भी दिखायी दे रहा था कि पाण्डवों ने स्वयं को धार्तराष्ट्रों से अधिक शक्तिशाली सिद्ध कर दिया था। उनकी महत्वाकांक्षाएँ भी जाग उठी थीं। युधिष्ठिर के चक्रवर्ती सम्राट् होने के लक्षण दिखायी दे रहे थे। यह पहला अवसर था कि शल्य के मन में उनसे भिड़ने की इच्छा नहीं जागी थी। शल्य पहली बार मातुल बने थे। अपने सम्बन्ध की आड़ में शल्य उनसे युद्ध टाल गये थे। उपयुक्त उपहार देकर उन्होंने नकुल को प्रसन्न मन से लौटा दिया था।

द्यूतसभा में उन्होंने पाण्डवों की दुर्गति देखी थी। उन्होंने मान लिया था युधिष्ठिर इसी के योग्य था। वह सन्यासी हो सकता था, राजा नहीं। उसके व्यवहार में कहीं राजाओं के से लक्षण नहीं थे। तो फिर उसका पक्ष लेकर लड़ने का क्या लाभ? दुर्योधन ने स्वयं को कहीं अधिक चतुर शासक सिद्ध किया था। उन्हें दिख रहा था कि भविष्य में दुर्योधन जरासंध के ही समान एक असाधारण शक्ति-सम्पन्न सम्राट बनने की दिशा में बढ़ रहा था। तो फिर उस उदीयमान सूर्य के दुर्बल और मूर्ख शत्रुओं का पक्ष लेने का क्या लाभ? शल्य व्यावहारिक व्यक्ति थे। उन्हें भावनाओं में बहना अच्छा नहीं लगता था।

...सुशर्मा के माध्यम से रुक्मरथ को कीचक की मृत्यु की सूचना मिली थी। विराटनगर पर दुर्योधन और सुशर्मा के सम्मिलित आक्रमण का समाचार भी शाल्य तक आया था। शल्य को यह भी ज्ञात हुआ था कि पाण्डव अज्ञातवास पूरा कर आये हैं और अभिमन्यु का विवाह उत्तरा से हो रहा है, पर पाण्डवों ने उन्हें इस विवाह में आमन्त्रित नहीं किया था। बहुत जल्दी में थे वे। प्रतीक्षा नहीं कर सकते थे। शल्य भी बहुत आतुर नहीं थे, ऐसे विवाहों में सम्मिलित होने के, जहाँ न कोई समारोह हो, न विलास। बस काम ही काम।

पाण्डवों ने उन्हें विवाह का निमन्त्रण नहीं भेजा था, किन्तु आज युद्ध में सम्मिलित होने का निमन्त्रण भेज दिया था। युद्ध-निमन्त्रण मद्रराज शल्य के लिए नहीं, पाण्डवों के वीर मातुल के लिए था। पता नहीं उन्हें अभिमन्यु के विवाह के अवसर पर यह सम्बन्ध स्मरण क्यों नहीं आया था। मातुल क्यों युद्ध में ही बुलाए जाते हैं? शल्य को यह सम्बन्ध प्रिय रहा हो या न रहा हो, किन्तु वे इस सम्बन्ध का तिरस्कार नहीं कर सकते थे। सार्वजनिक रूप से तो एकदम नहीं। रुक्मरथ पाण्डवों के पक्ष से लड़ने को उत्सुक नहीं था। शल्य भी आतुर नहीं थे, किन्तु क्षत्रिय होते हुए, वे रण-निमन्त्रण अस्वीकार नहीं कर सकते थे। और फिर उनका तो सम्बन्ध भी मातुल का था। पाण्डवों का निमन्त्रण, दूसरे पक्ष के निमन्त्रण से पहले न आया होता तो और बात थी, किन्तु पांडवों ने अपना दूत कदाचित सबसे पहले शाकल को ही भेजा था।...शल्य ने युद्ध में उनकी ओर से सम्मिलित होने की सहमति दे दी थी।

और अब वे निरन्तर सोच रहे थे कि क्या उनका निर्णय ठीक था? पाण्डवों के पास न सेना थी, न सेना संगठित करने के लिए आवश्यक धन। दुर्योधन जैसे समर्थ शक्तिशाली और धनी राजा के सम्मुख उन का पक्ष बहुत दुर्बल था। वे सैनिक कहाँ से लाएँगे? ले आये तो उनका भरण-पोषण कैसे करेंगे? उनके आवास का क्या करेंगे? उनको शस्त्र कहाँ से ले कर देंगे? उनका वेतन कहाँ से लाएँगे? ऐसे में उनकी ओर से युद्ध करना क्या उचित होगा? कहीं यह अपनी पराजय को आमन्त्रित करने जैसा तो नहीं है?

इतना तो शल्य भी समझ रहे थे कि इस बार यह निर्णायक युद्ध होने जा रहा है। केवल युधिष्ठिर और दुर्योधन के लिए ही नहीं, सारे जम्बूद्वीप के लिए। पराजित पक्ष अपने राज्य से नहीं, अपने प्राणों से भी हाथ धोएगा। शल्य के लिए युद्ध निर्णायक नहीं था, युद्ध से पूर्व अपने पक्ष का चयन ही निर्णायक था। उन्होंने यदि विजयी पक्ष का चयन कर लिया तो विजय उनकी थी। राज्य, धन, सम्पदा, शक्ति और सत्ता—सब कुछ उनका था।...और कहीं

दुर्बल पक्ष चुन लिया, तो उनकी अपनी वीरता क्या कर लेगी। पक्ष चयन की भूल उनका सब कुछ ले डूबेगी।...

पर वे क्या कर सकते थे। नकुल और सहदेव, उनके भगिनेय थे। इस सम्बन्ध से वे युधिष्ठिर के भी मातुल थे। युधिष्ठिर ने अपने मातुल से सैनिक सहायता माँगी थी। अपने पक्ष से युद्ध में सम्मिलित होने की प्रार्थना की थी। शल्य वीर क्षत्रिय थे। ऐसी प्रार्थना का तिरस्कार करना उनके लिए असम्भव था।...हाँ! यदि वे स्वीकार कर लें कि वे इतने वृद्ध हो चुके हैं कि अब युद्ध नहीं कर सकते, तो बात और है। पर वे भीष्म से तो वृद्ध नहीं हैं।...और द्रौपदी के स्वयंवर में वे भीम जैसे तरुण से मल्लयुद्ध करने के लिए उतर आये थे, तो अब वे स्वयं को एक असमर्थ वृद्ध कैसे मान सकते हैं।...फिर क्षत्रिय धर्म भी तो एक ऐसा बन्धन था कि रण-निमन्त्रण का तिरस्कार करना असम्भव था।...उन्होंने दूत को अपनी स्वीकृति दे दी थी।

दूत उनका आश्वासन पाकर चला गया था किन्तु उनका मन उसी क्षण से अनिष्ट की आशंका से पीड़ित हो, उन्हें अशान्त किये हुए था। सभा में तो रुक्मरथ ने उनसे कुछ नहीं कहा था, किन्तु बाद में उसने बताया था कि उनके मित्र सुशर्मा का दूत भी उनकी प्रतीक्षा कर रहा है। सुशर्मा एक क्षण के लिए भी नहीं भूला है कि जिस समय उसने विराट को पराजित कर बन्दी कर लिया था, उस समय भीम ने बीच में पड़कर न केवल विराट को मुक्त करा दिया था, वरन् सुशर्मा को बन्दी कर अत्यन्त अभद्र ढंग से अपमानित किया था। उसने उसे एक प्रकार से दास ही बना डाला था। वह तो युधिष्ठिर ही था, जिसने अपनी अव्यावहारिकता में उसे मुक्त कर दिया था। यदि कहीं भीम ने उसे विराट को सौंप दिया होता, तो विराट उसका वध ही कर डालता।...कौरवों और पाण्डवों का यह आसन्न युद्ध सुशर्मा के लिए वरदान बनकर आया था। वह पाण्डवों से अपने उस अपमान का प्रतिशोध लेना चाहता था। ऐसे में रुक्मरथ उसके विरुद्ध पाण्डवों के पक्ष से कैसे लड़ सकता था।...पर शल्य पाण्डवों के दूत को अपना वचन दे चुके थे।

"तो फिर आप ही जाइए उस युद्ध में।" रुक्मरथ ने अपना रोष जताया था, "आप भूल जाते हैं कि योद्धा होते हुए भी हम राजा हैं। हम युद्ध में भी धरती पर नहीं सो सकते। हमें दासियों की सेवा के बिना रहने का अभ्यास नहीं है। दिन भर हम युद्ध क्षेत्र में अपना रक्त और श्वेद बहा सकते हैं; किन्तु संध्या समय हमें वारुणी भी चाहिए और नृत्य-संगीत भी। हम रथ में अथवा अश्व की पीठ पर सोना नहीं चाहते। हम रात भर निर्विघ्न निद्रा चाहते हैं और प्रातः सौगंधिक स्नान की सुविधा भी। दे पायेंगे आपके भगिनेय ये सारी सुविधाएँ?

आपने तो यह निमन्त्रण ऐसे स्वीकार कर लिया, जैसे किसी निर्धन सम्बन्धी के घर का विवाह निमन्त्रण, जहाँ न विश्राम की सुविधा है, न खाने-पीने की।"

शल्य अपने पुत्र का पक्ष समझ रहे थे, पर वे वचन दे चुके थे। अपना पक्ष प्रस्तुत करने के लिए बोले, "वे युद्ध करने निकले हैं तो ये सुविधाएँ भी जुटाएँगे ही।"

"कहाँ से जुटा लेंगे वे सुविधाएँ?" रुक्मरथ बोला, "आपने उनके दूत के कथन पर विचार नहीं किया? वह स्वयं कह रहा था कि उनके पास साधनों की कमी है। वे किसी को किसी लाभ अथवा लोभ का वचन नहीं दे सकते। वे धर्म और न्याय के नाम पर युद्ध का आह्वान कर रहे हैं। वे यह वचन भी नहीं दे रहे कि विजयी होने पर वे अपने पक्ष के राजाओं को कोई विशेष लाभ पहुँचाएँगे। वे आपसे सैनिक भी माँग रहे हैं और उनके साथ युद्धकोश के नाम पर धन भी। यह कैसा निमन्त्रण है पिताजी! जिसमें हानि है, लाभ की कोई चर्चा ही नहीं।"

"तुम जो कह रहे हो, वह ठीक है; किन्तु उनके अपने मित्र और सम्बन्धी हैं।" शल्य ने अपना बचाव करने के लिए कहा, "युद्ध की योजना, बिना साधनों के नहीं बनती।"

"पुत्र का विवाह तक तो उन्होंने विराट की भूमि पर किया है," रुक्मरथ बोला, "और विराट के पास भी क्या है। पांचाल अवश्य कुछ समृद्ध हैं, किन्तु कौरवों के तो वे पासंग भी नहीं हैं।"

"यादव उनकी सहायता करेंगे।" शल्य ने कहा।

"मुझे तो ऐसा नहीं लगता।" रुक्मरथ बोला, "यादवा मथुरा में थे तो बात और थी। अब तो उनमें दुर्योधन के अनेक समर्थक उत्पन्न हो चुके हैं। कृष्ण यादवों के राजकोष से कुछ नहीं दे पायेंगे युधिष्ठिर को। और कृष्ण के पास अपनी व्यक्तिगत सम्पत्ति है ही कितनी। न वह व्यापारी है और न ही उसका सैनिक-लूट में विश्वास है। वह तो द्वारका में भी कोई बहुत धनी नहीं माना जाता। व्यक्तिगत सम्पत्ति हो भी कितनी सकती है। उससे कोई युद्ध तो नहीं लड़ा जा सकता।"

शल्य समझ रहे थे कि रुक्मरथ ठीक कह रहा था। पर वे क्या कर सकते थे। वे वचन दे चुके थे।

शल्य को शाकल से चले हुए तीन दिन हो गये थे। दो दिनों की यात्रा तो उनके अपने राज्य की सीमा के भीतर ही थी। तीसरे दिन वे त्रिगर्तराज सुशर्मा के राज्य में प्रवेश कर गये थे। सुशर्मा ने उनका अच्छा स्वागत किया था। उनकी

अगवानी के लिए, नगरद्वार पर वह स्वयं उपस्थित था और शल्य तथा रुक्मरथ को अपने प्रासाद में ले आया था। उनकी सेना को उसने अपने स्कन्धावार में ठहरने की सुविधा दे दी थी।

शल्य की सारी आवश्यकताओं की व्यवस्था करने के पश्चात् सुशर्मा रुक्मरथ को अपने कक्ष में ले आया।

"यह क्या कर रहे हो तुम लोग?" उसने रुक्मरथ से पूछा, "उन पाण्डवों का पक्ष लेकर लड़ने जा रहे हो, जिनका पराजित होना निश्चित है।"

रुक्मरथ अपने हाथ में पकड़े चषक को देखता रहा और कुछ सोचता रहा। फिर उसने मस्तक उठाकर सुशर्मा की ओर देखा, "दुर्योधन ने निमन्त्रण भेजने में कुछ विलम्ब कर दिया, पाण्डवों का दूत पहले आ गया। पिताजी को लगा कि दुर्योधन को उनकी उतनी आवश्यकता नहीं है। या तो वह उनका महत्त्व नहीं समझता, अथवा वह उनकी उपेक्षा कर रहा है।..."

"नहीं! ऐसी कोई बात नहीं है।" सुशर्मा कुछ आक्रामक स्वर में बोला, "दुर्योधन तो पचास सैनिकों के किसी नायक की भी उपेक्षा नहीं कर रहा है। वह महावीर शल्य की उपेक्षा कैसे कर सकता है।"

"तो उसने दूत भेजने का प्रमाद क्यों किया?"

सुशर्मा आकर रुक्मरथ के इतना समीप बैठ गया कि आवश्यकता होने पर वह उसे छू भी सके, "थोड़ा विचार करो मित्र! पाण्डवों के मित्र ही कितने हैं। अँगुलियों पर गिने लोग। उन्हें दूत ही कितने भेजने हैं। इसलिए उनका दूत शीघ्र आ गया। दुर्योधन के दूत अभी हस्तिनापुर से निकल ही रहे होंगे। उसके निमन्त्रण समाप्त तो नहीं हो गये। तुम्हें कुछ तो प्रतीक्षा करनी चाहिए थी। इतनी व्यग्रता की क्या आवश्यकता थी।"

"पिताजी को स्मरण हो आया कि हम क्षत्रिय हैं। जो हमें पहले आमंत्रित कर लेगा, हमें उसकी ही सहायता करनी है।" रुक्मरथ बोला, "वे रण-निमन्त्रण का तिरस्कार नहीं कर सकते।...और फिर वे कैसे भूल सकते हैं कि उनके भागिनेयों ने सारा जीवन उनसे कुछ नहीं माँगा है। पिताजी ने सारा जीवन उनके लिए कुछ नहीं किया है। आज वे हाथ पसारकर माँग रहे हैं, तो अपनी छोटी बहन के पुत्रों को न कैसे कह देते।"

"इतनी अवस्था हो जाने पर भी मद्रराज अभी राजनीति को नहीं समझते।" सुशर्मा ने चषक अपने कंठ में उँडेल लिया, "राजनीति सम्बन्धों पर चलती है क्या? आज उनके भीतर मातुल जाग गया है और उनको अपने भागिनेय बहुत प्रिय लगने लगे हैं, पर ध्यान देना चाहिए कि कृष्ण ने कंस का वध करते समय यह स्मरण नहीं रखा था कि वह उसका मातुल है। उसी कृष्ण के मित्र

हैं, ये पाण्डव। अपने स्वार्थ के आड़े आते ही मातुल के कंठ पर खड्ग रख देंगे।" उसने रुककर रुक्मरथ को देखा, "राजनीति में हमें उन सम्बन्धों को भूलना पड़ता है, जो प्रकृति ने बनाए हैं। राजनीति तो अपने पराए सम्बन्धों पर चलती है। हम अपने माता-पिता और भाई-बहन स्वयं नहीं चुन सकते, किन्तु अपने मित्र, सहायक और नेता स्वयं चुन सकते हैं। प्रकृति जिसे हमारा भाई बनाकर भेजती है, उसे हम अपना सगा तो मानते हैं, किन्तु वही हमारे राज्य में से अपना भाग माँगता है। वही विभाजित करवाता है, पिता के राज्य तथा कोष को। प्रकृति द्वारा उत्पन्न किये गये हमारे भाई मूर्ख भी हो सकते हैं, किन्तु हम अपने लिए मूर्ख मित्र कभी नहीं चुनते। पाण्डवों ने इस बात को समझा होता तो वे युधिष्ठिर का अनुसरण कभी न करते। यदि वे युधिष्ठिर का अनुसरण न करते तो इस संकट में भी न पड़ते।...तुम मेरी बात को समझ रहे हो न?"

"मैं तो समझता हूँ।" रुक्मरथ बोला, "मुझे काई स्नेह नहीं है अपने इन भाइयों से; पर पिताजी से विवाद करने का कोई लाभ नहीं है। तुम जानते हो, ये वृद्ध लोग जो धारणा एक बार बना लेते हैं, उससे रंचमात्र भी नहीं डिगते, चाहे वह कितनी भी मूर्खतापूर्ण क्यों न हो। हठी और अड़ियल होना इनकी विशेषता है।"

"पाण्डवों के पक्ष से युद्ध कर क्या मिलेगा तुम्हें?" सुशर्मा बोला, "एक तो पाण्डव युद्ध जीत ही नहीं सकते। जीत गये तो सब कुछ दान कर पर्वत की किसी ऊँची-चोटी पर जा बैठेंगे। वे राजनीति में रहना चाहते हैं और अहिर्निश धर्म का जाप भी करना चाहते हैं। प्रजा को सन्तान के समान मानो। उसका पालन करो। अरे, घोड़ा घास से मैत्री करेगा तो खाएगा क्या? क्षत्रिय इसलिए तो अपना रक्त नहीं बहाता कि दूसरों से छीना हुआ धन प्रजा-पालन में लगा दे और स्वयं सूखी रोटी खाकर सो जाये। जीवन का भोग उसकी आवश्यकता है। लोभ प्रिय न हो तो वह युद्ध ही क्यों करेगा। और फिर अपने बुरे दिनों के लिए भी कुछ बचाकर रखना पड़ता है। संचय नहीं करेंगे तो फिर सदा पाण्डवों के ही समान अपना अपमान करवाते रहेंगे, अपनी पत्नी को अनावृत करवा राजसमाज का मनोरंजन करते रहेंगे और आजीवन वनों में भटकते रहेंगे।"

"सब समझता हूँ; किन्तु इस समय अपने पिता को पाण्डवों की सहायता से विमुख नहीं कर सकता।"

"उनसे कहो कि वचन दिया है तो कोई बात नहीं। किसी न किसी बहाने से उस वचन को लौटाया भी जा सकता है।" सुशर्मा बोला, "यदि निकट भविष्य में सम्राट् दुर्योधन के मांडलिक राजाओं में कोई सम्मानजनक स्थान

प्राप्त करना है, तो यही अवसर है, उसे प्रसन्न करने का। अभी से उसका मन जीत लोगे तो युद्ध के पश्चात् लाभ ही लाभ है। इस युद्ध में उसके शत्रुओं के सिर काटकर उसे भेंट किये जा सकते हैं। युद्ध के पश्चात् तो अपना सिर काट दोगे तो भी वह प्रसन्न नहीं होगा।"

"प्रयत्न करता हूँ। वे समझ जायें तो बहुत अच्छा। वस्तुतः मैं उनका बहुत विरोध कर नहीं सकता। अधिक कुछ कहूँगा तो वे रुक्मांगद को युवराज घोषित कर देंगे। तुमने स्वयं ही कहा है कि सगा भाई ही सबसे पहले आपका राज्य और धन छीनने की ओर अग्रसर होता है।" रुक्मरथ बोला, "अच्छा, मुझे अब नींद आ रही है। आज तो तुम्हारे प्रासाद में सुख की नींद सो लूँ, फिर पता नहीं पाण्डवों के यहाँ बिस्तर भी मिलता है या नहीं। तपस्वी लोग हैं। क्या पता बिस्तर माँगने पर कहें, भूमि पर सोने वाला व्यक्ति ईश्वर के अधिक निकट होता है, इसलिए भूमि पर सोना ही उचित है..."

"तुम लोग बिस्तर इत्यादि ले कर नहीं चले क्या...?"

"नहीं! सब कुछ है।" रुक्मरथ बोला, "मैं तो केवल एक दृष्टान्त दे रहा था।"

पिछली रात शल्य को तनिक भी नींद नहीं आयी थी। उन्होंने बहुत सोच-समझकर अपना पड़ाव डाला था, किन्तु वे क्या जानते थे कि यहाँ इतने मच्छर होंगे और पास के कूप से जो जल मिलेगा, वह भी कड़वा होगा। लोग कूप उत्खनन करने से पहले यह पता भी नहीं लगाते कि यहाँ की धरती के नीचे का जल पीने योग्य भी है अथवा नहीं। किसी ने कूप खुदवाया होगा और उसका जल पीने के पश्चात् सिर पीटकर उसका त्याग कर गया होगा, किन्तु शल्ल जैसे आगन्तुकों के लिए तो वह भ्रमजाल छोड़ गया न! उन्होंने तो एक अच्छा-सा कूप देख कर वहाँ पड़ाव डाला था और सारी रात प्यासे रह गये थे। प्रातः स्नान करने के पहले भी दस बार सोचा था कि कहीं ऐसा न हो कि यह जल स्नान करने योग्य न हो। वे अपने शरीर पर जल डालें और सारे शरीर में खुजली मच जाये। बहुत सोच-समझकर उन्होंने ये सारे विचार मन से निकाल दिये। जल खारा हो अथवा कड़वापीने के काम आये या न आये, उसमें स्नान तो किया जा सकता है।...पर जब रात को अच्छी नींद सोए ही नहीं तो स्नान से भी स्फूर्ति कहाँ से आती।

"रुक्मरथ! अब केवल आज रात्रि का पड़ाव रह गया है। कल हम उपप्लव्य पहुँच जायेंगे।" शल्य ने कहा।

"जी! पिताजी!"

"आज अपने चरों को शीघ्रगामी अश्वों पर सेना से आगे भेज दो ताकि वे उचित निरीक्षण के पश्चात् आज रात्रि के लिए हमारा मण्डप ऐसे स्थान पर लगाएँ, जहाँ किसी प्रकार की कोई असुविधा न हो।"

"कुछ स्थानीय लोग सहायता के लिए मिल जाते, तो हमें मण्डप के लिए स्थान चुनने में सुविधा होती।" रुक्मरथ बोला, "मैं प्रयत्न करता हूँ कि आज आपको किसी प्रकार की असुविधा न हो।"

शल्य ने कह तो दिया था और उन्होंने देखा था कि थोड़ी ही देर में रुक्मरथ ने अपन चरों को सेना से आगे भेज भी दिया था। वे लोग अश्वों पर गये थे और उनके पीछे छकड़ों में मण्डप निर्माण की सामग्री भी भेज दी गयी थी।... किन्तु शल्य को अपने इस पुत्र की योग्यता पर बहुत विश्वास नहीं था। पता नहीं इसके चर कैसी व्यवस्था करेंगे। दिन के समय सूर्य का ताप भी प्रचण्ड हो जाता था। दिन भर तपती हुई धूप में यात्रा करो और रात को शान्ति से सो भी न सको, तो यात्रा सुखद कैसे हो सकती है। सैनिक, सुविधाओं के अभाव की बात करें, तो उनसे कहा जा सकता है कि यह उनके अभ्यास और प्रशिक्षण का ही अंग है; किन्तु राजा तो जानता है न कि यह सब उसकी असमर्थता और अभावों के प्रमाण हैं...उन्हें लगने लगा था कि कौरवों से युद्ध के पहले ही उन का इस कठोर प्रकृति से युद्ध आरम्भ हो गया है।...

मध्याह्न के समय वे लोग भोजन के लिए रुके तो उन्हें सूचना मिली कि जो चर मण्डप-निर्माण के लिए भेजे गये थे, वे लौट आये हैं।

'मैं तो पहले ही जानता था कि रुक्मरथ का प्रबन्ध ऐसा ही कुछ होगा।' उन्होंने सोचा, 'इसके चर लौट आये हैं। कुछ भूल गये होंगे। अब सामान ले कर चलेंगे तो सेना के पहले कैसे पहुँचेंगे। सेना ही इनसे पहले पहुँच जायेगी। तो कब ये मण्डप का निर्माण करेंगे और कब शल्य विश्राम करेंगे।'

रुक्मरथ अपने चरों को ले कर उनके सम्मुख उपस्थित हुआ, "पिजाजी! इन का कहना है कि आज रात्रि के विश्राम के लिए मण्डप निर्माण की आवश्यकता नहीं है। हमारे विश्राम के लिए मण्डप के स्थान पर पाण्डवों ने हमारी अगवानी के लिए एक प्रकार का भवन ही वहाँ तैयार करवा रखा है। आप की सेवा के लिए दास-दासियाँ भी उपस्थित हैं। राजसी पाकशाला का प्रबन्ध है। स्वादिष्ट भोजन बन रहा है।..."

शल्य ने सुना और सुनकर चुप रह गये।...उन्होंने तो कभी सोचा ही नहीं था कि युधिष्ठिर इतना दूरदर्शी भी हो सकता है। उसने उनकी अगवानी के लिए पहले से उपयुक्त स्थान पर मण्डप बनवाकर अपने सेवक रख छोड़े हैं ताकि उन्हें किसी प्रकार का कोई कष्ट न हो। इसका अर्थ है कि युधिष्ठिर

उतना साधनहीन नहीं है, जितना वे समझ रहे थे। कितना साधन-सम्पन्न है, यह तो मण्डप में पहुँचकर ही ज्ञात होगा।

सन्ध्या समय शल्य उस मण्डप तक पहुँचे तो उसे देखते ही रह गये। यदि उन्हें पहले से ही ज्ञात न होता कि वहाँ उनके लिए मण्डप बनवाया गया है, तो वे उसे एक प्रासाद ही समझते। सैनिकों के लिए भी पर्याप्त सुखदायक स्थान का निर्माण किया गया था और शल्य और रुक्मरथ के लिए तो जैसे प्रत्येक वस्तु की व्यवस्था कर दी गयी थी।

उनके वहाँ पहुँचते ही सेवकों में मानों अद्भुद स्फूर्ति का संचार हो गया था। वे इस प्रकार सेवा कर रहे थे, मानों उनके अपने घर कोई उत्सव हो और शल्य उनके सब से सम्मानित अतिथि हों। न स्थान का अभाव था, न सेवकों का और न पदार्थों का।...शल्य एक-एक पदार्थ देखते थे और मन ही मन सोचने लगते थे कि उन्होंने पाण्डवों की क्षमता का कितना मिथ्या अनुमान लगाया था। पाण्डवों के पास धन चाहे जहाँ से भी आया हो, किन्तु उनके पास सामर्थ्य का अभाव नहीं था। शल्य स्वयं अपने घर आये अतिथि का ऐसा सत्कार नहीं कर सकते थे। जिस पट का मण्डप निर्माण के लिए उपयोग किया गया था, उसका परिधान तक पहनने का अच्छे-अच्छे धनी लोग स्वप्न नहीं देख सकते थे। जैसे पर्यंक इस वन में उनको उपलब्ध कराए जा रहे थे, वैसे तो अनेक राजाओं के अपने प्रासादों में भी उपलब्ध नहीं होंगे। दास-दासियों की संख्या इतनी थी, जो किसी अच्छे-भले राजा के लिए भी ईर्ष्या का विषय हो सकती थी।

वे लोग भोजन करने के लिए बैठे तो शल्य की आँखें खुली की खुली रह गयीं। वह सेना के प्रयाण के मार्ग में बनाए गये मण्डप में उपलब्ध भोजन था अथवा किसी सम्राट् के घर में किसी अति विशिष्ट समारोह का भोजन। लगता था कि पूरे योजन भर में व्यंजनों के भांड सजा दिये गये हैं। एक-एक दाना भी खाए तो बड़े से बड़ा भोजन भट्ट भी आधे व्यंजन नहीं चख सकेगा।

भोजन करके रात को शल्य अपने पर्यंक पर लेटे तो अत्यन्त उल्लसित मनोदशा में थे। उनके पर्यंक के दोनों ओर दो अत्यन्त सुन्दर दासियाँ चँवर डुला रही थीं। दो दासियाँ उनके चरण चाँप रही थीं। पर्यंक के निकट एक चोकी पर सुरा-भांड नहीं, सुरा-भण्डार ही सजा हुआ था। कल रात शल्य को मच्छरों ने सोने नहीं दिया था और आज मच्छर उनके मण्डप में प्रवेश भी नहीं कर सकते थे। कल उनको पीने को मीठा जल भी नहीं मिला था और आज वे संसार की सर्वोत्तम सुरा का स्वाद ले सकते थे। कल वे एक अभावों भरी

यात्रा पर थे और आज वे सोच भी नहीं पा रहे थे कि उन्हें किस पदार्थ की आवश्यकता हो सकती है।...

युधिष्ठिर के विषय में उनका अनुमान सचमुच ही बहुत अनुचित था। उसने दुर्योधन जैसे धनाढ्य राजा से युद्ध छेड़ा था तो अपने साधनों पर विचार कर के ही छेड़ा होगा। युधिष्ठिर के पास धन का कोई अभाव नहीं था।....जिसके पास धन होगा, उसे सेना और शस्त्रों की क्या कमी हो सकती है।...शल्य को लग रहा था कि उनके साथ कुछ वैसा ही घटित हुआ है, जैसा कि परिवर्तन को न जानने और समझने वाले व्यक्ति के साथ होता है। उन्होंने पाण्डवों को छोटे बालक ही समझा था। यह नहीं सोचा था कि इतने समय में वे बड़े भी हो सकते हैं। शल्य को उनकी विपत्तियों का ही ज्ञान था। वे उनके विकास को नहीं जानते थे। ये वे पाण्डव ही तो थे, जिन्हें धृतराष्ट्र ने खाण्डवप्रस्थ का भयंकर वन दिया था और उन्होंने उसे इन्द्रप्रस्थ से सुन्दर साम्राज्य में बदल दिया था। पाण्डव चमत्कारिक जीव थे। शल्य अभी तो केवल इतना ही जानते थे कि पाण्डवों को द्रुपद, विराट् और श्रीकृष्ण की सहायता प्राप्त है। वे यह नहीं जानते कि उनके और कितने मित्र सहायक होंगे। जरासंध पुत्र सहदेव भी तो उनका ही अनुयायी है और जरासंध के पास सारी सृष्टि का धन एकत्रित था। सहदेव चाहे तो उन्हें अकूत धन दे सकता है। शिशुपाल के पास क्या नहीं था। उसका पुत्र धृष्टकेतु भी पाण्डवों का सखा है। उसकी भगिनी करेणुमती नकुल की पत्नी है। वह चाहे तो चेदि देश की सारी सम्पत्ति उन्हें दे सकता है।...और रुक्मरथ चाहे जो भी कहे, यादवों के समान धनी कौन हो सकता है। उनके पास सैन्य शक्ति भी है और व्यापार शक्ति भी। वे व्यापार-बहुल सागरतट के स्वामी हैं। उनकी धरती अत्यन्त उपजाऊ है। उनके उद्योग-धन्धे विकसित हैं। जो कोई उन पर आक्रमण करता है, वे उसे पराजित कर सर्वथा कंगाल कर देते हैं। पाण्डवों को यादवों का यह सारा धन उपलब्ध होगा...तो फिर युधिष्ठिर को धन की क्या चिन्ता?...पाण्डव दुर्बल नहीं हैं। वे यह युद्ध जीत सकते हैं।...और यदि युधिष्ठिर ने यह युद्ध जीत लिया तो संसार में उसके सम्मुख खड़ा होने वाला कोई नरेश नहीं होगा।...विजय में विजयी राजा के सहयोगियों का भी तो भाग होता है। युद्ध जय करने के पश्चात शल्य को कुछ भी मिल सकता है...धन, धरती, सेना...कुछ भी। वे मद्र के साथ-साथ सिंधुपति जयद्रथ और त्रिगर्तपति सुशर्मा के राज्यों के भी स्वामी हो सकत हैं। युधिष्ठिर उन्हें मना नहीं करेगा...बस युधिष्ठिर का मन उनसे प्रसन्न होना चाहिए।...उन्हें युधिष्ठिर को प्रसन्न करने के लिए कुछ करना चाहिए।...

शल्य को लगा कि वे युधिष्ठिर से मिलने को इतने आतुर हो उठे हैं कि उपप्लव्य पहुँचना तो दूर, वे प्रातः तक भी प्रतीक्षा नहीं कर सकते।...

"दासी!" शल्य ने चंवरधारिणी की ओर देखा, "तुम्हारे स्वामी के दर्शन कब और कहाँ हो सकते हैं?"

चंवरधारिणी ने अपनी वक्र दृष्टि से उनकी ओर देखा और एक कामुक मुस्कान अपने अधरों पर ले आयी, "महाराज! हमने सोचा था कि आपको हमारे स्वामी से अधिक हमारी आवश्यकता है।"

शल्य इतनी उल्लसित मनःस्थित में थे कि दासी से रुष्ट नहीं हो सके। मुस्करा कर बोले, "तुम्हारी कामना की भी एक सीमा है सुन्दरी! इस समय तो तुम्हारे स्वामी से ही मिलने की आतुरता है।"

"महाराज का कथन उचित है।" दासी सँभल गयी, "युद्धकाल है। महाराज को हमसे अधिक स्वामी की आवश्यकता है। कदाचित प्रातः ही वे आपके दर्शनों को आयेंगे।...किन्तु यह निश्चित सूचना नहीं है महाराज! यह मेरा अनुमान मात्र ही है।"

शल्य के लिए इतना ही पर्याप्त था। युधिष्ठिर स्वयं प्रातः यहाँ आ रहा था। आ जाये तो अच्छा है, अन्यथा कल सन्ध्या तक तो वे स्वयं ही उपप्लव्य तक जा पहुँचेंगे।...

उन्होंने अपने नेत्र मूँद लिए और सुखद कल्पनाओं में निमग्न हो गये।

प्रातः जब शिविर का प्रधान प्रबन्धक कुशल समाचार पूछने आया तो उन्होंने पहला प्रश्न किया, "तुम लोगों ने आनेवाले सारे राजाओं के स्वागत-सत्कार के लिए ऐसा प्रबन्ध किया है अथवा हमारे ही लिए है?"

प्रबन्धक मुस्कराया, "महाराज! अतिथि तो अतिथि ही होता है। हम किसी की भी उपेक्षा नहीं करते, किन्तु सबकी तुलना आपसे कैसे हो सकती है। हमारे स्वामी ने कहा है कि आपको वे अपने पिता तुल्य मानते हैं। आपके सत्कार में किया गया किसी भी प्रकार का प्रमाद अक्षम्य होगा।" उसने रुककर चाटुकार दृष्टि से शल्य की ओर देखा, "आप हमारे प्रबन्ध से सन्तुष्ट तो हैं, महाराज!"

"मैं परम सन्तुष्ट हूँ।" शल्य बोले, "सत्य तो यह है कि मैंने तुम लोगों की ओर से कभी ऐसे सत्कार की कल्पना भी नहीं की थी। तुम्हारे स्वामी आनेवाले थे, वे आये?"

"महाराज, हमारे प्रबन्ध में किसी प्रकार की त्रुटि तों नहीं है?"

"तुम्हारे लिए भय का कोई कारण नहीं है। तुम्हारे प्रबन्ध से मैं इतना प्रसन्न हूँ कि तुम्हारे लिए तुम्हारे स्वामी से किसी असाधारण मूल्य के श्रेष्ठ

पुरस्कार की संस्तुति करूँगा और मैं स्वयं अपनी ओर से तुम्हारे स्वामी को उनका मुँह माँगा वर देना चाहता हूँ। मेरे अधिकार क्षेत्र में से जो कुछ वे चाहें, मुझसे माँग सकते हैं।"

"वे शिविर के निकट ही हैं महाराज!" प्रबन्धक ने कुछ सहज होते हुए कहा, "क्या आप उनको अपने दर्शन करने की अनुमति देंगे?"

"मेरी इच्छा तो है। क्या उनके पास समय होगा?" शल्य बोले, "वे युद्ध की तैयारी में लगे हैं।"

"कितने भी व्यस्त क्यों न हों, किन्तु वे आपके दर्शन करने अवश्य आयेंगे। मद्रपति की इच्छा उनके लिए ईश्वरीय आदेश का महत्त्व रखती है। उसकी उपेक्षा सम्भव नहीं।"

शल्य मन ही मन हँसे। उन्होंने युधिष्ठिर के शील के विषय में ठीक ही सुना था। वह गुरुजनों और कुलवृद्धों को ईश्वर तुल्य ही समझता है। तभी तो सब कुछ जानते और समझते हुए भी उसने धृतराष्ट्र की आज्ञा की उपेक्षा नहीं की और द्यूत में सब कुछ हार गया।

"उन्हें सूचना दो कि मैं न केवल उनसे भेंट करने को आतुर हूँ, वरन् उनको उनका मुँह माँगा वरदान देना चाहता हूँ।" शल्य ने कहा।

"जैसी मद्रराज की इच्छा।" प्रबंधक ने झुककर हाथ जोड़े और उनके कक्ष से बाहर चला गया।

शल्य बहुत प्रसन्न थे। पता नहीं क्यों आज तक उन्होंने युधिष्ठिर की योग्यता और शक्ति को नहीं पहचाना। क्यों उनके मन में यह नहीं आया कि अपने सारे षड्यन्त्रों के पश्चात् भी दुर्योधन यदि पाण्डवों को नष्ट नहीं कर पाया तो उसका कोई कारण होगा। यदि उन्होंने पहले अपने इन भागिनेयों की ओर तनिक सा ध्यान दिया होता तो वे उन्हें दुर्योधन के छल-छन्द से बचा सकते थे। युधिष्ठिर इन्द्रप्रस्थ का ही नहीं, हस्तिनापुर का भी सम्राट् हो सकता था और स्वयं शल्य जम्बूद्वीप की उस सबसे शक्तिशाली राजसभा में बहुत महत्त्वपूर्ण स्थान पर विराजमान हो सकते थे। उन्होंने कभी युधिष्ठिर का न्याय संगत मूल्यांकन नहीं किया। पाण्डव कष्ट सहते रहे और शल्य अपने वास्तविक महत्त्व से वंचित रहे। पर अब वैसा नहीं होने देंगे।...

दासी ने उनके कक्ष में प्रवेश किया, "महाराज की जय हो। स्वामी द्वार पर उपस्थित हैं और आपके चरण स्पर्श कर आपको प्रणाम करने की अनुमति चाहते हैं।"

शल्य ने कुछ कहा नहीं। वे आतुरतापूर्वक द्वार की ओर चले। वे स्वयं द्वार पर खड़े होकर युधिष्ठिर का स्वागत करेंगे।

उन्होंने द्वार पर से यवनिका हटाई। उनके सम्मुख खड़ा था—दुर्योधन।

उसके हाथ जुड़े हुए थे और मस्तक झुका हुआ था।

"तुम?" शल्य कुछ इतने चकित हुए कि उनके मुख से और कोई शब्द ही नहीं निकला।

क्षण भर में शल्य के मन में विचारों के कितने ही झंझावात अपने पूरे वेग से उठे और जैसे अपना वृत्त पूर्ण कर कहीं विलीन हो गये।...

उन्हें लगा कि दुर्योधन अत्यन्त धूर्त है। उसने उनके साथ चतुराई की है। उस का यह सत्कार, सत्कार नहीं षड्यन्त्र था। अपने शत्रुओं को दुर्बल करने का प्रयत्न। उसे क्या आवश्यकता थी, शल्य के लिए मण्डप बनवाने की और उनके लिए इस प्रकार सुविधाएँ जुटाने की। निश्चित रूप से वह अपने शत्रुओं के मित्रों को फोड़ने का प्रयत्न कर रहा था। अब तक जब भी अवसर आया है, उसके सेवकों ने कभी उसके नाम की चर्चा नहीं की। उनके प्रश्नों के कुछ इस चतुराई से उत्तर दिये गये कि वे समझते रहे कि वे युधिष्ठिर के अतिथि हैं और वे लोग उन्हें अपने स्वामी के विषय में बताते रहे। युद्ध आरम्भ हुआ नहीं और उसके लिए दुर्योधन के छल-छन्द आरम्भ हो गये। युधिष्ठिर की सहायता के लिए जाती हुई सेनाओं का अपहरण आरम्भ हो गया। युधिष्ठिर ऐसा कार्य कभी नहीं करेगा। ऐसी दुष्टता तो दुर्योधन ही कर सकता है।...

पर तभी शल्य के मन में एक दूसरी लहर उठी।...दुर्योधन अधिक व्यावहारिक है। दुर्योधन का यह षड्यन्त्र ही प्रमाणित करता है कि युधिष्ठिर उसकी समकक्षता नहीं कर सकता। दुर्योधन युद्ध में वीरता के अतिरिक्त चतुराई और धूर्तता का भी सहारा लेगा। वह उसे युद्धशास्त्र का ही अंग मानता है। शत्रु को किसी भी प्रकार दुर्बल किया जाये, उससे क्या अन्तर पड़ता है। अपनी विजय के लिए कोई भी शस्त्र उठाया जा सकता है। किसी भी व्यूह की रचना की जा सकती है। दुर्योधन ने जो कुछ किया है, वह उसका कौशल भी हो सकता है और अनीति अथवा अधर्म भी। उसके लिए कोई भी मार्ग निषिद्ध नहीं है...

"हाँ महाराज! मेरे चरों ने सूचना दी थी कि आप मुझको मेरा मनचाहा वर देना चाहते हैं।" दुर्योधन बोला।

"मैं तो शिविर के स्वामी..." वे रुक गये, "यह शिविर तुम्हारा है? यह मण्डप तुमने बनवाया है?"

"हाँ मातुल!" दुर्योधन बोला, "आप चकित क्यों हैं? मैंने बनवाया है और आप के लिए बनवाया है। आप पाण्डवों के मातुल हैं तो मेरे भी मातुल हुए। आप अपनी सेना सहित यात्रा कर रहे हैं, तो मैं आपको कष्ट कैसे होने देता।" दुर्योधन ने रुक कर उनकी ओर देखा, "आज चाहे आप युधिष्ठिर की सहायता

को जा रहे हैं, किन्तु मैं यह कैसे भूल सकता हूँ कि आप सदा मेरे सहायक रहे हैं। युधिष्ठिर अपनी असमर्थता के कारण आपके मार्ग में आपके लिए उचित व्यवस्था नहीं कर सकता तो मैं क्या आपको कष्ट में यात्रा करने दूँगा।"

शल्य के मन में क्षण भर में बहुत कुछ घट गया।...वे युधिष्ठिर और पाण्डवों के विषय में जो कुछ सोच रहे थे, वह सब उनका भ्रम ही था। उनका पहला मूल्यांकन ही ठीक था। युधिष्ठिर में उनका ऐसा सत्कार करने का सामर्थ्य नहीं था।...और बात केवल सत्कार की नहीं थी। उनके पास धन था ही नहीं...तो फिर वह सेना कहाँ से एकत्रित करेगा? उसके लिए सुविधाएँ कहाँ से जुटाएगा? युद्ध जय कैसे करेगा?...

"आप मुझे वर देना चाहते थे।" दुर्योधन बोला।

सहसा शल्य के मन में जैसे रुक्मरथ आ बैठा। वह मुस्करा रहा था। उसका स्वर उनके मन और मस्तिष्क में बहुत स्पष्ट गूँज रहा था, "पिताजी! फिर ऐसा अवसर नहीं आयेगा। आपने पाण्डवों के दूत को सहायता का वचन देकर भूल की है। पाण्डव कभी विजयी नहीं हो सकते। उनके पक्ष से लड़ने में कोई लाभ नहीं है। दुर्योधन का सामर्थ्य आप देख ही रहे हैं। वह अपने शत्रुओं के लिए भी इतना कुछ करने का सामर्थ्य रखता है, जितना पाण्डव अपने परम मित्रों के लिए भी करने का सोच नहीं सकते। आपने युधिष्ठिर को वचन दिया है तो दुर्योधन को वर दे दीजिए। उस वरदान की आड़ में आप बहुत कुछ करने का सोच सकते हैं। इस वरदान के सम्मुख युधिष्ठिर को दिये गये वचन का क्या महत्त्व है। आप उस वचन से मुक्त हो जायेंगे।..."

"हाँ! मैं तुम्हारे सत्कार से प्रसन्न हो कर तुम्हें वर देना चाहता था।" शल्य बोले, "माँगो। क्या माँगना चाहते हो। मेरे सामर्थ्य के भीतर जो भी है, तुम माँग सकते हो।"

"मैं तो सदा से ही आपके द्वार पर खड़ा याचक हूँ मातुल!" दुर्योधन बोला, "मैं चाहता हूँ कि आप मेरी सारी सेना के अधिपति हो जायें।"

शल्य जैसे स्तब्ध रह गये...अपने जिन भागिनेयों की सहायता के लिए वे दौड़े जा रहे थे, उन्होंने एक बार भी नहीं सोचा कि मार्ग में मातुल को पीने के लिए जल भी मिलेगा या नहीं। और दुर्योधन ने उनके मार्ग में स्कन्धावार और प्रासाद दोनों ही बनवा दिये।...अपने भागिनेयों के पास वे अपनी सेना ले कर जा रहे हैं, उनके अधीन रह कर युद्ध करने। युधिष्ठिर ने उन्हें सेनापति बनाने की भी बात कभी नहीं की। वहाँ द्रुपद, विराट और कृष्ण के सम्मुख उनका पद क्या होगा, वे नहीं जानते; किन्तु दुर्योधन उन्हें अपनी सारी सेना का अधिपति बना रहा है। इस आसन्न महासमर में वे विजयी सेना के महासेनापति होंगे...विजय के पश्चात् उनकी क्या स्थिति होगी?...और युधिष्ठिर क्या दे

सकता है उनको?...उन्होंने युधिष्ठिर को सहायता का वचन दिया है; किन्तु अब परिस्थितियाँ एकदम बदल चुकी हैं। वे दुर्योधन को वर दे सकते हैं। वे अपने वरदान की रक्षा के लिए अपने वचन का उल्लंघन कर सकते हैं।...

"तुम जानते हो कि माद्री मेरी सहोदरा थी और मैं युधिष्ठिर की सहायता के लिए सेना ले कर जा रहा हूँ।"

"जानता हूँ मातुल! किन्तु यह भी जानता हूँ कि मद्रपति जैसे क्षत्रियों के लिए अपने मुख से दिया गया वर सारे रक्त सम्बन्धों से अधिक महत्त्वपूर्ण है। अयोध्यापति दशरथ ने अपने वरदान की रक्षा के लिए ही तो श्रीराम जैसे पुत्र को वन भेज दिया था। उनको राम से प्रिय और कौन हो सकता था किन्तु क्षत्रिय द्वारा दिया गया वर...।" दुर्योधन बोला।

शल्य अपनी दृष्टि दुर्योधन पर गड़ाए खड़े रहे। दुर्योधन की बात मान लेने से उनका गौरव बढ़ जायेगा। मद्राराज ने अपने सम्बन्धों की उपेक्षा कर अपने वर की लाज रखी...वे युधिष्ठिर को दिये गये वचन से मुक्त हो रहे थे। उनको अपने मन के अनुकूल परिस्थितियाँ मिल रही थीं। वे रुक्मरथ की इच्छा पूरी कर सकते थे। वे सुशर्मा का परामर्श स्वीकार कर सकते थे।...पाण्डव उनसे रुष्ट नहीं होंगे। वे तो अपने वर की रक्षा करने के लिए उनकी प्रशंसा ही कोंगे। उन्हें अपनी सहायता, अपनी शक्ति तथा अपनी जय की चिन्ता नहीं थी, वे तो धर्म को महत्त्व देंगे। शल्य को अपने भागिनेयों से मुँह चुराने की आवश्यकता नहीं है।

"तो ठीक है वत्स!" शल्य बोले, "मैंने तुम्हें वर दिया।...पर पहले मैं युधिष्ठिर के पास उपप्लव्य जाऊँगा। उसे सारी परिस्थितियों की सूचना देकर, तुम्हारे युद्ध शिविर में लौट आऊँगा।"

"जैसी महाराज की इच्छा।" दुर्योधन बोला, "आपकी यात्रा सुखद हो। मैं आप के मार्ग में आपके लिए सारा प्रबन्ध करने का आदेश दे देता हूँ।" वह रुका, "वैसे सारी सेना को उपप्लव्य ले जाकर क्या करेंगे? उसे सीधे युद्ध शिविर में जाने दीजिए। आप पाण्डवों से मिलकर आ जाइए। मैं आपकी प्रतीक्षा करूँगा।"

"जैसी तुम्हारी इच्छा।" जाने क्यों शल्य का स्वर बहुत उल्लसित नहीं था।

17

"धर्मराज! सूचना आयी है कि मद्रनरेश शल्य मत्स्यदेश की सीमा में प्रवेश कर चुके हैं।" भीम ने बताया।

"उनके ठहरने की व्यवस्था तुमने कहाँ की है?" युधिष्ठिर ने पूछा।

"उनको तो आपके भवन के कक्ष में ठहरा देंगे।" भीम ने कहा, "वैसे पता नहीं उन्हें उसकी आवश्यकता पड़ेगी अथवा नहीं।"

युधिष्ठिर ने ध्यान से भीम की ओर देखा, "क्या बात है मध्यम! तुम मद्रनरेश को एक कक्ष में ठहराना चाहते हो, जबकि उनके वस्त्रों और शस्त्रों के लिए ही एक पूरा भवन अपेक्षित होगा। उनसे रुष्ट हो क्या?"

"रुष्ट नहीं हूँ।" भीम अब भी गम्भीर था, "पर तुष्ट भी नहीं हूँ। मद्रराज अपने चार सेवकों के साथ अकेले ही आ रहे हैं। न तो उनके साथ उनकी सेना है और न युवराज रुक्मरथ—जिनके आने की हमें निश्चित सूचना थी।"

"वे लोग पीछे आ रहे होंगे।" युधिष्ठिर बोले, "सम्भव है मातुल हम तक शीघ्र पहुँचने के लिए आतुर हों।"

"कुछ नहीं कह सकता।"

"कोई बात नहीं!" युधिष्ठिर बोले, "तुम उनकी अगवानी के लिए किसी को भेजो और उनके ठहरने की व्यवस्था करो। वे आ जायें तो सब कुछ स्पष्ट हो जायेगा।"

सन्ध्या समय तक शल्य युधिष्ठिर के भवन में आ पहुँचे थे। भीम की सूचना पूर्णतः सत्य थी। शल्य के साथ उनके केवल चार सेवक थे। सेना तो थी ही नहीं, कोई सैनिक अधिकारी भी उनके साथ नहीं था, जिससे माना जा सकता था कि वे सैनिक विषयों में कुछ चर्चा करना चाहते हैं। युवराज रुक्मरथ के उनके पीछे आने का भी कोई संकेत नहीं था। शल्य का अपना रथ भी शस्त्रों से शून्य ही था।

"तो मातुल युद्ध के लिए प्रस्तुत होकर नहीं आये हैं।" सहदेव ने कहा, "सम्भव है कि युद्ध की दृष्टि से फिर कभी आयें।"

"सम्भवतः उन्होंने युद्ध समाप्ति के पश्चात् आने की योजना बनाई है।" भीम ने कहा, "तब तक यह भी स्पष्ट हो जायेगा कि विजय किसकी हुई है। वैसे भी युद्ध कोई अच्छी बात तो है नहीं।"

पाँचों भाइयों ने मातुल को प्रणाम किया। द्रौपदी, सुभद्रा और उनके पुत्र भी आये। शल्य ने सबको आशीर्वाद दिया और विस्तार से सबके विषय में जानकारी चाही। वे देर तक एक-एक व्यक्ति से बातें करते रहे, जैसे दीर्घ काल से उन सबके विषय में सूचनाओं के भूख हों। उन्हें किसी प्रकार की जल्दी नहीं थी; और न वे लम्बी यात्रा से थके हुए प्रतीत हो रहे थे।

"पुत्र युधिष्ठिर!" वे बोले, "तुम्हारा यश दिग-दिगंत में फैल रहा है। मैं कितना प्रसन्न हूँ कि तुम लोग वनवास और अज्ञातवास की परीक्षा में से इस

प्रकार सफलतापूर्वक उत्तीर्ण होकर निकले हो। यह तो तुम ही हो पुत्र! जो धैर्यपूर्वक इस प्रकार के कष्ट सह लेते हो, अन्यथा दुर्योधन के अत्याचारों को इस प्रकार शान्त मन से सह लेना और किसी के वश में तो है नहीं...”

भीम ने अर्जुन की ओर देखा और आँखों ही आँखों में पूछा, मातुल आज धर्मराज की इतनी प्रशंसा क्यों कर रहे हैं? कहीं यह तो नहीं कहना चाह रहे कि दुर्योधन का अत्याचार सहना और किसी के वश का तो है नहीं, इसलिए उस अत्याचार को सहने का कार्य तुम ही करते चलो।

अर्जुन भी कुछ समझ नहीं पा रहा था। उसने अपना अज्ञान जताने के लिए अपने कंधे उचका दिये।

शल्य की बातों से भीम का एक प्रकार से मनोरंजन हो रहा था। वे अपने किसी चाटुकार सभासद के समान धर्मराज की प्रशंसा कर रहे थे।

“तुम साक्षात् धर्मराज हो पुत्र! क्षमा, दया, करुणा के तो तुम अवतार ही हो। तुम अपना धर्म कभी मत छोड़ना...”

अब तक नकुल पर्याप्त ऊब चुका था। युद्ध की कहीं कोई बात नहीं थी, न सेना की, न शस्त्रों की, न व्यूहों की...न राज्य की, न अधिकार की,...दया, क्षमा, करुणा की चर्चा...

“मेरा विचार है कि मद्रराज अपने किसी आकस्मिक निर्णय की भूमिका बना रहे हैं।” अर्जुन ने धीरे से सहदेव के कान में कहा।

सहदेव ने उनकी ओर देख कर सहमति में सिर हिला दिया।

द्रौपदी का धैर्य भी चुकता जा रहा था। शल्य की धर्म-चर्चा में उसे किसी प्रकार के षड्यन्त्र की गन्ध आ रही थी। कहीं वे किसी प्रकार की संधि का संदेश तो नहीं लाए? यदि कहीं और धर्मराज को यह समझाना चाहते हैं कि दुर्योधन राज्य के बिना जी नहीं सकता तो धर्मराज का लक्ष्य राज्य नहीं, धर्म है। अतः वे राज्य को दुर्योधन के लिए छोड़ दें और स्वयं अपना लक्ष्य प्राप्त करें। धर्मराज तो तत्काल तपस्या के लिए जाने को प्रस्तुत हो जायेंगे।...कहीं शल्य को दुर्योधन की ओर से कोई बड़ा उत्कोच तो नहीं मिल गया?

सुभद्रा सोच रही थी कि वे सब लोग इस बौड़म मद्रराज को इतना महत्त्व ही क्यों देते हैं। बीच युद्ध में आ कर यह व्यक्ति धर्म-चर्चा करने बैठ गया है। वह इतना भी नहीं समझता कि पाण्डवों के पास पहले से ही धर्म बहुत है। उन्हें उसकी और आवश्यकता नहीं है। व्यक्ति को आवश्यकता उस वस्तु की होती है, जो उसके पास नहीं है। पाण्डवों के पास राज्य नहीं है और दुर्योधन के पास धर्म नहीं है। शल्य को चाहिए कि दुर्योधन को धर्म दे आयें और पाण्डवों से तो केवल राज्य-प्राप्ति की चर्चा करें...

"जीवन का लक्ष्य तो धर्म ही है पुत्र! और तुम सौभाग्यशाली हो कि अपना मार्ग देख पा रहे हो और दृढ़तापूर्वक उस पर चल रहे हो।" शल्य बोले, "अब भीष्म हस्तिनापुर की रक्षा को अपना धर्म समझ बैठे हैं तो उनसे कोई क्या कहे। धर्म के भी तो अनेक रूप हैं।..."

"मेरे मन में पितामह के लिए कोई दुर्भावना नहीं है।" युधिष्ठिर ने कहा, "आप उनकी चर्चा इस समय न करें। वे अपने धर्म पर चल रहे हैं।..."

"ठीक कह रहे हो पुत्र! जिसे जो धर्म दिखायी दे, वह उसी पर तो चलेगा।" शल्य ने कहा, "शीत ऋतु में हिमवान की जिन नदियों का जल जम जाता है, उन पर चलनेवाले पशु-पक्षियों को कहाँ मालूम होता है कि जिस हिम पर वे चले रहे हैं, वह केवल ऊपरी आवरण है। उसके नीचे धरती नहीं, जल है। यदि किसी कारण आवरण हट जाये तो वे गहरे जल में गिरेंगे और उनकी मृत्यु हो जायेगी..."

युधिष्ठिर भी समझ रहे थे कि यह सब मद्रराज की भूमिका ही है। क्या कहने वाले थे वे?

"धरती समझकर नदी की धारा पर चलने वाले पशु को क्या तुम उसके लिए दोषी ठहराओगे पुत्र? और उसके लिए उसे तुम दण्डित करना चाहोगे?"

"नहीं मातुल!" धर्मराज बोले, "वह पशु तो न नदी पर चल रहा है, न धरती पर। वह तो अपने सत्य पर चल रहा है। और सत्य पर चलनेवाले को हम दोषी कैसे ठहरा सकते हैं।"

"ठीक कहते हो पुत्र! मैं जानता था कि तुम मेरी बात समझोगे और मुझे अपने धर्म पर चलने के लिए अपराधी नहीं ठहराओगे।" शल्य धीरे से बोले, "मैं तुम्हें एक सूचना देना चाहता हूँ!"

सारे पाण्डव जैसे अपने पंजों पर खड़े हो गये : इतनी देर से वे इसी सूचना की ही तो प्रतीक्षा कर रहे थे।...

"मैंने तुम्हें सैनिक सहायता का वचन दिया था। मैं और रुक्मरथ, अपनी सेना ले कर निकले थे। तुम जानते ही हो कि मार्ग लम्बा भी है और कष्टप्रद भी। और जब सेना के साथ चलना हो तो अनेक प्रकार की कठिनाइयाँ बढ़ जाती हैं।" शल्य बोले, "दिन में यात्रा का समय तो व्यतीत हो जाता था, पर रात को विभिन्न असुविधाओं के कारण नींद नहीं आती थी। उससे यात्रा बड़ी दुखदायी हो गयी थी। कष्ट के उस समय में हमें मार्ग में बने हुए कुछ मण्डप मिले, वहाँ हमारा स्वागत हुआ। हमारा राजसी सत्कार हुआ। मैंने मान लिया कि वे मण्डप तुमने मेरी सुविधा के लिए बनवाए हैं। मैं वहाँ की सेवा और सत्कार से इतना प्रसन्न हुआ कि मैंने तुम्हें मनचाहा वर देना चाहा। मैंने

सेवकों को अपने स्वामी को बुलाने का आदेश दिया तो वहाँ स्वामी के रूप में प्रकट हुआ दुर्योधन!..."

पाण्डवों ने चौंककर शल्य की ओर देखा।

"हमारे गुप्तचरों ने तो यह सूचना दी ही नहीं कि हमारी मित्र सेनाओं के मार्ग में दुर्योधन भवन और मण्डप बनवा रहा है।" भीम ने कहा।

"सम्भवतः वे भवन और मण्डप दुर्योधन के मित्र राजाओं की सीमाओं के भीतर रहे होंगे।" अर्जुन ने कहा।

"सम्भव है कि ऐसा ही हो।" सहदेव बोला, "वैसे भी हमारे पास गुप्तचरों की इतनी संख्या नहीं है कि सारे जम्बूद्वीप में होने वाली दुर्योधन की इस प्रकार की गतिविधियों पर दृष्टि रख सकें। उसके पास इतना धन है कि वह युद्ध में आने वाले प्रत्येक सैनिक के लिए एक-एक भवन बनवा सकता है और हमें प्रत्येक कौड़ी व्यय करने से पहले सोचना पड़ता है।"

"फिर क्या हुआ मातुल?" युधिष्ठिर ने पूछा।

"क्या होना था पुत्र! मैं वचन हार चुका था।" शल्य बोले, "मैंने उसे वरदान माँगने को कहा और उसने माँगा कि मैं आसन्न युद्ध में उसकी समस्त सेनाओं का अधिपति हो जाऊँ।"

"और आपने उसे यह वरदान दे दिया?" नकुल ने पूछा।

"और क्या करता पुत्र! मैं अपने वचन में बँधा था।" शल्य बोले।

"उसके सम्मुख आने से पूर्व आप वचन में कैसे बँध गये?" सहदेव बोला, "उसे सम्मुख देख कर आपने उसे वर माँगने के लिए कहा। इस का अर्थ है कि उस समय तक आप जान चुके थे कि आप धरती पर नहीं जमी हुई नदी पर चल रहे हैं।"

"मैं उसके सेवकों से कह चुका था कि मैं उसे वर देना चाहता हूँ।" शल्य ने कुछ धृष्ट होकर कहा।

"हाँ! उसके सेवकों के सम्मुख अपनी इच्छा प्रकट करने के कारण धर्म में बँध गये थे और हमारे दूत को सैनिक सहायता देने के वचन के कारण आप धर्म में नहीं बँधे थे? पहले वचन के विरुद्ध आप दूसरा वचन कैसे दे सकते थे?" भीम का स्वर कुछ प्रखर था।

शल्य ने अचकचाकर युधिष्ठिर की ओर देखा।

"ठीक है मातुल! आपने जो सत्य देखा, उसका पालन किया। जिससे धर्म समझा उसका आचरण किया।" युधिष्ठिर बोले, "हमें आपको उपालम्भ देने का कोई अधिकार नहीं है। यह आपका धर्म न होकर आपकी इच्छा भी होती तो हम आपका विरोध नहीं करते।"

"मातुल! लोगों में धर्म कम मात्रा में और लोभ अधिक मात्रा में होता है।" नकुल का स्वर कुछ उग्र हो गया था, "आपने दुर्योधन की सेनाओं का महासेनापति होने के लोभ में तो उसे वर नहीं दे दिया?"

शल्य ने स्तब्ध दृष्टि से नकुल की ओर देखा। कुछ देर तक उनकी अवाक् दृष्टि उस पर टिकी रही और फिर जैसे उनका आत्मनियन्त्रण लौट आया, "तू एकदम अपनी माँ पर गया है। वह भी इसी प्रकार अपने प्रश्नों से दूसरों को हतप्रभ कर दिया करती थी।"

उन्होंने जैसे रुककर आत्मबल एकत्रित किया, "तू समझता है कि भीष्म, द्रोण और कृपाचार्य के होते हुए वह मुझे अपना प्रधान सेनापति बना देगा?"

"यही कह रहा था मैं।" नकुल बोला, "यदि उसने कहा भी है, तो उसके भ्रम में मत रहिएगा। उसने इसी प्रकार का प्रस्ताव प्रत्येक महारथी के सम्मुख रखा होगा।" वह रुका और एक प्रज्ज्वलित दृष्टि शल्य पर डालकर बोला, "यदि कहीं वह आपको यह वचन दे कि युद्ध जय करने के पश्चात् वह आपको अपना आधा राज्य दे देगा तो भी उसका विश्वास मत कीजिएगा। उसने हमें तेरह वर्षों के निष्कासन के पश्चात् भी हमारा राज्य नहीं लौटाया है।"

"अब हम दुर्योधन के वचन का विश्वास नहीं करते।" अर्जुन ने कहा। निश्चित रूप से वह नकुल की आक्रामकता का वेग कुछ कम करने का प्रयत्न कर रहा था।

"कारण कुछ भी रहा हो, परिणाम चाहे कुछ भी हो।" सहसा युधिष्ठिर ने कहा, "इतना तो स्पष्ट है कि वह युद्ध में हमसे चतुर प्रमाणित हो रहा है। फिर भी मैं नहीं चाहूँगा कि जो योद्धा अपने मन से हमारे साथ न हो, उसे हम उस की इच्छा के विरुद्ध अपने पक्ष से लड़ने को बाध्य करें।..."

"मैं मन से तो तुम्हारे साथ हूँ युधिष्ठिर!..."

युधिष्ठिर ने शल्य को और कुछ कहने का अवसर ही नहीं दिया, "मैं आपका विश्वास करता हूँ मातुल! इसलिए आपको हमारा एक काम करना होगा।"

"क्या पुत्र?"

"मैं जानता हूँ, योद्धाओं के करने योग्य कार्य नहीं है यह। फिर भी आप यह कार्य मेरे लिए करें।"

"क्या पुत्र!"

"मेरा विचार है कि युद्ध में जब कर्ण और अर्जुन का द्वैरथ युद्ध होगा, तो दुर्योधन कर्ण के लिए एक असाधारण प्रतिभाशाली सारथि की खोज करेगा, क्योंकि अर्जुन के सारथि स्वयं श्रीकृष्ण हैं।" युधिष्ठिर बोले, "और तब उसकी दृष्टि आप पर पड़ेगी।"

"जहाँ तक मैं समझता हूँ, दुर्योधन ने मातुल का अपहरण इसी काम के लिए किया है।" अर्जुन ने कहा, "मेरा सारथ्य श्रीकृष्ण करेंगे, यह सुनकर उसे कर्ण के लिए कोई ऐसा ही सारथि चाहिए होगा।..."

"कर्ण ने एक बार कहा था कि वह युद्ध-सारथ्य में मुझे श्रीकृष्ण के समकक्ष मानता है।" शल्य बोले।

"पर मद्रपति को अपनी सेनाओं का महासेनापति बनाने का निमन्त्रण देकर एक योद्धा का सारथि बना देना तो न्याय नहीं है।" भीम ने शल्य पर एक वक्र दृष्टि डाली।

"भीम! तुम कदाचित मेरा उपहास करने का प्रयत्न कर रहे हो।" शल्य के स्वर में कुछ क्षोभ प्रकट हुआ, "किन्तु दुर्योधन ने मुझे अभी सारथि बनाया नहीं है। युधिष्ठिर ने केवल उसकी सम्भावना की चर्चा की है। और सूत-कर्म कोई ऐसा निकृष्ट कर्म नहीं है, जिससे क्षत्रिय योद्धा बिदक जाये। श्रीकृष्ण भी तो अर्जुन के सारथि बनकर ही युद्ध में उतरेंगे।"

"नहीं महाराज! सारथि-कर्म निन्दा का विषय नहीं है।" युधिष्ठिर बोले, "वह भी युद्ध-कर्म है और युद्ध में बिना लड़े शस्त्रों का सामना करना, उन्हें झेलना अधिक धैर्य का कार्य है।" युधिष्ठिर ने रुककर शल्य की ओर देखा, "मैं यह कह रहा था महाराज! कि यदि कभी ऐसा अवसर आया तो आपको मेरा एक कार्य करना है।"

शल्य को अपने क्षोभ को नियन्त्रित करने के लिए प्रयत्न करना पड़ा, "कैसा कार्य पुत्र!"

"ऐसे अवसर पर आप कर्ण का उत्साह-वर्द्धन न कर, उसे हतोत्साहित करें।" युधिष्ठिर बोले, "सारथि की दृष्टि में सम्मान न हो, तो योद्धा का बल आधा ही रह जाता है। आपने अपनी सेना दुर्योधन को दे दी है, तो अपना भाव और प्रेम हमें दें। इसे भी अपना धर्म ही समझें।"

शल्य ने युधिष्ठिर की ओर देखा : उनकी भंगिमा में न तो अपमान था, न अवहेलना।

"मैं तुम्हें वचन देता हूँ पुत्र! कि यदि ऐसा अवसर आया तो मेरा व्यवहार तुम्हारे मनोनुकूल ही होगा।" शल्य ने कहा, "कर्ण का अहंकार वैसे भी मुझे कभी प्रिय नहीं रहा।"

शल्य को उनके विश्रामकक्ष तक पहुँचाने के लिए स्वयं युधिष्ठिर उनके साथ गये। उन्होंने एक क्षण के लिए भी न अपना विरोध जताया न चिन्ता; न ही उन्होंने मद्रराज की किसी भी प्रकार की कोई उपेक्षा ही की।

"यह सब क्या है?" द्रौपदी ने युधिष्ठिर की ओर देखा, "यदि हमारे सहायक मद्रराज जैसे ही निकले तो दुर्योधन उन सबका अपहरण कर लेगा।"

"हमारे सारे सहायक मद्रराज जैसे ही तो नहीं हैं।" भीम ने कहा।

"और धर्मराज अब भी उन पर भरोसा कर रहे हैं और उनसे किसी न किसी प्रकार की सहायता माँग रहे हैं।" सुभद्रा ने बड़ी देर से मन में दबे अपने आवेश को वाणी दी।

"मैंने तो आज धर्मराज का एक नया ही रूप देखा है।" अर्जुन ने कहा।

"कैसा नया रूप?" द्रौपदी कुछ तकमकर बोली, "वैसे ही तो हैं। मातुल स्पष्ट विश्वासघात कर शत्रुओं से जा मिले हैं और धर्मराज अब भी उनके प्रति अपनी श्रद्धा व्यक्त कर रहे हैं। उनसे तो आज नकुल ही बहुत प्रखर रहे थे कि स्पष्ट कर दिया कि वे महासेनापति बनने के लोभ में दुर्योधन के पक्ष में चले गये हैं।"

"वह ठीक है, पर धर्मराज ने मातुल को बता दिया कि दुर्योधन उन्हें महासेनापति नहीं कर्ण का सारथि बनाना चाहता है।" अर्जुन ने कहा, "उन्होंने यह भी बता दिया कि यदि मातुल हमारे प्रति सत्यनिष्ठ नहीं रहे तो दुर्योधन के प्रति भी वे अपनी निष्ठा पर टिके नहीं रहेंगे। वे दुर्योधन के पक्ष से युद्ध करेंगे, किन्तु उसका हित नहीं साधेंगे; कर्ण का सारथ्य करेंगे किन्तु उसके साथ भी विश्वासघात करेंगे।"

"धनंजय ठीक कह रहे हैं।" सुभद्रा ने तत्काल समर्थन कर दिया, "पर मैं तो चकित हूँ ऐसे लोगों को देख कर। प्रभु की भी कैसी लीला है। कैसे-कैसे जीव बनाए हैं उसने। बातें कर रहे हैं आदर्शों की, धर्म में बँध जाने की और तनिक सा धन और पद का लोभ सम्मुख आ जाये तो क्षण भर भी टिके नहीं रह सकते। बस स्वार्थ ही स्वार्थ प्रत्यक्ष रह जाता है। दया आती है मुझे तो ऐसे लोगों पर।"

"सुभद्रा! यह समझ लो कि प्रभु ने सामान्य सृष्टि तो ऐसी ही बनाई है। जीव की इन्द्रियाँ और मन तो लोभ, मोह, स्वार्थ, अहंकार, मद, मात्सर्य जैसे तत्त्वों से ही बनाए गये हैं। जीव के लिए वैसा ही व्यवहार स्वाभाविक है।" अर्जुन ने कहा, "सारा खेल ही इन तत्त्वों से मुक्त होने का है। इससे मुक्त होने का प्रयत्न करने के लिए ही तो यह मानव तन मिला है हमें। जिसमें ये सारे तत्त्व जितनी कम मात्रा में हैं, वह मनुष्य विकास के उतने ही ऊँचे सोपान पर पहुँचा हुआ है।"

18

विदुर सभा से घर लौटे तो देखा कि कुन्ती जैसे उनकी प्रतीक्षा में बैठी थीं।

"क्या सोच रही हो भाभी?"

कुन्ती मुस्कराई, "सोच भी रही हूँ और तुम से पूछ भी रही हूँ—मेरे पुत्रों का दुर्योधन से युद्ध होगा अथवा शान्ति, अहिंसा और आनृशंसता के नाम पर अन्ततः फिर एक बार कोई अन्यायपूर्ण संधि हो जायेगी?"

विदुर गम्भीर हो गये, "ऐसा लगता है कि युद्ध तो होगा भाभी!"

"मैंने तो सुना है कि आज तक दोनों पक्षों की ओर से संधि के प्रयत्न हो रहे हैं।" कुन्ती ने कहा, "और तुम युद्ध की चर्चा कर रहे हो।"

"भाभी! हस्तिनापुर की सेनाओं और दुर्योधन की सहायता के लिए आयी मित्र राजाओं की सेनाओं के स्कन्धावारों से पंचनद, कुरुजांगल, रोहितकवन, समस्त मरुभूमि, अहिछत्र, कालकूट, गंगातट, वारण, वाटधान और यमुनापर्वत इत्यादि क्षेत्र अटे पड़े हैं। ये सब संधि के लक्षण हैं अथवा युद्ध-ज्वर के?"

कुन्ती के नेत्रों में कुछ चिन्ता झलकी, "कौन-कौन आ चुका है दुर्योधन की सहायता को?"

"भगदत्त आया है प्रायः एक अक्षौहिणी सेना ले कर।"

"प्राग्ज्योतिषपुर से वह आ भी गया।" कुन्ती ने जैसे अपने आप से कहा, "आना ही था उसे। कृष्ण ने उसके पिता भौमासुर का वध किया था और अर्जुन ने राजसूय यज्ञ के अवसर पर उसे पराजित कर उससे कर वसूला था। उस वैर को वह भूल नहीं पाया होगा। दुर्योधन न भी लड़ना चाहे तो ऐसे में प्रतिशोध-कामी लोग युद्ध करवाकर ही रहेंगे।" कुन्ती ने कुछ रुककर पुनः पूछा, "...और कौन आया है?"

"कृतवर्मा आया है भाभी!"

"कृष्ण के दोनों समधी मिलकर उसके विरुद्ध खड़े हो गये हैं।" कुन्ती मुस्कराई, "पर कृतवर्मा कुछ जल्दी नहीं आ गया विदुर?"

"जल्दी से आपका क्या तात्पर्य है भाभी?"

"अभी तो ढंग से युद्ध की घोषणा भी नहीं हुई है। अभी यादवों ने एक-दूसरे के विरुद्ध; युद्ध की नीति भी प्रकट नहीं की है। अभी से कृतवर्मा को कृष्ण के विरुद्ध खड़े होने की क्या आवश्यकता थी?"

"ठीक कहती हो भाभी! किन्तु बलराम तथा कृतवर्मा ने एक प्रकार से तो पाण्डवों के विरोध की घोषणा कर ही दी है।" विदुर बोले, "पाण्डवों का विरोध उसे चाहे न भी कहें, किन्तु दुर्योधन की पक्षधरता तो वह है ही।...और कृतवर्मा तो केवल सात्यकि के विरोध के कारण पाण्डवों का शत्रु बना बैठा है।"

"और?"

"केकय के पाँच राजकुमार आये हैं। अवन्ती से बिन्द और अनुबिन्द आये हैं, दो अक्षौहिणी सेना को ले कर। महिष्मती से नील और कंबोजनरेश एक-एक अक्षौहिणी सेना ले कर आये हैं। सिन्धु सौवीर से जयद्रथ आया है।..."

"वह फिर आ गया। उसे तो भीम ने युधिष्ठिर का दास बना कर छोड़ा था।" कुन्ती ने कहा, "कृतघ्न कहीं का।...अच्छा है कि वह युद्ध में भीम के सम्मुख पड़े, ताकि भीम उसका वध कर सके, अन्यथा तो वह फिर हाथ जोड़ देगा और युधिष्ठिर को फिर स्मरण हो आयेगा कि वह दुःशला का पति है। वह उसे फिर क्षमा कर देगा। जयद्रथ को द्रौपदी के साथ किये गये दुर्व्यवहार का दंड तो युद्ध में ही दिया जा सकता है।"

"हाँ भाभी! मुझे भी तो लगता है कि बहुत समय से इस धरती पर पापियों को उचित दंड नहीं दिया जा सका है। धरती उनके बोझ से कराह रही है। कदाचित इसी लिए प्रभु ने यह संहार लीला रची है। भूरिश्रवा भी एक अक्षौहिणी सेना के साथ आया है।" विदुर बोले।

"भूरिश्रवा!" कुन्ती ने कहा, "उसे क्या कहना। बाहलीक ने सदा सत्ता का साथ दिया है। सोमदत्त भी पिता के पक्ष में ही है, तो उसका पुत्र भूरिश्रवा विपक्ष का साथ कैसे दे सकता है।"

"ठीक कह रही हो भाभी! ये लोग तो सत्ता के साथ हैं, क्योंकि सत्ता उनका पोषण करती है।" विदुर बोले, "उन्हें न्याय-अन्याय तथा धर्म-अधर्म से क्या लेना-देना। उन्हें तो बस अपने पोषण कि चिन्ता करनी है। राजा उनका पेट भरता जाये और जो मन में आये करता जाये।"

"मैं उन्हें दोष नहीं देती।" कुन्ती ने उत्तर दिया, "यदि भीष्म जैसे मनस्वी सिंहासन का पक्ष नहीं छोड़ सकते, तो किसी और के लिए कुछ कहना ही व्यर्थ है।"

"भाभी!" विदुर का स्वर पहले से भी कहीं अधिक गम्भीर हो गया था, "मैं पितृव्य का पक्ष ले कर उनका बचाव नहीं करना चाहता, किन्तु मुझे लगता है कि उनके विषय में तुम्हारी धारणा ठीक नहीं है। उनके हाथ सिंहासन ने नहीं, कुलधर्म ने बाँध रखे हैं।"

"तो वे समझते हैं कि दुर्योधन का पक्ष ले कर मेरे पुत्रों से युद्ध करने पर उनके कुलधर्म का निर्वाह होगा?" कुन्ती का स्वर प्रखर हो उठा था।

"उनके मन में क्या है, यह तो मैं नहीं जानता, किन्तु इतना अवश्य जानता हूँ कि न तो वे तुम्हारे पुत्रों के विरोधी हैं, न वे उनका अधिकार छीनने के पक्ष में हैं और न वे इस युद्ध की आकांक्षा रखते हैं।" विदुर बोले, "मेरा विचार है कि वे अब भी न्यायपूर्ण सन्धि का कोई मार्ग खोजने का प्रयत्न कर रहे हैं।"

"भगवान करे ऐसा ही हो।" कुन्ती ने कहा।

विदुर प्रतीक्षा करते रहे किन्तु जब कुन्ती ने और कुछ नहीं पूछा तो बोले, "और भाभी! सबसे आश्चर्य की बात है कि शल्य एक अक्षौहिणी सेना ले कर

दुर्योधन के युद्ध शिविर में आ गया है।"

"शल्य? मद्रनरेश शल्य?"

"हाँ भाभी!"

"क्यों? उसे क्या सूझी?"

"कह नहीं सकता।" विदुर ने धीरे से कहा, "पर संसार में भाँति-भाँति के लोग होते हैं। सम्भवतः उसे दुर्योधन के पक्ष में विजय के, और इसलिए भविष्य में उसी के पक्ष में अधिक धन और सत्ता के दर्शन हुए हों। यदि राज्य के अबाध भोग के लिए कंस अपने भागिनेयों की हत्या कर सकता है, बहन और बहनोई को करागार में डाल सकता है, तो शल्य अपने भागिनेयों के विरुद्ध युद्ध नहीं कर सकता?"

"वह जो भी करे किन्तु मैं जानती हूँ कि स्वार्थ, मूर्खता का दूसरा नाम है।" कुन्ती ने कहा, "मेरे पुत्र शल्य को अपने पिता तुल्य समझते और उनका वैसा ही सम्मान करते; किन्तु अब उनके हाथों से गौरवहीन मृत्यु प्राप्त करेगा।"

"मुझे लगता है कि शल्य को दुर्योधन ने कोई बड़ा लोभ दिया होगा।"

"सम्भव है। वह आज से नहीं पांचाली के स्वयंवर के समय से ही दुर्योधन के पक्ष में लड़ता आ रहा है।" कुन्ती ने कहा, "एक तो दुर्योधन की विजय का क्षण आयेगा ही नहीं और यदि कभी वह क्षण आया तो भी मेरी दृढ़ धारणा है कि दुर्योधन के मन्त्री—कर्ण, दुःशासन और शकुनि—शल्य को सत्ता के निकट भी नहीं फटकने देंगे।"

"सम्भव है कि ऐसा ही हो।"

"ऐसा ही होगा।" सहसा कुन्ती ने अपनी मुद्रा बदलकर विदुर की ओर देखा, "और विदुर! पांडुपुत्रों ने भी सेना एकत्रित की है अथवा नहीं?"

"क्यों नहीं।" विदुर हँसे, "इस बार तो वे भी युद्ध के सन्दर्भ में पर्याप्त गम्भीर लगते हैं। वे मत्स्यराज की तो भूमि पर ही हैं। विराट और द्रुपद उनके सैन्य और धन संग्रह के कार्य का संयोजन कर रहे हैं। शिशुपालपुत्र चेदिराज धृष्टकेतु अपनी एक अक्षौहिणी सेना ले कर उनके शिविर में पहुँच गया है। मगध से जरासंधपुत्र सहदेव और जयत्सेन भी प्रायः एक अक्षौहिणी सेना ले कर आ गये हैं।"

"यह तो पांडुपुत्रों का पुण्य ही फलीभूत हुआ है।" कुन्ती ने कहा, "जरासंध और शिशुपाल का वध उनका सहायक हो गया है।"

"द्वारका में अर्जुन को केवल श्रीकृष्ण मिले, यह तो तुम जानती ही हो भाभी!" विदुर बोले, "किन्तु सात्यकि भी एक अक्षौहिणी सेना के साथ उपप्लव्य पहुँच गया है।"

"उसे तो आना ही था।" कुन्ती का स्वर उल्लसित था, "वह तो कृष्ण को उसके पुत्रों से भी अधिक प्रेम करता है और अर्जुन का भी वह प्रिय शिष्य है। वैसे भी कृतवर्मा से अपना गणित बराबर करने के लिए उसे यही अवसर मिलेगा।"

"और भाभी, पांड्य नरेश आ गया है। अनके पर्वतीय राजा आये हैं। कुछ कैकेय राजकुमार भी आये हैं।..."

"तुम कह रहे थे कि कैकेय दुर्योधन की सहायता के लिए आये हैं?"

"कैकेय से बहुत लोग आये हैं भाभी! अभी स्थिति स्पष्ट नहीं है। कुछ वे हैं, जिनके हाथ में सत्ता है और वे उसे बनाए रखने के लिए सहायता चाहते हैं। कुछ वे हैं, जो राज्यच्युत और देश निष्कासित हैं। वे अपनी सत्ता लौटाना चाहते हैं। लगता है कि अपना युद्ध कैकेय में न लड़कर, यहाँ लड़ना चाहते हैं..."

पारंसवी बहुत देर से चुपचाप उनकी चर्चा सुन रही थी। उसने पहली बार मुँह खोला, "और सभा का क्या समाचार है। सुना है कि महाराज धृतराष्ट्र के पास धर्मराज का दूत आया था और धृतराष्ट्र ने भी संजय को पुत्र युधिष्ठिर के पास भेजा था।"

"अरे तुमने बहुत कुछ सुन लिया पारंसवी! लगता है कि भाभी की संगति ने तुम्हें भी बहुत जागरूक बना दिया है।" विदुर मुस्कराए।

"क्यों, जो सभा का समाचार रखे, वह जागरूक होता है?" पारंसवी कुछ तमक कर बोली।

"नहीं! विदुर गम्भीर थे, "सभा में तो केवल राजनीति होती है। जीवन का कदर्य रूप मनुष्य का निकृष्ट चिन्तन। तमोन्मुखी रजोगुण। वहाँ कुछ भी उदात्त नहीं है। अब वे दिन नहीं रहे, जब राजसभा में धर्म की चर्चा होती थी।" विदुर रुके, "कभी-कभी सोचता हूँ कि जाने क्यों प्रभु ने मुझे भगवान व्यास के आश्रम में नियुक्त नहीं किया, हस्तिनापुर की राजसभा में किया। वहाँ ऐसा क्या है, जिसे मनुष्य देखे, और आनन्दित हो? ऐसा क्या है, जिसे कोई सुने और उसके ज्ञान में वृद्धि हो? ऐसा क्या है, जिस का चिन्तन करे और उसका विकास हो?"

"तो फिर क्यों चिपके बैठे हैं उस सभा से? छोड़ क्यों नहीं देते?" पारंसवी बोली।

"प्रभु ने जहाँ नियुक्त किया है, वहीं बैठा उनके आदेश का पालन रहा हूँ।" विदुर हँसे, "सोचता हूँ कि भगवान व्यास को भी अवसर पड़ने पर, सभा में आना ही पड़ता है, तो मैं ही भागकर कहाँ जाऊँगा। जब प्रभु की इच्छा मुक्त करने की होगी, तो वह स्वयं ही मुक्त कर देगा। तब तक मैं अपने धर्म का निर्वाह करता चलूँ।"

"तो अपने धर्म का निर्वाह करो।" कुन्ती ने हँसकर कहा, "बताओ, मेरे पुत्रों के दूत ने क्या कहा?"

"भाभी! महाराज द्रुपद के पुरोहित आये थे राजदूत बन कर।" विदुर ने बताया, "उन्होंने स्पष्ट रूप से संक्षेप में ही अपनी बात कही थी। उसका सार यह था कि दुर्योधन ने कई बार पाण्डवों की हत्या का प्रयत्न किया। पाण्डवों का पैतृक धन और राज्य, धृतराष्ट्र ने दुर्योधन की सहायता से अपहृत कर लिया है। पाण्डवों का अपने बाहुबल से अर्जित और समृद्ध किया गया राज्य भी द्यूत में छल प्रपंच से उनसे छीन लिया गया। फिर भी पाण्डवों ने अपनी प्रतिज्ञा के अनुसार वनवास के बारह वर्ष और अज्ञातवास का एक वर्ष पूरा कर लिया है। पाण्डव अब भी अपने विरुद्ध हुए अत्याचारों को भुलाने को प्रस्तुत हैं। वे कुरुवंश के अंग हैं और वही बनकर रहना चाहते हैं। वे सब से भाईचारा चाहते हैं। जनसंहार उनको प्रिय नहीं है। वे बिना युद्ध किये अपना राज्य प्राप्त करने के इच्छुक हैं।...पर यदि पाण्डवों को इन्द्रप्रस्थ का राज्य नहीं लौटाया गया, तो पाण्डव यह सिद्ध करना चाहेंगे कि वे दुर्योधन से अधिक बलिष्ठ हैं। धर्मराज के पास सात अक्षौहिणी सेना, अर्जुन का पराक्रम, भीम का बल और श्रीकृष्ण की बुद्धिमत्ता है।"

"पुरोहित ने बात तो स्पष्ट कही और प्रखर रूप में कही। किन्तु द्रुपद का पुरोहित भीष्म और द्रोण के लिए शांतिदूत हो ही नहीं सकता। उन्होंने द्रुपद को सिवाय अपने शत्रु के और कुछ समझा ही नहीं।" कुन्ती के आनन पर सन्तोष झलका, "तो महाराज ने उसका क्या उत्तर दिया?"

"महाराज से पहले पितृव्य बोले।" विदुर ने बताया, "उन्होंने दूत की बात का समर्थन किया और स्पष्ट कहा कि पाण्डवों को उनका राज्य लौटा दिया जाना चाहिए। राज्य न लौटाने का कोई औचित्य नहीं है। न लौटाने का एक ही कारण है कि दुर्योधन समझता है कि पाण्डव युद्ध में उससे जीत नहीं सकते; किन्तु सत्य यह नहीं है। दूत ने ठीक कहा है कि अर्जुन का पराक्रम अद्भुद है..." विदुर रुके, "पितृव्य ने अर्जुन की प्रशंसा में दो ही वाक्य कहे थे कि कर्ण की ईर्ष्याग्नि भड़क उठी। उसने यह चिन्ता भी नहीं की कि पितृव्य अभी बोल रहे हैं और वे न केवल अवस्था में उससे कहीं अधिक वृद्ध हैं, वरन् कर्ण की तुलना में वे सभा में कहीं अधिक सम्मानित और महत्त्वपूर्ण सदस्य हैं।"

कुन्ती के चेहरे पर उत्सुकता के स्थान पर गम्भीर चिन्ता आ विराजी, "क्या कहा कर्ण ने?"

"कर्ण बोला कि अतीत की चर्चा करना व्यर्थ है। वह तो सबको ज्ञात ही है। पाण्डवों ने अज्ञातवास की प्रतिज्ञा पूरी नहीं की है। वे एक वर्ष पूरा होने

से पहले ही पहचान लिए गये हैं। उन्हें धर्मपूर्वक तो पुनः बारह वर्षों के लिए वनवास और एक वर्ष का अज्ञातवास करना चाहिए। उसके पश्चात् वे दुर्योधन की शरण में शांति से रह सकते हैं। पर पाण्डव धर्म के बल पर नहीं, मूर्ख मत्स्यराज और उस भड़काऊ द्रुपद के बल पर राज्य लेना चाहते हैं। यदि वे युद्ध ही चाहते हैं तो मेरी बात स्मरण रखें..."

"पितृव्य ने कुछ नहीं कहा?" पारंसवी ने पूछा।

"पितृव्य को क्रोध आ गया।" वे बोले, "पाण्डव मत्स्य और पांचालों की सेना के बल पर राज्य लेना नहीं चाहते, तुम्हें ही अपने बल का अहंकार हो गया है।" उनका क्रोध छलका, 'आज तक पाण्डवों के विरुद्ध किसी युद्ध में तुम ढंग से लड़े भी हो? प्रत्येक युद्ध में हारकर अथवा डरकर भाग जाते हो। क्या किया तुमने द्रुपद के साथ हुए युद्ध में, क्या किया गन्धर्वों के विरुद्ध घोषयात्रा के युद्ध में? क्या किया तुमने विराट के गोहरण के अवसर पर हुए युद्ध में? सदा ही युद्ध छोड़कर भागनेवाले प्रथम व्यक्ति तुम होते हो। तुम्हारे भरोसे तो हस्तिनापुर की सेना सदा ही धूल फाँकती रहेगी।" इस पर कर्ण ने पुनः कुछ कहना चाहा, किन्तु धृतराष्ट्र ने उसे डाँटकर चुप करा दिया और कहा कि, "पितृव्य ठीक कह रहे हैं। इसी में पाण्डवों का ही नहीं, हमारा और सारे संसार का हित है। महाराज ने दूत को आश्वस्त किया और कहा कि वे उसके सन्देश का उत्तर देने के लिए, अपना दूत पाण्डवों के पास भेजेंगे और प्रयत्न करेंगे कि सौहार्द और प्रेम से सारी समस्या का समाधान हो जाये।"

"मैंने सुना कि उन्होंने संजय को दूत बनाकर भेजा था।" पारंसवी बोली।

"हाँ! संजय गया था और कल रात वह लौट भी आया है। उसने आज प्रातः सभा में पाण्डवों का संदेश महाराज को सुनाया है।" विदुर बोले।

"महाराज ने क्या संदेश भेजा युधिष्ठिर को कि वह अपना राज्य न माँगे?" कुन्ती न कटु स्वर में कहा, "अपने भाइयों और पत्नी के साथ वन में चुपचाप पड़ा रहे?"

"नहीं भाभी! ऐसा संदेश जाता तो कम से कम उसमें उनके मन का भाव स्पष्ट तो होता। उन्होंने संजय के माध्यम से जो संदेश भिजवाया, वह कुछ और ही था।"

"क्या संदेश था?" पारंसवी ने पूछा।

"महाराज धृतराष्ट्र ने दुर्योधन की ढेर सारी निन्दा करके कहा था कि संजय युधिष्ठिर से कहे कि दुर्योधन के सिर पर तो मृत्यु मँडरा रही है, वह

किसी की भी बात नहीं सुन रहा, तो युधिष्ठिर ही उनकी बात मान ले और युद्ध के स्थान पर प्रेम से काम ले। सो संजय ने जाकर पहले तो पाण्डवों की कुशलता पूछी और फिर सबको सबकी ओर से प्रणाम और आशीर्वाद किया और तब कहा कि युधिष्ठिर अपने भाई के प्रति क्रोध न करे, उसे प्रेम से ही समझा ले।..."

"तो युधिष्ठिर सहमत हो गया?" कुन्ती ने जैसे चौंककर पूछा।

"नहीं!... युधिष्ठिर ने भी कुरुवंश और हस्तिनापुर के प्रत्येक साधारण से साधारण व्यक्ति के प्रति अभिवादन निवेदित कर कहा कि वे लोग दुर्योधन को समझाने का प्रत्येक सम्भव प्रयत्न प्रयत्न कर चुके हैं। जब उन सबसे कुछ नहीं हुआ तो अब प्रेम से दुर्योधन को समझा लेना उसके लिए सम्भव नहीं है। संजय ने कहा कि वह संधि का संदेश ले कर आया है और भीष्म तथा धृतराष्ट्र भी संधि ही चाहते हैं।" विदुर ने बताया, "तो उत्तर में युधिष्ठिर ने कहा कि वह भी युद्ध नहीं चाहता, किन्तु संधि का आधार न्याय होता है। जब तक पाण्डवों को इन्द्रप्रस्थ का राज्य लौटाया नहीं जायेगा, तब तक न न्याय हो पायेगा और न संधि हो सकेगी।"

"दुर्योधन का समझाना तो दूर की बात है, संजय भी समझा कि नहीं?" पारंसवी मुस्करा रही थी।

"संजय नहीं समझा।" विदुर बोले, "उसने युधिष्ठिर को समझाना आरम्भ किया कि युद्ध एक घातक शस्त्र है। उससे किसी का भला नहीं होता। वह पाप-कृत्य है। युधिष्ठिर जैसा धर्मात्मा ऐसा पाप-कृत्य कर अपना भूत और भविष्य क्यों बिगाड़ना चाहता है।..."

"वाह! दुर्योधन प्रेम से राज्य दे नहीं और युधिष्ठिर युद्ध से राज्य ले नहीं, तो सीधा-सीधा अर्थ हुआ कि वह अपना राज्य दुर्योधन को दान कर दे।" पारंसवी बोली, "वे लोग दुर्योधन को ही क्यों नहीं समझाते कि वह पाण्डवों को अपना भाई मानकर उनके साथ प्रेम से रहे। समझने का सारा दायित्व पाण्डवों ने ही ले रखा है क्या?"

"संजय का तर्क कुछ ऐसा ही था कि दुर्योधन अधर्मी है। वह तो धर्म पर चलने का नहीं। युधिष्ठिर धर्मात्मा है, इसलिए उसे धर्म पर चलना चाहिए; और युद्ध धर्म नहीं है।" विदुर बोले।

"अर्थात् वह तो दुष्ट है ही, इसलिए उसे दुष्टता करने दो। तुम भले आदमी हो, इसलिए सदा कष्ट सहो, अन्याय सहो, पीड़ा सहो। वह शक्ति का प्रयोग करता है, तो करने दो, तुम क्यों बल-प्रयोग करते हो।" पारंसवी का क्षोभ बढ़ता जा रहा था, "पाखंडी कहीं के।"

"वे तो युधिष्ठिर को उसी के आदर्शों में बाँधने का प्रयत्न कर रहे थे, पर वह बँधा क्या?" कुन्ती ने पूछा।

"तुम ठीक कहती हो भाभी!" विदुर बोले, "संजय ने तो यहाँ तक कहा कि राज्य और धन-धान्य तो नश्वर है, जो अक्षय है, वह है यश। युधिष्ठिर को अपना यश नष्ट नहीं करना चाहिए। वह भीष्म और अश्वत्थामा सहित द्रोण का वध कर राज्य प्राप्त करना चाहता है। ऐसा अधर्मपूर्ण कर्म करने से तो अच्छा है कि यदि दुर्योधन उसका राज्य नहीं लौटाता तो वह वृष्णियों और अन्धकों के राज्य में भिक्षा माँगकर अपना और अपने भाइयों का निर्वाह कर ले। युद्ध पाप है; और युधिष्ठिर को पाप से बचकर रहना चाहिए।" विदुर ने रुककर उन लोगों की ओर देखा, "वह तो युधिष्ठिर को कुछ इस प्रकार समझा रहा था, जैसे युधिष्ठिर न्यायपूर्वक अपना राज्य न माँग रहा हो, कोई भयंकर पाप करने जा रहा हो। उसने तो यहाँ तक कह डाला कि यदि अन्ततः युद्ध ही करना था तो बारह वर्षों के वनवास और एग वर्ष का अज्ञातवास करने की क्या आवश्यकता थी। वनों और पर्वतों में तेरह वर्षों तक स्वयं तपने और अपने भाइयों को तपाने की क्या आवश्यकता थी। द्यूत के ही अवसर पर युधिष्ठिर बल-प्रयोग कर अपना राज्य ले सकता था। जो काम युधिष्ठिर आज करना चाह रहा है, वह तब भी हो सकता था।"

"यहाँ तक?" पारंसवी चकित थी।

"उसने यह भी कहा कि युधिष्ठिर की दृष्टि में क्षमा महान् धर्म है; इसलिए उसे वही करना चाहिए। सारे पापों की जड़ जो क्रोध है, युधिष्ठिर उसे क्यों अपनाए हुए है। भीष्म, अश्वत्थामा, द्रोण, कृपाचार्य तथा अन्य लोगों का वध कर, युधिष्ठिर जिन भोगों को प्राप्त करना चाहता है, वे इतने महत्त्वपूर्ण नहीं हैं। इससे तो अच्छा है कि युधिष्ठिर अपना सर्वस्व अपने मंत्रियों को देकर वानप्रस्थ ग्रहण कर ले।"

"तो युधिष्ठिर ने क्या कहा?" कुन्ती ने पूछा।

"युधिष्ठिर ने कहा कि पहले इसका निर्णय तो हो ले कि धर्म क्या है और अधर्म क्या। कभी-कभी धर्म ही अधर्म दिखने लगता है; और अधर्म धर्म के समान भासित होने लगता है।" विदुर बोले, "युधिष्ठिर ने कहा कि, सत्य यह है कि मैं शांतिप्रिय हूँ किन्तु आपत्तिकाल में मैं अपने स्वाभाविक धर्म का निर्वाह नहीं कर सकता। मुझे अपने आपद्धर्म को अंगीकार करना ही होगा। यदि वर्तमान परिस्थितियों में युद्ध के लिए तत्पर होना अधर्म है, तो मैं उसका प्रायश्चित् करने को प्रस्तुत हूँ। मैं राज्य के लिए युद्ध नहीं कर रहा। अधर्म से मुझे इन्द्रलोक का राज्य मिलता हो, तो मुझे वह भी नहीं चाहिए। मैं तो

धर्मपूर्वक पाण्डवों के अपने राज्य की माँग कर रहा हूँ। मेरा कथन सत्य है अथवा मिथ्या, इसका निर्णय श्रीकृष्ण करें। धर्म को श्रीकृष्ण से अधिक और कौन जानता है। वे प्रभावशाली और विद्वान् हैं। वे प्रत्येक कर्म के अंतिम परिणाम को जानते हैं। वे हमारे सबसे प्रिय और संसार के श्रेष्ठतम पुरुष हैं। मैं उनकी आज्ञा का उल्लंघन नहीं करूँगा।"

"मेरे पुत्रों को कृष्ण पर अटूट विश्वास है।" कुन्ती ने कहा।

"और श्रीकृष्ण को भी तो, धर्म पर अटूट विश्वास है।" विदुर बोले।

"तो श्रीकृष्ण ने संजय को क्या उत्तर दिया?" पारंसवी ने पूछा।

"श्रीकृष्ण ने कहा, 'संजय! मैं कौरवों और पाण्डवों का समान रूप से अभ्युदय चाहता हूँ। राज्य को ले कर उनमें युद्ध न हो और दोनों पक्षों में शांति ही नहीं सौहार्द भी बना रहे, मेरी यही इच्छा है। युधिष्ठिर की वही इच्छा है। न मुझमें धर्म का लोप हो सकता है, न धर्मराज युधिष्ठिर में। तुम भी धर्मज्ञ और ज्ञानी हो, तो फिर सब कुछ जानते हुए भी क्यों कौरवों के स्वार्थ के लिए वाग्जाल फैला रहे हो। धृतराष्ट्र के समान पाखंड कर रहे हो तुम। पाण्डवों के साथ जो कुछ भी हुआ है और हो रहा है, वे उसके प्रतिशोध की तो बात ही नहीं कर रहे। वे तो धर्म की बात कर रहे हैं। अपने राज्य की रक्षा के लिए युद्ध, क्या क्षत्रिय का धर्म नहीं है? मुझे बताओ, संकट की घड़ी में दस्यु से युद्ध करने में राजा के धर्म का पालन होता है अथवा युद्ध-क्षेत्र छोड़ कर भाग जाने में? मैं। आज भी कहता हूँ संजय! जाकर धृतराष्ट्र से कह दो कि यदि कुन्तीपुत्र कौरवों का वध किये बिना अपना राज्य पा लेने का कोई उपाय जान जायेंगे, तो वे भीम को किसी भी प्रकार समझाकर शान्त कर लेंगे और धर्मराज का पुण्य प्राप्त करेंगे। जब कोई पराए धन का अपहरण करने के लिए सैन्य-संग्रह करता है, तो युद्ध का अवसर उपस्थित होता है। अपना राज्य प्राप्त करने के लिये युद्ध करते हुए, हम सबका वध हो जाये तो भी स्पृहणीय है। द्यूतसभा में जो कुछ हुआ, उसे भुला कर भी तुम युधिष्ठिर को धर्म का उपदेश देना चाहते हो, फिर भी मैं कहता हूँ कि इस बिगड़े हुए कार्य को बनाने के लिए मैं स्वयं हस्तिनापुर की यात्रा करना चाहता हूँ। यदि पाण्डवों का स्वार्थ नष्ट किये बिना, मैं कोई संधि कराने में सफल हो गया तो मेरे हाथों परम पवित्र और महान अभ्युदय का कार्य सम्पादित हुआ जानो।' उसके पश्चात् श्रीकृष्ण मौन हो गये, जैसे कुछ और अति महत्त्वपूर्ण बात कहना चाहते हों।"

"क्या कहा कृष्ण ने?" कुन्ती ने पूछा।

"श्रीकृष्ण बोले, 'यदि संधि हुई तो कौरव यमपाश से मुक्त हो जायेंगे। पर मैं हस्तिनापुर आया तो कौरव मेरी बात सुनेंगे? वे मेरा सम्मान कर पायेंगे?'

विदुर रुक गये, "और भाभी! श्रीकृष्ण ने एक बहुत ही सुन्दर बात कही। उन्होंने कहा, 'संजय हस्तिनापुर जाकर महाराज धृतराष्ट्र से कहना, कौरव एक वन है और पाण्डव उसमें विचरण करने वाले व्याघ्र। वन यदि व्याघ्रों की रक्षा करेगा तो व्याघ्र भी वन की रक्षा करेंगे। यदि वन ने व्याघ्रों को मार डाला तो वन के निकट जाने, उसमें प्रवेश करने तथा उसका नाश करने में किसी को काई भय नहीं रहेगा। इसलिए यदि कौरव अपनी रक्षा करना चाहते हैं, तो उन्हें पहले पाण्डवों की रक्षा करनी होगी।"

"फिर क्या हुआ विदुर?"

"पाण्डवों ने संजय का सत्कार किया और बहुत स्नेह से कौरवों के लिए संदेश देकर उसे विदा किया। धर्मराज ने तो यहाँ तक कह दिया कि वे शांति बनाए रखने के लिए पाँचों पाण्डवों के लिए पाँच गाँव ले कर भी समझौता करने को तैयार हैं।..."

"पाँच गाँव?" पारंसवी चकित थी।

"हाँ! पाँच गाँव! युधिष्ठिर ने कहा कि पाण्डवों को अवस्थल, वृकस्थल, माकंदी, वारणावत तथा कोई एक अन्य गाँव दे दिया जाये तो वे युद्ध का विचार त्याग देंगे।"

कुन्ती ने चकित होकर विदुर की ओर देखा, "किसी ने भी उसके इस प्रस्ताव का विरोध नहीं किया? अभी तो तुम ही कर रहे थे कि इन्द्रप्रस्थ का राज्य लिए बिना कोई संधि नहीं होगी और अभी वह पाँच ग्रामों पर आ गया?"

"हाँ भाभी! किसी ने भी युधिष्ठिर के प्रस्ताव का विरोध नहीं किया," विदुर बोले, "क्यों नहीं किया, यह तो मैं नहीं जानता किन्तु कुछ लोगों का कहना है कि पाण्डवों की मान्यता है कि उन्हें पाँव रखने के लिए धरती चाहिए। उन्हें पाँच गाँव भी दे दिये जायेंगे, तो वे अपने बाहुबल से उसका विकास कर लेंगे, जैसे उन्होंने खाण्डवप्रस्थ को इन्द्रप्रस्थ बना लिया था।...किन्तु कुछ अन्य लोगों का विचार है कि ऐसा नहीं है। ऐसा होता तो वे कोई भी पाँच ग्राम माँगते, जो ग्राम उन्होंने माँगे हैं, वे एक-दूसरे से जुड़े हुए नहीं हैं। इसका यह अर्थ नहीं है कि युधिष्ठिर अपने प्रत्येक भाई के लिए एग ग्राम माँग रहा है। ऐसे तो उन पाँचों का अपना-अपना पृथक राज्य होगा। वे एक-दूसरे से पृथक हो जायेंगे। यदि पाण्डव पृथक्-पृथक् हो जायेंगे तो दुर्योधन उन्हें एक दिन भी जीने नहीं देगा। पाण्डव-एक दूसरे से पृथक होने की कल्पना भी नहीं कर सकते। इसलिए पाँच पृथक्-पृथक् ग्राम माँगने का अर्थ और ही है।..."

"तुम क्या समझते हो विदुर?"

"कह नहीं सकता भाभी! मुझे तो वह युधिष्ठिर की शांति कामना के

अतिरिक्त और कुछ भी नहीं लगता। इसमें कोई राजनीतिक अथवा सैनिक चाल होगी, ऐसी तो मैं कल्पना भी नहीं कर सकता। या इसका अर्थ इतना ही है कि युधिष्ठिर को यह पूर्ण विश्वास हे कि दुर्योधन उसे पाँच ग्राम नहीं देगा।"

"तो संजय उपप्लव्य से लौट आया?" पारंसवी ने पूछा।

"हाँ! वह कल संध्या समय लौट आया था।" विदुर बोले, "उसने हस्तिनापुर लौट कर महाराज को अपने लौटने का समाचार तो दिया किन्तु यह भी जता दिया कि वह अपने इस कार्य से प्रसन्न नहीं है। वह जैसे कोई अपवित्र कार्य करके लौटा था। उसे धर्म-विरुद्ध पाण्डवों को बहकाने के लिए भेजा गया और राजकर्मचारी होने के कारण उसे वह काम करना पड़ा, इससे वह तनिक भी प्रसन्न नहीं था।"

"क्या उसने महाराज से यह सब कहा?" पारंसवी ने पूछा।

"हाँ! अभिधा, लक्षणा और व्यंजना के माध्यम से किसी न किसी प्रकार ये सब बातें कह ही दीं।" विदुर ने कहा, "और जब महाराज ने जानना चाहा कि युधिष्ठिर ने उनके लिए क्या सन्देश दिया है, तो उसने कहा कि वह बहुत थका हुआ है। वह रात भर विश्राम करेगा और अगले दिन सभा में सबके सामने पाण्डवों का सन्देश सुनाएगा।"

"यह तो महाराज को यातना देने की बात है। वे इस प्रकार की जिज्ञासा को रात भर कैसे झेल पाये होंगे।" पारंसवी मुस्करा रही थी।

"शायद संजय यही चाहता था कि महाराज रात भर तड़पें। उसने उन्हें रात भर तड़पाया और आज प्रातः ही सभा में पाण्डवों का सन्देश सुनाया।" विदुर बोले।

"संजय भी एक ही व्यक्ति है अपनी प्रकार का।" कुन्ती ने कहा और किसी चिन्ता में मग्न हो गयीं।

19

पिछले दो दिनों से कृष्ण निरन्तर एक प्रकार की चिन्ता में थे।

पाण्डवों ने यदि एक दूत हस्तिनापुर भेजा था तो उसके उत्तर में एक दूत हस्तिनापुर से उपप्लव्य आ गया; किन्तु उस का क्या लाभ हुआ?...कृष्ण जानते थे कि युधिष्ठिर इतना तो समझ ही रहे थे कि संजय के माध्यम से भेजा गया धृतराष्ट्र का सन्धि-प्रस्ताव मात्र एक पाखंड था। वे सन्धि की बात कर रहे थे, किन्तु पाण्डवों का राज्य तो लौटाना नहीं चाहते थे। वे पाण्डवों को सब कुछ त्यागकर पूर्ण आत्मसमर्पण करने के लिए कह रहे थे और उसे सन्धि का नाम

दे रहे थे। उन्होंने युद्ध के दोष गिनाए थे और युधिष्ठिर को युद्ध से विरत करने का प्रयत्न किया था; किन्तु युद्ध के मूल कारण को दूर करने में कोई रुचि नहीं दिखायी थी। पाण्डवों का राज्य लौटाने की चर्चा तक नहीं की थी। वे चाहते थे कि जिस प्रकार से पाण्डवों ने अब तक वनवास किया है, वे वैसे ही अपने जीवन के शेष दिन भी काट लें। पाण्डवों को वनवास करने और भिक्षा पर निर्भर रहने का लम्बा अभ्यास था ही, और दुर्योधन बिना सम्राज्य के जी नहीं सकता था। तो फिर वैसा ही चलता रहे। दुर्योधन साम्राज्य भोगता रहे और पाण्डव तपस्या करते रहें। व्यर्थ ही इतना रक्तपात करने का क्या लाभ।

युद्ध तो युधिष्ठिर भी नहीं चाहते थे; किन्तु राज्य उनको चाहिए था। अपने लिए नहीं तो अपने भाइयों के लिए। अपने पुत्रों के लिए। वे समझ रहे थे कि इस समय वे अपने परिवार का भली-भाँति भरण-पोषण नहीं कर पा रहे हैं। इसलिए यदि सारा राज्य नहीं मिलता तो वे पाँच ग्रामों अथवा पाँच नगरों पर समझौता करने को प्रस्तुत थे। पर वे यह भी जानते थे कि धृतराष्ट्र के मन में राज्य का अत्यधिक लोभ था। लोभ मनुष्य की विचार-शक्ति को नष्ट कर देता है; और विचार-शक्ति न हो तो लज्जा भी नष्ट हो जाती है। धृतराष्ट्र और दुर्योधन दोनों ही निर्लज्ज हो चुके थे।...

दुर्योधन ने उनका राज्य लौटाने से इंकार कर दिया था। उसे युद्ध का भय नहीं था। वह यह मानता था कि युद्ध में पाण्डव उसे पराजित नहीं कर सकते थे। दुर्बल को न्याय देने में दुर्योधन को विश्वास नहीं था। यदि पाण्डव बलपूर्वक उससे राज्य छीन नहीं सकते थे, तो वह स्वयं उन्हें राज्य क्यों लौटाए। उसकी नीति स्पष्ट थी। राज्य चाहिए तो लड़कर ले लो।...

कृष्ण को लगता था कि बात केवल इतनी ही नहीं थी कि वह समझता था कि पाण्डव हस्तिनापुर की सेना को पराजित नहीं कर पायेंगे। कहीं यह बात भी उसके मन में जमी हुई थी कि पाण्डव उससे युद्ध ही नहीं करेंगे। जिसे वे अपना पिता मानते हैं, उस धृतराष्ट्र से युद्ध कर वे उसका राज्य नहीं छीनेंगे। वे भीष्म और द्रौण के विरुद्ध शस्त्र नहीं उठाएँगे। उसका यह सोचना सत्य से बहुत दूर भी नहीं था। युधिष्ठिर किसी का भी वध करना श्रेयस्कर नहीं मानते थे तो वे अपने पिता और पितामह का वध कैसे करते। वे इसे नृशंसता मानते थे और उन्होंने अनृशंसता का प्रण ले रखा था। वे किसी भी प्रकाार की सन्धि के लिए प्रस्तुत थे ताकि उन्हें भीष्म, द्रोण, कृपाचार्य तथा बाह्लीक जैसे कुल-वृद्धों से युद्ध न करना पड़े।...कृष्ण ने उन्हें पराक्रम दिखाने का परामर्श दिया था। क्षत्रिय के लिए भीख माँगना अधर्म है। उन्होंने कहा था कि या तो युद्ध क्षेत्र में विजय प्राप्त कीजिए अन्यथा युद्धक्षेत्र में अपने प्राण दे दीजिए।

धृतराष्ट्र के पुत्र तो सभी के लिए वध्य हैं, उनको मार डालना ही उचित है। उसमें किसी प्रकार का द्वंद्व उचित नहीं है।

अपनी सारी शांतिप्रियता के बाद भी युधिष्ठिर समझ रहे थे कि युद्ध उन्हें करना ही पड़ेगा। वे एक ओर जहाँ युद्ध के लिए सहमत हो गये थे, वहीं दूसरी ओर इस ग्लानि में तड़प रहे थे कि उनके कारण भरतवंशियों का नाश होगा। कृष्ण अभी तक उन्हें यह नहीं समझा पाये थे कि यदि यह विनाश हुआ तो दुर्योधन के अधर्म के कारण होगा, युधिष्ठिर के धर्म के कारण नहीं।

युधिष्ठिर की यह मोहग्रस्त स्थिति कृष्ण को चिन्तित किये हुए थी। युधिष्ठिर यह सब न समझ रहे होते तो उन्हें समझाया जा सकता था। वे युद्ध के लिए सहमत न होते तो उन्हें सहमत किया जा सकता था; किन्तु इस मोह, ग्लानि और अपराध-बोध के मध्य तक अनमने से युद्ध का क्या लाभ?

कृष्ण की चिन्ता का कारण केवल इतना ही नहीं था। इधर भीम ने भी अपने भाइयों की ओर देख कर कहना आरम्भ कर दिया था कि युधिष्ठिर तो युद्ध के विरुद्ध हैं ही, अर्जुन के मन में भी अपार दया है। सहस्रों सैनिकों का अकारण वध भीम को अच्छा नहीं लगता। वह भी नहीं चाहता कि उसके सुख के लिए भरतवंशियों का विनाश हो। इसलिए दुर्योधन से किसी प्रकार का समझौता कर लिया जाये, जिससे विश्व में शांति बनी रहे।...यही नहीं कि कृष्ण समझ रहे थे कि यह सब कहते हुए, भीम का हृदय रक्तवमन करता होगा, किन्तु अपने चारों ओर करुणा का ऐसा विराट सागर लहराता देख, अपने भाइयों के मन में वर्तमान दया, करुणा और सहिष्णुता के पारावार से साक्षात् कर, कदाचित वह स्वयं को मन ही मन किसी हिंस्र जीव के रूप में देखने लगा था। वह अपनी ही दृष्टि में राक्षस हो गया लगता था।...कृष्ण को पाण्डवों के मन में से क्षत्रिय वृत्ति का लोप होता-सा दिखायी पड़ रहा था, जो किसी भी रूप में शुभ नहीं था।

सबसे बड़ी बात यह थी कि जिन्हें शांति की चिन्ता नहीं थी, उन्हें न तो कोई सन्धि करने के लिए कह रहा था और न ही कोई उन्हें सम्भावित युद्ध के लिए दोषी ठहरा रहा था। धृतराष्ट्र और दुर्योधन का सारा प्रचार यह था कि पाण्डव मानवता के शत्रु थे, क्योंकि वे अपने तुच्छ स्वार्थ के लिए युद्ध जैसे भयंकर विनाश को आमन्त्रित कर रहे थे। वे दुर्योधन से अपना राज्य न माँगें, चुपचाप भिक्षुकों के समान जीवन व्यतीत कर लें तो क्यों कोई सैन्य संगठन करेगा और क्यों कोई रणसज्जित होगा। सारा दोष तो पांडवों का ही था, क्यों वे अपना राज्य माँग रहे थे? हस्तिनापुर में भीष्म और द्रोण से कुछ आशा की जा सकती थी; किन्तु वे दोनों की द्रुपद के विरोधी थे। पाण्डव पांचालों को

छोड़ नहीं सकते थे, और उनके साथ रहते हुए, वे भीष्म और द्रोण को युद्ध से विरत कर नहीं सकते थे। वे मन में अवश्य ही मानते रहे होंगे कि द्रुपद के पुरोहित का शांतिदूत के रूप में आना, वस्तुतः शांति का प्रस्ताव हो ही नहीं सकता।

द्वारका में बलराम भी इन दिनों शांति के दूत बने हुए थे। वे भी यही मानते थे कि कृष्ण पाण्डवों को व्यर्थ ही युद्ध के लिए प्रेरित कर रहे थे। दुर्योधन और युधिष्ठिर में सन्धि करवा देनी चाहिए थी और कृष्ण वह करवा नहीं रहे थे। ...पर यह बलराम भी नहीं जानते थे कि सन्धि कैसे हो। दुर्योधन से राज्य भी न माँगा जाये और उसे दण्डित भी न किया जाये; अर्थात दुर्योधन को उसकी दुष्टता का पुरस्कार दिया जाये। और पाण्डवों को सज्जनता के लिए दण्डित किया जाये। अपराधियों को संरक्षण देने वाली यह करुणा कृष्ण की समझ में नहीं आती थी। दुष्ट-दलन के अभाव में धर्म-संस्थापना कैसे हो सकती थी। ऐसी शांति का वे क्या करेंगे, जिसमें दुष्टों को मानवता और धर्म के विरुद्ध अपराध करने के विशेषाधिकार प्राप्त हो जायेंगे। पर इस समय हवा ऐसी चल रही थी कि न्याय और धर्म की माँग जैसे अपराध हो गयी थी।

सब ओर से बार-बार सन्धि की पुकार का अर्थ समझते थे कृष्ण। वे जानते थे कि उनसे क्या अपेक्षा थी धर्मराज की और क्या चाहते थे बलराम। युधिष्ठिर ने तो अपने भाइयों से ही नहीं, विराट, द्रुपद तथा अपने मित्र अन्य राजाओं से कहा भी था कि कृष्ण को दूत के रूप में हस्तिनापुर भेजा जाये, ताकि जो सन्धि द्रुपद के पुरोहित नहीं कर पाये, वह सन्धि कृष्ण सम्पन्न कराएं। कृष्ण के लिए क्या असम्भव था।...धर्मराज शांतिपूर्ण सन्धि के लिए आतुर थे और कृष्ण को केवल धर्म की चिन्ता थी। अन्ततः उन्होंने युधिष्ठिर से कह ही दिया, "धर्मराज! मैं आपकी पीड़ा समझता हूँ। आप युद्ध नहीं चाहते।"

"नहीं! युद्ध से मेरा कोई विरोध नहीं है।" युधिष्ठिर ने अपना पक्ष स्पष्ट किया, "मैं विनाश नहीं चाहता।"

"जिसमें विनाश न हो, ऐसा कोई युद्ध नहीं होता।" कृष्ण बोले, "आप विनाश नहीं चाहते, इसका अर्थ है कि आप युद्ध भी नहीं चाहते।"

"नहीं वासुदेव!..." युधिष्ठिर अपनी बात कहने के लिए कुछ और सम्प्रेषण-सक्षम शब्द ढूँढ़ रहे थे।

"युद्ध मैं भी नहीं चाहता। मानवता से प्रेम करनेवाला कोई व्यक्ति युद्ध नहीं चाहता।" कृष्ण बोले, "इसलिए हम सन्धि का एक और प्रयत्न करेंगे।"

"कैसे?"

"मैं स्वयं दूत बनकर हस्तिनापुर जाऊँगा।" कृष्ण ने कहा, "आपके लाभ को बाधा न पहुँचाते हुए, मैं दोनों पक्षों में धर्मपूर्ण सन्धि का प्रयत्न करूँगा। सम्भव है कि महाराज द्रपुद के पुरोहित वे बातें न कह पाये हों, जो मैं कह सकता हूँ।"

युधिष्ठिर के मन पर से तो जैसे पर्वत का सा भारी बोझ हट गया। यदि कृष्ण दूत बनकर हस्तिनापुर जायेंगे तो वहाँ ऐसा कौन बैठा है, जो कृष्ण के तर्कों का उत्तर दे सके अथवा उनका तिरस्कार कर सके।

"मैं एक मध्यस्थ के समान दोनों पक्षों के हितों का ध्यान रखते हुए कोई ऐसा मार्ग ढूँढ़ने का प्रयत्न करूँगा, जिससे युद्ध न हो और विश्व में शांति बनी रहे।" कृष्ण बोले, "मैं हस्तिनापुर जाकर कौरवों की युद्ध विषयक तैयारी सम्बन्धी सूचनाओं से अवगत होकर, आपकी विजय के लिए पुनः यहाँ लौट आऊँगा।"

युधिष्ठिर की प्रसन्नता अधिक देर नहीं टिकी। कुछ चिन्तित होकर बोले, "श्रीकृष्ण! मेरी इच्छा है कि आप स्वयं हस्तिनापुर जायें, क्योंकि मैं शांति चाहता हूँ। किन्तु मैं आपकी सुरक्षा के लिए भी चिन्तित हूँ, और सम्मान के लिए भी। सम्भव है कि दुर्योधन आपका अपमान करना चाहे, आपको किसी प्रकार की हानि पहुँचाने का प्रयत्न करे। आपकी सद्भावना के बाद भी मैं जानता हूँ कि हस्तिनापुर में पितामह का नहीं दुर्योधन का राज्य है और उसके मन्त्री शकुनि, कर्ण और दुःशासन जैसे लोग हैं।"

"मैं सावधान रहूँगा। आप मेरी चिन्ता न करें।" कृष्ण ने कहा, "दुर्योधन के सम्बन्ध में जिन लोगों के मन में अभी द्विविधा है, जो लोग उसके चरित्र के धर्म-अधर्म सम्बन्धी तत्त्वों के विषय में अभी स्पष्ट निर्णय नहीं कर पाये हैं, मैं उन सब लोगों का संदेश वहाँ जाकर दूर कर दूँगा।"

कृष्ण देख रहे थे कि नकुल और सहदेव अपने बड़े भाइयों की इस शांतिप्रियता से तनिक भी प्रसन्न नहीं थे। वे मानते थे कि उनके लिए न्याय प्राप्त करने के सारे मार्ग बन्द हो चुके हैं। अब युद्ध के सिवाय कोई विकल्प नहीं बचा है और ऐसे समय में उनके बड़े भाई धर्म को भूलकर शांति की आकांक्षा करने लगे हैं। आज तक पाण्डव धर्म-बन्धन में बंधे होने के कारण अपना अधिकार नहीं माँग पा रहे थे; किन्तु अब, जब ऐसा कोई कारण नहीं है, युद्ध ही उनका धर्म है, धर्माराज उस धर्म की उपेक्षा कर शांति और भरतवंश की रक्षा की चिन्ता करने लगे हैं।...

"शांतिदूत श्रीकृष्ण से मैं भी कुछ कह सकती हूँ।"

कृष्ण ने द्रौपदी की ओर देखा। वे उसके उस एक वाक्य में से ध्वनित अथाह पीड़ा का हाहाकार सुन रहे थे।

"बोलो कृष्णे!"

"शांति किसी को बुरी नहीं लगती। युद्धक्षेत्र में पड़े असंख्य शवों को देखना किसी के लिए भी प्रिय दृश्य नहीं हो सकता।" द्रौपदी बोली, "किन्तु पीड़ित मानवता की रक्षा के लिए, उसे सांत्वना देने के लिए अपराधियों को दण्डित करना भी राजधर्म है या नहीं? पापियों को दण्डित न करना अधर्म है या नहीं? गोविन्द! तुम हस्तिनापुर जाओगे तो सन्धि की बात करते हुए स्मरण रखना कि वहीं कौरवों की द्यूतसभा में पापी दुःशासन ने रजस्वला, एकवस्त्रा कृष्णा को उसके इन केशों से पकड़कर घसीटते हुए, सभा में प्रस्तुत किया था, उस द्रौपदी को जो सम्राट् द्रुपद की पुत्री है, वीर धृष्टद्युम्न तथा महारथी शिखण्डी की बहन है, जो सम्राट् पांडु की पुत्रवधू है और इन वीर पाण्डवों की पत्नी होने के साथ-साथ पाँच-पाँच महारथी पुत्रों की माता ही नहीं तुम्हारी सखी भी है। जहाँ द्रौपदी के साथ यह व्यवहार हो सकता है, वहाँ किसी साधारण स्त्री का कितना सम्मान हो सकता है, इसकी तो तुम कल्पना कर ही सकते हो गोविन्द! द्रौपदी को एक लात मारने के अपराध में कीचक और उसके सारे कुटुम्बियों को अपने प्राण गँवाने पड़े थे। हस्तिनापुर के अपराधी इसलिए स्वच्छन्द नहीं घूम सकते, क्योंकि वे पाण्डवों के सम्बन्धी हैं अथवा वे इतने शक्तिशाली हैं कि उन पर हाथ डाला जायेगा तो शांति भंग होगी, विप्लव होगा और उस स्थिति को सँभालने के लिए एक विराट् युद्ध करना पड़ेगा। अपराधी को इसलिए क्षमा करना क्योंकि वह किसी का बन्धु है अथवा अत्यन्त शक्तिशाली है—न धर्म है, न राजधर्म। तुम राजा नहीं हो गोबिन्द! न शासक हो और न न्यायाधीश; किन्तु तुम संसार में धर्म-संस्थापना करने आये हो, इसलिए मैं तुम्हें कहती हूँ कृष्ण! मुझे न्याय चाहिए, उसके लिए चाहे कितना भी रक्त बहे।" द्रौपदी ने रुक कर अपने पतियों की प्रतिक्रिया देखी और पुनः बोली, "मैं जानती हूँ कि करुणा एक महान् गुण है; किन्तु पीड़ित व्यक्ति की ऐसी करुणा अच्छी नहीं लगती, जिससे पीड़क लाभान्वित हो। मैं जानती हूँ कि धर्मराज के लिए संसार का सबसे बड़ा धर्म है क्षमा; किन्तु यह व्यक्ति का धर्म हो सकता है, यह सामाजिक धर्म नहीं हो सकता। अपराधियों को क्षमा कर कोई समाज जीवित नहीं रह सकता।" द्रौपदी ने अपने पाँचों पतियों पर चेतावनी भरी एक दृष्टि डाली, "एक बात मैं स्पष्ट बता दूँ। मेरे ये केश, जिन्हें पापी दुःशासन ने खींचा था, आज भी खुले हैं। यदि पाण्डव इनका प्रतिशोध नहीं लेना चाहते तो इन्हें न्याय दें। प्रतिहिंसा और

प्रतिशोध कोई उदात्त भाव नहीं है, किन्तु न्याय तो सर्वथा सात्विक भाव है। मुझे न्याय दो। यदि पाण्डव न्याय नहीं कर सकते तो तुम मुझे धर्म दो केशव! अपनी सखी को धर्म न दे सको तो पीड़ित प्रजा को धर्म दो।" सहसा जैसे द्रौपदी के चारों ओर कोई अग्निकुण्ड धधक उठा। वह अग्नि की किसी विराट लपट का रूप धारण कर चुकी थी, "और यदि तुमने भी धर्म न दिया केशव! तो मैं तुम्हें बता दूँ यह युद्ध तब भी नहीं रुकेगा। न्याय के लिए संघर्ष करना कोई अधर्म नहीं है। कोई यह कह दे कि पाण्डवों का राज्य छीनना अधर्म नहीं था, तो मैं मान लूँगी; किन्तु द्रौपदी को उस स्थिति में केशों को पकड़ कर घसीटते हुए सभा में लाना और उसके साथ दुर्व्यवहार करना, अधर्म नहीं था, यह मैं नहीं मानूँगी। कोई कहे कि पाण्डव राज्य के बिना भी रह सकते हैं तो मैं स्वीकार कर लूँगी; किन्तु द्रौपदी अपने इस अपमान के साथ जीवित नहीं रह सकती। छल-कपट से किसी सम्राट् का राज्य छीनकर कोई जीवित रह सकता है, किन्तु स्त्रीत्व का अपमान कर कोई जीवित नहीं रह सकता। इसलिए केशव! पाण्डव नहीं लड़ेंगे तो पांचाल लड़ेंगे। धर्मराज नहीं लड़ेंगे तो मेरे वृद्ध पिता लड़ेंगे। भीम और अर्जुन नहीं लड़ेंगे तो महावीर धृष्टद्युम्न और महारथी शिखण्डी लड़ेंगे। शूरवीर यादव नहीं लड़ेंगे तो उनका दौहित्र अभिमन्यु लड़ेगा, मेरे वीर पुत्र लड़ेंगे। माँ का सम्मान विश्व-शांति से अधिक महत्त्वपूर्ण है केशव! जिन्हें आज शांति प्रिय हो गयी है, उन्हें उस समय सोचना चाहिए था, जब वे अग्निकुण्ड से उत्पन्न द्रुपदपुत्री कृष्णा के केश खींच रहे थे, उसे निर्वस्त्र करने का प्रयत्न कर रहे थे। जो स्थान पाप से मलिन होता है, वह पापियों के रक्त से धुलकर ही पवित्र होता है।"

द्रौपदी ने रुक्कर अपनी प्रज्वलित दृष्टि कृष्ण पर डाली। कृष्ण उसे तनिक भी उत्तेजित नहीं लगे। वे पूर्णतः शान्त ही नहीं थे, मुस्करा भी रहे थे। वह मुस्कान ऐसी नहीं थी, जिसकी द्रौपदी उपेक्षा कर जाती। वह तो उसके तपते हुए क्षत-विक्षत हृदय पर जैसे चंद्रिका का शीतल लेप कर गयी थी।

"मैं शांतिदूत बनकर हस्तिनापुर जा रहा हूँ, क्योंकि हम शांति नष्ट कर पृथ्वी को रक्त-स्नान के लिए बाध्य करना नहीं चाहते।" कृष्ण बोले, "किन्तु शांति का आधार तो न्याय और धर्म होता है कृष्णे! धर्म की हत्या कर तो शांति स्थापित नहीं होती। संसार का कोई भी अपराध क्षम्य हो सकता है किन्तु नारीत्व का अपमान कर कोई अपराधी दंड न पाये, यह सम्भव नहीं है। इस संसार को धारण करने वाला तत्त्व है—धर्म। उस धर्म का विश्वास करो। पाप क्षय का प्रतिनिधि है, धर्म निर्माण का। न यह सृष्टि क्षय का पक्ष लेती है, न इसका स्रष्टा। आततायी अपने पाप का दंड न पाये, यह सम्भव ही नहीं है।

तुम अपनी जिह्वा से कुछ भी न कहो, तो भी तुम्हारे इन खुले केशों की दुहाई तीनों लोकों में प्रतिध्वनित हो रही है।" कृष्ण मुस्कराए, "जहाँ इतना धैर्य धारण किया है सखि! वहीं मेरे हस्तिनापुर से लौट आने तक स्वयं को संयत रखो। तुम्हारे ये अश्रु अनुत्तरित नहीं रहेंगे।"

कृष्ण के आश्वासन के पश्चात् द्रौपदी ने एक भी शब्द नहीं कहा और वह अपने कक्ष मैं लौट गयी। वह जानती थी कि कृष्ण ने जो कुछ कहा था, वह उसे मात्र सान्त्वना देने के लिए नहीं कहा था, वह शिष्टाचार मात्र ही नहीं था। कृष्ण के शब्दों को प्रमाण की आवश्यकता नहीं होती।

पर कृष्ण तो कुछ कह ही नहीं रहे थे। न वे हस्तिनापुर जा रहे थे, न वे उस सन्दर्भ में उपप्लव्य में ही कुछ करते दिखायी देते थे। वे या तो एकान्त में बैठे बाँसुरी बजाते थे अथवा कहीं किसी सन्यासी या तपस्वी के साथ धर्म-चर्चा करते दिखायी देते थे। उन्हें देख कर ऐसा लगता ही नहीं था कि वे उपप्लव्य में थे, जहाँ चारों ओर सेनाएँ एकत्रित थीं। सैनिक गतिविधियाँ जोरों पर थीं और उन्हें युद्ध को बचाने के लिए शांतिवार्ता के लिए हस्तिनापुर जाना था।

तीसरे दिन वैन्तेय अपने चारों गरुणों के साथ लौटा...हाँ! वह लौटा।...तो वह कहीं गया हुआ था।...द्रौपदी ने सोचा...इतने समय से उसने उन गरुड़ों के विषय में सोचा ही नहीं था कि वे लोग कहाँ विलुप्त हो गये थे।

वैन्तेय का सन्देश सुनने के पश्चात् कृष्ण ने अपनी मुरली एक ओर रख दी और उठ खड़े हुए। अब न वे पिछले दिनों के समान निश्चिन्त थे और न निष्क्रिय। वे बहुत व्यस्त दिखायी पड़ने लगे थे। द्रौपदी चकित थी कि यदि कृष्ण वैन्तेय की प्रतीक्षा ही कर रहे थे तो वे इतने निश्चिन्त कैसे थे। किसी की प्रतीक्षा में तो व्यक्ति इतना व्याकुल होता है कि सामान्य रूप से अपनी दिनचर्या का ही निर्वाह नहीं कर पाता और कृष्ण थे कि जैसे छुट्टियाँ मनाने उपप्लव्य आये हों। अद्‌भुद हैं कृष्ण। पर ऐसे अद्‌भुद न होते तो फिर कृष्ण ही कैसे होते।

कृष्ण स्वयं, उनके गरुड़ तथा उनका सारथि दारुक किसी लम्बी यात्रा की तैयारी में लग गये थे। लम्बी यात्रा? कहीं जाना है कृष्ण को? जाना कहाँ है। हस्तिनापुर तक ही तो जाना है। तो उसकी ही तैयारी हो रही होगी। पर यह यात्रा की तैयारी नहीं थी। यदि द्रौपदी उसे युद्ध की तैयारी न भी कहती तो किसी बड़े अभियान की तैयारी तो अवश्य कहती। कृष्ण ने सहस्रों लोगों के कई दिनों तक खाने योग्य अन्न एकत्रित कर, उसे साथ ले कर जाने का प्रबन्ध किया था। एक छोटे-मोटे युद्ध के योग्य सहस्र-दो सहस्र सैनिकों के

लिए शस्त्रास्त्र प्राप्त कर उन्हें ले जाने की व्यवस्था की थी। बड़ी संख्या में उन्होंने मण्डपकर्मियों को भी तैयार किया था। भोजन पकाने के लिए रसोइए भी एकत्रित किये गये थे।...

द्रौपदी समझ नहीं पा रही थी कि कृष्ण यह सब क्यों कर रहे हैं। यदि उन्हें शांतिवार्ता के लिए हस्तिनापुर तक ही जाना था तो यह सब आवश्यक नहीं था। न उतने लोग थे, न उतनी दूरी थी, और न उपप्लव्य से किसी सेना के उनके साथ हस्तिनापुर जाने की सूचना ही थी।...

तीसरे दिन प्रायः सन्ध्या समय द्वारका से एक पूरी वाहिनी के साथ उद्धव, सात्यकि और कृतवर्मा उपप्लव्य आ पहुँचे।...द्रौपदी की सूचना के अनुसार कृतवर्मा तो अपनी एक अक्षौहिणी सेना के साथ हस्तिनापुर पहुँच चुका था। तो वह द्वारका से कैसे आ रहा है? हो सकता है कि कृतवर्मा युद्ध में विलम्ब देख कर द्वारका लौट गया हो। तो फिर कृष्ण ने उसे वहीं रहने क्यों नहीं दिया? वे उसे फिर से हस्तिनापुर ले जा रहे हैं।...

वैन्तेय के आ जाने के पश्चात् कृष्ण शायद उन्हीं के आने की प्रतीक्षा कर रहे थे। तो वे गरुड़ कृष्ण का सन्देश ले कर द्वारका गये होंगे। कृष्ण ने अपनी सहायता के लिए द्वारका से सात्यकि और उद्धव को बुलवाया था, यह तो द्रौपदी की समझ में आता था; किन्तु यह कृतवर्मा? कृतवर्मा का किसी समय कृष्ण से बहुत प्रेम था। यादवों के संघर्षपूर्ण जीवन में वह कृष्ण का सहयोगी रहा है; किन्तु इन दिनों वह बलराम के निकट था। और बलराम के निकट होने का अर्थ था कि वह पाण्डवों की अपेक्षा दुर्योधन के अधिक निकट था। तो उसे क्यों बुलाया है कृष्ण ने अपनी सहायता के लिए? और फिर वह ही क्यों आ गया, कृष्ण की सहायता करने? उसने तो अपनी सेना का एक भाग आगामी युद्ध के लिए दुर्योधन को दे भी दिया था। तो फिर...पर सेना?...द्रौपदी ने सोचा...पाण्डवों के सबसे बड़े सहायक कृष्ण ने भी तो नारायणी सेना दुर्योधन को दे दी है। कृष्ण को समझना बड़ा कठिन था, कृतवर्मा...

यादव एक लम्बी यात्रा करके आये थे। उनके रथ संस्कार-परिस्कार माँगते थे, अश्वों को विश्राम की आवश्यकता थी। वे किसी भी स्थिति में शीघ्र यात्रा के लिए उपलब्ध नहीं हो सकते थे।

युधिष्ठिर को भी आश्चर्य हुआ। कृष्ण अपने साथ सैनिक ही ले जाना चाहते थे तो उपप्लव्य में सैनिकों का अभाव तो नहीं था। उन्होंने अपने साथ हस्तिनापुर जाने के लिए द्वारका से सैनिक बुलाए थे। क्या उन्हें और किसी के सैनिकों पर विश्वास नहीं था, जो द्वारका से सैनिक मँगाए गये थे। और यह उनकी अपनी नारायणी सेना तो नहीं थी। उसे तो दुर्योधन को दे चुके थे।...और

सबसे बड़े आश्चर्य की बात यह थी कि उनके बुलाने पर सात्यकि और कृतवर्मा एक साथ आये थे, जैसे उनमें परस्पर कोई मतभेद न हो।...

कृष्ण ने सिवाय सैनिकों के शेष सब लोगों का उपप्लव्य में विश्राम करने का आदेश दे दिया। उन्होंने रथों को संस्कार-परिस्कार के लिए कर्मकारों को सौंप दिया। अश्वों को पूर्ण और दीर्घकालीन विश्राम के लिए अश्वशालाओं में पहुँचा दिया गया। सैनिकों के लिए उपप्लव्य में उपलब्ध तीव्रगामी नये रथ दिये गये, नये अश्व और नये सारथी।...कृष्ण अपने साथ चलने के लिए, एक अतितीव्रगामी जुजारू सेना तैयार कर रहे थे। शायद अपनी इस सेना को वे एक अत्यन्त शक्तिशाली और समर्थ गरुड़ का रूप देना चाहते थे, जिसमें गति के साथ वेग भी हो और जिसकी तीव्रता को कोई झेल न पाये।

"इतनी तीव्रता की क्या आवश्यकता है केशव?" युधिष्ठिर ने हँसकर पूछा, "आप शांतिवार्ता के लिए जा रहे हैं, पलायन करती हुई किसी सेना का पीछा तो आप को करना नहीं है। न ही नियत अवधि में आपको वहाँ पहुँचना अथवा लौटकर यहाँ आना है। कहीं ऐसा तो नहीं कि आप मथुरा के समान यहाँ भी किसी प्रकार की रथ-संचालन-स्पर्धा रखना चाहते हैं?"

"नहीं! ऐसा कुछ तो नहीं है।" कृष्ण बोले, "आप जानते हैं कि हस्तिनापुर में दुर्योधन और उसके दुष्ट मन्त्री भी हैं। मुझे उनसे अपनी रक्षा के लिए सैनिक तो चाहिए ही।"

"पर सैनिक तो उपप्लव्य में पर्याप्त हैं। आपने जितने लोग द्वारका से बुलाए हैं, हम इससे भी दुगने सैनिक आपको यहाँ से दे सकते थे।"

"जानता हूँ।" कृष्ण मुस्कराए, "पर मुझे तो द्वारका के ही सैनिक चाहिए।"

"क्यों? क्या हमारे सैनिकों पर विश्वास नहीं है आपको?"

"मुझे है, किन्तु सम्भव है कि द्वारका के यादवों को न हो।"

युधिष्ठिर कुछ समझे, कुछ नहीं समझे; किन्तु इतना तो समझ ही गये कि कृष्ण के मन में कोई विशिष्ट योजना थी। वे युद्ध करने नहीं जा रहे, किन्तु प्रहारक शक्ति अपने साथ रखना चाहते थे, चाहे वह प्रदर्शन के लिये ही हो। अनेक अवसरों पर शक्ति-प्रदर्शन की भी आवश्यकता होती है। उन्हें उपप्लव्य के सैनिकों पर विश्वास है किन्तु वे अपने साथ उन सैनिकों को ले जा रहे हैं, जिन पर द्वारका के यादवों को भी विश्वास है। उन्हें शीघ्रता की कोई आवश्यकता नहीं है किन्तु वे तीव्रगामी दल चाहते हैं।...कृष्ण अभी नहीं बताएँगे कि वे क्या करना चाहते हैं। वे किस बात की तैयारी कर रहे हैं। वे प्रहार करेंगे अथवा प्रतिरोध? क्या चाहते हैं कृष्ण?

युधिष्ठिर ने कृष्ण से पूछा नहीं और कृष्ण ने बताया नहीं। सब जानते थे कि कल प्रातः कृष्ण हस्तिनापुर की ओर प्रस्थान करेंगे। इससे अधिक कुछ नहीं।

20

रात्रि के भोजन के पश्चात् पाण्डव युधिष्ठिर के भवन में एकत्रित थे। द्रौपदी, सुभद्रा, देविका, बलन्धरा, करेणुमती और विजया भी वहाँ उपस्थित थीं। अर्जुन को यह देख कर कुछ आश्चर्य हुआ कि उद्धव, कृतवर्मा और सात्यकि भी वहाँ उपस्थित थे। एक नहीं थे तो कृष्ण ही नहीं थे।

"कृष्ण कहाँ हैं?" अर्जुन ने पूछा।

उसने किसी को सम्बोधित नहीं किया किन्तु जिस प्रकार वह उद्धव की ओर देख रहा था, उससे स्पष्ट था कि उत्तर की अपेक्षा भी उद्धव से ही थी।

"मैं नहीं जानता।" उद्धव ने कहा, "सम्भवतः कोई भी नहीं जानता। हो सकता है कि वे इस समय अपने उन अश्वों की सेवा कर रहे हों, जिन्हें कल प्रातः रथों में जुतना है। यह भी सम्भव है कि वे उपप्लव्य से योजनों दूर किसी वन में अपने साथ जाने वाले सैनिकों को प्रशिक्षण दे रहे हों।...और यह भी सम्भव है कि वे किसी सन्यासी की कुटिया में बैठे उससे ब्रह्मविद्या, ईश्वर और जीवन के सम्बन्ध में कोई जिज्ञासा कर रहे हों।"

"सम्भव तो यह भी है कि सब कुछ भूलकर वे किसी एकान्त स्थान में ध्यान लगाए बैठे हों।" कृतवर्मा ने कहा।

"मुझे आश्चर्य है कि श्रीकृष्ण ने तुम लोगों को द्वारका से बुला भेजा और हम से उसकी चर्चा भी नहीं की।" युधिष्ठिर बोले।

"स्पष्ट है कि वे आप में से किसी को अपने साथ हस्तिनापुर नहीं ले जाना चाहते।" सात्यकि ने उत्तर दिया।

"वह तो स्पष्ट है ही।" अर्जुन ने कहा, "किन्तु यदि उन्हें अपने साथ सहायक रखने ही थे तो उन्होंने बलराम भैया को क्यों नहीं बुलाया।"

उद्धव, कृतवर्मा और सात्यकि ने एक-दूसरे की ओर देखा, किन्तु उत्तर किसी ने भी नहीं दिया।

"क्या पहले भी कभी ऐसा हुआ है कि उनके निकटतम लोगों को भी पता न हो कि वे क्या करने जा रहे हैं?" करेणुमती ने पूछा।

"क्यों नहीं!" सात्यकि जैसे कुछ उतावली में बोला, "जब-जब उनके अपने लोग पक्ष और विपक्ष में बँट जाते हैं, जब-जब उनको सन्देह की दृष्टि से देखा जाता है, तब-तब वे कुछ रहस्यमय हो जाते हैं। मथुरा पर जब कालयवन और

जरासंध का सामूहिक आक्रमण हुआ था, तो हम उनके साथ थे, किन्तु श्रीकृष्ण की सारी गतिविधि प्रकट भी थी और गुप्त भी। हम स्वयं नहीं जानते थे कि वे क्या कर रहे हैं और क्या करना चाहते हैं।"

"गुप्त क्या था?" अर्जुन ने पूछा।

"अब तो कुछ भी गुप्त नहीं है," उद्धव ने कहा, "किन्तु तब बहुत कुछ गुप्त था। मथुरा के यादव ही कृष्ण पर सन्देह कर रहे थे, उनकी क्षमताओं पर सन्देह कर रहे थे, उनके लक्ष्य पर अविश्वास कर रहे थे, जैसे आजकल द्वारका में हो रहा है।"

"आजकल?" युधिष्ठिर के मुख से जैसे अनायास ही निकल गया।

"हाँ!" सात्यकि बोला, "अनेक यादव उनकी नीति से सहमत नहीं हैं। वे उनसे रुष्ट हैं कि कृष्ण उन्हें अनावश्यक रूप से युद्ध में घसीट रहे हैं। वे पाण्डवों और कौरवों के मध्यस्थ न होकर पाण्डवों के पक्षपाती हो गये हैं। वे युद्ध के लिए आतुर हो रहे हैं, अपने मन से सचमुच शान्ति के समर्थक नहीं हैं।"

"कौन सोचता है ऐसा?" भीम ने कुछ उद्विग्न होकर पूछा।

"बहुत लोग हैं।" सात्यकि बोला, "श्रीकृष्ण के बड़े भाई स्वयं वासुदेव बलराम ऐसा सोचते हैं। श्रीकृष्ण के समधी ये हमारे सम्मानित मित्र कृतवर्मा सोचते हैं।"

कृतवर्मा ने तड़पकर सात्यकि की ओर देखा, जैसे कोई बहुत कठोर बात कहने वाला हो, किन्तु फिर कुछ सोच कर चुप ही रह गया।

अर्जुन के मन में अनेक प्रश्न उठे कि ऐसा क्यों है। साथ ही जैसे अनेक समाधान भी उपजे...कृष्ण ने क्यों सैनिक द्वारका से बुलाए हैं। कृष्ण ने कृतवर्मा को क्यों बुलाया है...

"तो उस समय केशव ने क्या किया था?" द्रौपदी ने पूछा, "नहीं! शायद मेरा प्रश्न ठीक नहीं है। मैं पूछ रही थी कि उस समय मथुरा में क्या हुआ था?"

"इसी प्रकार की कथा-वार्ता सुनाने में तो उद्धव सिद्धहस्त है।" सात्यकि हँसा, "वे ही आपको यह सारी कथा सुनाएँगे और ऐसे सुनाएँगे कि सारा युग आपके सामने जीवन्त हो उठेगा।"

"अच्छा।" कई कंठों ने एक साथ ही आश्चर्य प्रकट किया।

"हाँ! अर्जुन ने कहा, "मैं इसका साक्षी हूँ। मैं द्वारका में इनके मुख से कृष्ण के शैशव की कथाएँ सुन चुका हूँ।"

"उद्धव! हमें भी सुनाओ।" द्रौपदी ने आग्रहपूर्वक कहा।

"भाभी, वह तो लम्बी बात हो जायेगी।" उद्धव ने संकोच से कहा, "उसके लिए लम्बा समय चाहिए और यहाँ अनेक लोगों को वैसे ही नींद आ रही है। फिर..."

"फिर क्या?" बलन्धरा ने पूछा।

"सात्यकि और कृतवर्मा तो सब कुछ जानते हैं। वे लोग ऊब जायेंगे।"

"अच्छा, वे ऊब जायेंगे तो सोने चले जायेंगे।" सुभद्रा ने कहा, "आप सुनाइए उद्धव भैया! मैं भी तो सुनूँ कि मेरे जन्म के पहले मेरे भाइयों ने कैसे-कैसे कष्ट झेले हैं।"

"ठीक है। सुना देतो हूँ; किन्तु इसका अर्थ यह नहीं है कि मुझे सब कुछ स्मरण अथवा कण्ठस्थ है कि किस समय किसने क्या कहा। मैं तो कुछ स्मृति से, कुछ कल्पना से, कुछ अनुमानों से, कुछ तर्क से जोड़ता चलता हूँ, ताकि आपके सम्मुख उस युग का एक जीवन्त और पूर्ण चित्र उपस्थित हो सके।" उद्धव ने कहा।

"ठीक है।" सुभद्रा बोली, "हम मान लेंगे कि आप उस युग की कथा ही लिख रहे हैं और उसी का कोई एक अंश हमको सुना रहे हैं।"

"तुम मान क्या लोगी सुभद्रे! मेरा विचार है कि यही सत्य भी है।" अर्जुन ने कहा, "उद्धव बताते नहीं हैं, किन्तु इनके मन में कृष्ण सम्बन्धी कथा लिखने की बात अवश्य है।"

उद्धव ने न तो अर्जुन का समर्थन किया, न विरोध। केवल इतना कहा, "तो सुनो..."

वसुदेव के आवास पर कृष्ण, बलराम, कृतवर्मा, उद्धव तथा सात्यकि परस्पर विचार-विमर्श के लिए एकत्रित हुए थे। उनके मन में प्रश्न तो थे ही, कुछ उलझनें और चिन्ताएँ भी थीं। पर समाधान भी तो उनको स्वयं ही खोजने थे।

सात्यकि कुछ अधिक ही उत्तेजित था, इसलिए बात उसी ने आरम्भ की, "इन लोगों को समझा पाना मेरे वश की बात नहीं है। एक क्षण में ये श्रीकृष्ण की जयजयकार कर रहे होते हैं और दूसरे ही क्षण उन्हें अपना हत्यारा कहना आरम्भ कर देते हैं। ये लोग अपना पक्ष स्पष्ट क्यों नहीं कर लेते कि वे श्रीकृष्ण के साथ हैं या नहीं। इन्हें श्रीकृष्ण की आवश्यकता है भी या नहीं।"

"तुम्हें ये लोग समझ ही नहीं आते और मुझे यह कृष्ण ही समझ में नहीं आता।" बलराम का असन्तोष उनके स्वर में मुखर हो आया था।

उद्धव को कुछ आश्चर्य हुआ, "क्यों, कृष्ण को समझने में क्या कठिनाई है भैया?"

बलराम ने अपनी दृष्टि उद्धव पर गाड़ दी, "जो इसे गालियाँ दे रहा होता है, यह उसी से प्रेम जताने चल देता है। क्रोध क्यों नहीं आता इसे? क्यों इसे

अपने सम्मान की भी चिन्ता नहीं है। मेरे साथ कोई इस प्रकार का व्यवहार करता तो मैं उसकी ग्रीवा मरोड़ा देता, अथवा कण्ठ दबा देता।"

कृष्ण उपस्थित थे और कुछ नहीं बोल रहे थे। सबके नेत्र उनकी ओर मुड़ गये। किन्तु कृष्ण केवल मुस्कराते ही रहे।

"बताओ कृष्ण! क्या है यह सब?" कृतवर्मा ने आग्रह किया, "तुम्हें क्रोध क्यों नहीं आता?"

"सब के भाग का क्रोध करने का काम हमने दाऊ भैया को सौंप रखा है।" कृष्ण वैसे ही मुस्कराते रहे, "उनके क्रोध के पश्चात् कोई क्रोध करने की सोच भी सकता है? सब शांति-शांति चिल्लाने लगते हैं।"

सात्यकि को लगा कि कृष्ण उनकी गम्भीर जिज्ञासा को विनोद में टाल रहे हैं। बोला, "हम सचमुच जानना चाहते हैं श्रीकृष्ण! कि इसका रहस्य क्या है?"

कृष्ण ने देखा कि सब लोग पुनः उनकी ओर देख रहे हैं, तो उन्होंने बोलने का मन बनाया। वे गम्भीर चिन्तन की मुद्रा में दिखायी पड़ रहे थे, "क्रोध कोई एक ही भाव तो नहीं है कि सबको एक समान एक ही परिस्थिति में आये।"

बलराम कुछ अटपटा गये, "इसका क्या अर्थ कि क्रोध एक ही भाव नहीं है? हम तो यह जानना चाहते हैं कि ऐसा क्यों है कि अन्य लोग क्रोध में सामने खड़े व्यक्ति पर प्रहार करते हैं और तुम उसे गले लगा लेते हो।"

कृष्ण हँस पड़े "नहीं दाऊ! ऐसी कोई बात नहीं है, बस क्रोध को समझ लेने की आवश्यकता है। एक क्रोध रजोगुणी है, वह हमारे अहंकार के आहत होने पर जन्म लेता है और हम सामने खड़े व्यक्ति का अपमान कर, उसे आहत कर, अथवा उसका वध कर अपने अहंकार का पोषण करना चाहते हैं।..."

"और दूसरा?" उद्धव ने पूछा।

"और दूसरा क्रोध सतोगुणी है, जो धर्म का नाश होते देख, धर्म की रक्षा के लिए जन्म लेता है।" कृष्ण बोले, "जब कोई मुझे भला-बुरा कहता है, तो उससे धर्म का नाश नहीं होता, इसलिए मेरे मन में सात्विक क्रोध नहीं जागता। यदि कुछ जागता है तो वह रजोगुणी क्रोध है। मैं उसे बहुत श्रेयस्कर नहीं समझता, इसलिए उसका दमन करने का अभ्यास करता हूँ। यदि सतोगुणी क्रोध भी न जागता तो मैं कंस का वध कैसे करता? जरासंध का विरोध क्यों करता?"

"मथुरा और मथुरा के यादवों के लिए इतना कुछ करने पर भी जो लोग पहला अवसर मिलते ही तुम्हें भला-बुरा कहने लगते हैं, वे भी कृतघ्नता रूपी अधर्म ही कर रहे हैं।" उद्धव ने अपना मत प्रकट किया, "वे भी तो कृतज्ञता रूपी धर्म के हत्यारे हैं। उनके प्रति तुम्हें सात्विक क्रोध क्यों नहीं आता?"

कृष्ण फिर मुस्कराए, "मेरा विचार है कि तुम्हारे इस प्रश्न का उत्तर देने से पहले मैं सात्यकि की उस जिज्ञासा को शान्त कर लूँ कि लोग एक बार यह निश्चय क्यों नहीं कर लेते कि वे मेरे साथ हैं अथवा नहीं? उन्हें मेरी आवश्यकता है अथवा नहीं?"

"चलो, यही सही।" उद्धव ने कहा।

"जन सामान्य के जीवन में यह महत्त्वपूर्ण नहीं है कि वे कृष्ण के पक्ष में हैं अथवा नहीं। उनका पक्ष है, उनका अपना स्वार्थ। वे देखते हैं कि उनका स्वार्थ उनके साथ है या नहीं। जब उन्हें लगता है कि कृष्ण के कारण उन्हें कोई लाभ हो रहा है, अथवा उनका कोई स्वार्थ सध रहा है, तो वे कृष्ण से प्रेम करने लगते हैं, उसका जयजयकार करने लगते हैं; और जैसे ही उन्हें अपने स्वार्थ पर कोई संकट घिरता दिखायी देता है, वे उसका दोष कृष्ण को देकर उसका विरोध करने लगते हैं।" कृष्ण बोले, "उन का पक्ष तो अपने-आप में स्पष्ट ही है।"

"तो आपको ऐसे स्वार्थी और कृतघ्न लोगों पर क्रोध क्यों नहीं आता?" सात्यकि कुछ रोषपूर्वक बोला।

कृष्ण तब भी उत्तेजित नहीं हुए, "क्योंकि उनकी मानवता के विकास का अभी शैशव काल है। जब कोई शिशु अपने माता-पिता के सारे उपकार भूलकर उन्हें दोष देने लगता है कि वे उसे एक खिलौना भी ले कर नहीं दे रहे, तो उसके माता-पिता उसकी कृतघ्नता तथा स्वार्थ को उसका शैशव मानकर क्षमा कर देते हैं। वैसे भी साधारण जन को उनके अज्ञान के लिए क्षमा ही कर देना चाहिए। शिशु जब वयस्क हो जाता है तो वैसा नहीं करता, उसी प्रकार साधारण जन का जब विकास हो जायेगा तो उनका भी व्यवहार वैसा नहीं रहेगा। हमें उन्हें अविकसित मानव मानकर उनके विकास का प्रयत्न करना चाहिए, उन्हें अपना विरोधी और शत्रु मानकर उन्हें क्षति पहुँचाने का प्रयत्न नहीं करना चाहिए।"

"कहीं तुम जरासंध को भी तो शिशु मानकर उसे क्षमा कर देने की नहीं सोच रहे?" बलराम का स्वर आशंकित था।

"उसे शिशु भी मान लूँगा तो दण्डित कर उसका विकास करने का प्रयत्न करूँगा। उसे तो दण्डित होना ही है। उसके पाप उसे क्षमा नहीं करेंगे।" कृष्ण बोले।

"क्यों? उसके प्रति तुम्हारे मन में वैसी ही करुणा क्यों नहीं है?" उद्धव कुछ चकित था।

"क्योंकि वह अधर्म के मार्ग पर चल रहा है।"

"यदि हम आपकी तर्क-पद्धति पर चलें, श्रीकृष्ण! जरासंध को सहानुभूति दें, उसे उसकी अपनी ही दृष्टि से देखें, उसके पक्ष से सोचें, उसके कृत्यों को उचित ठहराने का प्रयत्न करें, तो कह सकते हैं कि आज तक उसने जो कुछ भी किया, उसमें कोई दोष नहीं था।" सात्यकि ने तर्क किया, "उसने आस-पास के राजाओं का संगठन ही तो किया। उसने साधारण राजा से चक्रवर्ती सम्राट् बनने का प्रयत्न किया तो क्या पाप किया। सारे महत्वाकांक्षी सम्राट बनने का प्रयत्न करते हैं। हमारे धर्मशास्त्रों में इसका विधान है। इसे प्रजा के हित में माना जाता है। इसमें अधर्म कहाँ है।"

बलराम ठहाका मारकर हँस पड़े, "सात्यकि ने पकड़ लिया कृष्ण को। कृष्ण पकड़ा गया।"

कृष्ण मुस्कराकर बलराम की हँसी को टाल गये और सात्यकि से सम्बोधित हुए, "ठीक कहते हो सात्यकि युयुधान! अश्वमेध और राजसूय यज्ञ प्रजा के हित में माने जाते हैं, और उनसे राजा को पुण्य प्राप्त होता है, क्योंकि उनके माध्यम से सम्राट प्रजा को छोटे-छोटे राजाओं के अत्याचारों से मुक्त कर उनकी रक्षा करता है। वह उनको एक सीमित छोटे प्रदेश में बन्दी होने की नियति से बचाकर एक बड़े साम्राज्य का अंग बनाता है, जिससे प्रजा को व्यापार, पर्यटन तथा तीर्थयात्रा इत्यादि की सुविधा मिलती है, और हमारे छोटे राज्य भी आर्यावर्त्त के बाहर से आनेवाले और शक्तिशाली राजाओं से अपनी रक्षा करने में सक्षम हो जाते हैं।"

"किन्तु जरासंध क्या कर रहा है?" कृतवर्मा ने पूछा।

"वह केवल अपने अहंकार की पुष्टि कर रहा है। इस आर्यावर्त्त को नष्ट करने के लिए बाहर से आततायी आक्रमणकारियों को निमन्त्रित कर रहा है, ताकि आर्य प्रजा उन विदेशियों के पदों तले रौंदी जाये। पुरुष मारे जायें, स्त्रियाँ अपमानित हों, शिशु विदेशी मण्डियों में दासों के समान बेचे जायें। खेयें, कार्यशालाएँ, गृह, अग्निशालाएँ और गुरुकुल जलाकर क्षार कर दिये जायें।?" कृष्ण बोले।

"आर्यावर्त्त को नहीं, वह तो मथुरा को नष्ट करना चाह रहा है।" बलराम ने कृष्ण के वक्तव्य में त्रुटि ढूँढ़ निकाली।

किन्तु कृष्ण का ध्यान उस ओर नहीं था, "अपने आहत अहंकार का प्रतिशोध लेने के लिए, जरासंध की प्रतिहिंसा इतनी भड़क उठी है कि वह यह नहीं देख पा रहा कि कालयवन मथुरा को नष्ट कर चुपचाप नहीं लौट जायेगा। रक्त उसके मुँह को लग जायेगा। वह एक-एक कर छोटे-छोटे राज्यों का उदरस्थ करता जायेगा। कालयवन के नेतृत्व में आयी इस विराट म्लेच्छ यवन सेना में

जो सैनिक हैं, वे क्रूर भृतक हत्यारे हैं। वे न स्वयं को बचाने के लिये युद्ध कर रहे हैं, न किसी आदर्श की रक्षा के लिए और न धर्म की स्थापना के लिए। वे धर्म के विनाश के लिये आ रहे हैं। और उनको आमन्त्रित कर रहा है जरासंध! उनको मार्ग दिखा रहा है, जरासंध। पापी जरासंध अपने तुच्छ अहंकार की तुष्टि के लिए वह विदेशियों से मैत्री जता कर इस धरती पर रक्त और अग्नि का खेल खेलना चाहता है। अपने एक अल्पकालीन सुख के लिए धरती को सदा के लिए शत्रुओं की दासी बना देना चाहता है।"

"मुझे लगता है कि कालयवन से भी बड़ा राक्षस तो यह जरासंध है।" उद्धव ने कहा।

"ठीक कह रहे हो उद्धव!" कृष्ण ने अपनी सहमति जताई, "कोई हिंस्र पशु वन में अपनी रक्त पिपासा बुझाता रहता है, तो बुझाए; किन्तु उसे मार्ग दिखाते हुए किसी नगर में ले जाना कहीं अधिक भयंकर है। कालयवन तो एक आक्रांता है; किन्तु जरासंध देशद्रोही है। जिस मिट्टी से उपजा अन्न खाता है, उसका कोई सम्मान नहीं है उसके मन में, उसे विदेशियों के पैरों तले रौंदवा देना चाहता है। उस जरासंध के प्रति मेरे मन में करुणा जागती है, तो मैं चाहता हूँ कि उसका जीवन यहीं रुक जाये ताकि उसके पाप और न बढ़ें। उसका वध कर देना चाहता हूँ मैं। कंस को तो और पाप करने से रोकने के लिए ही जीवन से मुक्त किया था मैंने।"

"चाहते तो हम सब भी वही हैं, किन्तु अब करना क्या है?" कृतवर्मा मुख्य विषय पर लौट आया, "एक ओर कालयवन और दूसरी ओर से जरासंध! माथुर उनका सामना नहीं कर सकते। उनसे कैसे रक्षा करोगे मथुरा की? इस बार तुम और बलराम यदि मथुरा छोड़ जाओगे तो कालयवन माथुरों को नहीं छोड़ेगा। मैंने सुना है कि उसे असहाय स्त्री-पुरुषों के वक्ष में खड्ग आर-पार कर देने में असीम सुख का अनुभव होता है। रक्त बहता देख उसे मदिरा पीने का सुख मिलता है। घरों को अग्निसात करना क्रीड़ा है उसकी।"

"तो क्या हुआ।" सात्यकि के स्वर में ओज था, "हम आज तक युद्ध करते आये हैं, आगे भी युद्ध कर सकते हैं। बात तो इतनी सी है न कि इस समय हम युद्ध के लिए प्रस्तुत नहीं हैं।"

"युद्ध तो कोई भी कर सकता है मित्र सात्यकि! विजय भी प्राप्त कर सकता है।" कृष्ण हँसे, "पर हम युद्ध क्यों करते हैं?"

"आत्मरक्षा के लिए।" उत्तर उद्धव ने दिया।

"आत्मरक्षा किसलिए?" कृष्ण ने पूछा।

"जीवन धारण करने के लिए।" कृतवर्मा ने कहा।

"जीवन किसलिए, इसलिए कि पुनः युद्ध हो और हम पुनः आत्मरक्षा करें?" कृष्ण मुस्कराए।

"कृष्ण को इस प्रकार वृत्तों में चिन्तन का रोग है।" बलराम ने अपनी आपत्ति प्रकट की।

"नहीं दाऊ! मैं यह कहना चाह रहा हूँ कि जीवन इसलिए होता है कि हम अपना विकास करें, धर्म की स्थापना करें। कोई भोग का जीवन जीना चाहे तो भोग सामग्री एकत्रित करे और सुख से रहे। जीवन इसलिए नहीं होता कि व्यक्ति एक युद्ध लड़े और दूसरे युद्ध की प्रतीक्षा करे और सारा जीवन युद्ध के आतंक तले त्रस्त होकर बिताए।" कृष्ण बोले।

"कृष्ण ने एकदम ठीक कहा।" कृतवर्मा ने अपनी सहमति प्रकट कर दी।

"मथुरा में क्या हो रहा है। न प्रजा की रक्षा हो पा रही है, न यादवों के पास अपने विकास का समय और अवसर हैं, न वे जीवन का भोग कर पा रहे हैं और न अपना उत्थान।" कृष्ण बोले, "युद्ध इसलिए नहीं होता कि अगले युद्ध की तैयारी हो, युद्ध इसलिए होता है कि हमें स्थायी शांति मिले। क्या हमें स्थायी शांति की कोई आशा है?"

कृष्ण अपने स्थान से उठकर चिन्तनमग्न होकर टहलने लगे।

कृष्ण को इस स्थिति में देख कर सात्यकि कुछ चकित हो रहा था। बोला, "आपके पास भी इस समस्या का कोई समाधान नहीं है श्रीकृष्ण?"

"समाधान होते नहीं हैं, खोजने पड़ते हैं मित्र! कई बार उनका निर्माण भी करना पड़ता है।" कृष्ण अब भी जैसे किसी और लोक में थे।

"पर निर्माण तो कष्टसाध्य प्रक्रिया है।" कृतवर्मा ने अपना मत प्रकट किया।

"है तो," कृष्ण बोले, "किन्तु असहाय बैठे रहकर अपमानित, वंचित और पीड़ित होने से तो उत्तम है न। अपने परिवारजनों के साथ मृत्यु को प्राप्त होने से तो श्रेयस्कर है।" वे बलराम की ओर मुड़े, "सभा में आज विकद्रु काका ने यादव वंश की उत्पत्ति और विकास का इतिहास सुनाया था। आपने सुना था दाऊ?"

"क्यों नहीं सुना था।" बलराम कुछ चिढ़कर बोले, "तुम समझते हो कि मैं उन सभासदों में से हूँ, जो सभा में जाकर सोने का काम करते हैं?"

"मैं जानता हूँ, आपके सोने के अन्य स्थान हैं। आप सभा में नहीं सोते।" कृष्ण हँसे, और सहसा वे गम्भीर भी हो गये, "सभा में कोई सभासद नहीं सोता। जब राष्ट्र संकट में हो तो सो भी कैसे सकता है।...पर सभासद के वेश में अनेक दस्यु सभा में प्रवेश पा जाते हैं। वे तो सोएँगे ही।...किन्तु मैं कुछ

और कह रहा था। आपने ध्यान दिया कि आर्य विकद्रु के वक्तव्य के अनुसार, यादवों के आदि पुरुष हर्षश्व जब तक अयोध्या में सुखी होने का प्रयत्न करते रहे, तब तक वे सुखी नहीं हो सके। उन्हें सुख के लिए अपने मूल निवास का त्याग कर अपने लिए नया स्थान खोजना पड़ा।"

"तो क्या आप मथुरा त्याग की बात सोच रहे हैं?" उद्धव के स्वर में आश्चर्य भी था और आपत्ति भी।

"सम्भवतः यह भी एक समाधान हो।" कृष्ण पूर्णतः शान्त थे।

"हम जरासंध के भय से भाग जायें? तुम रणछोड़ बनना चाहते हो? मैं तो मथुरा का त्याग नहीं करूँगा।" बलराम उत्तेजित हो उठे थे।

"इतनी जल्दी कोई निश्चय न करें दाऊ!" कृष्ण हँसे, "पहले मेरी पूरी बात सुनिये और थोड़ी देर उस पर विचार कीजिए।"

"और किया ही क्या है मैंने आज तक। सदा तुम्हारी बात ही तो सुनता रहा हूँ।" बलराम बोले, "किन्तु अब नहीं सुनूँगा। मथुरा का त्याग कदापि नहीं करूँगा।"

"सुन लीजिए भैया! सुनने में क्या है। मानना न मानना तो हमारे अपने हाथ में है।" उद्धव ने उन्हें मनाने का प्रयास किया।

"हाँ! सुनने में क्या हानि है। वैसे जो लोग कंस-वध के पश्चात् मथुरा को सुरक्षित मानकर बाहर से मथुरा में आश्रय लेने के लिए आये थे, जब वे सुनेंगे कि श्रीकृष्ण मथुरा त्याग रहे हैं तो कैसा लगेगा उनको?" सात्यकि की अपनी समझ में नहीं आ रहा था कि वह कृष्ण का समर्थन कर रहा था अथवा विरोध।

कृष्ण उनकी चर्चा सुनकर भी जैसे नहीं सुन रहे थे। वे अपनी किसी स्वप्निल किन्तु गम्भीर मुद्रा में थे, "ग्रहण सुख के लिए होता है, किन्तु यदि ग्रहण कष्ट का कारण बन जाये तो त्याग ही उत्तम है।" उन्होंने सब लोगों पर दृष्टि डाली, "और दाऊ! युद्ध अपने आप में कोई स्वतन्त्र लक्ष्य नहीं हो सकता। इसलिए यदि युद्ध का संवरण कर माथुरों का हित होता हो, तो वह क्यों न किया जाये, केवल इसलिए कि लोग कृष्ण को कायर और भगोड़ा कहने लगेंगे। कृष्ण को वीर कहलाने के लिए यादवों की सामूहिक मृत्यु स्वीकार नहीं है। उससे संसार में धर्म की स्थापना नहीं हो सकती। और फिर यह तो केवल चिन्तन-पद्धति की बात है।..."

"चिन्तन-पद्धति की?" उद्धव चकित था।

"मैं युद्ध से भाग नहीं रहा। मैं जरासंध ही नहीं, कालयवन से भी युद्ध को प्रस्तुत हूँ; किन्तु वे चाहते हैं कि हम मथुरा की प्राचीर के भीतर रहें, जो

स्थान-स्थान से टूटी हुई है, जिसकी रक्षा के लिए शक्तिशाली दुर्ग नहीं है, जिसकी खाइयों का वर्षों से सस्कार नहीं हुआ है, जिसकी सेना में आक्रांता सेना के दसवें अंश के बराबर भी सैनिक नहीं हैं।" कृष्ण बोले, "यदि हम इस इच्छा को पूरा करें तो यह वीरता नहीं आत्महत्या है। मैं यह आत्महत्या नहीं करूँगा। मैं वीर क्षत्रिय के समान युद्ध करता हूँ। न मैं निरीह हत्याएँ करूँगा और न मैं आत्महत्या करूँगा।"

"वीर क्षत्रिय का धर्म, युद्ध में विजय अथवा वीरगति है, युद्ध से पलायन नहीं।" बलराम ने उपालम्भ दिया।

"मैं भी कायरता का समर्थक नहीं हूँ, किन्तु मैं मूढ़ता का भी वरण करने को प्रस्तुत नहीं हूँ। मुझे युद्ध करना होगा तो मैं अपनी व्यूह-रचना करूँगा। युद्ध-स्थल अपनी सुविधा से चुनूँगा, कालयवन अथवा जरासंध की सुविधा से नहीं।" कृष्ण का स्वर क्रमशः दृढ़ और प्रखर होता जा रहा था।

"इसका क्या अर्थ हुआ कृष्ण?" कृतवर्मा ने कुछ उतावली में पूछा।

"हम पहले भी मथुरा छोड़कर चले गये थे। हमने मथुरा में युद्ध किया होता तो हम सारे यादवों के वध के दोषी होते; किन्तु हमने गोमन्त में अपनी व्यूह रचना की और जरासंध को घेरकर पराजित किया।" कृष्ण बोले, "तो अब हम कालयवन और जरासंध की इच्छा पूरी करने के लिए मथुरा में क्यों बैठे रहें?"

"तो सीधे-सरल ढंग से यह क्यों नहीं कहते कि पिछली बार के ही समान इस बार भी हम मथुरा से निकल जायेंगे..." बलराम जोर से हँस पड़े।

"नहीं! यदि पिछली बार के समान हम दोनों ही मथुरा त्याग कर चले गये तो कालयवन माथुर यादवों को जीवित नहीं छोड़ेगा।" कृष्ण बोले, "इसलिए मैं सारे यादवों को, सारे मथुरावासियों को, मथुरा खाली कर देने का परामर्श दूँगा, ताकि हम सदा के लिए जरासंध के भय से मुक्त हो कर अपने लिए एक नये भविष्य का निर्माण कर सकें।"

उद्धव और सात्यकि कृष्ण की बात कुछ-कुछ समझ रहे थे। उन्होंने कुछ अधिक जानने के लिए कृष्ण को निहारा। उनकी दृष्टि गें प्रसन्नता और प्रशंरा का भाव था। बलराम कुछ चकित होकर कृष्ण की ओर देखते रह गये और कृतवर्मा जैसे कृष्ण से असहमत था।

अन्ततः कृतवर्मा ने कहा, "पर मथुरावासियों को ले कर जाओगे कहाँ? कोई दो-चार लोग तो है नहीं कि किसी अन्य राज्य अथवा नगर में शरण ले लेंगे।"

कृष्ण एक मधुर मुस्कान अपने अधरों पर ले आये, "इसलिए तो कह रहा हूँ कि कभी-कभी समाधान का संधान भी करना पड़ता है।"

सब लोग समझ गये कि कृष्ण अब इस समय और कुछ अधिक नहीं बताएँगे। जिज्ञासा करने का कोई लाभ नहीं होगा।

सप्ताह-भर में कृष्ण ने उद्धव और बलराम को संदेश भिजवाया, "समाधान का संधान पूर्ण हुआ। आ जाओ।"

उद्धव ने कृष्ण के कक्ष में पहुँचकर देखा, वहाँ सात्यकि और कृतवर्मा नहीं थे। उसने कृष्ण से कुछ पूछना आवश्यक नहीं समझा। मान लिया कि कृष्ण अभी इस समाचार को सात्यकि और कृतवर्मा जैसे निकट के लोगों के सम्मुख भी प्रकट नहीं करना चाहते हैं।

उन तीनों के अतिरिक्त वहाँ पाँच और व्यक्ति उपस्थित थे। उन्हें उद्ध व पहचानता था। ये वैन्तेय तथा उसके चार गरुड़ मित्र थे। कृष्ण से वैन्तेय की भेंट गोमन्त पर्वत के वन में ही हुई थी। वैन्तेय गरुड़ जाति का था। वे लोग गरुड़ को अपने यूथ का इष्ट मानते थे। अपने ध्वज पर गरुड़ का चिह्न धारण करते थे। वे आकाश पर तो उड़ ही सकते थे किन्तु धरती पर अधिक से अधिक वेग से यात्रा करना उनकी उपलब्धि मानते थे। गति ही उनके जीवन का लक्ष्य था। गोमन्त पर्वत में प्रवास करते हुए कृष्ण ने वैन्तेय की कुछ वैसी ही सहायता की थी, जैसी उन्होंने मथुरा में कुब्जा की की थी। वैन्तेय स्वयं को रोगी मानकर जीवन से निराश हो गया था। और कृष्ण ने उसका स्वास्थ्य और आत्मविश्वास दोनों ही लौटा लाने में उसकी पूरी सहायता की थी। वैन्तेय ने तब से कृष्ण को अपना आराध्य देव ही मान लिया था। कृष्ण भी वैन्तेय को ऐसे ही काम सौंपते थे, जो उसकी अपनी प्रकृति और रुचि के अनुकूल हों।

कृष्ण ने वैन्तेय की ओर देखा, "कहो वैन्तेय! तुम्हारे संधान का क्या परिणाम निकला।"

वैन्तेय ने कुछ अटपटी दृष्टि से उद्धव और बलराम की ओर देखा। कदाचित वह अपने संधान का महत्त्व और उसकी गोपनीयता को समझता था। किन्तु अन्ततः कृष्ण की इच्छा को समझकर बोला, "हम लोग मथुरा से पश्चित सागर तक की भूमि का निरीक्षण कर आये हैं आर्य!"

कृष्ण उसकी ओर देखते रहे, बोले कुछ भी नहीं।

"हस्तिनापुर मे भीष्म हैं, किन्तु सत्ता धृतराष्ट्र के हाथ में है। पाण्डव आपका साथ दे सकते हैं, किन्तु वे अभी स्वतन्त्र रूप से कोई निर्णय नहीं कर सकते। निर्णय धृतराष्ट्र ही करते हैं।" वैन्तेय बोला, "चेदि में दमघोष आपके पक्ष में हो सकते हैं; किन्तु यदि वे आपका साथ देंगे तो जरासंध की सहायता से शिशुपाल उनकी भी वही स्थिति कर देगा जो कंस ने उग्रसेन की की थी।

पांचाल द्रुपद आपके पक्ष में ही हैं, किन्तु आचार्य द्रोण से युद्ध के पश्चात् उनका राज्य भी आधा रह गया है और उनकी क्षमता भी कम हो गयी है। आगे बढ़ने पर सारे राजा जरासंध के मांडलिक हैं। कुशस्थली को रुक्मी ने ध्वस्त कर दिया है और सागर की ओर से आनेवाले दस्यु पाण्यजन राक्षसों ने भी उसकी कुछ भूमि का अपहरण कर लिया है। वहाँ कोई अच्छी नगरी नहीं है। रेवत राजा की राजधानी गिरिनार, नष्टप्राय ही है। उनके पास न राजनीतिक सत्ता है, न सैनिक सत्ता और न आर्थिक सत्ता। रुक्मी के भय से कोई उनकी सहायता भी नहीं करता। वे आशंकित और त्रस्त, नष्ट हो जाने की प्रतीक्षा में बैठे हैं। वैसे वह भूमि उर्वर है। पशुपालन के लिए चारणभूमि यथेष्ट है। सागर की ओर से व्यापार की सम्भावनाएँ भी पर्याप्त हैं। पर सागरतट पर दस्युओं का भय है। उनसे रक्षा के लिए जनयुद्ध के साधनों की आवश्यकता है जो आर्य राजाओं के पास नहीं हैं।"

वैन्तेय मौन हो गया।

"तुमने रेवत राजा से कुछ चर्चा की?" कृष्ण ने पूछा।

"हाँ आर्य! महाराज रेवत अपनी अशक्तता के कारण किसी का विरोध करने की स्थिति में ही नहीं हैं। वे किसी की भी सहायता स्वीकार करेंगे; किन्तु रुक्मी के भय से कोई उनकी सहायता करेगा ही नहीं।" वैन्तेय ने उत्तर दिया।

उद्धव के मन में एक प्रश्न उथल-पुथल मचाए हुए था। वह पूरी बात सुनने तक उसको रोकना चाहता था, किन्तु उससे रहा नहीं गया। बोला, "तो रुक्मी ही गिरिनार और कुशस्थली पर क्यों अधिकार नहीं कर लेता?"

"यह तो वही जानता है आर्य!" वैन्तेय ने कहा, "किन्तु यह माना जाता है कि जरासंध को जल दस्युओं से युद्ध में कोई रुचि नहीं है, इसलिए रुक्मी भी उस ओर पग नहीं बढ़ा पा रहा है। वे लोग समझते हैं कि रेवत स्वयं ही अपनी मृत्यु मर जायेंगे। उनके पास न धन है, न बल, न जन। परिवार में एक पुत्री है, जिसका अभी तक विवाह नहीं हुआ है। वह सुन्दर तो है किन्तु इतनी दीर्घाकार और युद्धनिपुण है कि कदाचित ही किसी पुरुष की प्रिया हो। दूसरी ओर जलदस्युओं को भूमि पर अधिकार करने में कोई रुचि नहीं है। वे लूटपाट कर वापस अपने पोतों में लौट जाते हैं। ऐसे में वह भूमि रुक्मी की है। जब चाहेगा, हाथ बढ़ाएगा और उसे झपट लेगा।"

कृष्ण अपने भीतर कहीं डूब गये। लगा कि उनके भीतर कोई गहन मंथन चल रहा है। मंथन आवश्यक था। उन्हें शीघ्रातिशीघ्र किसी सार्थक निर्णय पर पहुँचना था, अन्यथा विनाश का संवरण करना सम्भव नहीं होगा।

थोड़ी देर में कृष्ण कुछ बहिर्मुखी हुए। वैन्तेय पर एक स्नेहिल दृष्टि डाली और बोले, "तुम चलो वैन्तेय! अब विश्राम करो। तुम और तुम्हारे मित्रों ने बहुत काम किया है। तुमने जितना श्रम किया है, उसी अनुपात में महत्त्वपूर्ण सूचनाएँ भी लाए हो। यादव सदा ही तुम्हारे ऋणी रहेंगे।"

वैन्तेय कुछ भावुक हो उठा। लगा कि वह बहुत कुछ कहना चाहता है; किन्तु उसने कुछ भी नहीं कहा। थोड़े प्रयत्न के पश्चात उसने स्वयं को संयत कर लिया और प्रणाम कर अपने मित्रों के साथ बाहर निकल गया।

"यह सब क्या है कान्हा? मेरी तो कुछ समझ में नहीं आ रहा।" बलराम ने कहा।

कृष्ण समझ रहे थे कि बलराम को सब समझ में आ रहा था; किन्तु वे इस विषय में कुछ और सुनना चाहते थे।

"दाऊ! आपको स्मरण है, अवन्ती में अपने गुरुकुल में आपने एक राजकुमारी को गुरुदेव से गदा-युद्ध की शिक्षा लेते देखा था?"

कृष्ण और बलराम को जब बहुत आत्मीयता दिखानी होती थी तो वे लोग अपने गोकुलवाले सम्बोधनों का प्रयोग करने लगते थे।

कृष्ण की बात से बलराम के चेहरे का वर्ण कुछ अरुणिम हो गया, "हाँ! रेवती तो...तो वह वैन्तेय उन्हीं रेवत राजा की चर्चा कर रहा था?"

"हाँ दाऊ!" कृष्ण बोले, "मुझे यह तो ज्ञात था कि रेवत राजा कुछ कठिनाई में हैं; किन्तु यह नहीं मालूम था कि वे इस दुर्दशा तक पहुँच गये हैं। उनकी जो स्थिति वैन्तेय बता रहा है, उसके अनुसार वे इतने अक्षम हैं कि इच्छा होने पर भी वे किसी का विरोध नहीं कर सकते : मथुरा के यादवों का भी नहीं। यदि हम उनके सम्मुख सहायता का प्रस्ताव रखेंगे तो वे हमारी सहायता का तिरस्कार नहीं करेंगे। उनका शत्रु है रुक्मी..."

"और वह हमारा भी शत्रु है।" उद्धव ने कहा।

"दूसरे शत्रु हैं, जल-दुस्यु पुण्यजन राक्षस।..." कृष्ण ने कहा।

"वे भी हमारे शत्रु है।" उद्धव ने पुनः कहा।

"तो हम रेवत के मित्र हों न हों, उनके शत्रुओं के शत्रु अवश्य हैं।" कृष्ण मुस्कराए।

"हम उनके मित्र क्यों नहीं हैं। मित्र ही हैं।" बलराम के स्वर में स्पष्ट प्रतिवाद था।

"मेरा अनुमान भी कुछ ऐसा ही है।" कृष्ण ने हँसकर विनोदी मुद्रा में बलराम को देखा और वे गम्भीर हो गए, "यदि हम गिरिनार के निकट कुशस्थली की द्वारका में माथुरों को बसाएँ, तो कदाचित रेवत हमारा स्वागत करेंगे। न भी करें तो वे न हमारा विरोध कर सकते हैं न करेंगे।"

बलराम समझ नहीं पा रहे थे कि वे कृष्ण के इस निर्णय से सहमत हैं अथवा नहीं, "पर हम उस असहाय राजा का राज्य नहीं छीनना चाहते।"

"मैं आपके मन की बात समझ रहा हूँ दाऊ!" कृष्ण इस बार कुछ अधिक मुखर हो उठे, "नहीं! हम उनका राज्य नहीं छीनेंगे। मैं तो केवन दोनों की समानताओं की बात कह रहा था। हम जरासंध और कालवयन से पीड़ित हैं, वे रुक्मी और पुण्यजनों से। सहायक न कोई उनका है, न हमारा है। तो हम जाकर उनके साथ खड़े हो जायेंगे, ताकि हम अपनी भी रक्षा कर सकें और उनको भी उनके शत्रुओं से बचा सकें।"

"मुझे लगता है कि इस समस्या का यह सर्वोत्तम समाधान है; किन्तु एक संशय भी है, मेरे मन में।" उद्धव ने कहा।

"अब यह संशय कहाँ से आ गया?" बलराम पर्याप्त आक्रामक स्वर में बोले।

किन्तु उद्धव ने बलराम की उग्रता की चिन्ता नहीं की, "कदाचित मथुरा के लोग अपना नगर, अपना घर-बार, न छोड़ना चाहें।"

"तो न छोड़ें। रहें यहीं। मरें जरासंध के सैनिकों के हाथों।" लगा बलराम को मथुरा छोड़ने की बहुत जल्दी मच गयी थी।

कृष्ण ने मुस्कराकर उद्धव की ओर देखा और उद्धव चकित होकर बलराम को निहारता रह गया।

"संशय ठीक है, ऐसी सम्भावना भी हो सकती है। मोह बड़ा बलवान होता है।" अन्ततः कृष्ण बोले, "किन्तु इस प्रस्ताव को राजसभा में रखने का समय तो आ ही गया है।"

सभा आरम्भ हुई तो महामन्त्री विकद्रु ने कहा, "सारे सभासद सुनें। आज की सभा वासुदेव कृष्ण के अनुरोध पर उनके एक प्रस्ताव पर विचार करने के लिए बुलवाई गयी है।"

उग्रसेन ने कृष्ण की ओर देखा और कहा, "तो सबसे पहले कृष्ण ही अपना प्रस्ताव रखें, ताकि सभासद प्रस्ताव से परिचित होकर अपने विचार प्रकट कर सकें।"

"महाराज! आप जानते हैं कि आज सारे यादवों के सम्मुख एक ही समस्या है।" कृष्ण उठकर खड़े हो गये, "प्रतिदिन समाचार आ रहे हैं कि जरासंध और कालयवन की क्रूर सेनाएँ निरन्तर मथुरा की ओर बढ़ रही हैं। जरासंध ही कम नहीं है; किन्तु कालयवन की क्रूरता और भयंकरता के विषय में जो भी सूचनाएँ मिली हैं, वे रोंगटे खड़े कर देने वाली हैं हम सब जानते है। कि हम कितनी भी सैनिक तैयारी कर लें और कितनी भी वीरता क्यों न

दिखाएँ, कालयवन और जरासंध की संयुक्त सेनाओं से हम मथुरा को नहीं बचा सकेंगे।"

"यह सब तो मथुरा के दुधमुँहे शिशुओं को भी ज्ञात है।" बृहद्वल कृष्ण का उपहास-सा करता हुआ बोला, "तुम यह बताओ कि तुम्हारा प्रस्ताव क्या है।"

उग्रसेन ने रोषपूर्ण दृष्टि से उसकी ओर देखा जैसे कह रहे हों कि यह व्यक्तिगत राग-द्वेष और परस्पर टकराहट का समय नहीं है। इस समय तो हमें सामूहिक हित में ही चिन्तन करना है। पर वे मुख से कुछ बोले नहीं।

कृष्ण ने अपना वक्तव्य आगे बढ़ाया, "महाराज! मेरा प्रस्ताव यह है कि यदि हम युद्ध कर मथुरावासियों के प्राण, उनके सम्मान और उनके धन की रक्षा नहीं कर सकते तो हमें यह आत्मघाती युद्ध न कर, कालयवन से बचने के लिए मथुरा का त्याग कर देना चाहिए।"

"कितना अच्छा प्रस्ताव है।" सत्राजित ने मुखर वितृष्णा से कहा, "पिछली बार कृष्ण और बलराम ने मथुरा छोड़ी थी, इस बार हम सब मथुरा त्याग दें।"

कारागार से मुक्त होकर वसुदेव जब से मथुरा के राजनीतिक और नागरिक जीवन में लौटे थे, सार्वजनिक रूप से बहुत कम बोलते थे। आज वे भी सत्राजित की बात सुनकर तिलमिला गये। बोले, "मुझे अभी ज्ञात नहीं है कि कृष्ण के प्रस्ताव का पूर्ण स्वरूप क्या है, किन्तु पिछली बार कृष्ण-बलराम ने मथुरा त्यागी थी तो जरासंध की पराजय हुई थी। उसमें ऐसा क्या है, जिस पर हमारे मान्य सभासद को आपत्ति है।"

सत्राजित के कुछ कहने से पहले ही वृहद्वल उठ खड़ा हुआ, "आपत्ति मुझे है। कृष्ण बलराम मथुरा त्याग गए थे, तो हम थे वहाँ जरासंध से लोहा लेने के लिए, अपनी मातृभुमि की रक्षा करने के लिए। यह दूसरी बात है कि जरासंध ने मथुरा को छेड़ा ही नहीं..."

"क्योंकि वह तुमसे डर गया था।" सात्यकि की हँसी की कटुता किसी का भी हृदय विदीर्ण कर सकती थी।

किन्तु वृहद्वल पर उसका कोई प्रभाव नहीं हुआ, जैसे उसने सात्यकि की बात या तो सुनी न हो अथवा वह उसका अभिप्राय समझ न पाया हो, "नहीं! क्योंकि वह केवल कृष्ण-बलराम को पकड़ने आया था। किन्तु इस बार वह मथुरा को नष्ट करने आ रहा है। हम मथुरा खाली कर जायें, उसके लिए? ताकि वह आये और हमारा धन लूटकर ले जाये। हमारे भवनों को जला जाये।...अथवा..." वह मुस्कराया, "कृष्ण बलराम को इस बार अकेले भागते हुए भय लगता है?"

कृतवर्मा अपना क्रोध संयत नहीं रख सका। चिल्लाकर बोला, "वृहद्वल! जिह्वा सँभालकर...जिन कृष्ण-बलराम ने हमें कंस के कारागार से मुक्त किया है, तुम चाहते हो कि हम उनको जरासंध की दया पर अकेला छोड़ दें। नीचता की भी कोई सीमा होती है।"

उग्रसेन कुछ विचलित हुए। उन्हें लगा कि यदि यह चर्चा इसी रूप में आगे बढ़ी तो मुख्य विषय तो मार्ग में ही कहीं छूट जायेगा और यादवों की कलह का कोई अन्त नहीं रहेगा, "मर्यादा भंग की अनुमति किसी को भी नहीं है। बोलने से पूर्व सभासद अपने शब्दों पर विचार कर लें।"

उग्रसेन ने कृष्ण की ओर देखा, मानो उन्हें अपना वक्तव्य आगे बढ़ाने को कह रहे हों; किन्तु कृष्ण से भी पहले सात्यकि उठ खड़ा हुआ।

"महाराज! यदि श्रीकृष्ण मथुरा त्याग का प्रस्ताव कर रहे हैं तो हम उनके साथ हैं।" सात्यकि ने कहा, "वृहद्वल चाहें तो पीछे रहकर मथुरा की रक्षा कर सकते हैं। जिस दिन वे हमें कालयवन और जरासंध के मस्तक भिजवा देंगे, उस दिन हम उनकी मथुरा में लौट आयेंगे।"

उग्रसेन ने वर्जनापूर्ण दृष्टि से सात्यकि को देखा, उनकी आँखों में वृहद्वल के लिए भी कोई प्रोत्साहन नहीं था। बोले, "बोलो वासुदेव! मथुरा त्याग से तुम्हारा क्या तात्पर्य है। सकंट ही सही, पर क्या संकट में भी कोई अपना घर-बार इस प्रकार छोड़ देता है।"

"महाराज का कथन उचित है।" कृष्ण ने कहा, "व्यक्ति घर की रक्षा तब तक करता है, जब तक रक्षा सम्भव हो। घर जलने लगता है तो व्यक्ति उसके साथ स्वयं नहीं जल जाता। हमें तो मात्र इतना निर्णय करना है कि हमें बसते हुए घर में जलना है अथवा मथुरा की प्रजा को बचा लेना है और केवल खाली घर को जलने के लिए छोड़ देना है।"

"किन्तु मथुरा का त्याग कर हम जायेंगे कहाँ?" उग्रसेन के स्वर में असहायता का भाव अत्यन्त स्पष्ट था।

"उसके लिए आप मुझ पर निर्भर रह सकते हैं।" कृष्ण बोले।

सत्राजित का स्वर इस बार और भी आक्रामक था, "बिना कुछ जाने-बूझे, नयन मूंदकर सब कुछ तुम पर छोड़ दें, चाहे तुम हमें ले जाकर सागर में धकेल दो।"

कृष्ण इस प्रकार मुस्कराए, जैसे कह रहे हों, तुमको धकेलने के लिए अनेक स्थान हैं, उसके लिए इतनी दूर ले जाने की क्या आवश्यकता है। मुख से वे कुछ नहीं बोले।

उग्रसेन ने सत्राजित को और बोलने नहीं दिया, "हमें तुम पर पूर्ण विश्वास है वासुदेव! किन्तु सत्राजित की बात में भी कुछ सार है। यादवों के मन में

अपने तारणहार के प्रति बहुत श्रद्धा है किन्तु हम अंध भक्ति को प्रोत्साहित करना नहीं चाहेंगे। हम यह भूल नहीं सकते कि मथुरा राज्य वस्तुतः यादवों का गणतन्त्र है।"

"महाराज का कथन धर्मसंगत है; इसीलिए मैं चाहता हूँ कि पहले यह निश्चित हो ले कि यदि हम उपयुक्त और सुरक्षित स्थान खोजने में सफल हो गये तो हम मथुरा त्याग के पक्ष में हैं अथवा नहीं।" कृष्ण बोले।

"मैं सैद्धान्तिक रूप से मथुरा त्याग के विरोध में नहीं हूँ; किन्तु अपनी चल और अचल सम्पत्ति यहीं छोड़कर, कंगाल होकर हम अपने प्राण बचा लें तो हमारा जीवन भी कोई जीवन होगा।" कृतवर्मा बोला, "कृष्ण का क्या है, किसी की गोशाला में चाकरी कर लेगा, किन्तु हम तो गोपाल नहीं हैं।"

सात्यकि की समझ में नहीं आ रहा था कि यह कृतवर्मा क्या था। किस ओर था वह। पता ही नहीं चलता था कि कब तक वह किसी का साथ देगा और कब पल्ला झटककर विरोधी पाली में जा खड़ा होगा। उसकी इच्छा हो रही थी कि खड़ा होकर कृतवर्मा को कठोरतम शब्दों में लताड़े...

"कृतवर्मा!" बलराम के नेत्र इतनी ही देर में रक्तिम हो उठे थे।

"आप उत्तेजित न हों दाऊ! इन्हें आपत्तियाँ करने दीजिए, हम उन्हें उनकी आपत्तियों के उचित उत्तर देंगे।" कृष्ण ने बलराम को आगे बढ़ने से रोक दिया।

"किन्तु यह तो आपत्ति नहीं है। श्रीकृष्ण का अपमान है, शुद्ध अपमान।" सात्यकि से कहे बिना नहीं रहा गया।

"गोपाल कहलाने में मेरा कोई अपमान नहीं है सात्यकि! सम्मान, पद का नहीं प्रतिभा का होता है मित्र! पद तो कभी छिन सकता है, प्रतिभा को कोई नहीं छीन सकता।" कृष्ण अत्यन्त मधुर ढंग से बोले, "गोपाल यदि गोकुल और वृन्दावन की रक्षा कर सकता है तो आज यह प्रमाणित होने दो कि गोपाल मथुरा और यादवों की भी रक्षा कर सकता है।"

"बात तो सम्पत्ति की हो रही थी। हम अपनी सम्पत्ति छोड़कर कंगाल हो जायें क्या?" सत्राजित चर्चा को अपनी रुचि की ओर मोड़ लाया।

"नहीं! आप अपनी सम्पत्ति में से जितना उठाकर साथ ले जा सकें, अपने रथों और छकड़ों में लादकर ले चलें।" कृष्ण बोले, "किसी को कोई आपत्ति नहीं होगी।"

"छकड़ों की संख्या चाहे कितनी भी हो? उनकी गति चाहे कितनी भी धीमी हो?" अक्रूर ने पहली बार अपना मुँह खोला।

"हाँ! आप अपना गोधन साथ ले लें। सेवक-चाकर, अश्व, रथ, स्वर्ण आभूषण, जो कुछ उठाकर ले जा सकते हों अपने साथ ले लें।" कृष्ण बोले, "बस चल पड़ें। मथुरा को त्याग दें तो आपकी सुरक्षा का दायित्व लेने को मैं तैयार हूँ।"

सत्राजित को जाने क्या हो गया था। कृष्ण के एक-एक वाक्य पर, उसके मन में एक से बढ़कर एक, भयंकर कल्पनाएँ जाग रही थीं, अधिक से अधिक पीड़ादायक चित्र बन रहे थे, "ताकि मार्ग में जरासंध और कालयवन की सेनाएँ हमें घेर लें और अपनी रक्षा के लिए हमारे पास न नगर प्राचीर हो, न जल से भरी खाइयाँ, न दुर्ग की सुविधा। मुक्त आकाश के नीचे हम अपने परिवारों के साथ अपनी सारी चल सम्पत्ति के साथ उनकी सेनाओं में घिर जायें और वे जो व्यवहार चाहे, हमारे साथ करें।"

बलराम और सात्यकि दोनों ही क्रोध में दांत पीस रहे थे। उद्धव हताश-सा बैठा था। वसुदेव चिन्तित थे। क्रुद और उग्रसेन अप्रसन्न दिखायी पड़ रहे थे।

कृष्ण ने मुस्कराते हुए सारी सभा पर एक दृष्टि डाली और बोले, "मैं दाऊ और अपने मित्रों के साथ यहाँ पीछे मथुरा में तब तक रहूँगा, जब तक एक-एक मथुरावासी हमारे चुने हुए सुरक्षित स्थान पर नहीं पहुँच जाता। हमारे यहाँ रहते हुए जरासंध और कालयवन आपके पीछे नहीं आयेंगे। उनका लक्ष्य हम दोनों हैं, आपके गर्दभ और कुक्कुट नहीं।"

सात्यकि को लगा कि उसकी हँसी फूट पड़ेगी। कृष्ण ने स्वर्ण और बहुमूल्य मणियों की चर्चा नहीं की थी। वे गर्दभों और कुक्कुटों के विषय में कह रहे थे। क्या वे अपने गोपाल कहे जाने का प्रतिशोध ले रहे थे? पर नहीं! कृष्ण प्रतिशोध में विश्वास नहीं करते।

"नहीं! हम यह नहीं कर सकते। वसुदेवपुत्रों और उनके मित्रों को मथुरा में, काल के मुख में छोड़कर मथुरावासियों को किसी सुरक्षित स्थान पर नहीं जाना है।" उग्रसेन ने अत्यन्त स्पष्ट वाणी में कहा, "आत्मा को छोड़कर शरीर न प्रसन्न रह सकता है, न जीवित।"

सभा में जैसे उल्लास का ज्वार आ गया, "हम कृष्ण-बलराम को छोड़कर कहीं नहीं जायेंगे।"

"कृष्ण जो कह रहे हैं, वह सब हमारे हित में ही है। हम अपना सब कुछ अपने साथ ले जा सकते हैं।" अक्रूर कृष्ण के पक्ष में बोलने लगे किन्तु अगले ही क्षण उन्होंने अपना पक्ष बदल लिया, "सब कुछ ले जायेंगे तो भी हमारे ये प्रासाद यहीं रह जायेंगे। हम अपने प्रासादों को तो अपने छकड़ों पर लाद कर नहीं ले जा सकते, न उसके नीचे पहिए लगा सकते हैं। अनेक-अनेक पीढ़ियों

की आय और वर्षों के परिश्रम से मथुरा के जो भव्य प्रासाद यादवों ने बनाए हैं, इन्हें हम यहीं छोड़ जायें, ताकि कालयवन के सैनिक इनको ईंधन के समान जलाकर इन पर अपना भोजन पकाएँ।"

"मैं तो मथुरा त्यागने के पक्ष में नहीं हूँ। कृष्ण के लिए ये प्रासाद चाहे मिट्टी के ही हों, मेरे लिए ये स्वर्ण के हैं।" वृहद्बल को फिर से कृष्ण का विरोध करने का अवसर मिल गया था, "मथुरा और किसका नाम है? हमारे भवनों, नगर प्राचीर और दुर्ग का ही तो। सब कुछ ले जायें तो भी मथुरा तो यहीं रहेगी। क्या कृष्ण इस मथुरा को भी बचा लेगा?"

सारी सभा ने कृष्ण की ओर देखा। प्रत्येक सभासद के चेहरे पर पृथक भाव था : कहीं आश्चर्य का, कहीं चिन्ता का, कहीं चुनौती का, कहीं सहानुभूति का और कहीं दया का।

कृष्ण सहज भाव से मुस्कराते रहे, "शूरवंश के प्रासाद का महत्त्व मथुरा के किसी भवन से कम नहीं है। राजभवन से भी नहीं।" उन्होंने रुककर उग्रसेन की ओर देखा, किन्तु वहाँ कोई विरोध नहीं था, "उन्हें भवन कहो अथवा प्रासाद; अट्टालिकाएँ कहो अथवा हवेलियाँ; हैं वे मात्र मिट्टी ही। माया का एक रूप। भौतिक पदार्थ।" और सहसा कृष्ण जैसे अपने संकल्प और आत्मबल के दिव्य आलोक में अलोकित हो उठे, "चैतन्य कभी मृत्तिका का बन्दी नहीं होना चाहिए, किन्तु आप उसे वही बनाना चाहते हैं। मथुरा के भवनों की रक्षा का दायित्व मेरा नहीं है, मैं मथुरा के प्राणियों की रक्षा का दायित्व लेता हूँ।" वे रुके और बलपूर्वक बोले, "मैं यहाँ मृण्मय की रक्षा के लिए नहीं, चिन्मय के उत्थान के लिए आया हूँ।"

कृष्ण के उन वाक्यों में कुछ ऐसा था कि वे विभिन्न दिशाओं से अनेक बार प्रतिध्वनित होते हुए, दसों दिशाओं में गूँज उठे। सारे सभासद अनुभव कर रहे थे कि यह एक अलौकिक अनुभव था। कृष्ण का यह वक्तव्य उन्होंने अपने कानों से नहीं, मानों मन तथा आत्मा से सुना था।...क्या करता है कृष्ण। कभी वह इतना साधारण लगता है और कभी इतना मायावी हो जाता है।...

थोड़ी देर में सब कुछ सामान्य हो गया, किन्तु यह आभास नहीं मिटा कि यहाँ अभी-अभी कुछ बहुत महत्त्वपूर्ण और असाधारण घटित हुआ है।

कृतवर्मा ने एक लम्बा असाधारण मौन तोड़ते हुए कहा, "वैसे तो मैं कृष्ण से पूर्णतः सहमत हूँ।...पर अपनी मातृभूमि के प्रति भी तो हमारा कोई दायित्व है। हम मातृभूमि को शत्रुओं के लिए इस प्रकार त्याग दें तो हमारा धर्म हमें धिक्कारेगा नहीं?"

वृहद्बल को भी कुछ सहारा मिल गया, "और क्षत्रिय होने के नाते भी हमारा कोई धर्म है। वह हमें पुकारेगा नहीं?"

कृष्ण एक बार फिर किसी अदम्य भक्ति, आत्मबल और विश्वास से उद्दीप्त हो उठे। सब लोग उनकी ओर देख रहे थे, किन्तु उस सात्त्विक आलोक की आँखों में सीधे देख सकने का जैसे किसी का साहस नहीं हो रहा था।

"तुम अपने सारे धर्मों को त्यागकर मेरे साथ आ जाओ। मैं तुम्हें सारे पापों, भयों तथा दायित्वों से मुक्त कर दूँगा।" कृष्ण का स्वर जैसे आकाश में सघन बलाहकों को चीरकर पृथ्वी तक आ रहा था।...

"अब बस करें?" उद्धव ने उन लोगों की ओर देखा, "आज के लिए पर्याप्त हो गया।"

"यह तो राजसभा की बात हुई भैया।" सुभद्रा जल्दी से बोली, "साधारण मथुरावासी क्या सोच और कर रहे थे?"

"वे भी कुछ तो सोच और कर ही रहे थे।" उद्धव ने उसे टालना चाहा, "अब एक-एक व्यक्ति के मन में तो कोई कुशल कथाकार भी नहीं झाँक सकता।"

"पर दो-चार झलकियाँ तो दी ही जा सकती हैं।" द्रौपदी ने कहा, "हम तुम्हें अधिक कष्ट नहीं देंगी।"

"सवेरा हो जायेगा।" उद्धव ने जैसे उन्हें चेतावनी दी।

"कोई बात नहीं। ऐसे अवसर कौन बार-बार आते हैं।" सुभद्रा बोली, "एक रात जाग ही लेंगे तो क्या।"

"अच्छा बहना! तुम्हारी ही इच्छा सही...।" उद्धव बोला।

मथुरा के मध्यमवर्गीय लोगों के रहने की एक वीथि में प्रत्येक घर के द्वार पर सामान ढोने की कोई न कोई गाड़ी खड़ी थी—छकड़ा हो या बैलगाड़ी। लोग अपने घरों से अपना सामान-निकालकर ला रहे थे और उन गाड़ियों में रख रहे थे। गठरियाँ, पोटलियाँ, लकड़ी की पेटियाँ, बोरियाँ इत्यादि लद रही थीं। साथ ही पशु भी थे : अश्व, गाय, बकरियाँ, कुक्कुट और शुक...।

एक युवा अपनी वृद्धा माँ को, बाँह पकड़, सहारा देता हुआ घर के द्वार से गाड़ी तक ला रहा था। वृद्धा को कुछ कम ही दिखायी देता था, इसलिए पुत्र बताता चल रहा था कि कहाँ सँभलना है, कहाँ सीढ़ी है, कहाँ गड्ढ़ा है और कहाँ ऊँचाई है। अन्त में छकड़े के निकट पहुँच, माँ को उसमें चढ़ाने का प्रयत्न किया किन्तु वृद्धा माँ से उस ऊँचाई तक चढ़ा नहीं गया। पुत्र ने माँ को उठा कर छकड़े में चढ़ाना चाहा तो माँ झल्ला उठी, "तू मुझे अपने घर से निकालकर कहाँ ले जा रहा है रे?"

"मैं नहीं जानता माँ! श्रीकृष्ण जानते हैं।" पुत्र ने कहा।

माँ समझ नहीं पायी कि उसे इस उत्तर से कुछ सन्तोष हुआ या नहीं। इसी अस्पष्टता में उसने दूसरा प्रश्न पूछा, "कितनी दूर चलना होगा?"

"नहीं जानता माँ! श्रीकृष्ण ही जानते हैं।" पुत्र ने पहला उत्तर ही दुहरा दिया।

माँ झल्ला गयी, "जब तू कुछ जानता ही नहीं, तो यह सब क्यों कर रहा है?"

पुत्र कुछ असमंजस में निष्क्रिय-सा खड़ा रह गया। फिर बोला, "माँ, यदि मैं कहता कि तेरे सारे पड़ोसी अपने घर खाली कर मथुरा से भाग रहे हैं, तो तू क्या कहती?"

"क्या कहती। यही कहती कि तू भी वही कर जो सब कर रहे हैं। सारा संसार कोई मूर्ख थोड़ा ही है।" माँ ने बिना विचार किये अभ्यासवश उत्तर दे दिया, "वे सब हमसे तो चतुर चालाक ही हैं। कोई कारण होगा, इसलिए ही तो सब जा रहे हैं।"

पुत्र को भी उत्तर सूझ गया, "तो तू वही समझ माँ! सब लोग जा रहे हैं। तू कहे तो सारी गली में घुमाकर दिखा दूँ। सब लोग सचमुच ही जा रहे हैं।"

"माँ को लगा कि वह अपने ही जाल में फँस गयी है। थोड़ी देर मौन रही, किन्तु फिर उससे मौन रहा नहीं गया, "तो क्या तू भी इस भेड़चाल में पड़ गया। अरे पूछा तो होता कि लोग अपना बसा-बसाया घर क्यों छोड़ रहे हैं। ऐसा तो मैंने न कभी देखा न सुना। राम राम। और नगर को छोड़ ही रहे हैं तो जा कहाँ रहे हैं।"

अन्ततः पुत्र ने बता देना ही उचित समझा, "मथुरा पर जरासंध और कालयवन की सेनाओं का आक्रमण होने वाला है माँ! इसलिए लोग प्राण बचाकर भाग रहे हैं।"

थकी-सी वृद्धा माँ में जाने कहाँ की ऊर्जा आ गयी। उसने झटके से पुत्र के हाथ में पकड़ी अपनी कलाई छुड़ाई और भीतर की ओर चल पड़ी, "हो रहा है आक्रमण तो होता रहे। राजा का आक्रमण राजा पर होता है, सेना का सेना पर। हमें क्या लेना-देना इन राजाओं-महाराजाओं से। वे लड़ते-मरते रहें राज के लिए। तू क्यों घर छोड़कर भाग रहा है, तू राजा है या सेनापति?"

पुत्र अपनी माँ को जानता था। वह ले जा रहा था तो वह जाना नहीं चाहती थी। न ले जाता तो कहती कि वह उसे मरवा डालना चाहता है, इसलिए घर से हिल नहीं रहा।

बेटे ने आगे बढ़ माँ को रोका, "माँ! बात केवल युद्धक्षेत्र की होती तो मैं कभी घर छोड़कर नहीं जाता, राजा चाहे कोई होता; किन्तु वे लोग तो सारे

माथुरों को मार मथुरा नगरी को अग्निसात् करने की इच्छा से आ रहे हैं।"

"तू उनसे मिलकर आया है क्या?" माँ ने उसे वक्र दृष्टि से देखा।

"नहीं! मथुरा के गुप्तचर यह सूचना लाए हैं और जरासंध ने तो मथुरा के नाश की सार्वजनिक प्रतिज्ञा ही की है।"

"हाय राम! हमने उनका क्या बिगाड़ा है?"

पुत्र माँ को वापस छकड़े की ओर ले चला, "हमने उनका कुछ नहीं बिगाड़ा, फिर भी वे हमको नष्ट करना चाहते हैं, इसलिए तो राक्षस हैं वे। अपने अहंकार की पुष्टि के लिए वे कितने भी निरीह लोगों को मार सकते हैं।" सहसा पुत्र रुक गया। उसने प्रसन्नता और गर्व के भाव से माँ को देखा, "और एक प्रकार से हमने उनका बिगाड़ा भी है माँ। एक व्यक्ति जो राजा नहीं है, राजा बनना भी नहीं चाहता, उसने प्रजा को राजाओं से लड़ना सिखा दिया है। मनुष्य को समझा दिया है कि वह मनुष्य है, अतः पशुओं का सा जीवन व्यतीत न करे। अब जरासंध मथुरा की जागरूक प्रजा पर अपनी मनमानी नहीं थोप पा रहा, इसलिए हमारा शत्रु हो गया है।"

पुत्र के गर्व ने जैसे माँ को प्रभावित किया। कुछ पुलकित होकर बोली, "तू वासुदेव कृष्ण की चर्चा कर रहा है?"

"हाँ, माँ!"

"हाँ! कृष्ण के आने से मथुरा में बहुत अन्तर आ गया है। प्रजा के भूखे बच्चों के मुख से उनकी रोटी छीनकर अब रानियों का शृंगार नहीं होता। लोगों के कंठ से छिनकर गोरस रानियों के नहाने के काम नहीं आता। राजा के मल्ल भले घरों की बहू-बेटियों को उठाकर नहीं ले जाते। लोग सुविधा और सम्मान से जी रहे हैं।" और सहसा उसकी विह्वलता का भाव क्षीण हो गया, "पर हम अपना घर-बार छोड़कर कहाँ जायेंगे पुत्र!"

"जहाँ श्रीकृष्ण ले जायेंगे।" पुत्र ने उसी उत्साह से कहा।

"कहाँ ले जा रहा है वह? कहीं ऐसा तो नहीं कि कृष्ण चाहता है कि जब वह अपने राज्य के लिए लड़े तो तू उसकी सेना में भर्ती हो जाये? कंस के ही समान वह भी अपनी सेना तो तैयार नहीं कर रहा?" लगा माँ के मन में पुत्र पर आया कोई संकट व्याप्त हो गया।

"नहीं माँ! श्रीकृष्ण राज्य के लिए नहीं लड़ रहे। उन्हें राज्य नहीं चाहिए।" पुत्र ने बलपूर्वक कहा, "उनका लक्ष्य इन सबसे बहुत ऊँचा है।"

माँ को पुत्र की बात का विश्वास नहीं हुआ। उसका उपहास सा करती हुई बोली, "राज्य के लिए नहीं लड़ रहा तो क्या वह किसी कुएँ-बावड़ी के लिए लड़ रहा है?"

"नहीं माँ! वे धर्म के लिए युद्धरत हैं। उन्हें अपने लिए कुछ नहीं चाहिए।" पुत्र ने कहा।

"सब ऐसी ही पट्टी पढ़ाते हैं, लोगों को। किसी को भी अपने लिए कुछ नहीं चाहिए होता।" माँ के मन में उसके जीवन का अनुभव जाग उठा था, "हम किसी से कुछ माँगने भी नहीं जाते, फिर भी देखो, वह हमारे लिए लड़ रहा है। बहुत पीड़ा है उन लोगों के मन में हमारे लिए।"

पुत्र का धैर्य चुक गया। कुछ रोष से बोला, "श्रीकृष्ण शेष लोगों से भिन्न हैं माँ। वस्तुतः वे किसी से लड़ भी नहीं रहे। वे तो हमारी रक्षा कर रहे हैं।"

माँ का प्रौढ़ अनुभव अपनी अवहेलना नहीं सह सका। पुत्र को डाँटकर बोली, "तू दूसरों पर इतना निर्भर क्यों रहता है? अपने मन से कोई निश्चय क्यों नहीं कर सकता?"

पुत्र का स्वाभिमान और आत्मविश्वास दोनों ही जाग उठे। उसने माँ को अपनी भुजाओं में उठाकर छकड़े पर चढ़ा दिया, "मैंने अपने मन से ही निश्चय किया है माँ कि मुझे अपनी बुद्धि पर विश्वास तो करना चाहिए, किन्तु उस पर अहंकार नहीं करना चाहिए। अपना अहंकार गला सकूँ उसके लिए किसी पर श्रद्धा रखनी चाहिए।...और श्रद्धा के लिए श्रीकृष्ण से अधिक योग्य पात्र कहाँ मिलेगा माँ।"

माँ को पुत्र की बात जँची भी और नहीं भी जँची। बोली, "तुम पर तो कृष्ण ने अपना कोई मन्त्र फेर दिया है। पर वह बताता क्यों नहीं कि वह हमें कहाँ ले जा रहा है।"

"क्योंकि वह गोपनीय है। यदि सबको यह ज्ञात हो कि हमें कहाँ ले जा रहे हैं तो कालयवन को भी ज्ञात हो जायेगा कि हम कहाँ जा रहे हैं। फिर वह मथुरा पर आक्रमण करने के स्थान पर हमारे सार्थ पर ही आक्रमण करेगा और हमारी हत्या कर अपना लक्ष्य पूरा करेगा।"

माँ अपने पुत्र को मुग्ध दृष्टि से देखती रह गयी। पुत्र भी छकड़े में बैठ गया और उसने वल्गा थामकर अश्वों को हाँक दिया।

मथुरा के ही एक दूसरे मुहल्ले में एक और परिवार अपने रथ में अपना सामान लाद रहा था। रथ, उसमें रखे सामान और अपनी वेशभूषा से वे लोग कुछ सम्पन्न लग रहे थे। परिवार का वृद्ध मुखिया, स्वयं रथ में बैठा सामान रखवा और सँभलवा रहा था।

सहसा वृद्ध का ध्यान रथ में रखे सामान से उचटकर दूसरी ओर बहक गया। उसने अपने घर के द्वार की ओर देखा और चिल्लाया, "अरे सब कुछ रखवा लेना। कुछ व्यर्थ समझकर पीछे छोड़ मत देना।..." चिल्लाने से

उसे खाँसी आ गयी तो मुँह ही मुँह बड़बड़ाने लगा, "सारा जीवन एक-एक कौड़ी जोड़कर यह भवन बनवाया। घर के उपकरण संचित किये। किसको पता था कि अन्त समय में यह भवन इस प्रकार छोड़ना पड़ेगा।...अब जब सुख-शांति से यहाँ रहने का समय आया है तो कह रहे हैं कि हमें मथुरा में लौटना ही नहीं है। यह भवन यहीं खड़ा रहेगा और कालयवन के सैनिक इस घर में ठाठ से अपनी पत्नी के साथ विश्राम करेंगे।..." इस विचार ने उसे इतना विह्वल कर दिया कि वह अपनी खाँसी को भूलकर फिर चिल्ला उठा, "अरे ताले ठीक से लगा देना। ऐसा न हो कि पीछे से सेंध लगाकर कोई घर में घुस जाये।"

वृद्ध की पत्नी, पुत्र, पुत्रवधू और एक पुत्री आगे पीछे भवन से निकल आये। वे सब जैसे सामान की अंतिम खेप ले कर आये थे। इसलिए उन सबने हाथों में कोई न कोई सामान पकड़ा हुआ था।

"सब कुछ आ गया?" वृद्ध से पूछे बिना रहा नहीं गया।

"आ गया पिताजी!" पुत्र ने पूर्ण आश्वासन देने की मुद्रा में कहा।

"ताला ठीक से लगा दिया न?" वृद्ध ने फिर भी पूछ ही लिया।

पुत्र तो कुछ नहीं बोला, किन्तु पत्नी खीझ उठी, "अरे जब पीछे कुछ है ही नहीं, तो ताला किसके लिए लगाना है?"

"कुछ न सही। भवन तो है।" वृद्ध भी चिड़बिड़ाया, "कोई उसमें घुसकर उसे गन्दा करेगा। तोड़-फोड़ करेगा। तुमने बनवाया होता तो तुम्हें कुछ पीड़ा होती। मेरे मन से पूछो, अपना भवन छोड़ते हुए उसे कैसा कष्ट हो रहा है।" अपने आवेश में वृद्ध ने रथ से नीचे उतरने का प्रयत्न किया।

"अरे यह क्या कर रहे हैं आप?" पत्नी झल्लाई।

"रथ से नीचे उतर रहा हूँ।" वृद्ध ने पूर्ण शांति से बताया।

"पर क्यों?" पुत्र को पूछना ही पड़ा।

"देख तो आऊँ कि तुम लोगों ने ताला ठीक से लगाया है अथवा नहीं।" वृद्ध के स्वर में विनती का भाव था, "कहीं बाहर का ताला तो ठीक से लगाया हो और भीतर खुला छोड़ आये हो।"

"पिताजी। मैंने एक-एक ताला अपने हाथों से लगाया है और बहुत सावधानी से लगाया है।" पुत्र ने विश्वास दिलाया।

"तुम्हारे तो हाथ में ही छेद है। उसमें से कुछ भी गिर सकता है।" वृद्ध की आशंकाएँ मुख से फूट ही पड़ीं, "जो तुम्हें बन्द दिखायी देता है, वह वस्तुतः खुला होता है और जिसे तुम खुला समझते हो, वहाँ ताला ही नहीं। तुम्हारा भरोसा कर मैं अपनी सम्पत्ति तो नष्ट नहीं होने दे सकता।"

रथ से उतरकर वृद्ध घर की ओर चल पड़ा। सारा परिवार असहाय-सा खड़ा देखता रह गया। वृद्ध धीरे धीर चलता हुआ अपने द्वार के निकट पहुँचा और बड़ी देर तक ताले को टटोलता रहा। उसे अच्छी तरह खींच-खाँचकर देखा-परखा। पुत्र का धैर्य चुक गया तो वह भी निकट आकर खड़ा हो गया।

वृद्ध ने उसकी ओर देखा, "भीतर के ताले ठीक से लगाए हैं न? खोल कर देखने की आवश्यकता तो नहीं है?"

"अब आप सारा घर खुलवाकर फिर से देखेंगे क्या?" पुत्र कुछ रोष से बोला, "पिताजी, कभी किसी और पर भी भरोसा कर लेना चाहिए।"

वृद्ध ने पुत्र की भंगिमा देखी तो कुछ सँभल गया, "हाँ। ठीक है। चलो, अब तो ऐसे ही ठीक है। इस कृष्ण ने कारागार के ताले क्या तोड़े हमारे घरों में ताले लगवा दिये।"

लोगों की एक भीड़ चली जा रही थी। कुछ लोग बैलगाड़ियों पर थे, कुछ रथों और कुछ छकड़ों पर। सबसे अधिक संख्या पदाति की ही थी। लोगों ने अपने अश्वों, गायों-बैलों, गदर्भों पर ही सम्मान लाद रखा था। बच्चे, पैदल भी थे, सवारियों पर लदे हुए भी। कुछ अपने माता-पिता, बड़े भाई-बहनों की अँगुली थामे भी चल रहे थे और कुछ अपने पालतू पशुओं के सहारे यात्रा कर रहे थे।

उस सार्थ के बीचों-बीच एक रथ धीरे-धीरे चल रहा था। रथ में केवल पति-पत्नी ही थे। वेशभूषा से दोनों पर्याप्त सम्भ्रान्त दिखायी दे रहे थे।

पत्नी प्रसन्न नहीं थी। उसके मन पर कोई भारी बोझ पड़ा लग रहा था। बहुत देर से उसने अपने पति से भी बात नहीं की थी। अब रहा नहीं गया तो बोली, "सारा गोधन किसके भरोसे छोड़ आये हो?"

"अपने अहीर लाएँगे न।" पति ने निश्चिन्त भाव से कहा।

पत्नी को अपने पति की यह निश्चिन्तता अच्छी नहीं लगी। बोली, "अहीर अपने बाल-बच्चों को सँभालेंगे अथवा तुम्हारे गोधन की रक्षा करेंगे?"

पति को पत्नी की इस प्रकार की आपत्तियों में कोई रुचि नहीं थी। बोला, "वे गायों को भी अपनी सन्तान के ही समान पालते हैं।"

"बहुत भरोसा है अपने अहीरों का। पता तो तब चलेगा, जब वे गायों समेत किसी और दिशा में खिसक लेंगे।" पत्नी का स्वर पहले से कहीं अधिक तीखा हो गया था।

"तुम्हें उन पर तनिक भी भरोसा नहीं है?" पति भी कुछ खीझ उठा, "इतने वर्षों से वे हमारी सेवा कर रहे हैं। भागना ही होता तो कब से भाग लिए होते।"

"उग्रसेन ने तो अपने पुत्र के ही समान पाला था कंस को, फिर भी उसने लोभ के वश में होकर वृद्ध राजा को कारागार में डाल दिया।" पत्नी तुनककर बोली, "तुम्हारे अहीरों को तो कोई लोभ है ही नहीं न! वे लोग धर्मात्मा हैं अथवा देवता?"

पति ने अहीरों के पक्ष में विवाद करना उचित नहीं समझा। पत्नी के मन में मानवता के प्रति विश्वास उत्पन्न करना भी उसके वश का नहीं था। बोला, "तो क्या करता मैं? तुम्हें रथ में बैठा देता और स्वयं गायों को हाँकता हुआ सार्थ के पीछे-पीछे चलता?"

"ऐसा ही कर लेते तो तुम्हारे इस बाँके सारथि को भगाकर नहीं ले जाती मैं।" पत्नी का रोना बढ़ता ही जा रहा था।

पति ने अपना सिर पीट लिया, "मैं भी तुम्हारी ही शैली में चिन्तन करता तो कहता, तुम न भगा ले जातीं, तो सारथि ही तुम्हारा अपहरण कर लेता। पर कहने का क्या लाभ। अब तुम्हारा अपहरण भी कौन करेगा।"

उसी भीड़ के एक और कोने में एक ठुसी हुई बैलगाड़ी चल रही थी। उसमें दो-तीन वृद्ध थे। एक चालीस तक पहुँचती स्त्री थी, जिसकी गोद में दो बच्चे थे। बच्चे दो-तीन वर्षों के छोटे-बड़े थे, किन्तु थे दोनों ही गोद के बच्चे। स्त्री उन दोनों को कठिनाई से ही सँभाल पा रही थी। उसके आस-पास विभिन्न वय के लोग थे। एक लड़के की गोद में एक मेमना भी था, जो बार-बार छूटने का प्रयत्न कर रहा था। स्थान के अभाव में सब काफी कठिनाई से बैठे थे।

बैलगाड़ी के पीछे-पीछे, चालीस-बयालीस वर्ष का एक पुरुष चल रहा था। उस ने पीछे-पीछे आने-वाली एक गाय की रस्सी भी पकड़ रखी थी। वह बैलगाड़ी में बैठी बच्चों वाली महिला का पति था। दोनों की दृष्टि बार-बार मिल रही थी। पुरुष प्रसन्न दिखायी पड़ रहा था; किन्तु स्त्री मन ही मन पीड़ित थी और उसकी व्यथा आँखों और उसके चेहरे पर दिखायी पड़ रही थी। अन्ततः उससे रहा नहीं गया।

"अब तुम गाड़ी में आ ही क्यों नहीं जाते? कब तक पदाति चलते रहोगे?"

"आ तो जाऊँ, पर गैया का पगहा किसे थमा दूँ, तुम्हारी गोद में तो पहले ही दो बालक हैं। पगहा भी पकड़ लोगी क्या?" पुरुष स्नेहसिक्त स्वर में बोला।

"हाँ! पकड़ लूँगी पगहा भी। और न हो तो गाड़ी से बाँध दो पगहा। गैया साथ-साथ चलती आयेगी।" स्त्री के स्वर में पति के प्रति प्रत्यक्ष चिन्ता थी।

"चल तेरी ही मान लेता हूँ।" पुरुष मधुर स्वर में बोला, "पगहा गाड़ी से बाँध देता हूँ, पर गाड़ी में मेरे बैठने को स्थान भी है? चींटी तक के बैठने को तो स्थान नहीं है, मुझे कहाँ बैठाएगी?"

"सबके बैठने को स्थान है, बस एक तुम्हारे लिए ही नहीं है?" स्त्री कुछ रुष्ट स्वर में बोली, "तुम आ जाओ। न हो तो मैं उतर जाती हूँ। और किसी से पैदल न चला जाता हो तो न सही। मैं ही पैदल चल लूँगी।"

पुरुष प्रसन्नता और उतावली में चिल्लाया, "न! न! महारानी ऐसा अत्याचार मत कर। न तो मुझसे ये दोनों बालक सँभलेंगे, न तू उन्हें ले कर पैदल चल पायेगी। बैठी रह। कोई कष्ट नहीं मुझे चलने में। दिन में कई-कई कोस चलने का अभ्यास है मुझे।"

स्त्री से रहा नहीं गया, "देखो तो! अभी से स्वेद में नहा चुके हो। मैं तुम्हें इस प्रकार श्रम करते देख, स्वयं आराम से कैसे बैठी रह सकती हूँ।"

"अरे मैं तो अपने परिवार के लिए स्वेद बहा रहा हूँ। श्रीकृष्ण को देख, किस-किसके लिए जान हल्कान कर रहे हैं।" पुरुष का स्वर कुछ विह्वल हो गया था।

मथुरा की वह गली सर्वथा सुनसान लग रही थी। सारे घरों के द्वार बन्द थे। कृष्ण अपने रथ पर बैठे थे और वैन्तेय तथा उसके चार साथी गरुड़, अश्वों पर आरूढ़ थे। वैन्तेय के हाथ में गरुड़ ध्वज था। वे लोग प्रत्येक द्वार, प्रत्येक घर का निरीक्षण कर रहे थे।

वैन्तेय लौटकर कृष्ण के पास आया, "आर्य! यहाँ तो कोई दिखायी नहीं देता। लगता है कि सब लोग जा चुके हैं।"

"अच्छा है। उससे हमारा कार्य सरल हो जायेगा।" कृष्ण बोले, "फिर भी वैन्तेय हमें प्रमाद नहीं करना चाहिए, प्रत्येक घर को देख लेना चाहिए। पुकार लेना चाहिए।"

तभी कृष्ण ने देखा कि उन चारों में से एक गरुड़ उनकी ओर आ रहा था। उसके साथ एक अनिच्छुक-सा प्रौढ़ व्यक्ति धीरे-धीरे चल रहा था।

"आर्य! ये महाशय अभी अपने भवन में ही हैं और इनकी मथुरा त्यागने में कोई रुचि नहीं है।" गरुड़ ने कहा।

वह व्यक्ति निकट आकर चुपचाप खड़ा हो गया। उसने न तो गरुड़ की बात का विरोध किया और न पुष्टि ही।

"आप मथुरा त्यागना नहीं चाहते?" कृष्ण ने बहुत कोमल स्वर में पूछा।

व्यक्ति ने उनकी ओर देखा और निर्द्वन्द्व भाव से कहा, "नहीं कृष्ण!"

"क्यों?"

व्यक्ति मुस्कराया, "लोग जिस भय से मथुरा छोड़कर भाग रहे हैं, वह भय मुझे नहीं है।"

"आपको अपने प्राणों का मोह नहीं? उसका कोई महत्त्व नहीं आपके लिए?" कृष्ण ने पूछा।

व्यक्ति के चेहरे पर असमंजस का भाव उभरा, "मेरे पास कोई बहुत सम्पत्ति नहीं, जिसके लिए कोई मेरी हत्या कर देगा। इस भवन के लिए कोई मेरी हत्या कर भी दे तो ऐसा कोई नहीं, जिसे मेरी आवश्यकता हो अथवा मेरे पश्चात् इस भवन की आवश्यकता हो। मेरा कोई परिवार नहीं है। मेरा कोई भाई नहीं है।"

कृष्ण ने जैसे उसके मन में झाँक लिया था। उसके ऊपर की निश्चिन्तता वस्तुतः मन के विषाद का प्रतिबिम्ब थी। वह व्यक्ति जैसे किसी स्नेह के लिए चीत्कार कर रहा था। कृष्ण ने उसको स्नेहिल दृष्टि से देखा, "काका! तो यह कृष्ण किसका है, यदि तुम्हारा नहीं है?"

व्यक्ति ने कदाचित इस प्रकार के उत्तर की कल्पना भी नहीं की थी। उसके भीतर की जड़ता कृष्ण के एक वाक्य का भी प्रतिरोध नहीं कर सकी। उसका मन कुछ विह्वल हो उठा, फिर भी धृष्ट होकर बोला, "तुम अपने पिता के हो कृष्ण वासुदेव! तुम वसुदेव के हो।"

कृष्ण हँसे, "वे लोग तो मथुरा छोड़कर जा चुके। तो मैं मथुरा की इन गलियों में किसे खोज रहा हूँ? अपने परिवार को ही तो। उनको जो मेरे हैं, मैं जिनका हूँ। काका अनेक बार हम अपने सम्बन्धों को जानते ही नहीं हैं। कभी खोजने की चेष्टा की है कि कौन तुम्हारा है और तुम किसके हो?" कृष्ण के मुख पर एक अत्यन्त रहस्यमयी मुस्कान उभरी और उनका स्वर जैसे प्रेम से संगीतमय हो गया, "जो किसी के नहीं हैं, जिनका कोई नहीं है, वे सब मेरे हैं काका। केवल मेरे।"

व्यक्ति को लगा कि वह जैसे स्वयं अपने-आप से लड़ रहा है। उसका एक मन भाग कर अपने घर में घुस जाना चाहता था और दूसरा मन कृष्ण के चरणों में लोट जाना चाहता था। पर वह यह भी समझ रहा था कि कृष्ण उसे भागने नहीं देंगे और चरणों में वह स्वयं नहीं लोटेगा। बोला, "मेरा क्या करोगे कृष्ण? मैं शस्त्र चलाना नहीं जानता। अश्व नहीं हाँक सकता। कृषि-कर्म नहीं कर सकता। किसी योग्य नहीं हूँ। मैं तुम्हारे किसी काम नहीं आऊँगा।"

"अपने काम तो आओगे काका!" कृष्ण हँसे, "जिस दिन अपने काम के हो गये, समझ लो कृष्ण के काम के हो गये।"

व्यक्ति की समझ में कुछ नहीं आया। बोला, "अपना काम क्या है। वैसे भी मृत्यु की ही प्रतीक्षा है। वह चाहे जरा के बहाने आये अथवा जरासंध के बहाने।"

कृष्ण ने समाधि की सी तन्मयता से उसे देखा, "जीवन इस शरीर के ही साथ तो समाप्त नहीं हो जाता काका! जरा मारे अथवा जरासंध। वे तो इस शरीर का ही नाश करेंगे। आत्मा अनश्वर है। शरीर के मारे जाने पर भी यह नहीं मरेगी। तो किसकी प्रतीक्षा करोगे।"

"प्रतीक्षा! तब किसकी प्रतीक्षा।" व्यक्ति असमंजस में खड़ा रह गया।

"तुम्हारे वस्त्र पुराने हो जाते हैं, जीर्ण-शीर्ण हो जाते हैं तो क्या करते हो उनका?"

"फेंक देता हूँ।"

"उसके पश्चात् नग्न घूमते हो अथवा नये वस्त्र धारण करते हो?"

"नये वस्त्र धारण करता हूँ।" वह व्यक्ति बोला, "वस्त्र धारण किये बिना शरीर कैसे रह सकता है?"

"वैसे ही नया शरीर धारण किये बिना आत्मा कैसे रह सकती है।" कृष्ण बोले।

व्यक्ति की बुद्धि जैसे फिर विद्रोह कर रही थी। वह सुन रहा था, किन्तु विरोध में तर्क न होने पर भी वह कृष्ण की बात मानना नहीं चाहता था।

"मर जाओगे, तो भी अगला जन्म तो होगा ही काका!" कृष्ण बोले, "अगला जन्म ले कर फिर मृत्यु की प्रतीक्षा करोगे? और कुछ नहीं करोगे? और कुछ नहीं है तुम्हारे पास करने को?"

व्यक्ति को लगा कि उसके कान ही नहीं, उसका मन और उसकी आत्मा भी कृष्ण की बात को सुन रहे हैं। पर उसकी बुद्धि उसे मानना नहीं चाहती। उसका अभ्यास अपनी पकड़ ढीली नहीं कर रहा। उसका अहंकार अब भी विद्रोह कर रहा है।

"क्या यह अच्छा नहीं कि उस मृत्यु से निरपेक्ष होकर कर्म करो।" कृष्ण बोले, "कोई कर्म परिवार के लिए नहीं होता, सब अपने लिए ही होता है।"

"अपने लिए?" व्यक्ति के मुख से अनायास ही निकल गया।

"हाँ! अपने विकास के लिए। अपने बन्धनों को काटने के लिए, अपनी आत्मा को निर्मल करने के लिए।" कृष्ण बोले, "परिवार तो एक बहाना है, जिसके माध्यम से व्यक्ति कुछ सेवा और त्याग का अभ्यास करता है। अपने मोह से मुक्त होने का प्रयत्न करता है।"

व्यक्ति को लगा कि बिना विचारे कृष्ण की बात का विरोध कोई अर्थ नहीं रखता। यह तो उसकी अपनी बुद्धि की ही जड़ता है।

"किन्तु परिवार अपने मोह में उसे बाँधता भी है। शरीर सम्बन्ध ही तो आत्मा को सम्भ्रमित करते हैं।" कृष्ण मुस्कराए, "आपको परिवार नहीं है, तो प्रभु ने आपको अवसर दिया है कि आप बिना पारिवारिक मोह में बँधे, इस विराट मानव समाज को परिवार के रूप में स्वीकार कर सकें और उसके माध्यम से अपना विकास कर सकें।"

व्यक्ति को लगा कि वह अब स्वयं को बाँधकर नहीं रख सकता। वह कृष्ण के प्रति निर्मम नहीं हो सकता। वह उनके प्रेम के प्लावन को रोक नहीं सकता। उसका मन तो कब से भीग रहा था, बुद्धि ही नहीं मान रही थी। पर अब इस विह्वलता को बुद्धि कैसे रोकेगी।

"समझ रहा हूँ कृष्ण! कुछ-कुछ समझ रहा हूँ।" वह धीरे से बोला, "मैंने शायद विराट मानवता से स्वयं को काट लिया था।"

"इसे तो अहंकार कहते हैं काका!" कृष्ण बोले।

व्यक्ति ने चकित होकर कृष्ण की ओर देखा, "अहंकार तो स्वयं को दूसरों से बड़ा समझने में होता है पुत्र! मैंने तो स्वयं को कभी किसी से बड़ा नहीं समझा।"

कृष्ण हँसे, "ठीक है; किन्तु बड़ा तो तभी समझेंगे, जब स्वयं को पृथक् मानेंगे। जब आप इस विराट मानवता का अंग हैं, उससे पृथक् हैं ही नहीं, तो किससे बड़े हैं?"

वह व्यक्ति अपनी आँखों में शून्य लिए कृष्ण को देखता रहा और सहसा उसके नेत्रों में एक प्रकाश कौंधा, "मैं समझ गया कृष्ण! मैं समझ गया पुत्र!" उसके हाथ जैसे आपस में गुँथ गये, "अब इस शरीर को मरने के लिए नहीं छोड़ूँगा। इससे कुछ काम लूँगा। तुम चलो। मैं अभी आता हूँ।"

"तो हमारे साथ ही क्यों नहीं चलते काका?" कृष्ण ने पूछा।

व्यक्ति कुछ संकुचित हुआ, "मेरे पास रथ या अश्व नहीं है कृष्ण! कभी उन्हें प्राप्त करने का प्रयत्न नहीं किया। मैं पदाति ही आऊँगा, धीरे-धीरे। तुम्हारे साथ कैसे चल सकता हूँ।"

"ओह काका! जब कृष्ण तुम्हारा है तो यह रथ तुम्हारा क्यों नहीं है।" कृष्ण ने रथ में खड़े होकर उसकी ओर अपना हाथ बढ़ाया, "आओ मेरे साथ।"

व्यक्ति ने जैसे अनायास ही पूर्ण समर्पण की स्थिति में अपने दोनों हाथ आगे बढ़ा दिये, "ओह कृष्ण! जिसका हाथ तुम थाम लो...।"

प्रयाण के लिए प्रस्तुत बलराम को कृष्ण का समाचार गरुड़ों से मिल गया। सारी मथुरा देखी जा चुकी थी। अब और विलम्ब का कोई कारण नहीं था।

मथुरा के मुख्य द्वार से सबसे पहले बलराम का रथ निकला। उनके साथ उद्धव था। वे लोग युद्धवेश में थे। उनका रथ शस्त्रास्त्रों से भरा हुआ था। उनके दाएँ-बाएँ, अश्वों पर शसस्त्र अंगरक्षक चल रहे थे। पहली पंक्ति के अंगरक्षकों के हाथ में हल के चिह्न वाले ध्वज थे।

"उद्धव! यह कान्हा मथुरा कब छोड़ेगा?" बलराम ने जैसे कृष्ण के लिए अपनी चिन्ता जताई।

"सबको मथुरा से विदा कर।" उद्धव बोला, "उन्होंने मुझसे कहा था कि मैं उनकी चिन्ता न करूँ। मेरा दायित्व आपके साथ रहकर सार्थ का नेतृत्व करना है और यदि आगे से सार्थ पर कोई आक्रमण हो तो हमें उसका सामना करना है।"

"वह तो ठीक है; किन्तु हमें सूचना तो होनी चाहिए कि वह है कहाँ।" बलराम बोले, "संकट के समय हम उसकी सहायता तो कर सकें।"

"मैंने कहा था उनसे," उद्धव ने उत्तर दिया, "तो उन्होंने कहा कि मैं उनका मोह छोड़कर अपना कर्म करता जाऊँ। उनके काम में टाँग न अड़ाऊँ। उनका समाचार न मिले तो भी जानूँ कि वे सकुशल हैं। उन्हें सहायता की आवश्यकता होगी तो वे स्वयं सूचना भिजवाएँगे।"

"इस कृष्ण से पार पाना बहुत कठिन है। न उसके प्रति मोह छूटता है, न वह अपने प्रति मोह रहने देता है।" बलराम झल्लाए।

बलराम के रथ के पश्चात् महाराज उग्रसेन का रथ था। उसके साथ भी सशस्त्र अंगरक्षक और ध्वजवाहक थे। फिर एक-एक कर विकद्रु, सेनापति, सत्राजित, अक्रूर, बृहद्‌बल तथा अन्य मुख्य यादवों के रथ निकले। सब लोग युद्ध के लिए पूरी तरह तैयार थे। वसुदेव अपने रथ में देवकी और रोहिणी के साथ थे। आज उन्होंने भी युद्ध वेश धारण कर रखा था। उसके पश्चात् सामान्य जनों की गाड़ियाँ और रथ थे। सार्थ के दोनों ओर मथुरा की सेना चल रही थी। एक खंड के पश्चात् कृतवर्मा और उसके सैनिक चल रहे थे। सार्थ के इस खंड का प्रबन्धक कृतवर्मा था। उसके बाद के खंड का दायित्व सात्यकि के सैनिकों पर था।

कृष्ण का रथ मथुरा से सबसे अन्त में निकला था। उसके रथ पर उसके साथ वही व्यक्ति बैठा था, जिसे वे उसके घर से निकालकर लाये थे। चारों गरुड़ अश्वारोही उनको घेरकर चल रहे थे और वैन्तेय गरुड़ध्वज लिए हुए उनके कुछ आगे चल रहा था।

कृष्ण को दूर से ही छोटे से आकार में एक स्त्री-पुरुष धीरे-धीरे घिसटते हुए से दिखायी दे रहे थे। जैसे-जैसे रथ आगे बढ़ रहा था, उनकी आकृति स्पष्ट होती जा रही थी। वे मथुरा के ही निवासी थे। अपने साधारण घरेलू सामान से लदे-फदे धीरे-धीरे चल रहे थे। शरीर की आकृति से भी बहुत बलिष्ठ नहीं लगते थे और इस समय तो पर्याप्त थके हुए से दिखायी दे रहे थे।

उनके निकट आकर कृष्ण ने रथ रोक दिया।

अपने निकट एक राजसी रथ और पाँच अश्वारोहियों को रुकते देख वे लोग घबरा गये, पर समझ नहीं पाये कि सिवाय प्रतीक्षा के और क्या कर सकते थे।

कृष्ण रथ से उतरकर उनके पास आये।

"क्यों काका! सार्थ पिछड़ गये क्या?" कृष्ण ने पूछा।

पुरुष ने साहस कर उत्तर दिया, "हाँ भैया! सिर पर इतना सामान। हमारी महरारू जल्दी चल नहीं पाती। साथ में एक बकरी थी, वह जाने किसी रथारोही अथवा अश्वारोही से डरकर भड़की और भाग खड़ी हुई। उसे ढूँढते रहे। बस ऐसे ही समय बीत गया और सार्थ आगे बढ़ गया।"

स्त्री चुपचाप देखती रही जैसे पहचानने का प्रयत्न कर रही हो, और फिर बोली, "तुम वासुदेव कृष्ण ही हो न भैया?"

"हाँ काकी! ठीक पहचाना, कृष्ण ही हूँ।" कृष्ण मुस्कराए, "अपनी बकरी की चिन्ता मत करो। मार्ग में नहीं मिली तो गन्तव्य पर पहुँचकर महाराज की ओर से दूसरी अवश्य मिल जायेगी।" वे रुके, "आप लोग थक गये हैं और आपके पास बोझ भी है, कैसे चलेंगे?"

"ऐसे ही चलेंगे, सरक-सरक के।" पुरुष ने विनोद में अपनी घबराहट छिपाने का प्रयत्न किया, "वैसे भी हम पैदल चलने वाले लोग रथों और गाड़ियों के बराबर कैसे चलेंगे। हमें तो पीछे ही घिसटना है। पर एक चिन्ता है हमें।"

"कैसी चिन्ता?" कृष्ण ने पूछा।

"वे रथ तो आगे निगल गये और हमें यह भी पता नहीं है कि हमें जाना कहाँ है। तो हम कहाँ जायेंगे, कैसे जायेंगे।" पुरुष बोला, "अभी तक तो आगे जाने वाले लोगों के पदचिह्न मार्ग पर मिल रहे हैं, पर यह सदा तो ऐसा नहीं रहेगा न।"

"समस्या तो तुमने गम्भीर बताई काका!" कृष्ण हँसे, "पर ऐसा होगा नहीं।"

"क्यों? ऐसा क्यों नहीं होगा?" पुरुष चकित था।

"क्योंकि रथारोही और अश्वारोही केवल आधा दिन यात्रा करेंगे और आगे किसी सुविधाजनक स्थान पर पड़ाव डालेंगे।" कृष्ण बोले, "वे लोग न केवल

पीछे आने वालों की प्रतीक्षा करेंगे, वरन् उनके रहने और भोजन इत्यादि की व्यवस्था भी करेंगे। गाड़ीवाले तथा पदाति लोग वहाँ पहुँचकर विश्राम करेंगे। उन्हें न ठहरने की व्यवस्था करनी है, न भोजन की।"

"और जो हम छूट गये तो हमें मार्ग कौन बताएगा?" स्त्री की चिन्ता पहले से भी बढ़ गयी थी, "भोजन तो वहाँ धरा होगा और हम मार्ग में ही पड़े रह जायेंगे।"

"सबसे पीछे कृष्ण चलेगा काकी। कोई पीछे नहीं छूटेगा।" कृष्ण ने अपने साथी गरुड़ों की ओर संकेत किया, "इन गरुड़ों को देख रही हो। ये अपने अश्वों पर एक प्रकार से उड़ते फिरते हैं। आगे बढ़ते हैं और फिर पीछे लौट आते हैं। पूरे सार्थ में सम्पर्क बनाए रखने और सूचना इत्यादिक पहुँचाने का सारा दायित्व इन्हीं का है। चाहोगी भी तो तुम्हें मार्ग में खोने नहीं देंगे ये।"

"फिर तो भय की कोई बात नहीं है। है न लक्ष्मी!" पुरुष कुछ निश्चिन्त हुआ।

स्त्री ने भी सहमति में अपना सिर हिला दिया।

कृष्ण ने उन्हें निश्चिन्त देखा तो पूछा, "आपके पास से होकर कोई रथ अथवा गाड़ी नहीं गयी। किसी को कहा नहीं कि भैया हमें भी बैठा लो।"

"किसको कहते।" पुरुष हँसा, "कभी रथ हमसे डर जाता है, कभी हम रथ से डर जाते हैं। साहस कर एक से कहा तो वह बोला, इतना मूल्य देकर रथ क्या इसलिए क्रय किया था कि तुम जैसे कंगलों को ढोता फिरूँ।"

कृष्ण के चेहरे पर अप्रसन्नता झलकी, "इस संकट के समय भी ऐसा अहंकार। यह तो उचित नहीं है।"

"उसे अपना संकट तो दिख रहा था, हमारा नहीं दिखा। क्या कहें।" पुरुष खिसियानी-सी हँसी हँसा।

"कहना क्या है काका।" कृष्ण बोले, "यह संकट ही इसलिए है, क्योंकि हम ने केवल अपना संकट देखा। दूसरों का संकट देखा होता तो मथुरा पर यह संकट ही क्यों आता।" वे रुके, "अच्छा! जाओ अब रथ में बैठ जाओ। हम थोड़ी देर में सार्थ को पा लेंगे अभी बहुत दूर नहीं गया होगा।"

"आपके रथ में? इस राजसी रथ में?" स्त्री कुछ अकबका गयी।

"हाँ! रथ तो यही है। इसी में चलना पड़ेगा। क्या रथ पसन्द नहीं है?" कृष्ण मुस्कराए।

रथ में कृष्ण के साथ आया वह व्यक्ति अब तक मौन बैठा था। उन स्त्री-पुरुष का संकोच देख कर बोला, "आ जाओ भाई! कृष्ण का रथ ही हम सब-का रथ है।"

पुरुष ने भी उसे पहली बार ध्यान से देखा। वह उसके निकट आ गया, "क्यों, ऐसा क्यों है भाई?"

उस व्यक्ति को जैसे पहली बार अपने उद्गार प्रकट करने का अवसर मिला, "क्योंकि हम सबको एकमात्र आश्रय कृष्ण का ही है। और किसके हृदय में इतना प्रेम है कि सबमें बाँट सके। कृष्ण ही है जो सबसे प्रेम कर सके।"

स्त्री और पुरुष ने और संकोच करना उचित नहीं समझा। एक-दूसरे की सहायता से वे रथ में बैठ गये।

"त्रेता में रामजी ने वानरों को अपने साथ पुष्पक विमान में बैठाया था और अब श्रीकृष्ण हम सबको अपने साथ रथ में बैठाकर ले चल रहे हैं।" स्त्री ने अपनी कृतज्ञता प्रकट की।

कृष्ण ने मुस्कराकर उनकी ओर देखा और वल्गा थाम ली।

कृष्ण जब सार्थ के पड़ाव पर पहुँचे तो वहाँ सब कुछ व्यवस्थित हो चुका था और वे लोग उनकी प्रतीक्षा ही कर रहे थे। बलराम, उद्धव तथा सात्यकि के साथ कृष्ण, उग्रसेन के मण्डप में गये। विकद्रु, यादव सेनापति, दुर्गपाल, वसुदेव, अक्रूर, देवक इत्यादि प्रमुख यादवगण वहीं बैठे थे।

उग्रसेन ने कृष्ण को देखा तो बोले, "तुमने तो वासुदेव! मानो मथुरा नगरी को ही पहिए लगाकर चला दिया है। पीछे कोई छूटा ही नहीं।"

विकद्रु भी प्रशंसा में पीछे नहीं रहे, "और कितनी सुविधा से हम लोग यहाँ तक पहुँच गये हैं महाराज! ऐसे तो यात्रा का कोई श्रम ही नहीं लगेगा।"

"मैं तो प्रभु से प्रार्थना करता हूँ कि किसी प्रकार हमारी यात्रा की सूचना जरासंध से गुप्त रहे और हम अपने गन्तव्य तक पहुँच जायें।" वसुदेव बोले, "फिर यादव एक नया जीवन आरम्भ कर सकते हैं।"

"चिन्ता मत करो वासुदेव! कृष्ण ने चलाया है तो पहुँचा भी देगा। क्यों कृष्ण?" उग्रसेन बोले।

कृष्ण ने एक गम्भीर दृष्टि उन सब पर डाली, "मैंने एक पूरा दिन मथुरावासियों की यह यात्रा देखी है महाराज! मैं देख रहा था कि न मैं किसी को चला रहा था, न कोई अपने आप चल रहा था।"

"तो?" अक्रूर ने चकित होकर पूछा।

"किसी को भय चला रहा था, किसी को लोभ।" कृष्ण बोले, "किसी को मोह चला रहा था, किसी को अहंकार..."

"तो इसमें चिन्ता की क्या बात है, वासुदेव! संसार तो ऐसे ही चलता है, लोभ मोह के सहारे।" विकद्रु ने सहज भाव से कहा।

"नहीं महामन्त्री!" कृष्ण की गम्भीरता में चिन्ता भी आ मिली, "हम यह भूल गये हैं कि संसार को धारण करने वाला धर्म है। भय, लोभ, मोह और अहंकार उसे धारण नहीं कर सकते। ये केवल उसका क्षरण ही कर सकते हैं। मथुरा को भय और लोभ के सहारे चलाने के प्रयत्न का ही परिणाम था कि महाराज कारागार में थे, मेरे माता-पिता अपनी सन्तानों का नाश अपनी आँखों से देख रहे थे, अनेक स्वाभिमानी यादव मथुरा छोड़ कर भाग गये थे, युवा वर्ग विलास की ओर बढ़ रहा था, त्याग का महत्त्व वे भूल गये थे।"

उग्रसेन ने सहमति में सिर हिलाया, "ठीक कहते हो वासुदेव। हमें धर्म के सहारे ही चलना चाहिए।"

"मैं चाहता हूँ महाराज! कि एक बार द्वारका पहुँचकर यादव एक नया जीवन आरम्भ करें।" कृष्ण बोले, "वे धर्म पर चलें और संसार में धर्म-संस्थापना का कार्य करें। वे अपने इस पतित जीवन का त्याग करें। यदि हम मथुरा का त्याग कर आये हैं तो उसकी जीवन पद्धति का भी त्याग करें।"

"तुम मार्ग दिखाओ कृष्ण! हम उस पर चलने का प्रयत्न करेंगे।" उग्रसेन उल्लसित स्वर में बोले।

कृष्ण मुस्कराए, "मैं पूछने तो यह आया था महाराज! कि आपको यात्रा में कोई कष्ट तो नहीं हुआ?"

उग्रसेन का स्वर स्नेह से भीग उठा, "नहीं पुत्र! कोई कष्ट नहीं हुआ। जिस की देखभाल करनेवाले तुम हो, गोविन्द! उसे क्या कष्ट हो सकता है।"

"तो अब मैं एक बार मथुरा की प्रजा को भी देख लूँ।" कृष्ण ने प्रणाम किया, और बाहर निकल आये। उनके पीछे-पीछे उनके साथ आए हुए युवक भी बाहर निकल आये।

"अब?" बलराम ने पूछा।

"वैसे तो लगता है कि सब लोग रात्रि भर के लिए व्यवस्थित हो ही गये हैं और उनको भोजन इत्यादि भी पहुँचाया जा चुका है।" कृष्ण बोले, "फिर भी हम लोग पाँच टोलियाँ बना लें और चार दिशाएँ और मध्य का भाग बाँटकर एक बार निरीक्षण कर लें। किसी को किसी प्रकार की असुविधा तो नहीं है। भोजन के अतिरिक्त किसी को औषध की आवश्यकता हो तो उसका प्रबन्ध करें। और मैं जा रहा हूँ यह देखने के पशुओं के लिए उचित व्यवस्था हुई है या नहीं। दिन भर की यात्रा से पशु थक गये होंगे। प्रातः यात्रा करनी है।"

बलराम हँस पड़े, "ठीक कहते हो गोपाल।"

"पशुओं की देखभाल तो हम सब भी करते हैं, पर यह तो आज ही समझ में आया कि श्रीकृष्ण ही गोपाल क्यों हैं।" सात्यकि ने प्रशंसा के भाव से कृष्ण की ओर देखा।

"वैसे तो हमें भी अपने पाले हुए पशुओं से प्रेम है, किन्तु कृष्ण के तो जैसे प्राण ही उनमें बसते हैं।" उद्धव ने टिप्पणी की।

"मेरे प्राण ही उनके भीतर नहीं बसते, वे सब भी मेरे भीतर बसते हैं।" कृष्ण जैसे अपने आप से कह रहे थे, "सृष्टि ने जीवों को एक ही भाव से बनाया है।"

"सृष्टि तो सारे जीवों को एक ही भाव से देखती है श्रीकृष्ण! किन्तु मनुष्य भी उसे उसी दृष्टि से देखे, तब न...।" वैन्तेय ने कहा और कृष्ण के पीछे-पीछे चल पड़ा।

उद्धव ने रुककर सुभद्रा की ओर देखा, "तुम्हें कुछ सन्तोष हुआ हो तो अब इस कथावाचक को सोने की अनुमति मिले।"

सुभद्रा हँस पड़ी, "तृष्णा तो शान्त होती ही नहीं भैया! पर चलिए, शेष फिर कभी।"

21

कृष्ण प्रातः ही उपप्लव्य से हस्तिनापुर के लिए चल पड़े थे। उन्होंने अपनी किसी योजना के अधीन उद्धव को उपप्लव्य में ही रुकने को कहा था।

हाथ में गरुणध्वज लिए चार गरुड़ अपने अश्वों पर उनके रथ के आगे चल रहे थे। सात्यकि और कृतवर्मा अपने-अपने रथों में थे। वैन्तेय को कृष्ण ने अपने ही रथ में बैठा लिया था। द्वारका से आये हुए सारे सैनिक भी उनके साथ थे; किन्तु उन सब के रथ और अश्व बदल दिये गये थे। कृष्ण मानते थे कि लम्बी यात्रा के कारण द्वारका से आये रथ ढीले और अश्व थके हुए थे, उनकी गति वैसी नहीं हो सकती थी, जैसी कि वे चाहते थे। शस्त्रों का भी एक बड़ा भण्डार उन्होंने अपने साथ ले लिया था। मध्यम कोटि के एक सामान्य युद्ध के लिए उसके पास विपुल मात्रा में शस्त्रास्थ थे कई सप्ताहों के भोजन के लिए उसके पास पर्याप्त अन्न भी था।

"आप कौरवों का अन्न नहीं खाना चाहते क्या?" वैन्तेय ने कुछ चकित भाव से पूछा।

"अपने सैनिकों को कौरवों का अन्न खिला दूँगा तो वे भी उनके प्रति वैसे ही निष्ठावान हो जायेंगे, जैसे भीष्म और द्रोण हो गये हैं।" कृष्ण हँस पड़े, "उससे अच्छा यही है कि उन्हें अपना ही अन्न खिलाया जाये।"

"मैं कई बार अनायास ही सोचने लगता हूँ और सोचता ही रहता हूँ, किन्तु मेरी समझ में नहीं आता कि भीष्म और द्रोण क्या सचमुच दुर्योधन के

पक्ष में हैं? क्या वे देख नहीं पाते कि वह कैसा अधर्मी है? क्या सचमुच ही वे लोग उसके पापों का समर्थन करते हैं?" वैन्तेय बोला, "यदि कौरवों और पाण्डवों से युद्ध हुआ तो क्या वे उस पापी दुर्योधन की रक्षा के लिए पाण्डवों का वध कर देंगे?"

"वे अपने ही बन्दी हैं, वैन्तेय! स्वयं ही बाँध लिए गये अपने बन्धन वे तोड़ नहीं पाते।" कृष्ण बोले, "द्रोण की स्थिति पहले जो भी रही हो किन्तु इस समय वे दुर्योधन के कर्मचारी हैं। वेतन भोगी कर्मचारी। वे उसको छोड़कर नहीं जा सकते। वे पाण्डवों के पक्ष में नहीं आ सकते, क्योंकि यह द्रुपद और पांचाली कृष्णा का पक्ष है। तटस्थ नहीं रह सकते, क्योंकि तब उनका इतिहास उनके प्रति तटस्थ नहीं रहेगा। द्रुपद, धृष्टद्युम्न और शिखण्डी उन्हें जीवित नहीं छोड़ेंगे...।"

"और भीष्म?"

"मुझे लगता है कि भीष्म भी पाण्डवों की सेना को पांचालों की ही सेना मानते हैं। वह सेना दुर्योधन अथवा हस्तिनापुर पर आक्रमण करेगी तो वे उसका सामना करेंगे।" कृष्ण बोले, "भीष्म को कुरुवंश का बहुत मोह है। वे किसी भी कुरुवंशी को मरने नहीं देना चाहते, चाहे वह दुर्योधन ही क्यों न हो।...फिर वे हस्तिनापुर की राजसभा के अंग हैं। हस्तिनापुर की सेना युद्ध करेगी तो वे उससे तटस्थ कैसे रह सकते हैं।"

"तो वे पाण्डवों के विरुद्ध युद्ध करेंगे?"

"सम्भावना तो यही है।"

"उन्हें दुर्योधन के पाप दिखायी नहीं पड़ेंगे।"

कृष्ण हँस पड़े, "जो राजा की रक्षा का दायित्व ग्रहण करता है, उसे यह देखने और विचारने का अधिकार नहीं रहता कि सिंहासन पर बैठा व्यक्ति राजा नहीं दस्यु है। वह तो सिंहासनासीन राजा की रक्षा करता है। मैं जब क्षत्रियों को राक्षस बनते और दस्युओं की रक्षा करते देखता हूँ तो मुझे उन पर बहुत दया आती है।"

सन्ध्या समय कृष्ण ने वृकस्थल में रुकने का निर्णय किया। गरुड़ों को आदेश दे दिया गया और वे आदेश को प्रचारित करने के लिए पवन गति से चल पड़े।

थोड़ी ही देर में वैन्तेय लौटा, "आर्य! महाराज धृतराष्ट्र के दूत आपकी अगवानी करने आये हैं। उन्होंने सूचना दी है कि यहाँ से दो कोस आगे, आपके रात्रि विश्राम के लिए बहुत सुन्दर व्यवस्था है। अच्छे विश्रामगृह हैं। भोजन की उचित व्यवस्था है। पशुओं की देख-भाल की भी सुविधा है।"

"वे हमें शल्य समझते हैं क्या?" कृष्ण मुस्कराए, "मण्डपकर्मियों से कहो कि वे अपना कार्य आरम्भ करें।"

पहली बार वैन्तेय की समझ में आया कि कृष्ण उपप्लव्य से ही अपने साथ मण्डपकर्मी ले कर क्यों चले थे। निश्चित रूप से आरम्भ से ही उनके मन में मार्ग में एक पड़ाव का ध्यान रहा होगा। वे अपनी इस सेना के साथ किसी मंदिर अथवा ग्राम में नहीं ठहर सकते थे। सेना को असुविधा में ठहराना श्रीकृष्ण की प्रकृति नहीं थी। दुर्योधन के विश्रामस्थलों का उपयोग वे करना नहीं चाहते थे। दुर्योधन उनका समधी था। इसी सम्बन्ध से उनके पास सहायता माँगने आया था और नारायणी सेना ले गया था...किन्तु श्रीकृष्ण तो उसके विश्रामस्थल तक में ठहरना नहीं चाहते थे, उसकी कोई और सहायता कैसे स्वीकार करते।

"श्रीकृष्ण! आप दुर्योधन की सहायता नहीं लेना चाहते अथवा आपको सन्देह है कि उसके किसी विश्रामस्थल में ठहरने पर आपको किसी प्रकार की क्षति पहुँचाई जा सकती है?" वैन्तेय ने पूछा।

"दोनों ही बातें हैं।" कृष्ण बोले।

"वह आपको क्षति क्यों पहुँचाएगा, आप शांतिदूत हैं?" वैन्तेय ने कुछ चकित होकर कहा, "वैसे तो मुझे आपकी ही योजना समझ में नहीं आ रही। इतने सैनिक, इतने शस्त्र और इतना अन्न।" वैन्तेय ने उन सब पर एक दृष्टि डाली, "सम्राट् द्रुपद के पुरोहित भी दूत थे। संजय भी दूत थे। वे लोग तो अपने साथ ऐसी कोई व्यवस्था ले कर नहीं चले थे।"

"वे कृष्ण नहीं थे।"

"श्रीकृष्ण तो दुर्योधन के समधी हैं। दुर्योधन अपनी पुत्री के श्वसुर, अपने जामाता के पिता को क्षति नहीं पहुँचा सकता। अभी तो युद्ध आरम्भ भी नहीं हुआ है...।"

"ये सब बातें उनके लिए हैं वैन्तेय जो धर्म का आचरण करते हैं। अधर्मी के लिए न कोई नैतिकता होती है, न धर्म, न नियम और न सिद्धान्त।" कृष्ण बोले, "मैं दुर्योधन पर विश्वास नहीं कर सकता। वारणावत के लाक्षागृह में जब पाण्डवों को जीवित जलाने का प्रयत्न किया गया था, उस समय भी कोई युद्ध नहीं हो रहा था और पाण्डव तो उसके भाई हैं।"

"हस्तिनापुर में कोई युद्ध होगा?" सहसा वैन्तेय ने विषय बदल दिया।

"हो भी सकता है।" कृष्ण बोले।

"तो फिर आप स्वयं को संकट में डालने के लिए जा ही क्यों रहे हैं?"

"मैं अपने धर्म का निर्वाह कर रहा हूँ।"

अब पूछने को कुछ नहीं रह गया था।

कृष्ण ने हस्तिनापुर के निकट गंगातट पर स्कन्धावार स्थापित करने का आदेश दिया।

"सेना आपके साथ हस्तिनापुर नहीं जाएगी?" सात्यकि ने कुछ चकित हो कर पूछा।

"नहीं!" कृष्ण बोले, "दूत अपने साथ सेनाएँ ले कर राजसभाओं में नहीं जाते।"

"तो फिर ऐसी सेना साथ लाने का क्या लाभ?" कृतवर्मा बोला, "मुझे द्वारका से बुलाने का क्या अर्थ?"

"तुम्हारी उपस्थिति मात्र मेरे लिए पर्याप्त आश्वासन है और दुर्योधन के लिए चेतावनी।" कृष्ण मुस्करा रहे थे।

सात्यकि तनिक भी प्रसन्न नहीं था। कृतवर्मा की उपस्थिति दुर्योधन के लिए चेतावनी कैसे हो सकती है। दुर्योधन जानता है कि कृतवर्मा उसी का हितैषी है। कृतवर्मा की उपस्थिति से तो दुर्योधन का साहस तथा मनोबल और भी बढ़ जायेगा। पर कृष्ण कह रहे हैं तो कुछ सोच कर ही कह रहे होंगे।...

हस्तिनापुर के द्वार पर सभी छोटे-बड़े, श्रीकृष्ण का स्वागत करने आये थे, एक दुर्योधन और धृतराष्ट्र को छोड़कर। स्वागत करनेवालों में कदाचित किसी को भी स्मरण नहीं था कि श्रीकृष्ण युधिष्ठिर के दूत बनकर आये हैं, उस युधिष्ठिर के, जिस के पास इस समय कोई राज्य नहीं था। और जो दुर्योधन से किसी भी प्रकार सन्धि कर अपने लिए राज्य प्राप्त करने का प्रयत्न कर रहा था।...श्रीकृष्ण के पास कोई पद होता न होता, उन पर किसी राजा की छत्रछाया होती न होती, श्रीकृष्ण तो श्रीकृष्ण ही थे। राजा धृतराष्ट्र ने अपने पुत्रों तथा राज्य के पदाधिकारियों को भेज कर अपना उत्साह दिखाया था। भीष्म, द्रोण, कृपाचार्य, विदुर आदि लोग श्रीकृष्ण के प्रति अपने सम्मान के कारण आए थे। प्रजा यह देखना चाहती थी कि जिस श्रीकृष्ण के विषय में उसने इतनी कथाएँ सुनी थीं, वे श्रीकृष्ण कैसे थे। वीथियाँ, मार्ग, राजमार्ग सभी की सज्जा हो गयी थी। नगरद्वार से ले कर राजप्रासाद तक के मार्ग के दोनों ओर अपार जनसमूह खड़ा था, अटारियाँ अटी पड़ी थीं। जनसमूह सब ओर से निरन्तर पुष्प-वर्षा कर रहा था। आज तक न तो किसी राजा के स्वागत में इतना उत्साह दिखायी पड़ा था, और न कोई शासक अपने किसी अतिथि के स्वागत के लिए प्रजा में ऐसा उत्साह भर सकता था। वह तो जन सामान्य का श्रीकृष्ण के प्रति प्रेम ही था।...

रथों का यह सार्थ सीधे धृतराष्ट्र के भवन पर आकर रुका। श्रीकृष्ण भवन कर तीन ड्योढ़ियाँ पार कर धृतराष्ट्र के कक्ष में प्रविष्ट हुए। उन्होंने हाथ

जोड़कर प्रणाम किया और धृतराष्ट्र ने अपने आसन से उठकर उनका स्वागत किया। पुरोहितों को बुलाकर शास्त्रीय विधि से उनका सत्कार किया और कहा, "आपने बहुत कृपा की श्रीकृष्ण कि आप स्वयं पधारे।"

श्रीकृष्ण ने ध्यान से धृतराष्ट्र को देखा। उस दृष्टिहीन राजा के चेहरे पर कोई ऐसा भाव नहीं था, जिसे देख कर कोई कह सकता कि उसे श्रीकृष्ण के आने पर प्रसन्नता नहीं हुई थी। उसके व्यवहार में कोई ऐसा संकेत नहीं था, जिससे कहा जा सकता कि वह उनका उचित स्वागत नहीं कर रहा। अपने मन के लोभ और भय का लेश मात्र भी वह प्रकट नहीं होने देता था। उस सीधे-सरल चेहरे को देख कर कोई कल्पना भी नहीं कर सकता था कि उसके पीछे ऐसा कुटिल हृदय भी हो सकता है। उससे उनसे एक-एक कर उसकी कुशलता सम्बन्धी प्रश्न किये। अपना सौहार्द दिखाया और उनके इस प्रकार हस्तिनापुर आने के लिए कृतज्ञता प्रकट की।

श्रीकृष्ण ने भी व्यक्तिगत धरातल पर सबसे मिलने, उनका आदर-सत्कार करने और कुशल-मंगल की जिज्ञासा कर, विदा होने के लिए अनुमति माँगी।

"कहाँ जायेंगे आप?" धृतराष्ट्र ने कुछ चकित होकर पूछा, "हमने आपके ठहरने की व्यवस्था, दुःशासन के प्रासाद में की है। वह मेरे अपने भवन से भी बड़ा और श्रेष्ठतर है।"

"कोई बात नहीं महाराज!" श्रीकृष्ण अत्यन्त मधुर ढंग से बोले, "आप जानते हैं कि मुझे सुविधाओं से अधिक सम्मान प्रिय है। आपके पुत्र दुःशासन की ख्याति ऐसी नहीं कि उसके भवन के अवरोध में कोई स्वयं को सुरक्षित पा सके। आपके पुत्रों का पूज्यपूजनधर्म अपरिचित नहीं है।"

"क्या किया है मैंने?" दुःशासन तड़पकर बोला।

"ईश्वर की उपासना से भी पहले, मनुष्य को नारीत्व का सम्मान सीखना होता है, तुमने अभी वह भी नहीं सीखा।" कृष्ण बोले, "जो लोग अपने भाइयों और माता को प्रासाद में बन्दी कर उन्हें जीवित जला देते हैं, उनके प्रासादों में अतिथि होना तो किसी का दुर्भाग्य ही हो सकता है, सम्मान नहीं।"

"पर श्रीकृष्ण!" धृतराष्ट्र ने कुछ उतावली में कहा, "मैंने तो अभी आपको कोई उपहार भी नहीं दिया है।..."

"कोई बात नहीं महाराज!" कृष्ण मुस्कराए, "आज तो मैं केवल आपके दर्शन करने आया हूँ। कल प्रातः आपकी राजसभा में आऊँगा और स्वयं आप से एक उपहार की याचना करूँगा। आशा है कि आपकी उदारता मुझे निराश नहीं करेगी।"

कृष्ण भवन से बाहर निकल आये। रथ में बैठकर उन्होंने उन लोगों की भी प्रतीक्षा नहीं की, जो शायद उन्हें विदा करने आ रहे थे।

"महामन्त्री विदुर के आवास पर चलो दारुक!"

श्रीकृष्ण को अपने द्वार पर आता देख विदुर को आश्चर्य हुआ, "आप यहाँ श्रीकृष्ण!"

"हाँ महात्मन! मैं हस्तिनापुर में और किसके द्वार पर जा सकता हूँ?"

विदुर के मन में सहस्रों बातें घूम गयीं। क्या कह रहे थे श्रीकृष्ण! ईश्वर सात्विक मनुष्य के द्वार पर ही आता है। ईश्वर निर्मल मन में प्रकट होता है...क्या विदुर की साधना फलित है?...

विदुर ने मुख से कुछ नहीं कहा। उन्हें भीतर लाकर बैठाया। श्रीकृष्ण जानते थे कि विदुर का आवास एक प्रकार का आश्रम का ही रूप है। उनका व्यक्तित्व भी कुछ वैसा ही था। वे महामन्त्री तो तब भी थे; किन्तु अब न उनके पास कोई सत्ता थी और न धन। उनका आवास गंगातट पर एक खुली भूमि में था, किन्तु वह प्रासाद नहीं था। उनकी अपनी कोई सन्तान नहीं थी किन्तु उनके इस आश्रम में पलनेवाले अनेक बालक बालिकाओं के लिए वे और उनकी पत्नी माता-पिता ही थे।

"भाभी को बुलाऊँ?" विदुर ने पूछा।

"नहीं मैं स्वयं उनके पास जाऊँगा।" कृष्ण बोले।

तब तक पारंसवी भी आ गयी। कृष्ण ने उन्हें अपनी बूआ के ही समान प्रणाम किया। पारंसवी ने उनके प्रणाम को उसी गरिमा से स्वीकार कर आशीर्वाद दिया, किन्तु उनकी आँखों में आये कृतज्ञता के अश्रु किसी से भी छुप नहीं पाये।

उन्होंने श्रीकृष्ण के लिए जल, अहर्य और मधुपर्क प्रस्तुत किया। सत्कार कर पारंसवी भीतर चली गयीं।

"श्रीकृष्ण आप सचमुच ही सन्धि का प्रस्ताव ले कर कल सभा में जायेंगे?" विदुर ने पूछा।

"क्यों? क्या सन्धि का प्रस्ताव शोभनीय नहीं है?" कृष्ण मुस्कराए।

"नहीं! सन्धि को अशोभनीय कैसे कहा जा सकता है।" विदुर बोले, "किन्तु आप नहीं जानते कि कौरवों की राजसभा में आपके विषय में क्या चर्चा हुई है।"

"क्या दुर्योधन ने मुझे बन्दी करने की इच्छा प्रकट की है?" कृष्ण मुस्करा रहे थे।

आश्चर्य से विदुर का मुख खुला का खुला ही रह गया, "आप यह भी जानते हैं और फिर भी आप हस्तिनापुर में आये हैं।"

कृष्ण ने स्थिर दृष्टि से उनकी ओर देखा, "यह मैं जानता नहीं हूँ। मेरा अनुमान है। दुर्योधन मुझसे नारायणी सेना ले चुका है। बलराम भैया प्रत्यक्ष रूप से उसके पक्ष में हैं। यादवों में अधिकांश लोग मध्यस्थ हैं और कुछ अन्य लोग दुर्योधन के पक्ष में भी हैं। ऐसे में अब उसे मुझसे कुछ भी और मिलने की कोई सम्भावना नहीं है, अतः वह स्पष्ट रूप से अपनी शत्रुता प्रकट कर सकता है।" वे रुककर मुस्कराए, "पर यहाँ क्या चर्चा हुई?"

"आपके आने की सूचना पर धृतराष्ट्र ने बहुत प्रसन्नता प्रकट की और बताया कि वे कितनी बहुमूल्य वस्तुएँ आपको प्रकट भेंट करने की सोच रहे हैं। मैंने उनसे पूछा कि क्या वे समझते हैं कि इतनी सारी बहुमूल्य वस्तुएँ देकर वे श्रीकृष्ण को पाण्डवों से विलग कर लेंगे?"

"क्या कहा उन्होंने?"

"वही। जो ऐसे सारे अवसरों पर वे कहते हैं। उन्होंने बहुत विस्तार से मुझे समझाया कि उनके मन में आपके लिए कितना सम्मान और कितनी श्रद्धा है। वे पाण्डवों से कितना प्रेम करते हैं।" विदुर ने बताया, "उन्होंने स्नेह, प्रेम, ममता, मैत्री, शान्ति और त्याग को ले कर ऐसी-ऐसी आदर्शवादी बातें कीं कि मुझे लगने लगा कि मैं किसी अत्यन्त महान् आत्मा के सम्मुख बैठा हूँ और उनकी स्वच्छता और सात्विकता के सम्मुख अत्यन्त मलिन और तुच्छ व्यक्ति हूँ।"

"यह उनका सबसे बड़ा अस्त्र है।" कृष्ण बोले, "वे स्वयं जानते हैं कि वे असत्य बोल रहे हैं और फिर भी लोग उनके कथन को सत्य मान रहे हैं तो मन ही मन कितना हँसते होंगे वे?"

"और तब दुर्योधन बोला कि यह सब करने की कोई आवश्यकता नहीं है। कृष्ण को किसी प्रकार का कोई उपहार देना व्यर्थ है। उसे प्रसन्न कर हमें क्या लेना है।" विदुर ने बताया, "दुर्योधन ने स्पष्ट रूप से कहा कि वह कृष्ण को बन्दी बना लेगा और कारागार में डाल देगा। पाण्डवों का सबसे बड़ा सहारा कृष्ण ही है। उसे बन्दी कर लिया तो पाण्डवों का बल, साहस और भविष्य सब कुछ ही बन्दी हो जायेगा। युद्ध का अवसर ही नहीं आयेगा। कृष्ण मेरा बन्दी होगा तो यादव भी मेरे अधीन होंगे और तब तीनों लोकों में ऐसी कौन-सी शक्ति है जो मेरे सामने खड़ी हो सके।"

कृष्ण अब भी मुस्करा रहे थे, "और तब?"

"तब पितृव्य भीष्म उठे। उन्होंने कहा कि मन्दबुद्धि दुर्योधन अब काल के वश हो गया है। वह अपने हितैषियों के समझाने पर भी अनर्थ करने पर ही तुला हुआ है। धृतराष्ट्र भी सद्विचारों को न मानकर कुमार्ग पर चलने वाले

इस पापात्मा का अनुसरण कर रहे हैं। दुर्योधन ने धर्म का सर्वथा त्याग कर दिया है। वे उस पापी और क्रूर दुर्योधन की बातें और नहीं सुन सकते। यह कह कर वे सभा से उठकर चले गये।" विदुर ने कृष्ण की ओर देखा, "यह सब जानकर भी आप सभा में जायेंगे?"

"महात्मा विदुर!" कृष्ण के नयनों से जैसे स्नेह की वर्षा हो रही थी, "मैं हस्तिनापुर में आया हूँ तो कौरवों की सभा में भी जाऊँगा ही।"

"क्या करने जायेंगे? संकट में फँसने?" विदुर के स्वर में कातरता थी, "दुर्योधन ने स्पष्ट रूप से कह दिया है कि वह इस जीवन में तो पांडवों के साथ मिलकर अपनी सम्पत्ति का भोग नहीं कर सकता। सन्धि की कोई सम्भावना नहीं है। अब जानने को क्या शेष रह गया है गोविन्द!"

"मेरे जानने को कुछ शेष नहीं है। मैं तो सदा से ही यह सब जानता रहा हूँ। किन्तु कुछ लोग हैं, जिन्हें अभी और बहुत कुछ जानना है। मैं कल प्रातः सभा में जाऊँगा ताकि वे लोग जानने योग्य जान सकें।" कृष्ण उठ खड़े हुए, "अब मैं बूआ से मिल लूँ।"

कृष्ण भवन के भीतर चले गये। विदुर और पारंसवी के निवास वाले खण्ड को पार करते हुए, वे कुन्ती वाले खंड में पहुँचे। कुन्ती, अपने कक्ष में बाहरवाले प्रकोष्ठ में ही बैठी थीं। कृष्ण ने आगे बढ़कर चरण-स्पर्श किये।

"चिरंजीवी हो पुत्र!" कुन्ती ने कृष्ण के सिर पर हाथ रखा, "महाराज से मिल कर आ रहे हो?"

"हाँ बूआ!"

"सन्धि कर आये अथवा युद्ध होगा?"

"सम्भावना तो युद्ध की ही है किन्तु अभी सन्धि का प्रयत्न होगा। उसके विषय में निश्चित रूप से तो कल ही बता पाऊँगा।" कृष्ण बोले, "आप कैसी हैं?"

"जैसी हो सकती हूँ, वैसी ही हूँ पुत्र!" कुन्ती ने कहा, "जानती हूँ कि अपने भाइयों की तुम पूरी देख-भाल कर रहे हो। जानती हूँ कि एक सीमा के पश्चात् कोई माता-पिता अपनी सन्तान के लिए कुछ नहीं कर सकते, फिर भी अपने पुत्रों की चिन्ता करती हूँ।"

"क्यों चिन्ता करती हैं बूआ? आपके पुत्र महावीर हैं। वे सब प्रकार से समर्थ हैं। वे धर्म की छत्रछाया में हैं।" कृष्ण मुस्कराए, "फिर भी उनकी चिन्ता करती हैं?"

"चिन्ता तो मैं इसलिए करती हूँ, क्योंकि मैं उनकी माँ हूँ।" कुन्ती ने कहा, "न मैं उनकी असहायता और निर्धनता भूल पाती हूँ और न अपनी पुत्रवधू

का अपमान। मुझे चिन्ता है कि अपनी उदारता और क्षमाप्राण बुद्धि के कारण युधिष्ठिर कहीं महाराज धृतराष्ट्र का सन्धि प्रस्ताव मान ही न ले।"

"संधि प्रस्ताव मानने में आपको क्या आपत्ति है बूआ? उससे अट्ठारह अक्षौहिणी सेना नष्ट होने से बच जायेगी।" कृष्ण बोले, "उनके परिवारों का शोक टल जायेगा। क्या आपको यह अच्छा नहीं लगेगा?"

"पाप, अधर्म और अन्याय की रक्षा के लिए शान्ति का प्रस्ताव एक सुन्दर तर्क है।" कुन्ती ने एक कटु मुस्कान के साथ कहा, "जिन्हें सन्धि इतनी ही प्रिय है, उनसे कहो कि वे मानवता के इस विनाश को बचाने के लिए थोड़ा त्याग करें। अपने पुत्र दुःशासन को उसके अपराध का दंड भोगने के लिए भीम को सौंप दें। यह भी न कर सकें तो दुर्योधन को कोई पाँच ग्राम देकर, सत्ता, पूर्व-युवराज युधिष्ठिर को सौंप दें। शांति की रक्षा के लिए सारा मूल्य सदा पाण्डव ही क्यों चुकाएँ? इस संसार में शांति बनाए रखने के लिए धृतराष्ट्र का सिंहासन पर बैठे रहना और मेरे पुत्रों का वनों में भटकते रहना क्यों आवश्यक है। शान्ति के लिए द्रौपदी ही क्यों अपमानित होती है, दुर्योधन क्यों थोड़ा-सा कष्ट नहीं सहता।...नहीं केशव! यह धर्म नहीं है। जिस सन्धि से अधर्म सत्तासीन होता है, मैं उसकी समर्थक नहीं हूँ। धर्मक्षेत्र को पापियों के रक्त से धुलना ही होगा, तभी वह धर्मक्षेत्र हो पायेगा। शांति के उपासकों से कहो कि यदि सैनिकों को मृत्यु से बचाना है तो वे दुर्योधन को कहें कि वह भी जरासंध के समान भीम से अकेले लड़कर इस युद्ध का निर्णय कर ले। जो विजयी हो, वह राजा हो और अपराधियों को दण्डित करने का उसे अधिकार हो।"

कृष्ण हँसे, "ठीक कहती हैं बूआ! पापी को दण्डित होना ही चाहिए; किन्तु दण्डित केवल पापी ही नहीं होगा, पाप में उसका सहायक, उसका रक्षक और उस पाप के फल का भोक्ता भी होगा।"

"उनकी सूची तो बहुत लम्बी है पुत्र!"

"न्याय सूची देख कर तो नहीं होता बूआ!" कृष्ण उठ खड़े हुए, "तो चलूँ, हस्तिनापुर के युवराज से भी भेंट कर आऊँ। राजा दुर्योधन मुझे न हस्तिनापुर के नगर द्वार पर मिले, न महाराज के मण्डप में।"

"तुम तो निर्बंध स्वच्छन्द पवन के समान हो कृष्ण! कोई तुम्हें कहीं जाने से कैसे रोक सकता है।" कुन्ती ने मुस्कराकर जैसे उन्हें अनुमति दे दी।

दुर्योधन का प्रासाद पर्वत के समान ऊँचा और विराट था। उसको सुन्दर असाधारण बनाने के लिए बहुत सारा धन और स्वर्ण व्यय किया गया था, किन्तु उसमें कहीं भी भव्यता और पवित्रता का आभास नहीं होता था। धन

का अहंकार और प्रदर्शन अवश्य झलकता था। कृष्ण मन ही मन मुस्कराए, 'वैभव का आतंक इसे ही कहते हैं।'

परिचारिकाएँ कृष्ण को सीधे दुर्योधन के कक्ष में ले गयीं। प्रासाद में अनेक लोग दिखायी पड़ रहे थे, जैसे सारा कुरुकुल वहाँ एकत्रित हो; किन्तु दुर्योधन के कक्ष में केवल दुःशासन, कर्ण और शकुनि ही थे। उन्होंने कृष्ण का समारोहपूर्वक स्वागत किया। जल, मधुपर्क और अर्घ्य निवेदित किया।

कृष्ण बैठ गये तो अन्य कक्षों से कुछ और लोग भी उनसे मिलने आये। दुर्योधन ने उन सबसे उनका परिचय कराया।

और तब दुर्योधन बोला, "कृष्ण! चलिए हम पहले भोजन कर लें और फिर आप मेरे इसी भवन के सर्वश्रेष्ठ विश्राम कक्ष में रात के लिए विश्राम कर सकते हैं।"

कृष्ण ने उठने की कोई तत्परता नहीं दिखायी, "नहीं युवराज! मैं भोजन करने के विचार से नहीं आया हूँ और न ही आपके प्रासाद में रात्रि विश्राम की मेरी कोई योजना है। मेरे हस्तिनापुर प्रवेश से ले कर अब तक आपके दर्शन नहीं हुए थे, इसलिए मैंने सोचा कि आपसे भेंट तो कर ही आऊँ।"

"वह तो ठीक है किन्तु आपको मेरे यहाँ भोजन करने में क्या असुविधा है?" दुर्योधन के मधुर शब्दों और शिष्ट व्यवहार के आवरण के भीतर से भी उसकी खीझ प्रतिबिंबित हो रही थी, "हम समधी हैं। हमारे द्वारा निवेदित अन्न, जल, वस्त्र और शैया को आपने इस प्रकार तिरस्कृत कर दिया है, जैसे आप हमसे कोई सम्बन्ध ही नहीं रखना चाहते।"

"मैं दूत हूँ।" कृष्ण बोले, "और दूत अपने प्रयोजन के सिद्ध हो जाने पर ही भोजन तथा सम्मान स्वीकार करता है। आप भी मेरे प्रयोजन की सिद्धि के पश्चात् मेरा और मेरे मंत्रियों का सत्कार कर सकते हैं।"

दुर्योधन का क्षोभ कुछ मुखर हो उठा, "आप केवल दूत ही तो नहीं हैं। हमारे और पांडवों के सम्बन्धी भी हैं। आप मध्यस्थ हैं और सम्भावित युद्ध के लिए आपने दोनों पक्षों की सहायता की है। मैं आपसे पूछ सकता हूँ कि आप हमारा इस प्रकार तिरस्कार क्यों कर रहे हैं? आपका उद्देश्य सफल हो गया न हो, हम निरन्तर आपका सम्मान करने का प्रयत्न कर रहे हैं; किन्तु उसमें हमें तनिक भी सफलता नहीं मिल रही है। आप हमारे आतिथ्य का निरादर क्यों कर रहे हैं। आपसे हमारा न कोई वैर है न कोई झगड़ा।"

कृष्ण के चेहरे पर मधुर मुस्कान के साथ सात्विक तेज भी झलका, "राजन्! मैं काम, क्रोध, लोभ, द्वेष अथवा स्वार्थवश कभी धर्म का त्याग नहीं कर सकता। किसी के घर का अन्न या तो प्रेमवश ग्रहण किया जाता है अन्यथा

किसी आपत्ति में पड़ कर। प्रेम तुम्हारे मन में नहीं है और मैं किसी आपत्ति में नहीं पड़ा हूँ।"

"आपसे किसने कह दिया कि मेरे मन में प्रेम नहीं है?" दुर्योधन का स्वर आवेशात्मक होता जा रहा था।

"पाण्डव तुम्हारे भाई हैं। वे सर्वगुण सम्पन्न हैं और सदा धर्म पर चलते हैं। उन्होंने कभी तुम्हारा कोई विरोध नहीं किया। तुम सदा ही उनसे अकारण द्वेष करते रहे हो।" कृष्ण बोले, "मेरा पाण्डवों से ऐसा तादाम्य है कि मुझे उनसे एकरूप हुआ ही समझा। जो उनसे प्रेम करता है, वह मुझसे भी प्रेम करता है। जो उनसे घृणा करता है, वह मुझसे भी घृणा करता है। उनका मित्र मेरा मित्र है और उनका शत्रु मेरा शत्रु है।"

"इसका क्या अर्थ हुआ?" दुर्योधन भौचक रह गया। उसने कृष्ण से इस प्रकार के उत्तर की कभी आशा नहीं की थी।

"इसका अर्थ यह है कि जो द्वेष करता हो, न तो उसका अन्न खाना चाहिए, न उसे अन्न खिलाना चाहिए। तुम पाण्डवों से द्वेष करते हो और पाण्डवों में मेरे प्राण हैं।" कृष्ण बोले, "तुम्हारा यह सारा अन्न दुर्भावना से दूषित है, अतः यह मेरे खाने योग्य नहीं है।"

दुर्योधन स्तम्भित-सा कृष्ण को देखता रह गया। उसने तो सोचा था कि वे सन्धि करने आये हैं इसलिए वे सदा उसके अनुकूल रहने का प्रयत्न करेंगे, उसका विरोध करने से बचेंगे; पर कृष्ण तो...

कृष्ण उठ खड़े हुए, "मैं जा रहा हूँ दुर्योधन! आशा है कि कल कौरवों की सभा में तुमसे भेंट होगी।"

कर्ण, दुःशासन और शकुनि किंकर्तव्यविमूढ़ से बैठे रह गये। उनकी समझ में ही नहीं आया कि कृष्ण इतनी जल्दी सब कुछ समाप्त कर उठकर कैसे चले गये। वे सन्धि करने आये थे अथवा सन्धि न होने देने की पृष्ठभूमि बनाने आये थे।...कृष्ण वस्तुतः सन्धि चाहते हैं या नहीं चाहते? पर यदि वे सन्धि नहीं चाहते तो वे हस्तिनापुर क्या करने आये हैं? दुर्योधन तो सन्धि के लिए तैयार नहीं है। यदि कृष्ण भी सन्धि नहीं चाहते तो उनकी इच्छा तो हस्तिनापुर आये बिना ही पूरी हो रही थी।...फिर उन्होंने हस्तिनापुर आने का संकट क्यों उठाया? दुर्योधन तो राजसभा में कह चुका है कि वह कृष्ण को बन्दी बना लेगा...और यह सम्भव नहीं है कि सभा में सार्वजनिक रूप से कही गयी ऐसी बात की सूचना कृष्ण को न हो। तो फिर हस्तिनापुर क्यों आये?

कृष्ण विदुर के आवास पर लौटे ही थे कि उन्हें पितामह भीष्म के आने की सूचना दी गयी।

कृष्ण ने आकर उन्हें प्रणाम किया, "पितामह! आपने आने का कष्ट क्यों किया। मुझे बुला लिया होता।"

"बुलाने ही तो आया हूँ श्रीकृष्ण!" पितामह बोले, "मुझे सूचना मिली कि अपने हस्तिनापुर प्रवास में आपने दुःशासन अथवा दुर्योधन के भवन में ठहरना अस्वीकार कर दिया है। इसलिए मेरा धर्म है कि मैं आपको अपने आवास पर ठहरने के लिए आमन्त्रित करूँ। आशा है कि आप मेरा निमन्त्रण स्वीकार करेंगे।"

कृष्ण को लगा कि उनके सम्मुख ऐसा कुलवृद्ध खड़ा है, जो अपनी अगली पीढ़ियों के चारित्र्य पर लज्जित है किन्तु उनके सम्मुख असहाय है।

"इस निमन्त्रण के लिए मैं आपका आभारी हूँ पितामह!" कृष्ण बोले, "पर क्या आप को यह नहीं लगता कि महात्मा विदुर के घर रहकर भी मैं आपका ही अतिथि हूँ। क्या आप आर्य विदुर को अपनी सन्तान नहीं मानते?"

"घर तो यह भी मेरा ही है; किन्तु इस तर्क से दुर्योधन का घर भी मेरा ही घर है।" भीष्म हँसे, "विदुर ने अपने अपरिग्रही स्वभाव के कारण अपने यहाँ वे सारी सुविधाएँ नहीं जुटाई हैं, जिनके आप अभ्यस्त हैं। सम्भवतः यहाँ रुकने से आपको तो असुविधा हो ही, कहीं विदुर को भी संकुचित न होना पड़े।"

इस बार कृष्ण भी हँसे, "तो आप हम दोनों को ही धर्म-संकट से बचाना चाहते हैं।...पितामह! मैं यहाँ इसलिए तो नहीं आया कि एक महात्मा को संकुचित करूँ। आप जानते हैं कि अपने ऐश्वर्य के होते हुए भी मैं एक गोपाल हूँ। प्रकृति के निकट रहना मुझे माँ की गोद में रहने जैसा लगता है। मुझे आर्य विदुर के घर में कोई असुविधा कैसे हो सकती है।" सहसा कृष्ण रुक गये, "वैसे मेरी इच्छा है कि मैं आपके घर आपके साथ कुछ समय व्यतीत करूँ। आपका आतिथ्य ग्रहण करूँ, किन्तु पितामह, मैंने दुर्योधन से कहा है कि पाण्डव मेरे प्राण हैं। मैं उनके साथ एकरूप हूँ। जो उनसे द्वेष करता है, वह मुझसे भी द्वेष करता है, जो उनका शत्रु है, वह मेरा भी शत्रु है।" कृष्ण ने भीष्म की आँखों में देखा, "मैं उस व्यक्ति का अन्न नहीं खा सकता, जो पाण्डवों के विरुद्ध युद्ध करेगा। क्या आप मुझे आश्वासन दे सकते हैं कि यदि युधिष्ठिर और दुर्योधन में युद्ध हुआ तो आप दुर्योधन के पक्ष से नहीं लड़ेंगे? आप दुर्योधन की रक्षा नहीं करेंगे?"

भीष्म उनकी ओर देखते रहे किन्तु बोले कुछ नहीं। कुछ समय के पश्चात् धीरे से बोले, "श्रीकृष्ण! मैं नहीं चाहता कि यह युद्ध हो; किन्तु लगता है कि मैं इसे रोक नहीं पाऊँगा।"

"प्रश्न युद्ध का नहीं, आपकी मध्यस्थता का है। क्या आप धर्म का पक्ष ले कर पाण्डवों की ओर से दुर्योधन की सेना के विरुद्ध युद्ध करने को प्रस्तुत हैं?" कृष्ण बोले, "अथवा आप एक मध्यस्थ के समान युद्ध से तटस्थ रह सकते हैं?"

भीष्म मौन बैठे रहे। वे अपने असमंजस से बाहर नहीं निकल पा रहे थे। उन्हें लग रहा था कि कृष्ण ने उनके चारों ओर एक व्यूह रच दिया है। उन्हें व्यूह तोड़ना है तो बाण सन्धान करना ही पड़ेगा अथवा आत्मसमर्पण की स्थिति आ जायेगी।

"श्रीकृष्ण! आपसे यह छिपा नहीं है कि मेरा मन आपके सम्मुख समर्पण कर चुका है। आपसे मेरा कोई विरोध नहीं है। विरोध मेरा पाण्डवों से भी नहीं है। वे मेरे पौत्र हैं और मुझे दुर्योधन से अधिक प्रिय हैं।" भीष्म बोले, "किन्तु मैं अपने धर्म के बन्धन में बँधा हूँ। मैं धर्म के विरुद्ध नहीं जा सकता। जहाँ धर्म मुझे खड़ा करेगा, मैं आपको वहीं खड़ा मिलूँगा।"

"क्या ऐसा नहीं हो सकता पितामह कि कोई अपना धर्म समझने में ही भूल कर रहा हो।" कृष्ण मुस्कराए, "वह अपने मोह को ही अपना धर्म मानकर चल रहा हो।"

भीष्म ने चौंककर कृष्ण की ओर देखा, "मैंने आजीवन धर्म की साधना की है। मुझसे ही धर्म को समझने में भूल हो रही है?"

"कोई वृद्धा इस कारण तो संसार की सर्वश्रेष्ठ पाककला विशेषज्ञा नहीं हो सकती, क्योंकि उसने अपनी किशोरावस्था से अपने ढंग की रोटियाँ सेंकी हैं। कोई वृद्ध श्रमिक इसलिए तो सर्वश्रेष्ठ वास्तुशिल्पी नहीं माना जा सकता, क्योंकि उसे ईंटें जोड़ते हुए पचास वर्ष हो गये हैं।" कृष्ण बोले, "मेरी बात आपको बहुत कठोर लग सकती है, किन्तु पितामह! आप जिसे धर्म समझ रहे हैं, वह आपका बन्धन मात्र है। धर्म बाँधता नहीं, मुक्त करता है। धर्म और मोह का निर्वाह एक साथ नहीं हो सकता। आपने धर्म की निर्ममता को नहीं पहचाना क्या?"

भीष्म कृष्ण को देखते रह गये। हाँ! कृष्ण का कथन सत्य था। भीष्म ने जब से स्वयं को बाँधना आरम्भ किया था, तब से कभी खोला नहीं था। वे कुल के साथ बँधे थे, कृष्ण नहीं बँधे; नहीं तो कदाचित सारे संसार पर यादवों का राज्य होता। कृष्ण ने यादवों को द्वारका से आगे अपना प्रसार करने नहीं दिया। भीष्म हस्तिनापुर से बँधे बैठे थे, कृष्ण ने मथुरा का त्याग करने में तनिक मोह नहीं दिखाया।...सत्य कहते हैं कृष्ण! धर्म उनका बन्धन नहीं था, पर भीष्म ने तो धर्म को सदा बन्धन के रूप में ही देखा है।...

"जहाँ इतना कुछ कहा है, वहाँ एक और कठोर बात कहने की अनुभति चाहता हूँ पितामह!" कृष्ण बोले, "आपके प्रति अपनी ममता से बाध्य हूँ। कहे बिना रह नहीं पाऊँगा।"

भीष्म चकित थे। विचित्र है, यह कृष्ण भी! एक ओर अपनी ममता की बात कर रहा है और दूसरी ओर कठोर बात कहने की अनुमति माँग रहा है...

"कहिए श्रीकृष्ण!"

"महाराज प्रतीप और शान्तनु के समय की कौरवों की राजसभा और धृतराष्ट्र तथा दुर्योधन के समय की राजसभा में बहुत अन्तर है, यह तो आप भी देख रहे होंगे।"

"स्पष्ट ही है।"

"कभी इसके कारण पर विचार किया है आपने?"

"हमारी अगली पीढ़ियाँ पतनोन्मुखी होती गयी हैं।" भीष्म बोले।

"क्यों होती गयी हैं? कौन उत्तरदायी है उसके लिए?" कृष्ण बोले, "वे लोग ही तो, जो अपने मोह के कारण अधर्म को अधर्म नहीं कर सके। वे लोग ही तो जो पारिवारिक शांति के लिए धर्मराज युधिष्ठिर के साथ हुआ अन्याय देख कर मौन रहे और दुर्योधन का समर्थन करते रहे। अपने उत्तराधिकारी को चुनने की भूल ही तो कारण है इसका। आज फिर दुर्योधन और युधिष्ठिर आमने-सामने खड़े हैं। आप से धर्म आज भी पूछ रहा है, किसे चुनेंगे आप? आज फिर आप दुर्योधन का पक्ष लेंगे, युधिष्ठिर के वध का कारण बनेंगे और समय को कोसेंगे कि कलियुग आ गया है अथवा आ रहा है। युग तो आपके कर्म में है पितामह! आप सत्य का पक्ष लें तो सत्ययुग है और आप असत्य का संरक्षण करें तो कलियुग है ही।"

भीष्म को लगा कि उनका मस्तिष्क फट जायेगा। उनके पास कृष्ण के किसी प्रश्न का कोई उत्तर नहीं था; किन्तु वे हस्तिनापुर और कुरुकुल का विरोध नहीं कर सकते थे। वे कुरुकुल के विनाश का प्रेरक नहीं हो सकते थे...

वे उठ खड़े हुए, "अच्छा श्रीकृष्ण! कदाचित मेरे भाग्य में आपका आतिथ्य करना नहीं बदा है, किन्तु हस्तिनापुर में आकर किसी प्रकार की असुविधा झेलने को आप बाध्य नहीं हैं। विदुर का घर मेरे लिए पराया नहीं है।"

भीष्म चले गये। उनके चरणों का भारीपन उनके लिए ही नहीं विदुर और कृष्ण के लिए भी कष्टकारक सिद्ध हो रहा था।

पितामह को गये अधिक समय नहीं हुआ था कि दो और रथ आकर विदुर के द्वार पर रुके। पहले रथ में आचार्य द्रोण और अश्वत्थामा थे और दूसरे रथ से कृपाचार्य उतरे।

विदुर समझ रहे थे कि वे लोग भी श्रीकृष्ण से ही भेंट करने आये थे। विदुर से भेंट करने की सम्भावना बहुत कम ही थी।

"सम्भवतः ये भी आपको निमन्त्रित करने आये हैं।" विदुर बोले।

कृष्ण मुस्कराकर रह गये, कुछ बोले नहीं।

आचार्य ने आकर कृष्ण और विदुर की मंगल कामना की।

"श्रीकृष्ण! मुझे अश्वत्थामा से ज्ञात हुआ कि किन्हीं कारणों से आपको दुर्योधन और दुःशासन का निमन्त्रण असुविधाजनक लगा है तो मुझे लगा कि मेरे लिए यह स्वर्ण अवसर है कि मैं आपको अपने आश्रम में विश्राम करने को आमन्त्रित करूँ।" द्रोण बोले, "आप मेरे सर्वप्रिय शिष्य के अभिन्न मित्र हैं, इसलिए आपको मेरा अन्न पराया नहीं लगना चाहिए। पिता और गुरु का अन्न परान्न नहीं होता। और फिर आप धर्म के ज्ञाता हैं, आपके साथ दो-चार दिनों का सत्संग लाभकारी होगा।"

"इस निमन्त्रण के लिए आपका आभारी हूँ आचार्य! किन्तु आप जानते ही होंगे कि मैं पाण्डवों का दूत हूँ और युधिष्ठिर और द्रुपद का पक्ष एक ही है। क्या आप मेरा आतिथ्य करते समय द्रुपद के प्रति अपना द्वेष त्याग सकेंगे?" कृष्ण अत्यन्त सहज भाव से आचार्य की ओर देख रहे थे।

"मैंने तो आपको पाण्डवों के दूत के रूप में आमन्त्रित किया है।" आचार्य ने मुस्कराने का प्रयत्न किया, किन्तु मुस्करा नहीं पाये।

"दूत तो मैं धर्मराज युधिष्ठिर का ही हूँ।" कृष्ण बोले, "किन्तु पाण्डवों और पांचालों का पक्ष एक ही है। उनका जो पहला दूत आया था, वह महाराज द्रुपद का ही पुरोहित था।"

द्रोण ने एक तीखी दृष्टि से कृष्ण की ओर देखा, "श्रीकृष्ण! क्या यह सत्य है कि आप नहीं चाहते कि यह सन्धि हो? आप शांति के पक्षधर होकर नहीं आये हैं?"

"मैं तो धर्म का पक्षधर हूँ आचार्य!" कृष्ण का स्वर अत्यन्त प्रखर था, "मैं धर्म-स्थापना के पक्ष में हूँ, शांति और सन्धि के माध्यम से हो जाये तो सबसे अच्छा, न हो तो युद्ध के माध्यम से हो। मेरा गन्तव्य न शांति है न युद्ध, मेरा गन्तव्य तो धर्म है।"

"मैं भी तो अपने धर्म का ही निर्वाह कर रहा हूँ।"

"धर्म में द्वेष का कोई काम नहीं है।" कृष्ण मुस्कराए, "आप द्रुपद के प्रति अपना द्वेष त्याग सकें तो मैं इसी समय आपके साथ चलने को प्रस्तुत हूँ।"

"क्या द्रुपद के मन में द्वेष नहीं है? प्रतिशोध का भाव नहीं है? वहाँ क्या धर्म है?" कृपाचार्य बोले।

"वहाँ क्षत्रिय धर्म है।" कृष्ण मुस्कराए, "आपने उनके राज्य का अपहरण किया है। क्या वह असत्य है?"

"वह मेरा प्रतिशोध था।" आचार्य बोले।

"वह प्रतिशोध तो तब होता, जब द्रुपद ने आपका राज्य छीना होता। आपका सम्मान छीना होता। आपके धन का अपहरण किया होता।" कृष्ण बोले, "उन्होंने तो आपसे अपने राज्य में बसने और आपका भरण-पोषण करने का प्रस्ताव किया था। आप ही अपने अहंकार में उस एक सामान्य से सामाजिक सत्य को अपना अपमान मान कर अपनी शक्ति के उन्माद में उनका अपमान कर बैठे।"

"अतीत को परिवर्तित करना अब मेरे वश में नहीं है।" द्रोण बोले, "द्रुपद ही उसे विस्मृत क्यों नहीं कर सकते।"

"द्रुपद उसे विस्मृत कर सकते हैं। अपनी प्रतिहिंसा और प्रतिशोध के भावों को त्याग सकते हैं।" कृष्ण बोले, "किन्तु पहले आप अपना लोभ तो छोड़ें। उनका राज्य तो उन्हें लौटाए। अपने अपराधों का परिमार्जन किये बिना तो किसी की प्रतिहिंसा शान्त नहीं की जा सकती आचार्य।"

"तो हम धृष्टद्युम्न से भयभीत नहीं है श्रीकृष्ण!" अश्वत्थामा ने कुछ आवेश में कहा।

"भय में किया गया परिमार्जन, प्रायश्चित अथवा त्याग तो परिमार्जन, प्रायश्चित तथा त्याग होता ही नहीं। त्याग तो धर्म की दृष्टि से होना चाहिए।" कृष्ण बोले, "तुम धृष्टद्युम्न से भयभीत नहीं हो, किन्तु अपने मन से पूछ कर देखो, क्या तुम निर्धनता से भयभीत हो? दुर्योधन ने युधिष्ठिर की सम्पत्ति का अपहरण किया है और तुम्हारे पिता ने महाराज द्रुपद की। दोनों पराए धन का लोभ छोड़ नहीं पा रहे हैं। तो फिर शांति कैसे स्थापित की जा सकती है?"

"चलो अश्वत्थामा!" द्रोण उठकर खड़े हो गये, "श्रीकृष्ण! ऐसे तो आप सन्धि नहीं करवा पायेंगे।"

"मैं सन्धि माँगने आया भी नहीं।" कृष्ण मुस्करा रहे थे, "मैं तो न्याय माँगने आया हूँ, धर्म को स्थापित करने आया हूँ। उसका माध्यम चाहे जो भी हो।"

वे लोग चले गये। विदुर, पारंसवी और कुन्ती ने कृष्ण को भोजन कराया।

कृष्ण के चेहरे पर पूर्ण तृप्ति देख कर विदुर को सन्तोष हुआ। बोले, "श्रीकृष्ण! क्या आप सत्य ही अब भी कल कौरवों की सभा में सन्धि का प्रस्ताव करने जायेंगे?"

"मैं उसी उद्देश्य से आया हूँ महात्मन्!" कृष्ण प्रसन्न मुद्रा में थे।

"आप जानते हैं केशव! कि दुर्योधन मन्दबुद्धि और धर्मनाशक है। वह अपने लिए दूसरों से सम्मान माँगता तो है; किन्तु किसी का सम्मान करना उसे नहीं आता। वह कुरुजनों और धर्मशास्त्रों की आज्ञा को नहीं मानता। वह हठी, अहंकारी और स्वयं को पण्डित मानने वाला है। वह भोगासक्त, मित्रद्रोही, कृतघ्न, असत्य प्रेमी और विवेक शून्य है।" विदुर बोले, "उस पर आपके समझाने का कोई प्रभाव नहीं होगा। सम्भव है, वह आपका अपमान ही कर बैठे। फिर भी आप सभा में जायेंगे?"

"मनुष्य ने न केवल विचार ही किया हो, विचार को कर्म में परिणत न किया हो तो उसे उस कर्म का कर्ता नहीं मान लेना चाहिए। सम्भव है कि वह उसे कर्म में परिणत न करे और उसका विचार भी बदल जाये। इसलिए मैं सभा में जाऊँगा।" कृष्ण बोले, "आप जो कुछ बता रहे हैं, वह सब मैं जानता हूँ, फिर भी पृथ्वी को विनाश से बचाने का एक प्रयत्न करना चाहता हूँ। शांति के लिए धर्म और धर्म के अनुकूल हिंसारहित प्रस्ताव करना चाहता हूँ, परिणाम जो भी हो।"

"मैं आपको पहले भी बता चुका हूँ वहाँ आपके प्राणों के लिए संकट भी हो सकता है।" विदुर ने वह कह दिया, जिसे वे अब तक बचाते आ रहे थे।

कृष्ण के अधरों पर जैसे एक मायावी मुस्कान उभरी, "मुझे इससे भय नहीं लगता विदुर काका!"

22

परिचारिका ने आकर उद्धव को बताया कि सुभद्रा उससे मिलने आ रही है, तो उसे आश्चर्य नहीं हुआ; किन्तु सुभद्रा के साथ द्रौपदी, बलन्धरा और करेणुमती को देख कर वह चकित रह गया।

"आश्चर्य हुआ न भैया?" सुभद्रा ने हँसकर पूछा।

"हाँ! आश्चर्य तो हुआ।" उद्धव को स्वीकार करना पड़ा, "वैसे अपने अतिथि रो गिलने आना कोई असामान्य बात तो नहीं है, किन्तु मैंने यह कल्पना नहीं की थी कि पाण्डव-कुलवधुएँ इस प्रकार संगठित हो कर इस बेचारे उद्धव पर धावा बोल देंगी।"

"वस्तुतः हमारे मन में एक जिज्ञासा है, जिसका समाधान तुम ही कर सकते हो उद्धव! "द्रौपदी ने कहा, "मुझे लगा कि अपना सिर फोड़ने से अच्छा है कि तुम से ही उस जिज्ञासा का समाधान कर लिया जाये।..."

"मध्यम पाण्डव कह रहे थे कि उद्धवजी का नाम तो समाधानक ही होना चाहिए।" बलन्धरा बोली, "आजकल सारी समस्याओं और जिज्ञासाओं के समाधान उद्धवजी के पास ही हैं।"

उद्धव पहले तो हतप्रभ-सा बलन्धरा को देखता रहा : उसे बलन्धरा से यह सब सुनने की तनिक भी आशा नहीं थी, पर जब उसे स्मरण हो आया कि वह भीम की पत्नी होने के अधिकार से उसी शैली में बोल सकती है तो वह हँसा, "मध्यम पाण्डव की सेवा में मेरी ओर से हाथ जोड़कर विनीत भाव से यह निवेदन कर दीजिएगा कि उद्धव की अपने विषय में ऐसी कोई धारणा नहीं है। न कभी मैंने ऐसी कोई घोषणा की है। यह अधिकार तो श्रीकृष्ण का है। इसलिए ऐसी कोई भी उपाधि वे मुझ पर नष्ट न करें।"

"उद्धव!" वार्तालाप को भटकते देख, द्रौपदी ने चर्चा को नियंत्रित करने का प्रयत्न किया, "मध्यम पाण्डव के आक्षेपों को थोड़ी देर के लिए भूल जाओ और हमें बताओ कि श्रीकृष्ण ने तुम्हें, सात्यकि और कृतवर्मा को द्वारका से क्यों बुलाया? यदि उन्हें अपने साथ ले जाने के लिए सैनिकों की आवश्यकता थी ही तो उन्हेंने उपप्लव्य में एकत्रित बलों में से ही किसी वाहिनी को क्यों नहीं चुना?"

"और फिर उन्होंने दुर्योधन के पक्षधर, कृतवर्मा पर ही इतना विश्वास क्यों किया, जिसकी निष्ठा पर इन दिनों निर्भर होना, सबसे अधिक घातक हो सकता है।" सुभद्रा ने कहा।

"अच्छा है कि तुममें से किसी ने यह नहीं पूछा कि श्रीकृष्ण ने मुझे द्वारका से बुलाकर यहाँ क्यों छोड़ दिया, अपने साथ हस्तिनापुर क्यों नहीं ले गये। वे मुझ पर विश्वास नहीं करते अथवा मैं युद्ध में सक्षम नहीं हूँ?" उद्धव हँसे।

"पूछना तो हमको यह भी है, भैया!" सुभद्रा बोली।

"मैं पहले ही जानता था।" उद्धव बोला, "तुम्हारे इन सारे प्रश्नों के ठीक-ठीक उत्तर तो स्वयं श्रीकृष्ण ही दे सकते हैं। पर यह तो हम सभी जानते हैं कि श्रीकृष्ण यह समझते हैं कि दुर्योधन से अब किसी प्रकार की कोई सन्धि नहीं हो सकती। वे यह भी जानते हैं कि दुर्योधन को अब किसी प्रकार के किसी लाभ की भी कोई आशा नहीं है। अपने साथ सेना ले कर हस्तिनापुर जाने का अर्थ यह भी है कि वे मानते हैं कि वे वहाँ सुरक्षित नहीं हैं। तो फिर वे हस्तिनापुर गये ही क्यों?" उद्धव मौन हो गये।

"क्यों गये?" सुभद्रा ने पूछा।

"मेरा अनुमान है कि श्रीकृष्ण वहाँ जाकर बलराम भैया, कृतवर्मा तथा दुर्योधन के समर्थक अन्य सारे यादवों को यह दिखाना चाहते हैं कि दुर्योधन

वह नहीं है, जो वे उसे समझते हैं। वस्तुतः वे वहाँ दुर्योधन का चरित्र उद्घाटित करने गये हैं।" उद्धव ने कहा, "आप लोग पूछ सकती हैं कि बलराम भैया बीच में कहाँ से आ गये? मेरा अनुमान है कि कृतवर्मा को श्रीकृष्ण ने बलराम भैया के प्रतिनिधि के रूप में ही बुलाया है। यह निश्चित है कि हस्तिनापुर में दुर्योधन उनके साथ सम्मानजनक व्यवहार नहीं करेगा। वे चाहते हैं कि दुर्योधन द्वारा उन्हें अपमानित करने का यह प्रयत्न कृतवर्मा के नेत्रों से बलराम भैया भी देखें, ताकि उस पर विश्वास कर सकें। द्वारका के सैनिक और सेनानायक देखें कि श्रीकृष्ण से दुर्योधन कैसा व्यवहार कर रहा है, ताकि उन्हें श्रीकृष्ण के दुर्योधन-विरोध का तर्क समझ में आये।"

"तो गोबिन्द वहाँ जान बूझकर अपमानित होने गये हैं।" द्रौपदी के स्वर में व्यथा का भाव था।

"उन्हें कोई क्या अपमानित करेगा।" उद्धव ने कहा, "जो प्रयत्न भी करेगा, वह मुँह की खाएगा। जो शिशुपाल के साथ हुआ, वह किसी के भी साथ हो सकता है..." उद्धव की दृष्टि करेणुमती पर जाकर ठहर गयी : कहीं उद्धव के मुँह से कोई अनुपयुक्त बात तो नहीं निकल गयी।

अपने पिता का नाम सुनकर करेणुमती चौंकी अवश्य थी, किन्तु उससे अधिक कोई प्रतिक्रिया उसने प्रकट नहीं की।

"फिर भी बलराम भैया को यह बात समझाने का कोई और उपाय भी हो सकता है।" सुभद्रा बोली, "इस प्रकार शत्रुओं के घर में घुसकर उन्हें अपना अपमान करने का अवसर देना...और अपने प्राणों को संकट में डालना...।"

"तुम भूलती हो सुभद्रा! कि श्रीकृण के लिए अपने मान-अपमान का कोई महत्त्व नहीं है। वे इन सब से उदासीन हैं। सच्चे अर्थों में उत् आसीन। हम सबसे कहीं ऊँचे स्थान पर आसन है उनका। हमारे धरातल पर नहीं जीते वे। जो व्यक्ति संसार भर के राज समाज को एकत्रित कर उनके सम्मुख ऋषियों के जूठे पत्तल उठाने लगता है, उसके लिए सांसारिक मान-अपमान का कोई महत्त्व है क्या? जो व्यक्ति भौमासुर के प्रासाद से मुक्त कराई गयी असंख्य दुखियारी स्त्रियों को समाज में सम्मानजनक स्थान दिलाने के लिए, उन्हें अपनी पत्नी स्वीकार कर, उसका कलंक अपने माथे पर धारण करता है, उसे दुर्योधन द्वारा किये गये अपमान की क्या चिन्ता हो सकती है। श्रीकृष्ण को चिन्ता है तो केवल धर्म की। अनेक बार तो मुझे लगता है कि वे मित्र और शत्रु में भी भेद नहीं करते। दोनों को समान भाव से देखते हैं। तभी तो सैनिक सहायता देते हुए उन्होंने धनंजय और दुर्योधन के साथ समान व्यवहार किया। समान अवसर दिया। कोई भेद नहीं रखा।"

"पर शत्रु और मित्र समान कैसे हो सकते हैं?" द्रौपदी ने तड़पकर पूछा, "मित्र, मित्र है और शत्रु, शत्रु।"

"मैं भी पहले इसी प्रकार सोचा करता था।" उद्धव ने मुस्कराकर कहा, "पर श्रीकृष्ण को देखा और समझा तो लगा कि बात यह नहीं है। उनके लिए शायद कोई शत्रु है ही नहीं। उनके मन में शत्रुता का भाव नहीं है। उनको समझकर ही मुझे धर्मराज का महत्त्व भी ज्ञात हुआ। कैसे वे आज भी दुर्योधन के प्रति अपने मन में शत्रुभाव नहीं रखते। कैसे वे अपना, अपने भाइयों और पत्नी का घोरतम अपमान देख कर भी विचलित नहीं होते। उनमें रजोगुण जैसे है ही नहीं। उनके चरित्र को समझना है तो पहले अध्यात्म को समझना होगा। अध्यात्म को जाने बिना तो उनका चरित्र हमारे सामने खुलता ही नहीं।..."

उद्धव की बात द्रौपदी को विचलित कर रही थी। वह धर्मराज से इस सन्दर्भ में कभी सहमत नहीं हुई थी। सम्भव है कि उसने उनको समझने में भूल की हो। सम्भव है कि उसके अपने मन में रजोगुण का आधिक्य हो।...पर वह इस विषय में और बात करना नहीं चाहती थी।...

"उद्धव! हम कृतवर्मा की बात कर रहे थे।"

"हाँ! मुझे लगता है कि श्रीकृष्ण एक प्रकार से कृतवर्मा का परीक्षण भी करना चाहते हैं।"

"कृतवर्मा का परीक्षण?" सुभद्रा के मुख से चीत्कार फूटा, "आपका अभिप्राय है कि कृतवर्मा भी उनके साथ छल कर सकता है। कहीं उसने सचमुच छल किया, वह दुर्योधन से मिल गया तो हस्तिनापुर में भैया की रक्षा कौन करेगा?"

उद्धव देखता रहा और मुस्कराता रहा, जैसे सुभद्रा की घबराहट का रस ले रहा हो।

"यह क्या भैया?" सुभद्रा तमककर बोली, "आप ऐसे क्या देख रहे हैं? आप को चिन्ता नहीं हो रही?"

"इसका अर्थ है कि तुम अपने भैया को नहीं जानतीं सुभि!" उद्धव हँसे, "एक तो श्रीकृष्ण को हाथ ही कौन लगा सकता है; और यदि ऐसा कुछ हुआ और कृतवर्मा ने छल किया तो श्रीकृष्ण अपना युद्ध कौशल दिखाएँगे। जिन शस्त्रों को वे कभी प्रकट नहीं करते, उन शस्त्रों को प्रकट करेंगे। किसी अन्य सहायता की आवश्यकता पड़ी तो सात्यकि है वहाँ। और यदि स्थिति सात्यकि से भी न सँभली तो देखना है कि श्रीकृष्ण की रक्षा के लिए, भीष्म, द्रोण और कृपाचार्य क्या करते हैं। मुझे लगता है कि श्रीकृष्ण, भीष्म, द्रोण तथा कृपाचार्य को भी उनकी निद्रा से जगाना चाहते हैं।...और यदि हस्तिनापुर में श्रीकृष्ण असमर्थ सिद्ध हुए और कोई उनकी सहायता को नहीं आया तो उद्धव यहाँ

किसकी प्रतीक्षा कर रहा है? मैं जाऊँगा यादवों की सेना ले कर। और तुम देख लेना, ऐसी किसी भी स्थिति में बलराम भैया हमारे साथ होंगे, दुर्योधन के साथ नहीं।"

"ओह मेरे राम!" द्रौपदी ने अपनी दोनों हथेलियों से अपना मुखड़ा थाम लिया, "गोबिन्द कितनी दूर तक सोचते हैं और कैसी-कैसी योजनाएँ बनाते हैं।"

"पर यह सब मेरा अनुमान ही है पांचाली! कहीं ऐसा मत सोचना कि श्रीकृष्ण मुझसे यह सब कह कर गये हैं।" उद्धव ने कहा, "श्रीकृष्ण के कार्य किसी श्रेष्ठ कवि की रचना के समान होते हैं, जिनसे अनेक अर्थ ध्वनित होते हैं और प्रत्येक व्यक्ति उनका अर्थ अपनी क्षमता, आवश्यकता और परिस्थितियों के अनुसार ही समझता है।"

"यदि आप लोगों की जिज्ञासा का समाधान हो गया हो तो मैं भी अपनी जिज्ञासा, आर्य उद्धव के सम्मुख प्रस्तुत करूँ।" अब तक चुप बैठी करेणुमती ने कहा।

उद्धव को अब करेणुमती की वह भंगिमा समझ में आयी। वह तो अब तक अपने मन की जिज्ञासा में ही उलझी हुई थी। कदाचित् इसीलिए उसने शिशुपाल सम्बन्धी उसके कथन पर अधिक ध्यान नहीं दिया था।

"आप सब लोग अपनी जिज्ञासाएँ इकट्ठी करके लाई हैं क्या?" उद्धव ने हँस कर कहा।

"जिज्ञासा चाहे किसी की हो, किन्तु उत्तर में हम सबकी रुचि है।" बलन्धरा बोली, "देविका दीदी की भी, जो यहाँ आ नहीं पायी हैं।"

"तब तो कोई महत्त्वपूर्ण जिज्ञासा होगी।" उद्धव ने कहा, "बोलिए क्या जिज्ञासा है।"

करेणुमती पर्याप्त गम्भीर लग रही थी, "श्रीकृष्ण और वासुदेव बलराम, दोनों ही एक प्रकार से दो-दो माताओं वाले पुत्र हैं। श्रीकृष्ण को पहले ज्ञात ही नहीं था कि वे देवकीनन्दन हैं। जब तक वे वृन्दावन में रहे, वे यही जानते थे कि वे यशोदानन्दन हैं और जब उन सबको ज्ञात हुआ कि वे वसुदेव-देवकी के पुत्र हैं, वे मथुरा चले आये और लौटकर वृन्दावन गये ही नहीं। किन्तु बलराम भैया के साथ ऐसा नहीं हुआ। वे आरम्भ से ही मातुला रोहिणी के पास थे और उनके पास ही रहे। जब उन्हें यह ज्ञात हुआ कि वे भी देवकीपुत्र हैं, तो उनके व्यवहार में क्या परिवर्तन आया? मेरा तात्पर्य है कि वे अब भी मातुला रोहिणी को ही अपनी जननी मानते हैं, अथवा जननी का महत्त्व वे मातुला देवकी को देते हैं?"

"मातुला देवकी उनकी जननी कैसे हो सकती हैं?" बलन्धरा बोली, "उनको जन्म तो मातुला रोहिणी ने ही दिया है न? क्यों सुभद्रा?"

सुभद्रा कुछ सकपका गयी, "मैं क्या जानूँ। ये सारी बातें तो मेरे जन्म से पहले की हैं। मैं तो इतना ही जानती हूँ कि बड़े भैया माता रोहिणी के पुत्र हैं। वे उनके साथ रहते हैं। देवकी उनकी माता तो हैं, किन्तु उनकी जननी...ऐसा भाव तो उन्होंने कभी नहीं दिखाया।"

"बोलो उद्धव! बोलो।" द्रौपदी ने हँसकर कहा, "देखो, कैसी सूक्ष्म गवेषणा है। सम्भव है कि तुम्हारे मन में भी कभी ऐसे प्रश्न उठे हों।"

"हाँ! है तो सूक्ष्म गवेषणा ही।" उद्धव ने भी हँसकर कहा, "किन्तु एकदम ऐसा भी नहीं है कि इनके विषय में मैंने कभी कुछ सोचा ही न हो। वस्तुतः श्रीकृष्ण और भैया का व्यवहार कभी एक जैसा नहीं होता, क्योंकि न तो दोनों का स्वभाव एक समान है और न दोनों की परिस्थितियाँ एक जैसी रही हैं।"

"स्वभाव तो एक समान नहीं है किन्तु परिस्थितियाँ तो एक जैसी ही थीं।" सुभद्रा ने कुछ चकित स्वर में कहा, "परिस्थितियों में क्या भेद था?"

"परिस्थितियों में पहला अन्तर तो यह था कि यशोदा, श्रीकृष्ण के साथ न मथुरा आईं न द्वारका। वे पीछे वृन्दावन में ही रह गयीं। इसलिए श्रीकृष्ण को अपनी दो माताओं का सामना एक साथ कभी नहीं करना पड़ा। यह सूचना मिलते ही कि कान्हा देवकीपुत्र हैं, यशोदा ने उन पर से अपना आधिपत्य ही नहीं अपना अधिकार भी हटा लिया। उन्होंने देवकी काकी को श्रीकृष्ण, पुत्र के रूप में सम्पूर्णतः सौंप दिया। पर..."

"पर क्या?" बलन्धरा ने पूछा।

"पर बड़े भैया की स्मृति जहाँ तक जाती है, उन्होंने रोहिणी काकी को ही अपनी माता के रूप में जाना है। उन्हें अपनी चेतना के पहले दिन से ही यही ज्ञात हुआ कि वे वसुदेव पुत्र हैं। जब श्रीकृष्ण के देवकीपुत्र होने की सूचना वहाँ प्रचारित हुई उससे श्रीकृष्ण को अन्तर पड़ा हो, बड़े भैया को कोई अन्तर नहीं पड़ा। नया केवल इतना ही ज्ञात हुआ कि जिस कान्हा को वे नन्द नन्दन के रूप में जानते आये थे और उस रूप में भी उस से बहुत प्रेम करते थे, वह उनका अपना ही भाई था।...ठीक है?" उद्धव ने उन लोगों की ओर देखा, "वे मथुरा आये तो रोहिणी काकी, उनकी माता के रूप में, उनके साथ थीं। मैं नहीं जानता कि उनके मन में क्या भाव था और क्या नहीं था; किन्तु उनके लिए यह तो सम्भव नहीं था कि वे रोहिणी काकी से कहते कि अब वे उनकी माता नहीं रहीं। वे माता तो थीं ही उनकी। जन्म दिया तो भी और नहीं दिया, तो भी। वे उनके जनक की पत्नी थीं और उनकी किशोरावस्था तक उन्होंने ही उनका पालन-पोषण किया था। मुझे लगता है कि अपने जीवन में इन दो माताओं को समानान्तर पा कर, उन्हें कठिनाई का अनुभव तो हुआ

ही होगा। उनके मन में देवकी काकी के लिए ममता भी जागी होगी; किन्तु न तो कभी रोहिणी काकी ने यह कहा होगा कि देवकी काकी उनकी जननी हैं, वे उनके पास चले जायें और न ही देवकी काकी ने उन्हें बुलाकर कहा होगा कि वे उनके पुत्र हैं, इसलिए रोहिणी को छोड़कर उनके पास आ जायें। वे इतने छोटे भी नहीं थे कि जननी को सम्मुख पाकर उनसे लिपट जाते अथवा देवकी काकी ही उन्हें सम्मुख पा, ममत्व से बाध्य हो कर उन्हें गोद में उठा कर अपने वक्ष से लगा लेतीं। मुझे लगता है कि बड़े भैया के सम्मुख यह एक अप्राकृतिक-सी स्थिति थी और उन्हें इसी को स्वीकार करना था। जब कभी देवकी काकी उनके सामने पड़ती होंगी, उन्होंने अपने किशोर अहम् के कारण उनको परायापन दिखाने का प्रयत्न किया होगा। अपनों को पराया बनाए रखने का बोझ कभी-कभी बहुत भारी पड़ता है। परिणाम यह हुआ कि जब कभी उनके मन में देवकी काकी के प्रति जननी का सा प्रेम उमड़ा होगा, उन्होंने उसका दमन किया होगा और प्रयत्नपूर्वक स्वयं को समझाया होगा कि उन्हें अपने मन में देवकी काकी के लिए वैसा भाव नहीं आने देना है। रोहिणी काकी को माता मानते हुए भी वे जानते थे कि वे उनकी जननी नहीं थीं; और देवकी काकी को अपनी जननी मानते हुए भी, वे उसे कभी स्वीकार नहीं कर पाये। तो इस असहज स्थिति में जीवन व्यतीत करने के कारण कुछ न कुछ तो असहज ही हो गये हैं। यह स्वाभाविक ही है। रोहिणी काकी भी उन्हें निरन्तर इस बात का स्मरण कराती रही होंगी कि वे उनकी माता और जननी हैं। ऐसा न हो कि वे देवकी को सम्मुख देख कर उनके ही हो जायें। सम्भव है बड़े भैया उन्हें विश्वास दिलाते रहे हों कि वे ऐसे नहीं हैं। वे उनके हैं और उनके ही रहेंगे। वे उन्हें छोड़कर कहीं नहीं जायेंगे।...मैं सोचता हूँ...।" और सहसा उद्धव में मौन साध लिया।

वाग्धारा कुछ इस प्रकार रुकी थी कि उद्धव के श्रोताओं को एक झटका-सा लगा। सबने चौंककर उनकी ओर देखा, "क्या सोचते हैं आप?"

"कुछ नहीं!" उद्धव ने कहा, "यदि कुछ सोचता भी हूँ तो उसका यहाँ कहना उचित नहीं है। बलराम भैया कोई दूर के अथवा पराए व्यक्ति तो हैं नहीं कि उनके विषय में अनुमान भिड़ाए जायें और उन्हें इस प्रकार की पारिवारिक गप्प-गोष्ठि का विषय बनाया जाये। वे बड़े हैं और हमारे सम्माननीय हैं, चाहे वे इस समय दुर्योधन के ही पक्षधर क्यों न हो गये हों।"

"अब तुम वाग्जाल फैला रहे हो उद्धव!" द्रौपदी के स्वर में भरपूर डाँट थी, "यह पाखंड हमारे साथ मत करो। जो मन में आया था अथवा आया है, वह कहो। हाँ! हमसे यह वचन चाहते हो कि इसकी भनक तक बड़े भैया के कानों

में नहीं पड़ेगी, तो हम वचन दे सकती हैं।" और रुकते-रुकते भी द्रौपदी ने जोड़ दिया, "वैसे भी अब उनसे हमारी भेंट होने की कोई सम्भावना नहीं है।"

उद्धव ने सुभद्रा की ओर देखा।

"कहिए न भैया!" वह बोली, "यहाँ ऐसा कौन है, जिससे आप घबरा रहे हैं। क्या लोग अपने परिवार के अन्य सदस्यों के विषय में परस्पर चर्चा नहीं करते। मुझे तो लगता है कि जब कभी भी परिवार के लोग एकत्रित होते हैं तो उनका सर्वप्रिय मनोरंजन ही सारे सदस्यों की अर्थप्रकृति को खोज निकालना होता है।"

"ठीक है।" उद्धव ने अपनी इच्छा के विरुद्ध अनमने भाव से सुभ्रद्रा के अनुरोध का मान रखने का अभिनय किया, "मुझे लगता है कि कभी-कभी उन के मन में इसी कारण से देवकी काकी का विरोध जागा होता है कि उन्होंने कभी श्रीकृष्ण के समान अपना पुत्र नहीं माना। उन्हें इसी कारण देवकी काकी की अन्य सन्तानों से ईर्ष्या भी हुई होगी। उनके मन में यह भी आया हो सकता है कि इन सब लोगों ने मिलकर उन्हें पराया घोषित कर दिया है। इसी कारण से अजाने ही उन सबके प्रति उपालम्भ, विरोध, तुलना, स्पर्धा तथा ईर्ष्या का भाव जागा होगा। सम्भव है कि उन्होंने कभी-कभी यह भी सोचा हो कि क्या ही अच्छा हो कि वे कुछ ऐसा करें कि देवकी माता उन्हें इस प्रकार पराया कर देने के लिए पछताएँ। उन्हें अपने पास बुलाएँ, उन्हें अपने वक्ष से लगाने के लिए तड़पें; किन्तु तब तक वे देवकी माता की उस ममता का तिरस्कार कर दें। वे स्वयं चाहे जानते भी न हों, किन्तु मुझे लगता है कि अपनी इस स्थिति तथा अपने इन सम्बन्धों के कारण एक अनाम-सी व्यथा का अनुभव करते रहे हैं और उसके कारण वे उन लोगों की इच्छा के विरुद्ध चलकर, एक प्रकार से उनको पीड़ित कर, अपनी व्यथा का प्रतिशोध लेने का प्रयत्न भी करते रहे हैं। मुझे तो उनके श्रीकृष्ण-विरोध का मूल कारण ही यही लगता है। उनका यह विरोध, एक प्रकार से उनके वंचित मन का ममता के लिए चीत्कार है; किन्तु अब वे इतने बड़े हो चुके हैं और उनका मन इस प्रकार पक चुका है कि वे इस बात को स्वीकार नहीं करेंगे।"

"बात तो ठीक ही लगती है।" द्रौपदी बोली, "काफी जटिल चरित्र है उनका।"

"जब परिस्थितियाँ उलझी होंगी, मन में ग्रंथियाँ होंगी तो चरित्र ऋजु कैसे रह सकता है।" उद्धव ने कहा।

"भैया, आप जो कुछ भी कह रहे हैं, वह सर्वथा सत्य प्रतीत हो रहा है; किन्तु आपकी बातों से ही मेरे मन में कुछ जिज्ञासाएँ जाग उठी हैं।" सुभद्रा

ने कहा, "मैं तो सुनती आयी हूँ कि गोकुल और वृन्दावन में भी कृष्ण और बलराम एक साथ ही खेलते थे। एक साथ गौवें चराने जाते थे। कृष्ण बड़े भैया को तब से ही 'दाऊ' कहते थे...।"

"ठीक सुना है तुमने।" उद्धव ने कहा।

"तो जब वे जानते ही नहीं थे कि वे दोनों भाई हैं, तो कृष्ण बड़े भैया को 'दाऊ' कैसे कहते थे? वे और किसी को 'दाऊ' नहीं कहते थे।" सुभद्रा ने कहा, "वे यशोदा मैया के सम्मुख दाऊ के प्रति अपना असन्तोष ही व्यक्त नहीं करते, वे उन पर अभियोग भी लगाते हैं। इन सबसे तो ऐसा नहीं लगता कि वे भाई नहीं हैं, वे घर में नहीं रहते, अथवा उन दोनों की माता यशोदा नहीं हैं, इन सारे प्रसंगों में किसी और गोपाल का नाम नहीं आता। एक दाऊ ही हैं सब स्थानों पर।"

"ठीक कहती हो सुभद्रा! इन सब विवरणों को सुनकर तो ऐसा ही लगता है। मुझे कोई आपत्ति भी नहीं है। तुम ऐसा मानना चाहो तो मान सकती हो।"

"प्रश्न यह नहीं है मैं क्या मानना चाहती हूँ।" सुभद्रा बोली, "प्रश्न तो मन में उठी जिज्ञासा का है। आप कर सकें तो जिज्ञासा का समाधान करें। इस भ्रम का निवारण करें।"

"मैं इस सारे प्रसंग को इस प्रकार देखता हूँ।" उद्धव ने कहा, "जब वसुदेव काका को अपने विभिन्न प्रयत्नों के पश्चात् यह समझ में आ गया कि उनकी और उनकी नव विवाहिता पत्नी देवकी की स्वतन्त्रता केवल मथुरा तक ही सीमित है और कंस उनको मथुरा से बाहर नहीं जाने देगा, तो उन्होंने अपनी अन्य रानियों को मथुरा से बाहर भेजने का प्रयोग आरम्भ किया होगा। उसी में उन्होंने रोहिणी काकी को मथुरा से बाहर भेजा होगा। वे वृन्दावन आईं, यमुना ही तो पार करनी थी। वृन्दावन में उन की कुछ भूमि थी। कुछ पशु थे। नन्द उन पशुओं की देखभाल करते थे। सम्भवतः रोहिणी काकी पहले नन्द के घर में ही उतरी हों। फिर उन्होंने अपनी भूमि पर अपने आवास का प्रबन्ध किया होगा। अपनी आवश्यकतानुसार अपने कुछ पशु अपने पास रखे होंगे। यह वह समय है, जब न रोहिणी काकी की कोई सन्तान थी, न यशोदा मैया की। वे दोनों ही निकट रहती थीं, इसलिए अपनी आवश्यकता के लिए और सामाजिकता के लिए भी एक-दूसरी से मिलती-जुलती रहती होंगी। उनके आर्थिक और सामाजिक स्तर में पर्याप्त अन्तर था, किन्तु फिर भी एक प्रकार की मैत्री उनमें स्थापित हो गयी थी। बलराम के वृन्दावन में अवतरण तक यशोदा की कोई सन्तान नहीं थी, इसलिए रोहिणी काकी बलराम भैया को यशोदा के पास छोड़ दिया करती थीं। यशोदा बलराम की माँ नहीं तो मौसी

तो थीं ही।...तब श्रीकृष्ण का जन्म हुआ। बलराम उस समय डेढ़ दो वर्ष के रहे होंगे। वे उसी प्रकार यशोदा के पास आते रहे, जैसे पहले आया करते थे। वे लगभग उस घर के बालक जैसे ही थे। यशोदा अपने सहज स्नेह से उनके साथ खेला भी करती थीं और उनको खिलाया-पिलाया भी करती थीं। अब कृष्ण के आ जाने से बलराम के लिए नन्द के घर में एक और आकर्षण बढ़ गया था। उन्हें एक नया और जीता-जागता खिलौना मिल गया था। वह उन्हें सहज ही अपने भाई जैसा ही प्रिय था। अब तक वे अकेले थे, अब दो हो गये थे। यशोदा ने भी कृष्ण को बलराम के लिए 'दाऊ' सम्बोधन ही सिखाया था। नन्द ने भी इसे विशेष रूप से प्रोत्साहित किया हो सकता है। थे तो दोनों भाई ही। यशोदा को इस प्रोत्साहन का कारण तो ज्ञात नहीं था, न कभी उन्होंने पूछा ही था। उन्होंने मान लिया था कि नन्द वसुदेव की पत्नी और उनके प्रति अपना सम्मान दिखा रहे थे।" सहसा उद्धव रुक गये, "तुम लोगों ने कभी ध्यान दिया है कि कृष्ण-बलराम के शैशव के विषय में जो कुछ जानने-सुनने को मिलता है, उसमें कृष्ण-बलराम का ही सम्बन्ध है। कहीं-कहीं बलराम और यशोदा की भी चर्चा मिल जाती है, किन्तु क्या कृष्ण और रोहिणी की भी चर्चा कहीं मिलती है?"

"नहीं।" सुभद्रा ने अनायास ही कहा।

"क्यों?"

"पता नहीं।" बलन्धरा बोली, "किन्तु है यह विचित्र बात ही।"

"नहीं! इतनी कोई विचित्र भी नहीं है।" उद्धव ने कहा, "सोचो, रोहिणी काकी के पास अपनी सन्तान थी, इसलिए उन्हें पड़ोसियों के बच्चों को खेलाने का अवकाश नहीं था। फिर वे यह भी तो नहीं जानती थीं कि कृष्ण देवकीपुत्र हैं। वे तो यही जानती थीं कि वे यशोदानन्दन हैं। ऐसे में गोपालों के उस मुखिया के पुत्र के प्रति उन्हें किसी आकर्षण का अनुभव नहीं हुआ होगा। पर यह पूछा जा सकता है कि जब सारा ब्रज कृष्ण के प्रति आकृष्ट था तो रोहिणी काकी ही क्यों आकृष्ट नहीं हुईं?"

"हाँ! यह प्रश्न तो बहुत महत्त्वपूर्ण है।" द्रौपदी ने कहा।

"मेरा अनुमान है कि नन्द स्वयं ही यह नहीं चाहते होंगे कि कृष्ण किसी प्रकार रोहिणी के घर जायें, उनके निकट रहें और उनके प्रिय बनें। उन स्थितियों में कृष्ण का सम्बन्ध वसुदवे से भी जोड़ा जा सकता था। उन्हें भय होगा कि उससे कृष्ण का भेद खुल जायेगा अथवा कंस के गुप्तचरों को सन्देह हो जायेगा। वे अधिक से अधिक इस बात को प्रचारित करना चाहते होंगे कि कृष्ण यशोदा के पुत्र हैं।..."

"भैया! आप अपने इन सारे अनुभवों को परसों के समान कथा के रूप में नहीं सुना सकते?" सुभद्रा ने पूछा, "अच्छा तो लग रहा है, किन्तु वैसा रस नहीं आ रहा।"

और सहसा एक कोलाहल ही मच गया, "हाँ! कथा के रूप में। कथा के रूप में।"

उद्धव देख रहा था और हँस रहा था...ये पाण्डवों की पत्नियाँ इस अवस्था में भी छोटी-छोटी बालिकाओं के समान मचल-मचलकर हठ कर रही थीं। लगता था, थोड़ी देर और उनकी बात न मानी तो अभी भूमि पर बैठकर एड़ियाँ रगड़ने लगेंगी।

"अच्छा सुनो! एक छोटा—सा प्रसंग सुनाता हूँ।" उद्धव ने कहा, "अधिक तंग नहीं करना, नहीं तो मैं हस्तिनापुर चला जाऊँगा।"

"ठीक है।" करेणुमती ने कहा।

"क्या ठीक है?" उद्धव हँसे, "छोटा-सा प्रसंग, अथवा मेरा हस्तिनापुर चले जाना?"

"यदि तुमने ठीक से नहीं सुनाया कथावाचक! तो तुम्हारा हस्तिनापुर जाना निश्चित है।" द्रौपदी ने धमकाने का अभिनय किया, "वहाँ उन दुष्ट लोगों के साथ रहोगे तो तुम्हें पता चलेगा कि सात्विक लोगों की संगति में कितना आनन्द होता है।"

"तो सुनो, साधु समान!" उद्धव ने कहा।

कृष्ण बाहर से आया था और बहुत उत्तेजित था।

"मैया! मैं कल दाऊ के साथ खेलने नहीं जाऊँगा।"

"क्यों रे, एक ही तो दाऊ है तेरा, उससे भी रुष्ट रहता है।" यशोदा हँसी, "क्या आज फिर दाऊ से कुछ मनमुटाव हो गया?"

"दाऊ बहुत खिझाते हैं मुझे।" कृष्ण ने उपालम्भ के स्वर में कहा, "पूछता हूँ तो कुछ बताते नहीं। अपने खेल में मगन रहते हैं।"

"तो क्या हो गया? खेलने ही तो जाते हैं।" यशोदा हँसी, "तू भी खेल में मगन हो जाया कर।"

"मैंने तो कह दिया है कि मैं अपने बाबा से कह दूँगा सब कुछ। खूब पीटेंगे तुम्हें।" कृष्ण ने बताया।

"तो क्या कहा बलराम ने?" यशोदा को जैसे बालकों के झगड़े में रस आने लगा था।

"दाऊ क्या कहेंगे। बोले, मैं भी अपने बाबा को कह दूँगा। वे तुम्हारे बाबा को पीटेंगे।' तो मैंने उन्हें अँगूठा दिखा दिया। 'ठेंगा पीटेंगे। उनके बाबा तो

यहाँ हैं ही नहीं। मथुरा में हैं। जब तक मथुरा से आयेंगे, मेरे बाबा महाराज कंस के पास नहीं पहुँच जायेंगे, न्याय माँगने।...'"

नन्द का मन काँप कर रह गया...यह इतना-सा कृष्ण क्या-क्या सीख रहा है। यह कंस से न्याय की अपेक्षा कर रहा है और वह भी वसुदेव के विरुद्ध। इस बालक को ये सारी बातें कौन सिखाता है...पर वह भी क्या करे। वह तो यही जानता है कि कोई अत्याचार करे तो न्याय राजा से ही माँगा जाता है। अब राजा ही न्याय करना छोड़, राक्षस हो जाये, तो इतना-सा बालक क्या करे...

"तब क्या कहा बलराम ने?" यशोदा अब भी हँस रही थीं।

"दाऊ को और कुछ नहीं सूझा तो बोले, 'नन्द बाबा तेरे लिए मुझे क्यों पीटेंगे। वे तो तेरे बाबा हैं ही नहीं।...'"

नन्द स्तब्ध रह गये...बलराम कैसे जानता है यह सब? क्या वसुदेव ने रोहिणी को बता दिया और रोहिणी से बलराम को ज्ञात हो गया?...

"क्यों, वे तेरे बाबा क्यों नहीं हैं?" यशोदा अब भी हँस रही थीं और नन्द की चिन्ता बढ़ रही थी...यह कैसी बात हो रही है बालकों में...नन्द कृष्ण के बाबा नहीं हैं। कहीं ऐसा तो नहीं कि नंदगाँव में इस प्रकार की चर्चा हो कि कृष्ण, नन्द का पुत्र नहीं है?...

"दाऊ कहते हैं, तू तो नन्द बाबा और यशोदा मैया का पुत्र हो ही नहीं सकता। नन्द बाबा ऐसे गोरे हैं, यशोदा मैया भी कितनी गोरी चिट्टी हैं। मैया तेरी जननी होतीं तो तू ऐसा काला कैसे होता?..."

नन्द का ध्यान आज तक नहीं गया था इस ओर। कृष्ण के रूप को उन्होंने इस दृष्टि से तो कभी देखा ही नहीं था। चलो अच्छा है। बात बालकों की कल्पना तक ही है। वसुदेव तो नन्द से भी अधिक गोरे हैं। देवकी यशोदा से कहीं अधिक गौरवर्णा हैं। कृष्ण काला है तो कोई सन्देह नहीं करेगा कि वह वसुदेव-देवकी का पुत्र है। विधाता ने कहीं कृष्ण की रक्षा के लिए, उसका यह वर्ण, उसका कवच बनाकर तो नहीं भेजा? कंस को कहा भी जाये कि कृष्ण देवकीनन्दन है तो उसे विश्वास नहीं होगा। माखन सदृश्य गौरवर्णा देवी देवकी का ऐसा काला पुत्र कैसे हो सकता है? अच्छा है, कृष्ण बाहर धूप में अधिक से अधिक खेले। और काला हो जाये। कुछ बड़ा होकर गोधन के साथ वन में जाये। धूप में तपे, बरखा में भीगे। और काला हो जाये उसका वर्ण। वह देवकी भाभी से जितना भिन्न दिखायी दे, उतना ही अच्छा...उतना ही सुरक्षित....

उनका ध्यान फिर यशोदा की ओर चला गया...वे अब भी कान्हा से पूछ रही थीं, "तूने दाऊ से पूछा नहीं कि मैया मेरी जननी नहीं है तो मैं मैया को मिल कहाँ से गया?"

नन्द को लगा कि कोई उनके कलेजे को गीले कपड़े के समान निचोड़ रहा है।...कहाँ से मिल गया यशोदा को कान्हा? कहाँ से??

"दाऊ कहते हैं, मैया ने मुझे जन्म नहीं दिया, हाट से मोल लिया है।" कृष्ण ने कहा, "मैया क्या सचमुच हाट में बालक बिकते हैं?"

नन्द का ध्यान उन की बातों से उचट गया...यशोदा ने कृष्ण को जन्म नहीं दिया...यशोदा ने कृष्ण को जन्म नहीं दिया...बलराम अपने भोलेपन में ऐसी बातें कह रहा है। यशोदा सुन रही है और हँस रही है।...कल जब उसे ज्ञात होगा कि उसने सचमुच ही कान्हा को जन्म नहीं दिया है तो क्या करेगी वह?...नन्द को बहुत चिन्ता है।...चिन्ता ही चिन्ता तो है...कभी कान्हा की और कभी यशोदा की।...वे दोनों ही वह नहीं जानते, जो नन्द जानते हैं।...कितना अच्छा होता, जो नन्द भी न जानते। वे भी उन लोगों के समान ही निश्चिन्त होकर उनकी इस क्रीड़ा में सम्मिलित हो सकते...नन्द का ज्ञात, कैसा बोझ था उनके वक्ष पर...

"मैया तू भी तो मुझे मारना जानती है।" अब कृष्ण बलराम के विरुद्ध नहीं यशोदा के विरुद्ध अपना रोष व्यक्त कर रहा है, "दाऊ को बुलाकर उस पर क्यों नहीं खीझती? क्यों नहीं ताड़ना करती उनकी?" कृष्ण का स्वर एकदम रुआँसा हो गया था।

नन्द देख रहे थे, यशोदा न कान्हा के दुख से पीड़ित थी, न उसके रोष से क्रुद्ध। वह तो अपने पुत्र के इस भोलेपन पर ऐसी मुग्ध थी कि जैसे आनन्द-सागर में बह रही थी।...

"मैया!" कान्हा ने क्रोध में यशोदा का पल्लू पकड़कर खींचा, और यशोदा ने अपना हाथ बढ़ाकर कान्हा को खींचकर, अपने वक्ष से लगा लिया। लगता था, उसको तीनों लोकों का राज्य मिल गया था...

"बस!" उद्धव ने कथा रोक दी, "आज यहीं तक।"

"अपना तो मन नहीं भरा भैया!" सुभद्रा ने कहा, "जाने आप कथा क्यों रोक देते हैं?"

"कृष्ण की कथा से कभी किसी का मन भरा है पगली।" उद्धव बोले, "किन्तु मैं यहाँ एक कथावाचक बनकर नहीं आया कि दिन भर तुम लोगों को कथा सुनाता रहूँ। मैं योद्धा के रूप में आया हूँ। जब तक श्रीकृष्ण हस्तिनापुर से सुरक्षित नहीं लौट आते, तब तक मुझे यहाँ सैनिक तैयारी के साथ सन्नद्ध और तत्पर रहना है। जाने कब कैसा समाचार मिले और मुझे हस्तिनापुर की ओर भागना पड़े।"

"हम जा रही हैं उद्धव!" "द्रौपदी ने कहा, "किन्तु इसका यह अर्थ कदापि नहीं है कि तुम इसके बाद हमें कृष्णकथा नहीं सुनाओगे।"

"सुनाऊँगा क्यों नहीं।" उद्धव ने हँसकर कहा, "श्रोताओं को जितना रस सुनने में आता है, मुझे उससे कहीं अधिक सुनाने में आता है। बस अवसर और अवकाश की बात है।"

"ठीक है, हम प्रतीक्षा करेंगी।" बलन्धरा ने कहा।

23

हस्तिनापुर से कृष्ण का कोई समाचार नहीं आया था और उद्धव की समझ में नहीं आ रहा था कि वह उपप्लव्य में बैठा-बैठा क्या करे। एक बार तो मन में आया कि धर्मराज से कह कर कोई दूत हस्तिनापुर भेजे, जो वहाँ का समाचार लाए....किन्तु फिर स्वयं ही इस विचार को स्थगित कर दिया। पाण्डवों के अपने गुप्तचर थे जो सब ओर से समाचार ला रहे थे, तो हस्तिनापुर से भी उनका कोई न कोई सम्पर्क होगा ही। कुछ महत्त्वपूर्ण घटित होगा तो समाचार भी आ ही जायेगा। वे कृष्ण के लिए इतने चिन्तित क्यों हैं?...इतनी चिन्ता तो शायद यशोदा भी न करती हों...

और उद्धव का मन दूसरी ओर चल पड़ा।...यशोदा चिन्ता करती होंगी। अवश्य करती होंगी, पर कब तक? जब तक उनको ज्ञात नहीं था कि कृष्ण देवकी के पुत्र हैं। हाँ! कृष्ण एक समय तक उनके पुत्र थे और फिर वे उनके पुत्र नहीं रहे थे। तो कैसा लगा होगा यशोदा को, जब उन्हें ज्ञात हुआ होगा कि कृष्ण उनके पुत्र नहीं हैं? क्या बीती होगी उनके मन पर?...

पर तभी उद्धव को लगा कि उनके मन में कहीं से नन्द प्रकट हो गये हैं और कह रहे हैं, "मुझसे पूछो कि मैंने यशोदा को यह समाचार कैसे दिया होगा।..."

हाँ!...कैसे दिया होगा यह समाचार नन्द ने यशोदा को? और कब दिया होगा?

प्रश्न हँसिया के समान जैसे उद्धव के उदर की आँतों में अड़ गये। चुभन भी थी और कष्ट भी। कैसे? कैसे? कैसे बताया होगा नन्द ने और कैसे सुना होगा यशोदा ने?...उद्धव का मन जैसे वृन्दावन ही पहुँच गया था...

नन्द सारी राज करवटें बदलते रहे। एक क्षण को भी उन की आँख नहीं लगी। यशोदा की जब नींद टूटी, उन्होंने पूछा, "क्या बात है, नींद नहीं आ रही?"

"हाँ! जाने क्या हो गया है। आज तो नींद रूठ ही गयी है।" नन्द ने यशोदा को किसी गम्भीर चिन्ता से बचाने के लिए कहा, "वार्द्धक्य जो आ गया है।"

"हाँ आ तो गया है।" सिर के सारे केश श्वेद हो गये हैं। चेहरे पार झुर्रियाँ पड़ गयी हैं। कमर झुक गयी है। मुँह में कोई दाँत नहीं रहा।" यशोदा ने कुछ खीझकर कहा और करवट बदलकर सो गयीं।

पर जब तीसरी बार उनकी नींद टूटी और पाया कि नन्द अब भी जाग ही रहे हैं तो करवट बदल कर सो नहीं सकीं।

"क्या बात है," वे उठकर बैठ गयीं, "अब तो वृद्धावस्था भी समाप्त हो गयी होगी, पर नींद क्यों नहीं आ रही?"

यशोदा ने दीपक जलाकर उसकी बत्ती उकसायी और नन्द को देखा : उनके चेहरे पर चिन्ता की इतनी अधिक रेखाएँ थीं कि कोई भी उनको स्पष्ट ही पढ़ सकता था।

"क्या बात है?"

नन्द अब तक मन-ही-मन बहुत तप चुके थे। प्रायः इस निष्कर्ष पर पहुँच चुके थे कि वे यशोदा से इस रहस्य को और नहीं छुपा सकते। उन्हें यशोदा को बता ही देना चाहिए, अन्यथा वह अपने अज्ञान में और भी कष्ट पायेगी।

"भोर होने में और कितनी देर है?" नन्द ने पूछा।

"मैं पूछ रही हूँ कि बात क्या है और तुम लगे हो भोर की खोज करने।" यशोदा कुछ खीझकर बोलीं, "सारी रात सोए नहीं हो। कोई तो बात है, जो मुझे बताना नहीं चाहते।"

"इसलिए तो पूछ रहा हूँ कि भोर हो गयी या अभी और सोना है?"

"भोर हो या न हो। अब और नहीं सोना है। मुझे बताओ, बात क्या है?"

नन्द ने उनकी ओर देखा। वे जानते थे कि उनके मुख से निकले शब्दों को सुनते ही यशोदा का स्वस्थ और उल्लसित चेहरा कुम्हला जायेगा। उनका मन पीड़ा से चीत्कार कर उठेगा। पर बताना तो था ही। वे अब और नहीं छिपा सकते।

"एक समाचार है यशोदा! और वह सुखद नहीं है। लगता है कि हमारे अच्छे दिन बीत गये।" नन्द धीरे से बोले।

"ऐसा क्या हो गया कि हमारे अच्छे दिन ही बीत गये?" यशोदा ने विनोद की सी मुद्रा बनाई।

"शायद तुमने सुना हो कि मथुरा से कंस के मन्त्री श्वफलपुत्र अक्रूर हमारे ग्राम में आये हैं।"

"हाँ! सुना तो था कि मथुरा से कोई राजपुरुष आये हैं, पर उसमें चिन्तित होने की क्या बात है?" यशोदा कुछ आवेश में बोली, "हमने राजा का कर तो पूरा चुका दिया है और दूध-घी मथुरा जाता ही रहता है।"

"वह सब ठीक है।" नन्द बोले, "पर अक्रूर राजा का कर लेने नहीं आये हैं, वे मथुरा में होनेवाले धनुषयज्ञ में सम्मिलित होने के लिए, हम सबके साथ कृष्ण और बलराम को आमन्त्रित करने आये हैं।"

"तो उसमें चिन्तित होने की क्या बात है?" यशोदा ने कहा, "चलेंगे न हम सब। देख तो आयेंगे राजा का धनुषयज्ञ। निमन्त्रण ही तो है, कोई दंड तो नहीं है।"

"कितनी भोली हो यशोदा तुम!" नन्द की पीड़ित और उनींदी आँखों में हल्की सी विशदता आयी, "इस निमन्त्रण का अर्थ यह नहीं है कि राजा अपनी प्रजा का मनोरंजन करना चाहता है। तुम्हारी भी इतनी अवस्था हो गयी, कभी राजा ने हमें-तुम्हें अथवा किसी भी गोप को इस प्रकार निमन्त्रित किया कि मैं रथ भेज रहा हूँ, और मथुरा में होने वाला उत्सव देख आओ। यह निमन्त्रण नहीं, आदेश है।...आ जाओ, अन्यथा पकड़ मँगाए जाओगे।"

"तो?"

"तो यह कि कृष्ण के अनेक कृत्यों की सूचना राजा को मिल चुकी है। उसे बलराम की वीरता का भी ज्ञान है। अब वह उसी बहाने उन दोनों को मथुरा में बुला कर उस धनुषयज्ञ में अपना बल दिखाने को कहेगा। बल किसके विरुद्ध दिखाया जायेगा? निश्चित रूप से राजा के मल्लों और योद्धाओं के विरुद्ध। वे मल्ल इन दोनों बालकों को मार डालेंगे। राजा इनके प्राण लेना चाहता है और यह दिखाना चाहता है कि कृष्ण और बलराम उस धनुषयज्ञ में मल्लों से लड़ते हुए मारे गये।"

यशोदा चुपचाप नन्द को देखती रहीं और फिर बोलीं, "यह तुम भोर ही भोर में कैसी अशुभ बातें कह रहे हो? यदि राजा ने मेरे और रोहिणी के पुत्रों के बल और वीरता को जान कर उन्हें मथुरा ले जाने के लिए अक्रूर को भेजा है तो उस में मरने-मारने की चर्चा कहाँ से आ गयी। राजा अपनी बलवान प्रजा को पुरस्कृत करता है या उनके प्राण लेता है?"

"राजा तो वही करता है, जो तुम कह रही हो, पर कंस कैसा राजा है, तुम जानती ही हो।" नन्द बोले, "वह राक्षस, कृष्ण और बलराम का वध करना चाहता है।"

"पर क्यों? क्या बिगाड़ा है मेरे लाल ने उसका। कृष्ण तो कभी मथुरा गया भी नहीं।"

नन्द कुछ क्षणों तक यशोदा को चुपचाप देखते रहे। फिर धीरे से बोले, "तुम जानती हो कि बलराम रोहिणी का पुत्र है।"

"यह कोई पूछने की बात है।"

"और यह भी जानती हो कि रोहिणी वसुदेव की पत्नी है।"

"हाँ!"

"तो बलराम वसुदेव का पुत्र है?"

"हाँ!"

"और वसुदेव कंस के कारागार में बन्दी हैं, क्योंकि कंस यह मानता है कि उसके ज्योतिषी की भविष्यवाणी के अनुसार देवकी का आठवाँ पुत्र उसकी हत्या करेगा।"

"हाँ!"

"तो कंस वसुदेव के पुत्रों का वध करना चाहता है।" नन्द बोले।

"पर कंस का वध तो देवकीपुत्र करेगा और बलराम रोहिणीपुत्र है।"

"कंस को सन्देह है कि बलराम भी देवकीपुत्र ही है, जिसे रोहिणी अपना पुत्र कह कर यहाँ पाल रही है।"

यशोदा नन्द को देखती रहीं। उनके नयनों में जैसे सहस्रों प्रश्न थे, "तो क्या कंस का संदेह सत्य है? बलराम भी देवकी पुत्र से है?" अन्ततः उन्होंने पूछा।

"हाँ! उसका जन्म सातवें ही मास में हो गया और वसुदेव ने किसी प्रकार उसे रोहिणी के साथ यहाँ भेज दिया था।"

यशोदा स्तब्ध-सी बैठी नन्द को देखती रहीं। वे जैसे अपनी पलकें झपकाना भी भूल गयी थीं।

"तो तुमने इतने दिनों तक मुझसे यह छुपाये क्यों रखा?"

"वसुदेव के रहस्य की रक्षा के लिए मुझे तुमसे और भी बहुत कुछ छुपाना पड़ा है यशोदा!" नन्द धीरे से बोले, "इसलिए नहीं कि मुझे तुम पर विश्वास नहीं था, वरन् केवल इसलिए कि यदि तुम्हें वसुदेव के रहस्यों का ज्ञान हो जाता है तो कदाचित तुम इतना सहज व्यवहार न कर पातीं और किसी न किसी को सन्देह हो जाता और वसुदेव के पुत्रो पर संकट आ जाता।"

"और क्या छुपा रखा है तुमने मुझसे?" यशोदा जैसे किसी भयंकर आशंका के मध्य श्वास ले रही थीं।...सहसा एक विचार उनके मन में कौंधा, "तुम कह रहे थे कि अक्रूर कृष्ण को भी मथुरा ले जाने आये हैं?"

"हाँ!"

"क्या कंस कृष्ण का भी वध करना चाहता है?"

"हाँ! मेरा ऐसा ही अनुमान है।"

"पर क्यों? वह तो वसुदेव का पुत्र नहीं है।"

"नहीं! वह भी वसुदेव का ही पुत्र है। वह देवकीनन्दन है।" नन्द ने एक झटके में कह ही दिया।

यशोदा का मस्तक जैसे अजाने ही किसी स्तम्भ से टकराकर सन्न रह गया था। वे यह भी नहीं जान पा रही थीं कि मस्तक से रक्त भी बह रहा था अथवा वह मात्र संवेदनशून्य ही हुआ था। उसके नयन फटे के फटे रह गये। श्वास भी जैसे थम गया था।

"तुम झूठ बोलते हो।" यशोदा के मुख से चीत्कार फूटा, "यह कैसे सम्भव है। उसे मैंने अपने गर्भ में रखकर पाला है। उसे मैंने जन्म दिया है। उसे मैंने अपने वक्ष से लगाकर दूध पिलाया है। वह देवकी का पुत्र कैसे हो गया?"

यशोदा की स्थिति देख कर नन्द डर गये। यशोदा कही उन्मादिनी न हो जाये। क्या वह इस सूचना का इतना बड़ा और ऐसा क्रूर आघात सह पायेगी?...

नन्द ने आगे बढ़ कर यशोदा को अपनी भुजाओं में थामने का प्रयत्न किया। यशोदा झटके से उनसे दूर हट गयीं। उनके नेत्रों का ताप और क्रोध असह्य था। वे चीत्कार कर बोलीं, "कंस नहीं, तुम मेरे पुत्र को मुझसे छीन लेना चाहते हो। मैं जानती हूँ, तुम वसुदेव से बहुत प्रेम करते हो। प्रेम नहीं करते, दास हो तुम उसके। तुम मेरा पुत्र उसे देना चाहते हो, ताकि वह उसकी बलि देकर अपने आठवें पुत्र को बचा ले।..."

नन्द कुछ नहीं बोले।

"राक्षस हो तुम कंस के ही समान।" और यशोदा रो पड़ी।

नन्द धीरे-धीरे उनके निकट पहुँचे और फिर से उन्हें भुजाओं में थामने का प्रयत्न किया। इस बार यशोदा ने दूर हटने का प्रयत्न नहीं किया। उन्होंने अपने आक्रोश में नन्द के वक्ष पर हथेलियों और मुट्ठियों से अनेक प्रहार किये और फिर हताशा की स्थिति में श्लथ होकर उनके वक्ष पर अपना मस्तक टेक दिया, "तुम मुझे इस प्रकार क्यों मार डालना चाहते हो? मैं आज तक क्यों न जान पायी कि तुम इतने दुष्ट हो।"

यशोदा रोती रहीं और नन्द उनकी पीठ थपकते रहे। वे कुछ नहीं बोले।

जब यशोदा के अश्रु चुक गये तो उन्होंने अपने नेत्र पोंछे और नन्द की ओर देखा, "मुझे बताओ कि सत्य क्या है?"

"सत्स यही है यशोदा! कि कृष्ण देवकीपुत्र है।"

"यह कैसे सम्भव है?" यशोदा के नेत्रों में नये सिरे से पीड़ा जाग उठी थी।

"मेरा विश्वास करो यशोदा! मैं तुम्हें सत्य ही बता रहा हूँ।" नन्द ने बहुत धीरे से स्नेहसिक्त स्वर में कहा, "पर तुम स्वयं को सँभालो। मैं चाहता हूँ कि वसुदेव का यह रहस्य अब भी रहस्य ही बना रहे। अब तक इस रहस्य को मैं जानता रहा हूँ अथवा वसुदेव। देवकी भाभी भी जानती हैं अथवा नहीं, कह नहीं सकता।...अब तुम भी जानती हो।"

"मैं अभी न जानती हूँ और न मानती हूँ।" यशोदा बोलीं, "जिस पुत्र को मैंने स्वयं जन्म दिया हो, उसे मैं देवकी का पुत्र कैसे मान लूँ?"

"तुम्हें स्मरण है यशोदा! जिस रात्रि तुम्हारे अनुसार तुमने कृष्ण को जन्म दिया था, उस रात्रि प्रसव वेदना से तुम अचेत हो गयी थीं?"

"अचेत हो जाने का क्या अर्थ है? प्रसव की अवधि में यदि कुछ समय के लिए मेरी चेतना चली गयी थी तो मेरी सन्तान किसी और की कैसे हो गयी?"

"नहीं। तुम अचेत हो गयी थीं।...उस समय वसुदेव आये थे। वे एक मंजूषा में छिपाकर कृष्ण को लाए थे।"

"तुमने मुझे बताया था कि उस रात्रि भयंकर वर्षा हो रही थी और यमुना में प्रलय का सा प्लावन इसीलिए कि तुम इच्छा और आवश्यकता होने पर भी किसी वैद्य या दायी को नहीं ला सके और वसुदेव मथुरा से यहाँ तक आ गये। वे कैसे आये? उनके पास कोई विशेष नौका थी, जो यमुना के प्लावन से नहीं बही?"

"तुम विश्वास नहीं करोगी, पर सत्य यही है कि वसुदेव यमुना में तैरकर यहाँ तक आये थे। सम्भव है उस समय कोई नाव न मिल सकी हो। सम्भव है उन्होंने नाव में आना उचित न समझा हो। पर सत्य यही है कि यमुना में तैरकर आये थे।..."

"वे क्यों नहीं डूबे?"

"यह तो केवल प्रभु ही बता सकते हैं। मनुष्य के रूप में तो मैं इतना ही जानता हूँ कि कृष्ण को जीवित रहना था, इसलिए प्रभु ने वसुदेव को साहस दिया और जल को उनका रक्षक बनाकर भेजा।"

"ऐसा चमत्कार वसुदेव के साथ ही क्यों हुआ? हमारे साथ कभी क्यों नहीं हुआ?"

"क्यों? तुम्हें कभी नहीं लगा कि कृष्ण के साथ प्रतिदिन ही कोई न कोई चमत्कार हो रहा था? वह कृष्ण का ही तो चमत्कार था कि वसुदेव यहाँ तक आ पहुँचे।"

यशोदा तत्काल कुछ नहीं कह सकीं। वे इसे अस्वीकार नहीं कर सकती थीं। कृष्ण था ही चमत्कारी।

"तो मैंने प्रसव नहीं किया?"

"किया।"

"तो मेरी सन्तान कहाँ है? क्या वह कृष्ण नहीं है?"

"तुमने एक कन्या को जन्म दिया था यशोदे।" नन्द मन्द किन्तु गम्भीर स्वर में बोले, "वह मृतप्राय थी। तुम्हारी अपनी स्थिति भी ठीक नहीं थी। वह कन्या मैंने वसुदेव को दे दी, ताकि वे कंस को कह सकें कि देवकी ने उस कन्या को जन्म दिया था।"

"वे ले गये ताकि कंस उसका वध कर सके?"

"मैंने वह कन्या उन्हें सौंपी थी, शेष सब लोगों के प्राण बचाने और कंस के अत्याचारों से मुक्ति पाने के लिए।" नन्द का स्वर कुछ दृढ़ हुआ, "कृष्ण की रक्षा का यही तो उपाय था मेरे पास।"

"तो कंस ने उसे मार डाला?"

"नहीं! समाचार यह है कि कंस ने उसे उठाकर भूमि पर पटक देना चाहा था, किन्तु वह पहले ही उसके हाथों से निकलकर आकाश में जा बैठी।"

"इसका क्या अर्थ?" यशोदा ने पूछा।

"यदि ईश्वरीय चमत्कार मानना चाहो तो मान लो कि वह योगमाया थी, जो कंस के हाथ से निकल गयी और उसे चेतावनी दे गयी कि उसका अत्याचार समाप्त होने वाला है। उस का वध करनेवाला जन्म ले चुका है..."

"और यदि मैं इस चमत्कार का विश्वास न करना चाहूँ तो?"

"तो यह कि कंस द्वारा उसका वध होने से पहले ही उसके प्राण पखेरू उड़ चुके थे।"

"उस भयंकर वर्षा को झेलकर, यमुना की बाढ़ की यातना को झेलकर, वह सद्यःजात कन्या मरती नहीं तो क्या करती?" यशोदा ने जैसे अपने आपसे कहा, "यहाँ रही होती मेरे पास, तो मैं उसे अपने वक्ष से लगाकर रखती। शायद उसके प्राण बच जाते।"

"कृष्ण भी वही सब झेलकर आया था। जिसे बचना होता है, वह बच ही जाता है।" नन्द हँस पड़े, "तुम कदाचित भूल गयी हो कि उसके पश्चात् तुम कितनी अस्वस्थ रही थीं। कृष्ण था तो उसका मुख देख-देख कर तुमने नया जीवन पाया।" वे रुके, "क्या तुम्हें इस बात का पश्चात्ताप है कि तुम्हें अपनी उस कन्या के स्थान पर कृष्ण मिला?"

यशोदा ने घायल नागिन के समान तड़पकर उनकी ओर देखा, "तुम इससे भी क्रूर प्रश्न नहीं कर सकते? कृष्ण को पाकर मेरा जीवन सार्थक हुआ। मैंने तो कभी जाना ही नहीं कि कृष्ण को मैंने जन्म नहीं दिया। यह तो तुम आज

बता रहे हो। मेरे मन में तो मात्र यह लोभ जागा है कि कृष्ण की बहन भी होती तो?..."

नन्द अपने विचारों में डूबे मौन बैठे रहे।

"कुछ बोलते क्यों नहीं? तुम इतने चुप्पे तो कभी नहीं थे।"

"सोच रहा हूँ कि तब तो वसुदेव को कन्या देकर कृष्ण को रख लिया था, अब अक्रूर को क्या देकर कृष्ण को अपने पास रख लूँ।" नन्द की आँखों में अश्रु आ गये।

यशोदा उनके पास खिसक आयी। अपने हाथ से नन्द के अश्रु पोंछकर बोलीं, "जिसने कृष्ण को तब बचाया था, उसका अस्तित्व अब नहीं है क्या? तुम यह क्यों नहीं मानते कि कंस स्वयं अपनी मृत्यु को निमन्त्रण दे रहा है।"

"बहुत समझाया है मन को।...पर मन है कि मानता ही नहीं। कृष्ण मथुरा चला जायेगा, यह बात किसी भी प्रकार गले से नहीं उतरती।" नन्द बोले, "मैं तो पहले दिन से ही जानता था कि कृष्ण वसुदेव का पुत्र है, तो भी उससे बिछुड़ना मेरे प्राण लिए ले रहा है, और तुम..." नन्द ने जैसे बहुत प्रयत्न कर यशोदा की ओर देखा, "सोचता हूँ कि कृष्ण का कोई भाई-बहन होता तो उसके जाने के पश्चात् कोई सहारा होता तुमको।"

"कोई बालक कृष्ण का स्थानापन्न नहीं हो सकता।" यशोदा का स्वर पर्याप्त दृढ़ हो आया था, "मैं तो एकदम दूसरी बात सोच रही हूँ।"

"क्या?"

"विवाह के पश्चात् कई वर्षों तक हमारी कोई सन्तान नहीं हुई। उस कन्या के पश्चात् फिर कोई दूसरी सन्तान भी नहीं हुई।" यशोदा ने नन्द की ओर देखा, "तो फिर मैंने उस एक मृतप्राय कन्या को ही जन्म क्यों दिया?"

"उसी प्रसव के समय कोई ऐसा विकार हो गया कि फिर तुम गर्भ धारण ही नहीं कर सकीं।" नन्द बोले।

"और मैं सोचती हूँ कि मेरे भाग्य में सन्तान को जन्म देना नहीं था। वह प्रसव तो इसलिए हुआ कि मैं कृष्ण को अपने स्तनों से दूध पिला सकूँ।" यशोदा के नयनों में अश्रुओं की धारा बह चली, "यह मत समझना कि मैं सन्तान न होने से दुखी हूँ। मैं कृष्ण की धाय बनकर ही परम सौभाग्यशालिनी हूँ। जिस प्रभु ने देवकी को कृष्ण की जननी बनने का सौभाग्य दिया, उसी ने कृष्ण की धाय बनने के लिए मुझे चुना। देवकी ने तो उसके प्रसव का कष्ट सहा, मैंने उसके लालन-पालन का सुख पाया। कृष्ण का पालन करना अपने आप में इतना बड़ा सुख है कि कोई माता उसके लिए जन्म-जन्मान्तरों तक सन्तानविहीन रह सकती है।"

नन्द चकित होकर यशोदा को देख रहे थे। यह तो कोई नयी-सी यशोदा थी। इस यशोदा को तो उन्होंने पहले कभी नहीं देखा था।

"कृष्ण को बता दिया है कि वह वासुदेव है, देवकीनन्दन है?" यशोदा ने पूछा।

"नहीं!"

"बताओगे?"

"सोचता हूँ कि बता ही देना चाहिए। उसे तो ज्ञात होना चाहिए कि उस पर कितना संकट आने वाला है; और उसका कारण क्या है।" नन्द बोले, "वैसे भी अब वसुदेव-देवकी को कारागार से छुड़ाने का उद्यम करने का समय आ गया है।"

"ठीक से बताना।" यशोदा बोलीं, "यह नहीं कि औचक ही बता दो और बच्चा विचलित ही हो जाये।"

"कर दी न फिर माँ वाली बात।" नन्द बोले, "कृष्ण क्या ऐसा बच्चा है कि वह इस सूचना का वेग भी न झेल पाये।"

"ठीक है, जैसा तुम उचित समझो।" यशोदा ने जैसे अपने-आप से कहा, "मेरा जीवनधन तो अब मुझसे विलग हो रहा है।"

उद्धव ने देखा, आज बिना किसी सूचना के ही सुभद्रा और द्रौपदी उसकी ओर आ रही थीं।

"क्या कर रहे हैं भैया?" सुभद्रा ने पूछा।

"आज आने की कोई सूचना नहीं भिजवाई?" उद्धव ने कहा।

"सोचा, यदि पहले सूचना भेज दी तो तुम कहीं भाग ही न जाओ उद्धव!" द्रौपदी ने हँसकर कहा, "वस्तुतः हम दोनों में थोड़ा-सा विवाद हो गया है। हम दोनों ही कल्पना कर रही थीं कि मातुला रोहिणी पर पहली बार अपने गोकुल में गयी होंगी तो वहाँ क्या हुआ होगा। हम दोनों की कल्पना भिन्न है इसलिए हम चाहती हैं कि तुम हमें मातुला के पहली बार गोकुल में जाने की कथा सुनाओ..."

"भैया! मना मत करिएगा।" सुभद्रा ने द्रौपदी की बात समाप्त होने की प्रतीक्षा की और न उद्धव का उत्तर सुनने की, "अब एक आध प्रसंग सुना दीजिए, हम आपको अधिक कष्ट नहीं देंगी।..."

"हाँ उद्धव!"

"मैंने मना कहाँ किया है।" उद्धव हँस पड़े, "वस्तुतः मैं अभी कृष्ण के विषय में ही सोच रहा था, पर वह दूसरा प्रसंग था। अच्छा तुम लोग रोहिणी काकी के गोकुल जाने का प्रसंग सुनो..."

रोहिणी अपने गोकुल में न जाकर पहले नन्द के घर ही आयी। अपने गोकुल में जाने का कोई लाभ नहीं था। वहाँ गोशाला थी। कुछ एक कुटीर थे, जिनमें आवश्यकता होने पर गोपाल रहा करते थे। अन्यथा रात को वे लोग अपने घरों में लौट जाया करते थे। वसुदेव ने चलने से पहले रोहिणी को जो महत्त्वपूर्ण बातें बताई थीं, उनमें एक यह भी थी कि यमुना पार के वन के इस छोर पर नन्दगाँव से बरसाने तक जो लोग रहते थे, वे कृषक नहीं थे। वे वन में अथवा वन के निकट रहते थे। उन्होंने वनों को काट कर खेत बनाने के स्थान पर वन को ही अपना खेत मान लिया था। जिनके पास पशु थे, वे गोपाल थे। उनके पशुओं को चारा वन से मिल जाता था। वे दूध तथा उससे उपब्लध अन्य पदार्थों का व्यवसाय करते थे। अतः उन्हें खेतों की आवश्यकता नहीं थी। और जिनके पास पशु नहीं थे, वे दूसरों के पशुओं को, उनकी गोशालाओं में पालते तथा वन में से चरा लाने का कार्य करते थे। वैसे गोपाल हों अथवा चरवाहे, वे स्वयं को गोप ही कहते थे। उनका समाज वैसे तो पर्याप्त सम था, फिर भी गायों की संख्या के कारण कुछ सामाजिक भेद तो था ही। जहाँ वसुदेव का गोधन रहता था, वह क्षेत्र नन्दगाँव के निकट था और नंद एक प्रकार से उनके गोकुल के लिए भी उत्तरदायी थे। वसुदेव ने नन्द को कभी अपना कर्मचारी नहीं समझा था। वे लोग पीढ़ियों से उनके लिए कार्य करते थे, इसलिए उनके साथ, कार्य-सम्बन्ध के साथ-साथ एक प्रकार के पारिवारिक सौहार्द का भी सम्बन्ध था। नन्द के पास अपना भी गोधन था; और उनकी संख्या अन्य गोपालों से कुछ अधिक ही थी। यही कारण था कि नन्द अपने ग्राम के मुखिया भी कहलाते थे।

रोहिणी ने नन्दगाँव पहुँचकर सीधे नन्द के घर जाना ही उचित समझा। नन्द और उनकी पत्नी यशोदा ने उनका स्वागत किया। रोहिणी ने देखा कि नागरिक सुविधाएँ न होने पर भी नन्द का घर खाता-पीता घर था। उनके पास कुछ चरवाहे तो कार्य करते थे, किन्तु घर के काम-काज के लिए सेवक इत्यादि नहीं थे। सेवकों की शायद वहाँ परम्परा ही नहीं थी। हाँ! आवश्यकता पड़ने पर कोई किसी से सहायता ले सकता था। पड़ोसी, मित्र, सम्बन्धी अथवा सगोत्रीय होने के नाते सब लोग परिवारजनों के समान एक-दूसरे की सहायता कर दिया करते थे। वे सब लोग एक-दूसरे को समान ही मानते थे। समान सम्बन्धों और सम्मान के लिए, धन की सहायता आवश्यक नहीं थी। धन से कदाचित किसी को छोटा-बड़ा मानते भी नहीं थे। पर नन्द वहाँ के मुखिया थे, उनके राजा अथवा स्वामी नहीं। उनकी चर्चा से रोहिणी को लगा कि नन्द

वसुदेव को राजवंश का मानते हैं, इसलिए वे उन्हें स्वयं से अधिक समझदार और सामर्थ्यवान भी मानते हैं। उनकी बातों में वसुदेव के प्रति एक प्रकार की मैत्री का भाव भी दिखायी दिया। वे देवकी के लिए कभी 'महादेवी' शब्द का प्रयोग करते थे, जैसे वे कोई रानी हों और कभी 'भाभी' का। रोहिणी के लिए भी वे कभी स्वामिनी का सा सम्मान प्रकट करने लगते थे और कभी सम्बन्धियों का सा स्नेह।

"मैं यदि नन्दगाँव के मुखिया को अपना देवर मान, उन्हें नाम से पुकारूँ तो किसी मर्यादा का हनन तो नहीं होगा न?" रोहिणी ने पूछा।

"हमारा सौभाग्य भाभी!" नन्द बोले, "वृष्णिश्रेष्ठ वसुदेव कहते हैं कि वे राजा नहीं हैं; किन्तु हम तो उनको ही अपना राजा मानते हैं। वे कहते हैं कि वे हमारे बन्धु हैं और हम कहते हैं कि जो हमारा बन्धु नहीं है, वह हमारा राजा कहाँ से हो सकता है। इसीलिए वसुदेव हमारे राजा भी हैं और बन्धु भी। अब आप हमारी भाभी बन गयी हैं तो उससे अधिक अच्छी बात क्या हो सकती है। यह यशोदा है न! यह मुझे उपदेश देती रहती है कि मैं अपने चरवाहों को अधिक सिर चढ़ा लेता हूँ। पर मैं कहता हूँ कि हमारे जीवन और समाज में अभी मागध परम्परा नहीं आयी है, जहाँ हम राजा को अपना स्वामी मानने लगें। राजा हो अथवा मुखिया—हम उससे प्रेम करते हैं, उससे भयभीत नहीं रहते। मेरे चरवाहे हों अथवा सहगोत्री बन्धु, सब मुझसे प्रेम करते हैं। आप जानती ही हैं कि गोप लोग वनचारी लोग हैं, इसलिए स्वच्छ मन के होते हुए भी वे उद्दण्ड हैं। प्रेम से चाहे उनके प्राण ले लो, भय से तो आपका कोई काम नहीं करेंगे।"

यशोदा सुन्दर युवती थीं। खूब स्वस्थ और बलिष्ठ। वे रोहिणी के पीने के लिए दूध ले कर आयी थीं।

"क्या ले कर आयी हो यशोदा! दूध?" रोहिणी ने पूछा।

"नहीं दीदी! यह गोरस है।" यशोदा बोलीं, "दूध तो इसे मथुरावासी कहते हैं, क्योंकि वे इसे दोहन के माध्यम से प्राप्त करते हैं और इससे नहाते हैं, इससे अपना आँगन लीपते हैं। हम तो इसे गोरस ही कहते हैं। हम से अपनी गऊओं के रस के रूप में प्राप्त करते हैं।"

रोहिणी हँस पड़ी, "सारे मथुरावासी तुम्हारे गोरस से नहाते नहीं हैं, न उससे अपने आँगन लीपते हैं। यह तो केवल तुम्हारे राजा कंस के प्रासाद में होता है। उसकी रानियाँ न गऊ को पालती हैं, न उससे प्रेम करती हैं। नदिया-भर दूध उन्हें बिना मोल चुकाए मिल जाता है तो वे उसमें स्नान न करें तो क्या करें?"

"अरे नहीं है गोरस उनके काम का तो क्यों कर लगा-लगा कर हमारा रक्त पीते हैं।" यशोदा ने कुछ रोष से कहा, "और कर लिए बिना नींद नहीं आती, तो उस गोरस को किन्हीं बच्चों को पिला दें, जिन्हें गोरस उपलब्ध नहीं है। हम तो अपनी गऊओं के वत्सों के मुख से छीनकर उन्हें गोरस दें और वे उसमें नहाकर उसे अपने आँगन में बहा दें। यह तो घोर अत्याचार है।"

"नन्द! हमारी देवरानी तो घनी सुन्दर स्वस्थ ही नहीं, बहुत समझदार भी है।" रोहिणी ने मुस्कराकर प्रशंसात्मक भाव से यशोदा की ओर देखा।

"भाभी! हमारे यहाँ कोमल युवतियों से काम नहीं चलता। उनको स्वस्थ तो होना ही होगा। गऊ को सँभालना है। गोरस का काम करना है। दही बिलोना है। बोझ उठाना है। वन में जाकर लकड़ी काटनी है। छोटे-मोटे किसी वन्य पशु से पाला पड़ जाये तो उसका सामना भी करना है। वहाँ कोमलांगी का क्या काम?"

"ठीक कहते हो नन्द!..."

रोहिणी कुछ कहती, उससे पूर्व ही यशोदा से पूछ लिया, "पर दीदी! वे लोग गोरस से नहाती क्यों हैं? उन्हें जल नहीं मिलता क्या? गोरस से नहाने के पश्चात् भी तो उन्हें जल से नहाना ही पड़ता होगा।"

"वे समझती हैं कि गोरस से नहाने से उनका शरीर गोरस के ही समान उजला और चिकना हो जायेगा।" रोहिणी ने बताया।

"वह तो गोरस पीने से भी होगा, वे गोरस पीती क्यों नहीं?"

"वे समझती हैं कि गोरस पीने से उनका शरीर स्थूल हो जायेगा, जबकि उनके पति कंस को तन्वंगियाँ ही प्रिय हैं।" रोहिणी ने बताया।

यशोदा ने नेत्रों में जैसे आश्चर्य की चकाचौंध छा गयी, "क्या किसी की पत्नी का शरीर स्थूल हो जाये तो वह अपने पति की प्रिया नहीं रहती? ऐसा होता है क्या मथुरा में? एकदम राक्षसों की नगरी है वह तो। हमारे यहाँ कोई ऐसा करे तो उसकी हड्डी-पसली एक कर दें।"

"अरे तुम क्यों हल्कान होती हो?" नन्द ने कहा, "जो मथुरा में होता है, उसे होने दो, यहाँ वैसा कुछ नहीं होने जा रहा। तुम स्त्रियों के साथ यह बड़ी कठिनाई है, तत्काल आशंकित हो जाती हो। जो कहीं हुआ हो न हुआ हो, उसको अपने ऊपर घटा लोगी और मान लोगी कि तुम्हारा पति भी तुम्हारे साथ वही करने जा रहा है।"

"असुरक्षा का भाव है, और क्या।" रोहिणी ने कहा, "पर तुम लोग क्यों आशंकित होती हो। यहाँ तो सारी स्त्रियाँ काम करती हैं और अपनी आजीविका स्वयं कमाती हैं। पति किसी और का हो भी जाये तो क्या कठिनाई है।"

"आजीविका की चिन्ता नहीं है भाभी! चिन्ता तो पति की है। बात यह है कि कुछ गोपियाँ तनिक उच्छृंखल भी होती हैं। यशोदा को मुझे ले कर एक गोपी पर सन्देह है। कहती है कि उससे बात ही क्यों करते हो। आप ही बताएँ भाभी, क्या मुखिया भी किसी को कह सकता है कि वह उसकी व्यथा-कथा नहीं सुनेगा?"

"चुप!" यशोदा ने स्नेहापूर्त नेत्रों से नन्द को घुड़का।

"इन्हें छोड़िए दीदी! आप बताइए, आप क्या अपना गोकुल देखने आयी हैं?" यशोदा ने पूछा।

"वह तो देखना ही है," रोहिणी ने मुस्कराकर कहा, "पर मैं उसके पश्चात् मथुरा लौटनेवाले नहीं हूँ।"

यशोदा ने चकित होकर उनकी ओर देखा, "तो यहीं रहेंगी क्या?"

"यदि रहूँ तो तुम्हें अच्छा नहीं लगेगा क्या?"

"ऐसा प्रश्न क्यों पूछती हैं।" यशोदा बोलीं, "हमें क्यों अच्छा नहीं लगेगा। आप जैसी बहन मिलें तो किसे अचछा नहीं लगेगा। पर आप यहाँ रह पायेंगी? यहाँ नगरों वाली वे सुविधाएँ तो हैं नहीं, न ही नागर समाज है। भगवान ने जितनी बुद्धि देकर भेज दिया, सो भेज दिया। माँ-बाप ने जो सिखा-पढ़ा दिया सो सिखा-पढ़ा दिया। न कोई गुरुकुल है न कोई पाठशाला। न अध्ययन होता है न विद्याभ्यास। जीवन जो सिखा देता है, बच्चे वही सीख लेते हैं।..."

"लो! इतनी तो समझदारी की बातें कर रही हो और फिर कहती हो कि कोई पाठशाला है, न गुरुकुल।" रोहिणी बोलीं, "तुमसे खूब निभेगी मेरी।"

"सच! आप यहीं रह जाइए भाभी!" नन्द बोले, "इसी आँगन में दो एक कोठरियाँ और डाल लेंगे। यशोदा अकेली है। आपका संग हो जायेगा।"

रोहिणी ने मुस्कराकर यशोदा की ओर देखा, "देखो देवर जी! अभी तो यशोदा और आपको एकान्त ही चाहिए। मेरा सिर पर बैठे रहना किसे अच्छा लगेगा, और अकेले भी कितने दिन रहेंगे? सौभाग्यवती की गोद भरने में दिन ही कितने लगते हैं।"

यशोदा पहले तो झेंप गयीं, उनके कपोल लज्जा से गुलाबी हो आये, किन्तु तत्काल सँभलकर बोलीं, "चलिए, आपकी ही बात रही। तब भी तो आप जैसी बहन निकट रही तो सहायता ही होगी।"

"क्यों नहीं।" रोहिणी ने कहा, "ऐसा शुभ अवसर बार-बार आये।"

"तो पक्की रही। आप साथ ही रहेंगी।"

"अभी तो डेरा यहीं डालूँगी, पर फिर अपने गोकुल में गोशाला के पास ही अपने लिए एक छोटा-मोटा भवन बनवा लूँगी।" रोहिणी ने कहा, "वहीं

रहूँगी। अधिक देर तक तो तभी रह सकूँगी, जब अपने रहने का स्थायी प्रबन्ध कर लूँगी।"

"आपका स्वागत है। आप वहाँ रहेंगी तो कभी-कभी जेठ जी भी आ जाया करेंगे।" यशोदा ने कहा, "पर एक जिज्ञासा है दीदी! आप मथुरा छोड़कर यहाँ क्यों रहना चाहती हैं? आज तक तो कोई नगर छोड़कर इस वन में बसने आया नहीं।"

रोहिणी ने बारी-बारी उन दोनों को देखा, "तो तुम्हें कुछ पता नहीं है? यहाँ क्या मथुरा का कोई समाचार नहीं आता?"

"क्या पता नहीं है?"

रोहिणी थोड़ी देर उनको देखती रही। फिर बोलीं, "पिछले कितने समय से आर्य वसुदेव यहाँ नहीं आये?"

"हाँ! मैं भी सोच रहा था कि जब से उन्होंने वहाँ नया विवाह किया है, तब से वे नन्दगाँव नहीं आये हैं।" नन्द ने कहा, "क्या विवाह से वे बहुत व्यस्त हो गये हैं?"

"तो तुमको सचमुच कुछ ज्ञात नहीं है।" रोहिणी ने कहा और उन्हें सारी कथा सुनाई। वसुदेव और देवकी की स्थिति समझाई, "आर्यपुत्र मथुरा से बाहर जा नहीं सकते, इसलिए अब मुझे यहाँ गोकुल में रहना होगा। पता नहीं वे यहाँ आ पायेंगे अथवा नहीं, किन्तु मैं बीच-बीच में उनसे मिलने के लिए मथुरा जाती रहूँगी।"

"बड़ा दुष्ट है, यह कंस भी।" नन्द ने कहा, "कोई सुरक्षित नहीं है उसके राज्य में—न उसके पिता, न भाई, न भगिनीपति। किसी भी समय खड्ग उठाकर किसी का भी वध कर सकता है। तनिक सा रुष्ट होने पर किसी को भी बधिकों को सौंप सकता है। पूरा राक्षस हो गया है यह अपने पिता को बन्दी करनेवाला।" नन्द ने रुककर रोहिणी को देखा, "आपने अच्छा किया जो आप यहाँ आ गयीं। ऐसे राक्षस के राज्य में बस कर करना ही क्या है।"

"वह तो ठीक है।" रोहिणी ने कहा, "पर यहाँ रहूँ अथवा वहाँ, राज्य तो कंस का ही रहेगा।"

"आर्य वसुदेव कंस का राज्य छोड़ कर कहीं और क्यों नहीं जा बसते?" यशोदा ने पूछा।

"वह दुष्ट उन्हें मथुरा से बाहर निकलने दे, तब न!" रोहिणी ने श्वास छोड़ा।

नन्द चिंतित हो गये लगते थे। एक लम्बे मौन के पश्चात् बोले, "कुछ करना होगा भाभी! वृष्टिश्रेष्ठ का इस प्रकार बन्दी होना हम सहन नहीं कर सकते।"

उद्धव ने मौन होकर सुभद्रा और द्रौपदी की ओर देखा।

"अरे हम दोनों के मन में बहुत ही मधुर चित्र थे।" द्रौपदी बोली, "यह तो कुछ और ही निकला।"

"यह तो एक दुर्धर्ष संघर्ष की गाथा है भाभी! इसमें केवल साहस का माधुर्य है।" उद्धव ने कहा,, "मैं तो काका के विषय में जितना सोचता हूँ, उनके धैर्य और साहस पर मुग्ध होता जाता हूँ।"

"तुम ठीक कहते हो उद्धव! मैंने आज तक केवल अपने सखा कृष्ण के विषय में ही सोचा था, मातुल के विषय में तो कभी सोचा ही नहीं।" द्रौपदी ने कहा।

24

सात्यकि और कृतवर्मा, यादव महारथियों के साथ प्रातः हस्तिनापुर में प्रवेश कर गये थे। वे विदुर के आवास के निकट गंगातट पर मांगलिक वेशभूषा में किसी शुभ यात्रा के लिए कृष्ण की प्रतीक्षा में खड़े थे। सैनिकों की वेशभूषा किसी उत्सव के योग्य रखी गयी थी। वे लोग कृष्ण के साथ सन्धि रूपी समारोह में सम्मिलित होने के लिए ही तो आये थे; किन्तु युद्ध के लिए पूर्णतः प्रस्तुत थे। वे उन वस्त्रों में युद्ध भी कर सकते थे और यात्रा भी। उनका संगठन कृष्ण ने एक प्रहारक तथा तीव्रगामी सेना के रूप में किया था। सैनिकों की संख्या अधिक नहीं थी; किन्तु वे युद्ध में एक गम्भीर प्रहारक शक्ति का रूप धारण कर सकते थे।

स्नान-ध्यान तथा सन्ध्या-उपासना से निवृत्त होकर कृष्ण सभा में जाने के लिए प्रस्तुत हुए। तभी विदुर ने उन्हें बताया कि उन्हें सभा में ले जाने के लिए स्वयं युवराज दुर्योधन और सुबलपुत्र शकुनि आये हैं।

कृष्ण चौंके। कल की घटनाओं के पश्चात् उन्हें यह आशा नहीं रह गयी थी कि दुर्योधन उनकी अगवानी के लिए आ सकता है। वह पाण्डवों से किसी प्रकार की सन्धि का इच्छुक नहीं था। जब वह सन्धि ही नहीं चाहता तो वह कृष्ण को सभा में उपस्थित देखने को इतना आतुर क्यों है? उसे सन्धि नहीं चाहिए, इसलिए उसने यह नहीं चाहा कि कृष्ण राजसभा में आये, उसने चाहा कि कृष्ण सभा में आये। क्यों? कृष्ण सभा में हों और सन्धि न हो। क्यों? ताकि कृष्ण को युद्ध का अपराधी ठहराया जा सके। सारे संसार को बताया जा सके कि कृष्ण ने सन्धि नहीं होने दी। कृष्ण शांति नहीं चाहते। कृष्ण युद्धलोलुप, रक्तपियासु जीव हैं...पर कृष्ण को इस प्रकार कलंकित करने से दुर्योधन को क्या लाभ होगा? कृष्ण का अपयश फैलेगा तो उससे दुर्योधन का

कौन-सा लोभ तृप्ति पायेगा? दुर्योधन को अपने यश-अपयश की कोई चिन्ता कभी नहीं रही, अन्यथा वह पाण्डवों के साथ इस प्रकार का व्यवहार कभी न करता। निकृष्ट कर्म कर के भी समाज की दृष्टि में भले बने रहने की चिन्ता धृतराष्ट्र को होती है, दुर्योधन को नहीं। तो दुर्योधन कृष्ण को सभा में क्यों ले जाना चाहता है, वह उससे रूठकर क्यों अपने घर में बैठा नहीं रहा? कल वह उनकी अगवानी के लिए नहीं आया था। उनसे मिलने धृतराष्ट्र के प्रासाद अथवा विदुर के आवास पर भी नहीं आया; तो कृष्ण के कल के व्यवहार से अपमानित होकर आज वह उनकी अगवानी करने क्यों चला आया? कल की घटना के पश्चात् उसने स्वयं को अपमानित अनुभव क्यों नहीं किया? ऐसा कैसे हो सकता है कि उसके समान अहंकारी व्यक्ति के मन में कृष्ण के व्यवहार से क्रोध न उपजा हो? उसने उनसे उसका प्रतिशोध लेने का प्रयत्न क्यों नहीं किया?...क्या सोच कर वह उनका स्वागत करने नगरद्वार पर नहीं आया और फिर अपने घर आये कृष्ण को भोजन के लिए आमन्त्रित ही नहीं किया, अपने घर पर ठहरने का निमन्त्रण भी दिया?

कृष्ण के मन में चिन्तन की प्रक्रिया चलती रही।...दुर्योधन ने आरम्भ में उन की उपेक्षा करने का प्रयत्न किया था। वह अपने पिता से रूठा हुआ था, क्योंकि धृतराष्ट्र ने कृष्ण के हस्तिनापुर आने पर उन्हें सम्मानित करने का प्रस्ताव रखा था। उनके हस्तिनापुर आने को एक उत्सव बनाने का प्रयत्न किया था। दुर्योधन नहीं चाहता था कि कृष्ण को कोई महत्त्व दिया जाये। तो फिर उसने अपने भवन में उन्हें आमन्त्रित क्यों किया? वह सामान्य शिष्टाचार नहीं हो सकता। उसने शिष्टाचार और सामाजिक मर्यादा की भी चिन्ता नहीं की। उसका जीवन सात्विक आदर्शों तथा सामाजिक धर्म से नहीं, मात्र पाशविक वृत्तियों से प्रेरित और संचालित होता है। वह लोभ और स्वार्थ से प्रेरित हो कर किसी के भी सम्मुख घुटने टेक सकता है; किन्तु किसी को स्वयं से श्रेष्ठ मान उसका सम्मान नहीं कर सकता। वह अपनी क्षति के भय से, किसी प्रकार की आशंका से पीड़ित हो कर, किसी की चाटुकारिता तो कर सकता है, किसी के गुण से प्रभावित होकर उसकी प्रशंसा नहीं कर सकता।...गन्धर्वों द्वारा बन्दी किये जाने पर युधिष्ठिर को पुकार-पुकार कर घिघियाया था, किन्तु मुक्त हो जाने पर उसके मन में कहीं कृतज्ञता का लेश मात्र भी नहीं बचा था। दुर्वासा के माध्यम से पाण्डवों को पीड़ित करने के लिए वह उनके सामने बार-बार माथा टेकता रहा, किन्तु पूजा के भाव से तो उसने कभी देवर्षि नारद को भी प्रणाम नहीं किया। कुछ पाने के लोभ में उसने महर्षि वेदव्यास को पितामह

कह कर भी पुकारा हो सकता है, किन्तु उनके धर्म के सम्मुख नतमस्तक तो वह कभी नहीं हुआ।...

तो आज भी उसे कृष्ण से शांति पाने की लालसा नहीं है। वह कृष्ण के धर्म से अभिभूत होकर उन की अगवानी करने नहीं आया है। वह तो अपन लोभ में बँधा अपनी जिह्वा लपलपाता आया है। कृष्ण को अपनी सभा में घेर कर बन्दी करने का लोभ। कृष्ण के वध का लोभ।...उसे भय होगा कि कृष्ण कहीं हस्तिनापुर छोड़ कर भाग ही न जाये। कृष्ण सभा में न आये और अपनी सेना में घिरा बैठा रहे। वह कृष्ण से युद्ध नहीं चाहता। वह उन्हें ललकार कर बन्दी करना नहीं चाहता। वह तो उन्हें घेर कर बन्दी करना चाहता है।...कृष्ण मुस्कराए।

"श्रीकृष्ण!" दुर्योधन ने कहा, "महाराज धृतराष्ट्र सभा में आ गये हैं और पितामह भीष्म इत्यादि कुलवृद्धों के साथ अपकी प्रतीक्षा कर रहे हैं। मैं आपकी अगवानी के लिए आया हूँ। आपको ले जाने के लिए अपना रथ लाया हूँ। मेरे साथ सभा में पधारकर कौरवों की कामना को सनाथ करें।"

कृष्ण ने दुर्योधन को देखा : उसके शब्द जितने विनीत थे, उसके चेहरे पर उसके सौंवे अंश के बराबर भी विनय नहीं थी। शब्द जैसे किसी और के हों और वह उन्हें रट कर आया हो, या फिर पीट-पीट कर जिह्वा को तो विनय सिखा दी गयी हो, किन्तु मन का अहंकार तनिक भी घट न पाया हो।

"मैं प्रस्तुत हूँ राजा दुर्योधन!" कृष्ण बोले, "किन्तु मैं अपने ही रथ में आऊँगा। मेरा सारथि दारुक रथ तैयार कर चुका है। मेरे रथ में मेरे साथ महात्मा विदुर भी जायेंगे।"

"महात्मा कौन?" दुर्योधन ने कुछ इस प्रकार पूछा जैसे या तो उसे सुनाई न दिया हो या फिर उसकी समझ में न आया हो।

"महात्मा विदुर। तुम्हारे पितृव्य।"

कृष्ण देख रहे थे कि विदुर की चर्चा अपने पितृव्य के रूप में सुनकर उसका मुख कैसे कड़वा हो गया था।

"ठीक है। चलिए।" दुर्योधन आगे-आगे चल पड़ा।

अपने अंगरक्षकों के अश्वों के मध्य, यात्रा के आगे-आगे दुर्योधन का रथ था और उसके पीछे यादव महारथियों के रथ और यादव अश्वारोही चल रहे थे। उनके पीछे कृष्ण का विराट रथ था। आज उनका रथ अपने मांगलिक वेश में था। चाँदी की घंटियों और पुष्पमालाओं में उसका सारा सामरिक महत्त्व छिप गया था। उसमें शस्त्रास्त्र भी रखे हुए हैं, यह तो बाहर से देखा ही नहीं जा सकता था। पाँचों गरुड़ों के हाथों में गरुड़ध्वज और पुष्पों से सुसज्जित दीर्घ शूल

थे। उनके अश्व भी असाधारण रूप से अलंकृत थे। वे अपने नायक वैन्तेय के नेतृत्व में कृष्ण के रथ के आगे चल रहे थे। उनके पीछे सात्यकि और कृतवर्मा अपने-अपने रथों पर थे। सात्यकि के साथ कुछ अंगरक्षक भी थे। मुख्य सेना कृतवर्मा के साथ थी। उसके सैनिक कृतवर्मा की अपनी वाहिनी से सम्बनधित थे, कृष्ण की रक्षा का दायित्व कृतवर्मा की इसी वाहिनी पर था।

यात्रा देखने के लिए सारा हस्तिनापुर पथों पर वीथियों में उमड़ आया था। भवनों की अटारियाँ लोगों के बोझ से जैसे झुक आयी थीं। चारों ओर से कृष्ण का जय-जयकार हो रहा था। जितने कंठ थे, उतने ही शब्द थे; और जितने शब्द थे, उतने ही पुष्प थे। मार्ग भर निरन्तर पुष्प-वर्षा हो रही थी।

राजसभा के सम्मुख रथ रुके तो कृष्ण ने दारुक की ओर देखा, "तुम तैयार रहना। द्वार तक आने में विलम्ब न हो। मार्ग पहले से ही सुगम्य रखना। अश्व दौड़ने को प्रस्तुत हों और रथ शत्रुओं का मार्ग अवरुद्ध करने को। शेष सब कुछ कृतवर्मा के निर्देश के अनुसार करना।"

"मैं आपको प्रस्तुत मिलूँगा वासुदेव!" दारुक ने कहा।

सभा में आगे-आगे दुर्योधन और शकुनि ने प्रवेश किया। उनके पीछे कृष्ण थे। उन्होंने एक ओर विदुर और दूसरी और सात्यकि का हाथ पकड़ रखा था। कृतवर्मा पीछे था।

कृष्ण के प्रविष्ठ होते ही, धृतराष्ट के साथ, सभा में बैठे सारे कुलवृद्ध उठ खड़े हुए। कृष्ण को आश्चर्य हुआ कि सभा में नारद, कण्व और परशुराम भी उपस्थित थे।

धृतराष्ट्र ने कृष्ण से बार-बार आग्रह किया कि वे उनके लिए विशेश रूप से रखे गये 'सर्वतोभद्र' आसन को ग्रहण करें; किन्तु कृष्ण उन ऋषियों को पहले बैठा कर ही बैठे। विदुर कृष्ण के आसन से लगती हुई एक मणिमय चौकी पर बैठे जिस पर श्वेद रंग का मृगवर्म बिछा हुआ था। दुःशासन ने सात्यकि को और विविंशति ने कृतवर्मा को स्वर्णमय सिंहासन पर बैठाया। दुर्योधन और कर्ण, कृष्ण के निकट ही एक ही आसन पर बैठे। कदाचित इसके माध्यम से दुर्योधन कर्ण के प्रति अपनी निकटता प्रकट करना चाहता था और कर्ण इसके द्वारा महत्त्व जता रहा था। कर्ण इस समय भी अमर्ष से भरा हुआ दिखायी पड़ रहा था। यद्यपि वह दुर्योधन के साथ एक ही आसन पर बैठा था, किन्तु उसके मन से अपनी उपेक्षा का भाव नहीं जा रहा था। वह अपना महत्त्व जानता था, किन्तु इस सभा में तो वह मात्र एक सूतपुत्र अथवा अधिक से अधिक अंगराज था। वह यह घोषणा तो नहीं कर सकता था कि कुरु साम्राज्य दुर्योधन का था

और दुर्योधन उसके परामर्श के बिना एक डग भी उठाने में सक्षम नहीं था।... ठीक है कि कुरुओं की सेना में अनेक योद्धा थे, किन्तु उसके समान दुर्योधन के प्रति समर्पित एक भी योद्धा नहीं था। वस्तुतः यह सारा साम्राज्य उसी के कन्धों पर टिका हुआ था।...

सब लोग बैठ गये तो कृष्ण धृतराष्ट्र से सम्बोधित हुए, "कुरुश्रेष्ठ! मैं एक विशेष प्रयोजन से हस्तिनापुर आया हूँ। इस समय आपकी और हमारी समस्या एक ही है। मैं चाहता हूँ कि क्षत्रियों का संहार हुए बिना कौरवों और पाण्डवों में सन्धि हो जाये। संसार एक विराट संहार से बच जाये और सब लोग शांति के सुख का भोग करें। युद्धरत देश समृद्ध नहीं हो सकता। बिना शान्ति के समाज का विकास नहीं होता। मैं जानता हूँ कि कुरुओं में शील है, किन्तु इस समय आपका पुत्र दुर्योधन धर्म और अर्थ को विस्मृत कर क्रूर आचरण कर रहा है। वह अपने ही बन्धुओं से अशिष्ट, अभद्र तथा क्रूर व्यवहार कर रहा है। लोभ में लिप्त होकर धर्म की मर्यादा का हनन कर रहा है।

"धर्मराज युधिष्ठिर ने आपके लिए संदेश भेजा है कि वे आज भी आपको अपने पिता के स्थान पर मानते हैं। द्यूत के छल में उनका राज्य और सम्पत्ति उनसे छीन ली गयी, फिर भी इस आशा से उन्होंने अपनी प्रतिज्ञा का तेरह वर्ष तक पालन किया कि उसके पश्चात् आप धर्मपूवक अपने वचनानुसार उनका राज्य लौटा देंगे और उन्हें अपने पुत्रों के रूप में अंगीकार कर लेंगे। यदि आज भी आप उनको अंगीकार करें तो आप उनके द्वारा सुरक्षित हो कर उनके द्वारा जीते हुए राज्य का अनन्त काल तक भोग कर सकते हैं। पर यदि आप न उनको उनकी सम्पत्ति लौटाते हैं, न उनको अंगीकर करते हैं तो विनाश उपस्थित है महाराज! विनाश उपस्थित अवश्य है, किन्तु उसका निवारण अब भी सम्भव है, और वह आपके और मेरे हाथ में है। आप अपने पुत्रों को मर्यादा में रखिए। मैं पाण्डवों को नियन्त्रित करूँगा। अपने पुत्रों को अनुशासित कर सन्धि का प्रयत्न करें। दोनों पक्षों का हित इसी में है। आप पांडवों से सुरक्षित रह कर संसार के राज्य का भोग कर सकते हैं और संसार को विनाश के गर्त में धकेल भी सकते हैं। आपके पुत्र युधिष्ठिर ने कहा है कि वह आपकी सेवा के लिए भी प्रस्तुत है और युद्ध के लिए भी। आपके सारे साम्राज्य में एक भी व्यक्ति ऐसा नहीं है, जो युधिष्ठिर के समान आपकी सेवा कर सके और आपकी सेना में एक भी ऐसा योद्धा नहीं है, जो अर्जुन को युद्ध में पराजित कर सके। युद्ध और सेवा में आपको जो अधिक प्रिय हो, आप उसका चयन कर लें।"

कृष्ण मौन हो गये। सारी सभा अवाक् होकर उनको सुन रही थी।

किसी और वक्ता को बोलते न देख, परशुराम उठे, "धृतराष्ट्र! श्रीकृष्ण ने जो भी कहा है, वे उसका पालन करेंगे; और इससे अधिक उदार कोई क्या हो सकता है। तुम स्वयं विचार करो, जो पक्ष सबल है, जो पक्ष पीड़ित है, जिन लोगों के साथ तुमने सदा अत्याचार किया है—वे लोग तुमसे राज्य नहीं माँग रहे, केवल स्नेह माँग रहे हैं। याचना कर रहे हैं कि तुम उनको अपने पुत्रों के समान अंगीकार कर लो वे पुत्र के समान तुम्हारी सेवा करेंगे। हस्तिनापुर का सारा राज्य पैतृक उत्तराधिकार के रूप में उनका है। इन्द्रप्रस्थ का राज्य उन्होंने अपने बाहुबल से अर्जित और विकसित किया है। रक्तपात से बचने के लिए, शांति स्थापित करने के लिए, उन्होंने अपने पूर्ण राज्य की माँग पहले भी छोड़ दी थी। आज वे इन्द्रप्रस्थ का भी त्याग कर रहे हैं। मैंने सुना है कि उन्होंने तुमसे केवल पाँच ग्राम ले कर सन्धि करने का प्रस्ताव संजय के माध्यम से भेजा है। फिर और क्या चाहिए तुम्हें? क्यों मानवता के विनाश के लिए तुले हुए हो?"

"मैं आपसे पूर्णतः सहमत हूँ भगवन्!" धृतराष्ट्र ने कुछ अधिक ही भक्तिपूर्ण स्वर में कहा, "श्रीकृष्ण की महानता को भी समझता हूँ और स्वीकार करता हूँ; किन्तु मेरे वश में कुछ नहीं है। मेरे पुत्र मेरे अधीन नहीं हैं। दुर्योधन ने मुझे इस सिंहासन से अभी उतारा नहीं है किन्तु मेरे हाथ में कोई अधिकार नहीं है। मेरा यह मन्दबुद्धि और दुराचारी पुत्र दुर्योधन मेरी कोई आज्ञा नहीं मानता। मैं उसे समझा ही तो सकता हूँ किन्तु वह समझने से इंकार करता है।" धृतराष्ट्र ने उस दिशा में देखा, जिधर से कृष्ण का स्वर आ रहा था, "श्रीकृष्ण! जनार्दन! यदि आप ही इसे समझा सकें तो समझाएँ। सम्भव है कि वह आपकी बात मान जाये।"

नारद चकित थे...एक वह पुत्र है, युधिष्ठिर, जो यह जानते हुए भी कि धृतराष्ट्र उसके राज्य का अपहरण करने के लिए उसे द्यूत के लिए आमन्त्रित कर रहा है, मन में द्यूतविरोध होते हुए भी, जुआ खेलने बैठ गया, ताकि पिता की आज्ञा का उल्लंघन न हो; और एक पुत्र है यह दुर्योधन, जिसके विषय में राजसभा में सार्वजनिक रूप से कहा जा रहा है कि वह पिता की आज्ञा नहीं मानता, और फिर भी वह उठकर यह कहने के लिए खड़ा नहीं होता कि वह पिता की आज्ञा का पालन करेगा। कैसा और किस सीमा तक का निर्लज्ज है यह।...

कृष्ण ने धृतराष्ट्र की बात सुनी। उनकी कातरता देख कर किसी को भी उन पर दया आ सकती थी। सिंहासन पर बैठा एक सार्वभौम सत्ताधारी राजा कह रहा था कि उसका पुत्र उसकी आज्ञा का पालन नहीं करता।...तो वह क्यों अपने युवराज को पदच्युत नहीं करता? उसके पास भीष्म, द्रोण, कृपाचार्य

और अश्वत्थामा जैसे योद्धा हैं। क्यों वह उन्हें आदेश नहीं देता कि वे दुर्योधन को बन्दी करें? क्यों वह अपने मन की बात मनवाने के लिए, अपनी आज्ञाओं को पालन करवाने के लिए अपनी सत्ता और अपने अधिकारों का प्रयोग नहीं करता? यदि दुर्योधन उसकी आज्ञा का पालन नहीं करता और युधिष्ठिर उसका आज्ञाकारी पुत्र है तो वह पूर्व युवराज, युधिष्ठिर को ही फिर से युवराज क्यों नहीं बनाता? क्या उसकी इच्छा ही नहीं है कि दुर्योधन उस की आज्ञा का पालन करे, अर्थात पाण्डवों को उनका राज्य लौटा दे? वह नहीं चाहता कि पाण्डवों को राज्य का कोई एक छोटा-सा अंश भी दिया जाये? वह अपनी इच्छा को सार्वजनिक रूप से स्वीकार नहीं करना चाहता, इसलिए दुर्योधन को अपनी ढाल बनाए हुए है?...दुर्योधन में अपने पिता से अधिक नैतिक बल है, वह अपनी इच्छा को अपनी इच्छा के रूप में स्वीकार तो कर रहा है।...पर यह भी सम्भव है कि धृतराष्ट्र उग्रसेन के ही समान असहाय हो गया हो?...पर नहीं! भीष्म, द्रोण और कृपाचार्य के होते हुए, वह उग्रसेन के समान असहाय कैसे हो सकता है?...और यदि वह सचमुच ही पाप का समर्थन नहीं करता, अधर्म की रक्षा करना नहीं चाहता तो अपनी अक्षमता को स्वीकार करते हुए, उसे अपना पद त्याग देना चाहिए। जो राजा अपनी आज्ञाओं का पालन नहीं करवा सकता, उसके राजा बने रहने का क्या अर्थ?...सम्भव है कि वह अपना लोभ न छोड़ पा रहा हो। उसे सभा में राजा का सम्मान तो मिलता है। उसके विलास के साधन तो उसे उपलब्ध होते हैं।...

यह भी तो सम्भव है कि वह अपना राज्य दुर्योधन के बल पर ही चला रहा हो। दुर्योधन के हटते ही उसे अपने सिंहासन के छिन जाने का भय हो। गुंडों के बल पर राज्य करनेवाला राजा गुंडों का दमन कैसे कर सकता है।...पर यदि धृतराष्ट्र अपने भोग विलास और अपने अहंकार की तुष्टि के लिए पाप और पापियों की रक्षा कर रहा है तो कृष्ण को उससे सहानुभूति कैसे हो सकती है।...फिर भी यदि वह दुर्योधन को समझाने को कह रहा है, तो अपनी बात कहने में कोई हानि नहीं है।...

"मुझे जो कुछ कहना था, मैं कह चुका हूँ कुरुराज! किन्तु मैं आपके पुत्र युवराज दुर्योधन से इतना तो अवश्य कहना चाहता हूँ कि जो अपने सर्वगुण सम्पन्न आत्मीय जनों से द्वेष पालता है और पराए लोगों से अपनी रक्षा की आशा रखता है, उसका भार यह पृथ्वी सहन नहीं करती।" कृष्ण बोले, "दुर्योधन! तुम यह मान बैठे हो कि तुम पाण्डवों को युद्ध में पराजित कर दोगे, किन्तु दृष्टि उठाकर अपनी सेना में एक व्यक्ति ढूँढ़कर दिखाओ, जो अर्जुन को युद्ध में पराजित कर सकता हो; और फिर युद्ध में जिसका सारथि मैं होऊँगा, उसे

युद्ध में पराजित करनेवाना व्यक्ति अपने दोनों हाथों पर पृथ्वी को उठा सकता है। मैं अब भी तुम से कहता हूँ, तुम आधा राज्य पाण्डवों को दे दो, वे तुम्हारे पिता को सम्राट् और तुम्हें युवराज बनाए रखेंगे।"

दुर्योधन ने कृष्ण की बात शांति से सुनी और सबको यह देख कर आश्चर्य हुआ कि उसने अपना क्रोध नियन्त्रण में ही रखा। उसका स्वर भी ऊँचा नहीं उठा। बोला, तो एकदम आक्रामक नहीं था। वह तो जैसे अपनी व्यथा ही कह रहा था।

"केशव! मैं यह मानता हूँ कि आप पक्षपात कर रहे हैं। आप, विदुर, आचार्य और पितामह ही नहीं मेरे अपने पिता भी अकारण ही मुझ पर द्वेष करते हैं। इस सारे प्रसंग में मुझे तो अपना रंच मात्र भी अपराध दिखायी नहीं देता। युधिष्ठिर द्यूत में अपना राज्य हार गया तो क्या उसके लिए मैं दोषी था? पाण्डव अपने अज्ञातवास में प्रकट हो गये और पहचान लिए गये तो क्या उसके लिए मैं अपराधी हूँ?" दुर्योधन का स्वर कुछ कठोर हुआ, "अब पाण्डव अकारण ही पांचालों के साथ मिलकर कौरवों का वध करना चाहते हैं, तो आप लोग चाहते हैं कि मैं भयभीत होकर अपना राज्य उन्हें दे दूँ और स्वयं वनवास के लिए चला जाऊँ। आपका कौन-सा धर्म कहता है कि शत्रु को देख कर क्षत्रिय, युद्ध को छोड़कर शान्ति की बात करने लगे। आप लोग मुझे विनाश से डरा रहे हैं तो मैं आपको बता दूँ कि क्षत्रिय का धर्म युद्ध में प्राण दे देना है, भयभीत होकर भागना नहीं।" उसने सीधे कृष्ण की ओर देखा, "मैं यह मानता हूँ कि पाण्डवों को खाण्डवप्रस्थ देना भी अनुचित था। उस पर उनका कोई अधिकार नहीं था। और अब तो राज्य मेरे पिता ने मुझे दे दिया है, उसे पाण्डवों को लौटाने को कोई प्रश्न ही नहीं है। सारी राजसभा मेरी यह निर्भीक वाणी सुने, पाण्डवों को हस्तिनापुर, इन्द्रप्रस्थ अथवा किन्हीं पाँच ग्रामों का राज्य तो क्या मेरे जीते जी उन्हें सूई की नोक बराबर भूमि नहीं मिल सकती। वे युद्ध के लिए सैन्य संचय कर रहे हैं तो हम भी प्रस्तुत हैं। अब शांतिदूतों को भेजना बन्द करें और जो निर्णय करना है, युद्ध क्षेत्र में कर लें।"

कृष्ण देख रहे थे कि दुर्योधन अपने पापों को स्पष्ट बचाकर अपना पक्ष ऐसे प्रस्तुत कर रहा था, जैसे वह ही धर्म पर चलने के कारण अब तक पीड़ित रहा हो।

"तेरे पिता ने छलपूर्वक पाण्डवों के पिता का राज्य हथिया लिया।" कृष्ण बोले, "तूने अपने शैशव में ही भीम को विष दिया। तूने उन्हें वारणावत के लाक्षागृह में जीवित जलाकर मार डालने का षड्यन्त्र रचा। पाण्डवों की समृद्धि

को देख ईर्ष्या से जल कर तूने छलपूर्वक द्यूत का प्रपंच रचा। तेरे पिता ने पिता के रूप में आज्ञा देकर पाण्डवों को द्यूत के लिए बुलाया, अन्यथा धर्मप्राण पाण्डव द्यूत में सम्मिलित क्यों होते। तुम्हारे संकेत पर शकुनि ने युधिष्ठिर को द्यूत में छलपूर्वक वंचित किया। तुम लोगों ने सब कुछ हार जाने पर भी युधिष्ठिर को द्यूत से उठने नहीं दिया। द्रौपदी को उन की सम्पत्ति बताकर दाँव पर लगाने को बाध्य किया। किसी भी स्त्री के साथ जो व्यवहार पाप है, वैसा व्यवहार तूने अपने बड़े भाई की पत्नी के साथ सार्वजनिक रूप से किया। तुमने, कर्ण ने और दुःशासन ने जो कुछ द्रौपदी और पाण्डवों को कहा, वह सब तुम्हारा काल बुलाने के लिए पर्याप्त है। तुम्हारा सौभाग्य है कि मैं उस समय यहाँ आ नहीं सका, नहीं तो तुम तीनों के मस्तक अपने सुदर्शन चक्र से काटकर द्रौपदी के चरणों में चढ़ा देता।...उन्होंने बारह वर्षों का वनवास काटा, एक वर्ष का अज्ञातवास किया। तुम काल-गणना को झुठलाना चाहते हो और कहते हो कि वे एक वर्ष से पहले पहचान लिए गये।...उस पर भी तुम कह रहे हो कि तुम्हें अपना कोई अपराध दिखायी नहीं पड़ता। नेत्रहीन हो तुम! विवेकशून्य हो।" कृष्ण क्षण-भर के लिए रुके, "बहुत आतुर हो वीरगति पाने को, तो वह तुम्हें बहुत शीघ्र मिलेगी। दुर्योधन! पाण्डवों द्वारा याचना करने पर और कुलवृद्धों द्वारा आदेश दिये जाने पर भी जो राज्य, आज तुम पाण्डवों को नहीं देना चाहते, वही तुम युद्धक्षेत्र में शव के रूप में गिरकर उन्हें दोगे।"

दुःशासन का मन काँप गया। शिशुपाल का सिर कटते देखा था उसने। द्यूतसभा में भी जब द्रौपदी ने कृष्ण को पुकारा था तो उसका मस्तक घूम गया था। उसे चारों ओर सुदर्शन ही सुदर्शन दिखायी दे रहे थे। उसने असहाय दृष्टि से चारों ओर देखा : सच कह रहे हैं कृष्ण! उस दिन वे यहाँ नहीं थे। आज वे हैं। यदि सत्य ही उन्होंने सुदर्शन निकाल लिया तो कौन बचाएगा कौरवों को?

वह पैर दबाए दुर्योधन के पास आया, "युवराज! मुझे तो लगता है कि यदि आप कृष्ण से सन्धि नहीं करते, तो आज हमारे पिता ही भीष्म और द्रोण की सहायता से हम तीनों को बन्दी कर पाण्डवों को सौंप देंगे।"

दुर्योधन का चेहरा क्रोध से लाल हो गया, "मुझे भी ऐसा ही लगता है। पर मैं उसका अवसर ही नहीं आने दूँगा।"

दुर्योधन उठकर खड़ा हो गया, "मुझे इस सभा में बैठकर इन मूर्खों की बातें सुनने की कोई बाध्यता नहीं है।"

वह सभा छोड़कर बाहर निकल गया। उसके पीछे दुःशासन, कर्ण, शकुनि तथा उसके मन्त्री भी चले गये।

भीष्म ने उसे जाते देखा तो बोले, "जो धर्म को त्याग कर क्रोध का अनुसरण करता है, उसका नाश दूर नहीं है। लगता है कि क्षत्रियों की फसल पक चुकी है और कट जाने को तैयार है।"

कृष्ण की तेजस्वी वाणी सुनाई दी, "कंस ने इसी प्रकार अपने पिता का ऐश्वर्य छीन लिया था और राजा बन गया था। मैंने अपने सजातीय बन्धुओं के हित के लिए युद्ध में उसे मार डाला। समस्त कुल के हित के लिए एक व्यक्ति का, ग्राम के हित के लिए परिवार का, जनपद के हित के लिए एम ग्राम का, और आत्मा के कल्याण के लिए समस्त भूमण्डल का त्याग श्रेयस्कर है। भरतवंशियो! यदि अपने वंश का कल्याण चाहते हो तो दुर्योधन, दुःशासन और कर्ण को बन्दी कर पाण्डवों को सौंप दो।"

धृतराष्ट्र का हृदय काँप उठा। कृष्ण स्वयं उसकी राजसभा में सारे भरतवंश के सम्मुख उसके पुत्रों को बन्दी कर पाण्डवों को सौंप देने का आह्वान कर रहे थे। यदि कहीं इससे भीष्म अथवा कोई और वीर प्रेरित हो उठा तो अनर्थ हो जायेगा। दुर्योधन को पाण्डवों के हाथ में सौंपने का अर्थ है, उसे भीम को सौंपना, जो उसकी निश्चित मृत्यु है। धृतराष्ट्र की अन्धी आँखों के सम्मुख समस्त भूमंडल घूम गया।

"देवि गांधारी को बुलाओ।" धृतराष्ट्र के मुख से अनायास ही निकला।

"जी महाराज!" विदुर ने निकट जाकर पूछा।

धृतराष्ट्र अब तक कुछ सँभल गया था। वह कृष्ण को बोलने का और अवसर नहीं देना चाहता था। वे बोले, तो जाने उनकी ओजस्विनी वाणी क्या चमत्कार कर जाये।

"गांधारी को बुलाओ। वह दुर्योधन को समझाए। कदाचित माँ के कहने से दुर्योधन मान जाये और सन्धि कर ले।"

"यदि आप सत्य ही पाण्डवों के साथ सन्धि के इच्छुक हैं, तो आप वह कर सकते हैं।" विदुर ने कहा, "उसके लिए दुर्योधन की सहमति आवश्यक नहीं है। यदि आप उसे सहमत करना ही चाहते हैं तो समझाना ही तो एकमात्र उपाय नहीं है। समाज के हित के लिए कभी-कभी कठोर हो कर हाथ में दंड भी ग्रहण करना पड़ता है महाराज!"

धृतराष्ट्र का हृदय फट गया : यह विदुर तो सचमुच ही दुर्योधन को बन्दी कर पाण्डवों को सौंप देना चाहता है।

"तुम जाकर गांधारी को बुला लाओ।" धृतराष्ट्र ने अपनी वाणी में जन्मी खीझ को संयत किया, "माँ के कहने में बहुत बल होता है। तुम जाकर गान्धारी को बुला लाओ।"

"अच्छा महाराज!" विदुर गांधारी को बुलाने के लिए चले गये।

सभा में एक कष्टदायक मौन छाया हुआ था। धृतराष्ट्र के लिए यह समय काटना कठिन था। इससे तो अच्छा था, कृष्ण ही कुछ बोलते रहते, पर कृष्ण का बोलना तो भयंकर हो सकता है। कहीं वे बोलने ही न लग जायें।...धृतराष्ट्र की समझ में नहीं आया कि वह क्या चाहता है, कृष्ण बोलें अथवा न बोलें।... नहीं, शायद वह नहीं चाहता कि कृष्ण बोलें। किन्तु कोई तो कुछ बोले।

धृतराष्ट्र का दम घुटने लगा था। वह स्वयं ही बोला, "यह मूर्ख दुर्योधन ऐश्वर्य के लोभ में पड़कर अपना अपना राज्य भी गँवाएगा और प्राण भी। मर्यादा का उल्लंघन कर यह मूढ़ अपने हितैषी गुरुजनों की उपेक्षा कर सभा को छोड़कर चला गया है।"

धृतराष्ट्र की कल्पना में द्यूत के पूर्व के दिन घूम गये। इन्द्रप्रस्थ से लौटकर दुर्योधन कैसे एड़ियाँ रगड़-रगड़कर उनके सम्मुख रोया था। युधिष्ठिर की सम्पत्ति देख आने के पश्चात् उसको रात को नींद नहीं आती थी। वह उसी सारी सम्पत्ति पर अधिकार करना चाहता था।...वह लोभ ही तो था।...वह सम्पत्ति भी उसे मिल गयी तो फिर पाण्डवों को अपमानित करने का क्या औचित्य था। उस समय दुर्योधन और उसके मित्रों को धर्म-बन्धन में बँधे असहाय पाण्डवों को पीड़ित करने की क्या आवश्यकता थी। पाण्डवों की सम्पत्ति छीन कर अहंकार हो गया था उसे।...उसी अहंकार में काम जागा था। पाण्डवों की पत्नी को अपमानित ही नहीं किया था उसने, वस्तुतः अपने मन में छिपे गुप्त काम को ही सार्वजनिक रूप से प्रकट किया था उसने। लोभ, अहंकार और काम की विकृतियों ने उसकी बुद्धि भ्रष्ट कर दी थी। अपना हित-अहित भी सोच नहीं पाया वह।...उसे तो जो हुआ सो हुआ, धृतराष्ट्र को क्या हुआ था? उन्होंने तो न द्रौपदी का रूप देखा था, न युधिष्ठिर की सम्पत्ति। क्यों सहमत होते चले गये वे दुर्योधन से। उनका पुत्र-मोह उनकी बुद्धि भ्रष्ट कर देता है। जब वह उनके सम्मुख रोने लगता है, हठ करता है, एड़ियाँ रगड़ता है, प्राण देने की धमकी देता है, तो वे वह सब कुछ करने को सहमत हो जाते हैं, जो वह चाहता है। उसके उस अधर्म की रक्षा वे ही तो कर रहे थे...यह उनका पुत्र-मोह ही है, या सत्ता का मद चढ़ जाता है उनको और वे भी विकृतियों में सुख अनुभव करने लगते हैं?...वे असहाय थे अपने पुत्र की सत्ता के सम्मुख अथवा द्रौपदी का निर्लज्ज अपमान होते जान तथा पाण्डवों को असहाय देख उन्हें अपनी सत्ता का अनुभव होने लगा था?...

ध्वनियों से उन्हें आभास हुआ कि विदुर गांधारी को ले आये हैं।

"अपने इस हठी पुत्र को समझाओ गान्धारी!" धृतराष्ट्र ने कहा, "न किसी की मानता है, न किसी की सुनता है। सभा से ही उठकर चला गया है।"

गान्धारी को पहले तो कुछ विचित्र-सी अनुभूति हुई। उसे अपने उस पुत्र को समझाने को कहा जा रहा है, जो सारे संसार के राजाओं को अपने वश में कर इतना बड़ा साम्राज्य चला रहा है। अब उसके दुर्योधन को समझाने के दिन रह गये हैं क्या? और माँ अपने पुत्र को समझाए ही तो एकान्त में समझाएगी, जहाँ वे ही हों, और वह उसे अपने ममत्व का वास्ता दे सके, अथवा इस प्रकार भरी सभा में बैठकर प्रदर्शन के रूप में वह उसे समझाने का नाटक करे। राजसभा में भी माता और पुत्र का वह नैसर्गिक सम्बन्ध प्रकट हो सकता है क्या?...पर शायद धृतराष्ट्र लोगों को दिखाने के लिए कोई नाटक ही करना चाहते हैं। उन्हें दुर्योधन की इस दस्युवृत्ति में अपनी शक्ति की अनुभूति होती है। यदि सचमुच पाण्डवों को उनका राज्य दे दिया गया और वे अधिक शक्तिशाली हो गये, तो कौन जाने वे अपना वचन पूरा करें, न करें। महाराज धृतराष्ट्र ने तो आज तक कोई वचन पूरा करने के लिए दिया ही नहीं, तो वे यह आशा कैसे कर सकते हैं कि कोई अपना वचन पूरा करेगा...यदि दुर्योधन को समझाना ही चाहते, तो आज तक उन्हें दुर्योधन को समझाने का समय नहीं मिला था क्या? जो इस प्रकार...

"किसे समझाऊँ?" गान्धारी ने पूछा, "दुर्योधन सभा में है क्या?"

"नहीं! वह सभा छोड़कर चला गया है।" धृतराष्ट्र ने कहा, "विदुर! बुलाओ उसको। उससे कहो कि मेरे आदेश और अपनी माता की आज्ञा से यहाँ आये और देवी गान्धारी की बात सुने।"

विदुर चले गये। वे जानते थे कि दुर्योधन अपने मंत्रियों के साथ सभा भवन के अपने कक्ष में होगा।

दुर्योधन उन्हें वहीं मिल गया। वह दुःशासन, कर्ण और शकुनि के साथ था। उसके कुछ अन्य मन्त्री भी वहीं थे। विदुर ने देखा, एक कोने में वृद्ध कुणीक भी बैठा हुआ था। उसके चेहरे पर आज भी सदा के रामान पैशाची मुस्कान थी।...विदुर को समझने में कोई कठिनाई नहीं थी कि वे लोग वहाँ बैठे कोई षड्यन्त्र रच रहे थे। विदुर को देख, वे मौन हो गये। विदुर से अपने माता-पिता के आदेश सुनकर दुर्योधन ने अपने मित्रों की ओर देखा, "मैं अभी आया।"

विदुर समझ नहीं पाये कि वह सचमुच अपने पिता के आदेश से उनके साथ चल पड़ा अथवा उसके पास विदुर को तत्काल वहाँ से टालने का यही सरलतम उपाय था।

वह आकर सभा में खड़ा हो गया। अपने आसन पर बैठने की उसकी कोई इच्छा नहीं थी।

"क्या कहना चाहतीं हैं माता?" उसका स्वर उग्र था।

"पुत्र दुर्योधन!" गान्धारी ने कहा, "अपने इन सुहृदों की बात मान लो। तुम संसार को जीतना चाहते हो, किन्तु उससे पहले तुम्हें अपने मन को जीतना चाहिए। कोई भी अपनी इच्छा से न तो राज्य प्राप्त कर सकता है, न उसकी रक्षा और न उस का उपभोग। पहले अपने काम और क्रोध को जीतो पुत्र! तब राज्य की बात सोचना। दूसरों पर शासन करने से पहले स्वयं पर शासन करना पड़ता है।" गान्धारी ने रुककर जैसे कोई संकल्प किया और बोली, "एक बात बहुत स्पष्ट कहती हूँ। तुम जिनके बल पर युद्ध जीतने की कामना किये बैठे हो, उन पितृव्य भीम, आचार्य द्रोण तथा कृपाचार्य को पाण्डव भी उतने ही प्रिय हैं, जितने तुम। वे राज्य से अधिक महत्त्व धर्म को देते हैं। वे तुम्हारी सेना में खड़े हो जायेंगे तो वहाँ उनका तन ही होगा, उनका मन निश्चित रूप से पाण्डवों के पक्ष में खड़ा होगा। उन्होंने तुम्हारा अन्न खाया है, इसलिए वे युद्ध में तुम्हारे लिए अपने प्राण दे सकते हैं; किन्तु वे युधिष्ठिर को वक्र दृष्टि से भी नहीं देखेंगे। इस संसार में केवल लोभ में कोई उपलब्धि नहीं होती। लोभ से कुछ भी सिद्ध होने वाला नहीं है। तुम मेरी बात मानो। पाण्डवों से सन्धि कर लो।..."

गान्धारी और धृतराष्ट्र ने नहीं देखा, किन्तु सारी सभा ने देखा कि दुर्योधन के चेहरे पर कैसे भाव थे। वहाँ माता और माता के वचनों के लिए कोई सम्मान नहीं था। कोई श्रद्धा नहीं थी उसके मन में उस गान्धारी के लिए, जिसे बुलाकर धृतराष्ट्र ने कुछ इस प्रकार सभा में बैठाया था, जैसे दुर्योधन उसकी उपेक्षा कर ही न सकता हो। दुर्योधन की उग्रता पूर्णरूपेण उसके मुखमण्डल पर प्रकट हो चुकी थी। वह किसी हिंस्र पशु के समान भयंकर लग रहा था। किसी क्रूर संकल्प का मन बनाए वह उठा और बिना एक भी शब्द कहे, पुनः सभा छोड़कर अपने मंत्रियों के साथ चला गया।

"दुर्योधन चला गया है भाभी!" विदुर ने कहा और गान्धारी मौन हो गयी।

सात्यकि काफी समय से व्याकुल था। उसे क्रूद्ध करने के लिए, दुर्योधन का व्यवहार ही पर्याप्त था, किन्तु उसकी व्याकुलता का मूल कारण दुर्योधन और उसके मित्रों की संदिग्ध गतिविधि थी। सात्यकि को लग रहा था कि दुर्योधन की मण्डली निष्क्रिय नहीं है। वह जिस मुद्रा में उठकर गया था, उससे स्पष्ट था कि वह सभा की सारी गतिविधि का प्रतिकार करने के लिए शीघ्र ही लौटेगा। किन्तु यह प्रतिकार कैसे होगा? उसे दुर्योधन के चेहरे पर विनाश का

जो संकल्प दिखायी दिया था, उसे देख लेने के पश्चात् सभा में बैठे रहना उसके लिए असम्भव हो गया था।

सात्यकि भी दुर्योधन के पीछे-पीछे सभा से निकल आया।

दुर्योधन बड़ी व्यग्रता से अपने कक्ष की ओर चला जा रहा था। उसने अपने क्रोध को छिपाने का कोई प्रयत्न नहीं किया था। उसके व्यवहार में किसी प्रकार की कोई गोपनीयता नहीं थी वह अपने साथ आये मंत्रियों को निरन्तर आदेश देता जा रहा था, जैसे युद्धकाल में कोई सेनापति देता है। वह तत्काल सारे सेनानायकों को उपस्थित होने, तथा सारी विकट जुझारू वाहिनियों को सभा के निकट प्रस्तुत होने की आज्ञा प्रचारित करने को कह रहा था।

"पर युवराज! राजसभा में वाहिनी नहीं आ सकती।" एक मन्त्री ने कहा, "इस से सभा की मर्यादा भंग होती है।"

"हम आज तक सब कुछ क्या मर्यादा के भीतर रहकर ही करते रहे हैं मूर्ख! जो प्रतिरोध करेगा, उसे हम सँभाल लेंगे..." दुर्योधन बोला, "आज कृष्ण लौटकर उपप्लव्य नहीं जा सकता। मैं उसे बेड़ियों में जकड़ा देखना चाहता हूँ।"

"क्या करना चाहते हैं युवराज?"

"मैं उसे उसी प्रकार बाँध कर रखूँगा, जैसे कंस ने उसके पिता को बाँध कर रखा था।" दुर्योधन बोला, "उसी के योग्य है वह।"

सात्यकि लौट पड़ा। उसने संकेत से कृतवर्मा को सभा से बाहर बुलाया।

"कहाँ चले गए थे तुम?" कृतवर्मा ने व्यग्रता से पूछा।

"वह कार्य करने गया था, जिसके लिए श्रीकृष्ण ने हमें द्वारका से बुलाया था।" सात्यकि बोला, "दुर्योधन श्रीकृष्ण को बन्दी करने की योजना बना रहा है। थोड़ी देर में उसके सैनिक और सेनानायक यहाँ आ जायेंगे। हमें श्रीकृष्ण को सुरक्षित यहाँ से निकाल ले जाना है। बाहर जाकर तुम गरुड़ों को भीतर भेज दो। तुम स्वयं कवच धारण करो। सारी सेना को सभा से बाहर व्यूहबद्ध करो। रथों को प्रस्तुत करो। मैं श्रीकृष्ण को सभा से सुरक्षित निकाल लाऊँगा। देखना, दुर्योधन के सैनिक सभाभवन में प्रवेश न कर पायें।"

"नहीं कर पायेंगे।" कृतवर्मा के शरीर का सारा रक्त उसके मस्तिष्क की ओर दौड़ गया, "दुर्योधन की बुद्धि भ्रष्ट हो गयी है क्या। यह असम्भव को सम्भव करना चाहता है।"

कृतवर्मा जानता था कि इस समय यहाँ पर्याप्त सेना नहीं थी। कौरवों की नगरी से, उनकी सैनिक शक्ति को भंग कर, उनके बन्दी को निकाल ले जाना सरल नहीं था; किन्तु अब उसकी समझ में आ रहा था कि श्रीकृष्ण ने उसे और सात्यकि को द्वारका से क्यों बुलाया था। उन्होंने वैसे तीव्रगामी रथ अपने

साथ क्यों लिए थे। वे अपने साथ एक छोटी, किन्तु क्षिप्रगामी ग्राहक सेना क्यों चाहते थे।...तो उन्हें पहले से ही कुछ न कुछ आभास था।...

यह तो कृतवर्मा के सम्मान का प्रश्न था। उनकी सुरक्षा में से श्रीकृष्ण को कोई बन्दी कैसे कर सकता है। और फिर यह दुर्योधन उसकी इच्छा के विरुद्ध श्रीकृष्ण को बन्दी कैसे करेगा, जिसे उसने अपनी सेना का एक बड़ा भाग सैनिक सहायता के रूप में दिया है। दुर्योधन को भ्रम हो गया है कि कृतवर्मा ने उसे सैनिक सहायता दी है, तो वह श्रीकृष्ण पर हाथ डाल सकता है। कहीं ऐसा तो नहीं कि वह मूर्ख यह समझ बैठा हो कि कृतवर्मा उसका मित्र है, इसलिए वह श्रीकृष्ण को बन्दी करने में उसकी सहायता करेगा।

कृतवर्मा ने अपने दाँत पीसे। आज वह अपनी परीक्षा देगा। वह श्रीकृष्ण को किसी से कम प्रेम नहीं करता। सात्यकि से उसका विरोध अपने स्थान पर है, किन्तु उसके लिए वह श्रीकृष्ण को कौरवों का बन्दी नहीं होने देगा। श्रीकृष्ण की रक्षा के सन्दर्भ में उसका सात्यकि से कोई विरोध नहीं है, कोई मतभेद नहीं है।

सात्यकि ने श्रीकृष्ण के निकट जाकर उन्हें बाहर की गतिविधि की सूचना दी। उसके पश्चात् वह विदुर और धृतराष्ट्र के निकट गया। वे दोनों स्तम्भित रह गये। अभी तो दुर्योधन को समझाया जा रहा था कि वह युधिष्ठिर से सन्धि कर ले और वह श्रीकृष्ण को ही बन्दी बना लेना चाहता था।...अपनी मुक्ति के लिए वह कोई भी मार्ग खुला नहीं रखना चाहता था। उसका काल सचमुच उसके सम्मुख खड़ा था।

सात्यकि को लगा कि अन्य सब लोगों का ध्यान भी उसकी ओर आकृष्ट हो चुका था। वह क्या गुप्त सूचना दे रहा था।...दुर्योधन की इस गतिविधि को गोपनीय बनाए रखने में उसकी कोई रुचि नहीं थी। इस सूचना को सार्वजनिक करने के लिए उसे धृतराष्ट्र की अनुमति लेने की भी क्या आवश्यकता थी।...

"महाराज और मान्य सभासद मेरी बात सुनें।" सात्यकि ने ऊँचे स्वर में कहा, "आप लोग यहाँ बैठे हुए कौरवों और पाण्डवों में सन्धि करा, शांति स्थापित करने का कोई मार्ग खोज रहे हैं और आपका युवराज अपने कक्ष में बैठा, अपने सैनिकों और सेनानायकों को राजसभा की मर्यादा के विरुद्ध यहाँ एकत्रित कर रहा है, ताकि वह श्रीकृष्ण को बन्दी कर सके। उसका विचार है कि पाण्डवों का सारा बल श्रीकृष्ण के कारण है। यदि श्रीकृष्ण बन्दी हो जायें तो पाण्डव शक्ति समाप्त हो जायेंगी। अतः युद्ध नहीं होगा। मैं आपको चेतावनी दे रहा हूँ कि यदि कोई भी प्रयत्न किया गया तो यादव चुप नहीं

बैठेंगे। आप युद्धक्षेत्र में रक्त बहने को रोकना चाहते हैं और आपका युवराज आपकी राजसभा में रक्त बहाने का प्रबन्ध कर रहा है।..."

सभा में एक प्रकार का कोलाहल मच गया। दुर्योधन की हठ के कारण ही वहाँ शांति की सम्भावना के प्रति कोई उत्साह नहीं रह गया था। अब इस सूचना के पश्चात् तो युद्ध उनकी सभा के द्वार पर आ खड़ा हुआ था।...

"महाराज! इस सर्वनाश को रोकिये।" विदुर ने उच्च स्वर में धृतराष्ट्र को सम्बोधित किया, "आपके पुत्र तो अपने काल को पुकार-पुकार कर बुला रहे हैं।"

"बुलाओ! इस मूढ़ को।" धृतराष्ट्र एकदम घबरा गया था। उसको लगा कि आशंकाओं और भय के कारण उसके पेट की तह में कहीं एक ऐंठन-सी उठ रही है। इस स्थिति में तो उसका राजसभा में बैठना भी असम्भव हो जायेगा।

सात्यकि ने कृष्ण को देखा : उन्होंने एक बार भी स्वयं सात्यकि, कृतवर्मा अथवा अपने सैनिकों को बुलाने का प्रयत्न नहीं किया था। उन्होंने सभा से निकल जाने की इच्छा का कोई संकेत नहीं किया था। वे स्थिर भाव से धृतराष्ट्र को देख रहे थे।

और सहसा वे बोले, "कुरुराज! आप अपने पुत्रों को आदेश दें कि यदि वे मुझे बन्दी कर सकते हैं तो कर लें। मैं भी देखता हूँ कि कौन किसको बन्दी करता है। जिन नीच कृत्यों पर आपके पुत्र उतर आये हैं, उसका दंड तो यही है कि मैं इन सबको बन्दी कर पाण्डवों को सौंप दूँ, ताकि भीम दुर्योधन और दुःशासन के सम्बन्ध में की गयी अपनी प्रतिज्ञाएँ पूरी कर सके।..."

"नहीं श्रीकृष्ण! नहीं!!" धृतराष्ट्र के मुख से जैसे चीत्कार निकल गया, "ऐसा मत करना। मैंने दुर्योधन को बुलाया है। विदुर उसे अपने साथ लाने के लिए गया है। मैं उसे समझाऊँगा। तुम भी उसे समझाओ।..." लगा कि धृतराष्ट्र के अश्रु बह निकलेंगे।

"नहीं महाराज! मेरी ऐसे नीच कर्मों में कोई रुचि नहीं है।" कृष्ण बोले, "ऐसा कोई समय नहीं था, जब मैं चाहता और आपके पुत्रों को दण्डित न कर पाता। मैंने आज तक नहीं किया तो केवल इस कारण क्योंकि न धर्मराज युधिष्ठिर अधर्म के मार्ग से सिंहासन तक पहुँचने की यात्रा करना चाहते थे, न मैं अधर्म को प्रश्रय देना चाहता था; किन्तु आपके पुत्रों को अपनी शक्ति का जो भ्रम हो गया है, वे उसका निवारण कर लें। मैंने जिस प्रकार धर्मराज की सभा में शिशुपाल का मस्तक काट लिया था, वैसे ही किसी भी क्षण मैं आपके पुत्रों के साथ भी करने की क्षमता रखता हूँ।..."

"नहीं श्रीकृष्ण! नहीं!" धृतराष्ट्र का स्वर रुदनमय हो चुका था।

तभी विदुर के साथ दुर्योधन ने सभा में प्रवेश किया।

"दुर्योधन!" कृष्ण का मधुर स्वर ओज से भर आया था, "तुमने समझा कि मैं अकेला हूँ और तुम्हारे योद्धाओं से घिरा हुआ हूँ, इसलिए तुम मुझे बन्दी कर लोगे। तुमने यह नहीं सोचा कि यदि मैं इस प्रकार अकेला हो सकता था तो मैं तुम्हें अपनी नारायणी सेना क्यों देता। मैं ऐसा ही अकेला होता तो मैं अपनी इच्छा से कौरवों की राजसभा में क्यों आता। तुम समझते हो कि मैं अपनी मूर्खता में तुम पर विश्वास कर यहाँ चला आया, पर आज तुम देखो कि मैं अपने विश्वास पर यहाँ आया हूँ। अकेला तो वह है, जो विश्व मानवता से स्वयं को काट कर तुम्हारे समान अहंकारी हो गया है। मैं अकेला नहीं हूँ, क्योंकि मैं पृथक नहीं हूँ। मैं ब्रह्मांड में हूँ और ब्रह्मांड मुझमें है। तुम हँसोगे दुर्योधन! कि यदि ऐसा है, तो तुम्हें दिखायी क्यों नहीं देता। तुम्हें दिखायी इसलिए नहीं देता क्योंकि तुम्हारे पास नेत्र हैं, दृष्टि नहीं है। देखने के लिए दृष्टि की आवश्यकता होती है और दृष्टि न नेत्रों में होती है, न सूर्य की किरणों में। दृष्टि तो स्रष्टा की वह शक्ति है, जिसके माध्यम से ये आँखें देखती है। मैं अकेला नहीं हूँ। देखो, देखो पाण्डव भी यहीं हैं, यादव भी यहीं हैं। देव भी यहीं हैं, असुर भी यहीं हैं, देखो..."

दुर्योधन को लगा कि कृष्ण एक भयंकर अग्नि में बदल गये हैं। उसे पता नहीं लगा कि वे अग्नि में जल रहे थे, अथवा वे अग्नि उगल रहे थे...उसकी आँखों के सम्मुख अँधेरा छा रहा था।...उसके सैनिक अभी आये भी नहीं थे और कृष्ण के पाँचों गरुड़ उनको घेर कर नहीं, मानों अपने कन्धों पर उठाकर सभा से बाहर ले जा रहे थे। कृष्ण की पीठ पर सात्यकि था। कृतवर्मा अपने सैनिकों के साथ सभा में घुस आया था। उसे रोकने का साहस किसी ने नहीं किया था। कोई कर भी नहीं सकता था। उसने कृष्ण का बाहर जाने का मार्ग सुगम कर रखा था। दुर्योधन के सैनिक उसको रौंदकर ही कृष्ण तक पहुँच सकते थे...पर कृतवर्मा को रौंदना उन सैनिकों के लिए सम्भव नहीं था।...

25

कृष्ण कौरवों की राजसभा से बाहर निकल गए। उनके आगे-आगे कृतवर्मा और पीछे-पीछे सात्यकि थे। द्वार के सम्मुख ही दारुक उनके रथ के साथ उपस्थित था। कृतवर्मा का सारथि भी निकट ही अपने रथ के साथ सन्न्द्ध खड़ा था। अन्य यादव वीर भी अपने रथ पर तत्पर बैठे थे।

कृष्ण रथ पर बैठ गये। सात्यकि लपककर उनके पीछे आ खड़ा हुआ। गरुड़ों ने अपने अश्व सँभाल लिए। कृतवर्मा अपने रथ पर आरूढ़ हो गया।

कृष्ण ने पलटकर सभाद्वार की ओर देखा : कौरवों की सभा के सारे जाज्वल्यमान नक्षत्र वहाँ खड़े जैसे उन्हें विदा कर रहे थे। उस भीड़ में कृष्ण कुछ चेहरों को स्पष्ट रूप में देख रहे थे—भीष्म, द्रोण, कृप, विदुर, धृतराष्ट्र, बाह्लीक, अश्वत्थामा, विकर्ण, युयुत्सु, कर्ण...

कृष्ण ने हाथ जोड़कर उन सबका अभिवादन किया और दारुक को संकेत किया, "चलो।"

रथ चला तो सात्यकि बोला, "केशव! वे सब लोग भी हमारे पीछे-पीछे आ रहे हैं। क्या चाहते हैं वे?"

"आने दो। वे हमें बन्दी करने के लिए नहीं आ रहे।" कृष्ण निश्चिन्त स्वर में बोले, "घर आये अतिथियों को विदा करने के लिए, कुछ दूर तक तो जाना ही चाहिए।"

"वह तो ठीक है।" सात्यकि धीरे से बोला, "किन्तु यह कर्ण क्यों आ रहा है? इसे तो दुर्योधन के साथ पीछे रुककर कोई षड्यन्त्र रचना चाहिए था। वह हमें विदा करने क्यों आ आ रहा है?"

"कर्ण भी आ रहा है?" कृष्ण जैसे अपने आप से बोले, "हाँ! उसका आना कुछ आश्चर्यजनक अवश्य है। दुर्योधन ने उसे रोका नहीं, या वह रुका नहीं?..."

सात्यकि अपेक्षापूर्ण नेत्रों से कृष्ण की ओर देखता रहा; किन्तु कृष्ण और कुछ नहीं बोले। वे तो जैसे समाधिस्थ हो चुके थे।

विदुर के आवास के निकट पहुँचकर कृष्ण ने अपनी सजगता का प्रमाण दिया, "दारुक रुको। मैं बूआ से मिलकर आता हूँ।"

वे रथे से नीचे उतरे,, "सात्यकि! मुझे बूआ से कुछ महत्त्वपूर्ण बातें करनी हैं, पूर्णतः एकान्त में। प्रयत्न करना कि हमारी चर्चा के मध्य महामन्त्री विदुर भी भीतर न आ सकें।"...और वे कृतवर्मा की ओर मुड़े, "जो लोग हमें विदा करने आ रहे हैं, वे न सशस्त्र हैं और न उनकी इच्छा युद्ध की है। फिर भी दुर्योधन और उसके मित्रों से सावधान रहना।"

"आप निश्चिन्त रहें केशव!" कृतवर्मा बोला।

कृष्ण भवन के भीतर चले गये। विदुर और पारंसवी के निवास वाले खंड को पार करते हुए, वे कुन्ती वाले खण्ड में पहुँचे। कुन्ती, अपने कक्ष के बाहर वाले प्रकोष्ठ में ही बैठी थी। कृष्ण ने आगे बढ़कर चरण स्पर्श किये।

"चिरंजीवी हो पुत्र!" कुन्ती ने कृष्ण के सिर पर हाथ रखा, "कुरुओं की राजसभा से आ रहे हो?"

"हाँ बूआ! राजसभा में जो कुछ हुआ, वह सब आपको महात्मा विदुर विस्तार से बता देंगे।" कृष्ण बोले, "किन्तु एक बात मैं भी कहना चाहता हूँ।"

"क्या है पुत्र?"

"अब युद्ध होकर रहेगा। उसे कोई नहीं रोक सकता। अच्छा हो कि आप मेरे साथ उपप्लव्य चलें। युद्ध की स्थिति में आपका यहाँ रहना ठीक नहीं है।"

"यह तो तुमने बहुत शुभ समाचार दिया केशव! कि युद्ध अनिवार्यतः होगा।" कुन्ती प्रसन्न मुद्रा में बोलीं, "दुर्योधन ने तो कभी छिपाया ही नहीं कि उसका एक मात्र लक्ष्य पाण्डवों का वध है–सम्मुख युद्ध में हो तो, गुप्त रूप में हो तो।...प्रश्न तो यह है कि क्या युधिष्ठिर ने भी युद्ध का निश्चय कर लिया है?"

"युद्ध तो होगा ही।" कृष्ण मुस्कराए, "धर्मराज चाहें तो, धर्मराज न चाहें तो।"

"मुझे सन्देह है पुत्र!" कुन्ती की मुद्रा में कोई परिवर्तन नहीं आया, "फिर भी, मुझे तो किसी भी स्थिति में यहीं रहना है। वनवास के लिए विदा करते हुए, मैंने युधिष्ठिर से यही कहा था कि वह माने कि उसके राज्य के साथ, उसकी माता भी हस्तिनापुर में बंदिनी है। वह युद्ध कर, अपनी राज्यलक्ष्मी तथा अपनी माता–दोनों को ही मुक्त करा ले जाये।"

"आपका मन अपने पुत्रों से मिलने का नहीं होता बूआ?"

"क्यों नहीं होता।" कुन्ती ने उत्तर दिया, "किन्तु अपनी सन्तान के हित के लिए ही अनेक बार माता-पिता को तपना पड़ता है। मैं उसके साथ चली गयी, तो जाने युधिष्ठिर युद्ध करे, न करे।"

"युद्ध तो अब होगा ही, उसकी आशवस्ति आप मुझसे लें।" कृष्ण बोले, "अधर्म की खेती पक चुकी है। उसकी कटाई अब होगी ही।"

"तो पुत्र! मेरा हस्तिनापुर में रहना, अब भी आवश्यक है।"

"क्यों बूआ?"

"दो कारण हैं।" कुन्ती धीरे से बोलीं, "एक कारण तो दुर्योधन को युद्ध के लिए अनवरत उत्तेजना देना है। तुमने सुना होगा, पिछले कुछ समय से मैं अपना एकान्तवास त्याग कर, कुरुओं के सारे उत्सवों, सभा-समारोहों में सम्मिलित होने लगी हूँ। मैं दुर्योधन के प्रासाद में आती-जाती हूँ।...वह मुझे देखता है और उसे मेरे पुत्रों का स्मरण हो आता है। उनके साथ किया गया अन्याय भी स्मृति में जागता होगा; और उनके प्रति द्वेष और शत्रुता भी। मैं

चाहती हूँ कि अपने क्षोभ में, वह किसी दिन मेरी हत्या कर दे, ताकि युधिष्ठिर का धर्म जागे।..."

कृष्ण मौन रहे। कुछ बोले नहीं।

"एक और कारण यह है कृष्ण! कि युद्ध की स्थिति में दुर्योधन को कुछ दुर्बल भी करना चाहती हूँ। उसके लिए मेरा हस्तिनापुर में बने रहना बहुत आवश्यक है।"

"आप दुर्योधन को कैसे दुर्बल करेंगी बूआ?" कृष्ण ने कुछ चकित होकर कुन्ती की ओर देखा, "क्या कोई भितर घात करने का संकल्प किया है?"

"कुछ ऐसा ही समझो।" कुन्ती धीरे से बोलीं, "स्वयं अपने-आपको शक्तिशाली बनाने के लिए मनुष्य अपने साथ नित नये मित्र जोड़ता है; और शत्रु को दुर्बल करने के लिए उसके मित्रों को तोड़ता है।"

"आप दुर्योधन के किन मित्रों को तोड़ने की सोच रही हैं बूआ?" कुन्ती को मँजे हुए राजनीतिज्ञों के समान चर्चा करते देख, कृष्ण को कुछ विस्मय हुआ।

कुन्ती मौन बैठी, शून्य को घूरती रहीं।

"आपने बताया नहीं बूआ।"

"एक रहस्य है पुत्र! जिसे मैं वर्षों से अपने वक्ष में, इस आशंका से दबाए हुए हूँ कि उसके प्रकट होने से कहीं कोई हानि न हो जाये।..."

कृष्ण चुपचाप कुन्ती की ओर देखते रहे।

"अब मुझे लगने लगा है कि उसका कुछ लाभ हो सकता है। यदि वह रहस्य प्रकट हो जाये, तो सम्भावना है कि दुर्योधन का निकटतम तथा विश्वस्ततम मित्र उस से टूट जाये...।"

कृष्ण का चेहरा कुछ गम्भीर हो उठा। वे कुन्ती के ठीक सम्मुख आ बैठे। उन्होंने सीधे कुन्ती की आँखों में देखा, "क्या यह रहस्य कर्ण से सम्बनधित है बूआ?"

कुन्ती के चेहरे पर एक प्रकार की अचकचाहट उभरी, जैसे किसी ने उसकी कोई चोरी पकड़ ली हो, "तुमने कर्ण का ही नाम क्यों लिया पुत्र?"

"क्योंकि वही दुर्योधन का निकटतम और विश्वस्ततम मित्र है।" कृष्ण का स्वर कुछ और गहरा तथा प्रभावशाली हो उठा, "और यदि यह कर्ण से सम्बनधित रहस्य है, और वर्षों पुराना है, तो वह उसके जन्म का ही रहस्य होगा बूआ! अधिरथ को वह गंगा में बहता हुआ मिला था...तो यह रहस्य, उसके जन्म और उसकी जननी तथा जनक का है। क्यों बूआ?"

एक क्षण के लिए कुन्ती जैसे सहम गयी; किन्तु फिर स्वयं को संयत कर मुस्कराई "तुम तो अन्तर्यामी हो पुत्र! तुमसे कुछ भी कैसे छिपा रह सकता है।"

"एक बात और है बूआ।" कृष्ण पुनः बोले, "कर्ण के प्रति आपका व्यवहार सदा ही ममतामय रहा है। आपने कभी उसकी निन्दा नहीं की। आप उसकी निन्दा सुन भी नहीं सकती थीं। कहीं वह यादवपुत्र तो नहीं है?"

"नहीं कृष्ण! वह पांडुपुत्र है।" और तब जैसे कुन्ती की चेतना लौटी। कृष्ण के सम्मोहन में वे अपना रहस्य प्रकट कर चुकी थीं। उनकी दृष्टि कृष्ण पर टिक गयी—क्या प्रतिक्रिया है, कृष्ण की?

कृष्ण ने कुन्ती के दोनों कन्धों पर अपने हाथ रखे, "तो वह आपका पुत्र है बूआ! अथवा माद्री बूआ का?...किन्तु ऐसा तेजस्वी पुत्र आपका ही हो सकता है।" कृष्ण को अपना अनुमान इतना निश्चित लगा कि अपनी जिज्ञासा को और आगे बढ़ाना उनके लिए आवश्यक नहीं था।

"वह मेरा ही कानीन पुत्र है।" कुन्ती ने कहा, ताकि कृष्ण को कोई भ्रम न रहे, "वह सूर्यपुत्र, दुर्वासा की मन्त्रणा से उत्पन्न हुआ था। मेरे पिता कुंतिभोज, किसी प्रकार अधिरथ से परिचित थे। उन्होंने अपनी दुहिता के कानीन पुत्र कलंक से बचने के लिए, यह बालक निःसन्तान अधिरथ को सौंप दिया था।"

कृष्ण, कुन्ती को देखते रहे और मन-ही-मन कुछ भाँपते रहे। अन्ततः बोले, "हस्तिनापुर मैं उसके निकट रहकर उसके प्रति आपकी ममता विकसित होती रही है। अब युद्ध सामने आ खड़ा हुआ है। आपको भय है कि कहीं, वह अर्जुन के हाथों मारा न जाये?"

"नहीं!" कुन्ती के स्वर में स्पष्ट विरोध था, "हस्तिनापुर में उसके निकट रह कर, दुर्योधन के प्रति उसकी मैत्री तथा उसके पाप-कृत्यों को देखकर, तिल-तिल कर उसके प्रति मेरी ममता दम तोड़ती रही है।...इसलिए मैं कभी इतनी विवश नहीं हुई कि उसे अपनी भुजाओं में भरकर, अपने वक्ष से लगा लेती।" कुन्ती ने रुककर कृष्ण की ओर देखा, "अब उसे अपने निकट लाने से अधिक महत्त्वपूर्ण दुर्योधन से दूर ले जाना है।..."

कृष्ण किसी गम्भीर चिन्ता में लीन हो गये। एक लम्बे मौन के पश्चात् बोले, "बूआ! इस रहस्य के प्रकट हो जाने पर यदि कर्ण की प्रतिक्रिया हमारे अनुकूल न हुई, तो यह रहस्योद्घाटन हमारे लिए संकटपूर्ण भी हो सकता है।..."

"कैसे?"

"उसे अभी हम रहने दें।" कृष्ण मुस्कराकर कुन्ती का प्रश्न टाल गये, "आप मेरी केवल दो बातें मान लें। एक तो यह कि सीधे-सीधे आप कर्ण के

सम्मुख इस रहस्य का उद्घाटन न करें। कर्ण की प्रतिक्रिया बहुत हिंस्र भी हो सकती है। आप मुझे अनुमति दें कि उसे यह सूचना मैं अपने ढंग से दूँ। यदि उसकी प्रतिक्रिया हमारे अनुकूल हुई तो या तो मैं कर्ण को अपने साथ उपप्लव्य ले जाऊँगा या फिर आपको निश्चित सूचना भिजवाऊँगा। यदि कर्ण हस्तिनापुर में रहा और मेरी ओर से आपको कोई सन्देश नहीं मिला तो उसका अर्थ है कि आपको उससे मिलकर उसे यह सूचना देनी है। आप उसे यह सूचना पूर्ण एकान्त में देंगी और इस बात का निश्चित ध्यान रखेंगी कि यह रहस्य अब भी गोपनीय रहे। पहले से अब तक में अन्तर केवल इतना आया है कि अब आपके अतिरिक्त इस रहस्य को मैं और कर्ण भी जानते हैं।...यह रहस्य किसी भी अवस्था में सार्वजनिक नहीं होना चाहिए; और न दुर्योधन अथवा युधिष्ठिर को इसका रंचमात्र भी आभास होना चाहिए।"

कुन्ती ने सहमति में अपना सिर हिलाया, "मैं समझती हूँ पुत्र!"

"ऐसा भी न हो बूआ! कि अपने मातृत्व से आप कर्ण के आत्मबल में बृद्धि कर दें।" कृष्ण मुस्कराए, "उसको सूचना तो मिले, किन्तु इस रूप में कि उसका आत्मबल टूटे, वह हतोत्साहित हो, उसका रजोगुण आहत हो। यदि वह दुर्योधन को छोड़, अपने भाइयों के पक्ष में आ गया, तो ठीक है; किन्तु यदि वह दुर्योधन के पक्ष से युद्ध करने की ठाने रहा, तो वह विभाजित चरित्र होकर लड़े, पाप-बोध ले कर लड़े, स्वयं ही अपने विरुद्ध लड़े..."

"मैं समझती हूँ पुत्र!"

"तो मैं चलता हूँ बूआ!" कृष्ण अपनी चिन्ताओं से पूर्णतः मुंक्त हो गये थे, "धर्मराज के लिए कोई सन्देश हो तो कहें। अपने पुत्रों के लिए आदेश; अपनी पुत्रवधू के लिए कोई आशीष!..."

कुन्ती ने कुछ क्षणों तक शान्त दृष्टि से कृष्ण की ओर देखा और फिर जैसे उनके हृदय में आक्रोश का कोई उत्स फूट निकला..."मेरे युधिष्ठिर से कहना कि वह धर्मराज है, इसलिए वह धर्म की रट ही न लगाए, उसे समझने का प्रयत्न भी करे। वेद के अर्थ को न जानने वाले अज्ञ वेदपाठी की सारी बुद्धि केवल मन्त्रों की आवृत्ति में ही नष्ट हो जाती है, वैसे ही युधिष्ठिर की बुद्धि केवल शांति को बनाए रखने में ही नष्ट हो रही है। वैश्य का धर्म केवल शांति तक सीमित रहना है; किन्तु क्षत्रिय का धर्म युद्धक्षेत्र तक भी जाता है। युधिष्ठिर शांति-धर्म का पालन कर रहा है; और प्रजापालन रूपी धर्म की हानि कर रहा है। प्रजापालन के लिए, युद्ध रूपी कठोर धर्म का भी निर्वाह करना पड़ता है। राजा दंड-नीति के प्रयोग में पूर्णतः न्याय से काम लेता है, जो जगत् में 'सत्य युग' नामक उत्तम काल का आविर्भाव होता है। राजा का कारण काल है,

अथवा काल का कारण राजा है—ऐसा सन्देह मन में नहीं उठना चाहिए। राजा ही काल का कारण है। केशव! उससे कहना कि वह राजाओं तथा राजर्षियों का आचरण करे। भिक्षा का निषेध है; कृषि भी उसके योग्य नहीं है। वह तो प्रजा को क्षति से त्राण देने वाला क्षत्रिय है। उसे वैसा ही आचरण करना चाहिए। वह साम, दाम, दंड, भेद से किसी भी प्रकार अपने पैतृक राज्य का उद्धार करे। अपने बाहुबल से आजीविका अर्जित करे। राजधर्म के अनुसार युद्ध करे। अपने शत्रुओं का आनन्द न बढ़ाए, उन्हें ताप दे। मैं, उसकी माता उसे जन्म दे कर भी एक अनाथ की भाँति, अन्नपिण्ड की आशा में आकाश की ओर दृष्टि लगाए रहती हूँ।..."

कुन्ती के स्वर का क्षोभ इतना प्रखर था कि कृष्ण भी उससे अप्रभावित न रह सके। बोले, "बूआ! मैं धर्मराज को ठीक इन्हीं शब्दों में आपका सन्देश दे दूँगा। आप निश्चिन्त रहें, पाण्डव अवश्य ही युद्ध करेंगे।"

"ठीक है पुत्र! जब तुमने उनकी भुजा थामी है, तो मुझे किस बात की चिन्ता।" कुन्ती, जैसे पुनः ऊर्जस्वित हो उठीं, "तुम विदुला और उसके पुत्र संजय की कथा सुनाना।"

"यह कौन-सी कथा है बूआ?" कृष्ण की भी उत्सुकता जाग उठी थी।

"विदुला एक यशस्विनी, तेजस्विनी, मानिनी, जितेन्द्रिय तथा दूरदर्शिनी क्षत्राणी थी। उसका पुत्र संजय, सिन्धुराज से युद्ध में पराजित होकर, अपने घर लौटकर पूर्ण शांति से सो रहा। विदुला ने उसे जगाया और कहा, "तू मेरे गर्भ से उत्पन्न हुआ है; किन्तु मुझे आनन्दित करने वाला नहीं है। 'तू तो शत्रुओं का हर्ष बढ़ानेवाला है। तू सर्वथा क्रोधशून्य है; क्षत्रियों में गणना करने योग्य नहीं है। तू नाम मात्र का पुरुष है। नपुंसक।' संजय ने पूछा, 'तुम क्या चाहती हो माँ!' विदुला ने कहा, 'शत्रु रूपी साँप के दाँत तोड़ता हुआ तत्काल मृत्यु को प्राप्त हो जा। प्राण जाने का सन्देह हो, तो भी शत्रु के साथ युद्ध में पराक्रम प्रकट कर। तू तिंदुक की जलती हुई लकड़ी के समान, चाहे दो ही घड़ी के लिए, पर प्रज्वलित हो उठ; किन्तु भूसी की तरह ज्वालारहित आग के समान, केवल धुआँ मत कर।' पुत्र ने चकित हो कर पूछा, 'तू मेरी माता होकर भी मेरे प्रति इतनी निर्दय क्यों है? मैं ही जीवित नहीं रहूँगा, तो जीवन में तेरे लिए कौन-सा सुख शेष रह जायेगा।' विदुला ने उत्तर दिया, 'तू मुझे तब ही प्रिय हो सकता है, जब तेरा आचरण सत्पुरुषों के योग्य हो। यदि तू अपने शत्रुओं के प्रति क्रूरतापूर्ण व्यवहार नहीं करेगा, तो सब ओर तेरा अपयश फैलेगा। संजय! ऐसी अवस्था में भी यदि मैं तुझे कुछ न कहूँ, तो मेरा यह वात्सल्य गदही के स्नेह के समान शक्तिहीन और निरर्थक होगा।' "

कृष्ण ने अपनी तेजस्विनी बूआ की ओर मुग्ध दृष्टि से देखा, "यह कथा भी अवश्य कहूँगा बूआ।"

"और अर्जुन तथा भीम से कहना पुत्र!" कुन्ती बोलीं, "कि मैंने कहा है कि जिस क्षण के लिए क्षत्राणी 'पुत्र' को जन्म देती है, वह क्षण आ गया है। उससे कहना कि वे युधिष्ठिर का अनुकरण न करें। वे मेरी पुत्रवधू पांचाली की इच्छा पूर्ण करें। द्यूतसभा में उसके अपमान के समय निष्क्रिय रहकर, जो पाप उन्होंने किया है, उसके प्रायश्चित का अवसर आ गया है। उनसे यह भी कहना कृष्ण! कि मुझे उनके राज्य के छिन जाने का भी उतना कष्ट नहीं हुआ, जितना कृष्णा के अपमान से हुआ है। वे उसका निराकरण करें, तो ही इस क्षत्राणी का पुत्र-प्रसव सार्थक होगा।"

कृष्ण, अपनी बूआ के मन की स्थिति समझ रहे थे। वे यदि धैर्यपूर्वक बैठकर सुनते तो वे और भी बहुत कुछ कहतीं; किन्तु कृष्ण के मन में और भी अनेक योजनाएँ थीं। वे उठ खड़े हुए, "आप निश्चिन्त रहें बूआ! आपका कहा हुआ, एक-एक शब्द आपके पुत्रों तक पहुँच जायेगा; और परिणाम भी आपके मनोनुकूल ही होगा।"

कुन्ती के चरण स्वर्श कर, उनकी परिक्रमा कर, कृष्ण बाहर निकल आये। भवन के द्वार पर इस समय भीड़ लगने की सी स्थिति हो रही थी। सब लोग अपने-अपने रथों पर आये थे, तो भीड़ तो होनी ही थी—भीष्म, द्रोण, कृपाचार्य, धृतराष्ट्र, बृद्ध बाह्लीक, अश्वत्थामा, विकर्ण, युयुत्सु, विदुर...विदुर अपने ही भवन के भीतर नहीं आये थे। कदाचित वे नहीं चाहते थे कि कुंती के साथ एकान्त में होने वाली वार्ता में वे व्याघात पहुँचाएँ; या फिर सम्भव है कि सात्यकि और कृतवर्मा ने ही उन्हें किसी प्रकार का कोई संकेत कर दिया हो...और कर्ण! तो कर्ण अभी तक प्रतीक्षा कर रहा था...कृष्ण मुस्कराए...कर्ण का इस प्रकार उन्हें विदा करने आना और उनकी प्रतीक्षा करना, बहुत महत्वपूर्ण था...

कृष्ण ने एक-एक व्यक्ति से स्नेहपूर्वक विदा ली। उन्हें लौट जाने का आग्रह किया...किन्तु कर्ण के सम्मुख पहुँचते ही जैसे वे कुछ और ही हो गये, "मुझे विदा करने के लिए नगरद्वार तक नहीं चलोगे महावीर?"

कर्ण को भी कुछ विस्मय हुआ। जाने, कृष्ण उसे इतना महत्त्व क्यों दे रहे थे...कहीं ऐसा तो नहीं कि वे इस प्रकार दुर्योधन से प्रतिशोध लेना चाहते हों? दुर्योधन ने उन्हें छलपूर्वक बन्दी बनाने का प्रयत्न किया था...वे भी छलपूर्वक उसका अपहरण करना तो नहीं चाहते? पर नहीं! कृष्ण ऐसा नहीं करेंगे। उनकी इच्छा होगी तो वे इसी क्षण ललकारकर सुदर्शन चक्र का प्रहार करेंगे; और सबके

देखते देखते उसका मुंड काट कर पृथ्वी पर लुढ़का देंगे...वे उस का अपहरण क्यों करेंगे...और फिर यदि प्रयत्न करेंगे भी तो कर्ण इतना निरीह तो नहीं है कि सहायता की गुहार करता हुआ, द्वारका तक जा पहुँचे।

"क्यों नहीं!" कर्ण बोला, "आप चलें। मैं अपने रथ पर आता हूँ।"

"नहीं!" कृष्ण की मुस्कान असाधारण रूप से मधुर थी, जैसे जन को अभिभूत कर लेने वाली प्रकृति की कोई मोहिनी छवि हो, "अपने सारथि से कह दो, वह पीछे-पीछे आये। चलोगे तो तुम, मेरे ही रथ में, मेरे साथ। मुझे तुमसे कुछ बातें करनी हैं...।"

कर्ण का कुछ समाधान हुआ, कुछ नहीं हुआ। वह अपने संशय और समाधान के बीच अपने रथ तक आया....'छल भी हो सकता है। युद्ध में कुछ भी सम्भव है।'...किन्तु उसका मन इसके विरुद्ध भी सोच रहा था।...'यदि कृष्ण सचमुच कोई बात करना चाहते हों, तो....।' इसमें भयभीत होने की क्या बात थी?...

"सारथि! पीछे-पीछे आओ।" उसने कहा, "मैं श्रीकृष्ण के रथ में उनके साथ जा रहा हूँ।" वह पलटते-पलटते रुक गया, "अपना रथ उनके रथ से कुछ दूरी पर रखना। इतनी दूरी पर कि यदि कुछ भी असाधारण देखो, किसी प्रकार का कोई संकट दिखायी दे तो, रथ को रोककर लौट सको। वापस हस्तिनापुर पहुँचकर युवराज को समाचार दे सको।..." उससे कहे बिना नहीं रहा गया, "उन्होंने भी तो छलपूर्वक कृष्ण को बन्दी बनाने का षड्यन्त्र किया था।..."

सारथि के उत्तर की प्रतीक्षा उसने नहीं की। वह लौटकर कृष्ण के रथ के निकट आया और स्फूर्ति से उस पर आरूढ हो गया। कृष्ण ने मुस्कराकर अपना हाथ उस की ओर बढ़ाया और उसे थामकर, बहुत आदरपूर्वक रथ के पिछले खंड में बैठाया। वे स्वयं आकर कर्ण के सम्मुख बैठे और उनके नयनों के मूक संकेत को समझकर सात्यकि उठकर आगे, दारुक के पास जा बैठा।

कर्ण को कृष्ण के इस सारे व्यवहार से पर्याप्त आश्चर्य हुआ था, जो उसने प्रकट नहीं किया। आवश्यकता ही क्या थी! अभी तक वह यह तो जान ही नहीं पाया था कि कृष्ण के इस व्यवहार के पीछे क्या है। वह सहज और सरल प्रेम तो नहीं हो सकता। कृष्ण के मन में, उसके लिए प्रेम क्यों होगा? उसने कौन-सी भलाई की है, कृष्ण के साथ?...तो क्या यह कृष्ण की राजनीति थी?...पर उसकी राजनीति के साथ कर्ण का क्या सम्बन्ध? वे यह जानते हैं कि कर्ण, दुर्योधन का मित्र है और वह दुर्योधन को छोड़कर कहीं नहीं जायेगा। कृष्ण को राजनीति करनी ही थी, तो दुर्योधन के साथ करते। उसे तो प्रत्यक्ष

रूप से रुष्ट कर दिया उन्होंने! उसका आतिथ्य अस्वीकार कर दिया।...क्या वे हस्तिनापुर में यह दिखाने आये थे कि पाण्डवों को राज्य मिले, न मिले, धार्तराष्ट्रों से सन्धि हो, न हो—वे दुर्योधन की मैत्री स्वीकार नहीं करेंगे?...किन्तु दुर्योधन उनका समधी है।...उन्होंने दुर्योधन की सहायता के लिए अपनी नारायणी सेना दे दी है; और अपने मित्र अर्जुन को क्या दिया उन्होंने?...कृष्ण की नीति, कर्ण की समझ में नहीं आती। दुर्योधन द्वारका जाता है, तो अपनी सारी सेना उसे सौंप देते हैं। स्वयं हस्तिनापुर आते हैं, तो दुर्योधन के घर एक समय का भोजन तक नहीं करते...उसका प्रत्यक्ष तिरस्कार करते हैं।...

"महावीर कर्ण!" कृष्ण ने उसे अत्यन्त मधुर स्वर में सम्बोधित किया, "तुम्हें आश्चर्य हो रहा होगा कि मुझे तुमसे ऐसी कौन-सी बात करनी है कि उसके लिए तुम्हें अपने साथ रथ में ले आया।"

"चकित तो मैं हुआ हूँ वासुदेव!" कर्ण बोला, "किन्तु कोई इतना अधिक आश्चर्य भी नहीं हुआ, जिससे मन का सन्तुलन प्रभावित हो जाये।"

"क्यों? अधिक क्यों नहीं?" कृष्ण मुस्कराए।

"क्योंकि आपका व्यवहार ऐसा ही रहता है।" कर्ण बोला, "जो व्यक्ति दुर्योधन से शत्रुता करे और फिर अपनी नारायणी सेना उसे दे दे—उसकी किसी बात से मैं चकित हो सकता हूँ? जो व्यक्ति अपने परम प्रिय सखा को कहे कि अपनी सारी सेना तो मैं तुम्हारे शत्रु को दूँगा, किन्तु मित्र तुम्हारा ही रहूँगा; जो यह कहे कि रहूँगा तो तुम्हारे ही पक्ष में, किन्तु युद्ध क्षेत्र में शस्त्र नहीं उठाऊँगा—उसके व्यवहार से चकित होने के स्थान पर, उसे समझने का प्रयत्न करना चाहिए।"

"कहीं तुम उसी प्रयत्न के लिए तो मेरे पास नहीं आये थे?"

"ऐसा भी सोचा जा सकता है।" कर्ण मुस्कराया, "मेरे मन में कहीं यह है कि आप जैसे शक्तिशाली पुरुष को रुष्ट कर दुर्योधन ने अपना हित नहीं साधा। उसे आप के साथ यह व्यवहार नहीं करना चाहिए था।..."

"शक्तिशाली! जिसने अपनी सैना शत्रु को सौंप दी। स्वयं शस्त्र धारण न करने की प्रतिज्ञा कर ली। वह शक्तिशाली कैसे हुआ?" कृष्ण मनमोहक ढंग से मुस्करा रहे थे।

कर्ण कुछ आत्मलीन-सी स्थिति में बैठ गया था। न तो वह इतना सजग था कि माना जाता कि वह कृष्ण का निरीक्षण-परीक्षण कर, उनके विषय में किसी निष्कर्ष तक पहुँचने का प्रयत्न कर रहा था, न वह उनकी उपेक्षा करता दिखायी पड़ रहा था...वह तो जैसे अपनी आत्मा के किसी सत्य को मूर्तिमान करने का प्रयत्न कर रहा था।

"कृष्ण!" वह बहुत धीरे से बोला, "यदि आप कौरवों और पाण्डवों के सम्भावित युद्ध में तटस्थ हो गये होते, तो मैं आपको समझ सकता था। मान लेता कि आप बलराम के समान इतने शक्तिशाली हैं कि आपको दोनों पक्षों में से किसी से भी भय नहीं है। कोई भी आप से रुष्ट हो जाता है, तो आपको उसकी चिन्ता नहीं है।" कर्ण ने रुककर कृष्ण को देखा, "दुर्योधन हो या युधिष्ठिर--अक्षौहिणी सेना एकत्रित कर भी, युद्ध के परिणाम से भयभीत हैं; किन्तु वसुदेव! आप अपने हाथों के शस्त्र त्याग कर युद्ध के मध्य उपस्थित रहने को तत्पर हैं। कितने शक्तिशाली हैं आप! क्या है आपकी इस शक्ति का स्रोत?"

कृष्ण केवल मुस्कराए। कुछ बोले नहीं।

"एक बात और आती है, मेरे मन में।" कर्ण बोला, "आप और बलराम—दोनों भाई हैं। दोनों शूर-वीर और योद्धा हैं। दोनों मिलकर जिस किसी पक्ष में हो जाये, वह पक्ष पराजित नहीं हो सकता।...तो आप दोनों एक साथ क्यों नहीं हैं?"

इस बार कृष्ण उतने तटस्थ नहीं दिखे। बोले, "भाइयों को एक साथ रहना चाहिए?"

"क्यों नहीं!" कर्ण बोला, "भाइयों से बढ़कर और कौन है संसार में! दुर्योधन के भाई उसके साथ हैं; युधिष्ठिर के भाई उसके।"

"तो तुम क्यों अपने भाइयों को त्याग, अपने शत्रुओं के साथ मिल बैठे हो?" कृष्ण का स्वर एक विचित्र सम्मोहन लिए हुए था, जो मन को बाँधता भी था और मुग्ध भी करता था।

"मैं तो अपने भाइयों के ही साथ हूँ...।"

"तुम अपने भाइयों के साथ तो नहीं ही हो; तुम अपने भाइयों को जानते तक नहीं हो।" कृष्ण ने उस पर एक भरपूर दृष्टि डाली, "महावीर कर्ण! तुम अधिरथ और राधा के पुत्र नहीं हो।"

"जानता हूँ, वे मेरे जननी-जनक नहीं हैं; किन्तु मेरे माता-पिता तो वे ही हैं।" कर्ण कुछ चकित दृष्टि से कृष्ण को देख रहा था : कृष्ण उसे वह सत्य बता रहे थे, जो हस्तिनापुर का बच्चा-बच्चा जानता था।

"तुम मेरी बूआ कुन्ती के कानीन पुत्र हो—पाण्डवों के बड़े भाई। अतः तुम भी पाण्डव हो।" कृष्ण का स्वर जैसे इन्द्र के वज्र का सा प्रभाव लिए हुए था।

मर्माहत-से कर्ण ने कृष्ण की ओर देखा : वे उसके साथ कैसा क्रूर परिहास कर रहे थे? कैसी लीला रच रहे थे?...

"क्या कह रहे हैं वासुदेव?"

"कन्या के विवाह के पूर्व उसकी जो सन्तान जन्म लेती है, वह कानीन सन्तान कहलाती है। जो उसके गर्भ में तो विवाह के पूर्व आये, किन्तु जिसका जन्म विवाह के पश्चात् हो, वह सहोढ है।...जो भी हो, स्त्री जिस पुरुष से विवाह करती है, उस की सन्तान का पिता, वह पुरुष ही होता है। तुम कुन्तीपुत्र होने के कारण हस्तिनापुर के महाराज पाण्डु के जयेष्ठ पुत्र हो। धर्मराज युधिष्ठिर के बड़े भाई! हस्तिनापुर और इन्द्रप्रस्थ के राजसिंहासन तुम्हारे हैं।...दुर्योधन ने तुम्हें अंग देश का राजा स्वीकार मात्र किया है। कुछ दिया नहीं है। तुम अपने भाइयों के पक्ष में आ जाओ, तो वे सम्राट के रूप में तुम्हारा अभिषेक करेंगे। युधिष्ठिर, युवराज के रूप में तुम्हें चँवर डुलाएँगे; भीम तुम्हारा क्षत्र पकड़कर खड़े होंगे; अर्जुन तुम्हारा सारथ्य करेगा।...नकुल और सहदेव छोटे भाइयों के रूप में तुम्हारी सेवा करेंगे।..."

कृष्ण ने रुककर कर्ण की ओर देखा : वह इन सूचनाओं के आघात से जैसे अचेत पड़ा था। उसके चेहरे पर, नयनों में, अधरों पर...कहीं कोई प्रतिक्रिया नहीं थी। वह स्तब्धावस्था में था। जिसका मस्तिष्क ही अवाक् होकर स्तंभित हो गया हो, उस की जिह्वा क्या बोलती...

कृष्ण ने अपनी लीला का जैसे चरम उत्कर्ष दिखाया, "सम्राट् युधिष्ठिर की महारानी, द्रुपदपुत्री कृष्णा, तुम्हारी साम्राज्ञी होगी।...पाण्डवों के पुत्र तुम्हारे पुत्र होंगे—तुम्हारे आज्ञाकारी पुत्र।"

"आप कैसे जानते हैं यह सब?" कर्ण का मन इन सारी सूचनाओं को अंगीकार करने के स्थान पर, उनके विरुद्ध विद्रोह कर रहा था, "मैं यह क्यों न मानूँ कि आप दुर्योधन को दुर्बल करना चाहते हैं। इसलिए मुझे उससे पृथक् करने के लिए, इस प्रकार की माया रच रहे हैं? क्या प्रमाण है, इन बातों का? मैं क्यों न मानूँ कि यह सब मिथ्या है, सत्य नहीं है?"

कृष्ण हँसे, "वैसे तो मेरे वचनों को साक्षी की आवश्यकता नहीं होती...किन्तु तुम्हारा जीवन दुर्योधन के साथ व्यतीत हुआ है, जिसका प्रत्येक श्वास झूठ बोलता है। इसलिए तुम किसी का भी अविश्वास कर सकते हो। इससे कोई हानि नहीं। अच्छा है कि तुम दुर्योधन से भी उसके वचनों का प्रमाण माँगो।"

"वह मेरा मित्र है।" कर्ण बोला।

"मित्र पर भी अन्धश्रद्धा नहीं होनी चाहिए; और न अमित्र पर अन्ध अश्रद्धा।" कृष्ण अपनी सामान्य उल्लसित मुद्रा में कह रहे थे, "फिर भी तुम्हें यह पूछने और जानने का अधिकार है। मुझे यह सूचना, मेरी बूआ कुन्ती ने दी है; तुम्हारी जननी ने। किन्तु शायद तुम उनका भी विश्वास न करो; क्योंकि

वे पाण्डवों की भी जननी हैं। इसलिए तुम अपने पिता अधिरथ से पूछना कि क्या वे महाराज कुन्तिभोज को जानते हैं? उनके उनसे क्या और कैसे सम्बन्ध रहे हैं?...और क्या उन्हें महाराज कुन्तिभोज से कभी कोई वरदान मिला है? कोई उपहार—नवजात शिशु का उपहार?"

कर्ण को लगा कि वह इस सत्य से विद्रोह नहीं कर सकता। एक तो पाण्डव-जननी कुन्ती ही मिथ्या वचन नहीं कहेगी...और यदि उन्हें मिथ्याभाषिणी मान भी लिया जाये तो अधिरथ के प्रमाण का विरोध कैसे किया जा सकता है?...

कृष्ण ने कर्ण की सहमति की प्रतीक्षा नहीं की। बोले, "और अंगराज कर्ण! तुम जानते हो कि मैं हाथ में शस्त्र लूँ या न लूँ, इस युद्ध में दुर्योधन की विजय नहीं हो सकती। महाराज धृतराष्ट्र का भय सर्वथा मिथ्या नहीं है। वे जानते हैं कि पितामह भीष्म, द्रोणाचार्य, अश्वत्थामा तथा कृपाचार्य के पास चाहे कितने भी दिव्यास्त्र तथा देवास्त्र हों, किन्तु दुर्योधन के अपने पास केवल भैया बलराम की दी हुई गदा विद्या ही है। न उसने धनुर्विद्या का समुचित अभ्यास किया है, न उसके पास दिव्यास्त्र तथा देवास्त्र हैं। पितामह तथा आचार्य के शरीर हस्तिनापुर में हैं, किन्तु उनके मन पाण्डवों के निकट उपप्लव्य में बसते हैं। और जहाँ आचार्य हैं, वहीं अश्वत्थामा और कृपाचार्य भी हैं।...योद्धाओं में से दुर्योधन केवल तुम पर ही विश्वास कर सकता है। और दिव्यास्त्रों की प्राप्ति में तुम्हें कोई विशेष सफलता नहीं मिली है। आचार्य द्रोण ने तुम्हें विद्या का दान दिया नहीं; परशुराम ने विद्या कम दी और शाप अधिक दिया।...अब तुम चाहो भी तो न तपस्या का समय है, न साधना का। इस समय अपनी यह स्वर्णिम त्वचा भी उतार कर देवताओं के चरणों में समर्पित कर दो तो कदाचित ही तुम्हें कोई शक्तिशाली दिव्यास्त्र मिल सके।"

कर्ण का मस्तिष्क कृष्ण के तर्कों का प्रतिकार करने में समर्थ नहीं था; किन्तु उसका मन हठ पकड़ता जा रहा था। बोला, "वीर लोग जय-पराजय को पूर्वनिश्चित कर, युद्ध-क्षेत्र में नहीं उतरते; और न ही जय-पराजय की सम्भावनाओं को देख कर अपना पक्ष निर्धारित किया जाता है। दुर्योधन को मैंने अपना मित्र माना है, तो मैत्री का निर्वाह अन्त तक करूँगा। पराजय और मृत्यु के क्षणों में भी मैं दुर्योधन का साथ नहीं छोड़ सकता।" वह उठकर खड़ा हो गया, "कृपया सारथि को कहें कि रथ को रोक दे। मैं यहीं से लौटना चाहूँगा।"

"जैसी तुम्हारी इच्छा।"

कृष्ण भी उठ खड़े हुए। उन्होंने न कर्ण से रुकने का आग्रह किया, न उसे सहमत करने का प्रयत्न। उन्होंने रथ के अगले खण्ड में बैठे सात्यकि को संकेत किया। उसने दारुक से कह कर रथ रुकवा दिया।

कर्ण रथ से उतरा। अत्यन्त यांत्रिक और भावशून्य रूप से उसने हाथ जोड़कर कृष्ण को प्रणाम किया, यद्यपि वह जानता था कि कृष्ण अवस्था में उससे छोटे हैं, वे बड़े भाई के रूप में युधिष्ठिर के भी चरण स्पर्श करते हैं, और कर्ण तो युधिष्ठिर से भी बड़ा है...किन्तु इस समय, उसे कृष्ण इतने विराट लग रहे थे, इतने उदात्त कि यदि व्यवहार का संकोच आड़े न आता, तो वह उनके चरण छू लेता...

वह जाने के लिए मुड़ा; किन्तु तभी एक विचार उसके मन में कौंध गया...अच्छा हुआ कि कृष्ण भी वही खड़े, उसके रथ के चल देने की प्रतीक्षा कर रहे थे...

"श्रीकृष्ण!"

"कहो अंगरराज!"

"क्या युधिष्ठिर और उसके भाई, मेरे साथ अपने इस सम्बन्ध से परिचित हैं?"

"नहीं।" कृष्ण का स्वर गम्भीर था, "यदि तुम इस सम्बन्ध को स्वीकार कर, अपने भाइयों के साथ आने को समहमत हो, तो मैं उन्हें तुम्हारे विषय में सब कुछ बता दूँगा; और यदि तुम्हें दुर्योधन का मित्र बने रहना है, पाण्डवों के विरुद्ध युद्ध करना है, उनके प्राणों का हरण करना है, उनसे उनका राज्य छीन कर दुर्योधन को देना है, तो मैं उन्हें यह रहस्य बताने के पक्ष में नहीं हूँ। यदि उन्हें ज्ञात हो गया कि तुम उनके सहोदर हो, तो वे तुमसे युद्ध नहीं करेंगे, चाहे तुम उनका वध ही क्यों न कर दो। इस सम्बन्ध से अनभिज्ञ होने पर, वे कम से कम अपनी रक्षा में, युद्ध तो तत्परता से कर सकेंगे।..."

"मैं भी यही सोच रहा था।" कर्ण बोला, "यदि युधिष्ठिर को यह ज्ञात हो गया, तो वह न युद्ध करेगा, न अपने भाइयों को करने देगा। पराजित होने की बात नहीं है, वे युद्ध ही नहीं करेंगे।" कर्ण ने रुककर कृष्ण की ओर देखा, "और यदि कहीं, यह रहस्य दुर्योधन को ज्ञात हो गया?"

"तुम चाहो तो दुर्योधन को बता दो, ताकि वह उसे प्रचारित कर, पाण्डवों को युद्ध से निरस्त कर दे। पाण्डव अनस्तित्व में विलीन हो जायेंगे। युद्ध के बिना ही तुम्हें विजय प्राप्त हो जायेगी।" कृष्ण मुस्करा रहे थे।

"मैं यह भी नहीं चाहता।" कर्ण बोला "मैंने अब तक नीचता के अनेक कार्य किये हैं; किन्तु अब मैं पाण्डवों से युद्धक्षेत्र में सम्मुख युद्ध करना चाहता हूँ। मैं उन्हें अपनी रक्षा का पूर्ण अवसर देना चाहता हूँ...।" वह चुप हो गया।

कृष्ण उसकी ओर देखते रहे।

"इसलिए देवि कुन्ती से...।"

"वे तुम्हारी जननी हैं कर्ण!" कृष्ण ने उसकी बात काट दी।

"वह ठीक है।" कर्ण ने तर्क करने में कोई रुचि नहीं दिखायी, "इसलिए देवी कुन्ती से कहिएगा, जैसे आज तक इस रहस्य को गुप्त रखा है, वैसे ही युद्ध की समाप्ति तक इसे गुप्त ही रखें।"

"तुम्हारा ध्यान कदाचित इस ओर नहीं गया अंगराज!" कृष्ण बोले, "कि यदि दुर्योधन इस रहस्य को जान गया, तो वह तुम पर भी विश्वास नहीं कर पायेगा। वह सदा ही आशंकित रहेगा कि जाने कब, तुम्हारा मन अपने भाइयों के पक्ष में चला जाये। तुम उसके मित्र रहो, न रहो; वह तुम्हारा मित्र नहीं रह पायेगा।"

कर्ण ने एक दृष्टि कृष्ण के उल्लसित मुखमंडल पर डाली और बिना कोई उत्तर दिये मुड़ गया। उसे लगा कि अपने मन की दुर्बलता प्रकट कर देने के पश्चात् वह कृष्ण की आँखों में नहीं देख पायेगा। कृष्ण की दृष्टि शिलाओं के आर-पार देखती है। और उनके अधरों की मुस्कान पर्वतों को भी पिघला देती है। कर्ण अब भी उनके सम्मुख खड़ा रहा तो, कदाचित उसका आत्मनियन्त्रण उस का साथ छोड़ जायेगा...

कर्ण की विचित्र स्थिति थी। वह तो कृष्ण को जय करने गया था और कृष्ण ने जय-पराजय, दोनों को ही निरर्थक कर दिया। वह स्वयं ही अपने-आपको समझ नहीं पा रहा था : वह प्रसन्न था अथवा अवसन्न? उसे कुछ नया प्राप्त हुआ था अथवा पिछला भी छिन गया था? वह पहले से कुछ अधिक विराट हो गया था, अथवा मात्र उसका क्षरण ही हुआ था? उसका कोई नया जीवन आरम्भ हो रहा था अथवा आज तक के जीवन पर ही प्रश्नचिह्न लग गया था?...

वह आकर चुपचाप अपने रथ में बैठ गया था। जब रथ चला नहीं और सारथि उसकी ओर देखता रह गया, तो उसकी समझ में आया कि उसने अभी सारथि को बताया नहीं है कि उसे कहाँ जाना है। अपनी इस किंकर्तव्यविमूढ़ता पर खीझ भी आयी; किन्तु...

"घर चलो।" उसने अत्यन्त मन्द स्वर में कहा।

सारथि भी समझ रहा था कि कोई महत्त्वपूर्ण घटना घट गयी है।...किन्तु हुआ क्या है! बस, श्रीकृष्ण के रथ में उनसे कुछ बातें ही हुई हैं...उन्होंने ऐसा क्या कह दिया कि वज्रशिला के समान हृदयवाले इस वीर योद्धा की यह स्थिति हो गयी...

"क्या बात है महाराज?"

"कुछ नहीं।" कर्ण बोला, "घर चलो।"

कर्ण कुछ मौन हो गया। सारथि सोच ही रहा था कि वह जानने का आग्रह करे या न करे कि कर्ण की आँखें उसकी ओर उठीं। उन आँखों का निषेध इतना प्रखर और बलशाली था कि सारथि का कुछ पूछने का साहस ही नहीं हुआ।

कर्ण को लगा कि उसका अपना मन दो भागों में खंडित होता जा रहा था। जब कृष्ण उसे बता रहे थे कि वह कुन्ती का कानीन पुत्र है, तो उनकी वाणी में इन्द्र के वज्र का सा प्रभाव था...वह प्रभाव अब स्पष्ट होकर उसके सम्मुख आ रहा था। उसकी मानस-शिला का चूर्ण नहीं बना रहा था, तो उसके कम-से कम दो खंड तो हो ही गये थे...

दुर्योधन का यह मित्र, पाण्डवों का सदा का शत्रु, आज किस कारण से पाण्डवों के इस मित्र को विदा करने, उसके भक्तों के साथ उसके पीछे-पीछे चला आया था? कृष्ण को जय करने? उन्हें दुर्योधन के पक्ष में लाने? दुर्योधन के व्यवहार का परिमार्जन करने?...लोग कहते हैं कि कृष्ण तांत्रिक है, उसके पास विचित्र शक्तियाँ हैं...कहीं उसने कर्ण को अपनी सम्मोहिनी शक्ति से अपनी ओर खींच तो नहीं लिया, ताकि वह उसे यह भेद बता सके?

पर नहीं! कर्ण का मन इतना दुर्बल नहीं है कि कोई उसको इस प्रकार सम्मोहित कर उसकी इच्छा के विरुद्ध उसे अपने निकट खींच ले। वह तो कर्ण का अपना ही मन था, जो उसे वहाँ ले गया था...।

उसने कृष्ण की निर्भीकता देखी थी। केवल कृष्ण ही इस प्रकार अकेले और निःशस्त्र अपने शत्रुओं के घर में घुस सकते थे, उनकी सभा में आ सकते थे, उन्हें धमकी और चुनौती दे सकते थे। कृष्ण ही थे कि अपने घोषित शत्रु को अपनी सेना दे सकते थे। जैसे उनके मन में किसी के प्रति प्रतिरोध की भावना न हो, प्रतिहिंसा न हो, क्रोध न हो, घृणा न हो,...

नहीं, क्रोध तो था उनके मन में। अपना सारा अपमान सहा था कृष्ण ने, किन्तु रुक्मिणी का अपमान नहीं सह पाये थे। रुक्मिणी के प्रति अपमानजनक शब्द कहे थे शिशुपाल ने और अपना मस्तक कटवा बैठा था।...दुर्योधन ने कृष्ण को बन्दी करना चाहा और वे उसे चेतावनी देकर चले गये, किन्तु पांचाली के अपमान को नहीं भूले थे श्रीकृष्ण। आज भी कह गये थे कि उस अवसर पर उपस्थित होते तो दुर्योधन, दुःशासन और कर्ण का मस्तक काटकर द्रौपदी के चरणों में डाल देते। कृष्ण दंभी की खोखली भाषा नहीं बोलते। वे उपस्थित होते तो सत्य ही ऐसा कर डालते। कर्ण का मन जैसे काँप गया।...युद्धक्षेत्र में वीरगति प्राप्त करने से वह नहीं डरता, किन्तु एक स्त्री के प्रति अपशब्द कहने

के लिए दंड के रूप में अपना मस्तक कटवाना, तनिक भी सम्मानजनक नहीं लगता उसको। श्रीकृष्ण की सखी है पांचाली। उसके अपमान को क्षमा नहीं करेंगे। तभी तो तेरह वर्षों बाद भी वे उसे स्मरण कर रहे हैं।

कर्ण को भी स्मरण है वह दृश्य। कर्ण ने वैश्या कहा था पांचाली को। उसे निर्वस्त्र करने का प्रस्ताव किया था। उसके अपमान को उचित ठहराया था।...पांचाली को...और पाण्डवों को अपमानित कर, उन्हें अपमानित होते देख, कैसे सुख का अनुभव कर रहा था। कैसी तृप्ति थी, जैसे कोई पुराना ऋण उतार रहा हो। पर तब यह तो नहीं सोचा था कि वह श्रीकृष्ण को भी रुष्ट कर रहा था। मदान्धता की उस घड़ी में वह भूल गया था कि पांचाली सखी थी श्रीकृष्ण की। आज श्रीकृष्ण का रौद्र रूप देख उसका मन चीत्कार कर रहा था कि वह श्रीकृष्ण को बता दे कि वह केवल पाण्डवों का विरोधी था। श्रीकृष्ण का तनिक भी विरोध नहीं था उसके मन में,...चाहे वे पाण्डवों के कितने ही मित्र क्यों न हों।...उसने उस पांचाली का अपमान किया था, जो पाण्डवों की पत्नी थी। श्रीकृष्ण की सखी के प्रति उसके मन में कोई असम्मान नहीं था। वह पाण्डवों का अपराधी हो सकता है, किन्तु वह श्रीकृष्ण का दोषी नहीं था।...

वह श्रीकृष्ण के प्रति अपना सौहार्द जताना चाहता था। उसे रेखांकित करना चाहता था। पर वह क्या जानता था कि श्रीकृष्ण भी उसके प्रति अपना सौहार्द जताने का कोई अवसर ढूँढ़ रहे थे। वह एक संदेश देने गया था श्रीकृष्ण को और उन्होंने उसे अपना संदेश दे दिया था...कि जिनके प्रति शत्रुता स्वीकार करने गया था, वे उसके भाई निकले। जिस स्त्री को अपमानित किया था, वह उसके अपने भाइयों की पत्नी थी।...

'यही तो चाहते थे तुम।' उसका मन कह रहा था, 'तुम सूतपुत्र नहीं रहना चाहते थे। लो, बन गये तुम क्षत्रिय कुमार। अब तुम्हें कोई सूतपुत्र नहीं कहेगा। चलो! भाग कर विदुर के घर चलो। वहीं है, तुम्हारी जननी। दूर नहीं है। तेरह वर्षों से यहीं रह रही है। तुम्हें यह ज्ञान नहीं था, इसलिए तुमने जाकर कभी उनके चरण नहीं पकड़े, कभी उस गोद में अपना सिर नहीं रखा। अब क्या है? सम्भवतः वे तुम्हारी प्रतीक्षा कर रही होंगी।...उन्होंने ही तो कृष्ण को यह रहस्य बताया है। कदाचित यह कह कर ही बताया होगा कि वे तुम्हें सूचित करें और विदुर के घर तक जाने के लिए प्रेरित करें।... उनकी इच्छा तो स्पष्ट ही है। वे तो अपनी भुजायें पसारे तुम्हें पुकार रही हैं...अब निर्णय तो तुम्हें करना है। तुम्हें अपनी जननी की गोद में जाना है या नहीं।...पर नहीं जाने का क्या अर्थ हुआ! अब तक तो तुम्हें ज्ञात नहीं था,

किन्तु जान लेने के पश्चात् कोई ऐसा भी अभागा होगा, जो अपनी जननी का अनादर करे...'

किन्तु कर्ण का एक और मन निरन्तर अस्वीकार की मुद्रा बनाए अपने स्थान पर डटा हुआ था।... 'मैंने यह तो चाहा था कि मुझे क्षत्रिय स्वीकार किया जाये; किन्तु यह तो कभी नहीं चाहता था कि बदले में, जो कुछ मेरा है, वह सब कुछ मुझसे छीन लिया जाये।...वे राधा माता, जिनके विषय में यह सारा जीवन सुनता आया हूँ कि उसे गोद में लेते ही वात्सल्य प्रेरित होकर उनके स्तनों में दूध उतर आया था; वे राधा माता, जिन्होंने अबोध, अज्ञात कुलशील, अपरिचित शिशु का मल-मूत्र धोना स्वीकार किया।...वे ही राधा माता, अब मेरी माँ न रहें? अधिरथ, जिन्होंने मुझे अपनी वृद्धावस्था का अवलम्बन माना, दत्तक पुत्र के रूप में मुझे अपना समग्र उत्तराधिकार दिया...वे अधिरथ मेरे बाबा न रहें?...पांचाली मेरी महारानी होगी, तो उन सूत कन्याओं का क्या होगा, जो अब तक मेरी सखियाँ है, पत्नियाँ है, मेरी सन्तान की माताएँ हैं?...'

कर्ण के मन में एक निर्धन व्यक्ति का बिम्ब उभर रहा था, जो धन के अभाव में अच्छे वस्त्र नहीं पहन सकता था; उसके घर में अच्छे भांड नहीं थे; सोने के लिए टूटी चारपाइयाँ थीं; बैठने के लिए घर के बने, अनघड़ और कुरूप मंच थे।...अकस्मात् किसी कारण से प्रसन्न होकर, राजा उसे बहुत सारा धन पुरस्कार-स्वरूप दे देता है। वह अपने लिए नये वस्त्र लाता है, नया बिस्तर लाता है, नये पर्यंक और नये आसन। नये भांडों का क्रय करता है।...किन्तु घर इतना खुला तो था नहीं कि नयी और पुरानी—सारी चीजों के लिए वहाँ स्थान हो पाता! परिणामतः एक-एक कर वह नयी वस्तुओं के लिए स्थान बनाता चलता है...और अन्ततः देखता है कि वह अपनी सारी वस्तुएँ, एक-एक कर घर से बाहर फेंक चुका है...

कर्ण के जीवन में क्या वही बात मनुष्यों को ले कर नहीं होने जा रही?... उसके जीवन में कुन्ती आयेगी तो राधा के लिए वहाँ कोई स्थान नहीं रहेगा। एक बार देवकी के पास आ जाने पर कृष्ण कभी यशोदा के नहीं हो सके... कर्ण को नये भाइयों के रूप में पाण्डव मिलेंगे तो अधिरथ के पुत्र उसके भाई नहीं रहेंगे।...उसके पिता सम्राट् पांडु हैं, तो अधिरथ सूत उसका पिता कैसे हो सकता है?...द्रौपदी उसके जीवन में आये तो वे सूत कन्याएँ दासियों में परिणत नहीं हो जायेंगी क्या...कृष्ण की मैत्री का अर्थ है, दुर्योधन से वियोग...

कर्ण का हृदय इस प्रकार ऐंठ रहा था, जैसे उसे गीला कपड़ा मान, सुखाने के लिए कोई निचोड़ रहा हो।...

अपने कक्ष में आकर वह लेटा ही था कि एक नया विचार, उसके मन में

कौंधा...उसने कृष्ण के कहने भर से, इस सम्बन्ध को स्वीकार कैसे कर लिया? सम्भव है कि यह कृष्ण का षड्यन्त्र मात्र हो।...दुर्योधन को दुर्बल करने के लिए। वह कर्ण और दुर्योधन के मध्य किसी भी प्रकार का कोई भेद उत्पन्न करना चाहता हो...और उसके लिए इस प्रकार के सम्बन्ध के आविष्कार से श्रेष्ठतर और क्या मार्ग हो सकता है?...कृष्ण ने इस सम्बन्ध का कोई प्रमाण तो प्रस्तुत किया ही नहीं...। हाँ! उसने यह अवश्य कहा कर्ण चाहे तो अपने पिता, अधिरथ से ही पूछ सकता है...तो कर्ण अपने पिता से पूछ क्यों नहीं लेता? क्षण भर में निश्चय हो जायेगा कि सत्य क्या है?...

कर्ण का मन था कि किसी निश्चय पर टिक ही नहीं रहा था।...ये सारे निश्चय तो जैसे नदी की धारा में दिखायी देनेवाले पत्थर थे। वह जिस पत्थर को आधार मान कर, उस पर अपना पैर रखता था, वही जल में डूबने लगता था।...जब उसे ज्ञात होता था कि वस्तुतः वह पत्थर नहीं पत्ता था, जो स्वयं पराश्रित होकर जल के सहारे तैर रहा था। जो स्वयं निराधार था, वह कर्ण के लिए आधार का काम कैसे कर सकता था...और कर्ण के पग दूसरी ओर बढ़ जाते थे।

यदि वह अधिरथ से ही पूछता है और वे कह देते हैं कि वे कुंतिभोज को जानते हैं, तो इतने भर से क्या यह प्रमाणित हो जायेगा कि कर्ण कुन्ती का ही कानीन पुत्र है; और कुन्तीभोज ने पालन-पोषण के लिए उसे अधिरथ को सौंप दिया था? क्या कर्ण अधिरथ से पूछ सकेगा, "बाबा मैं किसका पुत्र हूँ?" यदि अधिरथ ने पलट कर कुछ पूछ लिया कि क्या वह अधिरथ का पुत्र नहीं है?...तो क्या उत्तर देगा कर्ण?...क्या वह उनसे कह सकेगा कि वह उनका पुत्र तब तक ही था, जब तक उसे अपने जननी-जनक नहीं मिले थे। क्या वह स्वीकार कर सकता है कि वह अपने शैशव से अपने जननी-जनक को खोज रहा है; और उनके न मिलने के कारण ही वह अब तक उनका पुत्र बना हुआ, उनके घर में निवास कर रहा था?...वैसे यदि कुन्तिभोज ने अधिरथ को अपना हितैषी मान कर, गुप्त रीति से अपना दौहित्र उसे सौंपा था, तो यह शपथ अवश्य ही दिलवाई होगी कि वे इस तथ्य को गोपनीय ही मानेंगे और सदा ही गुप्त रखेंगे।...तो अधिरथ अपनी प्रतिज्ञा क्यों भंग करेंगे? सत्य से उनको इतना प्रेम है कि जिस पुत्र का पालन-पोषण कर उसे इतना बड़ा किया, उसे वे अपनी वृद्धावस्था में अपने घर से निकाल देंगे? सत्य से उन्हें यदि इतना ही प्रेम होता तो इस रहस्य को वे अब तक गोपनीय क्यों बनाए रखते?... कर्ण के प्रति अपने प्रेम के कारण, वे झूठ बोल सकते हैं। वे कह सकते हैं कि वे कुंतिभोज को जानते ही नहीं। तब कर्ण के सत्य जानने के सारे द्वार बन्द

हो जायेंगे।...पर कर्ण यह जानना ही क्यों चाहता है? वह राधा और अधिरथ को अपने माता-पिता मान कर सन्तुष्ट क्यों नहीं रह सकता?...

कर्ण का एक और मन जैसे तड़पकर उठ खड़ा हुआ।...जब-जब कोई उसे सूतपुत्र कह कर सम्बोधित करता है, कैसे धिक्कार की वर्षा होती है उस पर। कैसे उसके वक्ष पर वज्र-सा लगता है। क्यों वह सूतपुत्र पुकारनेवालों के मुँह ही नहीं नोच लेना चाहता, उनकी जिह्वा भी खींच लेना चाहता है? क्या यह कम प्रमाण था कि वह अपने सूत माता-पिता से सन्तुष्ट नहीं था? वह अपने लिए क्षत्रिय माता-पिता चाहता था।...और आज यह अवसर आया है कि वह अपनी आत्मा को आश्वस्त कर सके कि वह सूतपुत्र नहीं है, तो वह उस अवसर से मुँह क्यों चुराने लगा है?...क्यों नहीं सीधा कुन्ती के पास चला जाता और पूछता कि यदि वे ही उसकी जननी हैं तो इतने वर्षों से हस्तिनापुर में रहते हुए, उसे क्यों नहीं बताया कि वे ही उसकी माता हैं?...क्यों उन्होंने उसे पुत्र कह कर सम्बोधित नहीं किया?...कर्ण का चिन्तन थम गया।...जब कभी, जहाँ भी कुन्ती से उसका साक्षात्कार हुआ था और सम्भाषण का तनिक-सा भी अवसर आया था, कुन्ती ने उसे सदा पुत्र कह कर ही सम्बोधित किया था। पाण्डवों ने उसके प्रति चाहे जितना भी विरोध जताया हो, अपनी घृणा प्रकट की हो, कुन्ती ने तो उसका स्वागत सदा मुस्कान से ही किया था। वे कर्ण की ही आँखें थीं, जो शत्रुता और मात्सर्य से रंचित होने के कारण, कुन्ती की मुस्कान में से छलकते वात्सल्य को नहीं देख पाईं; अन्यथा कुन्ती की ओर से माधुर्य का अभाव नहीं था।...

पर कर्ण का व्यवहार? कैसा था कर्ण का व्यवहार? कर्ण ने सदा ही कुन्ती और उनके पुत्रों का तिरस्कार किया था। उनका अपमान किया था। वह सदा ही बहुत कठोर रहा था, उनके प्रति। सदा घृणा और शत्रुता से परिपूर्ण। जिन्हें उसने सदा नष्ट करना चाहा—वे उसके सहोदर निकले; और जिसे उसने कभी शांति से जीने नहीं दिया, वह उसकी जननी।

कर्ण की इच्छा हुई कि वह अपना मस्तक दीवार से दे मारे। क्या करता रहा, वह आज तक? अपने शत्रुओं की सेवा? अपने सहोदरों की हत्या का प्रयत्न?

कर्ण का चिन्तन, जैसे फिर एक बार ठिठककर खड़ा हो गया...क्या हो गया है उसे? उसने कृष्ण की सूचना को अपनी पूर्णता में स्वीकार कर लिया है। वह कुन्ती को अपनी माँ और पाण्डवों को अपना भाई मानने लग गया है।...इसका अर्थ है, दुर्योधन की शत्रुता।...राधा और अधिरथ उसके माता-पिता नहीं रहेंगे; किन्तु उसके पालक तो वे रहेंगे ही। वे उसके अमित्र अथवा शत्रु

तो नहीं बन जायेंगे...किन्तु दुर्योधन? दुर्योधन उसका शत्रु हो जायेगा...नहीं! कर्ण इतना कृतघ्न नहीं हो सकता।...

"आर्यपुत्र!"

वृषाली उसके सम्मुख खड़ी थी।

"आर्यपुत्र! क्या चित्त प्रसन्न नहीं है?"

"नहीं! ऐसा तो कुछ नहीं है।" कर्ण ने स्वयं को संयत किया, "किसने कहा तुमसे?"

"आपके व्यवहार ने।" वृषाली उसके निकट बैठ गयी, उससे सटकर। उसने अपनी तर्जनी से कर्ण के ललाट पर से केशों को हटाया, जैसे पूरे मुखमंडल को बहुत स्पष्टता से देखना चाहती हो। अपनी दोनों हथेलियों से उसके मुखमंडल को घेरकर बोली, "चन्द्रमा को ग्रहण क्यों लगा है? यह सूर्य आज इतना अवसन्न क्यों है?"

कर्ण का हृदय जैसे पिघलता जा रहा था...कैसा तो था वृषाली का यह स्पर्श। उसकी यह ममता। कर्ण का मन होने लगा था कि उसकी गोद में अपना सिर रख दे और कहे, "तुम मुझे यह प्रेम देती रहो तो मुझे और किसी के प्रेम की आवश्यकता ही क्या है। मैं इसी से परिपूर्ण हो जाऊँगा।"...किन्तु वह उसके सम्मुख अपना हृदय खोल नहीं सकता था। उसे अपनी समस्या बता नहीं सकता था।...उसे उसके मायावी स्पर्श से दूर ही रहना चाहिए था।

"कोई विशेष बात नहीं है।" वह बोला, "युद्ध सामने दिखायी पड़ रहा है। अनेक महत्त्वपूर्ण सामरिक निर्णय करने हैं।"

वृषाली खिलखिलाकर हँस पड़ी, "महावीर कर्ण! युद्ध सम्बन्धी निर्णय करने मात्र से यदि आप पर इतनी क्लांति छा जायेगी, तो युद्धक्षेत्र में उतरने से क्या होगा?"

"नहीं! यह बात नहीं है।" कर्ण ने यथाशक्ति अपने व्यवहार को कठोर बनाने का प्रयत्न किया, "युद्ध से आक्रान्त नहीं हूँ मैं। हमें अपना पक्ष और विपक्ष निश्चित करना है।"

"कुछ स्पष्ट और निश्चित कहेंगे आप?"

"अनेक राजा अपनी सेनाओं के साथ आ रहे हैं। अनेक निमन्त्रण के बाद भी नहीं आये...अपनी नीति तो निश्चित करनी ही पड़ेगी।"

"मैं समझती थी कि यह दायित्व कदाचित राजा दुर्योधन का है।" वृषाली बोली।

"राजा दुर्योधन से मैं कोई भिन्न हूँ क्या?" तनिक-सी असावधानी से ही कर्ण का स्वर ऊँचा उठ गया। उसकी खीझ अपना सारा छद्म छोड़कर प्रकट हो गयी थी।

वृषाली को जैसे जोर का आघात लगा था।

"मैंने यह तो नहीं कहा था।" वह उठ खड़ी हुई, "वाक्‌बाणों के स्थान पर कहीं वास्तविक बाणों का ही आघात न होने लगे।"

वह कक्ष छोड़कर चली गयी।

'मुझे सबके प्रति कठोर होना होगा।' कर्ण सोच रहा था, 'नहीं तो ये लोग मुझसे मेरे मित्र दुर्योधन को छील लेंगे। सबके प्रति कठोर होना होगा। कुन्ती के प्रति भी। अपने इस मन के प्रति भी, जो उन लोगों को ले कर जाने कैसे-कैसे सपने बुनने लगा है। कर्ण कृतघ्न नहीं हो सकता। न राधा के प्रति, न अधिरथ के प्रति और न राजा दुर्योधन के प्रति, जो आज तक कर्ण के ही परामर्श पर पाण्डवों के विरुद्ध युद्ध की ओर अग्रसर हो रहा है...।'

26

"बहुत थके हुए हो विदुर?" कुन्ती ने विदुर की ओर देखा, "नहीं, कदाचित थके हुए नहीं हो, किसी उलझन में हो।"

विदुर ने मुस्कराने का प्रयत्न किया, "इसे उलझन नहीं कहते भाभी! मैंने आज कुछ बहुत अद्‌भुद देखा है और निश्चय नहीं कर पा रहा हूँ कि वह क्या था।"

"पारंसवी!" कुन्ती ने पुकारा, "तुम्हारे पति आज फिर कोई अद्‌भुद समाचार लाए हैं। सुनना हो तो आ जाओ।"

"है तो अद्‌भुद ही।" विदुर आत्ममुग्ध-से मुस्कराने लगे थे।

"अब तो तुम चिंतित नहीं लग रहे।" कुन्ती ने कुछ चकित होकर कहा, "अब तो तुम किसी उपलब्धि पर प्रसन्न होते दिखते हो।"

पारंसवी आ गयी थी, "क्या बात है भाभी!"

"बात तो अभी विदुर बताएँगे।"

"आप जानती हैं भाभी! आज श्रीकृष्ण कौरवों की राजसभा में गये थे।" विदुर बोले।

"जानती हूँ।" कुन्ती ने कहा, "उसके पश्चात् उपप्लव्य जाने से पूर्व वह मेरे पास भी आया था, प्रणाम करने। सभा में क्या हुआ? मुझे तो वह निश्चित रूप से कह गया है कि अब युद्ध होगा ही।"

"युद्ध तो आज ही हो जाता, किन्तु श्रीकृष्ण ही टाल गये।" विदुर बोले।

"हाँ! सुना है कि दुर्योधन कृष्ण को बन्दी करने की योजना बना रहा था।" कुन्ती ने कहा, "किन्तु कृष्ण कुछ तैयारी से आया हुआ था। कृतवर्मा अपनी

सेना के साथ सभा के सम्मुख डट गया और सात्यकि कृष्ण को निकालकर ले गया। बाहर दारुक कृष्ण का रथ लिए खड़ा था। दुर्योधन उनको रोक नहीं सका और वे लोग निकल गये।"

"तुम भी बड़ी चमत्कारी हो भाभी!" विदुर बोले, "श्रीकृष्ण की बूआ जो हो।"

"लो, इसमें चमत्कार क्या है।"

"घर बैठ सारी सूचनाएँ एकत्रित कर लेती हो, जो मैं सभा में बैठा हुआ भी नहीं कर सकता।" विदुर बोले, "फिर भी बात इतनी-सी ही नहीं है।"

"तो बात क्या है?" पारंसवी आतुर स्वर में बोली, "पहेलियाँ मत बुझाइए। बात बताइए।"

"सामान्यतः तो बात इतनी-सी ही है कि श्रीकृष्ण सभा में आये। दुर्योधन श्रीकृष्ण को बन्दी करने का षड्यन्त्र रच रहा था। यादवों ने भी अपनी योजना बना ली। दुर्योधन, दुःशासन, शकुनि तथा कर्ण सभा में आ गये थे। और सहसा श्रीकृष्ण ने गर्जना की कि दुर्योधन यदि उन्हें अकेला समझकर बन्दी करने की योजना बना रहा है, तो वह मूर्ख है, क्योंकि वे अकेले नहीं थे। पाण्डव भी वहीं थे, वृष्णि और अन्धक वीर भी वहीं विद्यमान थे। आदित्य, रुद्र और वसु भी वहीं थे।"

"पाण्डव यहाँ कहाँ हैं?" कुन्ती ने कहा, "वे एक ही समय में उपप्लव्य और हस्तिनापुर में कैसे उपस्थित हो सकते हैं?"

"यही तो बता रहा हूँ भाभी!" विदुर बोले, "श्रीकृष्ण ने यह कहा भर और फिर सभा से निकल गये?"

"दुर्योधन ने उन्हें पकड़ने का प्रयत्न नहीं किया?" पारंसवी ने पूछा।

"पकड़ता कौन? दुर्योधन और उसके संगी-साथी अचेत पड़े थे।..."

"तो इसका अर्थ है कि यादव लोग, कौरवों को अचेत कर कृष्ण को सभाभवन से निकाल कर ले गये।" कुन्ती ने कहा, "पर कौरवों को अचेत कैसे किया? संज्ञाशून्य करने वाली कोई औषध छिड़की?"

"मैं ऐसा नहीं कह सकता, क्योंकि न मैं अचेत हुआ था, न पितृव्य भीष्म हुए थे, न आचार्य द्रोण, न स्वयं महाराज धृतराष्ट्र और न संजय। यदि कोई औषध छिड़की गयी होती तो हम सबको भी अचेत हो जाना चाहिए था।"

"तो शेष लोग कैसे अचेत हो गये?" पारंसवी ने पूछा।

"मैं नहीं जानता।" विदुर बोले, "मैं अचेत नहीं था। श्रीकृष्ण जैसे बोल रहे थे, मुझे लगा कि वे सामान्य मधुर श्रीकृष्ण नहीं रह गए हैं। उनके चेहरे पर पहले तो असाधारण क्रोध झलका। लगा कि उनकी आँखों में से ज्वाला

निकल रही है; और फिर वे प्रज्वलित हो उठे। वहाँ प्रकाश ही प्रकाश था। उसके साथ ताप भी था। मुख से ज्वाला निकल रही थी। मुझे लगा कि जो कुछ वे कह रहे हैं, वह सब कुछ प्रकट है। सचमुच ही पाण्डव उनके पीछे खड़े थे। उनके ललाट पर ब्रह्मा और वक्ष पर रुद्र देव थे। उनकी भुजाओं में अर्जुन और बलराम थे।...वह श्रीकृष्ण का मधुर और मुस्कराता हुआ रूप नहीं था। वह तो जैसे महाकाल का कोई रौद्र रूप था, जिसकी जिह्वा रक्त चाटने को लपलपा रही थी...।"

"तुमने यह सब देखा विदुर? यह तुम्हारी सर्जनात्मक प्रतिभा द्वारा किया हुआ वर्णन तो नहीं है?"

"नहीं भाभी! मैंने यह सब देखा और अनुभव किया।" विदुर बोले, "देखने से अधिक मैंने अनुभव किया। अनुभव तो और भी बहुत कुछ किया, किन्तु उन सब का वर्णन कठिन है।..." उनकी दृष्टि जाकर पारंसवी पर टिक गयी, "इस प्रकार क्या देख रही हो, जैसे मैं विक्षिप्त सा हो गया हूँ?"

"लग तो कुछ ऐसा ही रहा है।" पारंसवी बोली, "सीधी-सी बात है कि दुर्योधन ने श्रीकृष्ण को अपनी सभा में अकेले आया देख, उन्हें असहाय समझा और उन्हें बन्दी करने की योजना बनाई। श्रीकृष्ण उतने असावधान नहीं थे, जितना कि दुर्योधन उन्हें समझ रहा था। श्रीकृष्ण पूरी तैयारी से आये होंगे। उनके साथ सात्यकि और कृतवर्मा भी थे। उनकी सेना भी थी। सात्यकि भाँप गया, उसने कृतवर्मा को सावधान कर दिया। उन लोगों ने अपनी सेना से सभा को घेर लिया। दुर्योधन के सैनिक हटा दिये गये अथवा बन्दी कर लिए गये। भीतर श्रीकृष्ण और सात्यकि ने कुछ ऐसा किया, जिससे अधिकांश लोग अचेत हो गये। जो लोग संज्ञाशून्य नहीं हुए, उनमें से एक भी ऐसा नहीं था, जो उनको बन्दी करने का प्रयत्न करता। श्रीकृष्ण और सात्यकि बाहर निकल आये। वहाँ उनका रथ प्रस्तुत था। कृतवर्मा अपनी सेना सहित उनकी रक्षा के लिए प्रस्तुत था। वे लोग सुरक्षित निकल गये। अब इस घटना को इतना रहस्यमय बनाने की क्या आवश्यकता है? पता नहीं आप को सब स्थानों पर ब्रह्मा और रुद्र क्यों दिखायी देने लगते हैं।"

विदुर हँसे, "मैं जानता था कि इस सारी घटना की व्याख्या तुम कुछ इसी प्रकार करोगी। बुद्धिमती जो ठहरीं। पर मुझे बताओ कि भीष्म, द्रोण और संजय को भी वही सब क्यों दिखायी दिया, और सबसे बड़ी बात कि धृतराष्ट्र ने भी यह सब कुछ देखा।"

"महाराज धृतराष्ट्र ने देखा?" पारंसवी ने कुछ चीत्कार कर कहा, "जिसको

अपने सामने खड़ा पर्वत दिखायी नहीं देता, उस नेत्रहीन ने श्रीकृष्ण का यह रूप देखा?"

"हाँ! उनका तो यही कहना है।"

"एक अन्धे ने देखा और दुर्योधन इत्यादि को आँखें रहते हुए कुछ दिखायी नहीं दिया?" पारंसवी ने कहा।

"हाँ!"

"विदुर! तुम कृष्ण को चमत्कारी पुरुष सिद्ध करना चाहते हो?" कुन्ती ने पूछा।

"भाभी! मैं कुछ सिद्ध नहीं करना चाहता। मैंने तो आपसे वह सब कहा है, जो मैंने देखा और मन ने अनुभव किया है।"

"यदि आपकी मान्यता के अनुसार श्रीकृष्ण परब्रह्म अथवा उनका अवतार हैं, तो वे इस प्रकार अपमानित होने की प्रतीक्षा क्यों करते रहते हैं?" पारंसवी ने तेजस्वी स्वर में कहा, "वे दुर्योधन को अचेत कर सकते हैं, तो मार भी तो सकते हैं। मार क्यों नहीं देते उसे? इतनी लीला करने की क्या आवश्यकता है?"

"वह तो दूर की बात है," कुन्ती बोली, "साधारण परिस्थितियों में भी वह अपना सुदर्शन चक्र निकाल ले तो दुर्योधन का सिर धड़ से पृथक लोटता दिखायी देगा। पता नहीं कृष्ण उसके साथ भी वही व्यवहार क्यों नहीं करता, जो उसने शिशुपाल के साथ किया।"

"मैं नहीं जानता कि उनकी यह क्या लीला है।" विदुर बोले, "कुछ लोग मानते हैं कि वे बलराम द्वारा दुर्योधन को दिये गये वचन का पालन कर रहे हैं। वे उस पर शस्त्र नहीं उठाएँगे।"

"मेरी तो समझ में यह नहीं आता कि वे कैसे ईश्वर हैं कि वे सामने खड़े रहते हैं और दुर्योधन जैसे लोग उन्हें पहचान नहीं पाते।" पारंसवी बोली, "यदि वे अवतार हैं तो उनका प्रभाव दुर्योधन पर क्यों नहीं होता। उसके सम्मुख आते ही वे बार-बार असफल क्यों हो जाते हैं?"

"तुम्हारे प्रश्न का ठीक-ठीक उत्तर मैं नहीं जानता।" विदुर जैसे अपने भीतर कहीं डूब गये थे, "मैं तो केवल इतना जानता हूँ कि ईश्वर को देखने के लिए, ईश्वर का सामने आकर खड़ा होना आवश्यक नहीं है। उसके लिए तो अपने पास आँखें होनी चाहिए। ईश्वर तो प्रत्येक कण में है, हमारे पास ही उसे देखने के लिए आँखें नहीं हैं। यदि कोई अपने सम्मुख खड़े ईश्वर को देख नहीं पाता तो वह ईश्वर की नहीं, उस व्यक्ति की विफलता है।"

"यह कैसा तर्क है?" पारंसवी ने कहा।

"मनुष्य अपने-आपको ही नहीं पहचान पाता, तो ईश्वर को पहचानना तो दूर की बात है।"

"ये कौन-सी विशेष आँखें हैं, जो धृतराष्ट्र के पास तो हैं, दुर्योधन के पास नहीं हैं?"

"तुम्हारा कटाक्ष तो मैं समझता हूँ।" विदुर बोले, "किन्तु मेरा सत्य यही है। मैं सुविधा से कह सकता था कि इन प्राकृतिक आँखों से ईश्वर को नहीं देखा जा सकता। उसके लिए निर्मल चरित्र चाहिए; किन्तु तब मैं धृतराष्ट्र को दुर्योधन से पृथक कैसे करूँगा? मुझे कभी-कभी लगता है कि मैं धृतराष्ट्र के चरित्र को नहीं समझ सकता। वह कभी-कभी धर्मात्मा-सा लगता है और अगले ही क्षण वह चांडाल दिखायी देने लगता है। प्रभु ही जानें कि उन्होंने धृतराष्ट्र को क्या बनाया है। उसे इतना अभिशप्त करके भी इतना सुख दिया है, इतना भोग दिया है कि वह उसे सँभाल नहीं पाता।..." वे कुन्ती की ओर मुड़े, "क्या सोच रही हो भाभी?"

"सोचती हूँ कि भीष्म, द्रोण, तुम, धृतराष्ट्र, गान्धारी और स्वयं श्रीकृष्ण जिसे समझा रहे हों, वह कुछ भी क्यों नहीं समझ पाता? क्या दुर्योधन का व्यक्तित्व इतना प्रबल है कि ईश्वर के समझाने पर भी नहीं समझ पाये, या फिर वह ईश्वर की ही इच्छा है कि वह कुछ न समझे और उन सारे राजाओं को विनाश की ओर घसीट कर ले जाये, जो उसके मित्र हैं?" कुन्ती ने कहा, "मैं देख रही हूँ कि धृतराष्ट्र भी बार-बार कह रहे हैं कि वे वह नहीं चाहते, जो दुर्योधन कर रहा है। मैं सोचती हूँ कि यदि ऐसा है तो वे उसके हाथ से सत्ता क्यों नहीं छीन लेते? वे उसे बन्दी क्यों नहीं करते? निष्कासित क्यों नहीं करते? भीष्म और द्रोण बार-बार उसे समझाते हैं, बार-बार उसका विरोध करते हैं, किन्तु न तो उसे त्यागते हैं, न उसके विपक्ष का साथ देते हैं। सभा और घर में निरन्तर उसका विरोध करते हैं और युद्ध में फिर उसका साथ देते हैं। क्या है, यह सब?"

"मुझे तो लगता है कि ये सब लोग दुर्योधन के विरोध का नाटक-भर करते हैं।" पारंसवी बोली, "नहीं तो इतनी निष्ठा से उसकी आज्ञाओं का पालन क्यों करते चलते?"

"मैं तो इसमें से एक आध्यात्मिक स्थिति देखता हूँ।"

"आपको तो प्रत्येक आत्मविरोधी स्थिति में से एक आध्यात्मिक सत्य की प्राप्ति होती है।" पारंसवी विनादी मुद्रा में दिखायी पड़ रही थी।

"तुम मुझे चिढ़ाने का प्रयत्न कर रही हो, किन्तु यह सत्य है पारंसवी कि सांसारिक विरोधों में से ही आध्यात्मिक सत्य प्रकट होते हैं।" विदुर बोले, "मैं

धृतराष्ट्र को तो पाखंडी मान सकता हूँ, किन्तु पितृव्य और द्रोण को नहीं। मुझे लगता है कि सचमुच मनुष्य का अहंकार एकदम व्यर्थ है। पितृव्य आज तक सोचते रहे कि वे कुरुकुल की रक्षा कर रहे हैं, इसलिए उन्होंने दुर्योधन को कुछ नहीं कहा। अब सिद्ध होने जा रहा है कि दुर्योधन के अत्याचारों की अनदेखी कर भीष्म कुरुकुल की रक्षा नहीं कर रहे थे, उसके विनाश के बीज बो रहे थे। धृतराष्ट्र अपने पुत्र के लिए भोग के असंख्य साधन जुटा रहे थे और अब वे देखेंगे कि वे उसकी मृत्यु का प्रबन्ध कर रहे थे। सब जानते हैं कि युद्ध से विनाश होगा और फिर भी क्षण प्रति क्षण युद्ध की ओर बढ़ते जा रहे हैं। क्या अर्थ है इस सबका? क्या इसका अर्थ यह नहीं है कि ईश्वर ही विनाश का इच्छुक है? मनुष्यों के देखते-सुनते, प्रयत्न करते, होता वही है, जो ईश्वर की इच्छा होती है।"

"लगता तो यही है।" पारंसवी बोली।

"इसलिए किसी भी भक्त के मन में आता है कि वह अपना प्रयत्न करता रहे किन्तु ईश्वर की इच्छा के सम्मुख अपना माथा टेक दे।" विदुर बोले, "बौद्धिकता से क्या होगा। मनुष्य की बुद्धि तो इतनी सीमित और अदूरदर्शी है कि अपने से बाहर कुछ देख ही नहीं पाती। ईश्वर को जानना और समझना तो बहुत दूर की बात है। ईश्वर को तो वही जान सकता है, जिसे स्वयं ईश्वर जानने की क्षमता दे। इसीलिए दुर्योधन और उसके मित्र श्रीकृष्ण को पहचान नहीं पा रहे हैं।"

"और आप पहचान पा रहे हैं।" पारंसवी जोर से हँसी। "यह ईश्वर की कृपा है कि उसने आपको दासी के गर्भ से जन्म दिया। कुरु साम्राज्य के महामन्त्री रहे और सदा ही अपमानित होते रहे, यह सब दया है ईश्वर की?" पारसंवी बोली, "सब कुछ होते हुए भी एक सन्तान तक नहीं दी। यह दया है ईश्वर की?"

विदुर की आँखों में अश्रु आ गये। कंठ संध गया, "कृतघ्न मत बनो पारंसवी! ईश्वर की कृपा है कि दासी के गर्भ से जन्म ले कर भी मैं राजपरिवार का सदस्य रहा। महाराज पांडु और धृतराष्ट्र का भाई रहा। यह भगवान की कृपा है कि दुर्योधन की सारी उपेक्षा के बाद भी मैं कुरु साम्राज्य का महामन्त्री रहा। उसने मुझे इस काया से जन्मी सन्तान नहीं दी किन्तु पाण्डवों जैसे असाधारण पुत्र दिये। अपना परिवार तो देखो, कितने लोग पल रहे हैं तुम्हारे आश्रय में। यह तुम्हारा परिवार ही तो है। प्रभु की कृपा तो देखो कि श्रीकृष्ण हस्तिनापुर के महाराज और युवराज के घर भोजन नहीं करते और मेरे यहाँ आकर भोजन कर मुझे कृतार्थ करते हैं। भाभी जैसी महारानी और राजमाता

अपनी इच्छा से हमारी इस कुटिया में हमारे साथ निवास करती हैं। और कौन सा गौरव चाहिए तुम्हें पारंसवी?"

पारंसवी और विदुर एक-दूसरे को देखते रहे। वे समझ नहीं पा रहे थे कि एक दूसरे से क्या कहें।

कुन्ती हँसी, "बोलो पारंसवी! बोलो! कहो कि प्रभु ने विदुर की बुद्धि ही भ्रष्ट कर रखी है कि उसे जीवन का कोई दुःख, दुःख नहीं लगता। उसे सुख और दुःख की परख ही नहीं है।"

"नहीं भाभी!" इस बार पारंसवी का स्वर ठहरा हुआ था और नेत्र भीगे हुए थे, "मुझे हाथ जोड़ कर प्रभु का धन्यवाद करना चाहिए कि इस हस्तिनापुर में रहते हुए भी, धृतराष्ट्र का अन्न खाते हुए भी, एक मेरे ही पति की बुद्धि सात्विक रही है यहाँ। इन्होंने पुत्र युधिष्ठिर को पहचाना, इन्होंने श्रीकृष्ण को पहचाना। मेरा सौभाग्य कि इनकी संगति में मेरी बुद्धि भी कुछ सात्विक हुई।" पारंसवी ने अपनी आँखें पोंछ लीं।

"कृष्ण तो फिर भी मेरी समझ में कुछ-कुछ आता है।" थोड़ी देर में कुन्ती बोलीं, "मेरी समझ में यह कृतवर्मा एकदम नहीं आता।"

"क्यों? कृतवर्मा भी कोई रोगी है क्या?" पारंसवी हँसी।

"कहाँ तो वह अपनी सेना दुर्योधन को दे देता है और कहाँ वह कृष्ण की रक्षा के लिए अपने प्राणों का पण लगाकर उसी दुर्योधन के विरुद्ध जम जाता है।" कुन्ती ने कहा।

"हाँ! कह तो आप ठीक रही हैं भाभी!" विदुर ने सहमति प्रकट की, "सात्यकि और कृतवर्मा एक-दूसरे को एक आँख नहीं देख पाते और यहाँ वे दोनों श्रीकृष्ण की रक्षा में ऐसा सहयोग करते दिखायी देते हैं कि जैसे उनमें कोई मतभेद ही न हो।" विदुर कुछ रुके, "यह भी तो सम्भव है भाभी! कि उनका परस्पर मतभेद हो, किन्तु श्रीकृष्ण से कोई मतभेद न हो। और जहाँ तक दुर्योधन को सेना देने का सम्बन्ध है, श्रीकृष्ण ने भी तो अपनी नारायणी सेना दुर्योधन को दे दी है और वह कृतघ्न फिर भी घर आये श्रीकृष्ण को बन्दी करने की योजना बना रहा है।"

"हाँ! विरोध तो सात्यकि और कृतवर्मा का ही है।" कुन्ती ने कहा, "पर वह विरोध भी कृष्ण के ही चारों ओर मँडराता दिखायी देता है। सात्यकि कृष्ण का भक्त है, इसलिए वह पाण्डवों की ओर से युद्ध करेगा, और कृतवर्मा उसका ऐसा विरोधी है कि वह अपनी शत्रुता निभाने के लिए, दुर्योधन की सेना में सम्मिलित हो जायेगा।"

"बात इतनी-सी ही है क्या?" सहसा पारंसवी बोली, "मुझे तो लगता है कि एक कारण और भी है। कृतवर्मा सात्यकि का शत्रु तो है ही, पर भयंकर

महत्वाकांक्षी भी है। पाण्डवों की सेना में उसे कोई महत्त्व नहीं मिलनेवाला, जबकि दुर्योधन की सेना में वह नारायणी सेना का महानायक होकर लड़ेगा।"

"महत्त्व के सम्मुख धर्म कुछ नहीं है क्या?" कुन्ती ने जैसे अपने-आप से पूछा।

"कुछ लोगों के लिए महत्त्व ही धर्म होता है भाभी!" सहसा पारंसवी ने विषय बदल दिया, "अच्छा, सभा में श्रीकृष्ण का यह रूप देख कर धृतराष्ट्र की क्या प्रतिक्रिया थी? वे भयभीत नहीं हुए?"

"मुझे तो वे प्रसन्न ही लगे।" विदुर ने कहा।

"क्यों? इसमें प्रसन्न होने की क्या बात थी?" पारंसवी बोली, "वे श्रीकृष्ण की शक्ति देख कर भयभीत क्यों नहीं हुए? श्रीकृष्ण उनके पुत्रों के शत्रुओं के पक्ष में है।"

"मुझे तो लगा कि वे प्रसन्न थे कि श्रीकृष्ण उनके पुत्रों को अचेते कर ही छोड़ गये। उन्होंने उनकी हत्या नहीं की।" विदुर बोले।

"महाराज सचमुच ही नेत्रहीन हैं।" पारंसवी ने अत्यन्त दार्शनिक मुद्रा में कहा और उठकर भीतर चली गयी।

"विदुर!" कुन्ती धीरे से बोलीं, "तुम क्या सोचते हो, ऐसी संकटपूर्ण योजना में भी कृष्ण ने सात्यकि और कृतवर्मा जैसे परस्पर विरोधी लोगों का साथ क्यों लिया? यदि कौरवों की सभा में ही उनका आपसी विरोध बलवान हो उठता और वे परस्पर लड़ पड़ते तो कृष्ण की रक्षा का क्या होता?"

"मैं तो सोचता हूँ भाभी कि श्रीकृष्ण ने जानबूझकर संकट की इस घड़ी में उन दोनों को एक साथ रखा, ताकि वे अपना विरोध मिटा सकें। कृतवर्मा देख सके कि दुर्योधन कैसा व्यक्ति है और सम्भव हो तो वह दुर्योधन को छोड़कर पाण्डवों के पक्ष में आ सके। यादवों का पारस्परिक मनोमालिन्य कुछ कम हो सके।"

"कदाचित तुम ठीक सोचते हो विदुर!" कुन्ती आत्मलीना-सी होती हुई बोलीं, "यह कृष्ण भी विचित्र है। कभी पाण्डवों के लिए अपने प्राण संकट में डाल देता है, कभी यादवों के लिए। उसे तो जैसे अपने प्राणों का तनिक भी मोह नहीं है।"

27

युयुत्सु ने घर में प्रवेश किया।

प्रभा सामने ही खड़ी थी। चेहरे पर सहज स्वागत का भाव, नेत्रों में उपेक्षा और अधरों पर मधुर मुस्कान थी। अपनी पत्नी का यह रूप युयुत्सु को बहुत

लुब्ध करता था, किन्तु इस समय मन कुछ ऐसा बुझा हुआ था कि इच्छा होते हुए भी न तो वह उसकी ओर देखकर मुस्करा ही सका और न कुछ बोल ही पाया। लगा कि कोई शक्ति उसके सारे अंगों को इस प्रकार जकड़े हुए है कि उसकी इच्छा का काई अर्थ ही नहीं है।...वह सिर झुकाए हुए अपने विश्रामकक्ष की ओर चला गया।

प्रभा अपने स्थान पर स्तब्ध खड़ी रह गयी। उसने चाहे अपने अधरों से एक शब्द भी उच्चारित नहीं किया था, किन्तु उसने अपने घर आये पति का मधुर स्वागत तो किया था और वे थे कि सिर झुकाए ऐसे कतराकर निकल गये, जैसे उसे पहचानते ही न हों। व्यक्ति बात न भी करे, किन्तु उसकी आँखों में पहचान तो झलके।...उसे युयुत्सु का यह व्यवहार बहुत अपमानजनक लगा था।...पर उसने स्वयं को समझाया...बाहर से आये हैं, कुछ ऐसा तो घटित नहीं हो गया, जिससे वे विचलित हो गये हैं और स्वयं को संयत नहीं रख पा रहे?...बिना बात के भी विचलित हो जाते हैं तो ऐसे ही हो जाते हैं...

उसने स्वयं को समझाया और युयुत्सु के पीछे-पीछे विश्रामकक्ष में आ गयी।

"क्या बात है प्रिय? बहुत दुखी दिखायी दे रहे हैं?"

"हाँ!" युयुत्सु ने इस प्रकार कहा, जैसे उसे 'हाँ' कहने के लिए भी बहुत परिश्रम करना पड़ रहा हो।

"क्या हुआ?"

युयुत्सु ने उसे इस प्रकार देखा, जैसे सोच रहा हो कि उसे कुछ बताना है अथवा नहीं, फिर बहुत भारी मन से बोला, "कुछ नहीं! तुम जानती ही हो कि राजसभा में बहुत कुछ ऐसा होता रहता है, जो मुझे विचलित कर देता है। तुम जाओ। मैं थोड़ी देर में ठीक हो जाऊँगा।"

"फिर भी, कुछ ज्ञात तो हो कि बात क्या है?"

"तुम जानती हो कि आज सभा में श्रीकृष्ण को आना था। वे शांतिदूत के रूप में आये थे और बात यहाँ तक हो गयी कि उन्होंने शांति की स्थापना के लिए धर्मराज की ओर से केवल पाँच ग्राग ही माँगे। दुर्योधन ने वे भी नहीं दिये...।"

"फिर 'दुर्योधन कह रहे हैं।' प्रभा ने उसे टोक दिया, "आप उन्हें 'भाई', युवराज अथवा 'महाराज' कुछ भी कह सकते हैं।...आस-पास दास-दासियाँ और कर्मकर होते हैं। कोई भी सुन लेता है और वहाँ तक बात पहुँचा देता है कि आपके घर में उनके प्रति सम्मान नहीं दर्शाया जाता। व्यर्थ ही विपत्ति आमन्त्रित करने का क्या लाभ?"

युयुत्सु ने अपनी पत्नी को कठोर आँखों से देखा और प्रयत्नपूर्वक कहा, "दुर्योधन अन्यायी है। वह शांति नहीं चाहता। युद्ध चाहता है, ताकि शक्ति के बल पर पराया धन हड़प सके। मैं उसका सम्मान नहीं कर सकता।"

"सम्मान मत कीजिए, किन्तु थोड़ी सावधानी बरतने में क्या हानि है?"

युयुत्सु ने प्रभा पर आक्रामक दृष्टि डाली, "दम घुटता है मेरा। उसका सम्मान करने के विचार से ही मेरा श्वास बन्द होने लगता है।"

"तो फिर आप भी पाण्डवों के समान या तो वनवास करेंगे अथवा किसी अज्ञात नगर में भिक्षा माँगेंगे।" वह पैर पटकती हुई चली गयी, "लगता है पाण्डव पत्नियों के समान मुझे भी अपना जीवन अपने मायके में ही काटना पड़ेगा।"

युयुत्सु का रक्त खौल रहा था। उसकी इच्छा हो रही थी कि इस दीवार को ठोकर मारे और उसे ढहा दे। आग लगा दे हस्तिनापुर में। इतना विनाश करे कि...उसे जीवन में जैसे कोई रुचि नहीं रह गयी थी।...कभी उसकी इच्छा होती थी कि वह रोने लगे और कभी मन होता था कि चीत्कार करता हुआ हस्तिनापुर के चौराहों पर निकल जाये...

उसने अपनी आखें बन्द कर लीं और सोने का प्रयत्न करने लगा। कदाचित निद्रा उसे कुछ शांति दे सके।...

किसी ने उसकी भुजा पकड़कर उसकी आँखों से हटा दी। उसने आँखें खोलीं।...सामने माँ खड़ी थीं।

"क्या बात है? आज क्या हो गया?" माँ ने पूछा, "फिर दोनों में झगड़ा हो गया? वह भी बिस्तर पर औंधी पड़ी है।"

"झगड़ा-वगड़ा कुछ नहीं हुआ माँ!" वह बोला, "बस, मेरा मन ठीक नहीं है।"

"क्यों? क्या हुआ?"

"दुर्योधन ने सभा में शांतिदूत बनकर आये श्रीकृष्ण को बन्दी करने का प्रयत्न किया।..."

"वह उन्हें बन्दी कर पाया?"

"नहीं! पर उसने प्रयत्न किया।" युयुत्सु ने कहा, "यह तो नहीं ही समझता कि यह अधर्म और अन्याय है, वह मूर्ख यह भी नहीं समझता कि श्रीकृष्ण उसके बस के नहीं हैं।"

"वह तेरा बड़ा भाई है।" माँ ने उसे चेतावनी दी।

"नहीं! वह मेरा बड़ा भाई नहीं है, मैं ही उसका छोटा भाई हूँ।" युयुत्सु ने जैसे प्रतिवाद किया।

"क्या अन्तर है दोनों में?"

"वह मेरा भाई होता तो वह मेरा भी हित देखता, मेरी इच्छा का सम्मान करता। पर है उसे चिन्ता, किसी और की भावना अथवा इच्छा की?" युयुत्सु ने माँ को देखा, "मैं उसका छोटा भाई हूँ, इसलिए मुझे उसका आदर करना होगा, उसकी प्रत्येक आज्ञा का पालन करना होगा, उसके पापों का समर्थन करना होगा। नहीं होता मुझसे यह सब माँ। नहीं होता।"

"क्या चाहता है तू?" माँ ने उसे घूरकर देखा, "राजप्रासाद में रहना अच्छा नहीं लगता तुझे? राजकुमार का पद काटता है तुझे? दास बनकर आजीवन किसी की सेवा करना चाहता है, जैसे मैं किया करती थी?"

"अच्छा होता कि तुम सेवा ही करती माँ! राजप्रासादों का मोह न पालतीं।" युयुत्सु बोला, "मुझे इस प्रकार पाप का समर्थन तो न करना पड़ता।"

"जानती हूँ। आरम्भ से ही ऐसा रहा है तू।" माँ ने कहा, "सदा से दुर्योधन का विरोधी रहा है तू। उसने भीम को विष दे दिया था तो तू पाण्डवों को सूचना देने चला गया था। इतना भी नहीं सोचा कि उसे सूचना मिल गयी तो वह तुझे भी विष दे देता।...मन में कितना भी भेद हो, व्यवहार में कितना भी अन्तर हो, पर स्मरण रख, वह तेरा भाई है और तुझे सदा उसका समर्थन ही करना है।"

"यही तो धर्मसंकट है मेरा।" युयुत्सु बिस्तर से उठ खड़ा हुआ, "भाई का समर्थन तो कोई करे, पर पाप का समर्थन कैसे करे?"

"भाई का साथ तो देना ही होगा। अच्छा है तो, और बुरा है तो। कुछ अपना हित भी देखा जाता है या नहीं।"

युयुत्सु को लगा कि वह अपनी माँ का भी सम्मान नहीं कर पायेगा। बोला, "यही संकट है मेरा। कोई मेरा विश्वास नहीं करेगा, किन्तु मैं अपने स्वार्थ के लिए नहीं, न्याय के लिए जीना चाहता हूँ। सुविधापूर्ण चाहे न हो किन्तु मैं स्वच्छ जीवन जीना चाहता हूँ।"

"तो चला जा पाण्डवों के पास।" माँ ने उसे डाँटा, "यहाँ रहकर क्या कर रहा है? हस्तिनापुर में रहेगा तो दुर्योधन का समर्थन करना पड़ेगा। विभीषण ने अपने भाई को त्यागा था तो आज तक लोगों ने उसे क्षमा नहीं किया है। वह भाई का हत्यारा माना जाता है।"

"जानता हूँ। इसीलिए तो पूछता हूँ कि पापी का समर्थन इसलिए धर्म है कि वह पापी हमारा भाई है। क्या मुझे अपनी इच्छा का स्वतन्त्र जीवन जीने, स्वतन्त्र निर्णय करने का कोई अधिकार नहीं है।" युयुत्सु क्रुद्ध स्वर में बोला, "मैं विभीषण को तनिक भी दोषी नहीं मानता। उसने धर्म का मार्ग चुना। उस राक्षस रावण और उसके शासन का समर्थन करने का क्या अर्थ? मैं मानता हूँ

कि विभीषण ने अपने कुटुम्ब और लंका की प्रजा को रावण के राक्षसी राज्य से मुक्ति दिलायी। विभीषण ने अपने धर्म का पालन किया।..."

"भाई की हत्या करवाना धर्म था?" माँ ने गुर्रा कर पूछा।

"यही ता देखना है कि सम्बन्ध अधिक महत्त्वपूर्ण है अथवा धर्म।" युयुत्सु बोला, "श्रीकृष्ण ने धर्म के सम्मुख सम्बन्धों को कभी अहम नहीं समझा। उन्होंने अपने उस मातुल कंस का वध अपने हाथों से कर दिया, क्योंकि वह अधर्मी था, प्रजा को पीड़ित कर रहा था।...उन्होंने समधी होने पर भी दुर्योधन का कभी समर्थन नहीं किया...।"

"श्रीकृष्ण ने न भी किया हो, किन्तु बलराम तो दुर्योधन को वही महत्त्व दे रहे हैं...।" माँ ने उसकी बात काट दी।

युयुत्सु चुप नहीं रहा। माँ की पूरी बात सुने बिना ही बोला, "इसलिए लोग उनको अवतार नहीं मानते। श्रीकृष्ण को स्वयं नारायण अथवा नारायण का अवतार माननेवालों का कोई अभाव नहीं है।...व्यक्ति को सत्य के लिए जीना चाहिए माँ। संबंधियों के लिए नहीं।"

"तो फिर तू चला क्यों नहीं जाता पाण्डवों की ओर?" माँ जैसे आपे से बाहर हो गयी थीं, "जिसका नमक खा रहा है, उसी का विरोध कर रहा है।"

इस बार युयुत्सु तड़पकर क्रूद्ध स्वर में नहीं बोला। कुछ शान्त होकर ठहरे हुए स्वर में बोला, "यही तो विचार का विषय है माँ! कि नमक दुर्योधन का है अथवा ईश्वर का। जिस ईश्वर ने दुर्योधन को शरीर दिया, प्राण दिये, धन सम्पत्ति और अधिकार दिया, यह राज्य दिया–दुर्योधन उसका दिया धर्म क्यों नहीं मानता। वह अपना धर्म चलाना चाहता है। वह स्वयं को नमक बनानेवाला समझता है।..."

"लगता है तुझ पर युधिष्ठिर का प्रेत अधिकार कर बैठा है।" "माँ ने जैसे हताश होते हुए कहा।

"उसका तो मुझे पता नहीं माँ! किन्तु इतना मुझे अवश्य ज्ञात है कि मैं दुर्योधन का अन्न नहीं खाता, ईश्वर का दिया खाता हूँ। दुर्योधन की सुरक्षा में नहीं जीता, ईश्वर की इच्छा के कारण जीवित हूँ। इसलिए मैं उसका कृतज्ञ हूँ। उसी के सत्य पर चलना चाहता हूँ। उसका दिया यह जीवन मलिन करना नहीं चाहता।..."

"ऐसा ही है तो चला क्यों नहीं जाता?" माँ ने कहा, "अब यह मत कहना कि मेरे कारण तू हस्तिनापुर का बन्दी बना बैठा है। तुझे जाना हो तो जा। मैं तेरे बिना भी हस्तिनापुर में सुखी जीवन व्यतीत कर लूँगी।..."

"जानता हूँ।" युयुत्सु बोला, "विभीषण इसलिए जा सका था, क्योंकि दूसरी ओर राम थे। उन्होंने उसका विश्वास किया, उसे अंगीकार किया, उसे शरण दी। यदि राम के स्थान पर सुग्रीव होता तो उसके वानर, विभीषण के टुकड़े कर देते। मैं आज पाण्डवों के पक्ष में चला जाऊँ तो वहाँ कौन है जो मेरा विश्वास करेगा। कौन मानेगा कि दुर्योधन का भाई पाण्डवों का पक्ष ले सकता है। द्यूतसभा में विकर्ण ने द्रौपदी का पक्ष लिया था; किन्तु आज तक भी दुर्योधन के विरुद्ध नहीं जा सका। मैं पाण्डवों के पक्ष में चला जाऊँ तो भीम मुझे दुर्योधन का गुप्तचर ही मानेगा। मैं तो दोनों ओर से ही गया माँ! दुर्योधन के पक्ष से मैं लड़ना नहीं चाहता और पाण्डव मेरा विश्वास नहीं करेंगे।..."

"तो तू सन्यास ग्रहण कर और हिमालय की चोटी पर जा बैठ।" माँ का स्वर वक्र हो गया।

"कदाचित मेरे लिए वही एक मार्ग खुला है।..." युयुत्सु बोला।

"संन्यास लें आपके शत्रु।" प्रभा कक्ष में आ गयी। उसके चेहरे पर रोष का अब कोई लक्षण नहीं था। कदाचित वह कपाट के पीछे से माता और पुत्र की सारी बातें सुन रही थी, "आप हस्तिनापुर की सेना की ओर से नहीं लड़ना चाहते तो आप तटस्थ रह सकते हैं। युद्ध करना कोई अनिवार्य तो है नहीं।"

"धर्म-अधर्म के युद्ध में जो तटस्थ रहते हैं, वे अधर्म का ही साथ दे रहे होते हैं प्रभा! मैं वह नहीं कर सकता।" युयुत्सु ने जैसे अपने आप से कहा, "वैसे भी हस्तिनापुर में तटस्थ रहने का अधिकार किसी को है भी? तुम क्या समझती हो कि दुर्योधन मुझे तटस्थ रहने का अधिकार देगा?"

"क्यों? विदुर नहीं रहते क्या हस्तिनापुर में?" प्रभा ने पूछा।

"एक तो विदुर योद्धा नहीं हैं और दूसरे विदुर का वध करने का साहस दुर्योधन नहीं कर सकता...।" युयुत्सु रुक गया, "नहीं! शायद ऐसा नहीं है। जो श्रीकृष्ण को बन्दी करने का दुस्साहस कर सकता है, वह महात्मा विदुर का वध भी कर सकता है। उसे शायद वे कभी इस योग्य लगे ही नहीं।...मैं क्या करूँ प्रभा! मेरी समझ में कुछ नहीं आता।"

"तू वही कर, जो तू कर सकता है।" माँ ने कटु स्वर में कहा।

"मैं क्या कर सकता हूँ माँ?"

"तू क्या कर सकता है, मैं जानती हूँ।" माँ ने कहा, "तू अपनी माँ को युधिष्ठिर की माँ के ही समान किसी सम्बन्धी के द्वार पर पड़ी रहने को बाध्य कर सकता है। तू अपनी पत्नी को द्रौपदी के ही समान सभा में सार्वजनिक रूप से अपमानित करवाने का प्रबन्ध कर सकता है।"

लगा, युयुत्सु की हताशा अकस्मात् ही विलुप्त हो गयी और उसका तेज जाग्रत हो आया, "तो इस भय से मैं पाप और अधर्म का पक्ष ले कर धर्म की हत्या करने पर उतारू हो जाऊँ?..." उसने अपनी माँ की ओर देखा और दृढ़ स्वर में बोला, "तुमने तो माँ मेरा पक्ष और दृढ़ कर दिया। तुमने ही मुझे बताया कि हस्तिनापुर में जो दुर्योधन की आज्ञा के अधीन नहीं रहता, उसके साथ क्या व्यवहार किया जाता है। यहाँ भय का साम्राज्य है अथवा लोभ का।...और माँ! मैं न लोभ के अधीन हो लार टपका सकता हूँ, न भय से दुम हिला सकता हूँ।..."

"तो फिर क्या करेगा तू?"

"क्या करूँगा, नहीं जानता; किन्तु क्या नहीं करूँगा, वह बहुत स्पष्ट है मेरे मन में।" युयुत्सु का स्वर पर्याप्त दृढ़ हो आया था।

28

कुन्ती दिन भर प्रतीक्षा करती रहीं; किन्तु कृष्ण का कोई संदेश नहीं आया। विदुर ने निश्चित् सूचना दी थी कि कर्ण को कृष्ण अपने रथ में अपने साथ ले कर तो गये थे; किन्तु कुछ समय पश्चात् कर्ण अपने रथ पर हस्तिनापुर लौट आया था और अब हस्तिनापुर में ही था। विदुर से कुन्ती यह नहीं पूछ सकती थी कि कृष्ण ने कर्ण से क्या बातें की। उसे उसका रहस्य बता दिया अथवा नहीं?...

किन्तु यदि कर्ण हस्तिनापुर में विद्यमान था, तो उसका अर्थ यह था कि वह दुर्योधन को छोड़कर पाण्डवों के पक्ष से लड़ने को तैयार नहीं था, अन्यथा उसे इस समय उपप्लव्य में, पाण्डवों के शिविर में होना चाहिए था। यदि उसने पाण्डवों के अनुकूल कोई भी निर्णय किया होता, तो कृष्ण उसकी सूचना अवश्य भिजवाता। किसी भी प्रकार की सूचना के अभाव में से तो यही मानना होगा कि कर्ण ने दुर्योधन का साथ छोड़ना स्वीकार नहीं किया है।...ऐसे में कुन्ती को उससे मिलना होगा। वह बिना कोई प्रयत्न किये विदुर के घर में बैठी-बैठी, अपने पुत्रों के परस्पर युद्ध और एक-दूसरे की हत्या के समाचार नहीं सुन सकती।

सोने से पहले कुन्ती ने निर्णय कर लिया था कि वे प्रातः कर्ण से अवश्य भेंट करेंगी; फिर भी जाने क्यों सारी रात वे जैसे ऊहापोह के थपेड़ों से आन्दोलित होती रहीं। किसी भयंकर अनिष्ट की आशंका से पीड़ित रहीं। नींद में भी इस प्रकार के स्वप्न देखती रहीं कि प्रातः जब वे घाट पर पहुँचती हैं, कर्ण स्नान

कर, वहाँ से जा चुका होता है।...एक आध स्वप्न उन्होंने इस प्रकार का भी देखा कि कर्ण उन्हें वहाँ मिल तो जाता है, किन्तु उसके साथ शकुनि और दुर्योधन भी हैं।...कुन्ती उससे कहती हैं कि वे एकान्त में उससे कुछ चर्चा करना चाहती हैं; किन्तु वह हठ पकड़ लेता है कि शकुनि और दुर्योधन उसके इतने आत्मीय हैं कि उनसे उसका कुछ भी गोपनीय नहीं है। वह जो भी चर्चा करेगा, उनके सम्मुख ही करना चाहेगा।...कुन्ती को देख कर दुर्योधन और शकुनि कुछ इस प्रकार हँसते हैं, जैसे द्यूतसभा में द्रौपदी को अपमानित करते हुए हँसे थे...और सहसा, कुन्ती, द्रौपदी में परिवर्तित हो जाती हैं। कुन्ती और द्रौपदी एक हो जाती हैं...और उधर कर्ण, शकुनि और दुर्योधन, एक-दूसरे में समा कर, एक ही व्यक्ति में ढल जाते हैं और उनका चेहरा धृतराष्ट्र का चेहरा बन जाता है।...

कुन्ती ने एक लम्बा चीत्कार किया और उसकी नींद टूट गयी। उन्हें लगा, वे स्वेद से नहाई हुई हैं, और उनका हृदय इतने वेग से धड़क रहा है, जैसे वे कई योजन दौड़ कर आयी हों...

उसके पश्चात् कुन्ती को नींद नहीं आयी। कुछ देर तक वे करवटें बदलती रहीं और फिर उन्होंने सोने का प्रयत्न ही त्याग दिया। बिस्तर से उठ, कक्ष से बाहर आ कर देखा : आकाश पर तारे टिमटिमा रहे थे; किन्तु पवन यह भी कह रहा था कि उषा के प्रकट होने में अब बहुत देर नहीं है।

स्वयं को उत्तरीय में पूर्णतः लपेटकर, कुन्ती बाहर निकल आईं। यह तो अच्छा ही हुआ कि नींद जल्दी टूट गयी, अन्यथा प्रकाश फैल जाता और गंगा-तट पर आवागमन बढ़ जाता। फिर वे किस-किस से छुपतीं और किस-किसको स्वष्टीकरण देतीं...

सामने से कोई आ रहा था। कुन्ती एक ओर हट गयीं और उस आनेवाले की ओर देखा : ऊँचा डील-डौल, लहराते हुए लम्बे श्वेत केश और वैसी ही लम्बी श्वेद श्मश्रु। वे गम्भीर स्वर में मन्त्र-जाप कर रहे थे।...कुन्ती ने उस छँटते हुए अन्धकार में भी पहचान लिया : ये पितामह भीष्म थे। वे स्नान कर लौट भी आये थे। कुन्ती ने सुना था कि भीष्म और कर्ण का कुछ ऐसा ही नियम बँधा था कि वे एक साथ घाट पर उपस्थिति नहीं होते थे। वैसे भी पितामह सूर्योदय से पूर्व ही अपने भवन में पहुँच जाते थे; और कर्ण सूर्योपासना करके ही गंगा-तट छोड़ता था।...भीष्म लौट रहे थे, इसका अर्थ था कर्ण के आने का समय हो रहा था।

घाट से कुछ पहले ही कुन्ती ने मार्ग छोड़ दिया और वृक्षों के एक झुरमुट के पीछे शान्त भाव से खड़ी हो गयीं। वे जिस स्थान पर खड़ी थीं, वहाँ सहज

ही किसी की दृष्टि नहीं पड़ सकती थी। वैसे भी इस समय गंगा स्नान के लिए आनेवाले लोग प्रायः अपने ध्यान में लीन होते थे। वे वृक्षों के पीछे छिपे लोगों की खोज नहीं करते थे।

कुन्ती को बहुत प्रतीक्षा नहीं करनी पड़ी : कर्ण अभी दूर ही था कि उसके आने का पता लग गया। वह ब्राह्मणों के एक झुण्ड से घिरा हुआ आ रहा था, जो 'महाराज' कर्ण और 'अंगराज' कर्ण का जयजयकार कर रहा था।...कुन्ती को लगा कि सहसा ही गंगा तट का वह सात्विक वातावरण किसी राजप्रासाद के गलियारे-सा राजसिक हो गया है। थोड़ी देर पहले तक वहाँ पूर्ण निस्तब्धता थी और बीच-बीच में जो स्वर उठता भी था, वह गंगा अथवा महादेव शिव के जय-जयकार का होता था, अथवा कोई ऐसा मन्त्र, कोई ऐसी ऋचा, जो गंगास्नान के ही समान पवित्र होती थी। ये सांसारिक जयघोष तो कर्ण के साथ ही आये थे।...ये याचक ब्राह्मण इस मुहूर्त में, गंगातट पर आकर भी ईश्वर का स्मरण नहीं कर रहे थे, वे मनुष्य का जय-जयकार कर रहे थे।...उनकी बाध्यता को कुन्ती समझ सकती थीं। उन्हें धन चाहिए था, और वह उन्हें कर्ण के माध्यम से ही प्राप्त होनेवाला था। वे तो उसी का जय-जयकार करेंगे। मनुष्य की दृष्टि इतनी सीमित है, वह इतनी कम दूरी तक देख सकता है कि उसे केवन प्रत्यक्ष लाभ ही दिखायी पड़ता है।...वे लोग यदि एक-आध प्रहर ईश्वर का जय-जयकार करेंगे तो ईश्वर आकाश से दो-चार स्वर्ण मुद्राएँ तो टपका नहीं देगा; किन्तु कर्ण का थोड़ा-सा जयघोष कदाचित उन्हें कुछ स्वर्ण अथवा रजत मुद्राएँ दिलवा देगा।...पर ईश्वर क्यों विमुख करता है याचकों को? क्यों नहीं वह भी कोई ऐसा नियम बना देता कि किसी एक निश्चित संख्या में उसका जय-जयकार करने पर वह एक स्वर्ण मुद्रा देगा। इससे लोगों में भक्ति-भावना की वृद्धि होगी...

और सहसा कुन्ती को हँसी आ गयी...वे संसार में ईश्वरीय विधान प्रचलित करने की बात नहीं सोच रहीं; वे तो ईश्वर को ही सांसारिक विधान ओढ़ा रही थीं। मनुष्य का मन अपना जय-जयकार सुनकर जितना पुलकित होता है, ईश्वर का मन नहीं होता होगा। ईश्वर में अहंकार नहीं है कि वह जय-जयकार सुन कर प्रसन्न हो जाये और स्वर्णमुद्राओं की वर्षा कर दे।...वह मनुष्य के शब्दों को नहीं सुनता, उसके मन को देखता है। तृष्णाहीन सात्विक मन की सारी आवश्यकताएँ तो वह स्वयं ही पूरी कर देता है...

कुन्ती के मन में युधिष्ठिर का चित्र उभरा...उसे न राज्य की इच्छा है, न जय-जयकार सुनने की तृष्णा। राजसभा के बाहर उसके आस-पास कितने

ब्राह्मण होते हैं। ईश्वर, धर्म तथा भक्ति सम्बन्धी कितनी चर्चा होती है, उसके सम्मुख।....किन्तु प्रशस्ति केवल ईश्वर की होती है, युधिष्ठिर की नहीं।...कर्ण इस पवित्र गंगा स्नान और इस दान-दक्षिणा से क्या पायेगा? दान तो वह होता है, जो एक हाथ से दे तो दूसरे को उस का आभास भी न हो। मन में उसका अहंकार तो आये ही नहीं। दुखी के प्रति संवेदना के कारण, अपना धन उसे देकर, मन सात्विक आनन्द का अनुभव करे। अपना जय-जयकार करवाकर धन देने से तो अहंकार में ही वृद्धि होगी; और उसका अहंकार ही तो सारे कष्टों का, सारे दुखों का मूल है।

कुन्ती ने अपने चिन्तन को जैसे बलात् रोका।...कर्ण उसका पुत्र है। पुत्र का यश सुनकर, उसका महत्त्व देख कर, माँ को प्रसन्न होना चाहिए...और वे हैं कि पुत्र के गुणों में भी दोष निकालने लगी हैं...युधिष्ठिर में सात्विकता है, और कुन्ती चाहती हैं कि उसके मन में रजोगुण की वृद्धि हो। कर्ण में राजसिकता है और वे चाहती हैं कि उसमें सात्विकता जागे।...युधिष्ठिर युद्ध करना नहीं चाहता और कुन्ती की इच्छा है कि वह युद्ध करे। कर्ण युद्ध के लिए आतुर है और कुन्ती चाहती हैं कि वह युद्ध न करे।

कुन्ती ने अपने सिर को झटका...वे ऐसा कुछ नहीं चाहतीं। उनकी तो एकमात्र इच्छा है कि युधिष्ठिर धर्म के लिए, अपने सम्मान के लिए, युद्ध करे और कर्ण अधर्म के पक्ष से न लड़े।...वे चाहती हैं कि नारीत्व का अपमान करनेवालों को कठोरतम दंड मिले। वे चाहती हैं कि युधिष्ठिर सम्राट बनने के लिए चाहे न लड़े, किन्तु द्रौपदी के अपमान का प्रतिशोध लेने के लिए अवश्य खड्ग उठाए।...वे तो इतना ही चाहती हैं कि उनके पुत्रों को उनका अधिकार मिले और वे परस्पर एक-दूसरे का वध करने के स्थान पर, मिलकर प्रेमपूर्वक रहें।...

उनका मन अपना ताना-बाना बुनता जा रहा था और उनकी आँखें कर्ण को निहार रही थीं।...कर्ण ने स्नान किया, सूर्य की उपासना की; और अब वह ब्राह्मणों को दान दे रहा था...कुन्ती को हँसी आ गयी...जिनको दान दिया जा रहा था, वे दान की कामना में आये तो साथ थे; किन्तु दान पाते ही विदा होते जा रहे थे। दान प्राप्त कर लेने के पश्चात्, दाता से उनका कोई रागात्मक सम्बन्ध नहीं रह जाता था। अब दाता के साथ वे याचक नहीं, दाता का अपना पुण्य मात्र था...

अब कर्ण एकदम अकेला था।...इसी क्षण की प्रतीक्षा थी कुन्ती को।...यदि वे संकोच कर गयीं और कर्ण विदा हो गया, तो उनकी वही स्थिति होगी, जो वे कल रात अपने स्वप्नों में देखती रही हैं...या यह भी सम्भव है कि कर्ण से

मिलने के लिए कोई और आ जाये और कुन्ती को उससे बात करने के लिए वांछित एकान्त न मिले।...

कुन्ती वृक्षों के झुरमुट से निकलकर आगे बढ़ीं और कर्ण के सम्मुख आ गयीं।

कर्ण ने आहट पाकर सिर उठाया। सामने खड़े व्यक्ति को वह पहचान नहीं सकता था।...एक तो मेघों के आ जाने के कारण सूर्य का प्रकाश अपनी पूर्ण क्षमता के साथ पृथ्वी तक पहुँच नहीं पा रहा था; दूसरे उस व्यक्ति ने अपने उत्तरीय में स्वयं को पूर्णतः छिपा रखा था।...

"कौन है?" कर्ण ने पूछा।

"एक याचक!" कुन्ती ने धीरे से कहा, "मुझे महाराज से एकान्त में कुछ माँगना है।"

कर्ण को कुछ आश्चर्य हुआ। कंठ नारी का सा था; किन्तु उसकी ऊँचाई पुरुष होने का सा भ्रम उत्पन्न कर रही थी।...कौन है यह याचक?...किन्तु एकान्त में क्यों?...सम्भवतः कोई स्वाभिमानी व्यक्ति है, जिसके लिए दान लेने का निषेध हो, किन्तु दान के बिना उस का कोई काम रुक गया हो।...

"बोलो, क्या चाहिए? यहाँ एकान्त ही तो है।" कर्ण ने कहा।

"अभी एकान्त है, किन्तु किसी भी क्षण कोई आ सकता है। सम्भव है कि अपनी बात कहने में मुझे कुछ समय लग जाये।" कुन्ती ने कहा, "मुख्य मार्ग से हटकर यदि आप इधर वृक्षों के पीछे आ जायें।..."

कर्ण क्षण भर के लिए ठिठका।...कल कृष्ण के निमन्त्रण पर भी वह ठिठका था। कहीं कोई षड्यन्त्र तो नहीं रचा जा रहा।...यद्यपि वह जानता था कि क्षत्रियों में अपने शत्रु को चुनौती देकर, सम्मुख युद्ध में मारने का प्रचलन है...फिर भी स्वयं दुर्योधन ने भीम को विष खिला दिया था और लाक्षागृह में पाण्डवों को जलाकर मारने का प्रयत्न किया था।...ऐसे में यह तो नहीं सोचा जा सकता था कि कोई दूसरा व्यक्ति इस प्रकार का षड्यन्त्र नहीं कर सकता। सम्भवतः उन वृक्षों के पीछे किसी ने भृतक हत्यारे छिपा रखे हों और इस नारी कंठवाले पुरुष को, उसे बुलाने के लिए भेजा हो।

कर्ण ने अपनी सारी आशंकाओं को झटक दिया...हस्तिनापुर में गंगा के निकट...इस प्रकार का षड्यन्त्र सम्भव नहीं है।...और फिर आवश्यकता होने पर निःशस्त्र कर्ण भी दस-बीस शस्त्रधारियों से अकेला भी भिड़ सकता है...उन वृक्षों के पीछे कोई पूरी वाहिनी तो छिपी नहीं होगी।

कर्ण, कुन्ती के दिखाए मार्ग पर चला आया...यह निभृत स्थान था।... सम्भवतः घाट पर यहाँ का शब्द सुना तो जा सकता था, किन्तु सहज ही देखा नहीं जा सकता था।...

"कौन हो तुम?"

कुन्ती का उत्तरीय उनके सिर और चेहरे से हटता हुआ, कंधों पर आ गया।

"ओह आप!" कर्ण के मन में जैसे ज्वार उठा; किन्तु उसे अपना संकल्प विस्मृत नहीं हुआ था।...उसे तनिक भी कोमलता नहीं दिखानी थी। उसे तो कठोर बनना था...क्रूरता की सीमा तक...

"मैं याचक बनकर आयी हूँ अंगराज!" कुन्ती ने कहा, "इसलिए मुझे याचिका की पूर्वपीठिका स्पष्ट करनी होगी।"

कर्ण के मन में आया कि वह तत्काल वहाँ से चल दे। वह जानता था कि कुन्ती की याचना कृष्ण के आग्रह से भिन्न नहीं होगी। वह पुनः उसी द्वन्द्व में पड़ना नहीं चाहता था।...किन्तु अपने सामने खड़ी इस नारी को, एक साधारण याचक मान झटक कर वह जा भी नहीं सकता था।...आज तक उसने जिस कुन्ती को देखा था, वह पाण्डवों की माता थी, उसके शत्रुओं की माता।...आज जो कुन्ती उसके सम्मुख खड़ी थी, वह उसकी अपनी जननी थी।...उसने कुन्ती को अगणित बार देखा था; किन्तु अपनी जननी को तो वह पहली ही बार देख रहा था।...

कर्ण मौन खड़ा था। कुन्ती उसके बोलने की प्रतीक्षा दीर्घकाल तक नहीं कर सकती थी। बोली, "राधेय! तुम्हारा पालन-पोषण अधिरथ के घर में हुआ है; किन्तु क्या तुम जानते हो कि तुम्हारी जननी मैं हूँ? तुमने मेरी कुक्षि से जन्म लिया है पुत्र!"

कुन्ती कल्पना कर रही थीं कि यह सूचना पाते ही वह दौड़कर आतुरतापूर्वक उनसे लिपट जायेगा और कदाचित कुछ रोष जताते हुए यह भी कहेगा कि आज तक उससे यह सम्बन्ध छिपाया क्यों गया था।...या फिर सम्भव है कि वह क्रुद्ध होकर फट पड़े कि जब वे जानती थीं कि वह उनका पुत्र है और उनके निकट है, तो उन्होंने उसे इतना तड़पाया क्यों?

किन्तु कर्ण मौन ही नहीं, निस्पन्द खड़ा उन्हें देखता रहा।

कुन्ती अवाक् रह गयी : वे अब ऐसा क्या कहतीं, जिससे उतेजित होकर, कर्ण कुछ बोल पड़ता--पक्ष में, विपक्ष में; प्रसन्नता में, क्रोध में। ब्रह्मास्त्र तो वे पहले ही छोड़ चुकी थीं। अब छोटे-मोटे शस्त्रास्त्रों का क्या काम?...जब कर्ण पर्याप्त समय तक कुछ नहीं बोला, तो कुन्ती ही पुनः बोलीं, "तुम कुछ बोलते क्यों नहीं पुत्र? क्या तुम्हारे लिए यह सूचना कोई अर्थ नहीं रखती। क्या तुम अपनी खोई हुई माता और भाइयों को पाकर प्रसन्न नहीं हो?"

"यह सब कुछ कृष्ण मुझे पहले ही बता चुके हैं।" कर्ण सर्वथा ऊष्मारहित स्वर में बोला, "किन्तु मैं सोचता हूँ कि जो सूचना आप सबने वर्षों तक मुझसे छुपाये रखी, अब अकस्मात् ही वह इस प्रकार क्यों उद्घाटित की जा रही है?" उसने रुककर कुन्ती की ओर देखा, "क्या महत्त्व है, इस सूचना का मेरे लिए? इससे मुझे यह ज्ञात नहीं हुआ कि मेरे माता-पिता कौन हैं। इससे मुझे यह ज्ञात हुआ कि मेरी इस दुर्दशा के लिए उत्तरदायी कौन हैं। कौन है वह, जिसने अपने मिथ्या सामाजिक सम्मान के लिए एक नवजात शिशु के सुख-सुविधा, कीर्ति-यश की बात तो जाने दीजिए, उसके जीवन की भी चिन्ता नहीं की। बहा दिया उसे नदी की धारा में, डूबने, मरने के लिए। आज मुझे यह ज्ञात नहीं हुआ कि मुझे जन्म किसने दिया, मुझे यह ज्ञात हुआ कि मेरी हत्या का प्रबन्ध किसने किया।"

इस बार कुन्ती की प्रतिक्रिया, कर्ण की अपेक्षा से सर्वथा प्रतिकूल हुई। उसने सोचा था कि लज्जित होंगी, लड़खड़ा जायेंगी, उसे शब्द नहीं मिलेंगे, सम्भव है कि नयनों से अश्रु टपकने लगें। कदाचित वे पश्चात्ताप प्रकट करें। सम्भवतः क्षमा माँगे...किन्तु कुन्ती का चेहरा तो क्षोभ के मारे कठोर ही नहीं, कुछ प्रदीप्त भी हो उठा, "तो खड्ग निकालो। कर दो मेरा वध। प्रतिशोध नहीं लोगे? वैसे भी तुम्हारी तो हत्यारिणी हूँ मैं। माता तो मैं उनकी हूँ, जिन्हें आजीवन पीड़ित, अपमानित और वंचित करना, तुम्हारे अस्तित्व का एकमात्र लक्ष्य रहा है। मेरा वध कर दोगे, तो तुम्हें पीड़ा भी नहीं होगी, वे वंचित भी होंगे और स्वयं को अपमानित भी अनुभव करेंगे। उससे तुम्हें अपार हर्ष होगा। तुम्हारे मित्रों को स्वर्गिक आनन्द मिलेगा।"

"मेरी शूरवीरता एक असहाय वृद्धा की हत्या कर गौरवान्वित नहीं होगी। ..." कर्ण का मन वहाँ से तत्काल चल देना चाहता था, बिना किसी चर्चा और संवाद के, किन्तु उसके पग धरती में जैसे कीलित हो गये थे। कुन्ती की पूरी बात सुने बिना, उनकी भर्त्सना कर, उन्हें अनुत्तरित किये बिना चले जाने में क्या सुख था।

"तुम्हारी शूरवीरता तो केवल एक असहाय युवती को सार्वजनिक रूप से निर्वस्त्र कर गौरवान्वित होती है न।" कुन्ती की आँखों में से जैसे कोई हिंस्र जीव झाँक रहा था, "अपनी वीरता का अधिक बखान मत करो। तुम नहीं जानते कि मैं तुम्हारी जननी हूँ; किन्तु मैं जानती थी कि मैंने तुम्हें जन्म दिया है...और अपने पुत्र की वीरता देख-देख कर, एकान्त में सिर पटक-पटककर वर्षों रोती रही हूँ मैं।..."

कर्ण की आँखें आश्चर्य से फैलकर कुछ और बड़ी हो गयीं। इस माता को अपने पुत्र...कर्ण जैसे पुत्र...की वीरता पर गर्व नहीं है?...पर वह अपने पुत्र के कृत्यों से पीड़ित होती रही है?...कर्ण की आखों में दमित आक्रोश प्रकट हुआ...ये लोग आज तक उसका तिरस्कार किसी और पद्धति से करते रहे थे। आज इस नयी पद्धति का आविष्कार किया है इन्होंने।

"वह मेरा प्रतिशोध था।" कर्ण का स्वर पूर्णतः आश्वस्त था, "उसने अपने स्वयंवर में मुझे सूतपुत्र कहा था।"

"वह तो यही जानती थी कि तुम अधिरथ के पुत्र हो; तो वह तुम्हें ऋषिपुत्र कैसे कह देती।" कुन्ती के स्वर में झंझावत का सा वेग था, "महाराज धृतराष्ट्र जब संजय को 'सूतपुत्र' कहते हैं, तो संजय उनके परिवार की स्त्रियों को अपमानित करने पर उतारू नहीं हो जाता।"

"धृतराष्ट्र संजय का सम्मान करते हैं; किन्तु उसने मेरा अपमान करने के लिए वह सब कहा था। यदि वह मेरा अपमान न करती तो मैं उसका अनादर क्यों करता?" कर्ण की वाणी का बल क्षीण हो रहा था, "अन्यथा मैं स्त्रियों का बहुत सम्मान करता हूँ।"

"प्रतिशोध ही लेना था तो वीर पुरुषों के समान लेते। निकाल लेते खड्ग और उसके रक्षकों को सम्मुख युद्ध में वध कर, उसका हरण कर लाते।" कुन्ती बोली, "यह प्रतिशोध है तुम्हारा। राजसभा में बुलाकर, उसके वीर पतियों को धर्म के बन्धन में बाँध, एक असहाय स्त्री के नारीत्व से प्रतिशोध...।" कुन्ती की दृष्टि कर्ण पर लक्ष-लक्ष धिक्कारों की वर्षा कर रही थी, "और मैं जानती हूँ, कितना सम्मान करते हो तुम स्त्री का। जो स्त्री तुम्हारे विरुद्ध कहे, तुम्हारी कामनापूर्ति में विघ्न बने, उसे तुम वेश्या कह कर पुकारते हो। उसे सार्वजनिक रूप से निर्वस्त्र कर, उसकी पीड़ा से आनंदित होते हो, उसके अपमान से गौरवान्वित होते हो।" कुन्ती के स्वर में जैसे कोई तरल तप्त धातु बह रही थी, "अपने अपमान का दुःख है तुमको...जो अपमान तुम लोगों ने पांचाली का किया है, जो अपमान तुम लोगों ने पाण्डवों का किया है...द्यूतसभा में उनके वस्त्र उतरवा दिये और महावीरों के सम्मुख उनकी पत्नी को 'वेश्या' कहकर, उसे नग्न करने का प्रयत्न किया, उसे रति-निमन्त्रण दिया।...उसे दूसरा पति चुन लेने को कहा...उस अपमान से बड़ा अपमान किया था पांचाली ने तुम्हारा?...तुम्हारे उस नीच कर्म को देख कर भी क्या प्रतिक्रिया थी पांडवों की? उन्होंने युद्ध की प्रतिज्ञा की, धर्म की प्रतिज्ञा की और चुपचाप चले गये उठकर। यदि वे भी धर्म को भूलकर, अपने अपमान का प्रतिशोध लेने को तत्पर होते, अपने शस्त्र उठा लेते, तो देखती मैं तुम लोगों की वीरता।...और तुम्हें यह भी सूचित

कर दूँ, महावीर! कि उसने तुम्हारा अपमान नहीं किया था, केवल तुमसे विवाह करने की अनिच्छा प्रकट की थी। यदि यह अपमान था तो तुम जानते ही होगे कि प्रत्येक स्वयंवर में नारी, सम्मान तो केवल एक ही पुरुष का करती है, शेष सबका तो अपमान ही होता है।"

"यदि पांचाली मुझसे विवाह नहीं करना चाहती थी, तो यही कहती। उसने जाति की बात क्यों कही?" कर्ण का दमित आक्रोश फिर से उफन आया था; किन्तु उस की वाणी में विश्वास का बल नहीं था।

"इसलिए कि वह यह नहीं कह सकती थी कि वह उस आततायी से विवाह नहीं करेगी, जो निर्दोष लोगों को उनकी निद्रावस्था में जलाकर मार डालने का षड्यन्त्र करता है, करवाता है; और ऐसे षड्यन्त्र करनवालों का साथ देता है।"

"उस कांड के लिए मुझसे बड़ा दोषी दुर्योधन है। पांचाली ने उसे क्यों नहीं रोका?" कर्ण कुछ और बिफरकर बोला, "क्यों नहीं लगाया उस पर आरोप? मेरी ही जाति...।"

"चुप रहो तुम!" कुन्ती ने उसे डाँटा, जैसे माँ अपने नन्हें बच्चे का डाँटती है, "तुम आज तक यही करते आये हो। केवल अपनी रट लगाए रहते हो, दूसरे की सुनते नहीं। अपना हर पक्ष जानते हो, दूसरे का पक्ष जानना नहीं चाहते।...आज तुम पहले मेरी बात सुनो।"

कर्ण सहम गया। आज तक उसे इतनी ममता से किसी ने नहीं डाँटा था। वह चाहे कुन्ती को माता का सम्मान देने को प्रस्तुत नहीं था; किन्तु यह सत्य था कि वे उसकी जननी हैं। इसीलिए कुन्ती ने उसे इस प्रकार डाँटने का साहस किया था।...कर्ण उन्हें अपनी माँ माने या न माने, वे तो उसे अपना पुत्र मानती ही हैं।...मानती क्या हैं वह उनका पुत्र है।...

"सुन रहा हूँ मैं।" इस बार कर्ण का स्वर कुछ दबा हुआ था।

"दुर्योधन को रोकने की आवश्यकता नहीं थी पांचाली को।" कुन्ती बोली, "उसमें सामर्थ्य ही नहीं था कि वह स्वयंवर की प्रतिज्ञा पूरी कर सकता। इसलिए उस का स्वयंवर में सम्मिलित हो, असफल अपमानित होना अधिक बड़ा दंड था। तुम्हारे सफल होने की सम्भावना थी, इसी भय के कारण उसने तुम्हें रोक दिया।" कुन्ती ने रुककर उसकी ओर देखा, "और सूत एक व्यवसाय है, जाति नहीं। अपने व्यवसाय से संबंधित होने पर वही अपमान का अनुभव करता है, जो स्वयं को हीन मानता है। तुम सूत के व्यवसाय को हीन मानते हो; अधिरथ और संजय, ऐसा नहीं मानते। तुम राधेय कहलाने में आज अपमान का अनुभव नहीं करते; कल यदि तुम्हारे मन में, यह भाव उठे कि राधा एक साधारण स्त्री

है, हीन स्त्री है, तुम्हारी माता होने के योग्य नहीं है, तो तुम राधेय पुकारे जाने पर भी अपमान का अनुभव करोगे...।"

कर्ण को कोई उत्तर नहीं सूझा।...सत्य ही कह रही हैं कुन्ती।...आहत तो उसका अहंकार होता था...अन्यथा धनुर्धर के रूप में अर्जुन की श्रेष्ठता की चर्चा सुनकर, वह क्यों तड़प उठता था।...अधिरथ के परिवार में पलने और बढ़ने के बाद भी 'सूतपुत्र' सुनते ही, उसके तन-बदन में आग क्यों लग जाती थी।...उसका मन कभी इस प्रकार स्वयं से तटस्थ होकर, अपने ऊपर अभियोग लगाने, अथवा लगाए गये अभियोग पर विचार करने को तैयार नहीं हुआ था...पर आज...कर्ण को लगा कि उसके अहंकार का कोई कगार टूटकर गिर गया था। मन कैसा तो विगलित-सा हो गया था। वह अपने अधरों में ही फुसफुसाया, "आप अब तक कहाँ थी देवि! मुझे समझाने पहले क्यों नहीं आईं?"

"देवि क्यों कहता है, हत्यारिणी कह।" कुन्ती के तेवर जैसे वक्र थे; किन्तु उसका स्वर कुछ और भीग आया था, "तू अपनी व्यथा की बात कहता है पुत्र! कभी उस कुन्ती की व्यथा पर भी विचार कर।...बहुत छोटी थी, जब मेरे जनक शूरसेन ने मुझे अपने पितृष्वसीय कुंतिभेज को दे दिया था। पिता कुंतिभोज के घर में क्या अवस्था रही होगी मेरी, सोच! दुर्वासा जैसे औघड़ और क्रोधी ऋषि को प्रसन्न रखने का दायित्व सौंपा गया था मुझे।...पिता का आदेश! उनके सम्मान की रक्षा!...दुर्वासा को मैं किसी भी प्रकार अप्रसन्न नहीं होने दे सकती थी। उनके रोष को रोकना था, जैसे भी हो...यह उनकी ही मन्त्रणा थी कि तेरा जन्म हुआ।...यह कैसे सम्भव था पुत्र! कि मेरे जैसी अबोध बालिका मात्र, उस प्रासाद में रहते हुए, अपने पिता से अपना गर्भ छिपा लेती, उनके अज्ञान में ही प्रसव हो जाता और अपने नवजात शिशु को मरने के लिए मैं अश्व नदी के जल में प्रवाहित कर आती?...पर इसमें तेरा भी क्या दोष। तुझे तो राधा और अधिरथ ने यही बताया होगा कि तू उन्हें गंगा की धारा में बहता हुआ मिला।...मेरे पिता कुंतिभोज ने उन्हें यही कहने को कहा होगा।"

कर्ण चौंका, "तो क्या उन्होंने मुझे गंगा की धारा में नहीं पाया?"

कुन्ती के अधरों पर एक मन्द मुस्कान आ बैठी, "कभी उस सारे भूगोल पर दृष्टि डाली होती, तो तुझे इस कथा के सत्य का ज्ञान हो गया होता।"

कर्ण ने कुछ नहीं कहा। मौन अधरों औ उपेक्षापूर्ण नयनों से कुन्ती की ओर देखता रहा।

"भोजपुर से अश्व नदी में बहाई गयी एक मंजूषा, सुरक्षित बहती हुई आकर चर्मणवती में बहने लगती है। चर्मणवती उसे बहाकर यमुना में ले जाती है। यमुना उसे प्रयाग में गंगा को सौंपती है; और चम्पानगरी में अधिरथ उसे

गंगा की धारा में से निकालता है। वह एक साधारण मंजूषा थी अथवा चतुर और दक्ष नाविकों द्वारा चालित कोई सैनिक अथवा व्यापारिक बेड़ा, जो सहस्रों योजन तैरता हुआ, सुरक्षित चम्पानगरी तक जा पहुँचा?" कुन्ती ने कर्ण की ओर देखा, "तुमने कभी इस कथा का बौद्धिक विश्लेषण किया होता, तो स्वयं ही समझ जाते कि यह सम्भव नहीं है, वह मात्र एक कथा है...।"

"क्यों? सम्भव क्यों नहीं है?" कर्ण ने क्षीण स्वर में प्रतिवाद किया, "ईश्वर की इच्छा हो तो कुछ भी सम्भव हो सकता है।"

"न मैं ईश्वर से विवाद करती हूँ, न उसकी इच्छा का विरोध।" कुन्ती बोलीं, "किन्तु ईश्वर की बनाई इस प्रकृति के भी कुछ नियम हैं। सहस्रों योजन की यात्रा में किसी लहर ने उस मंजूषा को नहीं डुबोया, कहीं जल उसमें प्रविष्ट नहीं हुआ, किसी महामत्स्य अथवा ग्राह ने उस पर आक्रमण नहीं किया, कोई डोंगी, कोई नौका अथवा जलपोत उसके मार्ग में नहीं आया, किसी भँवर ने उस मंजूषा को नहीं घेरा, उस नवजात शिशु को इतने दीर्घ काल तक न भूख ने पीड़ित किया, न प्यास ने। वह तो जैसे अमृत पी कर सोया हुआ था।... सहस्रों योजनों की उस यात्रा में, मार्ग में किसी और मनुष्य ने उस मंजूषा को नहीं देखा, किसी ने उसे नहीं रोका...। वह सीधी अधिरथ के पास जा पहुँची, जैसे उस पर अधिरथ का नाम और पता लिखा हुआ था।"

"मैंने कहा न कि यह ईश्वर की इच्छा थी।" कर्ण कुछ रोषपूर्वक बोला, "वह मेरे जीवन की रक्षा करना चाहता था।"

"जब अपने जीवन की रक्षा को तू ईश्वरीय विधान मानकर सन्तुष्ट है, तो जननी द्वारा अपने त्याग और अधिरथ सूत के घर पालन-पोषण को भी ईश्वरीय विधान क्यों नहीं मानता? उसके लिए तू अपनी माँ से क्यों रुष्ट है?" कुन्ती की दृष्टि जैसे कर्ण के हृदय के आर-पार देख रही थी, "पर तू वह क्यों मानेगा, जिसमें किसी दूसरे को अपना अपराधी घोषित कर, उसे दण्डित न कर सके। वैसे भी तुझे अभ्यास हो गया है, स्वयं को एक दिव्य पुरुष मानने का। तू सूर्यपूत्र है। अलौकिक रूप पाया है तूने। मंजूषा में रख कर जल में प्रवाहित किया गया और ईश्वर स्वयं हाथों से मंजूषा को खेकर, अधिरथ के पास ले गये, और आदेश दिया, 'इसका पालन-पोषण करो। यह दिव्य सन्तान है। बड़े होकर बहुत सारे असाधारण कार्य करने हैं इसे। कुलवधुओं का अपमान करना है...माता को हत्यारिणी घोषित करना है...भाइयों का वध करने की प्रतिज्ञा पूरी करती है इसे।'...पर वे तेरी मंजूषा मेरे पास क्यों लाते। मैं तो हत्यारिणी हूँ। मुझ हत्यारिणी की गोद में, तुझ जैसा एक दिव्य पुरुष कैसे पलता।"

कर्ण सिर झुकाए चुपचाप खड़ा रहा। कुछ क्षणों के पश्चात् उसने दृष्टि उठाई, "तो सत्य क्या है माता?"

कुन्ती चौंकी...कर्ण ने उसे माता कह कर सम्बोधित किया था।...इसका कुछ तो अर्थ होगा...उसका मन कहीं तो थोड़ा पिघला होगा...

"सत्य यह है पुत्र! कि मेरे पिता महाराज कुंतिभोज, न अपनी पुत्री की कानीन सन्तान को समाज के सम्मुख स्वीकार करना चाहते थे, न उसकी हत्या का पाप अपने सिर लेना चाहते थे। इसलिए किन्हीं सूत्रों से सन्तानहीन राधा और अधिरथ से सम्पर्क कर, तुम्हें उन्हें सौंप वे सन्तुष्ट हो गये। मैं तब इस स्थिति में नहीं थी कि उनके मन को जान पाती, अथवा उनके द्वारा की गयी सारी व्यवस्था की जानकारी प्राप्त करने में सफल हो पाती। मैं तो बस इतना ही जान पायी कि तुझे हस्तिनापुर के किसी अधिरथ सूत को सौंपा गया है।..." कुन्ती बोलीं, "पिता चाहते थे कि मैं तुम्हें भूल जाऊँ; पर मैं तुझे कैसे भूल सकती थी। मैंने अपने स्वयंवर में हस्तिनापुर के युवराज का वरण किया, ताकि हस्तिनापुर आ सकूँ। तुझे खोज सकूँ। जानती थी कि हस्तिनापुर की सम्राज्ञी होकर भी तुझे पुनः प्राप्त नहीं कर सकती। तुझे न तो मेरा पितृकुल स्वीकार करेगा, न श्वसुरकुल।...किन्तु मन चाहता था कि तुझे देख सकूँ। दूर से ही सही, पर निहार सकूँ।...तुझे गोद में न भी ले सकूँ, तो तेरे सम्मुख तो बैठ सकूँ।...तेरे मुख से अपने लिए 'माता' सम्बोधन न भी सुन सकूँ, तो तुझे 'पुत्र' कह कर तो पुकार सकूँ।" कुन्ती का स्वर रुँध गया। वे आगे बोल नहीं सकीं।

कर्ण का प्रतिशोध जैसे पिघलने लगा था। वह आकर कुन्ती के सम्मुख खड़ा हो गया। उसने अपनी तर्जनी से कुन्ती के अश्रु पोंछे, "पर ऐसा क्यों हुआ माता? कुंतिभोज मुझे स्वीकार क्यों नहीं कर सकते थे? पराशर ने कृष्ण द्वैपायन व्यास को स्वीकार किया था कि नहीं?"

"पराशर ऋषि थे। ऋषि प्रत्येक जन्म को दिव्य मानता है। दुर्वासा भी यही मानते थे।" कुन्ती बोलीं, "किन्तु कुंतिभोज राजा हैं। राजपरिवारों में कानीन पुत्रों को मान्यता नहीं मिलती पुत्र! शान्तनु ने कृष्ण द्वैपायन व्यास को अपना पुत्र स्वीकार नहीं किया। सत्यवती भी मेरे समान अपने पति तथा श्चसुरकुल को अपनी कानीन सन्तान की सूचना नहीं दे सकीं। वे अपने हाथों से उसका पालन-पोषण नहीं कर सकीं। महाराज शान्तनु की मृत्यु के पश्चात् व्यास समर्थ ऋषि हो कर, इस वंश की सहायता के लिए ही हस्तिनापुर के राजप्रासाद में प्रवेश पा सके। यदि महाराज शान्तनु ने दीर्घायु पायी होती, अथवा कुरुवंश सन्तानहीनता के संकट में नहीं पड़ा होता, तो शायद माता सत्यवती भी महर्षि को राजप्रासाद में बुलाने का साहस न कर पातीं।..."

"पर यदि ऋषि स्वीकार करते हैं, तो राजवंशों को इसमें क्या आपत्ति है? धर्म के नियामक तो ऋषि ही हैं।"

"तुम नहीं जानते क्या?" कुन्ती वितृष्णा से मुस्कराई, "ऋषि का चिन्तन समाजहित से प्रेरित होता है और राजवंश का स्वार्थ से। ऋषि के पास देने के लिए केवल ज्ञान है, जो कि वह किसी भी योग्य पात्र को दे सकता है। एक को दे देने से उसका ज्ञान चुक नहीं जाता, कि दूसरे को उत्तराधिकार में कुछ दे न सके।...राजा के पास राज्य है, जिसे वह अपनी मृत्यु के पश्चात् भी अपनी सन्तान के माध्यम से अपने ही पास रखना चाहता है। यदि कानीन पुत्र को पुत्र मान लिया जाये, तो वह सारे पुत्रों में ज्येष्ठ होगा। और राजा को अपनी औरस सन्तान के होते हुए भी अपना राज्य अपने कानीन पुत्र को ही देना पड़ेगा...हाँ! औरस पुत्र का जन्म न हो तो राजा क्षेत्रज अथवा दत्तक को स्वीकार करता है; किन्तु कानीन पुत्र को वह तब भी मान्यता नहीं देता।"

सहसा कर्ण चौंका...वह समाजशास्त्र पर चर्चा करने के लिए तो यहाँ नहीं रुका था। आज उसके सम्मुख वह स्त्री खड़ी थी, जिसे वह आज तक अपने शत्रुओं की माता जानता आया था; और आज वह कह रही है कि वह उसकी जननी है...आज तक जिससे घृणा करता रहा था, आज वह बता रही है कि उसे उससे कितना प्यार करना चाहिए था।...कर्ण अपने मन की दृढ़बद्ध धारणाएँ नहीं मिटा सकता था। उसके मन के विरोध, उपालम्भ और कष्ट—इस एक सूचना से धुल तो नहीं गये थे।...वह इस स्त्री को माँ का सम्मान कैसे दे सकता था? किन्तु वह अपने मन को उसके चरणों में लोटने से रोक भी कैसे सकता था। उसके मस्तिष्क में निरन्तर विस्फोट हो रहे थे, "जन्म के समय कुछ नहीं कर सकीं, तो बाद में हस्तिनापुर आकर क्यों नहीं खोजा मुझे?"

"खोजना तो बहुत चाहा तुझे।" कुन्ती बोलीं, "किन्तु क्या कह कर खोजती तुझे? मैं तो बस एक नाम जानती थी कि तू अधिरथ के घर में है।...किन्तु अधिरथ कौन है? कहाँ है? तेरा नाम क्या है?"

"क्यों, तुम किसी से भी पूछकर अधिरथ के घर आ सकती थीं। मुझे बता सकती थीं।" कर्ण का आक्रोश जैसे चुक ही नहीं रहा था। कुन्ती के तर्कों से वह सागर की लहरों के समान पीछे हट जाता था; और थोड़ी देर में दूसरी लहर के रूप में पुनः लौट आता था।

कुन्ती अपने क्षोभ के मध्य भी हँसी, "यदि इस प्रकार पूछ-पड़ताल कर, मैं अधिरथ के घर पहुँचकर, तुझे गोद में उठाकर कहती, 'पुत्र! मैं तेरी जननी हूँ।' तो उस रहस्य की रक्षा कैसे होती, जिसके लिए तुझे स्वयं से पृथक् करना पड़ा था? अपने पितृकुल और श्वसुरकुल के सम्मान की रक्षा कैसे करती मैं?"

कुन्ती कुछ रुकीं, किन्तु उन्होंने कर्ण को बोलने का अवसर नहीं दिया, "मैंने तुझे तब जाना, जब तू रंगशाला में अर्जुन से भिड़ चुका था और अधिरथ ने आकर, तुझे पुत्र के रूप में सम्बोधित किया था।..."

"तो तभी बता देतीं तो कौन-सा आकाश गिर पड़ता?"

"आकाश गिरने के लिए नहीं बना पुत्र! इसलिए वह तो नहीं गिरता, न ही गिरा; किन्तु मेरे मन-मंदिर में बने अनके स्वर्णिम प्रासाद गिर गये। मेरी आशंकाएँ ध्वस्त हो गयीं, मेरी इच्छाएँ जलकर क्षार हो गयीं।" कुन्ती बोलीं, "तब तक तू दुर्योधन का परम मित्र बन चुका था। उस दुर्योधन का, जिसने भीम को विष खिलाकर, अचेतावस्था में उसे बाँधकर, नागों से दंशित करवाने के लिए गंगा की धारा में डाल दिया था...तब तक तू अर्जुन का शत्रु बन चुका था...तू आचार्य द्रोण से रुष्ट हो चुका था।...भगवान परशुराम से झूठ बोलकर षड्यन्त्रपूर्वक, उनकी विद्या चुराने का अपराधी बन चुका था।"

"क्यों? मुझे द्रोण से विद्या सीखने आ अधिकार क्यों नहीं था? क्योंकि मैं सूतपुत्र था?..." कर्ण विषाक्त वाणी में बोला, "कितना अपमानित हुआ हूँ मैं कितना...।"

"मैं आचार्य का पक्ष नहीं लेती। उसकी कोई बाध्यता नहीं है मेरे लिए; किन्तु विद्या का दान तो गुरु की इच्छा से मिलता है, उसकी सेवा करने पर मिलता है। हम किसी के कंठ पर अपना चरण धर कर, उससे बलात् विद्या नहीं सीख सकते...। विद्या दस्युवृत्ति से नहीं मिलती पुत्र! सेवावृत्ति से मिलती है।"

"किन्तु मैं सुपात्र था।" कर्ण बोला, "क्षत्रियों का ऐसा कौन-सा गुण है, जो किसी और मैं है और मुझमें नहीं है?"

"कौन कहेगा कि एकलव्य सुपात्र नहीं था। तू अपनी तुलना एकलव्य से कर।" कुन्ती बोली, "गुरु ने उसका तिरस्कार किया, तो उसने हठ नहीं की। नीचता पर नहीं उतरा वह। किसी से झगड़ा नहीं किया। मनुष्य की धुत उसके असफलता के क्षणों में ही पहचानी जाती है।...एकलव्य किसी और गुरु के पास नहीं गया। आचार्य को ही अपना गुरु माना और साधना की। जिस गुरु ने उसका तिरस्कार किया था, उसी को उसने गुरुदक्षिणा दी।...मैं नहीं कहती कि आचार्य ने उचित किया। यह भी नहीं कहती कि प्रत्येक व्यक्ति को एकलव्य का सा आचरण करना चाहिए...केवल तुझे बता रही हूँ कि तेरे साथ कोई अत्याचार नहीं हुआ। कोई ऐसा अन्याय अथवा अधर्म नहीं हुआ कि तू पाण्डवों के प्राणों का ग्राहक हो गया। आज तक तू उनका शत्रु बना हुआ है और उनका वध करने को प्रयत्नशील है।"

"तो पाण्डवों ने कौन-सा मेरे साथ उचित व्यवहार किया।" कर्ण कटु स्वर में बोला, "भीम और अर्जुन ने क्या कहनी-अनकहनी नहीं कहीं मुझे। वे मेरे प्राणों के ग्राहक नहीं हैं क्या?"

"कितनी बार उन्होंने तेरे प्राण लेने का प्रयत्न किया? कितनी बार उन्होंने तेरी हत्या का षड्यन्त्र रचा? कितनी बार उन्होंने सेना ले कर तेरे वध का अभियान किया?" कुन्ती का तेजस्वी स्वर गूँजा, "तेरा तिरस्कार आचार्य ने किया और तू अर्जुन का शत्रु हो गया, क्योंकि वह आचार्य को प्रिय था। तू क्या समझता है कि तू अर्जुन का वध कर देगा तो आचार्य तुझसे प्रेम करने लगेंगे? अर्जुन उनका सर्वाधिक प्रिय शिष्य है, फिर भी उन्होंने अश्वत्थामा को उससे अधिक शिक्षा दी है। तू उससे ईर्ष्या क्यों नहीं करता? उसके वध के लिए षड्यन्त्र क्यों नहीं रचता?"

"पाण्डवों से तो मेरी शत्रुता इसलिए है, क्योंकि वे मेरे मित्र दुर्योधन के शत्रु हैं।" कर्ण बोला।

"पाण्डव दुर्योधन के शत्रु नहीं हैं। दुर्योधन पाण्डवों का शत्रु है। दुर्योधन ने उनके प्राण लेने के प्रयत्न किये, उसने उनका राज्य छीना, उन्हें अपमानित किया और उस की प्रतिक्रिया में पाण्डवों ने क्या किया?" कुन्ती का स्वर जैसे उसके वक्ष को चीरता हुआ निकल रहा था, "आज भी युधिष्ठिर पाँच ग्राम ले कर सन्धि के लिए तत्पर बैठा है। वह आज भी दुर्योधन को अपना भाई मानता है। उसके मन में आज भी दुर्योधन के लिए घृणा नहीं है।"

"और भीम?"

"भीम ने अवश्य प्रतिज्ञाएँ की हैं; किन्तु वह भी धर्मराज की आज्ञा से बाहर नहीं है।"

उन दोनों के मध्य एक सन्नाटा सा छा गया। कर्ण कुछ कह नहीं रहा था; किन्तु उसका मन कुन्ती से सहमत नहीं हो पा रहा था। उसे मौन देख कर कुन्ती ही बोलीं, "अब जब तू सब कुछ जान ही गया है तो अपनी वृद्धा माँ को सहारा दे, अपने भाइयों की भुजा थाम, छोड़ दे अपनी तामसिक हठ। कुरुवंश को उसके सम्पूर्ण नाश से बचा।"

"यह सम्भव नहीं है माँ! मैं दुर्योधन को नहीं छोड़ सकता।" कर्ण बोला, "मेरा मन अब भी यही कहता है कि हस्तिनापुर में सबने मेरी महत्वाकांक्षाओं का दमन किया, मेरा तिरस्कार किया। बस एक दुर्योधन ही था, जिसने अपनी मित्रता निभाई। मुझे मान, सम्मान दिया, धन दिया, पद दिया...। मैं उससे विश्वासघात नहीं कर सकता।"

कुन्ती ने कुछ नहीं कहा।

"क्यों? तुम सहमत नहीं हो माँ।"

"नहीं।" कुन्ती का स्वर कठोर था, "तेरी महत्वाकांक्षाएँ अपने स्थान पर ठीक थीं; किन्तु यदि किसी की महत्वाकांक्षा पूरी न हो, तो उसे यह अधिकार नहीं है कि वह अधर्म पर उतर आये; वह दस्यु बन जाये, अथवा दस्युओं के दल में सम्मिनित हो जाये।...युधिष्ठिर जानता था कि धृतराष्ट्र उसे लूट रहे हैं, फिर भी उसने पिता की आज्ञा आ उल्लंघन नहीं किया। वह जानता था कि उसके साथ छल हो रहा है, फिर भी वह अपने वचन से पीछे नहीं हटा। तेरी महत्वाकांक्षा क्या है? दुर्योधन जैसे पापी के चरण धो-धो कर पीना? इस आकांक्षा में कौन-सी महानता है? हाँ अपने महत्त्व की आकांक्षा है।...महत्वाकांक्षा युधिष्ठिर की है, जो इस सारे राज्य को त्याग कर केवल तपस्या करना चाहता है। वह राज्य नहीं चाहता, धर्म चाहता है, सत्य चाहता है, ईश्वर चाहता है। महत्वाकांक्षा तो अर्जुन की है, जो तपस्या के वरदान से मिली उर्वशी को त्याग आया। पांडवों को अधर्म नहीं चाहिए। अधर्म के माध्यम से कोई सुख-सुविधा नहीं चाहिए।..."

"युधिष्ठिर की बात तो मैं फिर भी कुछ-कुछ समझता हूँ।" कर्ण ने कुन्ती की बात काट दी, "किन्तु मेरे सम्मुख अर्जुन का बखान मत करो। क्या है अर्जुन? एक साधारण-सा निस्पृह प्राणी...क्या महानता है उसमें? उस केंचुए में?..."

"मेरी बात सुन!" लगा, कुन्ती किसी अलौकिक शक्ति से आविष्ट हो गयी थीं, "जिस पांचाली ने तुझे स्वयंवर में भाग लेने से रोक दिया और तू अपनी क्षुद्रता पर उतर आया कि नारी का ऐसा अपमान करने लगा, उस पांचाली को जय करके लाया था अर्जुन! मेरे एक संकेत पर उसने पांचाली धर्मराज को सौंप दी। तनिक-सा मोह नहीं किया उसने। स्वयंवर में उसने जिसे स्वयं जीता था, उस पांचाली को भाई के साथ एकान्त में देख लेने मात्र के अपराध में बारह वर्षों तब इन्द्रप्रस्थ से बाहर भटकता रहा वह। हिमालय पर वर्षों तपस्या कर पशुपतास्त्र पाया उसने। किसी गुरु से झूठ बोल, पाखंड कर, धनुर्विद्या पाने का प्रयत्न नहीं किया।" कुन्ती ने आगे बढ़, उसके हनु के नीचे अपनी तर्जनी रख, उसका मुख ऊपर उठाया, "ऐसा क्या असाधारण है तुझमें कि स्वयं को इतना महान् मानता है तू? असाधारण गिनता है स्वयं को? दिव्य पुरष समझने लगा है स्वयं को। उषा-सी सुनहली त्वचा पाकर मनुष्य महान् नहीं हो जाता। मनुष्य महान होता है अपने आचरण से, अपने कर्मों से।...धर्म, अधर्म की पहचान नहीं है तुझको। एक पापी से महत्त्व मिला तो उसी का हो गया। उसे मित्र कहता है तू? जानता है, दुर्योधन की मैत्री क्या है? तेरी आत्मा का हनन। मित्र वह होता है जो मित्र का हित साधता है, उसे धर्म के मार्ग पर ले चलता है, उसकी

आत्मा का उन्नयन करता है। तेरे मित्र तेरे साथ क्या कर रहे हैं? या तू उनके साथ मिलकर क्या कर रहा है—राक्षसी कृत्य। नारकीय योजनाएँ। कहाँ जाकर रुकेगी तेरी आत्मा?...रसातल में? एक पाण्डवों का मित्र है कृष्ण...।"

"ठहरो माँ!" कर्ण का क्षुब्ध स्वर सुनाई दिया, "मैं समझता हूँ कृष्ण और दुर्योधन का अन्तर। मुझे भी कृष्ण मिले होते...।"

"कृष्ण मिला है, इसलिए पाण्डव धर्म पर नहीं चल रहे।" कुन्ती के तीव्र स्वर ने उसकी बात काट दी, "पाण्डव धर्म पर चल रहे हैं, इसलिए कृष्ण उनका मित्र बना। कृष्ण को धर्म चाहिए। तुझे केवल मैत्री चाहिए। मैत्री चाहे हत्यारों की हो, पापियों की हो, आततायियों की हो।"

"कैसी माँ हो तुम, जिसे अपने महावीर पुत्र में कोई गुण दिखायी नहीं देता।" कर्ण की सारी कोमलता लुप्त हो गयी थी और उसका स्वर बहुत कठोर हो गया था, "मुझमें कोई गुण नहीं है, तो मुझे खोजती हुई यहाँ तक क्यों आयी हो देवि!"

उसके इस परिवर्तन से कुन्ती सर्वथा अप्रभावित रहीं। उतनी ही कठोरता से वे भी बोलीं, "भाइयों को एक-दूसरे का रक्त बहाने से रोकना चाहती हूँ। अपने पाँच पुत्रों की जीवन रक्षा की इच्छा से आयी हूँ।...अपने छठे पुत्र को अपनी आत्मा के हनन से रोकना चाहती हूँ।...किन्तु तेरा अहंकार कुछ गले तब न! तेरी हृदय-शिला में अपने भाइयों के लिए स्नेह का कोई उत्स फूटे...।"

"मुझमें कोई गुण तो देखा होता माँ!" कुन्ती की फटकार से कर्ण का मन जैसे रो पड़ा, उसकी भंगिमा अनुनय करने की सी हो गयी, "कब से प्रयत्न कर रहा हूँ कि मेरे भी किसी गुण को मान्यता मिले। जिसने निर्गुण ब्रह्म को नहीं पहचाना, उसकी शालिगराम की भक्ति को भी सराहा जाता है। मैंने जिन्हें भाइयों के रूप में जाना ही नहीं, उनके लिए स्नेह कहाँ से लाऊँ। हाँ! जिसे मित्र माना है, जिसे अपने शैशव से प्रेम और सम्मान की दृष्टि से देखा है, उसके प्रति अब कठोर नहीं हो सकता।...जीवन में कोई उदार कर्म किया हो या न किया हो, किन्तु अपनी मैत्री का निर्वाह तो कर रहा हूँ। धर्म के प्रति न सही, किन्तु मित्र के प्रति तो निष्ठा में कोई कमी नहीं है।..."

कुन्ती हँसीं, जैसे साक्षात् कटुता ही आकर उनके अधरों पर विराजमान हो गयी हो, "कितने गर्व से कह रहा है, पाप के प्रति तो निष्ठा है मुझमें। अच्छा होता कि यह निष्ठा तुझमें न होती।..."

कर्ण मौन खड़ा कुन्ती को देखता रहा : उसके पास कुन्ती की बात का कोई उत्तर नहीं था। ठीक कह रही थी माँ। कर्ण में निष्ठा तो थी, किन्तु दुर्योधन के प्रति, क्योंकि उसने कर्ण की प्रशंसा की, उसका सम्मान किया, उसे

अपना मित्र माना...तो उसकी निष्ठा उसके अपने प्रति थी।...यदि दुर्योधन भी उसका वह मान-सम्मान न करता तो?...

"तुम जो कुछ भी कहो, माँ! किन्तु अब मैं दुर्योधन को नहीं छोड़ सकता।" कर्ण बोला, "श्रीकृष्ण ने जब से मुझे तुम्हारे विषय में बताया है, तब से ही मेरे मन ने बहुत चिन्तन-मनन किया है; किन्तु मुझे और कोई मार्ग नहीं मिला है। मैं पाण्डवों की-सी वृत्ति अंगीकार नहीं कर सकता। यदि मैं उनके ज्येष्ठ सहोदर के रूप में उनके साथ खड़ा हो गया, तो न मैं युधिष्ठिर के मार्ग पर चल पाऊँगा, न वे अपना मार्ग त्याग मेरे साथ चल पायेंगे। युधिष्ठिर अपना सिंहासन मुझे दे देगा; और मैं उसे दुर्योधन के चरणों में अर्पित कर दूँगा। पाण्डवों को क्या मिलेगा माँ! मुझे अग्रज के रूप में प्राप्त कर? जो राज्य वे दुर्योधन से लड़ कर, उसे जय कर प्राप्त कर सकते हैं—वह भी उनसे छिन जायेगा। वे सर्वथा कंगाल हो जायेंगे। मुझे अग्रज के रूप में पाकर वे कुछ नहीं कर पायेंगे माँ!"

कुन्ती मौन हो गयीं: कर्ण ठीक कह रहा था।....यह जानकर कि कर्ण उससे ज्येष्ठ है, युधिष्ठिर कभी सिंहासन पर नहीं बैठेगा...और कर्ण, वह राज्य दुर्योधन को दे ही देगा। उसकी आत्मा दासी है दुर्योधन की। कुन्ती इसलिए तो कर्ण को मनाने नहीं आयी थीं कि पाण्डवों की राज्य-प्राप्ति की सारी सम्भावनाएँ ही समाप्त हो जायें और कर्ण के ही समान, ये पाँचों भी, उस अधर्मी दुर्योधन के दास हो जायें।...

"तू उस अधर्मी दुर्योधन का संग छोड़ दे पुत्र! अपने भाइयों के पास लौट आ।" कुन्ती धीरे से बोलीं, "तुझे मित्र ही चाहिए तो कृष्ण से मैत्री कर।"

"अब यह सम्भव नहीं है माँ! यह सत्य है कि लता का जन्म भूमि से होता है; किन्तु जिस वृक्ष से लिपटकर वह आकाश की ओर उठती है, यदि उस वृक्ष से उसे पृथक करोगी, तो वह लता छिन्न-भिन्न तो होगी ही, जीवित भी नहीं रह पायेगी।" कर्ण बोला, "यह जानकर भी कि तुम मेरी जननी हो, जैसे मैं अपनी माता को त्याग नहीं सकता, वैसे ही यह जानकर भी कि युधिष्ठिर मेरा सहोदर है, मैं दुर्योधन को त्याग नहीं सकता।"

कर्ण की आँखों में कुन्ती उसकी असहायता को पढ़ रही थीं।

"पुत्र, तू पाण्डवों के पक्ष में नहीं आना चाहता, तो मत आ।" कुन्ती बोलीं, "किन्तु दुर्योधन का पक्ष तो त्याग दे। मैं नहीं चाहती कि मेरी ही सन्तान, परस्पर युद्ध कर, एक दूसरे का रक्त बहाए।"

"तुम बहुत देर से आयी हो माँ!" कर्ण ने कुन्ती की ओर अपनी पीठ कर ली थी, "मेरे मन में बहतु कटुता थी तुम्हारे लिए। माँ के वात्सल्य का अमृत जो नहीं पाया था। वंश का चाहे कोई महत्त्व न हो, जाति चाहे जन्म से नहीं

कर्म और आचरण से निर्धारित होती हो; किन्तु मैंने उसी के कारण बहुत विष पीया है। मेरा रक्त बहुत विषाक्त हुआ है।...अब शायद तुम्हारे स्नेह का अमृत मेरे दग्ध हृदय को कुछ शांति दे, मेरे आचरण में परिवर्तन आये; किन्तु क्षत्रिय होकर मैं युद्ध से पीछे नहीं हट सकता। यदि मेरा और अर्जुन का युद्ध न हुआ, तो हम दोनों ही क्षत्रिय समाज में कलंकित होंगे कि युद्ध से पलायन के लिए हम दोनों ने इस सम्बन्ध की कल्पना कर ली है।" कर्ण ने रुक कर कुन्ती की ओर देखा, "सत्य कहूँ तो इस युद्ध के लिए दुर्योधन भी उतना उत्सुक नहीं था, जितना मैं था। इस युद्ध का सूत्रधार मैं ही हूँ माँ! मेरे ही भरोसे दुर्योधन ने इस युद्ध को आमन्त्रित किया है। अब यदि मैं ही युद्ध से पलायन कर गया, तो मैं कौन सा पुण्य कमाऊँगा माँ! अब तक बहुत से पाप किये हैं मैंने किन्तु युद्ध का त्याग उन सबसे बड़ा पाप होगा।"

"तो ठीक है। युद्ध में अपने सहादरों के वध करके पुण्य कमा।" कुन्ती का स्वर पर्याप्त प्रखर हो गया, "अपनी मैत्री के प्रमाण में अपने सहोदरों के शव दुर्योधन को भेंट कर। सहोदरों के रक्त से अपनी मित्रता की लता को सींच।...इस धरती पर से धर्म का बिखा उखाड़ फेंक और अधर्म के वृक्ष की छाया में सदा के लिए बैठा रह। पुण्य-सलिला को पाट दे और पाप के सागर में निमग्न हो जा।"

"नहीं माँ! अब यह नहीं होगा। अपने संचित कर्मों के प्रभाव से मुक्त नहीं हो सकता। कर्म-बन्धनों को मैं काट नहीं सकता; किन्तु कोई नया कुकर्म नहीं करूँगा।" कर्ण के नेत्रों में आकाश की सी स्वच्छता थी। उसके मुखमण्डल पर सात्विक तेज था, "तेरे वात्सल्य का अमृत, मेरे रक्त के विष का कुछ तो निराकरण करेगा ही।...मैं पिछले दो दिनों में बहुत बदल गया हूँ माँ! यह परिवर्तन तुम्हें मेरे आचरण में भी दिखायी देगा।"

कुन्ती एकटक अपने उस पुत्र को देख रही थीं, जो इस समय सचमुच ही कुछ दिव्य हो आया था।

"मैं दुर्योधन को त्याग नहीं सकता माँ! मैंने अर्जुन के वध की प्रतिज्ञा की है। मैं अपनी प्रतिज्ञा से स्खलित नहीं हो सकता।" उसने कुन्ती की आँखों में देखा, "किन्तु एक वचन तुम्हें भी देता हूँ। मैं शेष चार पाण्डवों का वध नहीं करूँगा। वे मेरे हाथ में आ भी गये, तो उन्हें जीवित छोड़ दूँगा। उन्हें जीवन का दान दूँगा।"

कुन्ती समझ नहीं पाईं कि वे प्रसन्न थीं अथवा अप्रसन्न। यह उनकी कोई उपलब्धि थी अथवा पूर्ण पराजय...

"तो मैं केवल चार पाण्डवों की माता रही जाऊँगी?"

"नहीं माँ! तू पाँच पुत्रों की माता रहेगी। यदि मैं अर्जुन के हाथों मारा गया तो तू पाँच पाण्डवों की माता रहेगी और यदि विधि ने अर्जुन की अल्पायु लिखी है...यदि युद्ध में उसे मेरे हाथों वीरगति प्राप्त हुई, तो भी तेरे पाँच ही पुत्र जीवित रहेंगे।..." कर्ण ने कुन्ती के चरण स्पर्श किये और अपने अश्रु छिपाता हुआ, आगे बढ़ गया।

कुन्ती ने भी अपने अश्रु पोंछ लिए।...समझ गयी उसे उसका पुत्र मिल गया था।...चार पाण्डवों ने भी अपना ज्येष्ठ पा लिया था...बस, नहीं मिला तो अर्जुन को कोई नहीं मिला।...कर्ण ने चाहे साम्राज्य की तृष्णा जय कर ली हो, किन्तु अर्जुन के प्रति अपनी ईर्ष्या से वह पराजित ही हुआ था।...वह न अपने अहंकार को पहचान पा रहा था, न अपनी ईर्ष्या को। वह उन सबको दुर्योधन के प्रति निष्ठा का नाम दे कर स्वयं को गौरवान्वित करना चाहता था, किन्तु यह नहीं जानता था कि मोह और अहंकार को सुन्दर शब्दों का आवरण दे भी दिया जाये, तो उनका स्वरूप बदल नहीं जाता।...

और इस पर तो वह विचार ही नहीं करना चाहता कि यदि कुन्ती का भाग्य, दुर्भाग्य में परिवर्तित हो गया। अर्जुन का वध कर्ण के हाथों हुआ, अन्य पाण्डव दुर्योधन के अन्य सहायकों के हाथों मारे गये तो कर्ण कहाँ खड़ा दिखायी देगा...क्योंकि दुर्योधन को तो वह तब भी नहीं छोड़ पायेगा...

29

बड़ी देर के पश्चात् दुर्योधन ने अपना सिर उठाकर अपने मित्रों की ओर देखा, "मेरी तो समझ में नहीं आता कि यह कृष्ण क्या करता है।"

"क्या करता है।" शकुनि बोला, "अपनी तन्त्रविद्या का प्रयोग करता है और सब को मूर्ख बनाता है। है कुछ भी नहीं, बस नेत्रों का भ्रम है। वह हम लोगों की दृष्टि बाँध देता है।"

कर्ण की प्रतिक्रिया जानने के लिए दुर्योधन ने उसकी ओर देखा। कर्ण गम्भीर ही नहीं पर्याप्त अनमना-सा लग रहा था। न उसने दुर्योधन की ओर देखा, न उसकी अपेक्षा को पूरा किया। दुर्योधन ने ही पूछा, "तुम्हारा क्या विचार है मित्र!"

कर्ण वार्तालाप में सम्मिलित होने के प्रति कोई विशेष इच्छुक नहीं लगा। फिर भी बोला, "मुझे तो यह सारा जीवन ही तन्त्र-विद्या के खेल लगने लगा है। कहीं कोई किसी की दृष्टि बाँध देता है और कहीं कोई किसी की दृष्टि खोल देता है। और श्रीकृष्ण जिस क्षमता से इस खेल को खेलते हैं, वह तो अद्वितीय है।"

"लगता है अंगराज की भी दृष्टि खुल गयी है?" दु:शासन ने कहा, "कृष्ण को श्रीकृष्ण कह रहे हैं। किसी खेल की भी चर्चा है। यह कैसा खेल है भाई?"

"सच कहूँ।" कर्ण अब भी अन्यमनस्क था, "कुछ कह नहीं सकता। अब तो यह सोचने लगा हूँ कि दृष्टि खुलना कहते किसको हैं।"

"इसे तो व्यास या शुकदेव के पास भेज दो।" शकुनि बोला, "आज इसमें कोई आश्रमवासिनी आत्मा समा गयी है।"

कुछ क्षणों तक दुर्योधन उसे तीक्ष्ण दृष्टि से देखता रहा और फिर बोला, "नहीं, हस्तिनापुर की सबसे सुन्दर मधुबाला को कहो, कर्ण को आज छककर गन्धार की सर्वश्रेष्ठ माधवी पिलाए। इसकी आँखें तभी खुलेंगी। मुझे तो लगता है कि आजकल इसका अपनी रानियों से कुछ अधिक ही झगड़ा हो रहा है।"

"मुझे तो लगता है कि आजकल मेरा अपने-आपसे ही झगड़ा चल रहा है।" कर्ण उठकर खड़ा हो गया, "अभी चलता हूँ। मन कुछ शान्त होगा तो आ जाऊँगा।"

"अरे तुम तो रुष्ट ही हो गये।" दुर्योधन ने उसका हाथ पकड़ लिया, "बैठो! तुमने शायद नहीं सुना। मुझे पितामह ने क्या कहा है। इस बार तो उन्होंने मेरी भी दृष्टि पूर्णतः खोल दी है। उन्होंने बताया कि उनका सारा जीवन केवल दो लक्ष्यों से प्रेरित रहा है। एक तो कुरुकुल का उच्छेद न हो और दूसरे, उसके यश का निरन्तर विस्तार होता रहे। वे चाहते हैं कि मैं भी इन दो लक्ष्यों को सिद्ध करने में उनका साथ दूँ। वे यह मानते हैं कि हस्तिनापुर के राजा पांडु थे, धृतराष्ट्र नहीं। इसलिए पांडु के पुत्र ही अपने पिता की सम्पत्ति के उत्तराधिकारी हैं। इसलिए मुझे कलह नहीं करनी चाहिए और चुपचाप आधा राज्य पाण्डवों को दे देना चाहिए।..."

"तो इसमें नयी बात क्या है। वे तो सदा ही तुम्हारी आँखें खोलने का प्रयत्न करते रहे हैं। अब तुम ही न खोलो तो वे क्या कर सकते हैं।" शकुनि बोला।

"नया यह है कि उन्होंने मुझे सारा राज्य पांडवों को देने को नहीं कहा।" दुर्योधन हँसा, "यदि राज्य पांडु का था और अब उसके उत्तराधिकारी पाण्डव ही हैं तो फिर ये लोग सारा राज्य युधिष्ठिर को दिये जाने की बात क्यों नही करते? वृद्ध भीम की बात सुनकर महाराज ने भी मुझसे कहा कि ज्येष्ठ पुत्र यदि अहंकारी हो तो उसे राज्य की प्राप्ति नहीं होती। उन्होंने मुझे बताया कि देवापि और बाहलीक दोनों ही शान्तनु से बड़े थे, किन्तु अनेक कारणों से राज्य उनको न मिलकर शान्तनु को मिला। उसी प्रकार पिताजी भी अंगहीन थे, इसलिए राज्य उनको नहीं दिया गया, उनसे छोटे पांडु को दिया गया। अतः अब पांडु के पश्चात् राज्य के उत्तराधिकारी उसके पुत्र हैं। पिताजी तो राज्य

के अधिकारी थे ही नहीं, तो फिर उनका पुत्र हो कर मैं स्वयं को राज्य का उत्तराधिकारी कैसे समझता हूँ। जो राजा का पुत्र नहीं है, वह उसके राज्य का अधिकारी कैसे हो सकता है। अतः मैं पराए धन का अपहरण करना चाहता हूँ। युधिष्ठिर राजा का बेटा है, इसलिए न्यायतः प्राप्त हुए राज्य पर उसी का अधिकार है। अतः मैं सारा नहीं तो आधा राज्य पाण्डवों को दे दूँ। अन्यथा अपने साथ-साथ अपने भाइयों की मृत्यु का कारण बनूँगा।..."

सबने चौंक कर दुर्योधन की ओर देखा : उसके पिता और राजा ने उसे स्पष्ट शब्दों में आदेश दे दिया था, तो फिर वह क्या करेगा?

"क्या हो गया है महाराज को?" शकुनि जैसे अपने आप से पूछ रहा था।

"कुछ नहीं!" दुर्योधन बोला, "डर गये हैं। पाण्डवों की शक्ति के वर्णन से डर गए हैं। कृष्ण के जादू-टोने से डर गये हैं। सारा जीवन, उन्होंने विलास का सेवन किया है। राजसिंहासन पर बैठे हैं और आदेश दिये हैं। न युद्ध किया है, न रक्त बहाया है। भोग किया है किन्तु कभी उसका मूल्य नहीं चुकाया है उन्होंने। इसलिए अब भयभीत हैं। उन्हें लगता है कि उनके सारे पुत्र मारे जायेंगे और यह राज्य भी उनसे छिन जायेगा। कौन जाने उनके अंतिम दिन कारागार में कटें, उग्रसेन के समान। यदि युद्ध न हो तो कम से कम वे राजसिंहासन पर तो बैठे रहेंगे।...यदि मन में इतना ही सत्य और धर्म होता और वे सच्चे मन से मान रहे होते कि राज्य पांडु का है तो क्यों अब तक बैठे हुए थे उस सिंहासन पर? क्यों पाण्डवों को वन भेज रखा था? बैठा देते सिंहासन पर और स्वयं उनके स्थान पर वन चले जाते। अपना सारा जीवन तो सिंहासन पर बैठ कर व्यतीत किया, अब मेरी बारी आयी है तो उन्हें स्मरण हो आया कि राज्य पांडु का था।"

शकुनि को लगा कि दुर्योधन सर्वथा सत्य कह रहा है। नहीं तो गान्धारी वह सब कहती दुर्योधन से। शकुनि ने स्वयं उसे कहते सुना था कि वस्तुतः हस्तिनापुर का राज्य पांडु का ही था और उसी के पुत्र उसके उत्तराधिकारी हो सकते थे। उसने तो यहाँ तक कह दिया था कि पूर्वजों के जीवित रहते और किसी का राज्य पर अधिकार ही कैसे हो सकता है। भीष्म के जीवित रहते हुए, सिंहासन पर धृतराष्ट्र का ही कोई अधिकार नहीं है तो भीष्म, धृतराष्ट्र, विदुर और युधिष्ठिर के जीवित रहते हुए, दुर्योधन कैसे हस्तिनापुर के राजसिंहासन पर बैठने की कल्पना कर सकता है।...

हाँ! गान्धारी भी डर गयी थी।...शकुनि सोच रहा था...अपनी मृत्यु से नहीं। अपने पुत्रों की मृत्यु से। पुत्र-मोह में भी कितनी शक्ति है। शकुनि ने तो अपना सारा जीवन हस्तिनापुर में व्यतीत कर दिया था कि किसी प्रकार

कुरुवंश समूल नष्ट हो और वह अपना प्रतिशोध ले सके।...और उसकी बहन आज उसी कुरुवंश को जीवित रखने के लिए हस्तिनापुर का सिंहासन भी छोड़ना चाहती है। पुत्रों से बहुत मोह हो गया है उसको। कुरुवंश को अपना वंश मानने लगी है। भूल गयी गान्धारों के अपमान को।...

"तो दुर्योधन! अब करना क्या है?" शकुनि ने पूछा।

"करना क्या है। बघारने दो धर्म इन सबको। हमारी सेना प्रस्तुत है। युद्ध क्षेत्र की ओर प्रयाण करो।" दुर्योधन बोला, "मेरा तो विचार है कि पाण्डवों को उपप्लव्य से चलने ही नहीं देना चाहिए। हमें उनके चलने से पहले ही उपप्लव्य पर आक्रमण कर देना चाहिए।"

"नहीं!" कर्ण बोला, "राजा दुर्योधन! तुम भूल रहे हो कि तुम पाण्डवों पर आक्रमण नहीं कर रहे, पाण्डवों के आक्रमण का प्रतिकार कर रहे हो।"

"वैसे उपप्लव्य पर आक्रमण करने में भी क्या हर्ज है।" दुर्योधन बोला, "पर नहीं! हमारे कुलवद्ध व्यर्थ ही दुखी होंगे..."

"वह तो है ही, उसके अतिरिक्त, उपप्लव्य में पाण्डव कुछ सामरिक लाभ में रहेंगे। हमें हस्तिनापुर दूर पड़ जायेगा। पीछे से सहायता और भोजन सामग्री इत्यादि ले जाने में कठिनाई होगी, जबकि विराट और पंचाल दोनों ही निकट पड़ेंगे।"

"तो ठीक है, पाण्डव उपप्लव्य से चलेंगे, तो उन्हें हस्तिनापुर तक नहीं आने देना है। उन्हें मार्ग में ही रोक लेना है। कहाँ उचित होगा कर्ण?" दुर्योधन बोला।

"कुरुक्षेत्र। उन्हें उससे आगे मत आने दो। हस्तिनापुर में द्वार पर युद्ध क्यों हो?" कर्ण ने कहा, "वैसे भी वहाँ सेनाओं के रुकने के लिए पर्याप्त स्थान और सुविधा है। स्कन्धावार निर्माण के लिए उपयुक्त भूमि है, सैनिकों के लिए जल उपलब्ध है। सुरक्षित अस्थायी दुर्गों का निर्माण हो सकता है। पाण्डव यदि कुरुक्षेत्र से आगे बढ़ आये तो फिर उन्हें हस्तिनापुर तक पहुँचने से नहीं रोका जा सकता।"

"ठीक है। उपयुक्त स्थान है।" दुर्योधन बोला, "दुःशासन सारे राजाओं को सूचित करो कि वे अपनी सेनाओं के साथ कुरुक्षेत्र पहुँचे। स्कन्धावार निर्माण के सामान और कर्मकरों के प्रस्थान का भी आज ही प्रबन्ध कर दो।"

"वह तो हो जायेगा।" दुःशासन बोला, "पर अपने प्रधान सेनापति के विषय में भी कुछ निश्चय किया है? किसका अभिषेक करेंगे, इस पद पर?"

दुर्योधन थोड़ी देर मौन रहा। फिर बोला, "मैं जिस पर विश्वास करता हूँ, उसे सेनापति बना दूँ तो भीष्म, द्रोण, कृपाचार्य तथा अश्वत्थामा के विषय में सोचना पड़ेगा कि वे क्या करेंगे। भीष्म यह युद्ध ही नहीं चाहते। सहस्रों बार समझाया कि द्रुपद की सेनाएँ कुरुओं पर आक्रमण कर रही हैं, पर उनकी

बुद्धि में कुछ समाए तब न। मुझे लगता है कि इन वृद्धों की बुद्धि मूढ़ता की स्थिति तक पहुँच गयी है।..."

"और द्रोण?" दुःशासन ने पूछा।

"कहाँ तो मैं समझ रहा था कि द्रोण दुपद से लड़ने को आतुर होंगे और कहाँ वे मुझे उपदेश दे रहे थे कि पांडु ने यह राज्य धृतराष्ट्र और विदुर को धरोहर के रूप में सौंपा था। सत्यप्रतिज्ञ विदुर तो कोष को सँभालने, दान देने, भृत्य वर्ग की देख-भाल करने तथा सबके भरण-पोषण के कार्य में संलग्न रहे और भीष्म सन्धि-विग्रह के कार्य में व्यस्त हो, राजाओं से सेवा और कर प्राप्त करते रहे। इसलिए उन्होंने ध्यान ही नहीं दिया कि कैसे धृतराष्ट्र ने राज्य पर आधिपत्य जमा लिया और अब तुम उसके उत्तराधिकारी बन बैठे हो। मैं तुमसे आजीविका नहीं पाना चाहता हूँ। मैं भीष्म का दिया हुआ पाना चाहता हूँ, तुम्हारा दिया नहीं। जहाँ भीष्म हैं, वहीं द्रोण हैं। इसलिए भीष्म जो कहते हैं, उसी का पालन करो।..."

"तो द्रोण को सेनापति बनाना भी सुरक्षित नहीं है।" शकुनि बोला।

"वह पाण्डवों से जा मिलेगा।" दुःशासन बोला, "अर्जुन उसका प्रिय शिष्य है।"

दुर्योधन मुस्कराया, "वहाँ उस आचार्य के स्वागत के लिए द्रुपद, धृष्टद्युम्न और शिखण्डी बैठे हैं। जाते ही द्रोण का ऐसा स्वागत होगा कि...अर्जुन कितना भी प्रिय शिष्य हो आचार्य का, किन्तु पाण्डव अब सृंजयों को नहीं छोड़ सकते। तुमने देखा नहीं, अभिमन्यु के विवाह में उन्होंने न भीष्म को आमन्त्रित किया न द्रोण को। वह विवाह करवाने वाले द्रुपद ही थे। जाये द्रोण उस द्रुपद के पास। चरणों पर गिर भी पड़ें तो वह नहीं छोड़ेगा। केशों से पकड़ कर एक ही बार में रुंड और मुंड को पृथक कर देगा।..." दुर्योधन ने रुककर अपने मित्रों की ओर देखा, "ये हमें उपदेश देते हैं, अपने विषय में नहीं सोचते। अपने-अपने पापों के कारण इनके भी हाथ-पाँव बँधे हैं। मैं जानता हूँ कि उनके पास भी कोई विकल्प नहीं है, किन्तु मैं उन लोगों को रुष्ट नहीं करना चाहता, क्योंकि यदि कोई लड़ना नहीं चाहेगा तो वह तीर्थाटन के बहाने से चल देगा। वन में तपस्या करने बैठ जायेगा।"

"और कोई जाये तो जाये, किन्तु द्रोण अब वन में नहीं रह सकते।" शकुनि बोला, "उन्हें तो राजाश्रय चाहिए ही।"

"ठीक है।" दुर्योधन बोला, "मैं उनकी बात नहीं मानूँगा। पांडवों को राज्य नहीं दूँगा, पर इससे आगे बढ़कर उन दोनों वृद्धों को रुष्ट नहीं करूँगा। जहाँ तक सम्भव है, प्रयत्न करूँगा कि वे युद्ध करें और हमारे पक्ष से करें। उसके

लिए कुछ विनम्र होना पड़े तो वह भी कर लूँगा। पितामह को मनाना आवश्यक है। द्रोण तो वहीं होंगे, जहाँ भीष्म हैं। दुर्वासा को भी मनाया ही था। सोच लूँगा कि एक बार फिर वही व्यायाम कर रहा हूँ।"

"पर अंगराज कर्ण को क्या हुआ है?" दुःशासन बोला, "कहीं ये प्रधान सेनापति न बनाए जाने के कारण तो रुष्ट नहीं हैं?"

"नहीं!" कर्ण ने हँसने का प्रयत्न किया, "मैं तो अभी कृष्ण में ही उलझा हँ। उन्होंने क्या किया कि हस्तिनापुर के सारे कुलवृद्ध एक ही वाणी बोलने लगे और सब ने युवराज को राज्य पाण्डवों को दे देने का उपदेश दे दिया।... तुम्हें नहीं लगता कि कृष्ण का वह प्रचंड रूप देख कर कोई भी डर सकता है। वस्तुतः उन्होंने सारे हस्तिनापुर को डरा दिया है।"

"मैं तो नहीं डरा।" दुर्योधन निर्भीक स्वर में बोला, "यदि मैं डर गया होता तो मैं उसे बन्दी करने की बात कैसे सोचता?"

"तुम नहीं डरे, क्योंकि तुम अचेत हो गये थे। तुमने देखा नहीं कि कृष्ण का क्रोध कैसा था।"

"अरे, एक मनुष्य का क्रोध हो ही कैसा सकता है।" दुर्योधन बोला, "भीम से अधिक भयंकर था क्या वह?"

"हाँ युवराज!" दुःशासन बोला, "भीम क्रुद्ध होता है तो लगता है कि एक व्यक्ति क्रुद्ध हुआ है, कृष्ण क्रुद्ध होता है तो लगता है कि प्रकृति ही क्रुद्ध हो गयी है। भीम का क्रोध आँखें देखती हैं और शरीर डरता है, कृष्ण का क्रोध मन देखता है और आत्मा डर जाती है।"

"यह भी किसी आश्रम में जाने की तैयारी में है।" दुर्योधन हँसा, "युद्ध में कृष्ण को सामने देख कर भाग तो नहीं जाओगे?"

"उसके हाथ में सुदर्शन देख लूँ तो कदाचित भाग ही जाऊँ।" दुःशासन के चेहरे पर सचमुच त्रास था, "पर उसने तो युद्ध में शस्त्र न उठाने की प्रतिज्ञा की है न! इसलिए पलायन की कोई सम्भावना नहीं है।"

"अच्छा अब तुम जाओ और सेनाओं के प्रस्थान का प्रबन्ध करो।" दुर्योधन बोला, "तुम ठहरो अंगराज!"

दुर्योधन का अभिप्राय समझकर दुःशासन और शकुनि उठकर चले गये।

"कहो, क्या हुआ है।" दुर्योधन ने उसकी ओर देखा।

"होना क्या है।" कर्ण हँसा, "जीवन में न जाने कब किसकी आँख खुल जाये और उस की समझ में आये कि उसने जब अपने जीवन की दिशा निश्चित की थी, तब वह कितना अज्ञानी था। पर जीवन जी चुकने के पश्चात् न तो अपनी की जा चुकी यात्रा में संशोधन किया जा सकता है, न उसे फिर से आरम्भ किया जा सकता है।..."

दुर्योधन उसकी ओर देखता रहा और सोचता रहा।...क्या वह अपनी पत्नी से इतना दुखी है कि सोच रहा है कि उससे विवाह ही न किया होता तो वह अधिक सुखी रहता? यही जीवन पुनः एक बार जीने को मिले और फिर से विवाह करने का अवसर आये तो वह वृषाली से विवाह नहीं करेगा? सम्भव है, यह झगड़ा वृषाली से न हो किसी और पत्नी अथवा उपपत्नी से हो।...पर वह इस चिन्ता को छोड़ क्यों नहीं देता? जो पत्नी अधिक प्रिय हो, उसके साथ समय बिताए। जो अप्रिय लगने लगी हो, उससे दूर रहे। न जाये उसके पास। कोई भी प्रिय न लगती हो तो और विवाह कर ले। पत्नियों से न पटती हो तो गणिकाएँ हैं, रक्षिकाएँ हैं, दासियाँ हैं। इसमें इस प्रकार मेढ़क का सा चेहरा बनाए रखने की क्या आवश्यकता है...

"तुम अपनी पत्नियों की चिन्ता छोड़कर युद्ध के विषय में क्यों नहीं सोचते? पत्नियों का महत्त्व मैं समझता हूँ, किन्तु युद्ध उससे अधिक महत्त्वपूर्ण है।" दुर्योधन ने उसे समझाने का प्रयत्न किया।

"कौन-सी पत्नियाँ?" कर्ण कुछ अटपटा कर बोला, किन्तु वह तत्काल ही दुर्योधन की बात समझ गया।....अच्छा है कि यह वही मानता रहे, उसने सोचा और बोला, "युद्ध की ही बात सोचता हूँ। जीवन भी तो एक संग्राम ही है। युद्ध के शस्त्रों और व्यूह के विषय में मनुष्य सोचता है तो जीवन के शस्त्रों और व्यूहों के विषय में भी सोचना पड़ता है। सैन्य सन्धियों के समान हम अपने जीवन में भी तो अपने मित्रों और शत्रुओं का चुनाव करते हैं। मैं तो एक व्यापक युद्ध की बात सोच रहा हूँ।"

"तुम उसे कितना भी व्यापक युद्ध बना लो, रहेगा वह रति-युद्ध के अवरोध के भीतर ही।" दुर्योधन मुस्कराया, "अपनी पत्नियों के विषय में सोचने से तो अच्छा है कि तुम पाण्डवों के विषय में ही सोचो। उनसे कैसे मुक्ति पायी जाये।"

"ठीक कहते हो मित्र!" कर्ण बोला, "बड़ी समस्या तो पाण्डवों से मुक्ति ही है, पत्नियों का क्या है। जब तक नहीं मिलती, तब तक पुरुष उसे पाने के लिए तड़पता है। मिल जाये तो उससे मुक्त होने को व्यग्र रहता है। हम पाण्डवों को पाने को तो नहीं तड़पे। वे ही बार-बार आकर हमारे कंठ में लटक जाते हैं। उनसे तो मुक्ति ही चाहिए।"

दुर्योधन सन्तुष्ट हो गया...कोई बहुत गम्भीर बात नहीं लगती थी।

"पर यह कृष्ण!..."

"उसकी तुम चिन्ता मत करो। उसे मैं सँभाल लूँगा।" दुर्योधन बोला और उठ खड़ा हुआ।

30

दुर्योधन रात भर व्याकुल रहा। उसे नींद नहीं आ रही थी। मन में जैसे विचारों की सेनाएँ एक-दूसरे के विरुद्ध व्यूहबद्ध हो रही थीं।

यह सत्य था कि उसने बहुत बड़ी संख्या में राजा और उनकी सेनाओं को एकत्रित कर लिया था। उसके पास ग्यारह अक्षोहिणी सेना थी और पाण्डवों के पास केवल सात अक्षोहिणी। यदि संख्या का कोई भी महत्त्व था तो वह युद्ध जीत ही चुका था; किन्तु केवल संख्या के बल पर वह इतना आश्वस्त नहीं हो सकता था। विराटनगर में गोहरण के समय उसके पास कितनी सेना और महारथी थे और अर्जुन अकेला था, फिर भी अर्जुन विराट की गौवें लौटा ले गया था। घोषयात्रा के समय भी उसके पास योद्धाओं की कमी नहीं थी।...महत्त्व तो सेनानायकों का है। उत्तम व्यूह रचना होनी चाहिए। सेना का श्रेष्ठ नेतृत्व होना चाहिए। व्यक्तिगत शौर्य का बहुत महत्त्व है, किन्तु सेना को बिखरने से भी तो बचाना होगा।...उसका सबसे विश्वसनीय योद्धा कर्ण है; किन्तु पितामह और आचार्य दोनों ही कर्ण के विरुद्ध व्यूहबद्ध हो जायेंगे। वे कर्ण के नेतृत्व में युद्ध करना स्वीकार नहीं करेंगे। और दुर्योधन न पितामह को छोड़ सकता है, न आचार्य को। तो क्या कर्ण उनके सेनापतित्व में युद्ध कर लेगा?

दुर्योधन के मन में अनेक दृश्य उभर रहे थे, जब कर्ण और पितागह गें विवाद हुआ था। पितामह ने कर्ण की निन्दा की थी और कर्ण ने भी क्षमता भर उनका अपमान किया था। दुर्योधन अपने मन को टटोलता है तो पाता है कि उसके मन में पितामह की अपेक्षा कर्ण के प्रति अधिक सहानुभूति है; किन्तु वह युद्ध के इस अवसर पर पितामह को छोड़ नहीं सकता। महाराज धृतराष्ट्र ने एक बार विदुर को हस्तिनापुर से निकाला था तो वह सीधा पाण्डवों के पास चला गया था। दुर्योधन ने यदि भीष्म की अवमानना की तो वे भी युधिष्ठिर के निकट खड़े दिखायी देंगे। उसे तो सबको अपने साथ रखना था...और पितामह को अपने साथ रखना था तो उन्हें सेनापतित्व सौंपना पड़ेगा। और किसी के सेनापतित्व में वे युद्ध नहीं करेंगे। पितामह सेनापति होंगे तो आचार्य को भी कोई आपत्ति नहीं होगी। वे पितामह को अपना आश्रयदाता मानते हैं।...किन्तु कर्ण के सेनापतित्व में तो कदाचित आचार्य भी युद्ध न करें...पर पितामह को अपनी सेना का नियन्त्रण सौंप देना उचित था क्या? वे परिस्थितिवश आज उसके साथ हैं किंतु मन तो उनका आज भी पाण्डवों के साथ है। वस्तुतः यह सारी समस्या ही पितामह की खड़ी की हुई है। यदि उन्होंने विचित्रवीर्य के पश्चात् धृतराष्ट्र को ही हस्तिनापुर का राजा मान लिया होता, तो यह संकट

क्यों खड़ा होता? पांडु के पश्चात् भी तो वर्षों राज्य किया है धृतराष्ट्र ने। तो उस समय भीष्म ने कैसे यह निर्णय कर लिया कि एक नेत्रहीन व्यक्ति राजा नहीं हो सकता।...वह भूल हो ही गयी थी तो जिस समय अपने पुत्रों को ले कर कुन्ती हस्तिनापुर आयी थी, उसी समय कह देते कि ये लड़के कुन्ती के पुत्र हो सकते हैं, उन्हें पांडुपुत्र कैसे माना जा सकता है। भीष्म ने तत्काल उनको पांडुपुत्र मान लिया और वे राज्य के अधिकारी हो गये।...आज अपनी सेना की बागडोर पितामह के हाथ में सौंपकर कहीं दुर्योधन कोई वैसी भूल तो नहीं कर रहा?...

पर भीष्म के जीवित रहते, उनको पृथक् कर कोई युद्ध नहीं लड़ा जा सकता। और भीष्म को सदा अपने साथ रखना है तो उन्हें प्रधान सेनापति बनाना ही होगा। ...और यह शीघ्रातिशीघ्र हो जाना चाहिए। विलम्ब घातक हो सकता है।...

भीष्म का मन बार-बार अतीत की ओर लौट रहा था।...

वे सदा ही मानते रहे हैं कि पाण्डवों के साथ न्याय नहीं हुआ। भीम को विष दिया गया, भीष्म को ज्ञात ही नहीं हुआ। वारणावत में पाण्डवों को जीवित जला देने के षड्यन्त्र का भी उन्हें ज्ञान नहीं था। उन्हें खाण्डवप्रस्थ में निर्वासित किया गया।...भीष्म तब भी कुछ नहीं बोले थे। कुरुकुल का गौरव और उसकी रक्षा उनका परम धर्म था।...राज्य महत्त्वपूर्ण नहीं था। धृतराष्ट्र के समान उन्हें राज्य की आकांक्षा होती तो वे अपना अधिकार ही क्यों छोड़ते।...द्यूतसभा में भी पाण्डवों के साथ न्याय नहीं हुआ। वे देख रहे थे।...

वे उठकर खड़े हो गये। व्याकुलता थमी नहीं तो टहलने लगे। गवाक्ष से गंगा की धारा को देखते रहे और सोचते रहे?...क्या युद्ध को कोई नहीं टाल सकता?

एक नाम उनके मन में आता है—श्रीकृष्ण का! श्रीकृष्ण युद्ध टाल सकते हैं। उन्होंने टालना तो चाहा था। उन्होंने पाण्डवों के लिए केवल पाँच ग्राम माँगे थे। दुर्योधन ने उन्हें मना ही नहीं कर दिया, उन्हें बन्दी करने का भी प्रयत्न किया। यह तो उनका अपना शौर्य था कि वे सुरक्षित निकल गये, अन्यथा दुर्योधन की ओर से तो कोई कसर नहीं थी।...तो फिर श्रीकृष्ण इस युद्ध को क्यों टालना चाहेंगे। उनकी यही क्या कम कृपा थी कि उन्होंने उसी क्षण सुदर्शन चक्र निकालकर दुर्योधन का वध नहीं कर दिया। उन्होंने तो अपनी मध्यस्थता की घोषणा करने के लिए दुर्योधन को अपनी सारी सेना दे दी और स्वयं शस्त्र न उठाने का प्रण कर लिया। पर दुर्योधन ने उनको भी बन्दी करने का प्रयत्न किया।...कैसी लीला है भगवान की। कैसे-कैसे लोग बनाता है वह। एक ओर अपनी मध्यस्थता प्रमाणित करने के लिए सेना और शस्त्र त्यागनेवाले वीर हैं

और दूसरी ओर इतनी बड़ी सहायता पाकर भी उस कृष्ण को बन्दी करने का प्रयत्न करनेवाला दुर्योधन। अब श्रीकृष्ण क्यों युद्ध टालना चाहेंगे?

तो फिर भीष्म को ही कुछ करना होगा।

पर इस स्थिति में भी भीष्म युद्ध रोकने की बात सोच सकते हैं? कैसे रोकेंगे युद्ध! अभी किसी भी क्षण दुर्योधन उनके पास आ सकता है। वह आकर उनसे अपनी ओर से लड़ने का निवेदन करेगा। भीष्म को तत्काल निर्णय करना होगा। वे इस युद्ध में भाग लेंगे अथवा नहीं? अस्वीकार वे कर नहीं सकते और स्वीकार वे करना नहीं चाहते। अस्वीकार कर देंगे, तो भी युद्ध रुक जायेगा क्या? वे अपने प्रासाद में बैठे-बैठे धृतराष्ट्र के समान अपने पुत्रों के वध का समाचार सुनते रहेंगे। धृतराष्ट्र तो केवल दुर्योधन के पक्ष को अपने पुत्रों का पक्ष समझता है। पाण्डवों को वह अपना शत्रु मानता है; किन्तु भीष्म के लिए तो दोनों ही उनके पुत्रों के पक्ष हैं। वे किसी भी एक पक्ष की जय नहीं चाहते। वे तो दोनों की जय चाहते हैं। और वह तो तभी सम्भव है, जब युद्ध न हो।

दुर्योधन ने उन्हें बहुत उकसाया है कि पाण्डवों का पक्ष पांचालों का पक्ष है। पांचालों में द्रुपद हों, अथवा धृष्टद्युम्न—वे दोनों ही भीष्म से प्रसन्न नहीं हैं। भीष्म ने उनके शत्रु द्रोणाचार्य को आश्रय दिया था। और द्रुपद का पुत्र है शिखण्डी, जो उनके वध का प्रण किये बैठा है। पांचालों का वश चले तो न भीष्म सुरक्षित हैं न द्रोणाचार्य !....पर इन बातों से भीष्म को भय नहीं लगता। उन्हें पांचालों का भय होता तो वे द्रोणाचार्य को आश्रय ही क्यों देते। भीष्म को न अपनी मृत्यु का भय है, न पांचालों की जय का। वे पूर्णतः आश्वस्त हैं कि पाण्डवों के शस्त्र अवसर मिलने पर भी अपने पितामह का वध नहीं करेंगे। भीष्म दुर्योधन की रक्षा में खड़े होंगे, तो भी पाण्डव उनका वध नहीं करेंगे।...पर कौरवों द्वारा कौरवों का वध होते देख तो भीष्म स्वयं ही मर जाना चाहेंगे।

वे यह युद्ध नहीं चाहते। इस युद्ध को टालना ही होगा।...

यदि वे युद्ध करना अस्वीकार कर दें, तो भी दुर्योधन लड़ेगा? हाँ! लड़ेगा। वह द्रोणाचार्य के बल पर लड़ेगा। द्रोण के साथ कृप है, अश्वत्थामा है। वे तो लड़ेंगे ही, उधर से पांचाल जो आ रहे हैं।...पर उधर अर्जुन भी तो है। द्रुपद को बाँधकर द्रोणाचार्य के चरणों में डाल देनेवाला अर्जुन ही तो था। आचार्य अपने शिष्य के विरुद्ध लड़ेंगे?...

द्रोण लड़ें न लड़ें, दुर्योधन कर्ण के बल पर लड़ेगा। कर्ण को रोकना कठिन है। उसका तो सारा अस्तित्व ही युद्ध की सम्भावना पर टिका है। युद्ध का संकट जितना अधिक होगा, दुर्योधन को उसकी उतनी अधिक आवश्यकता होगी। कर्ण को युद्ध से कैसे रोका जा सकता है? दुर्योधन किसी भी प्रकार कर्ण को

नहीं छोड़ेगा। कर्ण तो जैसे सृष्टि ने विनाश के लिए ही रचा है। उसकी प्रवृत्ति धर्म की ओर है ही नहीं। अन्यथा न वह दुर्योधन को युद्ध के लिए उकसाता और न दुर्योधन के लिए अपने प्राण न्यौछावर करने के लिए व्याकुल होता। कर्ण पर और किसी का वश नहीं है। न उसके पिता का, न उसके भाइयों का, न उसके गुरु का। वह तो शुद्ध रूप से दुर्योधन के ही नियन्त्रण में है और उसने अर्जुन के वध की प्रतिज्ञा कर रखी है।...

परिचारिका ने निकट आकर प्रणाम किया, "पितामह! युवराज आपके दर्शन करने आये हैं।"

भीष्म चौंके : कैसी विचित्र बात है, वे इधर दुर्योधन के विषय में चिन्तन कर रहे हैं और उधव दुर्योधन उनके विषय में ही सोच रहा होगा।

"लिवा लाओ।"

दुर्योधन ने आकर प्रणाम किया।

"कैसे आये वत्स?" भीष्म ने आशीर्वाद देने के पश्चात् पूछा।

"पितामह! युद्ध हस्तिनापुर के द्वार पर खड़ा है।" दुर्योधन बोला, "अब समय नहीं है कि यह विश्लेषण किया जाये कि इसके लिए उत्तरदायी कौन है। न ही अब उसको टालने अथवा रोकने के उपाय करने का समय है। शत्रुओं से सन्धि हो नहीं सकती, क्योंकि उनकी जो माँग है, वह मैं पूरी नहीं कर सकता। मैंने जैसे भी पाया है, किन्तु हस्तिनापुर का राज्य अब मेरा है और इन्द्रप्रस्थ, हस्तिनापुर राज्य का ही अंग है। खाण्डवप्रस्थ के रूप में जब पाण्डवों को पृथक् राज्य दिया गया था, मैं तब भी कौरव राज्य के विभाजन का समर्थक नहीं था। अब संयोग से अथवा भगवान की कृपा से यदि कौरवों का राज्य अखंड हो गया है, तो मैं उसका पुनर्विभाजन नहीं होने दूँगा। कौरवों के राज्य को बाँटकर निर्बल करने का पांचाल और मत्स्यों का षड्यन्त्र में सफल नहीं होने दूँगा। द्वार पर खड़े शत्रुओं से युद्ध करना ही पड़ेगा। क्षत्रिय होकर हम लोग घुटने नहीं टेक सकते। हस्तिनापुर की सेना कुरुक्षेत्र पहुँच चुकी है। आप से निवेदन करने आया हूँ कि आप हमें आश्रय दें। हमारी रक्षा करें। कौरवों के महासेनापति के रूप में आप पांचालों को रोकें।"

भीष्म सुन रहे थे और मन-ही-मन मुस्करा रहे थे। दुर्योधन यही नहीं कह रहा कि वह पाण्डवों से अपहृत राज्य उनको वापस नहीं करेगा क्योंकि वह स्वयं उस पर अपना आधिपत्य चाहता है। वह यह भी नहीं कह रहा कि वह पाण्डवों से युद्ध करना चाहता है, वह तो कौरवों के राज्य के लिए आक्रमणकारी पांचालों से युद्ध करने की बात कह रहा है। पांचालों से तो भीष्म को युद्ध करना ही चाहिए।...उनके मन में आया कि वे दुर्योधन से पूछें कि उसने यह

तो उनसे पूछा ही नहीं कि वे युद्ध में सम्मिलित होना चाहते हैं कि नहीं, अपने आप ही निर्णय कर लिया कि वे युद्ध करेंगे और उसके पक्ष से ही करेंगे।...पर सहसा वे रुक गये। उन्हें कुरुक्षेत्र में से अपने लिए एक मार्ग बनता दिखायी दे रहा था।...

"तुम जानते हो पुत्र! कि मैं तुम्हारे समान पाण्डवों को अपना शत्रु नहीं मानता। मैं तो उन्हें भी तुम्हारे ही समान अपने पुत्र मानता हूँ। उनसे प्रेम करता हूँ। मैं उनका और तुम्हारा युद्ध नहीं चाहता..."

"हम युद्ध नहीं करेंगे तो हस्तिनापुर पर पाण्डवों का नहीं पांचालों का राज्य होगा पितामह! आप देखिएगा कि पाण्डवों की सेना का सेनापतित्व धृष्टद्युम्न अथवा द्रुपद करेंगे।..." दुर्योधन ने पितामह की बात काट दी।

पर पितामह ने भी दुर्योधन को अपनी बात पूरी नहीं करने दी, "मैं दूसरी बात कह रहा हूँ। जहाँ तक तुम्हारा और युधिष्ठिर का प्रश्न है, मैं मध्यस्थ हूँ। मैं भी बलराम के समान तटस्थ रहने की घोषणा कर सकता था; किन्तु क्षत्रिय होने के नाते युद्ध से विमुख होना नहीं चाहता।"

"तो फिर बात क्या है?" दुर्योधन अपनी प्रसन्नता छिपा नहीं पा रहा था।

"मैं मध्यस्थ हूँ, यह जानकर भी तुम अपनी सेना का नेतृत्व मुझे सौंपना चाहते हो?" भीष्म बोले, "यह सोच लो। बाद में तुम्हें पश्चात्ताप न हो। युद्ध में आदेश सेनापति का माना जायेगा, युवराज का नहीं।"

"इसमें मुझे किसी प्रकार की कोई भ्रांति नहीं है।" दुर्योधन बोला, "आदेश आपका ही माना जायेगा।"

"व्यूह की रचना मैं अपनी इच्छा से करूँगा।"

"आपके समान व्यूह-रचना का ज्ञान और किसको है।" दुर्योधन चाटुकार स्वर में बोला, "इस संदर्भ में कोई आपको परामर्श भी नहीं दे सकता, आदेश की तो बात ही क्या।"

"किस योद्धा के वध का विशेष प्रयत्न किया जायेगा और कब, इसका निर्णय भी मैं करूँगा।"

"हाँ पितामह! आप ही करेंगे।"

"तो सेनापति बनने के लिए, मेरी प्रतिज्ञाएँ सुन लो।" भीष्म बोले, "मैं किसी भी स्थिति में पांडवों में से किसी का वध नहीं करूँगा। जब तक वे मुझे मार नहीं डालते, तब तक मैं उनकी सेना का संहार करूँगा। स्वीकार है?"

"स्वीकार है पितामह!"

"मैं किसी स्त्री अथवा उस पुरुष पर, जो पहले स्त्री रह चुका हो, शस्त्र नहीं उठाऊँगा।" भीष्म बोले।

कर्ण ने चौंक कर दुर्योधन की ओर देखा, "वे स्पष्ट कह रहे हैं कि वे शिखण्डी पर शस्त्र नहीं उठाएँगे।"

"और दुर्योधन! तुम्हारा यह मित्र कर्ण युद्ध में मुझसे स्पर्धा करता है, इसलिए या तो यह ही पहले युद्ध कर ले, या फिर मैं ही कर लूँ।" भीष्म बोले।

"मैं तो पहले ही प्रतिज्ञा कर चुका हूँ कि पितामह के वर्तमान रहते मैं शस्त्र नहीं उठाऊँगा।" कर्ण बोला, "मैं इनके युद्धक्षेत्र से हट जाने के पश्चात् ही वहाँ पग रखूँगा।"

"तो ठीक है दुर्योधन! मैं तुमहारा सेनापतित्व स्वीकार करता हूँ।"

"मैं कृतार्थ हुआ पितामह!" दुर्योधन ने प्रसन्न होकर परिचारिका की ओर देखा।

परिचारिका तिलक का थाल ले आयी।

दुर्योधन ने भीष्म को शस्त्र समर्पित कर उनका तिलक किया।

दुर्योधन, पितामह के भवन से बाहर निकला तो अत्यन्त प्रसन्न था। बोला, "कर्ण! मैं आज उतना ही प्रसन्न हूँ जितना कृष्ण के भवन से उसकी नारायणी सेना लेकर निकलते समय था।"

"वह तो ठीक है युवराज! किन्तु एक बात की ओर तुम्हारा ध्यान नहीं गया।" कर्ण चिंतित स्वर में बोला, "तुम्हारे इस धूर्त पितामह ने मुझे युद्ध से निष्कासित कर दिया है और सारी सेना अपने नियन्त्रण में ले ली है। वह पाण्डवों को मारेगा नहीं और पाण्डव शिखण्डी को सामने कर पहले ही दिन इस का वध कर देंगे।"

"पितामह पाण्डवों का वध नहीं करेंगे, पांचालों और मत्स्यों का करेंगे और हम पाण्डवों से निबट लेंगे।" दुर्योधन मुस्कराया, "पांचाल शिखण्डी को सामने कर पितामह का वध कर देंगे। पितामह का पाण्डवों से जा मिलने का संकट सदा के लिए समाप्त हो जायेगा और तुम युद्ध में सम्मिलित हो सकोगे।"

"तो तुम चाहते हो कि पितामह जब तक जीवित रहें, तुम्हारे रहें या फिर वे न ही रहें।"

"हाँ! यही चाहता हूँ मैं।"

कर्ण समझ नहीं पा रहा था कि पितामह और पौत्र में से किसकी इच्छा पूर्ण हुई थी।

31

सात्यकि और कृतवर्मा के साथ कृष्ण सकुशल उपप्लव्य पहुँच गये थे। दुर्योधन ने उनका पीछा करने, उन्हें रोकने अथवा बन्दी करने का कोई प्रयत्न नहीं किया

था। हस्तिनापुर में घटित घटनाओं का पूर्वाभास पाण्डवों को अपने गुप्तचरों और धावकों से मिल गया था। कृष्ण ने लौटकर उन्हें विभिन्न लोगों के संदेश दिये। कुन्ती का संदेश उन्होंने सारे परिवार के सम्मुख दिया। फिर वे विश्राम की आवश्यकता बता कर सोने चले गये थे।

प्रातः जब कृष्ण पाण्डवों के साथ मंत्रणा के लिए आये तो वे अकेले ही थे।

"उद्धव, सात्यकि और कृतवर्मा कहाँ रह गये?" युधिष्ठिर ने पूछा।

"वे अपने सैनिकों के साथ हैं। आप उनकी चिन्ता न करें।" कृष्ण बोले, "उनका इस मंत्रणा में उपस्थित रहना आवश्यक नहीं है।"

युधिष्ठिर ने उनकी ओर देखा, "अब मधुसूदन?"

"अब तो दंड ही एक मात्र उपाय है धर्मराज!"

"अर्थात् युद्ध?" भीम के मन की प्रसन्नता उसकी वाणी में भी मुखर थी।

"उसके सिवाय और कोई मार्ग नहीं है।" कृष्ण बोले, "दुर्योधन पाँच ग्राम देने को भी प्रस्तुत नहीं है।"

"मैं भी पाँच ग्रामों पर सन्तोष करने को प्रस्तुत नहीं हूँ।" भीम बोला, "यह तो अच्छा हुआ कि दुर्योधन ने ही हमारा तिरस्कार कर दिया, नहीं तो मेरे लिए शान्त रहना कठिन होता।"

"तो युद्ध अनिवार्य है।" युधिष्ठिर के मन में उत्साह नहीं था।

"इसे युद्ध न कहें धर्मराज! यह दंड है।" कृष्ण बोले, "पाप और अधर्म का विस्तार और प्रसार तभी होता है जब राक्षसत्व दण्डित नहीं होता; जब क्षत्रिय भी अपनी कोमलता, भीरुता, दया अथवा करुणा के वश में होकर दंड का त्याग कर देते हैं। यदि भीष्म कुरुकुल के प्रति अपने मोह के कारण अपने क्षत्रिय धर्म की उपेक्षा न करते और दुर्योधन को आरम्भ में ही उसके पापों के लिए दण्डित करते, तो न वह और धृतराष्ट्र राक्षस बनते और न इस युद्ध का अवसर आता। यह शांति और सन्धि की आतुरता ही थी, जिसने अधर्म को इस सीमा तक पैर पसारने के असवर दिये और इस भयंकर युद्ध की आवश्यकता आ पड़ी।" कृष्ण ने रुककर युधिष्ठिर की ओर देखा, "अब आप मान लें कि संवाद, संदेश, दूतों और संधिवार्ता का काल समाप्त हुआ। युद्ध निश्चित ही नहीं, अनिवार्य है; और उसके अतिरिक्त और कोई उपाय भी नहीं है। इसलिए आप अपनी सेनाओं को युद्धभूमि की ओर प्रयाण का आदेश दें।"

युधिष्ठिर अवाक् से कृष्ण की ओर देखते रहे, जैसे उन्हें विश्वास ही न हो रहा हो कि वस्तुतः युद्ध का समय आ गया है। युद्ध आरम्भ हो जाने पर अवध्य पुरुषों का भी वध करना पड़ेगा। युधिष्ठिर ने भारी मन से दीर्घ श्वास

खींचा, "जिससे बचने के लिए मैंने वनवास का कष्ट स्वीकार किया और एक-से-एक भयंकर यातनाएँ सहन कीं, वह अनर्थ मेरी सारी सद्भावना और सारे प्रयत्नों से भी टल नहीं सका।...युद्ध हमारे द्वार पर आया खड़ा है, किन्तु वन्दनीय और गुरुजनों से युद्ध करने में क्या औचित्य है?"

अर्जुन की दृष्टि भीम पर पड़ी : निश्चय ही वह कोई कठोर बात कहने जा रहा था। उससे पहले ही अर्जुन ने कहा, "महाराज! श्रीकृष्ण ने माता और विदुर काका के विचार आपको सुनाए हैं। मेरा निश्चित मत है कि वे लोग अधर्म की बात नहीं कहेंगे।" उसने रुककर कुछ अधिक बलपूर्वक कहा, "और धर्मराज! अब हमारा युद्ध से निवृत्त हो जाना भी तो धर्म नहीं है।"

"भीष्म और द्रोण भी दुर्योधन को समय-समय पर समझाते रहे हैं," कृष्ण बोले, "किन्तु वे भी सदा उचित बात नहीं करते। एक महात्मा विदुर को छोड़कर, हस्तिनापुर में अन्य सब लोग, दुर्योधन का ही अनुसरण करते हैं। और दुर्योधन को जानते हुए भी आप नहीं जानते। आपकी सेना में सम्मिलित सारे राजाओं को मिलाकर भी उतना पाप और अमंगलकारक भाव नहीं है, जितना अकेले दुर्योधन में विद्यमान है।"

"ठीक है।" युधिष्ठिर ने एक दीर्घ श्वास छोड़ा, "तो हम अपने सेनापतियों के चयन के विषय में भी सोच लें, परस्पर चर्चा कर लें।"

"आप राजा हैं। आप जिसे चाहें, अपना प्रधान सेनापति नियुक्त कर सकते हैं।" कृष्ण बोले।

"हमारे पास सात अक्षौहिणी सेना है। उसका नेतृत्व करने के लिए सात नायक हैं : महाराज, द्रुपद, मत्स्यराज विराट, मध्यम पाण्डव भीमसेन, महारथी धृष्टद्युम्न, शिखण्डी, महावीर सात्यकि और चेकितान। अब प्रश्न है इनमें से सेना के नेतृत्व के लिए, महानायक को चुनने का।" उन्होंने सबकी ओर देखा, "बताइए, आप लोगों का क्या मत है?"

"मेरा विचार है कि महारथी शिखण्डी को ही यह दायित्व सौंपा जाना चाहिए।" भीम ने सबसे पहले कहा।

"क्यों? ऐसी क्या विशेषता है शिखण्डी में?" कृष्ण सहास उसे देख रहे थे, "आप कहीं इसलिए तो यह नाम प्रस्तावित नहीं कर रहे कि सब लोग एकमत होकर कहें, इससे तो मध्यम पाण्डव भीम ही श्रेष्ठ रहेंगे।"

"नहीं!" भीम ने कुछ उत्तेजित हो कर कहा, "मैंने शिखण्डी का नाम इसलिए प्रस्तावित नहीं किया है कि वे हमसे अधिक शूरवीर अथवा बलवान हैं; इसलिए भी नहीं कि वे हमसे अधिक रणकुशल हैं, अथवा उनका सैनिक अनुभव हमसे कुछ अधिक है। मैं इसलिए कह रहा हूँ कि हम पाँचों भाई अपना

मन कितना भी कठोर बना लें, कौरवों के प्रति हमारे मन में वह भाव आ ही नहीं सकता, जो शिखण्डी के मन में है।"

"अर्थात् हम उनके प्रति वैसे नृशंस नहीं हो सकेंगे?" युधिष्ठिर बोले।

"ऐसा ही समझ लीजिए।" भीम ने कहा, "उन्होंने भीष्म का वध करने की प्रतिज्ञा की है। दूसरी ओर हम सब अपने पितामह से इतना प्रेम करते हैं कि उनके देहावसान की कल्पना भी नहीं कर सकते, कामना कैसे करेंगे और कर्म का तो कहना ही क्या। फिर हमारी सेना का मुख्य भाग पांचाल सेना का ही है। शिखण्डी सेनापति होंगे तो उनके सैनिकों में अधिक उत्साह रहेगा और उनको यह अपना ही युद्ध लगेगा। महाराज द्रुपद और धृष्टद्युम्न को भी इससे कोई विरोध नहीं होगा।..."

"यदि इन सब बातों को महत्त्व दिया जाये तो मेरा विचार है कि प्रधान सेनापति का पद धृष्टद्युम्न को दिया जाना चाहिए।" अर्जुन ने भीम की उग्रता के ठीक विपरीत मंद और मधुर स्वर में कहा, "वेसे तो सबसे पहले महाराज द्रुपद का नाम आना चाहिए था, किन्तु समर्थ होने पर भी वे वृद्ध हैं। उन पर इतने बड़े युद्ध का भार नहीं डाला जाना चाहिए। यह उनके लिए कष्टकर हो सकता है। हम अपनी विजय के लिए उनके प्राणों को दाँव पर लगाना नहीं चाहेंगे। धृष्टद्युम्न अभी युवक हैं, समर्थ हैं। आचार्य द्रोण के वध के लक्ष्य से अग्निकुंड में से जन्मे हैं। प्रतिशोध की भावना उनमें भी कम नहीं है।"

"मैं भी समझता हूँ कि सबसे पहले यह अधिकार महाराज द्रुपद का ही है।" नकुल ने कहा, "वे अवस्था में बड़े हैं। वीर और अनुभवी हैं। मूल विरोध तो उनका ही है। उनकी आज्ञा के अधीन रहकर युद्ध करने में किसी का स्वाभिमान आहत नहीं होगा।"

"तुम्हारा क्या विचार है बुद्धिमान सहदेव?" युधिष्ठिर ने पूछा।

"मैं समझता हूँ कि हम लोग मत्स्यराज विराट की भूमि पर स्थित हैं और उन की सेना तथा परिवार की हमें पूरी सहायता है।" सहदेव ने कहा, "वे युद्ध कुशल और वीर हैं...। हमें उनकी उपेक्षा नहीं करनी चाहिए।"

"महाराज विराट के प्रति, मेरे मन में पूर्ण सम्मान है, किन्तु सहदेव ने इस बात पर ध्यान नहीं दिया कि मत्स्य सेना की सारी वीरता तो कीचक के कारण थी। सुशर्मा कीचक से पीड़ित था, मत्स्यराज से नहीं।" भीम ने कहा, "भावना अपने स्थान पर है, किन्तु हम को यह युद्ध जीतना है, मात्र अपनी कृतज्ञता का प्रदर्शन नहीं करना है। मैंने मत्स्यराज को सुशर्मा से युद्ध करते देखा है। मुझे नहीं लगता कि वे सात अक्षौहिणी सेना का, ग्यारह अक्षौहिणी सेना के विरुद्ध नेतृत्व कर पायेंगे।"

सब मौन थे।

"हमारे पास अभी तीन नाम और भी हैं।" युधिष्ठिर बोले, "सात्यकि, चेतिकान और भीम।"

"यद्यपि मध्यम पाण्डव के नेतृत्व में आगे बढ़नेवाला सैनिक विजय के प्रति सब से अधिक आश्वस्त हो सकता है, किन्तु उनका नाम मैं प्रधान सेनापति के लिए प्रस्तावित नहीं कर रहा।" कृष्ण बोले, "मैं चाहता हूँ कि वे प्रधान सेनापति का भी अनुशासने करें। सात्यकि के शौर्य के विषय में मुझे तनिक भी संदेह नहीं है, किन्तु वह अवस्था में छोटा है और उसमें धैर्य का अभाव हो सकता है। उसके गुरु उसकी आज्ञा के अधीन होकर लड़ें, यह बहुत न्यायसंगत व्यवस्था नहीं है। फिर उसके सेनापति बनने से यादवों की राजनीति आपके लिए घातक हो सकती है। चेतिकान के पास भी व्यक्तिगत शौर्य ही है, जो पाण्डवों की सेना का प्रधान सेनापति बनने के लिए पर्याप्त नहीं है।"

"तो फिर श्रीकृष्ण ही प्रधान सेनापति का नाम बताएँ।" युधिष्ठिर बोले।

सबने कृष्ण की ओर देखा।

"मैं समझता हूँ कि प्रधान सेनापति पद के लिए धृष्टद्युम्न ही सर्वश्रेष्ठ योद्धा है।" कृष्ण बोले, "प्रधान सेनापति में जितने गुण आप चाहते हैं, वे सब उनमें हैं।... और उनके प्रधान सेनापति बनने से आपकी सेना और सेनानायकों में किसी प्रकार का रोष भी नहीं जागेगा तथा कुरुवंशियों के मन में उतना ही आतंक उत्पन्न होगा, जितना भीम के नाम से दुःशासन के मन में हो सकता है।"

युधिष्ठिर ने एक-एक कर अपने सारे भाइयों की ओर देखा : सब सहमत प्रतीत होते थे। कहीं किसी के चेहरे पर असन्तोष नहीं था।

"तो हमारा सर्वमान्य निर्णय है कि धृष्टद्युम्न हमारे प्रधान सेनापति हों।" युधिष्ठिर बोले, "अब हम अपनी सेना को प्रयाण का आदेश दे सकते हैं।"

"युद्धभूमि का चयन हो गया क्या?" अर्जुन ने पूछा।

"उसका चयन दुर्योधन ने कर लिया है।" कृष्ण बोले, "उसकी सेनाएँ कुरुक्षेत्र में अपना स्कन्धवार बना रही हैं। वह वहीं व्यूहबद्ध होकर हमारी सेना पर आक्रमण करेगा।"

युधिष्ठिर ने भीम की ओर देखा, "ठीक है?"

"मेरे लिए सारे स्थान ठीक हैं।" भीम ने कहा, "मुझे तो दुर्योधन की जंघा तोड़नी है, और वह कार्य कहीं भी हो सकता है।..."

"तो फिर ठीक है। धृष्टद्युम्न को सूचित करो। उपप्लव्य के दुर्ग की रक्षा के लिए खाइयों, परकोटों और रक्षक प्रहरियों की समुचित व्यवस्था करो, ताकि हमारी अनुपस्थित में उपप्लव्य के दुर्ग में रहने वाली स्त्रियों, बालकों तथा धन

को लूटने का कोई प्रयत्न न कर सके!" युधिष्ठिर बोले, "रथों, अश्वों तथा हाथियों को चलने के लिए तैयार किया जाये। सबके आगे मध्यम पाण्डव भीमसेन, प्रधान सेनापति धृष्टद्युम्न के साथ चलेंगे और प्रभद्रकगण उनकी रक्षा के लिए उन्हें घेर कर चलेंगे। उनके साथ नकुल, सहदेव, अभिमन्यु, और द्रौपदेय जायेंगे। उनके पश्चात् शकट, हाट, डेरे तम्बू इत्यादि चलेंगे। कोष को विश्वस्त योद्धाओं की रक्षा में सावधानी से ले जाया जाये। शस्त्रास्त्रों का परिवहन कुशल योद्धाओं के संरक्षण में हो। चिकित्सालय वैद्य साथ चलें।" युधिष्ठिर रुके, "उसके पश्चात् मेरे साथ पाँचों कैकेय कुमार, धृष्टकेतु, अभिभू, श्रेणिमान, वसुदान और शिखण्डी चलेंगे। सेना के पिछले भाग में मत्सराज विराट, पंचालराज द्रुपद, महाराज कुंतिभोज, सुधर्मा और धृष्टद्युम्न के पुत्र चलेंगे। श्रीकृष्ण और अर्जुन सबकी देखभाल करते हुए, स्वेच्छा से चलेंगे और उनकी रक्षा के लिए अनाधृष्टि, चेकितान तथा सात्यकि उनको घेरकर चलेंगे।"

"ऐसा ही होगा धर्मराज!" भीम ने कहा।

"स्कन्धावार के लिए हिरण्वती नदी के तट पर कोई समतल प्रदेश देखना, जहाँ घास और ईंधन का बाहुल्य हो। न हमारे पशुओं को खाद्य और जल का अभाव हो और न हमारे सैनिकों को। जल तो हिरण्वती से ही आयेगा, किन्तु अन्न का पर्याप्त भंडार साथ ले कर चलो। वहाँ घास मिल जाये तो ठीक, अन्यथा हमारे पास घास और भूसी का पर्याप्त भंडार होना चाहिए। शिविरों के लिए भूमि सात्यकि नापें, खाई इत्यादि खुदवाने का कार्य श्रीकृष्ण करें। स्कन्धावार के निमार्ण में ध्यान रहे कि विभिन्न शिविरों के मध्य आवागमन के लिए सुरक्षित मार्ग हों, ताकि खाद्य तथा शस्त्रास्त्रों के परिवहन में किसी प्रकार की बाधा न हो।..."

"और यदि हमारे कार्य में दुर्योधन के सैनिक वाधा उपस्थित करें?" भीम ने पूछा।

"तो बल प्रयोग कर सकते हो।" युधिष्ठिर बोले, "युद्ध करना है तो स्कन्धावार का निर्माण करना ही होगा। सुरक्षित तथा सुविधाजनक स्कन्धावार का अर्थ है, विजय की अधिक सम्भावना। अतः सैनिकों के लिए उचित व्यवस्था करो।"

32

युद्धक्षेत्र में पाण्डवों का स्कन्धावार स्थापित हो गया। नयी-नयी वाहिनियों का निरन्तर आगमन हो रहा था। आनेवाली वाहिनियों के नायक, नियन्त्रणमण्डप

से आवश्यक निर्देश ले कर, अपने-अपने सैनिकों के साथ अपने लिए नियत स्थान घर अपने-अपने शिविर स्थापित कर रहे थे।

हिरण्वती के तट पर धर्मराज युधिष्ठिर के शिविर में पाण्डव पक्ष के प्रमुख लोग उपस्थित थे। युद्ध सम्बन्धी नीतियों को अंतिम रूप दिया जा रहा था और प्रबन्ध सम्बन्धी चर्चा हो रही थी।...

"तो हमारी सात अक्षौहिणी सेना के सात सेनापति होंगे–महाराज द्रुपद, महाराज विराट, सात्यकि युयुधान, महावीर धृष्टद्युम्न, चेदिराज धृष्टकेतु, महारथी शिखण्डी, मगधराज जरासंध पुत्र सहदेव।" युधिष्ठिर बोले, "प्रधान सेनापति होंगे धृष्टद्युम्न। उन सेनापतियों के अधिपति होंगे वीरवर अर्जुन। अर्जुन के नेता और नियन्ता होंगे वासुदेव श्रीकृष्ण।"

"और मध्यम पाण्डव भीम को आप कोई दायित्व नहीं देना चाहते?" कृष्ण ने पूछा।

"जहाँ बल का अभाव दिखायी देगा, जहाँ अपनी सेना पीछे हटती लगेगी, जहाँ सैनिकों का उत्साह मंद पड़ेगा, जहाँ सैनिकों को अपने साथ ले कर शत्रुओं में धँसने की आवश्यकता होगी, जहाँ शत्रु के व्यूह को बलपूर्वक तोड़ना होगा, वहाँ मध्यम पाण्डव सहायता भी पहुँचाएँगे और नेतृत्व भी करेंगे।" युधिष्ठिर बोले, "भीम हमारी नासीर सेना के नायक हैं। उनकी आवश्यकता सबको रहेगी..."

सहसा द्वाररक्षक प्रवेश कर हाथ जोड़ कर खड़ा हो गया।

सबकी दृष्टि उस ओर उठी, "क्या है?"

"महाराज! वासुदेव बलराम पधार रहे हैं। वे बहुत शीघ्रता में लगते हैं।" वह बोला, "उनके साथ कुछ अन्य यादव और वीर भी हैं; किन्तु वे लोग युद्ध वेश में नहीं हैं।"

युधिष्ठिर ने कुछ चकित भाव से कृष्ण की ओर देखा, "वे आने वाले थे क्या?"

"ऐसी कोई सूचना तो नहीं थी।" कृष्ण बोले, "किन्तु उनके कहीं आने-जाने पर कोई बन्धन तो है नहीं।"

"सम्भव है कि उन्होंने अन्ततः यह निर्णय कर लिया हो कि उन्हें हमारे पक्ष से युद्ध करना है।" भीम ने कहा "कहीं हमारा निमन्त्रण देर से पहुँचा है, कहीं निर्णय अथवा व्यवस्था होने में विलम्ब हुआ है। योद्धा युद्धक्षेत्र को छोड़कर जायेंगे कहाँ?"

युधिष्ठिर ने पुनः कृष्ण की ओर देखा।

"मुझे तो कोई सम्भावना दिखायी नहीं देती।" कृष्ण बोले, "फिर भी मध्यम की अपेक्षा से मेरा कोई विरोध नहीं है, पर तब दुर्योधन को दिए गये भैया के वचन का क्या होगा?"

"वे चाहें तो अपने वचन की रक्षा करते हुए भी हमारी सहायता कर सकते हैं।" अर्जुन ने कहा, "दुर्योधन चाहे अपने पिता के आदेश की उपेक्षा कर दे, किन्तु वह बलराम भैया के आदेश को चुनौती नहीं देगा। उनका एक आदेश दुर्योधन को इस युद्ध से विरत कर सकता है।"

"तुम जाओ।" युधिष्ठिर ने द्वारपाल से कहा, "हम स्वयं बाहर आकर उनका स्वागत करेंगे।"

बलराम आये।

पाण्डवों को यह देख कर आश्चर्य हुआ कि उनके साथ न केवल अक्रूर थे; उद्धव, गद, प्रद्युम्न, सांब तथा चारुदेष्ण भी थे। जैसी कि सूचना द्वारपाल ने दी थी, वे लोग युद्धवेश में नहीं थे। उनके पास इस समय साधारण अस्त्र-शस्त्र भी नहीं थे।

युधिष्ठिर ने आगे बढ़, बलराम की भुजायें थामकर उनका स्वागत किया। अभिवादन और सम्मान का आदन-प्रदान हुआ और बलराम बैठ गये।

"मुझे प्रसन्नता है कि द्वारका में मेरी अनुपस्थिति में आप मेरे पुत्रों के साथ हैं, अथवा वे आपके साथ हैं। कितनी सुखद अनुभूति है कि यादवों में भी कोई किसी के साथ है।" कृष्ण ने कहा।

बलराम इससे प्रसन्न नहीं हुए। बोले, "इनसे बड़ा हूँ तो इनको संरक्षण देना मेरा धर्म है। सब तुम्हारे समान तो नहीं होते कि बड़ों की आज्ञा के अधीन न रहें।"

बलराम का रोष स्पष्ट था। वे कृष्ण से प्रसन्न नहीं थे और इसलिए उनसे किसी सुखद समाचार की अपेक्षा नहीं की जा सकती थी। कृष्ण पर उनके रोष का कोई विशेष प्रभाव दिखायी नहीं दिया। वे उनके आने और उनके तेवरों से तनिक भी विचलित नहीं हुए थे। वे अब भी वैसी ही प्रसन्न मुद्रा में थे, जैसे बलराम के आने के पूर्व थे। बोले, "दाऊ! मैं कब आपकी आज्ञा से बाहर रहा?"

बलराम कुछ अकबका गये। बोले, "हाँ! ठीक कहते हो कान्हा! तुम कभी मेरी आज्ञा से बाहर नहीं गये, किन्तु कभी मेरी इच्छा के अधीन भी नहीं रहे।"

"भैया! आप कैसी आज्ञाएँ देते हैं, जिनसे आपकी अपनी ही इच्छा पूरी नहीं होती।"

लगा, बलराम अभी कृष्ण पर झपट पड़ेंगे, किन्तु वे अपना आक्रोश पी गये, "मेरी आज्ञाओं में ही कोई ऐसा दोष रहा होगा कि उनसे मेरी कामनाएँ पूर्ण नहीं होतीं।"

कृष्ण हल्के से मुस्कराए, "दोष आज्ञाओं में नहीं, इच्छाओं में खोजा जाना चाहिए।"

इस बार बलराम संयत नहीं रह सके, "दोष मेरी इच्छाओं का ही सही, किन्तु तुम्हें अपने बड़े भाई की इच्छाओं का सम्मान करना चाहिए। भगवान राम को उनके पिता ने वनवास की आज्ञा नहीं दी थी, किन्तु वे समझ गये थे कि उनके वन जाने से ही कैकेयी को दिया गया वर पूरा हो पायेगा। वे अपना धर्म समझते थे।"

"मैं भी अपना धर्म समझता हूँ।" कृष्ण का स्वर कुछ तीखा था किन्तु वे तत्काल शान्त हो गये, "यदि नियम यह हो कि छोटों को बड़ों की इच्छा का सम्मान करना चाहिए, तो आपको भी पिताजी की इच्छा का सम्मान करना चाहिए। वे नहीं चाहते कि हम दुर्योधन की किसी प्रकार की कोई सहायता करें। मेरे इन पुत्रों को भी मेरी इच्छा का सम्मान करना चाहिए।" कृष्ण ने उनकी ओर देखा, "मैं आपको दोष नहीं देता, किन्तु आपकी यह कार्य-पद्धति तो विचित्र है कि आप अपने पिता की इच्छा का सम्मान न करें, किन्तु आपके पुत्र आपकी इच्छा का सम्मान अवश्य करें।"

बलराम ने अपना सिर झटका, जैसे वे कृष्ण से तनिक भी सहमत न हों, किन्तु उनके तर्क का कोई भी उत्तर न देना चाहते हों।

"मैंने इसे कितनी बार समझाया है कि हम मध्यस्थ हैं। हमारे लिए कौरव और पाण्डव दोनों ही एक समान हैं। दोनों से हमारा एक जैसा ही सम्बन्ध है।" बलराम ने युधिष्ठिर की ओर देखा, "दुर्योधन इतने चक्कर काट रहा था। उसकी सहायता की जानी चाहिए थी। वह मेरे पास भी आया था, किन्तु मैंने उसकी सहायता करने से मना कर दिया और अर्जुन को भी सहायता नहीं दी।..." उन्होंने रुष्ट दृष्टि कृष्ण पर डाली, "पर यह जब अर्जुन को देखता है, तो इसकी मति स्थिर नहीं रहती। एकदम बौरा जाता है। अर्जुन की इच्छा पूरी होनी चाहिए, फिर चाहे सारा संसार कट मरे।"

भीम को लगा कि बलराम अपनी मर्यादा का अतिक्रमण कर रहे हैं, पर वे अपने छोटे भाई के प्रति अपना रोष जता रहे थे तो किसी और का बीच में पड़ना तनिक भी आवश्यक नहीं था।

"पर मैं इससे इतना प्रेम करता हूँ कि मैं इसके विरुद्ध जा नहीं सकता।" बलराम बोले। वे स्वयं नहीं जानते थे कि वे किससे सम्बोधित थे, पर वे

धर्मराज की ओर देख रहे थे, "यदि कुरुक्षेत्र में उपस्थित रहा तो मैं कौरवों का विनाश देख कर उस स्थिति में उनकी उपेक्षा नहीं कर पाऊँगा। मेरे लिए आत्मनियन्त्रण कठिन हो सकता है। इसलिए मैं यहाँ रुकना नहीं चाहता। मैं सरस्वती नदी के तट पर बसे तीर्थों के दर्शन करने जा रहा हूँ और अपने इन वीर यादवों को भी ले जा रहा हूँ कि कहीं युद्ध के किन्हीं परिणामों को देखते हुए, इनका मन डोल न जाये।"

सहदेव का मन निरन्तर कुछ-न-कुछ सोच रहा था। अक्रूर का बलराम के साथ जाना वह समझ रहा था। यद्यपि श्रीकृष्ण ने स्यमन्तक मणि अक्रूर के पास छोड़ दी थी, किन्तु अक्रूर श्रीकृष्ण के प्रति अपना विरोध छोड़ नहीं पाये थे। वह कदाचित उनका विरोध भी था और उनके मन का भय भी। उनको आज भी भय था कि श्रीकृष्ण उनसे उनकी स्यमन्तक मणि छीन लेंगे। वे आज भी भयभीत थे कि उग्रसेन श्रीकृष्ण को अपना उत्तराधिकारी बना देंगे और वे उग्रसेन के पश्चात् भी यादवों के राजा नहीं बन पायेंगे। वे शायद आज भी भूल नहीं पाये थे कि वे सत्यभामा से विवाह करना चाहते थे और सत्राजित ने उसका विवाह श्रीकृष्ण से कर दिया था।...ऐसा क्यों है कि अक्रूर को प्रत्येक उस वस्तु की आवश्यकता थी, जो कृष्ण को प्रिय थी अथवा कृष्ण के अधिकार में थी?...अपनी इन्हीं कामनाओं के कारण कृष्ण उन्हें अपने शत्रु लगने लगे थे और यह भी विचित्र लीला थी नियति नटी की कि कृष्ण के विरुद्ध सबसे अधिक संरक्षण की अपेक्षा उनके भाई बलराम से की जा रही थी।...

पर उद्धव को क्या हुआ था? वह क्यों भाग रहा था? उसे कृष्ण और बलराम में से बलराम को चुनने की आवश्यकता क्यों पड़ गयी थी? श्रीकृष्ण के शांतिदूत बन कर हस्तिनापुर जाने से पहले तक तो ऐसी कोई बात नहीं थी। उद्धव उनके आह्वान पर द्वारका से उपप्लव्य आया ही था, पर अब...कहीं यह मात्र बलराम का आतंक ही तो नहीं है?

और श्रीकृष्ण के अपने पुत्र...प्रद्युम्न, सांब, चारुदेष्ण...क्या हुआ है इन सब को? ये लोग क्षत्रिय हैं, युद्ध निष्णात हैं, धर्म को जानते हैं, फिर भी क्यों वे अपने पिता के साथ नहीं हैं?...और पिता भी कैसा...श्रीकृष्ण जैसा, धर्म का साक्षात् रूप। पुत्रों को तो पिता के अनुरूप होना ही चाहिए।...किन्तु शायद नहीं। पुत्रों को पिता के अनुरूप शरीर ही मिला है, मन नहीं, मस्तिष्क नहीं, आत्मा नहीं, प्रकृति नहीं। उन की आत्मा के अपने संस्कार हैं। रूप, देहयष्टि और शौर्य तो पिता के ही समान है, पर धर्म के प्रति वह ललक नहीं।...यादवों को धर्म का आह्वान क्यों सुनाई नहीं पड़ता? कदाचित् यादवों को अपनी सम्पन्नता

रास नहीं आयी। वह उनके धर्म को खा गयी...पता नहीं वे क्यों समझ नहीं पाये कि जीवन का भोग धर्मपूर्वक भी हो सकता है।...

क्या वे सब जोग अपनी इच्छा से तीर्थाटन करने जा रहे थे?... सहदेव मन-ही-मन हँसा...वह जानता था कि इनमें से किसी की भी तीर्थों में कोई रुचि नहीं थी। वे सरिताविहार के लिए जा सकते थे, वनभोज के लिए जा सकते थे, पर्वतक्रीड़ा में उनकी रुचि हो सकती थी, किन्तु तीर्थाटन. ..सहदेव का मन मानता ही नहीं था। तीर्थ किसके लिए? तीर्थ तो वह है, जिसे देख कर प्रभु का ध्यान आये, धर्म में रुचि दृढ़ हो। यदि इनकी धर्म में रुचि होती तो वे श्रीकृष्ण के साथ न आये होते, दुर्योधन से युद्ध करने के लिए।...अथवा बलराम ही उन्हें इस भय से अपने साथ घसीट कर कृष्ण से दूर लिए जा रहे हैं कि कहीं किसी समय उन पर कृष्ण का जादू ही न चल जाये। कहीं वे कृष्ण से सहमत ही न हो जायें। कहीं यादव पाण्डवों की सहायता ही न करने लगें।...

युधिष्ठिर का मन बलराम की उक्ति में अटक गया था।...वे कृष्ण के विरुद्ध भी नहीं जा सकते थे और कौरवों का विनाश देख कर उस स्थिति में उनकी उपेक्षा भी नहीं कर सकते थे—क्या अर्थ है इसका? यदि पाण्डव कौरवों का संहार करेंगे तो बलराम कौरवों का पक्ष ले कर, पाण्डवों के विरुद्ध युद्ध करने लगेंगे? बलराम के मन में पाण्डवों के लिए तो कभी इतनी सहानुभूति नहीं जगी। वे कहते हैं कि वे मध्यस्थ हैं, किन्तु युधिष्ठिर को तो आज तक उसका कोई प्रमाण नहीं मिला। उनका कहना है कि भीम और दुर्योधन उन्हें समान रूप से प्रिय हैं, किन्तु इसका प्रमाण उन्होंने कभी नहीं दिया। वे सदा दुर्योधन का ही पक्ष प्रस्तुत करते दिखायी पड़े।...कौरवों से इतने स्नेह का कारण? पाण्डवों के विनाश के विषय में तो कोई चिन्ता प्रकट नहीं कर रहे थे। क्या वे मानते हैं कि पाण्डवों पर किसी प्रकार का कोई संकट ही नहीं है? पाण्डवों को कौरवों से बहुत अधिक शक्तिशाली समझते हैं वे?...नहीं, कदाचित यह बात नहीं है। वे कृष्ण के कारण कौरवों को संकटग्रस्थ मानते हैं। उन्हें पाण्डवों से नहीं कृष्ण से भय लगता है, इसीलिए कृष्ण को युद्ध से विरत करने का प्रयत्न करते जा रहे हैं।...उधर वह गद भी है।...हाँ! रोहिणीपुत्र होने के कारण वह कृष्ण की अपेक्षा बलराम को अपने अधिक निकट मानता होगा।

पर इस प्रद्युम्न को क्या हो गया है? वह क्यों कृष्ण से रूठा-रूठा घूम रहा है, ताऊ, अपने पिता से भी अधिक प्रिय हो गये? सारा जीवन तो कृष्ण जन सामान्य और राज समाज में इतने लोकप्रिय थे कि बलराम सदा कुढ़ते ही

रहे कि कृष्ण की उपस्थिति में कोई उनकी ओर ध्यान भी नहीं देता और यहाँ अपने ही घर में बलराम की लोकप्रियता कृष्ण को सर्वथा अकेला कर गयी है।...हाँ! प्रद्युम्न आरम्भ से ही विद्रोही रहा है। शंबर के घर से लौटा था तब से ही विद्रोही था। कृष्ण और रुक्मिणी दोनों उसकी पत्नी माया को पाकर बहुत प्रसन्न नहीं थे। कृष्ण तो फिर भी किसी प्रकार मान गये थे, अथवा उन्होंने स्वयं को समझा लिया था, किन्तु रुक्मिणी का विरोध कदाचित कभी शांत नहीं हुआ। अपनी पुत्रवधू के रूप में अपने पुत्र से बारह वर्ष बड़ी स्त्री को वे स्वीकार नहीं कर पाईं, तो उसके लिए उन्हें दोषी तो नहीं ठहराया जा सकता। कृष्ण ने इस विषय में कभी रुक्मिणी का विरोध नहीं किया। क्या प्रद्युम्न प्रतिशोध ले रहा है कृष्ण से? उनका विरोध करने के लिए बलराम के पक्ष में खड़ा हो गया है?...अथवा यह और कुछ नहीं, बस धर्म के प्रति उदासीनता मात्र है? सम्भप है कि उसे यह युद्ध अनावश्यक लगता हो।...पुत्र भी कैसे-कैसे अपने पिता के लिए पराए हो जाते हैं।...

सांब का कृष्ण के प्रति विरोध तो उसी दिन प्रस्फुस्टित होने लगा था, जिस दिन दुर्योधन ने उसे अपने जामाता के रूप में स्वीकार किया था और लक्ष्मणा उसके जीवन में आयी थी। वह कभी समझ नहीं पाया कि कृष्ण और दुर्योधन में कभी कोई मैत्री नहीं हो सकती, और वह जितना ही दुर्योधन की ओर प्रवृत्त होता जायेगा, उतना ही अपने पिता से दूर होता जायेगा।...और यह चारुदेष्ण? उसके विषय में तो कुछ भी समझ में नहीं आता। होगा उसका भी अपना कोई कारण।...

"वासुदेव बलराम!" युधिष्ठिर बोले, "आप हमारे युद्ध-शिविर में आये हैं, इसलिए आपक सम्यक् सत्कार तो नहीं हो सकता, किन्तु आप हमारे साथ भोजन तो करेंगे न?"

बलराम ने युधिष्ठिर को एक शून्य दृष्टि से देखा, जैसे समझ न पा रहे हों कि क्या कहें। फिर अपने आक्रोश के प्रवाह में ही बोले, "भोजन से क्या विरोध है मेरा। यह तो कृष्ण ही है, जो नापता-तौलता रहता है कि किसके घर भोजन करना है और किसके घर नहीं करना है।..."

तो कृष्ण के प्रति उनका रोष था कि समाप्त ही नहीं हो सकता था।...वे इस बात से भी रुष्ट थे कि कृष्ण ने दुर्योधन के घर भोजन क्यों नहीं किया। ...पवित्रता और अपवित्रता की तो बात ही दूर, वे यह भी नहीं सोच रहे थे कि कृष्ण का अपनी सुरक्षा की दृष्टि से भी दुर्योधन के घर खाना उचित नहीं था।...जो व्यक्ति भीम को विष दे सकता था, वह कृष्ण के भोजन में भी विष मिला सकता था।...

अर्जुन का ध्यान निरन्तर इस ओर जा रहा था कि कृष्ण ने बलराम के इन वक्तव्यों पर कोई प्रतिक्रिया व्यक्त नहीं की। वे सहज रूप से अपने भाई को देख रहे थे। उनके मुख पर सहज उल्लसित भाव था। कदाचित बलराम को कृष्ण की यह अविचलित मानसिकता भी कष्ट पहुँचा रही थी।...और अर्जुन के मन में एक प्रश्न उठ रहा था...बलराम ने मध्यस्थ का स्थान ग्रहण किया था तो ठीक था। वे मध्यस्थ ही रहते। वे युद्ध नहीं करना चाहते थे, न करते। वे तीर्थाटन करने जा रहे थे, जाते; किन्तु वे यहाँ युद्ध-शिविर में क्यों प्रकट हो गये हैं? क्या प्रयोजन है, इसका?...वे अपना आक्रोश रोक नहीं पाये और उसे व्यक्त करने के लिए इतनी दूर चले आए, अथवा यह उनका अंतिम प्रयत्न है, दुर्योधन की सहायता का? वे कृष्ण का क्रोध जगाने का प्रयत्न कर रहे हैं, अथवा फिर...स्वयं तो आये हैं, ठीक है, किन्तु अन्य यादवों और विशेष कर कृष्ण के पुत्रों को इस प्रकार साथ लाकर कृष्ण के प्रति अपना क्षोभ व्यक्त करने का क्या प्रयोजन है? क्या इन सबसे वे अपना महत्त्व बढ़ा रहे हैं? यादवों में अपनी प्रतिष्ठा जगा रहे हैं?...

"प्रद्युम्न!" सहसा कृष्ण बोले, "तुम अपने भाइयों से मिलना नहीं चाहोगे? वे सब यहीं हैं, इस युद्ध-शिविर में, अपने पिता के साथ। वे तुम्हारे शिष्य भी रहे हैं। इस युद्ध में वे भी अपना कौशल दिखाएँगे।"

"कौन? अभिमन्यु, यहाँ है?" प्रद्युम्न कुछ सकपकाकर बोला, "वह युद्ध क्षेत्र में आ गया है? वह तो इतना छोटा-सा है। मैं तो इसी बात से चकित था कि उसका अभी से विवाह कैसे कर दिया गया।"

"अपना विवाह कदाचित तुम भूल गये हो।" कृष्ण मुस्कराए, "तुम्हारी क्या अवस्था थी, जब तुम अपनी इच्छा से विवाह कर, अपनी पत्नी को साथ ले कर घर लौटे थे।"

प्रद्युम्न क्षण भर को कुछ सम्भ्रमित हुआ और फिर सँभल गया, "मेरा जिन परिस्थितियों में पालन-पोषण हुआ था, क्या अभिमन्यु भी उन्हीं परिस्थितियों में बड़ा हुआ है?" स्पष्टतः वह अपना बचाव करने के लिए कुछ उग्र हो गया था।

"नहीं, जो तुम्हारी परिस्थितियाँ पर्याप्त भिन्न थीं।" कृष्ण बोले, "माता-पिता के घर से तुम्हारा अपहरण हो गया था। तुम स्वयं भी पूरी तरह नहीं जानते थे कि तुम कौन हो। तुम अपने ही शत्रु के घर में अज्ञात रूप से पल रहे थे। तुम्हारा वहाँ से मुक्त होकर लौटना आवश्यक था। किन्तु तुम कामदेव के अवतार हो। तुम में काम-भाव बहुत अधिक है, इसलिए तुम शंबर के प्रासाद में अपने साथ सेवा करने वाली एक दासी से प्रेम कर बैठे, जो तुमसे कम-से-कम बारह वर्ष बड़ी थी..."

"उसने मेरा पालन-पोषण किया था पिताजी!" प्रद्युम्न कुछ आवेश में बोला।

"पालन-पोषण करने वाली तो माता होती है पुत्र!" कृष्ण मुस्कराए, "वैसे तुम जानते हो, मेरा माया से कोई विरोध नहीं है। मैंने तो केवन स्मरण कराया कि विवाह की अपनी बाध्यताएँ होती हैं। वैसे अभिमन्यु का विवाह उसके पिता की इच्छा से हुआ है। उसने प्रेम के नाम पर नहीं, कर्तव्य के नाम पर विवाह किया है।..." वे रुके और तत्काल बोले, "वैसे भोजन के समय तुम्हारी भेंट केवल अभिमन्यु से नहीं, प्रतिविन्ध्य, सुतसोम, श्रुतकर्मा, शतानीक और श्रुतसेन से भी हो जायेगी।"

"वहाँ यौद्धेय, सर्वग, निरमित्र और सहात्र भी होंगे।" भीम ने कहा, "और यदि चाहो तो इरावान तथा घटोत्कच से भी मिल सकते हो। उलूपी तथा अर्जुन के पुत्र इरावान के विषय में जानते हो न? मेरे तथा हिडिम्बा के पुत्र का नाम घटोत्कच है।"

प्रद्युम्न ने कुछ नहीं कहा। बस, मुस्कराकर रह गया।

तब तक कृष्ण का ध्यान दूसरी ओर जा चुका था, "वैसे सांब! तुम तीर्थाटन करने क्यों जा रहे हो? तुम्हारी रुचि कुछ आध्यात्म की ओर मुड़ी है क्या?"

"कान्हा! तुम इन बच्चों को इनके ताऊ के विरुद्ध भड़का रहे हो।"

"नहीं दाऊ! उन्हें तीर्थ का महत्त्व समझा रहा हूँ। यह न हो कि ये पर्यटन और तीर्थ का अन्तर ही न समझ पायें।" कृष्ण बोले, "सृष्टि तो ब्रह्म का ही रूप है। उस से प्रेम का तात्पर्य ब्रह्म से ही प्रेम करना है। सृष्टि को जानना भी ब्रह्म को जानना है। जिस स्थान को देख कर मन का मल विगलित हो, मन में पवित्रता आये, सात्विक भाव जागें, और स्रष्टा का स्मरण आये, वही तो तीर्थ है।" कृष्ण रुके, "मन में यह भाव ले कर तीर्थ करने मत जाना कि तुम क्षत्रिय होकर भी एक धर्मसंगत युद्ध से पलायन करने के लिए तीर्थ की ओट ले रहे हो।..."

सांब तो कुछ नहीं बोला, उसके स्थान पर बलराम बोले, "न यह धर्मसंगत युद्ध है, न हम तीर्थ के व्याज से इससे पलायन कर रहे हैं। मैं तो इस पारस्परिक विनाश को रोकने के लिए प्रयत्नशील हूँ।"

"आइए। आप लोग अब भोजन के लिए आइए।" युधिष्ठिर ने कहा, "हम सब की अपनी-अपनी मान्यताएँ और धारणाएँ हैं। उनका समाधान तर्क से नहीं हो पायेगा। यह तो महाकाल ही अपनी यात्रा में निश्चित करेगा कि सत्य क्या है और सत्य पक्ष कौन-सा है।"

33

कौरवों के स्कन्धावार में भीष्म अपने मण्डप में बैठे थे।

हस्तिनापुर से इस स्कन्धावार में आकर उन्होंने देखा कि दुर्योधन ने अपना स्कन्धावार कैसे राजसी ठाट-बाट से बनाया था। इसका अर्थ था कि वह दीर्घकालीन युद्ध की तैयारी में था। वह स्वयं, उसके भाई और मित्र राजा समरभूमि में भी सारी सुविधाओं के साथ रहेंगे।...स्कन्धावार क्या था, पूरा नगर ही बसाया गया था। सम्मुख-युद्ध के लिए पाँच योजनों का एक क्षेत्र छोड़कर शेष में सौ-सौ की संख्या में सैनिकों के लिए श्रेणीबद्ध छावनियों का निर्माण किया गया था। सारे राजाओं के मण्डपों में उनकी आवश्यकतानुसार अन्न, जल, ईंधन, सुरा, पशुओं के चारे तथा अन्य पदार्थों की नियमित आपूर्ति की व्यवस्था थी।...वहाँ सैनिकों के अतिरिक्त बणिकों की भी अच्छी-खासी संख्या थी। गणिकाएँ भी पर्याप्त संख्या में थीं। गुप्तचर और दर्शक भी थे।... अभी युद्ध आरम्भ नहीं हुआ था, इसलिए एक समारोह का सा वातावरण था, किन्तु एक बार रक्त-क्रीड़ा आरम्भ हो जायेगी तो इनमें से शायद की कोई यहाँ दिखायी पड़े।

जिस युद्ध को वर्षों से टाला था, अन्ततः वह सिर पर आ ही गया था। ...पर भीष्म देख रहे थे कि जहाँ वे आशंकित थे कहीं वस्तुतः युद्ध आरम्भ ही न हो जाये, इसलिए वे चाहते थे कि कोई ऐसा मार्ग मिल जाये, जिससे संधि हो सके और यह युद्ध टाला जा सके, वहीं दुर्योधन युद्ध को आरम्भ करने को अत्यन्त व्यग्र था। वह इस सम्भावना से आशंकित लगता था कि कहीं किसी प्रकार की कोई संधि न हो जाये और युद्ध टल न जाये।...दोनों पक्षों की सेनाएँ अपने-अपने स्कन्धावार में आ गयी थीं और युद्ध के टलने का कोई कारण दिखायी नहीं दे रहा था, पर दुर्योधन अब भी व्याकुल था कि युद्धारम्भ में इतना विलम्ब क्यों हो रहा है। वह कुछ ऐसा करना चाहता था कि युद्ध तत्काल आरम्भ हो जाये।...

अपने सैनिक जीवन के अनुभव से भीष्म इतना तो समझ ही सकते थे कि कोई भी राजा यह नहीं चाहता कि उसे अपनी सेना के साथ दीर्घ काल तक समरभूमि में रहना पड़े और शांतिकाल में भी युद्धकाल जैसा व्यय करना पड़े।...किन्तु दुर्योधन का भय यह नहीं था। वह तो युद्ध टल जाने से भयभीत था, इसलिए उसने स्कन्धावार में पहुँचते ही उलूक को दूत बनाकर पाण्डवों के स्कन्धावार में भेजा था।...पहले तो भीष्म यह ही नहीं समझ पाये थे कि यदि दुर्योधन को पाण्डवों से संधि नहीं करनी है तो वह दूत क्यों भेज रहा

है। युद्ध करना है तो दूत भेजने की क्या आवश्यकता थी? और फिर किसी कारणवश दूत भेजना ही था तो शकुनिपुत्र उलूक ही क्यों, पाण्डवों को जो व्यक्ति सबसे अधिक उत्तेजित और क्षुब्ध कर सकता था, वह शकुनि ही था। उसी ने कपट-विद्या से उनका सर्वस्व हरण किया था, उसी ने युधिष्ठिर को द्यूत में द्रौपदी को दाँव पर लगाने को बाध्य किया था...और अब दुर्योधन उसी के पुत्र को दूत बनाकर पाण्डवों के पास भेज रहा था।...उन्हें चिढ़ाने के लिए ही तो।...भीम को क्रोध से विक्षिप्त करने के लिए ही तो।...

उलूक के जाने के पहले तो भीष्म को यह ज्ञात नहीं था कि यह क्या संदेश ले जा रहा था। पता तो उन्हें तब चला था, जब उलूक पाण्डवों का संदेश ले कर लौटा था।...वे प्रधान सेनापति थे। युद्धकाल में उनकी सत्ता सर्वोपरि थी। उनके आदेश के बिना किसी दूत को कहीं जाना ही नहीं चाहिए था।...किन्तु यहाँ दुर्योधन उपस्थित था, जो स्वयं को राजा मानता था और राजा को अपने सेनापति से कुछ भी पूछने की आवश्यकता नहीं थी।...

उलूक को उसने पाण्डवों को बहुत ही निकृष्ट ढंग से ललकारने के लिए भेजा था। संदेश क्या था, प्रत्यक्ष अपमान का प्रयत्न था। वह तो पांडवों का स्कन्धावार था, जहाँ का राजा युधिष्ठिर था; इसलिए उसने दूत को अवध्य मानते हुए, उलूक को जीवित लौटा दिया था, अन्यथा ऐसे संदेश के पश्चात् दूत के प्राणों के बचने की कोई सम्भावना नहीं थी। संदेश क्या था, पाण्डवों को उनके प्रत्येक कष्ट और प्रत्येक अपमान का स्मरण अत्यन्त भोंडे ढंग से कराया गया था। उसने एक-एक कर बार-बार युधिष्ठिर, भीम, अर्जुन, नकुल, सहदेव को ही नहीं, श्रीकृष्ण को भी अभद्र भाष में उनके अपमान का स्मरण करा कर कहा था कि यदि पुरुष हो तो कल प्रातः ही युद्धक्षेत्र में आ जाओ। उन्हें बार-बार द्रौपदी के अपमान का स्मरण कराया था और कहा था कि यदि तुम नपुंसक न होते तो कोई तुम्हारी पत्नी को इस प्रकार अपमानित कैसे कर लेता।...नपुंसक नहीं हो तो कल प्रातः ही समरभूमि में आ जाओ।...

विचित्र बात यह थी कि उस सारे संदेश में स्वयं भीष्म और द्रोण के शौर्य की बहुत चर्चा थी। बार-बार यह कहा गया था कि वे भीष्म को कभी पराजित नहीं कर सकते। इसलिए उनको उनका राज्य कभी वापस नहीं मिल सकता।...तो उसका क्या उत्तर हो सकता था। अर्जुन का संदेश आया था कि वह दुर्योधन के सम्मुख उनके देखते-देखते कुरुओं के गौरव भीष्म का वध करेगा। उसने एक बार प्रतिज्ञा की, उसे बार-बार प्रतिज्ञा करने की आवश्यकता नहीं है। भीम ने कहा कि द्यूतसभा में क्षत्रिय-समाज के सम्मुख की गयी अपनी

प्रतिज्ञा को वह पूर्णतः सत्य करके दिखाएगा। वह वस्तुतः दुःशासन का वक्ष फाड़कर उसका रक्त पियेगा और दुर्योधन के सारे भाइयों का वध कर उसकी जंघा तोड़ेगा। श्रीकृष्ण ने भी कह दिया कि कल प्रातः युद्ध में दुर्योधन सामने आये और देखे की कौन किसका वध करता है...

भीष्म समझ नहीं पाये थे कि वे क्या करें? वे दुर्योधन के इन सारे दुष्कृत्यों का समर्थन नहीं कर सकते। वे स्वयं को उसका वेतनभोगी कर्मचारी भी नहीं मानते कि अपना कर्तव्य मानकर वे उसके पक्ष से युद्ध करें, उसकी सेवा करें। ...पर उन्हें कुरुकुल की रक्षा करनी है। वे इस युद्ध से पृथक हो जायें अथवा तटस्थ होकर बैठ जायें तो क्या यह युद्ध रुक जायेगा? दुर्योधन अपने मंत्रियों और मित्रों से उत्तेजना पाकर और भी क्रूर नहीं हो जायेगा?...उसने यह स्थिति तो उत्पन्न कर ही दी है कि अर्जुन जैसा शालीन पौत्र भी अपने पितामह के वध की प्रतिज्ञा कर रहा है...

उनका मन थम गया।...तो इसमें अर्जुन का क्या दोष है? वे भी तो उनके चिर शत्रु के प्रधान सेनापति बनकर युद्ध में उतर रहे हैं। वह उनके वध की बात नहीं करेगा तो विजय कैसे प्राप्त होगी? अपने विरुद्ध खड़े शत्रु का वध करना तो क्षत्रिय का धर्म है।...वे पाण्डवों के शत्रु नहीं हैं।...पर दुर्योधन तो पाण्डवों का शत्रु है ही; और वे उसके प्रधान सेनापति हैं।...

वे तटस्थ नहीं रक सकते तो वे पाण्डवों के पक्ष से युद्ध क्यों नहीं करते? इस पापी दुर्योधन को उसके पापों का दंड क्यों नहीं देते?...पर नहीं! कौरवों की रक्षा की प्रतिज्ञा का अर्थ दुर्योधन का वध तो नहीं है। पांडवों के पक्ष से वे युद्ध कैसे कर सकते हैं। उनके शत्रु द्रुपद उस ओर हैं।...उन की हत्या का संकल्प कर युद्ध में आने वाला शिखण्डी उस ओर है।...दुर्योधन के पक्ष में कोई उनके वध की प्रतिज्ञा कर नहीं आया है। कोई उनका शत्रु नहीं है।...नहीं है? स्वयं दुर्योधन ही कुरुकुल का शत्रु होने के कारण उनका शत्रु नहीं है?...भीष्म कुछ समझ नहीं पाते हैं। निर्णय नहीं कर पाते हैं। इसलिए कौरव उसी दिशा में बढ़ते जा रहे हैं, जिधर दुर्योधन उनको ले जाना चाहता है।...दुर्योधन चाहता है अथवा स्वयं महाकाल की भी यही इच्छा है?...राजाओं की यह फसल पक गयी लगती है।...

उलूक को भेजने के पश्चात् दुर्योधन ने उनसे अपनी सेना के योद्धाओं की शक्ति का अनुमान जानना चाहा था। जानता तो वह रहा ही होगा। अपने पक्ष के योद्धाओं का उत्साह बढ़ाना चाहता होगा।...अथवा अपनी हताशा दूर करने की आवश्यकता आ पड़ी हो उसे?...उन्होंने अपने पक्ष के सारे योद्धाओं का परिचय दिया था। नहीं! यह परिचय नहीं था, यह तो उनका मूल्यांकन

था।...सबका मूल्यांकन हो गया तो कर्ण की बारी आयी थी।...कर्ण पहले ही प्रतिज्ञा कर चुका था कि वह भीष्म के होते हुए युद्ध नहीं करेगा। भीष्म ने भी सेनापतित्व स्वीकार करते हुए, स्पष्ट रूप से कहा था कि वे कर्ण से मिलकर नहीं लड़ेंगे। या तो कर्ण लड़ ले या फिर वे लड़ेंगे।...पर फिर भी कर्ण उस दुर्योधन के साथ लगा-लगा, समरभूमि तक चला आया है। वह युद्ध नहीं करेगा, किन्तु युद्ध सम्बन्धी अनेक दायित्व तो दुर्योधन ने उसे सौंप ही रखे हैं। स्कन्धावार की स्थापना में भी उसका ही अधिक हाथ है। तो फिर युद्धभूमि उससे अपना पीछा कैसे छुड़ा ले।...

कर्ण का परिचय देने की बारी आयी तो भीष्म की दृष्टि सहज ही उसके दोषों पर गयी। उन्होंने दुर्योधन से कहा, "कर्ण रणक्षेत्र में वीरता का नहीं, क्रूरता का परिचय देता है। वह कटुभाषी, आत्मप्रशंसक और नीच है। दुर्योधन! यह तुम्हारा मन्त्री, नेता और बन्धु बना हुआ है। यह अभिमानी तो है ही, तुम्हारा आश्रय पाकर कुछ अधिक ही ऊँचा चढ़ गया है। यह अतिरथी तो क्या महारथी भी नहीं है, यह अर्द्धरथी है। जिस अर्जुन को पराजित करने का लक्ष्य ले कर यह जी रहा है, उस अर्जुन से भिड़ने पर यह कदापि जीवित नहीं बच सकता।"

द्रोणाचार्य मौन नहीं रहे। उन्होंने तत्काल ही भीष्म का समर्थन कर दिया था, "मैं आप से पूर्णतः सहमत हूँ। प्रत्येक युद्ध में कर्ण अहंकार तो बहुत प्रदर्शित करता है, गर्वोक्तियों के पर्वतों का निर्माण करता है, किन्तु युद्ध करने के स्थान पर वहाँ से भागता हुआ दिखायी देता है।"

इतना सुनना था कि कर्ण सारी मर्यादा भूल गया। उसका उच्छृंखल रूप प्रकट हो गया। कटु वाणी में बोला, "इस वृद्ध भीष्म को सदा मुझसे द्वेष रहा है।..."

क्यों रहा है, यह उसने बताया नहीं, बताता ही क्या?...

"तुम सदा मुझे अपमानित करने का प्रयत्न करते रहते हो।" वह बोला, "तुम मुझे मूर्ख और कायर समझते हो। वस्तुतः तुम मुझसे नहीं, कौरवों से ही द्वेष करते हो। तुम्हारे मन में पाण्डवों के प्रति अंध प्रेम है। इसलिए तुम कौरवों का अहित करने के लिए युद्ध के इस संकटपूर्ण अवसर पर उनमें मतभेद उत्पन्न करना चाहते हो। उन में विभाजन करना चाहते हो। अपने ही पक्ष के योद्धाओं का उत्साह और तेज नष्ट करना चाहते हो। क्यों? क्योंकि तुम दुर्योधन के हितैषी नहीं हो। तुम उसके प्रधान सेनापति तो बन गये हो किन्तु उसे नष्ट करना चाहते हो। अपना यह छद्‌म वेश उतारो और अपना पक्ष स्पष्ट करो।..."

तब उसे लगा होगा कि इतना भर ही पर्याप्त नहीं है। वह भीष्म को जितना पीड़ित करना चाहता था, उतना वह कर नहीं पाया है। उसके शब्द कुछ अधिक कटु होने चाहिए। भीष्म ने उसे कटुभाषी कहा था।

"बड़ी अवस्था के कारण, सिर के केश श्वेत हो जाने के कारण कोई महारथी नहीं हो जाता। बड़ी अवस्था का सम्मान क्षत्रियों में नहीं, शूद्रों में होता है।" उसने जैसे अपने हृदय का विष उगला, "अधिक धन संचित कर लेने से भी कोई महारथी नहीं हो जाता। भाई-बन्धुओं की अधिक संख्या भी किसी को महारथी नहीं बना देती।"

"इस सूतपुत्र को शान्त करो दुर्योधन!" भीष्म ने कहा था।

लगा जैसे अकस्मात् ही कर्ण की क्रोधाग्नि धधक उठी। उसे इतने आवेश में भीष्म ने पहले कभी नहीं देखा था। उनके मन में एक शंका भी जागी : कहीं इसके मुँह से झाग न गिरने लगे। कहीं, यह आवेश में अचेत होकर ही न गिर पड़े।...

"सूतपूत्र नहीं हूँ मैं।" कर्ण के स्वर में ऐसी भयंकर गर्जना थी कि कहीं वह विक्षिप्त तो नहीं हो गया...और सहसा कर्ण जैसे कुछ सचेत हो गया, "मैं किसी क्षत्रिय से कम वीर नहीं हूँ।" वह दुर्योधन की ओर मुड़ गया, "यह भीष्म, दुर्भाव से दूषित होकर तुम्हारी निन्दा कर रहा है। अपना हित चाहते हो तो इसे अभी त्याग दो। कहाँ रथियों और महारथियों को समझना और कहाँ अल्पबुद्धि भीष्म। अति वृद्ध है यह। इस की बातें श्रवणीय नहीं हैं। वृद्धावस्था के अतिरेक के कारण इसका मस्तिष्क जड़ हो चुका है।...इसका त्याग करो। मैं अकेला ही पाण्डवों की सेना को आगे बढ़ने से रोक दूँगा। मेरे समरभूमि में उतरते ही पाण्डव और पांचाल दसों दिशाओं में भाग जायेंगे।"

भीष्म देखते रहे उसकी ओर...वे जानते थे कि उसे सूतपुत्र कहलाना अच्छा नहीं लगता था। वह स्वयं सूत नहीं था, क्षत्रिय था, इसलिए सूतपुत्र होने का कलंक वह अपने माथे से मिटा देना चाहता था। पर आज उसका क्रोध कुछ असाधारण ही था। वह पीड़ा में कुछ इस प्रकार चिल्लाया था, जैसे उसके घायल वक्ष पर किसी बलिष्ट अश्व की शक्तिशाली टाप पड़ गयी हो।...भीष्म से यह भी नहीं छुपा था कि अपने सूतपुत्र न होने की घोषणा के पश्चात जो कुछ कहना उसके लिए स्वाभाविक था, वह सब नहीं कहा था उसने। उसको वह पी गया था, सायास।...उस प्रवाह में उसे अपने विषय में ही कहना चाहिए था, पर अकस्मात् ही वह दुर्योधन की ओर मुड़ गया और भीष्म को त्याग देने की बात करने लगा था।

भीष्म को यह भी लगा कि ऐसे अवसरों पर प्रायः जो वह पाण्डवों को नष्ट करने की बात किया करता था, वह सब उसने आज नहीं कहा। वह

उनको रोक लेने की बात कह रहा था। उसे देख कर पाण्डवों के भाग जाने की बात तो उसने कही थी, किन्तु उनके वध की गर्वोक्ति नहीं की थी, न ही वैसी कोई प्रतिज्ञा ही की।...पाण्डवों के प्रति आज वह वैसा कठोर क्यों नहीं था?...

"जब कर सकते हो तो कल प्रातः ही पाण्डवों का विनाश क्यों नहीं करते?" अश्वत्थामा ने कहा, "युद्ध न करने की प्रतिज्ञा किये क्यों बैठे हो?"

"क्योंकि सेना की विजय का यश सेनापति को मिलता है। सेनापति भीष्म है। पाण्डवों का विनाश मैं करूँगा और उसका सारा यश भीष्म को मिलेगा।" कर्ण ने कुछ अटपटाकर कहा, "भीष्म के जीते जी मैं कोई युद्ध नहीं करूँगा। भीष्म की मृत्यु के पश्चात् मैं सारे महारथियों के साथ अकेला ही टक्कर लूँगा।"

भीष्म सोचते रहे। वे देख रहे थे, युद्ध सिर पर था। इस समय यदि किसी भी कारण कौरवों की सेना दुर्बल हुई तो पाण्डवों की विजय होगी और युधिष्ठिर के न चाहने पर भी वह होगा, जो तनिक भी शुभ नहीं है। उनकी हत्या होगी तो होगी, द्रोणाचार्य को धृष्टद्युम्न कदापि जीवित नहीं छोड़ेगा। वे इस समय कौरव सेना को दुर्बल नहीं कर सकते थे।...पर यह कर्ण।...

"सिर पर एक भयंकर युद्ध है। इस समय अपनी सेना में पारस्परिक मतभेद उत्पन्न करना उचित नहीं है, इसलिए तू अभी तक जीवित है।" भीष्म को लगा कि वे और शान्त नहीं रह सकते, "नीच! कुलांगार! साधु पुरुष अपने बल की चर्चा करने को शालीनता नहीं मानते, तथापि तेरे व्यवहार से संतप्त होकर मैं अपनी प्रशंसा कर रहा हूँ। तू वैर का मूर्तिमान स्वरूप है। तेरा सहारा पाकर कुरुकुल के विनाश के लिए यह भयंकर अन्याय उपस्थित हो गया है। दुमर्ते! जिससे तू स्पर्धा करता है, उस अर्जुन से समर भूमि में युद्ध कर। मैं देखूँगा, इस संग्राम में तू किस प्रकार बच पाता है।..."

दुर्योधन यह नहीं चाहता था। कर्ण द्वारा भीष्म का अपमान उसे कुछ-कुछ अच्छा लगता था। उससे वह भीष्म के तेज को नियंत्रित रखना चाहता था। भीष्म के मन में पाण्डवों के प्रति जो स्नेह था, उसके लिए उन्हें पीड़ित करते रहना, वह बहुत आवश्यक मानता था।...किन्तु उसने यह नहीं चाहा था कि वे दोनों इस सीमा तक भिड़ जायें कि अभी उनके शस्त्र निकल आयें और पाण्डवों से लड़ने के स्थान पर वे परस्पर युद्ध करते दिखायी दें।

"पितामह, शान्त हो जाइए। मैं कर्ण की ओर से आपसे क्षमा माँगता हूँ।" दुर्योधन बोला, "आप सोचिए तो हमारा शत्रु कैसा बलवान है और हम आपस में ही लड़ रहे हैं। मैं आप में से किसी का भी अपमान अथवा क्षति नहीं देख सकता। अन्ततः तो वह मेरी ही क्षति है। आप मेरा मुख देख कर कर्ण को

क्षमा कर दें। वह भी मेरी ही जय के लिए इस प्रकार व्याकुल है। आप उसे मेरा ही एक यन्त्र समझिए।..."

"मैं समझता हूँ।" भीष्म बोले, "किन्तु अपने इस यन्त्र को नियन्त्रण में रखो। ऐसा न हो कि वह अपने ही लोगों को रौंदने लगे। अपना हाथी मदान्ध होकर अपनी सेना को कुचलने लगे तो उसका भी वध करना पड़ता है।" भीष्म ने कठोर दृष्टि से दुर्योधन को देखा, "वह तुम्हारा मित्र है और अकेला ही सारे महारथियों से टक्कर ले सकता है। पर मैंने तुम्हें पहले ही बता दिया है कि मैं पाण्डवों का वध नहीं करूँगा। वे मेरे लिये अवध्य हैं।...और मैं शिखण्डी पर भी शस्त्र प्रहार नहीं करूँगा। तुम चाहो तो अब भी अपना सेनापति बदल सकते हो। तुम्हारे पास मुझसे भी श्रेष्ठ सेनापति है।..." भीष्म की दृष्टि कर्ण पर जा टिकी थी।

"नहीं पितामह! ऐसी कोई बात नहीं है" दुर्योधन बोला, "आप शान्त रहें। कर्ण आपके सम्मुख भी नहीं पड़ेगा।" उसने कर्ण की ओर देखा और कर्ण उसका अभिप्राय समझकर उस मण्डप से बाहर निकल गया, "हमें कल प्रातः ही समरभूमि में जाना है। आप देख लें कि हमारी सेना उसके लिए तैयार है न!"

"ठीक है। हमारी सेना कल समरभूमि में जायेगी।" भीष्म ने गम्भीर स्वर में कहा।

34

कुरुक्षेत्र में कौरवों और पाण्डवों की सेनाएँ आमने-सामने डट गयीं।

दुर्योधन अपने रथ में खड़ा चारों ओर देखता रहा। अपनी ओर से वह अपनी सेना का एक सर्वेक्षण भी कर आया था। सेना के प्रयाण के समय तक उसके मन में उल्लास का पारावार उमड़ रहा था। पितामह भीष्म का रथ रणक्षेत्र में आ गया तो जैसे उसे विजय अपने सामने खड़ी दिखायी दी थी।...किन्तु कुछ क्षणों के पश्चात् उल्लास के उस ज्वार का भाटा भी आया।...कभी-कभी वह स्वयं अपने-आप से रुष्ट हो जाया करता था। उसका सुख, सुख के रूप में ही क्यों नहीं आता। वह सागर के ज्वार-भाटा जैसा क्यों होता है। वह सुख के पर्वत पर क्यों नहीं चढ़ता, जहाँ वह स्थिर रह सके। वह सागर की तरंग के रूप में क्यों आता है, जिसका ऊपर जाकर नीचे आना अनिवार्य होता है। कदाचित वह प्रवृत्ति उसे अपने पिता से उत्तराधिकार में मिली थी। वे भी उल्लास में आते हैं तो इतने दुस्साहसी हो जाते हैं, जैसे सिंह की भी ग्रीवा मरोड़ देंगे; और जब उत्साह का ज्वार, उतार पर होता है, तो वे एक मूषक से भी

डर जाते हैं।...उसके साथ भी तो यही होता है। मद के समान उत्साह चढ़ता है और जब अवसाद घिरता है तो उसे सँभालने के लिए सुरापान ही एक मात्र सहारा दिखायी पड़ता है।

...उसके मन की आशंकाएँ किसी भी प्रकार मिट ही नहीं रही थीं। पितामह उसके प्रधान सेनापति होने पर भी मूलतः उसके पितामह ही थे। वह उनको अपना कर्मचारी मानता रहे; किन्तु किस समय वे अपने मन में पुनः उसके पितामह हो जायेंगे, इसे वह नहीं जानता। आज उनके मन में पाण्डवों का प्रेम जागा और उन्होंने पाण्डवों का वध करना अस्वीकार कर दिया, जाने कब उनके मन में पाण्डवों की सेना के प्रति ममत्व जाग उठे और वे उसका भी संहार करना अस्वीकार कर दें। इन वृद्धों की मनोदशा बदलने में समय ही कितना लगता है।...

पर कोई बात नहीं, उसके पास द्रोणाचार्य थे।...ठीक है कि आचार्य, किसी भी प्रकार पितामह की समकक्षता नहीं कर सकते; किन्तु इन पाण्डवों को ठिकाने लगा ही सकते हैं। अर्जुन को आचार्य ही ने तो धनुर्धर बनाया है। कुछ तो ऐसा होगा जो उन्होंने अपने पास रखा होगा कि अर्जुन कभी भी उन पर भारी न पड़े। अर्जुन ने जो कुछ पाया, द्रोण और कृपाचार्य से ही पाया; किन्तुद्रोणाचार्य के पास तो शरद्वान, महर्षि अग्निवेश तथा महापराक्रमी परशुराम तक की विद्या है।...अर्जुन द्रोणाचार्य का प्रिय शिष्य है; किन्तु ये पाण्डव इतने मूर्ख हैं कि द्रुपद, धृष्टद्युम्न और शिखण्डी को साथ ले कर हस्तिनापुर की सैना से लड़ने आये हैं। द्रुपद को देखते ही आचार्य के मस्तक को रक्त चढ़ जायेगा। पितामह भी किसी भी अवस्था में पांचालों से हस्तिनापुर की रक्षा चाहेंगे। वे कौरवों पर द्रुपद का आधिपत्य तो दूर, उनकी मैत्री भी स्वीकार नहीं करेंगे। ...दुर्योधन मन-ही-मन हँसा...पांचालों से सम्बन्ध कर लेना ही पर्याप्त नहीं था कि ये मूर्ख उन्हें साथ ले कर हस्तिनापुर पर चढ़ आये हैं।

दुर्योधन को लग रहा था कि पाण्डव युद्ध करने नहीं आये, आत्महत्या करने आये हैं।...पितामह और आचार्य सेना को नष्ट कर लें तो दुर्योधन पितामह को हटा, कर्ण को बुला लाएगा। अर्जुन के शरीर के गिरते ही पाण्डवों के ध्वज का पतन आरम्भ हो जायेगा। उस मोटे भीम को तो वह अपने हाथों से मारना चाहता है। उसकी गदा के प्रहार से जब वह धराशायी होगा तो इन्द्रप्रस्थ और हस्तिनापुर का राज्य स्थायी रूप से दुर्योधन का हो जायेगा। युधिष्ठिर और उसके उन दो छोटे भाइयों नकुल और सहदेव को मारना क्या कठिन है। वे तो स्वयं ही मर जायेंगे। पर यह कर्ण ने क्या किया...

दुर्योधन को लगा कि उसके मन में प्रतिज्ञाओं में बँधने वाले इन मूर्खों के लिए कोई सहानुभूति नहीं है। भीष्म और युधिष्ठिर ही क्या कम थे प्रतिज्ञाओं में बँधने के लिए कि कर्ण ने भी प्रतिज्ञा कर डाली कि पितामह उसे सभा और युद्धक्षेत्र में नहीं देखेंगे। वह उनके पतन के पश्चात् ही युद्धक्षेत्र में प्रवेश करेगा। उसने यह नहीं सोचा कि यह युद्ध पितामह का नहीं, दुर्योधन का है। यदि वह युद्ध नहीं करेगा तो उससे पितामह की कोई हानि नहीं होगी, हानि तो दुर्योधन की है। पर इस समय कोई उसकी नहीं सुन रहा। युद्धकाल उपस्थित है, इसलिए दुर्योधन किसी को रुष्ट नहीं कर सकता। सब अपना-अपना भाव बढ़ा रहे हैं। कर्ण ने कह दिया कि वह पितामह के होते नहीं लड़ेगा और पितामह ने प्रतिज्ञा कर ली है कि वे न पाण्डवों का वध करेंगे न किसी स्त्री अथवा पहले स्त्री रह चुके पुरुष पर शस्त्र उठाएँगे।...पता नहीं ये सारी मूर्खतापूर्ण प्रतिज्ञाएँ उसके ही पक्ष के लोग क्यों कर रहे हैं।...

उसके पक्ष में ही क्यों? कृष्ण ने भी तो ऐसी प्रतिज्ञा कर ली है कि पाण्डवों की आधी से अधिक शक्ति ही समाप्त हो गयी है। नारायणी सेना भी उसे दे दी और स्वयं शस्त्र न उठाने की प्रतिज्ञा भी कर ली।...दुर्योधन सोचता है तो उसे हँसी आती है। लोग अपनी जड़ों पर स्वयं ही कैसे कुठाराघात कर लेते हैं।...

जो भी हो, पितामह को बचाना होगा।...पर वह पितामह को तो तब ही बचा सकता है, जब वे स्वयं को बचाना चाहें। कई बार तो उसे लगता है कि पितामह उस की ओर से लड़ना चाहते भी हैं और नहीं भी चाहते। पांचालों के विरुद्ध वे लड़ना चाहते हैं और पाण्डवों के विरुद्ध नहीं लड़ना चाहते...किन्तु दुर्योधन क्या करे, पांचाल और पाण्डव एक ही पक्ष में हैं...दुर्योधन को पितामह की क्षमता पर विश्वास है, किन्तु उनके मन पर विश्वास नहीं है। वे उसे किसी भी क्षण धोखा दे सकते हैं। उसे सावधान रहना होगा।...

पितामह की ओर बढ़ता हुआ रथ रुक गया। उसने अपने सारथि को संकेत किया। वह धीरे-धीरे चलता हुआ आचार्य द्रोण के पास आ गया। रथ पर बैठकर आचार्य से बात नहीं हो सकती। वह रथ से उतर आया।

"आचार्य! शत्रु की सेना देख रहे हैं। मुझे तो नहीं लगता कि यह पाण्डवों की सेना है।" उसने ध्यान से आचार्य की ओर देखा, "मुझे तो यह पांचालों की सेना दिखायी देती है। देखिए भीम और अर्जुन के होते हुए भी उनका प्रधान सेनापति धृष्टद्युम्न है। यह व्यूह भी उसी ने रचा हुआ है।" वह रुका, "आचार्य! प्रधान सेनापति पितामह हैं; किन्तु मुझे आपका ही सहारा है। वैसे भी पांचाल जीत गये तो द्रुपद आपसे प्रतिशोध लिए बिना नहीं मानेंगे। आपको अपनी भी रक्षा करनी है और कौरव सेना की भी। पितामह के पास ज्ञान

तो है किन्तु अब उन्हें युद्ध का अभ्यास कहाँ रह गया है। आप उनकी रक्षा करें। वे तो अपने प्राण देने पर तुले हुए हैं। कहते हैं, शिखण्डी पर प्रहार नहीं करेंगे। अब यह आपका ही दायित्व है कि पितामह को शत्रुओं और विशेषकर शिखण्डी से बचाएँ।"

"ठीक है राजन्! तुम चिन्ता मत करो।" द्रोण बोले, "लाख प्रतिज्ञाएँ की हों, पर भीष्म अपने प्राण तो नहीं देंगे न!"

"उनका क्या भरोसा।" दुर्योधन बोला, "मुझे उनकी बहुत चिन्ता है।"

"तुम शिखण्डी के लिए चिंतित हो।" द्रोण बोले, "उन्हें यदि स्मरण हो आया कि अर्जुन भी एक वर्ष तक वृहन्नला के रूप में रह चुका है, तो वे उस पर भी प्रहार नहीं करेंगे।"

"आपने ठीक स्मरण कराया आचार्य!" दुर्योधन की मुखाकृति अत्यन्त दीन हो गयी, "अब मेरा सर्वस्व आपके ही हाथ में है।..."

भीष्म की दृष्टि दुर्योधन पर पड़ी। वे देख रहे थे कि पहले तो वह जैसे अपनी और पाण्डवों की सेना का निरीक्षण-सा कर रहा था, उसके पश्चात् वह उनके निकट न आकर, द्रोण के पास चला गया था और बहुत दीन बनकर उनकी चाटुकारिता कर रहा था। निर्लज्ज किसी पर भी विश्वास नही करता। उनके सम्मुख प्रधान सेनापति बन जाने की प्रार्थना ले कर नाक रगड़ता रहा और कर्ण तथा द्रोण को उनके विरुद्ध उकसाता रहा। यह समझता है कि उसे सेनापति के ऊपर भी सेनापति रखने हैं। भीष्म नहीं लड़ना चाहेंगे तो द्रोण उन्हें क्या बाध्य कर लेंगे अथवा कर्ण उनके संकल्प को बदल देगा? यदि वे यहाँ खड़े हैं तो अपनी इच्छा से खड़े हैं। युद्धक्षेत्र में आकर क्षत्रिय युद्ध न करे, यह कैसे हो सकता है?...वह एक ओर तो उनको प्रधान सेनापति का दायित्व सौंपता है और दूसरी ओर उन पर विश्वास भी नहीं करता। उन्हें पाण्डवों के विरुद्ध व्यूह रचने को कहता है और स्वयं उनके विरुद्ध व्यूह की रचना करता फिरता है।... उन्होंने अपने सिर को झटका। दुर्योधन पहली बार तो ऐसा कर नहीं रहा है। वे उसे उसके शैशव से जानते हैं। उन्होंने एक प्रकार से उसका लालन-पालन किया है। तो फिर आज उसके व्यवहार को ले कर चिन्ता का क्या लाभ? वे युद्ध करने आये हैं तो अपने धर्म का निर्वाह करेंगे ही।

भीष्म ने शंख अपने मुख से लगाया और फेफेड़ों की पूर्ण शक्ति से फूँका। यह युद्ध की चुनौती भी थी और अपनी ओर से युद्ध आरम्भ करने की घोषणा भी।

अर्जुन का रथ युद्धक्षेत्र में आया ही था कि कौरव पक्ष से शंखघोष हुआ।... तो यह दुर्योधन का रणघोष था। कौन बजा रहा था यह शंख?...किन्तु राजा तो धृतराष्ट्र हैं और वे युद्धक्षेत्र में आये ही नहीं। उनके प्रतिनिधि के रूप में उनका युवराज ही वहाँ उपस्थित था। प्रतिनिधि क्या, अब तो दुर्योधन ही जैसे हस्तिनापुर का राजा था। अर्जुन ने सुना था कि अब हस्तिनापुर में दुर्योधन को युवराज अथवा राजकुमार न कह कर, राजा दुर्योधन ही कहा जाता था। वैसे भी जो राजा युद्धक्षेत्र में शत्रु का सामना न कर सके, युद्धकाल में वह राजा नहीं रह सकता।...नीति-निर्धारण धृतराष्ट्र के नियन्त्रण में होता, तो वे कुछ भी करते किन्तु युद्ध नहीं होने देते। युद्ध के लिए आतुर तो दुर्योधन ही था। उसे कदाचित यह विश्वास हो चुका था कि पाण्डवों का वध किये बिना वह मन की शांति नहीं पा सकेगा। और पाण्डवों का वध युद्ध में सम्भव था। अर्जुन का मन बार-बार यह प्रश्न पूछता था कि क्या यह सम्भव भी था? किन्तु शायद दुर्योधन ने स्वयं को पूर्ण विश्वास दिला लिया था कि युद्ध की स्थिति में वह पाण्डवों को निश्चित रूप से यमराज के पास भेज सकता था...तो वह शंखनाद किसका है? दुर्योधन का अथवा उसके किसी सेनापति का।

अर्जुन की दृष्टि कृष्ण पर जा टिकी...शंखनाद के विषय में क्या कृष्ण भी नहीं जानते? ऐसा तो सम्भव नहीं है। कृष्ण सर्वज्ञ हैं। जो वे चाहते हैं, जान ही लेते हैं, और जो जानने का प्रयत्न वे स्वयं नहीं करते, वह कोई और आकर उनको बता जाता है।...पर कभी-कभी कुछ बातें कृष्ण भी नहीं जानते। लाक्षागृह में अग्निदाह के पश्चात् पाण्डव कहाँ थे, यह कृष्ण नहीं जानते थे। अपने वनवास के पश्चात् पाण्डव विराटनगर में अज्ञातवास कर रहे थे, यह कृष्ण नहीं जानते।...

कृष्ण ने अपना शंख हाथ में ले लिया था। अगले ही क्षण पांचजन्य का भयंकर उद्घोष वायुमंडल को प्रकंपित करता हुआ, जैसे अन्तरिक्ष की ओर चला गया।

अर्जुन सावधान हुआ। शत्रु का शंखनाद सुनकर यह विचार करते रहने का क्या औचित्य है कि शंखनाद किसने किया। किसी ने भी किया हो। युद्ध भमि में आ गये हैं तो शत्रु को पराजित करना ही महत्त्वपूर्ण है। श्रीकृष्ण ने तो नहीं सोचा। उन्होंने तत्काल शंखनाद कर दिया है।

अर्जुन का हाथ स्वतः चालित ढंग से अपने शंख की ओर चला गया और अगले ही क्षण देचदत्त का घोष वायुमंडल में फैल गया। और तब अर्जुन ने सुना, पाण्डवपक्ष की ओर से युधिष्ठिर, भीम, नकुल और सहदेव के शंख भी चुनौती भरा निनाद कर रहे थे। वातावरण में ओज ही नहीं, एक प्रकार

का उल्लास भी था। पाण्डवों ने वर्षों तक अत्याचार सहा था। वे अपने धर्म से भी बँधे हुए थे और धर्मराज के आदेश से भी, नहीं तो भीम ने कब से हस्तिनापुर की ईंट से ईंट बजा दी होती। पर अच्छा ही हुआ कि पाण्डवों ने इतता संयम बरता। उन्होंने शांति के लिए अथक प्रयत्न किया। कष्ट सहा और त्याग की जिस सीमा तक जाना सम्भव था, वे गये। उन्होंने कभी मानव रक्त बहाना नहीं चाहा। मानव जीवन की रक्षा करना उनका धर्म है; किन्तु अपनी रक्षा, अपने अधिकारों की रक्षा, न्याय और धर्म की रक्षा भी उनका ही दायित्व है। अब इस युद्ध के लिए वे दोषी नहीं हैं। क्षत्रिय के रूप में यह उनका धर्मयुद्ध है। इस युद्ध का दायित्व उन पर है, जो अन्याय और अधर्म करते रहे हैं और आज अधर्म का पक्ष लेकर युद्ध करने आये हैं' अब पाण्डव अपना प्रतिशोध लें या न लें, परन्तु दुर्योधन के अत्याचारों का प्रतिवाद तो वे अवश्य ही कर डालेंगे।

शंखनाद का क्रम अभी समाप्त नहीं हुआ था। द्रुपद, धृतराष्ट्र तथा शिखण्डी ने भी अपने शंख बजाये। विराट तथा अन्य राजा भी अपने शंख बजा रहे थे। वस्तुतः जब तक नायक अपना शंख बजाकर युद्ध का आदेश नहीं देता, सैनिक युद्ध करने की स्थिति में नहीं आ सकते थे।...और तब अर्जुन ने देखा कि अभिमन्यु ने अपना शंख बजाया। पाण्डवों के पुत्रों में सबसे छोटा था अभिमन्यु। उसके पश्चात् उसके बड़े भाइयों ने अपने-अपने शंख उठा लिए। इस बार जो नाद हुआ, वह पाण्डवों के अपने पुत्रों के शौर्य की घोषणा कर रहा था। अर्जुन कब से इस दिन की प्रतीक्षा में था कि उसके अपने पुत्र अपना प्रशिक्षण पूर्ण कर युद्धक्षेत्र में उतरें। गर्व से उसका वक्ष जैसे कुछ और स्फीत हो आया...पर अर्जुन से यह छिपा नहीं रहा कि उस स्फीत वक्ष के भीतर कहीं एक भावुक तथा प्रेम से परिपूर्ण हृदय भी था, जो थोड़ा-सा आशंकित भी था। ये पाण्डवों के पुत्र थे, वीर योद्धा भी थे...किन्तु अभी बालक ही थे। उन्होंने युद्ध का प्रशिक्षण ही पाया था, वास्तविक युद्ध का अनुभव नहीं था उन्हें। पर सिंह-शावकों को अन्ततः सिंह तो बनना ही था...

पाण्डवों को पहले से ही ज्ञात था कि दुर्योधन कर्ण को अपना सेनापति बनाना चाहता था। कर्ण से अधिक भरोसा उसे और किसी पर नहीं था। हो भी कैसे सकता था। दुर्योधन के मन में पाण्डवों के प्रति जितनी क्रूरता थी, उसे कार्यान्वित करने में तो कर्ण ही समर्थ था; या फिर शकुनि इतना क्रूर हो सकता था। किन्तु शकुनि के पास न उतना साहस था, न बल और न युद्ध कौशल। वह तो अधर्म के पासें ही फेंक सकता था। उसे सेनापतित्व सौंपने से तो पहले ही दिन स्वयं दुर्योधन रेणु और रक्त में लोटता हुआ दिखायी

देता।...अर्जुन का मन जानता है कि पितामह और आचार्य बीच-बचाव तो कर सकते हैं, किन्तु वे दुर्योधन की प्रसन्नता के लिए पाण्डवों का वध नहीं कर सकते। पितामह का धनुष क्या अर्जुन पर बाण बरसा सकता है? आचार्य का चाप अपने शिष्य की हत्या के लिए उठ सकता है? वह समझता है कि धन और सत्ता के सामने मानवीय सम्बन्धों का कोई अस्तित्व नहीं रहता।...पाण्डवों को सूचना मिली थी कि दुर्योधन ने औपचारिक रूप से पितामह से सेनापतित्व ग्रहण करने का अनुरोध किया था। न करता तो पितामह को युद्ध का आमन्त्रण कैसे देता।...वैसे यदि दुर्योधन के स्थान पर धर्मराज युधिष्ठिर होते तो पितामह से यही प्रार्थना करते कि पितामह, अब आपकी अवस्था इतना घोर श्रम करने की नहीं है। आप हस्तिनापुर में अपने प्रासाद में विश्राम करें। हम यह युद्ध जय कर आपको प्रणाम करने आयेंगे।...किन्तु दुष्ट दुर्योधन में इतना विवेक कहाँ। वह तो चाहेगा कि यदि सम्भव हो तो पितामह पाण्डव पक्ष की सेना का जितना बड़ा भाग नष्ट कर सकें, कर दें और यदि युद्ध में उनका वध हो ही जाता है तो हो जाये।...

तो दुर्योधन पितामह को सेनापतित्व सौंपने गया था। सूचना तो यही थी कि पितामह ने अपनी कुछ प्रतिज्ञाओं के साथ सेना का नेतृत्व करना स्वीकार कर लिया था।

अर्जुन का मन कहता था कि प्रतिज्ञाएँ ऐसी थीं, जिन्हें दुर्योधन कभी स्वीकार नहीं कर सकता था। दुर्योधन कैसे सहमत हो जाता कि कर्ण युद्ध में सम्मिलित न हो कर अपने घर बैठा रहे।...वह पितामह को अपनी सेना का महासेनापति बनाना चाहता था तो क्यों? यदि पाण्डवों का वध ही नहीं करेंगे, तो वह उनको सेनापति ही क्यों बनाएगा। निश्चित रूप से उसके पश्चात् या तो दुर्योधन ही अपनी असमर्थता जताकर उन्हें पृथक् कर देगा अथवा पितामह ही दुर्योधन के किन्हीं बन्धनों को अस्वीकार कर पृथक् हो जायेंगे। वे मध्यस्थ तो रह सकते हैं, किन्तु अपने पौत्रों में से किसी एक का, और वह भी अधर्म का पक्ष वे नहीं ले सकते।...

अर्जुन ने अपने मन में जैसे अनन्त ऊर्जा का अनुभव किया। वर्षों की प्रतीक्षा के पश्चात् आज यह अवसर आया था। उसने अपने हाथ में पकड़ा देचदत्त शंख नीचे रखकर, गांडीव उठा लिया।

"केशव!" अर्जुन ने कहा, "रथ को एक बार दोनों सेनाओं के मध्य ले चलिए। देखूँ तो कौन-कौन आया है, दुर्योधन का पक्ष ले कर हमसे युद्ध करने। किस-किस ने दुस्साहस किया है। किस-किस का सिर यमराज ने माँग लिया है।...नाम तो मैं बहुत सारे सुन रहा हूँ; किन्तु वह सब तो शत्रु का मिथ्या प्रचार भी हो सकता है।"

"अवश्य!" कृष्ण बोले, "अनुचरों द्वारा लाए गये समाचारों की स्वयं पुष्टि कर लेना योद्धा के लिए उचित ही है। वैसे भी अर्जुन! सेनापति धृष्टद्युम्न के भी नायक तुम हो, तो सारी सेना का दायित्व तुम पर ही है।"

"और मेरा दायित्व आप पर है केशव!"

"मुझ पर!" कृष्ण के अधरों पर एक रहस्यमयी मुस्कान उभरी और उन्होंने रथ आगे बढ़ा दिया।

कृष्ण ने जहाँ रथ रोका, वहाँ दुर्योधन की सेना में भीष्म तथा आचार्य द्रोण के रथ खड़े थे।

चलते रथ में से भी अर्जुन ने बहुत कुछ देखा था किन्तु रथ रुका तो उसकी दृष्टि भी ठहरी।...तो पितामह अपने स्थान पर दृढ़ नहीं रह पाये! वे मध्यस्थ भी नहीं रह पाये। दुर्योधन ने उन्हें युद्ध में पक्ष लेने के लिए मना ही लिया था।...

और फिर उसकी दृष्टि जाकर आचार्य द्रोण पर टिक गयी।...विराटनगर के बाहर अर्जुन ने पितामह से भी युद्ध किया था और आचार्य से भी; किन्तु वहाँ पितामह और आचार्य का लक्ष्य था दुर्योधन की रक्षा; और अर्जुन का लक्ष्य था विराट के गोधन को सुरक्षित लौटाना। न वह किसी का वध करने आया था और न ही आचार्य और पितामह उसके वध के इच्छुक थे...किन्तु यहाँ तो ऐसी बात नहीं थी। क्षत्रिय को अपने धर्म का निर्वाह करना होगा। विजय अथवा मृत्यु की आकांक्षा ले कर लड़ना होगा।...उसे अपनी क्षमता भर दुर्योधन के ही नहीं, पितामह और आचार्य के वध का भी प्रयत्न करना होगा।...पितामह उसका और उसके भाइयों का वध नहीं करेंगे, किन्तु उसके ससुर और सालों का वध तो करेंगे...अभिमन्यु तो कुन्तीपुत्र नहीं है, उसका वध तो करेंगे... पाण्डवपुत्रों प्रतिविन्ध्य, सुतसोम, शतानीक, श्रुतसेन और श्रुतकर्मा का शिरोच्छेदन तो करेंगे...यौद्धेय, सर्वग, निरमित्र और सुहात्र के वक्ष पर तो वे बाण का प्रहार करेंगे...इरावान और घटोत्कच की तो निश्चित् हत्या करेंगे...ये सब तो कुन्ती के पुत्र नहीं हैं, चाहे उनके पुत्रों के पुत्र हों। उनमें से पाँच तो भीष्म और द्रोण के समान रूप से शत्रु-द्रुपद के दौहित्र हैं।...उनका वध न करने की प्रतिज्ञा पितामह ने नहीं की है, पर अर्जुन पितामह का वध नहीं कर सकता...

वह द्रोण का वध भी नहीं कर सकता...पर आचार्य ने तो यह भी नहीं कहा है कि वे कुन्ती के पुत्रों का वध नहीं करेंगे।...

अर्जुन का मन शिथिल होता जा रहा था।...आज तक उसने जब कभी युद्ध के विषय में सोचा था, तो अपने भाइयों और दुर्योधन तथा उसके भाइयों में ही युद्ध की कल्पना की थी।...उनके बीच द्रोण और भीष्म कहाँ से आ

गये। अर्जुन की पीढ़ी के युद्ध में इन वृद्धों का क्या काम।...और उसके अपने पुत्रों को इस प्रकार युद्धक्षेत्र में पितामह और आचार्य का सामना करना होगा, यह तो उसकी कल्पना में भी नहीं आया था।...कैसे करेंगे वे इन जगत्‌विश्रुत योद्धाओं का सामना।...जब कि अर्जुन के अपने हाथ भी बँधे हुए थे। वह भीष्म और द्रोण का वध नहीं कर सकता था। उनके रक्त में भीगा साम्राज्य नहीं चाहिए उसे!...

और तभी उसकी दृष्टि दूर खड़े अभिमन्यु पर जा टिकी।...यदि वह भी जीवित न रहा तो अर्जुन को राज्य किसके लिए चाहिए? अपने पुत्रों के शवों पर खड़े हो कर वे पाँचों भाई राज्य का भोग करेंगे?...

उसे लगा कि उसके अधर सूखते जा रहे थे और उसका मन एक प्रकार की वितृष्णापूर्ण उदासीनता से भरता जा रहा था। राज्य उसके लिए पहले भी कोई ऐसा महत्त्वपूर्ण नहीं था, जिसके लिए युद्ध किया जाये; किन्तु अब तो जैसे वह सर्वथा ही सारहीन दिखायी दे रहा था। इस युद्ध से जो श्रेय प्राप्त होना था, उसका कोई मूल्य नहीं था और युद्ध का जो मूल्य था, उससे अधिक मूल्य किसी पदार्थ का हो ही नहीं सकता था।...

श्रीकृष्ण की दृष्टि अर्जुन के मुख पर जा ठहरी, "क्या बात है अर्जुन! तुम्हारे आनन पर वह उत्साह दिखायी नहीं दे रहा?"

"केशव! कह नहीं सकता कि क्या हो रहा है मुझे। मन पर एक प्रकार की उदासीनता छा रही है। हताशा ही कह लो।" अर्जुन ने धीरे से कहा, "मैं अपने पितामह और गुरु का वध कर कृतघ्नता जैसा जघन्य पाप नहीं कर सकता। इन लोगों के रक्त में डूबा राज्य नहीं चाहिए मुझे। उससे तो कहीं अच्छा है कि हम वन में रह लें, भिक्षा पर निर्वाह कर लें।" उसकी दृष्टि सामने खड़े भीष्म और द्रोण के रथों पर जमी थी।

"क्या यहाँ आने से पहले तुम नहीं जानते थे कि भीष्म और द्रोण, दुर्योधन के पक्ष से युद्ध करने आ रहे हैं?" कृष्ण के स्वर में हल्का-सा कटाक्ष था।

"संभावना तो थी, किन्तु यह संभावना भी थी कि कदाचित वे मध्यस्थ के रूप में युद्ध से तटस्थ रहें।" अर्जुन ने कहा।

कृष्ण मन-ही-मन मुस्कराए। क्या सचमुच इतनी ही बात थी। अर्जुन अपने मन को समझ भी रहा था कि नहीं। मन में जो था, उसे वह कह भी रहा था, अथवा जानता ही नहीं था कि उसके भय का कारण क्या था।

कृष्ण उसके मन को समझ रहे थे।...वह पितामह और आचार्य को मार नहीं सकता और उनको मारे बिना अपने पक्ष के लोगों की रक्षा नहीं कर सकता। अपने पक्ष में मित्रों और संबंधियों के अतिरिक्त उसके अपने भाई भी हैं, और

पुत्र भी। वह उनको बचाकर यह युद्ध करना चाहता है। पता नहीं ये कैसे लोग हैं, जो युद्ध भी करना चाहते हैं और हताहत भी नहीं होना चाहते।...कितना अबोध है अर्जुन का मन । वह यह समझता है कि उसके भाई और पुत्र युद्ध नहीं करेंगे तो उनका अन्त नहीं आयेगा? और यदि अर्जुन, भीष्म और द्रोण का वध नहीं करेगा तो वे अजर अमर हो जायेंगे?

"तो क्या सोचा है?" कृष्ण मुस्करा रहे थे।

"सोचना क्या है केशव! मेरा मन कुछ सोचने की स्थिति में नहीं है। हाथों से गांडीव जैसे छूटा जा रहा है।" अर्जुन ने कहा, संभवतः मैं युद्ध नहीं कर पाऊँगा।"

कृष्ण मौन रहे। मन-ही-मन वे हंस रहे थे।...यदि पितामह और आचार्य का वध न करने की ही बात होती, तो जैसे पितामह ने प्रतिज्ञा की थी कि वे शिखण्डी और पाण्डवों का वध नहीं करेंगे, वैसे ही अर्जुन भी प्रतिज्ञा कर सकता था कि वह पितामह और आचार्य का वध नहीं करेगा। वह भी उनका उसी प्रकार प्रतिकार कर सकता था, जैसे वे पाण्डवों की सेना का करना चाहते थे। कृष्ण स्वयं भी तो शस्त्र ग्रहण न करने की प्रतिज्ञा कर युद्धक्षेत्र में आये हैं। ऐसे में न तो अर्जुन को इस प्रकार हताश होने की आवश्यकता थी और न ही युद्ध से विमुख होने की।...अर्जुन का विषण्ण आनन देख कर यह नहीं लगता कि वह युद्धक्षेत्र में खड़े दो वृद्धों का वध करना नहीं चाहता। वह तो इस प्रकार ऊर्जाशून्य हो रहा है, जैसे अभी धरती पर गिर पड़ेगा। ये शारीरिक लक्षण ही नहीं हैं, यह तो उसका मोहग्रस्त मन है, जो उसके शरीर को सर्वथा अक्षम किये दे रहा है।

कृष्ण देख रहे थे कि यह वह अर्जुन था, जो अपनी तपस्या के बल पर निर्विकल्प समाधि तक जा चुका था; किंतु उसके पश्चात् भी तो वह अपने मोह से मुक्त नहीं हो पाया था। उसके संस्कार अभ्यासवश पुनः लौट आये थे। जिसके अपने भीतर का यह महासमर अभी समाप्त नहीं हुआ था, वह बाहर का यह समर कैसे लड़ेगा। मन अपनी ध्यानभूमि से नीचे उतर आया था, और अब संसार का ही हो गया था। लौट आया था उसका मोह। उसका मन उस उच्च धरातल पर स्थिर नहीं रह पाया था। नहीं तो क्या उसकी युद्धक्षेत्र में आते ही यह स्थिति होती।....क्या यह उसकी कायरता है? दुर्योधन ने भी तो खड़े किये हैं अपने भाई और पुत्र युद्धक्षेत्र में। वह तो विचलित दिखायी नहीं देता। क्या उसे अपनी संतान से प्रेम नहीं है। दुर्योधन को भी अपने पुत्रों से प्रेम है, किन्तु कदाचित उसे उनसे भी अधिक स्वयं अपने-आप से प्रेम है। वह हस्तिनापुर के राज्य के लिए किसी को भी कटवा सकता है। किसी के भी

प्राण ले सकता है। वह अर्जुन के समान संवेदनशील नहीं है, अतः परिणाम के विषय में सोचता ही नहीं है। अपने कर्म को जानता है, उसके परिणाम को नहीं। तामसिक कर्म है उसका। अर्जुन चिन्तन करता है। परिणाम की कल्पना करता है। उसका मोह है, जो उसे कायर बना रहा है। कृष्ण यदि अर्जुन को उसके भाइयों, पुत्रों और निकट संबंधियों की रक्षा का आश्वासन दे दें तो क्या वह इस स्थिति से उबर सकेगा? नहीं, शायद नहीं। तब वह अपने और संबंधियों की रक्षा की कामना करेगा। अपने पक्ष के लोगों को बचाना चाहेगा। विपक्ष में भी बहुत से लोग हैं, जिनकी रक्षा करना चाहेगा। ऐसे तो युद्ध नहीं हो सकता। युद्ध का परिणाम तो अनिश्चित ही होना चाहिए।

अर्जुन ने कृष्ण को देखा—वे मौन थे, उसे किसी प्रकार का कोई आश्वासन नहीं दे रहे थे। सांत्वना देने के लिए भी कोई शब्द नहीं कहा था उन्होंने। अर्जुन का मन किसी चंचल और भीत मृगशावक के समान छलाँगें लगा रहा था। वह भयंकर से भयंकर विध्वंसकारी कल्पनाएँ कर रहा था।...युद्धक्षेत्र में खड़े ये सारे व्यक्ति मारे जायेंगे। वंश के वंश ही समाप्त हो जायेंगे। जिन वंशों के सारे पुरुष वीरगति को प्राप्त हो जायेंगे, उनकी स्त्रियाँ क्या करेंगी? उन स्त्रियों की रक्षा कौन करेगा और उन्हें धर्मभ्रष्ट होने से कौन बचाएगा। जाने वे किन पुरुषों के आधिपत्य में चली जायेंगी। जाने किस वर्ण, व्यवसाय और प्रकृति के पल्ले जा पड़ेंगी। उन अभागी स्त्रियों को अपनी इच्छा, प्रकृति तथा संस्कारों के प्रतिकूल उन पुरुषों के साथ रहना होगा तो उनसे उत्पन्न सन्तान अन्तःविभाजित और विक्षिप्त नहीं होगी क्या?...

अर्जुन का मन इस दुष्कल्पना को ही सहन नहीं कर पा रहा था, तो इस वास्तविकता का सामना वह कैसे करेगा...?

अर्जुन ने अनायास ही गांडीव त्याग दिया और रथ के पृष्ठ भाग में जाकर हताश-सा बैठ गया।

"यह क्या है अर्जुन!" कृष्ण ने पूछा।

"मैं युद्ध नहीं करूँगा केशव!" अर्जुन ने कहा, "अपने गुरुओं को मार, कृतघ्नता जैसा पाप नहीं हर सकता मैं। उसकी कल्पना से ही मेरे शरीर का सारा रक्त सूख गया है। कृतघ्नता अधर्म है।"

"तुम केवल भीष्म और द्रोण की मृत्यु की संभावना से इतने चिन्तित हो?"

अर्जुन ने तत्काल कोई उत्तर नहीं दिया। कुछ रुककर बोला, "उनकी चिन्ता तो है ही; किन्तु मेरे मन पर तो इस समय जैसे महानाश का आतंक छा गया है। ये सारे लोग, जो इस युद्धक्षेत्र में एकत्रित हुए हैं, इनमें से कोई

भी बचेगा अथवा नहीं, कह नहीं सकता।...और इस महानाश का सूत्रपात मैं करूँ।...यह नहीं हो सकता।"

यह तो मोह के एक ही आघात से सारा ज्ञान भूल गया। इसे स्मरण नहीं है कि जो पंचभूत संघटित होकर शरीर को आकार देते हैं, वे ही विघटित होकर उस आकार का रूपान्तरण कर देते हैं। उसे नाश मानता है यह। संघटन और विघटन के सम्बन्ध को नहीं जानता। संघटन को सत्य मानना है, विघटन को नहीं।...

"तुम बाण नहीं चलाओगे तो भीष्म और द्रोण मरेंगे नहीं? यह सारा विनाश रुक जायेगा।"

"कह नहीं सकता।" अर्जुन बोला, "कदाचित नहीं रुकेगा। न भीम रुकेंगे, न अश्वत्थामा, न दुर्योधन और न कर्ण।"

कृष्ण ने उसकी ओर देखा, "आततायी अपने पाप से मारा जाता है अर्जुन! किसी और के मारे नहीं। देहधारी की मृत्यु उसके अपने शरीर में ही निवास करती है।"

"जानता हूँ। पर..."

"जानते हो किन्तु मानते नहीं हो।" कृष्ण बोले, "जो मरता है, वह शरीर है। हम शरीर नहीं हैं, आत्मा हैं। आत्मा का न संघटन होता है, न विघटन। यह अविकारी है। यह पंचभूतों से संघटित नहीं हुई, इसलिए उसका विघटन भी सम्भव नहीं है। हम में से कोई ऐसा नहीं है, जिसका अस्तित्व आत्मा के रूप में किसी काल में नहीं था, अथवा भविष्य में किसी काल में नहीं होगा। और शरीर का क्या है, वह तो ऋतु में आये पुष्प के समान खिलता और मुरझा जाता है। कोई नहीं भी तोड़ता तो भी मुरझा कर टहनी से गिर जाता है। जिन राजाओं ने युद्ध नहीं किये, क्या उनका देहान्त नहीं हुआ? जिसने जन्म लिया है, उसकी मृत्यु अश्वयंभावी है और जो मरता है, उसका पुनर्जन्म निश्चित है। आत्मा पुराना शरीर त्याग उसी प्रकार नया शरीर धारण करती है, जैसे शरीर पुराना वस्त्र त्याग नया वस्त्र धारण करता है। असत् की सत्ता नहीं हो सकती और सत् का अभाव नहीं हो सकता।"

"मैं क्या करूँ केशव! हमारा शरीर वस्त्र के समान ही सही; किन्तु जिन्हें जीवित देखना चाहता हूँ, जिन्हें इसी शरीर के रूप में जानता हूँ, उनके प्राण हरण करने का कर्म कैसे कर सकता हूँ?"

कृष्ण ने मुस्कराकर उसकी ओर देखा, "यदि युद्ध विनाश है तो भी क्या यह तुम्हारी इच्छा से प्रस्तुत हुआ है? तुमने चाहा था कि युद्ध हो?"

"नहीं।" अर्जुन ने उत्तर दिया।

"जब विनाश तुम्हारी इच्छा से प्रस्तुत नहीं होता। जब विनाश तुम्हारी इच्छा से रुकता नहीं। तो तुमने यह कैसे मान लिया कि यह तुम्हारे ही कर्मों का फल है? तुम कर्म नहीं करोगे तो भावी यह नहीं होगी, कुछ और होगी?"

अर्जुन कुछ चौंका। ऐसा नहीं लग रहा था कि वे लोग युद्धक्षेत्र में खड़े हैं और कृष्ण उसे युद्ध के लिए प्रेरित कर रहे हैं। कृष्ण तो कुछ और ही कह रहे हैं। वे युद्ध सम्बन्धी बात नहीं कर रहे। वे उससे भिन्न कोई सत्य बता रहे हैं। उसको कह रहे हैं कि वह कर्म न नहीं करेगा तो भी भावी वही रहेगी। पर तब कौन करेगा यह कर्म। अर्जुन युद्ध नहीं करेगा, उसका कोई भाई युद्ध नहीं करेगा, उसके शत्रु युद्ध नहीं करेंगे, तो भी भावी वही रहेगी? तो कर्म कौन करेगा?

"तुम्हीं तो कहते हो कि हमें अपने कर्मों का फल मिलता है।" अर्जुन ने जैसे कृष्ण को उपालम्भ दिया।

कृष्ण ने एक बार मुस्कराकर उसकी ओर देखा और फिर वल्गा सँभाल ली। उन्होंने अश्वों को संकेत किया और रथ चल पड़ा। अर्जुन का ध्यान उस ओर गया किन्तु उसने कुछ पूछा नहीं कि कृष्ण उसे कहाँ ले जा रहे हैं। उसका मन ऐसा हताश हो रहा था कि जैसे उसकी किसी भी विषय में कोई रुचि रह ही नहीं गयी थी। उसे लगा कि कृष्ण रथ को यहीं रोके रखें अथवा कहीं और ले जायें—इससे उसे कोई अन्तर ही नहीं पड़ेगा। वह तो दोनों स्थितियों से प्रायः उदासीन ही था।

कृष्ण रथ की गति बढ़ने नहीं दे रहे थे। रथ मंथर गति से चल रहा था, जैसे कृष्ण और अर्जुन, दोनों सेनाओं का निरीक्षण कर रहे हों।

"मैं कहता हूँ कि कर्म का फल मिलता है।" कृष्ण ने बात आरम्भ की, "किन्तु क्या मैंने कभी कहा कि तुम्हें अपने कर्म का फल तुम्हारी इच्छानुसार मिलेगा। क्या मैंने कहा कि कर्म करो, इच्छा करो और अपना मनोवांछित फल पा लो।"

अर्जुन जैसे कुछ सजग हुआ, "नहीं! तुमने कहा कि हमें अपने कर्मों का फल प्रकृति के नियमों के अधीन मिलता है।"

"और वे नियम हमारी, किसी एक मनुष्य अथवा मनुष्यों के किसी एक समूह की इच्छा से नहीं बने हैं।"

"तो फिर मैं क्या करूँ?" अर्जुन ने मंद स्वर में पूछा।

"अपना स्वधर्म।" कृष्ण बोले।

स्वधर्म...अर्जुन के मन में अनेक प्रसंग जीवन्त होने लगे थे। कितनी ही बार कृष्ण से इस विषय में चर्चा हुई थी।...कृष्ण कभी भी व्यक्ति अथवा व्यक्तियों

के समूह को ले कर चर्चा नहीं करते थे। इस प्रकार की चर्चा को वे खंड चर्चा मानते थे। वे कहते थे, खंड चर्चा कर अखंड सत्य नहीं पाया जा सकता। पूर्ण सत्य को पाने के लिए तो पूर्ण पर ही विचार करना होगा। स्वधर्म को जानना है तो पहले प्रकृति के धर्म को जानो, जिससे तुम्हारा निर्माण हुआ है, जिसने तुम्हारा निर्माण किया है।...कितने गुण हैं प्रकृति के? तीन! सत्व, रज और तम! प्रकृति इन तीन गुणों से बाहर नहीं जाती तो मनुष्य कैसे जायेगा। मनुष्य को अपना धर्म इन तीन गुणों में ही खोजना पड़ेगा। अर्जुन स्वयं को जितना जानता-पहचानता था, उससे कह सकता था कि उसे वंश-परम्परा में रजोगुण मिला था। प्रशिक्षण और साधना ने उस रजोगुण को सत्वोन्मुखी बनाया था। उसका व्यवसाय और अभ्यास रजोगुणी ही था। उसने उस तेज की साधना की थी, जो अधर्म और अन्याय सहन नहीं करता। इसलिए अन्याय और अधर्म का विरोध करने की क्षमता अर्जित की थी उसने।

"मैं रजोगुणी क्षत्रिय हूँ कृष्ण!" अर्जुन ने कहा।

"तो तुम भिक्षा माँग कर नहीं जी सकते। तुम्हें शासन करना होगा। समाज का अनुशासन करना होगा। दुष्ट-दलन करना होगा। तुम राजनीति से नहीं भाग सकते। राजनीति में रहकर न युद्ध से बच सकते हो न वध से।" कृष्ण बोले, "आज अपने मोह के कारण तुम राज्य के लिए युद्ध करने से श्रेष्ठ भीख माँगना बता रहे हो; किन्तु क्षत्रिय का तेज अन्याय सहन नहीं कर सकता। तुम राज्य के लिए नहीं न्याय के लिए लड़ोगे। तुम्हारा स्वधर्म लड़वाएगा। तुम्हारी प्रकृति लड़वाएगी।"

"मैं न लड़ना चाहूँ तो?"

"तुम्हारा 'मैं' क्या है अर्जुन?" कृष्ण मुस्कराए, "यह शरीर? यह तो पंचभूतों से बना है। इसे प्रकृति ने बनाया है।..."

अर्जुन को लगा कि उसकी विस्मृति कुछ दूर हो रही है। प्रकृति के स्वरूप और स्वभाव के विषय में उसने गुरुकुल में अध्ययन किया था। वेदों ने प्रकृति को त्रिगुणात्मक कहा है।...

"इसे इस प्रकार समझो कि प्रकृति तुम्हारे माध्यम से अन्याय के विरुद्ध लड़ना चाहती है, इसलिए उसने तुम्हारे इस शरीर और मन का निर्माण करते हुए उसमें रजोगुण को स्थापित किया। अब यदि तुम अपने मोह के कारण तमोगुणी व्यवहार करना चाहते हो, तो तुम अपने स्वधर्म के विरुद्ध ही नहीं जा रहे, अपने विरुद्ध लड़ रहे हो; और अपने आप से लड़कर, कोई क्या उपलब्ध करेगा। मोहग्रस्त होकर तुम प्रकृति की इच्छा का विरोध कर रहे हो। स्वधर्म के विरुद्ध चलना अधर्म है धनंजय।"

अर्जुन का मन जैसे कृष्ण की बात पर अटक गया। कर्म और फल की चर्चा होती है तो कृष्ण कहते हैं कि प्रकृति कर्म का फल तो देती है, किन्तु अपने नियमों के अधीन। आम्र के वृक्ष को पोषित करने पर प्रकृति आम्रफल ही देगी। हम उससे द्राक्षा नहीं पा सकते। इसलिए कृष्ण कहते हैं कि हमें कर्म की स्वतन्त्रता है। उसके फल पर हमारा कोई नियन्त्रण नहीं है। किन्तु यदि प्रकृति त्रिगुणात्क है और सब कुछ प्रकृति ही कर रही है, तो मनुष्य क्या कर रहा है?

"तुम कह रहे थे केशव! कि कर्म के फल पर मेरा कोई नियन्त्रण नहीं है।" अर्जुन जैसे निद्रा से जागकर उठा खड़ा हुआ, "अब तुम कर रहे हो कि मेरा अपने कर्म पर भी कोई नियन्त्रण नहीं है? कर्म भी प्रकृति ही करती है।"

रथ युद्ध-क्षेत्र के उस खंड में आ पहुँचा था, जहाँ वृक्षों के अनेक झुण्ड खड़े थे। उनके मध्य से न तो रथों का संचालन हो सकता था और न गजों का। वहाँ व्यूह नहीं रचा जा सकता था। इसलिए वहाँ आसपास वाहिनियाँ भी नहीं थीं।

कृष्ण ने रथ एक वृक्ष की छाया में खड़ा कर दिया।

"कर्म तो प्रकृति ही करती है। धनंजय!" कृष्ण वल्गा छोड़कर अर्जुन के पास आ बैठे, "मधुमक्खी आदि पुष्पों के रस से मधु बनाती हैं, तो तुम समझते हो कि वह उसके अपने वश का काम है? वह अपनी इच्छा से कर रही है मधुसंचय? गाय अपनी इच्छा से, अपने सामर्थ्य से घास को दूध में परिणत कर लेती है। तुम अपने भोजन पर नियन्त्रण कर अपनी इच्छानुसार उसका रक्त, मल अथवा मांस बना सकते हो?"

"नहीं!"

"तो कौन कर रहा है यह सब? प्रकृति ही तो करती है। प्रकृति का यन्त्र हैं मधुमक्खी, गाय अथवा मनुष्य का शरीर। उस शरीरों में अपनी इच्छानुसार यन्त्रों का निर्माण करती है वह।"

"तो अपनी वीरता का अहंकार व्यर्थ है? अपनी क्षमता का गर्व तर्कहीन है?"

"व्यर्थ। पूर्णतः व्यर्थ और तर्कहीन। क्योंकि वह भ्रम है, अज्ञान है।" कृष्ण बोले, "इसलिए कहता हूँ कि जब तक ज्ञान नहीं है, स्वधर्म पर टिक कर निष्काम कर्म करो।"

अर्जुन को कृष्ण का रूप कुछ दिव्य होता सा लग रहा था, "ज्ञान होने पर अपने स्वरूप को पहचानो। आत्मस्थ होने का प्रयत्न करो। आत्मस्थ हो जाओगे तो अपनी आत्मा और परमात्मा की समानता पहचानोगे। उससे तादाम्य करना चाहोगे।"

अर्जुन बैठा नहीं रह सका। उसके सम्मुख ये वे कृष्ण नहीं थे, जो उसका रथ हाँक रहे थे, ये तो उनमें से कोई और ही कृष्ण प्रकट हुए थे। उसे कई बार लगता था कि वह जिस कृष्ण को जानता है, वह सम्पूर्ण कृष्ण नहीं है, वह उनका एक अंश मात्र है। उस एक कृष्ण में से जैसे प्रतिक्षण एक नये कृष्ण प्रकट होते हैं। सम्पूर्ण कृष्ण को जाना भी जा सकता है क्या?

वह उठा और कृष्ण के सम्मुख हाथ जोड़कर खड़ा हो गया, "हम दोनों मित्र रहे हैं। पर मैंने सदा तुम्हें अपना गुरु ही माना है। तुम मुझे बहुत कुछ समझाते रहे हो। बताते रहे हो। तुमने मुझे कर्मयोग के विषय में पहले भी बताया है। तुमने सांख्य और योग की भी चर्चा की है। पर वह सब जैसे सूचनाओं के रूप में मेरे मस्तिष्क के किसी कोने में पड़ा रहता है। जीवन में उसके व्यवहार का समय आते ही मैं वह सब भूल जाता हूँ। प्रकृति मुझसे क्या करवाना चाहती है, मैं नहीं जानता, किन्तु मैं अपने पितामह और गुरु का वध करने के लिए उन पर बाण तो नहीं चला सकता।"

"मैंने कंस को किसलिए मारा था? जरासंध का वध किसलिए किया था? राजसूय यज्ञ का आयोजन क्यों हुआ था?" कृष्ण का स्वर कुछ प्रखर हुआ।

"अन्याय और अत्याचार को समाप्त करने के लिए।"

"आज युद्धक्षेत्र में क्या करने आये हो?"

"अन्याय और अत्याचार के विरुद्ध युद्ध करने।"

"तो फिर युद्ध करते क्यों नहीं?"

"”कैसे करूँ। चारों ओर मेरे अपने सम्बन्धी हैं।

"यह तो अच्छी परिभाषा है अर्जुन! कोई और करे तो अधर्म। और यदि वही कृत्य तुम्हारे पितामह करें तो वह अधर्म नहीं है।"

"मेरे पितामह अधर्मी नहीं हैं।"

"दुर्योधन अधर्मी है?"

"है।"

"तो तुम दुर्योधन का वध करो।"

"नहीं कर सकता। मार्ग में पितामह खड़े हैं।"

"पितामह के संरक्षण में अधर्म पोषित हो रहा है?"

"नहीं! पितामह अधर्म नहीं कर सकते।"

"दुर्योधन अधर्मी है। वह भीष्म द्वारा संरक्षित है। भीष्म का वध किये बिना यदि दुर्योधन मारा नहीं जा सकता, तो पहले दण्डित किसे होना चाहिए?"

अर्जुन कुछ नहीं बोला।

"हस्तिनापुर में उगी नागफनी की एक झाड़ी नागफनी ही होगी न?"

"हाँ।"

"और यदि वह इन्द्रप्रस्थ में उग आये तो?"

"जो नागफनी है, वह नागफनी ही रहेगी।"

"एक अधर्मी तुम्हारे परिवार से बाहर जन्म ले कर अधर्मी होगा और तुम्हारे परिवार में जन्म लेने के कारण वह अधर्मी नहीं होगा?" कृष्ण मुस्कराए, "जीवन का सत्य यह है धनंजय! कि अधर्म के विरुद्ध शस्त्र उठाओगे तो सबसे पहले, तुम्हारे अपने परिजन और प्रियजन ही तुम्हारा हाथ पकड़ेंगे।"

"किन्तु वे मेरे पितामह हैं।"

"प्रकृति तो केवल अश्वत्थ अथवा नागफनी ही उत्पन्न करती है। इससे कोई अन्तर नहीं पड़ता कि वह किस दीवार के भीतर और किस दीवार के बाहर है। तुमने परिवार की एक दीवार बनाकर किसी को अपना और किसी को पराया मान लिया है।"

"तो क्या परिवार का कोई अर्थ नहीं है? वंश कुछ नहीं होता? हमारा अपना-पराया कुछ नहीं है?" अर्जुन ने जैसे प्रतिवाद किया।

"तुम मनुष्य की नहीं, मात्र व्यक्ति की दृष्टि से देख रहे हो, इसलिए किसी को अपना और किसी को पराया मानते हो। खण्ड की नहीं, सम्पूर्ण की दृष्टि से देखो। ईश्वर की दृष्टि से देखो। जो सम्बन्ध स्रष्टा से तुम्हारा है, वही पितामह का भी है। तुम दोनों ईश्वर के हो। एक-दूसरे के नहीं।"

"तरे हम क्या हैं?" अर्जुन ने चकित भाव से पूछा।

"ईश्वर की शक्ति है—प्रकृति। तुम्हारा यह शरीर प्रकृति ने पंचभूतों से निर्मित किया है; इसलिए यह प्रकृति की सम्पत्ति है। प्रकृति अपने-आप में पूर्ण है। उसका विभाजन अथवा सीमांकन, मनुष्य की अपनी सीमा है, प्रकृति की नहीं। यह मनुष्य का अपना भ्रम है। उसका मोह है। इसी मोह के कारण तुममें दृष्टिदोष आ गया है; और तुम अपना धर्म देख नहीं पा रहे हो।" कृष्ण की आँखों में ही दिव्य भाव नहीं झलका, उनका स्वर भी जैसे कुछ अलौकिक हो गया था, "आसक्ति किसी को सत्य के दर्शन करने नहीं देती। स्वधर्म के निर्वाह के लिए आराक्ति को त्यागना होगा।"

अर्जुन जैसे अपने द्वन्द्व से लड़ रहा था, "मैं तुम्हारा शिष्य हूँ केशव! तुम्हारे आदेश का पालन करना चाहता हूँ; किन्तु मैं पितामह का पौत्र भी हूँ। उनके प्रति भी मेरा कोई धर्म है..."

उसकी दृष्टि उठी तो लगा कि कृष्ण कुछ बदल से गये हैं। उनकी आँखों का आकर्षण कुछ और बढ़ गया है और उनके चेहरे का तेज जैसे असह्य होता जा रहा है।...क्या यह धूप है? उसने जैसे अपने आप से पूछा।...नहीं! यह धूप

नहीं थी। वे लोग वृक्ष की छाया में थे और आकाश का सूर्य भी इतना प्रखर नहीं था कि उसके कारण किसी का चेहरा तपने लगता और उसका स्वाभाविक वर्ण कुछ दिव्य होने लगता।

"अर्जुन! ऐसा कोई काल नहीं था, जब तुम नहीं थे अथवा मैं नही था।" कृष्ण सहसा बोले, "तुम मोह के कारण अपने स्वरूप को भूल गये हो।"

अर्जुन ने विस्मित भाव से कृष्ण की ओर देखा। वे ठीक कह रहे थे। उसकी स्मृति पर ही जैसे कोई आवरण पड़ गया था। समाधि में कैसा अनुभव किया था उसने। यह शरीर ही तो नहीं था वह। वह तो कुछ और था। उसका रूप दिव्य था। बिना किसी बाहरी उपकरण के भी वह स्वप्रकाश से प्रकाशित था। वह उन्मुक्त था। स्वतःपूर्ण था। वह शरीर से भिन्न था; शरीर जैसे उसका बाहरी आवरण था, पिजंरा था। शरीर उसको सीमित कर रहा था। वह तो जैसे गरुड़ था, जो आकाश में ही नहीं, आकाश के पार भी उड़ सकता था। वह तो जैसे विशाल जलपोत था, जो महासागर की उत्ताल तरंगों पर स्वतन्त्रतापूर्वक संचरण कर सकता था; किन्तु शरीर ने उसे अपने भीतर आबद्ध कर, उसकी क्षमताओं को सीमित कर दिया था।...वह सचमुच अपने स्वरूप को भुला बैठा था।

उसने कृष्ण की ओर देखा : उनका रूप कुछ अद्भुत होता जा रहा था।

"यह क्या है कृष्ण?"

"मानव शरीर की इस सांतता में भी मुझे अपनी अनंतता का बोध है।" कृष्ण बोले, "मैंने प्रकृति द्वारा निर्मित यह शरीर धारण अवश्य किया है; किन्तु मैं इस शरीर में नहीं, आत्मा में निवास करता हूँ। संसार के सारे भोग प्रकृति द्वारा निर्मित मेरा यह शरीर भोगता है, मैं इससे मुक्त हूँ, क्योंकि मैं यह शरीर नहीं हूँ।"

अर्जुन का मन कृष्ण की विराटता देखता रहा और मुग्ध होता गया। उसे लगा, उसका प्रेम, श्रद्धा में बदलता जा रहा है; और उसकी श्रद्धा भक्ति में परिणत होती जा रही है, "तुम महामानव हो कृष्ण! तुम मानव से आरोह कर चुके हो...ऊपर उठ गये हो।"

"नहीं। मनुष्य का आरोह नहीं होता। जब होता है तो ईश्वर का अवरोह ही होता है।" कृष्ण का स्वर जैसे मेघों में से आ रहा था, "मनुष्य का विकास ईश्वर नहीं होता, ईश्वर का अवतरण ही मनुष्य होता है।"

अर्जुन का मन जैसे बौरा-सा गया था, "मैं क्या हूँ कृष्ण?"

"तुम भी वही हो, जो मैं हूँ।" कृष्ण बोले।

"तो मैं अपने स्वरूप को देख क्यों नहीं पा रहा?"

"अपने मोह के कारण। मोह बाधक है, विश्वात्मा से तादात्म्य के मार्ग में।"

अर्जुन मुग्ध भाव से कृष्ण की ओर देखता रहा और फिर धीरे से बोला,

"मेरे माध्यम से भी वही प्रकृति कार्य कर रही है, और दुर्योधन के माध्यम से भी। तो इसका अर्थ यह है केशव! कि प्रकृति ही प्रकृति के विरुद्ध लड़ रही है। प्रकृति ही प्रकृति को मार रही है।..."

"इसीलिए तो कहता हूँ कि जो मार रहा है, वह भी मैं हूँ और जो मर रहा है वह भी मैं ही हूँ।" कृष्ण बोले।

अर्जुन स्तब्ध भाव से कृष्ण को देखता ही रह गया। आज तो कृष्ण उसकी पकड़ में ही नहीं आ रहे थे। आज तक कृष्ण ने उसे असंख्य बार समझाया था, बताया था, ज्ञान दिया था। कर्म, विकर्म, अकर्म और निष्काम कर्म के विषय में उनकी चर्चा हुई थी...किन्तु कृष्ण कभी ऐसे तो नहीं लगे थे उसे। वे उसे एक अत्यन्त बुद्धिमान, प्रतिभावान, प्रज्ञावान पुरुष लगे थे। किन्तु आज तो...

"मुझे तुम पर पूरा विश्वास है कृष्ण!" अर्जुन कुछ सँभला तो आतुर स्वर में बोला, "वहाँ मेरे भाई युद्ध के मुहाने पर खड़े हैं और मैं जैसे युद्ध से भाग कर यहाँ आ गया हूँ। क्या सोचते होंगे वे? मेरे शत्रु क्या सोचते होंगे? मुझे क्षत्रिय धर्म भी पुकार रहा है और भाई का धर्म भी, शिष्य का धर्म भी और पौत्र का धर्म भी।...और वे सारे धर्म परस्पर विरोधी हैं कृष्ण!"

कृष्ण ने अर्जुन की आँखों में देखा। अर्जुन को लगा, उसकी दृष्टि ही जैसे कुछ और हो गयी है। उसका रोम-रोम जैसे संवेदनशील हो गया है। चारों ओर दिव्यता का सा भाव आ गया था।...

कृष्ण बोले तो उनका स्वर नंदन कानन के किसी अलौकिक निर्झर का कलकल निनाद लिए हुए था, "तू सब धर्मों को त्यागकर मेरी शरण में आ जा अर्जुन! मैं तुझे सारे संशयों और पापों से मुक्त कर दूँगा।"

अर्जुन को लगा, यह किसी मनुष्य का साधारण स्वर नहीं था। यह तो जैसे ब्राह्मी आदेश हुआ था उसे। इस आदेश का उल्लंघन नहीं हो सकता था। इस पर संशय नहीं किया जा सकता था...वह जैसे चेतना के किसी दिव्य सागर में तैर रहा था। जो कुछ सामने घटित हो रहा था, वह तो उसका द्रष्टा मात्र था। कर्ता कोई और था। या कर्ता कोई भी नहीं था? सब कुछ स्वतः ही घटित हो रहा था?...उसके सामने खड़े कृष्ण का स्वरूप कुछ वायवीय हो गया था, और क्रमशः आलोकमय होता जा रहा था...

ये वही कृष्ण हैं, जिन्हें सबसे पहले यादवों ने त्याग दिया। फिर जैसे उनके परिवार ने उन्हें स्वयं से विलग कर दिया।...भाइयों ने...पुत्रों ने...सम्बन्धियों ने...कृष्ण ने स्वेच्छा से अपनी सेना का परित्याग कर दिया और संकल्पूर्वक निःशस्त्र हो गये।...दूसरी ओर पाँचों पाण्डव एक साथ हैं। उनके पुत्र तथा अन्य सम्बन्धी उनके साथ हैं। उनके पास सात अक्षौहिणी सेना है।...उनके पास

शस्त्रास्त्र, दिव्यास्त्र और देवास्त्र हैं...किन्तु युद्ध कौन कर रहा है? युधिष्ठिर लड़ना नहीं चाहते, अर्जुन ने शस्त्र त्याग दिये। उनकी ओर देख कर भीम का उत्साह भी भंग हो जाता है। पाण्डव शस्त्र ग्रहण न करें तो कौरव भी क्यों लड़ेंगे। तो लड़ कौन रहा है?...अकेले, नितांत एकाकी निःशस्त्र कृष्ण का उत्साह ही तो।...अर्जुन को लगा कि सारे युद्धक्षेत्र में एक कृष्ण ही हैं, जो लड़ रहे हैं।...कृष्ण...केवल कृष्ण!...

"तुम कौन हो कृष्ण?" सहसा अर्जुन ने पूछा।

कृष्ण हँसे तो लगा जैसे इन्द्रधनुष पर चपला चमकी हो, "इस भेद-दृष्टि को त्याग कर देखो अर्जुन! मैं ही हूँ, और है ही क्या। यहाँ और कोई नहीं है, बस मैं ही मैं हूँ।"

अर्जुन ने कृष्ण को देखा : उसे लगा कि कृष्ण ही नहीं बदले, वह स्वयं भी बदल गया है और चारों ओर का संसार कुछ विचित्र-सा हो गया है। सब कुछ यथावत् है, किन्तु क्यों लगता है कि आकार का सारा भेद होने पर भी कहीं कोई भेद नहीं है। यह कैसा तो तादात्म्य है कि उसे सबमें एक ही पदार्थ दिखायी दे रहा है—उसमें, कृष्ण में, वृक्षों में, रथ के अश्वों में।...

"इस समय मैं महाकाल के रूप में उपस्थित हुआ हूँ अर्जुन! जो कुछ दिखायी देता है, वह सब मुझमें से ही प्रकट हुआ है और इसको लौटकर मुझमें ही विलीन हो जाना है।"

अर्जुन के मन में एक बिम्ब जन्म ले रहा था : मनुष्य पिता के वीर्य और माँ के रज से जन्म लेता है। वह छोटा-सा शरीर पृथ्वी से अन्न, सरिता से जल, वायुमंडल से वायु और सूर्य से प्रकाश लेता है। वह विकसित होकर पूर्ण मनुष्य बनता है। विकास के पूर्ण होते ही उसका क्षरण आरम्भ हो जाता है।...और अन्त में वह शरीर क्षर हो कर पंचभूतों मे समा जाता है, ऋतु के सुमनों के समान। वही सूर्य है, वही जल है, वही पवन है, वही धरती और उसका उत्पन्न किया हुआ अन्न है; किन्तु कोई उसके शरीर का पोषण नहीं करता। वे ही तत्त्व, जिन्होंने उसके शरीर का निर्माण किया था, अब उसका क्षय करने आ गये हैं। महामाया उसे जन्म दे रही है, महामाया ही उसका पालन कर रही थी और महामाया ही उसका भक्षण कर रही थी...,

अर्जुन ने कृष्ण की ओर देखा : कृष्ण मुस्करा रहे थे। वे उसकी आँखों में देख रहे थे। अर्जुन को लगा, जैसे कृष्ण की आँखें उसे अपनी ओर खींच रही हैं। उसका सारा अस्तित्व उन आँखों में ही समाता जा रहा है।

अर्जुन के मन में एक बिम्ब जैसे साक्षात् प्रकट हो रहा था। कृष्ण एक अद्भुत प्रकाशपुंज में परिणत हो गये थे, जैसे सहस्रों सूर्य एक साथ आकाश

पर उदित हो गये हों।...उस प्रचंड सूर्य की ऊर्जा से वायु का जन्म हुआ। वायु ने जल का सृजन किया। ताप, वायु और जल ने मिलकर वनस्पति को जन्म दिया। वनस्पति को जीव-जन्तुओं और मनुष्यों ने खाया। उन विराट जीव-जन्तुओं, वृक्षों और मनुष्यों को सूक्ष्म कीटाणुओं ने खाया। और सारा कुछ लौटकर उसी सूर्य में समा गया। उस सूर्य का स्वरूप अति भयंकर हो गया था। उसके सहस्रों मुख प्रकट हो गये थे। बड़ी-बड़ी सेनाएँ, उसके श्वासों से खिंची चली आ रही थीं और उसके दाढ़ों में कुचली जा रही थीं। उन्हीं दाढ़ों में भीष्म दबे हुए थे और द्रोण भी। दुर्योधन और उसके भाई भी...अर्जुन ने स्वयं को भी उन श्वासों से खिंचकर उन दाढ़ों में दबते देखा। उस भयंकर आकृति के मुख से निकलती ज्वाला में जलते देखा...

अर्जुन ने अपनी हथेलियों से अपनी आँखें ढाँप लीं।

आँखें खेलीं, तो सब कुछ यथावत् ही था। वह अपने रथ पर बैठा था और कृष्ण उसके निकट खड़े मुस्करा रहे थे।

"यह सब क्या था केशव?"

"सृष्टि का सत्य।"

"तुमने मुझे सम्मोहित किया?"

"नहीं! माया का आवरण हटा दिया। सत्य प्रकट हो गया।"

अर्जुन का मन पवन वेग से दौड़ रहा था। क्या यह सब कृष्ण की योगमाया थी? कृष्ण का तांत्रिक रूप था? कृष्ण ने अपनी कोई सिद्धि दिखायी थी?...और उसका अपना मन ही चीत्कार कर रहा था—नहीं! ऐसा कुछ नहीं था। यह उपलब्धि कुछ और ही थी। अब अर्जुन का न तन शिथिल था, न मन। उसे युद्ध से भय नहीं लग रहा था। वह विनाश की कल्पना से त्रस्त्र नहीं था। वह जान रहा था कि न निर्माण कुछ होता है, न विनाश। न जन्म कुछ है, न मृत्यु।...

तो क्या कृष्ण ने उसे युद्ध के लिए सहमत कर लिया था? उसे युद्धार्थ प्रेरित कर दिया था? अब वह सन्तुष्ट था कि विजय उनकी ही होगी, इसलिए वह युद्ध के लिए प्रस्तुत था? वह अपना कर्तव्य समझ गया था और अब स्वधर्म के अनुसार युद्ध का इच्छुक था?

नहीं!...उसका मन प्रशान्त रूप से उसे समझा रहा था...यह कोई साधारण प्रेरणा नहीं थी, यह तो जैसे अलंघ्य ब्राह्मी आह्वान था। आज तक वह अपनी संवेदना के आधार पर मानवता में रह रहा था, किन्तु अब वह जान गया था कि दिव्य जीवन उससे कुछ भिन्न होता है। उसे मनुष्य में नहीं, प्रभु में रहना है। वह अब तक प्राण, हृदय और बुद्धि में रह रहा था, किन्तु अब उसे आत्मा में रहना है। वह किसी कालखंड अथवा कालप्रवाह में नहीं जी रहा, वह तो

सनातन में निवास कर रहा है। वह उस प्रभु को भूल गया था और जीवन और सृष्टि के निर्णय स्वयं ही करने लगा था।...अपने धर्म और कर्तव्य पर ध्यान था उसका, पर वह तो एक व्यक्ति का धर्म और कर्तव्य था। कृष्ण ने ठीक ही कहा है, "सब धर्मों को त्याग कर मेरी शरण में आओ।..."

"चलें? युद्ध की ओर?" कृष्ण ने पूछा।

"चलो केशव।" अर्जुन ने गांडीव उठा लिया।

उसे लगा कि उसके मन में अनेक प्रश्न हैं, किन्तु सारे प्रश्नों का समाधान भी हो चुका है। उसे जो दिव्य अनुभूति हुई है, वह अत्यन्त व्यापक चित्र के समान है, जिस में वह छोटी-छोटी रेखाएँ और रंग भरना चाहेगा। उसे कृष्ण से अभी बहुत सारी चर्चा करनी है।...

35

अपना कवच उतार, शस्त्र रथ के तप्त पर रख युधिष्ठिर रथ से नीचे उतर आये। उन्होंने एक बार दृष्टि उठाकर अपने भाइयों की ओर देखा और कौरवों की सेना की ओर चल पड़े।

भीम चकित था : धर्मराज कर क्या रहे हैं? कौरव की उस भयंकर सेना में वे निःशस्त्र पैदल चले जा रहे हैं। इस समय दुर्योधन का एक बाण उनकी जीवन-लीला समाप्त कर सकता है। वर्षों की साधना, प्रतीक्षा और कष्ट सहन की पीड़ा का परिणाम क्या होगा यदि धर्मराज की जीवन-लीला ही समाप्त हो गयी...

पर इतना तो भीम भी समझ ही रहा था कि उसे शस्त्र ले कर युधिष्ठिर की रक्षा के लिए दौड़ने की आवश्यकता नहीं है। यदि वैसा कुछ होता तो युधिष्ठिर स्वयं ही शत्रु सेना में इस प्रकार निःशस्त्र नहीं घुस जाते।...वैसे युद्ध के नियमों में तो यही निश्चित हुआ था कि निःशस्त्र तथा युद्ध के अनिच्छुक व्यक्ति पर कोई शस्त्र नहीं उठाएगा। भीष्म के कौरवों के महासेनापति होते हुए यह आशा नहीं की जा सकती थी कि युद्ध के नियम धरे के धरे रह जायेंगे और ऐसे में कोई धर्मराज पर बाण चला देगा।...किन्तु दुर्योधन पर किसी भी रूप में विश्वास नहीं किया जा सकता। अधर्मी के लिए नियम तोड़ना कोई इतनी बड़ी बात नहीं है। जिसने आज तक कोई मर्यादा नहीं मानी, आज वह युद्ध के नियम न माने तो क्या आश्चर्य? और यदि धर्मराज के प्राण ही परमात्मा में विलीन हो गये, तो फिर दुर्योधन को दण्डित करने का भी क्या लाभ होगा?

भीम ने अर्जुन की ओर देखा : वह भी अपना कवच उतार रहा था और कृष्ण निश्चिन्त खड़े उसे निहार रहे थे। उनके चेहरे पर किसी प्रकार की कोई

उद्विग्नता नहीं थी। न वे अर्जुन को रोक रहे थे, न उसे समझा रहे थे। वे तो जैसे सहज उल्लसित मन से खड़े उसके कवच उतारने की प्रतीक्षा कर रहे थे। इसका अर्थ था कि वे इसमें कोई संकट नहीं समझते थे।...तो फिर भीम ही कैसे अपने रथ पर बैठा रह सकता था।

जब तक युधिष्ठिर दोनों सेनाओं के मध्य भाग तक पहुँचे, तब तक उनके चारों भाई उसी प्रकार निःशस्त्र होकर उनके साथ आ मिले थे। उन्होंने मुस्कराकर उनकी ओर देखा और ओग बढ़ गये। अब तक निश्चित हो चुका था कि वे पितामह भीष्म के पास जा रहे थे। यह बात कौरवों से भी छिपी नहीं थी।...

"देखो इस नपुंसक को।" जयद्रथ ने हँसकर थोड़ी दूरी पर खड़े सुशर्मा की ओर देखा, "अब अन्त समय में घबराकर शस्त्र त्याग कर कौरवों के सेनापति की शरण में जा रहा है।"

"मैं तो पहले ही जानता था सिन्धुराज! कि यह युद्ध नहीं करेगा।" त्रिगर्तराज सुशर्मा बोला, "अरे जो अपनी अपमानित होती हुई पत्नी की सहायता के लिए, शस्त्र नहीं उठा सकता, जो अपनी पत्नी का अपहरण करनेवाले को बन्दी कर भी दण्डित नहीं कर सकता, वह युद्ध क्या करेगा।"

जयद्रथ को द्रौपदी के अपमान से अधिक अपना अपमान स्मरण हो आया। उसे लगा कि सुशर्मा उसे उसके अपमान का स्मरण करा कर उसको आहत करने का प्रयत्न कर रहा है। पर युधिष्ठिर ने सुशर्मा को भी तो विराट के साथ युद्ध करते हुए बन्दी हो जाने पर मुक्त कर दिया था। सम्भवतः सुशर्मा उस बात को भूल गया है।...

"तुम क्या समझते हो अब युद्ध नहीं होगा?"

"युद्ध तो होगा ही।" सुशर्मा बोला, "युधिष्ठिर लड़े न लड़े, हम तो लड़ेंगे ही। मैं इस मोटे भीम को जीवित नहीं छोड़ूँगा, इसने न केवल विराट को मेरे हाथ से छुड़ा लिया, मुझे अपमानित भी किया।"

"मुझे तो भीम और अर्जुन दोनों से ही निपटना है और..." जयद्रथ आगे बोल नहीं पाया।

पाँचों पाण्डव पितामह भीष्म के निकट पहुँच गये थे और हाथ जोड़कर उन्हें प्रणाम कर रहे थे। भीष्म ने उन्हें आशीर्वाद देने की मुद्रा में अपनी भुजा उठा दी थी।

"पितामह! हमें युद्ध की अनुमति दीजिए।" युधिष्ठिर बोले, "युद्ध के लिए यदि आपकी अनुमति है तो हमें विजय का आशीर्वाद दीजिए।"

भीष्म की आँखें डबडबा आईं। उन्होंने अपना धनुष नीचे रख दिया। लगा कि वे इतने विह्वल हो गये थे कि कदाचित उनकी वाणी अवरुद्ध हो जाये।

वे स्वयं को संयत कर बोले, "मुझे तुम पर संदेह नहीं करना चाहिए था, किन्तु तुम्हारे विरोध में शस्त्रबद्ध होकर खड़ा हो गया हूँ, इसलिए मान लिया था कि कदाचित अब तुम मुझे अपना पितामह नहीं मानोगे, विरोधी पक्ष का सेनापति ही मानोगे।..." उनका स्वर कुछ लड़खड़ाया, "या शायद दुर्योधन के निकट रहते रहने से ही मेरी यह धारणा बन गयी थी कि अब सारे पौत्र उसी के समान होते हैं।"

"पितामह!" अर्जुन बोला, "विजय का आशीर्वाद नहीं देंगे क्या?"

"विजयी होओ पुत्रो!" उन्होंने अपने अश्रु पोंछ लिए, "अपनी स्थिति और अपने कारणों से तुम्हारी ओर से युद्ध नहीं कर सकता, उसके सिवाय जो चाहो माँग लो। तुमने शस्त्रों से नहीं, अपने व्यवहार से मुझे जय कर लिया तो युद्ध में विजय तुम्हारी ही होगी।"

"नहीं! आप अपने स्थान पर दृढ़ रहकर युद्ध करें।" युधिष्ठिर ने कहा, "बस हमें हमारा हित बताते रहें। हमें परामर्श देते रहें।"

"वह तो तुम्हारा अधिकार है पुत्रो।"

"हमें जीवन भर अपना अधिकार ही तो नहीं मिला पितामह!" भीम बोला।

"जानता हूँ।" भीष्म बोले, "इसीलिए तुमसे यह नहीं पूछ रहा कि तुम लोग सैन्य-संग्रह कर हस्तिनापुर पर आक्रमण करने क्यों आये हो। तुमसे यह नहीं कह रहा कि शस्त्र त्याग दो और अपने भाइयों का रक्त मत बहाओ।"

"तो हमें वह युक्ति प्रदान करें पितामह! जिससे आपका निराकरण कर पायें।" युधिष्ठिर बोले।

"तुम जानते हो, मैंने पांडुपुत्रों का वध न करने और शिखण्डी से युद्ध न करने की प्रतिज्ञा की है।" भीष्म बोले, "तो फिर मेरा निराकरण करने में बाधा ही क्या है।"

"बाधा तो कदाचित नहीं है," अर्जुन ने कहा, "पर हमारा दायित्व और भी बढ़ गया है।"

भीष्म हँसे। वे समझ रहे थे कि अर्जुन क्या कह रहा है। वे अपनी रक्षा करते तो पाण्डवों को उनकी रक्षा की आवश्यकता नहीं थी, पर वे पाण्डवों और शिखण्डी से अपनी रक्षा नहीं कर रहे थे, इसलिए पाण्डवों को उनकी रक्षा भी करनी थी। बोले, "जानता हूँ। जाओ अपने धर्म पर अडिग रहो। जहाँ धर्म है, वहीं कृष्ण हैं और जहाँ कृष्ण हैं, वहीं विजय का वास है।"

पाँचों पाण्डव उन्हें प्रणाम कर आचार्य द्रोण की ओर बढ़ गये। द्रोण ने उन्हें भीष्म की ओर जाते और उनका आशीर्वाद लेते हुए देखा था, अतः उनके आने के प्रयोजन को समझने में कोई कठिनाई नहीं हुई।

पाण्डवों के प्रणाम के उत्तर में उन्हें विजय का वर देते हुए बोले, "विधाता की लीला समझ नहीं पाता हूँ वत्सो! नहीं तो कौन सोच सकता था कि मैं और अर्जुन एक-दूसरे के विरोधी होकर युद्ध करेंगे। पर नियति अबूझ है।" वे अर्जुन की ओर मुड़े, "कदाचित तुम्हें स्मरण हो अर्जुन! युधिष्ठिर के युवराज्याभिषेक पर मैंने तुमसे कहा था कि कभी आवश्यकता हो तो मेरे विरुद्ध युद्ध करने से संकोच मत करना।"

"स्मरण है आचार्य!"

"तो अब तुम युद्ध करो पुत्र! संकोच मत करो।"

"पर आपको हम जय कैसे करेंगे गुरुवर!" युधिष्ठिर बोले, "गुरु को पराजित करना शिष्य की मर्यादा नहीं है।"

आचार्य हँस पड़े, "ठीक कहते हो युधिष्ठिर! पर दुर्योधन के पक्ष से लड़ते हुए भी मुझे कहीं यह भ्रम नहीं है कि विजय दुर्योधन की होगी।"

"क्यों आचार्य!" अर्जुन ने कहा, "जिस पक्ष में आप, पितामह और आचार्य कृप हों, उसे कौन पराजित करेगा?"

"जय तो धर्म की होती है पुत्र! और धर्म वहाँ है, जहाँ कृष्ण हैं। अतः विजय भी वहीं होगी, जहाँ कृष्ण होंगे।" द्रोण की आँखें भावी को देख कर हँस रही थीं।

"पितामह ने भी यही कहा है," अर्जुन बोला, "पर यह कैसे सम्भव है? केशव शस्त्र भी नहीं उठाएँगे तो वे युद्ध में विजय कैसे प्राप्त करेंगे।"

"यह तो दुर्योधन का तर्क है पुत्र! तुम्हारा नहीं।" द्रोण गम्भीर हो गये, "यदि ऐसा न होता तो तुम नारायणी सेना का त्याग कर केवल कृष्ण को क्यों माँगते?"

"आप सत्य कह रहे हैं आचार्य! हम केशव को नहीं छोड़ सकते।" युधिष्ठिर बोले।

"छोड़ तो मैं भी तुम्हें नहीं सकता था, किन्तु मैं और द्रुपद एक साथ नहीं रह सकते।" आचार्य बोले, "जाओ। कृप से आशीर्वाद ले लो।"

कृपाचार्य को प्रणाम कर युधिष्ठिर बोले, "आप भी दुर्योधन के पक्ष में युद्ध करेंगे यह नहीं सोचा था मैंने।"

"मैं दुर्याधन के साथ नहीं हूँ धर्मराज! मैं अश्वत्थामा के साथ हूँ। अश्वत्थामा अपने पिता के साथ है और द्रोणाचार्य द्रुपद के विरुद्ध हैं।" कृपाचार्य गम्भीर स्वर में बोले, "जीवन बड़ी विचित्र क्रीड़ा है। हम नहीं जानते कि हम किसके साथ हैं और किसके विरोधी हैं।"

उन्हें प्रणाम कर पाण्डव अपनी सेना की ओर लौटे।

अर्जुन ने देखा, कृष्ण वहाँ नहीं थे। उसने दृष्टि घुमाई : कृष्ण कर्ण के पास खड़े दिखायी पड़े। ये वहाँ क्या करने पहुँच गये, उसने सोचा। उसका मन कोई समाचार नहीं दे पाया। जाने कृष्ण क्या लीला रच रहे थे। उनके मुखड़े पर एक क्रीड़ामयी मुस्कान थी, जैसे युद्धक्षेत्र में न हों, किसी समारोह में भाग लेने आये हों।...

दोनों सेनाओं के मध्य पहुँचकर युधिष्ठिर एक बार फिर खड़े हो गये। वे कौरवों की सेना की ओर मुड़े और उच्च स्वर में बोले, "युद्ध आरम्भ करने से पहले मैं दुर्योधन की सेना में खड़े योद्धाओं को एक निमन्त्रण देना चाहता हूँ। आप में से जो कोई भी हमारी सहायता करने के लिए हमारी ओर से युद्ध करने का इच्छुक हो, वह दुर्योधन की सेना छोड़ कर बाहर आ जाये, हम उसे स्वीकार करेंगे।..."

युधिष्ठिर के निमन्त्रण से उस कोलाहलमय क्षेत्र में सन्नाटा छा गया : यह कैसा रण-निमन्त्रण है। युद्ध-निमन्त्रण तो युद्ध से पहले भेजे जाते हैं। अब तो सबने अपना-अपना पक्ष निश्चित कर लिया था। यह कैसे सम्भव है कि जो सैनिक घर से कौरवों की ओर से युद्ध करने के लिए चला हो, उसकी सेना में आ मिला हो, उसे उसका स्थान और कर्तव्य बता दिया गया हो, वह अब अंतिम समय में उनका पक्ष छोड़कर पाण्डवों की ओर आ जायेगा?...अभी युद्ध तो आरम्भ ही नहीं हुआ है तो बिना कुछ घटित हुए ही कोई अपना पक्ष-परिवर्तन क्यों करेगा?...और क्या युधिष्ठिर ने इस पर विचार कर लिया है कि यदि वे कौरवों के योद्धाओं को अपनी ओर आ जाने का निमन्त्रण दे रहे हैं तो ऐसा निमन्त्रण दुर्योधन भी दे सकता है और अनेक योद्धा विजय के लोभ में ही कौरवों की ओर जा सकते हैं।...

वह स्तब्ध सन्नाटा थोड़ी देर में ही टूट गया, कौरवों की सेना में से अपना रथ दौड़ाता हुआ युयुत्सु बाहर आ गया था।...

युद्धक्षेत्र में एक भयंकर कोलाहल मच गया। जाने कितने लोग अपने स्थान पर खड़े चिल्ला रहे थे। वे क्या कह रहे थे, यह सुनना सम्भव नहीं था।...

तभी युयुत्सु ने उच्च स्वर में कहा, "धर्मराज! मैं इस युद्ध में आपके पक्ष से लड़ना चाहता हूँ। मैं युवराज दुर्योधन का भाई और महाराज धृतराष्ट्र का पुत्र हूँ। मेरा प्रश्न यह है कि क्या आप मुझे अंगीकार करेंगे?"

सबसे पहले भीम की दृष्टि युधिष्ठिर की ओर उठी : कहीं धर्मराज यह ही न कह दें कि एक भाई को अपने भाई के विरुद्ध नहीं लड़ना चाहिए।...

पर युधिष्ठिर ने ऐसा कुछ नहीं कहा। वे उसी प्रकार उच्च स्वर में बोले, "तुम दुर्योधन के ही नहीं मेरे भी भाई हो। मैं तुम्हें अंगीकार करता हूँ।"

युधिष्ठिर का मन बहुत वेग से अपने शैशव की ओर दौड़ रहा था। जब दुर्योधन ने भीम को विष दिया था तो यही युयुत्सु था, जिसने उन्हें उसकी सूचना दी थी। उन दिनों में जब वे अपने भाइयों और माता के साथ स्वयं को अत्यन्त असुरक्षित पा रहे थे। कहीं कोई सहायक दिखायी नहीं देता था। सब ओर दुर्योधन का इतना आतंक था कि कोई पाण्डवों के प्रति अपनी सहानुभूति तक प्रकट करने से डरता था। विदुर काका तक ने माँ को यह परामर्श दिया था कि वे भीम को दुर्योधन द्वारा विष दिये जाने की बात अपनी जिह्वा पर न लाएं। ऐसा न हो कि उनके अन्य पुत्रों के प्राण भी संकट में पड़ जायें।...उस समय भी युयुत्यु ने उन लोगों को दुर्योधन की योजनाओं और उसके कृत्यों के विषय में अनेक सूचनाएँ दी थीं।...वह दुर्योधन से प्रेम नहीं करता था। वह उससे भयभीत नहीं था।...पर वह उससे प्रेम क्यों नहीं करता था? वह गान्धारी का पुत्र नहीं था, किन्तु था तो धृतराष्ट्र पुत्र ही।...वह धृतराष्ट्रपुत्र तो था किन्तु वह अधर्म में न अपने पिता के साथ था, न अपने भाइयों के साथ। वह धर्म के साथ था, इसलिए वह पाण्डवों के पक्ष से लड़ना चाहता था, तो धर्मराज उसे अंगीकार क्यों न करें?...

"मैं आभारी हूँ धर्मराज! कि आपने मुझे अंगीकार किया और अधर्म के पक्ष से लड़ने की बाध्यता से मुक्ति दिलायी। अब मैं वीर क्षत्रियों के समान धर्मयुद्ध करूँगा, दुर्योधन से अपने सम्बन्ध के कारण धर्म और धर्म के समर्थकों की हत्या करनेवाला पापी नहीं रहूँगा।" युयुत्सु ने कहा और वह अपना रथ दौड़ाता हुआ पाण्डवों की सेना में आ मिला।

अर्जुन अपने रथ के निकट आया तो उसने देखा कि कृष्ण भी लौट आये थे।

"आप कहाँ चले गये थे केशव?"

"मैं कर्ण से कहने गया था कि पितामह भीष्म ने तो उसके और उसके भाई-बन्धुओं के शस्त्र भी रखवा लिए हैं, तो वह पितामह के जीवित रहने तक पाण्डवों की ओर से युद्ध क्यों नहीं करता? पितामह के धराशायी होते ही वह लौटकर दुर्योधन के पक्ष में जा सकता है।"

अर्जुन ने चकित होकर कृष्ण की ओर देखा, "ऐसा कुछ सम्भव है क्या?"

"क्यों? यदि धर्मराज कौरव सेना के योद्धाओं को पाण्डवों की ओर से युद्ध करने का निमन्त्रण दे सकते हैं तो कर्ण के सम्मुख ऐसा प्रस्ताव रखने में क्या हानि है।" कृष्ण बोले।

"मैं हानि की नहीं संभावनाओं की बात कर रहा हूँ।"

"संभावनाओं की कोई सीमा नहीं होती अर्जुन!" कृष्ण बोले, "मैं यह तो चाहता ही नहीं हूँ कि कर्ण पाण्डवों की ओर से युद्ध करे। मैं तो केवल इतना चाहता हूँ कि वह दुर्योधन की ओर से न लड़े।"

अर्जुन कुछ समझा कुछ नहीं समझा, किन्तु उसने कृष्ण से और कोई प्रश्न नहीं किया।...सचमुच संभावनाओं की कोई सीमा नहीं होती। जब युधिष्ठिर ने कौरव योद्धाओं के प्रति आह्वान किया था, तब उन्हें कहाँ विश्वास था कि कोई भी उस पक्ष से पाण्डवों के पक्ष में आ जायेगा। उनके अपने मातुल शल्य अपने घर से चले थे तो उनकी ओर से युद्ध करने निकले थे, किन्तु मार्ग में ही वे अपना पक्ष बदलकर दुर्योधन की सेना में चले गये।...पर वह देख रहा था कि धर्मराज के निमन्त्रण पर युयुत्सु उनके पक्ष में आ गया था।...उसने भी कभी युयुत्सु के विषय में कुछ अधिक सोचा नहीं था। पर अब सोचता है तो उसे लगता है कि युयुत्सु का भी वहाँ दम घुट रहा होगा। उसने भी वहाँ से निकलकर चैन की साँस ली होगी।...उसके आ जाने से पाण्डवों का बल बढ़ा है अथवा नहीं, इस विषय में मतभेद हो सकता था, किन्तु इसमें कोई संदेह नही था कि उसके चले आने से दुर्योधन का पक्ष अवश्य दुर्बल हुआ था। भौतिक दृष्टि से भी और नैतिक दृष्टि से भी।...

36

अर्जुन के मन में बड़ी चिन्ता थी। युद्ध आरम्भ हो गया था और भीम ने बिना कोई और विचार किये सीधे दुर्योधन पर आक्रमण कर दिया था। मध्यम पाण्डव को अपनी प्रतिज्ञा को यथार्थ में परिणत करना था और अपने मन की साध भी पूरी करनी थी।...पर यह प्रक्रिया केवल भीम तक ही सीमित नहीं थी। सारे योद्धा, युद्ध में कुछ और करने से पहले अपने मन की ज्वाला को अपने शत्रु के रक्त से शान्त कर लेना चाहते थे। सात्यकि ने भी पहले ही दिन में पहले ही क्षण कृतवर्मा से निबट लेना आचश्यक समझा था। धृष्टद्युम्न सीधा आचार्य द्रोण पर जा कूदा था और शिखण्डी ने अश्वत्थामा को घेरना अपनी प्राथमिकता में रखा था। उन्हें भी अपनी और अपने पिता की प्रतिज्ञा पूरी करनी थी।... द्रुपन ने अपने पुत्रों को द्रोण और अश्वत्थामा से युद्ध करते देख अपना ध्यान जयद्रथ पर केंद्रित किया था। उन्हें कदाचित वनवास में हुए द्रौपदी के हरण का स्मरण हो आया था। जयद्रथ को अभी तक उसका कोई उचित दंड नहीं मिला था।...अर्जुन मन-ही-मन विस्मित था कि वे सब लोग धर्मराज को उनका राज्य दिलाने के लिए एक धर्मयुद्ध करने आये थे; किन्तु सबको अपने वैर-विरोध

स्माण हो आये थे और एक सच्चे क्षत्रिय के रूप में पांडवों का धर्मयुद्ध लड़ने के स्थान पर वे अपना-अपना युद्ध लड़ रहे थे। इसका अर्थ यह नहीं था कि धर्मराज यह युद्ध लड़ते न लड़ते, इन लोगों को तो युद्ध करना ही था।

युधिष्ठिर ने युद्ध के लिए शल्य को चुना था। उनका शल्य से कोई व्यक्तिगत विरोध नहीं था; किन्तु पाण्डव यह नहीं भूलते थे कि उनके मातुल होते हुए भी शल्य ने आज तक उनकी सहायता तक नहीं की थी, सदा उनके आड़े आये थे। उनसे युद्ध तो करना ही था। युधिष्ठिर उन्हें न चुनते तो नकुल और सहदेव में से कोई उनसे अपने खड्ग के माध्सम से पूछता ही कि वे दुर्योधन की ओर कैसे चले गये। वैसे इसमें पूछने को बहुत कुछ नहीं था। वे लोग जानते थे कि दुर्योधन ने उन्हें अपने धन के माध्यम से लुब्ध किया था।...और वैसे भी कदाचित शल्य को यही आशा थी कि अन्ततः विजय तो दुर्योधन की ही होनी है।...तो वे विजयी पक्ष के ही साथ क्यों न रहते?... पाण्डवों ने अपने शैशव से ही शल्य को प्रायः दुर्योधन की इच्छा के अनुकूल काम करते देखा था। द्रौपदी स्वयंवर में भी, चाहे अपने अज्ञान में ही, वे दुर्योधन के पक्ष से लड़ रहे थे।...

पर अर्जुन की चिन्ता इन लोगों की नहीं थी।...उसकी दृष्टि बार-बार जाकर भीष्म पर टिक जाती थी और फिर वह स्वतः ही शिखण्डी को ढूँढ़ने लगता था। पितामह ने सार्वजनिक रूप से घोषणा कर, उनके लिए एक उलझन खड़ी कर दी थी।...कृष्ण ने उसे मोह का स्वरूप समझा दिया था। और एक प्रकार से वह समझ भी गया था। मन-ही-मन कहीं जानता भी था कि इस युद्ध में सम्मिलित हुए लोगों में से किसी का भी जीवित बच निकलना संदिग्ध था। पितामह भी अपवाद नहीं थे।...फिर भी जाने क्यों उसका मन अभी भीष्म को मृत्यु की डाढ़ों में फँसे हुए नहीं देखना चाहता था।...यह तो बहुत अच्छा था कि धृष्टद्युम्न, शिखण्डी और द्रुपद के मन में आचार्य द्रोण के प्रति क्रोध इतना प्रबल था कि उन लोगों का ध्यान अभी भीष्म की ओर नहीं गया था। जैसे ही उनका मन इस ओर जायेगा, वे शिखण्डी को भीष्म से युद्ध करने के लिए नियुक्त कर देंगे।...पितामह स्वयं को नहीं बचाएँगे तो उनकी रक्षा का दायित्व किस पर था?...दुर्योधन भी अवश्य ही इस ओर से सजग होगा। उसने अपने सेनापतियों से पितामह की रक्षा का विशेष प्रबन्ध करने को कहा होगा।...पर अर्जुन को लगता था कि जब पितामह ने अपने प्राण पाण्डवों की दया पर ही डाल दिये हैं तो पाण्डवों का भी उनके प्रति कुछ धर्म बनता है। वे दुर्योधन के पक्ष से भी युद्ध करते हुए उनके शत्रु नहीं हैं। उन्होंने अपनी मृत्यु का उपकरण पाण्डवों के हाथों में पकड़ा दिया है और जाकर विपक्ष में खड़े

हो गये हैं। क्या करना चाहते हैं वे? दुर्योधन को परखना चाहते हैं कि वह कहाँ तक उनकी रक्षा कर सकता है, अथवा पाण्डवों की परीक्षा करना चाहते हैं कि वे उनसे कितना प्रेम करते हैं?...पर परिस्थितियाँ कितनी विचित्र हैं। वे पांचालों को तो परखना नहीं चाहते। पांचालों से अपनी रक्षा भी करना चाहते हैं। पांचालों को न मारने का प्रण भी नहीं किया उन्होंने। पांचालों के मन में उनके प्रति विरोध है, क्योंकि उन्होंने पांचालों के शत्रु द्रोण को अपने यहाँ आश्रय दिया है। द्रोण को आश्रय देने वाला दुर्योधन नहीं था, भीष्म थे।...पर द्रुपद का अपमान करनेवाले उपकरण तो पाण्डव थे। स्वयं अर्जुन ने द्रुपद को पराजित कर उन्हें रस्सियों में बाँधा था और आज पाण्डव उन पर ही आश्रित हैं। पांचाल पाण्डवों के सहायक हैं। पाण्डवों के प्रति रोष नहीं है उनके मन में। सब कुछ गड्डमड्ड हो गया है। श्रीकृष्ण ठीक कहते हैं।...ये सारे क्षत्रिय काल के गाल में समा चुके हैं। वे किसी न किसी बहाने से मारे ही जायेंगे। किसी को कोई मारेगा और किसी को कोई। पर मरेंगे सब ही। तो? वह शिखण्डी को पितामह के सम्मुख खड़ा कर दे, ताकि शिखण्डी पितामह का वध कर दे?...मोह उचित नहीं है। पर...

"क्या सोच रहे हो अर्जुन?" कृष्ण ने पूछा।

"सोच रहा हूँ कि इस युद्धक्षेत्र में भी लोग धर्म का नहीं, पाण्डवों का भी नहीं, अपना ही युद्ध लड़ रहे हैं। ये सात्यकि और कृतवर्मा द्वारका में न लड़कर यहाँ लड़ रहे है, किन्तु लड़ वे अपना ही युद्ध रहे हैं।" अर्जुन बोला।

कृष्ण हँसे, "और ध्यान से देखोगे तो पता चलेगा कि वे अपना युद्ध भी नहीं लड़ रहे हैं, वे त्रिगुणात्मक प्रकृति का युद्ध लड़ रहे हैं। यहाँ सात्यकि और कृतवर्मा नहीं लड़ रहे हैं। घृणा लड़ रही है। भय लड़ रहा है। लोभ लड़ रहा है। अहंकार लड़ रहा है।"

"वे घृणा से क्यों नहीं लड़ते? भय और क्रोध से क्यों नहीं लड़ते? अपने अहंकार से क्यों नहीं लड़ते?..."

"जैसे तुम अपने मोह से लड़ रहे हो?"

अर्जुन ने चकित होकर कृष्ण की ओर देखा, "आप कैसे जान गये कि मैं अपने मोह से लड़ रहा हूँ?"

"जब तुमने गांडीव भूमि पर रख दिया था, तब तुम मोह से पराजित हुए थे।" कृष्ण बोले, "जब तुम गांडीव उठाकर अपने शत्रुओं पर प्रहार करोगे तो मैं मान लूँगा कि तुमने अपने मोह को स्थायी अथवा अस्थायी रूप से पराजित कर दिया है, पर जब तुम गांडीव हाथ में लिए हुए, शून्य को घूरते हो तो मैं समझ जाता हूँ कि तुम अपने मोह से लड़ रहे हो।"

"आपने सत्य ही कहा मधुसूदन!" अर्जुन बोला, "आप निकट रहेंगे तो मोह क्या, मैं किसी को भी जीत लूँगा। पर इस समय तो सोच रहा हूँ कि कृतवर्मा आप का समधी होकर भी आप के विरोधी पक्ष में क्यों है?"

"दुर्योधन मेरा समधी होकर यदि स्वयं मेरा विरोधी पक्ष हो सकता है तो कृतवर्मा मेरा समधी होकर मेरे विरुद्ध क्यों नहीं जा सकता।" कृष्ण बोले, "तुम यही समझो कि संसार में सम्बन्धों से पक्ष निश्चित नहीं होते।"

"यही तो पूछ रहा हूँ कृष्ण!" अर्जुन बोला, "कि वह आपके विरुद्ध क्यों है, आपके साथ क्यों नहीं है?"

"मेरा पक्ष तो तब ही हो सकता है, जब वह धर्म का पक्ष हो।" कृष्ण बोले, "वे लोग धर्म के पक्ष में खड़े होंगे, तो उन्हें संसार का बहुत कुछ त्यागना पड़ेगा।"

"दुर्योधन को तो इन्द्रप्रस्थ का राज्य त्यागना पड़ेगा, किन्तु कृतवर्मा को क्या त्यागना पड़ेगा।"

"और कुछ त्यागना पड़े न पड़े, सात्यकि के प्रति अपनी घृणा त्यागनी पड़ेगी। उसके प्रति अपना द्वेष त्यागना पड़ेगा।"

"तो उसमें उसकी हानि ही क्या है?" अर्जुन ने कुछ चकित स्वर में पूछा, "उसका मन कुछ स्वच्छ हो जायेगा, आत्मा कुछ पवित्र हो जायेगी।"

कृष्ण हँसे, "त्याग से तो किसी का भी मन स्वच्छ होता है, किसी की भी आत्मा पवित्र होती है, पर कौन तत्पर है त्याग के लिए?"

"मैं धन सम्पत्ति और सुख के त्याग की बात नहीं कर रहा, मैं तो घृणा और द्वेष के त्याग के विषय में कह रहा हूँ।" अर्जुन ने कहा।

"धन सम्पत्ति भी मल है, सुख-भोग भी और घृणा-द्वेष भी।" कृष्ण बोले, "अब यह तो अपनी स्वच्छ दृष्टि की बात है कि किसको किसमें स्वच्छता दिखायी देती है। दुर्योधन ने भी तो पाण्डवों के प्रति ईर्ष्या, द्वेष और घृणा को अपनी सबसे मूल्यवान निधि मानकर ही हृदय से लगा रखा है। उसे कहा जाये कि वह पाण्डवों से उसी प्रकार प्रेम करे, जैसे आज भी युधिष्ठिर उससे करते हैं, तो उसके प्राण ही निकल जायेंगे। कुछ लोगों के जीवन का लक्ष्य ही मल एकत्रित करना है और वही उनकी सर्वाधिक महत्त्वपूर्ण उपलब्धि होती है।"

"पर कृतवर्मा तो हस्तिनापुर में आपकी रक्षा के लिए अपना वक्ष अड़ाकर खड़ा हो गया था?"

"हाँ! पर उसका कृष्ण-प्रेम सदा ही सात्यकि के प्रति घृणा से हार जाता है। उसकी घृणा, प्रेम से कहीं अधिक बलवती है।" कृष्ण मुस्कराए, "अब तुम सावधान हो जाओ, हम कुरुश्रेष्ठ भीष्म के सम्मुख जा रहे हैं।"

37

रानी सुदेष्णा को सूचना दी गयी कि समरभूमि से कोई दूत महत्त्वपूर्ण समाचार ले कर आया है तो उनका हृदय जैसे डूबने लगा। कैसा समाचार है? अभी तो युद्ध का आरम्भ ही है। एक दिन के युद्ध के पश्चात् विजय का अथवा किसी बड़ी उपलब्धि का समाचार तो नहीं आ सकता। तो फिर यह कैसा समाचार आया है?...वह दूत महारानी सुदेष्णा को समाचार देना चाहता है। वह द्रौपदी को सूचना देने उपप्लव्य क्यों नहीं गया? वह सुदेष्णा को ही क्यों समाचार देना चाहता है? इसका क्या अर्थ है? यदि युद्ध का सामान्य दैनन्दिन समाचार होता तो वह दुर्गपाल को दे दिया जाता और सामान्य समाचारों के समान, प्रजा की जानकारी के लिए, विराटनगर में उसकी भी घोषणा हो जाती।...पर वह महारानी सुदेष्णा के सम्मुख उपस्थित होकर समाचार निवेदित करना चाहता है...

सुदेष्णा आशंकित मन से दूत की प्रतीक्षा कर रही थीं।

दूत ने सुदेष्णा के सम्मुख उपस्थित होकर प्रणाम किया।

रानी ने देखा कि दूत के चेहरे पर उल्लास का एक कण भी नहीं है। उसके पास कोई शुभ समाचार नहीं हो सकता। रानी का मन जैसे चीत्कार कर उठा, तो क्या महाराज विराट पहले ही दिन युद्ध में खेत रहे।...सुदेष्णा ने यह कभी नहीं माना था कि उनकी अवस्था युद्ध के लिए उपयुक्त थी। सारे युद्ध तो कीचक के नेतृत्व में होते थे। महाराज को अब युद्ध का अभ्यास ही कहाँ था। वे तो सुशर्मा के साथ हुए युद्ध में ही कदाचित वीरगति पा चुके होते। इन्हीं पाण्डवों ने उन्हें बचा लिया था कि वे अपने राज्य की रक्षा के लिए नहीं पाण्डवों के लिए लड़ते हुए प्राण दें।...इन पाण्डवों ने उनके प्राण ले ही लिए।...

दूत अपने मुख से कुछ नहीं बोला। वह हाथ जोड़े मौन खड़ा रहा।

“क्या समाचार है दूत? क्या महाराज ने वीरगति पायी है?” सुदेष्णा ने स्वयं को कुछ सँभालकर पूछा।

दूत को जैसे बोलने का आधार मिल गया।

“नहीं महारानी! महाराज सकुशल हैं। प्रभु उन्हें अनन्तकाल तक बनाए रखें। स्वस्थ और समर्थ जीवन प्रदान करें।” दूत ने कहा।

“तो फिर क्या समाचार है?”

“महारानी! महाराज विराट के छोटे और वीर पुत्र, कुमार उत्तर, युद्ध के प्रथम दिन युद्धक्षेत्र में वीरगति को प्राप्त हुए।”

सुदेष्णा स्तब्ध रह गयी।...वह तो महाराज के विषय में ही सोचती रही। उसे यह स्मरण ही नहीं आया कि उसके अपने पुत्र उत्तर और शंख भी इसी युद्ध में

गये हुए हैं।...और उनका युद्ध का अनुभव भी सबसे कम है।...मृत्यु वृद्धावस्था की प्रतीक्षा नहीं करती, उसका ग्रास कोई भी, कभी भी बन सकता है।...

रानी ने अपनी सिसकी बड़ी कठिनाई से रोकी। उनका हृदय फटा जा रहा था, किन्तु वे जानती थीं पुत्र की वीरगति पाने पर क्षत्राणियाँ अश्रु नहीं बहातीं।

"कुमार उत्तर!" अन्ततः उनके मुख से निकाला, "क्यों? वह अनाथ था क्या? उसका कोई रक्षक नहीं था? कोई सहायक नहीं था? श्वेत तो उसका सौतेला है, किन्तु शंख तो उसका सहोदर है। उसके पिता तो वीर हैं और मत्स्यों की सेना उनके साथ है। अपने अज्ञातवास में अर्जुन को उसकी आवश्यकता थी तो वह उसे भीष्म, द्रोण, कृपाचार्य, कर्ण और दुर्योधन से भी बचा लाया था।...पाण्डवों को अब उसकी आवश्यकता नहीं थी क्या कि उन्होंने उसकी रक्षा का कोई प्रयत्न नहीं किया? वे भूल गये कि वह उनके पुत्र अभिमन्यु की पत्नी उत्तरा का भाई है? महाराज विराट को भी उसका ध्यान नहीं आया?"

"ऐसा कुछ नहीं हुआ महारानी!" दूत ने अत्यन्त सम्मान से झुककर कहा, "कुमार कल के युद्ध के नायक रहे। वे साधारण सैनिकों के समान अनाम लोगों से लड़ते हुए साधारण मृत्यु को प्राप्त नहीं हुए। वे शत्रुओं के महावीरों से लड़ते हुए, उनके दाँत खट्टे कर वीरगति को प्राप्त हुए हैं।"

सुदेष्णा का मन चाह रहा था कि वे अपने स्थान से उठकर, इस प्रकार का अशुभ समाचार लानेवाले इस दूत का मुँह नोच लें; किन्तु उसका कोई लाभ नहीं था। स्वयं को संयत रखते हुए धैयपूर्वक बोलीं, "मुझे समाचार दो दूत। यह सब कैसे हुआ?"

"महारानी की जय हो। महारानी सच्ची क्षत्राणी हैं।" दूत बोला, "युद्ध के आरम्भ में पाण्डव सेनाएँ, मध्यम पाण्डव भीमसेन के नेतृत्व में आगे बढ़ीं। वे दुर्योधन से लड़ना चाहते थे और उनके मन में दुर्योधन के सारे अपराध सजीव हो उठे थे, जो शैशव से अब तक उनके प्रति उसने किये थे। कौरवों की ओर से दुर्योधन, दुर्मख, दुःशल, शल, दुःशासन, दुर्मर्षल, विविंशति, चित्रसेन, विकर्ण, पुरुमित्र, जय, भोज, भूरिश्रवा इत्यादि ने मिलकर भीम को घेरा। वे दुर्योधन को भी बचाना चाहते थे और अपने प्रधान सेनापति भीष्म की भी रक्षा करना चाहते थे। भीम को इतने योद्धाओं में घिरा देख कर द्रौपदीपुत्र प्रतिविन्ध, सर्वग, श्रुतकर्मा, शतानीक और श्रुतसेन उनकी रक्षा को आये। दूसरी ओर से वीर अभिमन्यु, नकुल, सहदेव और धृष्टद्युम्न अपने-अपने युद्ध छोड़ कर, उनकी सहायता को पहुँचे।"

"उस समय अर्जुन क्या कर रहे थे?" सुदेष्णा के स्वर में आरोप का सा भाव था, "वे उनकी सहायता को क्यों नहीं आये?"

"उन्होंने उस समय कौरवों के महासेनापति भीष्म को रोक रखा था महारानी!" दूत बोला, "यदि भीष्म को न रोकते तो सम्भवतः भीष्म भी दुर्योधन की सहायता को आ जाते। पर भीष्म महावीर अर्जुन को एक प्रकार से टाल कर चेदि, काशी, करूष तथा पांचालों की सेना में आ घुसे। वे जिस रूप में पाण्डवों की सेना को नष्ट कर रहे थे, उसे देख कर आपके जामाता, अर्जुनपुत्र अभिमन्यु ने अपने प्रतिपितामह भीष्म पर भयंकर आक्रमण किया। उनके आक्रमण की भयंकरता को देख कर भीष्म तो अन्य योद्धाओं को छोड़कर उनकी ओर उन्मुख हुए ही, कृपाचार्य, कृतवर्मा तथा शल्य भी भीष्म की सहायता को आ गये। उस सोलह वर्ष के छोटे से बालक के सम्मुख कौरव पक्ष के सबसे अनुभवी योद्धा एकत्रित हो गये थे। तब भी अभिमन्यु ने दुर्मुख का सारथि मार डाला और कृपाचार्य का धनुष काट दिया। भीष्म ने भी प्रतिशोध लेने के लिए अभिमन्यु का सारथि मार डाला; किन्तु अभिमन्यु का वेग वे रोक नहीं सके। आत्मरक्षा का और कोई उपाय न देख कर भीष्म ने अपने दिव्यास्त्र प्रकट किये। इस युद्ध में सबसे पहले दिव्यास्त्र प्रकट करनेवाले योद्धा भीष्म ही थे। सारी समरभूमि की दृष्टि जैसे अभिमन्यु पर ही केन्द्रित हो गयी थी। वह बालक अनुभवी योद्धाओं और दिव्यास्त्रों के सम्मुख खड़ा था; किन्तु तनिक भी विचलित नहीं था।...अपने जामाता की रक्षा के लिए मत्स्यराज विराट वहाँ पहुँचे। अपने पिता की सहायता के लिए कुमार उत्तर अपना युद्धक गज दौड़ाते हुए वहाँ आ गये। स्थिति की गम्भीरता को देखते हुए, प्रधान सेनापति धृष्टद्युम्न, मध्यम पाण्डव भीम, वीरवर सात्यकि तथा पाँचों कैकेय राजकुमार दौड़े आये। सब ही अपने-अपने स्थान पर खड़े अपने बाणों से शत्रुओं को बींध रहे थे, पर राजकुमार उत्तर उतने से ही सन्तुष्ट नहीं हुए। उनका आवेश न तो प्रतीक्षा कर सकता था और न ही अपनी सुरक्षा का वैसा आग्रही था। उन्होंने अपने हाथी को प्रेरित किया और हाथी ने शत्रुओं के बाणों की वर्षा की चिन्ता न कर, निकट जाकर अपना एक अगला पाँव मद्रराज शल्य के रथ के जूए पर रखकर अपना सारा भार उस पर डाल दिया। परिणाम यह हुआ कि शल्य के रथ के चारों अश्वों ने उसी बोझ से दबकर अपने प्राण त्याग दिये। रथ के ध्वस्त होने पर मद्रराज का जीवित बचना कठिन हो रहा था। निश्चय ही क्षण भर के विलम्ब से ही उनके प्राण भी जा सकते थे। वे किसी भी रथ के पहिए, अश्व के सुम अथवा हाथी के पैरों तले कुचले जा सकते थे। अपनी उसी अवस्था में शल्य ने, अपनी सुरक्षा के प्रति असावधान, राजकुमार उत्तर पर लोहे की एक शक्ति चला दी। राजकुमार कदाचित ऐसे किसी आक्रमण के लिए प्रस्तुत नहीं थे। वे मान रहे थे कि रथ टूट गया है, अतः शल्य दूसरा रथ प्राप्त होने तक युद्ध नहीं करेंगे, पर शल्य

ने अपने लिए दूसरा रथ प्राप्त करने से अधिक आवश्यक शत्रु पर आक्रमण करना समझा। उस शक्ति ने राजकुमार का कवच फाड़कर उनके वक्ष में प्रवेश किया। राजकुमार अचेत होकर अपने हाथी से नीचे गिर गये और फिर कभी सचेत नहीं हुए।"

दूत मौन हो गया और सुदेष्णा को लगा, जैसे सारा संसार ही मौन हो गया हो।...पता नहीं उत्तर अपने पिता को बचाने गया था अथवा अपने भगिनीपति की रक्षा करने गया था। जिसकी भी रक्षा करने गया था, एक अच्छे उद्देश्य से गया था। एक वीर पुरुष के समान गया था। स्वयं को साधारण योद्धा मानकर अपने निरीह सैनिक नष्ट नहीं किये थे। वह भीष्म, शल्य और कृपाचार्य से लड़ा था। जो कुछ भी हुआ था, किन्तु सुदेष्णा का पुत्र उसका अपना उत्तर अब जीवित नहीं था। वह कभी लौटकर उसके पास नहीं आयेगा।...

"तो क्या मत्स्यों की वीरता वहीं समाप्त हो गयी?" रानी ने सहसा पूछा, "मत्स्यराज विराट अपने पुत्र के हत्यारे को क्षमा कर, अपना सिर झुकाए, शोक मनाते हुए लौट आये? शंख अपने भाई की मृत्यु को विधि का विधान मानकर निष्क्रिय बैठा रहा?"

"नहीं महारानी!" दूत बोला, "कल का दिन मत्स्यों की वीरता का दिन था। भरतदेश के इस महान संग्राम के पहले ही दिन मत्स्यों ने अपनी वीरता का स्तम्भ स्थापित किया है।"

सुदेष्णा का ध्यान उसके शब्दों पर गया। वह वीरता का स्तम्भ स्थापित करने की बात कर रहा था, विजय-स्तम्भ नहीं कह रहा था।

"फिर क्या हुआ दूत?" सुदेष्णा ने पूछा।

"महारानी! मद्रराज शल्य अपने ध्वस्त रथ से बाहर निकल आये थे। उन्होंने अपने खड्ग से राजकुमार उत्तर के उस युद्धक गज का सूँड काट लिया। उस हाथी पर अब तक विभिन्न योद्धाओं ने सैकड़ों बाण चलाए थे। उसका सारा शरीर बाणों से बिंधा हुआ तो था ही, सूँड कट जाने की पीड़ा को वह सहन नहीं कर सका और वहीं धराशायी हो गया। शल्य को अवसर मिल गया और वे कृतवर्मा के रथ पर आरूढ़ हो गये।"

"मैं मद्रराज का नहीं मत्स्यों का समाचार पूछ रही हूँ।" सुदेष्णा के स्वर में पीड़ा भी थी और रोष भी।

"महारानी, राजकुमार श्वेत ने दूर से अपने भाई की वीरता को देखा था और यह भी देखा था कि कौन लोग राजकुमार उत्तर को घेरे हुए थे। राजकुमार श्वेत ने शल्य पर ऐसा भयानक आक्रमण किया कि उनका जीवन ही संदिग्ध हो उठा। शल्य की रक्षा के लिए उनका पुत्र रुक्मरथ, कासलनरेश बृहदबल,

मागध जयत्सेन, अवन्ती के राजकुमार बिन्द और अनुबिन्द, कंबोजराज सुदक्षिण तथा सिन्धुनरेश जयद्रथ दौड़े हुए आये। राजकुमार श्वेत ने उन सातों के धनुष कई-कई बार काट दिये, उनके द्वारा चलाई गयी शक्तियों के टुकड़े कर दिये। वे अपने भाई की मृत्यु के कारण इतने उत्तेजित थे कि उन्होंने सुरक्षा की तनिक भी चिन्ता नहीं की। वे शल्य से तत्काल ही प्रतिशोध ले लेना चाहते थे; किन्तु रुक्मरथ अपने पिता की रक्षा के लिए अपनी जान लड़ाए हुए था। परिणाम यह हुआ कि राजकुमार श्वेत ने अपना ध्यान रुक्मरथ पर ही केंद्रित कर दिया। उन्होंने रुक्मरथ को इतना आहत कर दिया कि वह मूर्च्छित होकर रथ में गिर पड़ा और उसका सारथि उसे तत्काल युद्धक्षेत्र से हटा ले गया।

"स्वयं दुर्योधन और कुरुवृद्ध भीष्म को लगा कि आज शल्य राजकुमार श्वेत के हाथों नहीं बच पायेंगे। वे दोनों ही अपनी पूरी शक्ति से राजकुमार श्वेत पर टूट पड़े। राजकुमार को इस प्रकार घिरा देख कर, सुभद्रापुत्र अभिमन्यु, स्वयं प्रधान सेनापति धृष्टद्युम्न, मध्यम पाण्डव भीमसेन, सात्यकि, महाराज विराट तथा कैकेय राजकुमार उनकी रक्षा में दौड़े। शिखण्डी ने तो ऐसा भयंकर आक्रमण किया कि दुर्योधन तक भीष्म की मृत्यु से थर्रा उठे। राजकुमार श्वेत को जैसे साँस लेने का अवसर मिल गया। उन्होंने अविलम्ब कुरुवृद्ध भीष्म पर ऐसा भयंकर आक्रमण किया कि उनकी रक्षा को आये सारे महारथी भीष्म को अकेला छोड़कर भाग गये। किसी ने कभी कल्पना भी नहीं की होगी कि विराटपुत्र राजकुमार श्वेत के आक्रमण से शल्य, कृपाचार्य और कृतवर्मा जैसे क्षत्रिय योद्धा समरभूमि छोड़कर भाग जायेंगे। राजकुमार श्वेत ने भीष्म को स्तब्ध ही नहीं कर दिया, उन्होंने उनका ध्वज भी काटकर फेंक दिया। आप मेरा विश्वास करें महारानी! कौरवों ने यही माना कि कौरवों के प्रधान सेनापति भीष्म को राजकुमार श्वेत के हाथों वीरगति प्राप्त हो गयी है। दुर्योधन, बाह्लीक, कृतवर्मा, कृपाचार्य, शल, जलसंध, विकर्ण, चित्रसेन, विविंशति तथा शल्य पुनः लौटे। भीष्म तब तक पर्याप्त क्षतविक्षत हो चुके थे। वे धनुष उठाते थे और राजकुमार श्वते तत्काल उन का धनुष काट देते थे। तीन बार उनके धनुष की प्रत्यंचा कट चुकी थी। अन्ततः भीष्म स्वयं को राजकुमार के सम्मुख पूर्णतः असहाय पाकर अपने क्रोध में उनके अश्वों पर प्रहार कर बैठे। उन्होंने राजकुमार के रथ के सारथि और अश्वों को मार दिया। रथहीन राजकुमार को कौरव योद्धाओं ने दूसरा रथ नहीं लेने दिया। महारानी! युद्ध के पहले ही दिन युद्ध के नियम टूटने लगे। कौरवों ने यह विचार नहीं किया कि श्वेत रथहीन हैं और अभी युद्ध के लिए तैयार नहीं हैं। उन्होंने यह भी विचार नहीं किया कि वे अकेले हैं और उनको घेरे हुए महारथी खड़े हैं। पर राजकुमार श्वेत कहाँ माननेवाले थे।

उन्होंने एक शक्ति उठाकर भीष्म पर फेंकी और कहा, "भीष्म! युद्ध ही करना है तो पुरुष बनो।" भीष्म ने वह शक्ति अपने बाणों से काट दी। राजकुमार धनुष-बाण की दूर से प्रहारक शक्ति और रथ की सुरक्षा, दोनों ही से वंचित हो चुके थे। उन्होंने एक भारी गदा उठाकर भीष्म के रथ पर दे मारी। कौरवों के प्रधान सेनापति का रथ भंग हो गया और वे धरती पर आ रहे। अब वे दोनों विरथी थे। पर वे कौरव योद्धाओं से घिरे थे। शल्य ने तत्काल भीष्म को रथ उपलब्ध करा दिया। भीष्म पुनः रथ पर रथारूढ़ हो चुके थे। राजकुमार की सहायता के लिए सात्यकि, भीमसेन, धृष्टद्युम्न, कैकेय राजकुमार, धृष्टकेतु तथा अभिमन्यु सब ही दौड़े। कौरव नहीं चाहते थे कि उनके मध्य घिरे श्वते को किसी प्रकार की कोई सहायता पहुँच सके। अतः स्वयं भीष्म, द्रोणाचार्य तथा कृपाचार्य ने राजकुमार श्वेत की सहायता के लिए आनेवाले पाण्डव पक्ष के वीरों को रोक दिया। राजकुमार उनके बाणों के सम्मुख असहाय थे। उन्होंने अंतिम उपाय के रूप में धनुर्धारी भीष्म के अत्यन्त निकट जाकर अपने खड्ग से उनका धनुष काट डाला।...भीष्म ने तत्काल नया धनुष उठाकर भीम को रोका और अभिमन्यु पर भीषण प्रहार किया। सात्यकि और धृष्टद्युम्न द्रोणाचार्य तथा कृपाचार्य से पार नहीं पा रहे थे। वे आगे बढ़ने का कोई मार्ग खोज नहीं पा रहे थे। भीष्म नहीं चाहते थे कि पाण्डवों को और समय मिले और वे उनके हाथ में आये राजकुमार श्वेत को सुरक्षित निकाल ले जायें। उन्होंने तत्काल ब्रह्मास्त्र द्वारा अभिमंत्रित बाण राजकुमार पर चला दिया। ब्रह्मास्त्र अभिमंत्रित वह बाण, हाथ में खड्ग लिए, असहाय से भूमि पर खड़े, राजकुमार का कवच काटकर उनके हृदय को छेद गया।

"महारानी! राजकुमार श्वेत धराशायी हो गये, किन्तु सारी समरभूमि में उनकी यशोगाथा गूँज रही थी। स्वयं श्रीकृष्ण और अर्जुन आये और उन्होंने पाण्डव सेना को पीछे हटा दिया। राजकुमार श्वेत के देहान्त के पश्चात् पाण्डवों में युद्ध का उत्साह नहीं रह गया था। महारानी! युद्ध के पहले ही दिन मत्स्यराज विराट के दो-दो पुत्रों ने अपने श्रेष्ठ क्षत्रिय होने का प्रमाण दिया है और संसार के श्रेष्ठतम योद्धाओं के मन पर अपनी क्षमता और वीरता की धाक जमाई है। श्रीकृष्ण और अर्जुन, महाराज विराट के सम्मुख नतमस्तक थे और स्वयं सम्राट् युधिष्ठिर आकर मत्स्यराज को अपनी भुजाओं में भर कर युद्धक्षेत्र से स्कन्धावार तक ले गये थे।..."

सुदेष्णा ने कुछ नहीं कहा। उनकी आँखों से अश्रु टप-टप गिर रहे थे। वे जानती थीं कि यह शोक का समय था, पर वे यह भी जानती थीं कि यही गौरव का समय भी था।...एक ओर उनका मन होता था कि वे कुरुवृद्ध भीष्म से पूछें कि एक विरथी योद्धा को उन्होंने रथ लेने की अनुमति क्यों नहीं

दी और दूसरी ओर वे जानना चाहती थीं कि यह कैसा धर्मयुद्ध था जिसमें धनुष-बाण की प्रहारक शक्ति से विहीन राजकुमार पर ब्रह्मास्त्र अभिमंत्रित बाण छोड़ा गया। भीष्म की यह कैसी वीरता थी और उनका यह कैसा धर्म था?...युद्ध में शायद कोई धर्म का पालन नहीं करता, चाहे वह कितना ही बड़ा योद्धा क्यों न हो...

"और शंख?..." सुदेष्णा का कंठ रुँध गया। वे आगे बोल नहीं पाईं।

"राजकुमार शंख उस समय युद्धक्षेत्र में कुछ दूरी पर थे। उन्हें अपने भाइयों के युद्ध का समाचार मिल गया था। वे उसी ओर आये। उन्होंने शल्य को कृतवर्मा के रथ पर चढ़ा देखा तो उनकी आँखों में रक्त उतर आया। इसी दुष्ट ने उनके छोटे भाई उत्तर पर शक्ति चलाई थी।...वीरवर शंख ने शल्य पर ऐसा भयंकर आक्रमण किया कि कौरवों को शल्य की रक्षा के लिए भाग कर जाना पड़ा। बृदिबल, जयत्सेन, रुक्मरथ, विन्द, अनुबिन्द, सुदक्षिण, जयद्रथ—ये सात महारथी शल्य की रक्षा के लिए आये। राजकुमार शंख ने सातों को अपने बाणों की नोक पर रोक लिया। भीष्म ने राजकुमार को सात-सात महारथियों पर भारी पड़ते देखा तो उन्होंने स्वयं राजकुमार पर आक्रमण किया। अर्जुन देख रहे थे कि सात-सात महारथियों से अकेले युद्ध करते हुए राजकुमार पर कौरव सेनापति ने आक्रमण किया है। उन्होंने श्रीकृष्ण को संकेत किया और श्रीकृष्ण ने उनका रथ लाकर राजकुमार के सम्मुख खड़ा कर दिया। उधर अर्जुन ने भीष्म को पीछे हटने पर बाध्य किया और इधर शल्य को अवकाश मिल गया। उन्होंने राजकुमार के रथ के अश्वों को अपनी गदा से मार कर रथ को अचल बना दिया। राजकुमार समझ गये कि अब उस रथ पर बैठे रहना एक प्रकार से आत्महत्या ही होगी। वे हाथ में नग्न खड्ग ले कर रथ से भूमि पर कूदे और तत्काल अर्जुन के रथ में आ चढ़े। वे वहाँ सुरक्षित थे। उन्हें अब न भीष्म का भय था न शल्य का।...भीष्म का अर्जुन पर वश नहीं चला तो वे प्रभद्रकों को नष्ट करने में जुट गये...।"

"ये प्रभद्रक कौन हैं दूत?" सुदेष्णा ने पूछा।

"पांचालों के ही एक विशेषगोत्र के क्षत्रियों को प्रभद्रक कहा जाता है महारानी! वे लोग अधिकांशतः धृष्टद्युम्न और शिखण्डी के ही अनुयायी हैं।" दूत बोला, "भीष्म ने प्रभद्रकों, अन्य पांचालों, मत्स्यों तथा कैकयों को नष्ट करना आरम्भ किया। और फिर वे अर्जुन को एक ओर छोड़कर अपनी सेनाओं से घिरे द्रुपद पर चढ़ दौड़े। अर्जुन के बीच में आ जाने और राजकुमार शंख के सुरक्षित हो जाने पर भीष्म कुछ इतने कुपित हुए कि महाविनाश के मेघों के समान पाण्डव सेना पर बरसने लगे। पाण्डवों के अनेक सैनिक मारे गये,

अनेक भाग गये, कितने ही सैनिक रौंदे गए, और शेष उत्साहहीन हो कर किंकर्तव्यविमूढ़ हो गये। पाण्डव सेना में एक प्रकार से हाहाकार ही मच गया। उनकी सेना भयंकर रूप से मथी जा रही थी और व्यूह पूर्णतः भंग हो चुका था।...उधर सूर्यास्त भी हो रहा था। पाण्डवों ने अपनी सेना को समरभूमि से लौटा लेना ही उचित समझा।"

"तो शंख सुरक्षित है? मेरा एक पुत्र तो अभी तक जीवित है?"

"हाँ महारानी! वीरवर अर्जुन स्वयं अपने रथ में राजकुमार को सुरक्षित अपने स्कन्धावार में लौटा लाए थे।" दूत ने कहा।

रानी अपने कक्ष में चली आईं। उसके मन में विचारों के प्रभंजन चल रहे थे। ...जिस दिन पांचाली उनके पास सैरन्ध्री बनकर आयी थी, यदि वे उसकी कला पर मुग्ध हो कर उसे अपने पास रखने की हठ न करतीं तो क्या उनके वे दोनों पुत्र जीवित नहीं होते? न वे सैरन्ध्री को अपने पास रखतीं, न पाण्डव विराटनगर में अज्ञातवास करते, न पाण्डवों से उनका सम्बन्ध होता, न विराटराज उनकी सहायता को जाते...उनका मन स्तंभित होकर खड़ा हो गया।...यदि उत्तरा का अभिमन्यु से सम्बन्ध न हुआ होता तो क्या सचमुच ही मत्स्यों की सेना किसी एक पक्ष से युद्ध करने के लिए युद्धक्षेत्र में न आती? कुरुक्षेत्र में युद्ध हो रहा होता और मत्स्यराज विराट अपने पुत्रों के साथ अपने प्रासाद में बैठे रहते? क्या यह सम्भव था? नहीं! यह तो होना ही था। इस व्याज से नहीं तो किसी और व्याज से होता, पर होना तो था ही...

38

युधिष्ठिर रात्रि भर चिन्ता करते रहे थे। स्वयं को बहुत सांत्वना देते रहने पर भी वे किसी प्रकार आश्वस्त नहीं हो पाये थे। समरभूमि में आज उन्होंने जो कुछ भी देखा था, वह उनकी नींद उड़ा देने के लिए पर्याप्त था। वे पहले ही जानते थे कि संख्या में उनकी सेना, दुर्योधन की सेना से बहुत कम थी, उस पर यदि पितामह एक-एक दिन में इस प्रकार उनकी इतनी सेना का संहार करते जायेंगे तो पाण्डव क्या कर पायेंगे।....युधिष्ठिर का मन बार-बार पीछे लौट जाता है और उन्हें स्मरण कराता है कि वे कभी भी युद्ध के पक्ष में नहीं थे।...

रात्रि भर के चिन्तन-मनन के पश्चात् भी उन्हें अपनी समस्या का कोई समाधान दिखायी नहीं दिया तो वे प्रातः ही श्रीकृष्ण के शिविर में पहुँचे। अपने भाइयों तथा सारे सेनापतियों को भी उन्होंने वहीं बुला लिया।

कृष्ण ने युधिष्ठिर की चिंतित मुद्रा देखी तो मुस्कराए, "धर्मराज किस बात से चिंतित हैं?"

"चिंतित धर्मराज नहीं हैं श्रीकृष्ण!" युधिष्ठिर ने कुछ सहज होने का प्रयत्न किया, "चिंतित तो राजा युधिष्ठिर हैं।"

"पर कारण क्या है? मैं तो राजा के लिए चिंता का कोई कारण नहीं देखता।"

"मेरी चिंता हैं पितामह भीष्म। आपने कल समरभूमि में देखा ही था। पितामह को देख कर, उनके बाणों से आहत होकर, मेरी सारी सेना भागने लगती है। उनके सम्मुख कोई ठहर ही नहीं पाता।..."

"सेना का यह भागना-दौड़ना तो आपके लिए राज्यप्राप्ति का व्यायाम है। धर्मराज!" कृष्ण मुस्कराए, "इसमें चिंता के लिए अवकाश कहाँ है?"

"राज्य के लिये पराक्रम कर मैं क्षीण होता जा रहा हूँ। मेरे वीर भाई बाणों से पीड़ित होकर कितने कृश हो रहे हैं। एक ही दिन में उनके घावों से इतना रक्त बहा है कि राज्य के लिए मेरी आकांक्षा ही नहीं, उसके लिए मेरी सारी आशा भी बह गयी है। राज्य की तो बात ही क्या, अब तो हमारा जीवन भी दुर्लभ होता जा रहा है। मेरे लिए अपने भाइयों का जीवन ही पर्याप्त है।" युधिष्ठिर बोले, "भीष्म दिव्यास्त्रों के ज्ञाता हैं। वे हमारी सारी सेना का संहार कर डालेंगे। अपने मित्रों, संबंधियों, और इन भूपालों को भीष्म रूपी मृत्यु को परोसने से तो अच्छा है कि मैं वन में चला जाऊँ और दुष्कर तपस्या करूँ। रणक्षेत्र में अपने मित्रों की व्यर्थ हत्याएँ क्यों करवाऊँ?"

"आप तो एक ही दिन के युद्ध से इतने विचलित हो गये धर्मराज!" कृष्ण बोले, "ठीक है कि कल भीष्म ने अपना पराक्रम प्रकट किया है और मत्स्यराज के दो-दो पुत्र एक ही दिन में वीरगति को प्राप्त हो गये हैं। पर आनेवाला प्रत्येक नया दिन पिछले दिन से भिन्न होता है। किसी भी सूर्यास्त का अर्थ यह तो नहीं होता कि अगले दिन का सूर्योदय नहीं होगा।"

"आप ठीक कह रहे हैं मधुसूदन! किन्तु सूर्यास्त के पश्चात् भी सूर्योदय का विश्वास हमें इसलिए रहता है, क्योंकि हम मध्याह्न के सूर्य को भी देख चुके होते हैं। अन्धकार से उसका प्रचंड संघर्ष हमें उसकी इच्छा का बल दर्शाता है।" युधिष्ठिर बोले, "किन्तु मुझे तो अपना कोई योद्धा मार्तंड बनकर भीष्म से लड़ता हुआ दिखायी नहीं दिया, मैं अब किसके विश्वास पर सूर्योदय की प्रतीक्षा करूँ?"

"क्यों, आपको अपने भाइयों के शौर्य पर विश्वास नहीं है?" कृष्ण बोले, "अर्जुन को पराजित करनेवाला कौन है कौरवों की सेना में? भीम के बल की थाह कौन पा सकता है उनके सेनापतियों में से?"

"एक भीम ही तो क्षत्रिय धर्म का विचार करता हुआ, केवल अपने बाहुबल के भरोसे, अपनी पूर्ण शक्ति से युद्ध कर रहा है। पर भीम दिव्यास्त्रों का ज्ञाता नहीं है। उसके धनुष पर साधारण बाण होते हैं। वह गदा और खड्ग से लड़ता है। वह एक-एक कर सैनिकों का संहार करता है। अकेला भीमसेन तो वर्षों में भी शत्रु सेना का संहार नहीं कर सकता।" युधिष्ठिर के मन में कहीं कोई आशा ही नहीं रही थी। "अर्जुन तो दिव्यास्त्रों का ज्ञाता है। उस पर आपको विश्वास क्यों नहीं है?" कृष्ण ने पूछा।

"अर्जुन दिव्यास्त्रों का ज्ञाता है। पर सव्यसाची अर्जुन को इस युद्ध में मध्यस्थ का-सा व्यवहार करते देख रहा हूँ।" युधिष्ठिर ने अर्जुन पर दृष्टिपात करते हुए कहा, "वह आपका मित्र और शिष्य है। आप उसके मन को मुझसे कहीं अधिक जानते हैं।"

"वह अपने भाइयों और दुर्योधन में मध्यस्थ कैसे हो सकता है।" कृष्ण ने भी मुस्कराकर अर्जुन की ओर देखा।

अर्जुन मौन बैठा रहा। उसने कोई उत्तर नहीं दिया।

"मैं भी यही सोचता हूँ कि उसे मध्यस्थ नहीं होना चाहिए, किंतु कल के युद्ध से मुझे लगा कि दिव्यास्त्रों का ज्ञाता होते हुए भी, भीष्म और द्रोणाचार्य से दग्ध होते हुए भी हम लोगों की उपेक्षा कर रहा है।" युधिष्ठिर बोले, "आप स्वयं अर्जुन से पूछें कि क्या ऐसा नहीं है?"

कृष्ण ने एक लीलामयी दृष्टि अर्जुन पर डाली। उनके मन में युद्ध से पूर्व का अर्जुन का सारा द्वंद्व घूम गया था। अभी तो युधिष्ठिर को यह ज्ञात हीं नहीं था कि किस प्रकार अर्जुन ने गांडीव त्याग कर कहा था कि वह युद्ध नहीं करेगा। यदि युधिष्ठिर वह सब जान जायें तो वे कदाचित अर्जुन से पूर्णतः निराश हो कर आज ही युद्ध छोड़ कर वन में चले जायेंगे।...

और तब कृष्ण ने युधिष्ठिर की ओर देखा, "धर्मराज! आप तनिक भी चिंतित न हों। भीष्म अमरता ले कर नहीं आये हैं। उनके मोह के कारण ही युद्ध की स्थिति आयी है। जहाँ और इतने लोगों के प्राण जायेंगे, वहीं भीष्म भी अपने प्राणों से ही अपने मोह का मूल्य चुकाएंगे। प्राण तो उनके जायेंगे ही। अर्जुन चाहे, न चाहे। अर्जुन नहीं करेगा तो शिखण्डी उनका वध करेगा। अपनी वीरता के कारण भी, अपने वैर के कारण भी, अपने संकल्प के कारण भी।...."

अकस्मात् ही अर्जुन जैसे अपनी गहरी तंद्रा से जाग उठा था। युधिष्ठिर द्वारा युद्ध में मध्यस्थ होने के आरोप पर भी जो अर्जुन मौन रहा था, वह अब मौन नहीं रहा। बोला, "केशव! हम जानते हैं कि यदि हम पितामह को

शिखण्डी से युद्ध करने को बाध्य करते हैं और शिखण्डी उनका बध कर देते हैं तो क्या यह एकपक्षीय युद्ध नहीं होगा? क्या यह निरीह हत्या नहीं होगी?"

युधिष्ठिर की दृष्टि कृष्ण की ओर घूम गयी, जैसे कह रहे हों, 'देखा! मैं न कहता था कि यह भीष्म को मारना नहीं चाहता।'

कृष्ण की हँसी कह रही थी, 'हाँ! अब ही नहीं देखा, मैं तो पहले से ही जानता हूँ कि अर्जुन का द्वन्द्व अभी पूर्णतः समाप्त नहीं हुआ है।'

"अर्जुन! अपने शत्रुओं से प्रेम करना सबसे बड़ा पातक है।" कृष्ण ने गम्भीर होकर कहा।

"पितामह हमारे शत्रु नहीं हैं।" अर्जुन के मुख से अनायास ही निकल गया।

"तुम जिस सेना का अंग हो, उसका संहार करनेवाले का पक्ष ले कर तुम उसका बचा करना चाहते हो। सीधे-सीधे जाकर अपने शस्त्र ले कर तुम भीष्म की रक्षा नहीं कर रहे, किन्तु जिस योजना के अन्तर्गत उनका वध हो सकता है, तुम उस योजना को कार्यान्वित होने देना नहीं चाहते।"

"नहीं ऐसी तो कोई बात नहीं है।" अर्जुन ने कहा।

"अर्जुन! व्यक्ति को उसकी निश्चयात्मक बुद्धि ही अपने लक्ष्य तक ले जाती है। उस निश्चयात्मक बुद्धि के लिए सारे मोहों से मुक्त होना पड़ता है। तुम पितामह का मोह भी नहीं छोड़ोगे और दुर्योधन से लड़कर विजयी होना भी चाहोगे, तो ये दोनों काम नहीं होंगे।" कृष्ण का स्वर कुछ अलौकिक होता जा रहा था, "व्यावसायात्मक बुद्धि का केवल एक निश्चय होता है। सहस्रों शाखाएँ तो संकल्परहित अनिश्यात्मक बुद्धि में होती हैं, और उसका परिणाम केवल दुःख और पराजय है।"

अर्जुन के मन में भी युद्ध से पूर्व श्रीकृष्ण के साथ हुआ संवाद जाग उठा। पता नहीं क्यों उसका मोह जन्म-जन्मान्तरों से किसी संस्कार के समान फिर-फिर जाग उठता था और उसका मन फिर से अवश हो जाता था। वह क्यों नहीं मान लेता कि यह युद्ध है और युद्ध में अपने विरुद्ध लड़नेवाले योद्धा का वध करना ही पड़ता है, अन्यथा वह आपका वध कर देता है।... भीष्म, द्रोणाचार्य और कृपाचार्य यदि दुर्योधन की सेना में थे तो समरभूमि में वे उसके शत्रु ही थे। यदि उसे अपने लिए, अपने भाइयों के लिए, न्याय के लिए, धर्म के लिए, इस युद्ध में विजय प्राप्त करनी है, तो समय आने पर उसे इन लोगों का वध भी करना पड़ सकता है।...

"आप आज के युद्ध की तैयारी करें धर्मराज! आज आपको निराशा हाथ नहीं लगेगी।" कृष्ण की मुस्कान युधिष्ठिर के लिए आश्वस्तकारिणी थी।

"तुम्हारी वाणी सत्य हो वासुदेव!" युधिष्ठिर द्रुपदपुत्र धृष्टद्युम्न की ओर मुड़े, "तुम हमारे सेनापति हो धृष्टद्युम्न! तुम्हें मेरी आज्ञा का उल्लंघन नहीं करना चाहिए। देव कार्त्तिकेय जैसे देवताओं के सेनापति थे, वैसे ही तुम पाण्डवों के सेनापति बनो।"

धृष्द्युम्न कुछ चकित हुआ, "मैं आपकी आज्ञाओं का उल्लंघन कैसे कर सकता हूँ धर्मराज! आप आदेश देकर देखें, मैं तो शत्रुओं का वध करने को व्याकुल बैठा हूँ।"

"तो फिर तुम आज क्रौंचारुण नामक व्यूह का निर्माण करो।" युधिष्ठिर ने कृष्ण की ओर देखा।

"ठीक है।" कृष्ण ने सहमति में अपना सिर हिला दिया।

"सबके आगे चोंच के स्थान पर अर्जुन होंगे। सिर के स्थान पर अपनी सेना सहित महाराज द्रुपद होंगे। नेत्रों के स्थान पर कुंतिभोज और धृष्टकेतु होंगे। ग्रीवा के स्थान पर दाशार्णक, दाशेरक, प्रभद्रक, अनूपक तथा किरातमण होंगे। बाएँ पंख के स्थान पर अग्निवेश्य, हुंड, दानभारि, शबर, वत्स, और नकुल सैनिक होंगे। उनके साथ नकुल और सहदेव होंगे। इनके अधिपति स्वयं सेनापति धृष्टद्युम्न होंगे। दाएँ पंख के स्थान पर पाँचों द्रौपदेय, अभिमन्यु और सात्यकि होंगे। उनके साथ दारद, पिशाच, पुंड्र, कुंडरविष, मारुत, धेनुक, तंगण, बाह्लिक, तित्तिर, चोल और पांड्य सैनिक होंगे। इनके अधिपति भीमसेन होंगे। पृष्ठभाग पर पटच्चर, पौंड्र, पौरव और निषादों के साथ मैं रहूँगा। जघन भागों में एक ओर महाराज और पाँचों कैकेय राजकुमार होंगे और दूसरी ओर काशिराज और शैव्य होंगे।"

युधिष्ठिर ने रुककर कृष्ण की ओर देखा।

"मुझे प्रसन्नता है महाराज! कि आप भी युद्ध के प्रति इतने सतर्क हो गये हैं।" कृष्ण बोले, "धृष्टद्युम्न आज तुम्हारे कौशल की परीक्षा है।"

दुर्योधन ने पाण्डवों का व्यूह देखा तो पिछले दिन के युद्ध की विजय का मद जैसे उतर गया। वह देख रहा था कि पाण्डवों ने कदाचित सारी योजना भीष्म के वध की दृष्टि से बनाई थी। भीष्म नहीं रहे तो उनके दिव्यास्त्रों का रक्षा-कवच समाप्त हो जायेगा। तब तो अकेला भीम ही उसकी सारी सेना को कुचल डालेगा।

उसने शत्रुंजय, दुःशासन, विकर्ण, नन्द, उपनन्द तथा चित्रसेन को आज्ञा दी, "संस्थान, शूरसेन, वैत्रिक, कुकुर, आरोचक, त्रिगर्त, भद्रक, यवन तथा पारिभद्रक सेनाओं के साथ जाकर महासेनापति भीष्म की रक्षा करो। एक क्षण को भी यह मत भूलना की भीष्म की रक्षा अपनी विजय की रक्षा है।"

भीष्म को इससे कोई अन्तर नहीं पड़ रहा था कि कौन उनके साथ है, कौन उनके दाएँ-बाएँ है और कौन उनके पीछे है। वे अपने दिव्यास्त्र प्रकट कर चुके थे और उनके बाणों की वर्षा आरम्भ हो गयी थी। वे एक साथ ही अभिमन्यु, भीम, सात्यकि, कैकेय, विराट और धृष्टद्युम्न पर बाण बरसा रहे थे। उनके प्रहार-क्षेत्र में मुख्यतः चेदि और मत्स्य सेनाएँ थीं। भीष्म उनके प्रति कितने भी कठोर हो सकते थे।...

दुर्योधन ने देखा कि भीष्म की बाण-वर्षा ने पाण्डवों का व्यूह भंग कर दिया था। अभी युद्ध का आरम्भ ही था कि पाण्डवों की रथसेना का पलायन आरम्भ हो गया था।...दुर्योधन के अधरों पर मुस्कान प्रकट हुई...पितामह के इसी गुण के कारण ही तो उसने उन को अपना सेनापति बनाया था।...

सहसा, एक धावक आकर दुर्योधन के निकट आकर खड़ा हो गया।

"क्या समाचार है?" दुर्योधन ने पूछा।

"युवराज! पाण्डवों के रथारोही भाग रहे हैं और अर्जुन उससे बहुत पीड़ित हैं। वे कह रहे हैं कि यदि भीष्म चेदि और मत्स्य सेना का संहार कर रहे हैं और उनसे सुरक्षित होकर, द्रोणाचार्य, कृपाचार्य, शल्य, विकर्ण और आप मिलकर पांचाल सेना को समाप्त किये दे रहे हैं तो अपनी सेना की रक्षा के लिए भीष्म का वध आवश्यक हो गया है। उन्होंने श्रीकृष्ण से अपना रथ भीष्म के सम्मुख ले चलने के लिए कहा है।"

दुर्योधन के अधरों की मुस्कान तत्काल विलीन हो गयी। उसने देखा कि अर्जुन कौरव और शूरसेनप्रदेश की सेनाओं का वध करता हुआ भीष्म के निकट पहुँचने का प्रयत्न कर रहा था।

उसने संकेत से धविक को जाने के लिए कहा और पूर्वदेशीय, सौवीर और केकय सेनाओं को भीष्म के सम्मुख खड़े हो, उनकी रक्षा करने का संकेत किया और जयद्रथ, द्रोणाचार्य, शकुनि और विकर्ण को भीष्म के निकट जाने का आदेश दिया।

अर्जुन पितामह के सम्मुख आ खड़ा हुआ था और भीष्म अनेक योद्धाओं से घिरे उसे देख रहे थे। दोनों ओर से निरन्तर बाण चल रहे थे। दुर्योधन के मन में बहुत स्पष्ट था कि यदि भीष्म इसी प्रकार अड़े रहें तो वे अर्जुन को सर्वथा असहाय कर सकते हैं। ऐसे में दुर्योधन और उसके साथी योद्धा अर्जुन को घेरकर उसका वध भी कर सकते हैं।...पर तभी उसकी दृष्टि पाण्डव सेना की ओर चली गयी। अर्जुन की सहायता के लिए सात्यकि, विराट, धुष्टद्युम्न, अभिमन्यु, और पाँचों द्रौपदेय आ पहुँचे थे; और धृष्टद्युम्न भीष्म को छोड़कर द्रोण पर जैसे बरस ही पड़ा था। उसका आक्रमण बहुत ही प्रबल था। द्रोण अब

भीष्म की कोई सहायता नहीं कर सकते थे। इस आक्रमण के कारण सबका ध्यान अर्जुन की ओर से हट गया था। उतनी सी देर में अर्जुन कौरव सेना में घुस गया था और धनुष का खेल सा करने लगा था।

कहाँ अभी थोड़ी देर पहले तक दुर्योधन भीष्म को ले कर इतना आश्वस्त था और कहाँ अर्जुन के आते ही उसे लगा कि भीष्म के हाथ बँध गये थे। उनके धनुष से जैसे बाण ही नहीं छूट रहे थे। कहाँ तो अब तक पाण्डवों की सेना का संहार हो रहा था और कहाँ अर्जुन के आते ही पाँसा पलट गया और न केवल पाण्डवों की सेना का संहार रुक गया था, उलट दुर्योधन की सेना में त्राहि-त्राहि मच गयी थी।...दुर्योधन को लगा कि यदि वह किसी प्रकार भीष्म के बिना अपना काम चला सकता तो वह कब से उनसे छुटकारा पा चुका होता।... भीष्म द्वारा उसका सेनापतित्व स्वीकार किया जाना भी भीष्म का षड्यन्त्र मात्र ही था। उन्होंने कौरव सेना पर अपना नियन्त्रण स्थापित कर लिया था। वे उसके सेनापति होते हुए भी प्रायः उसकी सेना की गति अवरुद्ध कर देते थे।...

"पितामह!" वह भीष्म के पास जाकर बोला, "कृष्ण के साथ आकर अर्जुन, हमारे समस्त सैनिकों के सक्रिय होने पर भी, हम लोगों का मूलोच्छेद कर रहा है। आप के और आचार्य द्रोण के वर्तमान होते हुए भी हमारे सैनिक मारे जा रहे हैं।"

पितामह ने उसकी ओर देखा। जाने उसके मन में क्या था। वे कुछ कहते-कहते रह गये। बस धीरे से बुदबुदाते हुए बोले, "युद्धों में सैनिक मारे ही जाते हैं युवराज!"

भीष्म के एक बुदबुदाते से संक्षिप्त वाक्य ने जैसे उसके रक्त को खौला ही दिया। उसका सारा संचित आक्रोश और पश्चात्ताप उसकी जिह्वा पर आ गया, "आप ही के कारण कर्ण ने अपने शस्त्र डाल दिये हैं और उसके समान उत्कट योद्धा दर्शक के समान एक किनारे पर बैठा हुआ यह युद्ध देख रहा है। नहीं तो इस समय वह समरभूमि में अर्जुन से युद्ध कर रहा होता और मुझे आपसे इस प्रकार अर्जुन को मारने की प्रार्थना नहीं करनी पड़ती।" उसने रुककर जैसे अपना सारा आत्मबल अपने शब्दों में उँडेल कर कहा, "गंगानन्दन! ऐसा कुछ कीजिए, जिससे अर्जुन को मार डाला जाये। उसे मरना ही होगा, क्योंकि उसके जीते जी हमारी विजय नहीं हो सकती।"

भीष्म ने एक क्रोधपूर्ण दृष्टि दुर्योधन पर डाली और बोले, "क्षत्रिय धर्म को धिक्कार है।"

वे अर्जुन की दिशा में बढ़ गये थे और दुर्योधन अपने स्थान पर खड़ा उनको देख रहा था। वह जातना था कि भीष्म की नीति पाण्डवों को मारने

की नहीं थी और दुर्योधन का एकमात्र लक्ष्य पांडवों का वध करना ही था... दुर्योधन और भीष्म—दोनों एक ही सेना के अंग थे। तो वह सेना क्या करेगी? भीष्म पाण्डवों के आस-पास लड़ना चाहते थे और दुर्योधन पाण्डवों से लड़ना चाहता था। वह समझ रहा था कि वह तनिक सा भी शिथिल हुआ तो भीष्म और द्रोण दोनों ही पांचालों और मत्स्यों का आखेट करने लगेंगे। वे पाण्डवों की ओर देखेंगे भी नहीं...और दूसरी ओर पाण्डव दुर्योधन और उसके भाइयों का रक्तपान करने लगेंगे...

दुर्योधन को लगा कि भीष्म को अर्जुन का वध करने को कह कर स्वयं यहीं रुके रहना कदाचित बुद्धिमत्ता नहीं थी। इससे उसका लक्ष्य पूरा नहीं होगा। उसे भीष्म को बाध्य करना चाहिए कि वे अर्जुन से युद्ध करें। उसे स्वयं न भी मारें तो उसे इतना असमर्थ तो कर ही दें कि कोई और योद्धा उसकी हत्या कर सके।

दुर्योधन ने विकर्ण और अश्वत्थामा को संकेत किया। वे लोग उसके निकट आ गये तो वे तीनों भीष्म को घेरकर आगे बढ़े। वस्तुतः वे भीष्म को तीन दिशाओं से घेरकर चौथी ओर धकेल रहे थे और चौथी दिशा अर्जुन की ओर जाती थी।

भीष्म और अर्जुन को आमने-सामने पड़ने में अधिक देर नहीं लगी। सामने पड़ते ही उनका युद्ध आरम्भ हो गया था। वे एक-दूसरे पर बाण बरसा रहे थे। पर अब भीष्म का पहले जैसा आतंक नहीं रह गया था।

और सहसा भीष्म ने वह काम किया, जिसकी दुर्योधन को कभी आशा नहीं थी। उन्होंने खींचकर एक के पश्चात् एक, तीन बाण कृष्ण को दे मारे... दुर्योधन ने नेत्र जैस फटे रह गये। वह सोच भी नहीं सकता था कि भीष्म इस प्रकार अर्जुन को छोड़कर कृष्ण को घायल कर देंगे। पर अर्जुन को न मारकर कृष्ण को मारने का क्या लाभ? और सहसा दुर्योधन के मन में प्रसन्नता की एक लहर प्रवाहित हो गयी। भीष्म ने पाण्डवों को न मारने की प्रतिज्ञा की थी। उन्होंने कृष्ण के सम्बन्ध में ऐसी कोई प्रतिज्ञा नहीं की थी। आज यदि वे कृष्ण का वध कर देते हैं तो पाण्डव अपने आप ही मारे जायेंगे। यह कृष्ण ही है, जो पाण्डवों का बल है। इसी ने उन्हें युद्ध के लिए उकसाया है। यही उनसे युद्ध करवा रहा है। यही नहीं रहेगा तो पाण्डव युद्ध में सक्षम नहीं रहेंगे। पितामह ने यह अच्छी युक्ति सोच निकाली है। इस प्रकार वे अपनी प्रतिज्ञा की रक्षा भी कर लेंगे और पाण्डवों का अन्त भी कर देंगे। कृष्ण के शरीर से रक्त बह रहा था...दुर्योधन को लगा कि उसने आज तक इतना मनोहारी दृश्य नहीं देखा। कृष्ण के शरीर से रक्त बहता देख जैसे उसे कोई अलौकिक आनन्द

प्राप्त हुआ था।...पर कृष्ण उत्तेजित नहीं था। यह कैसी बात है? इस व्यक्ति को कभी पीड़ा क्यों नहीं होती? वह कभी दुखी क्यों नहीं होता? हताश क्यों नहीं होता? और तभी दुर्योधन ने देखा कि जिसके अपने शरीर से रक्त बह रहा था, वह कृष्ण तो पूर्णतः शान्त था, किन्तु कृष्ण को आहत देख कर अर्जुन जैसे आपे से बाहर हो गया था। उसक रौद्र रूप प्रकट हो रहा था।...कहीं पितामह ने अर्जुन को उत्तेजित करने के लिए तो कृष्ण को आहत नहीं किया? पितामह अर्जुन का वध नहीं करेंगे, इसलिए अर्जुन भी उनके प्रति कठोर नहीं होता था। यद्यपि अपनी सेना के संहार को देख कर उसने कहा था कि वह भीष्म का वध कर देगा, किन्तु उसने वैसा कोई प्रयत्न नहीं किया था।...कृष्ण को आहत देख कर वह जितना प्रचण्ड हो उठा था, उससे तो लगता था कि वह पितामह का वध अवश्य कर डालेगा। क्या पितामह अर्जुन के हाथों मरने की तैयारी कर रहे हैं? उन्होंने कहा था, "क्षत्रिय धर्म को धिक्कार है।" तो उन्होंने दुर्योधन से मुक्ति पाने का यह मार्ग खोज निकाला था।

अर्जुन का प्रचंड रूप प्रकट हुआ था। उसने पितामह को तो नहीं मारा, किन्तु उनके सारथि का वध कर दिया था। दुर्योधन ने तत्काल पितामह के रथ में नया सारथि पहुँचाने की व्यवस्था की। यह तो अच्छा ही हुआ कि सारथि के अभाव में भी अश्व वहीं खड़े रहे और दुर्योधन को नया सारथि भेजने का अवसर मिल गया।

अर्जुन और भीष्म में जो युद्ध चल रहा था, उसे देख कर दुर्योधन पितामह को किसी प्रकार का कोई दोष नहीं दे सकता था; भयंकर युद्ध चल रहा था। उन दोनों के बाणों के गलियारों में किसी और योद्धा को प्रवेश करने का साहस भी नहीं हो सकता था, किन्तु उसका क्या लाभ? वह एक प्रकार से दोनों ही पक्षों की ओर से अपनी प्रहारक शक्ति का प्रदर्शन मात्र था। उनमें से घातक प्रहार कोई भी नहीं कर रहा था।

द्रोण को अपने सम्मुख धृष्टद्युम्न दिखायी पड़ गया था और धृष्टद्युम्न को देख लेने के पश्चात् द्रोण किसी और से युद्ध नहीं कर सकते थे। उन्होंने पहले ही झटके में भल्ल मार कर धृष्टद्युम्न को घायल कर दिया था। उन्होंने उसका धनुष काट दिया और सारथि को मार दिया। धृष्टद्युम्न के लिए अपने उस रथ की बैठक में बने रहना संकटपूर्ण था। अपने सम्मुख द्रोण को देख कर उसका आक्रोश भी अपनी चरम स्थिति को प्राप्त कर चुका था। उसने अपनी सुरक्षा की चिन्ता नहीं की। वह हाथ में ढाल और खड्ग ले कर सीधा आचार्य द्रोण पर जा कूदा। पर द्रोण सावधान थे। उन्होंने धृष्टद्युम्न को अपने बाणों की नोक पर दूर ही रोके रखा। यदि कहीं वह उनके निकट आ जाता तो

सम्भवतः वे उसके खड्ग प्रहार को सहन नहीं कर पाते। वे उससे खड्गयुद्ध करना नहीं चाहते थे।

पर तब तक भीम को सूचना मिल गयी थी कि पाण्डवों का प्रधान सेनापति संकट में था और बाणों की सुरक्षा के अभाव में वह द्रोण द्वारा एकदम बींध दिया जा सकता था। भीम ने विलम्ब नहीं किया। उसने सीधे द्रोण पर आक्रमण किया। द्रोण का ध्यान धृष्टद्युम्न से हटा और धृष्टद्युम्न को अवसर मिल गया। भीम ने उसे अपने रथ पर चढ़ा लिया था। अब धृष्टद्युम्न पर प्रहार करना उतना सरल नहीं था। वरन् लग रहा था कि भीम और धृष्टद्युम्न, दोनों मिलकर द्रोण पर भारी पड़ेंगे।

दुर्योधन ने कलिंगराज भानुमान को द्रोण की रक्षा के लिए नियुक्त किया। भानुमान के साथ उसकी विशाल सेना ही नहीं, उसक जुझारू सेनापति तथा वीर पुत्र भी थे। उसकी गजसेना अत्यन्त समर्थ थी। वे द्रोणाचार्य को घेरे रहेंगे तो भीम आगे नहीं बढ़ पायेगा और द्रोण अपने बाणों से उसे और धृष्टद्युम्न को बींध देंगे।...पर लगा कि भीम के आ जाने से द्रोणाचार्य की रुचि धुष्टद्युम्न से युद्ध करने में नहीं रही। उन्होंने धृष्टद्युम्न को छोड़ दिया और आगे बढ़ते हुए द्रुपद और मत्स्यराज विराट को रोक लिया।...

दुर्योधन समझ रहा था कि कलिंगराज को भीम से भिड़ाने से कोई विशेष लाभ नहीं था, पर कलिंग सेना भीम को घेरकर अपना व्यूह बना चुकी थी, अतः उनका युद्ध तो होना ही था।...पर वह युद्ध कलिंग सेना को महँगा पड़ा। उनकी सारी वीरता और साधनसम्पन्नता किसी काम न आयी। भीम का बल और आक्रोश उन पर भारी पड़ रहा था। भीम ने एक-एक कर भानुमान, शक्रदेव और केतुमान का वध कर दिया। वह वध भी साधारण नहीं था।...आरम्भ में तो भानुमान ने भीम के सारथि को मार दिया और रथ को निष्क्रिय कर भीम को एक ही स्थान पर जड़ीभूत कर दिया। पर भीम अपना रथ छोड़ हाथ में खड्ग ले, कूदकर हाथी के दाँतों के सहारे उसके मस्तक पर चढ़ गया और खड्ग से उसने भानुमान को चीर डाला। उसने उसी खड्ग से हाथी का सूँड काट दिया और हाथी को भी मार डाला।...

तब तक भीम का स्थायी सारथि, विशोक नया रथ ले आया था और उसने भीम को रथ में चढ़ा लिया था। भीम अपने पूरे आवेश में था। उसने श्रुतायु का भी वध कर दिया। चक्ररक्षकों को मारकर केतुमान का भी वध कर दिया। उसके पश्चात् जैसे भीम कलिंग सेना के मध्य कूद ही तो गया।

कलिंग सेना के सम्मुख पलायन के अतिरिक्त और कोई मार्ग नहीं था। उसके नायक मारे जा चुके थे। हाथियों पर महावत न होने के कारण वे अपनी

ही सेना को कुचल रहे थे। धृष्टद्युम्न ने अपनी सेना को कलिंग सेना के पीछे लगा दी थी। शिखण्डी भी उसके साथ ही आ गया था। युधिष्ठिर भी अपनी गजसेना के साथ उसकी सहायता के लिए आ गये थे।

भीष्म ने देखा कि अब अर्जुन के सामने डटे रहने का कोई लाभ नहीं था। उधर भीम सारी कौरव सेना का ही संहार कर देगा। वे अर्जुन को छोड़कर भीम का सामना करने के लिए आये। सात्यकि, भीम और धृष्टद्युम्न ने एक साथ मिलकर उन पर आक्रमण किया। भीष्म ने तीनों को अपने बाणों की नोक पर रोक लिया और भीम के नये रथ के अश्वों को मार दिया। भीम अपनी गदा ले कर उस टूटे रथ से कूद गया। सात्यकि ने यह स्थिति देखी तो उसने भीष्म की गति अवरुद्ध करने के लिए उनके सारथि को मार गिराया।...भीष्म के अश्व, सारथि के अभाव में डर गये थे और वे भीष्म समेत रथ को ले कर समरभूमि से बाहर भाग गये।

भीम ने कलिंग सेना का पूर्ण संहार कर दिया था और वह उनके मध्य भूमि पर खड़ा था। भीष्म समरभूमि में नहीं थे। द्रोण, द्रुपद और विराट में उलझे हुए थे। भीम की उस रक्त-मूर्ति के सम्मुख आने का दुर्योधन का भी साहस नहीं हुआ। तब तक धृष्टद्युम्न ने आकर उसे अपने रथ पर चढ़ा लिया और एक विकट जयघोष किया।

अश्वत्थामा, शल्य और कृपाचार्य सामने से आ गये। धृष्टद्युम्न ने पहले ही आघात में अश्वत्थामा के अश्व मार डाले। अश्वत्थामा तत्काल कूदकर शल्य के रथ पर चढ़ गया।

अभिमन्यु भी भीम की सहायता के लिए रथ दौड़ाता हुआ आ निकला। दुर्योधन ने देखा, उसका पुत्र लक्ष्मण भी अभिमन्यु का पीछा कर रहा था। यद्यपि लक्ष्मण ने अभिमन्यु के सम्मुख कोई दुर्बलता नहीं दिखायी थी, किन्तु अभिमन्यु की वीरता के विषय में दुर्योधन सुन चुका था। वह अपने पुत्र के प्राणों के लिए कोई संकट नहीं मोल लेना चाहता था। वह तत्काल उसकी सहायता के लिए आ पहुँचा।...सारे कौरवों ने मिलकर अभिमन्यु को घेर लिया। उधर अर्जुन भी अब खाली था और उसकी दृष्टि भी अपने पुत्र के आस-पास थी। वह देख रहा था कि कौरवों के अनेक महारथियों ने अभिमन्यु को घेर लिया था। उनकी योजना अर्जुन समझ रहा था।

भीष्म फिर से युद्धभूमि में लौट आये थे। द्रोणाचार्य भी उनके साथ आ मिले थे। वे सब मिलकर अर्जुन पर चढ़ आये। किन्तु इस समय अर्जुन अपनी असाधारण मुद्रा में था। उसने जैसे अपने बाणों से आकाश आच्छादित कर दिया था। वह निर्विघ्न बाण चला रहा था। उसने कौरव सेना के सम्मुख

बाणों की ऐसी प्राचीर बना दी थी, जिस का वेधन उनके लिए सम्भव नहीं हो पा रहा था। अर्जुन का लक्ष्य उनकी गजारोही और अश्वारोही सेना थी। थोड़ी ही देर में गजारोही और अश्वारोही भागने लगे। बड़े गजों के मार्ग में आने से रथों को भी मार्ग छोड़ देना पड़ा।...लगता था कि अर्जुन प्रलय बन कर उन पर छा गया था। उसके निकट जाना तो दूर, उसके सम्मुख खड़े रहना भी कठिन था।

भीष्म ने द्रोण की ओर देखा, "अभिमन्यु को घेरना महँगा पड़ा है। कौरव सेना को लौटाना अब सम्भव नहीं है। सन्ध्या भी हो रही है। मेरा विचार है कि आज युद्ध समाप्ति की घोषणा कर अब सेना को हटा लेना चाहिए।"

"जैसा आप उचित समझें।" द्रोण बोले, "अब युद्ध के लिए कोई बहुत समय शेष भी नहीं बचा है।"

39

युद्ध आरम्भ हुए दो दिन हो चुके थे।

कर्ण लगातार युद्ध को देख रहा था, उसके समाचार सुन रहा था। उसका रक्त खौल-खौल जाता था और दाँत भिंच-भिंच जाते थे। इतना बड़ा युद्ध हो रहा था और वह द्रष्टा बना बैठा उसे देख रहा था, जैसे युद्धकर्म से उसका कुछ लेना-देना ही न हो।...पर, वह कर ही क्या सकता था।

कभी-कभी तो उसकी बुद्धि उस पर सहस्र-सहस्र धिक्कार बरसाने लगती थी।...उसने ऐसी सपथ ही क्यों ली?...अब भीष्म यदि युद्ध की समाप्ति तक जीवित रहे और समरभूमि से नहीं हटे तो कर्ण इसी प्रकार शून्य में अपना खड्ग भांजता रहेगा। उसे स्वयं को श्रेष्ठ क्षत्रिय प्रमाणित करने का कोई अवसर नहीं मिलेगा? क्या इस संसार में कभी कोई नहीं जान पायेगा कि वह भी कुन्ती का ही पुत्र है और इस नाते वह पांडुपुत्र है?...हस्तिनापुर के सम्राट का ज्येष्ठ पुत्र!

और उसका मन काँपकर रह गया।...कैसी विचित्र स्थिति है उसकी। एक ओर तो वह संसार को यह बताने को तड़प रहा है कि वह श्रेष्ठ क्षत्रिय है, वह कुन्ती का पुत्र है...हस्तिनापुर के महाराज पांडु का पुत्र है।...और दूसरी ओर वह इसी सूचना के सार्वजनिक हो जाने के भय से इतना भयभीत था।...वह सूचना एक बार किसी एक व्यक्ति के कानों में पड़ जाये तो कौरवों और पाण्डवों का यह युद्ध तत्काल बन्द हो जायेगा।...तो फिर कर्ण अर्जुन का वध कैसे करेगा? कर्ण के मन की चिरतृष्णा कैसे शान्त होगी?...

कभी-कभी कर्ण के मन में कहीं बहुत नीचे से दबा हुआ एक दुर्बल-सा स्वर जाग उठता था...वह, उसे अपने भाइयों का विरोध छोड़ देने का परामर्श देता था। क्यों व्यर्थ ही वह उस विरोध को पाले हुए है? जिस अर्जुन का वध करने को वह इतना आतुर था, उस अर्जुन को ज्ञात हो जाये कि कर्ण उसका भाई है, तो वह तत्काल अपना गांडीव उसके चरणों में धर देगा। अपना सारा विरोध भूल जायेगा। उसके मन में कर्ण के लिए तनिक भी द्वेष नहीं रहेगा...

पर जाने कर्ण का मन कैसा था कि वह अर्जुन के प्रति अपना विरोध छोड़ नहीं पा रहा था।...वह धर्मराज को क्षमा कर सकता था। उस मोटे भीम की भी उपेक्षा कर सकता था।...पर वह अर्जुन को क्षमा नहीं कर सकता।...क्षमा? उसका चिन्तन रुक गया। अर्जुन ने उसका कोई अपराध किया है क्या, जो वह उसे क्षमा करने की बात सोच रहा था? नहीं! अर्जुन का अपराध क्या? यह तो प्रतिस्पर्धा थी...नहीं! कदाचित ईर्ष्या थी। सम्भव है कि वह द्वेष ही हो। अर्जुन उसके यश के मार्ग में खड़ा था। वह उसके मार्ग की बाधा था। अर्जुन के जीवित रहते, कर्ण कभी संसार का सर्वश्रेष्ठ धनुर्धर नहीं हो सकता था। अर्जुन उसके यश का दस्यु था। तो कर्ण उस दस्यु को कैसे क्षमा कर दे?...

कर्ण के मन का वह दुर्बल सा स्वर एक बार फिर उभरा था।...क्या वह अपने छोटे भाई के यश में ही प्रसन्न नहीं रह सकता था, जैसे युधिष्ठिर और भीम हो लेते थे?...नहीं!...उसने अपना सिर झटक दिया...अर्जुन न युधिष्ठिर को संसार का सर्वश्रेष्ठ धनुर्धर होने से रोक रहा था, न भीम को। वह केवल कर्ण को ही रोक रहा था। वह केवल कर्ण का अपराधी था, केवल कर्ण का। इसलिए उसे दण्डित करने का काम भी कर्ण का ही था।...

तो क्या उसे अपने भाई प्रिय नहीं थे? युधिष्ठिर को अपने भाई प्रिय थे। दुर्योधन को अपने भाई प्रिय थे। तो उसी को क्यों अपने भाई प्रिय नहीं थे? ...नहीं! ऐसी तो कोई बात नहीं थी। भाई प्रिय न होते तो वह इस आशंका से क्यों पीड़ित होता कि यदि युधिष्ठिर ने अपना राज्य उसे दे दिया तो वह उसे दुर्योधन को सौंप देगा और पाण्डव फिर वनवास करने को बाध्य हो जायेंगे।... जब तक उसे उनसे अपना सम्बन्ध ज्ञात नहीं था, तब वह उन्हें वन ही क्यों, यमपुर भेजने को भी उत्सुक था; पर अब वह उनके प्राण लेना नहीं चाहता ...किन्तु अर्जुन के प्रति अपना विरोध वह नहीं छोड़ सकता।...युयुत्सु भी तो दुर्योधन का भाई है। बलराम भी तो कृष्ण के भाई हैं, किन्तु उनका पक्ष एक नहीं है। बलराम कृष्ण के विरुद्ध लड़ तो नहीं रहे, किन्तु युयुत्सु तो दुर्योधन के विरुद्ध लड़ भी रहा है। तो भाई होने का अर्थ? जहाँ अपने लक्ष्य न मिलें, मन न मिलें, अपने सिद्धान्त न मिलें, व्यवहार न मिले, वहाँ भ्रातृत्व क्या करेगा? महत्त्व तो अपने मन और लक्ष्य के मिलने का है।...

पर युधिष्ठिर का तो उससे कोई लक्ष्य नहीं मिलता, फिर वह अपना राज्य उसे क्यों दे देगा?

बहुत देर तक कर्ण सोचता रहा और फिर उठ खड़ा हुआ।...सोचने का कोई लाभ नहीं था।...युधिष्ठिर उससे बहुत भिन्न था। वह युधिष्ठिर नहीं हो सकता।...

पर कर्ण के मन की जिज्ञासा ने उसका पीछा नहीं छोड़ा।...केवल यह कहने से तो काम नहीं चलेगा कि युधिष्ठिर उससे भिन्न है। प्रश्न तो यह है कि युधिष्ठिर का व्यवहार श्रेष्ठ था, अथवा कर्ण का? वह अब तक जो कुछ भी करता आया था, वह उचित था या नहीं? यदि वह सब उचित नहीं था तो उसे स्वयं को बदलना चाहिए या नहीं?...

और कर्ण को लगा कि वह कभी युधिष्ठिर नहीं हो सकता।...युधिष्ठिर को राज्य का कोई मोह नहीं था। वह सम्राट् होकर भी वनवास करने चला गया था और कर्ण प्रासादों में रहकर भी निर्धनता से भयभीत था। युधिष्ठिर क्षत्रिय होकर भी युद्ध करना नहीं चाहता था और यह लांछन सहने को भी प्रस्तुत था कि उसका चारित्र्य क्षत्रियों जैसा नहीं है; और कर्ण क्षत्रिय कहलाने मात्र के लिए तड़प रहा था। उसके लिए वह कुछ भी करने को प्रस्तुत था। उसे यश चाहिए था, सम्मान चाहिए था...राजसी सम्मान। तापसों का सा सम्मान उसे नहीं चाहिए था। वह उन सब लोगों को दण्डित करना चाहता था, जो उसे श्रेष्ठ क्षत्रिय नहीं मानते थे।...युधिष्ठिर को इसकी चिन्ता ही नहीं थी कि कौन उसे क्या कहता है।...

कर्ण को युधिष्ठिर नहीं बनना है। उसे कर्ण ही बनना है। इसलिए उसे दुर्योधन की मित्रता चाहिए। उसे युद्ध की आवश्यकता है, जिसमें वह अर्जुन का वध कर सके और संसार का श्रेष्ठतम धनुर्धर कहला सके।...और कर्ण को लगा कि उसके मन का वह दबा हुआ मंद स्वर फिर कुछ बल पकड़ रहा था। वह मिमियाकर धीरे-धीरे कह रहा था कि कर्ण अहंकारी है। उसे अपने अहंकार की तुष्टि चाहिए। उसके लिए वह कुछ भी कर सकता है।...

कर्ण को लगा कि उसके सारे शरीर का रक्त उसके मस्तिष्क को चढ़ता जा रहा था। उसके दाँत भिंचते जा रहे थे। वह अपने भीतर के उस स्वर को कुचल देना चाहता था। वह अपना यह रूप देखना ही नहीं चाहता था। उसे स्वीकार करना नहीं चाहता था। यदि वह वैसा था तो उसे बदलना नहीं चाहता था। वह युधिष्ठिर नहीं था, वह युधिष्ठिर हो नहीं सकता था, वह युधिष्ठिर होना चाहता था भी नहीं था।...

वह अपने शिविर से बाहर निकल आया। कहाँ जाये वह?

आज का युद्ध समाप्त हो चुका था। सैनिक अपने शिविरों मे चले गए थे। कोई विश्राम कर रहा था, कोई अपने घावों की देख-भाल कर रहा था, कोई शल्य

चिकित्सक के शिविर में बैठा अपनी बारी की प्रतीक्षा कर रहा था।...सम्भवतः कुछ लोग कल के युद्ध की तैयारी भी कर रहे हो सकते थे।...दुर्योधन क्या कर रहा होगा? उसके मण्डप में उसके सेनापतियों का विचार-विमर्श चल रहा हो सकता था। और प्रधान सेनापति थे, भीष्म! कर्ण भीष्म के सामने जाना नहीं चाहता था। वह जानता था कि भीष्म के मन में उसके लिए कोई सम्मान नहीं था। कर्ण को अपने सम्मुख देख कर वे कुछ न कुछ ऐसा अवश्य कह देंगे, जिससे उसके मन का सुसुप्त आक्रोश जाग उठेगा। उसने बार-बार प्रयत्न किया था कि उसके और कुरुवृद्ध भीष्म के मध्य की यह दूरी कम हो जाये। उन दोनों के स्वार्थों में कहीं टकराहट नहीं थी। भीष्म की वीरता के प्रति उसके मन में कहीं सम्मान भी था, पर उसका यह प्रयत्न कभी सफल नहीं हुआ था। उसके स्थान पर कुछ न कुछ ऐसा हो जाता था कि उनके मध्य की कटुता बढ़ जाती थी।...तो क्या वह भीष्म को बता दे कि वह कुन्ती का ही पुत्र है। उन्हें युधिष्ठिर प्रिय है, तो कर्ण भी प्रिय होना चाहिए।...पर नहीं! उन्हें ज्ञात हो गया तो सारा खेल ही बिगड़ जायेगा।...

मंथर गति से चलता हुआ कर्ण अनायास ही दुर्योधन के मण्डप के सम्मुख आ कर खड़ा हो गया। क्या उसे भीतर जाना चाहिए, अथवा चुपचाप लौट जाना चाहिए। उसका द्वन्द्व अभी समाप्त नहीं हुआ था। वह वहाँ आना चाहता भी था और नहीं भी आना चाहता था। पर अब शायद लौट जाने का समय नहीं था, दुर्योधन के द्वाररक्षरकों ने उसे देख लिया था और वे प्रणाम की मुद्रा में झुक भी गये थे।...कर्ण यदि चुपचाप लौट जायेगा तो उन्हें यह बहुत विचित्र लगेगा।

वह आगे बढ़ आया, "युवराज एकान्त में हैं अथवा अपने सेनापतियों के साथ, युद्ध-व्यवस्था सम्बन्धी चर्चा कर रहे हैं?"

"युवराज एकान्त में हैं। विश्राम की तैयारी कर रहे हैं।" द्वाररक्षक बोला, "क्या उन्हें आपके आने की सूचना दूँ?"

कर्ण दुर्योधन से मिलने का लोभ रोक न सका। बोला, "हाँ! यदि वे इस समय मुझसे मिल सकें तो मैं उनसे युद्ध सम्बन्धी कुछ चर्चा करना चाहूँगा।"

एक द्वाररक्षक भीतर चला गया।

द्वाररक्षक के लौटने से पहले ही दुर्योधन स्वयं बाहर निकल आया, "आओ मित्र! भीतर आओ। तुम बाहर क्यों खड़े हो? तुम्हें भी भीतर आने के लिए अनुमति की आवश्यकता है क्या?"

"नहीं! मैंने सोचा कि कहीं युवराज विश्राम न कर रहे हों।"

"तुम आ जाओ तो अपने-आप ही विश्राम हो जाता है।" दुर्योधन बोला, "मित्र की उपस्थिति किसी विश्राम से कम होती है क्या।"

कर्ण को दुर्योधन के स्वर में कृत्रिमता की गंध आयी। जब से युवराज ने युद्ध के लिए सेनाएँ एकत्रित करने का उद्योग आरम्भ किया था, तब से ही कर्ण ने अनुभव किया था कि दुर्योधन ने एक प्रकार की छद्म विनीत मुद्रा अर्जित कर ली थी। उसे कदाचित उसका ही अभ्यास हो गया था। वह कर्ण के साथ भी उसी प्रकार का व्यवहार कर रहा था।

वे दोनों भीतर आये। दुर्योधन ने कर्ण को एक सुखद आसन पर बैठाया और स्वयं अपने पर्यंक पर अधलेटा हुआ बोला, "मैं लेटा रहूँ तो तुम अन्यथा तो नहीं मानोगे? युद्ध में व्यक्ति थक जाता है और रात को शरीर को भरपूर विश्राम न मिले तो प्रातः वह स्फूर्ति ही नहीं आती।" दुर्योधन ने अपना चषक उठा लिया, "सुरा ले सकते हो?"

कर्ण ने मुस्कराकर सहमति दे दी।

"इस भयंकर युद्ध में तुमसे दूर और युद्ध से बाहर रहकर मैं एक प्रकार की व्याकुलता का अनुभव कर रहा हूँ।" कर्ण ने बात आरम्भ की।

"कठिनाई तो मुझे भी हो रही है।" दुर्योधन बोला, पर कर्ण को उसके स्वर में उस कठिनाई का कोई प्रमाण नहीं मिला। वह परम सन्तुष्ट प्रतीत हो रहा था।

"मैं तुम्हारी वह कठिनाई दूर करना चाहता हूँ; पर मैंने वह मूर्खतापूर्ण शपथ जो ले रखी है।"

"तो?" दुर्योधन ने अपना चषक खाली कर उसकी ओर देखा।

"क्या यह सम्भव नहीं है कि तुम अपने उस वृद्ध पितामह को उनके घर भेज दो। वे कुछ विश्राम कर लें और मैं तुम्हारे लिए कुछ थोड़ा-सा क्षत्रियकर्म कर दूँ?"

"कोई विशेष बात?" दुर्योधन ने उसे ध्यान से देखा।

"बात इतनी-सी है कि तुम्हारे प्रधान सेनापति का मन अपने शत्रुओं से प्रेम करता है। ऐसे में वह उनका नाश कैसे कर सकता है?" कर्ण बोला, "मैं देखता रहता हूँ, सुनता रहता हूँ, अनुभव करता रहता हूँ और अपना रक्त पीता रहता हूँ।"

दुर्योधन ने कुछ कहा नहीं, केवल उसकी ओर देखता रहा।

"पहले दिन पाण्डवों की सेना पराजित हुई, उन्हें समरभूमि से हटना पड़ा, पर पाण्डवों का एक भी मुख्य योद्धा धरासायी नहीं हुआ।" कर्ण बोला, "दूसरे दिन पाण्डवों की विजय हुई, पर तब भी उन्हें अपनी विजय का कोई मूल्य चुकाना नहीं पड़ा। उन का कोई प्रधान योद्धा मारा नहीं गया। जो मरे वे सब साधारण सैनिक थे, जिनकी अनुपस्थिति से उनकी सेना तनिक भी दुर्बल नहीं

होगी।" कर्ण ने दुर्योधन की ओर देखा, "इसका क्या अर्थ है? जब वे घिर जाते हैं, असहाय हो जाते हैं, पराजित होते हैं, पलायन करते हैं, तब भी हमारी सेना उनके किसी प्रधान योद्धा का वध नहीं करती और जब वे विजयी होते हैं तो भी उनको अपनी विजय के शुल्क स्वरूप किसी अतिरथी का बलिदान नहीं करना पड़ता।"

"क्यों? पहले दिन युधिष्ठिर के मुख्य सहायक और अर्जुन के समधी मत्स्यराज विराट के दो-दो पुत्र खेत रहे। दूसरे दिन पाण्डव विजयी रहे तो उस दिन हमारे योद्धा मरने चाहिए थे, किन्तु हमने उन्हें बचा लिया। वे हमारे किसी महत्त्वपूर्ण योद्धा का वध नहीं कर पाये।"

"युवराज ठीक ही कहते हैं।" कर्ण का स्वर कुछ उदासीन हो गया लगता था, "मत्स्यराज के पुत्र तो अपनी मूर्खता में मारे गये अथवा पाण्डव उनकी सुरक्षा का प्रबन्ध नहीं कर पाये। पर कभी आपने सोचा कि पाण्डवों के परिवार का एक भी योद्धा क्यों मारा नहीं गया? नकुल, सहदेव को मार गिराने में क्या कठिनाई थी? पाण्डवों के छोटे-छोटे बच्चे युद्ध में उन्मुक्त विचर रहे थे। वह लड़का अभिमन्यु तुम्हारे प्रधान सेनापति भीष्म से भिड़ गया था, किन्तु वे सब युद्धभूमि से जीवित लौट गये। क्यों?"

"क्यों?" दुर्योधन ने उसकी ओर देखा।

"क्योंकि तुम्हारे प्रधान सेनापति उनका वध करना नहीं चाहते।" कर्ण बोला, "वे पांचालों और मत्स्यों को तो मार गिराएँगे, किन्तु पाण्डवों का बाल भी बाँका नहीं होने देंगे।"

"मैंने भी इस विषय में सोचा था," दुर्योधन बोला, "मुझे लगता है कि भीष्म हों अथवा द्रोण, वे लोग पांचालों और मत्स्यों को अपना व्यक्तिगत शत्रु मानते हैं। उन का वध करने में उन्हें तनिक भी पीड़ा नहीं होती, क्योंकि वे युवराज दुर्योधन के शत्रुओं को नहीं मार रहे होते हैं।...पर उससे भी पाण्डवों की सेना तो दुर्बल होती ही है।"

"यदि सारे पांचाल और मत्स्य मारे जायें, तो भी पाण्डव उतने ही शक्तिशाली रहेंगे।" कर्ण बोला, "किन्तु यदि पाण्डवों में से भीम और अर्जुन मार दिये जायें तो सारे पांचाल और मत्स्य रोते हुए अपने घर को लौट जायेंगे।"

"तो?"

"तो यह कि भीष्म केवल उनको मार रहे हैं, जिन्हें मारने से पाण्डव सेना की केवल संख्या कम हो रही है, बल नहीं।" कर्ण बोला, "उससे पांचाल और मत्स्य दुर्बल होंगे किन्तु आपको विजय प्राप्त नहीं होगी।"

"तो हमें क्या करना चाहिए?" दुर्योधन ने गम्भीर स्वर में पूछा।

"भीष्म को सेना से हटा दीजिए। मैं युद्धभूमि में आ जाऊँगा।" कर्ण बोला, "और आप जानते ही हैं कि मेरा आखेट कौन है। मेरा वचन है कि मैं अर्जुन को मार गिराऊँगा और पाण्डव सेना तत्काल अपने स्कन्धावार में लौट जायेगी। अर्जुन की अनुपस्थिति में युद्ध करने का उनका साहस ही नहीं होगा।" कर्ण ने रुककर दुर्योधन की ओर देखा, "मेरा यह सुविचारित मत है कि पाण्डवों की सेना में केवल एक योद्धा है–अर्जुन! उसका वध कर दिया जाये तो विजय आपकी है युवराज!"

दुर्योधन ने कुछ नहीं कहा।

"आप भीष्म को हटा दीजिए और मेरा चमत्कार देखिए।" कर्ण ने पुनः कहा।

इस बार दुर्योधन मौन नहीं रहा। वह विचारपूर्ण मुद्रा में बोला, "मैं पितामह से बात करूँगा। यह नहीं हो सकता कि वे प्रधान सेनापति भी हों और हमारे शत्रुओं की रक्षा भी करते रहें।"

कर्ण बैठा प्रतीक्षा करता रहा, किन्तु दुर्योधन ने और कुछ नहीं कहा। दुर्योधन की प्रत्यक्ष उबासियाँ बता रही थीं कि वह कर्ण को अपने मण्डप से जाने का आदेश दे रहा था।

कर्ण लौट आया। दुर्योधन उसके परामर्श की इस प्रकार उपेक्षा करेगा, इसकी उसने कभी कल्पना भी नहीं की थी।...पर दुर्योधन को क्यों इतना मोह है उस वृद्ध पितामह से, जो उसकी विजय के लिए कोई प्रयत्न भी नहीं कर पा रहा है।...और कर्ण अपने एक भाई और भाइयों के पुत्रों तक का वध करने का संकल्प लिए बैठा है...

कर्ण का मन रुक गया।

वह दुर्योधन का मित्र था। वह उसकी विजय चाहता था।...पर अपने भाइयों के पुत्रों के वध की कल्पना कोई बहुत गौरवपूर्ण नहीं लग रही थी...क्या कर रहा था कर्ण? वह अपनी ही दृष्टि में क्षुद्र होता ज़ा रहा था...तभी उसकी आँखों के सम्मुख कुन्ती आ खड़ी हुई...

'यह तुमने क्या कर डाला माँ! कर्ण अब पहले जैसा वह कर्ण ही नहीं रहा। परिवर्तित हो जाता तो कोई बात नहीं थी। वह परिवर्तित भी नहीं हुआ था। वह तो खंडित हो गया है माँ!...यह तुमने क्या किया माँ!'

कुन्ती मुस्कराई, 'मैंने युधिष्ठिर की विजय के लिए तुम्हें दुर्बल कर दिया है। दुर्योधन की पराजय का प्रबन्ध किया है। भीष्म भी खंडित हैं, द्रोण भी खंडित हैं, अब तुम भी खंडित हो। तुम सब अपने भीतर की दुर्बलता से मारे जाओ...यही तुम्हारा दंड है।'

'तुम्हें क्या प्यारा है माँ?' कर्ण का स्वर बहुत दीन हो आया था।

'मुझे केवल धर्म प्यारा है पुत्र!'

कुन्ती विलीन हो गयी।

दुर्योधन ने कर्ण को विदा कर दिया। उसे कर्ण का प्रस्ताव कुछ इतना आकस्मिक और अटपटा लगा था कि वह उस पर विचार ही नहीं करना चाहता था। कैसा मूर्खतापूर्ण प्रस्ताव था कि भीष्म जैसे योद्धा को रुष्ट कर अपनी सेना से पृथक् कर दिया जाये। कर्ण यह क्यों नहीं सोचता कि भीष्म से भरपूर लाभ उठा लिया जाये और जब वे जायें, तो उनके स्थान पर उसे लाया जाये।... कर्ण अपने भीष्म-विरोध के कारण देख नहीं पा रहा था कि भीष्म का क्या-क्या उपयोग हो सकता था।...यदि भीष्म स्वयं ही युद्ध कर पाण्डव पक्ष को पराजय के गर्त में धकेल देते हैं और दुर्योधन को अभय कर देते हैं तो ठीक ही है, किन्तु यदि वे युद्ध में वीरगति पाते हैं तो उनके पयचात् कर्ण आ ही सकता है।...युद्ध से हटाए गये जीवित भीष्म पाण्डवों के लिए उपयोगी हो सकते हैं किन्तु धराशायी भीष्म से दुर्योधन को किसी प्रकार की कोई आशंका नहीं थी। इसलिए यदि भीष्म जीवित हैं तो उन्हें युद्धक्षेत्र में होना होगा और दुर्योधन के पक्ष में होना होगा, अन्यथा उन्हें मर जाना चाहिए...

'कर्ण को प्रातः समझा लिया जायेगा।' दुर्योधन ने सोचा, 'इस समय तो निद्रा कर्ण से भी अधिक आवश्यक है।'

प्रातः तक कर्ण इस दृष्टिकोण पर पर्याप्त विचार कर चुका था। पर्याप्त ऊहापोह के पश्चात वह इस निष्कर्ष पर पहुँचा था कि वह कर्ण के प्रस्ताव को मान नहीं सकता था किन्तु उसकी चेतावनी पर ध्यान तो दे ही सकता था।...उसे लग रहा था कि भीष्म को प्रधान सेनापति के पद से हटाना आवश्यक नहीं था, किन्तु उनसे बात तो की ही जानी चाहिए थी।...

वह भीष्म के मण्डप में पहुँचा तो वे युद्धवेश धारण कर रहे थे।

"आओ दुर्योधन!" उन्होंने कहा, "कुछ चिन्तित लगते हो।"

"युद्धक्षेत्र में खड़ा राजा चिन्तित नहीं होगा क्या?"

"चिन्तित तो सेनापति को होना चाहिए।" भीष्म बोले।

"सेनापति तो केवल युद्ध को हारता अथवा जीतता है।" दुर्योधन ने कहा, "किन्तु राजा का तो राज्य भी छिन जाता है।"

"तो राजा दूसरों के राज्य का मोह छोड़े और अपने राज्य से ही सन्तुष्ट रहे। उसे न युद्ध करना होगा और न युद्ध हारने की आशंका ही सताएगी।"

भीष्म बोले, "राज्य का मोह ही तो है, जो राजा को चिन्तित कर रहा है और असंख्य लोगों की मृत्यु का कारण बन रहा है।"

"मेरी चिन्ता यही है पितामह! कि मेरे सेनापति इस युद्ध के औचित्य को स्वीकार नहीं करते। यदि वे युद्ध को आवश्यक और उचित नहीं मानते तो वे जीतेंगे कैसे?" दुर्योधन बोला।

"मैं युद्ध का औचित्य स्वीकार नहीं करता, क्योंकि मैं कौरवों की रक्षा करना चाहता हूँ। मैं तो आज भी कहता हूँ पुत्र! कि अपने भाइयों से संधि कर लो। युधिष्ठिर का राज्य उसे लौटा दो।..."

"सेनापति का कर्तव्य युद्ध है, संधि-विग्रह का निर्णय नहीं।" दुर्योधन बोला, "आपको व्यूह का निर्माण करना है और शत्रु के रूप में सामने खड़े योद्धाओं का नाश करना है।"

"अपने क्षात्र धर्म को धिक्कारते हुए भी वही कर रहा हूँ पुत्र!" भीष्म रुके, "...यह सेनापति तुम्हें पुत्र भी कह सकता है अथवा नहीं राजा दुर्योधन?"

"आप मुझसे रुष्ट हैं पितामह! पर मैं अपने सैनिकों को मरते हुए नहीं देख सकता। अपने स्वजनों का रक्त बहते हुए नहीं देख सकता..."

"मैं भी तो अपने स्वजनों का रक्त बहते नहीं देखना चाहता।" भीष्म बोले।

दुर्योधन ने स्वयं को सँभाला, "आपके साथ विडंबना यह है पितामह कि युद्ध में दोनों ओर आपके स्वजन हैं और दोनों ओर ही आपके शत्रु भी हैं। कोई पक्ष हारे अथवा जीते, आपको अपने स्वजनों का रक्त बहते देखना ही होगा।...पर मेरे साथ यह नहीं है। मैं स्वजन केवल उन्हें मानता हूँ, जो मेरी विजय के लिए मेरे पक्ष से युद्ध कर रहे हैं और विरोध में खड़े शत्रुओं का वध कर रहे हैं। आप मेरे प्रधान सेनापति हैं और फिर भी पाण्डव सेना ने अभी तक घुटने नहीं टेके हैं। शत्रुओं का कोई भी महत्त्वपूर्ण योद्धा मारा नहीं गया। आप अपनी सेना के शत्रुओं की रक्षा कर रहे हैं।"

"नहीं दुर्योधन! समरभूमि में मैंने कोई दुर्बलता नहीं दिखायी है।" भीष्म बोले, "परसों हमारे सैनिकों ने कुछ मार खाई थी, किन्तु कल तो हम विजयी हुए हैं।"

"ऐसी विजय का भी क्या लाभ पितामह! जिसमें शत्रुओं का कोई सेनापति खेत न रहे। शत्रु के शिविर में से क्रंदन का कोई स्वर न उठे।"

"यह तो मैंने पहले ही कह दिया था दुर्योधन! कि पाण्डव मेरे लिए अवध्य हैं। आज तुम्हें बता रहा हूँ कि पाण्डव तुम्हारे किसी भी योद्धा के लिए अवध्य

हैं। अर्जुन का वध द्रोण और कृपाचार्य भी नहीं कर सकते, तुम्हारा वह मित्र कर्ण तो उसका पासंग भी नहीं है।..."

"तो पितामह?"

"संधि कर लो पुत्र!"

"यह असम्भव है।" दुर्योधन बोला, "आप पाण्डवों का नाश कीजिए। अपने दिव्यास्त्रों का प्रयोग कीजिए, देवास्त्रों का प्रयोग कीजिए। चाहे सृष्टि नष्ट हो जाये, किन्तु पाण्डवों का नाश होना ही चाहिए।"

"मैं अपनी क्षमता भर वही कर रहा हूँ।" भीष्म बोले, "तुम्हें मुझ पर विश्वास न हो तो मैं सेनापति का पद छोड़ देता हूँ। वैसे भी तुम्हारे योद्धा तुम्हारी आज्ञानुसार युद्ध कर रहे हैं। उन्हें किसी सेनापति की आवश्यकता ही नहीं है।"

"आपकी किसी आज्ञा का उल्लंघन नहीं हुआ है पितामह!" दुर्योधन बोला, "और मैं आपके सिवाय किसी को सेनापति बना ही नहीं सकता। आपकी प्रसन्नता के लिए मैंने कर्ण को युद्ध से बाहर कर दिया है। आप पाण्डवों का वध नहीं कर सकते तो उनके पुत्रों का वध कीजिए, उनके मित्रों का वध कीजिए। उनके सेनापतियों के मुंड समरभूमि में गिरने चाहिए। आप क्षात्र धर्म से द्रोह नहीं कर सकते।"

"मैं अपने क्षात्र धर्म का ही पालन कर रहा हूँ पुत्र!" भीष्म ने उस पर एक प्रखर दृष्टि डाली, "तुम आश्वस्त रहो, न मैं क्षात्र धर्म से द्रोह करूँगा और न अपने कर्तव्य से।"

दुर्योधन चला गया।

भीष्म बैठ गये। उनके मन में युद्ध के लिए तनिक भी उत्साह नहीं था। ठीक कह रहा था दुर्योधन कि वे युद्ध के औचित्य से सहमत नहीं थे।...तो फिर वे क्यों खड़े थे, समरभूमि में। क्यों नहीं वे भी बलराम के समान तीर्थयात्रा के लिए निकल गये? क्यों वे पाण्डवों के विरुद्ध धनुष-बाण ले कर खड़े हो गये हैं?...नहीं! उन्होंने पाण्डवों के वध के लिए धनुष नहीं उठाया है।...और कोई जाने न जाने, वे जानते हैं कि वे समरभूमि में अपने पौत्रों के मध्य केवल आ खड़े हैं। वे मानते हैं कि वे बीच से हट जायेंगे तो दुर्योधन और उसके सारे मित्र मिलकर भीम और अर्जुन का नाश न भी कर सकें तो शेष पाण्डवों और उसके पुत्रों को मार देंगे। और द्रुपद तथा उसके पुत्र द्रोण और दुर्योधन को समाप्त कर देंगे।...भीष्म हैं कि बीच में खड़े हैं, इसलिए न पाण्डवों में से कोई मरा और न दुर्योधन अथवा हस्तिनापुर की कोई क्षति हुई।...दुर्योधन नहीं समझ सकता कि भीष्म किस-किसको बचाने के लिए युद्ध

भूमि में खड़े हैं।...वे कौरवों की रक्षा के लिए खड़े हैं। वे कौरवों के गौरव की रक्षा के लिए खड़े हैं। वे हस्तिनापुर की रक्षा के लिए खड़े हैं। वे द्रोण की रक्षा के लिए खड़े हैं...दुर्योधन को यह सब कुछ दिखायी नहीं देता। वह तो जो कुछ स्वयं देख रहा है, उसी को सृष्टि का अन्त मान लेता है, वह क्या जाने कि वे आजीवन किस-किसकी रक्षा के लिए खड़े हैं। किस-किस धर्म की रक्षा करते रहे हैं वे...

पर कहाँ किसी की रक्षा कर पा रहे हैं? दुर्योधन आज भी सन्धि के लिए सहमत नहीं है। वह युद्ध चाहता है। विनाश चाहता है। पाण्डवों का वध करना चाहता है वह। संसार में से धर्म को समाप्त कर देना चाहता है वह।...उसकी इच्छा के विरुद्ध भीष्म किसी की रक्षा नहीं कर पा रहे हैं।...नहीं कर पायेंगे। ...तो फिर क्यों खड़े हैं वे यहाँ?...इसलिए कि कौरवों की सेना उनके नियन्त्रण में रहे। वे विनाश को यथाशक्ति रोक रखें। सेना किसी और के नियन्त्रण में होती तो कदाचित युद्ध का स्वरूप कुछ और होता। अब तक सबसे अधिक कौरव ही खेत रहे होते।...

पर अब भीष्म बीच से हट क्यों नहीं जाते? श्रीकृष्ण धर्म की स्थापना करना चाहते हैं, तो वे क्यों नहीं उन्हें धर्म-संस्थापना कर लेने देते?...पर श्रीकृष्ण के मन में किसी के लिए भी मोह नहीं है। वे धर्म-संस्थापना करेंगे तो अपना-पराया नहीं देखेंगे। कौरव मारे जायेंगे।...पर वे श्रीकृष्ण की इच्छा का विरोध कर भी कैसे पायेंगे? अन्ततः तो उन्हें मध्य से हटना ही पड़ेगा।...अब तो उन्हें लगने लगा था कि दुर्योधन की यह हठ भी जैसे श्रीकृष्ण की योजना है। उन्हीं की इच्छा पूर्ण कर रहा है दुर्योधन।...अकेला बूढ़ा भीष्म इन दोनों के विरुद्ध कैसे लड़ सकता है?...

40

रणभूमि से पाण्डवों का दूत आया था।

द्रौपदी ने सारी पाण्डव-वधुओं को बुला लिया था, ताकि बाद में कोई यह न कह सके कि उसे युद्ध सम्बन्धी पूरी सूचना नहीं मिल सकी। सबके आने के पश्चात् अन्त में उत्तरा को अपने साथ लेकर सुभद्रा आयी।

"हाँ दूत! बोलो, क्या समाचार है?"

"महारानी! कल कौरवों की ओर से पितामह ने गरुड़ व्यूह की रचना की थी। चोंच के स्थान पर वे स्वयं थे। नेत्रों के स्थान पर द्रोण और कृतवर्मा थे। शिरोभाग पर अश्वत्थामा और कृपाचार्य थे।..."

"अरे हमें इससे क्या लेना-देना कि किस स्थान पर कौन था।" बलन्धरा ने दूत को आगे नहीं बोलने दिया, "हमें तो समाचार चाहिए। हमें बताओ कि हमारे पतियों, पुत्रों, भाइयों और पिताओं में से कोई हताहत तो नहीं हुआ न?"

दूत ने द्रौपदी की ओर देखा।

"हाँ! ठीक कह रही है बलन्धरा। हमें युद्धशास्त्र तो पढ़ना नहीं है और न ही हमें युद्ध का विश्लेषण कर देखना है कि युद्ध संचालन ठीक हुआ अथवा नहीं।" करेणुमती ने अपनी सहमति प्रकट कर दी, "हमें बताओ कि हमारे प्रियजन सकुशल तो हैं न? और हमें बताओ कि हमारे शत्रुओं में से कौन-कौन मारा गया।"

दूत तब भी द्रौपदी की ओर ही देखता रहा।

"हाँ दूत!" अन्ततः द्रौपदी ने कहा, "हमें यह जान कर क्या करना है कि किस योद्धा ने अपने किस शत्रु को कौन सा बाण मारा और कितने बाण मारे। हमें तो तुम हमारे प्रियजनों का कुशल-समाचार ही दो। बताओ, वे सब कुशल से हैं न?"

"हाँ महारानी! वे सब सकुशल हैं। स्वस्थ हैं। बाण तो सबको ही लगे हैं, इसलिए आहत हैं, किन्तु हमारे वैद्य तथा शल्यचिकित्सक अपनी औषधियों और अपने कौशल से उनके बाण निकाल देते हैं और उनके घावों का उपचार कर देते हैं।"...दूत ने बताया।

"शल्यचिकित्सक तो शरीर को चीरकर ही बाण निकालते होंगे?" उत्तरा ने जैसे अपनी पीड़ा व्यक्त की।

"राजकुमारी! हमारे वैद्यों के पास अनेक विशल्यकारिणी औषधियाँ हैं।" दूत ने उत्तर दिया, "प्रायः उनसे ही शरीर में धँसे बाण निकल आते हैं, पर जब कोई बाण बहुत गहरे धँसता है अथवा किसी प्रकार की वक्रता और जटिलता के कारण औषधियाँ काम नहीं कर पातीं, तो शल्यचिकित्सक शल्यक्रिया का प्रयोग भी करते हैं।..."

"कल अधिक घायल कौन हुआ है?" सुभ्रदा ने पूछा।

दूत ने तत्काल कोई उत्तर नहीं दिया, पर अपने श्रोताओं के चिंतित हो उठने से पहले ही बोला, "थोड़े बहुत घाव तो प्रत्येक योद्धा को लगते ही हैं, पर कल स्वयं श्रीकृष्ण और तृतीय पार्थ वीरवर अर्जुन को कुछ गम्भीर घाव लगे हैं।..."

"क्या? श्रीकृष्ण को भी?" द्रौपदी का स्वर जैसे हल्का सा चीत्कार किए हुए था।

"कोई चिन्ताजनक बात नहीं है महारानी!" दूत ने तत्काल उन्हें आश्वस्त किया, "हुआ यह कि युद्ध के आरम्भ में ही धनंजय ने कौरवों के रथियों का विनाश आरम्भ किया और मध्यम पाण्डव भीम ने अपने पुत्र घटोत्कच के साथ

कौरव-पक्षी राजाओं को खदेड़ना आरम्भ किया। उस समय सात्यकि, चेकितान और द्रौपदेय उनके साथ थे।..."

"यह चेकितान कौन है?" सहसा द्रौपदी ने पूछा, "इस का नाम तो पहले कभी नहीं सुना।"

"ये हमारे पक्ष से युद्ध करने वाले एक वृष्णिवंशी यादव हैं।" दूत ने बताया, "ये आपके स्वयंवर में काम्पिल्य में भी उपस्थित थे। राजसूय यज्ञ के अवसर पर उपस्थित होकर इन्होंने धर्मराज को अपना तूणीर भेंट किया था। ये अत्यन्त वीर हैं। युद्ध के पहले ही दिन इन्होंने त्रिगर्तराज सुशर्मा से द्वन्द्व युद्ध कर अपनी वीरता की धाक जमा दी थी।"

द्रौपदी ने सुभद्रा की ओर देखा, "और तो कोई यादव आया नहीं, चेकितान कैसे आ गये?"

"हमारे परिवार से कोई विशेष संबंध नहीं रहा, इसलिए मैं भी इनके विषय में इससे अधिक कुछ नहीं जानती, जितना कि दूत ने बताया है।....हो सकता है कि इन्हें किसी से अपना व्यक्तिगत वैर चुकाना हो, यह भी संभव है कि धर्म के समर्थक होने के कारण वे पाण्डवों के पक्ष से लड़ने आये हों; और यह भी संभव है कि क्षत्रिय होने के नाते युद्ध की चर्चा सुनकर द्वारका में निष्क्रिय बैठे न रह सके हों।"

"हाँ! तो," द्रौपदी ने दूत को आगे बोलने का संकेत किया।

"अपनी सेना का वह विनाश राजा दुर्योधन से सहन नहीं हुआ। वे अपनी गजसेना ले कर राजकुमार घटोत्कच से युद्ध करने आये। पर पाण्डव भी असावधान नहीं थे। धनंजय ने अनेक राजाओं को रोक लिया। राजकुमार अभिमन्यु और वीरवर सात्यकि ने शकुनि और उसके भाइयों पर आक्रमण किया। शकुनि के भाइयों ने सात्यकि को किसी प्रकार घेरकर उनका रथ काट डाला। सात्यकि, राजकुमार अभिमन्यु के रथ पर आ चढ़े और देनों ने मिलकर शकुनि की सेना का पूर्ण संहार कर दिया राजकुमार अभिमन्यु की वीरता और असाधारण युद्धकौशल की बहुत चर्चा है महारानी!" दूत की दृष्टि द्रौपदी के चेहरे से हटकर सुभद्रा और उत्तरा की ओर चली गयी।

"अभिमन्यु मेरा वीर पुत्र है।" द्रौपदी ने कहा, "उसने अपने पिता और सुभद्रा से श्रेष्ठ गुण पाये हैं। सुभद्रा ने उसका श्रेष्ठ पालन-पोषण और प्रशिक्षण किया है। हमें अभिमन्यु से असाधारण उपलब्धियों की अपेक्षा है।"

"तुम पार्थ और पार्थसारथि श्रीकृष्ण के विषय में कुछ बता रहे थे दूत!" सुभद्रा ने कहा।

"हाँ महादेवी! उसी की ओर आ रहा हूँ। धर्मराज युधिष्ठिर ने अपने छोटे भाइयों माद्रेय नकुल एवं सहदेव के साथ आचार्य द्रोण पर आक्रमण किया।

दुर्योधन को कहीं से कोई सहायता नहीं मिल रही थी और मध्यम पाण्डव, अपने पुत्र घटोत्कच के साथ उसके सम्मुख आ अड़े थे। राजकुमार घटोत्कच ने अपना ऐसा शौर्य प्रकट किया कि दुर्योधन सर्वथा असहाय हो गया। मध्यम पाण्डव ने उसके वक्ष में एक ऐसा बाण मारा कि उसे मूर्च्छा आ गयी। उसका सारथि अपने स्वामी को अचेत देख कर उनके प्राण बचाने के लिए रथ को समरभूमि से बाहर निकाल ले गया।..."

"लो दुर्योधन तो भाग ही गया।" बलन्धरा बोली, "बड़ा वीर बनता था।"

"राजा के रणभूमि से पलायन कर जाने के कारण कौरव सेना में भगदड़ मच गयी। मध्यम पाण्डव को ऐसी स्थिति में उस सेना को खदेड़ने में किसी क्रीड़ा का सा आनन्द आ रहा था। राजकुमार घटोत्कच भी इस क्रीड़ा के बड़े दक्ष खिलाड़ी हैं।..."

"मैंने सुना है कि घटोत्कच मायावी युद्ध करता है।" करेणुमती ने कहा, "यह क्या होता है?"

"क्या वह कभी प्रकट और कभी विलुप्त हो जाता है?" देविका ने अपनी जिज्ञासा प्रकट की, "या कभी धरती पर स्थित हो लड़ता है और कभी उड़कर आकाश में चला जाता है? कभी वह अग्नि और कभी धुआँ उगलता है? क्या, यह सब सम्भव है दूत?"

"नहीं महारानी! ऐसा कुछ नहीं है।" दूत ने सहसा कहा, "ऐसी कोई बात नहीं है। राक्षसों द्वारा मायावी युद्ध की बहुत चर्चा है, पर उसका अर्थ वह नहीं है, जो आप कह रही हैं। उसका अर्थ तो मात्र इतना ही है कि मायावी योद्धा अपने शत्रु को भ्रम में रखता है। वह उन नियमों का पालन नहीं करता, जिनका पालन आर्य वीर करते हैं। वह विपक्षी के सम्मुख से लुप्त हो जाता है। विपक्षी समझता है कि युद्ध समाप्त हो गया, किन्तु मायावी योद्धा लौट आता है। वस्तुतः वह युद्ध की मर्यादा को नहीं मानता। युद्ध की स्थिति में वह अपने वचनों का पालन नहीं करता। कहता कुछ है करता कुछ है। युद्ध में उस पर किसी प्रकार का विश्वास नहीं किया जा सकता। यही मायावी युद्ध है।"

"तो मध्यम पाण्डव ने दुर्योधन की सेना को भेड़ों के रेवड़ के समान खदेड़ दिया?" बलन्धरा भीम की वीरता के विषय में सुनने को व्यग्र हो रही थी।

"हाँ महारानी! मध्यम पाण्डव ने कौरव सेना को खदेड़ ही दिया था कि राजा दुर्योधन सचेत हो उठे। वे रणक्षेत्र में लौट तो आये, किन्तु स्वयं युद्ध करने के स्थान पर वे सीधे पितामह के पास पहुँचकर विलाप करते हुए से बोले, 'आपके और आचार्य द्रोण के होते हुए भी मेरी सेना भाग रही है। आपके विरोधी होते हुए भी पाण्डव आप के कृपापात्र हैं। तभी तो आप मेरी सेना की यह दुर्दशा देख कर

भी सहन कर रहे हैं।...आप मुझे पहले ही बता देते कि आप पाण्डवों के ही समान धृष्टद्युम्न और सात्यकि से भी युद्ध नहीं करेंगे तो मैं आपका, आचार्य द्रोण और आचार्य कृप का मत जानकर कर्ण के साथ मिलकर अपने कर्तव्य का निश्चय कर लेता।...' पितामह जानते थे कि जब भी दुर्योधन के मन में उनके प्रति कोई असन्तोष उभरता है तो वह उनको कर्ण की धमकी देता है। इससे पहले कि वे कुछ कहते, दुर्योधन ने कहा, 'यदि आप को युद्ध में मेरा परित्याग करना अच्छा नहीं लगता है तो आप दोनों श्रेष्ठ पुरुष अपना पराक्रम प्रकट कीजिए।' भीष्म उसकी इस प्रकार की उक्तियों से विशेष प्रसन्न नहीं थे। बोले, 'पाण्डवों को इन्द्र भी नहीं जीत सकते, फिर भी तुम्हारी इच्छा के अधीन मैं पाण्डवों का आगे बढ़ना रोक दूँगा।'" दूत ने रुक कर द्रौपदी की ओर देखा, "ध्यान दें महारानी! पितामह ने यह नहीं कहा कि वे पाण्डवों का नाश करेंगे। उन्होंने कहा कि वे पाण्डवों को आगे बढ़ने से रोक देंगे।"

"इससे अधिक वे कुछ कर भी नहीं सकते थे।" सुभद्रा ने कहा।

दूत ने सुभद्रा की टिप्पणी पर कोई प्रतिक्रिया नहीं प्रकट की। अपना वर्णन आगे बढ़ाता हुआ बोला, "उस समय तक सूर्य नारायण पश्चिम की ओर जा चुके थे। पाण्डव पक्ष उस दिन के युद्ध में स्वयं को विजयी मानकर अपनी विजय का उत्सव मनाने की तैयारी में था कि दुर्योधन की उकसाहट में पितामह ने एक विशाल सेना ले कर पाण्डव सेना पर आक्रमण कर दिया।..."

"यह तो अन्याय है।" देविका ने कहा, "सूर्य नारायण पश्चिम की ओर जा चुके थे और पाण्डव युद्ध के लिए प्रस्तुत नहीं थे और पितामह ने आक्रमण कर दिया? यह कैसी वीरता है पितामह की?"

"हाँ महादेवी! बात तो कुछ ऐसी ही है।" दूत ने कहा, "दुर्योधन और उसके सारे भाई स्वयं पितामह की रक्षा के लिए उनके साथ थे। वे जानते थे कि यदि पाण्डवों ने शिखण्डी को आगे कर दिया तो पितामह युद्ध नहीं कर पायेंगे। इसलिए वे किसी और पर विश्वास न कर, स्वयं ही पितामह की रक्षा में जुट गये थे।"

"क्या पाण्डवों ने शिखण्डी को उनसे लड़ने भेजा?" बलन्धरा ने पूछा।

"मध्यम पाण्डव बहुत क्रुद्ध थे कि अब, जब उस दिन का युद्ध समाप्तप्राय था और पाण्डव एक प्रकार से युद्ध निवृत्त हो चुके थे, पितामह उन पर ऐसा भयानक आक्रमण कर रहे थे। यह भी एक प्रकार का मायावी युद्ध ही तो था। मध्यम पाण्डव चाहते थे कि पांचाल राजकुमार शिखण्डी को सामने रखकर सब लोग उनकी रक्षा करें और आज पितामह को धराशायी कर ही दिया जाये, किन्तु धर्मराज को यह अन्याय लगता था कि जब पितामह यह घोषणा कर

चुके हैं कि वे शिखण्डी से युद्ध नहीं करेंगे तो उनके सामने शिखण्डी को खड़ा कर उनके साथ माया युद्ध किया जाये। उन्होंने महारथी शिखण्डी को पितामह से युद्ध करने की अनुमति नहीं दी।..."

"ओह!"

"कौरव सारे अधर्म करते रहें और पाण्डव प्रतिक्षण धर्म विचार ही करते रहें।" देविका ने एक गम्भीर श्वास छोड़ा।

"हाँ! महादेवी।" दूत बोला, "पाण्डवों ने अपना धर्म नहीं छोड़ा। न शिखण्डी को पितामह के सामने जाने दिया और न राजकुमार घटोत्कच को उनसे माया युद्ध करने की अनुमति दी। परिणाम यह हुआ कि पितामह के इस भयानक आक्रमण से धर्मराज की सेना बिखर गयी। वासुदेव ने यह सब देखा और धनंजय से कहा, 'दीर्घ काल से तुम जिस अवसर की प्रतीक्षा कर रहे थे, वह आ गया है। यदि इस समय भी तुम मोह से किंकर्तव्यविमूढ़ नहीं हो तो पूरी क्षमता से युद्ध करो और अपनी सेना की रक्षा करो। अपना वचन पूरा करो कि युद्ध में अपने विरुद्ध लड़ने आये अपने शत्रुओं का वध करोगे, चाहे वे पितामह अथवा आचार्य की क्यों न हों।' धनंजय कुछ चिंतित दिखे, किन्तु उन्होंने अपने द्वन्द्व को तत्काल समाप्त कर दिया और बोले, 'आप रथ को वहीं ले चलिए, जहाँ पितामह हैं। मैं अभी उनको रथ से नीचे गिरा दूँगा।...' श्रीकृष्ण हँसे, 'अभी भी उन्हें रथ से नीचे गिराने की बात कह रहे हो। ऐसा क्यों नहीं कहते कि उनका वध कर दोगे।' धनंजय ने इसका कोई उत्तर नहीं दिया। उनका रथ पितामह के निकट पहुँच गया और पितामह का वेग भी कुछ थम गया था। पाण्डवों की बिखरी हुई सेना कुछ सिमट आयी थी और उनका पलायन भी रुक गया था। भीष्म को अपना इस प्रकार रुद्ध होना कुछ सहन नहीं हुआ और उन्होंने अपना अत्यन्त भयंकर रूप प्रकट किया। उन्होंने सेना को छोड़कर जैसे सीधे राजकुमार अर्जुन पर ही नहीं स्वयं वासुदेव श्रीकृष्ण पर आक्रमण किया। जब तक कि श्रीकृष्ण समझते कि पितामह के मन में क्या है, धनंजय और वासुदेव दोनों ही क्षत-विक्षत हो चुके थे। उस पर न जाने क्यों, अपनी स्वाभाविक गम्भीरता छोड़ कर पितामह भीष्म हँस-हँस कर श्रीकृष्ण को चिढ़ा रहे थे। वे उन्हें अधिक से अधिक क्रोध दिलाने का प्रयत्न कर रहे थे...। पितामह द्वारा किया जा रहा विनाश असाधारण और अत्यन्त भयंकर था। पांचालों की सेना सर्वथा नष्ट होने की स्थिति में पहुँच गयी थी, इसलिए अस्तित्व बचाने के लिए, रणक्षेत्र छोड़कर भाग रही थी।..."

"पितामह का व्यवहार मेरी समझ में तो आता ही नहीं।" बलन्धरा बोली, "एक ओर धर्म का पक्ष लेने की घोषणा करते हैं और फिर श्रीकृष्ण पर

आक्रमण करते हैं। श्रीकृष्ण से अधिक धर्म कौन जानता है।...पाण्डवों को अपने लिए अवध्य घोषित करते हैं और फिर धनंजय पर आघात कर उन्हें क्षत-विक्षत कर देते हैं।..."

"वह मैं समझा दूँगी।" द्रौपदी ने कहा, "पहले युद्ध के सारे समाचार सुन लो।"

"भीष्म भयंकर विनाश कर रहे थे।" दूत ने कहा, "लगा कि श्रीकृष्ण क्रोध से काँप उठे हैं। वे बोले, 'अर्जुन के मन में अपने पितामह का मोह है। वे उनके साथ युद्ध जैसा युद्ध कर ही नहीं सकते। ठीक है। अब मैं किसी पर निर्भर नहीं रहूँगा। मैं स्वयं ही युद्ध कर पितामह का ही नहीं, आचार्य, दुर्योधन तथा उसके सारे भाइयों का वध कर अभी धर्मराज का राज्य उन्हें दिलवा देता हूँ।...' धनंजय ने कुछ नहीं कहा। वे युद्ध की ओर उन्मुख हो गये थे, अथवा श्रीकृष्ण को उत्तर देने से बच रहे थे। इस समय पितामह ही नहीं, आचार्य द्रोण, विकर्ण, जयद्रथ, भूरिश्रवा, कृतवर्मा, कृपाचार्य, श्रुतायु, अंबष्ठपति, विन्द, अनुबिन्द तथा सुदक्षिण इत्यादि योद्धाओं ने मिल कर एक साथ ही धर्नुधर अर्जुन पर आक्रमण कर दिया था। दुर्योधन इस अवसर को छोड़ना नहीं चाहता था। जाने पितामह फिर कभी ऐसा उग्र रूप धारण करें, न करें। इसलिए कुछ ऐसा हो कि अर्जुन आज युद्ध से लौटकर न जा सके।...उधर सात्यकि ने देखा कि राजकुमार अर्जुन घिर गये हैं। सारे महारथी एक साथ ही अकेले अर्जुन से भिड़ गये हैं। न किसी को धर्म का विचार है, न युद्ध-संहिता का।...सात्यकि अपना रथ दौड़ाते आये और धनंजय तथा कौरवों के मध्य अड़ गये। उससे कौरवों का आघात कुछ बाधित हुआ। धनंजय की सहायता भी हुई किन्तु भीष्म की प्रचण्डता में कोई विशेष अन्तर नहीं आया। उनके प्रहारों के सामने पाण्डव सेना ही नहीं, पाण्डवों के अच्छे-अच्छे योद्धा असहाय हो रहे थे और जिन्हें कुछ नहीं सूझता था वे रणभूमि को त्याग पलायन कर रहे थे।...और अकस्मात् ही श्रीकृष्ण पितामह भीष्म से भी अधिक प्रचंड हो उठे।...वे सात्यकि से सम्बोधित हुए, 'युयुधान! जो भाग रहे हैं, भाग जायें। जो खड़े हैं, वे भी चले जायें। किसी की सहायता नहीं चाहिए मुझे। मैं अभी सहायकों सहित भीष्म और द्रोण को मार गिराता हूँ।' श्रीकृष्ण ने पार्थ की ओर देखा, अपने सम्मुख पितामह को खड़े देख कर अर्जुन सहज कोमलता से युद्ध कर रहा है और भीष्म प्रचण्ड होते जा रहे हैं। अर्जुन को न अपनी सेना प्रिय है, न अपने भाई। उसे तो अपने गुरु और पितामह ही प्रिय हैं। किन्तु मुझे केवल धर्म प्रिय है। मैं अधर्म को विजयी होने नहीं दूँगा।' और..." दूत ने चुप होकर अपने सम्मुख बैठी व्यग्र श्रोताओं का जैसे निरीक्षण किया, "और श्रीकृष्ण ने सचमुच ही अपना सुदर्शन

चक्र प्रकट किया। उसे धारण किया। सुदर्शन की नाभि अत्यन्त सुन्दर थी। उसका प्रकाश सूर्य के समान और प्रभाव वज्र के समान था। किनारे क्षुरा के समान तीक्ष्ण थे। श्रीकृष्ण ने अश्वों की वल्गा छोड़ दी और अपनी तर्जनी पर सुदर्शन को घुमाते हुए रथ से भूमि पर कूद पड़े। वे अपने पैरों की धमक से पृथ्वी को कँपाते हुए भीष्म की ओर वेग से दौड़े।...रण रुक गया। दोनों ओर की सेनाएँ जैसे स्तब्ध खड़ी रह गयीं।...और कौरवों की सेना में सहसा हाहाकार मच गया। श्रीकृष्ण से कौन लड़ता? कौन उन पर प्रहार करता? दुर्योधन भी अपने स्थान पर चिन्तित खड़ा था। जिसने अपनी सभा में आये श्रीकृष्ण को बन्दी करने का प्रयत्न किया था, वह भी आज युद्धक्षेत्र में श्रीकृष्ण पर प्रहार नहीं कर सकता। दुःशासन तो जैसे किसी सम्मोहन की सी स्थिति में सुदर्शन को ही देखता जा रहा था।"

"और भीष्म? भीष्म क्या कर रहे थे?" सुभद्रा ने पूछा।

"भीष्म तनिक भी भयभीत दिखायी नहीं पड़ रहे थे।" दूत ने बताया, "वे घबराए हुए भी नहीं लगे। उन्होंने बहुत सहज भाव से अपना भयंकर धनुष उठाया, उसकी प्रत्यंचा खींची। उनके मन में तनिक भी मोह नहीं था। वे बोले, 'आइए देवेश्वर! जगन्निवास! आपको नमस्कार है। सबको शरण देने वाले लोकनाथ! आज इस रणभमि में बलपूर्वक इस उत्तम रथ से मुझे मार गिराइए। आपके हाथों मारा जाऊँगा तो इस लोक में भी मेरा कल्याण होगा और उस लोक में भी। आपके हाथों मरने से तीनों लोकों में मेरा गौरव बढ़ जायेगा।'"

"पर पितामह ने श्रीकृष्ण को नारायण के रूप में प्रणाम क्यों किया?" बलन्धरा ने पूछा, "क्या वे श्रीकृष्ण को नारायण मानते हैं?"

दूत ने कुछ नहीं कहा। उसने द्रौपदी की ओर देखा, जैसे सहायता के लिए याचना कर रहा हो।

"तुम जानती हो बलन्धरा!" द्रौपदी ने कहा, "अनेक लोग श्रीकृष्ण को नारायण का अवतार मानते हैं। पितामह भी उन्हीं में से एक हैं। राजसूय यज्ञ के समय भी उन्होंने श्रीकृष्ण की अग्रपूजा का प्रस्ताव रखा था और उनके प्रति पूज्य बुद्धि दिखायी थी।"

"यदि ऐसा ही है तो वे श्रीकृष्ण के विरुद्ध लड़ते क्यों हैं? उन पर प्रहार क्यों करते हैं? उनका रुधिर क्यों बहाते हैं?" बलन्धरा का स्वर कुछ और उग्र हो गया, "क्या पितामह राक्षस हैं, जो नारायण से युद्ध करना चाहते हैं?"

"नहीं! वे राक्षस तो नहीं हैं।" द्रौपदी ने कहा, "पर वे अपने कुछ संकल्पों से बँधे हैं। कहा जाता है कि गंगापुत्र के रूप में जन्म लेने से पूर्व वे एक वसु थे। यह उसी वसु का अहंकार ही प्रतीत होता है, जो उनसे कठोर से कठोर

व्रतों का पालन करवाता है। यह उसी वसु का अवशिष्ट अहंकार ही है, जो उनको धर्म के बन्धन में बाँध देता है। तपस्या का फल सिद्धि के रूप में होता है तो उसका अहंकार भी होता है।..."

"पर एक भक्त के समान समर्पण कर कोई अपने आराध्य पर बाण का प्रहार कैसे कर सकता है?" बलन्धरा अब भी अपने प्रश्न पर टिकी हुई थी।

द्रौपदी ने तत्काल कोई उत्तर नहीं दिया किन्तु कुछ ही निमिषों में बोली, "मैं नहीं जानती कि मेरा मूल्यांकन ठीक है अथवा नहीं, पर मुझे लगता है कि पितामह ने जो सोचा और चाहा था, वह नहीं हो रहा है। युद्ध उनकी पकड़ से बाहर जा रहा है। ऐसे में वे न युद्ध त्याग सकते हैं, न पाण्डवों का वध कर सकते हैं, न दुर्योधन को पाण्डवों के हाथों मरते हुए देख सकते हैं। तो क्या समाधान है? समाधान कोई नहीं है तो एक प्रकार का पलायन ही सम्भव है, और वह पलायन है उनका शरीर त्याग। वे अपने शरीर त्याग का एक बहाना ढूँढ़ रहे हैं। जब दुर्योधन उनको अधिक कोंचता है, वे श्रीकृष्ण अथवा धनंजय को अधिक से अधिक पीड़ित करते हैं, ताकि उन दोनों में से कोई एक उनका वध कर दे और वे अपने इस द्वन्द्व से मुक्त हो सकें। तुमने सुना न, वे कह रहे थे कि श्रीकृष्ण के हाथों जीवन मुक्ति पाकर उनका इस लोक में भी कल्याण ही होगा।..."

"ओह!" अनेक कण्ठों से निकला।

"जिसका वध नहीं करना है, उसे आहत, घायल, क्षत-विक्षत करने का क्या अर्थ?" द्रौपदी ने पुनः कहा, "वे धनंजय और श्रीकृष्ण को आहत कर उत्तेजित करते हैं। उकसाते हैं उन्हें कि मुझे मारो। और श्रीकृष्ण कदाचित उनकी इच्छा पूरी करने ही जा रहे थे।..."

"हाँ महारानी!" दूत ने घटनाओं का सूत्र पकड़ लिया, "पर तब धनंजय भी रथ से कूद पड़े और श्रीकृष्ण के पीछे भागे। उन्होंने अपनी शक्तिशाली भुजाओं से श्रीकृष्ण की भुजायें थाम लीं। उन्होंने श्रीकृष्ण को रोकने का भरसक प्रयत्न किया, किन्तु श्रीकृष्ण को रोकना उनके लिए सम्भव नहीं था। वे उन्हें रोकने के स्थान पर स्वयं ही उनके साथ घिसटते जा रहे थे। और तब वीरवर अर्जुन ने श्रीकृष्ण की भुजायें छोड़ उनके पैर थाम लिए। दस पगों तक उन्हें खींच कर श्रीकृष्ण रुके और उन्होंने राजकुमार की ओर देखा...'या तो स्वयं युद्ध करो अथवा मुझे ही अपना सामर्थ्य दिखा लेने दो।' "

"तो क्या कहा धनंजय ने?" सुभ्रदा ने पूछा।

"राजकुमार बोले, 'केशव! अपने क्रोध को संयत कीजिए। मैं अपनी प्रतिज्ञा के अनुसार अपने कर्तव्य का पालन करूँगा। अपने भाइयों और पुत्रों

की शपथ खाकर कहता हूँ कि आपका आदेश होने पर सारे के सारे कौरवों का विनाश कर दूँगा।' श्रीकृष्ण ने रुककर उनकी ओर देखा, 'सच कह रहे हो न? ऐसा न हो कि अपने गुरु और पितामह के प्रति अपनी गौरव बुद्धि के कारण तुम फिर उनके वध से संकोच कर जाओ।' 'नहीं ऐसा नहीं होगा गोबिन्द!' धनंजय ने उत्तर दिया। श्रीकृष्ण कुछ सन्तुष्ट होते लगे। उन्होंने सुदर्शन को अपनी तर्जनी से उतार लिया। अपने रथ में लौट आये। हाथ में पांच्जन्य ले कर उच्च स्वर में उसे फूँका।"

"यह सुदर्शन चक्र तो उन्हें खाण्डव दाह के समय देव अग्नि ने दिया था न?" सहसा देविका ने पूछा।

"हाँ!" द्रौपदी ने कहा, "क्यों?"

"करेणुमती कह रही थी कि श्रीकृष्ण ने शतधन्वा को भी सुदर्शन चक्र से ही मारा था। मैंने उससे कहा भी कि तब तक तो उनके पास सुदर्शन चक्र था ही नहीं, तो फिर उससे उन्होंने शतधन्वा का वध कैसे किया?" देविका ने अपनी समस्या रखी।

"ओह!" द्रौपदी हँसी, "वस्तुतः गोमन्त पर्वत पर जरासंध से हुए युद्ध के समय से ही चक्र श्रीकृष्ण का आयुध रहा है किन्तु वह सुदर्शन चक्र नहीं था। अनेक लोग यह भी मानते हैं कि उन्हें सुदर्शन चक्र उनके गुरु सांदीपनी ने दिया था। यदि वह सुदर्शन गुरु सांदीपनी से मिला था तो द्वारका में भी उनके पास सुदर्शन होना चाहिए था, जिस से वे शतधन्वा को मार सकें।...पर यदि सुदर्शन वह चक्र था, जो उन्हें खाण्डव दाह के समय देव अग्नि से प्राप्त हुआ था तो शतधन्वा का वध उससे नहीं हुआ था।..."

"इसका अर्थ यह तो नहीं हुआ कि श्रीकृष्ण के पास अपने चक्र भी रहे होंगे।" देविका ने कहा, "एक चक्र तो उन्हें अपने गुरु सांदीपनी से भी प्राप्त हुआ था और एक देव अग्नि से भी। सम्भवतः देव अग्नि से प्राप्त चक्र ही सुदर्शन था।..."

"कदाचित यही सत्य है।" द्रौपदी ने कहा।

"फिर क्या हुआ दूत?" सुभद्रा ने पूछा।

"श्रीकृष्ण के अपने रथ पर वापस लौटते ही जैसे दुर्योधन इत्यादि जाग उठे।" दूत बोला, "दुर्योधन, भीष्म, भूरिश्रवा इत्यादि योद्धा आगे बढ़े और शल्य भी उनसे आ मिले। उन लोगों ने एक साथ मिलकर एक प्रबल प्रहार राजकुमार अर्जुन पर किया।...और तब वीरवर धनंजय ने अपना महेन्द्रास्त्र प्रकट किया। महेन्द्रास्त्र का आना था कि धनंजय ने बाणों का ऐसा जाल बिछा दिया कि कौरवों के रथ ही नहीं गज भी रुक गये। कौरवों को ऐसे स्तब्ध देख कर विराट और

द्रुपद भी लौट आये। उनकी सेनाएँ अपने स्थान पर पैर जमाने लगीं। धनंजय उस समय ऐसे प्रबल हो गये थे कि कौरवों की सेना ने जैसे उनके सम्मुख अपना मस्तक ही टेक दिया, जैसे मृतप्राय गज धरती पर गिरने से पहले करता है। उनके यंत्र कट गये, ध्वज गिर गये। दुर्योधन दाँत पीसता रह गया किन्तु भीष्म, द्रोण, बाह्लीक इत्यादि योद्धा पीछे हट गये। प्राच्य, सौवीर, क्षुद्रक और मालव क्षत्रिय प्रायः नष्ट हो गये। श्रुतायु, अंबष्ठपति, दुर्मर्षण, चित्रसेन, द्रोण कृप, जयद्रथ, बाह्लीक, भरिश्रवा, शल और पितामह भीष्म राजकुमार अर्जुन द्वारा पराजित किये गये।...संध्या हो ही रही थी। कौरव सेनाओं के सम्मुख अपनी रक्षा का और कोई उपाय नहीं था। पितामह ने सेना को स्कन्धावार में लौटने का आदेश दिया।" दूत मौन हो गया।

"जब उनका मन होता है आक्रमण कर देते हैं और जब चाहते हैं अपनी सेनाएँ लौटा लेते हैं।" करेणुमती बोली।

"राजकुमार घटोत्कच की इच्छा थी कि कौरवों की सेनाओं को इस प्रकार सुरक्षित लौटने न दिया जाये।" दूत ने बताया, "वे चाहते थे कि उन्हें मायावी युद्ध करने की अनुमति दी जाये। वे लौटती हुई सेना पर पीछे से अपनी सेना को ले कर आक्रमण करें और अंधकार का सहारा ले कर इस भयभीत, क्लान्त और विखंडित सेना को सर्वथा कुचलकर रख दें।..."

"यही उचित था।" बलन्धरा बोली, "घटोत्कच ठीक ही कह रहा था।"

"किन्तु धर्मराज ने उसकी अनुमति नहीं दी।" दूत ने बताया।

"धर्म!" द्रौपदी ने कहा और जैसे शून्य में घूरने लगी, "श्रीकृष्ण ने उन्हें समझाया नहीं कि युद्ध में धर्म क्या होता है?"

"अरे हाँ!" सहसा उत्तरा ने कहा, "मुझे बताया गया है कि श्रीकृष्ण अपना धर्म कभी नहीं छोड़ते।"

"हाँ यही बात है।" सुभद्रा ने कहा।

"तो फिर शस्त्र धारण न करने की प्रतिज्ञा करने के बाद भी उन्होंने सुदर्शन चक्र कैसे धारण कर लिया?"

"उन्होंने युद्ध किया तो नहीं न!" करेणुमती बोली।

"यदि पिताजी उन्हें रोक न लेते तो वे क्या भीष्म पितामह पर प्रहार नहीं करते?" उत्तरा बोली।

"तुम्हारे पिताजी उन्हें रोक ही लेंगे, यह वे जानते थे।" सुभद्रा ने कृष्ण का बचाव करने का प्रयत्न किया, "यह सब कुछ तो उन्होंने धनंजय को उत्तेजित करने के लिए ही किया।"

"वे नाटक कर रहे थे अथवा पिताजी को इतना जानते हैं कि उन्हें पहले ही ज्ञात था कि उनकी इस धमकी का परिणाम क्या होगा?" उत्तरा ने पुनः

कहा, "यदि कहीं पिताजी उन्हें न रोकते अथवा रोक न पाते तो क्या श्रीकृष्ण पितामह पर प्रहार कर, अपनी प्रतिज्ञा भंग कर देते?"

"मेरा विचार है पुत्री! कि यह सब भी था", द्रौपदी ने कहा, "और यह भी सम्भव है कि श्रीकृष्ण को लगा हो कि ऐसे संकल्पों से अधर्म की वृद्धि होती है। अतः उस की रक्षा अब आवश्यक नहीं है। वस्तुतः यह संकल्प उनका अपना तो है नहीं। यह तो एक प्रकार से उनके वचन का अपहरण ही है। वैसे उनके मन में क्या था, यह तो वे ही जानें। जब लौट कर आयेंगे तो उनसे पूछ लेना।"

"अच्छा मुझे यह बताओ दूत! कि हमें अनेक बार बताया जाता है कि घटोत्कच अथवा कोई व्यक्ति बहुत वीर है।" करेणुमती ने सहसा ही चर्चा की धारा दूसरी ओर मोड़ दी, "किन्तु जब अपनी अथवा विपक्ष की सेनाओं के हारने का वर्णन करते हो तो कभी नहीं बताते कि उस समय वह वीर पुरुष कहाँ था। जब दुर्योधन की सेना भागती है तो भीष्म और द्रोण कहाँ होते हैं और जब पाण्डवों की सेना पिट रही होती है तो वीर धनंजय, मध्यम पाण्डव अथवा घटोत्कच कहाँ होते हैं?"

"महारानी! ऐसा तो अनेक बार हो जाता है कि किसी दुर्द्धष योद्धा को किसी एक व्यूह में घेर अथवा रोक लिया जाता है। सारे योद्धा एक ही स्थान पर तो लड़ते नहीं। युद्ध चाहे एक हो किन्तु व्यूह अनेक होते हैं। प्रत्येक योद्धा के आस-पास एक युद्ध चल रहा होता है। इसलिए प्रत्येक स्थान पर प्रत्येक योद्धा तो उपस्थित हो नहीं सकता।" दूत बोला, "फिर यह भी सम्भव है कि अपने घावों अथवा श्रम के कारण, अपने सारथि की असमर्थता अथवा अपने अश्वों की क्लांति के कारण कोई योद्धा किसी समय उतना प्रभावशाली नहीं हो पाता और किसी समय इसी की विपरीत परिस्थितियों के कारण वह अत्यन्त भयंकर हो उठता है। यह भी सम्भव है कि कोई योद्धा किसी समय अपने क्षतों के कारण अक्षम होकर युद्ध से अनुपस्थित हो जाये और किसी दिन के युद्ध में उसकी किसी प्रकार की चर्चा न हो। आप देखेंगी कि किसी दिन तो युद्ध में जय का सारा श्रेय राजकुमार अर्जुन का होता है। किसी दिन मध्यम पाण्डव ही मध्यम पाण्डव होते हैं। कभी-कभी युयुधान इतने प्रबल हो उठते हैं कि कौरव उन्हें सँभाल ही नहीं पाते। किसी दिन धृष्टद्युम्न ही एक मात्र योद्धा के रूप में दिखायी पड़ते हैं। वैसे मेरा अनुमान है कि इन सिद्ध योद्धाओं के साथ-साथ सब से छोटे राजकुमार अभिमन्यु तथा भीमपुत्र घटोत्कच की वीरता, क्षमता तथा युद्ध कौशल से दुर्योधन और उसके मित्र अत्यन्त भयभीत हैं। इसका अर्थ कहीं यह नहीं है कि अन्य राजकुमार युद्ध में अपना कौशल नहीं दिखा रहे।...आप मेरी बात समझ रहीं हैं न?"

"अभिमन्यु का कोई गुण बता सकते हो दूत?" द्रौपदी ने कुछ वक्र दृष्टि से उत्तरा की ओर देखा।

"हाँ महारानी! उनमें अद्भुद साहस है। वे आचार्य और पितामह भीष्म से टकराने में भी संकोच नहीं करते।" दूत ने कहा, "जैसे ही उन्हें सूचना मिलती है कि किसी एक स्थान पर कौरव सेना पाण्डवों पर भारी पड़ रही है, वहाँ पहुँचने वाले वे प्रथम वीर होते हैं। उनकी वीरता और तेजस्विता की उनके शत्रु भी प्रशंसा करते हैं..."

द्रौपदी ने उत्तरा के मुखमण्डल पर गर्व और संकोच के चिह्नों को निहारकर एक प्रकार की तृप्ति का अनुभव किया, "और घटोत्कच?"

"उन्हें जहाँ खड़ा कर दिया जाये, वहाँ से उन्हें कोई डिगा नहीं सकता। उनमें भी अपने पिता के ही समान कौशल से बल अधिक है।" दूत बोला, "वे युद्ध में उसी प्रकार का आनन्द का अनुभव करते हैं, जैसे कोई दानी दान में, कोई कलाकार अपनी कला की साधना में करता है।..."

"अच्छा दूत! क्या तुम जानते हो कि भैया द्वारा दुर्योधन को दी गयी यादवों की नारायणी सेना, क्या कर रही है?" सुभद्रा ने पूछा।

"महारानी! दुर्योधन ने उस सेना को अनेक वाहिनियों में विभाजित कर, विभिन्न सेनापतियों की सेवा में नियुक्त कर दिया है।" दूत बोला, "इस युद्ध में अब न कोई नारायणी सेना है, न यादवी सेना।"

"यह तो नारायणी सेना का भी अपमान है और श्रीकृष्ण का भी।" बलन्धरा बोली, "पर उसने ऐसा क्यों किया?"

"वह तो वह ही जाने, किन्तु कहा जाता है कि वह उस सेना से इतना भयभीत था कि वह उसे एक स्वतन्त्र, स्वावलम्बी सेना के रूप में युद्ध करने की अनुमति देने का साहस नहीं कर सकता था।" दूत बोला, "कुछ लोगों की मान्यता है कि दुर्योधन को अपने प्रति नारायणी सेना की निष्ठा का विश्वास नहीं था। वह मानता था कि नारायणी सेना के गोपों के मन में श्रीकृष्ण के प्रति जो प्रेम है, उसके कारण वे लोग किसी के पक्ष से युद्ध कर ही नहीं सकते। पर श्रीकृष्ण से वह सेना ले कर उसने उसे पाण्डवों के पक्ष से युद्ध करने से रोक दिया था।"

"पर यह भी तो सम्भव है कि उस बिखरती हुई नारायणी सेना के लोग अपनी-अपनी इच्छा से अपने-अपने प्रिय नायक के पास चले गये हों।" द्रौपदी ने कहा।

"बहुत कुछ ऐसा ही हुआ है महारानी!"

"और दुर्योधन का वह भाई युयुत्सु, जो हमारे पक्ष में आ गया है," देविका ने पूछा, "वह क्या कर रहा है?"

"राजकुमार युयुत्सु भी युद्ध कर रहे हैं; किन्तु अभी तक उनके विषय में कहने के लिए कोई असाधारण बात नहीं है।"

"अन्त में एक बात और बताओ दूत!" सुभद्रा ने एक प्रकार की आकस्मिकता के साथ पूछा, "तृतीय पार्थ और भैया कृष्ण के घाव अब कैसे हैं? कोई गम्भीर बात तो नहीं है न?"

दूत हँसा, "नहीं महारानी! वे दोनों पूर्णतः सकुशल तथा स्वस्थ हैं। अगले दिन वे युद्ध में इस प्रकार सम्मिलित हुए हैं, जैसे कल कुछ हुआ ही न हो।"

"ठीक है दूत!" द्रौपदी ने कहा, "अब तुम जाकर विश्राम करो। कल प्रातः ही तुम्हें कुरुक्षेत्र लौटना है।"

"जो आज्ञा महारानी!" दूत ने प्रणाम किया और बाहर निकल गया।

41

"एक बात पूछूँ?"

विदुर मुस्कराए, "क्या बात है, आज एक प्रश्न पूछने के लिए भी अनुमति ली जा रही है।"

"एक धावक युद्ध की कुछ सूचनाएँ ले कर कुन्ती भाभी के पास आया था।" पारंसवी ने बताया, "कह रहा था कि मध्यम पाण्डव भीम ने आज बहुत वीरता दिखायी, वे रथ त्याग अकेले ही पदाति ही शत्रुओं से युद्ध करने चल दिये थे।"

"वीरता नहीं, मूर्खता दिखायी।" विदुर कुछ खिन्न स्वर में बोले।

"तो क्या वीरता और मूर्खता में कोई अन्तर नहीं है?"

विदुर ने पारंसवी की ओर देखा : वह पूर्ण गम्भीरता से उनसे अपने प्रश्न के उत्तर की अपेक्षा कर रही थी।

वे हँस पड़े, "नहीं! मूर्खता और वीरता पर्याय नहीं हैं।...पर परिणाम सोचे बिना अनावश्यक रूप से संकट को आमन्त्रित करना, विजय को पराजय में परिणत कर, वीरता को मूर्खता भी सिद्ध कर सकता है।"

"भीम ने क्या किया?" पारंसवी ने पूछा।

"क्यों? तुमने धावक की पूरी बात नहीं सुनी?" विदुर ने पूछा।

"हाँ! एक प्रकार से तो पूरी बात नहीं ही सुनी और दूसरे, वह तो उसकी प्रशंसा कर रहा था और आप उसे उसकी मूर्खता बता रहे हैं।" पारंसवी ने रुककर विदुर की ओर देखा, "इसका अर्थ है कि जो कुछ वह बता रहा था, आप उससे सहमत नहीं हैं।..."

"यदि धावक उसे भीम की वीरता बता रहा था तो मैं सचमुच उससे सहमत नहीं हूँ।" विदुर बोले, "उसने तो एक प्रकार से स्वयं को मृत्यु के हाथों में सौंप ही दिया था।"

"कैसे?"

"उसके लिए तो आज के युद्ध का विवरण ही सुनाना पड़ेगा।" विदुर ने कुछ क्लान्त से स्वर में कहा।

"तो सुनाइए।"

"नहीं! शायद भाभी को वह सब सुनकर अच्छा न लगे।" विदुर बोले।

"भाभी बहुत जीवटवाली महिला हैं। वे अपने जीवन में हम दोनों की तुलना में कहीं अधिक प्रतिकूलता सहन कर चुकी हैं।" पारंसवी ने इधर-उधर दृष्टि दौड़ाई। आस-पास किसी को न देख कर बोली, "पर क्या यह सम्भव नहीं है कि आप भाभी की अनुपस्थिति में ही मुझे आज के युद्ध का विवरण सुना दें?"

"मैं तो तुम्हारे पहले प्रश्न से ही समझ रहा था कि तुम मुझे घेरने का प्रयत्न कर रही हो।" विदुर हँस पडे, "पर मैं कुछ थका हुआ हूँ। संक्षेप में ही कहूँगा।"

"हाँ! संक्षेप में ही सही।"

"अच्छा"

द्रुपद आचार्य द्रोण से उलझे हुए थे। धृष्टद्युम्न पिता की सहायता के लिए, उनकी ओर बढ़ ही रहा था कि उसकी दृष्टि समरभूमि में खड़े शकुनि पर पड़ी।... राजनीति और द्यूत में पाँसें फेंकनेवाला शकुनि भी युद्ध कर रहा था।...धृष्टद्युम्न को लगा कि अब न तो वह व्यूह की चिन्ता कर सकता है, न कहीं से और सहायता आने अथवा कहीं सहायता पहुँचाने की। उसे तो बस शकुनि को पाठ पढ़ाना है। यही वह बिच्छु है, जो आज तक बार-बार पाण्डवों को डसता रहा है। यही है, जिसने द्यूत में सब कुछ हार जाने पर भी, धर्मराज को यह कह कर उठने नहीं दिया कि अभी तो पांचाली बची हुई है। इसी ने द्रौपदी को दाँव पर लगवाया, इसी ने उसे दासी बनाया, इसी ने उसे अपमानित करवाया।...इसे मारे बिना धृष्टद्युम्न की न तो शपथ पूरी हो सकती है और न ही उसके मन की धधकती ज्वाला शान्त हो सकती है।...आज शकुनि सामने पड़ गया था, नहीं तो सर्प के समान जाने कहाँ बिल में छिपा रहता था। पाँसे फेंकनेवाले इस विषधर को आज धृष्टद्युम्न अपने बाणों का विष भी चटा ही दे।...

धृष्टद्युम्न ने अपना रथ मोड़ लिया।

छोटे-छोटे दो एक टीलों को पारकर वह प्रायः उस क्षेत्र में पहुँच गया था, जो अभी थोड़ी देर पहले तक कौरव सेना से आक्रांत था, पर इस समय कैसा

तो खाली-खाली लग रहा था। वहाँ इस समय किसी की सेना नहीं थी, पर सेना वहाँ रही थी, इस के कुछ प्रमाण अवश्य थे।...टूटे हुए रथ और आहत तथा मरे हुए गज, स्पष्ट बता रहे थे कि थोड़ी ही देर पहले वहाँ कोई भीषण संघर्ष हुआ था।...और तभी धृष्टद्युम्न ने देखा कि एक विराट रथ एक ओर निष्क्रिय सा खड़ा था। उस में सारथि तो था किन्तु योद्धा नहीं था।...धृष्टद्युम्न ने प्रायः एक ही समय में रथ और उसके सारथि को पहचाना।...यह तो मध्यम पाण्डव भीम का रथ था और विशोक उनका ही तो प्रिय सारथि था...कैसा अवसाद में डूबा-सा बैठा था, जैसे उसके शरीर में प्राण ही न हों।...धृष्टद्युम्न स्तब्ध रह गया...भीम कहाँ गये? सूने रथ का क्या अर्थ?...यहाँ कुछ देर पहले तक कौरवों की सेना वर्तमान थी और यहाँ युद्ध भी हुआ था...अब यहाँ रथ ही था, भीम नहीं थे...कहाँ गये भीम? कहीं कुछ अघटनीय तो नहीं घट गया?...धृष्टद्युम्न को लगा कि उसका हृदय भीतर ही भीतर कहीं डूबता जा रहा था। उसकी चेतना ही जैसे लुप्त हो रही थी।...उसने स्वयं को सँभाला...इस प्रकार साहस छोड़ने से काम नहीं चलेगा। बहुत सम्भव है कि भीम अभी जीवित हों...और यदि वस्तुतः अघटनीय हो ही चुका है तो न अभी युद्ध समाप्त हुआ है और न धृष्टद्युम्न का जीवन! पाण्डवों के प्रधान सेनापति को इस प्रकार की चंचलता शोभा नहीं देती...

वह विशोक के निकट चला आया। विशोक अत्यन्त व्याकुल दिखायी पड़ रहा था। धृष्टद्युम्न को सम्मुख खड़ा देख, उसकी चेतना कुछ लौटी, किन्तु उसकी आँखों का श्मशान अब भी वहीं वर्तमान था।...

"मध्यम पाण्डव कहाँ हैं?" धृष्टद्युम्न ने अधैर्यपूर्वक पूछा।

"पता नहीं।" विशोक का स्वर पर्याप्त विचलित था, "मुझे यहाँ प्रतीक्षा करने के लिए कह, रथ से उतर कर, पदाति ही कौरवों के इस सैन्य-सागर में उतर गये।"

"पर क्यों?" धृष्टद्युम्न का स्वर व्यग्रता लिए हुए था, "अकारण ही तो उन्होंने रथ नहीं त्यागा होगा। शत्रुओं से अपनी रक्षा करने वाले रथ को त्याग कर कौरव सेना में घुसने का तो अर्थ है कि व्यक्ति अपना कवच उतार फेंके, अपना खड्ग शत्रु के चरणों में रख दे और फिर उससे युद्ध करने का प्रयत्न करे।....क्यों त्यागा उन्होंने रथ?"

"मैं क्या जानूँ।" विशोक बोला, "मुझसे तो उन्होंने इतना ही कहा कि तुम दो घड़ी अश्वों को रोककर यहीं मेरी प्रतीक्षा करो, तब तक मैं इन लोगों का वध कर लूँ, जो मेरी हत्या करने को उद्यत हैं।"

"कौन लोग थे?"

"महाराज धृतराष्ट्र के अनेक पुत्र थे।" विशोक बोला, "दुर्योधन के भाई।"

"भीमसेन को उनके साथ युद्ध करते देखा तुमने?"

"वे लोग अपना व्यूह बनाए हुए थे। उन्होंने मध्यम पाण्डव पर कुछ प्रहार भी किये थे। सम्भवतः वे स्वामी के चारों ओर अपने रथों से किसी प्रकार की घेराबन्दी करने का प्रयत्न कर रहे थे।" विशोक ने कहा, "पर तब तक स्वामी स्वयं ही रथ को त्याग कर उनकी ओर चल दिये। स्वामी उनके निकट पहुँचे तो मुझे लगा कि कौरव उनसे युद्ध करने के स्थान पर उन्हें घेरने का अधिक प्रयत्न कर रहे हैं। यह भी सम्भव कि वे अपनी सेना से और सहायता पाने के लिए, अपनी स्थिति और प्रबल करने के लिए, पीछे हट गए हों। सम्भवतः वे चाहते थे कि मध्यम पाण्डव उनकी सेना में गहरे उतर जायें और वे उन्हें घेरकर जीवित पकड़ अपना बन्दी बना लें।..."

"तो भी भीमसेन उनके पीछे चले गए? और सब कुछ जानते और समझते हुए भी तुमने उन्हें जाने दिया?" धृष्टद्युम्न ने चिन्तित होकर पूछा।

"सारथि रथी को नहीं रोक सकता सेनापति! वे योद्धा हैं, जैसे चाहेंगे, युद्ध करेंगे। मैं तो उनकी आज्ञा के अधीन चलने वाली काष्ट-पुतलिका हूँ।" विशोक ने कहा, "वैसे शत्रुओं की क्षति किये बिना स्वामी उनके पीछे नहीं गये। जब मध्यम पाण्डव ने आक्रोशपूर्वक, रौद्र रूप धरे हुए कौरव सेना रूपी सागर में प्रवेश किया तो सचमुच वे उनको मथ ही रहे थे। उनकी गदा के प्रहार से कौरवों के विशालकाय गजों के कुम्भस्थल फट गए, पृष्ठ भाग विदीर्ण हो गए, गजारोही धराशायी हो गये, रथ टूट गये, अश्वारोही नष्ट हो गये।...वह तो मैं सब कुछ देखते हुए भी समझ नहीं पा रहा था कि स्वामी स्वयं अपने लिए मार्ग बनाते जा रहे थे अथवा कौरव सेना ही स्वेच्छा से उनके लिए मार्ग छोड़ती जा रही थी।..."

धृष्टद्युम्न के लिए और रुकना सम्भव नहीं था। उसका मन निरन्तर कहता जा रहा था कि उसके प्रिय भीमसेन कौरवों के छल में फँस गये हैं। कौरवों ने उन्हें जान बूझ कर लुब्ध किया है और एक प्रकार से उन्हें घेरकर अपनी इच्छित दिशा में ले गये हैं।...यदि भीम यमराज को सौंप नहीं दिये गये हैं तो कौरवों के बन्दी हो गये हैं।...और यह तो धृष्टद्युम्न कल्पना कर ही सकता था कि यदि भीम कभी दुर्योधन के बन्दी हो गये तो वह उनके साथ कैसा व्यवहार करेगा...

धृष्टद्युम्न का मन जैसे उच्च स्वर में भीम के लिए रोना चाहता था।... पाण्डवों में और था ही कौन, जिससे यह अपेक्षा की जा सकती थी कि वह कौरवों से युद्ध कर अपना राज्य और सम्मान लौटाएगा? अकेले भीम सेन ही

तो। यदि भीम ही न रहे तो न पांचाल द्रोण से अपना प्रतिशोध ने पायेंगे, न पाण्डव कौरवों से। अर्जुन योद्धा थे, संसार के श्रेष्ठ धनुर्धर थे, किन्तु वे अपने शत्रुओं के वक्ष का रक्त पीने की इच्छा तो नहीं रखते थे। भीम ही नहीं रहेंगे तो द्रौपदी का अपमान करनेवाले दुर्योधन की जंघा कौन तोड़ेगा?...ओह भीम! तुमने यह कैसा बचपना किया? स्वेच्छा से रथ त्यागा, यह कैसा उन्माद हैं?...

धृष्टद्युम्न ने भीम को खोजने के लिए उसी दिशा में जाने का संकल्प किया, कौरव जिधर भीम को ले गये थे।...युद्धक्षेत्र में वहाँ एक मार्ग सा बन गया था। वह स्थान दूर तक सुनसान ही लग रहा था। युद्ध हो नहीं रहा था, पर युद्ध वहाँ से हो कर निकला था।....उसके पैरों की धमक सुनाई नहीं पड़ रही थी किन्तु उसके पद-चिह्न अब भी दिखायी पड़ रहे थे। कोई अत्यधिक बलशाली झंझावात इस मार्ग से अभी-अभी अपने पैरों चल कर गया था और बड़े-बड़े विराट वृक्षों को उनकी जड़ों समेत उखाड़कर फेंक गया था।...अथवा कोई प्रबल भूचाल आया था और सारे नगर को भूमिसात कर गया था।...

धृष्टद्युम्न आगे बढ़ा तो उसे रण का कोलाहल ही नहीं सुनाई पड़ने लगा, युद्ध के प्रत्यक्ष प्रमाण भी मिलने लगे।...और तब उसने देखा कि अकेले पदाति भीम केवल एक गदा लिए हुए कौरवों के मध्य खड़े वस्तुतः उनकी सेना को मथ रहे थे। कौरव सेना सागर की लहरों के समान बार-बार लौटकर भीम रूपी शिला से टकराती थी और फिर कठोर प्रतिरोध पाकर बिखर जाती थी।...यह सत्य ही था कि भीम उनका भयंकर संहार कर रहे थे, किन्तु यह भी उतना ही सत्य था कि कौरवों के अनेक अस्त्र ज्ञाता इस समय भीम को घेर चुके थे और भीम का बल उनको रोकने के लिए पर्याप्त नहीं था। आक्रमणकारियों की संख्या बहुत अधिक थी और वे विभिन्न प्रकार के अस्त्रों से सज्जित थे। वे भीम के निकट आनेवाले नहीं थे। दूर से ही अपने अस्त्रों का प्रहार करने वाले थे, इसलिए न भीम का बल कुछ कर सकता था, न भीम की भारी गदा।...

धृष्टद्युम्न ने अपना रथ भीम तथा कौरव सेना के मध्य अड़ा दिया। भीम पदाति थे और वीरता, कौशल, शस्त्र दक्षता—इन सब से अधिक वे क्रोध का विष ही उगल रहे थे। उन पर इतने अस्त्रों से प्रहार किया गया था कि उनका शरीर पूर्णतः क्षत-विक्षत हो चुका था; किन्तु न उनकी भुजाएँ रुक रही थीं, न कौरवों का संहार। भीम उस समय प्रलयंकारी यमराज की प्रतिमूर्ति लग रहे थे।

धृष्टद्युम्न ने भीम को अपने रथ पर खींच लिया। रथ की ओट हो गयी थी, इसलिए कौरवों के अस्त्र उन तक पहुँच नहीं पा रहे थे। धृष्टद्युम्न ने भीम के शरीर में धँसे बाणों को खींच कर बाहर निकाला और उसे अपने वक्ष से लगाकर कुछ शान्त किया।...

यद्यपि भीम ने इस समय तक अत्यन्त भयंकर कर्म किया था और कौरवों को पर्याप्त हानि पहुँचाई थी, किन्तु इस समय वे अपने क्रोध के मद में यह नहीं देख पा रहे थे कि उनके शरीर से निरन्तर रक्त प्रवाहित हो रहा था। यदि तत्काल घावों का उपचार नहीं हुआ तो भीम रक्त के अभाव में ही भूमि पर गिरकर प्राण त्याग देंगे...

धृष्टद्युम्न ने सारथि को अपना रथ इस क्षेत्र से बाहर निकाल, पाण्डव सेना के निकट ले चलने का संकेत किया।

दुर्योधन ने यह सब देखा।...जिस भीम को वह अपना बन्दी मान बैठा था, उसे उसके हाथों से छीनकर धृष्टद्युम्न जीवित लिए जा रहा था।...वह भीम नहीं जा रहा था, दुर्योधन के हाथों से हस्तिनापुर का राज्य निकला जा रहा था। ...यदि इस समय भीम सुरक्षित निकल गया तो इतना भयंकर संकट उठाकर, अपने कितने ही सैनिकों की बलि देकर, भीम के शरीर पर लगाए गये इतने सारे घाव, कौरवों के किस काम आयेंगे। वे घाव तो उपचार से थोड़ी ही देर में भर जायेंगे। यमराज के उपकरण सरीखी अपनी इस भयंकर गदा के साथ भीम फिर इस युद्ध में आ खड़ा होगा।...कौरवों का यह सारा परिश्रम व्यर्थ चला जायेगा। भाग्य से मिला यह अवसर पुनः लौटकर कभी नहीं आयेगा।... आवश्यक तो नहीं कि भीम अपना रथ त्याग, अकेले ही पैदल कौरव सेना में घुस आने की मूर्खता दूसरी बार करे।...

उसने अपने भाइयों की ओर देखा, "यह दुरात्मा द्रुपदपुत्र आकर भीम से मिल ही नहीं गया, उसे जीवित लेकर लौट भी रहा है। इस समय जितनी सेना उपलब्ध है, सारी की सारी सेना ले कर इन पर आक्रमण करो। आचार्य द्रोण को खोजो। वे जहाँ कहीं हैं, उन्हें यहाँ आने के लिए प्रेरित करो...और पितामह को यहाँ से दूर रखो। प्रयत्न करो कि इस एक झटके में हम भीम ही नहीं धृष्टद्युम्न का भी वध कर दें। फिर यह युद्ध हमारा चाकर हो जायेगा।...आज इन दोनों में से कोई भी जीवित नहीं बचना चाहिए।..."

धृष्टद्युम्न भी दुर्योधन की योजना को समझ रहा था।....इस प्रकार के आक्रमण को, जिसमें सारी की सारी सेना ने एक महारथी को घेर लिया हो, एक अकेले अर्जुन ही झेल सकते थे और ऐसे अवरोधों से बाहर निकल सकते थे।...यह काम न तो भीम के वश का था और न धृष्टद्युम्न के। भीम अपने शरीर पर लगे घावों के कारण बहुत प्रबल भी नहीं रह गये थे। और धृष्टद्युम्न को अपनी सीमाओं का ज्ञान था...

उसने मोहनास्त्र उठाकर अपने धनुष पर चढ़ा लिया। इतने कम समय में और कोई अस्त्र मनोवांछित फल नहीं दे सकता था। मोहनास्त्र लम्बे समय के

लिए प्रभावी भी नहीं था। पर धृष्टद्युम्न को तो बस इतना ही समय चाहिए था कि वह कौरवों के इस व्यूह से सुरक्षित बाहर निकल जाये।...इतना काम तो मोहनास्त्र कर ही सकता था।...

मोहनास्त्र चला और कौरव सैनिक अचेत हो-हो कर मृतकों के समान गिरने लगे।...उनका व्यूह भंग हो गया था। दुर्योधन समझ भी नहीं पाया था कि यह सब क्या हो रहा है और इस स्थिति में वह अपनी सेना को कैसे सँभाले।...वह देख रहा था कि धृष्टद्युम्न का रथ दूर से दूर होता जा रहा था, उसकी पहुँच से बहुत दूर...

"यह मोहनास्त्र क्या होता है?" पारंसवी ने पूछा।

"स्पष्ट है कि यह एक ऐसा अस्त्र है, जो बाण के समान धनुष पर रखकर चलाया जाता है और किसी भी पदार्थ से टकराकर कुछ ऐसा प्रभाव दिखाता है कि उसके प्रभाव क्षेत्र में आये लोग अचेत हो जाते हैं।" विदुर बोले।

"वह अस्त्र मस्तिष्क को सुला देनेवाला धूम्र छोड़ता है क्या?" पारंसवी ने पूछा।

"सम्भव है।" विदुर बोले, "मैं इन शस्त्रास्त्रों के विषय में कोई विशेष ज्ञान नहीं रखता। मैंने कभी उनका अध्ययन भी नहीं किया है।..."

"यह लो। कौरवों के राजवंश में उत्पन्न होनेवाले और उसके महामन्त्री के रूप में अपना जीवन बितानेवाले बुद्धिमान विदुर यह भी नहीं जानते कि मोहनास्त्र क्या है।" पारंसवी उपहास के स्वर में बोली।

"तो इसमें आश्चर्य क्या है?"

"क्यों? शस्त्रों का सामान्य ज्ञान तो गुरु ने आपको भी दिया ही होगा।"

"नहीं! मैंने शस्त्रास्त्रों का अध्ययन नहीं किया।" विदुर बोले, "मेरी उनमें कभी रुचि नहीं रही।"

"तो क्या हुआ।" पारंसवी अपनी बात से टली नहीं, "सारा जीवन शस्त्रधारियों के मध्य व्यतीत कर दिया और अस्त्रों सम्बन्धी सामान्य ज्ञान भी नहीं है आपको?"

"कितने लोगों को उस शरीर का ज्ञान है, जिसमें हमारे प्राण रहते हैं, और जिस शरीर से हम अपना अस्तित्व मानते हैं? कितने लोगों को अपनी आत्मा का ज्ञान है? तुम कितना जानती हो अपने इस शरीर, अपनी इस आत्मा के विषय में?"

"ओह हो! आप गम्भीर हो गये।" पारंसवी को लगा कि उसकी उक्ति अपने गन्तव्य से कुछ आगे ही निकल गयी थी। उसने अपनी बात सँभाली,

"वस्तुतः मेरे मन में एक प्रश्न यह है कि यदि ऐसे शस्त्रास्त्र हैं, जो दूर-दूर से ही शत्रु की सेना को अचेत कर सकते हैं अथवा उसका नाश कर सकते हैं, तो फिर लोग एक क्षेत्र में आमने-सामने एकत्रित होकर खड्ग और गदा जैसे आदिम शस्त्रों से क्यों लड़ते हैं, जैसे उनके पास कोई परिष्कृत शस्त्र ही न हो। वे अपने स्कन्धावार से ही ऐसे अस्त्रों का प्रहार कर अपने शत्रु की सेना को नष्ट क्यों नहीं कर देते?"

विदुर कुछ सहज़ हुए, "प्रश्न तो उचित ही है। वस्तुतः साधारण सैनिक तो खड्ग, शूल, शक्ति और गदा से ही लड़ता है। कुछ ही योद्धा हैं, जिन्होंने अस्त्रों, दिव्यास्त्रों और देवास्त्रों का ज्ञान पाया है। अस्त्रों का ज्ञान एक बात है, उसके संचालन की विधि का ज्ञान दूसरी बात है। फिर संचालन विधि के साथ संचालन का अभ्यास। बहुत कम ऐसे योद्धा हैं, जिन्होंने उसके संचालन में दक्षता प्राप्त की है।...समझ रही हो न?" विदुर ने पारंसवी की ओर देखा, "पहली बात तो यह है कि योद्धा के शरीर में क्षमता हो, फिर उसके मन में साहस हो। उसे शस्त्रों का ज्ञान हो, उनके संचालन की विधि आती हो, संचालन का अभ्यास हो, उसमें दक्षता प्राप्त हो...कोई एक बात है क्या?"

"ऐसे योद्धा संख्या में बहुत कम हैं क्या?"

"कम हैं, तभी तो उनकी इनती माँग है।" विदुर बोले, "इसीलिए तो जिसके पास जिस अस्त्र का ज्ञान है, वह उसे अपने वक्ष में ही छुपाये रखता है और बहुत आवश्यक होने पर अपने किसी प्रिय व्यक्ति के सम्मुख ही उसे प्रकट करता है। एक-एक अस्त्र के ज्ञान के लिए कितने-कितने गुरुओं की सेवा करनी पड़ती है। धन्य हैं वे ऋषि, जो किसी भी क्षेत्र के अपने ज्ञान को ग्रन्थों में अंकित कर देते हैं ताकि भविष्य में आने वाले अजाने लोग भी उनका लाभ उठा सकें। उनके मन में किसी प्रकार का कोई स्वार्थ नहीं है। इसलिए कठिन तपस्या से प्राप्त अपने ज्ञान का वे कोई मूल्य नहीं माँगते।..."

"मैं यह क्यों न मान लूँ कि ऐसे शस्त्रास्त्रों का कहीं कोई अस्तित्व नहीं है, बस कथाकारों ने अपनी कथा का आकर्षण बढ़ाने के लिए उनकी कल्पना भर कर ली है। उन्होंने उसे स्वयं भी कभी देखा नहीं है।" पारंसवी ने कहा।

"चाहो तो ऐसा भी मान सकती हो। मैं न तो कथाकारों को कल्पना करने से रोक सकता हूँ, न तुम्हारी कल्पना को अवरुद्ध कर सकता हूँ।" विदुर मुस्करा रहे थे।

"पर आपकी मान्यता क्या है?" पारंसवी भी मुस्कराई, "आपकी मान्यता के विषय में पूछ रही हूँ, आपका ज्ञान नहीं जाँच रही कि कहीं कह दें कि

आपको भी इन शस्त्रास्त्रों का ज्ञान नहीं है। कोई ज्ञानी से तो विवाद भी करे, अपना अज्ञान स्वीकार कर लेनेवाले को कोई क्या कहे।"

विदुर मौन हो गये, किन्तु पारंसवी के मन में अब भी कुछ जिज्ञासाएँ थीं।

"आपको यह कैसे ज्ञात हुआ कि भीम को उस अवस्था में देख कर धृष्टद्युम्न के मन में क्या विचार आये?"

"मैं तुम्हें युद्ध का विवरण नहीं सुना रहा। मैं तो उस विवरण को सुनकर अपने मन पर अंकित छवि तुम्हारे सामने साक्षात् कर रहा हूँ। इसलिए योद्धाओं के मन की बात भी कह रहा हूँ।" विदुर कुछ रुके और फिर बोले, "अब आगे की घटनाएँ सुननी हैं अथवा नहीं?"

"ओह! अभी कुछ शेष है क्या?" पारंसवी बोली, "मैंने समझा कि युद्ध समाप्त हो गया।"

"एक योद्धा के हट जाने से युद्ध समाप्त हो जाता है क्या?"

"अच्छा, अच्छा, सुनाइए।" अपनी चिबुक के नीचे हथेली रखकर पारंसवी सुनने की मुद्रा में दत्तचित होकर बैठ गयी।

द्रोण को धृष्टद्युम्न सम्बन्धी सूचनाएँ मिल रही थीं। धृष्टद्युम्न और भीम का परस्पर मिल जाना उन्हें कौरव सेना के लिए बहुत घातक लग रहा था।...उनके मन में अकस्मात ही बहुत जल्दी मच गयी। उन्होंने एक के पश्चात् एक बाण मारकर द्रुपद को निष्ठुरता से आहत कर दिया। वे कोई घातक अस्त्र मारकर द्रुपद का वध ही कर देना चाहते थे कि द्रुपद को अपनी असहायता का बोध हो गया। उनको कहीं से कोई सहायता मिलती दिखायी नहीं दे रही थी। और द्रोण को वे अकेले सँभाल नहीं सकते थे।...वे समझ गये थे कि उनसे द्रोण नहीं लड़ रहे थे, द्रोण का पुरातन संचित आक्रोश लड़ रहा था, या फिर अहिछत्र राज्य छिन जाने का भय लड़ रहा था।...द्रोण इस समय बहुत हिंस्र हो रहे थे। उनके सामने द्रुपद टिक नहीं पायेंगे। यदि टिकने का प्रयत्न करेंगे तो उनके प्राण जायेंगे।...

द्रुपद ने रथ अपने लिए सुरक्षित क्षेत्र की ओर मोड़ लिया और द्रोण से दूर चले गये।...

द्रुपद के हटते ही द्रोण ने विजय के उन्माद में जोर से अपना शंख फूँका...

द्रुपद सामने थे नहीं और धृष्टद्युम्न भीम के साथ मिलकर कौरवों का नाश कर रहा था। तो फिर द्रोण को किसी और से युद्ध करने की आवश्यकता ही क्या थी। सबसे पहले उन्हें दुर्योधन की ही रक्षा करनी थी।...वैसे भी शंख फूँकने से अधिक सुख पांचालों का रक्त बहाने में था। दुर्योधन कहीं भीम और

धृष्टद्युम्न के हत्थे चढ़ गया तो द्रोण को इस प्रकार पांचालों का रक्त बहाने का अवसर कभी नहीं मिलेगा।...

दुर्योधन की सेनावाले क्षेत्र की ओर बढ़ते ही एक धावक ने आकर उन्हें सूचना दी, "आचार्य! पांचाल राजकुमार धृष्टद्युम्न ने किसी ऐसे अस्त्र का प्रयोग किया है, जिस से राजा दुर्योधन के सैनिक अपनी चेतना खोकर मूर्च्छित हो गये हैं।"

द्रोण की आँखों में जैसे रक्त उतर आया : धृष्टद्युम्न उनकी अपेक्षा से अधिक घातक सिद्ध हो रहा था। उसकी कोई उचित व्यवस्था न की गयी तो वह द्रोण के सारे स्वप्न छिन्न-भिन्न कर देगा...

तभी उन्होंने देखा : भीम और धृष्टद्युम्न युद्ध में ऐसे निर्भय विचर रहे थे, जैसे कोई माली अपने उद्यान में विचरता है और जिस पौधे को अनावश्यक मानता है, उसे उखाड़कर फेंक देता है।...दुर्योधन और उसके भाइयों को अचेत कर उन्हें जैसे किसी का कोई भय ही नहीं रह गया था।...पर दुर्योधन को अचेत कर, इन्होंने उसका वध क्यों नहीं किया?...क्या यह मान लिया था कि दुर्योधन की मृत्यु हो गयी है, अथवा अचेत शत्रु पर प्रहार करना उन्होंने नीति विरुद्ध समझा? इतने वीर हैं ये लोग? या भीम को आहत मान, धृष्टद्युम्न ने उसे कौरव सेना से दूर रखना ही उचित माना है?...पर धृष्टद्युम्न ने इतने घायल भीम को उपचार के लिए वैद्य के पास क्यों नहीं भेजा? क्या भीम इस अवस्था में भी युद्धक्षेत्र छोड़ना नहीं चाहता? क्या वह अपने क्षतों का उपचार भी संध्या समय युद्ध बन्द हो जाने पर ही करवाएगा?...

भीम और धृष्टद्युम्न के मन की बात द्रोण समझ नहीं पाये।

"और आप समझ पाये क्या?" पारंसवी ने पूछा।

"नहीं! मैं भी अनुमान ही कर सकता हूँ।" विदुर बोले, "वस्तुतः किसी और के मन की बात समझने के लिए वह भाव हमारे मन में भी होने ही चाहिए।...पर भीम और धृष्टद्युम्न का शौर्य मेरे मन में नहीं है, इसलिए उन को न मैं समझ सकता हूँ न द्रोण।"

"द्रोण क्यों नहीं?"

"क्योंकि आदर्शवादी, बलिदानी वीरता उनके मन में भी नहीं है।" विदुर बोले, "अब तुम युद्धकथा सुन लो, गुत्थियाँ फिर सुलझा लेना।..."

द्रोण ने प्रज्ञास्त्र का प्रयोग किया। लगा युद्ध क्षेत्र की कुहेलिका छँट गयी और दुर्योधन और उसके भाई उठ बैठे। दुर्योधन ने आँखें खोलते ही भीम को खोजना आरम्भ किया।...यदि वह तत्काल भीम को पा ले तो वह उसके व्रण भरने से पहले ही उसका इतना रक्त और बहा देगा कि भीम सारे वैद्यों और औषधियों की क्षमताओं से बाहर चला जाये।...

उधर युधिष्ठिर को भी सारी सूचनाएँ मिल रही थीं। वे चाहते थे कि भीम पहले उपचार और विश्राम की ओर ध्यान दे और थोड़ी देर के लिए युद्ध को भूल जाये, पर वे यह भी जानते थे कि अपने पैरों पर खड़े होने की क्षमता रहते, भीम युद्धक्षेत्र से बाहर नहीं जायेगा।...

युधिष्ठिर ने पाँचों द्रौपदेयों और अभिमन्यु को धृष्टकेतु तथा पाँचों कैकेय राजकुमारों के साथ उनकी खोज में भेजा। उन्हें अधिक नहीं भटकना पड़ा। जैसे सारी नदियाँ समुद्र की ओर दौड़ती हैं, वैसे ही सारी वाहिनियाँ उस ओर दौड़ रही थीं, जहाँ भीम, धृष्टद्युम्न, दुर्योधन तथा द्रोण थे।...धृष्टकेतु ने देखा : भीम अपने रथ पर आ गया था और स्वतन्त्र रूप से युद्ध कर रहा था, जैसे उसको कोई घाव लगा ही न हो। वह अपने साथियों सहित उनके निकट पहुँच ही नहीं गया, सूचीमुख व्यूह बनाकर युद्ध भी करने लगा।

धृष्टद्युम्न ने द्रोण को देखा तो धृतराष्ट्र पुत्रों से लड़ने का मोह छोड़ द्रोण की ओर पलटा। द्रोण अभी-अभी द्रुपद को छोड़कर आये थे, धृष्टद्युम्न को सामने देखा तो अपना सारा क्रोध उसी पर उँड़ेल दिया। उन्होंने उसका धनुष काट दिया और उसके रथ के चारों अश्वों को मार दिया। यदि धृष्टद्युम्न अपने रथ को न छोड़ता तो द्रोण उसको उसका काल ही बना देते। धृष्टद्युम्न अपना रथ छोड़कर अभिमन्यु के विशाल रथ पर आरूढ़ हो गया। पर द्रोण का आक्रमण इतना प्रबल था कि पाण्डवों का व्यूह भंग हो गया। उनकी सेना में भगदड़ मच गयी। भीम अपनी सेना को रोकने का प्रयत्न कर रहा था कि उसने देखा, दुर्योधन उसका मार्ग छेंक कर खड़ा था। दुर्योधन ने उस पर बाण तो चलाए किन्तु भीम को लगा कि वह उसका वध करने के स्थान पर उसे जीवित ही बन्दी करने के प्रयत्न में है। भीम क्रोध से जैसे जल ही तो उठा। दुर्योधन उसे कोई वन्य पशु समझता है जो जीवित पकड़ने का प्रयत्न कर रहा है।...भीम ने सारा युद्ध भुला कर अपना रथ दुर्योधन की ओर मोड़ा और द्वैरथ युद्ध की मुद्रा में आ गया। दोनों ओर से बाण चले, भीम ने दुर्योधन को घायल किया, दुर्योधन ने भीम को।...पर तब तक अभिमन्यु तथा उसके साथ आये ग्यारह महारथियों ने उन पर आक्रमण कर दिया था। धृतराष्ट्रपुत्रों ने भीम को छोड़ दिया और अभिमन्यु की ओर बढ़ गये। भीम से निबटना उनके लिए कठिन हो रहा था। अभिमन्यु को यदि वे हताहत कर पाये तो भीम और अर्जुन दोनों को ही वे मार्मिक चोट पहुँचा सकेंगे।...पर भीम ने उन्हें नहीं छोड़ा। दुर्योधन को लग रहा था कि वह भीम और अभिमन्यु के मध्य एक प्रकार से फँस गया है और उसके भाई उसकी सहायता नहीं कर पा रहे हैं। द्रोण धृष्टद्युम्न से ही उलझे हुए हैं। वे देख नहीं रहे हैं कि दुर्योधन के लिए भीम और अभिमन्यु

कितने घातक सिद्ध हो रहे हैं। वे तो धृष्टद्युम्न को मारकर अपना राज्य सुरक्षित कर लेना चाहते थे। वस्तुतः वे दुर्योधन का युद्ध तो लड़ ही नहीं रहे थे। वे तो अपना ही युद्ध लड़ रहे थे।...

पर तभी भीष्म का रथ वहाँ आ पहुँचा।

अभिमन्यु उत्साहित होकर भीष्म की ओर मुड़ गया और दुर्योधन पुनः भीम का सामना करने के लिए आ खड़ा हुआ। भीम को लगा कि उसकी कोई चिर प्रतीक्षित मनोकामना पूरी हुई है। बोला, "दुर्योधन! मैं वर्षों से जिसकी अभिलाषा और प्रतीक्षा कर रहा था, वह अवसर आज मुझे प्राप्त हुआ है। यदि तू युद्ध छोड़ कर भाग नहीं गया, तो आज अवश्य ही तुझे मार डालूँगा। माता कुन्ती को जो क्लेश उठाना पड़ा है, हमने वनवास में जो कष्ट भोगा है, और सभा में पांचाली को जो अपमान सहना पड़ा है, उन सबका प्रतिशोध मैं आज तुझसे लूँगा। हमारे तिरस्कार का जो पाप तू करता आया है, आज उसका फल भोग। उलूक के माध्यम से जो संदेश तूने भिजवाया था कि तुम्हें और तुम्हारे भाइयों को मारकर हम अपनी प्रतिज्ञा पूरी करें, उसके अनुसार मैं आज तेरे भाइयों को मारूँगा।"

और फिर जैसे भीम के धनुष से कोई झंझावात छूटा। दुर्योधन के धनुष कटे, उसका सारथि घायल हुआ, घोड़े मारे गये, छत्र कटा...

"मेरी समझ में एक बात नहीं आती कि जो धनुर्धर अपने शत्रु के धनुष की प्रत्यंचा काट सकता है, वह अपने शत्रु के वक्ष में बाण मारकर उसी को समाप्त क्यों नहीं कर सकता?" पारंसवी ने विदुर का कथा-प्रवाह रोक दिया।

"प्रश्न उचित है।" विदुर बोले, "कभी योद्धा का रथ देखो तो बात समझ में आ जायेगी। योद्धा शरीर पर कवच धारण करता है। उसके सामने रथ के दंड और छत्र होते हैं। उस तक पहुँचने के मार्ग में कई बाधाएँ हैं। पर जब वह प्रहार करता है तो उसका धनुष किसी न किसी रूप में उसके दंड और छत्र इत्यादि से भी बाहर निकल आता है। ठीक है?"

"ठीक!"

जयद्रथ ने आकर दुर्योधन के पृष्ठ भाग की सुरक्षा सँभाल ली। कृपाचार्य ने उसे उसके रथ से निकालकर अपने रथ पर चढ़ाया। भीम के आक्रमण से दुर्योधन इतना घायल हो चुका था कि वह रथ के पिछले भाग में सिर पकड़कर बैठ गया।

जयद्रथ को वन की यह घटना स्मरण हो आयी थी, जब भीम ने उसे बाँधकर उसके केश मुंडित कर उसे युधिष्ठिर का दास घोषित किया था।...आज भीम अकेला था और जयद्रथ के पास अपनी सेना के साथ-साथ सारी कौरव

सेना की सहायता थी। असंख्य रथी थे उसके साथ। आज वह अपना प्रतिशोध ले सकता था। भीम के साथ भी वैसा ही व्यवहार हो सकता था, जैसा भीम ने उसके साथ किया था।...

पर तब तक भीम अकेला नहीं रह गया था। अभिमन्यु और उसके साथ के ग्यारह महारथी आ गये थे। चित्रसेन, सुचित्र, चित्रांगद, चित्रदश, चारुमित्र, सुचारु, नन्द, उपनन्द इत्यादि ने अभिमन्यु को घेरा। और सहसा अभिमन्यु ने अपना दिव्यास्त्रों का ज्ञान प्रकट किया। उन्होंने देखा कि अभिमन्यु भीम के ही समान युद्ध में उन्मत्त हो कर लड़नेवाला योद्धा है। जब तक कि वे समझ पाते कि अभिमन्यु क्या करना चाहता है, उसने विकर्ण के रथ के ध्वज, दंड, सारथि और घोड़ों को बींध डाला था। विकर्ण की क्षत-विक्षत स्थिति को देख कर उसके भाइयों ने मिलकर अभिमन्यु पर आक्रमण किया। अभिमन्यु का तो वे कुछ बिगाड़ नहीं सके, हाँ श्रुतकर्मा का रथ नष्ट हो गया। उसे सुतसोम ने अपने रथ पर चढ़ा लिया।...

सूर्यास्त हो चुका था। पर युद्ध थम नहीं रहा था। सारे योद्धा आज अपने मन की कर लेना चाहते थे। भीष्म ने पाण्डवों की हानि तो की, किन्तु धृतराष्ट्र की सेना की ही अधिक क्षति हुई थी। सूर्यास्त से दो घड़ी पश्चात् अंधकार आया देख, भीष्म अपनी सेना को सुरक्षित लौटा कर अपने शिविर में चले गये। पाण्डव सेना भी लौटी। युधिष्ठिर ने गर्व और स्नेह से भीम और धृष्टद्युम्न का मस्तक सूँघा और उन्हें अपने शिविर ले गये।

"अभिमन्यु का मस्तक क्यों नहीं सूँघा?" पारंसवी ने पूछा, "वह भी तो कम वीरता से नहीं लड़ा।"

"युधिष्ठिर प्रतिदिन प्रत्येक योद्धा का मस्तक तो सूँघते नहीं।" विदुर बोले, "वैसे अभिमन्यु पर उनको कोई कम गर्व नहीं है। वह उनकी सेना का सबसे छोटी अवस्था का महारथी है और अपने बड़े भाइयों से ही नहीं अपने पिता और ताऊ-काका से भी प्रतिस्पर्धा करता है। उसका युद्ध में आना कभी अर्जुन के आने के समान माना जाता है कभी भीम के आ पहुँचने के समान।...पर युधिष्ठिर ने भीम का मस्तक सूँघा, क्योंकि उसने वह असाधारण कर्म किया था, जिसे धावक ने वीरता कहा था और मैंने मूर्खता।..."

"और धृष्टद्युम्न का मस्तक क्यों सूँघा?"

"क्योंकि उसने भीम को उस असाधारण संकट से मुक्त कर जीवित युधिष्ठिर के सम्मुख पहुँचाया था।"

"वहाँ सारे योद्धा आये, द्रोण और भीष्म भी, किन्तु अर्जुन और श्रीकृष्ण कहाँ थे?" पारंसवी बोली, "उन्होंने क्या किया?"

"उन्होंने भी युद्ध ही किया।" विदुर हँस पड़े, "युद्ध का क्षेत्र इतना बड़ा है कि सारे योद्धा एक ही स्थान पर एकत्रित होकर नहीं लड़ते। यह कौरव सेना की दुर्बलता है कि उसके सारे अतिरथी एक ही स्थान पर एकत्रित हो जाते हैं।"

"क्यों?"

"क्योंकि उनका राजा अथवा राजा के भाई किसी न किसी ऐसे संकट में फँस जाते हैं कि उनको बचाने के लिए उनके योद्धाओं को तत्काल वहाँ भागना पड़ता है।" विदुर बोले, "वैसे बहुत सारी सूचनाएँ हम तक नहीं भी पहुँच पाती हैं और बहुत सारी सूचनाएँ सामान्य मानकर प्रेषित नहीं की जाती हैं। आज के युद्ध में अर्जुन की चर्चा विशेष नहीं हुई है, किन्तु जब विशेष रूप से अर्जुन के विषय में पूछा गया तो ज्ञात हुआ कि उसने कौरव सेना की अत्यधिक हानि की है, किन्तु उससे कोई विशिष्ट योद्धा आहत नहीं हुआ। दूसरे दिन के युद्ध में न घटोत्कच की चर्चा हुई, न कृतवर्मा की, जबकि ये दोनों ही विकट योद्धा हैं। तो क्या उन्होंने युद्ध नहीं किया? क्या वे पहले ही दिन आहत हो गये थे और दूसरे दिन युद्ध करने में समर्थ नहीं थे?...इन प्रश्नों का मेरे पास कोई उत्तर नहीं है।"

"सारे प्रश्नों का उत्तर किसके पास होता है।" पारंसवी ने कहा और किसी चिन्ता में डूब गयी।

42

दुर्योधन का शरीर रक्त से भीगा हुआ था। उसके मुख पर उसके स्वाभाविक अहंकार का एक कण भी नहीं था। पीड़ा और याचना की प्रतिमूर्ति बना पितामह के सम्मुख खड़ा था, जैसे अभी रो देगा।

"यहाँ क्या कर रहे हो दुर्योधन?" पितामह कुछ अकबकाकर बोले, "तुम्हें अपने वैद्य के पास जाना चाहिए। जाओ, अपना शरीर स्वच्छ करवाओ और अपने घावों पर औषध का लेप करवाओ। इस स्थिति में यहाँ, मेरे शिविर में आना तुम्हारे स्वास्थ्य के लिए अच्छा नहीं है। युद्ध के क्षत असावधानी से से बिगड़ जाते हैं तो फिर वैद्य भी कुछ नहीं कर सकते।"

"शरीर स्वच्छ करवा कर अपने घावों का उपचार करवा लूँगा तो आपको वह सब कैसे ज्ञात होगा, जो मैं आपको बताना चाहता हूँ।" दुर्योधन अपने स्थान पर अडिग खड़ा रहा, "अपने स्वास्थ्य की रक्षा करता रहूँगा तो कौरवों के साम्राज्य का स्वास्थ्य संकट में पड़ जायेगा।"

"क्या बताना चाहते हो मुझे?"

"संसार की सबसे शक्तिशाली सेना है हमारे पास। उसके सैनिक भयंकर जुझारू योद्धा हैं। उसकी व्यूह रचना भी संचार-भर में अद्वितीय होती है। उसमें सम्मिलित वाहिनियों के ध्वजों की गणना की जाये तो वे असंख्य दिखायी देते हैं।" दुर्योधन बोला, "फिर भी पाण्डव महारथी उसमें निर्विघ्न प्रवेश कर, हमारे सैनिकों को मारते, पीड़ा देते, और विदीर्ण ही नहीं करते, उसमें से सुरक्षित लौट भी जाते हैं। भीम ने दुर्भेद्य मकर व्यूह में प्रवेश कर, मृत्यु दण्ड के समान भयंकर बाणों द्वारा मुझे क्षत-विक्षत कर दिया है। ऐसे में मुझे तनिक भी शांति कैसे मिल सकती है और मैं निश्चिन्त भाव से वैद्य के पास कैसे जा सकता हूँ।" दुर्योधन ने रुककर कुछ ऐसे देखा, जैसे पितामह को अत्यधिक पीड़ित करने के लिए कोई भयंकर प्रहारक शब्द खोज रहा हो, "सत्यप्रतिज्ञ पितामह! मैं आपकी कृपा से पाण्डवों को मारना और उन पर विजय प्राप्त करना चाहता हूँ।"

भीष्म ने सब कुछ सुना और अपने स्थान पर निस्पन्द बैठे इस प्रकार दुर्योधन को देखते रहे, जैसे या तो दुर्योधन उनके सम्मुख था ही नहीं, या फिर उनकी दृष्टि उसके आर-पार देख रही थी।...वस्तुतः उनकी दृष्टि उसके आर-पार ही देख रही थी। वह जैसे 'सत्यप्रतिज्ञ' सम्बोधन से उन्हें चिढ़ाने का प्रयत्न कर रहा था। वह उन्हें स्मरण करा रहा था कि वे उसके सेनापति थे और सेनापतित्व स्वीकार करते हुए उन्होंने प्रतिज्ञा की थी कि वे अपनी पूर्ण क्षमता से युद्ध करेंगे।...वह उन पर अभियोग लगा रहा था कि वे अपनी पूरी क्षमता से नहीं लड़ रहे थे।...वह उन्हें मिथ्याभाषी और मिथ्याचारी कहना चाहता था किन्तु 'सत्यप्रतिज्ञ' कह रहा था।...उन्हें पीड़ित और अपमानित करने की यह नयी शैली आविष्कृत की थी उसने।...

वे जानते थे कि यदि वे इस समय अपने मन में उठ रहे भाव उसके सम्मुख रखेंगे तो वह यही उत्तर देगा कि उसने तो यह सब कहा ही नहीं है।...अनेक लोग नहीं जानते कि वे जो कुछ कह रहे हैं, उसका अर्थ क्या है; किन्तु दुर्योधन जानता है कि वह क्या कह रहा है।

उनकी इच्छा हुई की कहें कि वह उनको जो चाहे कह ले, किन्तु यह तो बताए कि अपने जिस बल और अपने जिन सहायकों के भरोसे वह अहंकार के सबसे ऊँचे शिखर पर जा चढ़ा था; पाण्डवों को सूई की नोक के बराबर भी भूमि न देने की घोषणा कर रहा था, कृष्ण को बन्दी करने के लिए सचेष्ट हुआ था, और उलूक के माध्यम से सर्वथा अभद्र संदेश भेज रहा था, उन सब का क्या हुआ? क्या यह सब वह पितामह के भरोसे ही कर रहा था?...क्यों नहीं आज भी सिर ऊँचा उठाकर, वक्ष ठोककर भीम के सम्मुख खड़ा हो जाता

और कहता कि वह उससे राज्य छीनकर दिखाए? क्यों रक्त में नहाया हुआ रुआँसा होकर यहाँ, पितामह के सम्मुख खड़ा छोटे बच्चे के समान रो रहा है कि उसे उसका मनोवांछित फल नहीं मिल रहा है?...पर वह तो अपने शैशव से यही करता आया है और धृतराष्ट्र को ही नहीं पितामह को भी द्रवित होकर उसकी अभिलाषाएँ पूरी करनी पड़ी हैं...

"दुर्योधन!...विपक्षियों के शस्त्रास्त्रों से पीड़ित होकर भागते हुए तुम्हारे सैनिक जब अपने महाराज को खोजते हैं तो रणभूमि में तुम दिखायी नहीं पड़ते। कहाँ होते हो तुम?" पितामह ने उसके उत्तर की प्रतीक्षा नहीं की। वे अपने ही प्रवाह में कहते गये, "मैं अपनी पूरी शक्ति से भयंकर प्रयत्न कर, पाण्डवों की सेना में प्रवेश कर उनका संहार करता हूँ या नहीं?"

"करते हैं पितामह!" दुर्योधन धीरे से बोला।

"मैं स्वयं को छिपाकर तो नहीं रखता?"

"नहीं पितामह!"

"मैं दूसरों को युद्ध का आदेश देकर स्वयं जा अपने शिविर में तो नहीं छिप जाता?"

"नहीं पितामह!"

"मैं अपने प्राणों की चिन्ता किये हुए विपक्षी योद्धाओं से आँखें चुराता तो नहीं फिरता?"

"मैं यह नहीं कह रहा हूँ पितामह!"

दुर्योधन के मन में खीझ कर ज्वार उदित हुआ, किन्तु उसने अपना क्रोध प्रकट नहीं होने दिया।...उसने सोचा था कि उसकी बातों से भीष्म का क्षात्र तेज जाग उठेगा और वे शत्रुओं के वध का प्रयत्न करेंगे, पर...

"तुम जो कुछ कह रहे हो, वह सब मैं समझ रहा हूँ।" भीष्म बोले, "मैं तुम्हें विजय दिलाना चाहता हूँ...किन्तु पाण्डवों का वध करना नहीं चाहता। मैं तुम्हें सुख देना चाहता हूँ किन्तु पाण्डवों को दुख नहीं देना चाहता।...."

"ये दोनों बातें एक साथ कैसे सम्भव हैं पितामह?"

"यह तो तुम्हें पहले ही सोचना चाहिए था।" भीष्म ने घूरकर उसे देखा, "अधर्म की विजय नहीं होती। असत्य की विजय नहीं होती। तुम अधर्म पर चलकर, असत्य जीवन व्यतीत कर विजय चाहते हो...ये दोनों बातें भी सम्भव नहीं हैं, दुर्योधन!"

"मैं आपसे धर्म सम्बन्धी विवाद करना नहीं चाहता।" दुर्योधन का स्वर कुछ ऊँचा उठ गया, "मैं आपसे केवल यह जानना चाहता हूँ कि हमारी सेना को सामरिक विजय क्यों प्राप्त नहीं हो रही?"

"पाण्डवों के सहायक अत्यन्त भयंकर, परम शौर्य सम्पन्न, शस्त्रों के विद्वान् और यशस्वी हैं। वे धर्म, सत्य और अपने अधिकारों के लिए लड़ रहे हैं, इसलिए उन्होंने क्लांति को जीत लिया है। वे युद्ध से थकते नहीं। उनका रोष उन्हें युद्ध से विरत होने नहीं देता। वे बाण नहीं चलाते पर अपना रोष रूपी विष उगलते हैं...।"

"हम भी तो अपने अधिकारों के लिए ही लड़ रहे हैं।" दुर्योधन तत्काल बोला।

"तुम लोभ से लड़ रहे हो, पराए धन का अपहरण करने के लिए लड़ रहे हो, दूसरों को वंचित करने के लिए लड़ रहे हो। तुम्हारे पक्ष में सत्य और धर्म कैसे हो सकते हैं। सत्य और धर्म तुम्हारी ओर नहीं हैं तो तुम्हारी विजय कैसे हो सकती है। विजय तो उसी की होती है, जिसके पक्ष में धर्म होता है।" भीष्म बोले।

"पर आपने तो कहा कि आप मुझे विजय दिलवाना चाहते हैं।" दुर्योधन बोला।

"हाँ मैं तुम्हें विजय दिलवाना चाहता हूँ।" भीष्म पूर्ण धैर्य से बोले, "इसलिए निरन्तर प्रयत्न कर रहा हूँ कि तुम धर्म को स्वीकार करो। धर्म तुम्हारा पक्ष न भी ले तो तुम धर्म का पक्ष लो, ताकि तुम्हें विजय प्राप्त हो सके।"

एक बार तो लगा कि दुर्योधन अब और नहीं सह सकेगा। वह भड़ककर कुछ अकथनीय भी कह सकता था। वह पितामह का अपमान भी कर सकता था...पर उसने स्वयं को सँभाल लिया। बोला, "मैं धर्म और सत्य को जानता अवश्य हूँ, किन्तु उस पर मेरी कोई निष्ठा नहीं है। मैं केवल अपने शत्रुओं का संहार चाहता हूँ। आप उन का नाश क्यों नहीं कर पा रहे?"

"वे बल-पराक्रम में प्रचंड हैं और तुम्हारे वैरी हैं। वे तो तब ही मरेंगे, जब उन का वैर मरेगा। उन्हें तुम्हारी इच्छा से सहसा ही पराजित नहीं किया जा सकता।" भीष्म कुछ रुके, "फिर भी मैं प्रयत्न करूँगा कि तुम्हारे शत्रुओं का नाश करूँ।...मुझे लगने लगा है दुर्योधन! कि अब मुझे अपने जीवन की रक्षा की भी आवश्यकता नहीं है।..."

भीष्म का स्वर बहुत बदला हुआ था। दुर्योधन ने चकित होकर पितामह की ओर देखा।

"तुम्हें भी ऐसा नहीं लगता कि मेरे प्राणों की रक्षा अब आवश्यक नहीं है?"

"क्या कह रहे हैं पितामह?" दुर्योधन ने आश्चर्य दर्शाया।

"मैं यह कह रहा हूँ कि तुम्हारी मनोकामना पूरी करूँगा। मैं पाण्डवों को जय करूँगा; किन्तु यदि तुम्हें विजय चाहिए तो पाण्डवों से संधि कर लो।"

भीष्म बोले, "जिन के सहायक श्रीकृष्ण हैं और जिनके पास भीम, अर्जुन, सात्यकि, अभिमन्यु तथा घटोत्कच जैसे योद्धा हैं, उन्हें देवराज इन्द्र भी पराजित नहीं कर सकते।"

दुर्योधन ने चकित दृष्टि से पितामह को देखा, "मैं कुछ समझ नहीं पाया पितामह! आप मेरी मनोकामना पूरी भी करेंगे और मेरी विजय भी नहीं होगी?" आप पाण्डवों को जय भी करेंगे और मुझे पाण्डवों से संधि भी करनी पड़ेगी? मैं कुछ समझ नहीं पा रहा हूँ।..."

"तुम ठीक ही समझ नहीं पा रहे हो, क्योंकि तुम्हारा मस्तिष्क सोचने-समझने की शक्ति खो चुका है।" पितामह बोले, "तुम्हारा अहंकार तुम्हें उन्मादी बनाए हुए है, तुम्हारे स्वार्थ ने तुम्हें अंधा कर रखा है।...जाओ, जाकर अपना उपचार करवाओ। कदाचित उसके पश्चात् तुम्हें कुछ समझ में आ जाये।"

भीष्म अपने स्थान से उठे। उन्होंने अपनी युद्ध-औषधियों में से विशल्यकरणी नामक औषध निकाल कर दुर्योधन को दी, "तुम्हें तात्कालिक सुख देने के लिए यह औषध दे रहा हूँ। इस का उपयोग करो। शरीर के सारे शूल इस से बाहर आ जायेंगे। शरीर से पीड़ा कम हो जायेगी। जाओ...।"

दुर्योधन चला गया।

भीष्म अपने स्थान पर आकर बैठे तो उनका मन अपनी ही उक्तियों का विश्लेषण करने लगा...उन्होंने कहा था कि वे दुर्योधन की इच्छा पूरी करेंगे। शायद परम इच्छा कहना चाहिए था।...भीष्म जानते थे कि दुर्योधन ने बहुत प्रसन्न मन से उन को अपना प्रधान सेनापति नहीं बनाया था। उसकी बाध्यता भी वे समझते हैं।...फिर भी जिस कामना से उसने यह पद उनको दिया था, वह पूरी नहीं हो रही थी। उसने समझा था कि भीष्म के आते ही पांचाल योद्धा मारे जायेंगे, और वह पाण्डवों को मार गिराएगा।...और स्वयं भीष्म ने क्या सोचा था?...उन्होंने अपने आपसे पूछा। ...क्या सोचा था उन्होंने?...उन्होंने सोचा था कि वे सारे कुरुवंश को बचाए रखेंगे। पाण्डवों की रक्षा के माध्यम से धर्म की भी रक्षा करेंगे। दुर्योधन को समझा लेंगे। पांचालों के नाश से दुर्बल होकर पाण्डव भी कोई समझौता कर ही लेंगे...पर वह सब ही नहीं हुआ। दुर्योधन प्रतिदिन पहले से अधिक उग्र होता जा रहा है। वह प्रतिक्षण माँग कर रहा है कि भीष्म पाण्डवों का वध करें...उन्होंने भी वचन दिया है कि वे पाण्डवों को जय करेंगे....पर क्या दुर्योधन समझता है कि जब भीष्म कहते हैं कि वे पाण्डवों को जय करेंगे तो उसका अर्थ क्या होता है? नहीं! वह उनका अभिप्राय नहीं समझा।...भीष्म कहते हैं कि वे पाण्डवों का मन जीतेंगे और दुर्योधन समझता है कि वे पाण्डवों के शारीरिक

और सामरिक बल को जीतेंगे।...वे उसे निरन्तर बता रहे हैं कि युद्ध में पाण्डवों को कोई नहीं जीत सकता। फिर भी वह भीष्म को 'कोई' के बाहर मान लेता है। भीष्म पाण्डवों का मन जीतना चाहते हैं...और वह तो धर्म पर चलकर ही होगा, उनका वध करके नहीं।...

तो फिर भीष्म अपने इस शरीर की रक्षा क्यों कर रहे हैं? उससे किसी का कोई मनोरथ पूर्ण होने नहीं जा रहा। न उनका अपना और न दुर्योधन का।...इसीलिए तो दुर्योधन उन्हें युद्ध के लिए अधिक से अधिक उकसा रहा है कि या तो वे पाण्डवों का वध करें या फिर अपने प्राण दे दें ताकि वह कर्ण को रणक्षेत्र में उतार सके।...भीष्म को अब उसकी यह इच्छा तो पूरी कर ही देनी चाहिए।...वे धराशायी नहीं होंगे तो दुर्योधन उन्हें निरन्तर पाण्डवों के वध के लिए कहता रहेगा, जो वे करेंगे नहीं। उनके रहते कर्ण रण-क्षेत्र में आ नहीं सकता, और उसे रणभूमि में लाना, दुर्योधन की परम इच्छा है।...वे जानते हैं कि युधिष्ठिर पर भी बहुत दबाव है कि सारे पाण्डव महारथी शिखण्डी की रक्षा करें और उसे भीष्म से भिड़ा दें। भीष्म शिखण्डी से युद्ध नहीं करेंगे और कौरव महारथी, पाण्डवों द्वारा रक्षित शिखण्डी को मार नहीं सकेंगे, तो अन्ततः भीष्म का पतन होगा शिखण्डी के हाथों?...भीष्म शिखण्डी के हाथों मरना नहीं चाहते...पर युधिष्ठिर भी कितने दिनों तक अपना प्रतिरोध बनाए रख सकेगा। अर्जुन कब तक शिखण्डी को भीष्म से दूर रखेगा?...उसने बहुत समय दे दिया है भीष्म को...तो जब वह सब कुछ होना नहीं है जो भीष्म चाहते हैं तो वे युद्ध में खड़े ही क्यों हैं...वे बीच से हट ही क्यों नहीं जाते ताकि पाण्डव अपना मनचाहा कर लें, कृष्ण अपनी योजना पूरी कर लें, दुर्योधन अपना बल-परीक्षण कर ले...वे क्यों सब की इच्छाओं के मार्ग में अड़े हुए हैं।...शायद प्रभु की इच्छा के मार्ग में भी अड़े हुए हैं...नहीं, अब उन्हें हट ही जाना चाहिए...

भीष्म कवच सज्जित हुए और युद्ध क्षेत्र में गये। उन्होंने पण्डल व्यूह बनाया। वे युद्ध करते रहे और उन्हें सूचनाएँ मिलती रहीं...युधिष्ठिर ने वज्र नामक व्यूह का निर्माण किया था। द्रोण ने विराट पर और अश्वत्थामा ने शिखण्डी पर धावा किया। दुर्योधन द्रुपद पर चढ़ दोड़ा। नकुल तथा सहदेव अपने मातुल शल्य से जूझ रहे थे। विन्द-अनुविन्द, अर्जुन का कुछ नहीं बिगाड़ सके तो इरावान पर ही शक्ति परीक्षण करने लगे। अनेक नरेशों ने आगे बढ़ते अर्जुन को रोका और भीम ने कृतवर्मा को अवरुद्ध किये रखा। अभिमन्यु ने चित्रसेन, विकर्ण तथा दुर्मर्षण के साथ युद्ध किया, भगदत्त घटोत्कच को पाठ पढ़ाने का प्रयत्न करता रहा। अलंबुश सात्यकि से जूझता रहा, भूरिश्रवा और

धृष्टकेतु परस्पर उलझे रहे। युधिष्ठिर और श्रुतायु लड़े। चेकितान ने कृपाचार्य को रोके रखा।

भीष्म ने सुना कि अर्जुन ने कृष्ण को वचन दिया है कि रणक्षेत्र में जो-जो उस से युद्ध करना चाहते हैं, वह उन सबको आज नष्ट कर देगा। अर्जुन से पिटकर अनेक राजा भीष्म की शरण में आ गये। सुशर्मा को अर्जुन ने इतना पीड़ित किया था कि वह समरभूमि छोड़कर भाग गया था।...सुशर्मा बहुत पीड़ित था पाण्डवों से।...कीचक की मृत्यु हो जाने पर विराट से अपना प्रतिशोध लेना चाहता था, तब भीम ने उसको कंठ से पकड़कर महाराज विराट के चरणों में डाल दिया था। और अब जब से युद्ध आरम्भ हुआ था अर्जुन उसे कहीं टिकने ही नहीं दे रहा था।...सुशर्मा के मन में विष एकत्रित हो रहा था। वह अपना प्रतिशोध लेने के लिए किसी भी प्रकार की दुष्टता पर उतर सकता था...

सुशर्मा दुर्योधन के पास गया और किसी विशेष योजना पर चर्चा कर उनके पास आ गया। और तब भीष्म ने देखा कि त्रिगर्तों ने शिखण्डी से उनकी रक्षा के व्याज से उन्हें घेर रखा है। वे लोग उनकी रक्षा कर रहे थे, या उन्हें अर्जुन से लड़वा कर उनकी ओट से अर्जुन को पीड़ित कर उससे अपना प्रतिशोध लेना चाहते थे।...

भीष्म समरभूमि में खड़े थे। वे युद्ध कर भी रहे थे। अपनी सेना को अर्जुन के रोष से बचा रहे थे।...पर जाने क्यों उन्हें लग रहा था कि समरभूमि में वे नहीं, उनकी छाया खड़ी थी। वे युद्ध नहीं कर रहे थे, उनकी छाया युद्ध कर रही थी।...यह सारा युद्ध ही उन्हें अवास्तविक नहीं लग रहा था।...यह कैसा तो कोई भयंकर स्वप्न था...

उन्हें सूचना मिली थी कि द्रोण ने फिर से विराट को घेर लिया है और अपने तीखे बाणों से उन्हें आहत कर दिया है। विराट ने भी द्रोण को बींध दिया। द्रोण क्रुद्ध हो उठे। उन्होंने विराट का रथ ध्वस्त कर दिया। विराट अपने रथ से कूदकर अपने पुत्र शंख के रथ पर जा चढ़े। पिता और पुत्र दोनों ने मिलकर द्रोण का मार्ग अवरुद्ध कर दिया। द्रोण इस समय किसी के रोके रुक नहीं सकते थे। उन्होंने तत्काल शंख का वध कर दिया। विराट ने अपने तीसरे पुत्र का वध अपनी आँखों से देखा। वे समझ रहे थे कि अब उनके प्राण नहीं बचेंगे। वे क्या कर सकते थे। आस-पास कोई सहायक भी नहीं था। वे समरभूमि छोड़ कर भाग गये।...

भीष्म को विराट पर दया आयी...बेचारे के तीनों पुत्र मारे गये थे। पर युद्ध में क्षत्रिय अपने प्राण देने ही तो आते हैं...यहाँ अपने पक्षवालों के प्रति ही संवेदना प्रकट करने का अवसर नहीं आता, शत्रुओं के प्रति कोई क्या सहानुभूति दिखाए।

विराट से मुक्त हो द्रोण पाण्डव सेना के दूसरे भाग की ओर बढ़े। अश्वत्थामा पिता की सहायता को न आ सके, इसलिए शिखण्डी ने अश्वत्थामा पर आक्रमण किया। उसके निकट पहुँचकर उसकी त्रिकुटी पर बाण मारा। अश्वत्थामा अपने ओज में था। उसने क्षण भर में ही शिखण्डी का सारथि, अश्व सब कुछ नष्ट कर दिया। शिखण्डी अपने हाथ में खड्ग ले कर रथ से नीचे कूद गया। वह कुपित श्येन के समान समरभूमि में विचर रहा था कि अश्वत्थामा ने बाण मारकर उसका खड्ग भी खंडित कर दिया। शिखण्डी ने अपने हाथ में रह गए खड्ग का वह खंड घुमाकर अश्वत्थामा को दे मारा। अश्वत्थामा ने उसे भी काट दिया और शिखण्डी को आहत कर दिया।...पर शिखण्डी अश्वत्थामा के साथ इस युद्ध में अपने प्राण त्यागना नहीं चाहता था। वह उसे भीष्म के वध के लिए बचाए हुए था।...भीष्म जानते थे।...शिखण्डी सात्यकि के रथ पर आरूढ़ हो सुरक्षित हो गया...

सात्यकि ने अलंबुश को बींध डाला। अलंबुश ने सात्यकि का धनुष काटकर उसे गम्भीर रूप से घायल कर दिया। सात्यकि ने क्रोध में ऐंद्रास्त्र निकाल लिया। धनंजय से ही मिला था उसे ऐंद्रास्त्र। अलंबुश युद्धक्षेत्र त्याग कर भाग गया। सात्यकि ने सिंहनाद किया।

धृष्टद्युम्न ने दुर्योधन के अश्व मार दिये। दुर्योधन अपने रथ से कूदकर हाथ में असि ले कर धृष्टद्युम्न की ओर दौड़ा। शकुनि ने आकर दुर्योधन को अपने रथ पर चढ़ा लिया, नहीं तो दुर्योधन व्यर्थ ही धृष्टद्युम्न के हाथों अपने प्राण गँवाता। यह युद्ध की कोई रीति नहीं थी। द्यूत खिलाड़ी शकुनि ने दुर्योधन को ऐसा द्यूत खेलने नहीं दिया। वे दोनों तो धृष्टद्युम्न के सामने से हट गये, पर कौरव सेना धृष्टद्युम्न से बच नहीं पायी। उसने सामने खड़ी कौरव वाहिनियों का विनाश कर डाला।

भीष्म ने यह भी सुना कि गजारूढ़ भगदत्त से त्रस्त होकर पाण्डव सेना भाग चली। घटोत्कच पाण्डव सेना को लौटा लाया। घटोत्कच ने भगदत्त को पीड़ित किया तो भगदत्त ने उसे घायल कर दिया। घटोत्कच पहले तो विचलित नहीं हुआ किन्तु जब युद्ध अपने चरम पर पहुँच गया तो वह भगदत्त का तेज सँभाल नहीं पाया। अन्ततः घटोत्कच भगदत्त से पीड़ित होकर युद्धभूमि छोड़कर कहीं विलुप्त हो गया और भगदत्त पाण्डव सेना का मर्दन करने लगा।

नकुल और सहदेव ने शल्य को इतना क्षत-विक्षत किया कि वे रथ के पिछले भाग में जा बैठे और मूर्च्छित हो गये।...उनका सारथि तत्काल ही उनका रथ समरभूमि से हटाकर बाहर ले गया।...

भीष्म ने यह सब समरभूमि में ही सुना, किन्तु आज कोई भी सूचना उन्हें उत्तेजित नहीं कर रही थी। उन्हें किसी विजय में लाभ और किसी पराजय में कोई हानि का अनुभव नहीं हो रहा था। युद्ध जैसे मात्र युद्ध के लिए हो रहा था, उसको कोई प्रयोजन नहीं था।...

युधिष्ठिर से पराजित होकर श्रुतायु भाग गया। उसी के साथ कौरव सेना में भगदड़ मच गयी। उधर चेकितान और कृपाचार्य में भयंकर युद्ध हो रहा था। चेकितान ने कृपाचार्य को बाणों से आच्छादित कर दिया था। कृपाचार्य ने उसके रथ के अश्व मार दिये। चेकितान हाथ में गदा ले कर, अपने टूटे हुए रथ से कूद पड़ा और उसने अपनी गदा से कृपाचार्य के रथ के सारथि और घोड़े मार गिराए। कृपाचार्य धरती पर खड़े होकर भी चेकितान से लड़ते रहे। उन्होंने अपने बाणों से उसकी गदा तोड़ दी। चेकितान ने खंग खींच ली। कृपाचार्य के बाण समाप्त हो गये थे, वे भी असि ले कर चेकितान की ओर दौड़े। उस युद्ध में दोनों ने एक-दूसरे को आहत किया और दोनों ही भूमि पर गिर पड़े। अन्ततः करकर्ष ने चेकितान को अपने रथ में उठा लिया और शकुनि, कृपाचार्य को अपने रथ में उठा ले गया।

भीष्म ने देखा कि चित्रसेन, विकर्ण और दुर्मर्षण ने मिलकर अभिमन्यु पर आक्रमण किया। भीष्म के मन में दया उपजी...बेचारा बालक...वह रणभूमि में आ तो गया था किन्तु था तो अभी बालक ही। और फिर तीन-तीन योद्धाओं का आक्रमण...कहाँ है अर्जुन? उसे अपने पुत्र की सुरक्षा का ध्यान रखना चाहिए।...वह कहीं किसी व्यूह में उलझा होगा तो युधिष्ठिर को ही विचार करना चाहिए कि अभिमन्यु को इस प्रकार असुरक्षित न छोड़े। दुर्योधन और उसके भाई अर्जुन को कोई क्षति नहीं पहुँचा सकेंगे तो अपना क्रोध अभिमन्यु पर उतारेंगे।...और वह सुशर्मा...वह पाण्डवों से...और विशेष रूप से अर्जुन से इतना रुष्ट है कि यदि उसे कहीं अभिमन्यु दिखायी पड़ गया तो वह उसका पीछा ही नहीं छोड़ेगा।...

पर अभिमन्यु एक दक्ष योद्धा के समान निर्भीक होकर लड़ रहा था। उसकी युद्ध-शैली में कहीं अर्जुन और कहीं श्रीकृष्ण का प्रभाव दिखायी पड़ता था। अभिमन्यु असहाय नहीं था, धार्तराष्ट्रों के सामने।...उसने उनके धनुष काटकर उनके रथ नष्ट कर दिये थे। विरथी होकर उन धार्तराष्ट्रों का सारा शौर्य कहीं विलुप्त हो गया था। वे असहाय गोवत्स के समान इधर-उधर कूद-फाँद रहे थे। अभिमन्यु अब सरलता से उनका वध कर सकता था।...भीष्म को उनके प्राण बचाने होंगे।...धृतराष्ट्र के पुत्र मरते जा रहे हैं।...युद्ध के चौथे ही दिन अकेले भीम ने ही दुर्योधन के आठ भाइयों सेनापति, जलसंध, सुषेण, उग्र, वीरबाहु,

भीम, भीमरथ और सुलोचन—को मार गिराया था। उन आठों को तो भीष्म नहीं बचा सके थे, किन्तु आज इन्हें तो बचाना होगा। भीष्म उनकी रक्षा के लिए बढ़े।...पर अभिमन्यु तो उन्हें वहीं छोड़ कर किसी दूसरी दिशा में मुड़ गया।...क्यों नहीं वध किया उसने उनका?...क्या वह उन्हें भीम का आखेट मान, उसकी प्रतिज्ञा का स्मरण कर उन्हें छोड़ गया अथवा उनका वध उसे अपने शौर्य के अनुकूल नहीं लगा?...

सामने से अर्जुन का रथ आ रहा था। कदाचित उसे अपने पुत्र पर धार्तराष्ट्रों के इस आक्रमण की सूचना मिल गयी होगी...पर अभिमन्यु तो अपने शत्रुओं को पराजित कर वहाँ से जा चुका था।...सम्भव है कि सुशर्मा भी अभिमन्यु के लिए ही वहाँ आया हो, पर उसे अर्जुन सामने से आता मिल गया। उसने अर्जुन को रोक लिया।...अर्जुन ने भी देखा, अभिमन्यु वहाँ नहीं था। इस समय सम्भवतः वह अभिमन्यु की खोज में जाना चाहता था, किन्तु सुशर्मा उसे रोक रहा था।

अर्जुन क्रुद्ध हो उठा, "तुम योद्धाओं में अति उत्तम हो किन्तु पाण्डवों के पूर्व वैरी हो। तुम लोगों ने अन्याय किया है, यह उसी का अति भयंकर फल है। अच्छा है कि तुम मुझे यहीं मिल गये। आज मैं तुम्हें तुम्हारे दिवंगत पूर्वजों के दर्शन करा देता हूँ।..."

सुशर्मा ने अर्जुन को कोई उत्तर नहीं दिया। उसने अपने सैनिकों को संकेत किया। उसके पुत्र और भाई उसके आस-पास घिर आये थे। उसने अर्जुन के चारों ओर अवरोध बना लिया था। और उसके मुख पर एक अति भयंकर मुस्कान प्रकट हो आयी थी। आज अर्जुन उसकी मुट्ठी में था। वह पाण्डवों से अपना सारा वैर आज चुकता कर लेगा...

अर्जुन को सुशर्मा द्वारा अपना इस प्रकार रोका जाना बहुत दुस्साहसपूर्ण लगा। वह चकित था कि सुशर्मा ने यह क्यों नहीं सोचा कि उसे अर्जुन से दूर रहना चाहिए। अर्जुन उसे खोजे तो सुशर्मा को छिप जाना चाहिए और सुशर्मा स्वयं ही अर्जुन के सम्मुख आ खड़ा नहीं हुआ, उसे घेरने का साहस भी कर रहा है।...क्षण भर को अर्जुन के मन में उसके प्रति करुणा जागी। वह मूर्ख नहीं जानता कि वह क्या कर रहा है। उसने अपने सारे कुटुम्ब को एक ही स्थान पर एकत्रित कर लिया है।...अपने सारे भाइयों को ले कर स्वयं ही मृत्यु के मुख में आ गया है।...

अर्जुन ने उन सबके धनुष काट दिये और फिर एक-एक कर उन का वध करना आरम्भ किया।...कहाँ सुशर्मा सोच रहा था कि वह अर्जुन को घेर कर उसको बन्दी कर लेगा और उसका वध कर देगा। जो सफलता भीष्म,

द्रोण और दुर्योधन को नहीं मिली, वह सुशर्मा प्राप्त कर लेगा; और कहाँ उसकी आँखों के सम्मुख एक-एक कर उसके सारे पुत्र और भाई मारे गये... वह असहाय खड़ा देखता रहा।...किन्तु वह अपने पुत्रों के वध को देख कर, विराट के समान अपने प्राण बचाकर नहीं भागेगा। चह प्रतिशोध लेगा...वह अर्जुन का वध करेगा। उसका मुंड काटकर अपने शूल पर टाँगकर समरभूमि में उसे प्रदर्शित करेगा।...

सुशर्मा ने अपने पृष्ठ रक्षकों को पुकारकर सामने बुला लिया। वह जानता था, उसके पास बत्तीस पृष्ठ-रक्षक थे; और जब उसके पुत्रों तथा भाइयों का हत्यारा उसके सम्मुख खड़ा था तो उसको अपनी पीठ पर रक्षकों की कोई आवश्यकता नहीं थी।...बत्तीस पृष्ठ-रक्षक और सुशर्मा, तैंतीस योद्धा एक अकेले अर्जुन के लिए पर्याप्त होने चाहिए।...पर अर्जुन के लिए तैंतीस व्यक्ति पर्याप्त नहीं थे।...अर्जुन ने देखा, उसके बाणों की मार से एक-एक पृष्ठ-रक्षक के गिरने से सुशर्मा की सिंह जैसी दहाड़ दुर्बल पड़ती जा रही थी और उसमें पीड़ा और चीत्कार का स्वर मिलता जा रहा था।...

अन्ततः अर्जुन से प्रतिशोध लेने का संकल्प दुहराता और भीष्म की रक्षा को विस्मृत करता हुआ सुशर्मा कौरवों की विशाल सेना के पीछे कहीं विलीन हो गया।

अर्जुन का रथ भीष्म की ओर बढ़ा।

"इस मूर्ख सुशर्मा को क्या हुआ केशव! अकारण ही अपने पुत्रों और भाइयों को गँवा बैठा।" अर्जुन बोला, "क्या वह इतनी-सी बात नहीं समझ सकता था कि वह कोई ऐसा व्यूह नहीं था, जहाँ उसे अपने पुत्रों की बलि देने की कोई अनिवार्यता हो। वह अपनी सीमा नहीं जानता क्या?"

कृष्ण हँसे, "बहुत अच्छा उदाहरण है यह, क्रोध से मनुष्य की बुद्धि सम्मोहित हो जाने का।"

"पर युद्ध में क्रोध का क्या काम केशव?" अर्जुन ने कहा, "यहाँ तो बुद्धि को शान्त ही रखना चाहिए।"

"ठीक कहते हो अर्जुन! युद्ध ही क्यों, मनुष्य को आजीवन स्वयं को शांत रखना चाहिए। पर मनुष्य के समस्त ज्ञान की शत्रु उसकी कामनाएँ हैं। कामनाएँ व्यक्ति के ज्ञान को पूर्णतः ढँक देती हैं।" कृष्ण बोले, "और जब कामना पूरी नहीं होती तो मनुष्य को क्रोध आता है। वस्तुतः काम और क्रोध एक ही भाव के दो नाम अथवा पक्ष हैं। उस क्रोध से रही-सही बुद्धि भी भ्रष्ट हो जाती है। सुशर्मा उसका प्रमाण दे रहा है। वह पाण्डवों से प्रतिशोध चाहता है, अर्जुन का वध करना चाहता है। उसकी यह कामना पूरी नहीं होती तो उसे क्रोध आता

है। क्रोध उसकी बुद्धि को सम्मोहित कर देता है। और उसकी समझ में यह नहीं आता कि वह अर्जुन को पराजित कर उसका वध नहीं कर सकता, चाहे उस प्रयत्न में उसके सारे पुत्र और भाई मारे ही क्यों न जायें। इसीलिए क्रोध को मनुष्य का शत्रु कहा गया है।"

अर्जुन पितामह के सम्मुख पहुँच गया था। किन्तु पितामह पर बाण चलाने से पहले ही, कौरव सेनाएँ, भीष्म की रक्षा आ गयीं। अनेक कौरव योद्धा अर्जुन पर टूट पड़े। शिखण्डी को लगा कि अर्जुन को तत्काल सहायता की आवश्यकता है। वह अर्जुन की ओर बढ़ा।...

शिखण्डी को निकट देख अर्जुन को कुछ उलझन होने लगी। शिखण्डी उसकी रक्षा और सहायता तो क्या करेगा, वह पितामह पर आक्रमण करेगा। पितामह उससे युद्ध नहीं करेंगे। शिखण्डी को रोकने के लिए कौरव योद्धा आयेंगे। अर्जुन शिखण्डी की रक्षा करेगा। वह पितामह पर आक्रमण करेगा। ....उसका रक्षाकार अर्जुन पितामह के वध में सहायक होगा...इससे तो अच्छा है कि अर्जुन दुर्योधन अथवा जयद्रथ से ही निबट ले।...वह उनकी ओर बढ़ गया। दुर्योधन की सहायता के लिए कृपाचार्य, शल्य और शल भी आ गये थे। इधर पाण्डव भी अर्जुन के निकट पहुँचते जा रहे थे...

भीष्म ने शिखण्डी को अपने सामने देखा तो उनके अधरों पर एक विचित्र-सी मुस्कान आ गयी। उन्होंने शिखण्डी से न लड़ने का संकल्प किया था। शिखण्डी उनके सामने था और शायद सोच रहा था कि प्रहार करे अथवा न करे। पता नहीं वह भीष्म के सम्मुख टिक पाये, न टिक पाये। वह तो अर्जुन की सहायता के लिए आया था और अर्जुन वहाँ से कहीं और चल दिया था। अर्जुन के मन को समझते थे पितामह, किन्तु कृष्ण ने कैसे रथ मोड़ दिया। धनुष अर्जुन के हाथों में था, किन्तु अश्वों की वल्गा तो कृष्ण के हाथों में थी।...भीष्म ने शिखण्डी का धनुष काट दिया।...शिखण्डी किंकर्तव्यविमूढ़ सा खड़ा था कि युधिष्ठिर ने उसे डाँटा, "तुम ठीक से युद्ध क्यों नहीं करते? अपनी शपथ को स्मरण रखो और मिथ्याभाषण का पाप मत करो। किससे भयभीत हो, उन पितामह से, जो तुमसे युद्ध भी नहीं करेंगे? उन्होंने तुम्हारा धनुष काटकर तुम्हें पराजित कर दिया और फिर भी तुम क्रुद्ध काल के समान उन पर टूट नहीं रहे हो।...प्रहार करो। पितामह पर पूरी शक्ति से प्रहार करो।..."

भीष्म अपने मन से पूछते रह गये कि वे मुस्कराएँ, रोएँ या क्रुद्ध हों? इस युद्ध ने युधिष्ठिर को भी अब ऐसे स्थान पर पहुँचा दिया था कि वह भीष्म के वध के लिए आतुर हो उठा था।...भीष्म जानते थे कि यह समरभूमि थी, यहाँ

भावुक होने का कोई कारण नहीं था; किन्तु इस तथ्य की उपेक्षा वे कैसे करते कि वे युधिष्ठिर और दुर्योधन दोनों की रक्षा करने का प्रयत्न कर रहे थे और दूसरी ओर युधिष्ठिर और दुर्योधन दोनों ही उनकी मृत्यु की कामना कर रहे थे। जिस प्रकार युधिष्ठिर, शिखण्डी को प्रेरित कर रहा था, उससे तो लगता था कि उन पर शस्त्र उठाने में शिखण्डी का हाथ काँप जाये तो काँप जाये, युधिष्ठिर का हाथ नहीं काँपेगा।...अब भीष्म किसके लिए जीवित रहना चाहते हैं?...ठीक है कि भीष्म के कारण युधिष्ठिर की सेना कट रही थी। युधिष्ठिर न भी चाहे तो उसकी सेना के अन्य सेनापति, उसकी वाहिनियों के नायक अपने सैनिकों की रक्षा के लिए भीष्म की मृत्यु के इच्छुक होंगे ही। युधिष्ठिर कब तक उनका प्रतिरोध कर सकता था?...

शिखण्डी भीष्म की ओर मुड़ा और बाण साधता हुआ बोला, "खड़ा रह!"

भीष्म मुस्कराए! उन्हें शिखण्डी से युद्ध नहीं करना था। उन्होंने शिखण्डी की अवहेलना कर दी। शिखण्डी ने आक्रमण तो किया, किन्तु युद्ध का अवसर नहीं आया। शल्य बीच में आ कूदा। युधिष्ठिर का ध्यान उधर से हटा ही था कि भीष्म ने उनका धनुष काट दिया।...युधिष्ठिर डर गये। उनके पास धनुष भी नहीं था और जयद्रथ उनके सम्मुख था।

युधिष्ठिर को भय से पीड़ित देख कर भीम गदा ले कर पदाति ही जयद्रथ पर टूट पड़ा। जयद्रथ ने भीम पर भयंकर बाण चलाकर उसे घायल तो कर दिया किन्तु भीम ने अपनी गदा के प्रहार से उसके रथ के अश्वों को मार गिराया। जयद्रथ को संकट में देख दुर्योधन उसकी सहायता को भागा आया। भीम की विकराल मूर्ति देख जयद्रथ का युद्ध करने का सारा उत्साह समाप्त हो गया था। उसकी आँखों के सम्मुख भीम की एक ही मुद्रा नाचती रहती थी... यदि वह भीम की पकड़ में आ गया तो सम्भव है कि भीम इस बार उसे दास बनाकर ही सन्तोष न करे। वह दुःशासन के समान उसके वक्ष का भी रक्त पीना चाहेगा...जयद्रथ ने भी तो द्रौपदी के हरण का प्रयत्न किया था...

जयद्रथ भय के कारण दुर्योधन के निकट जा उसके सैनिकों के मध्य कहीं दुबक गया।

भीम ने जयद्रथ को दुर्योधन की काँख में दुबका देखा तो वह अपनी भयंकर गदा ले कर उसकी ओर चला। भीम के उस विकराल रूप को देख कर दुर्योधन और उसके भाई भयभीत होकर भाग गये। एक चित्रसेन ही था, जो अपने स्थान पर अडिग खड़ा रहा। भीम ने अपनी भयंकर गदा खींचकर उसे मारी। चित्रसेन का रथ टूट गया। वह खंग ले कर भीम के सम्मुख जाने की सोच ही रहा था कि विकर्ण ने उसे अपने रथ पर चढ़ा लिया।

अब फिर धृतराष्ट्र के पुत्र संकट में थे। भीम उनका काल था।...दुर्योधन और उसके भाई की ओर से भीम का ध्यान हटाने का एक ही मार्ग था। भीष्म ने युधिष्ठिर पर आक्रमण कर दिया। युधिष्ठिर, नकुल और सहदेव ने मिलकर भीष्म का सामना किया। उन्होंने भीष्म को अपने असंख्य बाणों से आच्छादित कर दिया; किन्तु भीष्म अपने स्थान पर निर्भीक खड़े रहे। उन्होंने युधिष्ठिर के अश्व मार दिये और युधिष्ठिर के रथ को एक ही स्थान पर कीलित कर दिया। युधिष्ठिर ने भीष्म पर एक शक्ति चलाई। भीष्म ने बड़ी सरलता से काट दिया। युधिष्ठिर तत्काल नकुल के रथ पर आ गये। किन्तु भीष्म का आक्रमण रुका नहीं। उनके बाण निरन्तर चलते रहे। उससे युधिष्ठिर को कम, नकुल और सहदेव को ही अधिक घाव लगे।...युधिष्ठिर नकुल के निकट खड़े देख रहे थे। उनके ये दोनों छोटे भाई, कितने असहाय थे, भीष्म के सम्मुख। पितामह ने यह तो कहा था कि पाण्डु पुत्र उनके लिए अवध्य हैं, किन्तु यह तो उन्होंने नहीं कहा था कि वे उनको अपने तीखे बाणों से पीड़ित नहीं करेंगे। पता नहीं किसी-किसी समय पितामह इतने क्रूर क्यों हो जाते हैं।...इस यातना से छुटकारा तो तभी मिल सकता है, जब पितामह रणक्षेत्र से हट जायें।...जाने अर्जुन क्यों इधर-उधर भटकता रहता है। वह पितामह का वध क्यों नहीं करता?. ..पाण्डवों को यदि यह युद्ध जीतना है तो उन्हें सबसे पहले पितामह को ही मार्ग से हटाना होगा। पितामह दुर्योधन के सबसे बड़े रक्षक हैं। वे हिमालय के समान उसके सामने डट जाते हैं तो कोई दुर्योधन का क्या बिगाड़ सकता है?...पितामह को हटाना ही होगा...पाण्डवों की विजय और पितामह का जीवन दोनों एक साथ सम्भव नहीं हैं। पाण्डवों को यह युद्ध जीतना ही है...पितामह को मरना ही होगा...वे पाण्डवों के कितने भी प्रिय क्यों न हों, उन्हें धर्म की जय के लिए मरना होगा...

43

"पितामह!" दुर्योधन हाथ जोड़कर भीष्म के सम्मुख खड़ा था, "आप जानते हैं कि सुनाभ, अपराजित, कुंडधार, पंडितक, विशालाक्ष, महोदर, आदित्यकेतु तथा बह्वाशी—ये मेरे भाइयों के नाम हैं?"

भीष्म को आश्चर्य नहीं हुआ। उनके मन में पहले से ही यह संभावना जन्म ले चुकी थी कि दुर्योधन किसी भी समय आ सकता है और अपने क्षोभ को प्रकट करने के लिए उनसे किसी भी प्रकार की अकथनीय कटु बातें कह सकता है।

"जानता हूँ।" भीष्म बोले, "यह भी जानता हूँ कि आज भीम ने तुम्हारे इन आठ भाइयों के प्राण ले लिए हैं।"

"तो आप यह भी जानते होंगे कि युद्ध के चौथे दिन भी उसी भीम ने मेरे आठ अन्य भाइयों के प्राण ले लिए थे?"

"जानता हूँ।"

"तो फिर आप यहाँ शांति से बैठे क्या कर रहे हैं?" दुर्योधन का स्वर ऊँचा हो गया, "आप हमारे प्रधान सेनापति हैं। और फिर भी मध्यस्थ बने रहने के कारण सदा ही हम लोगों की उपेक्षा करते हैं। मेरे सहोदर भाई काल के गाल में समाते जा रहे हैं और आप अपने प्रिय पाण्डवों को आहत तक नहीं करना चाहते। खाते हमारा हैं और प्रेम उनसे करते हैं।" दुर्योधन आपे से बाहर हो रहा था, "मैं एक ऐसे विनाशकारी मार्ग पर इतना दूर चला आया हूँ, जहाँ से वापस लौटना मेरे लिए संभव नहीं है। विनाश ही होना है तो मेरे शत्रुओं का हो, हमारा नहीं। हमारा होना है तो उनका भी हो। यह क्या कि वे पूर्णतः सुरक्षित होकर लड़ रहे हैं और हम प्रतिदिन मरते जा रहे हैं। आप को प्रधान सेनापति बनाकर आठ दिनों का महायुद्ध कर आया। अब अपना सेनापति बदल भी दूँ तो मेरे ये सोलह भाई जीवित तो नहीं हो जायेंगे...।" लगा कि जैसे वह रो ही पड़ेगा, "मैंने तो अपने विश्वविजयी वीर पितामह को अपना प्रधान सेनापति बनाया था, और अब मैं अपने उस पितामह को ढूँढ रहा हूँ और वे कहीं मिलते ही नहीं। उनके स्थान पर एक हृदयहीन मध्यस्थ बैठा दिखायी देता है, जिसे कुरुकुल का विनाश तनिक भी द्रवित नहीं कर पा रहा...।"

भीष्म जानते थे कि दुर्योधन कटुभाषी है, किन्तु इस सीमा तक?...और वह भी अपने पितामह से? अपने उस सेनापति से, जिसके सम्मुख वह प्रतिदिन विजय का याचक बना खड़ा रहता है? इस मूर्ख को कुछ पता भी होता है कि वह किससे क्या कह रहा है?...भीष्म की आँखों में अश्रु आ गये। वे इस प्रकार का अपमान सहने के लिए तो कुरुकुल की रक्षा नहीं कर रहे थे। उन्होंने अपने इन पौत्रों का पालन-पोषण, इस दिन के लिए तो नहीं किया था।...उन्हें लगा कि वे अपनी इस जीवन-यात्रा से बहुत थक गये हैं। सचमुच वृद्ध हो गये हैं वे। आज उनका मन किसी 'अपने' के कन्धे पर सिर टिकाकर थोड़ा रो लेना चाहता था।...यह मूर्ख दुर्योधन स्वयं अपने पापों का फल भोग रहा है और दोष दे रहा है, देवव्रत भीष्म को, जिन्होंने सदा कुरुकुल की रक्षा के लिए अपने प्राण न्योछावर किये हैं।...यह दुष्ट अधर्मी क्या जाने कि भीष्म ने क्या कुछ सहन किया है इस कुल के गौरव और इसकी मर्यादा की रक्षा के लिए...मन हुआ इसी क्षण वे खींचकर एक चाँटा इस दुर्योधन के मुख पर जमाएँ, ताकि वह अपनी मर्यादा पहचान सके। राजा हो गया है तो अपने पितामह से इस प्रकार सम्बोधित होगा...

नहीं चाहिए उनको इसका यह सेनापतित्व। कोई कृपा नहीं की है, इसने उन्हें सेनापति बनाकर। अपने स्वार्थ के लिए बनाया है इसने उनको सेनापति, ताकि वे पाण्डवों का वध कर हस्तिनापुर का राज्य सदा के लिए इसकी झोली में डाल दें।...यह समझता है कि भीष्म उसका दिया खाते हैं। इसे स्मरण नहीं है कि यह जो कुछ खा रहा है, वह सब भीष्म का है।...उनकी इच्छा हुई कि वे सारथि से कहें, कि वह रथ प्रस्तुत करे, वे हस्तिनापुर में अपने घर पर जाना चाहते हैं।...कर ले दुर्योधन जो निपटारा उसे पाण्डवों से करना है। बना ले सेनापति जिसे बनाना है। नहीं चाहिए उन्हें ऐसा यश और नहीं चाहिए ऐसा अपयश।...

पर सृंजय? सोमक? पांचाल...कौन सँभालेगा उनकी सेनाओं को? वे कौरवों को खा जायेंगे...वे अपने परम्परागत वैर का प्रतिशोध ही नहीं लेंगे, भीष्म के पूर्वजों द्वारा संरक्षित हस्तिनापुर का राज्य भी पचा जायेंगे वे। दुर्योधन नहीं समझता कि भीष्म किस लक्ष्य के लिए लड़ रहे हैं।....भीष्म ने बहुत सारे युद्ध लड़े हैं अपने वैरियों से। युद्ध करने आयी शत्रुओं की सेनाओं से और अपने मन में बैठे विकारों से। बहुत कुछ जीता है उन्होंने; किन्तु अभी पांचालों, सोमकों और सृंजयों के प्रति अपने वैर को नहीं जीत पाये हैं।...उन्होंने देखा था कृष्ण को युधिष्ठिर के राजसूय यज्ञ में ऋषियों के उच्छिष्ट पत्तल उठाते। अहंकार को कैसे जीता जाता है, यह कृष्ण से सीखना चाहिए; किन्तु अभी भीष्म अपने कुल के अहंकार को जीत नहीं पाये हैं।...वे एक मूर्ख दुर्योधन के कारण अपने कुल के गौरव को तिलांजलि नहीं दे सकते। वे हट जायेंगे तो द्रुपद और धृष्टद्युम्न जिसे नष्ट करेंगे, वह दुर्योधन का अहंकार नहीं कौरवों का गौरव होगा...तो भीष्म कैसे छोड़ दें इस सेना का सेनापतित्व जो पांचाल के विरुद्ध लड़ रही है?...

"तुम्हें मुझे और द्रोण को युद्ध के लिए बाध्य नहीं करना चाहिए था। हम मध्यस्थ हैं।" वे स्वयं को बड़ी कठिनाई से संयत कर पाये, "और भीम, उसके भाइयों और उस की पत्नी के प्रति जो व्यवहार तुमने किया है, वह भी तुम जानते ही हो। भीम ने जो प्रतिज्ञाएँ की हैं, उनका ज्ञान भी तुमको होगा ही। तुम जानते हो कि तुम्हारा जो भाई भीम के सम्मुख पड़ेगा, वह मारा जायेगा।" उनका स्वर पूर्णतः रुक्ष और कठोर हो गया, "तुम अपने मन को स्थिर कर, युद्ध के विषय में अपना दृढ़ मत बना लो और स्वर्ग को ही अपना अंतिम आश्रय मानकर पाण्डवों के साथ युद्ध करो। जाओ।"

दुर्योधन चला गया।

दुर्योधन को अपने सम्मुख से तो पितामह ने भेज दिया था, किन्तु उनके मन के भीतर से वह नहीं गया था।...उनको लग रहा था कि उसने किसी हिंस्र पशु के समान अपने नुकीले पंजों से उनके मन को छील डाला था।...इस प्रकार

भीष्म अपने जीवन में कम ही अपमानित हुए हैं। दुर्योधन क्या समझता है कि वह जिसका इतना अपमान करेगा, वह अपने प्राणों का पण लगाकर उसके लिए युद्ध करेगा? कितना जानता है वह मानव-मन को? ये तो भीष्म ही हैं, कि इतना अपमान सहकर अभी खड़े सोच रहे हैं कि दुर्योधन के पक्ष से युद्ध करना उचित है क्या?...कोई और होता तो इस प्रकार अपमान सह जाता? वह दुर्योधन से अपने अपमान का प्रतिशोध नहीं लेता? उसे अपमानित नहीं करता क्या? उसे नीचा दिखाने का प्रयत्न नहीं करता? उसे हानि पहुँचाने का प्रयत्न नहीं करता?...कोई क्षमा कर पाता दुर्योधन को?...

प्रतिशोध?...क्षमा?...मान-अपमान?...

सहसा भीष्म का मन फिर से कृष्ण की ओर चला गया।...मान-अपमान की बात हुई थी कृष्ण से। राजसूय के अवसर पर ही पूछा था भीष्म ने उनसे; और कृष्ण ने कहा था..."जिसने मन को जीत लिया, उसने ब्रह्म को पा लिया। उसका मन प्रशान्त है। वह द्वन्द्वों से उदासीन है। उसके लिए सुख–दुःख, शीत-ताप और मान-अपमान एक समान है। ज्ञान-विज्ञान से तृप्त पुरुष आत्मज्ञानी भी है और योगी भी। उसके लिए कंचन और मृत्तिका एक समान हैं। सहृद, मित्र, शत्रु, उदासीन, मध्यस्थ, ईर्ष्यालु, पुण्यात्मा और पापात्मा में समबुद्धि होती है। ..." पर भीष्म तो आज तक यह नहीं कर पाये।...कृष्ण ने दुर्योधन को अपनी नारायणी सेना दे दी, पर भीष्म अभी तक पांचालों का अस्तित्व स्वीकार नहीं कर पाये।...तो क्या करें वे? दुर्योधन द्वारा किये गये इस अपमान को वे अपना अपमान न मानें? उसे दुर्योधन की दुर्बुद्धि ही मानें? युधिष्ठिर के समान उसे क्षमा कर दें?...पर वे कृष्ण तो नहीं हो सकते। कृष्ण ने तो आत्मा को जान लिया है। इसलिए परमात्मा को भी पहचान लिया है। कृष्ण तो परम तत्व को पहचान कर जैसे स्वयं भी परम तत्व हो गये हैं।...भीष्म उसे जानते तो हैं, पहचानते नहीं हैं। उन्हें उसकी सूचना तो है, संवेदना नहीं है। ज्ञान तो है, किन्तु अनुभूति नहीं है।...

नहीं! भीष्म चाहे कृष्ण न हो पाये हों, किन्तु वे दुर्योधन भी नहीं हो सकते। वे अपना कर्म तो करेंगे ही। अपने कुल तथा अपने गौरव की रक्षा तो वे करेंगे। वे मूर्ख दुर्योधन द्वारा प्रेरित उत्तेजना के कारण अपना क्षात्र धर्म छोड़कर पांचालों के सामने से भाग नहीं सकते।...युद्ध तो उन्हें करना ही होगा। कहीं ऐसा न हो कि वे दुर्योधन को हानि पहुँचाने का प्रयत्न करें और उसका इच्छित कार्य कर बैठें। बहुत सम्भव है कि उसने उनका यह अपमान सोच-समझ कर ही किया हो। सम्भव है कि उनसे त्वरित मुक्ति पाने के लिए उसकी सुविचारित युक्ति हो।...नहीं, भीष्म किसी उत्तेजना के अधीन कोई भयंकर निर्णय नहीं करेंगे...

युद्ध और प्रचण्ड हो गया। कौरव सेना आगे बढ़ी तो पाण्डवों की ओर से भी प्रबल आक्रमण हुआ। धृष्टद्युम्न, शिखण्डी और सात्यकि ने एक ओर से भीष्म पर आक्रमण किया; विराट तथा सोमक योद्धाओं के साथ द्रुपद ने दूसरी ओर से; कैकेय, धृष्टकेतु तथा कुंतिभोज ने तीसरी ओर से। अर्जुन, पाँचों द्रौपदेयों तथा चेकितान ने, दुर्योधन की रक्षा कर रहे राजाओं पर आक्रमण किया और अभिमन्यु, घटोत्कच तथा भीम स्वयं दुर्योधन की ओर बढ़े।

द्रोण सृंजयों पर टूट पड़े। कृतवर्मा तथा शकुनि अपनी-अपनी सेनाएँ ले कर पाण्डव सेना से जूझने लगे।

कांबोज, मही, सिंधु, वनायु, आरट्ट, तित्तिर तथा पर्वतप्रदेशीय अश्वों की सेना ले कर इरावान ने कौरवों के अश्वारोहियों की सेना पर धावा बोला। शकुनि के भाई—गज, गवाक्ष, वृषभ, चर्मवान, आर्जव तथा शुक—अपनी अश्वारोही वाहिनियाँ लेकर इरावान से लड़ने आगे आये। इरावान अकेला ही था और उस पर आक्रमण करनेवाले अनेक। इरावान रक्त से नहा गया, किन्तु उसका मन भय से परिचित नहीं था। वह गान्धार योद्धाओं द्वारा मारे गये प्रयासों से ही उन पर प्रहार करता जा रहा था। अन्ततः एक-एक कर, उस युद्ध में शकुनि के ये सारे भाई मारे गये।

दुर्योधन को सूचना मिली तो वह अलंबुश के पास गया, "हमारी रक्षा करो, राक्षसराज! नागकन्या उलूपी के इस पुत्र ने हमारी सारी अश्वसेना नष्ट कर दी है। गान्धार के उन महान् वीरों का वध कर दिया है।...बकासुर का वध स्मरण करो वीर! इन पाण्डवों से अपना प्रतिशोध लेना है तुम्हें। यदि तुम इरावान का मस्तक काट लो, तो तुम्हारा प्रतिशोध हो जायेगा और हमारी सेना विनाश से बच जायेगी।"

अलंबुश को इससे अच्छा अवसर और क्या मिलता। उसने आते ही अपना मायावी युद्ध आरम्भ किया। उसके राक्षस सैनिक विभिन्न प्रकार के भ्रमपूर्ण समाचारों का प्रचार कर रहे थे। वे किसी मृत योद्धा की गदा को उठाकर भागते हुए, दुर्योधन का जयजयकार कर रहे थे कि दुर्योधन ने द्वितीय पाण्डव भीम का वध कर दिया है। किसी अज्ञात सैनिक के शव का काई अंग उठाकर पाण्डवों के निकट जाकर वे उसे धर्मराज युधिष्ठिर का अंग घोषित कर अलंबुश की जय का कोलाहल कर रहे थे।...अलंबुश, इरावान के सम्मुख खड़ा युद्ध कर रहा था और उसके सहयोगी विभिन्न दिशाओं से दौड़ते हुए आकर घोषणा कर रहे थे कि राक्षसराज अलंबुश का रथ आ रहा है, उसे मार्ग दो।...इरावान की एकाग्रता प्रतिक्षण बाधित हो रही थी। वह भ्रम में पड़ा समझ ही नहीं पा रहा था कि जिस के साथ

वह युद्ध कर रहा था, वह अलंबुश है अथवा अलंबुश को अभी आना है।...और यदि अलंबुश को आना है तो वह किस दिशा से आ रहा है?

सहसा राक्षसों ने आकाश की ओर देख कर चिल्लाना आरम्भ किया, "राक्षस राज अलंबुश का विमान आकाश से उतर रहा है।" वे सब आकाश की ओर देख रहे थे और उन्होंने समरभूमि में इधर-उधर हटकर विमान के उतरने के लिए स्थान बना दिया था।...इरावान ने आकाश की ओर देखा...क्या सचमुच कोई विमान आ रहा था? क्या अलंबुश के पास कोई विमान था? क्या वह आकाश मार्ग से यात्रा करता था?...अलंबुश की इस माया के सम्मुख, इरावान को सर्वथा सम्मोहित सा देख, उसके मातृकुल के नाग सैनिकों ने उसकी रक्षा के लिए उसे चारों ओर से घेर लिया; किन्तु अलंबुश उनके लिए गरुड़ प्रमाणित हुआ। उसने एक-एक कर नाग योद्धाओं को मार डाला और मोहित इरावान का भी वध कर दिया।...

घटोत्कच ने इरावान के वध का समाचार सुना तो एक भयंकर त्रिशूल ले कर वह कौरवों पर टूट पड़ा। उसका आक्रमण इतना आकस्मिक और त्रासद था कि कौरव सेना अपना व्यूह छोड़कर भाग चली।

इरावान के वध के समाचार से दुर्योधन बहुत उत्साहित हुआ था। उसने पाण्डवों की कुछ तो क्षति की, पाण्डवों में से किसी एक का तो वध हुआ। इरावान का मारा जाना पाण्डवों के वध के समान ही महत्त्वपूर्ण था। अर्जुन सुनेगा तो वह उतना ही पीड़ित होगा, जितना दुर्योधन अपने भाइयों के वध का समाचार पाकर हुआ था। कदाचित उससे भी अधिक...आज यदि कहीं घटोत्कच भी इसी प्रकार मारा जा सके, तो भीम और अर्जुन दोनों के प्राण आधे ही रह जायेंगे।...

दुर्योधन ने घटोत्कच पर आक्रमण किया। बंगनरेश अपनी गजसेना के साथ दुर्योधन की रक्षा के लिए साथ चला।

उसका आक्रमण इतना भयंकर था कि घटोत्कच के राक्षस विचलित हो उठे। दुर्योधन को अवसर मिला। उसने वेगमान, महारौद्र, विद्युज्जिह्व और प्रमाथी नामक राक्षस योद्धाओं का वध कर डाला।...उसका उत्साह उसे उकसा रहा था कि वह बंगनरेश के गज को पीछे कर स्वयं ही घटोत्कच पर आक्रमण करे। ...पर उसकी आवश्यकता नहीं पड़ी। घटोत्कच स्वयं ही सम्मुख आ गया। वह अत्यन्त क्रोध की स्थिति में था। दुर्योधन को अपने सम्मुख देख कर बोला, "मैंने देखा है तूने मेरे पितरों को कैसे-कैसे कष्ट दिये हैं। मैं जानता हूँ कि तूने मेरी माता पांचाली का कैसा अपमान किया है। आज उन सबका प्रतिशोध मैं लूँगा तुझसे।"

घटोत्कच ने अपने शूल के प्रहार से गजसेना का संहार आरम्भ किया। एक-एक कर हाथी गिरते रहे और दुर्योधन असहाय-सा देखता रहा।...

भीष्म को सूचना मिली। उन्होंने द्रोण को संदेश भिजवाया, "यह दुर्योधन मूर्खों के समान कहीं भी जा भिड़ता है। अब वह घटोत्कच से उलझा हुआ है। उसके प्राण संकट में हैं। जाइए और जाकर उसकी रक्षा कीजिए।"

द्रोण ने तत्काल उस दिशा में प्रस्थान किया।

राजा के प्राण संकट में हैं, और आचार्य द्रोण उनकी रक्षा के लिए जा रहे हैं—यह समाचार कौरव सेना में दावग्नि के समान फैल गया। द्रोण के साथ-साथ सोमदत्त, वाह्लीक, जयद्रथ, भूरिश्रवा, शल्य, बिन्द, अनुविन्द, बृहद्‌बल, अश्वत्थामा, विकर्ण, चित्रसेन और विंविशति भी चले।

घटोत्कच ने कौरव महारथियों को आते हुऐ देखा। उसके उत्साह में तनिक भी ह्रस नहीं हुआ। उल्टे वह और उत्साहित हो उठा। आज वह दुर्योधन के इन रक्षकों को भी पाठ पढ़ाएगा। ये ही हैं, जिन के बल पर दुर्योधन आज तक सब पर अत्याचार करता रहा है।...घटोत्कच ने न केवल उन सब को रोका, उन में से अनेक को अपने बाणों से आहत भी कर दिया...

युधिष्ठिर ने भीम को बुलाया, "मध्यम! कौरवों की विशाल सेना उस ओर गयी है, जिधर दुर्योधन से घटोत्कच जूझ रहा है। दुर्योधन के साथ बहुत सारे महारथी हैं। मुझे लगता है तुम्हें हिडिंबापुत्र की रक्षा के लिए जाना चाहिए। ऐसा न हो कि हम उसे उलूपीपुत्र के समान खो दें।..."

भीम के साथ सत्यधृति, सौचित्ति, श्रेणिमान, वसुदान, अभिभू, अभिमन्यु, पाँचों द्रौपदेय, क्षत्रदेव, क्षत्रधर्मा तथा अनूप देश के राजा नील चले।

पाण्डवों की सहायता आयी देख कर कौरव सेना टिक नहीं पायी। अपनी सेना को इस प्रकार पलायन करते देख दुर्योधन क्रुद्ध होकर भीम पर झपटा—यही था, उस की सारी कठिनाइयों का मूल। यही था, जो चुन-चुन कर उसके भाइयों का वध कर रहा था। आज यदि वह भीम को समाप्त कर दे तो पाण्डवों में से किसका साहस था कि वह उसके सामने टिक सके।

दुर्योधन ने भीम पर बाणों की झड़ी लगा दी और उसका एक बाण जाकर भीम के वक्ष पर जा लगा। लगता था कि उसका कवच फट गया था और बाण उसे गम्भीर घाव दे गया था। भीम को उस बाण से व्यथित होते सबने देखा। वह ध्वजदण्ड का सहारा लिए स्वयं को सचेत करने का प्रयत्न कर रहा था।...

दुर्योधन को अपनी विजय बहुत निकट दिखायी दी।...अभी यह मोटा रथ में ही लेट जायेगा और फिर सदा के लिए भूमि पर सो जायेगा।...

पर उधर अपने पिता को कष्ट में देख कर घटोत्कच जल उठा। अभिमन्यु भी दौड़ा।

द्रोण काँप उठे : अभिमन्यु और घटोत्कच एक साथ दुर्योधन पर कूद पड़े तो दुर्योधन को कौन बचाएगा। उन्होंने तत्काल कृपाचार्य, भूरिश्रवा, शल्य, अश्वत्थामा, विविंशति, चित्रसेन, विकर्ण, जयद्रथ, बृहद्‌बल, बिन्द तथा अनुबिन्द को दुर्योधन की रक्षा के लिए उसे घेर लेने के लिए भेजा। इतने से भी सन्तोष नहीं हुआ तो वे स्वयं भीम के सम्मुख आ खड़े हुए और उसे अपने बाणों से बींधने लगे। भीम ने द्रोण का तनिक भी भय नहीं माना, न ही उनके प्रति सम्मान के कारण उसका हाथ काँपा। उसने उसी क्रूरता से द्रोण को आहत किया, जैसे वह दुर्योधन को करता।

भीम को द्रोण से उलझे देख, अश्वत्थामा और दुर्योधन मिलकर उस पर झपटे। अब धनुष-बाण से भीम को सन्तोष नहीं हुआ। यह बाणों का युद्ध अर्जुन के लिए ही छोड़ देना चाहिए, जो एक साथ असंख्य बाण चलाता है या अपने धनुष से दिव्यास्त्र छोड़ता है। भीम की तो गदा ही अच्छी। एक प्रहार और सामनेवाला समाप्त हो।...वैसे भी अन्धकार घिरता जा रहा था। दूर तक दिखायी भी नहीं पड़ता था। जाने बाण किस को जा लगे।...

वह हाथ में गदा ले कर रथ से कूद पड़ा।

घटोत्कच से और धैर्य नहीं हो सका। उसने अपने साथियों को संकेत किया और वहाँ एक विचित्र प्रकार का मायायुद्ध आरम्भ हो गया। धुँधलके का सहारा ले कर घटोत्कच का एक राक्षस कहीं से घुसकर द्रोण के रथ में जा चढ़ा और रथ के पीछे बँधे सस्त्रागार का बन्धन काट आया। द्रोण के सैनिकों ने देखा कि आचार्य के रथ में उनका शस्त्रागार ही नहीं था। कृपाचार्य का सारथि अपने स्थान से उछलकर कृपाचार्य से ही जा टकराया था। जयद्रथ के रथ के अश्व जाने कैसे खुल कर स्वतन्त्र हो गये थे। रथ भूमि पर आ गिरा और जयद्रथ अपने सारथि से ही उलझ गया था।...

कौरव सैनिकों में तत्काल समाचार फैल गया कि कौरवों ने अपनी पराजय की हताशा में कुछ अधिक ही मदिरा पी ली है, अथवा घटोत्कच ने अपनी माया से सारे कौरव महारथियों को उन्मादी बना दिया है, वे परस्पर ही युद्ध कर रहे हैं और एक-दूसरे का मस्तक काट रहे हैं। ऐसे महारथियों की आज्ञा के अधीन रह कर उनके लिए युद्ध कैसे किया जा सकता है।...

कौरव सैनिकों को युद्ध छोड़ कर भागने में अधिक समय नहीं लगा।

भीष्म को कौरवों के पराभव का समाचार मिल गया था और थोड़ी देर में दुर्योधन भी उनके सम्मुख आ खड़ा हुआ, "प्रभु!..."

भीष्म ने चकित दृष्टि से उसकी ओर देखा : यह उन्हें 'पितामह' नहीं 'प्रभु' सम्बोधित कर रहा था। उन्हें विश्वास नहीं हुआ कि कभी दुर्योधन उनसे इस प्रकार सम्बोधित हो सकता है।...

"मेरे शत्रु पाण्डव जैसे वासुदेव कृष्ण का आश्रय ले कर युद्ध करते हैं, उसी प्रकार मैंने केवल आपका अवलम्ब ग्रहण कर पाण्डवों से यह भयंकर युद्ध छेड़ा है। मैंने अपनी यह सारी सेना—ग्यारह अक्षौहिणी सेना आपकी आज्ञा के अधीन रख छोड़ी है।...ऐसी शक्तिशाली सेना है हमारी, फिर भी भीम ने घटोत्कच की सहायता ले कर हमें परास्त कर दिया है। यह अपमान मेरे अंग-अंग को दग्ध कर रहा है। सोचिए, हस्तिनापुर का राजा दुर्योधन, उस वनैले राक्षस से पराजित हो गया और उसकी सेना भाग गयी।..."

भीष्म उसकी ओर देखते रहे : यह दुष्ट स्वयं ही युद्ध करता है और जब पराजित हो जाता है तो भागा हुआ उनके पास आ जाता है, जैसे उसमें भीष्म का कहीं कोई दोष हो।...और इस समय तो वह उनको 'प्रभु' कह रहा है।... आज दुर्योधन की प्रभुता घटोत्कच से पराजित हो गयी तो भीष्म प्रभु हो गये।...

"मैं आपकी कृपा से स्वयं ही उस नीच और दुर्धर्ष राक्षस को मारना चाहता हूँ, उस पर विजयी होना चाहता हूँ।" दुर्योधन बोला।

भीष्म फिर कुछ चकित रह गये...वह स्वयं घटोत्कच का वध करना चाहता था, तो करता क्यों नहीं? भागा हुआ उनके पास क्यों चला आता है?...वध तो वह स्वयं ही करना चाहता है, किन्तु उनकी सहायता से करना चाहता है। उनकी सहायता से या तो भीष्म ही घटोत्कच का वध कर सकते हैं, या फिर दुर्योधन ही कर सकता है।...क्या वह चाहता है कि घटोत्कच को पकड़कर भीष्म उसके सम्मुख उपस्थित करें और वह अपनी असि से उसका वध कर दे? ऐसा चाहता है दुर्योधन?

"तुम युद्ध में सदा अपनी रक्षा का ध्यान रखो, हस्तिनापुर के राजा दुर्योधन! तुमसे किसने कहा है कि युद्ध में जिस-तिस से भिड़ते रहो?" भीष्म बोले, "तुम सदा धर्मराज युधिष्ठिर से युद्ध किया करो।...या फिर उनके भाइयों से लड़ सकते हो। राजा का अपमान न हो, इसलिए राजधर्म का ध्यान रखकर ही राजा केवल राजा से युद्ध करता है।...तुम्हें घटोत्कच से युद्ध नहीं करना चाहिए। उससे युद्ध करने के लिए और लोग हैं।..."

"पर उसका भी तो कोई प्रबन्ध करना होगा।" दुर्योधन खीझकर बोला, "मैं युधिष्ठिर से लड़ता रहूँगा तो घटोत्कच हमारी सेना को नष्ट कर देगा।... उसका मरना बहुत आवश्यक है।"

"उससे लड़ने के लिए मैं प्राग्ज्योजिषपुर के राजा भगदत्त को भेजता हूँ।" भीष्म बोले।

भगदत्त अपने हाथी सुप्रतीक पर आरूढ़ होकर आया। उसके साथ ही कौरव सेना का आत्मबल लौटा और सेना कुछ स्थिर होकर युद्ध करने लगी।

"भीम, अभिमन्यु, घटोत्कच, पाँचों द्रौपदेयों, सत्यभूति, क्षत्रदेव, धृष्टकेतु, वसुदान और दशार्णवराज ने भगदत्त और उसके साथ लौटी सेना का सामना किया।

घटोत्कच ने अपना त्रिशूल भगदत्त को मारा, किन्तु भगदत्त ने बड़ी सुविधा से उसका त्रिशूल काटकर फेंक दिया। अब प्रहार करने की बारी भगदत्त की थी। उसने एक भयंकर शक्ति घटोत्कच पर चलाई। भीम का हृदय काँप उठा। अब घटोत्कच बच नहीं सकता।...किन्तु घटोत्कच ने आगे बढ़ स्वयं ही उछलकर वह शक्ति थाम ली और भगदत्त को अपमानित करने के लिए, अपने घुटने पर रखकर शक्ति के दो खण्ड कर दिये।...

भीम का हृदय उल्लास से उछल पड़ा।...इसका अर्थ था कि उसने सदा ही अपने पुत्र की क्षमता को बहुत कम आँका था...अथवा यह पुत्र के प्रति मोह था, जो उसे आशंकित कर देता था।

भगदत्त हताश नहीं हुआ। वह जानता था कि उस पर न केवल कौरव सेना के गौरव की रक्षा का भार था; पाण्डवों से प्रतिशोध लेने का यह स्वर्णिम अवसर भी था। उसने अपने बाणों से भीम को घायल किया और घटोत्कच को तो एक प्रकार से बींध ही दिया। द्रौपदेयों को आहत किया और भीम के सारथि विशोक को इतना व्यथित किया कि वह रथ छोड़कर पीछे के खण्ड में जा बैठा।

भीम ने समझ लिया कि अब उससे धनुष-बाण से कुछ नहीं होगा। उसने हाथ में गदा उठाई और रथ से कूदकर भूमि पर आ गया। उसी समय दूसरी ओर से देवदत्त का नाद हुआ और अर्जुन आता हुआ दिखायी दिया।...अब कौरवों के सामने प्रश्न था कि वे निकट जाकर भीम की गदा का सामना करें अथवा दूरी से ही अर्जुन की बाण-वर्षा को रोकें।...

भगदत्त ने भीम को छोड़कर युधिष्ठिर पर आक्रमण किया। और युधिष्ठिर की रक्षा में सारे पाण्डव जुट गये। राजा की रक्षा सेना के किसी योद्धा से अधिक महत्त्वपूर्ण थी। युद्ध भयंकर होता चला गया।

"तुम्हें एक समाचार देना है अर्जुन!"

और भीम ने अर्जुन को इरावान की मृत्यु का समाचार दिया।

भीम का विचार था कि अर्जुन की प्रतिक्रिया अत्यन्त भयंकर होगी। सम्भव है कि वह कोई विकट प्रतिज्ञा कर बैठे। सम्भव है कि वह अपना रथ सीधा दुर्योधन के रथ से दे मारे। सम्भव है वह कोई भयंकर देवास्त्र प्रकट करे...

पर अर्जुन ने सुना और उसकी दृष्टि अनायास ही कृष्ण की ओर उठ गयी, जैसे कह रहा हो, "मैंने तो पहले ही कहा था।" और फिर धीरे से बोला, "क्या है क्षत्रिय धर्म भी। धन के लिए युद्ध? राज्य के लिए हत्याएँ? धिक्कार है इस क्षत्रिय जीवन को। जिनके लिए राज्य की कामना की जा सकती है, वे पहले ही संसार छोड़ जायेंगे तो क्या करेंगे हम इस राज्य का।"

"जिसका वध हुआ है धनंजय! वह शरीर था। जिसका जन्म हुआ है, उसकी मृत्यु निश्चित है; और जिसकी मृत्यु हुई है, उसका पुनर्जन्म निश्चित है। जन्म और मृत्यु केवल शरीर के ही होते हैं, आत्मा के नहीं।" कृष्ण बोले, "जो शरीर राज्य के लिए युद्ध नहीं करते, मृत्यु तो उनकी भी होती है। धन्य हैं वे जो अपने धर्म का पालन करते हैं और अधर्म के नाश के लिए शरीर त्यागते हैं।" कृष्ण का स्वर संगीतमय हो गया था, "आत्मा को न शस्त्र काट सकते हैं, न अग्नि जला सकती है, न जल गला सकता है, न पवन उसे जलशून्य-शुष्क कर सकता है।" वे रुके, "सामने देखो! आचार्य द्रोण को केन्द्र में रखकर कौरवों की सेना आ रही है।"

अर्जुन की निराश आँखों में जैसे एक कठोरता साकार हुई और उसने गांडीव की प्रत्यंचा खींची।

द्रोण आते ही सागर की किसी लहर के समान भीम पर टूट पड़े; और दूसरी लहर के समान भीष्म, कृपाचार्य, भगदत्त, और सुशर्मा ने अर्जुन पर आक्रमण किया। कृतवर्मा और बाह्लीक ने मिलकर सात्यकि को रोका। अंबुष्ट, अभिमन्यु से जा भिड़ा।...युद्ध की बुझती-बुझती ज्वाला, जैसे फिर से जाग ही नहीं गयी थी, पूर्णतः भड़क भी उठी थी।

"आज भीम की गदा, द्रोण से भी नहीं रुक पा रही थी। भीम ने अपने सामने धृतराष्ट्र के पुत्र देखे तो जैसे उसके भीतर की समस्त हिंसा, प्रतिशोध भावना, अब तक का अपमानित अहंकार अपनी पूरी क्रूरता के साथ जाग उठे थे।"

"तुम आचार्य को रोके रहना पुत्र!" उसने घटोत्कच से कहा और धृतराष्ट्र-पुत्रों पर टूट पड़ा। उसने व्यूढोरस्क, कुंडलीक, अनाधृष्टि, कुंडभेदिन, वैराट, दीर्घलोचन, दीर्घबाहु, सुबाहु और कनकध्वज की हत्या कर दी।

दुर्योधन ने देखा : उसकी सेना के सारे महारथियों के देखते-देखते भीम ने उसके नौ और भाइयों की हत्या कर दी थी। युद्ध अपनी भयंकरतम स्थिति में था और रात्रि का आगमन हो गया था। उसकी इच्छा हो रही थी कि अपने भाइयों का प्रतिशोध लिए बिना वह युद्ध से न हटे। पाण्डवों का कोई एक भाई तो धराशायी हो। किन्तु अधिकांश सैनिक दिन भर के परिश्रम से थककर चूर-चूर हो चुके थे। कितने ही भाग गये थे और अन्धकार में कुछ भी न दिखने

के कारण अनेक कुचले भी गये थे। वह चाहे कितना ही दुखी और उत्तेजित क्यों न हो, अब आज और युद्ध नहीं हो सकेगा।

दोनों सेनाएँ अपने स्कन्धावारों में लौट गयीं।

दुर्योधन अपने शिविर में दुःशासन, कर्ण और शकुनि के साथ बैठा था। वह दुखी ही नहीं, बहुत हताश भी था। अपना क्षोभ उससे सँभाला नहीं जा रहा था।

"भीष्म और द्रोण के विषय में तो मैं जानता ही था," सहसा वह आक्रोशपूर्वक बोला, "पर आज मैं देख रहा हूँ कि जाने क्यों कृपाचार्य, शल्य और भूरिश्रवा भी पाण्डवों को कोई बाधा नहीं पहुँचाते। ये कैसे योद्धा हैं? हम इनकी गिनती महारथियों और अतिरथियों में करते रहें और ये लोग अपने शत्रुओं का बचाव करते रहें, तो हम जीत कैसे सकते हैं? जिस सेना में इतना आन्तरिक विरोध हो और शत्रुओं के प्रति सहानुभूति हो, वह विजय कैसे प्राप्त कर सकती है। पाण्डव स्वयं को अवध्य समझकर मेरी सेना का संहार कर रहे हैं।" सहसा वह कर्ण की ओर मुड़ा, "और राधेय! तुम युद्ध से मुँह मोड़कर रूठी प्रियतमा के समान अपने शिविर में बैठे हो। तुम नहीं देख रहे कि पाण्डव मुझे परास्त कर रहे हैं? द्रोण देखते रहते हैं और भीम मेरे भाइयों का वध करता रहता है। आज तक मेरे पच्चीस भाइयों का वध कर चुका है वह। और तुम पितामह के प्रति अपने विरोध पर अड़े हो। इधर मेरा अपना जीवन संदिग्ध हो उठा है। ऐसे में मैं युद्ध कैसे कर सकता हूँ।...ग्यारह अक्षैहिणी सेना का स्वामी मैं और मेरा जीवन भी असुरक्षित नहीं है, क्योंकि मैं परायों को अपना समझकर उनसे घिरा हुआ युद्ध कर रहा हूँ।...तुम तो कहते थे कि तुम मेरे मित्र हो।..." लगा, दुर्योधन अभी रो देगा।

कर्ण के चेहरे पर एक कठारे भाव उपजा। उसकी आँखों में दृढ़ता थी, "उस भीष्म को हटा दो। मैं सत्य की शपथ खाकर कहता हूँ कि मैं उन सोमकों सहित सारे कुन्तीपुत्रों को एक साथ मार डालूँगा।..." कर्ण को लगा कि उसके अपने मन में से ही किसी ने उसे टोका है...सारे कुन्ती पुत्रों का वध वह कैसे कर सकता है?...वे उसके भाई हैं। उसने अपनी जननी को चार पाण्डवों के प्राण न लेने का वचन दिया है। वह भी तो दुर्योधन को वैसा ही पराया लगेगा, जिन्हें वह अपना समझता है...पर जैसे अहंकार ने हठपूर्वक उस स्वर को दबा दिया। वह आज इस वृद्ध भीष्म को पराजित करके ही रहेगा। भीष्म देखें कि कर्ण क्या करता है। वह दुर्योधन को अपने पितामह से भी अधिक विश्वसनीय लग सकता है।...

"मैं तुमको पूरे विश्वास के साथ बता रहा हूँ कि भीष्म पाण्डवों का वध तो नहीं ही करेंगे, वे उनकी कोई गम्भीर क्षति भी नहीं करेंगे। वे उन पर दया

करते हैं, उनसे प्रेम करते हैं। वे उनका वध कैसे कर सकते हैं।" उसने कहा, "तुम अपने उस पूजनीय वृद्ध पितामह से उनके शस्त्र रखवा लो और फिर मेरे द्वारा पाण्डवों को मारा गया ही समझो।"

दुर्योधन के मन में चिन्तन प्रक्रिया चल पड़ी थी।...अपनी मूर्खता को चतुराई समझा दुर्योधन ने। पहले दिन से जिनके विषय में उसे पता था कि वे पाण्डवों से प्रेम करते हैं, जिन्होंने उसके सम्मुख पाण्डवों का वध न करने की प्रतिज्ञा की, उन पितामह को अपना सेनापति बनाया उसने। क्यों? वह अपने मन में योजनाएँ बनाता रहा कि किसका वध वह पितामह से करवा लेगा और उनको हटाकर किसका वध वह कर्ण से कारवाएगा। उस मूर्ख ने तब यह नहीं सोचा कि पितामह किस-किसका वध नहीं करेंगे और इस बीच पाण्डव किस-किस का वध कर डालेंगे...यह चतुराई थी उसकी?...

सुनहरी पगड़ी बाँधे, हाथ में बेंत और झर्झर लिए सिपाही, लोगों को हटाकर दुर्योधन के लिए मार्ग बना रहे थे। दुर्योधन अश्व पर आरूढ़ था। सुगन्धित तेल से भरे स्वर्णनिर्मित दीपक ले कर सेवक उसे घेरकर चल रहे थे। दुर्योधन के मित्र और भाई, गजों, अश्वों तथा रथों पर चल रहे थे।

भीष्म के शिविर के सम्मुख पहुँचकर यात्रा रुक गयी।

दुर्योधन ने भीतर पहुँचकर पितामह को प्रणाम किया।

"दुर्योधन! इस समय तुम?" पितामह अधिक कुछ नहीं बोले। युद्ध का समय था, राजा किसी भी प्रकार की चर्चा अथवा आदेश के लिए अपने सेनापति के पास आ सकता था।

"और भी बहुत लोग आये हैं। बाहर खड़े हैं। आवश्यकता होने पर भीतर आयेंगे; अन्यथा बाहर से ही लौट जायेंगे।" दुर्योधन जाकर सर्वतोभद्र सिंहासन पर बैठ गया।

उसने दृष्टि उठाकर पितामह की ओर देखा। पितामह उसके बोलने की प्रतीक्षा कर रहे थे।

"पितामह! यदि आप मेरे प्रति द्वेष के कारण पाण्डवों की रक्षा कर रहे हैं, तो कर्ण को युद्धक्षेत्र में आने और युद्ध की अनुमति दीजिए।" दुर्योधन बोला।

भीष्म तत्काल कुछ नहीं बोले...यह दुर्योधन क्या समझता है? जो इससे प्रेम करता है, वह किसी और से प्रेम कर ही नहीं सकता?...इस व्यक्ति दुर्योधन की रक्षा तो उन्होंने कभी नहीं करनी चाही, किन्तु कुरुकुल के इस राजकुमार की रक्षा के इच्छुक भीष्म सदा ही रहे, तो उसका क्या अर्थ है कि वे कुरुकुल के ही अन्य राजकुमारों की रक्षा न करें? इसकी रक्षा करनी है तो अन्य सब

राजकुमारों को मार डालें? यह मूढ़ दुर्योधन कब समझेगा कि किसी भी मनुष्य को अधिक से अधिक लोगों से प्रेम करने की स्वतन्त्रता है...वरन् जो जितना सात्विक व्यक्ति होगा, वह उतने ही अधिक लोगों से प्रेम करेगा, उसका परिवार उतना ही बड़ा होगा।...यह तो केवल अपने-आप से ही प्रेम करना जानता है और अब चाहता है कि अन्य लोग भी केवल इससे ही प्रेम करें...

भीष्म ने व्यथित स्वर में धीरे से कहा, "तुम प्रतिदिन देखते हो कि मैं युद्ध में क्या करता हूँ। फिर भी दिन भर में जितने बाण मेरे शरीर पर लगते हैं, उससे अधिक वाग्बाण तुम मुझे मेरे शिविर में आकर मारते हो। तुम्हें विजय चाहिए और तुम्हें लगता है कि वह तुम्हें कर्ण के माध्यम से मिलेगी। कर्ण समरभूमि में आये, उसके लिए मुझे वहाँ से हटना होगा। मैं क्षत्रिय हूँ। जीते जी युद्धक्षेत्र से हट नहीं सकता। इसलिए कर्ण को समरभूमि में आने देने के लिए मुझे मरना होगा।...कर्ण के माध्यम से तुम्हारी जय के लिए मैं अपने प्राण देने को प्रस्तुत हूँ।" भीष्म ने उसकी ओर देखा, "पर यह स्मरण रहे कि अर्जुन ने खाण्डव वन के दाह के समय इन्द्र को भी पराजित किया था। जब गन्धर्वों ने तुम्हें बाँध लिया था तो कर्ण भागने वालों में सबसे पहला व्यक्ति था। तब अर्जुन ने ही तुम्हें गन्धर्वों से मुक्त कराया था। विराटनगर में अर्जुन ने हम सबको पराजित किया था—कर्ण को भी। कर्ण के वस्त्र उतारकर ले गया था वह उत्तरा की गुड़िया के लिए।...वही अर्जुन है यह।" और सहसा भीष्म का स्वर कुछ बदल गया, "तुमने पाण्डवों और सृंजयों से वैर ठाना है। तुमने उन्हें वंचित किया है बार-बार...। अब स्वयं ही उनसे युद्ध क्यों नहीं करते? भागे-भागे, कभी इधर तो कभी उधर जाते हो कभी अपने पुरुषत्व का भी परिचय दो तो हम देखें। यह सूचना मैं तुम्हें फिर दे रहा हूँ कि इन्द्र सहित सारे देवता मिलकर भी अर्जुन को नहीं जीत सकते।" वे क्षण भर के लिए रुके, "जहाँ तक मेरा प्रश्न है, मैं कल सिवाय शिखण्डी के अन्य सृंजयों को मार डालूँगा।"

दुर्योधन उठ खड़ा हुआ, "ठीक है पितामह! तो फिर यही हो। कल आप सृंजयों को समाप्त कर दें और फिर मैं अपना पौरुष भी प्रदर्शित करूँगा।..."

दुर्योधन उनके मण्डप से निकल गया। भीष्म अपने स्थान पर बैठे रह गये।...यह तो निश्चित ही था कि अब वे बहुत अधिक समय तक कौरवों के सेनापति नहीं रह सकते।...

44

दिन भर के युद्ध के पश्चात् द्रुपद अपने शिविर में न जाकर धृष्टद्युम्न के शिविर में आये। वे अपने साथ शिखण्डी को भी ले आये थे।

"मुझे लगता है धृष्टद्युम्न!" वे बोले, "हमें धर्मराज से स्पष्ट रूप से कुछ बातें कर ही लेनी चाहिए।"

"किस विषय में पिताजी?" धृष्टद्युम्न ने पूछा।

"तुम प्रधान सेनापति हो पुत्र! तुम्हें मुझसे अधिक ज्ञात होना चाहिए कि हमारी सेना की क्या स्थिति है।" द्रुपद बोले, "हमें रणसज्जित हुए आज नौ दिन हो गये, क्या तुमने विचार किया है कि आज तक हमारी सेना में कितने महारथी हताहत हुए हैं? किन वाहिनियों को अधिक क्षति हुई है? शत्रुओं में से कौन से योद्धा हमारा अधिकतम विनाश कर रहे हैं और किन योद्धाओं के न रहने से हमारी सेना अधिक सुरक्षित हो सकती है? हमारी अधिकतम क्षति करनेवाले विपक्षी योद्धा अभी तक जीवित क्यों हैं?"

धृष्टद्युम्न ने अपने पिता की ओर देखा : वे कह चुके अथवा उन्हें अभी और कुछ कहना था? शायद जो कहना था, वह उन्होंने शब्दों में नहीं कहा है, किन्तु अपना मंतव्य वे अपने इन्हीं वाक्यों में ध्वनित कर चुके हैं।...

धृष्टद्युम्न ने शिखण्डी की ओर देखा। वह किसी चिन्ता में मग्न बैठा था। धृष्टद्युम्न को लगता था कि इस युद्ध में शिखण्डी पर दायित्व का बोझ उसकी क्षमता से कुछ अधिक ही था। उसके सन्दर्भ में भीष्म की प्रतिज्ञा का ज्ञान सबको ही था। शिखण्डी की अपनी प्रतिज्ञा से भी सब अवगत थे। ऐसे में उससे यह अपेक्षा की जा रही थी कि वह भीष्म का वध करे। वह जब कभी भीष्म के सम्मुख गया, भीष्म ने चाहे उस पर शस्त्र नहीं साधा किन्तु जैसे सारी की सारी कौरव सेना उस पर टूट पड़ी। शिखण्डी सारी कौरव सेना का सामना कैसे कर सकता था?...परिणामतः उसकी प्रतिज्ञा अभी अधूरी थी और सारी सेना अपेक्षा से भरी दृष्टि से उसकी ओर देख रही थी।...

"आप ठीक कहते हैं पिताजी!"

"तो पुत्र, या तो प्रधान सेनापति के अधिकार से तुम स्वयं निर्णय करो अथवा राजा के रूप में युधिष्ठिर से इस विषय में चर्चा करो। हम कब तक प्रतीक्षा करेंगे?" द्रुपद बोले।

"तो तत्काल ही चलें।" धृष्टद्युम्न बोला, "अन्यथा...।"

धृष्टद्युम्न ने अपना वाक्य अधूरा ही छोड़ दिया और किसी ने उससे पूछा भी नहीं कि वह क्या कहना चाह रहा था।

वे तीनों युधिष्ठिर के शिविर में आये और सूचना भिजवाकर उन्होंने मण्डप में प्रवेश किया। वहाँ कृष्ण तथा अर्जुन पहले से ही विद्यमान थे।...

"आइए।" युधिष्ठिर ने उनका स्वागत किया, "मैं भी आपकी ओर संदेश भेजने ही वाला था।"

"कोई विशेष बात है राजन्?"

"हाँ! समर-नीति पर ही चर्चा करनी है।" युधिष्ठिर बोले, "भीम, नकुल और सहदेव भी आ ही रहे होंगे।"

द्रुपद, धृष्टद्युम्न और शिखण्डी बैठ गये।

"आप युद्ध-नीति पर चर्चा अवश्य करें, किन्तु उससे भी पहले मुझे अपनी बात कहनी है।" द्रुपद बोले, "यदि आपको आपत्ति न हो तो...।"

उनको स्थान ग्रहण करने के लिए कह कर युधिष्ठिर, द्रुपद से बोले, "हाँ! कहिए।"

"राजन्! क्या आपको नहीं लगता कि आज हमारी असाधारण क्षति हुई है। प्रतिदिन ही हो रही है। आज युद्ध का नौवाँ दिन था और हम आज भी भीष्म का कुछ नहीं बिगाड़ पाये?"

"मैं भी इन्हीं बातों से चिन्तित हूँ महाराज!" युधिष्ठिर ने कहा, "आपकी चिन्ता और मेरी चिन्ता में कोई विशेष अन्तर नहीं है।"

"नहीं! अधिक नहीं तो थोड़ा अन्तर तो है ही।" द्रुपद बोले, "मैं यह मानता हूँ कि वैसे तो भीष्म, द्रोण, अश्वत्थामा तथा कृपाचार्य सारी ही पाण्डव-सेना का विकट संहार कर रहे हैं, किन्तु उनका पांचालों से विशेष वैर है। वे पाण्डवों और यादवों की वाहिनियों के प्रति उतने क्रूर नहीं हैं, जितने पांचालों, सृंजयों, सोमकों और प्रभद्रकों के प्रति हैं। वे प्रतिदिन हमारा भयंकर विनाश कर रहे हैं।..."

"पंचालराज!" सहसा सहदेव ने उन्हें टोक दिया, "आप अपनी सेना में भी विभिन्न वाहिनियों की दृष्टि से कुछ भेद मानते हैं क्या?"

"सेना तो एक ही है किन्तु वाहिनियों का भेद अवश्य है।" द्रुपद बोले, "सहदेव! मेरी बात को समझने का प्रयास करो। भीष्म और द्रोण पाण्डवों के शत्रु नहीं हैं, किन्तु वे पांचालों के शत्रु हैं। भीष्म ने पाण्डवों को अपने लिए अवध्य घोषित किया है किन्तु पांचाल, सोमक, सृंजय और प्रभद्रक इत्यादि उनके लिए अवध्य नहीं हैं। इसलिए वे प्रतिदिन हमारा भयंकर सहांर कर रहे हैं।"

"महाराज! युद्ध में संहार तो होता ही है। विराटरनाज के तीन पुत्र मारे गये। उलूपीपुत्र इरावान मारा गया..." नकुल ने कहा।

"मानता हूँ।" द्रुपद बोले, "रक्त तो हम प्रतिक्षण बहा रहे हैं; किन्तु भीष्म जैसे योद्धा से अपने सैनिकों को बचाना हमारा दायित्व है अथवा नहीं?"

"है क्यों नहीं?" नकुल ने कहा, "और वह हम प्रतिदिन कर रहे हैं।"

"वही तो नहीं कर रहे हैं।" द्रुपद का स्वर कुछ ऊँचा हो गया, "अपनी सेना की रक्षा और उसकी क्षति को न्यूनतम करने के लिए आवश्यक है कि

हम शत्रु की प्रहारक क्षमता को नष्ट करें। पर मैं देख रहा हूँ कि उनसे कोई युद्ध ही नहीं कर रहा है।..."

"युद्ध नहीं हो रहा?" भीम ने कहा, "आपने देखा, आज पाँचों द्रौपदेयों और अभिमन्यु ने राक्षस अलंबुश के साथ कैसा युद्ध किया। उस स्थान पर लड़ रही कौरव सेना पलायन कर गयी। अलंबुश आज अभिमन्यु से पराजित हुआ है। अर्जुन ने पितामह भीष्म से युद्ध किया है। द्रोण, अश्वत्थामा तथा कृपाचार्य से सात्यकि ने भयंकर युद्ध किया है। अर्जुन ने त्रिगर्तों का एक प्रकार से सर्वनाश ही कर दिया है। मैंने कौरवों की गजसेना को प्रायः नष्ट कर दिया है। अभिमन्यु ने चित्रसेन को भी पराजित किया है। धर्मराज, नकुल और सहदेव ने शकुनि की अश्वसेना को भूमिसात् कर दिया है।..."

"यह सब हम भी जानते हैं मध्यम पाण्डव!" धृष्टद्युम्न बोला, "किन्तु आप भूल रहे हैं कि द्रोण ने आज फिर एक बार पिताजी को नीचा दिखाया है। वृद्ध भीष्म द्वारा पाण्डव सेना इतनी पीड़ित हुई है कि समरभूमि छोड़कर भाग ही गयी। आपने ध्यान नहीं दिया कि भीष्म की क्रूरता और उनके सम्मुख धनंजय की कोमलता को देख स्वयं श्रीकृष्ण भी आहत हुए हैं। जब पाण्डवों की सेना भीष्म से पीड़ित होकर भाग रही थी तो श्रीकृष्ण ने धनंजय से कहा था कि वे जिस अवसर की अभिलाषा और प्रतीक्षा कर रहे थे, वह आ पहुँचा है। यदि वे अपने पितामह के मोह से मोहित नहीं हो रहे हैं तो भीष्म पर प्रहार करें। उन्होंने धनंजय को उनकी वह प्रतिज्ञा भी स्मरण कराई जो उन्होंने उपप्लव्य में संजय के सम्मुख की थी। उन्होंने युद्ध में सम्मुख आनेवाले कौरव योद्धाओं के वध की प्रतिज्ञा की थी। श्रीकृष्ण ने उन्हें क्षत्रिय धर्म की कठोरता का स्मरण भी कराया। आपको ज्ञात है कि धनंजय ने उस समय क्या कहा?"

"मैं जानता हूँ वह सब।" युधिष्ठिर बोले, "अर्जुन ने कहा कि उसके मन में द्वन्द्व है। उसके सम्मुख दो ही मार्ग हैं—वह अवध्य ही नहीं वंदनीय पुरुषों का वध कर नरक से भी बढ़कर निन्दनीय राज्य प्राप्त करे अथवा वनवास का कष्ट सहन करे।..."

"पर धनंजय ने पितागह सेे युद्ध तो किया।" भीम ने कुछ चकित भाव से कहा।

"हाँ! युद्ध तो किया। भीष्म के दो धनुष भी काटे किन्तु वह तो सारा केशव का ही सारथ्य कौशल था कि वे भीष्म के बाण निरस्त करते जा रहे थे, धनंजय का मन तो भीष्म के प्रति कठोर हुआ ही नहीं, जबकि भीष्म ने उनके मस्तक पर भी बाणों का घातक प्रहार किया था।..."

"अब उससे...।" नकुल ने कुछ कहना चाहा।

धृष्टद्युम्न ने उसकी बात बीच में ही काट दी, "मेरी बात का प्रमाण है श्रीकृष्ण का व्यवहार। क्या आप लोगों को ज्ञात नहीं है कि धनंजय की भीष्म सम्बन्धी कोमलता देख कर और यह देख कर कि भीष्म पाण्डवों के उत्तमोत्तम वीरों का वध करते जा रहे हैं, स्वयं श्रीकृष्ण क्रुद्ध होकर, अश्वों को त्याग रथ से कूद पड़े थे और अपना प्रतोद ले कर ही भीष्म को मारने के लिए झपटे थे। श्रीकृष्ण जैसे पुरुषोत्तम, जिन्होंने क्रोध और वैर को भी जय कर लिया है, की इस उत्तेजना का भी तो कोई कारण होगा। यह तो सारी सेना ने देखा है कि धनंजय उनके चरण पकड़ उन्हें मना कर वापस रथ पर लाए हैं। यह दूसरा अवसर है जब श्रीकृष्ण ने धनंजय को उनकी मोह निद्रा से जगाने के लिए अपने प्राणों को इस प्रकार संकट में डाला है।..."

सबकी दृष्टि अर्जुन पर जा टिकी।

"मैंने स्वयं को बहुत साधा है किन्तु मैं पितामह के वक्ष में बाण मार नहीं सकता।" अर्जुन ने धीरे से बोला।

मण्डप में जैसे एक अप्रिय-सा मौन छा गया।

"मैं तुम्हारी बात समझता हूँ धृष्टद्युम्न!" सहसा युधिष्ठिर बोले, "युद्ध तो मुझे भी अच्छा नहीं लगता। इसलिए नहीं कि मैं लड़ना नहीं चाहता, वरन् इसलिए कि वे हमारी सेना का संहार कर रहे हैं और हम कुछ कर नहीं पा रहे। मुझे यह पीड़ा भी कोंच रही है कि मेरे ही कारण भाई भी राज्य से वंचित होकर बैठे हैं। मेरे ही कारण भरी सभा में पांचाली का अपमान हुआ था। सोचा था कि इस युद्ध के माध्यम से मैं इन सबका सम्मान और वैभव लौटा लाऊँगा; किन्तु अब तो लगता है कि प्राण ही बचे रह जायें तो बड़ी बात होगी।" युधिष्ठिर ने उन सबकी ओर देखा, "मैं सोचता हूँ कि यदि मैं वन चला जाऊँ तो किसी को तो इस युद्ध की आवश्यकता नहीं रहेगी।...न पितामह के हाथों पांचालों का विनाश होगा और न ही धनंजय को पितामह के वध की कोई बाध्यता रहेगी।..."

और सहसा कृष्ण मुस्कराए, "यह युद्ध कोई ऐसा कठिन तो नहीं है धर्मराज! यदि अर्जुन भीष्म का वध नहीं करना चाहता तो आप मुझे आज्ञा दीजिए, मैं उनका वध करूँगा। मैंने पहले भी कहा है कि जो पाण्डवों के शत्रु हैं, वे मेरे भी शत्रु हैं और जो उनके मित्र हैं, वे मेरे भी सुहृद हैं। मैं पार्थ की प्रतिज्ञा पूरी करूँगा।...अपने मित्र के वचन का पालन मेरे लिए भी उतना ही आवश्यक है, जितना उसके लिए।"

"नहीं! मैं आपको असत्यवादी नहीं बना सकता।" युधिष्ठिर बोले, "आप अपनी प्रतिज्ञा पर टिके रहिए, पर मेरे मन में एक विचार है।..."

"क्या?" द्रुपद ने पूछा।

"पितामह ने हमारे पक्ष से युद्ध करना स्वीकार नहीं किया था किन्तु उन्होंने हमें उचित परामर्श देने का वचन अवश्य दिया था।" युधिष्ठिर बोले, "मैं एक बार उनसे भी पूछना चाहता हूँ कि ऐसे धर्म-संकट में वे हमें क्या परामर्श देते हैं।"

"मैं जानता हूँ कि अर्जुन के साथ तुम्हारे मन में भी कम मोह नहीं है अपने पितामह का।" द्रुपद का स्वर कुछ कटु हो आया था, "किन्तु पुत्र! एक परामर्श मेरा भी है। अर्जुन को कहो कि उसे अपने पितामह का वध करने की आवश्यकता नहीं है। वह केवल शिखण्डी की रक्षा करे। शिखण्डी भीष्म का वध कर देगा। हमारा आरोप यह है कि जब भी पांचालों ने भीष्म की ओर पग बढ़ाए, तब-तब सारे कौरव महारथी और अतिरथी भीष्म की रक्षा को दौड़े आये, किन्तु जब-जब भीष्म अथवा द्रोण के हाथों पांचालों, सोमकों, सृंजयों और प्रभद्रकों का संहार हुआ, पाण्डवों ने उनकी रक्षा का वैसा गम्भीर प्रयत्न कभी नहीं किया।"

द्रुपद के इस खुले आरोप ने पाण्डवों को जैसे अवाक् कर दिया। कोई कुछ नहीं बोला।

अन्ततः कृष्ण ने युधिष्ठिर की ओर देखा, "क्या कहते हैं धर्मराज?"

"क्षत्रियत्व को धिक्कार है, पर अब मैं भी भीष्म का वध चाहता हूँ, क्योंकि उसके बिना हमें न्याय नहीं मिल सकता।" युधिष्ठिर ने कहा, "किन्तु मैं चाहता हूँ कि हम एक बार पितामह से भी इस संदर्भ में परामर्श ले ही लें।"

"और यदि उस परामर्श से हमारी समस्या का समाधान न हुआ तो?" धृष्टद्युम्न ने पूछा।

"तो जैसा श्रीकृष्ण कहेंगे, मैं करने को प्रस्तुत हूँ।" युधिष्ठिर ने कहा।

"पितामह!" दुर्योधन की मुद्रा यद्यपि विनीत ही थी, किन्तु उसका स्वर स्वामी का अधिकार लिए हुए था।

भीष्म ने पलटकर देखा : अब उनके लिए कुछ भी अप्रत्याशित नहीं था। वे जानते थे कि सन्ध्या समय युद्ध रुक जायेगा। सेनाएँ अपने-अपने स्कन्धावार में लौट जायेंगी। सैनिक और सेनाधिकारी—महारथी से ले कर पदाति योद्धा तक, स्वयं को कल प्रातः युद्ध आरम्भ होने तक मुक्त पायेगा। वह विश्राम करे, या कल के युद्ध की तैयारी—यह उसकी अपनी इच्छा थी। सम्भवतः सन्ध्या का समय वह अपने मित्रों के साथ बैठ कर व्यतीत करना चाहे। जिनसे बहुत दिनों से भेंट नहीं की, उनसे मिलना चाहे।...यह युद्ध भी विचित्र मेला

है। दूर-दूर देशों से लोग आये हैं : राजा भी, योद्धा भी, सारथि भी, श्रमिक भी। अपने जिन मित्रों और परिचितों से लोग वर्षों से नहीं मिले हैं—वे सब यहाँ एकत्रित हुए हैं। सन्ध्या समय लोग कई बार शत्रु पक्ष की ओर से लड़ रहे अपने मित्रों और सम्बन्धियों से मिलने के लिए भी जाते हैं...किन्तु दुर्योधन आकर भीष्म के सम्मुख खड़ा हो जाता है—स्वामी के समान, राजा के समान, जो अपने सेनापति से इस बात का स्पष्टीकरण माँगता है कि आज का युद्ध उसकी अपेक्षानुसार क्यों नहीं लड़ा गया।...

"आओ सुयोधन!"

"पितामह! आज एक और दिन बीत गया है।"

"मुझे भी ज्ञात है पुत्र!"

लगा कि दुर्योधन जैसे अपना धैर्य खो बैठेगा; किन्तु उसने स्वयं को संयत किया, "आपको मालूम तो है पितामह! और कदाचित आपको यह भी ज्ञात होगा कि सैनिक क्षति की दृष्टि से एक दिन के युद्ध का क्या महत्त्व होता है। सैनिक पाण्डवों के ही नहीं कटते, हमारे भी मारे जाते हैं।"

"ऐसा तो कोई युद्ध है ही नहीं सुयोधन! जिसमें क्षति केवल एक ही पक्ष की हो।" पितामह बोले, "पाण्डव युद्ध करने आये हैं, अपनी सेना ध्वस्त करवाने नहीं। निश्चय ही वे सभी तुम्हारी सेना का संहार करेंगे ही।...पर क्या तुम आज के युद्ध से असंतुष्ट हो? क्या सेनापति को उसकी त्रुटियाँ बताने आये हो? यह सेनापति राजा के सम्मुख अपनी असफलताओं का स्पष्टीकरण प्रस्तुत करे?"

दुर्योधन से वृद्ध पितामह की खीझ छिपी नहीं थी; किन्तु यह अवसर इन बातों के लिए नहीं था। बोला, "पितामह! आप रुष्ट न हों। मैं तो केवल यह कहने आया हूँ कि युद्ध के नौ दिन व्यतीत हो गये हैं, असंख्य सैनिक मारे गये हैं; किन्तु पाण्डवों के पक्ष का एक भी प्रमुख योद्धा खेत नहीं रहा। उनकी शक्ति कम नहीं हो रही। क्या हमें अपनी सेना में किसी महत्त्वपूर्ण परिवर्तन की आवश्यकता नहीं है?"

"कैसा परिवर्तन?" पितामह एक मंच पर बैठ गये, "बैठो! युद्ध में प्रतिदिन परिवर्तन हो रहे हैं। व्यूह बदले जा रहे हैं। थके सैनिकों को पीछे रखकर अभिनव, अश्रांत वाहिनियों को आगे भेजा जा रहा है। प्रतिदिन योद्धाओं के द्वन्द्व बदले जा रहे हैं, ताकि पिछले दिन के युद्ध के अनुभव से दूसरे पक्ष का योद्धा हम पर भारी न पड़े। और कैसा परिवर्तन चाहते हो राजन्!"

लगा, क्षण भर के लिए दुर्योधन का तेज कुछ मलिन पड़ा; किन्तु अगले ही क्षण वह सँभल गया, "मैं व्यूह परिवर्तन की नहीं, रण-नीति के परिवर्तन की बात कह रहा हूँ पितामह!" वह बोला, "हम अब तक साधारण सैनिकों

का नाश कर रहे हैं, जिनसे हमारी कोई शत्रुता नहीं है। ये सारे सैनिक मारे जायेंगे तो भी युद्ध समाप्त नहीं होगा। जिनसे हमारी शत्रुता है, जिनके पतन से हमारी विजय होगी और युद्ध समाप्त होगा, उन योद्धओं में से तो अभी एक का भी वध नहीं हुआ।"

पितामह हँसे, "विरोधी पक्ष के सैनिकों से तुम्हारी कोई शत्रुता नहीं है, यह तो अच्छी बात है; किन्तु मेरी तो विरोधी पक्ष के रथियों, महारथियों, अतिरथियों और सेनापतियों से भी कोई शत्रुता नहीं है पुत्र! सैनिक शत्रुता का भाव ले कर नहीं लड़ता। योद्धा तो क्षात्र-धर्म में प्रवृत्त है। वह तो पूर्ण एकाग्रता और दक्षता से अपने कौशल का प्रदर्शन कर रहा है। उसमें व्यक्तिगत शत्रुता और राग-द्वेष कहाँ है? यादव सैनिकों की पाण्डवों से क्या शत्रुता है? मद्रराज शल्य का अपने भांजों से क्या वैर है? क्यों वे लोग पाण्डवों के विरुद्ध हमारे पक्ष से लड़ रहे हैं?..."

"मैं यह नहीं कह रहा पितामह!"

"तो क्या कह रहे हो?"

"मैं चाहता हूँ कि यह युद्ध शीघ्र समाप्त हो।" दुर्योधन बोला।

"पाण्डवों से संधि कर लो। उनका राज्य लौटा दो। वे इन्द्रप्रस्थ का राज्य ले कर ही सन्तुष्ट हो जायेंगे। हस्तिनापुर का राज्य भी तुम्हारे पास ही रहेगा।"

"उससे युद्ध रुक जायेगा पितामह! युद्ध समाप्त नहीं होगा।"

"क्यों?"

"क्योंकि युद्ध का कारण शेष रहेगा।"

"कैसे?"

"पाण्डवों को हस्तिनापुर का राज्य चाहे अपेक्षित न हो, किन्तु मुझे इन्द्रप्रस्थ का राज्य चाहिए और जब तक एक भी पाण्डव जीवित है, वे इन्द्रप्रस्थ का राज्य छोड़ेंगे नहीं। इसलिए जब तक पाण्डवों का वध नहीं होता, तब तक युद्ध समाप्त नहीं होगा पितामह!"

भीष्म ने एक भरपूर दृष्टि दुर्योधन पर डाली, जैसे उसके चेहरे पर से कुछ खोज रहे हों, और फिर बोले, "युद्ध मैं अवश्य कर रहा हूँ सुयोधन! किन्तु, पाण्डव मेरे लिए अवध्य हैं। मैंने अपनी युवावस्था में दो प्रतिज्ञाएँ की थीं—एक राज्य त्याग की और दूसरी आजीवन स्त्री-प्रसंग से दूर रहने की। क्यों की थीं मैंने ये प्रतिज्ञाएँ?..."

उस आवेश की स्थिति में भी दुर्योधन मन-ही-मन हँस पड़ा, बुड्ढा अपनी महानता बखाने बिना नहीं रहेगा। प्रतिज्ञाएँ की थीं तो को थीं—उनका इस युद्ध से क्या सम्बन्ध?...इस समय युद्ध की बात करो...

"वे प्रतिज्ञाएँ इसलिए की थीं कि मेरे पिता सुखी रह सकें।" भीष्म बोले, "और उन प्रतिज्ञाओं के पश्चात् मैंने न हस्तिनापुर का त्याग किया न राजप्रासाद का, ताकि कौरव राजवंश सुखी, संपन्न और सुरक्षित रह सके। ...और तुम चाहते हो, मैं अपने हाथों पाण्डवों का वध कर दूँ।...यह सम्भव नहीं है दुर्योधन!"

"यह तो युद्ध है पितामह!" दुर्योधन संयत हँसी हँसा, "आप उनका वध नहीं करेंगे, तो वे आपका वध कर देंगे। आपको युद्ध नहीं जीतना, पर उनको तो जीतना है।"

पितामह दुर्योधन की ओर कुछ ऐसी मुद्रा में देखते रहे, जैसे सोच रहे हों कि कुछ कहें या न कहें, फिर जैसे अपने आप से ही बोले, "मैंने तुम लोगों का पालन-पोषण किया था, ताकि तुझसे यह वंश चले। तुम लोगों ने न मेरा पालन-पोशण किया है, न अब मुझसे कौरव वंश चलना है। तुममें से कोई भी चाहे तो मेरा वध कर सकता है।"

दुर्योधन की आँखों में एक बार तो ऐसा भाव उतरा, जैसे कहना चाह रहा हो, 'फिर पाण्डव ही आपका वध क्यों करें—मैं ही क्यों न करूँ?' पर फिर जैसे उस भाव को वह पी गया और शान्त स्वर में बोला, "इस बार दुर्योधन अपने पितामह से नहीं कह रहा, राजा दुर्योधन अपने सेनापति से सम्बोधित है।" उसने पितामह की आँखों में देखा, "सेनापति का दायित्व राजा की इच्छाओं को पूर्ण करना होता है। मैं यह चाहता हूँ कि हमारी सेनाएँ, पाण्डवों के निर्दोष पदाति सैनिकों के नाश को नहीं, उनके महारथियों का वध करने को प्राथमिकता दें। एक दिन में पाँचों पाण्डव न भी मरें, तो भी एक पाण्डव प्रतिदिन मरना ही चाहिए—चाहे हमारी सारी सेना उनमें से किसी एक भाई को ही घेरकर क्यों न लड़े। चाहे हमारा युद्ध, धर्म-युद्ध के नियमों के विरुद्ध ही क्यों न हो। मुझे धर्म नहीं विजय चाहिए।...और महासेनापति!" दुर्योधन ने रुककर पितामह की ओर देखा। उसकी दृष्टि और वाणी में न भीष्म के वार्द्धक्य के लिए कोई सम्मान था, न उनके साथ अपने सम्बन्ध का कोई बोध, "यदि कल से इस नीति का पालन नहीं हुआ, तो स्मरण रहे, राजा को अधिकार है कि वह एक सेनापति को निरस्त कर दूसरा सेनापति नियुक्त करे।"

भीष्म ने दुर्योधन की ओर देखा और अत्यन्त वीतराग स्वर में बोले, "राजन् को ज्ञात होगा कि न तो सेनापतित्व मेरी आजीविका का साधन है, न निष्प्रयोजन नरसंहार मेरे लिए कोई गौरवशाली कृत्य है। मैं सेनापतित्व माँगने नहीं गया था तुम्हारे पास, तुम ही आये थे मेरे पास, यह प्रार्थना ले कर।"

दुर्योधन के चेहरे का रंग कुछ फीका पड़ गया, किन्तु वह हतप्रभ नहीं हुआ, "पितामह! राजा जब युद्ध ठानता है, तो उसका एक ही लक्ष्य होता है—शत्रुदमन! शत्रु चाहे कोई भी हो।"

उसके स्वर में छिपी धमकी को भीष्म ने पहचाना। दुर्योधन की उद्दण्डता उन्हें अखरी भी। पर यह कोई पहला अवसर तो था नहीं। दुर्योधन की उद्दण्डता देखते हुए, उन्हें वर्षों हो गये थे। धृतराष्ट्र और विदुर का वह कोई अंकुश नहीं मानता था—यह तो वे जानते ही थे। वह भीष्म का ही आज्ञाकारी हो—ऐसा भी कोई भ्रम उन्हें नहीं था। किन्तु इस प्रकार खुले रूप में धमकी उसने पहले कभी नहीं दी थी। यह युद्धकाल था। युद्ध में वैसे भी शिष्टाचार शिथिल हो जाता है। वह राजा के रूप में अपने सेनापति को आदेश देने की स्थिति में तो था ही। इस स्थिति का आभास भीष्म को उस समय भी था, जब उन्होंने सेनापतित्व स्वीकार किया था। किन्तु...किन्तु आज दुर्योधन उन्हें स्पष्ट कह रहा था कि यदि वे पाण्डवों का वध नहीं करेंगे तो पाण्डव उनका वध कर देंगे...और यदि ऐसा नहीं हुआ तो? तो दुर्योधन उनका वध कर देगा।...

भीष्म ने स्वयं को सँभाला। वे नहीं चाहते थे कि स्थिति उनके नियन्त्रण से बाहर हो जाये। इससे पहले कि दुर्योधन और उनमें विचार-संप्रेषण बाधित हो जाये, उन्हें अपनी बात कह लेनी चाहिए।

"सुयोधन!" भीष्म का वाक्संयम अद्भुत था, "प्रत्येक राजा जानता है कि युद्ध का एक समाधान संधि भी है।"

"दुर्योधन मर जायेगा, किन्तु पाण्डवों से संधि नहीं करेगा।" दुर्योधन बोला, "इस विषय को आप यहीं छोड़ दें। और पितामह! कल के युद्ध में किसी न किसी महानायक को धराशायी होना ही है...यदि आप किसी को न कर सके तो कोई आपको कर देगा।..."

दुर्योधन पितामह का उत्तर सुनने के लिए भी नहीं रुका। वह जैसे तेंदुए के समान छलांग मारकार शिविर से बाहर निकल गया। दुर्योधन बाहर निकला और पितामह को लगा, जैसे उनका सारा संसार बदल गया है।...

वे अपने शिविर में एक सिरे से दूसरे सिरे तक टहलते रहे।...कभी क्षण भर को रुक जाते तो अगले ही क्षण फिर चल पड़ते।...उन्होंने बहुत टाला था, पर शायद अब निर्णय का क्षण आ गया था।...

भीष्म ने और कुछ चाहा हो या न चाहा हो, गृहकलह कभी नहीं चाही, कुरुवंश को नाश से बचाने के लिए उन्होंने क्या नहीं किया। माता सत्यवती को उन्होंने वचन दिया था...वे कुरुवंश की रक्षा करेंगे...

दुर्योधन के जन्म से पहले ही, जब युधिष्ठिर के जन्म का समाचार पाकर गान्धारी ने अपने गर्भ को नष्ट करने का प्रयत्न किया था, उसी दिन से भीष्म के मन में कुरुकुल के भविष्य को ले कर आशंकाएँ जन्म लेने लगी थीं। बाहरी आक्रमणों से भीष्म को कोई भय नहीं था। भीष्म जानते थे कि उनके जीवित रहते कोई बड़े से बड़ा योद्धा भी हस्तिनापुर की ओर आँख उठाकर नहीं देख सकता। अपनी दिग्विजों के अभियानों में जरासंध जैसा योद्धा भी हस्तिनापुर की ओर नहीं आया...किन्तु गृहकलह का दमन तो भीष्म के शौर्य से नहीं हो सकता था।...

जब भीष्म ने यह दायित्व स्वीकार किया था, तब क्या वे जानते थे कि भविष्य में पुरु और देवव्रत जैसे पुत्र नहीं होंगे। उन्होंने कभी सोचा था कि अब पुत्र, पिता की सम्पत्ति नहीं होगा, पिता ही पुत्र की सम्पत्ति हो जायेग। वे क्या जानते थे कि पिता की एक इच्छा पूरी करने के लिए अपने सम्पूर्ण जीवन दे देनेवाले पुत्रों के स्थान पर पिता और पितामह को वध की धमकी देनेवाले पुत्र और पौत्र जन्म लेंगे।...

धृतराष्ट्र की धूर्तता और लोभ को वे भलीभाँति पहचानते थे। भोग, सत्ता और अधिकार के लिए उसकी लपलपाती जिह्वा को कौन देख नहीं सकता था। गान्धारी की शालीनता और पति-भक्ति जैसे लोक-विश्रुत गुणों के पीछे छिपी उसकी प्रकृति भीष्म से छिपी हुई नहीं थी। राजसत्ता और स्त्री-भोग के प्रति पांडु में भी कम दुर्बलता नहीं थी।...भीष्म सब कुछ देखते रहे थे और केवल एक ही प्रयत्न करते रहे थे कि किसी प्रकार कुरुकुल के भीतर शांति बनी रहे।...

पाण्डव जब से हस्तिनापुर आये थे, दुर्योधन अनवरत उनके पीछे पड़ा हुआ था। कितना अत्याचार किया गया था उन पर। भीष्म को सदा उनसे सहानुभूति रही। वे सदा उनके हितैषी रहे; किन्तु एक भी बार वे पाण्डवों की सहायता कर पाये? दुर्योधन ने भीम को विष दिया; किन्तु भीष्म उसे दण्डित करने की बात सोच भी नहीं सके। वारणावत का कांड हुआ।...न्याय की बात होती तो धृतराष्ट्र और दुर्योधन—दोनों को जीवित जला कर भस्म कर दिया जाना चाहिए था। भीष्म पाण्डवों का पक्ष लेते तो जो युद्ध आज हो रहा है, वह वर्षों पहले हो चुका होता। इस युद्ध को टालने के लिए ही तो भीष्म चुपचाप बैठे रहे। उन्होंने सोच लिया कि यदि पाण्डवों के कुछ कष्ट सह लेने से गृहकलह नहीं होती, कुरुवंश का नाश नहीं होता, तो पाण्डवों को कष्ट सह लेने दो। वंश की रक्षा और सुख-शांति के लिए किसी को तो मूल्य चुकाना ही है। विधाता ने पाण्डवों को उस स्थिति में डाल दिया है तो पाण्डवों को सह लेने दो।...

जब पाण्डवों को उनका पैतृक राज्य न देकर धृतराष्ट्र ने उन्हें खाण्डव वन और खाण्डवप्रस्त के खण्डहर तथा प्रजा के रूप में बर्बर क्रूर हिंस्र, इस अपेक्षा से सौंप दिए थे कि पाण्डव उनसे लड़ते-भिड़ते ही समाप्त हो जायेंगे, तो भी भीष्म ने सोचा था कि यह क्रूर धृतराष्ट्र इन अबोध लड़कों को हिंस्र पशुओं के सम्मुख डाले दे रहा है। किन्तु पाण्डवों ने कितनी शांति से उसी भूखण्ड को चुपचाप स्वीकार कर लिया था।...और गृह-युद्ध फिर से टल गया था, कुरुवंश विनाश से बच गया था...

यह युद्ध तो कौरवों की द्यूतसभा में भी हो सकता था। जब शकुनि पाण्डवों को छल रहा था, दुर्योधन उन्हें अपमानित कर रहा था और धृतराष्ट्र यह सब कुछ चुपचाप ही नहीं देख रहा था, उससे प्रसन्न भी हो रहा था—तब भी यदि भीष्म ने एक बार भीम को ललकार दिया होता, एक बार कहा होता कि यह अधर्म है और उन्हें अपने समर्थन का विश्वास दिलाया होता, तो युधिष्ठिर चाहे अपने धर्म पर टिका रहता, किन्तु कौरव-पाण्डव युद्ध उसी दिन हो गया होता।...किन्तु भीष्म ने तब भी यही सोचा था कि यदि पाण्डवों के वनवास से कुरुवंश की सुरक्षा क्रय करनी पड़े, तो भी वह सस्ती है।...माता सत्यवती को वचन दिया था भीष्म ने कि वे कुरुवंश की रक्षा करेंगे...और इस रक्षा के लिए, अपने बन्धन में बँधे इस सारे अन्याय को देखते रहे, सहते रहे, किसी सीमा तक सहभागी और सहयोगी बनते चले गये, क्योंकि दुर्योधन को धर्म, सम्बन्ध, किसी भी नाते वे नहीं रोक सकते थे; और शस्त्र बल का प्रयोग करते तो कुरुकुल रक्तपात से सुरक्षित कैसे रहता?...किन्तु कहाँ टाल पाये वे रक्तपात को। कृष्ण ठीक जानते हैं कि धर्म क्या है, न्याय क्या है...भीष्म तो कभी अपना धर्म समझ नहीं पाये।...

और जब युद्ध ठन ही गया। सेनाएँ आमने -सामने आ खड़ी हुईं, भीष्म को उस दिन भी यह विश्वास था कि यदि वे एक बार भी पाण्डवों को यह आदेश दे दें कि वे वन को वापस लौट जायें और राज्य की इच्छा सदा के लिए छोड़ दें तो भी वे उनकी आज्ञा का पालन करते।...किन्तु माता सत्यवती को उन्होंने कुरुवंश की रक्षा का वचन दिया था—मात्र दुर्योधन की अधर्मपूर्ण इच्छाओं को संरक्षण देने का नहीं। कुरुवंश की रक्षा के लिए, पाण्डवों की रक्षा भी आवश्यक थी। कुरुकुल का धर्म तो उन्हीं में स्थित था। दुर्योधन तो कुरुकुल का संचित पाप ही था...

पर दुर्योधन का नियमन कैसे होता? उसे कौन समझाता? उसका शासन कौन करता?...

और तब भीष्म ने सोचा था : दुर्योधन को नियन्त्रित करने का एक ही मार्ग था—उसकी सेना का नियन्त्रण। वह जिस सेना के बल पर इतना इतरा रहा था, जिसके कारण रण ठान रहा था, भीष्म उस सेना को ही अपने नियन्त्रण में रखेंगे, वे दुर्योधन की सेना का सेनापतित्व स्वीकार करेंगे।...न दुर्योधन के पास सेना होगी और न वह मनमाना विनाश कर पायेगा। भीष्म युद्ध भी करेंगे और कुरुकुल की रक्षा का प्रयत्न भी। संधि होने में समय ही क्या लगता है। शायद प्रभु दुर्योधन को क्षण भर की सद्‌बुद्धि दे दें और इस विनाश से कुरुकुल की रक्षा हो जाये।...ठीक कह रहा था दुर्योधन। भीष्म ने इस भयंकर युद्ध के नौ दिनों में किसी भी महत्त्वपूर्ण व्यक्ति का वध नहीं होने दिया था। मित्र राजाओं की सेनाओं का संहार हुआ भी था, तो भी भीष्म के मन में कहीं अब भी यह आशा थी कि पाण्डवों की शक्ति दिखाकर, समझा-बुझाकर, अपने पक्ष की असमर्थता बताकर—डरा-धमकाकर—किसी भी प्रकार दुर्योधन को वे संधि के लिए सहमत कर लेंगे।...

किन्तु आज क्या कह गया था दुर्योधन। संधि असम्भव थी। यदि संधि असम्भव थी, तो इस महासंहारक युद्ध में भीष्म कुरुकुल की रक्षा कैसे कर लेंगे? माता सत्यवती को दिये गये वचन का निर्वाह कैसे करेंगे?...और भीष्म ने इसलिए तो सेनापतित्व नहीं स्वीकार किया था कि वे अपनी वीरता, शौर्य, रण कौशल और शस्त्रज्ञान से पाण्डवों का वध कर, उसकी सेना को नष्ट कर, दुर्योधन जैसे अन्यायी और अधर्मी राजा को आर्यावर्त्त का निष्कंटक राज्य सौंप देंगे।...

तो माता सत्यवती को दिये गये वचन में बँधे भीष्म क्या अपनी आँखों के सम्मुख कुरुकुल का नाश होते देखते रहेंगे?...

भीष्म को लगा, वर्षों बाद उनके मन का देवव्रत जागा है। आज फिर से वे संकल्प करने की मुद्रा में हैं।...वे इस विनाश के भागी नहीं होंगे। वे अपने इन पालित पुत्रों-पौत्रों का वध अपने हाथों से नहीं करेंगे और न ही उनके वध में सहयोगी होंगे, चाहे...हाँ! चाहे कुछ हो जाये...प्रभु की इच्छा पूर्ण हो। कुरुकुल का नाश होना ही है तो हो, किन्तु भीष्म के हाथों क्यों हो।...कदाचित अब भीष्म के इस रंगभूमि से हट जाने का समय आ गया है...उन्हें ज्ञात हो गया है कि प्रत्येक मनुष्य की इच्छा की एक सीमा है। वे प्रकृति के निर्णय को अपनी इच्छा से नहीं पलट सकते। या फिर अपनी इच्छा पूर्ण करने के लिए जो साधना उन्हें करनी चाहिए थी, वे वह नहीं कर पाये। वे चूक गये। समय आने पर अपने किसी मोह के कारण अपना धर्म नहीं निभा पाये तो प्रकृति उनकी इच्छा क्यों पूर्ण करती।...

पर माता सत्यवती को दिया गया वचन?...

और तभी भीष्म को याद आया, पिता का वरदान! भीष्म ने स्वयं को अपनी प्रतिज्ञा में बाँधा था। और पिता ने प्रसन्न होकर उन्हें इच्छा-मुक्ति का वर दिया था। ...उन्होंने आज तक उस वर का उपयोग नहीं किया था, किन्तु आज शायद समय आ गया था कि वे उस वर का उपयोग करें। वे अब और अधिक बन्दी नहीं रह सकते। वे मुक्त होंगे, अपनी इच्छा से ही मुक्त होंगे ...उन्हें मुक्त होना ही होगा...वे दुर्योधन की इच्छा पूरी करेंगे, उसकी आज्ञा का पालन करेंगे...कल के युद्ध में केवल साधारण सैनिक ही नहीं मरेंगे, एक महानायक भी अवश्य धराशायी होगा।...वह मात्र दुर्योधन का ही आदेश नहीं है, शायद प्रभु की भी यही इच्छा है...जिसका कर्म समाप्त हो गया हो, उस अनावश्यक को अब रंगभूमि से हट ही जाना चाहिए।...वे किसी के काम के नहीं हैं। पाण्डवों के काम के तो वे कभी भी नहीं रहे, अब वे दुर्योधन के काम के भी नहीं हैं...

"जय हो महासेनपाति!"

भीष्म का विचार प्रवाह भंग हुआ।

"आर्य! महाराज युधिष्ठिर अपने भाइयों और श्रीकृष्ण के साथ आपको प्रणाम करने आये हैं।"

"आने दो।"

कृष्ण और पाँचों पाण्डवों ने आकर उन्हें प्रणाम किया।

भीष्म का मन इतना आर्द्र हो रहा था कि उनकी इच्छा हुई कि वे उन छहों से लिपटकर इतना-इतना रोएँ कि उनके केश और कन्धे भीष्म के अश्रुओं से भीग जायें। दुर्योधन इनमें से एक-एक ही हत्या के लिए व्यग्र हो रहा है; और वे एक क्षण भी नहीं भूले कि कौरव उनके भाई हैं; यद्यपि भीष्म उनकी विरोधी सेना के सेनापति हैं; किन्तु वे उनके पितामह हैं, द्रोणाचार्य पाण्डव सेना के भयंकर संहारक होकर भी उनके गुरु हैं। उन्होंने कभी किसी का अविश्वास नहीं किया। वे आज भी सहज भाव से भीष्म से मिलने आये हैं। भीष्म के मन में बार-बार आता है कि उनसे कहें, 'पुत्रो! कौरवों के स्कन्धावार में इस प्रकार निःशंक हो कर मत आया करो।' पर ऐसी बात वे कैसे कह सकते हैं। वे उनके स्नेह का प्रत्याख्यान कैसे करें...अपने सेनापतित्व के अधिकार को लांक्षित कैसे करें। क्या उनकी सेना भी पूर्णतः उनके नियन्त्रण में नहीं है?...

"कैसे हो पुत्र युधिष्ठिर!"

"आपकी कृपा है पितामह!" युधिष्ठिर बोले, "आज के युद्ध में आपका शौर्य अद्‌भुद था।"

भीष्म मुस्कराए : अपनी सेना के संहारक की वीरता और क्षमता की प्रशंसा कर रहा है युधिष्ठिर। युद्ध ने भी इनका मन रंचमात्र मलिन नहीं किया है।

"पंचाल सेना तो त्राहि-त्राहि कर उठी थी पितामह!" भीम उत्फुल्ल मन से बोला, "उनसे सावधान रहिएगा। द्रुपद, शिखण्डी और धृष्टद्युम्न आपके वध के लिए भीषण रूप से व्यग्र हैं।"

भीष्म की इच्छा हुई की कहें कि पंचालों से उनका परम्परागत विरोध चल ही रहा है। भीष्म भी सोचते हैं कि युद्ध में खड़े हो ही गये हैं और शस्त्र-प्रहार करना ही है तो अपने शत्रुओं पर ही करें। उनके विरुद्ध पंचाल का क्रोध आधारहीन तो नहीं।

किन्तु भीष्म ने यह सब नहीं कहा। पंचाल पाण्डवों के सबसे बड़े सहायक थे।...

भीष्म बोले, "वैसा ही व्यग्र दुर्योधन भी है...तुम लोगों के वध के लिए।"

"उससे कहिए, मुझसे द्वन्द्वयुद्ध कर ले। उसी से जय-पराजय का निणर्य हो जाये।" भीम और भी खुलकर हँसा, "व्यर्थ का नरसंहार क्यों करवा रहा है।"

"वह तो कहता है कि युद्ध के लिए उत्तरदायी तुम लोग हो।" भीष्म सहज स्नेह से बोले, "यदि तुम लोग संधि कर लो..."

कृष्ण के नेत्रों में जैसे चपला कौंधी। उन्होंने भीष्म को देखा : शत्रुओं का सेनापति युद्ध के मध्य संधि की बात कर रहा था, "संधि की प्रतिज्ञा क्या होगी पितामह! कि पाण्डव अपने राज्य की माँग छोड़ दें और अपने हाथों से अपने शीश काटकर दुर्योधन के चरणों में डाल दें?"

भीष्म उदास हो गये। उनका मन कह रहा था, कैसी सटीक बात कही है, कृष्ण ने। ऐसा ही तो चाहता है दुर्योधन। पर मुख से इतना ही कहा, "वासुदेव! क्या ऐसे भी संधि होती है?"

"आततायियों की सन्धि तो ऐसी ही होती है पितामह!" कृष्ण बोले, "संधि की कोई सम्भावना होती तो वह उसी दिन हो जाती, जिस दिन मैं हस्तिनापुर गया था। किन्तु दुर्योधन..."

"पितामह! मैं युद्ध के आरम्भ तक पिछली सारी घटनाएँ विस्मृत कर अपने-आप को समझाता रहा कि कौरव हमारे भाई हैं। वे हमसे अलग नहीं हैं। और दुर्योधन यह मानता रहा कि वे हमारे भाई नहीं हैं।" अर्जुन ने थमकर पितामह को देखा, "चलो, न सही भाई। तुम हमसे पृथक् ही सही। जो भाई नहीं होते, वे शत्रु तो नहीं होते। पर वह कहता है कि तुम पृथक् हो, अन्य हो, इसलिए हमारे शत्रु भी हो। वह शत्रु भाव ही रखता, पर हमें जीने तो देता, किन्तु वह तो कहता है कि यदि शत्रु हो तो तुम्हें जीवित रहने का अधिकार नहीं है।"

"यही है तो दुखद तथ्य है तात!"

"अब तो हम भी दुर्योधन से सहमत हो गये हैं कि वे हमसे पृथक हैं, अन्य हैं। हम परस्पर शत्रु हैं; और शत्रु का वध न्यायोचित है। शत्रु के वध का अधिकार उन्हें ही नहीं, हमें भी है। ऐसा क्यों है कि वे अपने शत्रु को मारें तो वह न्यायोचित कर्म है, और हम अपने शत्रु को मारें तो हम नरसंहार के अपराधी हैं। जो कुछ वह कर रहा है, वही हम करते हैं तो वह हमें दोषी क्यों ठहराता है?" भीम साकार प्रश्न बना बैठा था।

"मैं यह नहीं कहता कि तुम कुछ भी अनुचित कर रहे हो पुत्र! तुम्हारे स्थान पर कोई और होता तो यह कर्म वर्षों पहले करता। किन्तु..." उन्होंने रुककर पाण्डवों की ओर देखा, "किन्तु तुम्हारी सहमति से दुर्योधन अपने दुष्कृत्यों में सफल हो गया है। वह तो चाहता ही था कि तुम उसकी बात मान लो। यह तुमने मान ली। कुरुवंश का विनाश आज तक तुमने रोका था पुत्र!...पर कदाचित अब वह बच नहीं पायेगा।..."

"यह तो आप स्वीकार करेंगे ही पितामह!" सहदेव बोला; "कि युद्ध करेंगे तो हम विजयी होने का प्रयत्न भी करेंगे।"

"अवश्य।" लगा पितामह की आँखें गीली हो आईं, "विजय की कामना से ही लोग युद्ध करते हैं। तुम ही क्यों, तुम्हारी विजय की कामना तो मैं भी करता हूँ। विजय तुम्हारी ही हो। मैं तुम्हें आशीर्वाद देता हूँ। तुम लोग कुरुवंश का धर्म हो, उसका पुण्य हो।"

युधिष्ठिर ने पितामह का यह रूप पहले कभी नहीं देखा था। वे कुछ विस्मित स्वर में बोले, "पितामह, विजय का आशीर्वाद आप हमें दे रहे हैं, और धनुष ले कर दुर्योधन के पक्ष से युद्ध भी आप करते हैं। आपके जीवित रहते, हमारी विजय हो कैसे सकती है? और आपके वध की हम कल्पना भी नहीं कर सकते। आपकी कामना और कर्म परस्पर विरोधी नहीं हैं पितामह?"

लगा, पितामह अपनी भीगी आँखों को छिपाने के लिए हँस पड़े, "मैं सारा जीवन ऐसा ही रहा हूँ पुत्र! मेरी इच्छाएँ, कामनाएँ, मेरा चिन्तन—इन सबके विरुद्ध रहा है मेरा कर्म। आजीवन मैं वीतराग बना रहा और बड़ी गृहस्थी को ढोने का प्रयत्न भी करता रहा। स्नेह किसी से करता रहा, और कंधे पर किसी और को उठाए रहा। जिनकी पूजा करता था, उसने युद्ध किया; जिसने प्रेम करता था, उनको ठुकराता रहा। मेरा जीवन तो द्वन्द्वों का पुंज रहा है! किन्तु अब द्वन्द्व अधिक दिन नहीं चलेंगे...। तुम्हारी विजय की कामना कर रहा हूँ तो तुम्हारे मार्ग में खड़ा भी नहीं रहूँगा।..."

"आप युद्ध से निरस्त होंगे पितामह?" अर्जुन चकित था।

"नहीं!" पितामह जैसे अपने-आप में लौट आये थे, "क्षत्रिय युद्ध से निरस्त नहीं होता पार्थ! जीवन से निरस्त होता है।"

"तो हमारी विजय कैसे होगी?" युधिष्ठिर ने कहा, "सत्य तो यह है पितामह! कि हम लोग युद्ध में आपसे त्रस्त हो रहे हैं। हम आपसे इसी विषय में चर्चा करने ही आये थे। हमारी विजय का रथ किस मार्ग से होकर जायेगा?"

भीष्म हँसे, "यदि मैं तुम्हारी विजय के मार्ग में खड़ा हूँ तो मुझे हटाना तो तनिक भी कठिन नहीं है। मैंने इस युद्ध से पूर्व दो प्रतिज्ञाएँ की हैं। क्या तुम्हें उनका ज्ञान नहीं है?"

"हमें ज्ञान है।" युधिष्ठिर बोले, "आपने प्रतिज्ञा की है कि आप हम पाँचों में से किसी का वध नहीं करेंगे और शिखण्डी से युद्ध नहीं करेंगे।"

"तो फिर कठिनाई क्या है?" भीष्म हँस रहे थे।

"हम आपकी मृत्यु की कामना नहीं करते, इसलिए अर्जुन आपका वध नहीं करेगा और हम शिखण्डी को आपसे युद्ध करने नहीं देंगे।" युधिष्ठिर बोले।

"दुर्योधन यह सुनेगा तो तुम्हें मूर्ख कहेगा।" भीष्म की वाणी में उसके लिए प्रशंसा का भाव था।

"उससे अपने लिए बुद्धिमान के रूप में मान्यता लेने के लिए हम अपने पितामह के वध का पातक तो नहीं कर सकते।" अर्जुन बोला, "और उसकी दृष्टि में तो आप की दोनों प्रतिज्ञाएँ आत्मघाती हैं।"

भीष्म चुपचाप अर्जुन को देखते रहे। फिर बोले, "सुनो पुत्रो! मैं यह युद्ध अपनी विजय के लिए नहीं लड़ रहा। न मैं दुर्योधन को विजयी बनाने के लिए युद्ध कर रहा हूँ। मैं जिस प्रयोजन से तुम्हारे और दुर्योधन के मध्य खड़ा था, उसका पूरा होना अब सम्भव नहीं है। मेरे युद्ध का अब कोई प्रयोजन नहीं है। मैं युद्ध से निरस्त होना चाहता हूँ। क्षत्रिय हूँ, इसलिए पीछे नहीं हट सकता। अतः मेरी सहायता करना चाहते हो तो मेरा वध करो। वध नहीं करना चाहते तो, इतना क्षत-विक्षत तो कर ही दो कि मै युद्ध-क्षेत्र में खड़ा ही न रह सकूँ। मैं जानता हूँ कि न तुम मेरा अपमान करना चाहते हो, न मेरा वध।..." उन्होंने अर्जुन की ओर देखा, "तब प्रश्न यह है कि क्या तुम चाहते हो कि मैं शिखण्डी के हाथों मारा जाऊँ? तुम कितने दिन मुझे उससे बचाते रहोगे। वह जब भी मेरे सामने पड़ेगा, मैं अपना धनुष त्याग कर खड़ा हो जाऊँगा। द्रुपद, धृष्टद्युम्न और शिखण्डी मेरा वध करना चाहते हैं। तुम उन तीनों का विरोध कर मेरी रक्षा नहीं कर पाओगे। अन्ततः वह क्षण आयेगा ही।...और मुझे यह एकदम सम्मानजनक नहीं लगता।..."

"आपका वध!" अर्जुन बोला, "शिखण्डी के हाथों? यह आप क्या कह रहे हैं पितामह!"

"यह तो युद्ध है पुत्र!" भीष्म हँसे, "मैंने कुरुवंश की रक्षा का संकल्प किया था। यदि मैंने तुम्हारा वध किया तो वंश की रक्षा कैसे होगी? एक ही मार्ग है कि तुम मेरा वध कर दो ताकि मैं वंशघाती न बनूँ।"

"पितामह!" कृष्ण बोले।

"हाँ वासुदेव! जीवन भी एक युद्ध है और युद्ध में कभी-कभी बड़ी विकट परिस्थितियाँ आती हैं।" भीष्म बोले, "दुर्योधन विषबीज है। वह इस वंश का नाश कर के रहेगा। मैं वंशनाश का सहभागी नहीं होना चाहता, न इस घटना का साक्षी। जब तक मुझे संधि की कुछ आशा थी, मैं युद्ध क्षेत्र में बना रहा। अब कोई आशा शेष नहीं है। मैं जीते जी युद्धक्षेत्र से हट नहीं सकता। धनंजय! मुझे क्षेत्र से हटा दो पुत्र!"

उनके मध्य एक सन्नाटा-सा टँग गया। इतनी बड़ी सेना का इतना समर्थ सेनापति और कैसा असहाय!...

"पितामह!" अन्त में कृष्ण ही बोले, "क्या अर्जुन में सामर्थ्य है कि वह युद्ध में आपको पराजित कर सके?"

लगा कि पितामह ने जैसे आँखें स्वच्छ करने के व्याज से अश्रु पोंछे हैं, "दुर्योधन मानता है कि मैं युद्ध करूँ तो धनंजय मुझे पराजित नहीं कर पायेगा। वह उसे मेरी वीरता समझता है। यह नहीं जानता कि वह इसलिए है क्योंकि अर्जुन के हाथ मुझ पर उठते नहीं। अर्जुन के मन में स्नेह है मेरे लिए। मैं यह मानता हूँ कि विराटनगर का युद्ध प्रमाण है कि हम धनंजय की क्षमता पर किसी प्रकार का अविश्वास नहीं कर सकते।"

सब चुपचाप पितामह को देखते रहे।

और फिर जैसे पितामह ने बड़े उत्साह से कहा, "तुम लोग जानते ही हो कि तुम्हारी सेना में मेरे वध के लिए कौन सबसे अधिक उत्कंठित है।"

"शिखण्डी।" सारे पाण्डव सहमत थे।

पितामह हँस पड़े, "अम्बा ने ही पुनर्जन्म लिया है। वह अंतिम बार विदा होते हुए कह गयी थी कि वह उस जन्म में मेरी हत्या न कर पायी तो दूसरा जन्म लेगी। लगता है शिखण्डी के रूप में आयी है, नहीं तो मुझसे क्या इतनी शत्रुता है शिखण्डी की। पता नहीं यह उनकी शत्रुता है या प्यार है। प्रेम नहीं मिला तो शत्रुता पाल ली। कौन जाने लोहा-चुम्बक एक-दूसरे के शत्रु होते हैं या मित्र। किन्तु वे एक-दूसरे की ओर आकृष्ट अवश्य होते हैं। शिखण्डी मेरी ओर खिंच रहा है।...शिखण्डी या शिखण्डिनी।..." पितामह हँसे, "शिखण्डी

को अनेक लोग आरम्भ में स्त्री ही मानते रहे हैं। मैं आज भी उसे स्त्री रूप ही मानता हूँ। लगता है कि कुछ देय है मेरी ओर। अम्बा को उसका देय नहीं दे पाया। शिखण्डिनी को दूँगा। उसकी कामना पूरी करूँगा। उसे कामनापूर्ति का वर देता हूँ।"

"पर वह अम्बा नहीं है तात! वह शिखण्डी है, द्रुपद का पुत्र। महारथी शिखण्डी। वह शस्त्रधारी योद्धा है। वह आपका वध कर देगा।" भीम के मुख से जैसे अकस्मात् ही निकला।

"जानता हूँ।" भीष्म बोले, "तभी तो उसे कामनापूर्ति का वर दे रहा हूँ।"

"यह तो आत्मबध है पितामह!" कृष्ण बोले।

"नहीं! यह तो मेरी मुक्ति है वासुदेव! स्वेच्छिक मुक्ति! मेरे पिता ने मुझे यही वर दिया था।" वे जैसे किसी और लोक से बोल रहे थे, "मैं जब कुरुवंश का नाश रोक नहीं सकता, तो इस जीवन रूपी बन्धन में बँधे रहने का प्रयोजन क्या है। मैं स्वेच्छा से मुक्त हो रहा हूँ।"

"पितामह! अपनी इस स्वीकारोक्ति का महत्त्व बूझ रहे हैं न?" कृष्ण बोले, "आप अपने शत्रुओं को युद्ध में अपने वध का आदेश दे रहे हैं।"

"शत्रुओं को नहीं। अन्य पक्ष को।" पितामह हँसे, "यही तो अन्तर है, मुझमें और दुर्योधन में।"

"पितामह!..." अर्जुन ने कुछ कहना चाहा।

"पार्थ!" पितामह ने मध्य से ही उसकी बात काट दी, "अब कहने-सुनने का अवसर नहीं है। मैं न और युद्ध करना चाहता हूँ, न युद्ध से भागना चाहता हूँ। क्षत्रिय के समान क्षेत्र में आया था, क्षत्रिय के समान हटूँगा। स्त्री पर शस्त्र नहीं उठाऊँगा।" वे हँस रहे थे, "पर मेरे मन में एक पीड़ा है पार्थ!"

"क्या पितामह?" अर्जुन कुछ चकित था।

"मैं शिखण्डी जैसे साधारण योद्धा के बाणों से नहीं मरना चाहता। भीष्म जैसे योद्धा के लिए यह बहुत सम्मानजनक मृत्यु नहीं है वत्स! मुझे वीरों की सम्मानजनक मृत्यु चाहिए पुत्र! मेरी तो कामना है कि मैं संसार के अन्यतम धनुर्धारी के बाणों से आहत होकर गिरूँ। देवव्रत भीष्म युद्ध में साधारण सैनिक की मृत्यु नहीं मरना चाहता।"

"यह कैसे होगा पितामह!" युधिष्ठिर बोले।

"पार्थ समझता है और समझता है पार्थसारथि!" पितामह हँस रहे थे।

अर्जुन ने मुख उठाकर भीष्म को देखा : क्या कह रहे हैं पितामह! युद्ध के आरम्भ से ही उसके मन में जो द्वन्द्व थे, क्या पितामह उन्हें जानते हैं? कृष्ण ने कहा था, युद्ध में व्यक्तिगत राग-द्वेष नहीं होते। क्षात्रधर्म का निर्वाह ही उसका

एक मात्र कर्तव्य है।...क्या पितामह उसे वही संदेश नहीं दे रहे। क्या वे उसके मन के द्वन्द्वों को काटने में उसकी सहायता कर रहे हैं, उसे उसके धर्म की ओर प्रवृत्त कर रहे हैं..युद्ध में प्रवृत्त हुआ तो उसे पितृघाती भी बनना होगा?...

वह अवाक् बैठा पितामह को देखता रहा।

"दुर्योधन ने मुझे आदेश दिया है कि कल के युद्ध में किसी न किसी महानायक को धराशायी होना ही होगा; अम्बा अपने प्रतिशोध के लिए जन्म-जन्मान्तर में भटक रही है और सृष्टि के धारक धर्म की इच्छा है कि युधिष्ठिर इस युद्ध में विजयी हों।..." पितामह जोर से हँसे, "मैं चाहता हूँ कि दुर्योधन की इच्छा पूरी हो पुत्र! अम्बा को उसके प्रतिशोध ताप से मुक्ति मिले और संसार में धर्म की स्थापना हो।" पितामह ने आशीर्वाद की मुद्रा में अपना हाथ उठा दिया।

"पर मैं आपका वध नहीं कर सकता पितामह!" अर्जुन का स्वर रुदन के निकट पहुँच चुका था।

"मत करना वध। मैं तो केवल इतना ही कह रहा हूँ कि मुझे युद्धक्षेत्र से हटा दो।" भीष्म ने उसे स्नेह से देखा, "मेरे सुख के लिए इतना तो तुम्हें करना ही चाहिए।"

"चलो अर्जुन!" कृष्ण ने अर्जुन को और बोलने नहीं दिया। वे पितामह की ओर मुड़े, "आपकी इच्छा पूरी होगी पितामह! आप युद्धक्षेत्र से अर्जुन के द्वारा ही हटाए जायेंगे।"

□□